故事里的人生 上

隋信才⊙著

时代文艺出版社

图书在版编目（CIP）数据

故事里的人生（上、下）/隋信才著．—长春：时代文艺出版社，2018.9（2021.5重印）

ISBN 978-7-5387-5968-6

Ⅰ．①故… Ⅱ．①隋… Ⅲ．①故事－作品集－中国－当代 Ⅳ．①I247.81

中国版本图书馆CIP数据核字（2018）第194039号

出 品 人　陈　琛
责任编辑　陈　阳
助理编辑　史　航
装帧设计　陈　阳
排版制作　隋淑凤

故事里的人生

（上、下）

隋信才　著

出版发行/时代文艺出版社
地址/长春市福祉大路5788号　龙腾国际大厦A座15层　邮编/130118
总编办/0431-81629751　发行部/0431-81629755
官方微博/weibo.com/tlapress　天猫旗舰店/sdwycbsgf.tmall.com
印刷/保定市铭泰达印刷有限公司
开本/710mm×1000mm　1/16　字数/882千字　印张/52.5
版次/2018年9月第1版　印次/2021年5月第2次印刷　定价/119.00元（上下册）

图书如有印装错误　请寄回印厂调换

序　言

　　人生在世，无非"进德""居业"两件事。"终日乾乾"，方可进德；"修辞立诚"，才能居业。道理明明白白，人人都懂，但做起来并非易事，原因在于，世事万象，纷繁复杂，人置身其中，既须循常守礼，又要变通达权，其拿捏的分寸很难把握。而《故事里的人生》一书，则通过多角度解读一个个生动有趣的故事，为人"进德""居业"提供了一条条进路，不失为一本开卷有益的好书。

　　此书是长白山职业技术学院承担的共青团中央学校部"第二课堂成绩单"制度科研项目的阶段性研究成果，也是学院老教师隋信才教授汗水的结晶。学院注重实践育人，借助"二课"平台，致力于大学生综合素质提升和良好人格形塑，隋老在其中做了大量工作，其人品人格和敬业精神，令全院师生感佩。

　　学院坚持"科研兴院"，始终鼓励和支持广大教师投身教研科研，希冀有更多研究成果造福社会和推进学院事业发展。

　　在《故事里的人生》付梓之际，有感而发，是为序。

孙维忠

2018年3月于长白山职业技术学院

写 在 前 边

人生之旅是一段路程，一段经历，亦是一段故事，是无数碎片化小故事的连缀。故事展示了人生的丰富与精彩，也道出了人生的苦涩与辛酸。解读故事，就是解读人生。

人生在世，很少有人去追问人是什么、人为什么活和怎么活的终极问题，它需要深邃的哲思和不懈的探索，常人难以回答，常人也没有必要自讨苦吃，劳神去求解这么深远宏大的道理，乐乐呵呵活着就是。但人活在世上，要生活、要工作、要交往，而这一切所生成的一个个小故事，无不与终极问题有关。看来，绕是绕不过去的，只好面对。所以，我便在生活的海滩上捡拾些如贝壳的细小故事，并和大家一起从这些细小故事中品味人生的悲欢离合、喜怒哀乐和苦辣酸甜。

放在您案头的这本小书，断断续续用了十年工夫。十年，是一个思索过程，也是一个感悟过程。在信息化波涛汹涌、社会发展瞬息万变和举世顶礼膜拜"孔方兄"的今天，仍在述说一些老掉牙的故事，的确有点儿不合时宜。但本人鲁钝，认定在如何做人、做事的伦常方面，"太阳底下无新事"，坚信历史不管怎么进步，社会不管怎么发展，"正正直直做人、认认真真做事、和和谐谐处人、顺顺畅畅生活"这条道理，亘古不变，永远是人间正道。而一个个负载正道的小故事，是一面面镜子，具有永恒的普世价值，故一意孤行，其中甘苦自知。

魏文帝曹丕视文章为"经国之大业，不朽之盛事"，诗圣杜甫认定"文章千古事"。如此重要的事情，做起来岂敢率性放言，故遵绳墨而循常理，书中二百六十余篇文章，释放的均是正能量，旨在导人求真、向善、趋美。故意媚俗哗众，或奇谈怪论以误导世人，或戏说恶搞以吸人眼球，或半遮半掩以引发好奇，或讥讽、调侃、吐槽以煽动情绪等，均为本人所不耻。

本书凡识得常用汉字者均能读懂。其内容涉及人生的方方面面，凡人生活中能遇到的大小事情，多有所论及，意在为读者奉上一桌品类齐全、看上去赏心悦目、吃起来香甜可口、咽下去营养丰富的人生大餐；其行文既力避学理之深涩枯燥，亦谨防俚语之粗鄙肤浅，求其明白晓畅，意在使不同层次的读者品出不同滋味。大学者能将深邃复杂的大道理说得深入浅出，简单明了，能将直观具体的小现象剖析得鞭辟入里，入木三分。本人才疏学浅，力所不能，但心向往之。

全书二百六十余篇文章均独立成篇，虽都是讨论人生，但篇与篇之间并无逻辑关联，其篇幅长短依据内容多少而定，短者几百字，长者四五千言。本书体例简单，每篇文章由两部分构成，一是先说一个或两个故事，二是感言，即对故事进行解读。感言是文章主体，力求"成岭成峰"地多角度阐释故事对人生的启示，意在使解读成为一盘色、香、味俱佳的菜肴，避免其沦为一些寡淡的"鸡汤"。在此需要说明的是，本人绝无看轻"鸡汤"的意思，一篇文字，无论长短，如果能成为"鸡汤"，哪怕是寡淡的，也比那些掺有杂质甚至含有毒素的东西强百倍。

本书努力融意义引领的思想性、丰厚学养的知识性和怡情悦性的艺术性于一炉，具有启迪心智和型塑人格、丰富知识和增长才干、调适心理和畅达情怀等积极作用。全书每篇文章，力求道理说得入情入理，听了就懂；知识讲得真实可信，看了有用；文章写得流畅生动，读了有趣。当然，愿望是好的，也尽力为之，但实效如何，只有读者定夺，只有时间定夺，只有历史定夺。

本书二百六十余篇文章所记述的种种世间现象和所讨论的思想观念及精神品质等，难免有题材相似、相近之处，但由于每个故事各自背景、事件、人物和情节不同，更由于解读的侧重点不同，相似、相近题材之间，不仅不存在趋同、重复，反而还具有丰富内容和深化思想的互补效应。比如，书中关于人格修为，关于人生态度、价值、意义，关于建功立业，关于信念、信仰、理想、目标，关于读书、写作，关于父慈母爱、儿女孝道，关于助人、救人，关于战胜苦难、残疾，关于同事、朋友、邻里相处，关于子女和学生教育，关于传统文化，关于恋爱婚姻，关于生活方式与生活习惯，关于情绪情感调适等各类题材，各有多篇，但文本各异，内容各异，解读各异，相互参阅，会使相似、相近题材更全面、更丰满，会使解读更系统、更深化，本书也因此增强了内容的丰富性、思想的深刻性和有趣的可读性。

本书拣选的数百则故事，有历史的，也有现实的；有中国的，也有外国的；有可查、可证的真实事件、人物，也有寓言、童话、神话和笔者根据需要随时编写的，但不管何种形式、何种内容，其故事都是社会生活某一点或某一侧面的概括，都具有典型性，不论什么人在什么时候读之，都会或多或少受到启示、启发抑或受到警示、警醒。就故事本身而言，其价值是恒久的、普世的，至于感言部分，只是本人对故事的理解、体会，万不敢与故事本身并论。但在解读过程中，本人力避读后即扔即忘的肤浅性和消遣性，而是致力于常读常新，力求重读时亦会产生新鲜感和获得感，力求无论何种情境、何种年龄段、抑或何种年代的人读之，都会有所启迪、有所感悟、有所获得。当然，这是笔者追求的目标，未必如愿，但尽力矣。

生命呱呱坠地，由幼小到长大，由长大到衰老；故事从生命开始，由简单到复杂，由复杂到深刻。生命有自身逻辑，并不循着学界的伦理分类前行。本书的二百六十余篇文章，意在多角度解读人生，很难清晰归类，故汇编成书时，比附生命逻辑，以每篇文题第一个字的笔画多少为序，从少到多，依次排列。

本书是长白山职业技术学院所承担的共青团中央学校部"第二课堂成绩单"制度科研项目研究成果，学院致力于大学生人格培养，以"二课"为平台，注重案例教育，突出实践育人，嘱我为"二课"活动，诸如学生自制《德育小报》、学生自编《成长手册》、演讲会、故事会、读书报告会、德育活动课等，提供一些案例和素材。在陆续提供案例和素材过程中，思路不断拓宽，内容不断丰富，写着写着，便成了今天这个样子。

学院党委十分重视本书的编写工作，党委书记、院长孙维忠同志为结集成书提出了重要指导意见，强调要保证质量，并为之作序。在此，对院领导的关心、支持以及对所有提供帮助的同事、朋友，表示诚挚感谢！

"十年磨一剑，霜刃未曾试。"一把宝剑，磨砺了十年，霜刃是否锋利，试了才能知道。一本小书，花了十年心血，品评了数百个故事，能否给世人一点儿启示，读了才能知道。本书问世后，倘若能为读者解除点滴疑惑，有助于生命之树成长，其愿足矣。

作　者

2018年3月

目　　录

一 块 石 头

一个生长在孤儿院的男孩儿有一次问院长："像我这样没人要的孩子，活着还有什么意思呢？"院长摸摸他的头，笑了笑，没有回答。过了几天，院长交给那男孩儿一块石头，对他说："明天早晨，你拿这块石头到集市上，找一个显眼的地方去卖，但不是'真卖'，记住，无论别人出多少钱，你都不能卖掉它。"

男孩儿接过那块石头，原来是一块小小的鹅卵石，不过，样子有点儿奇特，外表光润，里边还星星点点透出晶莹的光。

第二天，男孩儿来到市场，在顾客频繁走动的地方摆上了那块石头，不少人前来问价，也有不少人要买那块石头，而且价钱越高就有越多的人要买。回到孤儿院，男孩儿兴奋地向院长报告了卖石的经过，院长拍拍他的肩头，表扬他今天做得很好，并告诉他："明天早晨，你把它拿到奇货市场上去卖。"

第三天在奇货市场上，竟有人出了比昨天高十倍的价钱来买这块石头。第四天，院长给了男孩儿一块金黄的丝绸，让他包好这块石头，到珠宝市场去展示。结果，石头的身价又比第三天高了十倍，更由于男孩儿只是展示而不卖，石头竟被传扬为"稀世珠宝"。男孩儿兴冲冲地捧着这块石头回到了孤儿院，将这一切告诉了院长。

院长拍拍男孩儿的肩头，意味深长地说："孩子，生命的价值就像这块石头一样，在不同的环境下就有不同的意义。其实，这块石头是我从门前小河的河滩上捡来的，它的外表虽然比较奇特，里边似乎也透出一丝晶莹，但它确实是一块很普通的石头，根本不是什么宝石。可是，就这么一块不起眼的石头，由于你的珍惜而提升了它的价值，被说成是珍宝。你不就像这块石头一样吗？只要自己看重自己、自我珍惜、增强自信，并努力争取和适应更好的环境，你的生命就会有价值、有意义。你说，人活着是不是很有意思？"

男孩儿若有所悟，从此相信自己会成为一个有用的人，故不再消沉，勤奋进取，长大后成了名医。

作者感言： 院长是一位很高明的老师和长者，面对男孩儿"像我这样没人要的孩子，活着还有什么意思"的沉重询问，没有给予正面的直接回答，而是让这个男孩儿去卖一块普通的石头，通过给多少钱都不卖的自我看重，让男孩儿看到了自我重视、自我珍惜、自我相信的价值和不同环境对事物存在的意义。院长那几句意味深长的话，是水到渠成时铲出的最后一锹土，使男孩儿顿然醒悟，找回了失落的自信。

我们讲这则小故事，是想借此说三点想法：

想法一：一个人，树立自信心很重要。

男孩儿最初"活着还有什么意思"的想法，是一种没有自信的表现，他认定自己活着没有价值、没有意义，所以他自卑，他消沉；当他通过卖石受到启示并经院长点拨后，找回了失落的自信，相信自己将来一定会成为一个有用的人，于是振作，终有所成就。小故事告诉我们，是自信心鼓足了男孩儿的生命风帆，推促他书写了靓丽人生。

那么，什么是自信心呢？所谓自信心，就是相信自己有能力做成某件事或成为什么样人的一种心态或心向，它是个体在自我认知、自我评价基础上对自身素质能力和存在价值的自觉认同和充分肯定，是一种积极的人生态势。有自信心的人确信自己是一个有用的人，有能力的人，能够完成某项工作并能取得成绩。

自信心是人追求事业成功的重要助力。2010年10月，美国斯坦福大学心理学教授卡罗尔·德维克等人发表在《心理科学》上的一项研究指出：坚信自己拥有强大的心理潜能，并勇于挖掘，会激发顽强的意志力，使精力更旺盛，心里更有"韧劲"，从而可以更冷静地面对偏见、伤害和挫折，最终一步步赢得成功。事实正是如此，当我们确信我们能做成某件事时，就会产生乐观积极心态，情绪饱满，精神振奋，甚至迫不及待。一旦行动起来，自信心又会促使我们增强勇气、凝聚力量、开发智慧，主动去寻找克难攻坚的方法，从而走向成功。毛遂之所以敢于自荐与平原君一起出使楚国，是因为他深信自己有能力说服楚王出兵救赵；毛泽东在长沙读书时，就曾豪迈吟出"自信人生二百年，会当水击三千里"，终成为中华人民共和国开国领袖；备受迫害的邓小平，七十二岁复出主政，是因为他坚信自己的治国理政主张能把中国引向富强。美国石油大王洛克菲勒曾自信地说："即使拿走我现有的一切，但只要留给我信念，十年之后，我又将成为美国石油大王。"萧伯纳有一句名言："有自信心的人，可以化渺小为伟大，化平庸为神奇。"毛遂、毛泽东、邓小平、洛克菲勒就是"化渺小为伟大，化平庸为神奇"的优秀典范。

中国共产党十八大以来，相继要求全党要坚定"道路自信、理论自信、制度自信、文化自信"，这更充分证明，自信心不仅对个体生命的成长发展是十分重要的，而对一个团队、一个政党、一个民族国家的发展也是十分重要的。

记得尼采曾经说过："我就是太阳，我可以给整个世界光明。"说的近乎疯话，而后来他真的疯了。但现在想来，尼采的成功，大概也是靠了这份自信。

怎样培养自信心？其方法多多，在此略举一二：关注自己的优点和成绩，别灭了自己的威风；多与有自信而成功的人士接触和来往，你会潜移默化地受到影响；坚持积极的自我心理暗示，不断告诉自己"我能行""我真棒""我能做得很优秀"；树立自信的外部形象，仪表整洁、举止洒脱，行为端方；保持一定的自豪感，人不可有傲气，但不可无傲骨；要抓住机会展现自己的优势、特长，同时注意弥补自己的不足，因为优点的充分彰显可以增强自信；要磨炼自己的意志品格，学会坚忍不拔和不屈不挠，因为意志软弱的人无法做到自信；要多读名人传记，从中汲取营养，因为榜样的力量是无穷的，他会帮助你增强自信；事先做好准备，不打无把握之仗，因为失败容易导致气馁自卑；给自己确定通过努力可以实现的目标；如此等等。

自信的反面是自卑，自卑是过低评估自己。故事里的男孩儿最初认为自己"活着没有什么意思"，就是一种自卑。自卑的人自轻自贱，自己瞧不起自己。自卑是自己先败下阵来，其失败的命运注定，自卑者都是被自己打败的。所以，有人提醒说："人都是被自己打败的，最大的敌人是你自己。"而有自信心的人能战胜自己，能战胜自己，就不会被自己打败，就有希望成功。

假如你缺乏自信，那位成了著名医生的男孩儿就是你的榜样。增强自信，你可以高挂云帆济沧海。

想法二：一件物品，在什么地方存放或出卖很重要。

一块普通的鹅卵石，静静地卧在河滩上，没人注意它，也没有一点儿价值，因为它只不过是成千上万鹅卵石中的一块而已。但把它挑选出来，拿到普通市场上去卖，它就产生了观赏价值。——存放地点的转换，让它由无价值变成有价值。把它拿到奇货市场上去卖，价格比普通市场高十倍；再把它拿到珠宝市场上去卖，价格又比奇货市场高十倍，并被称为宝石——出卖地点的转换，让它的身价剧增。

为什么会产生这种现象呢？这是因为，不同级别的市场，出卖货物的品级是不一样的，其市场级别越高，其货物品级就越高，这是市场构建过程中形成的机制，并已经在世人心中形成定势。人们普遍认为，能在奇货市场或珠宝市场出卖的东西，一定是奇货或珠宝，否则，它就不会在那里出现。

这个小故事只是一个劝人不要自轻自贱而要增强自信的童话，那块石头不会真正出卖，因为一旦进行实质性交易，拿去让行家鉴定，就会真相大白。不过，在现实市场的实质性交易中，小故事说的现象却普遍存在。同一厂家制作的同一款式、同一规格、同等质地的一套服装，在大集市流动商贩的摊位上，只卖几十元钱，最多百十元钱；把它摆在有点儿层次的商店里，标价就几百元甚至上千元；如果挂在高档的商城中出卖，价格则飙升到几千元。同样的一听啤酒，在小超市中三五元钱，在大商城中六七元钱，在一般的餐馆中十几元钱，在高级宾馆的餐桌上几十元钱，在高档夜总会上竟能卖到近百元。其货一也，其价格迥异，地点、环境不同之故也。

尤其值得一提的是，在身价效应、品牌效应和炫耀性消费日炽的当今社会，其商品价格越高，人们就越趋之若鹜。普通商品在特定环境里卖到天价的现象，屡见不鲜。这种现象早被美国著名经济学家托斯丹·邦德·凡勃伦注意到，经济学界把这种现象命名为"凡勃伦效应"。

如果你是商人，运用好"凡勃伦效应"，设法把你的商品挤进高档市场，你就会发大财；如果你是消费者，而且身处需要计算过日子的普通人家，还是务实为好，购买需要的东西，最好先去普通集市、商店转转，免得花了冤枉钱。

想法三：经历教育、实践育人很重要。

院长成功开导男孩儿的做法启示我们，在对子女或学生施教过程中，让孩子亲力亲为的经历教育，往往比简单的说教更有效。这是因为，亲力亲为是感同身受，是对感觉的直接唤醒和对心灵的直接开启，它真实、具象、生动、亲切，远比抽象的概念和判断具有感召力和震撼力。卖石头的过程以及石头的价格变化，实实在在，真真切切，自我看重、自我珍惜的价值不言自明。

一 枚 硬 币

一位年轻的中国女医生被派往非洲的布基纳法索，她的任务是帮助那个国家建设一个健康诊所，时间是一年。在启程之前，去过布基纳法索的一位朋友告诉她，那是一个很穷的国家，到处都是向你伸出脏兮兮的手，用法语喊着"礼物、礼物"的乞丐。当飞机抵达布基纳，正好是夜晚，她拖着行李走出机场的时候，有一辆载有两个人的摩托悄悄地驶到她身旁，没有一点儿先兆，其中一个人飞快地抢下了她的手提包，只几秒钟，摩托就消失在黑暗中。

那个手提包里有她的护照、现金、旅行支票、照相机、机票以及其他随身用品。事件发生后，中国政府又重新给她补办了护照，并给了她相应的补偿，在经济上她并没有什么损失，但她的精神糟透了。在最初的几周里，她愤怒、懊恼、烦躁，她讨厌这里的人和工作，对这个国家没有一点儿好感，这里的贫穷、这里的小偷、这里的效率低下、这里无所事事的官员，以及这里的酷热和这里的灰尘，都让她无法忍受，她恨不得马上离开这个该死的地方，返回祖国。她情绪低落，工作消极，度日如年。

一天，她走在布基纳的大街上，一个瘦长的老妇人向她伸出了手，用法语说："礼物、礼物。"看着老妇人可怜兮兮的样子，她不但没有一点儿怜悯，反而咬牙切齿地用法语说："我没有礼物，我没有钱，几个星期前抢匪抢走了我所有的钱，我现在甚至无法离开你们的国家，我什么也给不了你！"那位乞丐认真地听着她的话，然后咧开嘴微笑着，露出所剩无几的牙齿，同时手在自己脏兮兮的口袋里摸索。

"那么，我给你一件礼物吧。"老妇人和蔼地说着，把一枚黑褐色的旧硬币放到女医生的手心里，转身慢慢地走了。女医生惊呆了，这虽然是微不足道的一点儿钱，但对那位老妇人来说，这意味着一餐饭。她为自己的自私和狭隘感到羞愧，她也因老妇人的善良仁慈感到温暖。她没有去追赶老妇人，她紧紧地握着这枚硬币，深情地看着老妇人消失在人群中。她觉得，那位老妇人尽管身无分文，但却给了她无价的礼物，这也是她一生中收到的最厚重的礼物。她看到了布基纳法索人民美好的一面，她被穷人那平凡中的高尚所感动。

第二天清晨，她感到布基纳的朝阳是那么灿烂，她变得开朗、热情、勤奋，起早贪黑地工作，热心地救治着每一个前来就诊的病人。当她出色完成任务，就要返回祖国的时候，机场门口拥挤着上千名送行的布基纳法索人。

她向送行的人们深深地鞠了一个躬，手中紧紧地握着老妇人给她的硬币，带着布基纳法索人民的善良和美好，带着为祖国争得的荣誉和自豪，踏上了飞机的旋梯。

作者感言：一枚小小的硬币，颠覆了女医生对布基纳法索人的看法和自己的人生观、价值观，改写了她的生活和工作。这个小故事给我们三点启示：

启示一：哪里都有丑恶，但绝不是社会主流。抢匪的骤然出现，说明这个社会是不完美的，哪里都有丑陋和邪恶。但与贫穷而善良的老妇人和那上千名有情有义去机场送行的人相比，抢匪类的坏人只是极少数，他们只是茫茫草原上几点污秽的泥淖，永远代替不了一望无际的绿茵茵草地和草地上盛开的鲜花；他们只是社会这棵大果树上结出的几枚干瘪丑陋的苦果，永远不代表社会的主流。社会主流永远是大多数人所秉持的人性化观念和道德行为，不管是什么民族国家，不管是什么肤色，也不管说着什么语言和使用什么文字，更不论强国弱国富国穷国，概莫能外。因此，我们不能被一两个污点或一两枚苦果遮住双眼，看不到无边的绿野和满树又大又圆又红的甜果，不能以社会的丑恶现象为依据，否定某一民族国家人民或某一正常社会组织成员常态化的、健康的伦理生活，更不能以此为据来确定自己的人生坐标。

启示二：老乞丐的一枚旧硬币震撼了女医生，说明道德是有力量的。高尚的道德行为，能唤醒死寂的灵魂，能温暖冰冷的心，能让即将熄灭的人生之火熊熊燃烧。

启示三：女医生的改变和千人为之送行的场面，说明人性是相通的，同情心、怜悯心、关爱心、感恩心等善良仁慈，是全人类所共同遵循的人道准则，它是人类全球化过程中构建普世伦理，建设和谐世界的基础。

一　颗　珍　珠

很久很久以前，有一个养蚌人，他想养一颗世上最大最美的珍珠。他来到海边的沙滩上挑选沙粒。他选中了一粒沙子，便问："你愿意让我把你放在蚌壳内，沉入海底，使你慢慢变成珍珠吗？"

"那要多久？"沙粒问。

"需要很多年，而且只有你自己待在蚌壳内，没有阳光，一片黑暗，十分阴冷。不过，我也不敢保证你一定会变成高品质的珍珠。"养蚌人以实相告。

"你还是去寻找别的沙粒吧。"沙粒果断拒绝，并从养蚌人的手掌中滚落到沙滩上。

养蚌人一颗颗地挑选，一次次地询问，从清晨问到黄昏，没有一颗沙粒表示愿意。夜幕降临，就在养蚌人要绝望的时候，有一颗他选中的沙粒答应了他。

旁边的沙粒都嘲笑那颗沙粒，说它太傻了，淹没在深深的水里，孤独地住在蚌壳中，远离亲人朋友，见不到阳光雨露、明月清风，甚至还缺少空气，只能与黑暗潮湿、寒冷孤寂为伍，太不值得了。况且，辛辛苦苦好多年，还不一定变成有品质的珍珠，到那时，后悔都来不及。可那颗沙粒不在乎同伴们的嘲笑，还是无怨无悔地随养蚌人去了。

斗转星移，许多年过去了，那颗沙粒已长成一颗晶莹剔透、价值连城的珍珠，很快被一个美丽而高贵的女人买去，戴在她香软的玉颈上。而曾经嘲笑它傻的那些伙伴们，不仅依然只是一颗颗沙粒，而在多年的风吹日晒和潮汐冲刷中，身体变得越来越小，有的已风化成尘土，被风吹散了。

作者感言：许多年住在蚌壳里，饱受黑暗潮湿、寒冷孤寂的折磨，是一粒沙子要变成一颗珍珠必须经历的生命之旅。

世界上没有免费的午餐，任何事业的成功和前途的辉煌，都需要付出代价，都要克服诸多困难和挫折，甚至还有可能直面彻底失败的生死考验。"文王拘而演《周易》；仲尼厄而作《春秋》；屈原放逐，乃赋《离骚》；左丘失明，厥有《国语》；孙子膑脚，兵法修列；不韦迁蜀，世传《吕览》；韩非囚秦，《说难》《孤愤》；《诗》三百篇，大抵贤圣发愤之所为作也。"司马迁两千多年前就列举了上述一个个真实案例，说明了这个道理，揭示了苦难的价值。唐玄奘独步数万里取得真经，哥伦布远涉重洋发现新大陆，从小就双目失明、双耳失聪的海伦·凯勒终成世界著名女作家，全身瘫痪、只有三个手指能动的斯蒂芬·威廉·霍金提出黑洞蒸发理论和无边界的宇宙模型，哪个不是历经磨难才创造了丰功伟业，成了世界巨人。

你想成为珍珠吗？你想有一天能垂挂在贵妇人香软的玉颈上一展风采吗？那就学学那粒沙子，答应那位养蚌人的请求，冒着变不成珍珠的风险，让他把你放在蚌壳里，无怨无悔地承受多年黑暗潮湿、寒冷孤寂的折磨吧！

一个"爱"的童话

很久很久以前，在一个有五六十户人家的小山村里，住着一户姓王的人家，家里有一位五六岁的小姑娘。这年春天的一个上午，小姑娘跑到离家不远的山脚下玩耍，她兴致勃勃地采摘着山脚下的鲜花，突然，她发现一只蝴蝶在地上挣扎，近前一看，是一根细细的荆棘扎进了蝴蝶的翅膀。她俯下身，小心翼翼地将蝴蝶托在手心，轻轻地为它拔掉了荆棘，并将它放飞。小女孩儿看着蝴蝶翩翩飞进绿绿的树丛，开心地笑了。

原来，这只蝴蝶是一位千年修道而成的神仙，它飞进树丛后，又化作一位老婆婆，拄着拐杖，从曲折的山路上颤颤巍巍地向小姑娘走来。小女孩儿看见老婆婆艰难的样子，就赶忙跑过去搀住老人的手臂，并嘱咐老婆婆慢慢走，千万不要摔倒。老婆婆摸着小姑娘的头，微笑着说："孩子，你很善良，请你许个愿吧，我会让它实现。"小姑娘想想说："我希望一生都快乐。"老婆婆弯下腰，在小姑娘耳边悄悄地细语了一番，然后消失了。

小姑娘牢牢记住了老婆婆的话，并循此为人处世，一生果真活得很快乐。当小姑娘已经变成白发苍苍老婆婆的时候，有人问她："您一生为什么活得这么快乐呢？"

她回答说："当年那位老婆婆告诉我：'小姑娘，你身边的每一个人，都需要你给予爱心，给他们爱心吧，在给予中你会收获快乐。'我照着做了，我帮助别人的时候感到满足，感到快乐；可人都是有心的，我身边的人也都积极关心我、帮助我，我得到关心和帮助的时候也感到满足，感到快乐。所以，我活得很快乐。"

作者感言：这是一个美丽的"爱"的童话。它告诉人们，爱是快乐的源泉，只要不断播种爱，就会不断收获快乐。

我们说这则小故事，就是想借此聊聊"施爱与快乐"这个话题。

什么是爱？爱是人真心实意对他者或某个物体的呵护，是人发乎内心的高尚情感，是人的一种本能。爱是人与人之间和谐交往的黏合剂，是构成人类社会的情感基石，因此，爱是人生永恒的话题，是全人类的普世伦理。"慈悲为怀，普度众生"，是佛教的"慈爱"；"天下的男人都是兄弟，天下的女人都是姊妹，我们要相亲相爱"，是基督教的"博爱"；"至仁至慈，泛爱众生"，是伊斯兰教的"泛爱"；"恻隐之心，仁者爱人"，是中国传统儒学的"仁爱"；"无产阶级只有解放全人类，才能最后解放自己"，是马克思主义者的"人类大爱"。"只要人人都献出一点儿爱，世界将变成美好的人间"，这是歌词里说的。

这里有一个值得思索的问题是："施爱"即帮助别人，为什么能收获快乐呢？由此我们想到了2010年感动中国十大人物之一的"雷锋传人"郭明义。当别人问郭明义为什么热心帮助别人时，他的回答是："帮助别人，快乐自己。"帮助别人，是一个给予的过程、付出的过程，是自我亏损的过程，而自己损失了反而还能快乐，这是为什么呢？

导致"施爱致乐"即"帮助别人，快乐自己"的因素多多，但概而言之，主要有三：

因素一："施爱致乐"是人高层次心理需要得到满足的结果。人生下来就产生了各种各样的需要，而各种各样需要的满足就会让人感到心情愉悦和快乐。你饥肠辘辘又冻得发抖，吃饱了又穿上温暖的衣服，你就会感到很快乐；你希望安全和免于灾难，有了一个安全的生活和劳动环境，你就会感到很快乐；你害怕孤独，希望有一定的归属，你得到了家庭、团队、朋友、同事的关怀理解，被他们接纳，你就会感到很快乐；你希望被别人尊重、看重，别人尊重你、喜欢你、赞美你，你就会感到很快乐；你渴望做一件你非常想做的事情，并借此实现你的人生价值和意义，你做了并获得了成功，你就会感到很快乐，如此不一而足。美国著名心理学家马斯洛在长期的实证研究中证明，人有生理需要、安全需要、社交需要、尊重需要和自我实现需要五个层次，而层次越高，满足的难度就越大，但高层次的需要一旦得到满足，其获得的愉悦和快乐就更强烈、更持久。得到别人敬重和充分发挥潜能并实现人生价值，是属于四、五两个高层次需要，而这两个需要的满足，则必须通过利他、利社会的行为才能实现。这是因为，利他、利社会是人生价值的尺度，一个人的言行只有利他、利社会，才是有用处的，有用处才有价值和意义。我们的言行有了价值和意义，我们才能得到他人和社会的认同和赞许，从而我们高层次的需要才能得到满足。而施爱他人，就是一种利他、利社会行为，就是人满足"尊重"和"自我实现"两个高层次需要的途径和手段，这就是"帮助别人，快乐自己"的心理原因，也是最重要、最根本的原因。明乎此，我们就不难理解，为什么世界上会有数万个慈善机构和上百万、上千万的义工、志愿者了。

因素二："施爱致乐"具有潜在的功利因素，"施爱"中隐含了可能会得到回报的良好结果。我们在帮助别人的时候，自觉不自觉地播种了回报的种子，为我们走好人生路做了铺垫。当我们一旦遇到难处并及时得到回报，其难处随即化解的时候，我们品尝了助人的好处，我们会由衷感到快乐。小故事里的那位王奶奶，在解读"施爱致乐"的时候，就说了这个道理。

因素三："施爱致乐"也是人受他者积极情绪影响的结果，受助者的快乐引发了施爱者的快乐。人看到了花，看到了美好，就心情愉悦；看到了刺，看到了丑陋，就心情压抑。人有恻隐之心，看到别人遇到难处甚至遭受苦难，就不忍心，就难受，我们看电视或看电影，当看到人遭罪受难的情节时，往往会情不自禁地掉下眼泪，明知道这是编剧和导演制造的"假象"，可就是控制不住，这就是恻隐之心。当我们在"施爱"过程中帮助别人解除苦难后，别人笑了，他的笑也影响了我们，让我们也感到满足和愉悦，我们也跟着笑了。

一个人，明白了"施爱致乐"的道理，就会增强"帮助别人"的自觉性，有了这个自觉性，才能在帮助别人的过程中收获快乐。道理很简单，这是你心甘情愿做的，人做心甘情愿的事情，才有乐趣。

顺便说一句，施爱属于互助范畴，互助就是相互帮助，它是人类生活的常态。一般说来，互助遵循对等原则，就是互敬互爱、互帮互助，你敬我一尺，我敬你一丈。而施爱则是互助的最高层次，是单向度的不求回报的自愿输出，是一种奉献。能在施爱过程中达致快乐，则又是施爱的最高境界。毋庸讳言，想达到"施爱致乐"的最高境界，是需要历练的，它是一个不断克服自私自利和树立爱心善心的道德净化过程，人只有不懈地克己去私，努力超越"小我"而走向"大公"，才能步入此境界。

一个死囚四十分钟的"天价"生命

这是一个无法想象的死囚家人告倒监狱的故事，但它却真实地发生在美国的弗吉尼亚州。五十四岁的美国籍无业游民乔·哈里斯，因为持枪抢劫银行并且打死一名试图反抗的银行职员被法庭宣判死刑，执行死刑的时间是一周后的2012年11月27日下午2点。

而在这之前，乔则被收押在弗吉尼亚一所保卫森严的监狱里，但是谁也没想到的是，就在乔即将被押赴刑场的前半小时，却因喝酒引发脑猝死意外死亡了！原来，按照美国刑法的规定，死囚在临死之前，可以吃上一顿好的。狱方将尽可能地满足死囚对美味的需求，于是，乔便要求狱方给他提供分量足够多的牛排、鲟鱼、比萨等美食，外加一瓶红酒和一大瓶可乐。

11月27日中午11时30分，当这些美食和可乐、红酒都送到乔的面前后，他便开始大口大口地吃喝起来。但13时30分当狱警进来提乔时，却发现他已经硬僵僵地躺在地上死了！狱警马上将此事上报，狱方立即调看了乔所在牢房的视频。视频显示，12时50分，当乔喝光最后一滴红酒后便突然嘴角歪斜，然后倒在地上，挣扎了半个小时后才死亡。法医的鉴定是红酒里的酒精引发脑猝死。乔一直有高血压，平时一直靠降压药来控制，但当天他没有吃药，再加上酒精的猛烈刺激致使脑猝死。

早死四十分钟或迟死四十分钟，被法律处死或脑猝死，反正都是死，没有什么本质区别，更何况乔还是个罪大恶极的杀人犯。狱方认为这不是什么大不了的事情，最多向乔的家人说明一下情况便可以了事。

但让狱方没有想到的是，乔的家人却对此不依不饶，还专门请来律师一纸诉状将狱方告上了法庭，并且要求赔偿乔四十分钟的"活价"——惊人的天价三百五十万美元！

乔的家人认为，狱方有以下过失：

过失一：乔的卷宗上明明白白地写着犯人有高血压，易引发各种意外，故不应给他准备红酒，此系护理失职。

过失二：负责监视各牢房视频画面的狱警没有及时发现乔脑猝死，错过了抢救时间，这是严重的渎职行为。

正因为狱方以上两项过失，才导致乔意外死亡，剥夺了他还有四十五分钟感受这个美好世界的生存权，以及与亲人最后一一告别的权利！

法院的最后判决是："尽管乔是将死之人，但是在死之前，他依然是受到法律保护的，依然享有除政治选举权之外的其他各种权利，包括'活'的权利。狱方的失误直接导致他失去了这些权利，因此理应赔偿。"

乔的家人最终将狱方赔偿的那三百五十万美元全部捐给了美国的公益事业。他们表示只想通过此事，警醒和告诫美国的执法部门，要尊重法律赋予每个犯人的生存权，哪怕他们是即将灰飞烟灭的死囚。

作者感言：我们说这则故事，无意为囚徒辩护。对于恶人，我们的态度是：对他所犯下的罪行，一定要清算，决不能饶恕，必须按法律让他受到应有惩罚，甚至于剥夺他"活"的权利。如此才能维护社会秩序和伸张社会正义，如此才能保护人民生命财产的安全。

但恶人一旦被绳之以法变成囚徒的时候，怎样对待他作为人应有的权利，即人权，则体现了人类的文明与进步。因此，我们想借这个小故事，聊聊"人权"这个话题。

说到人权，就是作为人应该享有的权利，它的基本含义是：作为人，人人都应该享有自由、平等地生存和发展的权利。自由、平等是人权的本质特征，是人能人性地、有尊严地生存和发展的保障，没有自由、平等，也就没有人权；生存和发展是人权的基本内容和目标，人争取自由、平等的目的，就在于摆脱一切压迫、剥削和歧视，获得有尊严的生存和全面自由的发展。

人类之所以提出人权问题，就在于人权出了问题，到目前为止，"人人都应该享有自由、平等地生存和发展的权利"，还没有成为现实，人类社会充满了不自由、不平等。

人权问题是人类历史的伴生物，它形成于人类诞生之日并伴随人类始终。但人类对人权的自觉认识并积极保障人权，则始于资本主义社会。在此之前，人权问题存在着、发展着，但始终未登上历史前台。最远古的原始时代，我们的先民们虽然有保障自己某些权利的要求与愿望，但人权并没有成为一种独立意识，图腾崇拜的图腾权和部落首领崇拜的英雄权，主导了那个漫长的洪荒时代。到了奴隶社会和封建社会，奴隶主、封建君主的特权和宗教的神权高高在上，奴隶主和封建君主凭着特权和借着神权，可以随意毒打、宰杀奴隶和下民，至于被关进牢狱里的囚徒，就更没了人权。当然，奴隶和下民虽然没有独立的人权意识，但他们也没有甘于被随意毒打、宰杀，他们在不断进行反抗，保护着自己做人的权利。在古罗马奴隶制社会，奴隶起义的领袖们就曾喊出"不自由，毋宁死"的豪言壮语；在中国漫长的封建社会，农民起义的领袖们就曾发出"王侯将相宁有种乎"的大胆诘问和高举过"等贵贱，均贫富"的战斗旗帜。就某种意义上说，人类的历史也是一部争取人权的斗争史。

人类步入18世纪，资产阶级开始登上历史舞台。始于18世纪初的西方启蒙运动，第一次打出了"天赋人权"的旗帜。启蒙运动的思想家们说，每一个人都是天生独立、自由和平等的，生命、财产、自由、平等及反抗压迫等等，都是人不可剥夺的自然权利；剥夺或放弃这些权利，就是剥夺或放弃人的做人资格，是违反人性的。启蒙运动的旗手、杰出的思想家卢梭，是第一个在他的代表作《社会契约论》中系统阐述"天赋人权"思想的人；1776年美国的《独立宣言》，最先将"天赋人权"写进资产阶级革命的政治纲领，成为人类历史上"第一个人权宣言"。此后，人权思想逐渐播布全世界，成了资本主义社会民主制的重要内容和象征。

无产阶级登上历史舞台和马克思主义的诞生，对人权做了重新诠释。马克思主义在充分肯定了资产阶级人权在反对神权、君权、等级特权和在人性回归、思想解放等方面做出的伟大历史功绩后，深刻剖析了资产阶级人权的历史局限性和本质伪善性，揭示了人在资本统治下的被"异化"现象：在资本社会中，人格化资本对利润永无餍足的追求，虽然带来了社会财富的极大增加，却无法使人获得彻底解放；恰恰相反，正是为了追求财富，人本身从"目的"变成了"手段"，人不成其为人，而成了追求物、追求财富的机器，人被物化了。而同时，人在追求财富过程中被分化为对立的两级，拥有资本的一小部分人可以压迫没有资本的一大部分人，公正作为社会的基本道德被弃之如敝屣。资产阶级人权的自由，实质上是资本榨取工人脂膏的自由；资产阶级人权的平等，实质上是资本家平等地剥削劳动力的平等；资产阶级的人权，实质上是资产阶级的特权。在揭露了资产阶级人权非真正人权的基础上，马克思主义认为：真正的人权，只有在消灭私有制和剥削的前提下，在保证人人自由、平等的社会政治条件下才能实现。这个消灭私有制和剥削，人人自由、平等的社会就是"自由人联合体"，就是我们通常说的共产主义社会，在这个社会里，人权才能实现理想状态，人人都能全面而自由地发展。用马克思、恩格斯在《共产党宣言》中的话说："每一个人的自由发展是一切人的自由发展的条件。"

20世纪上半叶，两次世界大战对人权进行了无情践踏，奥斯维辛集中营、南京大屠杀、偷袭珍珠港、斯大林格勒、诺曼底登陆等导致数千万人喋血的重大历史事件，让全世界人刻骨铭心。所以，二战以后，保护人权成为世界各国人民的共同呼声。自1948年联合国大会第一次通过《世界人权宣言》至21世纪前十年的六十多年间，联合国共通过了七十多个有关人权的宣言、公约和议定书，其内容涉及社会生活各个领域。尽管这些人权宣言、公约和议定书充满意见分歧，也缺乏相应的权威性，但它们毕竟丰富了人权概念，扩大了人权范围，为人类彻底解放和人权充分彰显打下了坚实基础。

回到上面那个故事，能够维护一个死囚四十分钟的生存权，的确是一件很了不起的事情。古往今来，由于人类对害群之马的恶人深恶痛绝，也由于族群争斗或政治争斗双方的相互仇恨，人类对待囚徒的做法往往是刑罚报应主义，监狱里有非常野蛮、残酷的刑罚制度，囚徒倍受虐待和摧残。毒打、火烧、电过、灌辣椒水、用铁钉钉脚趾手指、剥皮、凌迟、车裂、砍断双脚、割去男性生殖器，等等，等等，无所不用其极。这些非人性手段，直到20世纪50年代以后，在国际人权运动迅速发展的大趋势下才遭到普遍谴责并逐步被禁止。囚徒是人类的特殊群体，是社会最底层的人，能人道地对待囚徒，能维护囚徒应享有的正当权利，它说明人类对人权的深刻认同，它也标志着维护和保障人权已经成为人类社会的一项基本道义原则。作为当代人，具有人权意识，积极维护、保障自身和他人做人的权利，认真履行这项基本道义，也是不可或缺的人格品质。

一个半个朋友

古时候，有一个武林高手，行侠仗义、广交天下豪杰。当他临终的时候，把儿子叫到跟前说："孩子，别看我自小在江湖闯荡，结交的人如过江之鲫，其实，我这一生也就只交了一个半朋友。"

儿子感到纳闷儿，便问其详。他说："我告诉你他们两个人的地址，你按我说的去见他们，你自然就会懂得朋友的意义。"说完，便咽下最后一口气。

办完丧事后，儿子便按照父亲的指点去见了父亲的一个半朋友。

他先去了父亲认定的"一个朋友"那里，对他说："我是某某的儿子，现正被朝廷追杀，情急之下投身您这里，希望您能救救我。"这人一听，不假思索，赶忙叫来自己的儿子，喝令他马上将衣服脱下来，并逼着这个并不相识的"朝廷要犯"穿上，而让自己的儿子换上了"朝廷要犯"的衣服。儿子明白了：在你生死攸关的时候，那个能无所顾忌、甚至不惜割舍自己的亲生骨肉来搭救你的人，可以称为一个朋友。

接着，儿子又去了父亲说的"半个朋友"那里，抱拳相向，把同样的话说了一遍。"半个朋友"听了，对眼前这个求救的"朝廷要犯"说："孩子，这等大事我可救不了你，我这里只能给你足够的盘缠，你远走高飞快快逃命吧，我保证不会去告发你。"儿子又明白了：在你患难时，那个既能够明哲保身又不落井下石加害你的人，可称为半个朋友。

作者感言：我们说这则小故事，是想借此聊聊"交朋友"这个话题。

这位武林义士确证的"朋友"过于极端，也有失偏颇。人生在世，需要结交多方面朋友，也必然会有多方面朋友，绝非仅仅一二人。朋友是以情感为基础而形成的交往伙伴，根据情感的程度不同，朋友可分为三个层次：

层次一：一般朋友。这是感情一般化的朋友，每个人都有许多这样的朋友，在生活和工作中互通有无、相互帮助，在一起相处，感情比较融洽，合得来。

层次二：亲密朋友。这是感情较深的朋友，这类朋友相对一般朋友少一些，其兴趣、爱好、志向等比较相近，交往比较频繁，心理相容程度高，彼此能说一些心里话，也能相互同情、理解和关爱。

层次三：挚友。这类朋友彼此了解，感情深厚，心心相印，有共同的志趣理想和价值追求，在生活和工作中乐于和勇于为对方担当和奉献。

那位武林义士说的"一个半朋友"，大体属于第三层次。不过，不问青红皂白地盲目帮助朋友，也未必是正确的，若是朋友做了恶事也不顾正义为之担当，并非义举，反而成了助纣为虐的恶行。真正的挚友应该是直友、诤友，而不是狐朋狗友。

交朋友是人生的重要课题，说它重要，理由有二：

理由一：人生活、工作离不开朋友，朋友会助你生活幸福和事业成功。人活在世上，会遇到许多难处，这个时候非常需要帮助，有了朋友，你就能得到帮助，困难就会被克服。在特定情况下，朋友是天，朋友是地，有了朋友你就能顶天立地；朋友是风，朋友是雨，有了朋友你就能呼风唤雨。因此，中国俗语有"在家靠父母，出门靠朋友""朋友多了路好走"等说法。事实上也就是如此，出门办事的时候，有个朋友从中帮忙，事情就办得顺畅。

理由二：交朋友是人生的一大乐事，因为朋友是人际交往这棵大树上结出的甜果。孔子说："有朋自远方来，不亦乐乎。"朋友从远方来相聚，聊天叙旧、饮酒作乐，当然是人生快乐的事情了。工作之余，找几个朋友侃侃大山，或喝个小酒，或做点儿游戏，人才不会孤独，生活才会丰富，正所谓"伐木丁丁，鸟鸣嘤嘤……嘤其鸣矣，求其友声"。

我们怎样交朋友？在我看来，其基本原则当是："兼相爱、交相利、乐相助、无相害"。其具体做法很多，要而言之有四：

做法一：要理解。人同此心，心同此理，理解才能宽容，才能"和而不同"，才能和谐共处。

做法二：要志趣相近或相同。同事同道，才便于相互帮助提携，"道不同，不相为谋"。

做法三：要诚信。言必信，行必果，一诺千金，说到做到，人无信不立。孔子说："人而无信，不知其可也。"意思说，人不守信誉，那怎么可以？

做法四：要勇于担当，乐于奉献。立足于为朋友做点儿什么，而不是想着从朋友那里得到什么。

我们交什么样的朋友？孔子说："益者三友，损者三友。友直，友谅，友多闻，益矣。友便辟，友善柔，友便佞，损矣。"意思说，有益的朋友有三种，有害的朋友也有三种。朋友正直直爽，朋友信实宽容，朋友见闻广博，这是有益的；朋友虚浮不实，朋友圆滑狡诈，朋友夸夸其谈，这是有害的。老夫子概括的并非全面，但却说中了交友的机要，按此交友，实无大过。

"一元硬币"与"箕子哭象箸"

　　"一元硬币"的故事说，某公司职员夏露露匆匆踏上公交车，急着去医院照看患病的孩子，可她前面的那位乘客找了半天也没有零用钱，正好她有，于是她帮他投了一元硬币。

　　那位乘客本来是一个孤独的人，陌生人的帮助让他感到温暖。下车后，当他从一位苍老的流浪汉身边路过时，他破例给了老流浪汉五十元钱。

　　老流浪汉很开心，准备去饱餐一顿。当老流浪汉路过为地震灾区募捐的现场时，看到了展牌上的照片，那些与死神和绝望抗争的人们，让老流浪汉顿生怜悯之心，他觉得受灾的人们更需要帮助，于是，老流浪汉毅然将五十元钱捐了出去。

　　老流浪汉捐钱的举动被一位记者看到并抓拍下来，在媒体上广为传播，引起了社会的强烈反响，人们赈灾的热情空前高涨。一位公司老总看到报道深为感动，决定录用老流浪汉看门，并主动为一个慈善机构捐赠了一大笔资金。

　　一个月后的一天早晨，当夏露露在孩子的病床前拿到一个慈善机构为孩子提供的昂贵手术费时，激动的泣不成声，但她并不知道这笔钱是那位公司老总捐赠的，她更不知道这笔钱与她为陌生人投的一元硬币有关。

　　"箕子哭象箸"的故事出自《韩非子》，箕子是商纣王的叔叔，"箸"是筷子的古代名称。故事说，商（殷）朝国王帝乙死后，纣王继位。过了不久，箕子见纣王使用象牙筷子吃饭了，便号啕大哭起来。有人感到很奇怪，问他为什么啼哭？箕子说："请不要小看这副象牙筷子，他是大王开始沉湎的信号。用精美的象牙筷子，就不能再使用粗制的餐具，而须配以犀玉制作的杯碗；如此精美的杯碗里，就不能盛放粗茶淡饭、豆羹粮谷，而应是山珍海味；吃的是山珍海味，穿的也必须配以绫罗绸缎一类的高档衣服；吃山珍海味，穿绫罗绸缎，住的当然不能马虎，必须建造宽阔高耸的宫殿楼台；建造宽阔高耸的宫殿楼台，必然大兴土木；大兴土木必然广增税收和征召劳役，加重国民的负担；国民不堪重负必生怨恨，怨恨积久必产生纷争；欲制止纷争必起兵镇压和设置酷刑；重兵酷刑会更激起怨民反抗，商朝的命运就岌岌可危了。"

商朝的命运不幸被箕子言中了，五年之后，纣王果然酒池肉林，沉湎于酒色，大兴土木并设炮烙之刑，国人道路以目，在周武王重兵重围之中，纣王自焚于鹿台而亡天下。

作者感言：飓风起于轻萍之末，一只蝴蝶在巴西扇动翅膀，很可能会引起美国德克萨斯州的一场龙卷风，这就是混沌理论中著名的"蝴蝶效应"，它告诉人们，在一个系统中，初始条件下一个微小变化能带动整个系统长期的巨大的连锁反应。奉献一元微不足道的硬币，最终收获了一笔巨额医疗费，小善而积大德，而获大福；吃饭用上了象牙筷子，最终导致身死国亡，小失而致大失，而致大祸。

这两个小故事告诉我们，一个微小的好的因素、机制，往往能激活人的良知和促进善行，从而催生大善，产生积极的轰动效应，利己利人利国；一个微小的坏的因素、机制，如果不加以及时制止，任其蔓延，久而久之，则会给社会带来非常大的危害，害己害人害国。关注人生细节，"勿以善小而不为，勿以恶小而为之"，这是古训明鉴。

在这里，我们特别要强调的是，千万不要轻视小毛病，小毛病不小。我们说小毛病不小，有两层含义：

含义一：小小的毛病，积累起来，发展下去，就会酿成大的祸患。吃饭用上象牙筷子是小奢侈，这小奢侈不加禁止，任其发展，便铸成了"酒池肉林"的大奢侈，最终导致国灭身死；把一根稻草放在健壮的骆驼背上，等同无物，一根一根地加上去，最终压倒了骆驼；砍伐一棵树，无损于一片森林，一棵一棵地砍下去，森林终将被砍光，水分一滴滴被蒸发，植被一点点被破坏，土地一寸寸被沙化，人类的生存环境一天天在恶化，任其发展下去，地球会变成一片无水的荒漠，正像节水广告里说的，"人类最后的一滴水是自己的眼泪"；一个人，犯了一个小错不在乎，一个一个小错犯下去，就会酿成大错，毁了美好人生。这就是事物由量变到质变的过程，这就是"箕子哭象箸"告诉我们的道理。

含义二：小小的毛病，会产生连锁反应，引起大的恶果。世界上的事物，除了质量关系外，还有因果关系。世界万物都是有联系的，一个小小毛病的产生，有可能导致巨大的不良后果。西方有个童谣说："铁钉缺，蹄铁卸；蹄铁卸，战马蹶；战马蹶，战士绝；战士绝，战事折；战事折，国家灭。"意思说，古代战争，用飞马传书，因马掌缺了一个钉子，马掌脱落了，飞奔的马突然摔倒，送信的战士从马上跌下摔死。战士死了，信未送到，失去了战机，战争失败；战争失败，导致国家最终灭亡。一块多米诺骨牌倒下，导致用数万块多米诺骨牌垒砌的长城全部倾倒，这就是马铁钉效应或多米诺骨牌效应，它提醒人们，一个最小的力量能够引起的或许只是察觉不到的渐变，但是它所引发的却可能是翻天覆地的大变化。所以，就这个意义上说，人生无小事，要想走好人生路，对生活中的每一个小毛病都不能掉以轻心。

让我们回到第一个小故事，夏露露的丰厚回报还启示我们：人还是要多做好事、善事，好事、善事做多了，得到回报的概率就高，也许，这种回报你本人并未觉察到，但它却实实在在存在着。

一毛钱，没人为你表演

一位刚退休的老人回到故乡，在一个小镇里买下一座房子住下来，他想安静度过自己的晚年，写些回忆录。房子后面有一小片开阔地，他常常到那里散散步，思考一些问题。刚刚开始的几个星期，一切都很好。但有一天，四个十几岁的男孩儿看上了这片开阔地，放学后高兴地来这里踢足球，他们大呼小叫，玩得不亦乐乎，吵得老人头都要炸开了。头几天，老人强忍着，可孩子们越玩儿越甚，呼叫声越来越高，老人实在受不了了。于是，老人去和孩子们谈判："你们玩儿得真开心，"他说，"我很孤独，你们天天放学后来这里踢球，我很高兴。如果你们每天都来玩，我每天给你们四个每人一元钱。"

四个孩子满口答应，每天放学后都来这里起劲表演他们的踢球功夫。过了三天，老人忧愁地说："对不起，孩子们，我的钱很不凑手，你们的收入只能减半了，从明天起，我只能给你们每人五毛钱了。"

孩子们很不开心，但还是答应了这个条件。放学后来得很晚，踢了一会儿就走了，劲头也不那么足了。又过了一个星期，老人愁眉苦脸地对孩子们说："孩子们，实在对不起，由于我的养老金减少了，我每天只能给你们每人一毛钱了。"

"一毛钱？"一个孩子铁青着脸说，"一毛钱，才区区一毛钱，谁为你表演？我们不干了！从今以后，你再别想看到我们到这里来为你表演。走！"

孩子们再也没有来过，听说他们又找到一个开阔的地方玩儿去了。老人又过上了安宁的日子。

作者感言：这位老人很友善，也很有学问，他没有呵斥和驱逐孩子们，而是利用了孩子们的逆反心理，巧妙地达到了自己的目的。如果不采取这种曲折的办法，而是直言相劝或相斥，孩子们可能很难缠，今天把他们劝走或撵走，明天可能还会来。

我们说这则小故事，就是想借此聊聊"逆反心理"这个话题。

说到逆反心理，是一种常见的心理现象，每个人的身上都不同程度地存在着。它是指，他者提出的要求与主体愿望不相符合时主体所产生的一种强烈的反抗心态，换句话说，逆反心理就是行为主体对对方提出的要求采取相反态度的一种心理状态，在这种心态支配下产生的行为，就是逆反行为。人在青少年时代，逆反心理最强，有许多孩子，父母让他做什么，他偏偏不去做，父母不让他做什么，他偏偏去做，专门有意对着干，这就是逆反心理在起作用。故事里的老人深谙孩子们的心理，他知道，如果劝他们或强行把他们撵走，会激活孩子们"不来"的逆反心理，反倒强化了孩子们"来"的欲望，不仅撵不走他们，他们反而会常来找麻烦，故意跑到这里来玩球，让你不得清静。因此，老人想出了一个通过购买服务并逐步减少薪酬的方式，激活了孩子们"来"的逆反心理，强化了他们"不来"的欲望，你越请他们来，他们反而不来了，从此把这群孩子们"请"走了。

导致逆反心理的因素多多，但概括起来大体有三：

因素一：受强烈的好奇心驱使。如官方禁读某一本书，人们却千方百计弄来这本书，想看个究竟。苏联心理学家普拉图诺夫在《趣味心理学》一书的前言中，为了有意验证人们的逆反心理，特意提醒读者请勿先阅读第八章第五节的故事，而大多数读者出于好奇，采取了与告诫相反的态度，首先翻看了第八章第五节的内容，从而验证了好奇心能导致逆反的观点。

因素二：企图标新立异，引起别人注意。这种因素在青少年中尤甚，他们想通过否定既定的东西，特别是否定权威，以显示自己的与众不同，从而自我肯定，获得心理满足。

因素三：特殊的生活经历所致。如多次失恋，便认定世上没有真正的爱情；受过欺骗或受过冤枉，便认定世上谁都不可以相信。

逆反心理往往是孤陋寡闻、妄自尊大、偏激和头脑简单的产物，是一种消极的心理现象，它使人无法客观地、准确地认识事物的本来面目。这种心态一旦反复出现，构成心理定式，会导致偏执型人格，影响人的健康发展。所以，我们要通过提高文化素养、丰富生活经历、增强品德修养等方式，克服这种消极心理现象，使之尽可能少地在自身发生，甚至不发生。

一场猪瘟带来的商机

　　故事发生在20世纪70年代的美国。1975年3月的一天傍晚，一个小型肉食加工公司的小老板菲利博·默卡尔，在完成一天工作之后，随便翻阅当天的《华尔街日报》，突然，一则消息跳到眼前："墨西哥正发生猪瘟疫，并且波及牛羊等动物。"。

　　默卡尔一下子从沙发上跳起来，他立刻意识到，这条消息对他太重要了，如果墨西哥的情况真是如此，瘟疫一定会传染到比邻的美国加利福尼亚州和得克萨斯州，而这两个州又是美国肉食供应的主要基地，到时候，肉食供应肯定会紧张，肉价一定会随之猛涨。这正是自己做大肉食生意的好机会。

　　他立刻叫来私人医生亨利亚，叫他明天就去墨西哥实地考察。一周后，亨利亚从墨西哥发来电报，电文说，那里确实发生了猪瘟疫，而且瘟疫正在迅速蔓延。

　　默卡尔果断行动，他集中了公司的全部资金，投放了所有人力，去加利福尼亚州和得克萨斯州，购买了大量牛肉和生猪，并将之迅速运到美国东部，该加工的加工，该贮藏的贮藏。不到一个月的时间，默卡尔的公司掌握了足够多的肉类食品。

　　不出所料，墨西哥的猪瘟疫很快蔓延到美国西部边境的几个州。为了防止瘟疫进一步扩散，美国政府下令：严禁一切肉类食品从这几个州外运。当然也包括可制作食品的生猪、活牛、活羊在内。于是，美国国内肉类奇缺，价格暴涨。

　　默卡尔抓住时机，将事先加工好的成品和贮藏的各种肉类，分期分批投向市场，前后短短八个月，他净赚了一千五百万美元。公司由此做大做强，后来，他成立了默卡尔集团，默卡尔集团也成了美国的知名企业。

作者感言：我们不能不佩服默卡尔的商业头脑，也许，许多肉食加工公司的老板也看到了这条消息，但他们丝毫没有反应，因为瘟疫发生在异国他乡，跟自己经营的企业距离太远了。

默卡尔的成功给我们两点启示：

启示一：生活中处处充满成功的机会，就看你能不能及时发现。那么，我们怎样才能发现隐藏在生活中的机会呢？在我看来，做法有三：

做法一：要专注自己正在从事或准备从事的事业，研究它与其他事物的一切关联。这是因为，我们看到的，往往是由我们想看到什么或者准备看到什么决定的。默卡尔是做肉食生意的，所以他留意一切与肉食有关的事情，当看到"墨西哥发生猪瘟疫"这则消息时，立刻和自己的生意联系起来，于是发现了商机。同是在读报纸，教师多留意与教育教学有关的事情，商人多留意市场行情，待业的大学毕业生则留意招聘广告。

做法二：留心身边的一切事情，通过联想，努力与自己从事的事业或准备从事的事业联系起来。处处留心皆学问，有的时候，他山之石也可以攻玉，鲁班看到有齿的草叶能划破肉皮而发明了锯就是一例。

做法三：永远保持好奇心并记下令你惊奇的事情。许多良机都充满惊奇，而惊奇的事情又往往非常有趣，非常神奇，保持好奇心并记下令你惊奇的事情，往往会从中发现机会。

启示二：一旦发现机会，就要及时抓住并果断行动。机会这东西，虽然无处不在，但稍纵即逝。春秋时代，宋、楚两国的泓水之战，宋襄公坐失"楚军半渡"可击的良机，导致大战失败，自己大腿也受了重伤；鸿门宴上，是杀死刘邦的最好机会，但让项羽错过了，结果楚汉相争中项羽自刎乌江，留下千古憾事。二十世纪九十年代，中国改革开放初见成效，国民生活水平普遍提高，世人开始重视保健，史玉柱抓住机会，相继强力推出保健品脑黄金、脑白金，一举跻身中国当代著名民营企业家行列，2010年有资产十八亿美元，旗下的巨人公司，是世界知名企业。

"一块马蹄铁"与"等一会儿再说"

"一块马蹄铁"是基督教里的故事，故事说，耶稣带着他的门徒彼得去布道传福音，途中发现一块破烂的马蹄铁，耶稣对彼得说："把它捡起来，或许会换点儿钱。"

彼得懒得弯腰，假装没听见，大大咧咧地就走了过去。

耶稣只好自己弯下身子，把那块马蹄铁捡了起来。他们来到一个小城，耶稣把这块马蹄铁卖给了一个铁匠，换了三文钱，并用这些钱在集市上买了一大把樱桃，藏在袖子里。

他们继续前行，出了城，眼前是一片茫茫荒野。烈日当头，又没有一点儿风，耶稣猜出彼得一定渴得厉害，就让藏在袖子里的樱桃悄悄掉出来一颗。

彼得跟在耶稣身后，见了掉下来的樱桃，喜出望外，赶忙捡起来吃了。耶稣边走边丢，彼得也就一次次弯腰捡起来吃，直到把所有的樱桃吃完。

耶稣看着彼得一次次弯腰捡樱桃的狼狈相，便笑着对他说："当初你要是听我的，只需要弯一次腰就够了，我也用不着一次又一次地反复扔樱桃，你也就不会没完没了地弯腰去捡了。"

"等一会儿再说"是我国一则传统的寓言故事。据说，清末著名画家任伯年曾把这个故事画成连环画，共三幅，后被印成年画，广为销售，国人皆知。从20世纪50年代起，这个故事就被编进了小学语文课本，足见世人对它的钟爱。

故事说，从前，有一个商人从外地购回两大竹筐陶器，用一头骡子驮着回家。走到中午，他在路边的一家小客栈吃饭，吃完饭临走的时候，店主对他说："先生，你的驮架有点儿歪了，正一正吧，不然会歪得更厉害。"商人看了一眼驮架，是有点儿歪了，但他觉得没什么大事，便说："等一会儿再说，就剩十多里路了，很快就到家了，没事的。"说完，便牵着骡子赶路了。

走了六七里路，一位过路的老大爷看见了歪着的驮架，便着急地告诉他："快把驮架扶正吧，竹筐就要掉下来了。"商人回头瞅瞅，驮架是歪得比以前厉害了，但他想，歪点儿有什么可担心的，竹筐不会掉下来，于是便漫不经心地回答说："等一会儿再说，不要紧的。"

又走了两三里路，一个中年妇女看见了，赶忙告诉他："快停下来，驮架歪得太厉害了，要是竹筐掉下来，瓷器就会摔碎。"商人头也没回，望望前面不远处的家说："等一会儿再说，就要到家了。"

离家不到半里路了，一个孩子见了，惊呼："大伯，驮架就要掉到地上了！"商人看了看孩子，说："等一会儿……"

商人的话还没有说完，只听"哐当"一声，驮架从骡子的背上掉下来，两竹筐瓷器摔得粉碎。

商人立刻傻了眼，过了好一会儿，他瞅着满地的瓷片伤心地说："你们为什么不等一会儿，差几十步就到家了，到了家，我就会把你们放下来。"

作者感言：彼得如果最初弯一次腰，不仅可以免去后来几十次弯腰的劳苦，也不会招致耶稣的捉弄；商人如果最初扶正驮架，驮架就不会越歪越严重，以至造成驮架翻掉，瓷器打碎。

这两个小故事至少给我们两点警示：

警示一：初始的积极行为很重要。不管做什么事情，一开始就抱着积极态度，立马就做，只有好处，没有坏处。

如果是象捡马蹄铁这样的事情，立马做了，事半功倍，如果拖着不做，后来再做，很可能会耗费更多的精力、财力或物力。比如栽树，树苗几寸高的时候就移栽，两锹就能挖一个坑，培一点点土、浇一点点水就足够了，成活率会很高；如果等到树苗长到几尺高，甚至几米高再移栽，要挖很大的坑，培大量的土，浇大量的水，而且成活率还很低。

如果是象扶正驮架这样需要纠正、改正、修补或调整的事情，立马去做，就会遏制事态进一步恶化，就不会导致"瓷器摔得粉碎"这样的恶果。比如腐败现象，就个体而言，如果最初犯了一点儿小错误，能及时警醒，立刻打住，就不会导致越贪胆子越大、越贪胃口越大，最后被绳之以法、锒铛入狱的悲剧；就政党、国家政府而言，如果在腐败现象滋生的初始阶段，就采取有力措施，以零容忍的态度严打严办，就不会导致腐败现象越来越普遍、越来越严重，最后达到危及党和国家生命的地步。再比如，江堤出现了一个漏水的蚁洞，发现了立马修补，举手之劳，如果等到被洪水冲成大缺口再修补，麻烦可就大了，弄不好可能会导致决堤。老子说："图难于其易"，意思是，计划克服困难，要着手于它还容易的时候，等到困难已经形成并达到很严重程度时，就很难克服了。

警示二：尤其要不得的是"等一会儿再说"的想法和做法。"等一会儿再说"，是一种迁就、得过且过、能将就就将就、能维持就维持、能不做就不做的心态。怀有这种心态的人，明知道事情应该动手去做，但总认为晚一会儿去做不会出什么问题。殊不知，世界万事万物中，有些事情、现象早一会儿或晚一会儿差别巨大，比如外出旅行，晚一会儿就可能赶不上火车或飞机，从而耽误了行期。特别是战事，晚一会儿就可能失去战机。鸿门宴上，项羽如果不犹豫，不晚那么一会儿，立马动手，就不会给樊哙闯帐搅局、刘邦借上厕所逃走提供机会，也就不会有后来的四面楚歌、乌江自刎的慷慨悲壮。

消除"等一会儿再说"心态的最好做法，就是增强紧迫感和时效观念。毛泽东主席曾说过："一万年太久，只争朝夕。"当代社会，发展变化迅速，时不我待，势不我待，生存和发展的机遇稍纵即逝，立马抓住，就会走向成功，稍等一会儿，机遇就丧失，成功就无望。所以，我们要时时提醒自己：事来即逝，此时事此时毕，此日事此日毕，绝不拖延。这很重要。

"一把油布伞"与"丢失了一枚价值连城的钻戒"

　　"一把油布伞"的故事说，很久以前，有一位富商，为了逃避战乱，将自己多年经营的商铺卖掉，换成黄金，并特制了一把油布雨伞，把黄金藏在伞柄里。然后他打扮成一个农夫，启程回乡隐居。

　　一天，他来到一个小镇上，因天气炎热又走得太急，他又累又困，就坐在街边的一个石凳上打了一个盹儿。不料，打盹儿的工夫，雨伞丢失了。

　　这是他几十年的心血，他心里一阵刺痛，但多年商海打拼，历练得他从容镇定。他不露声色，看看街上来往的行人，又仔细查看了自己的随身物品，发现放在伞边的包裹完好无损。他认定，拿伞的人，不是专业盗贼，更不是发现了伞里的秘密，尾随他趁机偷走了伞，而是一个过路人，路过他身边时顺手牵羊将伞拿走，这人肯定就住在这个镇上或附近的村子里。

　　正值多雨季节，用伞的频率很高，商人知道，他特制的那把伞，用不了很久就会破损。于是，他就在这个小镇住下来，租了一间屋子，买了修伞的工具，开始修伞。

　　转眼一个多月过去了，他还没有等来自己的伞。但在修伞过程中，他了解到，许多伞不值一修时，人们往往把它扔掉，去重新买伞。于是，他在修伞时又增加了以旧换新业务，许多人拿着破旧的伞，很轻易就换到一把好伞。消息传开，附近的人纷纷前来换伞。

　　又过了几天，一个中年人拿着一把脱了顶的旧伞赶来，想换一把新雨伞。商人一看，正是他魂牵梦绕的那把伞，伞柄完好无损。他不动声色地为那人换了新伞，等那人走后，他收了工具，关了店门。

　　第二天，他交清房租，推说家里捎来口信，让他快点儿回去，于是，高高兴兴地离开了小镇。

"丢失了一枚价值连城的钻戒"的故事说，一个阴黑的夜晚，一座大城市的国家级博物馆被盗，丢失了十件珍贵文物，有幸一枚价值连城的钻戒没有被偷走。现场勘查，是团伙作案，非一人所为。一直陪同勘察的馆长十分沉稳，他告诉警方，在侦破过程中千万不要暴露丢失的件数和每件文物的名称，十天后如果没有结果，他将通过电视台寻求帮助。警方采纳了他的建议，随后立即投入大量警力侦破，但没有发现一点儿线索。

十天后，一直保持沉默的馆长给当地电视台打了一个电话，邀请电视台来博物馆就被盗事件采访他。

采访过程中，记者问馆长："这次被盗丢失了多少件文物？"

"共丢失了十一件。"馆长答。

"这些文物都很珍贵吗？"记者问。

"是的，都很珍贵，特别是那枚钻戒，价值连城。"馆长面色阴郁，心情十分沉重。

采访作为重大新闻播出，反响强烈，一时间成了全城关注的热点、焦点问题，成了人们交谈的中心话题。

几天后，警方就查到了线索，顺利破了案，找回了十件丢失的文物。线索来源很简单：几个盗贼在相互火拼中被警方抓获，而他们火拼的原因是：他们要查出，究竟是谁私藏了第十一件文物，即那枚价值连城的钻戒。

作者感言：大半生打拼挣来的巨资瞬间被偷走，馆藏的珍贵文物一夜被盗去，这突如其来的天大变故，无疑是对富商和馆长的沉重一击。通常，每遭遇此类重大打击，当事人往往惊慌失措，或捶胸顿足、哭天喊地，或悲怆痛苦、懊恼悔恨，或苦闷绝望、痛不欲生；但富商和馆长却处变不惊，从容应对，富商不动声色的修伞、换伞和馆长大张旗鼓在电视上的故意声张，都是镇定自若中生成的智慧，这智慧让巨资和珍贵文物失而复得。

似想，如果富商发现巨资被偷，立刻痛苦万状并匆忙追寻，或急忙报官，求得帮助，恐怕这辈子也别想找回被偷走的巨资。因为这种做法无疑是在布告天下，消息很快就会传到偷伞人的耳朵里。当偷伞人得知自己偷到的伞里藏有巨资，他会把巨资交出来吗？肯定不会！道理很简单，他是小偷，掉到饿狼嘴里的一块肥肉，饿狼是绝不会吐出来的。正是富商象什么事情都没有发生一样的镇定自若，守住了伞柄藏有巨资的秘密，让贪小便宜的偷伞人又拿着藏有巨资的破伞，换走了一把新伞，巨资分文不少地回到了富商手中。

再试想，如果馆长得知文物被盗，立刻惊慌失措、心慌意乱，被动地听凭警方公开侦破和无奈地等待上级主管部门的问责，案件侦破恐怕不会如此顺利，也许永远也无法侦破。这是因为，经过周密设计的团伙作案，很少有漏洞，一旦得手，很难找到侦破线索，时间一久，案件就会因无法侦破被悬置，到那时，盗贼就会顺利地将赃物出手。是馆长面临大事的平心静气和镇定自若，生出了从内部瓦解盗贼的锦囊妙计，一举将盗贼抓获。

这两个失而复得的故事告诉我们，"镇定自若，每临大事有静气"很重要，镇定才能出智慧。

为什么镇定自若、有静气才能出智慧呢？这是因为，镇定自若、有静气是一种稳定的情绪状态，而人只有在情绪稳定、心境平和的状态下，思路才能开阔畅通，考虑问题才能周到全面，智慧才能产生。许多人都有这样的体验，在极度慌乱、恐惧、愤恨、暴怒或狂喜的那一刻，大脑一片空白，什么也记不起，什么也想不到，也完全不知道该怎么做，这就是我们通常所说的"慌乱无智""紧张无智""惊慌失措""忘乎所以"。这个时候，极端情绪处于支配地位，人的思维多处短路甚至完全停滞，大脑都不工作了，何来智慧？

"镇定自若，每临大事有静气"，往往能帮助人化解风险，如诸葛亮的"空城计"。《三国演义》"马谡拒谏失街亭，武侯弹琴退仲达"一回里说，魏将军司马懿，趁马谡街亭失守，急率十余万大军奔袭诸葛亮所在的西城县城。当时，诸葛亮手下只有一千余人，而又多是文官，无一武将，根本没有战斗力，逃跑也已经来不及了，无奈之下，诸葛亮演出了一场空城计。当司马懿来到城下时，看见诸葛亮"披鹤氅，戴纶巾，引二小童携琴一张，于城上敌楼前，凭栏而坐，焚香操琴"。看诸葛亮那怡然自得的样子，听那纹丝不乱的悠悠琴声，司马懿竟自"暗暗生疑"，恐中埋伏，急令撤兵。司马懿当时的心路是：诸葛亮办事历来十分谨慎，从不贸然做事，面对眼前的十几万敌军，他如此泰然自若，心平气和，肯定早有准备，必有埋伏，赶快撤军。魏军一撤，诸葛亮也赶忙带人退往关中。诸葛亮是中国历史上著名的政治家和军事家，他到底用没用过"空城计"，史书上没有记载，十有八九是小说家编造的，但不管怎么说，这个故事启示我们，在面对突如其来的风险和重大变故时，保持沉着冷静，只有好处，没有坏处。就此我们可以说，镇定自若，每临大事有静气，是人生的一笔宝贵财富，它会让我们懂得，一旦遭遇困难、挫折，一旦直面狂风暴雨、惊涛骇浪，恐惧、惊慌、痛苦、悲伤非但于事无补，可能还会把事情搞得更糟，而只有镇定自若，平心静气，才能保持头脑清醒，头脑清醒了，才能做深入思考和详尽分析，才能找出解决问题的办法，化险为夷。

镇定自若，每临大事有静气，是一种修养、一种气质、一种境界，也是一种东方智慧，它历来为贤哲所称道，诸葛亮在《诫子书》中说："夫君子之行，静以修身，俭以养德，非淡泊无以明志，非宁静无以致远。夫学须静也，才须学也。非学无以广才，非志无以成学。"这就是"宁静致远"成语的源头。

镇定自若，每临大事有静气，不是与生俱来的，它是一个人后天修养的结果。静气是一种定力，修养静气，就是历练和涵养定力，中国儒学的心定之理、佛学的禅定之道、道学的身定之法，都是我们修养静气的重要思想资源。

当今时代，在市场经济环境下，激烈的竞争、快节奏的生活、复杂的社会万象、强烈的物欲追求，让许多人变得浮躁不安。当此时，修养一点儿静气，给自己打造一片朗润的天空，十分重要。"万物静观皆自得，四时佳兴与人同。"这是北宋大哲学家、教育家、诗人程颢告诉我们的；"每临大事有静气，不信今时无古贤。"这是清末著名政治家、书法家、曾先后担任过清同治、光绪两位皇帝老师的翁同龢告诉我们的。

"一张张冷漠面孔"与"一脸微笑"

  "一张张冷漠面孔"的故事发生在美国旧金山。2000年9月，一个周末的傍晚，微风习习，夕阳的余晖和波光粼粼的海面将金门大桥烘托得更加雄伟壮观。这时，一个美国青年从公共汽车上下来，缓缓地走上大桥。他的行为举止与观光者或行人明显不同，也与眼前美不胜收的景观和清新和谐的情境极不协调，他看上去十分疲倦，无精打采，浑身好像被抽去骨头一样跟跟跄跄地在桥上走着，酷似一个劳累过度或久病未愈的人。他眼里充满期待，目光时时落在观光的游客和来往的行人身上，似乎想从别人那里寻找点儿什么。没有人注意他，甚至都没有人看他一眼，他看到的，都是一张张冷漠的面孔。他彻底失望了，掏出笔，写了一张纸条，放在桥面上，然后闭上双眼，飞身越过桥栏，跳进大海。

  游客和行人惊呆了，人们立刻捡起那张纸条，上面写着："如果有人在我走在大桥上时朝我微笑，我就不跳。"人们面面相觑。

  也是他命不该绝，他的落水点正好在一艘游船附近，他被人及时发现并获救。他叫凯文·海因斯，当年十九岁。据说，这座饱含人类智慧和具有雄姿并是旧金山标志性建筑和进入旧金山湾重要通道的金门大桥，自1937年5月28日贯通以来，不仅每年吸引来上百万游客，而且也有许多人在这里自杀，成了世界闻名的"自杀桥"。据警方统计，到2010年为止，已经有一千二百多人从桥上跳海自杀，其中，仅有二十几人获救，海因斯是为数不多的获救者之一。

  事后，海因斯告诉人们，他当时学业和爱情都严重受挫，一时想不开，才决定了断自己。但他还告诉人们，当他下了公汽走上大桥时，他已经开始动摇了，他当时想，如果桥上的游客和来往行人有一个人向他微笑，哪怕就一下，他也会放弃跳海。但令他遗憾的是，他在桥上跟跟跄跄走了很久，看到的，都是一张张冷漠的面孔，他不甘心，多次在心里对自己呼喊：别急，等等吧，也许天使马上就会出现，可直到最后，他没有看到一丝微笑。于是，他绝望了，写下那张算是"遗嘱"的纸条便跳进大海。

活下来的海因斯积极面对人生，活得很好，也常被学校邀请去做预防自杀的报告，他本人更是乐此不疲。他说，他是在偿还他欠下的巨额人生债务。

"一脸微笑"的故事来自澳大利亚。在澳大利亚悉尼港东部，有一处临海悬崖，像一只巨大的手掌直伸向海的上空。19世纪以来，每年大约有五十人选择在这里结束生命，平均每周发生一起自杀事件。这里成了名副其实的"自杀崖"。

又是一个早晨，天蒙蒙亮，一个中年男子步履蹒跚地向悬崖走去，他走走停停，一副失魂落魄的样子。就要到悬崖了，他的脚步明显慢了下来，他抬头望了望天空，从兜里掏出一支烟，坐下来点着。不一会儿，他身边已经有了一堆烟蒂。不知过了多久，他站起来，眼神迷离地向悬崖边走去。

"你为什么不过来喝杯茶呢？"突然，一个柔和的声音从身后传来，如一只温暖的手把他拉住。他回过头，看到一张和善的脸正温柔地对他微笑，这微笑像娇艳的花朵，更像初春的朝阳。他忽然感到一股从未有过的暖流瞬间溢满全身，紧接着，这股暖流又从他的眼里夺眶而出。他迅速转身，跑过去紧紧抱住了那位向他微笑的男人。

这个微笑的人叫唐·里奇，是一名普通的人寿保险推销员，家就在"自杀崖"附近。这天所发生的一切并非偶然，因为里奇每天早晨起床后的第一件事，就是跑到二楼卧室的窗前观察"自杀崖"。如果发现有人失魂落魄地站在距离悬崖非常近的地方，他就会赶忙跑过去，然后给对方一个温暖的微笑。

就这样，里奇在这里一直守望了五十多年，至少把二百多条生命从死亡线上拉回来，成了名副其实的"守护天使"。当记者问及此事时，里奇说，他没有太多的说教，他也不会劝解人，他最通常的做法，就是一脸微笑地打招呼，然后一脸微笑地请寻死者到家里喝喝茶，随便聊聊天，他从不追问寻死者为什么要这样，更不窥探别人的隐私或义正词严地提出忠告和建议，最多的时候，他是一脸微笑地倾听，特别是对方情不自禁地倾诉时，他更是听得专注，笑得温暖。

2010年，伍拉勒地区议会授予八十多岁的里奇夫妇"2010年度公民奖"。

作者感言：第一个故事，如果大桥上的游客和行人不那么吝啬，送给海因斯一个微笑，哪怕是偶然的、淡淡的，海因斯也就不会跳进大海；第二个故事，那

个就要跳下悬崖的中年男子，当听到一声柔和的呼唤转过头时，立刻被里奇的一脸微笑所征服，毅然放弃了自杀念头。在这里，一个微笑与一个生命等值，拥有微笑就拥有生命。

为什么一个微笑有如此神奇的力量呢？据专门研究自杀心理的专家分析，对于一个决意自杀的人来说，不管出于何种动机，在采取行动的最后时刻，心灵往往都变得非常单纯和脆弱，哪怕有一点儿小小的真诚、善意或关怀，都会深深触动他的心灵，让他感到来自这个世界的温暖，这温暖会迅速缓解甚至化解他眼前的痛苦，唤起他对生活、生命的珍爱。如此说来，海因斯渴望一个微笑和那个中年男子去拥抱向他微笑的里奇，就一点儿也不意外了，因为，微笑是一种善意，是一种示好，更是一种关怀。

当然，微笑的价值不仅限于此，它的好处多多。对自身而言，一脸微笑，是心灵宁静、心态平和、心情愉悦、胸怀达观、身体舒适、生活惬意、事业顺畅的表现；对他者而言，一脸微笑，则具有赠送善意、主动示好、沟通感情、增进友谊、消除误解、化解矛盾、促进和谐、赢得尊重、获得信任等功效。

微笑是人类最美的表情，也是最简单、最没有成本、人人都能轻易做到的事情。送给别人一个微笑，不费一点儿力气，没有一点儿损失，却对双方都有好处。一位诗人说："我最喜欢的一朵花是开在别人脸上的。"也就是说，微笑是盛开在人们脸上的一朵鲜花，是一个人无须费任何力气献给别人的一份美好礼物，当你把这个礼物献给别人时，你就能赢得友谊，有时甚至能赢得财富。"回眸一笑百媚生"，杨玉环的一个微笑，赢得了唐明皇李隆基的爱情。关于赢得财富，中国有句古话说："人不会笑莫开店。"外国人说得更直接："微笑亲近财富，没有微笑，财富将远离你。"世界著名商人希尔顿的母亲深谙此道，当希尔顿先生开办酒店时，母亲曾对他说："孩子，你要成功，必须找到一种方法，这个方法必须符合以下四个条件：第一，要简单；第二，要容易做；第三，要不花本钱；第四，能长期运用。"这究竟是什么方法呢？母亲笑而未答。希尔顿反复观察、思考，猛然想到了：是微笑，因为只有微笑才完全符合这四个条件。后来，他果然用微笑闯进了成功之门，将希尔顿酒店开到了全世界的大城市。微笑服务，已经成了全世界服务行业的通则。

微笑只在转瞬之间，但它却能给人留下永久记忆，所以，有首歌里说："请把我的歌，带回你的家，请把你的微笑留下。"

微笑是一汪山泉，它会让人感到清澈；微笑是一缕阳光，它会让人感到温暖。微笑吧，当我们微笑时，生活也在微笑；假如全世界人人都在微笑，这个世界就变成了一个清纯而充满阳光的温暖世界。

我们再回到前面两个故事。在第一个故事里，我们并没有谴责游客和行人的意思，谁也不会在观光和走路过程中见到人就有意微笑，这不可能，也没必要，如果真这样做了，人们一定会认为你是个傻子。但我们需要提醒的是，在观光、走路或做事过程中，如果发现行为有些反常的人，如跟跟跄跄、行动迟缓、抱头捂肚、表情痛苦等，就应该关心地询问一下并报以微笑。也许，你微笑的一句询问，如"喂，小伙子，没事吧？"，或"老人家，您怎么了？"，或"夫人，您需要帮助吗？"，或"喂，小家伙，我能为你做点儿什么？"，或"小姑娘，你这是怎么了？"等等，就会使对方走出困境。这只是举手之劳的事，但它传递了善意和美好。

在第二个故事里，我们看到的，不仅仅是里奇的微笑，还有他的爱心和高尚人格。里奇的一脸微笑，源自他对人的关爱，源自他五十多年无私的"守望"。

附：微笑故事两则：

故事一：中国女孩儿的微笑

故事说，20世纪80年代中期，在江南的一座小城里，生活着一个因破产而负债累累的中年人，两个月前，他还是这个小城中有名的富翁，是中国改革开放以来首先富起来的少数人。只因一场失败的投资，使他在短短的几天内失去了一切，豪华的别墅和崭新的"宝马"，都因无力偿还贷款被银行收走，人们背地里都称他"负翁"。

从峰顶一下跌进深谷，巨大的反差使他万念俱灰。一天傍晚，他徘徊在大桥上，望着桥下滔滔江水，脑海里一次次涌出跳下去的念头。正当他准备纵身一跳的时候，迎面走来一个小女孩儿，看上去四五岁左右，她手里拿着一只小瓶子，一边走一边吹泡泡。夕阳下，五彩颜色的泡泡不断从小瓶子里冒出来，四散到她的周围，她仿佛生活在一个美妙的童话世界里。中年人看呆了。

小女孩儿越走越近，当她意识到有人在盯着自己时，便带着天真的神情，一边吹泡泡一边静静地注视着中年人，旋即，小女孩儿笑了，浅浅的笑靥漾出一股股清甜，夕阳的余晖洒在她纯真的笑脸上，幻出一道圣洁的光环。

中年人有一种说不出的感动，心中的阴霾一扫而空：世界上还有这么美好的东西值得留恋，何必轻生呢？从头再来就是！

回去的路上，他的脚步变得坚定，他的心激动得膨胀开来，对未来充满希望和期待。他暗下决心，要通过自己的努力，让自己年幼的女儿也能拥有这样动人的笑颜，而不能生生地抛下她，使她从懂事起就没有了父爱。短短的几天内，他制订了一系列东山再起的计划、方案，并在以后的几年里真的将其一一实现。在奋斗过程中，每当他遇到挫折，他的眼前便浮现出小女孩儿的笑脸，于是勇气倍增。多年后，他又过上了破产前的日子。

而这时，桥上偶遇的那个小女孩儿，已经是背着书包和小伙伴们蹦蹦跳跳一起上学的学生了。

重新富起来的中年人通过地毯式搜索，找到了当年的小女孩儿，她正在学校的林荫道上和同学们玩耍，脸上仍然是纯真清甜的微笑。

虽然小女孩儿的家境还算殷实，但中年人坚持资助她读书，并在她大学毕业后，将自己的一个广告公司转到了她的名下。

故事二：美国女孩儿的微笑

故事说，20世纪90年代，在美国加州，有一位六岁的小女孩儿，在玩耍的时候，一个路人一下子给了她四万美元现金。这个路人与小女孩儿及其家人素不相识，并且大脑也没有什么毛病。此事一下子轰动了整个美国，成了当时的头号新闻。后来，在邻居和家人的引导下，小女孩儿回忆了整个过程："就在那一天，我刚好在外边玩儿，路上碰到了那个人，当时我记得向他笑一笑，就只有这样啊！"父亲接着问："那么，对方有没有说什么话呢？"小女孩儿想了想，答道："他好像说了句'你天使般的微笑，化解了我多年的苦闷！'"

后来查知，这个路人是一个富豪，但他活得并不快乐。他本人整天一脸严肃，冷若冰霜，在他居住的小镇上，谁也不敢对他笑。当她遇到小女孩儿时，小女孩儿真诚的微笑使他感到温暖，甚至打开了他尘封多年的心扉。

"一鸣惊人"与"庄王葬马"

　　"一鸣惊人"的故事出自《韩非子·喻老》。故事说，楚穆公去世后，嫡长子熊侣即位，是为楚庄公。庄公执政三年，没有发一项政令，也没有一样政绩，整天贪恋酒色，不理朝政，吃喝玩乐，通宵达旦，朝中之事全都交给成嘉、斗般、斗椒等若敖氏一族代理。为了避免群臣劝谏，他还在宫门口挂起一块大牌子，上边写着："进谏者，杀毋赦！"群臣忧虑不安。一天，右司马伍举求见庄王说："大王，臣有一事不明，想请教大王。"庄王说："有何不明，说来寡人听听。"伍举说："臣最近听说，有一只大鸟落在南方高高的阜山上，三年不展翅，不飞翔，也不鸣叫，沉默无声，这是什么鸟呢？"楚庄王知其用意，回答说："这是一只凤凰，三年不展翅，是为了生长羽翼；三年不飞翔、不鸣叫，是为了观察世事人情。虽然至今还没有飞翔，但一飞必将冲天；虽然至今还没有鸣叫，但一鸣必会惊人。"从此以后，庄王一改前非，专心理政。他先后废除了十余项不合时宜的政令，新制定了多项政策；先后诛杀了五名奸佞之臣，启用了多名隐于乡野的人才。短短半年时间，楚国大治。接着，他亲自带兵征战，在徐州大败了齐军，在河雍战胜了晋军，在宋国与诸侯会盟，终于使楚国称霸天下。

　　"庄王葬马"的故事出自《史记·滑稽列传》。故事说，楚庄王有一匹心爱的马，他对这匹马疼爱有加，他给这匹马穿刺绣的衣服，吃高贵的枣脯，并为马建造了富丽堂皇的马厩。后来，这匹马因为恩宠过度，得肥胖症而死。爱马身死，庄王悲痛万分，他决定以"大夫"之礼来为马发丧，并准备让群臣参加送葬仪式。

　　对此，朝野议论纷纷，有人劝庄王不要这样做。庄王不但不听劝阻，反而非常生气，下令道："有敢以马谏者，罪至死！"意思说，再有劝我不以大夫之礼葬马者，就处以死刑。于是众人闭口不敢谈葬马之事。

楚国的乐人优孟是一个能言善辩的人，他得知楚庄王要以大夫之礼葬马后，便来到王宫。优孟一走进宫门就仰天大哭起来，庄王问他为什么，优孟说："听说大王最心爱的马死了，这是多么悲痛的事呀。我们堂堂的楚国，要什么没有啊？可是大王却只以大夫之礼发丧，这不是有点儿太薄情、太寒酸了吗。我请大王以君王的礼节来埋葬这匹马。"

优孟的话使庄王听了十分舒服，他立刻接受了优孟的建议，并问优孟该怎么做。优孟说："应该用雕刻的玉石做成内棺，用有花纹的梓木做成外棺，调动大批士卒修坟，调动大批百姓背土。送葬时，让齐国、赵国的使节陪列于前，让韩国、魏国的使节尾随其后。接着，再给这匹马建造祠庙，以帝王祭祀时用的牛、羊、豕（猪）三牲齐全的最高礼仪来祭祀，并且安排一个有一万户的城邑来供奉。"庄王听了连连点头。

说到最后，优孟又不紧不慢地说："大王这样做了，天下人就会知道，大王您把人看得很轻贱，而把马看得很尊贵。"

听到这里，庄王一下子明白了优孟的用意，幡然醒悟。他想，倘若是国人都认定自己贵马而贱人，那些有才能的人，还会有谁愿意为自己办事呢？他谢过优孟，深责自己险些铸成大错，下令取消以大夫之礼葬马的决定，将马交由后宫的厨房处理，剥皮吃肉。

作者感言：楚庄王是我国历史上很有作为的君王，是春秋五霸之一。我们说庄王的这两则小故事，是想借此说两点想法：

想法一：知错必改，善莫大焉。据史书记载，庄王即位后，确有很长一段时间耽于享乐。对此，在第一个故事里，庄王为自己三年迷恋酒色、不理朝政找了个很好的理由，他告诉伍举，他三年不做事，是为了"生长羽翼"和"观察世事"，这显然是为自己找个台阶下的托词，但这个托词中隐含了他对以往过错的认可，也正是在认错的基础上，他才下定了"一飞冲天""一鸣惊人"的改过决心。他说到做到，从此一改前非，励精图治。在第二个故事里，当庄王认识到自己的错误后，不仅取消了厚葬马的决定，还将马交于厨房剥皮吃肉，以示改过的坚决态度。庄王"勇于改过"的案例告诉我们：人难免会犯错误，人也不怕犯错误，怕只怕知错不改，只要像庄王那样勇于改错，一切都可以重新开始，有所作为甚至大有作为，也是完全有可能的。

想法二：劝人改过，贵在得法。规劝别人改正错误，特别是规劝上司、长者改正错误，要讲究方法，方法用得好，才能奏效。从故事中我们可以看出，庄王是一个十分固执和霸道的君王，在没有醒悟之前，是什么规劝也听不进去的。"进谏者，杀毋赦！"的宫门牌示和"有敢以马谏者，罪至死！"的王令，都说明不止一人劝说过庄王，也充分证明所有规劝都没有效果，庄王听得烦了，才下此禁令。如此固执、霸道的庄王为什么能接受伍举和优孟的劝谏呢？原因在于，两个人没有直面指责庄王的错误，而是采取了迂回方式，婉言相劝。

右司马伍举用的是托物言情法。首先，他去见庄王，不是去批评庄王，指责庄王，而是向庄王请教。这一请教，体现了伍举对庄王的尊重和信任，从而消除了庄王对伍举的拒斥，拉近了两个人的情感距离，为进一步交流铺平了道路。其次，伍举所请教的，不是现实生活中令人纠结、闹心的具体问题，而是一个神话中莫须有的事情，尽管这个神话隐喻现实，大鸟比况庄王，三年不飞不鸣比况庄王荒于政务，但隐喻本身是对庄王的抬举，无一丁点儿谴责味道，庄王听了心里舒服。再次，听了庄王解释，伍举没有得寸进尺，做进一步求证，而是恰到好处地终止谈话，谦然告退，全然维护了庄王的王者尊严。至于庄王"韬光养晦"的解释，不管说的是真话还是假话，都证明庄王已经接受了劝谏，庄王以后的实践，更证明了这一点。托物言情法的好处就在于：它委婉、平和，不直接刺激被规劝者，易于被人接受。

乐人优孟用的是归谬法。优孟顺着庄王的心思，有意将庄王的决定推到极致，使其厚葬马的害处暴露无遗，促使庄王幡然醒悟。归谬法是一种间接的反驳方法，在论辩中经常使用。这种方法的具体做法是：首先假定对方的观点是真实的、正确的，并以此为根据进一步引申推论，一步步从对方观点中合乎逻辑地推导出荒谬结论，让人一听就感到对方的观点根本站不住脚。例如，有个小故事说：有一个穷人有病住进了医院，他对办理住院的护士说："请把我安排在三等病房吧，我很穷。"护士问："没有人能帮助您吗？"病人答："没有，我只有一个姐姐，她是修女，也很穷。"护士听了反驳说："修女富得很，因为她和上帝结婚。"病人怔了一下，然后说："那好，您就把我安排在一等病房吧，出院的时候，您把账单寄给我姐夫就行了。"这位病人就是用归谬法反驳了护士"修女富得很，因为她和上帝结婚"这句话的荒谬。很明显，病人并不直接指出护士观点的荒谬之处，而是故意"承认"其真实性，然后据此进一步推出"出院的时候，您把账单寄给我姐夫就行了"的荒谬结论。显然这个结论是护士小姐不能接受的，必然遭到否定，由此又必然推出作为前提的护士的话是荒谬的。归谬法运用得好，具有很强的反击力。正确运用归谬法，要注意三点：一是要抓住对方观点的要害，一针见血；二是推论要合乎逻辑，令人信服；三要分清敌友，注意分寸。

顺便说一句，力劝庄王不要沉迷酒色的还有他的宠妃樊姬。据野史传说，樊姬屡次苦口婆心地劝导庄王，却收效甚微，庄王依旧我行我素。樊姬心灰意冷，为此不再梳妆打扮，终日蓬头垢面。庄王察觉后觉得奇怪，便问樊姬为什么不施粉黛，不着艳装，樊姬回答说："您整日沉迷酒色，荒废国事，楚国的前途一片黯淡，我哪里还有心思梳妆打扮呢。"庄王听后当即表示悔改，但江山易改，禀性难移，庄王没过几天便旧病复发，整天不是外出游猎，就是在后宫里与妃嫔们厮混。樊姬于是命人在南城垣筑起一个高台，每天晚上她都登上此台，独自对着月亮和星星梳妆。庄王见后深感奇怪，问樊姬为何夜晚独自对空梳妆。樊姬回答说："大王答应我要远离声色犬马，励精图治，但大王根本不在乎对我的承诺，因此，我干吗要打扮给不在乎我的人看呢？还不如对星月梳妆，让星月来欣赏我。"庄王深感樊姬良苦用心，终痛改前非。看来，庄王改过从善，非伍举一人之功。

在这本小书里，我们在《庄王"绝缨会"与曹操"烧信"》一文中，还说了庄王"绝缨"的故事，赞美了他的大度和宽容，可参阅之。

"一屋不扫，何以扫天下"与"从改变自己开始，可能改变整个世界"

　　"一屋不扫，何以扫天下"的故事出自《后汉书·陈蕃传》。故事说：陈蕃字仲举，是汝南平舆人，他的祖上曾做过河东太守。陈蕃十五岁的时候，有一天，他父亲的朋友薛勤前来拜访，见陈蕃居住的庭院及屋舍十分杂乱，龌龊不堪，便对他说："孺子何不洒扫以待宾客？"，意思说，年轻人，你为什么不整理打扫房间来迎接宾客呢？陈蕃回答说："大丈夫处世，当扫天下，安事一屋？"意思说，大丈夫在世上接人待物、做事情，应当以扫除天下的不合理现象为己任，怎么能在意清扫一个小小的屋舍呢？薛勤知道陈蕃有澄清世道的大志，但做法有问题，便批评说："一屋不扫，何以扫天下？"意思说，连自己居住的一个房舍都不能打扫干净，怎么能够扫平天下澄清世道呢？

　　"从改变自己开始，可能改变整个世界"是英国威斯敏斯特大教堂里一块墓碑上的铭文。在伦敦泰晤士河北岸，在国会大厦西南侧，耸立着威斯敏斯特大教堂。在这座古老的建筑里，长眠着英国从亨利三世到乔治二世等二十多位国王及其他著名人物。而在教堂的角落里，有一块极普通的石制墓碑，碑上无死者的姓名，无生卒年，亦无死者的生平介绍，但墓碑上的文字却震撼了每一个前来观光的人。碑文说："当我年轻的时候，我梦想改变这个世界；当我成熟以后，我发现我不能够改变这个世界，我将目光缩短了些，决定只改变我的国家；当我进入暮年之后，我又发现我不能够改变我的国家，我的最后愿望仅仅是改变一下我的家庭。但是，这也不可能。当我现在躺在床上，行将就木时，我突然意识到：如果一开始我仅仅去改变自己，然后，我可能改变我的家庭；在家人的帮助和鼓励下，我可能为国家做一些事情；稍后，谁知道呢？我甚至可能改变这个世界。"

作者感言：《后汉书·陈藩传》没有提及陈藩对薛勤批评的直接反应，但从陈藩二十岁举孝廉出仕做官，拜为郎中，后成为东汉末年的名臣，官至太傅，录尚书事，近乎当代的国务院总理，就足以证明对自身要求一定很严。科举出仕是隋代以后的事，汉代选拔官吏的形式是"举孝廉"，即通过推荐"孝顺亲长、廉能正直"的人为官的方式选拔官员，如果自身形象不佳，拖拉懒散，是不能被举荐做官的。由此可知，陈藩一定是接受了薛勤的批评，改过自新，从"扫屋"的小事做起、从自身做起，后终成大事。

威斯敏斯特大教堂里那块墓碑上的铭文，是一位老人的临终感悟，不难想象，这位老人是一个充满梦想又不懈奋斗的人。我们无从知道老人的梦想实现了多少，但我们可以肯定，老人充满了遗憾。这遗憾就是：年轻的时候，没有从改变自己开始。

我们说这两则小故事，就是想借此聊聊"从改变自己开始"这个话题。

从改变自己开始，是一种从小处着眼的做法。凡事，都是从一点儿一点儿做起的，"合抱之木，生于毫末；九层之台，起于累土；千里之行，始于足下"。立足改变自己，不断发挥自己的长处，克服自己的短处，使自己的阅历、经验日益丰富，知识、能力日益增强，才有可能改变家庭，进而有可能改变国家甚至改变整个世界。

从改变自己开始，是一种实事求是的态度。改变自己，是从最近处、最小处、最易处着手，只要有诚恳的态度，能正确对待自己，并积极去做，是任何人都能做到的；而改变世界，则是从最远处、最大处、最难处着手，非有深邃的思想、高远的境界、丰富的阅历、智慧的思维、驾驭全局的能力、超人的毅力、一呼百应的威信，是很难担此大任的。在翅膀稚嫩的时候低空飞行，是一种求真务实的理性选择。努力振翅飞到自己能达到的高度，并随着羽翼的丰满不断攀升，照样可以拥抱蓝天。

人不能没有梦想，梦想是人生的动力和方向标。一个人，志存高远，心怀"扫天下"和"改变整个世界"的宏愿，本无可非议，特别是年轻人，更应该有这种大想法，因为无大想法很难有大作为。这位老人也不是反对人应该有大想法，碑文最后的"谁知道呢？我甚至可能改变这个世界"这句话，足以证明老人仍然坚持着"改变整个世界"这个大梦想，但老人强调的是，要想实现大梦想，必须从改变自己做起，必须从一点一滴做起，循序渐进，逐步攀升。

为实现大梦想而"从改变自己开始"的想法，也是中国传统儒学一贯倡导的思想。《礼记·大学》里说："物格而后知至，知至而后意诚，意诚而后心正，心正而后身修；身修而后家齐，家齐而后国治，国治而后天下平。"意思说，一个人只有穷究了事物的道理才能获得知识，只有获得了知识才能生成诚实意识，只有生成了诚实意识才能端正思想，只有端正了思想才能养成自身优秀人格，只有养成自身优秀人格才能管理好自己的家庭家族，只有管理好自己的家庭家族才能治理好国家，只有治理好国家才能使天下太平。这"格物、致知、诚意、正心、修身、齐家、治国、平天下"八个德行条目，由个体到整体，层层递进，充分表达了"从改变自己开始"才能"改变世界"的思想，这一思想始终是中国传统知识分子刻意坚守的情怀。

从改变自己开始吧，说不定你会改变整个世界？

"二句三年得，一吟双泪流"与"推敲"

　　这是唐代著名诗人贾岛的两则轶事。贾岛早年出家为僧，号无本，后还俗，屡举进士不第。他素以炼句、炼字称著于世，在他的诗中，有不少名言佳句流传至今。

　　"二句三年得，一吟双泪流"的轶事说，贾岛的《送无可上人》一诗，前后写了三年才完成。起初，他即兴很快写出了"圭峰霁色新，送此草堂人。麈(音zhǔ)尾同离寺，蛩（音：qióng）鸣暂别亲"前四句和"终有烟霞约，天台作近邻"的最后两句，可五六句，怎么写也不妥帖，改来改去，有空就想，一直到了第三年才敲定为"独行潭底影，数息树边身"。

　　小诗描写作者秋雨初晴之际，送别从弟无可禅师去天台问道时的情景，首联交代背景，颔联写送写别，这颈联则重在抒发别后的孤独之感。从弟离去，独自在潭边行走，只有水中影子相随；几次歇息下来，也只有树木相伴。细细品读，此联充满禅意，独行潭边，潭上之人与潭底之影，是一是二，非一非二，亦一亦二，不免使人想到唐代高僧、禅宗五大家之一的曹洞宗开山之祖洞山良价看到潭底之影而豁然开悟的故事；而在树旁歇息，此歇息者又是谁，不过是色身而已。果真如此，那么，离别之事又何须看得太重呢？不过，禅宗虽讲纳于境而不滞于境，但终泯灭不了心中情感，故尾联有"终有烟霞约，天台作近邻"的约定。

　　另据宋人魏泰《临汉隐居诗话》记载，贾岛自己对这两句诗也十分欣赏，并作了一首《题诗后》的小诗，诗曰："二句三年得，一吟双泪流。知音如不赏，归卧故山秋。"

　　"推敲"的轶事说，有一次，贾岛骑蹇驴访李凝幽居，于驴背上得诗句"闲居少邻并，草径入荒园。鸟宿池中树，僧推月下门。过桥分野色，移石动云根。暂去还来此，幽期不负言"。诗成后，他总觉得"僧敲月下门"似乎比"僧推月下门"更能衬托环境的幽静。他一时拿不定主意，便在驴背上边吟诗边举手作推敲之状，反复品味，结果无意中撞上了吏部侍郎韩愈的仪仗队。他被众卫士拿下，带到韩愈跟前。他具实说明事情原委，韩愈不但不怪罪，反而建议他改"僧推月下门"为"僧敲月下门"。于是二人又并辔而行，共论诗道，后来韩愈又劝他还俗应举，并赠诗"孟郊死葬北邙山，日月风云顿觉闲，天恐文章浑断绝，再生贾岛在人间"。贾岛为此名声大著。

作者感言：贾岛是我国历史上著名的苦吟诗人，我们说他的两则轶事，是想借此聊聊"苦吟"这种文化现象。

所谓"苦吟"，就是指在诗歌创作时，为了追求最佳表达效果，反复吟诵，认真推敲，苦苦炼意、炼句、炼字的过程。"苦吟"的特点就在一个"苦"字，苦苦思索、苦苦寻觅，冥思苦想，搜肠刮肚，唐代诗人卢延让有一首《苦吟》，说得十分形象。诗曰："莫话诗中事，诗中难更无。吟安一个字，拈断数茎须。险觅天应闷，狂搜海亦枯。不同文赋易，为著者之乎。"古人思考问题时习惯拈着胡须，为使一个字用得妥帖，竟拈断多根胡须，可见思索之久。

自文字产生以来，历朝历代乃至今天，文化人都十分重视行文的遣词造句，不管是什么文体，都要求词语精当，表达准确，这本是很正常的，诗圣杜甫就有"为人性僻耽佳句，语不惊人死不休"的诗句。而"苦吟"作为一种诗歌创作的独特文化现象，则出现在晚唐。我们大家都知道，唐代是中国古典诗歌的巅峰，在晚唐社会与文学的大背景下，有相当一部分诗人，在诗歌创作过程中，为追求"清新奇僻"，刻意于音律、对偶、字句的推敲锤炼，致使形成风气，产生了"苦吟"诗派，这一派的代表人物有孟郊、贾岛和姚合。"苦吟"派诗人的作品，其内容多是日常琐碎生活情境的表达，多有佳句而少有佳作。

关于这位半僧半俗的苦吟诗人贾岛，还有一则因专注吟诗而撞上京兆尹刘栖楚的故事。故事说，一次，贾岛骑着毛驴在大街上走，当时，他正在构思《忆江上吴处士》一诗，时值秋天，西风萧瑟，黄叶飘零，贾岛在驴背上即兴得了一句"落叶满长安"，觉得还应该有个上联对应，于是摇头晃脑地在驴背上想啊想，终于想出"秋风吹渭水"的上联，乐得喜不自胜，拍拍驴屁股催驴快走，径直闯进了京兆尹刘栖楚的车队，当即被拿下，关了一夜才放出来。古时朝中高官出行有鸣锣开道，人马前呼后拥，如此大的动静贾岛竟浑然不觉，足见其专注。

"苦吟"派诗人"为求一字稳，耐得半宵寒"（顾文炜）"吟成五个字，用破一生心"（方千霄）的求高求精精神，至少给我们两点启示：

启示一：不仅仅是作诗行文，我们不管做什么事情，特别是面对自己的职业岗位和所从事的事业，都要有一点儿苦吟精神，都要高标准，严要求，精益求精，高度专注，反复推敲，只有全身心投入，才能把事情做好。贾岛多有名句传世，就是他苦吟的结果。

启示二：当代社会，已无文盲可言，人们生活、工作、交往，免不了有大量的书面交流，行文时注意遣词造句，字词用得精准，有助于思想的表达。

顺便提醒一句，居住在现代城市，满地都是汽车，所以，请不要学贾岛在马路上专注思考问题。走路时，遵守交通规则，注意交通安全是第一要义。否则，你不会像贾岛撞上韩愈和刘栖楚那么幸运。

人参仙果降人间

一提起人参果，人们便想起《西游记》中的镇元大仙和他的五庄观，想起了五庄观中那棵三千年一开花、三千年一结果、再三千年才有成熟果实的人参果树，想起了那有鼻子、有眼睛、像个胖娃娃的人参果，更想起了闻一闻人参果就能活三百六十岁，吃一枚能活四万七千岁的神奇功效。这个酷似人形的神奇人参果，自《西游记》问世以来，人人都想吃到一枚，遗憾的是，世界上却没有这样的仙果，那只是一个美好的神话。可谁能想到，在人类步入21世纪的今天，在华夏大地，真的产生了酷似胖娃娃的人参果，吃起来香甜可口，只是没有吃了可以长命万岁的功效。要想知道人参果产生的原委，就让我们从2009年春天说起。

2009年2月27日夜晚，阴云密布，一个蓬头垢面、胡子拉碴的中年男人，从安徽省宿州精神病院一间病房的窗户纵身跳出，很快消失在阴黑的夜幕中。他就是当天被妻子和哥哥等亲人押送住进医院的患者程魁，病志上写着"精神分裂症"，"残疾等级"栏里写着"二级"。子夜时分，筋疲力尽的程魁逃回了他多年苦心经营的农场，钻进了他几年前临时搭建的小屋。躺在用几块木板搭起的床上，程魁长长地舒了一口气，无奈地苦笑了。

2009年秋天，一种酷似人形的金黄闪亮、幽香袭人的水果——人参果，从安徽合肥卖到了北京、天津、上海、温州、沈阳等地，每枚卖到一百元人民币，而被制作成礼品远销国外的，则每枚卖到二百元。这种水果有鼻子、耳朵、眼睛、嘴巴乃至肚脐眼，看上去酷似一个胖娃娃，比电视剧《西游记》中的人参果更形象、更逼真，吃起来甜脆可口。经中国医科大学营养成分检测，这种酷似人形的人参果富含人体必需的铁、锌、铜、胡萝卜素、维生素C、蛋白质等多种微量元素，其蛋白质含量是香蕉的四倍，苹果的九倍。可令世人没有想到的是，培育出这种人参果的人，就是春天从宿州精神病院逃出的精神病患者程魁，而程魁被家人认定为精神病和被医生确诊为精神分裂症，恰恰是起因于他为培育人参果达到了不顾一切的痴迷程度。事后程魁回忆说："我整天守在培育人参果的实验基地里，几个月也不回一次家，连头发都没有空剪。那天妻子和哥哥等人突然闯进农场，扳着我的胳膊，强行把我送进精神病院。我告诉医生：'我根本没有病，我真的能种出人参果，今年秋天娃娃就要从树上结出来了。'医生听了这话，看我头发长长的，浑身是泥，就告诉我哥哥，说我病得不轻，需要住院治疗。就这样，我被强行关进了病房。我时刻放不下我的实验基地，晚上趁他们不注意，就跳窗逃回了农场。"

被亲人误认为是精神病，只是程魁培育人参果中的一个小细节，为了人参果，程魁走过了二十多年的风雨历程，他付出的太多太多，他辞掉了检察院的正式工作，卖掉了经营多年的种子公司和家里的房子，他被乡亲们嘲笑，被亲人误解，与儿子相处六七年尚未过门的儿媳，也因他"精神不正常"与儿子告吹……

程魁1967年生于安徽省涡阳县义门镇程楼村，十八岁应征入伍，在沈阳当兵，是个负责大棚种植的农业兵。入伍两个月后，舅舅来看他，带给他两枚南非来华贸易商人带来的人参果。程魁看着果实，满脸都是疑惑："舅舅，这那里是人参果啊？这好像是个长条土豆，西游记里的人参果是人形的，相差得太远了！"舅舅说："这是南非的人参果。"程魁咬了一口，立刻皱下眉头："苦，不好吃。"舅舅说："就这种人参果，在国内很难买到。"

"要是我种，肯定比这个好！"

"你小子真想种，我就给你弄苗。"舅舅说。

"一言为定！"舅甥俩就此敲定。

不久，程魁收到了舅舅托人从南非寄来的人参果苗和几个长条形的人参果。他暗暗发誓：我一定要种出和《西游记》里一样的人参果！从此开始了他的探索之旅。

1991年，他复员回乡，被安排在检察院工作，培植人参果的实验一度中断。后来他辞掉工作，开了一个种子公司，并且生意红火，使他淘得了第一桶金。有了资金，他从1993年起，重新开始了研种人参果的实验。他跑到湖南蟒山里挖过野人参，与人参果苗嫁接，后又与西红柿、葫芦等植物嫁接，但每次实验都以失败告终。几年工夫，开种子公司赚的钱花个精光，他索性卖掉种子公司，并瞒着妻子将以前购置的二十二间房子也卖掉，干脆在实验农场盖了一间小房子，搭个木板床，吃住在农场，几乎不与外人交流。就这样，直到2009年秋天，历时二十余年，经过数百次实验、数千个日夜守候和花掉上百万资金，终于研种出上文提到的人参果。

为了区别于以往的人参果，程魁将自己研发的人参果称为"人参果娃"，并注册了商标，申请了专利。

神话变现实，仙果降人间，在央视举行的2009年度手挽手扶农工程项目评选中，由安徽镇园人参果娃科技示范基地研发的人形人参果娃项目从2650个项目中脱颖而出，被农业部、科技部、农业科学院组成的专家评审团评选为2009手挽手十大扶农项目工程。

到2011年，除安徽镇园人参果娃科技示范基地外，程魁先后在北京、山东等地建了四个种植基地，年产人参果娃十万余枚，年获纯利润近千万元。

作者感言：程魁研种人参果娃的艰难历程，让人感慨良多，亦启示多多。

启示一：世界上的事情，不要轻言不可能。让植物按人的愿望长出五官俱全像娃娃一样的果实，在世人看来是异想天开，是完全不可能的，而程魁让它变成了现实。好多事情，现在不可能，并不等于将来不可能。任何事物，都有其自身的存在形式和内在规律，只要掌握了事物的规律性，并"制天命而用之"，什么样的人间奇迹都可能创造出来，况且，人类认识和改造客观外物的智慧和能力是无限的。特别是当今的信息时代，随着大数据、无线连接和智能制造等现代高科技的不断被开发利用，许多神话都有可能变成现实。

启示二：程魁的成功告诉世人，锲而不舍的执着和屡败屡战，是创造奇迹的关键。古往今来，"虑始者实繁，克终者盖寡"，人克服一两次困难，顶住短时间的压力，是容易办到的，可几十年如一日，百折不挠，在任何艰难困苦面前都不改初衷，是很难做到的。许多人都是在奋斗的中途纷纷放弃，而只有那些坚持到底的极少数人，才具有成功的希望。一次次失败、耗尽家里的所有财产、日夜辛劳在农场里、蓬头垢面、胡子拉碴、像个乞丐、被人嘲讽、被当作精神病患者，正是程魁这十几年的痴迷不悟，才终有人参果娃的问世。程魁是个成功者，他赢得了荣誉和鲜花、财富和利益，而世界上还有许许多多像程魁一样奋斗，甚至比程魁遭遇更多挫折和苦难的探索者，最终也没有看到希望的曙光，他们是失败的英雄，是更令人敬重的一群，因为他们用血汗和生命换来了许许多多经验和教训，告诉世人哪些路可以走，哪些路走不通。

　　启示三：拓荒者往往行异于众。在人类历史长河中，所有的新思想、新创举，都是超常的、独特的，是不被世人熟知和了解的，所以，最初往往被世人所讥讽、嘲笑，甚至被残酷扼杀。较之哥白尼"日心说"遭到教会的强烈攻击以及布鲁诺为捍卫"日心说"活活被教会烧死，程魁种人参果娃被讥笑为"异想天开"和被当成精神病，实在是算不了什么。程魁的经历又一次提醒世人，不要轻易讥讽、嘲笑那些异于常行的人，也许他是一位杰出的天才。

"八风吹不动"与"一屁过江来"

　　这是宋代大文豪苏轼与好友佛印禅师的一则逸事。苏轼是我国历史上著名的文学家、书法家和画家，他在诗、词、散文、书、画等方面，均取得很高成就。其诗题材广阔，清新豪健，与黄庭坚并称"苏黄"；其词激情奔放，磊落慷慨，与辛弃疾同是豪放派代表，并称"苏辛"；其散文著述宏富，挥洒自如，与欧阳修并称"欧苏"，为"唐宋八大家"之一；其书法长于行楷，风格跌宕，与黄庭坚、米芾、蔡襄并称为"宋四家"；其画擅墨竹、怪石、枯木等，有《古木怪石图卷》《潇湘竹石图卷》等作品传世。尤其值得称道的是，他儒、释、道皆通，是我国历史上最能想得开的心胸旷达的大学者、大诗人，在被贬谪的多年里，他一直保持乐观从容的人生态度。据说，在北宋，被放逐到当时十分荒凉的海南，是一种很重的处罚，当他被放逐到海南岛儋州（今海南儋州市）时，他亦赋诗说："九死蛮夷吾不悔，兹游奇绝冠平生"，足见其超然自适的达观。

　　故事说，苏轼在常州任职时，常到一江之隔的镇江金山寺，与好友金山寺的住持佛印禅师谈禅论道。有一天，他写了一手赞佛诗，诗曰：

　　　　稽首天中天，毫光照大千。
　　　　八风吹不动，端坐紫金莲。

　　从表层看，小诗是赞美佛陀众德圆备，庄严端坐在莲花台上，但实质的深层含义是：我苏轼修佛已经达到了禅定的高境界，象佛祖一样，不为世俗的"八风"所动。小诗写好后，他派人送给佛印禅师看。

　　佛印看了小诗，提笔在诗旁批了一个字，就叫来人带回去。苏轼以为，佛印禅师一定会对自己大加赞赏，急忙打开诗笺，见佛印在诗旁只写了一个字：

"屁！"苏轼气坏了，立即乘船过江，去找禅师理论。

船还没靠岸，苏轼就看见佛印站在江边等候。他想，这个秃和尚，肯定知道自己错了，我会找他算账，故早早前来迎接。一上岸，苏轼便气呼呼地说："你这和尚！我们一直是好朋友。我的修行，你不赞赏也就罢了，怎么可以骂人呢？"

佛印若无其事地说："骂你什么呀？"

苏轼把诗上批的"屁"字拿给佛印看。

佛印拊掌大笑："哦！你不是说'八风吹不动'吗？怎么'一屁过江来'了呢？"

一语道出，苏轼无言，俄而亦大笑，携手与佛印回寺。

作者感言：苏轼聪睿过人，经佛印一点，他立刻意识到，自己的"牛"吹大了，修佛还远不到位，故化怒为笑，以示幡然醒悟。诗里说的"八风"，即佛教中"称、誉、讥、毁、利、乐、衰、苦"八种影响人情绪的现象，这八种社会风气，能吹动人心。人若是为"称誉"所陶醉，人的品格就在称誉中降低；人若是为"讥毁"所牵动，人的情性就在讥毁中贬损；人若是为"利乐"所迷恋，人的尊严就在利乐中葬送；人若是为"衰苦"所折服，人的意志就在衰苦中消磨。若能不被这八种风气所动，如佛教里说的"如如不动"，才修到了佛的真如境界。

我们讲这则小故事，就是想说明，人的精神修养是没有止境的。我们都知道，苏轼的旷达，几近"宠辱不惊，观庭前花开花落；去留无意，看天上云卷云舒"的境界。心灵修持到苏轼的份上，也算是上乘了。可就这样一位能看得开、放得下的大学者，却因一个"屁"字，大动肝火，过江找老友算账。"屁"是谴责性、贬损性评价，是"讥毁"中的一股屁大小风，苏轼心里明白，自己竟被如此一股小风吹动，还奢谈什么"八风吹不动"。苏轼尚且如此，足见修成"定力人格"之难。

其实，人间万象，变幻莫测，客观外物随时都会刺激人的眼耳鼻舌身等感官，并由此引发喜怒哀乐怨等情绪情感，谁也做不到毫无反应，心静止水。"如如不动"的真如境界，只是学佛者不断追求和逼近的目标而已。现实生活中，"八风"会经常吹动人心，能如苏轼，及时放下，也就很了不起了。放下了，才能释怀；释怀了，才能心境畅达。

在佛家看来，人生是苦海，苦海无边，回头才是彼岸；般若（智慧、觉悟的境界）有路，放手就是如来。看来，脱离苦海，达到智慧、觉悟的波若境界，放下是关键。人有点儿佛心，努力放下，有助于人生幸福。

儿时的苦难

20世纪50年代初，在印度首都新德里的一个贫民窟里，有一对很不幸的小兄弟。他们的母亲在他们很小的时候就去世了，他们只好跟父亲相依为命。而让他们更不幸的是，他们的父亲既吸毒又酗酒，整天躺在家中，不是吞云吐雾，就是烂醉如泥，根本不管兄弟俩的死活。家里所有值钱的东西，都被父亲变卖了，钱全被他拿去喝酒吸毒了，家里很快一贫如洗。后来，为了筹集酒费毒资，他们的父亲开始偷盗和抢劫，最终被抓进监狱，两兄弟成了无依无靠的孤儿。

为了生存，兄弟俩就去捡垃圾，开始，他们只是捡一些别人吃剩的东西来填饱肚子，后来才学着捡一些废铜烂铁，拿去换钱。哥俩约定，谁捡的东西换了钱，就归谁所有。

每当卖垃圾得到一点儿钱后，哥哥不是跑去餐馆饱餐一顿，就是跑到地下赌场一赌为快。而弟弟则十分珍惜这来之不易的钱，把能省的每一分钱都存起来，想把它作为学费，上学读书。一年后，弟弟终于攒够了学费，进了一家贫民学校读书。

由于哥哥长期在赌场、娱乐场厮混，耳濡目染，学会了喝酒、斗殴、偷窃、吸毒，渐渐成了街头上小混混的头目。他天天领着一群小混混，或偷摸扒抢，或吞云吐雾，干尽了坏事。弟弟则不同，他一边发奋读书，一边辛勤打工。白天，他去学校上课，晚上和星期天就到餐馆、酒店收拾卫生，洗盘子洗碗，天天都忙到后半夜才上床。

转眼十多年过去了，早已分道扬镳的兄弟俩都成长为二十多岁的青年。不同的是，哥哥因抢劫、吸毒等多项罪名被投进监狱，而弟弟则大学毕业后做了一名记者，并因发表大量优秀文学作品成了当地知名作家。

一家报社的记者到监狱采访了作家的哥哥，记者看着神情沮丧的他，问道："你觉得是什么原因使你沦落到今天这个地步？"哥哥十分肯定地说："是儿时的苦难！它就像一块沉重的石头，重重地压在我的身上，让我抬不起头。"

采访完哥哥，记者又去采访作家。记者问道："你觉得是什么原因让你取得了今天的成就？"作家十分肯定地说道："儿时的苦难。"

记者不解地问道："你们从小一起长大，儿时的苦难都是一样的，为什么你哥哥成了罪犯，而你却成了令人敬仰的作家？"

弟弟说："儿时的苦难无疑是一块沉重的石头，所不同的是，我哥哥始终把这块石头背在自己的背上，压得他直不起腰，抬不起头，看不到头上的蓝天；而我却一直把这块石头踩在脚下，于是它成了我向上的台阶，让我越走越高，帮我走出了人生低谷。"

作者感言：兄弟俩都认定儿时的苦难是一块石头，但对这块石头的处理方式却截然不同。哥哥选择了背在背上，石头变成了沉重的负担，压得他透不过气，抬不起头，看不到前途和希望，因此消极沉沦，最终沦为罪犯；而弟弟却选择了把石头放在脚下，石头则变成了台阶，成了他向上攀登的工具，他借此积极向上，越走越高，终于走出了人生低谷，成长为一名作家。由此看来，面对苦难，处理方式不同，命运就不同。

深入想想，兄弟二人对苦难这块石头的不同处理方式，体现了两种不同生存态势。

生存态势一：下位生存态势。哥哥把苦难的石头背在背上，是一种身处下位和低处的生存态势，石头高高在上，重重地压在他身上。这种生存态势表征的是对苦难的认同和屈从，是自甘卑下而不思改变的自我放弃，苦难是一种负担和压力，它体现了承受者一种被动的消极心态。持这种心态的人，人生的路会越走越窄，越走越艰难。

生存态势二：上位生存态势。弟弟把苦难的石头踩在脚下，当成垫脚石，则是一种居高临下的态势，人站在石头上，处于上位。这种生存态势表征的是对苦难的积极改造和有效利用，它把苦难变成了磨砺意志的利器和有助事业成功的工具，它体现了改造者一种主动的积极心态。持这种心态的人，人生的路就会越走越宽，越走越顺畅。

人生在世，世事无常，如果一旦不幸与贫穷和苦难遭遇，是把这块石头背在背上还是放到脚下，就请你自己选择吧。

儿呀，按娘放的树枝回家，别迷了路

　　这是很久以前农耕社会的故事，那个时代，家庭养老，是唯一的养老模式。故事说，有个不孝之子，想把年迈并瞎了双眼的母亲背到深山里饿死。那天，天还没亮，他就起身对母亲说："娘，听说城里有个大夫，能治好你的眼睛，我背你去看看。"他母亲感到很奇怪，平日里，儿子儿媳对她很不好，挨饿受冻和遭受责骂是天天都有的事情，儿子儿媳怎么会突然有这份孝心？她心里有些怀疑，但又不敢细问，只好同意。

　　儿子背着她出发了，她感觉到他们在往深山里走，鸟叫声、溪水声、花草树木散发出来的清新气息，扑面而来，而深山里阴冷的寒气让她的后背感到一阵阵发凉，她有了一种不祥的预感，她似乎明白了，儿子是想把她扔进很少有人到的深山老林里，让她冻饿而死。但此时她突然想到，儿子从小在私塾读书，长大又到县衙当差，没进过深山老林，而年年都有在深山老林里迷路出不来的人，万一儿子出不来可怎么办？于是，她叫住儿子，说："儿呀，等一下，让妈折一把树枝再走。"

　　儿子不解，问："折树枝干吗？"

　　"你不要问了，自有用处。"

　　儿子就把她放下，她折了一大把树枝，整齐地放到走过的地方，于是他们又开始前行。刚走了不远，她又叫儿子停下，又折了一大把树枝放到走过的地方。儿子也不再问为什么，这样倒挺好，她折树枝的时候，儿子还可以歇歇。就这样，他们走走停停，停停走走，过了一个多时辰，儿子背着她来到了人迹罕至的丛林里。儿子把她放到一块大石头上，说："娘，你等着，我去弄点儿水来喝。"

　　她知道儿子不会再回来了，便大声叮嘱："儿呀，记住，千万按娘放的树枝回家，别迷了路。"

刚刚走出十几步的儿子突然停下来，他一下子明白了娘的良苦用心。他热泪盈眶，折回身，跪在母亲面前："娘，儿子对不住您！"

儿子背起母亲就往回走，而她却在儿子的背上说："放下我，就让我死在这里吧，娘不能再拖累你们了。"

儿子把母亲背回家，并从此善待母亲，成了远近闻名的大孝子。

作者感言：这就是母亲的情怀，博大无私而以德报怨。她明知道儿子要把她背进深山饿死，她不仅不忌恨儿子，反而还为儿子的安全担心，并精心为儿子走出深山老林做最后的努力。世界上，像这样痴心的母亲千千万万，她们各自用不同的方式，表达着母亲对子女全身心的呵护。

人类一代代，都相继做过子女，有多少人能体察到父母的这份情愫？体察到的人，有多少人珍视过这份情愫？特别是当父母失去自理能力，完全需要子女照顾的时候，有多少人能向父母爱子女一样全身且心无怨无悔地呵护？《红楼梦》里的《好了歌》说："人人都晓神仙好，只有儿孙忘不了，痴心父母古来多，孝顺子孙谁见了。"说天下没有"孝顺子孙"，这判定有点儿过分，但能以父母爱子女之心来孝敬父母者，着实凤毛麟角。

赡养父母，是人类代际延续的必然环节，是子代义不容辞的义务，在人类还没有完全摆脱家庭养老的今天，以至于以后很长的一段历史时期，在父母即将丧失或完全丧失自理能力的时候，能微笑着照顾父母的衣食起居，就是第一等的大孝子。

至于故事里的那位儿子，先前虐待老母和想把老母背到深山里饿死，实在可恶、可恨，但当他在母爱的感召下能幡然醒悟，并痛改前非，又可以原谅。我们也希望所有不怎么孝顺甚至很不孝顺的子女，都能从这位儿子身上，吸取点儿什么。

本书中，《和孩子们一起跳舞的中年男人》和《盲道上的爱与暴走妈妈》两文，都讨论了母爱与孝顺问题，可参阅之。

"三尺巷"与"罗威饲犊"

这是两个处好邻里关系的优美故事。

"三尺巷"的故事说，在一个小城里，相邻的两户人家，都很有势力，一户是官宦之家，家里有人在京城做高官；一户是当地有名的商人，家财万贯。两家都在扩建房宅，在砌围墙的时候发生了争执，两家寸土不让，都想多占一点儿地盘，事情一直闹到官府。为了增加打赢官司的砝码，官宦人家立即给在京城做官的家人写信，要他出面干预。这位高官见信后，立刻写了一封回信，派人星夜送回。家人打开一看，信上只写了这样一首小诗：

> 千里寄书为一墙，
>
> 让他三尺又何妨？
>
> 万里长城今犹在，
>
> 何处去寻秦始皇。

家人心领神会，按照来信的嘱咐，从原地界退后三尺砌起了围墙。对面的商家见此，深为感动，也自觉从原地界退后三尺筑起了围墙。矛盾随即化解，两家和好如初。由于两家都让出了三尺筑墙，两墙之间就形成了一个小巷，后人称为"三尺巷"。三尺巷并非三尺宽，而是六尺宽。

"罗威饲犊"的故事发生在汉代。故事说，一个叫罗威的人，邻居家的小牛犊多次吃了他家的庄稼，他也和邻居多次交涉，邻居就是不予理睬。对此，罗威并没有火冒三丈，而是想，问题的焦点在小牛犊，只要把小牛犊喂饱了，就不会再去吃庄稼。于是，他每天天不亮就起身去打青草，然后悄无声息地把青草堆放在邻居家的牛圈前。小牛犊一闻到鲜嫩的青草，就起身上前大嚼特嚼起来，吃饱了就睡觉，再也不去吃庄稼了。邻居每天起来，总看到牛圈前有一堆青草，颇感纳闷，经观察，知是罗威所为，顿觉愧疚，从此对小牛犊严加看管，并上门向罗威致歉。

作者感言："三尺巷"究竟在何处？说法不一，有的说在今安徽省安庆市，有的说在今山西省长治市沁县，也有的说在今江苏省泰州市；"千里寄书为一墙"的小诗究竟出自谁手？说法也不一，有的说出自康熙年间的文华殿大学士张英，有的说出自康熙年间的刑部尚书兼保和殿大学士吴典，还有的说出自乾隆年间的内阁大学士刘墉或乾隆年间著名的书画家郑板桥。这些我们都不去管它。

类似"三尺巷"的故事，五代时期也曾有过，据《宋稗类钞》载，后唐杨玢在尚书任内，快要告老退休的时候，他在故乡的旧屋地产，有些被邻居侵占了。于是，他的家人要去告状打官司，把拟好的起诉书送给他看。杨玢看了，便在后边批道："四邻侵我我从伊，毕竟须思未有时，试上含元殿基望，秋风秋草正离离。"诗的意思说，四邻侵占我们的房产就让他们侵占好了，想想当初未置办这些房产时，我们不还是一样吗？如果还想不通，不妨到唐代盛极一时的含元殿旧址上望一望，当年是何等繁华富丽，而今却是秋风萧瑟，荒草离离。家人看了，打消了告状的念头。

我们说上边的故事，就是想借此聊聊"处好邻里关系"这个话题。

邻里关系是人际关系的重要组成部分，它在人的生活中具有十分重要地位，俗语说："远亲不如近邻，近邻不如对门。"由于是近邻、是对门，日常生活中可以互通有无，相互提携、相互关照，特别是家庭偶然发生重大事情，往往是邻居对门最先知道，最先出手相助。当然，正因为是近邻、是对门，低头不见抬头见，且交往频繁，也容易发生矛盾，导致邻里之间的不和谐，甚至相互仇恨。

家是社会的细胞，每个人都生活在特定的一个家庭里，处理好家与家之间的邻里关系，是一个人能够幸福生活的重要前提，也是保证社会和谐的重要因素。怎样处理好邻里关系？其具体做法很多，但在我看来，最关键、最核心的，就是"让他三尺又何妨"的"谦让"和"自割青草饲牛犊"的"忍让"。

谦让、忍让不是无能，不是无原则的退却，而是一种善意的包容和舍己的给予，是一种"退一步海阔天空"的大度风格和"立人达人"的高尚情操，也是一种修好的表示。

在我们今天的生活中，也不乏这样的好事。某报载：有位女士同邻居发生纠纷，邻居为了报复她，趁夜偷偷把一个骨灰盒放在她家门前。第二天清晨，当女士打开房门的时候，被眼前的骨灰盒震惊了。她没有因此心生愤恨，而是意识到了仇恨的可怕。是啊，多么可怕的仇恨，它竟然衍生出如此恶毒的诅咒！竟然想置人于死地而后快！女士深思之后，去市场买了一盆开得正浓、香气四溢的鲜花。当天夜晚，她把这盆鲜花放到了邻居的门口。又一个清晨到来，邻居刚打开房门，一缕清香扑面而来，女士正站在自家门前向他善意地微笑着，邻居也笑了。一场纠纷就此烟消云散，正所谓"鲜花一盆传善意，相逢一笑泯恩仇"。

谦让、忍让的反面是"锱铢必较、睚眦必报"，是"狭路相逢，仇雠向见"，其结果往往是斗得两败俱伤，于己于人都不利。随手拈一小案例：2008年，江苏省某一小镇张、赵两家为争六厘米宽的一条宅基地，发生械斗，并因此打了两年官司，虽最后经法院判定得到解决，但两家耗费了大量精力并各自损失近十万元。事后两家追悔莫及。

谦让、忍让是受害者的一种包容和宽恕。但这里需要说明的是，邻里和谐是邻里双方共同努力的结果，在受害者为了避免矛盾激化以至于暴力报复的恶性循环而采取包容和宽恕态度时，施害者亦应做出积极反应，亦有责任选择悔过和道歉。对过错的悔过和道歉，不是追溯施害方的历史罪责，目的是承诺不再犯以前的错误。富商主动让出三尺筑墙和罗威的邻居严管自家的小牛犊并上门致歉，就是一种悔过和道歉。由此看来，"包容和宽恕"与"悔过和道歉"的良性互动，才能实现邻里和谐。所以，在邻里相处过程中，当邻居包容和宽恕了自家的时候，一定要主动上门致歉，如是，两家才能友好相处。

三朵最美的玫瑰花

故事发生在20世纪60年代初的苏联。当时，苏联大教育家苏霍姆林斯基在家乡的帕夫雷什农村中学任校长。这年春天，校园花坛里的玫瑰开了几朵很大的花儿。这几朵罕见的玫瑰，花姿奇美，花香四溢，每天都吸引许多师生前来观赏，全校师生都精心地呵护着它们。

一天早晨，当苏霍姆林斯基和往常一样在校园里散步的时候，看见一个大约三四岁的小女孩儿，匆匆来到花坛前，摘下一朵大大的玫瑰花，转身就往校外走。

师生们十分惊讶，有的学生愤愤走过去，想要训斥那个小女孩儿。小女孩儿见很多人围过来，吓得呆站在操场中间，一动也不敢动。苏霍姆林斯基阻止了愤怒的师生，他微笑着俯下身，拉起那个小女孩儿的手，亲切地问："小姑娘，你为什么要摘这朵花？能告诉我吗？"

小女孩儿胆怯地说："我奶奶病得很重，起不来床，我告诉她，学校的花坛里开着好大的玫瑰花，可奶奶不信。我想摘一朵给她看看，让她高兴。她看完了，我就马上把花送回来，行吗？"

听了小女孩儿充满稚气而又洋溢亲情的话，苏霍姆林斯基感动了，他拉着小女孩儿回到花坛边，又摘下两朵玫瑰，对小女孩儿说："你是一个十分孝顺的孩子，你摘的那朵，就送给你奶奶吧。我摘的这两朵，一朵是奖赏你的，因为你是一个懂得爱的孩子；另一朵是送给你妈妈的，感谢她养育了你这样的好孩子。"

听了校长的话，在场的师生们都情不自禁地鼓起掌来，热情欢送小女孩儿离开校园。

作者感言：这是一个真实的故事，无疑也是一个美丽的童话，它自始至终充满了浓浓的爱。众目睽睽之下，毫无顾忌地摘下全校师生精心呵护的玫瑰，无疑是一种过错行为，师生惊讶，许多学生愤愤然，是情理之中。如果这件事情发生在正在就读的学生中或者成年人身上，无论动机如何，都是一种铁定的过错，因为即使是摘给卧床不起的奶奶看，也是一种伤害公共利益的徇私行为，理应受到谴责和批评。而这件事却偏偏发生在一个不懂事的小女孩儿身上，从而让这一"过错行为"获得了合理性并充满了人性光辉。在小女孩儿的童真中，摘下的玫瑰，让奶奶看完后再送回来，还会照样开放，根本不会妨碍大家继续观赏。她只是为了让奶奶相信并高兴而暂时借用一下这朵花，并且只是借用一会儿，所以才无所顾忌。

听了孩子的陈述，每一个有理性的成年人都会原谅这个孩子的"过错"并喜欢上她，因为她的行为充满了亲情和爱。

教育家的奖赏，把童真的美好播进了每个在场师生的心田，师生们的热烈掌声，不仅是对小女孩儿的赞许，更是对苏霍姆林斯基的由衷敬佩。一堂最自然、最生动的伦理实践课，就在小女孩儿摘花、苏霍姆林斯基微笑俯身及亲切询问、小女孩儿稚真回答和教育家奖赏小女孩儿的一串情节中，演绎圆满，使每一个在场的人都受到了教育。

试想，假如苏霍姆林斯基没有在场，愤怒的师生们会顺理成章地认定这个小女孩儿是个淘气的孩子，是个坏孩子，一定会共同谴责和训斥小女孩儿，小女孩儿也一定会被吓哭，其结果必然是：校园的玫瑰被摘走，童真的美好被摧残，师生的和谐心态被破坏。而苏霍姆林斯基对小女孩儿过错行为的处理，则收到了于此相反的结果：小女孩儿这朵美好的童真之花不仅备受呵护，而且还在每一个师生的心中绽放，它给整个校园带来了比那几朵玫瑰更令人心动的愉悦和快乐。

我们希望天下所有的父母和人民教师，在面对孩子或学生过错的时候，都学学苏霍姆林斯基，先微笑地俯下身，再亲切地询问，当弄清楚事情的原委后，不失时机地予以积极引导，这才是真正的教育，这才是教育艺术的最高境界。

大苦难与大情怀

1980年深冬的一天，一位年轻画工正在脚手架上绘制一幅300米×3米的巨幅国画《大道·海天篇》，也许是由于过度专注，或许是过于疲劳，忽然，他的身体摇晃了一下，随即便重重地从脚手架上摔下来。他从地上爬起，忍着剧痛站起来，但又立即摔倒。家人推着他跑了包括上海的多家医院，医生给出的最终诊断是：腰椎神经折断，不可能再站起来走路了。他摔成了瘫痪，他是临时为人打工，自然没了工作，他的世界立刻阴暗了。

他叫朱仁民，1949年出生在浙江宁海，四岁在外公国画大师潘天寿身边学习，七岁因父亲有历史问题，一家人迁往普陀岛，从此与海岛结缘。朱仁民从小在海岛上写生，十岁读小学时获舟山市美展第一名。十四岁时考取中国美专附中，成绩优异，但因父亲有历史问题未通过政审，后在普陀中学就读。母亲是普陀中学美术教师，靠着每月三十多元工资，养活一个五口之家。为减轻母亲负担，朱仁民初中还未毕业就开始打工，他出海打过鱼，做过刷漆工，打过铁，当过游泳池的救生员，在学校当过代课教员，后来又到剧团做舞台设计，足迹踏遍东海小岛，历尽磨难。

他瘫痪在床，仅十四平方米的小房子无法挤下五口之家。当地农民的房子月租六十元，根本租不起，另外，也没人愿意把房子租给一个看上去奄奄一息的残疾人，他们怕他死在租房中，不吉利。无奈，母亲的一位学生帮他在普陀山上找了一座叫隐秀庵的破尼姑庵，把他背到了那里。庵里十分凄清，农民秋天在这里晒谷子，老鼠在庵里乱串，屋梁上还横卧着一条大蛇。有时候，蛇从两个屋梁之间飞起来，接着传来老鼠凄厉的吱叫声，随后就是一摊血从梁上滴下来，蛇开始慢慢往回游，吞下死老鼠。初看到这一幕，他恐惧极了，他立刻联想到自己就是一只老鼠，随时可能被毒蛇吞掉。他让母亲的学生拿来一把菜刀，放在身边。后来，他慢慢习惯了这一切。把朱仁民抬上山被进庵里的两个学生回忆说："当时，我们看到破庵的屋梁、地上到处都是老鼠，还有一条蛇盘在梁上，我们难以想象，这样的环境，如何生存？"

一个人躺在清冷的庵里，往事历历在目：父亲因在国民党政府里做过事，被开除公职，发配到海南；外祖父潘天寿，著名的国画大师，"文革"被打成"反动学术权威"，屡遭批斗，受尽折磨，1971年含冤死在狱中；自己作为"黑五类"的小崽子，倍受冷眼和凌辱；雨暴风狂，波涛汹涌，自己在摇晃的渔船上收渔网……他也想到自己曾仰卧在海滩上，望着蔚蓝色的天空，突发奇想；想到曾坐在礁石上，忽然发现对面的洛迦山岛像一个卧佛，而西边的菜花岛像个卧观音，他不得不惊叹这是人间的奇迹——普陀山，这个著名的佛教圣地，东西两面竟躺着两个天然佛像……他也想到自己的绘画天赋和辛苦的学画过程，想到外公在极度困境中见到他的大量速写作品时，惊喜而欣慰地告诉他的母亲："仁民真能画，不容易，读万卷书，行万里路，会有出息。"；他还想起文人画大师陆俨少给自己的题赠"将门虎子，潘老遗风"……可这一切，转瞬间都幻化为泡影，自己的人生竟如此残酷地突然搁浅，现在想到外祖父坟前烧炷香都是奢望，今后竟得靠别人施舍延续生命，命运的悲剧把他推到了极致，自杀的念头无时不在脑海里盘旋。

母亲的学生每天送饭上来，母亲也隔三岔五地来看他，并为他借来了当时能借到的一切书籍。在庵里，在肉体绝对孤寂和痛苦中，他的灵魂神游于古今中外的哲学著作、文学名著、经书、相书以及字画、碑帖之中，与孔子、老子、屈原、苏格拉底、柏拉图、释迦牟尼、康德、罗素、圣西门、傅立叶、马克思、莎士比亚、卢梭、贝多芬、莫扎特、高尔基、雨果、鲁迅、毕加索、凡·高、顾恺之、刘松年、赵孟頫、叶沈周、唐寅、徐悲鸿、齐白石等先贤明哲对话，在对话中，他认识了人的渺小与伟大、脆弱与坚强，体会到了先哲们伟大心灵的悲痛与抗争，找到了往圣贤达们在物质极度匮乏和精神巨大折磨中仍不屈不挠的原因，他透彻了苦难，破解了命运的偈语，感悟和洞悉了这场灾难的价值和意义，这是上帝的故意，是他的炼狱。他不再想到死，他有了打造自己艺术世界的梦想，他开始振作，他努力搬动僵死的双腿，他发奋读书，他趴在地上作画。

1984年，她的母亲，国画大师潘天寿的长女，携弟弟妹妹，按潘老"我的画属于国家，属于人民，应该全部捐给国家"的临终遗愿，将一百二十多幅时价四亿多人民币的画作捐给了国家，并将国家发给的奖金也全部捐出去，为贫困大学生和艺术基金会设立了奖励基金。当时，中央有关部门称赞这个家庭"爱国、高尚、无私"，是"文革"后第一个家庭精神文明样板。

画作捐赠后，母亲匆匆赶回普陀山。来到山下，母亲朝着普陀佛顶三步一磕头三步一磕头地前行，用了大半天的时间，才来到了儿子住的隐秀庵。这位伟大的母亲，为什么要用这种最古老、最艰苦、只有圣徒才能忍受的方式上山看儿子呢？除了对佛的虔诚，除了祈祷，还有对儿子的万般歉疚。面对瘫在破庵里的儿子，她泪流满面，她深感欠儿子的太多太多……其实，父亲的画作都保存在她手里，如果只卖掉一幅画，就会改变眼前的一切。但是，在爱子与爱国之间，她选择了后者，甚至包括奖金。

对于母亲的行为，朱仁民最初无法理解，甚至他的舅舅中央美术学院院长潘公凯给他寄来一百二十元救命钱，他都固执地退回。但后来，当因"历史问题"受尽屈辱、受尽贫寒的父亲临终拉着他的手，要他"爱这个国家、爱这个民族"的时候；当他有能力让母亲从旧房子搬出，却被母亲一次次执拗地拒绝，并只希望他去帮助那些更需要帮助的人的时候；当他想起外祖父屡遭批斗、受尽折磨、冤死狱中，临终还嘱咐"我的画属于国家，属于人民，应该全部捐给国家"的时候，他才理解了母亲，理解了亲人的传奇之举，而他自己也完成了一次凤凰涅槃，开始书写自己的人生传奇。

"苦心人，天不负"，也是1984年，经过四年多的艰苦锻炼，死亡的运动神经竟奇迹般地复活了，他最初可以爬，后来咬着牙能够蹲起来，再后来扶着墙可以慢慢地站起，生命燃起了新的希望，他忍着剧痛，日复一日地锻炼，半年后，他拄着双拐迫不及待地下了山。当离开海岛时，他虔诚地跪下，面朝大海三拜九叩。

站起的朱仁民开始了他的圆梦之旅。他只身来到杭州，身无分文，他当过保姆，卖过蛋糕，夜晚，只能在西湖边柳浪闻莺公园里过夜，"饭疏食饮水，曲肱而卧"，这种人皆以为苦的处境，他却泰然处之。正如他自己所说："与四年瘫卧隐修庵，长夜难眠蛇为伴相比，现在是很幸福了。"

1987年，他辗转于海外美术界，教过学，搞过美展，先后到过十七个国家。1992年，他回到祖国，在杭州创办了潘天寿环境艺术设计研究院，当时国内景观设计行业仍是空白，这为他带来了大量财富。1996年，他支付了九万元，买下了酷似卧观音的菜花岛，获得了荒岛四十年使用权，并把小岛改名为"莲花岛"，自号"莲花洋人"。

他之所以要买下这个岛，源于1984年他刚刚能站起来的时候。面对着隐秀庵天天可以望见的酷似卧观音的小岛，他不止一次地想，如果他将来有能力，就买下这个岛，在这个岛上建一个巨大的东方女神像——观音，像圣西门、傅立叶那样，在岛上建一个自己公益事业的永久乌托邦，把这个小岛打造成一个禅宗艺术之岛。

在这个小岛上，朱仁民投入了两千三百多万人民币。独自一个人策划、投资、规划、建筑、雕塑，忙碌了十年，终于把莲花岛做成一件世界上最大的艺术品。朱仁民成为国内第一位"岛主"，国外媒体惊呼朱仁民是中国的"米开朗琪罗"。岛上两座山坡连体而立，山门面东而开，远观如观音入海。在小岛八百米长堤上，矗立着五百尊千姿百态、各具情态的花岗岩罗汉雕塑，他们或盘石而立，或把盏向天，或奋力挣扎，或庄或谐，亦喜亦悲，而他们还有一个共同的特点，即全部面东而向，而东边便是四大佛教名山之一的普陀山。小岛一日两度潮，涨潮时，海水里的罗汉只剩下头、手置于水面，神灵活现；退潮时，身态尽显，个中滋味横生。岛上百尊观音组成的佛塔，还有岛上朱仁民特意为国内外贫困的艺术家提供的免费食宿、创作的国际艺术家工作室……即便是屋子的一堵墙，脚下的一条路，都充满禅意，流露着朱仁民自然、和谐的艺术思想。

作为普陀山观音文化的延续和开拓，莲花岛禅宗艺术公园的入口处，在山崖上刻着"永久免费观赏"六个大字。

在建设莲花岛的同时，他还在浙江省湖州市南浔菱湖镇投入几百万元，设计营造了全国社会主义新农村中第一个国际艺术家村，还保护了世界上古石桥最密集的古石桥之乡的百余座古石桥。

作为著名的环境艺术设计大师，他在银川的沙漠上做成了中国西部唯一的一座国家级湿地公园；他改造了杭州城里的一条垃圾河，使河两岸有了《清明上河图》似的往日繁华；他为世博会做了一个永久性个人展馆……在银川翠明湖湿地公园的建设中，他耗费了大量心血，在这一万三千亩沙漠中，他终于营造出一个集高度生态化、文脉化、艺术化的园区。做到这一切绝非易事，他历时六年往来西部四五十趟，行程八万余公里，在沙漠、冰雪中踏勘设计，从生态的恢复到园区的建筑、景观、雕塑、绿化一气呵成，硬是将一万三千亩的沙漠改变成国内一流的、真正具有生态湿地功能的国家级湿地公园。设计大气精到，生态恢复艰辛而成功。

工作就是生命存在的意义，他光着脚丫子，每天以十五个小时的工作时间忙碌着。作为数家公司的老板，作为著名艺术大师，他把在艺术设计和工作中所积累的巨大财富都投到了人文关怀之中，而把自己的生活欲望降到最低点。他至今还保持着当年在隐修庵养成的自己剪头发的习惯，截至2015年，他没有自己的房子，就住在工作室一张简单的床上，他舍不得抽好烟，为买个牙膏在三元与三元五角之间的几家小店里进出。

作者感言：记得有位哲人说："唯有真实的苦难，才能驱除罗曼蒂克的幻想苦难；唯有看到克服苦难的壮烈悲剧，才能够帮助我们承担残酷的命运。"朱仁民不是"看到了克服苦难的壮烈悲剧"，而是亲历了惨重的苦难大悲剧，而这惨重的苦难大悲剧，成就了他身与心、艺术与禅宗融而为一的大情怀。蛇盘梁、鼠乱串、四壁透风的破败隐修庵，是朱仁民的精神炼狱，是他透彻生命、实现灵魂升华的圣地。

苦难是人生的大不幸，是所有人都不愿意经历和见到的，而许多苦难又具有很大的偶然性，是无法事先预期和防范的，正所谓"天有不测风云，人有旦夕祸福"。人类有史以来，世界上数以千万计甚至亿计的人遭遇了不同程度的苦难，其中大多数人只能无奈地被动承受，能真正不被苦难所压倒，正视苦难、顽强抗争，化苦难为机遇，变压力为动力者，实属不多，能在苦难中深层次感悟生命并创造辉煌如朱仁民者，更是凤毛麟角。

现实功利的强势地位和无孔不入，扭曲了生命的本真形态，造成了人生的许多幻象，而苦难则有惊雷炸耳、金光破雾、当头棒喝的警醒作用，它顿使生命变得简单明了，最能让人接近原始的真我。而唯其真我，发于口笔，则闻于绝响；见诸行动，则光耀千秋。瘫卧隐修庵，让朱仁民饱受了肉身极度痛苦和精神极端孤寂的折磨，这是他的大不幸；然瘫卧隐修庵，却让朱仁民有缘与《严华经》、与历史、与诸多先哲交流对话，使他一洗尘染，拥有了高贵的灵魂，即使后来获得了巨大成功也人淡如菊，这又是他的大幸。这就是苦难的辩证法。

大苦难给了朱仁民大情怀、大智慧，让他创造了大艺术。从1992年到2015年的二十多年间，他把艺术写进了大地，提出了"用艺术拯救生态，拯救人类"的新学说，创立了用艺术修复生态的"人类生态修复学"，构建了"心灵生态、自然生态、文化生态"三位一体的艺术修复生态的新模式，并身体力行，先后在中国的河流、沙漠、裸崖上完成了十大生态修复工程，创造了人间奇迹。因此，联合国官员称朱仁民是"中国的达·芬奇"，意大利美术家协会主席称朱仁民创造了"文艺复兴以来没有出现过的艺术表现形式"。我们有理由相信，朱仁民会不懈开拓，在艺术的广阔天地里，创造更大的辉煌。

当我们不得不面对苦难的时候，朱仁民就是我们的榜样；当我们熬过苦难获得成功的时候，朱仁民还是我们的榜样。.

大相国寺里的"酒色财气诗"

开封大相国寺，是我国著名佛教寺院，始建于北齐天保六年，即公元555年，原名建国寺。唐朝延和元年，即公元712年，唐睿宗赐名大相国寺。到了北宋时期，大相国寺多次扩建，成为当时京城最大的寺院和全国的佛教中心。当其时，苏东坡的好友佛印禅师，就在大相国寺修持。佛印俗姓林，出家后法号了元，故人称林了元。一日，苏东坡去寺院看望佛印，不巧，佛印不在，住持和尚请苏东坡到佛印的禅房休息，并端上香茗美酒素看款待。

苏东坡独自斟酌，不觉有些微醉，抬头一看，墙上有一首佛印的题诗："酒色财气四堵墙，人人都在里边藏；谁能跳出圈外头，不活百岁寿也长。"

诗写得通俗易懂，又颇有些道理，但禅意太浓，世俗人谁能完全离开酒色财气，彻底"跳出圈外"？东坡觉得不妥，于是，提笔在佛印题诗的右侧写道："饮酒不醉是英豪，恋色不迷最为高；不义之财不可取，有气不生祸自消。"

言外之意，人不能离开酒色财气，只要掌握一个"度"就行。写罢，见佛印仍不回来，便告辞。

佛印三岁能诵《论语》，五岁能诵诗千首，长而精通五经，也是京城里有名的才子。他看了苏轼的诗，知道苏轼有意和他对着干，不过说的也有些道理，微笑着点点头。

过了数日，王安石陪宋神宗赵顼到大相国寺上香，君臣二人在佛印的禅房里看到了佛印与东坡的诗。宋神宗莞尔一笑，对王安石说："爱卿，你怎么看酒色财气？何不和上一首？"王安石略一沉思，提笔在佛印题诗左侧题《亦和佛印禅师诗》："无酒不成礼仪，无色路静人稀；无财民不奋发，无气国无生机。"

宋神宗见了，连连称好。

令人遗憾的是，今天的大相国寺里，佛印、苏轼、王安石题诗的那堵粉墙早已不复存在。

作者感言：北宋三位著名文化人，都对酒色财气发表了自己的看法，佛印针对酒色财气的害处发论，王安石则从酒色财气的益处着眼，而苏轼则强调要掌握一个"度"，各有所长。

故事的真假无关紧要，我们只是想借此聊聊"酒色财气"这个话题。

酒色财气是最基本的社会现象，人人都得面对。

关于色财："色"是男女两性关系，"财"是物资资源，二者是人类生存发展之必需。两千多年前，我们的先贤就对人的食欲和性欲本质做了经典论述。《礼记》中说："饮食男女，人之大欲存焉。"《孟子·告子上》里说："告子曰：'食色，性也'。"文中的告子，是与孟子同时代的哲学家。食色，是人的本性所在，离开了饮食，离开了财物，人类就无法生存；离开了性，离开了男欢女爱，人类就无法繁衍。人追求财富、追求性爱，合情合理，天经地义，无可非议。

问题在于，人在追求性爱和财富过程中往往失于过度，古今中外，人的性爱欲望和财富欲望的恶性膨胀，不断导演着一幕幕大大小小的人生悲剧，不断酿造着一杯杯浸透心脾的苦酒，给社会造成了诸多不和谐、不道义，甚至灾难。帕里斯拐走了美女海伦，导致了十年的特洛伊战争，使数十万古希腊人死于战火；纣王痴迷于妲己，沉湎淫乐，导致殷商帝国的灭亡；清朝乾隆嘉庆年间的高官和珅，贪污受贿的数目超过了当时国库库银的数目，最终被嘉庆皇帝下狱赐死，其家财全部被抄归公；原印尼总统苏哈托在位三十多间非法所得高达三百五十亿美元，最终锒铛入狱，成为当时的世界首贪；历朝历代的贪官污吏，大都因过度恋色和贪财被绳之以法，永远被钉在历史的耻辱柱上。现今生活中，因恋色贪财而杀人、拐骗、造假、贩毒、贪污、受贿等现象，屡屡发生，至于因此而导致亲人反目、友情决裂和造成长期精神痛苦的现象，更是司空见惯。正因为如此，世上才有"色是刮骨钢刀，财是下山猛虎"的反面提醒。

那么，我们应该怎样面对色财呢？苏轼的态度十分可取，那就是有节制、有度，做到"恋色不迷"、"爱财不贪"。

所谓"恋色不迷"，有两层含义：

含义一：积极追求性爱，但不沉迷于性爱。人除了性爱之外，还有很多事情要做，沉迷于性爱，把性爱作为生活的轴心，会毁了事业前途，最终也会连性爱一起毁掉。

含义二：在道德和法律范围内，积极追求性爱并负起性爱的责任。现代社会，人们对性有了比较科学的认识，许多传统的性禁忌都已经被破除，这是人性的回归和历史的进步，但由此带来的"性自由"和"性解放"，也给社会制造了许多问题，诸如性爱对象的频繁更换、婚姻的不断破裂、婚外恋、一夜情、嫖娼等现象，扭曲了人性，淡化了道德和责任，不仅造成了许多当事人的精神痛苦和经济损失，也影响了社会的和谐稳定。

所以，尽管"性"属于个人隐私，每个人都有爱与被爱的权力，但不能"乱爱"。正确的态度和做法是：有效控制自己的性爱欲望，在法律和道德范围内，在不侵害他人性权利和不给他人造成身心痛苦的前提下，在双方彼此爱慕并渴望在一起的时候，方可负责地尽情合奏灵与肉的甜歌。这里特别需要提醒的是，人一旦步入婚姻，就要特别珍视夫妻双方建立起来的恋情，信守爱的承诺，努力呵护和发展这一美好情感，以保持家庭的和谐稳定。这一点很重要，因为家庭是安顿每一个人肉体和灵魂的港湾，是一个人事业成功和人生幸福的基础。

所谓"爱财不贪"，就是喜爱财富而不贪婪。就个体而言，喜爱财富、拥有财富，是人人都希望的，这是因为，拥有财富是生活幸福的重要基础，食不果腹、衣不御寒、居而无屋的饥寒贫穷无幸福可言。有了财富，人才能生存下去，有了更多的财富，人才能生活得更好，所以，爱财具有人生正当性。但爱财不可过度，过度了就是贪婪。人一旦贪婪，就会背离良心道义，甚至失去人性。贪赃枉法、走私贩毒、制造假药假奶粉假酒，甚至坑绷拐骗、抢劫杀人等现象，就是贪婪这棵恶树上结出的毒果。那么，爱财爱到什么程度才是"适度"呢？在我看来，爱财的底线有二：

底线一：必须是自己的劳动所得，不管是体力的还是脑力的。

底线二：必须是来自正当渠道的财富，如父辈的遗产继承、朋友的馈赠、自己投资的利润等。

简言之，属于自己的，就大胆伸手去拿；不属于自己的，千万不要伸手。不义之财君莫取，取了后患无穷，特别是图财害人、图财害命的事情，千万不要做，做了，迟早会遭到报应。

关于酒：酒是用粮食、水果等含淀粉和糖的物质发酵制成的含乙醇的饮料。

从健康角度讲，酒具有兴奋神经、促进血液循环、通经活络、去风湿等作用；从人际交往角度讲，酒是人与人之间联络和加深情感的媒介。

我国是酒和酒文化的故乡，是世界最早造酒的国家之一，据说，我国造酒第一个人是杜康，他是我国古代传说中的夏代国君，姓姒，是夏王相的儿子，又名少康，根据民间传说和历史资料记载，他是中国第一个奴隶制社会夏朝的第五位国君。关于杜康造酒，流传着这样一个小故事：

杜康很想制作出一种喝起来让人兴奋又能联络感情的饮品，但冥思苦想就是想不出制作的方法，一天夜里，他梦见一位白胡老人，老人告诉他："你可以用一个能装数百斤水的大鼎，盛满泉水，以粮食为原料，将粮食放在鼎里泡九天，在第九天的酉时（下午5时——7时）里，找三个不同的人，各取一滴血滴入其中，就制成了你想要的饮料。"老人说完，飘然而去。次日醒来，杜康就按老人的指点，用一口能装数百斤水的大鼎泡上了粮食，到了第九天酉时，他就命人到街上找三个人。找来的第一个人是白面书生，文质彬彬，谦虚有礼，杜康说明用意，书生很高兴地割破手指，滴了一滴血而去；找来的第二个人是一位武士，虎背熊腰，威风凛凛，他更是二话没说，慷慨割指，将一滴血滴进鼎里；等去找第三个人的时候，已经临近酉时结束，街上没有行人，只有一个昏头昏脑、浑身肮脏的傻子，斜卧在路边的树下，情急之下，差役只好把傻子拉来，强行割指滴血。当那傻子的一滴血落进鼎里，鼎水立刻翻滚，热气蒸腾，一股股浓香气扑面而来，掬鼎水放入口里，微辣而香甜，下肚后浑身通透，如仙如痴。因为这香辣可口的饮料用九天制成，故起名叫作"酒"，与"九"同音；又因在酉时用了三个人的三滴血，故写作"酒"，"氵"是三滴血的象征，"酉"表示酉时。

因为书生、武士和傻子的三滴血是酒引子，所以，人们聚在一起饮酒的过程常常表现为三种情态：

情态一：窃窃私语态。刚坐下来喝酒时，人人都像书生，文质彬彬，谦恭有礼，言谈细声慢语，邻座常常耳语。

情态二：豪言壮语态。待酒过三巡，喝到兴起时，人人如武士，激昂慷慨，豪情奔放，满口豪言壮语，个个频频举杯、一饮而尽。

情态三：不言不语态。等喝到最后，酒醉人疯，个个像傻子，舌硬腿软，东倒西歪，或伏地而吐，或抱盆狂呕，或随处而卧，不省人事，不知羞耻。

我们还是回到正题，说说我们应该怎样对待酒。酒这东西，万万不可小视，中国的酒与酒文化，与中国历史一样源远流长、博大精深，可以引出无数话题。酒可以增进友谊，加深情感，"酒越喝感情越厚""朋友来了有好酒"；酒可以为朋友践行，"劝君更尽一杯酒，西出阳关无故人"；酒能激发壮志，增添豪气，勇士上阵前高喊"拿酒来"，"醉卧沙场君莫笑"；酒可以壮胆，"喝了咱的酒啊，一人敢走金沙口啊，喝了咱的酒啊，见了皇帝不磕头"；酒可以让骚人墨客文思泉涌，笔底生风，诗仙李白"斗酒诗百篇"，书圣王羲之酒酣《兰亭序》一挥而就，草圣张旭大醉后"挥毫落纸如云烟"；酒可以消愁，"一醉解千愁""酒入愁肠化作相思泪"；酒可以御寒，"喝杯酒暖和暖和"；酒可以用来祝贺成功和喜庆佳节，祝贺丰收"家家扶得醉人归"，给新生儿过满月喝满月酒，男女婚嫁喝新婚喜酒，给老人过生日喝祝寿酒，春节喝屠苏酒，清明喝杏花酒，端午喝菖蒲酒，中秋喝桂花酒，重阳喝黄菊酒……酒，与我们的日常生活息息相关，不离不弃。

上面说的，都是酒的好处，但事物都有它的另一面，酒也是个坏东西，酒后驾车车毁人亡，酗酒闹事行凶杀人，醉卧路旁活活冻死，以及因酒误事、因酒坏事等现象，屡见不鲜。因长期大量饮酒喝出胃溃疡、胃出血、酒精肝而损害健康的事，更是稀松平常。

所以，成也萧何败也萧何，酒有好处也有坏处。逢年过节、朋友来访、贺喜祝寿、庆贺成功，喝一点儿酒，完全必要，但万万不可以过量。现代医学研究证明，人体肝脏每天能代谢的酒约为每公斤体重一克，一个六十公斤体重的人每天允许摄入的酒精量应限制在六十克以下，低于六十公斤体重者应相应减少，最好掌握在四十五克左右。

当然，这只是一种生理健康标准，老同学、老战友、老同事相聚，或者结识新朋友，坐在酒桌上，很难按此标准行事。酒喝到兴头上，谁也不会顾及这些。但不管怎么兴奋，喝酒还是要有一个底线的，那就是："根据自己的酒量，保持清醒。"这一底线不能突破，突破了就会醉，醉了不仅给身体带来损害，还会做出许多不近情理甚至伤害朋友的事情。例如，2003年秋天，东北某市一位警察，同学聚会时，喝醉了，与一位同学为读书时一件串座位的小事发生争执，两个人越争越来气，竟大骂起来，警察一怒，说："他妈的，老子崩了你！"那同学也喝醉了，毫不示弱："你要是你妈养的，你就崩了我！"警察掏枪就给那同学一枪。枪响血流，同学们都傻了眼，赶忙送医院，有幸没打到要害处，其结果是警察被开除公安队伍并支付了数万元医疗费。

坐在酒桌上，劝酒已成积习，很多人都是在相互劝酒中喝得酩酊大醉，所以，劝酒也得讲究个度。这个"度"要以珍视友谊和保证朋友身体健康为前提，做到适可而止，朋友已经喝高了，千万不要再劝。世俗中通行的劝酒令五花八门，其中就有"感情铁，喝出血；感情深，不怕打吊针！""月子里会情人，宁伤身体不伤感情，喝！""万水千山总是情，少喝一杯也不行！""东风吹，战鼓擂，喝起酒来谁怕谁！"等等，都完全是非理性的东西。似想，让朋友"喝出血""伤身体"的朋友，还够朋友吗？

关于气：酒色财气中的"气"，是指人的一种消极情绪，即不愉快、不高兴、恼怒生气的精神状态。但"气"这个词，在中国文化语境中，可不那么简单，它有丰富内涵，是中国古代哲学、社会学、中医学和世俗生活中常用的概念。

作为中国古代哲学概念，气是万物的本原，是构成宇宙万物最根本的实体，并且是宇宙生成演化的动力。《易经》里说："精气为物。"孔颖达解释说："阴阳精灵之气化而成物。"列子说天地是由阴阳二气构成的，庄子说"通天下一气耳"，王充说"天地合气，万物自生"，张载说"凡可状皆有也，凡有皆象也，凡象皆气也"。朱熹将"理"和"气"综合为一个范畴说："天地之间，有理有气。理也者，形而上之道也，生物之本也；气也者，形而下之器也，生物之具也。"生物之具，就是构成事物的材料。王夫之说："凡虚空皆气也，聚则显，显则人谓之有；散则隐，隐则人谓之无。"如此等等，都认定"气"是万物本原。

作为社会学概念，气是人的精神状态和事物态势的表征。前者如气概、气节、气魄、气派、气馁、豪气、怒气、义气、正气、锐气、才气、和气、勇气等，孟子说的"我善养吾浩然之气"和文天祥《正气歌》所赞美的"天地有正气"，就是指人凛然不可侵犯的一种正义的精神状态。后者如体现诗文书画风格特色与意境的"文气""气韵"，体现社会风俗习惯和群体部族生活生产方式特性的"风气""习气"等。

作为中医学概念，气在中医学中具有本体论意义。中医学认为，气是构成人体和维持生理功能的精微物质，是人体生命的能量和动力，人有气则存，无气则亡。气分为元气、宗气、营气、卫气四大类，这四类气通过升、降、出、入四种方式，散布于全身，流行于各处，发挥着温煦、推动、生化、防御、固摄、营养等六种作用，推动和激发着人体的各种生理活动。所以，中医认为，气滞而病生，气通而疾去，养生就是养气。

作为世俗生活中的常用概念，气除了表示"气体"这一基本意义外，还表示季节和自然界寒暖阴晴等现象，前者如节气，后者如气候、气象、气温等。

从对"气"内涵的简要分析中可见，酒色财气中的"气"，并不能简单理解为"生气"、"不高兴"或"恼怒"，而应涵盖"人精神状态"的全部和中医学的"气论"。据此，正确对待"气"的做法是：养气、调气。

所谓养气，有两层含义：

含义一：养精神世界里的浩然之气。人要活得有正义感、有骨气、有气节，说话做事追求公平、公正的正气，人际交往追求推己及人、与人为善的和气，理想胸怀追求志存高远、海纳百川的豪气，逢难遇险树立一往无前、视死如归的锐气、勇气，功名权利追求淡定如菊、无私奉献的大气。

含义二：循着中医理论，养身体的元、宗、营、卫四气，确保四气不断滋生，促进身心健康。

所谓调气，也有两层含义：

含义一：调整精神世界里的消极之气。人生不如意者十之八九，困难、挫折、矛盾、不顺心、气恼的事情会经常发生，每遇到这种情况，要善于调整心境和情绪，保持平静心态，做到遇事不怒、遇挫不馁。人在情绪极端激越的时候，很难做出正确判断，也很容易采取过激行为，酿成祸患。

含义二：调整身体四气，使之顺利升、降、出、入，畅达无阻，以减少疾病的发生。

以上是我们对"酒色财气"的简要讨论，概而言之，要义有三：

要义一：人不能离开酒色财气，这是因为"酒无不成礼仪，色无路静人稀，财无不成世界，气无人没出息"。

要义二：面对酒色财气，人不能过度，过度了，四者就会分别变成"酒是穿肠毒药，色是刮骨钢刀，财是下山猛虎，气是惹祸根苗"。

要义三：适度运用酒色财气，努力做到"饮酒不醉最为高，好色不乱乃英豪，爱财不贪真君子，调养真气祸自消"。

大树、小树与小草

一棵伟岸的大树，生长在丛林中。它的树冠极力向上，高高地超出并遮蔽着周围其他的树，以求吸纳更多的阳光雨露；它粗大的枝干极力向四周伸展着，推挤着周围的小树，努力占据更大的生存空间，以求最大限度地舒展自己的身体和呼吸最新鲜的空气；它的根系粗大而四通八达，深深地扎在地下，并极力向四周延伸，尽可能地不给周围小树的根留下余地，以求从大地中吸取更多的水分和养分。在大树的旁边，有几棵瘦弱的小树，在艰难地挣扎着，它们的枝干细瘦而脆弱，叶子小而薄并有些枯黄，它们一天只能从大树枝叶的缝隙中享受到一点点阳光，从大树粗壮的根系边吸吮到一点点水分和养分。

小树愤怒地盯着大树："你已经足够强大了，为什么还要限制我们生长？"

大树漠然看了看那几棵小树，冷淡地说："对于我来说，你们的生长永远是我的威胁。"

就在这时，春风将一些草籽吹落在大树下。没几天，这些草籽就从泥土的缝隙中伸出幼嫩的小脸，羞涩地轻摇着身姿，张望着这个庞大的世界。一滴又一滴露水从大树肥厚浓绿的叶子上滴下来，滋养着正在蓬勃生长的小草。

草儿抬起头："大树先生，谢谢您的帮助！"

"哈哈哈哈……"大树浑厚的笑声在丛林中回荡："别客气，这是我轻松可以做到的，你们只管放心地长吧，不管发生什么事，我会尽我的一切力量帮助你们的。"

小草感动得几乎要流出了眼泪。它们蔓延生长着，终于长成了一片嫩绿如茵的草坪。春夏季节，它们蓬蓬勃勃；到了秋冬时节，它们将枯黄的茎叶化作泥土，归还给大地，把生命的根深藏在厚厚的白雪里冬眠。到了第二年春暖花开，它们又不失时机地钻出来，把大地染得嫩绿。年复一年，它们不知疲倦地演绎着它们的生命故事。

见此情景，一直没有作声的小树不解地问："你疯了吗？为什么那么卖力地生长？"

小草回答说："我不能辜负大树先生的希望。"小树嗤之以鼻，摇头冷笑："它很吝啬，你看他把我们挤成这样，我们都快无立足之地了。"

"但它为什么友好地对待我们呢？"小草问。

"因为你们的生长不仅不会对它构成威胁，反而还会养护它脚下的土地，使它生存的土壤变得更加肥沃。"

终于有一天，暴风雨来了，飓风怒吼着横扫丛林，伟岸的大树几乎被连根拔起，树干折断了，枝杈横躺在大地上，而它身边的几棵小树却安然无恙地站在那儿。奄奄一息的大树呻吟着问："这么大的风，你们怎么没有被吹折？"小树高兴地说："有你硕大的身躯挡住了飓风，我们当然就安全了。"

作者感言：大树与小树之间，体现了自然界优胜劣汰、弱肉强食的丛林法则：生长在同一空间的大树和小树，需要共同的资源，而这些资源是有限的，谁能获得更多资源，谁就长得又快、又壮、又高。大树凭着自己高大的优势，几乎占据了所有的生存资源，所以，小树只能在饥饿中挣扎。

物竞天择，优胜劣汰的丛林法则是自然界的必然现象，这是因为，整个自然界的生存资源在总数上是有限的，甲占有了，乙就得不到。因此，为了生存和繁衍，生物之间必然会出现有我没你、有你没我的殊死争夺。在争夺中，实力不强的一方或者因失去生存资源被淘汰，或者就成了生物链上上一级生物口中的食物，就是我们常说的"大鱼吃小鱼，小鱼吃虾米，虾米吃淤泥"。

而大树与小草之间，则体现了自然界中的另外一种现象，即生物之间的互利互惠关系。自然界中，不光是殊死的争夺和血肉模糊的弱肉强食，也有彼此给予和互利互惠的合作共赢。犀鸟站在犀牛背上，啄食咬噬犀牛的寄生虫，帮助犀牛消灭了敌人又填饱了自己的肚子；色彩绚丽、每个柔长触觉上都长满了毒刺的腔肠动物海葵，让小丑鱼居住在自己的缝隙里，保护小丑鱼不受天敌的袭击，而小丑鱼则吃掉了海葵身上坏死的组织和寄生虫，并通过游动清除了海葵身上的淤泥杂物，使海葵能够蓬勃生长。请看燕千鸟与鳄鱼和谐共处的一幕：

一条大鳄鱼气喘吁吁地从河里爬上岸，张开大嘴，四处张望。细细的水流沿着它黝黑而粗糙的脊背淌下来。鳄鱼打了两个饱嗝，懒洋洋地躺在河滩上。忽然，从一棵树上飞下一只小鸟，"嘤嘤"叫着，轻盈地落在鳄鱼的大嘴旁。鳄鱼张开大嘴，龇着白生生的尖牙，非常高兴地让小鸟跳进嘴里，任它自由自在地在口中跳动。小鸟在鳄鱼稀稀落落的牙齿中间跳来跳去，用尖利的喙啄食塞在鳄鱼牙缝里的肉屑残质和生长在牙缝里的蛆虫。原来，这只小鸟是在为鳄鱼剔牙和清理口腔卫生。这种娇小的鸟叫"燕千鸟"，又叫"牙签鸟"或"鳄鸟"，它主要以啄食鳄鱼牙缝里的残肉和蛆虫为生。而鳄鱼也离不开燕千鸟，如果没有燕千鸟，鳄鱼就无法剔除牙缝里的杂物和生长的蛆虫，会导致口腔溃烂和牙齿腐蚀坏掉。大鳄鱼张着口、眯着眼，静静地躺在地上，让燕千鸟侍候得舒舒服服；而燕千鸟也因此饱餐了一顿。吃饱喝足，燕千鸟轻巧地从鳄鱼口中跳出来，站在鳄鱼的脊背上，嘤嘤啼叫，与鳄鱼告别，然后振翅飞进丛林。大自然中，所有的鸟兽都畏惧凶残的鳄鱼，而燕千鸟却因此和鳄鱼成了最好的朋友。

至于大树在暴风雨中被折断，也是一种自然现象。它不仅说明大树有"树大招风""木秀于林，风必摧之"的软肋，同时也证明丛林中的强弱地位并不是一成不变的，在生存环境变化的过程中，生物的强弱地位也会相应发生变化。

我们之所以通过大树、小树、小草以及犀鸟与犀牛、小丑鱼与海葵、牙签鸟与鳄鱼等动植物的生存、生长关系，简要介绍了自然界的丛林法则、互惠原则和变易规律，是想借此说明，人类也是地球上的一个物种，它源于自然界，但没有脱离自然界，而且也永远脱离不了自然界，因此，自然界优胜劣汰的丛林法则、相互依存的互惠原则和强弱转换的变易规律仍在人类社会中发挥着作用，不可小觑。人类应该怎样对待自然界的丛林法则、互惠原则和变易规律呢？其正确态度和做法有三：

正确态度和做法一：人类要努力弱化和消除优胜劣汰的丛林法则。在漫长的人类历史中，物竞天择、优胜劣汰的丛林法则，一直主导着人类社会。先民们知道，在生存资源有限的前提下，只有强者才有支配权，才有话语权，才有选择生存资源的优先权，因此，自人类诞生以来的近百万年中，为了争夺生存资源，小到个人与个人、村落与村落之间，大到部族与部族、国家与国家之间的流血争斗，从来就没有间断过，数以百亿计的人为此喋血，这是人类的大悲剧。在二十世纪的第二次世界大战中，法西斯头目希特勒就公然宣称："我要用德国的剑为德国的犁取得土地！"这就是丛林法则给人类制造的罪孽。令人庆幸的是，社会发展到今天，随着科技进步、经济发展和世界日益国际化，人类越来越清醒地意识到，"丛林法则"的血腥应该休矣！所以，弱化和消除丛林法则，有助于人类和平。

正确态度和做法二：人类要积极倡导和光大相互依存的互惠原则。毋庸讳言，利益之争和矛盾是永恒的，但永恒的利益之争和矛盾化解并不一定必须采取血腥的方式，现代理性告诉人类，为了人类的生存和延续，人类必须放弃两败俱伤的相互厮杀，取而代之的则应是"和而不同、合作共赢"的互惠原则，人类之间的利益竞争，完全可以通过人性化、人道化的方式解决。所以，人类应该高扬自由平等和公平正义，在这个地球上，人与人、团队与团队、民族与民族、国家与国家之间，无论贫富强弱，都应该相互尊重，平等相处，都应该在协商合作的基础上兼相爱，交相利，无相害。高扬自然界"互惠原则"，是人类的福音，是人类避免自我毁灭的必然选择。

正确态度和做法三：人类要遵循自然界中强弱转换、新旧更替的变易规律，不断革故鼎新。当今时代，人类对"变易规律"的认识，已经形成自觉，谁都知道，世间万物都遵循产生、成长、发展、壮大、衰老、死亡的规律，无一幸免。生死是相对的，强弱是相互转换的，没有永恒。但人类对此并不消极，人类从万物"生生灭灭"和"强弱转换"过程中，悟出并懂得了"辞旧迎新，除旧布新"的道理，人类明白，只要始终坚持"日新之谓盛德"原则，不断弃旧创新，人类所必需的物质财富和精神财富就会源源不断地被创造出来，人类就会在创新中过上新生活。

万一有一天

他的外号叫张彩票，住在北方的一座小城里。20世纪90年代初期，他五十刚出头，就因病提前办理了退休，每月只能拿五六十元的退休工资。当时，儿子正上初中，妻子没有固定工作，靠做零工挣点儿钱，家中生活十分拮据。90年代中期，彩票抽奖活动开始在中国大陆兴起，他身体不好，做不了什么事，便投身其中。他之所以热衷于买彩票，是想一夜富起来。他像赶场子一样在附近的几个城市里奔跑，只要那个城市有抽奖活动，都会有他的身影。可非常遗憾的是，每一次他都是眼睁睁地看着别人把汽车开回家，把洗衣机或彩电冰箱抬回家，而他只是偶尔抽得几袋洗衣粉或牙膏汤匙什么的，最大的一次收获，是中得了一个三百多元钱的电饭煲。

几年工夫，他花掉了家里的所有积蓄，但他仍不罢手。随着彩票事业的发展，进入90年代后期，他所居住的小城先后建起了许多彩票投注站，于是，他便成了这个小城里的铁杆彩民，天天泡在投注站里，研究报纸、解读专家意见、绘制走势图等，所以，熟悉的人都叫他张彩票，竟忘记了他的真名张晓全。

为了买彩票，他节衣缩食，甚至把妻子给他的买药钱也拿去买了彩票，儿子是靠贷款念完了大学，妻子因此和他天天吵架，但是，他总是说："万一有一天，我中了五百万，我这些年的心血就没白费。"

转眼二十多年过去了，幸运女神一次也没有眷顾过张彩票，他不仅没有中过一次大奖，竟连上千元的奖也没有中过，但他还是天天泡在彩票站里，穿着一件多年不换的旧衣服，瘦瘦的。2009年，张彩票六十七岁，6月的一天，在去彩票站的路上，他昏倒了。由于昏倒时头重重地撞在马路牙的花岗岩石上，造成颅内大面积出血，他被送进医院。

在外地工作的儿子赶回来为他交了住院费，医生告之，他父亲没有抢救的余地了。儿子坐在父亲的病床前，一声声呼唤着父亲，张彩票慢慢地睁开眼睛，看着儿子，吃力地说出了一串数字：3-6-9-8-7-9。儿子不解，在一旁的母亲告诉儿子，他说的是投注的号码，是让你去买彩票。

儿子哭了，他拉着父亲的手说："爸爸，都什么时候了，你还想着买彩票。"

"万一有一天……"张彩票没有再说下去，他停止了呼吸。

作者感言：对张彩票来说，"万一有一天"，是他的寄托，是他的希望，是他天天泡在彩票站的动力。其实，所有热衷于彩票的人，无不寄希望于"万一有一天"。

我们说这则小故事，就是想借此聊聊"彩票"这个话题。

什么是彩票？所谓彩票，就是以抽奖的方式进行筹款或敛财所发行的凭证。对于发行者来说，目的在于筹款和敛财，是一种集资方式，如我国发行的福利彩票和体育彩票等；对于买彩票者来说，目的在于以微小的投入获得高额大奖，寄希望于一夜暴富，即张彩票所期待的"万一有一天"。彩票是一种博彩业，是社会认可的合理合法的集资形式，它是世人"以最微小的投入和最便捷的方式在最短时间内迅速致富"这一投机心理的产物，它一旦产生，就不断刺激和强化着世人的这种投机心理，而这种投机心理的不断强化，又幻化成强大动力，推动着彩票业蓬勃发展和经久不衰。所以，我们可以说，买彩票心理说到底是一种投机心理。

人们之所以热衷于买彩票，也与彩票的自身特点有关。彩票具有三大特点：

特点一：面值特别小。大都两元钱一张，谁都能买得起，买张彩票，不会造成任何经济压力。低低的门槛，谁都能迈进去。

特点二：奖额特别高。最高奖一百万、五百万、一千万不等。这种高奖额具有强大的刺激力，它使人趋之若鹜。似想，投入区区两元钱，一下子中了一百万、五百万或一千万，谁能不心动？谁还会在乎投入的那两元钱、四元钱、甚至一百元钱？

特点三：高额中奖率特别低，上千万张甚至上亿张彩票才有一张上百万或上千万的大奖。

令人遗憾的是，买彩票的人往往关注的是彩票的前两个特点，对第三个特点几乎忽略不计。于是，钱就源源不断地流进彩票发行者的口袋。

在现实生活中，像张彩票那样痴迷于彩票的人虽然不多，但患有"博彩综合征"的人却大有人在。所谓"博彩综合征"，就是指因热衷于购买彩票而出现的失眠、焦虑不安、抑郁、敏感、多疑等精神性不良症状。患有这种症状的人，在购买彩票之后，总是以一种过于急切的心态盼着开奖，整日魂不守舍，坐卧不安，做其他事情时，总是心不在焉，目光呆滞，行为迟钝，有时还会进入强迫状态，即明知自己不该这么去想，但就是无法克制住这种想法。还有的彩民，明明知道自己的彩票没中，但总是把彩票和每一次的中奖号码保留下来，经常不由自主地反复核对。另外，有的人在连续多次不中后，情绪低落，干什么事情都无精打采，导致抑郁症。因买彩票导致精神失常的事也偶有发生，2001年9月，深圳龙岗区一位鲁先生的女友，痴迷于彩票，一天深夜两点，赤身跑出家门，当街裸奔，口中不停地喊："中了！中了！我中了五百万大奖，跟我来，每人分给你们五百元！"。2002年，武汉市吴某热衷于买彩票，并总是选用自家的电话号码，在长期不中的情况下，他决定停买一次，可万万没有想到的是，就在这一次，五百万大奖的号码恰恰是他家电话号码的后七位数。他经不住打击，导致精神分裂，逢人就说："五百万是我的！五百万是我的！"

那么，我们应该怎样对待彩票呢？科学的做法有二：

做法一：正确认识彩票。彩票虽然具有"赌一把"的赌博特性，但它不是赌博，从经济学角度讲，彩票是社会财富的再分配方式之一，就我国而言，博彩业的目的在于为公益事业集资，彩票收入除用于返奖和发行费用外，剩余的全部都用于社会公益事业。如果抱着献爱心的心态买彩票，往往就不会过于计较得失，更不会因为看到身边人中了大奖而妒火中烧。

做法二：秉持游戏心态。视为游戏，适当参与；量力而行，玩玩即可。用手头的零钱，买几张玩玩，中奖自然很好，不中奖就算是支持博彩事业，为社会做了点儿贡献，也算是善行。比如买几张国家发行的福利彩票，就算是为祖国的福利事业捐了几元钱，中与不中心里都很坦然。

上帝呀，我现在还应该做什么呢？

有一位贫穷的农夫绝望地向上帝祷告："万能的上帝呀，我的生活为什么如此艰难，我整天辛苦地劳作，为什么还养活不了自己和家人？请让我变成一个富人吧，让我的妻子和孩子们过上衣食无忧的生活吧！"

上帝很可怜这个农夫，决定帮助他。上帝说："明天，你带上一个大口袋，朝西走，一直走，不要回头，当走到远处那座大山里的时候，你就能找到你需要的东西。"

第二天天一亮，农夫按照上帝的吩咐，拿起一个口袋，出了家门，朝西走去。他顶着烈日，头也不回地朝前走，走啊，走，当太阳落山的时候，他走进了大山，这时，他发现脚下撒满了金币、银币和各种各样的宝石。他高兴极了，捡了满满的一口袋，扛在肩上。

当把口袋扛到肩上时，农夫又不知道怎么办了，他想，还是问问上帝吧。他跪下来，祈祷说："万能的上帝呀，现在我应该做什么呢？"

过了好一会儿，他听到上帝缓缓地说："把口袋里的东西都倒到山谷里去吧。"听语气，上帝很不高兴。

农夫毫不迟疑，按照上帝的吩咐把一口袋金银珠宝倒进了山谷。

"我现在还要做什么呢？"农夫问上帝。

"刚才你的手里本来已经有了无数财宝，它足够你和家人用一辈子的，可你却轻易地把它倒掉了。当你把这些财宝扔到山谷里的时候，你在想什么呢？"

"那不是您吩咐我这么做的吗？"农夫问。

"你已经得到了你想要的东西，自己却不知道做什么？你让我怎么回答你呢？"上帝显然有些生气，口气很生硬。

作者感言：如果你是上帝，你也会生气的，手中拿着金银财宝还不知道该怎么做，实在是无用到了极点，受穷是必然的。活该！

我们讲这则小故事，是想借此说明，"人生思路"很重要，无论生命个体还是人类整体，都是如此。

什么是思路。通常说的"思路"，简单说，就是想法和打算，人生思路，就是人生的想法和打算。

就个体而言，从小的方面说，思路是想做什么事情、通过什么途径方法去做、做到什么结果和自己收获那些效益的总体想法和打算；从大的方面说，思路是一生想干什么、怎么干、达到什么目标、获得那些快乐和幸福的总体想法和打算。

就民族国家而言，从小的方面说，思路是一年或几年内想做哪些事情、解决哪些问题、怎样推进社会进步、怎样提高国民福祉等的总体想法和打算；从大的方面说，思路是几十年甚至上百年期间想做什么、怎么做、达到什么目标的总体想法和打算。比如我国打算到21世纪中叶，即中华人民共和国成立一百年的时候，实现中华民族的伟大复兴，把中国建设成国家富强、民族振兴、人民幸福的伟大社会主义强国，这就是中国共产党治国理政的基本思路。

那么，思路有什么作用呢？从上文的解读中不难看出，思路是个体、团队乃至民族国家的方向标和动力源，有了思路，一个人、一个团队乃至一个民族国家才能有奋斗目标和产生奋斗力量，才知道要干什么，怎么干；知道了干什么和怎么干，才能积极行动，付诸实施；积极行动，付诸实施，才能有达成目标的希望。也正因为如此，我们才说：许多时候，想法比行动更重要，因为思路决定出路。那个农夫什么思路也没有，拥有一口袋金银财宝也不知道怎么做，受穷是注定的，上帝也帮不了他。

知道了什么是思路和它的作用，我们就知道该怎么做了。就生命个体而言，要想活得有作为、有价值，就得有人生思路；要想活得有大作为、大价值，就得有大思路。一个生长在偏僻小山村的人，一辈子也没有想过离开这个小山村，他就很难离开这个小山村；永远不甘于在一个小地方生活，立志走遍天下的人，就有可能走遍天下。正所谓，心有多大，世界就有多大。

放飞自己的思路，你可能创造奇迹！

上帝呀，我的劳力士表哪里去了？

有一个富翁，开着新买的"奔驰"车外出办事，因忽然内急，便临时在路边停车。他刚打开车门，一辆飞驰的大货车从他身边疾驶而过，把"奔驰"车的车门撞飞了。

没多久，警察赶到了。富翁心痛地抱怨道："警察先生，你看这是多么贵的车呀，给撞成这个样子，这得需要损失多少钱哪？！"

"你的脑子里怎么只有钱？你的左胳膊被撞掉了，你知道吗？"警察提醒富翁。

富翁这才发现自己的左胳膊没有了，便痛苦地叫道："哦，上帝呀，我的'劳力士'表哪里去了，那可是上万美元呀！"

作者感言：这也许是一则杜撰的故事，但它却真实地反映了现实生活中一种不可忽视的现象：爱财胜过爱生命。

爱财胜过爱生命，是颠倒了金钱与生命的关系，是把手段当成了目的。我们说这则小故事，就是想告诉世人，人才是目的，金钱只是手段，两者不能颠倒。

金钱是用来交换物质财富的等价物，人要想活着就离不开金钱，要想活得好，就需要更多的金钱，这是不争的事实，但必须明确，钱及其物质财富，只不过是人生存和发展的手段，人本身才是目的。我们努力挣钱干什么？就是为了自己能活下去和活得更好。而那位富翁，恰恰颠倒了手段与目的的关系，把金钱视为目的，而人却变成了手段。试想，人没了，钱有何用？假如那富翁死了，再豪华的"奔驰"，再昂贵的"劳力士"，对他还有意义吗？

人人都说"钱是身外之物，生带不来，死带不去"，但人又苦苦地追求金钱，并为之焦虑、为之苦恼，甚至为之铤而走险、跳楼自杀；人人都知道钱及其物质财富是人创造的，但人却拜倒在自己创造物的脚下，变成了金钱及其物质财富的奴仆，失去了人本应具有的主体性及其诸如自由、快乐等许多东西，甚至如故事里的富翁，迷失了自我。这是人生的悖论，也是人生的大悲剧。

人为财死、要钱不要命的自我迷失，是人性的异化，它源于私欲的恶性膨胀，是过分贪欲结出的恶果。而私欲的恶性膨胀又源于人类社会的私有制度，是私有制激活并不断刺激了人的占有欲，进而使人贪得无厌。所以，只有从源头上消灭私有制，自我迷失的悖论现象才能被彻底根除。而消灭私有制，可不是一件容易的事情，这要经历一段很长的历史，它不仅需要科学技术的高度昌明和物质财富的极大丰富，更需要人类精神境界的极大提高。由此看来，人类想找回被异化而失落的自我，还需要做长期努力。

当然，在没有消灭私有制这段漫长的历史时期，面对自我迷失的异化现象，人类也不是没有作为。就个体而言，人可以通过理性分析，确证"人是目的"这一人生定位，并通过自身的道德约束，把自己的私欲控制在不超越"目的"的范围内，如是，就可以避免富翁类的自我迷失，就可以减少金钱追求过程中的焦虑和苦恼，就能够获得更多的人生自由和快乐。

小袋鼠和小羚羊

在草原的一个角落里，趴着一只小家伙，看上去像只大田鼠，只是两条后腿特别长，一条尾巴特别粗壮。它就是大袋鼠的儿子——小袋鼠。可惜它太小了，还不能像它妈妈那样高高地跳起来奔跑。

小袋鼠静静地趴在地上，等着它妈妈回来。这时，它看见一只小羚羊在附近吃草，便竖起身子，高傲地对小羚羊说："你知道我住在什么地方吗？说出来你准会羡慕死了，我住在妈妈的肚子里！妈妈的肚子下面有个袋子，那是专门用来装我的，里面又温暖又舒适，比什么丝绵被呀、鸭绒袋呀，还要高级得多；躺在妈妈的袋子里，妈妈一蹦一跳，跑得飞快，比坐小轿车还痛快；有了好吃的东西，我还躲在妈妈的袋子里吃呢……小羚羊，你瞧我妈妈多爱我啊！你能享受到这样优厚的待遇吗？"

"我妈妈也很爱我，但它不像你妈妈那样爱我。"小羚羊回答道，"它带我练习奔跑，领着我寻找青草吃，晚上还让我自个儿睡觉，我觉得这样也挺好。如今，我身子骨儿已经很结实了……哎哟，不好，"小羚羊忽然猛扇耳朵，警觉地说，"我听见远处有狮子吼叫，我们得赶快跑开。"

小袋鼠慌了，它着急地哭道："我跑不了的，我要等妈妈来用袋子装我，妈妈说它一会儿就回来装我。"

小羚羊伏下身子说："狮子的脚步声越来越近了，快，我驮着你逃开。"

"不行，那会摔死我的！"小袋鼠死也不干，它在地上打着滚叫喊，"我要妈妈，我要妈妈的袋子……"

小羚羊已经看见狮子的身影了，它不能再等了，便一溜烟地跑开了。

小袋鼠还在原地撒野地嚎叫，闻声奔来的狮子自然不会客气，它一口就把这个小家伙叼走了！

作者感言：我们想借这则小寓言说两点想法：

想法一：我们提醒天下父母，对孩子不能过分娇惯，不能剥夺孩子历练生存能力的机会。老一代人常告诫说："小苦不吃吃大苦。"认为孩子从小吃点儿苦是好事，这是人类代际延续中总结出来的宝贵经验。可现如今，"再苦也不能苦了孩子"的观念在许多父母心中占了统治地位，他们嘴上说"不娇惯、不溺爱"，但在实际生活中，百般呵护，本该子女自己做的事情，父母都为之代劳，剥夺了孩子体验生活和成长锻炼的过程，导致孩子严重缺乏责任心、自信心和生存技能，遇到事情，自己束手无策，只能依赖父母。就像故事里的小袋鼠，一直生活在母亲的袋子里，不仅没有学会奔跑，连小山羊驮着它逃生都不敢，最终成了狮子口中的美餐。故事警示所有父母：对孩子的过分娇惯，实质上是害了孩子。

想法二：我们劝告正在成长中的少年儿童，要学习那小山羊，自己的事情自己做。人总有一天要离开父母独立生活，父母不可能管你一辈子，因此，从小就要学会打理自己的事情，比如，早晨起来，自己叠被子、收拾房间，自己上学，等到了小学高年级，学着自己洗衣服，帮助父母做家务等。人只有在实践中才能练就生存能力，学会生存，是人生的第一要义。

顺便说一句，小袋鼠在妈妈的袋子里生活，是袋鼠的育子习性。刚生下来的小袋鼠非常微小，无视力，少毛，生下后立即被放入母亲的保育袋内，六至七个月后才能短时间爬出保育袋学习生活。一年后断奶，离开保育袋，但仍生活在母袋鼠身边，一旦遇到风险，立刻钻进妈妈的袋子里，让妈妈带着逃生。经过三四年，袋鼠才能发育成熟，成为身高一米六、体重一百多公斤的大袋鼠，这时，方能独立生活。

小象的挣扎

　　一个刚刚出生不久的小象，被主人用一条细铁链拴在一根并不很坚固的水泥柱上。自由的天性让它无法接受这种束缚，它恨透了这条细铁链和这根水泥桩，它奋力挣扎并发出一声声怒吼，希望有人会为它解开铁链。主人一如既往，来往的行人也熟视无睹。小象愤怒了，它使尽全身力气，拼命地挣扎着，幻想挣断铁链或拉倒柱子。然而，它幼小的身躯和微不足道的力量，根本无法挣断铁链和撼动水泥柱，而它自己却挣扎得鲜血直流和遍体鳞伤。但它没有放弃，等伤口养好了，又有了力气，它又一次拼命挣扎，结果和上一次一样，它无奈地叹了一口气。就这样一次次挣扎，一次次受伤，也一次次让它心灰意冷，它挣扎的次数越来越少，劲头越来越不足。转眼半年过去了，小象终于不再挣扎，它明白了，它的一切努力都是徒劳的，它根本没有可能挣脱束缚，获得自由。它变得很温顺，任凭主人驱使。再后来，主人给它拴在一根小木柱上，它也安然接受，不再有过挣脱的想法。

　　小象渐渐地长成了大象，它的身体有几吨重，它力大无比，但那根细铁链仍然套在它的脖子上，它仍然被拴在小木柱上。这时，它只要轻轻一使劲，就可以挣断铁链或拔起小木柱，但它没这么想，也没这么尝试过，因为幼年时的经验根深蒂固，它坚信，铁链是挣不断的，木桩是拔不动的，挣扎只能是自讨苦吃。

　　于是，凡是到过印度或泰国的人，都能看到这样的一幕：一只壮如小山般的大象被一条细小的铁链拴在一根摇摇欲倒的木柱上，大象不仅没有逃跑，还规规矩矩地站在那儿，温顺地看着过往的行人。

作者感言：大象被驯化的过程至少给我们三点启示：

启示一：屡屡失败往往容易磨损人的信心，让人最终选择放弃。这是因为，每一次失败都会在行为主体心里增加一点儿"我无能为力"和"我办不到"的消极信息，随着失败的一次次增多，这种消极信息反复叠加并不断强化，逐渐上升为行为主体的主导意识，这个主导意识一旦被固化，人就失去了继续干下去的信心，于是决定罢手。我们人类的许多人，不也和小象一样吗？年轻的时候，充满理想，信心十足，也尝试着做过许多事情，结果都因失败而不断放弃，能锲而不舍的克终者很少。

启示二：人一旦形成某种心理定式，养成某种习惯，就很难改变，而不断改变习惯，又是人生之必须。所谓"习惯"，就是长期养成的行为方式、生活方式和社会习俗等，它是行为主体不用思考就能自动运作的行为。习惯有好坏之分，好的习惯能帮助人顺利做事、和谐处人，坏的习惯则相反。其实我们就生活在习惯里，美国人杰克·霍吉写了一本励志的书叫《习惯的力量》，在这本书里，他说："我们每天高达百分之九十的行为是出于习惯。"如此说来，如果我们能看清并坚持好习惯，看清并改掉坏习惯，我们的人生就至少能得九十分。

不过，我们必须看到，习惯是由某一行为无数次重复而在人潜意识中形成的程序化惯性，它一旦形成，就很难改变。这是因为，这种程序化惯性已经得到了行为主体的完全认同，他对此毫不怀疑，无一点儿异议，认定这一行为是天经地义的，合情合理的。大象已经习惯了被那根细铁链拴在小木柱上，它对此坦然安然，从来就没想过挣脱。连想都没有想过，自然就不会有行动。说到底，是习惯害了大象，让它安于这种束缚。由此我们看到了习惯的消极一面，即它的保守性。

习惯是既成的东西，是传统，既成传统具有先天的保守性，它排斥新因素的介入。而令人吊诡的是，人的成长成熟和社会的发展进步，又恰恰是人类不断利用、超越和战胜既成传统的过程。于是不少习惯就成了妨碍个体成长和社会进步的障碍，不断超越和战胜这些习惯，也就自然成了人类推进社会进步的必然述求。可习惯这东西，既保守又顽固，它会竭尽全力抵抗新事物、新现象或新行为，绝不肯乖乖退出历史舞台。比如，女人裹脚是中国的传统恶俗，清军入关后，曾下令禁止女人裹脚，满族女人本身就是不裹脚的，孝庄皇后就曾敕令杖杀宫中的小脚女人，可直到辛亥革命胜利，清王朝灭亡，中原和南方广大地区还有许多女子裹脚。正因为如此，列宁才说："习惯势力是一种可怕的势力。"

我们说了上边这些，只是想告诉大家，我们生活在习惯里，谁也离不开习惯，在一定意义上说，习惯决定命运；但我们也必须理性认识习惯，正确对待习惯，顺应习惯而又不囿于习惯，利用习惯而又不断超越习惯、战胜习惯，否则，就可能重演大象甘于受束缚而不自知的悲剧。

启示三：我们从大象小时候奋力挣扎和成年后甘于束缚的过程中，还应该受到这样一点儿启示：我们是人而不是大象，我们有健全的理智，我们会发展地看问题，小时候我们办不到的事情，并不等于长大后也办不到；昨天办不到的事情，并不等于今天也办不到。随着时间、地点、条件的变化，事物也在不断变化，一切皆有可能。也许，以前像山一样的困难，现在却变成了一道小小的门槛，所以，我们不要轻言放弃，不要轻言"这不可能"。

忘我的力量

  1858年，瑞典一个陆军中尉的家中生下了一个女孩儿。然而不久，女孩儿莫名其妙地瘫痪了，中尉带着女儿跑了多家知名医院，做了多方面检查，给出的结论都是：女儿身体各方面的功能均正常，神经系统也没有一点儿毛病。可女儿确确实实丧失了走路的能力。

  一次，中尉一家人乘船旅行，船长的太太告诉女孩儿，船长有一只美丽的天堂鸟。船长太太对天堂鸟的绘声绘色描述迷住了女孩儿，她极想亲自看看这只鸟。在女孩儿的请求下，保姆把女孩儿留在甲板上，自己去找船长。女孩儿急不可耐，她央求船上的服务生立即带她去看天堂鸟。那服务生并不知道她瘫痪了，说了声："好吧，我领你去，跟我走吧"，说完，服务生拉着女孩儿的手，头也不回地只顾朝前走。奇迹发生了，女孩儿因为过度渴望见到天堂鸟，竟忘我地拉住服务生的手，慢慢地走了起来。这一惊人之举使中尉夫妇发现，女儿生理上并没有毛病，而是心理方面的问题。而这一惊人之举使女孩儿自己增强了站起来的勇气。从此，在父母的鼓励下，女孩儿大胆地练习走路，并很快痊愈了。女孩儿长大后，又忘我地投入到文学创作中，最后成为第一位荣获诺贝尔文学奖的女性，她就是瑞典著名女作家赛尔玛·拉格洛。

  作者感言：极度渴望见到美丽的天堂鸟，使赛尔玛·拉格洛达到了忘我的程度，即忘记了自己是一个瘫痪人，于是便发生了站起来走路的奇迹。

  生活中有许多类似现象：烈火熊熊，一个身体并不怎么健壮的中年男子将一个三百多斤重的箱子从大火中轻松地搬了出来，事后，让他挪动一下这个箱子，他都办不到；汶川大地震中，有的人竟能扛住上千斤的压力，坚持几十分钟；一位十六岁的女孩儿和弟弟去河边玩，女孩儿脚下的河岸突然坍塌，身子迅速下坠，就要掉到河里，河水很深而且湍急，掉下去就会被河水冲走，弟弟在惊叫中上前一把就把姐姐拉了上来，女孩儿有九十多斤，而她的弟弟仅六岁，事后众人惊讶，六岁小孩哪来的这么大力量；敌我拼杀中，身上多处被砍伤也不觉得，仍奋力杀敌，以一顶十，骁勇异常，等仗打完了，战友告诉他负了重伤，他才訇然倒下，几天苏醒不过来……

人为什么在忘我和遇到危险时会爆发出超常的巨大力量呢？现代医学研究认为：在正常情况下，由于各种复杂的内部和外部原因，人大脑的有些神经处于被抑制状态，人体的许多潜能得不到发挥。在危险突然降临时，意想不到的强烈刺激冲破了这种抑制，蕴藏在人体内的潜能会突然爆发出来，产生一种神奇的力量，使人做出平时根本做不到的事情。这时，人的交感神经会异常兴奋，它刺激血压、血糖快速升高，使呼吸加速，心跳加快，肌肉紧张，血液中的氧分供应剧增，人体器官得到了充足的"能量"，人骤然会变得强壮有力。

由此也证明，人体有无限开发的潜能，无论是体力的还是智力的，所以，忘我地投入到事业中去，也许你就会创造人类奇迹。

子产被欺骗与孟子的解读

子产是春秋末期郑国的宰相，与孔子是同时代人，他是中国历史上著名的政治家，是中国历史上第一个"铸刑书"将法律条文铸在鼎上公之于众和第一个提出"宽猛相济"治理国家的人。故事说，有一天，有人送给子产一条活鱼，子产交给管池塘的小吏，叫他把鱼放到池塘中养着。这个小吏很不地道，偷偷将鱼杀死，煮着吃了。过了几天，子产来到池塘边，没有见到鱼，便问："鱼儿那里去了？"那小吏说："开始放进去的时候，它半死不活的，过了一会儿就自由自在地游起来，游着游着忽然就不见了。"

子产便悠悠地说："得其所哉！得其所哉！"意思说，到它应该去的地方去了！到它应该去的地方去了！

那个小吏出来对别人说："谁说子产聪明，我都把鱼煮着吃了，他却说鱼儿到它要去的地方去了。"

这个故事流传到战国时代，孟子做了这样的解读："君子可欺以其方。"孟子的这句话，后人做过两种解读：一是"君子可以用合乎道理的事情欺骗他"，二是"君子之所以容易被欺骗，是因为其方正"。

事情经过是这样的：有一天，孟子与学生们讨论舜的仁孝问题，孟子的高徒万章问老师说："舜的父亲瞽叟和异母弟弟象一心想害死舜，他们让舜去修粮仓，舜爬上粮仓后，他们把梯子撤掉，然后点燃粮仓，想烧死舜，舜借两个斗笠而脱险。后来他们又让舜去疏通水井，等舜下到井底后，他们又用土填井，想把舜埋死，舜巧妙逃脱。当象自认为已经得手，想来霸占舜的妻子、琴和弓的时候，发现舜正坐在床上弹琴，于是很不自然地说是想念哥哥，特来看看哥哥。舜则无怨色，还让象帮他管理臣仆。难道舜真不知道象想害死他吗？"

孟子说："怎么能不知道呢？！因为舜重兄弟情义，所以，象忧愁，舜就忧愁；象高兴，舜就高兴。"

"那么说，舜的高兴是装出来的了？"万章接着问。

"不是的。"孟子接着讲了我们上边说的那个故事，于是得出结论说，"君子可以用合乎道理的事情欺骗他，难以用没有道理的事情愚弄他，象装着爱兄长的样子来了，但舜却真诚地相信他，并感到高兴，怎么能是假装的呢？！"

作者感言：子产被小吏欺骗而不自知，舜被父亲和弟弟陷害知而仍真诚善待父亲和弟弟，这两个仁人君子就这么被欺骗了、被陷害了。在亚圣孟子看来，仁人君子也难免被欺骗、被陷害（君子可欺），但仁人君子的可贵之处就在于即使被欺骗、被陷害，也不改初衷，仍然仁爱、爱人、宽厚、忍让，仍然以德报怨，善待他人。几千年来，儒家极力推崇的君子形象就是舜和子产一样的人，极力贬斥的小人形象就是瞽叟、象和小吏一样的人。

可令人遗憾的是，古往今来，如瞽叟、象和小吏一类的小人，并没有多少被君子的仁爱所感化，很多小人反而变本加厉地欺骗和陷害君子，且屡屡得手。

我们说这则故事，就是想借此聊聊"小人"现象。

我们先来看看什么是小人，所谓小人，通常是指不讲道德、不守信用、反复无常、搬弄是非、两面三刀、暗中害人的人，简言之，就是道德低下、人格卑劣的人。小人自私自利，凡事都从一己私利出发；小人不讲信誉，说假话、大话、空话从不脸红；小人言行不一，阳奉阴违，说一套，做一套；小人嫉贤妒能，容不得比自己强的人，想方设法诋毁比自己强的人；小人见利忘义，有利便是爹，有奶便是娘，有用便是爷，且贪得无厌，欲壑难填；小人心胸窄小，小肚鸡肠，对人斤斤计较，不依不饶，与人有过节，怀恨在心，睚眦必报；小人善于无中生有，造谣诽谤，搬弄是非，挑拨离间，制造麻烦，乱中取利；小人不要脸面，没有做人底线，不知廉耻，为所欲为，不择手段，敢于胡搅蛮缠，敢拿不是当理说；小人巧言令色，擅长用小忠、小信、小惠蒙蔽人、笼络人，呼朋结党，以达到营私舞弊之目的；小人溜须拍马、阿权附贵，善于借助权势；小人不讲情义，恩将仇报，往往乘人之危、落井下石；小人得志便猖狂，一旦得势，唯我独尊，以势压人，顺我者昌，逆我者亡；如此等等，不一而足。

小人形形色色，制造内乱的庆父、指鹿为马的赵高、口蜜腹剑的李林甫、陷害忠良的秦桧、专横跋扈的严嵩、阿上治下的和珅等，算是史上有名的"大小人"；元杂剧《窦娥冤》里的张驴儿、电影《大红灯笼高高挂》中颂莲的丫鬟、电视剧《京华烟云》中的侍妾桂姨等，算是市井中的"小小人"。不过，不管是历史上定论的不同层级的"大小人"还是艺术作品中塑造的各类"小小人"，都是被社会"典型化"了的人物，在社会生活中，完全意义上的小人不是很多，通常的情况是，在许多还不能说是小人的一般人身上，常常表现出小人行为。

在一般情况下，我们不能轻易定位某人就是小人，但在某件事情上，他为一己私利采取了非道德的做法，比如为了获得某个官位或得到某种利益，暗中造谣诽谤竞争对手、在竞争中做点儿手脚等，我们只能在这件事情上，说他是小人，在其他方面，也许这个人还做得很不错，我们还不能说他是小人。所以，我们不仅要谨防小人，更要注重消除小人行为。

下面，我们来讨论一下小人及小人行为大行其道的原因。这个问题很复杂，不同时代、不同社会环境、不同利益群体以及不同生命个体，小人及小人行为产生的原因各有不同，很难理出头绪，不过，至少有三个原因是具有共性的：

原因一：小人及小人行为往往容易得手，成功率高，能满足当事人的现实需要，很具有诱惑力。元杂剧人物出场时，都有一个定场诗，奸臣的定场诗是："别人笑我做奸臣，我做奸臣笑别人；我须死后才挨骂，别人生前早亡身。"活着的时候用卑劣手段捞了许多好处，占尽了便宜，享受了，满足了，至于死后挨骂，与我何干？人多数都是既得利益者，满足眼前需要是第一要务，耍点儿小伎俩，虽然有些卑劣，但目的达到了。为了一个局长的职位，罗织竞争对手的一些不足之处，甚至添油加醋地润色一番，写成材料，匿名寄给组织部门，借此击败对手，当上了局长，神不知鬼不觉之间好处到手。拿住别人的软肋或掌握了别人的隐私，借此要挟，好处滚滚而来，堂而皇之，别人有口说不出，自己却在享受好处。当代诗人北岛有一句诗说："卑鄙是卑鄙者的通行证，高尚是高尚者的墓志铭。"卑鄙者手持"卑鄙"这张通行证，一路绿灯，畅通无阻。所以，在利益博弈中，有些人抗不住"暗地做点儿不正当手脚即可达到目的"的诱惑，小人和小人行为于是产生。那么，小人及小人行为为什么容易得手呢？这就涉及原因二、原因三。

原因二：小人及小人行为在博弈中具有三点优势：

优势一：小人无所顾忌。小人道德低下，人格卑劣，没有道德约束、没有礼义廉耻，为达到个人目的，为所欲为，不要脸面，不择手段，而一般人特别是正人君子，讲道德、要尊严，做事强调行为的正当性，顾及重重。这样一来，在博弈中，小人先天就占了上风。正如《宋史·列传·第九十八·苏辙》篇所说："且君子小人，势同冰炭，同处必争。一争之后，小人必胜，君子必败。何者？小人贪利忍耻，击之则难去，君子洁身重义，沮之则引退。"世间的事情往往是这样：无所顾忌的往往先得手，而顾忌重重的往往失手。

优势二：小人有歪才、邪才。小人都不是傻瓜，傻瓜没有心计，做不了小人。许多小人不仅智商很高，有才华、有能力，聪明能干，而且在意志品质的某些方面也很突出，比如有的小人敢作敢为，有的很有坚持力、很有韧性等。也正因为小人聪明智慧，有歪才邪才、歪能邪能，他们做出的小人行为都是经过技术化处理的，往往带有掩人耳目的正当性和不为人知的隐蔽性。前者如象对舜说，他是想念哥哥特意来看望哥哥；小吏对子产说，鱼儿不知怎么游着游着就游没了。后者如搬弄是非、造谣诽谤、暗中使绊子等，因为都是暗箱操作，人们很难知情。

优势三：小人行为成本低，效益高。小人行为最大的投入是心计和手段，而心计和手段往往没有什么成本，比如阳奉阴违、不讲信誉、说假话空话、搬弄是非、造谣滋事、挑拨离间、暗箭伤人、阿谀逢迎、乱中取利等，只需动动心思，本人没什么损失，可一旦得手，效益滚滚。万一败露，其行为绝大多数属于道德范畴，法律管不着，进不了监狱，只不过损失了一点儿做人的尊严和人格，可小人脸皮特厚，根本不在乎尊严和人格，所以，等于毫发无损。

原因三：世人的知难而退和正人君子的仁厚、宽容、忍让，为小人得逞和小人行为大行其道提供了方便。我们先来看看社会大众对小人的态度。一般来说，世人对小人及小人行为避之唯恐不及。俗话说，"宁得罪十个君子，不得罪一个小人"，这是因为，君子会反思自己，不和你计较；小人却会长久地记恨你，绝不会饶了你。君子一言不合拍案而起，小人却善于背后报复。得罪了君子，我们还知道因何得罪，如何补救。得罪了小人，却让我们如坠云雾之中，哪天遭了迫害也想不起是谁干的。得罪了君子，反倒结识了一位朋友，君子只认理、不记仇，事情过了便云淡风轻。得罪了一个小人，便多了一个敌人，从此一刻也不得安宁。再则，一般人都按道德常规出牌，而小人不讲规则，一般人难以斗过，因此，"守着小人是非多，远离龌龊快乐多""新鞋不踩臭狗屎"，谁也不愿去搅那一潭又腥又臭的浑水，惹不起就赶快躲起来。正人君子的主动撤出，为小人得逞和小人行为的顺利实施创造了条件。

再说正人君子，道德高尚，为人方正，孟子所说的"君子可欺以其方"，的确可以做这样的理解："君子之所以可以被欺骗，是因为君子方正。"君子方正正直，宽容大度，以德报怨，就如舜，弟弟象无所不用其极地迫害他，他却不藏怒气在心里，不留怨恨在胸中，只是一心地爱弟弟；君子心地善良，品行纯洁，情性和顺，凡事习惯从好的方面、善的方面着眼，缺乏被骗被害的心理防线，就像子产，当小吏巧言令色地骗他时，他根本就没往小吏可能会骗他、小吏可能把鱼偷偷煮着吃了的方面想，而是顺着小吏的说法，想到鱼可能顺着池塘的出口或入口游到别的什么地方去了，也许已经游进了大河大江，所以才说"得其所哉！得其所哉！"

正是世人和君子主动躲避小人，不屑与小人计较，以及"大人不见小人怪""宰相肚里能撑船""得饶人处且饶人""宽以待人、严于律己"等的宽容大度，给小人及小人行为开了绿灯，所以，小人及小人行为往往一路凯歌。就这个意义上说，小人往往是好人惯出来的，好人也要负对小人及小人行为反击不利的责任。因此，面对小人及小人行为，我们的正确做法是：积极面对，主动反击，敢于打狐狸，不怕惹一身骚，揭露其阴谋伎俩，打击其嚣张气焰，"人不犯我，我不犯人；人若犯我，我必犯人"，以眼还眼，以牙还牙，甚至还可以以其人之道，还治其人之身，不给小人和小人行为留机会，看小人和小人行为还敢嚣张！

至于中国传统文化倡导的"以德报怨"，在对付小人及小人行为上极不可取。其实，儒家的老祖宗孔子是反对"以德报怨"的，而是主张"以直报怨"。《论语·宪问》："或曰：'以德报怨，何如？'子曰："何以报德？以直报怨，以德报德"。意思说，有人问孔子："用恩德来回报仇怨，怎么样？"孔子说："那又如何来回报恩德？该用公正来回报怨恨，用恩德来回报恩德。"说得多好！"以直报怨"，就是用"公平正义"的"直"来回应仇怨，不是以"德"感化，而是以"直"征服，这才是对付小人及小人行为的正道。

对于我们每一个人来说，都不是圣人，难免有时会产生小人心理和出现小人行为，因此，我们要努力追求做君子、做好人，消除小人心理和小人行为。平心静气想一想，还是孔老夫子说的有道理，"君子坦荡荡，小人长戚戚"。老老实实做人，认认真真做事，守道德、讲信誉、负责任、善待人、严律己，只有好处，没有坏处。有一副对联说："嚼菜根淡中有味，守王法梦里无惊"，俗语有"没做亏心事，不怕鬼叫门"，没有做过坑害别人的事，就不用担心别人报复；没有违犯过法律，就不会恐惧法律制裁；没有过分的贪欲，自然就没有得不到的苦恼，粗茶淡饭吃得香，陋屋板床睡得实，潇洒淡然，的确是坦荡荡。可小人就不同了，小人看上去是活得很精神，其实很累，坑害了别人怕报复，说谎造谣怕揭穿，耍了诡计怕露馅，骗了别人又担心自己被骗，看到别人谈话就怀疑别人在说自己，瞧着别人比自己强心里生气，整天在算计别人和担心自己的惴惴不安中生活，焉能不长戚戚！再则，多行不义必自毙，不管是检索历史还是看看现实，小人只是得势嚣张一时，在特定时间特定环境里得了手，捞了好处，但最终成不了什么大事，往往落了个悲惨的下场。像秦桧、严嵩、和珅这样的"大小人"，往往更惨，不仅不得善终，落得千古骂名，还殃及家人子孙。历史上许多王朝都实施连坐法，一人犯罪，户灭九族，其子孙即使能活下来，也会受到很大影响。而好人、老实人却常在，尽管好人、老实人有时吃了亏、受了骗，甚至蒙了冤，但终究邪不压正，就总体而言，好人终有好报。纵观人类发展史，不管是中国还是外国，正道直行的方正人始终把握着历史的话语权，正义的行为始终是历史的主流，否则，人类早在自相残杀中灭绝了。

诸葛亮在《出师表》中告诫后主刘禅说："亲贤臣，远小人，此先汉所以兴隆也；亲小人，远贤臣，此后汉所以倾颓也。"我们稍做改造：亲君子，斗小人，此人生所以顺达也；亲小人，远君子，此命运所以多舛也。孟子说："君子可欺以其方。"我们取其"方正"义，稍做改造：君子可敬以其方，君子可爱以其方，君子可学以其方。学做君子，不做小人，力避小人心理和小人行为，人生方可潇洒走一回！

子路受而劝德，子贡让而止善

子路和子贡都是孔子的学生。有一天，子路外出办事，途经一条大河，见一人被滚滚激流卷进漩涡，河水已漫过那人头顶，只露出两只手在拼命挣扎。子路奋不顾身地跳进激流中，将那人救起。事后，那人为感谢子路的救命之恩，送给子路一头牛，子路高兴地接受了。在农耕社会的春秋时期，一头牛可算是价值不菲的一笔馈赠，接受如此贵重的回报，许多人都认为子路做得不对，不能做点儿好事就接受报答。这事传到了孔子那里，孔子非常高兴，赞扬说："子路，你做得对呀，从此鲁国一定会有更多的人拯救掉到水里的人了。"

时隔不久，子贡到赵国经商，发现有一个鲁国人在赵国沦为奴隶。当时，鲁国有一个规定：如果有人发现鲁国人在其他诸侯国里沦为奴隶，可以花钱把他（她）赎回来，其赎金由鲁国国库支付。子贡将这个鲁国人赎了出来，带回了鲁国，但他拒绝接受国家补偿给他的赎金，其理由是：我作为鲁国人，有责任拯救同胞于苦难，君子应当"修礼恭让""好仁乐施""上义高节""宽柔惠和"，这钱我不能要。子贡的慷慨无私得到了许多人的赞扬，但事情传到孔子的耳朵里，孔子非常不高兴，批评子贡说："赐(子贡的名)，你做得不对呀！一个贤达圣明的人做事，可以改变一种社会风气，他的言行要有助于引导百姓，并不仅仅在于适合自己。当今鲁国有钱的人很少，贫穷的人很多，你要了赎金，无损你的善行，而你不要赎金，则从今以后，鲁国不再会有人为沦为奴隶的本国同胞赎身了。"

事后，许多弟子和世人不解，向孔子深究其理，孔子说："子路受而劝德，子贡让而止善。"

作者感言：这是《吕氏春秋·察微》中记载的故事，是否真实不得而知，但这不是我们要关心的，我们要讨论的是孔子对此做出的判定。孔子无愧于伟大的思想家、教育家和伦理学家，我们不能不佩服他老人家判断是非的睿智和深刻。在常人看来，依据当时的社会伦理，也包括孔子倡导的"仁爱"思想，子路接受很重的酬金，就不那么高尚和仗义，而子贡拒收赎金则显示了"君子"的高风亮节。可孔子见微知著，察近识远，一反常人所见，指出了子路行为的积极意义："子路受而劝德"。意思是说，子路收了人家的牛，这事宣传出去，人们都知道做好事是有回报的，而且有很高的回报，就都愿意做好事了，这样就会鼓励大家都来与人为善，助人为乐，救人危难，有利于倡导良好的社会风气。

孔子批评子贡"让而止善"，也是很有道理的。据史料记载，子贡是孔子弟子中的首富，那点儿补偿金相对于他的万贯家财来说不算什么，可是对其他人来讲，补偿金可是一笔不小的数目，面对现实生活，大多数人无法像子贡那样"慷慨洒脱"，毕竟"慷慨洒脱"是需要资本的。于是很多人会在子贡的"高大形象"面前选择退却，也就是像孔子断言的那样，鲁国"则不复赎人矣"。为什么会导致孔子所指出的不良后果呢？是子贡的行为拔高了道德标准使然。子贡所确立的道德标杆，是常人所做不到的。我们试做分析：子贡的"高标道德"把原本平淡无奇、人人都能够做到的道德行为，超拔到了大多数人无法企及的高度，因为绝大多数没有子贡那么多钱，无法不在乎这笔赎金，因为如果白白付出这笔赎金，他自己的生活就可能受到重大影响，在这种情况下，即使想"高尚"也高尚不起来。不收回赎金，自己承受不了；收回赎金，会被社会道德舆论说成不仗义、不高尚，甚至会被说成自私自利，因为和子贡相比，你什么也没有付出，算不了做什么好事。试想，如果你做了一件为奴隶赎身的大好事，却被世人判定不是什么好事，甚至可能得到"自私自利"的评价，你还会去做吗？趋利避害是人的正常心态，权衡得失，绝大多数人都会视而不见，因为，什么也没有发生是最好的选择。这样一来，救同胞出火坑的为善之路自然就被堵死了。

至于子贡拒收赎金的动机，只能存在两种可能：一是积极的，出于仁爱，同情同胞，仗义疏财，为国家分忧；二是消极的，出于沽名钓誉，炫耀自己。但不管出于那种动机，就"拒收赎金"本身而言，无疑是一件好事、善事，这一点不能否认。孔子"赐失之矣"的批评，不是批评事情本身，而是从事情会引发不良后果着眼的。做了好事，反而受了老师的批评，子贡也许有点儿委屈。由此看来，做好事、做好人也难。不过，子贡以及我们这些平常人不得不折服老夫子批评的有道理，他启示我们，不管做什么事情，要尽可能多地想得宽一些、远一些，要分析可能带来的影响和引发的后果，努力把好事、善事做好。

说到鲁国那条代偿赎金的法律，立意是极好的，它的目的是让每一个人只要有机会，就可以惠而不费地做一件功德无量的大好事。即便你的财力连预付赎金都做不到，也应该去设法借来赎金为同胞赎身，因为你不会损失任何东西，只需要付出同情心。

孔子表扬子路"受牛"和批评子贡"拒金"，是想告诉我们，社会道德的标准要从事态人心的实际出发，不能随意拔高。一个社会，道德标杆一旦提高到大多数人无法企及的程度，就失去了影响力和感召力，反而不利于良好风气的形成。道德本身并不是目的，道德的目的在于协调人与人之间的关系，保证社会的和谐发展。好的道德，是在人人都能做到的基础上，指导和鼓励人们去做无损于己但却有利于人、有利于社会的好事、善事。

也许，岔路上的风景更美

在选择从业方向的时候，自认为是正道的，未必是坦途，也许，走上岔道，会看到更美丽的风景。先让我们说两则小故事：

故事一："你成不了诗人"。故事说，著名翻译家冯亦代从小就深受文学熏陶，偏爱诗赋，上学后痴迷"雨巷诗人"戴望舒。非常凑巧的是，冯亦代在香港时，竟与戴望舒不期而遇，冯亦代便拿自己的习作向戴望舒请教。数日后，戴望舒对冯亦代说："你的稿子我都看过了。你写的诗，大部分是模仿的，没有新意，不是从古典作品里模仿来的，便是从外国作品中模仿来的，也有从我这里模仿的。我说句直率的话，你成不了诗人。不过，你的散文还可以，译文也可以，你该把海明威的那篇小说译完。"这话无疑给冯亦代当头泼了一盆凉水。然而，恰恰是这一句"你成不了诗人"，让冯亦代放弃了诗歌，走上翻译与散文之路，成了我国著名的翻译家、编辑家、学者，也是一位很有成就的随笔作家。特别是他撰写的大量介绍西方图书的文章，犹如穿越太平洋而吹来的一股清爽宜人的风，滋润着中国读书人的心田。

故事二："你的钢笔字越来越出色"。故事说，有一个叫张文举的青年，生长在一个农民家庭，十八岁高中毕业后便回家种地。为了改变命运，他暗暗发誓，一定要通过自己的努力，成为一名受人尊敬的作家。他给自己定下了一个规矩，无论白天干活有多累，每天晚上必须坚持写作，而且不得少于五百字。每写完一篇，他都改了又改，精心地加工润色，然后充满希望地寄往各地的报纸杂志。日落日出，春去秋来，十年过去了，他一如既往地坚持着，相继不断寄出了几百篇稿子，但遗憾的是，寄出的稿子石沉大海，不仅没有一篇被刊发，甚至连一封退稿信都没有收到。二十九岁那年，他总算收到了第一封退稿信。那是一位他多年来一直坚持投稿的刊物的编辑寄来的，信里写道："看得出你是一个很努力的青年，但我不得不遗憾地告诉你，你的知识面很狭窄，生活经历也显得过于苍白。但我从你多年的来稿中发现，你的钢笔字越来越出色，已经有了自己的风格，我建议，你不妨在硬笔书法上努努力，也许会大有作为。"

这封信让张文举醍醐灌顶，将他从死胡同里拉了出来。他接受了编辑的建议，放弃了作家梦，改而练习书法。经过多年努力，他成了中国当代著名的硬笔书法家，其作品在亚洲十几个国家巡展。

作者感言：年轻人最大的财富，就是拥有未来，面对未来，许多年轻人都在努力放飞自己的梦想。冯亦代努力学诗想成为诗人，张文举勤奋写作想当上作家，实属年轻人的可贵之举，无疑是值得肯定和赞许的。但是，一个人事业理想的实现是自身条件、生存环境、努力程度等多种因素共同作用的结果，仅有良好的愿望、一腔热血和勤奋是远远不够的，冯亦代和张文举最初梦想的落空就是铁证。实际上，许许多多人，年轻时都有过干一番大事业，将来当上政治家、军事家、企业家、科学家、文学家、画家等的梦想，但最终都未如愿，原因也在于此。

冯亦代和张文举的故事给我们如下启示：

启示一：人生在世，干事业的道路并非一条，前边的路走不通，可以走左边或者右边的路；大路走不通，还可以走小路，看似岔道，也许它正是你的坦途，前边的风景更迷人。冯亦代和张文举改志而有所成就，就是最好的证明；鲁迅弃医从文和齐白石弃木工而学画，更是有力的佐证。

启示二：事业的成功也需要名人指点。戴望舒对冯亦代"你成不了诗人"的判决，那位编辑话里话外暗示张文举"很难成为作家"的忠告，对于两个热血青年来说，无异于当头一棒，不得不让他们重新审视自己的选择。对于戴望舒和那位编辑，无愧于社会贤达，他们在坦诚的断喝之后并没有拂袖而去，而是热心地给年轻人指出了一条出路。而两个年轻人也正是循着他们指点的路，走出了自己的广阔。

启示三：两个人的成功是原奋斗目标沃土上开出的花朵。冯亦代译文的洗练和随笔的畅达，无不透出诗的灵气，学诗的过程为他从事翻译和随笔写作打下了坚实基础；张文举十年间用稿纸认真抄写了几百篇手稿，练就了一手好字，为他能成为硬笔书法家奠定了深厚功底。所以，两个人过去的努力并没有白费。实践证明，只要耕耘，总会有收获的，只不过是，有的收获是显在的，有的收获是潜在的。

顺便说一句，一个人职业目标的调整，从主观上说，有主动和被动之分，鲁迅有感于国人的"看客"心态，毅然决定弃医从文，立志唤醒国人麻木的灵魂，终成一代文豪；齐白石为人做家具，每每求人为家具绘制图案，多遭冷遇，愤然决定自己学着绘制，竟爱上绘画，终成美术大师，此为主动调整。而冯亦代和张文举则属被动调整。但不管主动还是被动，只要自身素质和社会外在条件能满足调整后目标的达成，其通过努力都能有所作为。

"马克思是中国人"与"尧舜是两个人"

　　"马克思是中国人"的故事，出自20世纪70年代。20世纪50年代后期至80年代中期，中国农村是计划经济体制下的人民公社制度，现在的乡政府当时叫人民公社，现在的村委会当时叫生产大队。当时是党政一体，公社党委书记即社长，大队党支部书记即大队长。那是一个理想主义、英雄主义盛行的时代，举国上下，阶级斗争天天讲，无产阶级专政下的继续革命如火如荼；那也是一个英雄崇拜、伟人崇拜的时代，在许多地方，诸如会议室、办公室等，墙上都悬挂着马克思、恩格斯、列宁、斯大林、毛泽东五位伟人的画像。故事说，一天，某公社召开大队党支部书记会议，在会议室里，一位大队党支部书记望着挂在正面墙上的马克思像，十分认真地说："马克思啊，马克思，看你满脸的大胡子，如果你不是姓马，我还以为你是外国人呢！"众人大笑。

　　"尧舜是两个人"是明末清初文学家张岱在《夜航船》序言中说的一则故事。在中国古代，江南水乡最重要的交通工具是船，夜航船是当时长途苦旅的象征。只能靠风帆和桨提供动力的船只，在水面上慢悠悠地行驶，乘客们坐在船上，单调而枯燥，百无聊赖，特别是黑夜，更是难熬，只能靠闲聊打发漫长的时光。乘客的身份各不相同，闲聊的内容包罗万象，因此，张岱说："天下学问，唯夜行船最难对付。"故事说，在一艘夜航船上，有一个小和尚和一个读书人（士子）同坐在一个铺位。小和尚见那位读书人与邻铺的乘客海阔天空，高谈阔论，像是很有学问，深感敬畏，曲着腿睡在铺位的一角。听着听着，小和尚听出了许多破绽，便插嘴问："敢问这位相公，澹台灭明是一个人还是两个人？"

　　读书人说："是两个人。"

　　又问："那么尧舜是一个人还是两个人？"

　　"自然是一个人。"读书人肯定地回答。

小和尚听罢，敬畏之心全消，调侃地说："这等说来，就让小僧我伸伸脚吧！"

作者感言：作为全世界无产阶级的伟大导师、科学共产主义创始人的马克思，是中国人还是外国人，是中国最普通的常识，特别是20世纪六七十年代，几乎男女老少都知道马克思是德国人。而把马克思误认为是中国人的，竟是一位大队的党支部书记，真是令人匪夷所思。

澹台灭明是孔子"弟子三千，贤人七十二"中的七十二人之一，字子羽，澹台是复姓。澹台灭明之所以能在七十二贤人中很出名，不仅因为他形象丑陋而多才，更因为孔子对自己曾"以貌取人"所做的自我批评。孔子当老师时，见澹台灭明长相丑陋，认为他没有多大才能。后来，孔子的另一位著名弟子子游在武城（今山东费县）做武城宰（武城的最高长官）时，孔子问他："你在那里得到什么人才了吗？"子游回答："有个叫澹台灭明的人，做事从不走小路捷径和投机取巧，如果没有公事他从不到我屋里来。"后来，澹台灭明往南游学到吴地，即今苏皖两省长江以南部分，跟他学习的有三四百人，他有自己的一套教学管理规则，影响甚大，是当时儒家在南方很有影响的一个学派。当是时，澹台灭明的品德才干传遍了各诸侯国。孔子知道了澹台灭明的情况后，十分感慨地说："我凭语言判断的，看错了宰予；凭长相判断的，看错了子羽。"自汉代至清末，在漫长的封建时代，儒学一直是中国传统文化的主流，凡是读过书的人，都知道澹台灭明这个人和孔子的自我检讨，这在读书人中是常识。至于尧舜，这两位中国远古时代的贤明君主，国人妇孺皆知，更是常识。一个读书人犯了这样的低级错误，难怪被小和尚瞧不起。

我们说这两则小故事，是想借此聊聊"常识"这个话题。

什么是常识？这是一个很难清晰界定的概念，我们通常说，常识是"普通知识、普遍知识，是社会上智力正常的人都应该知道的知识"，而这只是个大概说法，这是因为，知识的"普通""普遍"或"平常"，都是相对于特定社会环境、特定时期时代和特定人群而言的，在共产党人内部和共产党执政的国家，"马克思是共产主义学说创始人，是德国人"是常识，而在资本主义国家里，特别是贫穷落后又保守的资本主义国家里，未必就是常识；"澹台灭明是孔子的出名弟子"，在古代读书人中是常识，在古代广大农民中未必就是常识，在现代许多知识分子中也未必是常识；认识简谱，对于从事音乐的人是常识，对音乐一窍不通的人就不是常识；这个民族认定是常识的知识，在另外一个民族就不一定是常识，如此等等。

不过，话又说回来，关于常识的社会性、民族性、地域性以及行业、专业性等特点，并不是我们常人要关注的，常人所关注的是：怎样在我们生存、生活的时空区域内，尽可能多地积累和丰富常识。这是因为，一个人所拥有的生活常识、经济常识、政治常识、历史常识、科学常识等越多，就越有利于生活和工作，也会很少甚至不犯小故事那样的低级错误。

那么，怎样尽可能多地积累和丰富常识呢？其路径方法很多，但要而言之有三：

方法一：多学习。多学习的关键在阅读，不仅要阅读工作所需要的行业、专业书籍，还要广泛阅读杂书，哪怕是少儿的图画册，有时间也可以拿来读读，此所谓"时时开卷皆有益"。

方法二：多观察。多观察的关键在留心，不管是观察事物、外出旅游还是看电视、看电影，都要留心各种情节、现象，细心体会，留下印象，此所谓"处处留心皆学问"。

方法三：多倾听。多倾听的关键在专注，不管是听人说话还是听报告、听讲座、听广播，都要心无旁骛，专心听讲，力求听得清楚明白并记在心上，此所谓"博闻强记利人生"。

再回到上边的那两个小故事，人为什么会犯那位大队党支部书记和那个书生这样常识性的低级错误呢？究其原因，主要有二：

原因一：常识的不完整性所致。许多常识，特别是与自身生活、工作无关的那些常识，都是在经历中顺便读到、看到或听到的，在大脑中没有形成一个完整的概念体系，这些具有随机性、碎片性、浅表性等特点的常识，没有经过科学性、真实性过滤，轻易表达出来，就容易出错。

原因二：强烈的表现欲所致。人都有表现欲，但强弱不同，那些表现欲特别强的人，如那位士子，在与人交流时，为了显示自己有才华、有学问，往往根据自己的理解，把那些残缺的常识当成确证的知识说了出来，结果闹出笑话。所以，少犯常识性低级错误的关键，在表达者自己，其正确的做法有二：

正确做法一：克制表现欲，在与人交流过程中不要刻意突出自己，不要争相发表意见，先听听别人怎么说。

正确做法二：不要打肿脸充胖子，不懂不要装懂。不懂的就是不懂，只知道一知半解或心里拿不准的东西，千万不要说出来，不表达顶多会被说成无知，但总比失去人格尊严，被别人耻笑强。在两个小故事中，作为共产党人的大队书记，误把马克思当成中国人，的确有点儿说不过去，不过，他的错误源于不自知，不知者不怪，今后努力学习即可。而对于那位士子，无真才实学却喜欢卖弄，不懂装懂而夸夸其谈的做法，则应当引以为戒，万不可取。

两则小故事还提醒我们：千万不要轻视常识，一不小心，我们也许会犯那位大队党支部书记和那个士子同样的错误。

顺便说一句，明末清初文学家张岱所写的《夜航船》，是一部笔记类百科全书，内容广泛，知识丰富，全书分二十部，计一百二十类，共有四千多篇小文章，值得一读。

王十二妙治眼伤

　　清末民初的老天津卫，虽没有今天天津市这么现代、庞大、繁华，但也是当时的大城市，北方的重要码头。能在这个地界上站住脚，混出点儿名堂的，都有自己的绝活，神医王十二就是其中一个。下面我们讲一个他为铁匠治眼伤的故事。

　　有一天，王十二在租界的开封大道上走，忽听有人尖叫。一瞧，一个在道边套烟筒的铁匠两手捂着左半边脸，疼得大喊大叫。王十二急步走过去问他，出了什么事，这铁匠说："铁渣子崩进眼睛里了，我要瞎了！"

　　王十二说："别拿手揉，愈揉扎得愈深，你手拿开，睁开眼叫我瞧瞧。"

　　铁匠松开手，勉强睁开眼，一小块黑黑的铁渣子扎在眼球上，冒泪又流血。

　　王十二抬起头往两边一瞧，这条街全是各样的洋货店，王十二喜好洋人新鲜的玩意儿，常来逛。他忽然目光一闪，也是灵光一闪，只听他朝着铁匠大声说："两手别去碰眼睛，我马上给你弄出来！"扭身就朝一家洋杂货店跑去。

　　王十二进了那家洋货店的店门，伸出右手就把挂在墙上的一样东西摘下来，顺手将左手拿着的出诊用的绿绸包往柜台上一撂，说："我拿这包做押，借你这玩意儿用用，用完马上还你！"话没说完，人已夺门而出。

　　王十二跑回铁匠跟前说："把眼睁大！"铁匠使劲一睁眼，王十二将手中那东西贴近铁匠的眼睛，只听叮的一声，这声音极轻微也极清楚，跟着听王十二说："出来了，没事了。你眨眨眼，还疼不疼？"

　　铁匠眨眨眼，居然一点儿不疼了，跟好人一样。再瞧，王十二捏着一块又小又尖的铁渣子举到他面前，就是刚在他眼里那块要命的东西！

　　不等他谢，王十二已经转身回到那洋货店，跟着再转身出来，胳肢窝夹着那个出诊用的绿绸包朝着街东头走了。铁匠朝他喊："您用什么方法给我治好的？

我得给您磕头呵！"

王十二头也没回，只举起手摇了摇。铁匠纳闷，跑到洋货店里打听。店员指着墙上边一件东西说："我也不知道是怎么回事，他就说借这东西用用，不一会儿就送回来了。"

铁匠抬头看，墙上挂着这东西像块马蹄铁，可是很薄，看上去挺讲究，光亮溜滑，中段涂着红漆；再看，上边没钉子眼儿，不是马蹄铁。铁匠愈瞧愈不明白，问店员道："洋人就使它治眼？"

店员说："还没有听说它能治眼！这是个能吸铁的物件，洋人叫吸铁石。"店员说着从墙上把这东西摘下来，吸一吸桌面上乱七八糟的铁物件——铁盒、铁夹子、钉子、钥匙，还有一个铁丝眼镜框子，竟然全都叫它吸在上边，好像有魔法。铁匠头次看见这东西——见傻。原来，王十二使它把铁匠眼里的铁渣子吸下来的。

可是，刚刚那会儿，王十二怎么忽然想起来用它来了？

作者感言： 故事选自当代作家冯骥才《俗世奇人新篇·神医王十二》，作家开篇说："要说那种'妙手回春'的名医，城里城外一挑一筐，可这只是名医而已，王十二人家是神医。神医名医，一天一地。神在哪儿？就是你身上出了毛病，急病，急得要死要活，别人没法儿，他有法儿，而且那法儿可不是原先就有的，是他灵光一闪，急中生智，信手拈来，手到病除。"老天津卫流传不少王十二治病的神奇故事，作家记录了两个，上文是其一。

眼睛扎进了铁渣子，人们的第一想法就是快去医院，找医生将铁渣子取出来。而用吸铁石将铁渣子吸出来，也只有王十二能想得到、做得出，仅此一点，也就够神了。这大概是磁铁产生以来前无古人后无来者的唯一用磁铁治疗外伤的案例。我们想借这个故事说三点想法：

想法一：有些知识、信息，看似对你没用，但不知道什么时候，它就会突然派上用场，帮了你的大忙，所以，处处留心，多积累一些知识、信息，只有好处，没有坏处。王十二常到洋货店里逛，了解了磁铁的性能、功用，又知道哪个店卖磁铁，这不经意了解的知识、信息，对他行医治病及医术提高风马牛不相及，但当铁匠眼球扎进铁渣子时，这一知识、信息便产生了重要价值，让王十二以最便捷的方式完成了一次高难度的眼科手术。似想，二十世纪初叶的旧中国，医疗技术十分落后，西医尚未普及，能做眼科手术的医院凤毛麟角，铁匠说他的眼睛要瞎了，不是危言耸听，是实情。就是现在，从眼球上取下一块扎进去的异物，也不是一件容易的事情。说王十二是神医，一点儿也不过分。

想法二：遇事不死板、不僵化，善于联想，多维度思考，是做好一件事情不可或缺的重要因素。人们的惯常思维是：眼球扎进铁渣子，就得赶快去医院，找医生，动手术取出来，除此，没有别的办法。能突然想到用吸铁石将铁渣子吸出来，无疑是神思妙想。其神妙就在于：这是一种超越医疗域限的破界思维，是"别具胆识向洪荒"的创新性想法，是具有原创性的独一无二。事后，大家都觉得道理很简单，做法很容易，但就这么简单的想法、容易的做法，也只有王十二能想得出，做得到。这是因为，首先，王十二是医生，他的思维出发点是治病救人，他得想办法把铁渣子从铁匠的眼睛里取出来，这是他的职责所在；其次，最关键的是，他不保守、不僵化，善于联想和调动已有的知识、信息并能做到触类旁通。这是一种发散性的灵性思维，作家所说的"他忽然目光一闪，也是灵光一闪"，就是这种灵性思维迸发出来的灵感，这灵感源于他的用心，源于他的开放性思维联想，也源于他丰富的知识经验。王十二妙治眼伤启示我们：遇事不要抱着成规定制不放，要善于发散思维、越界思维、灵性思维，世界万事万物都是有联系的，解决问题的途径绝非一条，他山之石亦可以攻玉，一切皆有可能。

想法三：王十二妙治眼伤还告诉我们，有些新创意、新做法其实并不高深复杂，那层窗户纸一旦捅破，做起来很容易。所以，生活中需要创新，生活中时时处处都可以创新。

"无人雪中送炭"与"尽来锦上添花"

这是坊间传说的吕蒙正的故事。吕蒙正，字圣功，河南洛阳人，宋太宗太平兴国二年即977年状元，先后当过北宋太宗、真宗两朝丞相。吕蒙正少年父母双亡，家境十分贫寒，但他苦学不辍，父母死后他靠为人写文书卖字为生。据说，有一年过年的时候，家中空无一物，他悲伤之余，便提笔写了这样一副对联，贴在自家草屋的大门上：

上联：二三四五；下联：六七八九；横批：南北。

这是一幅"漏字联"，也叫"谜语联"，对联本身就是谜面，作者在撰写对联时，有意漏掉几个字，让人去猜，谜底才是对联的真正含义。吕蒙正的这幅数字联，十个基本数中，上联缺"一"，下联少"十"，"一"和"十"与"衣"、"食"谐音，借以表示"缺衣少食"；方位分东、西、南、北，横批只有"南、北"，没有"东、西"，而东、西组成"东西"一词，表示事物、财物，没"东西"就是没有财物。楹联隐含的意思是："缺衣少食，没有东西"，十分巧妙地述说了自己的生活困境。邻居们解悟之后，个个赞不绝口，都说吕蒙正将来定有大出息。

吕蒙正三十二岁进京参加殿试，考取进士第一，中了头名状元，从此改变了命运。

故事就发生在他中了状元以后。故事说，吕蒙正穷困的时候，常向亲戚、邻居赊、借钱物，但经常是被人家拒绝，有时还遭到奚落、斥责，特别是那些有钱的亲戚、邻居，要是看见他走过来，就早早地把门关好，生怕他顺脚进来借钱。但当他金榜题名当了大官以后，过去那些冷落过他并有钱的亲戚、邻居，则纷纷携带财礼前来攀亲结故，贺喜巴结。吕蒙正见了，百感交集。

据说，有一次，十几位有钱的亲戚、邻居相约结伴而来，带了很丰厚的财礼为他祝贺。这十几个人中，个个都是当年冷落过吕蒙正的人，有的人不仅没借给他钱，还羞辱过他。吕蒙正心中不悦，但面上还是热情地接待了他们。酒足饭饱之后，吕蒙正邀请他们到他的书房看看。在书房里，吕蒙正指着书案上的一副对联说："诸位乡亲，今日清晨晚生草拟一联，呈请诸位指点一二。"

众人来到书案前，见案头放着一副用隶书写就的对联：

上联是：旧岁饥荒，柴米无依靠，走出十字街头，赊不得，借不得，许多内亲外戚，袖手旁观，无人雪中送炭；

下联是：今科侥幸，吃穿有指望，夺取五经魁首，姓亦扬，名亦扬，不论王五马六，踵门庆贺，尽来锦上添花。

众人看了，面面相觑，不一会儿，便都找个借口灰溜溜地离开了吕家。

作者感言：吕蒙正的经历，让我们想起了昔日有本小册子《增广贤文》里的一段话："贫居闹市无人问，富在深山有远亲。不信但看宴中酒，杯杯先敬富贵人。门前拴上高头马，不是亲来也是亲。门前放根讨饭棍，亲戚故友不上门。世人结交需黄金，黄金不多交不深，纵令然诺暂相许，终是悠悠路行心。有钱有酒多兄弟，急难何曾见一人。酒肉朋友朝朝有，无钱无势亲不亲。"这段文字形象生动地道出了世态人心，看来，吕蒙正的遭遇并不新鲜。

我们说吕蒙正的这段故事，是想借此聊聊"贫居闹市无人问，富在深山有远亲"这种社会现象。

在此，我们首先对这种社会现象做两点认定：

认定一："贫居闹市无人问，富在深山有远亲"，不是一种良性社会现象。它不利于人际交往和社会和谐，它会淡化人的怜悯心、关爱心、互助心，使人情变得冷漠，会导致人际关系疏离。

认定二："贫居闹市无人问，富在深山有远亲"，是一种常态的社会现象。它有着深厚的社会心理基础，只要社会存在贫富差距，它就无法彻底根除，只有到了"社会财富极大丰富、人们思想觉悟极大提高、社会不存在贫贱与富贵差距"的理想时代，这种现象才会自然消失。

那么，怎样对待这种现象呢？我们给出两点建议：

建议一：充分理解，平心对待。所谓"充分理解，平心对待"，就是在内心深处认同这种现象的存在，无须大惊小怪，深恶痛绝。上面说过，"贫居闹市无人问，富在深山有远亲"，是人类社会的一种常见现象，它源于人的趋利避害心理。人人都知道，与比自己贫贱的人交往，往往会给自己带来不利和麻烦，而与比自己富贵的人交往，则往往会得到某些好处，两者相较，人们会自然选择有利于自己的后者。这种趋利避害心理，人人都有，只是程度不同而已。因此，除了见死不救和见人危难能够援手而不援手的极端现象外，就一般人来说，疏远贫贱而亲近富贵，有可理解的成分，算不上什么大恶，无须愤愤然而心中不平，坦然面对即可。

建议二：追求高尚，积极应对。"贫居闹市无人问，富在深山有远亲"，毕竟是社会的不良现象，如果每一个人都努力去克服它，整个社会就会充满人性关爱，这是再好不过的事情了。所以，每一个有良知并渴望社会风气日益优化的人，都应该努力去克服这种现象。具体的做法有三：

做法一：如果你是一个贫贱者，面对别人的疏离，不要抱怨和怀恨，你要明白，别人帮你是人情，不帮你是本分，因为别人没有必须帮你的责任和义务，不帮你仅仅是不够道义，所以，关键在求己，要想办法通过自己的奋斗走出困境，而天下没有绝人之路，只要奋斗就有希望。另外，倘若是通过别人帮助走出了困境，要知恩图报，这样也有助于克服"无人雪中送炭"的现象。

做法二：如果你是一个富贵者，就要尽可能多地去帮助贫贱者，特别是贫贱者求到你门下的时候，绝不要冷落他、慢待他，而是积极帮助他。这样做，既可以帮助别人走出困境，又涵养了自己的道德，使自己变得高尚，同时也优化了社会风气，一举而三得。还有一种可能，说不上日后什么时候，你会得到意外的回报，因为"世事如棋局局新"，也许你帮过的那位贫贱者日后发达了，他知恩图报，前来感谢你，或你突然遇到什么困难，他听说了，就主动出手相助。

做法三：如果你既不是穷人，也不是富人，而是不穷不富的人，就要学会平等待人，一视同仁，既不疏远穷人，也不刻意去巴结富人，如此，就是活得光明磊落。

说到锦上添花，本身就不是什么坏事，无须非议。对于那些轻贱穷人而刻意巴结富人的势利小人，象吕蒙正那样刺激刺激他们，也是可以的。说来那几位势利小人还算幸运，吕蒙正毕竟是一个饱读诗书的文化人，刺激得文雅而温和，如果遇上一个粗豪之士，说不定会被奚落得狼狈不堪。

要营造人人"都雪中送炭又锦上添花"的良好社会环境，需要全社会的人共同努力。

"无鸡鸭亦可"与"黄河远上"

　　"无鸡鸭亦可"的故事说，古时候，有一个富翁，十分吝啬，他先后请了几位家塾先生，都没干多久，就辞职了，原因都是他对教书先生太苛刻，一天三顿饭，除了青菜就是咸菜，而青菜里也见不到几滴油星。一传俩，俩传三，谁也不愿意再到他家去教书，可几个孩子一天天长大，不读书是不行的，他急得团团转。有一天，他终于找到了一个愿意来他家教书的先生，但先生要求，必须签订协议，他欣然同意。协议写明了教学年限、上课时数、先生薪金、食宿待遇等方方面面。协议由先生起草，有关先生饮食那一条，先生写道："无鸡鸭亦可无鱼肉亦可青菜一碟足矣。"这里需要说明的是，古代文言文没有标点符号，写诗作文时，字字相连，全凭读者自己断句。协议最后规定："在协议有效期内，双方必须严格按协议行事，如有违约，违约方须以现金方式，加倍补偿对方。"协议写好后，富翁看了非常满意。他们请当地的两位名流为证人，协议经双方及证人签字画押后，各自留存。先生于当日便到富翁家教书。

　　富翁一如既往，教书先生的一日三餐，仍然是青菜、咸菜，没有一个荤菜。不几日，教书先生大发雷霆，叫来证人，说富翁违约。富翁不服，拿出协议，指着有关先生饮食那一条读道："无鸡鸭亦可，无鱼肉亦可，青菜一碟足矣。"他的理解是：没有鸡鸭也行，没有鱼肉也行，有一碟青菜就够了。

　　先生则愤怒地说："差矣！差矣！"他拿起协议，面对证人，朗朗读道："无鸡，鸭亦可；无鱼，肉亦可；青菜一碟足矣。"先生强调，这是当时协商好的，有证人在此。两位证人也恨那富翁吝啬，便一口认定富翁违约。

　　面对证人，富翁明白，他是被教书先生算计了，但他不敢辞退先生，因为根据协议，他要违约，须付给对方协议规定年限的两倍薪金，那他可就亏大了。于是，富翁频频作揖道歉，说从今以后，一定荤菜为主，好好招待先生，望先生海涵。

从此，富翁只得老老实实履行协议，教书先生的餐桌上，顿顿有鸡鸭或鱼肉。教书先生也毫不懈怠，精心教书，双方相安无事。

"黄河远上"的故事，说的是清乾隆皇帝与《四库全书》总编纪晓岚之间的一段轶事。故事说，乾隆皇帝酷爱书画收藏，著名的三希堂就是乾隆的藏宝阁。纪晓岚是当时的大学者，写一手好字，因此，有一次，乾隆向纪晓岚求一幅墨宝。当朝皇帝要字，纪晓岚岂敢怠慢，他立刻将王之涣的《出塞》诗写好，并派人精心装裱。过几日，乾隆派人将字幅取走。

乾隆摊开字幅一看，字写得很好，似行云流水，淋漓酣畅，心里非常满意，但一读诗句，忽然发现纪晓岚将"黄河远上白云间"的"间"字落掉了。于是，他派人将纪晓岚叫来。

"纪爱卿，朕已收到墨宝，真是一幅好字，但遗憾的是，爱卿少写了一个'间'字。"乾隆微笑着对刚刚进殿的纪晓岚说。

纪晓岚走到案前，摊开字幅一看，立刻冒出冷汗。他明白，送给皇帝的东西出了错，可不是小事，说不定会给自己带来大麻烦，但这位学富五车、机敏过人的大学者，瞬间有了主意，他恭敬地对乾隆说："陛下，臣子写的，并非王之涣的《出塞》诗，而是根据《出塞》改写的一首新词。"于是，他朗声读道："黄河远上，白云一片，孤城万仞山。羌笛何须怨，杨柳春风，不度玉门关。"

乾隆听后，哈哈大笑，指着纪晓岚说："好你个纪爱卿，真是才思敏捷！朕算服了你了，赦你无罪！"

作者感言：我们说这两则小故事，是想借此聊聊"标点符号"这个话题。

所谓"标点符号"，就是书面语上用于标明停顿和语气的符号，它是书面语的重要组成部分。中国古代文章中没有标点符号，诵读时，将文句中停顿的地方称作句读（jù dòu），语气已经完整的叫句，没有完整的叫读，由读者用圈(句号)和点(逗号)来标记。标点符号本身虽然不承载概念意义，但在行文过程中，它通过标明停顿、语气等，却会使文句的意思发生改变，同样具有表达意义的作用，它是书面语言交流重要的辅助工具。故事一里，教书先生巧用不同停顿，形成了不同断句，使文句表达的意思与富翁断句所表达的意思恰好相反，从而整治了吝啬的富翁；故事二里，纪晓岚巧用不同停顿，改变了文句的形式，使一首诗变成了一首词，从而掩饰了自己的差错。由此可见，书面交流，在何处停顿，怎么断句，十分重要。

上文已经说过，中国古代文言文没有通用的标点符号，古人赋诗填词、撰文著书，提笔写来，字字相连，断句只能靠读书人的经验来完成，因断句不同而造成的误读现象，比比皆是。所以，古人读书十分强调"明'句读'"，即学会断句。古代蒙学教材《三字经》里就说："凡训蒙，须讲究。详训诂，明句读。"意思说，凡是教导刚入学儿童的老师，必须把每个字都讲清楚，每句话都要解释明白，并且使学童读书时懂得断句。

现在中文使用的标点符号，源于20世纪初"五四时期"的白话文运动。1919年，马裕藻、朱希祖、钱玄同、刘复、周作人、胡适等人联名提出了《请颁行新式标点符号议案》；上海商务印书馆于1919年2月出版了胡适的《中国哲学史大纲》，是正式用白话和新式标点写作的第一部"新书"；1920年，在陈独秀、胡适等人的支持下，上海一家小出版社出版了分段并有标点符号的《水浒传》，这是中国第一次使用标点符号出版的古典书籍。标点符号的使用，在白话文使用和推广中，发挥了积极作用。

两个故事很可能都是杜撰的，这与我们无干，我们只想借此提醒人们，在进行书面交流的时候，一定不要忽视标点符号的使用，行文时能正确运用标点符号或阅读时能正确理解标点符号，对充分表达思想或顺利接受信息十分重要。

下面附几则与标点符号有关的趣话，以强化标点符号的作用：

趣话一：明日逢春好不晦气

明代"江南四大才子"之一的祝枝山，诗文书画皆精，尤以书法见长，是著名的书法大家，求字者络绎不绝。某年除夕，当地一权贵邀他去写春联，无法推脱，只好前去。祝枝山素来疾恶如仇，深恨贪赃枉法的权贵，也常用诗文戏弄他们。于是，他提笔为那权贵写了两幅春联：

其一：明日逢春好不晦气

　　　　终年倒运少有余财

其二：此地安能居住

　　　　其人好不悲伤

权贵看了，恼羞成怒，立刻叫人将祝枝山拿下，想问他的罪。祝枝山抱拳笑道："大人差矣，学生写的可全是吉庆之词。"于是，他当众朗朗念道："明日逢春好，不晦气；终年倒运少，有余财。此地安，能居住；其人好，不悲伤。"

权贵明知被祝枝山耍了，但当着众人的面，又无话可说，只好把他放了。

趣话二：世界上最短的两封信

1861年，法国大作家雨果完成了他的世界名著《悲惨世界》，他把稿子寄给了一个出版商，可很长时间没有得到音讯。于是，他写信探询，信纸上只有一个"？"。很快，他接到了出版商的来信，信纸上也只有一个"！"。过了不久，《悲惨世界》出版问世，并一鸣惊人。

根据事情的内容和经过，不难看出，雨果寄去的"？"号，其隐含的意思是：编辑先生，我的书稿收到没有？是否可以采用？而出版商寄回的"！"，其隐含的意思是：雨果先生，大作收到，请放心，很快就可出版！

趣话三：下雨天留客

据说，明代著名大文学家、书画家徐文长到朋友家做客，刚要起身走时，天就淅淅沥沥地下起雨来，徐文长来到案头，提笔写道："下雨天留客"。然后拿给朋友看，并大叫："哈哈，这下好了，快叫嫂夫人准备晚饭，我不走了！"因为两个人常开玩笑，那朋友看了宣纸上的字，提笔接着写道"天留我不留"，然后也大叫："你这狂傲酒徒，快快走人！"

徐文长拿过朋友续写的条幅，从头看了一遍，笑着说："你这也是留我呀，请听。"接着他念道："下雨天，留客天，留我不？留！"

朋友抢过条幅说"错！"接着念道："下雨天，留客天，留我？不留！"

徐文长说："没有办法，这是天意，不留也得留。"于是念道"下雨天留客，天留我不？留！"

朋友不服，又念道："下雨，天留客，天留我不留！"

两个人还要争执，朋友的夫人出来解围说："行了，行了，晚饭我已经备好了，你们就别闹了！"

两个人大笑，携手入席。

无腿流浪歌手陈州泰山之巅的浪漫婚礼

这是一个残疾人的故事。陈州，1983年出生在山东临沂的一个小山村，六岁时被离异的父母遗弃，只能靠擦皮鞋、拾荒、卖报纸为生。1995年5月，流浪到潍坊昌乐的陈州想去济南，由于没钱买票，他选择了扒火车。火车出发后，他发现自己坐错了方向，情急之下便从火车上跳了下来……火车过后，他看到自己的一条腿在距离自己十多米外的地方。随后，他被铁路工人送到了医院。由于情况危急，陈州最终被高位截肢以保全性命，这名十三岁少年，从此与活蹦乱跳的时光告别。出院后，他制作了两只"木盒鞋"，套在截肢的腿上，靠双手走路，开始了坎坷的人生之旅。

1997年，在浙江嘉兴街头，陈州遇到了一个在街头卖艺的残疾人。两个人相视一笑，陈州被邀请到"舞台"中央，为观众献歌一曲。陈州动听的歌声打动了观众，也打动了那位残疾艺人，两个人最终成为合作伙伴。大约一年后，陈州开始独自一个人在街头卖唱。此后的十多年里，陈州带着歌声用双手"走"遍了全国大大小小六百多个城市，唱了大大小小三千多场个人"演唱会"，陈州"演唱会"的舞台很特别，也很随意，广场、街道、火车站、公园，只要是有人群的地方，都是陈州的舞台。

陈州不仅自强不息、乐观向上，而且也是一个朴实善良的流浪歌手，他曾上百次参加公益演出，他说："一路走来，有欢乐也有辛酸，但更多的是，大家的喝彩与鼓励。现在的我，怀着一颗感恩的心在生活"。目前，他设立了自己的"陈州基金"，坚持捐款帮助孤残儿童，捐助希望小学。他的事迹感动了很多人，被誉为"励志流浪歌手"。

十六岁那年，他流浪到泰安，他知道泰山很有名，出于好奇，有一天他询问一个路人泰山有多高？并问那人他能不能爬上去。当时，那人看着他的两只"木盒鞋"，轻蔑地干笑了两声，告诉他想都别想。那人的轻蔑刺激了他，让他产生了爬泰山的想法。于是，他第二天便开始爬泰山，第一次他用了十二个半小时到了南天门，一路上得到了很多人的鼓励，他第一次感受到被人重视、被人肯定。也正因为这样，即使途中累得无数次想放弃，每当听到别人的鼓励，他就又有了力气。从那一年起，陈州开始爬山，山西的五台山，安徽的九华山，福建的武夷山，名山名岳几乎都已经被他征服在脚下，而被称为五岳之首的泰山，竟让陈州登顶十一次。

上帝永远不会亏待那些敢于挑战命运的人，2001年5月，一路流浪、一路唱歌的陈州来到了江西九江，然而，让他做梦也想不到的是，就在他演出的过程中，一场美丽的邂逅，正在向他悄然靠近。连绵不断的大雨，让陈州在九江一待就是二十八天，在这二十八天里，一个女孩儿几乎每天都会来听陈州唱歌。慢慢地，陈州也喜欢上了这个每天都来听歌的女孩儿，两个人的关系越走越近。陈州得知，这个女孩儿叫喻磊，是一个到九江打工的农村姑娘。有一天，喻磊没有像往常一样出现在演出现场，陈州着急了。经过一番曲折，他找到了喻磊打工的企业，得知喻磊生病住进了医院。那天正下着大雨，陈州用了四个多小时，冒雨找到了喻磊，当喻磊在医院三楼走廊里见到满身滴水的陈州时，她哭了，也就是在那一刻，喻磊下定决心，跟随陈州浪迹天涯。从此，陈州灰色的人生里，重新变得五彩斑斓起来。然而，新的考验等待着他们，喻磊的父母是不可能同意自己健康漂亮的女儿和一个失去双腿的残疾人一起生活的。喻磊向父母隐瞒了陈州的情况，他们没有回老家见父母，也没有举办婚礼，两个人在异地过起了流浪生活。陈州努力唱歌演出，收入虽然微薄，但两个人的生活还算稳定，并生育了一对儿女。而为妻子补办一场刻骨铭心的婚礼，也成了陈州最大的梦想。

2010年9月10日，陈州和喻磊终于领到了结婚证。手捧大红结婚证，激动不已的陈州决意举行一个独特婚礼，他策划在2012年6月28日至8月23日两个月内登顶五岳，最后在2012年8月23日，即阴历七月初七，七夕节，传说中牛郎织女相会的日子，在泰山极顶举行全球独创的"浪漫婚礼"，他要让妻子穿上美丽的婚纱，在泰山之巅和自己一起俯瞰天下，让全世界的人都来见证他们的婚姻。

策划如期举行，从2012年6月28日开始，陈州凭借顽强毅力，用双臂先后征服了海拔一千三百米的南岳衡山、海拔一千四百九十二米的中岳嵩山、海拔两千零一十六米的北岳恒山和海拔两千一百五十五米的西岳华山。2012年8月23日，山东泰安地区天清气朗，蓝天白云、阳光普照下的巍巍泰山，显得更加雄伟壮美，当陈州爬上最后一级台阶，第十二次登上南天门的时候，新娘喻磊也一身红装出现在众人面前，这场等待了十余年的婚礼，在泰山之巅如期上演。

作者感言：一个高位截肢的残疾人，靠着两只套在截肢腿上的"木盒鞋"和一双手，带着自己淳朴的歌声，"走"遍了全国大大小小六百多个城市，攀爬登顶了包括五岳在内的数十座名山，而五岳之首的泰山竟登顶十一次，这无疑已经创造了人间奇迹，而以登顶五岳最后在泰山之巅举行浪漫婚礼的方式，让天下人来见证自己的婚姻，更让这人间奇迹顿生光辉，令人感佩不已。

六岁被父母遗弃，靠拾荒、卖报纸为生，十三岁又失去了双腿，命运对陈州实在是太残酷了。面对厄运，为了活下去，这位无依无靠、无助无援的残疾流浪儿，只能选择抗争，这是一种无奈的选择，别无他路。他靠双臂攀爬前行，他在大街小巷卖唱，他过着风餐露宿流浪乞讨的生活，这其中有多少苦难、多少艰辛、多少眼泪，只有陈州自己知道。而这苦难却又磨砺了陈州的意志，熔铸了陈州的人格，使他变得自信、坚强，成为一名不屈服于命运的强者。

陈州的奋斗经历给我们三点启示：

启示一：正确对待苦难。苦难，是谁都不愿意遭遇的，积极规避一切苦难而追求幸福的人生，是每个人的渴望。但天有不测风云，人有旦夕祸福，人一旦不幸遭遇厄运，千万不要屈服于命运而委顿、萎靡下去，因为这样只能深陷苦难而无法解脱，既不能自救也难以被救，即使你生在富贵人家，能保证衣食无忧，但也无法消除精神折磨，一生将沉浸在痛苦之中。正确的做法是：正视现实而不屈服于命运，象陈州那样努力抗争。有格言说，自助则天助，自救则天救，只有义无反顾地抗争，才能杀出一条生路，说不定还会演绎精彩的人生，流浪歌手陈州就是榜样。有人说，"苦难也是一种财富"，这是在"苦难可以让人变得坚强、苦难可以磨炼人的意志"这一特定意义上说的，这是换一个思路看苦难，是无奈中的积极态度。其实，谁也不愿意拥有这份财富，但不幸遭遇了，把它看作财富还是对的，因为，这是摆脱忧伤、积极抗争的起点。

启示二：天下没有绝人之路，无论身处什么样的逆境，只要有勇气活下去，只要不放弃，人就能找到生存出路。失去了双腿的陈州，既没有机会上学读书，又没有体力，但一副好嗓子为他学习音乐、成为歌手提供了可能。他发现和开发了这种可能，让自己的歌声唱响大江南北，不仅为自己找到了谋生职业，创造了人生价值，也赢得了爱情和家庭幸福。

启示三：坚强的生存意志和不懈的奋斗精神，永远是成功最重要的因素。凡是见过陈州的人，都伸出拇称赞他"很不简单"，因为他每迈出一步，都要比健康人付出几倍的努力。而就是这样一个残疾人，竟能靠着两只手的"攀爬"，走过六百多个城市和徒步登上几十座名山的峰顶，如果没有超常的坚定信念和坚忍不拔的意志品格，是根本办不到的，所以，人们都称陈州是"无腿铁臂汉"。

孔子登泰山而小天下，杜甫也决心"会当凌绝顶，一览众山小"，而无腿陈州以登顶五岳的方式，在泰山极顶拥着爱妻举行婚礼、鸟瞰天下，其胸怀无异于"一览天下小"。由此可见，心有多大，宇宙就有多大，站位决定高度，高度决定眼界，眼界决定境界，不管健康人还是残疾人都是如此。

无臂钢琴师刘伟

2010年10月10日晚，中国东方卫视为平凡人实现梦想而举办的"中国达人秀"第一季总决赛在上海八万人体育场隆重举行，来自北京的"无臂钢琴师"刘伟，用双脚展示了弹奏钢琴的绝技。他自弹自唱，一曲欧美名曲《你如此美丽》，让他诠释得情深意切且回味悠长，深深感动了全场观众和评委，一举夺得首季中国达人秀比赛的冠军。当著名导演陈凯歌把奖杯颁给刘伟的时候，全场掌声雷动。

刘伟，1987年生于北京，十岁那年，在和小伙伴们捉迷藏时，意外碰到了配电室的高压线，当时被击倒，从此失去了双臂。

面对突然袭来的厄运，经过短暂的痛苦之后，他走出绝望，立志拼出一个精彩的人生。他说："我觉得在我人生中只有两条路：要么赶紧死，要么精彩地活着。"凭着顽强的毅力，伤愈半年后，他学会了用脚刷牙、吃饭、写字。十二岁那年，他加入北京市残疾人游泳队，开始学习游泳。2002年，十五岁的他在武汉举行的全国残疾人游泳锦标赛上，夺得两枚金牌和一枚银牌，2005年、2006年连续两年获得全国残疾人游泳锦标赛百米蛙泳项目冠军。就在他全力准备冲刺2008年残奥会并决心夺金的时候，因身体免疫力下降不得不放弃训练。十九岁那年，他毅然放弃高考，开始追求自己酷爱的一个梦想——学习音乐，学习用双脚演奏钢琴。

他的选择遭到了家人的强烈反对，他用了一个多月的时间说服了父母，家里借了一万三千元为他买了一架钢琴。学琴的路充满坎坷与艰辛，他的生活"三点一线"：练琴、学音乐、回家。他的家在五道口，练琴的地方在沙河，学音乐的地方在四中，相距都很远，这对他的精力和体力都是一个考验，他硬是挺过来了。

一个没有双臂的人要学音乐、弹钢琴，简直是天方夜谭，他的选择也让世人无法理解。当他刚刚起步的时候，一位音乐学院的院长十分歧视地说："异想天开，根本不可能！如果刘伟能够弹钢琴，我还能当国家主席呢！"院长的歧视是一剂猛药，从反面激励了他，他暗下决心说："谢谢你的歧视，总有一天我要让你看到'不可能'成为'可能'。"

功夫不负有心人，经过四年拼搏，他以顽强的毅力和惊人的悟性赢得了成功，2008年4月30日，他参加了北京电视台《唱响奥运》节目，演奏了钢琴曲《梦中的婚礼》，2008年8月29日，中央电视台第十频道播出了刘伟的故事《断臂琴缘》。

2011年，他被评为"2011感动中国人物"，在2012年2月3日晚上举行的"2011感动中国人物"颁奖盛典上，他的获奖词是："当命运的绳索无情地缚住双臂，当别人的目光叹息生命的悲哀，他依然固执地为梦想插上翅膀，用双脚在琴键上写下：相信自己。那变幻的旋律，正是他努力飞翔的轨迹。"

回首奋斗历程，刘伟说："刚开始困难简直就是一座无法攀援的陡峭山峰，但通过努力取得成功后，再回头看那些困难，只是一个个小小的台阶。"

作者感言：刘伟的成功，源于他对梦想的不懈追求，源于他不向命运低头，也源于他的坚毅，更源于他对生命的清醒定位。由此让我们想起阿里巴巴集团创始人、集团主席和首席执行官马云的一句话："只要你敢于梦想，一切皆有可能。"

刘伟的故事至少给我们两点启示：

启示一：人要树立"拔尖"意识，人生定位需要有高度。"要么赶紧死，要么精彩地活着"是刘伟的人生定位。这个定位让我们想起了楚庄王的"不飞则已，一飞冲天；不鸣则已，一鸣惊人"。楚庄王立志"一鸣惊人"和刘伟立志"活得精彩"，都是一种追求卓越的"拔尖"意识，都是高标准人生定位。这一定位十分重要，理由有二：

理由一：人站得高，才能看得远；有大想法，才能有大作为。周恩来从小就立志"为中华崛起而读书"，终成中华人民共和国开国元勋。

理由二：高站位可以催生强大的内驱力。世上许多事情，求乎其上，得乎其中；求乎其中，得乎其下。这是因为，目标越低，实现目标就越容易；越容易做的事情，压力就越小；压力越小，动力就越不足。反之亦然。

正是这个人生的高站位，给楚庄王和刘伟注入了强大动力，让楚庄王成了春秋五霸之一；让刘伟相继夺得了两项全国残疾人游泳冠军、捧起了"全国达人秀"第一季冠军的奖杯和走上了"2011感动中国人物"的领奖台。

启示二：人生需要扼住命运的喉咙，不向命运低头。生命旅程充满许多变数，不确定性、偶然性的事件随时都可能发生，一旦与厄运遭遇，人需要像刘伟那样，直面现实，挑战命运。其实，古今中外，像刘伟一样身残志坚、勇于扼住命运喉咙的人不可胜数，中国古代盲人史学家左丘明、瘫痪军事家孙膑、古希腊盲诗人荷马、苏联著名盲人作家奥斯特洛夫斯基、中国高位截瘫女作家张海迪、在轮椅上奋斗四十余年的世界著名物理学家史蒂芬·霍金、美国当代著名聋哑作家海伦·凯勒、中国当代无臂口足书画家刘京升、残疾人企业家孙长亭、轮椅教授孙开泰、独臂硬汉王振发、盲人企业家程守云、侏儒影视双星余华东、残奥会夺冠的张小玲……我们可以列出成百上千的名字，而每一个名字都在不幸和苦难中演绎出了人生的靓丽与精彩。

顺便说一句，"中国达人秀"是中国东方卫视2010年7月开始制作的一款草根选秀节目，旨在实现身怀绝技的普通人的梦想。"中国达人秀"的口号是："平凡人也可以成就大梦想，相信梦想，相信奇迹。"感谢中国东方卫视的创意，它为小人物追求和创造大梦想提供了一个展示舞台。

"云在青天水在瓶"与"看山还是山"

　　这是两个佛学掌故，第一个掌故"云在青天水在瓶"，说的是唐朝太和年间，时任朗州刺史的李翱去拜访当时高僧药山惟俨禅师的故事。李翱是唐代思想家、文学家，他是韩愈的学生，积极帮助韩愈推动古文运动，思想上秉承师训，崇儒排佛，认为佛教徒"不蚕而衣裳具，弗耨（nòu）而饮食充"。后期思想有所转变，倡导儒学要融佛、融道。据说，他在任朗州刺史时，几次派人请当时的高僧药山惟俨禅师进城供养，都被药山拒绝。一日，李翱亲自登门拜访。进了寺院，他看见药山坐在蒲团上专心读经，根本不理会他。他站着等了好一会儿，在一旁侍奉药山的小和尚一再提醒："太守来访。"可药山动也不动。李翱愤然道："见面不如闻名！"说完，拂袖转身离去。药山立即起身，高声说道："太守怎么能贵耳贱目呢？"并直呼李翱名字，相邀入禅房。李翱应邀，落座后直奔主题，问药山什么是"道"。药山微笑，他指指窗外的蓝天，让李翱观看天上几朵缓缓漂浮的白云，然后又指指案头的一个瓶子，让李翱看瓶子里的水，最后不紧不慢地说："云在青天水在瓶。"余下无话。

　　李翱是饱读经书的大学者，立刻悟出了药山话里的玄机，在药山看来，道没有什么特别之处，道就是天上飘着的云，舒卷自如，自由自在；道就是瓶中的水，既清澈透明，又能刚能柔、随圆就方，顺其自然。人只要把握了事物的这种自性，也就悟出了道，"云在青天水在瓶"，就是这种最澄明、最圆融的人生境界。临别，李翱作《赠药山高僧惟俨》诗两首，

　　诗一曰："炼得身形似鹤形，千株松下两函经。我来问道无余说，云在青天水在瓶。"

　　诗二曰："选得幽居惬野情，终年无送亦无迎。有时直上孤峰顶，月下披云啸一声。"

此后，李翱与药山多有往来。"云在青天水在瓶"也成为佳句，流传至今。

"看山还是山，看水还是水"的掌故出自佛教史书《五灯会元》，该书第十七卷中记载了这样一件事：有一次，唐朝高僧青原唯信禅师在大堂上说法，在谈到自己修禅过程时说："老僧三十年前还未参禅时，看山是山，看水是水；参禅后，经过老师指点，有了个入处，看山不是山，看水不是水；现如今得了一个休歇之处，看山还是山，看水还是水。各位说说看，这三种见识是相同呢？还是不同？"

听讲的众僧徒们都明白，禅师说的是悟道的三个境界。于是，唯信禅师的这段话便成了佛教界的名言。

作者感言："云在青天水在瓶"和"看山还是山，看水还是水"，都是修佛的最高境界，有多少修佛者能达到这种境界？肯定是少而又少，就是说这话的药山和青原，也未必完全达此境界。这是因为，他们也是肉体凡胎，也得吃喝拉撒，食人间烟火，作为寺院的住持，为了延续寺院香火和众僧徒的衣食住行，也免不了与官府和世俗打交道，免不了利益计较，当其时，心境无法空灵。就拿药山来说，李翱亲自上山去拜访他，他还拿架子，骨子里肯定是对李翱的曾经排佛有想法，实乃不够大度。当然，象药山和青原这样的高僧，毕竟与一般僧徒不同，很多时候处于高境界是可能的。

我们无意研究佛事，只是想借这两个掌故聊聊"人生境界"这个话题。

我们这里所说的人生境界，是指人思想觉悟和精神修养所达到的程度。纵观人类精神生活的种种现象，我们可以说，"云在青天水在瓶"和"看山还是山，看水还是水"，不仅是修佛的最高境界，也是人生的最高境界。特别是青原唯信禅师的"看山看水三段论"，很是切合人类精神生活实际，让我们稍作分析：

"看山是山，看水是水"是感性直观境界。这是人对事物的直觉性观照，是事物表象留给人的第一认知，是《皇帝的新衣》里孩子"他什么也没有穿"的童真，是恨了就骂、痛苦了就哭、高兴了就笑、想干什么就干什么的无拘无束和无所顾忌，当然也是看似清晰实则懵懂混沌。处于这一境界的人，还没有把握事物的本质，对人生的复杂性缺乏认知，往往以所见所闻的表象为据，感情用事，率性而行，纯真而莽撞，简单而无度，生活、事业中常会碰壁。

"看山不是山，看水不是水"是理性认知境界。这是人对事物的深层次理解和把握，这时的山水已经被人化，已经被人赋予了价值和意义，同是一方山水，在观光者和画家眼里，是欣赏美和表达美的对象；在企业家和旅游开发商眼里，是赚钱的工具；在樵夫和渔夫眼里，是砍柴和捕鱼的场所；在政治家的眼里，是必须管辖好的领地；在军事家的眼里，是能否利用的战场；在环保人士眼里，是精心呵护的生态……人们的认知差异和不同诉求，已经使山不是单纯意义的山，水也不是单纯意义的水了。不难看出，处于这种境界时，人被理性和现实的种种功利算计所左右，常常自我迷失，常常在真与假、善与恶、美与丑、爱与恨、清醒与迷惑、真诚与虚伪、执着与彷徨、抗争与妥协、希望与绝望、动力与压力、欢乐与痛苦、愉悦与焦虑等之间摇来荡去，有时甚至眼睛看着皇帝什么也没穿，嘴里却赞美"皇帝的新装真漂亮"。此一境界中，人是"不识庐山真面目"，是"只在此山中，云深不知处"，是"心为形役"，是明知"人是生而自由的，却无时不在枷锁中"，是知而无奈。

"看山还是山，看水还是水"是超然境界。这是洞明世事后的澄澈与畅达，是"外物"与"内心"和谐律动后的返璞归真，是丰厚人生阅历经反思千淘万滤后的灵魂通透，是人对现实生命的彻悟，这是踏遍了山水之后，又走出山水并远远回望山水的整体观照，原来，山还是山，水还是水。处于这一境界的人，努力追求想追求的，坦然放弃该放弃的，面对人世万象，不以物喜，不以己悲，去留无意，宠辱不惊。原来，人本是人，无须刻意去做人；世本是世，无须刻意去处世。尽其当然，顺其自然；积极而不躁动，淡定而不沉寂；胸藏万壑而空灵，万千担当而轻松。

综上所述，我们可以看出，人生的这三种境界，生成过程有先后性，达至程度有高低性，但事实上，它们并不是严格循着人生命成长的过程依次攀升的，并不是人的孩提时代就处于第一境界，青壮年时期就处于第二境界，到老年就达至第三境界。人类精神生活的实际情况是：除了短短的不懂事的孩提时代基本处于第一境界外，自懂事直至老年这段长长的人生之旅中，这三种精神境界同生共在并交替呈现，也正因为如此，人类的精神世界才气象万千，异彩纷呈，绚丽多姿。

面对世界万象，除了睡觉之外，人都处于动态中，或思考，或言说，或行动，但不管想什么、说什么或者做什么，都是在行为主体思想意识、情感态度的支配下展开的，其过程及其结果无不映现出行为主体的精神境界。而值得关注的是，人的思想意识和情感态度在成年后虽然有了一个基本走向和定势，但始终处在发展变化中，绝非一成不变。直面人生，在林林总总的具体物象和情境中，谁都有狭隘、想不开、意气用事、钻进死胡同走不出、固执、拿不起放不下等的时候，谁也都有大度、看得开、理性理智、达观豁达、拿得起放得下等的时候。纵观人的一生，就大多数人来说，大部分时间都处于人生的第二境界，如果一个人一生中有百分之四五十的时间处于第三境界，那他一定是一个悟性很高、向上达观的人；如果有百分之六七十甚至是七八十的时间处于第三境界，那他一定是大贤达、大圣人；至于百分之百处于第三境界的人，只有万能的上帝和无拘无束的神仙，但遗憾的是，上帝和神仙是人心造的幻影，根本不存在。

上边已经说过，就大多数人来说，大部分时间都处于人生的第二境界，其实这也没什么不好，因为第二境界是人生丰富性之所在，人类的文明进步，基本是人在这种精神状态下创造的。我们只是希望，有更多的人，能在第二精神境界中，更积极地趋向真善美，更广博地施以真诚和关爱，更执着地追求事功，更练达地为人处世，从而获得更多的愉悦和欢乐。

人生境界问题，为历代贤达、学者所关注，其表达方式也各有千秋。孔子的"从心所欲而不逾矩"，孟子的"穷则独善其身，达则兼济天下"，《礼记·大学》里的"格物、致知、正心、诚意、修身、齐家、治国、平天下"，韩愈的"仰不愧天，俯不愧人，内不愧心"，张载的"为天地立心，为生民立命，为往圣继绝学，为万世开太平"等，都是从道德伦理和事功角度谈人生境界。中国现当代以来，很有影响的人生境界说有三：

人生境界说一：国学大师王国维的"三境界说"。王国维在《人间词话》中说："古今之成大事业、大学问者，必经过三种之境界。'昨夜西风凋碧树，独上高楼，望尽天涯路天'，此第一境也；'衣带渐宽终不悔，为伊消得人憔悴'，此第二境也；'众里寻他千百度，蓦然回首，那人却在灯火阑珊处'，此第三境也。"王国维在这里说的是事功境界，其实也可以看作是人生境界。第一境界是借用晏殊《蝶恋花》的诗句，告诉人们要站得高、看得远，要立大志；第二境界是借用柳永《蝶恋花》的诗句，告诉人们要不懈努力，苦苦求索；第三境界是借用辛弃疾《青玉案·元夕》的诗句，告诉人们成功后的珍贵、喜悦和顿悟。

人生境界说二：哲学大师冯友兰的"四境界说"。冯友兰是在西南联大教书时提出"四境界说"的。他认为，人之所以为人即人之异于禽兽者在于其有觉解（觉悟理解），人生的意义就在觉解之中。有觉解是人之理，求觉解是人之性，能觉解者人之心。人生在世，必追求人之理，以成就一个理想的人格；欲成就一个理想的人格，便需尽心尽性。这实际上是一件事的两个方面，成就理想人格是人之理的要求，是做人的必需；而尽心尽性便能达致这一理想人格，是做人的方法，只有尽心尽性，力求觉解人之所以为人的道理，人生才有意义。他依据人对人生意义的觉解程度，把人生划分为"自然境界"、"功利境界"、"道德境界"和"天地境界"四个层次。

"自然境界"是最低层次，处于这一境界的人对人生意义不甚理解，甚至不理解，浑浑噩噩地过日子，古诗中"凿井而饮，耕田而食，不识不知，顺帝之则"和"日出而作，日入而息，不识天工，安知帝力"这几句诗，就是自然境界中人的心理状态。

"功利境界"是第二层次，在此境界中的人，有了明确的人生目的和自觉行动，核心是"为己的""求名利的"，绝大多数人都处于这一境界中，这是常人境界。功利境界的人心态各异，所干的事也不尽相同，求名利的手段更是五花八门，无奇不有。但是，无论是求名的，还是逐利的，或者是求名利双收、以成就一番事业的，他们的人生目的都是相同的。冯氏认为，功利境界虽不是什么高境界，但也不宜过分责难。功利境界在主观上是不可取的，但在客观上并非于社会无益。如"三不朽"中，除不可立德之外，功利境界的人既可立言，又可立功，而立言、立功都是对社会有益的事情。

"道德境界"是第三层次，在此境界中的人，其行为是"行义"的。义与利是相反亦是相成的，求自己的利，是为利的行为；求社会的利，是行义的行为。在此境界中的人，对于人生意义有了深刻理解。如果说，功利境界的人是以"取"为目的的话，那么，道德境界的人则是以"予"为目的，他实现了个人与社会的统一。道德境界的人是按"行义"行事的，其行为是道德行为，道德行为在其实现的过程中，也可能带来某种利，甚至给行义者个人带来某种利，但行义的人在主观上绝不是谋利的。

"天地境界"是人生的最高境界，处于这一境界的人，悟透了人生的真正意义，不仅了解理解社会，而且了解理解整个宇宙；不仅能"事人"，而且能"事天"。这样的人既能尽人伦人职，又能尽天伦天职，是理想人格的完美体现，是人间的圣人。不难看出，冯氏"天地境界"中的人，有点儿宗教色彩。

最后，冯友兰认为，以上四种境界的划分并不是绝对的，就个人而言，更不是一个人只有一个固定不变的境界。不论是个人，还是社会，人的精神境界，都是一个由低级向高级的发展过程。

人生境界说三：当代北京大学张世英教授的"四境界说"。张世英教授是我国研究黑格尔哲学的著名专家，他从万物之间是相互联系、相互依存、相互贯通的"天人合一""万物一体""万有相通"的视域出发，认为人生的最高境界就是人对世界"万物一体""万有相通"的最深切领悟。以此，他将人生境界划分为"欲求境界""求实境界""道德境界"和"审美境界"。

"欲求境界"是最低境界，处于这一境界的人，认为感性直观中的个别事物是最真实或唯一真实的，他只关注眼前的现实利益，认为人生的最高目的是满足个人欲望。

"求实境界"是第二境界，处于这一境界的人，认为科学真实才是最真实的，他追求事物的因果性、规律性，认为只要认识和把握了事物的因果性、规律性，就达到了人生目的。这种人冷静平实，以追求秩序为满足。

"道德境界"是第三境界，处于这一境界的人，不断反思过去和展望未来，坚持从动态中看待事物和世事，以满足自己的意志追求为最高的人生目的，他有社会理想，并努力奋斗，执着追求。

"审美境界"是最高境界，这是诗意境界，是"最高级的主客融合"，是人与世界的一体化。处于这一境界的人，无所求，他不是出于道德义务强制做某事，也不是为了"应该"做某事，而是出于与世界融合为一地自然而然地做事，做事的过程就是感受美、体验美的过程，是自由自在的过程，这是人生最崇高、最美的境界。

张氏认为，人往往是四种境界同时具有的，不会有人低级到完全和禽兽一样，只有"欲求境界"而没有其他境界，也不可能有人只有最高的"审美境界"，而没有"欲求境界"。事实上，各种境界的比例关系在不同人身上有不同表现，有的人是这种境界占主导，有的人则是另一种境界占主导。

以上，我们是从宏观角度，就人生的全过程来讨论人生境界的，其实，从微观上说，人生的许多方面以及人的言行，都有一个境界高低问题。"画到生时是熟时"，是作画的高境界；"不着一字，尽得风流"，是作诗为文的高境界；

"余音绕梁，三日不绝"，是歌唱的高境界；"不知手之舞之，足之蹈之也"，是舞蹈的高境界；"眼前直下三千字，胸次全无一点儿尘"，是读书的高境界；"学而时习之，不亦说乎"，是学习的高境界；"有朋自远方来，不亦乐乎"，是会友的高境界；"明心见性"，是修佛的高境界；"修身、齐家、治国、平天下"，是追求事功的高境界；"见素抱朴，少私寡欲"，是修道的高境界；"己所不欲，勿施于人"，是人际交往的高境界；"心有灵犀一点通"，是两心相知的高境界；"己欲立而立人，己欲达而达人"，是仁爱行义的高境界；"只留清白在人间"，是人格的高境界；"苟利国家生死以，岂因祸福避趋之"，是爱国的高境界；"砍头不要紧，只要主义真"，是追求信仰的高境界……总而言之，人生在世，境界问题不可回避。既然知道人生有境界，追求高境界就在情理之中。

笔者本人有一个以"幸福快乐"为心理基础，以"利他、利社会"为基本原则的"四境界说"，说出来仅供参考：

人人都追求幸福，幸福是人的主观感受，是心理欲望得到满足的状态，其外在表现是快乐，其内在感觉是愉悦。以此为据，本人将人生分为以下四个境界：

境界一："利己无害人的乐为之、为之乐境界"：在利己而无害于他人和社会的前提下，不管是思想、言说还是行动，"乐为之，为之乐"，即乐于这样想、这样说或这样做，这样想了、说了或做了就感到快乐，则为最低的第一境界。

境界二："利己亦利人的乐为之、为之乐境界"：在利己而又有益于他人和社会的前提下，"乐为之，为之乐"，则为稍高的第二境界。

境界三："损己则利人的乐为之、为之乐境界"：在不利己而有益于他人和社会的前提下，"乐为之，为之乐"，则为较高的第三境界。

境界四："害己则利人的乐为之、为之乐境界"：在有害于己而有益于他人和社会的前提下，"乐为之，为之乐"，则为最高的第四境界。

本人的"四境界说"，核心在"乐"，做前乐，做中乐，做后乐，因为"乐"是幸福的外在标志，是一种积极的精神状态，是人人都希望的。

"不过一碗饭"与"不过一念间"

故事说，好多年以前，有两个年轻人同在一个公司打工，两个人工作都不顺心，听说附近深山的寺院里有一位高僧，能为人排难解忧，于是两个人便结伴去请教高僧。

他们对高僧说："师父，我们工作很不顺心，老板不重视我们，同事又欺负我们，苦活累活都是我们干了，好事却一点儿也没有我们的，求您指点，我们是不是该辞掉工作？"

听完了他们的诉说，高僧不紧不慢地说："不过一碗饭。"然后，挥挥手，示意他们走吧。两个人无奈，只好退下。

回到公司后，其中一个想：高僧不是告诉我，"不过一碗饭"吗？我何必在此低三下四地讨饭吃？于是递上辞呈，决定另谋职业；另一个则想：高僧说了，"不过一碗饭"，到哪里打工不都是为了一碗饭吗？就在这里干吧，于是留了下来。

转眼十年过去了。另谋职业的那位，回乡潜心研究农业，科学种田，并培育出多个优良品种，成了远近闻名的农业专家；而留在公司的那一位，他忍气吞声，任劳任怨，渐渐地受到器重，竟当上了公司经理。

有一天两个人邂逅。农业专家对经理说："奇怪，高僧告诉我们'不过一碗饭'，我一听就懂了，不过一碗饭嘛，到哪里都能挣一碗饭，何必在公司受罪？可你当时为何没听高僧的话呢？"

"我听了啊，"那经理笑道，"高僧说'不过一碗饭'，是告诉我们，不管到哪里都一样，只是为了混碗饭吃，干下去就行了。于是我留下来，不管多受气，多受累，我都忍了，老板说什么就是什么，少赌气，少计较，这就成了。高僧不是这个意思吗？"

于是两个人又同去拜见高僧。高僧已经很老了，白发苍苍，闭着眼睛在那里打坐。听了两个人的经历后，高僧微笑着说道："不过一念间"，然后挥挥手，示意他们去吧。

两个人起初一头雾水，思忖良久，豁然开朗，相视而笑，拜谢高僧而去。

作者感言：老和尚的确高明，当初，在他根本无法为两个年轻人做出"是去还是留"的判定时，说了一句与人生最为关切而一语多解的大实话，把去留的抉择权委婉地归还给两个年轻人自己。"不过一碗饭"，是最朴实、最简单、最容易理解的一句话，人人都知道，这是人从事工作的最原初目的，也是最容易得到满足的人生需要。"为了一碗饭"，去也有说辞，留也有说辞，去留的对立在这里被巧妙化解。

两个年轻人从各自的理解出发，一个辞职，一个留下。十年后，当听了他的话并获得成功的两个年轻人想问个究竟，再去造访时，老和尚仍然说了一句"不过一念间"的禅语，便把他们打发了。言下之意，你们的成功，与我无关，那是你们二人一念之间的事。

我们说这则故事，是因为"不过一碗饭"和"不过一念间"这两句话很有内涵，理解透了，有助人生。

先说说"不过一碗饭"。在本人看来，"不过一碗饭"，最好理解，它告诉人们：人生很简单，没那么高深。人生的奋斗过程，说到底，不就是为了一碗饭吗？就这么简单，有什么了不起？有什么过不去的？所以，功名利禄、是非得失、爱恨情仇等，无须过分看重和计较，放下就是了。这么说是不是很消极？是不是教导人们不要努力进取？其实不然，它是告诉人们，要学会把复杂的事物简单化，要学会低调。这是因为，简单化了，低调了，才容易看透；看透了，才能想得开；想开了，才能放得下；放下了，才能卸下功利算计和摆脱万有烦恼；卸下功利算计和摆脱万有烦恼，才能一身轻松，心境澄明，回归自性，活出自我。人生果如是，真是幸福多多，皆大欢喜。

人活在世上，把人生简单地、低调地定位为"不过一碗饭"并轻松放下，说说容易，理性上也能认可，但做起来其实很难，甚至根本做不到。原因在于，人是这个星球上最复杂的动物，在漫长的进化过程中，人有了语言，有了思维，能制造工具和使用工具，能不断认识和把握自然界并不断改造自然界，人在改造自然界的过程中也同步地改造着自身。同时，人为了生存和发展，以利益为基础结成了各种关系，形成了社会，一个人一旦来到这个世界上，无一例外地被编织在社会这个大网上，与他人和群体结成了千丝万缕的联系，想彻底解脱和完全放下是根本不可能的。再则，人是高智能动物，决定人行为选择的，不仅仅是理性意识，还有情感、知性、悟性，还有需求欲望和深层无意识，特别是需求欲望和情感，是人生的动力。就说极力倡导"放下"的佛祖释迦牟尼，他放下了迦毗罗卫国太子的尊贵，但放不下广播自己的思想和弘扬佛法，并一生辛勤致力于此。所以，古今中外，无一人彻底放下。

既然根本无法彻底放下，人生是不是就注定被淹死在"苦海"里呢？不是的。为了摆脱人生的诸多困扰和获得更多幸福，智慧的人类选择了退而求其次，这就是"低调做人"，而"不过一碗饭"，就是低调做人的形象表述。故事里后来当上经理的那位，就是从高僧说的"不过一碗饭"中，悟出了低调做人的道理，他留了下来，不管受多少气，挨多少累，他都忍了，他不赌气，不计较，于是在低调中走向成功。

那么，什么是"低调做人"呢？所谓低调做人，就是放低身价，从正面说，就是仁爱谦和、宽容忍让、忠诚老实、任劳任怨、乐观豁达、宠辱不惊、度势进退；从反面说，就是不张扬跋扈、不自矜自傲、不自以为是、不盛气凌人、不骄横霸道、不巧取豪夺、不欺世盗名。

低调做人是一种品格和境界，是一个人融入社会并形成良好人际关系的优良姿态。低调的人关爱人也被人关爱，帮助人也被人帮助，悦纳人也被人悦纳，给予人也被人给予，信任人也被人信任，他受人敬佩，被人爱戴，他是增进人际和谐、促进社会文明的旗帜。

不过，我们必须清楚，尽管低调做人是一种社会高度认可和褒奖的良好姿态，但它并没有超越功利境界，说到底，它更是一种人生智慧和生存谋略，是走好人生路的高明手段。有一幅描写低调做人的对联，写得十分形象深刻：上联：做杂事、兼杂学、当杂家、杂七杂八尤有趣；下联：先爬行、后爬坡、再爬山，爬来爬去终登顶；横批：低调做人。不拒绝做杂事当杂家，是为了有趣，为了获得人生愉悦；先爬行并从低处爬起，是为了最终登顶，获得人生成功。低调做人的功利目的说得明明白白。

说低调做人是一种人生智慧和生存谋略，理由有三：

理由一：低调有利于韬光养晦、暗蓄力量，为人生成功蓄积资本。有一句谚语说："地不畏其低，方能聚水成海；人不畏其低，方能孚众成王。"舜在继母、父亲和弟弟"象"的屡屡迫害下，选择低调做人，他不争，他谦让，他平和，他豁达，最终赢得人心、赢得民众、赢得尧对他的信任，登上了华夏民族首领的高位。十八世纪美国的实业家、科学家、社会活动家、思想家、文学家和外交家，美国历史上第一位享有国际声誉的科学家和发明家的本杰明·富兰克林，在别人向他请教成功经验的时候，他说："学会低头。"他讲了这样一个亲身经历：他年轻的时候，去拜访一位老前辈，他昂首挺胸走进一座低矮的小茅屋，一进门，"嘭"的一声，他的额头撞在门框上，青肿了一大块。老前辈笑着出来迎接说："很痛吧？你知道吗？这是你今天来拜访我最大的收获。一个人要想洞明世事，练达人情，就必须时刻记住低头。"富兰克林记住了，并在低头中走向成功。

理由二：低调有利于规避人生风险。春秋时代，越国重臣范蠡都助越王勾践打败了吴国，他深知"狡兔死，走狗烹。飞鸟尽，良弓藏。敌国破，谋臣亡"的道理，选择了低调做人，辞去官职，带着美女西施远走他乡，后来成为富可敌国的陶朱公。而另一位功臣文种，就不知度势身退，最终被越王勾践杀害。北宋初年，宋太祖赵匡胤为了加强中央集权统治，防止分裂割据，在酒桌上暗示几位有功的将领应该交出兵权，握有兵权的石守信、高怀德、王审琦、张令铎、赵彦徽等人，次日纷纷上表，声称自己有病，要求解除兵权，被迫采取低调做人，最终安度晚年。这就是中国历史上"杯酒释兵权"的故事。

理由三：低调有利于排解焦虑烦恼，促进心灵愉悦，提高幸福度。人生有无尽的焦虑烦恼，这些焦虑烦恼大都来源于功利算计和情感纠葛。而低调的人则少私寡欲，淡泊名利，他们对权力地位、金钱财富等并不那么看重，不汲汲于富贵，不戚戚于贫贱，去留无意，宠辱不惊，他们心胸豁达，遇事容易想得开，因此排解了许多焦虑烦恼，增进了心灵愉悦。我们知道，人生幸福的标准是"身体无痛苦，心灵无烦恼"，烦恼少了，幸福指数自然就高。陶渊明归园田里，"采菊东篱下，悠然见南山"，自得其乐；郑板桥辞官回家，携兰花一盆，黄狗一条，终日读书作画，兴趣盎然；"醉舞狂歌五十年，花中行乐月中眠"的唐寅，"不炼金丹不坐禅，不为商贾不耕田；闲来就写青山卖，不使人间造孽钱。"一生活得洒脱。

下面说说"不过一念间"。什么是"不过一念间"？佛教领域以及世人通常这样理解：一瞬间偶然产生的某种观念往往决定人的行为选择和命运，即所谓"一念成佛，一念成魔"。人生之旅中，是选择真、善、美，还是选择假、恶、丑，往往存乎一念之间。一念之间，胡同里的穷小子成了亿万富翁；一念之间，码头水手变成了影视明星；一念之间，天使成了魔鬼；一念之间，高官成了阶下囚；一念步入天堂，一念掉进地狱；一念成就辉煌，一念导致平庸……如此等等，人生的成败得失、功过是非，往往就在一念之间被决定了。

瞬间偶然产生的一个念头，果真有如此威力吗？其实不然，这只是对"一念之间"的肤浅解读，生活的实际也并非如此。在我看来，"一念之间"作如下理解方符合人生实际：在特定时空环境里，以看似偶然实则必然的方式产生的、处于思想核心地位并起主导作用的一种观念，往往决定人的行为选择和命运。

这段表述有这样几个要件：

要件一：这"一念"（观念）是在特定时空环境里偶然产生的。特定时空环境，可以是一段或长或短的生活和工作经历，可以是一件或大或小的事件，可以是一次旅游观光，可以是听了某一首歌、看了某一幅画、读了某一本书、接触了某一个人或某一件事物，也可以是鹰击长空、雨打芭蕉……总之，肯定是外界某一事物的刺激激活了思维主体的灵感，从而催生了这"一念"。从表面看，这"一念"的产生确有偶然性。

要件二：这"一念"的产生，看似偶然，实则必然。说这一念的产生"实则必然"，是说，外物的刺激只是一个引子、一颗火种，这"一念"最终能够产生，其实是一个人生活阅历、学识经验、生活态度、思想意识、德行修养、价值取向、关注重点、长期思考的问题等多种思想因素共同作用的结果，绝不是毫无缘由地突然从脑子里冒出来，更不是从天上掉下来的想法。

要件三：这"一念"一旦产生，立刻占据统治地位，成为当时的核心理念，并能够支配一个人做出行为选择。一个人活在世上，只要不睡觉，每时每刻都在思想，在思想过程中，随时都会产生各种各样的观念和想法，而这些观念和想法，绝大部分产生后很快就消逝了，如雁过长空，没有留下任何痕迹。那些产生后很快就消逝了的观念和想法，都不在"一念"的范围之内，因为它们都从未占据过思想的核心地位，也没有发挥过决策作用。我们常说："人生道路尽管很漫长，但关键就那么几步。"这几步都处在人生之旅的十字路口上，而在十字路口上能决定人选择走那一条路的那个观念和想法，才是真正的"一念"。

下面，我们通过一个案例来确证本人对"一念之间"的解读：

案例：1957年春天的一个晚上，一个叫李嘉诚的香港小老板在《塑胶》杂志上读到一则消息：意大利一家公司开发出了塑料花，即将投放市场。他心中一亮，决定明天就飞往意大利，学习塑料花制作技术。第二天，他登上了香港飞往意大利的飞机，这一年他三十岁。他十四岁挑起家庭重担，当过茶庄的学堂，做过五金厂和塑胶厂的推销员，后来以十万港币创建了一个名叫"长江"的小塑胶厂，做起了小老板。

来到意大利，他费了很大周折，才在那家生产塑料花的公司找到了一份清扫卫生的工作，一个香港小老板在意大利变成了清洁工。

他整天推着小车在各车间打扫卫生和清理废品，他认真观察塑料花生产的每一个流程，倾听每一句有价值的话，每天一回到宿舍，他就迫不及待地把自己看到的、听到的东西详细记录下来。经过一段时间的学习，李嘉诚掌握了塑料花制作的工艺流程和技术要领，他购买了各式各样的塑料花，装了一大包，带着资料和样品回到了香港。一回到工厂，他用重金聘请了几位塑胶专家，开始研发具有东方格调的塑料花。不久，长江塑胶厂生产的塑料花上市了。凭借物美价廉的优势，塑料花很快在香港打开市场，紧接着便挺进欧美，遍销世界各地。到1959年，李嘉诚已经成了世界著名的"塑料花大王"。到2013，李嘉诚的长江实业集团有限公司已经拥有三百多亿美元的资产，李嘉诚成为香港首富。

《塑胶》杂志上的一则消息，让李嘉诚抓住了商机。"决定制作塑料花"这"一念间"，成就了长江实业，成就了李嘉诚的人生传奇。但这"一念间"绝非偶然，如果没有丰富的商业知识和经商经验，如果对塑胶行业一无所知，如果没有创办长江塑胶厂，《塑胶》杂志上的这则消息，对李嘉诚什么用处也没有，绝不会引起他的关注，更不会激活他的灵感。

我们说李嘉诚的故事，是想确证：能决定人生命运的那"一念"，看似偶然，并非偶然。因此，我们要努力涵养道德、丰富学识、增进智慧、培养能力、提高悟性、坚持正义、追求美善，因为这些都是那"一念"可能生成的沃土。

这里需要说明的是，我们说"往往能决定人生命运的那'一念'有其必然性"，是以世界上绝大多数人的人生常态为依据的。但是，大千世界，人生万象，总会有特例。比如，一个性格温文尔雅的人突然因某种刺激暴怒，在失去理性的情况下失手打伤了人，甚至把人打死，被投进监狱；一个从来不买彩票的人，路过彩票站时一时心血来潮，买了一张两元钱的彩票，竟中了五百万元的大奖等类事情，纯属偶然。前者"狠狠打他"的那"一念"和后者"买张彩票玩玩"那一念，绝对具有偶然性，也绝对改变了人的命运，但这毕竟是百万分甚至是千万、亿万分之一的特例，不具有普遍性。

随便说一句，老和尚前后的两句话，虽然都没有直接回答两个年轻人提出的问题，但都起到了提示和点播作用，不失为一种积极开导，我们姑且把这种开导称之为"启发式指导"。如果所有父母、教师、长者、智者在为子女、学生以及后来人指点迷津时，都能采用这种"启发式指导"，其教育效果肯定比直接告诉"应该怎样"或"不应该怎样"更好。

太阳山上的故事

听说，太阳山上到处都是黄灿灿的金子。有兄弟两个人决定到太阳山上去取金子。他们翻过了无数座高山峻岭，趟过了无数条大江大河，吃尽了千辛万苦，终于来到了太阳山上。太阳山果然是一座金山，到处都是黄灿灿的金子。当他们到达的时候，太阳正躺在山后休息，太阳山上凉爽爽的。老大很贪心，装了一大口袋金子，扛起来走不几步就得休息；而老二只捡了几块揣在身上，走起路来飞快。老二说："扔掉一些吧，如果我们不在太阳工作前赶下山去，等太阳出来了，太阳山就会变成一片火海，我们就活不成啦。"说完，老二抢下老大的口袋，往外倒金子。老大非常生气，一把夺回口袋，愤愤地说："我们不远万里，跋山涉水，吃尽了苦头，不就是为了多弄一点儿金子吗？我一块也不能扔！"老大扛着一袋金子慢慢往山下走，而且越走越慢。太阳就要出来了，老二一再劝阻大哥扔掉一些，老大就是不听。没有办法，老二只好自己飞快地跑下山去。一会儿，太阳出来了，太阳山上一片火海，老大抱着一大袋金子被大火吞没了。

作者感言：20世纪五六十年代以前，在中国广大农村，这是一个妇孺皆知的故事，老人们常常坐在屋檐下，讲给刚懂事的孩子们听，告诉孩子们不要过于贪心。

我们之所以捡来这则古老的故事，就是想借此聊聊"贪心"这种社会现象。

贪心是一种过分的欲望。人为什么会贪心呢？让我们先从欲望说起。欲望就是人想达到某种目的的想法，它源于人生的需要。人生下来就有需要，饿了就得吃饭，不吃饭就得饿死，吃饭就是需要，于是人产生了想吃饭的"想法"，这个"想法"就是欲望。人的需要各种各样，因此也催生了各种各样的欲望。人为了摆脱贫穷而去经商，为了摆脱低贱而去攀高结贵；国家为了摆脱贫困而努力积累财富，为了摆脱软弱而努力养兵。人类所从事的一切，无不因需而欲，因欲而动。因此，需要和欲望，是人生之根本，是人类一切行为的原动力。问题在于，人的需要是无限的，从而导致了人欲望的无限性，吃饱了还想吃得好，吃得好还想吃出独一无二，永不满足，这就是"欲壑难填"，即欲望这个深谷永远也填不满。而令人类无奈的是，满足人需要、欲望的资源永远是有限和稀缺的，这种资源的有限性、稀缺性与人需要、欲望的无限性形成了尖锐矛盾。这样一来，谁占有更多的有限资源，谁就能更大限度地满足自己的需要和欲望，因此，为了满足更多的需要和欲望，谁都想占有更多的有限资源。"想占有更多资源"的想法就是贪心，贪心就这样顺理成章被催生出来了。

谁都想把生活过得更好，想过得更好就必须占有更多的资源，因此，贪心人人有，只是程度不同而已。人生的高明之处，就在于有效地控制贪心，别让它过分了，过分了，往往适得其反，不仅占有不了更多资源，反而会把原有的资源甚至自己都赔进去。故事里的老大，就是过于贪心，把自己赔进去了。古往今来被绳之以法的贪官污吏都是如此。

那么，怎么控制自己的贪心呢？提五点建议：

建议一：不要把自己的生活水准定位太高。把需求欲望的标准控制在现有资源可以满足的范围之内，不能超越这个限度，超越了就是过分奢求，过分奢求就是过分贪心。过分贪心往往得不到，得不到就会很痛苦，甚至会做出违背道德和触犯法律的事情。

建议二：不要超越自己的能力。一切量力而行，自己没有能力得到并通过努力也无法得到的，就不要强求，强求了就是过分贪心。老大本来背不动那么多金子，非要背，结果被出来的太阳烧死了。

建议三：淡化功利观念。淡泊了名利，才能宁静致远。其实，金钱、权力、功名，生带不来，死带不去，人都是赤条条来，赤条条去，正如《红楼梦》中《好了歌》里说的："世人都道神仙好，就是功名忘不了。古今将相在何方，荒冢一堆草没了。""世人都道神仙好，就是金银忘不了。终朝只恨聚无多，及到多时眼闭了。"

建议四：在功名利益方面少一点儿攀比心理。由于每个人的智商、情商、勤奋度、家庭背景、生存环境等的不同，从而形成了高低不同的地位、等级、门第、财富等，这些差别的存在，催生了人的攀贵比富心理，谁都想活得更高贵，活得更富有。这种心理如果不断强化，就会滋生贪欲心，并刺激贪欲心恶性膨胀。孔子的学生颜回，就是在这方面不攀比的典范，所以，孔子赞美他说："贤哉回也，一箪食，一瓢饮，在陋巷，人不堪其忧，回也不改其乐。贤哉回也。"其实，只在功名利益方面攀比，是走进了攀比的狭隘误区，人生的攀比可以是多方面的，我们何不去攀比精神世界的充实，攀比道德修养的增强，攀比博爱之心的纯美，攀比人格素质的提升，攀比工作能力的提高，如此攀比，人会变得越来越高尚。

建议五：少一点儿自私心理。自私指的是只顾自己的利益，不顾他人、团队、国家或社会的利益。自私是导致过分贪欲的根源，越自私的人，贪欲心越强，所以，克服自私心理，多一点儿利他、利集体、利国家、利社会心理，是防止滋生贪欲心的最好办法。

水　上　漂

20世纪90年代初期，一位博士被分配到一家研究所工作，成为这个研究所里最高学历的人。在一大片本科、专科，甚至中专生面前，他觉得自己很了不起，行为上显得很自负，也很少和人交流。一个休息日，他到单位后面一个池塘去钓鱼，凑巧，正、副两位所长也在池塘钓鱼，并分别坐在离他不远的一左一右。"两个本科生，有什么好聊的呢？"他这么想着，便朝两位所长微微点了点头，算是打了招呼，什么话也不说就坐下来钓鱼了。

过了一会儿，正所长放下钓竿，伸伸懒腰，蹭蹭地从水面上如飞似的跑到对面上厕所去了。

博士很震惊，眼睛瞪得都快掉出来了，"水上漂？不会吧，这可是一个池塘啊！"

正所长上完厕所回来的时候，同样也是蹭蹭地从水上"飘"了回来。

"怎么回事？"博士本想问个究竟，但一想到自己是博士，也就作罢。

过一阵，副所长也站起来，走了几步，也迈步蹭蹭地飘过水面上厕所了。

博士看得目瞪口呆，他想："不会吧，难道他们都是江湖高手？"

过了一会儿，博士内急了。这个池塘两边有围墙，到对面厕所去，至少得绕十多分钟的路，而回单位又太远，怎么办？

博士不愿意去问两位所长，憋了半天后，也起身就往水里跨，心想："我就不信，这本科学历的人能过的水面，我博士不能过！"

只听"扑通"一声，博士栽到了水里。

两位所长赶紧将他拉了出来，问他为什么要下水，他反问道："为什么你们可以走过去呢？而我却掉到水里？"

两位所长相视一笑，其中一位说："这池塘里有两排木桩子，上面铺着木板，是人们来回过池塘用的，由于这两天下雨涨水，桩子和木板正好在水面下。我们都知道这板桥的位置，所以可以从桥上走过。你刚来不了解情况，怎么也不问一声呢？"

十年后，当了所长的博士给前来就职的几位硕士、博士讲了自己当年的故事，然后微笑着对他们说："前车之鉴呀，可不要像我掉到水里哟。"

作者感言：这个故事听来有点儿荒诞，所长当年是否真的贸然下水，不得而知。不过，这位所长的用意是十分清楚的，他想告诉那些刚来的硕士、博士生们，千万不要以学历高而自傲，要放下架子，尊重同事，虚心请教。小故事起码给我们两点启示：

启示一：学历高并不表明什么都懂，无论是生活还是工作，都是如此；学历低甚至没有学历，也不证明什么都不行。所以，不要看不起学历低的同事，他们肯定有些方面要优于自己，要虚心向他们学习。

启示二：学问，学问，连学带问，不懂的东西，千万不要装懂，一定要虚心而"问"，如果那博士能放下架子问一声，就不至于掉到水里了。虚心求教有经验的人，就会少走弯路，少犯错误。

我们说这则几近荒诞的故事，还想借此聊聊"怎样看待学历文凭"这个问题。

学历，就是学习经历；文凭，就是书面凭证。学历文凭，就是有某种学习经历的书面凭证，他证明了持有者所受教育的程度。一般说来，有学历文凭总比没有学历文凭好，高学历文凭总比低学历文凭好。如果一个国家，所有成年的国民都具有本科以上学历，这个国家的文明程度、科学技术水平和经济社会发展速度，一定高于大都是低学历国民的国家。就个体而言，进过大学，受过高等教育，总比没进过大学，没受过高等教育强，人生，有没有这段经历很重要，因为它是学习知识、练就能力、增长才干的最便捷途径。

但是，必须明确，学历文凭只不过是一个人学习经历的证明，它只证明持有者曾经学习过某段学业并完成了相应的要求，但并不能完全证明持有者一定具有相应的从业能力。这是因为，一个人的所学与所能有一个通过实践而转化的过程，所有知识，只有通过实践转化为能力才是有用的知识，否则，一钱不值。而"转识成能"，是已有知识消化理解、重组改造的过程，是知识的升华和脱胎换骨的重生，它是一个通过体验而练就的再学过程。所以，学历文凭只能代表过去，无法证明现在。据此，每一个获得学历文凭特别是高文凭的人，都应该正确对待自己手里的这张"证明"。

再则，每一个持有学历文凭特别是高文凭的人必须明白，上大学接受高等教育，只是学习知识、练就能力、增长才干最便捷的途径，绝非唯一途径，人完全可以通过诸如自学、拜师学艺、在实践中自己摸索等其他路径实现知识的丰富和才干的增长，因此，没有理由看不起低文凭甚至没有文凭的同事，也许，他在某些方面远远高于你，你还得虚心做他的小学生。

长寿与心灵的安宁

2006年，德国长寿老人罗伯特·米尔一百零九岁，他参加过第一次世界大战，也是德国仅存的一位参加过一战的老兵。据说，他也是2006年德国年龄最大的男人。

关于罗伯特的长寿秘诀，德国的各大报纸都曾报道过。概括起来有三条：家族中有长寿基因，喜欢简单的饮食，偶尔喝一点儿红葡萄酒。然而，米尔对此不以为然，他说："我活了这么大岁数，很重要的是心里踏实。"他给记者讲了这样一个故事：

"1940年7月，我的邻居，也是我的好朋友约索夫被送进了集中营，因为他是一名犹太人。临离开家的前一天夜里，朋友把自己的五万马克委托给我保管。他说：'我走了，我的妻子和孩子麻烦你帮我照顾好。这些钱，没谁知道，妻子、孩子都不知道。我的意思你是明白的，怕他们经不起纳粹人的折腾，说出去，连累了你。拜托了！回来后，我会报答你的。'约索夫被带走的第二天，他的妻子和孩子也被带走了。他们被关在了什么地方？我也不知道。五万马克现金，就这样留在了我的手上。为了稳妥起见，我以个人名义，把钱分开存入了四家银行，然后，我就把存折秘密地藏了起来。这件事，我没敢告诉自己的妻子，因为我怕走漏了风声，被以窝赃罪名而枪毙。

"可是，一等就是五年，直至二战结束，都没见到邻居的踪影。我想，也许他们全都死了，这笔钱看来是无法奉还了。不过，我依旧没有动用它。

"1965年，我六十八岁。我的家庭发生了一次大的变故。我与儿子联合经营的一个机械厂倒闭了。祸不单行，这一年，我的妻子还摔断了腿。为了走出生活低谷，我想到了约索夫的那五万元钱。可是，就在我准备从银行里取出这笔钱的时候，我在报上看到一篇纪念反法西斯战争胜利二十周年的文章，作者是安迪·约索夫。从文章回忆的内容，我断定，这位作者就是约索夫的小儿子。也就是说，约索夫的家人没有全部被毒死，至少他的小儿子活了下来。但是，这五万马克，约索夫的小儿子根本不知道。

"我陷入了空前的矛盾之中，在我的一生中，共有三个晚上几乎没有入睡，全发生在看到那篇回忆文章之后。是归还这笔没人知道的巨款，还是拿出来拯救自己？令我骄傲的是，我选择了前者。"

作者感言：一个人能够活得健康长寿，是多种生命要素共同滋润的甜果，家族的长寿基因、节制饮食、注意保健、适度锻炼等，都不可少，但心灵的内在安宁，更是不可或缺的重要因素。心理学研究证明，人做了违背道德或违背法律的事情后，即使没人知道，也会产生内疚、惭愧、悔恨或心虚、紧张、多疑、慌乱、焦虑、恐惧等负面心理反应，这种负面心理反应会严重损害健康、蚕食生命。

那么，人在做了违背道德或违背法律的事情后，为什么会产生这种负面心理反应呢？究其原因有二：

原因一：他时刻担心事情败露会受到道德谴责或法律制裁。因此，一旦生活中出现与之有关的现象，如看到自己所伤害的人或警察朝自己走来、听到警车鸣笛、听到公众对某人的否定性评价等，立即就联想到自身的所作所为，精神马上紧张起来，正所谓"做贼心虚"。

原因二：只要是正常人，都不同程度地具有"良知"或"良心"，即孟子所说的恻隐之心、羞恶之心、恭敬之心、是非之心。这个被称作"良知"或"良心"的东西，是社会约定俗成并被生命个体认同的行为规范和价值标准，它是人自律的内在动力。当一个人做了错事、撒了谎，或者隐瞒了事实，即使没有任何人知道，但他的"良知""良心"会因为一清二楚而感到不安。这种不安是意志无法控制的本能表现，正如我们饥饿时无法说服自己已经饱足、疲劳不堪时无法说服自己已经休息好了一样不可控制，它会让人寝不安席、食不甘味，就是米尔"三个晚上几乎没有入睡"的感觉。似想，吃不好饭，睡不好觉，整天心神不宁，提心吊胆，能不损害健康吗？

由此看来，循道德和守法行为，不仅具有社会性意义，是一个人道德人格的证明，亦具有生理性意义，它是人心神安宁、能够健康长寿的必要条件。俗语有"不做亏心事，不怕鬼叫门"，古格言有"嚼菜根淡中有味，守王法梦里无惊"，说的就是这个道理。有一首打油诗说："从来不负人，一向守安分，管银子不贪他分文，半夜何曾鬼叫门，看老子板床睡安稳。"有一首禅诗说："春有百花秋有月，夏有凉风冬有雪，若无闲事挂心头，便是人间好季节。"看来，遵王法，循道德，不负人，守安分，就少有闲事挂心头，一年四季就会活得快活，活得快乐自然长寿。

尤其值得称道的是，米尔老人的行为具有很高的道德意义，这一行为充分体现了道德内在性、自律性特点。那五万马克以及几十年利息滚动积攒起来的这笔巨款，除了米尔本人，没人知道，他花掉这笔钱，不会受到来自社会的任何谴责，因为社会对此一无所知。他毅然还给朋友的儿子，是完全靠自己内在"良心法庭"做出的判决，这是自己给自己立法。如果有第二个人甚至更多人知道此事，米尔归还巨款虽不失正道正义，但不会有很高的道德意义，因为他面对着强大的社会压力，不归还将会受到道义谴责，甚至违法，归还行为具有迫不得已性、无奈性。由此我们可以说：只有在真相永无人知的时候，一个人所采取的利他行为才具有道德意义。米尔老人很道德、很高尚。

什么也没有发生

　　这是一个真实的故事，发生在20世纪80年代初。那个时代，史称"十年动乱"的"文化大革命"刚刚结束，学校教学秩序和高考制度刚刚恢复，社会经济落后，国民生活贫困，人的思想观念封闭、保守。当时，初高中生的早恋现象，是学校明令禁止的严重违纪，老师找谈话，家长做工作，学校给处分，如果哪位少男少女被发现有这事，那可就惨了，校内外众目所指，议论纷纷，让你无法做人。故事说，有个叫琳琳的女孩儿，是某市一所初中三年级的女生。她的班主任是一位语文教师，三十刚出头，才华横溢，英俊潇洒，学生们都愿意听他的课，许多女生都艳羡他。琳琳爱上了她的班任，这种爱越压抑就越强烈，终于有一天，无法自拔的她忍不住给老师写了一封信，表明了心迹。信写好后，她在放学的路上，趁人不注意投进了邮筒，寄给了班任。

　　信寄出第二天，她开始后悔了。老师已经有了家庭，自己这样做是不是太不道德？老师接到信后，会有什么反应？自己这么小，老师会怎么看自己？这事要是让父母知道了怎么办？要是让其他老师和同学们知道了怎么办？学校知道了能饶过自己吗？……琳琳越想越害怕，原来"炽热"的爱被吓得无影无踪。

　　她知道，寄往本市的信，第二天就可以收到，她断定，老师已经收到了她的信。以后的几天，她是在恐惧中度过的，她怕父母突然来到校园，怕其他老师和同学们异样的目光，怕老师找她语重心长地谈话，更怕学校贴出的白纸黑字的处分……这些恐惧让她神情恍惚，她想到了出走，想到了死。

　　一天、两天、三天，一周转眼过去了，一切都很正常。班主任老师没有一丝反应，对她的表情看不出一点儿异样，他照样满面春风地讲课，笑容可掬地辅导。琳琳开始怀疑，班主任可能没有收到自己的那封信。一天下课，老师和同学们坐在教室里闲聊，琳琳也在其中。聊着聊着，聊到了书刊杂志，老师无意抱怨起来，他说："现在的邮递员真是不负责任，我的杂志、报纸、信件经常丢失，前几天在天津工作的一个同学打电话责问我，他两周前给我寄的信怎么没有回音，我说根本没收到。"

两周后，琳琳终于释然了，她推测，自己的那封信，或者在慌乱中没有投进邮筒，被当作垃圾扫走了，或者"幸运"地被遗失了。释然后的琳琳长大了许多，她又高高兴兴地专心读书了。

再后来，琳琳考上了高中，上了大学，读了研究生，毕业后在省城一所大学教书，接着是结婚、生子、当教授。在一次学术研讨会上，琳琳说了这段少女时代的情感经历，她向精心呵护她的恩师表示深深敬意。她说，她是幸运的，由于这位恩师，在当年的校园里，这件事根本就没有发生过，因为它没留下一点儿发生的痕迹；在她的情感经历中，也根本没有这件事，她好像午休时打了一个盹儿，做了个短短的有喜有惊的春梦，梦醒了，一切就过去了。

作者感言： 在现代学校教育中，每当遇到学生早恋或像琳琳这种恋师情结，虽然不像当年视为洪水猛兽，但通常的做法仍然是老师找谈话和通报家长一起做工作，其效果往往不理想。故事里的这位班主任，则一反教师的通常做法，以"什么都没有发生"的潜在方式，有意采取不引起受教育者任何注意的手段，无痕地解决了琳琳的情感偏差，保护了学生的隐私，维护了学生的尊严，其用心之良苦和施教之艺术，令人感佩。我们姑且将这种教育方式称之为"无痕教育"。

无疑，这位班主任很懂青年学生心理，也很会处理属于情感世界的隐私性问题。琳琳的心灵重负，在班主任"没有一丝反应"和"无意"的闲聊中涣然冰释。从班主任"抱怨邮递员不负责任"的信息中，我们断定，他已经收到了琳琳的信，他的"没有一丝反应"和"无意"闲聊，都是他"有意"为之，都是为了消除琳琳的心病而精心设计的。一个十分棘手的情感问题，就这样被悄然化解了。这也是成人后的琳琳对恩师深深感激的重要原因。

试想，如果这位老师郑重其事地找琳琳谈话，只能有两种结果：

结果一：教育获得成功，事情就在班主任和琳琳之间平息了，琳琳调整了自己的情感，开始专心读书。即便如此，这件事已经在琳琳心中留下了阴影，感情的残破感和行为的悔愧感会长时间挥之不去。同时，老师已经知道此事，虽然老师承诺不说，但谁能料定，老师永远守口如瓶，说不定哪一天，在一个特定的环境里，老师无意说走了嘴，事情泄露出去，会对自己造成不良影响。琳琳的这种担心，恐怕在短时间内也很难消除。

结果二：教育过程中事情不慎被其他老师和学生知道，家长也知道了，扩散了的影响会给琳琳造成沉重心理压力，她所担心的事情会一件件发生，老师、家长乃至个别要好同学的善意"规劝"，不仅不会奏效，反而会把她推进更难堪的境地，特别可怕的是学校的处分，她真的无法再在这所学校读下去了，后果不堪设想。

由此看来，隐性的无痕教育与显性的直接教育，在处理隐私性、情感性问题上，有更多优势，可为每位从教者借鉴。

这个小故事还给我们这样一个提醒，在人际交往中，对他人隐私性、秘密性的问题，知道的越少越好，即使知道了，也装不知道的为好，因为这事一旦泄露出去，你不会被怀疑是泄密的对象。这有利于人际关系的和谐。

从喝马桶水到邮政大臣

1998年7月，相貌秀美、素有"自民党的玛利亚"绰号的野田圣子，登上了日本内阁邮政大臣的宝座。殊不知，她步入社会的第一份工作是洗马桶。

野田圣子1960年9月生于福冈县，1983年毕业于上智大学外语系比较文化专业，同年进入东京帝国饭店工作。大学毕业，她找到的第一份工作就是到东京帝国饭店做白领丽人。她高高兴兴的前去报到，谁知，在新人受训期间，上司分给的第一份工作是清洗厕所，而且工作质量要求很高，必须把马桶洗得光洁如新。

作为秀色可餐的女大学毕业生，她很难接受这个现实，当她拿着抹布走向马桶的时候，一阵阵恶心，想吐还吐不出来。她本想立即辞去这份工作，但她又不甘心刚步入社会就败下阵来。她心灰意冷，每天战战兢兢，如临深渊。在她就要全线崩溃、坚持不下去的时候，一位长辈出现在她面前。这位长辈什么也没说，拿起工具一遍一遍地洗着马桶，直到洗得光洁如新，然后，拿起一只杯子，从马桶里舀了一杯水，从容地一饮而尽。长辈放下杯子，向她躬躬身，微笑着离去。她看得目瞪口呆，望着长辈远去的身影，她如梦初醒。她明白是自己的工作态度出了问题，于是痛下决心："就是一辈子洗马桶，也要做一个洗马桶最出色的人。"

从此，她面带笑容，精神饱满地投入工作，她的工作质量达到了无可挑剔的高水准。为了证实自己的工作质量，为了增强自信心和强化敬业心，她多次喝过自己洗过的马桶里的水。她漂亮地迈出了人生第一步，从此开始了她的成功之旅。

据悉，邮政大臣届满卸任后，野田圣子担任了日本消费者担当大臣。她曾向媒体表示："我的理想是英国前首相撒切尔夫人"，我要努力成为一名"不靠最初支持率，而是靠最后完成了什么工作来获得评价的政治家。"

作者感言：从清洗马桶做起，一步步成长为国家政要，野田圣子的成功给我们如下启示：

启示一：态度决定命运。有一位哲人曾说："播种一种态度，收获一种思想；播种一种思想，收获一种行为；播种一种行为，收获一种习惯；播种一种习惯，收获一种性格；播种一种性格，收获一种命运。"这是一种递进式表述：一个人，有了积极的人生态度，就会生成积极的想法、愿望；这种积极的想法、愿望会促使人积极行动；反复的积极行动会形成定势，养成积极习惯；积极习惯渐渐建构起稳固的性格体系，进而决定了这个人的命运。概而言之，态度决定命运。"就是一辈子洗马桶，也要做一个洗马桶最出色的人"的积极人生态度，为野田圣子奠定了走向成功的基础。

启示二：不管做什么事情，都必须认真，都必须追求高质量。一遍遍反复清洗，直清洗到"马桶里的水可以喝"的程度，体现了野田圣子对工作的极端认真和高质量追求。一个人，能把工作做到这个份上，无论在何处就职，无论在什么岗位上，都会做得很优秀，都必将得到充分认可和赞许，其前途肯定辉煌。

启示三：大事业都是从小事情做起的，只有做好眼下的每一件小事，才能渐渐地做成大事。清扫厕所，是五星级东京帝国饭店里最低贱的小事，野田圣子做好了这件小事，并在做事中调整了心态，历练了自己，迈出了漂亮的第一步。

启示四：榜样的示范作用不可小觑。榜样是标杆、楷模，是一种看得见、摸得着、学得了的样板。那位长辈就是野田圣子的榜样，他的示范是一面镜子，让野田圣子看到了自己的差距；他的示范也是一种力量，撼动了野田圣子的心灵，激励她振作、昂首；他的示范更是一面旗帜，引领野田圣子走向成功。野田圣子应该永远感谢那位长辈，如果没有那位长辈，她的人生很可能平庸得默默无闻。

启示五：走好人生第一步很重要。人们常说，人生最重要的就那么几步，走好了，就会活得顺畅。而完成学业，步入社会，是人生最关键的第一步，这一步走好了，不仅能得到社会充分认可，为成就事业开通道路，还能使自己增强信心，激发拼搏进取的勇气。

公 牛 骑 士

这是一个真实的故事，1941年，德军入侵比利时，占领了疗养胜地威苏里城。驻军司令克鲁伯少校一上任，就接到集团军参谋长李斯特将军的命令：到荣誉军人院，枪毙一头名叫"骑士"的公牛。少校大惑不解，将军为什么会和一头牛过不去？副官告诉他：将军和这头牛有仇！那是在第一次世界大战时，将军还是个少尉。在索顿河战役中，比利时人为了突破德军的雷区，组织了六十头公牛开路，领头的公牛撞瞎了将军的右眼，那公牛也踩中了地雷，炸伤了一条腿。将军和公牛同时倒在血泊中，面对着面、眼对着眼。就在将军拔枪要射杀这头公牛时，一枚炮弹轰然在身边爆炸，把将军震晕了。等将军醒来的时候，他已经在担架上。从此，将军由一个英俊小伙儿变成了独眼龙，他当然恨透了这头公牛。

后来他得到消息，这头牛成了那次战役中唯一幸存的牛，战后被送进了威苏里荣军院，并被命名为"骑士"。

被德军占领的威苏里荣军院，已经变了战俘营，住在荣军院的所有比利时伤残军官都成了战俘。克鲁伯来到荣军院，命人将骑士牵出来。骑士是一头黑色的老公牛，神态安详，右后腿已经瘸了。当克鲁伯拔出手枪对准它时，比利时的被俘军人们都怒吼起来。一个瘦小的男子走出人群，径直来到克鲁伯面前，说："少校，我是比利时陆军中士约瓦克，也是这头牛的勤务兵。根据《日内瓦公约》，你不能杀害这头牛，你必须把它当作战俘对待！"

约瓦克郑重地拿出一张纸递给少校："请你看吧，这是利奥波德国王给它授勋的命令。"克鲁伯接过一看，上面写着："授予'骑士'比利时王国陆军上校军衔，颁二级荣誉勋章……1917年12月11日。"克鲁伯傻眼了：这是一头有军籍的牛，而且军衔比自己还高！按照《日内瓦公约》，他无权枪毙它，只好把它送回战俘营。

怎样才能完成将军交给的任务呢？克鲁伯少校终于想出了一个主意：根据德军战俘营管理规定，战俘严重抗命或者逃跑，就可以当场击毙。几天后，克鲁伯少校命令士兵把骑士和战俘们带到了木料厂，那里有刚从火车上卸下的堆积如山的木头。克鲁伯命人将骑士套上牛车，让它一车接一车地拉那些木头。克鲁伯坚信，对于瘸了一只后腿又长期养尊处优的这头老牛来说，这种苦差事它肯定无法忍受，只要它稍有抵触，士兵们就会用鞭子抽它，激怒它，它一反抗，自己就可以名正言顺地枪毙它！出乎少校意料的是，骑士没有反抗，而是默默地拉着沉重的车子，虽然走得很慢，但它一直坚持着一车车拉下去。当骑士拉到第五十车时，战俘们再也无法忍受了，他们开始骚动，约瓦克义正词严地提出抗议："少校，这头牛已经二十六岁了，按照牛的寿命，它属于老年。你忍心让一个老军人干这么重的活吗？这样它会被累死的，你这是在犯罪！"在战俘们的威逼下，少校不得不放弃。

少校并不甘心，他不相信他杀不了这个畜生。第二天，少校让人把骑士带到了放风区，外面，是一片宽阔的草地，在通往草地的路上却密布着地雷。青草对牛的诱惑是致命的，只要它向那片草地奔去，就会犯了逃跑的营规，而它的下场也可想而知：被地雷炸得粉身碎骨。果然，骑士被营外的青草吸引着，慢吞吞地走向那片草地。可当它走到营区外那条立有骷髅标志的白线时，就止步不前了。犹豫了片刻后，骑士转过身子，神态安详地回到了营区。少校傻眼了，他没想到这头牛居然懂得什么是警戒线！

无奈，少校只好把情况报告给李斯特将军，将军十分恼火。一个月后，将军的副官牵来了一只德国牧羊犬，将军告之少校："这是我的护卫犬，名叫'野狼'。我已经签发了命令，授予它陆军少校军衔。从明天起，这条军犬负责看管那头蠢牛，不管它对那头牛做什么，你们都不要干涉——动物的事情，就交给动物去解决吧！"按照将军的指示，少校把野狼送往集中营，和骑士关在一起。野狼一见骑士，就猛扑过去，又撕又咬，血从骑士的后腿流出。骑士愤怒了，它瞪大眼睛，发出低沉的吼叫，奋起后蹄，将野狼踢开。当野狼再次发起攻击，咬住骑士腰部时，骑士突然半侧身，猛地将野狼咬住的一侧身体向旁边的铁丝网撞去，锋利的铁刺扎进了骑士的身体，也扎进了野狼的身体。野狼痛得嗷嗷直叫，松开了嘴。骑士乘势猛撞野狼，野狼被撞倒在地，痛苦地哀鸣着。骑士抬起前蹄，准备给它致命的一击。正在这时，惊人的一幕出现了——骑士盯着野狼，慢慢地收回前蹄，喘息着走到一边卧了下来。野狼从地上爬起来，躲到很远的地方，再也不敢靠近，凶恶的气势荡然无存。

第二天清晨，战俘们心情沉重地去看望骑士，在他们的心里，骑士可能早被野狼咬死了。可当他们来到骑士的关押地时，都喜出望外地睁大了眼睛：野狼和骑士依偎在一起，安静地躺着，丝毫也看不出它们是曾经殊死搏斗的敌人。更让他们惊讶的是，从那一天起，骑士和野狼形影不离，这一牛一狗竟然成了好朋友！

接到报告的李斯特将军不能相信，自己一手训练的野狼居然会和敌人成为朋友！他赶到集中营，亲眼看到骑士和野狼和睦相处时，立即怒火中烧，下令把野狼捉住，用惩罚叛徒的方式在营区广场把它当众绞死！野狼的悲鸣声让骑士烦躁不安，它突然撞开大门，接连撞倒几个卫兵，循着野狼的叫声，向广场狂奔而去。它直冲到了绞架旁边，把行刑的士兵顶倒在地，套在野狼脖子上的绳索滑落了，野狼得救了！

李斯特将军气疯了，盛怒之下拔出手枪，要亲手枪毙这头让他痛恨的老牛。可他万万没有想到，就在枪响的一瞬间，野狼一跃而起，挡在骑士面前！枪声过后，野狼鲜血迸流，一声不吭地跌落在地上，死了。李斯特将军再次把枪口对准了骑士。骑士并不畏惧，平静地抬起头，默默地看着他。无声的对峙，就像二十三年前一样，面对着面，眼对着眼。二十三年过去了，李斯特的眼中仍然充满着仇恨和杀机；而这只老牛，已经没有了当年的野性，眼中闪动的只是仁慈平静的光。人们屏住呼吸，等待着另一声枪响。一分钟，两分钟……五分钟过去了，李斯特一直没有扣动扳机，他握枪的手无力地慢慢垂了下去。克鲁伯少校在将军冷酷的独眼中，看到了惊恐和慌乱。将军收起枪，对少校说："按军人的标准安葬我的狗，善待这头老牛。"说完，他转身默然地走了。

李斯特将军回到了军部，他在当天的日记中写道："从一头牛的眼睛里，我看到了上帝的光芒。"三天后，比利时境内所有的战俘营都接到了将军签发的命令：严格按《日内瓦公约》对待战俘，禁止一切虐待和虐杀战俘的行为。战后，第六集团军的许多高级将领被比利时逮捕处决，而李斯特将军因为保护战俘的命令得到了比利时人民的谅解，他未被起诉，平静地度过了自己的晚年。

骑士再次获得了军队的荣誉勋章。战争结束三年后，它安详地在威苏里城去世。李斯特将军、克鲁伯少校、约瓦克中士，这些曾经彼此敌对厮杀的军人们，都出现在它的葬礼上。

作者感言：读罢故事，眼前立刻浮现出骑士形象：它威猛而祥和，悍厉而慈善。我们看见它勇猛冲向雷区，撞伤了少尉，炸伤了右腿；看见它怒吼着携带野狼撞向铁丝网，浑身带血；看见它撞破牢门，撞倒卫兵，疯狂冲进广场，在绞刑架下救出野狼。但与此同时，我们也看见它默默地拉着装满木头的牛车，艰难却不懈地前行；看见它留恋地望了望警戒线外边绿茵茵的草地，慢慢转头走回战俘营；看见它怜悯地收回前蹄，饶了野狼的性命；看见它慢慢抬起头，平静地面对将军的枪口，眼里闪着平和仁慈的光芒。这哪里是一头公牛，俨然就是一位正义凛然的壮士！但它确确实实就是一头公牛。

骑士的故事至少给我们这样几点启示：

启示一：理性与情感并非人类的专利。我们经常听到"人是理性动物""人是有感情的动物""你是人，你不是动物，你应该有理智""他简直就是个畜生！无情无义"等等言论。这些话的言外之意，是说动物没有理性和情感。特别是"动物没有理性"这一论断，一直主导着人类意识。"人是理性的动物"，是古希腊哲学家亚里士多德提出的哲学命题，它后来成了人类区别于动物的重要标志之一，数百千年来，许许多多的人，包括许许多多专家学者，都据此认为动物没有思维，没有理性。至于情感，也许有那么一点儿，但实在是微不足道的。随着科学进步和人类认识能力的增强，现当代的生命科学已经证明，说动物没有理性和情感是人类的武断，并没有足够的科学依据。科学家们早就发现，豺狼在捕杀猎物时，相互配合、协同作战的精神并不比人类差多少；在人类看来实在微不足道的蜜蜂，有着极强的群体组织性；而在人类看来更是微不足道的蚂蚁，其社会组织结构之严密、群体秩序之井然是绝不亚于人类的。如果动物没有思维和理性，怎么会做到如此程度？

再说几个现实生活中发生的真实案例：

案例一：狼不会再来了

这是一位知青亲身经历的一件事情：

1969年，一位北京知青到东北山区的一个小山村落户。他所在的村子，当时叫大队，一连几天晚上，狼都闯进村子，咬死村民的猪并叼走。大家聚拢来商量对策，老队长说他有办法。第二天，他让大家跟他一起上山找狼窝，循着地上散落的猪毛，终于找到了狼窝。母狼已经外出，剩下几只幼仔在窝里嗷嗷直叫。村民们准备打死小狼仔，再等母狼回来打死母狼。老队长说不必这样，只要带上一只小狼仔回村，他有办法让母狼再也不危害村里的猪。老队长德高望重，众人尽管将信将疑但仍然听命，带回了一只小狼仔。老队长吩咐几个人带上铳和小狼仔跟他一起爬到猪圈顶上，等母狼到来。不出老队长所料，天刚一黑，母狼凄厉地嗥叫而来。村民正欲举枪射杀母狼，被老队长制止了。老队长说我来对狼喊话，让它以后不要再来。众人尽管不解但仍然从命。只见老队长举起小狼仔对母狼大声地喊道："母狼听着，我们把你的小仔子放了，你以后不许再来村里咬猪。否则，我们连你和狼仔子一起打死。"说完，放走小狼仔，并叫村民向天上鸣枪。

奇怪的是，从那以后，狼再也没有到过这个村子。

案例二：母狼替人采雪莲

事情发生在新疆。2002年4月，几个住在天山脚下的村民，相约去白雪覆盖的天山顶上采摘雪莲。奔波了一天，夕阳西下的时候，他们一无所获，扫兴地踏上归程。刚走了不远，他们发现了一只因又冻又饿而奄奄一息的小狼仔。他们顿生怜悯之心，把小狼仔抱在怀里，温暖着它并给它食物吃，小狼仔渐渐地苏醒过来。正在大家高兴的时候，小狼仔的妈妈出现了。几个村民惊恐万分，赶紧放走小狼仔，并忐忑不安地慢慢向后退，生怕母狼发起攻击。然而奇怪的是，母狼叼起小狼仔，既没有向他们发起攻击，也没有离开的迹象，母狼不远不近也不紧不慢地跟在他们身后，他们快走，母狼就快走；他们慢走，母狼就慢走。他们既恐慌又纳闷，他们不明白，母狼到底要干什么。人和狼就这样在静悄悄又令人窒息的状态中前行了几十分钟，突然，眼前出现了一座悬崖，悬崖之上有一株硕大而盛开的雪莲。悬崖十分陡峭，人根本无法爬上去。

惊人的一幕出现了：只见母狼放下小狼仔，迅猛奔跑，一跃而起，飞上了崖顶。它的前爪紧紧扣住悬崖边，用嘴轻轻地叼起了那朵盛开的雪莲，然后再飞身而下，轻轻地跳落在雪地上。当它在雪地上站稳，便慢慢向前走了几步，轻轻放下雪莲，转身静静地叼起小狼仔，又是一跃，消失在茫茫的暮色与风雪之中。

这一切来得突然而迅捷，直到母狼和小狼仔消失得无影无踪，那几个人还没有回过神来，仍呆呆地站在悬崖下。

案例三：小老鼠救人

这件事发生在2001年1月26日的印度。在印度西北部的古吉拉特邦地区，有一座大城市叫苏拉特，一对夫妇带着一个五岁的小女孩儿就住在这座城市里。夫妻俩为了生活，每天一早就外出上班，小女孩儿不得不一个人待在家中，很是寂寞。一天，一只小老鼠出现在客厅里，小女孩儿高兴极了，拿出自己的巧克力、布娃娃和小老鼠分享。小女孩儿和小老鼠玩得开心极了。傍晚，当小女孩儿的父母快下班的时候，小老鼠便躲起来。以后每天，小女孩儿的父母一走，小老鼠便出来和小女孩儿玩耍，直到小女孩儿父母回家之前便离开。从此，小女孩儿的日子不再寂寞，而小老鼠也过上了衣食无忧的生活。这个秘密小女孩儿没有对任何人说，包括父母。2001年1月26日清晨，小女孩儿的父母上班还没有走，小老鼠就提前跑出来，并猛地咬了小女孩儿的手一口，然后就往门外边跑。小女孩儿的父母气愤地拿起棍子追赶小老鼠，小女孩儿也哭着追赶父母求他们不要打死小老鼠。追了一段路，看见女儿苦苦哀求的可怜样子，小女孩儿的父母丢掉棍子，决定放弃追赶。可谁知那只该死的小老鼠见他们不追了，竟然又折回身，跑到小女孩儿爸爸的脚面上，狠狠地咬了小女孩儿爸爸一口。小女孩儿的爸爸、妈妈被彻底激怒了，操起棍子再次穷追不舍。小女孩儿也哭着跟着爸爸妈妈跑，还是一个劲地求他们不要打死小老鼠。令人奇怪的是，到处是屋角墙洞、水沟暗道，而小老鼠似乎视若无睹，一直往城中的一个大广场狂奔。到了广场中间，小老鼠终于筋疲力尽，也无处可藏，被小女孩儿愤怒的父亲一棍子狠狠打死。正在这时，一阵天崩地裂的声音响起，印度近五十年来最大的一场地震爆发了！小女孩儿一家抬头一看，他们的家以及广场周围的所有建筑都坍塌了，瞬间变成了一片废墟。再低头看看躺在地上的小老鼠，它血肉模糊，早已毙命。小女孩儿和她的父母一下子跪在小老鼠面前，抱头痛哭。印度时间：2001年1月26日8时46分；北京时间：2001年1月26日11时16分。

案例四：邓世昌与他的爱犬"太阳"

1894年7月25日，中日甲午海战爆发。1894年9月17日，在大东沟海战中，邓世昌指挥的"致远号"战舰奋勇作战，但因日方多艘战舰围攻，寡不敌众，导致"致远号"多处受伤，全舰燃起大火。当此时，邓世昌带领全舰官兵，毅然驾舰全速撞向日本主力舰"吉野号"右舷，决意与敌同归于尽。倭舰官兵见状大惊失色，集中炮火向"致远号"射击，不幸一发炮弹击中"致远号"舰的鱼雷发射管，管内鱼雷发生爆炸导致"致远号"沉没。邓世昌坠落大海后，便抱定"阖船俱没，义不独生"的信念，当随从送给他救生圈的时候，他断然拒绝，并坚定地说："我立志杀敌报国，今死于海，义也，何求生为！"于是自沉海中。正在这时，邓世昌的爱犬"太阳"飞速游过来，紧紧咬住邓世昌的衣袖，将他提出水面。邓世昌尽力用拳头驱赶"太阳"，可"太阳"就是不肯松口，并拖着邓世昌奋力向海岸方向游去。邓世昌不忍心让他的爱犬和他一同死去，便用拳头猛击"太阳"的脖子，将爱犬击昏，这才挣脱了"太阳"。可"太阳"很快苏醒过来，又奋力扑上去，咬住了邓世昌的辫子。终因邓世昌"义不独生"和狗的力量有限，邓世昌与"太阳"同时沉入大海。当人们把邓世昌将军打捞上来的时候，"太阳"仍死死咬着主人的辫子。

而今，在山东威海市环翠楼广场上，邓世昌将军的雕塑巍然耸立，他的脚下，安详地卧着爱犬"太阳"。

如果没有思维、理性和情感，第一个案例中的母狼为什么再也没有光顾这个村子？第二个案例中的母狼为什么会到绝壁上采下雪莲作为报答？第三个案例中的小老鼠为什么会以自己的生命为代价把小女孩儿一家三口吸引到没有建筑物的广场？第四个案例中的狗"太阳"为什么会死死咬住主人的辫子不放？"骑士"的故事和这四个案例都足以证明，动物也有思维、理性和情感。

当然，动物的思维、理性和情感，肯定与人类的思维、理性和情感有很大不同，道理很简单，因为物种不同。在人类看来，动物即使有理性和情感，其理性也是低级的，其情感也是不丰富的。不过，话又说回来，人非动物，安知动物之理性情感？说动物理性低级、情感不丰富，也只是人类的一厢判断，正确与否，有待未来的科学证明。

启示二：人与动物之间是可以沟通的。在精神世界里，人与动物并不存在一条彼此无法逾越的鸿沟，在一定条件下，人与动物以及两种不同动物之间是可以相互交流和相互影响的。这一点似乎没有什么异议，骑士故事中李斯特将军受骑士行为的感召而决定善待俘房及公牛与狗成为朋友并相互援救，案例一中母狼听了老队长的话后就再也没有光顾那个村子，案例二中母狼采雪莲报答救子之恩，案例三中小老鼠和小女孩儿玩耍以及以死救人，案例四中邓世昌的爱犬与主人同归于尽，都足以证明这一点。特别是人类养育和驯化的一些动物，如牛马羊、鸡鸭鹅、警犬猎犬等，人类有多种途径和办法与之沟通和交流。当今时代，养宠物的人爱宠物如子以及宠物为讨主人欢心有意撒娇或做某些高难动作等现象，比比皆是。

启示三：发生在动物身上的爱和正义行为，同样具有震撼力和感召力。骑士故事里，公牛勇救"野狼"和"野狼"舍身为公牛挡子弹，深深地震撼了李斯特将军的心灵，特别是公牛安详慈善的目光，引领着李斯特找回了失落的人性，签发了善待俘虏的命令，他也因此在战后得到了比利时人民的谅解，保全了生命，安度了晚年。

丹柯的故事

　　这是一个俄罗斯民族流传下来的古老传说。故事说，很古很古以前，有一个部族，世世代代快乐地生活在一片广袤肥沃的草原上。终于有一年，不知道从什么地方来了一支强悍的民族，侵入了这片草原，把这个部族赶进了莽莽的原始森林。森林阴暗而潮湿，一棵棵参天古树密密匝匝地生长在一起，遮盖了天空，阳光很难从浓密的树叶中照射进来，而树林与树林之间，是一块块沼泽，阳光照在水面上，升腾起一股股腥臭的恶气，人们因吸了这些臭气而不断生病，接二连三地死去。到了夜晚，风卷过林梢，整个森林发出一阵阵低沉的呜呜声，仿佛是为这个部族奏响了挽歌。这个已经习惯了草原广阔天地的民族，一下子被逼进了生存的绝境，身后是强悍的敌人，前面是没有尽头的原始森林。女人、孩子在伤心痛哭，男人紧锁双眉，在静默中叹气，悲观和绝望笼罩了他们。

　　这时，一个叫丹柯的青年站了出来，他告诉族人，要想离开这个无法生存的地方只有两条路，一是回到草原去，向我们的敌人投降，做他们的奴隶，任他们宰割；一是团结起来朝前走，穿过这片森林，寻找新的生存之地。他高声喊道："叹气和忧愁搬不开挡住去路的石头，什么也不做就只能等死！我们为什么要把气力浪费在恐惧和悲伤上呢？站起来吧，我们走进林子，穿过这片森林，森林是有尽头的，世界上的一切都是有尽头的！森林那边，一定有广阔的草原！我们走！走啊！"

　　人们望着丹柯，他们认定丹柯是他们中间最好的一个，他们从丹柯闪亮的眼睛里看到了希望，他们有了力量，胸中燃起了熊熊的烈火。"你来领导我们吧！"他们高呼。

　　于是，丹柯做了他们的首领，领着他们走进森林。

　　森林里根本没有路，树木像一堵牢固的墙挡着他们，树枝纠缠在一起，树根像蛇一样爬向四面八方，而一不小心，掉到林边的泥沼中，醒醒的稀泥立刻就会把人吞没。他们艰难地前进着，每前行一步都要流很多汗水和鲜血。他们走了很久，时间一天一天地过去，可树林越走越密，人们的力气越来越小。人们开始抱怨起丹柯来，说他年轻，没有经验，说他不能把大家领出森林。人们的脚步越走越慢。

一天夜里，暴风雨来了，那些摇摇晃晃如巨人般的大树在狂风中发出呼呼扎扎的吼声，雷声滚滚，闪电在林子上边像蛇一样飞舞，用它那寒冷的青光把林子照亮了一下，马上又消失了。风卷着倾盆大雨向黑暗中的行人猛扑过来，闪电飞舞的那一瞬间，周围的树枝仿佛是无数只巨大的魔爪抓向人们，让人心生恐惧。他们停下来，不再前行，无论丹柯怎样劝说他们，他们就是不听，他们要原路返回，宁愿给那个强悍的民族当牛做马。他们围住丹柯，大声嚷着："你该死！你该死！是你害了我们，把我们带到这个该死的地方，弄得我们筋疲力尽！"人群中有人高喊："弄死他！弄死他！"

丹柯无所无惧，他像一株青松伟岸地站在高处，竭尽全力向人们解释，劝说并鼓励大家继续前行。他说："我是爱你们的，爱我们这个民族的，我有信心带大家走出丛林，大家要树立信心，不要像绵羊一样畏缩不前，只要我们坚持下去，我们一定能成功！"

人们不再听他的，愤怒的声浪越来越高，甚至压过了暴风雨的怒吼。

丹柯的心火在熊熊燃烧，他知道，如果不从这里走出去，这个民族就会灭亡。他意识到自己的责任，他呐喊了一声，撕开了自己的胸膛，把那颗熊熊燃烧的心掏出来，高高地举过头顶，"走啊！跟我走！"丹柯的呐喊压过了雷声和人们的怒吼。而那颗燃烧的心，在他的头上发出万丈光芒，比太阳的光还明亮。树林一下子安静下来，黑暗和暴风雨顿时被这耀眼的光芒驱散。人们惊呆了，不自觉地站起来，跟在丹柯的身后。那颗燃烧的心，照亮了前边的路，人们像着了魔一样跟着丹柯往前冲，人们勇敢地跑着，脚步声、呼喊声惊天动地，有的人倒下了，但没有抱怨、没有眼泪，丹柯一直奔跑在最前头，他的那颗心也一直在燃烧、燃烧……

浓密的树林忽然在他们面前分开了，分开了，等到他们跑过去，树林又合拢起来，还是那么遮天蔽日。他们拼命地奔跑着，一刻也不停止。跑啊，跑，当第二天太阳升起的时候，他们的眼前一片开阔，无边无际的草原上阳光灿烂，空气新鲜。挂在草叶上的雨珠，在阳光的照耀下，像一颗颗钻石闪闪发光。

人们欢呼着，拥抱着。丹柯望着广阔的草原，望着欢呼的人们，微笑着倒下了，而他手中那颗燃烧的心，滚落在草地上。欢乐的人们并没有注意到丹柯的死，也没有在意那颗在草地上继续燃烧的心，人们在欢舞中不经意将这颗心踩破，使它变成无数颗蓝色的小火星，飘散在草原上。从那以后，每当雷雨来临的时候，草原上就会出现蓝色的火星，人们知道，那是丹柯那颗燃烧的心变成的。

作者感言：丹柯悲壮地倒下了，但他拯救了整个部族。

我们说丹柯的故事，是想借此说两点想法。

想法一：政治领袖在历时进程中的引领作用是巨大的，不容否定。《国际歌》里说："是谁创造了人类世界，是我们劳动群众。"这一历史定位没有错，是人民创造了历史，人民是推动历史前进的动力，这一点毋庸置疑。但是，在人类历史进程中，政治领袖的伟大作用不可忽视，他是一个部族乃至一个国家的引领者、领导者，是一面旗帜，他的引领作用往往决定一个部族乃至一个国家的命运，影响着历史发展的进程。他也是历史的见证者，是历史的记忆和标识，后人往往以政治领袖的名字标识某段历史时期。一如丹柯，他在部族大迁徙过程中，引领他的部族战胜毁灭，走向新生，他是他部族的历史记忆。

这里值得我们注意的是，丹柯的故事揭示了人类历史上的一个重要现象，即民族大迁徙。在漫长的远古时代，因为生存环境的变化，如地震、干旱、洪水等，或因外族的入侵、欺凌，如丹柯部族大迁徙的现象，在许多部落、部族、民族中都不同程度地发生过。民族大迁徙是历史的重大变故，其过程艰苦卓绝又悲壮慷慨，它往往是一个民族发展壮大的起点，在这一重大历史变故中，政治领袖发挥了关键作用，他往往决定一个民族的生死兴衰。《圣经》里就记载了公元前十五世纪前后，六十多万以色列人不甘古埃及法老的欺凌，离开埃及，在摩西的带领下，在荒漠上跋涉辗转了四十年，历尽艰辛，战胜了难以想象的困苦，终于迁徙到约旦河畔的故事。而在这段漫长艰难的岁月里，政治领袖摩西发挥了巨大作用，没有这位勇敢革命者和老练政治家的立约教民、训练军事以及深谋远虑，大迁徙就不会顺利成功。由此我们可以说，没有丹柯，丹柯的部族就可能在沮丧和绝望中毁灭；没有摩西，以色列人的历史恐怕就得改写。

无数历史证明，一个民族乃至一个国家，在紧要的历史关头，"挽狂澜于既倒，扶大厦之将倾"的领袖人物，是这个民族或国家得以生存和发展的关键。就中国近百年而言，辛亥革命之于孙中山、中华人民共和国创建之于毛泽东、1978年以后新中国改革开放之于邓小平，就是中华民族救亡图存、去弱图强过程中发挥巨大作用的丹柯、摩西式领袖人物，他们具有历史的不可替代性。

想法二：珍惜伟人、景仰伟人十分重要。丹柯的死是历史的一大悲剧。当族人在困境中退缩并迁怒于丹柯时，丹柯撕开了胸膛，掏出了自己的心，并高高地举过了头顶。这一举动不仅表明了丹柯对部族的忠诚，也震撼了族人的心灵，使族人清醒过来。丹柯的死启示我们，由于某种情绪引发的群体盲思并进而导致的群体极化行为，往往会中伤伟大的历史人物或人类的杰出代表，能造成重大的历史悲剧，这是惨痛的历史教训。作家郁达夫在纪念鲁迅的一篇文章中曾说过："没有伟大人物的民族是可悲的，有了伟大人物而不知珍惜的民族是没有希望的奴隶之邦。"让我们记住郁达夫的话，永远珍惜我们民族国家的每一个伟大人物和杰出代表，不让丹柯的悲剧重演。也让我们记住并永远景仰人类历史上象丹柯一样的领袖人物，因为没有他们，也许就没有我们今天。

为了妈妈的梦想

　　罗比，一个美国的十一岁男孩儿，他和一个单身的母亲相依为命。一天，他去请求一个名叫霍恩朵夫的钢琴女教师，他说："霍恩朵夫小姐，恳求您，教我学钢琴吧！"

　　"请伸出你的双手。"女教师看了看他略有些粗糙的小手，很和善地说，"你不适合学钢琴，因为你的手指偏短，再则，你已经十一岁了，学音乐应该从更小的年龄开始。"

　　"不，"他向老师敬礼，十分恳切地说，"霍恩朵夫小姐，我母亲做梦都希望我会弹钢琴，为了我母亲，求求您了。"

　　女教师看见，罗比眼里含着泪花，她收下了这个在她看来根本不适合学钢琴的男孩儿。

　　罗比十分刻苦，每次上课，他都来得比别人早，并最后一个离开教室。不过，女教师总是感觉他手指不够灵活，对音调和基本节奏也缺乏敏感，所以，多次温和而善意地告诉他，就他这个条件，努力也是徒劳的。

　　十个月后的一天，罗比突然不来上课了，紧接着一直没有来，女教师想，他可能意识到自己没有学音乐的天分知难而退了，这样很好，所以就没有给罗比打电话查询原因。

　　年底，女教师发出宣传广告，告知她的学生及家长，过几天准备举办一场具有学习成果汇报性质的钢琴独奏音乐会，学生自愿报名。让女教师没有想到的是，罗比也前来报名。女教师对他说："这次音乐会是为继续学习的学生举办的，你已经自动退学，不能参加。"他恳求说："霍恩朵夫小姐，我母亲病了，我需要照顾她，所以没来上学，但我一有空，就坐下来练琴。母亲知道有这场音乐会，非常高兴，并一再鼓励我参加。妈妈告诉我，她今生最大的愿望就是能看到我在音乐会上表演。我答应了妈妈，求求您了，同意我吧。"看他那恳切而坚决的态度，女教师答应了，但告诉他，他的演奏只能排在最后。

女教师之所以把罗比的演奏排在最后，是出于这样的考虑：因为最后一名学生演奏后，还有女教师的"压轴戏"，这样，可以通过教师的精彩弹奏挽回罗比差劲演奏造成的影响。

音乐会那天晚上，学校礼堂里挤满了学生家长及朋友，可罗比只一个人坐在角落里。女教师感到很奇怪，因为她之所以同意罗比参加演出，主要是为了满足一个单身母亲的希望，她怀疑罗比在撒谎，但由于时间紧，演出前很忙，她没有追问罗比的母亲为什么没来。

音乐会进行得很顺利，孩子们的演奏不断赢得掌声。轮到罗比了，他走上舞台，恭敬地给大家敬了一个礼，然后宣布他将给大家弹奏一曲莫扎特的C大调21号协奏曲。女教师大吃一惊，头上立刻浸出了汗珠，而更让女教师吃惊的是，罗比略短的手指在琴键上轻盈的跳跃着，更确切地说，那十个手指简直就是在琴键上跳舞。顿时，整个礼堂安静极了，只有罗比的琴声在回荡着。那琴声时而轻柔，时而响亮，时而急速，时而舒缓……不仅如此，罗比还把莫扎特在总谱上标明的和弦弹奏得非常完美。女教师惊呆了，她简直不敢相信，因为到目前为止，她还没有听说象罗比这个年龄的孩子能把莫扎特的曲子弹得这么好。

六分三十秒之后，罗比以一段恢宏的渐强音节结束了自己的弹奏。顿时，场上所有的人都情不自禁地站起来，并报以热烈掌声和欢呼。

女教师热泪盈眶，声音哽咽，她快步如飞，跑上舞台，紧紧地把小罗比搂在怀里，并轻声地问道："哦，亲爱的罗比，我从来没听过你弹得这么好，能告诉我这是为什么吗？"

罗比拿起话筒，面对女教师，也面对所有听众说："呃，是这样，霍恩朵夫小姐，您还记得我跟您说过我母亲生病的事情吗？她患的是癌症，并且，就在今天早晨，她去世了。"他顿了一下，"还有，我母亲先天聋哑，什么声音也听不见。她临走前用手语一再叮嘱我，一定要参加音乐会，她说她能听见。今天晚上是她第一次能在天堂里听到我的弹奏，所以，我要让这场演奏变得很特别。"他擦擦眼泪，接着说，"霍恩朵夫小姐，谢谢您了，我不得不遗憾地向您道别，明天，我就被送到收养院去了。"

在场所有的人都流下了热泪。女教师拥着小罗比，面对所有观众表示，从明天起，他免去小罗比的学费，并每天亲自用车去收养院接送他来学琴。

作者感言：一个十一岁的男孩儿，为了母亲的心愿，更为了表达自己对过世母亲的挚爱，演奏了一曲爱母的圣歌。

小罗比之所以把莫扎特的C大调21号协奏曲演奏得如此精彩，其原因有二：

原因一：这是他刻苦学琴的结果。在遵从母亲心愿学琴的十个多月里，他是最勤奋、最刻苦的，也是来得最早、走得最晚的一个。不难推测，在家中照顾病母的时候，他肯定抓住一切机会，不遗余力地练琴。在病入膏肓的母亲身边练琴，他肯定比在学堂更专注、更用心、更刻苦，因为他是一个孝顺的孩子，他要用自己的勤奋刻苦来安慰母亲，给母亲以希望。正是这种勤奋，让他稔熟地掌握了钢琴演奏所必需的技能、技法，为他的精彩演奏打下了坚实的专业基础。

原因二：在音乐会上，他是用"心"在演奏。当小罗比走上舞台，坐在钢琴前的时候，他的心和母亲的心是相通的，他知道，母亲是个聋哑人，肉耳听不到琴声，但母亲的心能够听见，特别是母亲已经去世，母亲现在正在天堂里微笑地看着他，他坚信母亲一定会听到他的演奏。所以，他倾注了全部的爱，他不是在弹奏莫扎特的C大调21号协奏曲，而是在倾诉他对母亲的深深敬爱和对母亲的无尽怀念；他不是在做学琴汇报和为观众表演，而是在回报母亲的心愿，而是在告慰慈母的灵魂。正是这种心与心的沟通，让小罗比超越了自我，与艺术融一，使乐曲化作一股强大的情感激流，从琴键上滚滚飞泻出来。小罗比的精彩演奏有力证明，真正的艺术是生命的，是情感的，是心中流出的歌，而只有心中流出的歌，才最有震撼力，才最能动人心魄。

小罗比的故事告诉我们，孝心也是一股强大的内驱力，它也能推动人走向成功。一个人，能全身心地去实现父母的愿望，能让父母省心，甚至能给父母带来欣慰和自豪，是对父母最好的孝敬。小罗比"为了妈妈的梦想"而选择学琴并勤奋刻苦，就体现了这份孝敬。正是这份孝心给了他动力，给了他勇气，让他不顾教师的劝阻，刻苦地学习，终于克服了先天缺陷，迈出了令人敬佩的第一步。当然，小罗比如此孝心，也源于他对母亲愿望的深刻理解，他明白母亲的心思，母亲是为他将来考虑，希望他能有一技之长。

顺便说一句，作为聋哑人，小罗比的母亲极力主张儿子学钢琴，是残疾人一种"补偿心理"的表现。不少因残疾而失去某种功能的人，非常希望自己的亲人能在自己失去的方面有所建树，以补足自己的心灵缺憾。小罗比的母亲听不见声音，听不见音乐，但她看得见这个世界，她看到了人们聆听音乐时所表现出来的或舒畅，或欢快，或激奋的愉悦情态，她用视觉感受了音乐美，所以，她渴望儿子在这方面有所成就。不难推测，倘若她没有提前病故或能支撑着爬起病床，她肯定会出现在音乐会现场，当她看见所有听众都兴奋地站起来为她儿子鼓掌的时候，她肯定是全场最激动、最自豪的人，她一定会在心里说："感谢上帝，我无法做到的事情，我儿子做到了，而且做得很优秀！"

"斗马救人" 与 "狮子萨姆森救'人猿泰山'"

　　这是两个动物救人的真实故事。"斗马救人"的故事发生在浙江省一个农村，据浙江省电视台报道，浙江某地区有斗马的习俗，2011年3月的一天，某村正在举行斗马比赛，在村边洼地围起的斗场上，一白一红两匹马正在激烈地互相踢咬，围观的村民也不断爆发出一阵阵呼叫声。这时，一村民因全神贯注观看斗马，脚不自觉向前移动，失足掉进了斗马场，恰巧跌倒在两匹斗马之间。人们一下子被这突如其来的事件吓傻了，孩子们发出尖叫，妇女们吓得立即捂上了眼睛。就在这千钧一发之际，奇迹出现了，那匹红斗马立刻放弃撕咬，垂下头，用嘴咬住那村民的衣服，将村民叼起来，转头向赛场边上跑去，而那匹白马正借机追着咬它的屁股，红马的屁股血流不止。红马跑到赛场边上，将村民放下，回转身，又和那匹白马激烈地咬斗起来。

　　人们被感动了，打开了赛场的门，用长木棍设法把两匹马分开，终止了这场比赛。

　　"狮子萨姆森救'人猿泰山'"也是一个真实的故事。20世纪60年代末，一部《人猿泰山》风靡全球。1970年2月，美国好莱坞一个摄影棚里，《人猿泰山》第二部的拍摄工作正在如火如荼地进行。突然，摄影棚顶传来了噼里啪啦的响声，人们惊恐地发现，火花四溅的电线引燃了油毡。一时间，浓烟四起。摄影棚内乱作一团，人们争先恐后向门口冲去。在第一部《人猿泰山》中成功饰演泰山的斯蒂夫·西皮克，在第二部中仍然担任主演泰山，他也竭力向门口跑去。突然，他脚下被什么绊了一下，踉跄着扑倒在地。斯蒂夫挣扎着想站起来，但脚腕剧痛，完全无法用力。烈火的炙烤以及浓烟的熏燎，令斯蒂夫的意识渐渐模糊。就在他感觉死神已经来临时，背上突然感到一股巨大的力量，随后他被拖扯出火海。很快，呼吸到新鲜空气的斯蒂夫恢复了意识。这时，他看到身上大部分皮毛被烧焦的狮子萨姆森站在身旁。

"天哪，狮子萨姆森跳进火海救了斯蒂夫！"围在斯蒂夫四周的同事们惊呼声此起彼伏，大家都为这件不可思议的事情兴奋不已。萨姆森是一只参与拍摄的狮子，在第二部《人猿泰山》中是斯蒂夫在森林里的伙伴。望着原本毛发浓密、威风凛凛却因为救自己而被烧得浑身焦黑、丑陋无比的萨姆森，斯蒂夫心头涌起一股难以言喻的感动，他爬过去紧紧地抱住了萨姆森的脖子，这是他平生第一次感觉到人和动物的心可以贴得如此之近！

狮子萨姆森在火海中拖扯斯蒂夫时被倒下的一个聚光灯砸断了一条后腿，变成了瘸子。六个月后，斯蒂夫伤愈出院，他收养了这头狮子，并退出影坛，销声匿迹。2011年初，美国媒体爆出新闻，在退出影坛的四十年里，斯蒂夫用演出获得的报酬在佛罗里达洛克萨海奇市的一个乡村买下了一个数千平方米的长满树木的大院，在没有任何利益的驱动下，他在这里收养了一百多只象萨姆森一样伤残或无家可归的狮子、老虎、美洲豹等猛兽。"人猿泰山"的传奇人生感动了整个世界，人们从世界各地纷纷前往斯蒂夫的"森林大院"参观，动物保护主义者还成立了志愿者队伍，帮助斯蒂夫饲养动物。

作者感言："斗蟋蟀""斗鸡""斗马""斗牛"，特别是古罗马长达近七百年的"人与兽角斗""人与人角斗""狮虎斗"等，是人类最血腥、最残酷的娱乐方式。如果你有机会到意大利首都罗马市，当你看到仅剩大半个骨架但庞大、壮观、雄伟磅礴之势犹存的古罗马斗兽场时，当你联想到成千上万观众在一阵阵呼叫声中，观看角斗士与猛兽殊死搏斗，最终总有一方倒在血泊之中的时候，你会做何感想？是恐惧还是振奋？是惨不忍睹还是一睹为快？我想，绝大多数现代人都会是前者心态。以血腥的方式取乐，无疑是人性最阴暗的一面，是人还没有彻底摆脱"兽性"的佐证。当人拿马的生命取乐而马却拯救处于险境中的人时，人难道不感到惭愧吗？人难道不应该深深地自责吗？人类进化到现在，社会已经高度文明，人类的行为难道不应该更近于人性、更远离血腥和残酷吗？！

说到狮子萨姆森在火海中救出"人猿泰山"斯蒂夫，以及斯蒂夫收养上百只伤残猛兽，是否可以说明动物也是有情感的，而这种情感是可以与人沟通的。其实，动物救人的故事并不鲜见，1999年，《哈尔滨晚报》登载了这样一条新闻：黑龙江省阿城市有一个聋哑人，有一天坐在火车道上，当火车路过这里时，怎么鸣笛他也听不见。这时，在路边吃草的一只山羊见到了，它拼命地跑了过来，用角把这个人顶出了轨道，而山羊来不及躲避，不幸被火车压死。斗马救人、闯进火海的狮子萨姆森、冲上铁路的山羊，都做出了许多世人望而却步的壮举，它是否可以说明，人类所推崇的舍己救人的牺牲精神，非人类所独有，人类是否应该重新思考人与动物的关系？

无疑，人是这个地球上最高级的动物，有思想、有情感、有意识，有语言、能制造工具和使用工具，并且创造了现代文明，但人类是否可以无视他者的存在？近几个世纪以来，科学界对动物是否有思维、有理性、有情感等问题，做过大量研究，不少人仍然持否定态度。但是，"子非鱼，焉知鱼之乐"？人真的了解动物吗？或者说，到底了解多少？二十世纪末期，美国动物行为学家和生物学家马克·贝科夫编了一本名叫《海豚的微笑——奇妙的动物情感世界》的书，书中收集了来自世界五十余位科学家的研究成果，在"动物是否有情感、有简单的思维能力"这个颇具争议的问题上，提供了大量令人信服的第一手证据。他们发现，许多动物在失去孩子、遭遇敌人、选择配偶、受到欺骗或面临挑战的时候，其情绪反应的基础结构与人类极其相似。这是否可以说明，人与许多动物间的情感与思维差异只是程度上的，而不是性质上的。不管怎么说，动物也是鲜活的生命存在，对生命，我们应该给予起码的尊重，尽管像鸡、鸭、猪、羊、牛等动物是人类的重要食物，最终会被人类宰杀，但在它们活着的时候，人类是不应该以折磨它们的肉体并使之痛苦而取乐的，斗鸡、斗牛、斗马等这种血腥而残忍的娱乐方式应该休矣！由此我们联想到现代社会餐桌上活吃鱼、活吃龙虾等现象：那些西装革履、满口仁慈善良的吃客们，围着餐桌，举起刀叉，在不断眨着眼的鱼身上割下一片片肉，蘸着辣根，谈笑着放到口里，并啧啧赞叹"好吃！好吃！"。如此残忍的吃法亦应休矣！

心 中 有 眼

　　湖面十分平静，一个男孩儿和他的母亲来到湖边。他们安好了鱼饵，放好了鱼线，将鱼钩抛到水里，静静地等待着这里的钓猎开禁。离开禁还有一个小时，这个男孩儿盼望着能钓到一条鲤鱼，好为年迈的奶奶熬一锅鱼汤，补补身子。

　　他们耐心地等待着，突然，鱼线动了，随即湖面响起了大鱼扭动击水的声音。是一条大鲤鱼，银白色的鱼鳞闪着耀眼的光芒，美丽的鱼鳃在翕动着。这时，母亲看了一下表，叹了口气对孩子说："离开禁还有十分钟，孩子，我们放了它吧。"

　　"不，妈妈！"孩子就要哭出来，"这样大的鲤鱼不容易碰到，况且……"男孩儿看了一下四周，根本没有人，"只要我们不说，没人会知道。"

　　母亲非常平静，摸着孩子的头，"可是孩子，湖边没有眼睛，但我们的心中有眼。"

　　在母亲的坚持下，男孩儿最终放掉了那条鲤鱼。

　　三十年后，男孩儿成了纽约市最著名的建筑师。在一次应邀参加的大学生恳谈会上，他讲了上边的故事。

　　作者感言：一个能告诉孩子"心中有眼"的母亲，不管她身份多么卑微，工作多么平凡，生活多么平淡，她都是伟大的，她能培养出像著名建筑师这样优秀的孩子，是情理之中。

　　小故事至少给我们三点启示：

　　启示一：作为父母，教育子女方正做人是第一要义。父母养育子女，不仅仅是"养"，不仅仅是对儿女衣食的给予、冷暖的呵护和安危的牵挂，更重要的是"育"，是对儿女人生意义的引领，是教导他们怎样做人。这是因为，做人是一个人安身立命的根基，人做不好，人生的路就会越走越窄。所以，"心中有眼"的教诲，是理性的，是抓住了子女教育的根本，是一种最圣明的母爱！许多时候，父母对子女的爱不需要理由，但一定需要理性。

启示二：人要努力形塑"心中有眼"。"心中有眼"，就是心中有良知、有道德、有律令，这是一种自律现象，是人自己为自己立法。"心中有眼"源自人对道德律令的敬畏。敬畏是一种态度，是人对所景仰、信仰的崇高对象怀有既敬仰、惊美、遵从、向往又忐忑、恐惧的复杂心理状态。人一旦对所认同的道德律令产生敬畏，就会将其确立为心中的权威，这个权威就是心中的"眼"。人一旦"心中有眼"，这个"眼"就会自觉担当起管理主体思想行为的责任，自律机制于是生成。由此可见，"心眼"是人依据外在道德律令给自己制定的规矩，它是用来自我监督、自我调控的。对"心中有眼"的人来说，不管外界有没有眼睛监视他，看管他，他都会按道德律令的要求行事，因为他的"心眼"在时刻监督着自己，让自己不越雷池半步。小故事里，当母子二人看见一条大鲤鱼咬上钩的时候，母亲心中的那个"眼"就立即下达了"离开禁时间还有十分钟，立即放掉这条鱼，否则就会违反禁令"的命令，母亲遵令而行。

从"心眼"产生的过程中我们明白，要想始终保持"心中有眼"，就必须不断强化对道德律令的敬畏。一个人，对道德律令敬畏的程度越高，其"心眼"就越明亮，就越有权威，这个人的自律能力就越强。由此我们想到了康德曾经说过的一句话："世界上有两样东西，我们越是沉思，就越感到它的崇高与神圣，就越增加对它们的敬畏，这就是我们头上浩瀚神秘的星空和我们心中的道德律。"头顶浩瀚神秘的星空，向我们展示了宇宙的无限，让我们体会到了自身的渺小，感悟到了现象世界的短暂，从而更接近天地的博大和造化的无穷；心中的道德律，是人之为人的根基，是人作为理性存在物为自己立法，是人的价值与尊严的体现，是我们为善去恶，超越渺小短暂而趋向伟大和走向永恒的力量。

虔诚地敬畏头上的星空和心中的道德律，你就会生出一双心中的慧眼，洞明浩瀚神秘的宇宙和博大深邃的世事人生。

启示三："心中有眼"所表现出来的行为，具有真正的道德意义。这是因为，只有在真相永无人知的情况下，人所采取的符合道德律令的行为，才真正体现了道德的本真价值，才是真正的自律行为。试想，在公众场合，在有他者存在的情况下，众目睽睽之中，谁都不会公然违背道德律令行事，因为理性告诉他，这样做会给自己带来不利，甚至是灾难和不幸。所以，只有在世人不知道真相而且永远不会知道真相的前提下，一个人所采取的合乎道德律令的行为才是真正道德的、高尚的、令人敬佩的，就像故事里的那位母亲。

"孔明招亲"与"许允拒入洞房"

　　"孔明招亲"说的是诸葛亮娶黄氏丑女为妻的故事。这个故事，正史《三国志》上没有记载，罗贯中在《三国志通俗演义》中，只在三顾茅庐一段情节里简单描写了黄承彦许亲的事，而在毛宗岗改定的《三国演义》里，这一小段被删掉了。在清代笔记小说《襄阳记》里，提到过孔明招亲的事，但说得非常简约，只说黄承彦很看重诸葛亮，闻知诸葛亮要招亲，就去说："闻君择妇，身有丑女，黄头黑色，而才堪相配"。诸葛亮毫不犹豫，立即答应。诸葛亮的婚姻被当时的人们传为笑谈，有谚语说："莫作孔明择妇，只得阿承丑女。"而诸葛亮对这种耻笑泰然处之，与妻子相敬如宾，相伴终生。

　　不过，在民间，"诸葛亮与黄阿丑的婚姻故事"却被传得有声有色，并被编成大鼓和多种剧目。故事说，东汉末年，荆襄名士黄承彦非常羡慕诸葛亮的才华，想把自己的女儿嫁给他，于是便上门提亲。而有"逸群之才，英霸之器，身长八尺，容貌甚伟"并自称有管仲、乐毅之志的诸葛亮，早就听说黄小姐长得非常丑，所以含含糊糊应酬，没有拒绝，也没有爽快答应。这门亲事就这样被暂时搁置起来。过了许多日子，诸葛亮去黄家拜访黄老先生，走到第二道门，大门紧闭，他轻轻地敲了两下，门自动开启，等他进去，门又自动关上，诸葛亮很惊奇。正在诸葛亮发呆的时候，忽然两只狗向他扑来，吓得他左躲右闪，出了一身冷汗，正不知如何是好，黄小姐的丫鬟出来了，她照两只狗的脑门拍了拍，狗便乖乖的蹲在地上不动了，丫鬟又拧了一下两只狗的耳朵，两只狗就温顺地跑到花坛后边去了。丫鬟告诉诸葛亮，那是两只木狗，只不过外面缝着狗皮罢啦。诸葛亮继续往里走，刚进第三道门，两只老虎又扑过来，诸葛亮有了经验，不再害怕，自作聪明地朝老虎脑门拍拍，结果老虎张开血盆大口直立起来，前腿扒在他的肩膀上，还是丫鬟拍拍老虎的屁股，老虎才温顺地卧回原地。在后院，诸葛亮还看到了木驴拉磨磨面等新奇景象。黄老先生告诉诸葛亮，说这些小玩意儿都是自己女儿做的，诸葛亮马上说："小姐智能超人，万分敬仰"。黄承彦趁机重提婚事，诸葛亮没等他说完，跪下就磕头说："学生今天特来拜见岳父大人"。成亲后，诸葛亮从妻子那里学到了很多本领，据说，木牛流马就是黄小姐教给他的。

"许允拒入洞房"的故事出自南朝的笔记小说《世说新语》，故事说，东晋的许允由父母包办娶了卫尉阮其的女儿阮德春为妻，洞房花烛夜，他揭开新娘的盖头一看，阮女长得非常丑陋，便匆忙跑出洞房，从此不肯再踏进洞房半步，家人为此十分着急。一日，当朝的大司农（相当于现今的农业部、民政部长）桓范来访，许允陪他聊天叙旧，提及娶妻之事，许允愤愤，桓范劝慰说："婚既然已经结了，木已成舟，这样下去总不是个办法。再说，阮家把丑女嫁给你，其中必有原因，想必新娘子有过人之处，不妨考察一下。"听了桓范的劝说，许允极不情愿地走进洞房，但一见妻子的丑陋容貌，拔腿就想溜。妻子见状，一把拉住许允，许允不屑地对妻子说："女有妇德、妇言、妇容、妇工四种德行，你具备那几样？"妻子说："这四种德行中，我只是容貌不够姣好而已。但是，读书人应具备多种良好品行，你又具备哪几样呢？"许允说："我全都具备。"妻子微笑着反问："士有百行，以德为首，君好色不好德，何谓皆备？"意思说，读书人所有良好品质中，以'德行'最重要，而你只喜欢美色而不喜欢德行，怎么能说全都具备呢？许允面有愧色，无言以对，只好留下。果然，妻子十分贤明。据说，许允在魏国做吏部尚书（类似今天国家组织部长）时，有人向魏明帝报告说，许允任人唯亲，启用了许多亲戚、同学和家乡人，魏明帝非常生气，下令抓来问罪。许允被拘捕时，妻子当面提醒说："明主可以理夺而不可以情求，望君慎之。"意思说，明智的君主可以用道理说服他，不可以用求情的方式打动他，希望你认真对待。许允记住了妻子的话，当魏明帝责问他时，他承认启用了许多亲朋、同学、乡里，但他辩解说，我这是按照陛下您的圣旨办事的，我在就任吏部尚书时，您指示我："用尔所知。"明确告诉我，要用我了解的人。我所启用的亲朋、同学、乡里，我都很了解，他们能够也有能力担当起那份责任，请陛下派人去调查，如果我委任的人当其位、称其职，臣无罪，如果不称职，臣甘愿受罚。魏明帝派人一查，果然个个称职，魏明帝不仅没有治许允的罪，反而赏赐了他。

作者感言：选一个清秀靓丽的女子做妻子或选一个伟岸英武的男子做丈夫，是人之常情，谁也不愿意自己的伴侣长相丑陋，所以，诸葛亮最初的迟疑和许允最初的拒入洞房，是完全可以理解的，没有什么不道德。而从人性出发，硬逼着如花似玉的潘金莲嫁给丑陋无能的武大郎，才是真正的非人道和不道德。

我们讲诸葛亮和许允纳丑女为妻的故事，是想提醒男士们，在选择妻子的时候，外在容貌尽管很重要，但还有比容貌更重要的东西，那就是妻子的内在人品和才能。中国有句古话说，"家有贤妻祸自消"，但没有说"家有美妻祸自消"，这是因为，贤妻总会给丈夫出好主意，做贤内助，会时时提醒丈夫，该做什么，不该做什么，因此会避免许多祸患的发生。没有妻子阮德春"明主可以理夺而不可情求"的提醒，恐怕许允难逃"任人唯亲"的罪责。据传说，中华始祖黄帝的妻子嫫母，战国时齐宣王的妻子无盐女钟离春，都是历史上出了名的丑女贤妻。西汉王褒在《四子讲德论》中说："嫫母倭傀，善誉者不能掩其丑。"而正是这样一位丑女，助黄帝打败了炎帝和蚩尤，统一了华夏。至于钟离春，更是奇丑，据说，她是齐国无盐县（今山东东平县东部）人，孤儿出身，生得白头深目，长指大节，卯鼻结喉，肥项少发，折腰出胸，皮肤如漆，令人望而却步，年过四十而未嫁。但她胸怀大志，关心国家前途，自己主动去见齐宣王，当面指责宣王沉迷声色犬马，荒于国政，并说服宣王拆除渐台，罢去女乐，斥退谄佞，摒弃浮华，励精图治，宣王感而纳为王后，并在这位丑王后的协助下，齐国大治，成为战国七雄之一。

中国广大农村流传着这样一句俗语："丑妻近地家中宝。"这是历代农耕生活经验的总结，丑妻没人惦记，也不用担心他移情于人，自然是家中的好事；离家很近的土地，有一点儿小空闲就可以去浇浇水、除除草或施施肥，收成自然会多。纵观古今中外形形色色的家庭，美妻红杏出墙并因此造成家庭不幸的概率，远远高于长相一般的女性，更远远高于丑妻，这是因为，美妻更容易卷进"英雄美女"情结的漩涡，特别是那些性情中的美妻，移情的概率更高。所以，"自古红颜多薄命"的说法，还是有一点儿道理的。

当然，我们并不是劝导男士们都去娶丑妻，人人都娶上外秀惠中、美而贤的妻子当然是最好的事情，我们只是借此提示正处于择偶期的男士们，在选择配偶的时候，当外在容貌和内在品德才智不平衡的时候，应该像黄帝、齐宣王、诸葛亮和许允那样，将爱的天平倾斜于内在的品德修养和聪明才智，因为这是生活的根本。

巴甫洛夫很忙，巴甫洛夫正在死亡

1936年2月27日，苏联国家各方政要、专家学者、巴甫洛夫的亲人以及他的学生们，都十分恭敬地、默默地伫立在巴甫洛夫的病房前，等待巴甫洛夫的死亡。他们都被贴在病房门上的一张便条拒之门外，这张便条写道："巴甫洛夫很忙，巴甫洛夫正在死亡，谢绝探访。"落款：巴甫洛夫。

原来，在生命的最后时刻，巴甫洛夫一直密切关注着越来越糟糕的身体状况和由此产生的种种感觉。作为一名生理学家，他立刻意识到，这是生命结束前最重要的一段过程，在这一过程中，人可能会产生各种幻觉和稀奇古怪的想法，这是十分难得的第一手感性资料。所以，他叫来助手，口授了上边那张便条，不让任何人来干扰他的最后工作。他让助手坐在自己的身边，不断地向助手口授生命衰变的各种感觉，他要为一生挚爱的科学事业做最后的努力。在他失去知觉的最后时刻，他喃喃地说："我的脑子出现了一些执拗的细想和不由自主的运动，显然是神经系统开始混乱，快去请神经病理学家。"

病房的门缓缓开启，人们轻轻地走进病房。没有哭声，没有说话声，连重重的呼吸声都没有，人们静静地站在病床前，怀着十分崇敬的心情注视着这位刚刚睡着的八十五岁老人。不要惊醒他，千万不要惊醒他，他太累了，让他好好地睡吧！

作者感言：巴甫洛夫，1849年9月26日出生在俄国中部小城梁赞，他的父亲是位乡村牧师，母亲靠打短工补贴家用。他从小勤奋好学，1870年考入圣彼得堡大学学习动物生理学，1875年转入军事医学院学习，1883年获医学博士学位。1904年因消化腺生理学研究的卓越贡献而获得诺贝尔生理学医学奖。他是第一个用生理学实验方法来研究人和高等动物的大脑活动并创立了大脑两半球生理学和条件反射学说的人。从1903年起，他连续三十年运用"条件反射"方法研究了动物的行为和心理活动，并提出了人有第一和第二两个信号系统的思想，即认为人除了有外部具象事物直接刺激产生反应的第一信号系统之外，还有由语言文字等抽象符号刺激产生反应的第二信号系统，如"谈虎色变"，由此建立了高级神经活动的新学说。

他的高级神经活动学说不仅为医学和生理学做出了突出贡献，而且也对辩证唯物主义哲学影响巨大，至今，辩证唯物主义哲学有关感觉反应和逻辑认识之间的联系，依然是以巴甫洛夫高级神经活动理论为基础的。

1907年，他当选为俄国科学院院士，后又被英、美、法、德等二十二个国家的科学院选为院士，他是二十八个国家（包括中国）生理学会的名誉会员和十一个国家的名誉教授。

八十五岁高龄时，巴甫洛夫因肺病住进医院，1936年2月27日病逝。巴甫洛夫逝世后，苏联政府在他的故乡梁赞建造了巴甫洛夫纪念馆，并设立纪念碑，巴甫洛夫及其学说将永远留在全世界人民的心中。

在滔滔汩汩的人类历史长河中，每一个人的肉体生命都是刚刚溅起而又顷刻消逝的一朵浪花，死亡，谁都不能避免。从人临死时的速度快慢着眼，我们可以把人的死亡分为"猝死"与"渐死"两类。"猝死"就是突如其来的瞬间死亡，如死于战场，死于地震和水火灾害，死于突发心梗和脑出血等，在"猝死"中，有许多人就死在工作岗位上，这是常见的现象。而"渐死"，则是在较长一段时间慢慢死亡，它是人因疾病或衰老等一点点耗尽生命，它少则几天、十几天，多则几个月甚至多年。在"渐死"中，很少有人能工作到最后时刻，也许，迄今为止，巴甫洛夫是人类历史上为事业工作到最后一秒钟的第一位"渐死"者，是前无先例的千古一人，他临终前最后一秒钟说的那句话，仍然是他的工作内容，他仍在工作。

"巴甫洛夫很忙，巴甫洛夫正在死亡。"这就是巴甫洛夫的死亡观，他面对死亡，超然、理性、无私。

说他超然，是说他视死亡是一个自然过程，这里没有一点儿对死的惊慌和恐惧，更没有对生的强烈渴望和难以割舍，有的只是坦然和平静。

说他理性，是说他在生命的最后时刻，仍能有意识地、自觉地把死亡过程与事业联系起来，不放弃最后获取科研资料的机会，死亡，成了他工作的过程，是他科学事业的一部分。

说他无私，是说他在离开这个世界的时候，没有一点儿个人功利算计和得失牵挂，有的只是工作和对事业的执着。一个人，对事业倾心到如此程度，算得上事业追求的最高境界了。

巴甫洛夫走了，他留给这个世界的，不仅仅是他的科学成就，还有令人学习的脱俗人格和对科学事业的挚爱。

以最低身份去求职

有一位留美归国的计算机博士，在国内找工作，结果很不理想，不少公司不愿意聘用博士生，一来薪金太高，二来不少博士生的工作能力和水平未必赶得上本科生，他都被婉然拒绝。他思来想去，决定收起所有的学历学位证明，以一种"最低身份"去求职。

很快，他就被一家公司录用为程序输入员。这对他来说简直是"高射炮打蚊子"，但他仍干得一丝不苟。过了一个多月，老板发现他能看出程序中的错误，非一般的程序输入员可比。这时他才拿出学士证，老板给他换了个与大学毕业生相对口的专业。

又过了一段时间，老板发现他对IT市场很熟悉，有不少独到见解，远比一般的大学生要高明。这时，他又拿出了硕士证，老板把他提升为部门主管。

半年过去了，他所领导的部门成绩斐然，同时，他根据IT业的发展趋势，给公司提出了许多有价值的建议。老板发现他很不一般，详细咨询了他的经历，他最终拿出了留美获得的博士证。老板毫不犹豫地聘他为公司副总经理，他成了公司的高管。

作者感言： 就业，即找到工作，是一个人完成学业后，步入社会要做的第一件事情。谁都想找到一个满意的工作：专业对口、有发展前途、薪酬待遇高。

这位博士生的求职经历和晋升过程告诉我们，在求职过程中，在不能顺利找到与自己学历学位和工作能力相匹配的岗位时，从低处就职，也不失为一种明智选择。低处就职，有三点优势：

优势一： 就职容易。低层次岗位地位低、薪酬少，许多人都不愿做，空位较多，很容易找到工作。

优势二：一个高学历学位并具有很强能力的人，处于低层次岗位，是大马拉小车，可以驾轻车而就熟路，很易于展现自己的才能，工作很容易做出成绩。

优势三：别人从低起点看你，你就很容易被人接纳，只要你在工作中不断展示自己的才华，做出成绩，人们就会一次次对你"刮目相看"，你的形象就会一点点高大起来，被重用是顺理成章的事情，一如故事里的这位博士。

相应，想一步到位，从高处就职，有三大弱势：

弱势一：就职难。高层次岗位什么时候都是稀缺的，狼多肉少，竞争对手多，对于一个刚从学校门出来的学生来说，无论多高学历学位，在还没有表现出自己才能的时候，很难得到社会认可。

弱势二：高层次岗位工作难度大，要求高，想做出成绩很困难。

弱势三：人们从高起点看你，对你有很高的期望值，往往寄予厚望，如果做不好屡屡失手，人们就会由"厚望"变"失望"，你就会被人越来越看不起，对发展十分不利。

因此，在必要的时候，退一步比进一步更重要。

当然，能顺利找到与自己学历学位和能力相匹配的岗位，自然不应放弃，抓住机会，乘势而上，自有好处，没有坏处。

去巴西看伊瓜苏

伊瓜苏大瀑布是世界上最宽的瀑布，位于阿根廷与巴西两国的交界处。瀑布为马蹄形，高八十二米，宽四公里。"伊瓜苏"是南美洲土著居民瓜拉尼语音译，意即"大水"。伊瓜苏河流经阿根廷与巴西两国的交界处时，遇到了一个倒U型大峡谷，河水顺着倒U形峡谷的顶部和两边向下直泻，凸出的岩石将奔腾而下的河水切割成大大小小二百七十多个小瀑布，形成一个景象壮观的半环形瀑布群。1984年，伊瓜苏被联合国教科文组织列为世界自然遗产。

长期以来，阿根廷和巴西两国在景区的归属上争执不下，经过国际社会的斡旋和拉锯式谈判，最后巴西做出了让步，将最壮观的一段瀑布划归阿根廷所有。

然而，来自世界各地的游客，绝大部分人都选择到巴西观看伊瓜苏瀑布，因为只有在巴西这一面，才能看到伊瓜苏的全貌，特别是属于阿根廷的最壮观的那一部分，只有站在巴西的土地上才能看得最真切。每年，巴西的旅游收入远远高于阿根廷，可阿根廷为了维护和管理景区每年却要支付很大的一笔资金。

作者感言："苦恨年年压金线，为他人作嫁衣裳"，这两句诗送给阿根廷是再贴切不过了，年年拿出大把的银子维护和管理景区，而年年大部分观景收入的银子却流进了巴西的腰包，年复一年，真是"苦恨绵绵"，哑巴吃黄连，有苦无处诉。

世界上有许多这样的事情，苦苦争来的东西，反而对别人有利。在领土的归属上，阿根廷是占了便宜，拥有了伊瓜苏大瀑布最壮观部分的所有权，但景区并不等于观景，同时，景区的所有权也并不等于观景的最佳位置，对于具有永恒不可挪移性的自然景观来说，观景的最佳位置与景区本身同等重要。

在争夺最佳景区所有权的时候，也许双方都没有想到后来的结果，吃了大亏的巴西反而赚了大便宜。看来，有的时候，得到的未必都是好事，放弃的也未必都是坏事。嫦娥偷吃了灵药，飞上月亮，成了月神，看来是得到了，但从此将永远一个人孤独地待在清冷的广寒宫，失去了夫妻恩爱，失去了人间温情，这样的生活还有意义吗？不知道嫦娥是不是后悔了？

再说一个小案例：很久以前，一个老实忠厚的农夫，正准备在山脚下的自家地里盖房子，可当地的一个恶霸地主，听风水先生说，农夫的这块地风水好，于是硬要买这块地，而且给的价钱很低，恶霸扬言，如果农夫不卖，将没有好果子吃。农夫自知斗不过恶霸，忍气吞声，只好同意。恶霸很快在这块地上盖了房子，住了进去。刚住进没几天，连续下了数日大暴雨，一股强大的泥石流从山上飞泻下来，将恶霸的家彻底淹没。恶霸是强占了，得到了，但"福兮祸之所伏"，结果是命丧黄泉；农夫是被迫放弃了，失去了，却"祸兮福之所倚"，因此保住了全家性命。

我们说巴西和阿根廷争夺伊瓜苏重要景区这件事，是想提醒大家，在做事情的时候，需要慎重，需要思前想后，需要进行利弊得失的认真权衡，尽可能少做替"他人作嫁衣裳"的傻事。

"古人三十才能站立"与"楚楚动人之女子"

　　"古人三十才能站立"的故事说，唐朝有个叫韩简的节度使，自命不凡。有一次，为了炫耀自己的学识，他将自己辖区内的所有秀才召集在一起，给他们讲解《论语》。当讲解"吾十有五而志于学，三十而立"（《论语·为政》）时，他说："由此可知，古人三十岁才能站立。"众秀才一听，瞠目结舌，接着便是一场哄堂大笑。

　　"楚楚动人之女子"的故事，说的是无产阶级革命家萧楚女的一段轶事。萧楚女，本名萧树烈，又名萧秋，1893年生于湖北汉阳。幼年丧父，家贫无以为生，十二岁在一家木材行当学徒，不久流浪外乡，做过轮船杂工、街头报童、酱园徒工、排字工人等。辛亥革命前夕，他曾参加湖北新军的反清战斗，然而革命没有成功，革命党人惨遭杀害或被迫流散。他隐藏到乡下，刻苦自学，读了许多古今中外的书，极力想从书本中寻找一条能使革命胜利的新路。当他读到屈原《离骚》里的"朝吾将于白水兮，登阆风而碟马。忽反顾以流涕兮，哀高丘之无女"这几句时，非常同情冤死的屈原，愤恨昏庸的楚怀王，决心要做20世纪的革命"女神"，加之他的家乡湖北，是古时楚国之地，因此，他才改名"楚女"，以此鞭策自己，永远不忘革命。

　　1919年，他参加了五四爱国运动，并先后在湖北襄阳省立第二师范、安徽宣城省立第四师范任教。在此期间，他是恽代英组织的互助社和共存社的重要成员，1922年8月加入中国共产党，是中国共产党早期著名的理论家。

　　故事就发生在1922年。这一年，党派萧楚女去四川工作。他应邀担任《新报》主笔，几乎每天都以"楚女"之名发表文章。由于他文笔俊逸，逻辑性强，很快名声大振。不少男青年猜测他是一位"楚楚动人的女子"，于是，一封封求爱信雪片似地飞到了编辑部。为了消除误解，萧楚女只好在报上登了一则启事：

"本报有楚女者，并非楚楚动人之女子，而是身材高大，皮肤黝黑并略有麻子之大汉也。"

作者感言：我们说这两则故事，是想借此聊聊"望文生义"这种文化现象。

所谓望文生义，就是不了解某一词语的确切含义，只是从字面上牵强附会，做出了不正确的解释。故事一中"三十而立"的"立"，是表示学业有所建树，而那位韩节度使却把它解释为"站立"，所以让众秀才瞠目结舌，引起哄堂大笑。

一般说来，导致望文生义有客观和主观两方面原因，其客观原因主要有三：

客观原因一：汉语言许多字词具有多义性，增加了读者选择义项的难度。如"他二十岁左右"和"我无法左右他"中的"左右"，就是同音同形而异义，第一个"左右"表示临近、接近，第二个"左右"表示支配、操纵，意义大相径庭，如果忽视词语的具体语境，就容易导致望文生义。

客观原因二：现代汉语中有大量成语典故，有的来自古代寓言，有的来自神话，有的来自历史事件，有的来自古文佳句，它们各自都有特定的整体意义，如果从字面上简单附会，就会造成望文生义。如，"叶公好龙"，并不是叶公喜欢龙，而是表示表面上爱好某种东西，但实际上并不爱好，甚至害怕；"世外桃源"，并不是世界之外的桃花源，而是表示脱离政治、脱离现实纷争而隐居的生活环境；"四面楚歌"，并不是四面都唱着楚地的民歌，而是表示孤立无援、四面受敌的困境；"请君入瓮"，不是请你走进瓮中，而是表示拿某人整治别人的办法来整治他本人。

客观原因三：许多合成词，并不是各语素意义的简单相加，如果不从整体意义上理解，就会造成望文生义。如"白菜"并不是白色的菜，"黄瓜"并不是黄色的瓜，"轮船"并不是有轮子的船，等等。

主观原因：就主观而言，造成望文生义的主要原因就是读书时缺乏审慎求真态度，许多人遇到不懂的词语，既不去查找辞书求证，也不去请教别人，而是图简单方便，就字面理解了事，结果造成望文生义而自己却浑然不知。因此，为了避免犯"古人三十才能站立"的错误，为了不被人耻笑，读书时一定要取审慎态度，较真求真，具体做法有二：

做法一：关注语境，在具体语境中解读词语。词语都是在具体语言环境中负载意义的，语境不同，意义往往不同。如客观原因一中的"左右"。

做法二：凡是拿不准的词语，一定要查找字词典或请教别人，不可擅自推断。

附望文生义故事三则：

故事一：坡者土之皮也

据说，王安石撰写《字说》（已失传）一书，苏轼前去拜访他，问："我苏东坡的'坡'字怎么解释？"

王安石回答："坡者，土之皮也。"

苏又问："那么，'森'和'淼'又作何解释？"

王答："森者，木之众也；'淼'者，水之广也。"

苏轼闻此，笑着说："那么，'波'就是水的皮了？'滑'就是水的骨了？牛的身体比鹿健壮但跑得很慢，鹿的速度比牛快但身体瘦小，然而，'犇'和'麤'两个字的意思却完全不同，这是为什么呢？"

王安石面红耳赤，无言以对。

故事二：清明上河图

某美术学校的绘画室里，正墙上挂着《清明上河图》。美术老师走进画室，指着墙上的画说："这是宋代张择端的长卷名画，它是驰名中外的艺术珍品，有很高的艺术价值。这幅长卷画的是北宋京都汴梁城清明时节的繁荣景象……"

话音未落，一学生举手报告："老师，我有一个问题可以请教吗？"

"请讲。"老师点头同意

学生问："汴京清明，尚带春寒，何须用扇子扇凉？而画中持扇者竟十余人，这是为什么？几个光着身子的小孩在街上嬉戏，若是冷风阵阵的清明，难倒不会着凉生病吗？小摊贩的案桌上放着切开的西瓜，清明时节，汴京的西瓜还没有成熟，怎么会摆在小贩的案桌上？"

老师默然。又一学生站起来，问提出问题的那个学生："那你说画的是什么季节？"

"在我看来"，那学生接着说，"张择端画的是秋景，这是因为，当时，'汴京八景'中，向以'汴水秋风'为最佳。"

"那'清明'作何解释？"有学生问。

"'清明'不是指清明时节，而是表示政事清明，是治平之意，《清明上河图》就是政治清明、太平盛世的上河图。"

老师伸出大拇指："解得好！解得好！后生可畏！后生可畏！"

故事三：石动筒妙解《论语》

据隋代侯白《启颜录》记载，北齐时，有个叫石动筒的人，是当时皇帝的御用戏子，其人对儒家经典非常熟悉，有很高的文学素养，为人幽默诙谐，善于插科打诨。一日，他到国学（当时京都官办学校的统称）去听博士们论辩。一位博士在论辩中谈到，孔子有弟子三千，其中，贤达者七十二人。石动筒问那博士："贤达七十二人中，几人已着冠？几人未着冠？"意思说，你可知道，贤达七十二人中，有几人是成年人，几人是未成年人？

博士说："经传上没说。"

动筒道："先生读书，怎么能不知道孔子贤达七十二弟子中，有成年人三十个，有未成年人四十二个呢？"

博士问："你根据哪本书、哪篇文章，是怎么知道的？"

动筒回答说："《论语》中说：'暮春者，春服既成，冠者五六人，童子六七人，浴乎沂，风乎舞雩，咏而归'。冠者五六人，五乘以六，就是三十人；童子六七人，六乘以七，就是四十二人，两者加到一起，不就是七十二人吗？！"

众人听了大笑，博士亦笑，心里暗暗赞赏动筒聪明、机智而诙谐。

卢梭的选择

  1752年，卢梭的歌剧《乡村卜师》公演后大获成功，作品风靡一时。国王路易十五也非常欣赏这部作品，更佩服卢梭的才华，所以，国王看过歌剧后，便派使臣到卢梭的住所，宣布国王要召见他，并决定赐给他一份丰厚的"年金"。这对于四处奔波、经济上捉襟见肘的卢梭来说，无疑是件天大的好事。可令人想不到的是，卢梭既不应诏去拜见国王，又断然拒绝了领取"年金。"许多朋友不解，前去问个究竟，卢梭坦然告知："那笔十分丰厚的年金我是丢掉了，但我也免除了那份年金加在我身上的枷锁。拿了年金，真理完蛋了，自由完蛋了，勇气也完蛋了！从此后还谈什么独立和淡定呢？拿了年金，我就只能阿谀奉承，或者噤若寒蝉了！"

  作者感言：丰厚的年金和安稳富裕，是人生活的物质世界；真理、自由和勇气，是人生活的精神世界。在卢梭看来，追求真理、维护自由和涵养勇气的精神生活远比丰厚年金的物质享受更重要，所以，他选择了后者。正是这种选择，成就了卢梭，使他成为一个伟大的思想家。

  卢梭的选择令人钦佩：

  令人钦佩一：卢梭的选择是高贵的。这种选择高扬了人的灵魂生活，让人超越了低俗的物质世界，彰显了人精神世界的高贵与纯洁。法国思想家帕斯卡尔曾说："人是一支有思想的芦苇。"他的意思是，人的生命像一支芦苇一样脆弱，宇宙间任何东西都能置人于死地，可是，即便如此，人依然比宇宙间任何东西都高贵，因为人有思想，有精神生活。比帕斯卡尔晚生八十多年的卢梭用自己的实践认证了长辈的这句名言。

  其实，珍爱灵魂生活，历来被人类所看重。中国传统文化积极倡导的"君子忧道不忧贫""舍生取义""杀身成仁""士可杀不可辱""君子不吃嗟来之食""宁为玉碎，不为瓦全""人活一口气""人活的是精气神"，以及西方的"不自由，毋宁死""人是万物的灵长，宇宙的精华"等，都富含爱灵魂胜于爱财富甚至胜于爱自己肉体生命的精神，而古往今来一切贤哲们，无一不奉此为圭臬。孔子高徒颜回，"一箪食，一瓢饮，在陋巷，人不堪其忧，回也不改其乐"；嵇康崇尚老庄，追求"越名教而任自然"的生活，拒绝做官而作《与山巨源绝交书》；陶渊明深恶官场"心为形役"，毅然弃官归隐。亚历山大大帝特意去拜见躺在破木桶里晒太阳的哲学家第欧根尼，并问他："我能替你做些什么？"得到的回答是："不要挡住我的阳光！"在第欧根尼看来，面对他在阳光下的沉思，亚历山大大帝的赫赫战功显得无足轻重。如此等等。

令人钦佩二：卢梭的选择是果敢的。这种选择是对王权的拒绝，是对国王思惠的蔑视，更是一种没有媚骨奴态的胆大妄为和不惧惩罚的举动。在严酷的封建君主制时代，敢于拒绝国王的召见和拒收年金，是需要胆识和勇气的。

令人钦佩三：卢梭的选择是睿智的。这种选择，失掉的是枷锁，得来的却是自由，而自由，特别是自由意识，对于一个思想家来说，是至关重要的。这是因为，只有具备了自由和自由意识，才能舒展思维的翅膀，让思想飞向任何想飞往的天空；只有具备了自由和自由意识，才能生成独立的判断力、独立的思考力并练就独立人格。卢梭十分看重自由，在他看来，自由精神的丧失是人最深的一种堕落，所以，他一生积极追求自由。

也正是这种自由精神和自由意识，让卢梭的智慧火花燃成熊熊的思想火炬，照亮了他身后的世界。他的不朽著作，如《论人类不平等的起源和基础》《社会契约论》《爱弥儿》《对话录》《忏悔录》等，直到今天，仍被世人所钟爱；他关于天赋人权、主权在民的思想，关于自由与平等的思想，关于基于契约建立民主共和国的思想，关于被剥夺了权利的人民具有革命自由的思想，以及公意、选举、法治、主权权威、好政府的标志等思想观点，对其后世产生了深远影响。法国大革命、美国革命，都是循着他的思想意向展开并获得成功，就是俄国革命和中国革命，也大量吸纳了他的合理思想。自由、平等、博爱，这三大世界理念，更因卢梭的奔走呼号而广泛传播，深入人心，特别是他播下的天赋自由的观念，已经成为现代国家的立法基础；他的思想哺育了全世界无数思想家，其中也包括马克思和恩格斯；他的情感教育思想，启迪了无数教师，也极大地丰富了人类的心灵；他无情解剖自己，为自己说谎、行骗、调戏妇女和嫁祸于人而忏悔；他揭示了人性的复杂和社会制度对人性生成的重要性；等等。正因为如此，他死后备受世人尊崇。1791年12月21日，法国大革命时期的最高立法机构国民公会投票通过决议，给大革命的象征卢梭树立雕像，其金字题词是"自由的奠基人"。据说，康德把卢梭的像挂在书房里，尊之为内心世界的牛顿；托尔斯泰十五岁就将卢梭的像章挂在脖子上，说卢梭与福音书对自己的意义同等重要。

看重灵魂生活，追求自由和自由意识，卢梭为我们做出了表率。

顺便说一句，据史料记载，卢梭生前的声誉并不怎么好，这与他私生活德行不高和人际关系太差有关。他有些自私、偏执、狂躁，又很薄情。他一生与多位女性有染，他和自己根本瞧不起的女人戴莱丝共同生活了三十多年却不愿意和她结婚；他把他与戴莱丝共同生下的五个孩子都送进了育婴堂，根本不尽做父亲的责任；他与当时的许多思想家，诸如伏尔泰、狄德罗、休谟等都相识，但最终都反目成仇，他们都骂他是疯子，并对他的思想极尽挞伐；他的情绪情感极不稳定，今天可能爱你把你捧到天上，明天可能恨你咒你立刻下地狱，和他打过交道的人，几乎没有不受伤害的。据说，有一个很仰慕卢梭的人从印度洋的一个岛上归来，带回了很珍贵的咖啡，他分出了一半派人送给卢梭，因为他知道，卢梭的最大嗜好就是喝咖啡。卢梭收到咖啡后，立即写了这样一封回信："昨天因有客人来，没有查看您送的是什么。今天打开一看，原来是珍贵的咖啡。我们相识不久，您就送我这么贵重的东西，而我的财力又不足以酬答，我们的交往是完全不对等的，我不能接受这种往来。所以，我的决定是：或者您派人取回您的咖啡，或者从此彼此再勿谋面，请选择其一为盼。"谁遇到这样的茬儿，都会望而却步的。这种生活表现和人际关系的不佳状态，影响了当时人们对他思想的认同。等到他谢世以后，所有的不愉快都成为过去并渐渐淡化，他的思想价值才被发现和看重。

静下心来认真想想，卢梭不怎么良好的生活德行和人际关系，除了生理上的性格因素之外，与他深层次的个人主义人生观有着必然的思想渊源，所以，即使是伟大的思想家，在致力于启迪和改造社会的同时，更应该注重自身的改造。

目犹不可信，心犹不足恃

据史书记载，公元前497年，孔子为了宣传自己的政治主张和寻找从政机会，带着他的弟子们，从鲁国出发，进行了长达十四年的游说各诸侯国，史称周游列国。在漫长的十四年里，孔子先后到过卫、匡、蒲、陈、曹、郑、蔡、楚等多个诸侯国和地区，拜见了大小封君七十多人，但境遇都不理想，没有人买他的账，有时连饭都吃不上，十分狼狈。

故事出自《吕氏春秋》。故事说，孔子一行行至陈国和蔡国之间时，瘦马破车，身无分文，连野菜汤都喝不上，一连七天没有一粒米下肚，饿得浑身无力，白天只好躺着不动。颜回讨了一点儿米回来，烧火做饭。饭快煮熟时，孔子远远看见颜回到饭甑里抓了一点儿饭吃。过了一会儿，饭熟了，颜回请孔子吃饭。孔子假装没有看见颜回抓饭吃的情景（孔子佯为不见之），站起身来说："今天我梦见已故的父亲了，还是拿这洁净的食物先祭祀他老人家一下，然后再吃吧。"

颜回回答说："这饭不可用来祭祀，做饭的时候，天棚上掉下一块灰尘，落到了甑里，我把弄脏了的那点儿饭抓出来，想扔掉它，但一想扔掉太可惜了，就把它吃了。"

孔子听罢，知道自己误解了颜回，十分感叹地对弟子们说："所信者目也，而目犹不可信；所恃者心也，而心犹不足恃。弟子记之，知人故不易矣！"意思说，我一直认为，可以相信的是自己的眼睛，但亲眼见了，还是不可以完全相信；我一直坚信，可以依靠的是自己的心，但心里做出了判断，还是不可以完全依靠。弟子们，请记住吧，了解一个人可真不容易啊！

作者感言：俗话说，"眼见为实"，颜回从甑中抓饭吃，是孔子亲眼所见。颜回是孔子最得意的高徒，在孔子心中，颜回的品德和人格境界是十分高尚的，这么好的学生竟做出偷吃饭的行为，让孔子感到很震惊、很失望。但孔子毕竟是孔子，他没有立即做出反应，而是假装没看见，并编造一个梦见已故父亲的故事，建议用这饭来祭祀一下。古俗，祭祀是一种虔诚而圣洁的仪式，人吃过的东西或不洁净的东西是不能用来祭祀先祖的。孔子想通过这一方式进一步查明真相。等真相大白后，孔子及时公开承认了自己的判断错误，并告诫弟子们记住这个教训。

试想，假如孔子立即发作，当众批评斥责颜回，即使颜回说出情由，孔子和他的弟子们也一定会认为颜回是在曲意为自己狡辩。再试想，如果孔子出于维护颜回的情面，把事情闷在心里不说，也不再做进一步的查证，颜回在孔子心中的"君子"形象也一定会大打折扣，而在患难中偷吃食物的"小人"印象将永远挥之不去。由此可见孔子"佯为不见之"并进一步婉辞以求的理智和高明。

我们讲这则小故事，是想借此说两点想法：

想法一：有的时候，我们不要被表面现象和主观感觉所左右，根据亲眼所见或亲耳所听的现象做出的判断，未必就是事实真相。数万年来，人类看见太阳东升西落，周而复始，就一直认定我们生活的大地是宇宙的中心，大地是静止不动的，太阳是围着大地旋转的，直到哥白尼提出日心说，人类才发现自己犯了一个大错误。亲眼所见、亲耳所听、亲手所摸，是人的直接感性，这种感性，虽然是知性、理性的基础，但它是零散的、局部的、表层的，是一个个点，并不是事物的全部和本质。仅就某一个点做出判断，很难把握事物的整体和揭示事物的本质。住在井底的青蛙说天像井口那么大，摸到象牙的盲人说大象像个大萝卜，摸到象耳朵的盲人说大象像个大蒲扇，摸到象腿的盲人说大象像个柱子，摸到象尾巴的盲人说大象像根草绳，等等，就是依据直观感性导致的判断错误。坐井观天和盲人摸象，还只是最简单的事物现象。复杂的社会万象，真相与假象并存；丰富的人性品质，正义与邪恶交错，仅凭一两次眼之所见、耳之所听，是很难做出正确判定的。所以，孔子才告诫弟子们："目犹不可信，心犹不足恃。"想知道事物的本质和正确地判定事物，就必须做更广泛、更全面、更深入、更长久的调查研究，除此，别无捷径。

想法二：我们应该好好向孔老夫子学习。一要学习他遇事不草率、不盲目，待深入调查研究后才下结论；二要学习他勇于认错，犯了错误能及时反省并认真分析犯错误的原因；三要学习他善教，不忘时时处处教诲弟子，孔子的教育，是真正的生活教育、实践教育、情境教育。

"田忌赛马"与"'6+2'大于'4+4'"

"田忌赛马"是中国古代的经典故事,出自《史记·孙子吴起列传》。故事梗概是:战国初期,齐国的使者到魏国都城大梁出使,孙膑以一个受了膑刑(被取出膝盖骨的一种酷刑)的罪犯身份偷偷地拜见了齐国使者,并以一席讨论时势的高论打动了齐使。齐使觉得孙膑是一个不同凡响的奇人,就把孙膑藏在出使的车里,偷偷地载回了齐国。孙膑到齐国后,深受齐国大将田忌的赏识,并待为上宾。田忌经常与齐威王赛马,并每次都下很大的赌注。赛马时,竞赛双方都根据各自马的体力和速度把马分为上、中、下三等,并都采取上等马对上等马、中等马对中等马、下等马对下等马的方式参赛。由于齐威王各等级的马都相对强于田忌,所以田忌败多胜少,这让田忌很沮丧。孙膑多次观赛,他发现,齐威王的马虽然比田忌的强,但差距并不很大。于是,有一次,孙膑对田忌说:"您尽管下大赌注,我保证让您取胜。"田忌相信了孙膑的话,在与齐威王赛马时,用一千两黄金为赌注。等到开始比赛,孙膑告诉田忌:"竞赛时,第一局您先用下等马与威王的上等马比赛,这一局我们认输;第二局,您用上等马与威王的中等马较量,我们定胜;第三局,您用中等马对付他的下等马,我们还会取胜。比赛规则是三局两胜,我们赢定了。"田忌按照孙膑的指点操作,三局比赛结束,田忌获胜,赢得了齐王一千两黄金。

田忌也因此把孙膑推荐给齐威王。齐威王向孙膑请教兵法,并拜孙膑为齐国军师。

"'6+2'大于'4+4'"的故事出自美国。初看这个题目,你或许认为是一道数学难题,或许认为是一个哑谜的谜面,其实都不是。这是一个关于桥梁交通方面的掌故,故事发生在美国的金门大桥上。美国金门大桥是世界著名的桥梁之一,是近代桥梁工程的一个奇迹,它横跨一千九百多米的金门海峡,连接北加利福尼亚与旧金山半岛。它于1933年开工建造，历时四年，1937年建成通车，耗资三千五百多万美元。大桥建成后，桥面设计为"4＋4"八车道模式，即往返的车道都是四条，这是一个常规设计，现行的桥梁都是这样一种对等的交通模式。

大桥贯通的近百年里，车辆较少，畅通无阻。等到20世纪50年代后，车辆剧增，由于往返的车辆太多，大桥堵车现象严重，在早晚高峰期，堵车有时长达一个多小时，这令当地政府十分头痛。于是，有人建议再造一座大桥。可再造一座大桥需耗资几个亿，政府迟迟下不了这个决心。大桥天天堵车问题，让老百姓怨声载道，成了当地政府的一块心病。

这时，有一个年轻人给政府提了一个建议，他说，据他长时间观察，堵车都在上下班的高峰期，早晨市民上班，造成向南的车道拥堵，而向北的车道却大量闲置，只有少量车通过；傍晚市民下班，造成向北的车道拥堵，而向南的车道却大量闲置，只有少量车通过。所以，他建议：将现行的"4＋4"车道模式改为"6＋2"，即上午，向南的车道改为六条，向北的车道改为两条；下午则相反。

政府采纳了这个建议，堵车问题迎刃而解，大桥从此畅通无阻。为感谢这位年轻人，政府奖给他厚厚的一笔奖金。

作者感言：第一个故事，在马匹不变的情况下，孙膑以下等马对上等马、上等马对中等马、中等马对下等马的顺序调整，赢得了比赛。第二个故事，那位年轻人依据车辆出行的时间差，合理利用了另一半车少的车道，这样一来，同样是八条车道，"6＋2"模式明显取得了大于"4＋4"模式的效果，解决了堵车难题。

这两个小故事给我们这样几点启示：

启示一：在事物构成因素不变的情况下，通过调整事物的内部结构，也能实现优化组合，从而会提高事物的整体功能，甚至还会使事物发生质的变化。同样是碳元素，由于组合方式不同，分别生成了金刚石和石墨，前者是世界上目前最硬的物质，而后者却是软物质之一。同样是一串葡萄，如果先从好的颗粒吃起，越吃越坏，越吃心情越沮丧；如果先从差的颗粒吃起，越吃越好，越吃心情越高兴。同样是一个团队，如果不加考虑地胡乱安排岗位，其工作成效一定低下；如果根据成员各自能力和特点安排适当岗位，其工作效率定会提升。再说一个类似的故事：一所大学门前，一位老婆婆装了一大筐苹果，一大早就摆在校门前叫卖，可到了下午，也没卖出去几个。一位教授见了，实在不忍，就走过去对老婆婆说："我给您出个法子，也许会很快卖出去。"他叫老婆婆到附近的小商店里买来一绺红线，然后和老婆婆一起将一筐苹果两个两个地用红线拴起来。接着，他让老婆婆高声喊道："情人苹果！情人苹果！小的四元钱一对，大的六元钱一对。"从门前路过的一对对情侣，听到喊声，都好奇地走过来并不假思索地掏钱买走了一对。很快，一大筐苹果卖光了，并卖出了意想不到的好价钱。这就是事物重新组合带来的效益。

启示二：调整内部结构或改变运作顺序，也是一种创新思维，它同样需要新思路、新做法。强手与强手、弱手与弱手对阵，是古今中外各种竞技活动的惯常做法；往返的车道对等排列并一成不变，是全世界现代公路的通例；把苹果堆在一起叫卖，全世界的市场和商店都是如此。而先以弱对强后以强对弱的方式调整马参赛的顺序、根据不同时间段车流量的多少来调整往返车道的数量、把苹果两个两个地用红线拴在一起并起个好名字叫卖，则是一种突破常规的新思路、新做法，是对传统思维和做法的超越，是改革创新。赛马最终取胜、堵车问题解决、苹果高价卖光，不仅是事物内部结构优化重组的效应，更是创新思路的硕果。创新思路是第一位的，如果没有改革创新，就不会有事物内部结构的优化重组，自然也就没有了上述的成效。

启示三：从某种意义上说，通过调整事物内部结构而有效利用现有资源比开发新资源更重要。这是因为，有效利用现有资源，是一种节约模式，它节省了人力、物力、财力，也节省了时间。似想，让田忌重新去寻找更强健的马来参赛，这需要时间，更需要人力财力；再试想，再造一座大桥，得需要多年时间，得耗去大量人力、物力和几亿元资金。两者相较，前者是一种最经济、最便捷的做法，它以很少投入甚至没有投入就能够获得更大效益。

启示四：田忌赛马的故事还启示我们，尺有所短，寸有所长，在整体处于弱势的情况下，不一定局部也都处于弱势。只要我们善于发现和利用自己的局部优势，以己之长，击彼之短，照样可以扭转局势，变弱势为强势。20世纪30年代，中国共产党领导的红军在井冈山时期，就是通过制造局部优势、利用局部优势，各个击破，成功粉碎了强于自己数倍的国民党军队的前几次围剿。在这个世界上，无论多么柔弱的人，总有他坚挺的地方；无论多么强健的人，总有他的软肋。所以，每个人都要努力学会避己所短，扬己所长，只要善于发现、开发甚至制造自己的优势，并充分利用这一优势，就能做好自己要做的事情。

只为了0.1秒

1988年，第二十四届奥运会在韩国汉城（现名"首尔市"）举行。在这次奥运会上，美国黑人女运动员格里菲斯·乔伊娜大放异彩，尽显风流，摘得女子100米、女子200米和女子4×100米接力比赛三枚金牌，成为该届奥运会获得金牌最多的运动员，被誉为"世界第一女飞人"。

人们发现，在各类体育赛会上，格里菲斯·乔伊娜十分注重自己的打扮，而每一次都穿着自己设计的色彩斑斓的服装，这些服装与众不同，是地道的"奇装异服"，而且每次都不重样，十分扎眼。她每次走上赛道，仿佛不是在参加殊死的拼搏，而是站在一个T型的表演台上，像个漂亮的服装模特，在场的观众和一同参赛的运动员都不时向她投去艳羡的目光。

每次比赛后，总有记者问她："你为什么老是在比赛中穿自己设计的奇特服装？"她总是笑而不答。

退役后，她向人们道出了秘密，她说："我之所以这样做，是想吸引对手的注意，因为对一个短跑运动员来说，每秒钟都十分珍贵，只要对手分我0.1秒的眼神，我就可能领先0.1秒，取得最后胜利。"

作者感言：乔伊娜屡屡在国际赛事上夺冠，除了强劲的体力、高超的竞技之外，也有聪明、智慧的功劳。和乔伊娜站在一个跑道上的赛手，都是世界顶尖级的短跑健将，她们在体力和竞技上的差距微乎其微，晚起步0.1秒或0.1秒的走神，就可能与金牌擦肩而过。乔伊娜的智慧就在于她悟透了其中的玄机，以女性的娇美和着装的新奇分散了对手的注意力，从而为自己胜出赢得了时间。由此看来，在人生这个大舞台上，无论你扮演什么角色，想演好它，处处都需要智慧，时时离不开智慧。

乔伊娜的心计还告诉我们，注意力很重要。注意力就是人的心理活动集中指向某事物上的能力，它是人观察力、记忆力、思维力、想象力的准备状态，是人心灵的门户，人只有把注意力明确指向某一事物并集中在这一事物上，才能对其进行观察，观察了才能形成记忆，凭着记忆才能进行思维和想象。因此，能不能集中注意力，对做好某件事至关重要。司机开车，分散注意力就容易造成事故，也许就在司机想别的事情或借着车窗向别处看一眼的那一瞬间，路上一块不大不小的石头让车轮改变了方向，车掉进了路边的沟里。我们走路，顺便瞟一眼身边走过的靓丽女孩儿，无关紧要，不会耽误行程，但在赛道上的运动员则不同，瞟一眼穿着奇装异服的乔伊娜，就会放慢奔向目标的脚步，哪怕只放慢0.1秒，就给乔伊娜创造了夺冠的机会。

乔伊娜的小"伎俩"给我们两点启示：

启示一：无论在何种竞技场上，分散甚至转移对手的注意力，使其不能专注竞技目标，不失为击败对手的一种好方法。这是因为，对手注意力对目标的分散甚至转移，为我们达成目标提供了时间和机会。

启示二：我们不管做什么事情，都不能分心，只有专心致志、心无旁骛地专注，才能把事情做好。

四十减去三十九，无论如何不等于零

2009年1月5日，夜色开始悄悄降临在德国的斯图加特地区，这时，一位老人拖着疲倦的身躯回到家里。

他叫阿道夫·默克勒，是当时德国闻名全球的五大亿万富翁之一，名下资产超过九十亿美元，有着"德国巴菲特"的美誉，名列《福布斯》杂志2008年全球富豪榜第九十四名。有人评价，默克勒是德国战后经济腾飞期间的伟大"教父"之一，是"德国工业精神"的象征。

阿道夫·默克勒出生在一个德国的商业家庭，长大后从祖父手中接过了一个只有八十名员工的小药厂。在之后的几十年里，他凭借智慧与努力，一步步将这个小药厂打造成为一家拥有十万名员工、年销售额达四百亿美元的工业集团。

然而，一场海啸般的金融危机，使所有的一切都变得弱不禁风，他那曾经稳如磐石的商业帝国，也一下子岌岌可危。为此，他不得不靠贷款来维持他的商业运行，他的股票也随之一路大跌，损失惨重！

前几天，他仔细算了一笔账，得出一个结论：若能成功贷到四亿欧元，他的企业将获得根本性转机，足以渡过这次危机！所以，这几天他都早早出门，一家一家地相继拜访了四十家银行。然而那四十家银行的回答如出一辙，叫默克勒先返回家中，等他们开过会后再做答复。

走完第四十家银行后，在等待答复的那天下午，他回到家里，一直坐在客厅的电话机旁。终于，电话响了，是银行打来的，但他并没有得到他所希望的结果！在接下来的一个下午里，默克勒又相继接到了三十八家银行打来的电话，结果和第一个电话一样！默克勒的心情由沮丧变成了绝望，就仿佛世界末日已经来临，他已经作了最大努力，但仍旧无法使他的商业帝国起死回生！他再也没有心情等待最后一个电话了，他站起来，整整衣帽，他觉得，是到了从这种痛苦中解脱出来的时候了。在离他家不到三百米的地方，有一条铁路，他走出家门，缓缓地向铁路走去，十几分钟以后，他的生命终结在那条曾经为他带来无数财富的铁路上。

让默克勒万万没有想到的是，几乎是在他走向铁路的同一时间，四十家银行中的最后一家银行——苏格兰皇家银行批准了给默克勒的公司提供四亿欧元的贷款。消息传开，所有的人都惊呆了，人人为这位商场风云人物的生命而惋惜，更为这位精明的商人所犯的一个极其简单的失误而叹息，四十减三十九，无论如何也不会等于零啊！

作者感言：一位一生严格自律、意志坚强并具有经营天赋的商业巨星，就这样陨落了，想来的确让人扼腕。

默克勒虽是世界百位以内的富豪，但个人生活很低调，清心寡欲，他一直住在斯图加特地区一个拥有一万两千人口的布劳博伊伦小镇上，房子也是普通的两层楼。每天，他骑着一辆旧自行车去附近的私人办公室上班。办公楼门前，门铃上一块小小的塑料门牌已经退了色。如果要出差，默克勒就开一辆旧奔驰，新的大众车停在车库；或者，买一张二等车厢的火车票，坐火车去。他乐于公益事业，经常资助大学和博物馆。在小镇上，人们一点儿也不觉得这个大富豪有什么架子，他经常乐于帮助举办庆祝活动，是大家心中的"默克勒爷爷"。

默克勒在商场上拼搏了一生，经历了多次经济危机和冒了许多风险，他都挺过来了，而这一次，如果他能够稍稍坚持一下，多一点儿耐心，哪怕十几分钟，悲剧就不会发生。默克勒的自杀提醒人们，有很多时候，生机和希望往往就在最后的坚持一点儿之中，看似山穷水尽，只要挺住，坚持一下，很可能就是柳暗花明。

仔细想来，默克勒之所以放弃了最后一个电话，是因为他彻底绝望了，他在思想深处已经认定第四十家银行根本不会给他贷款。绝望是人的一种负面情感，是人在生活、事业或爱情等受到沉重打击而找不到一点儿出路时所产生的压抑情绪，这个时候，人的思维往往被引进死胡同，造成多处短路，即人们常说的"想不开"。也就在这个"想不开"的时候，人往往觉得"死"是最好的解脱，轻生念头和自杀现象由是而生。默克勒是被绝望的情绪逼上了铁路，由此看来，克服绝望情绪十分重要。

那么，当我们做某事找不到一点儿办法，产生绝望情绪的时候，应该怎样克服这种情绪呢？在我看了，办法尽管很多，但最关键的是要"想得开"，而"想得开"的关键是要树立辩证思维观，坚信世上许多事情，当达到极限的时候，往往会走向它的反面，即物极必反、否极泰来，绝望中往往孕育着希望。就拿默克勒来说，即使第四十家银行也不同意贷款，四十减四十等于零了，也不意味就是没有出路了，因为走出困境的路绝不是一条，只是目前还没有找到罢了。"行到水穷处，坐看云起时"，水是没有了，但天上的云还在，有云就有下雨的希望，水迟早还会来的。换一个思路，人就能走出死胡同。假如当年项羽不选择自杀而毅然渡过乌江，重聚江东豪杰，吸取教训，与刘邦再战，鹿死谁手，尚不可知，也许中国的历史会重写。唐代诗人杜牧就看到了这一点，他的《题乌江亭》一诗说："胜败兵家事不期，包羞忍耻是男儿。江东子弟多才俊，卷土重来未可知。"当然，历史是不能假设的，项羽毕竟没有走出"无颜面对江东父老"的死胡同，乌江自刎，谱写了一曲英雄末路的悲壮之歌。

他是为这条铁路而上班的

美国，20世纪90年代的一天，天气极其炎热，一队工人正在铁路路基上干活儿。一辆缓缓驶来的列车停了下来，最后一节车厢的一扇车窗升了上去，那是节带空调的特制包厢。一个浑厚亲切的声音朝窗外喊道："大卫，是你吗？"队长大卫应声答道："是我啊，吉姆，看到你真高兴。"两个人愉快地打过招呼，铁路公司总裁吉姆邀请大卫上车叙旧，两个人兴致勃勃地谈了一个多小时，然后相拥道别。

大卫一下车，队员们一下子将他围起来，七嘴八舌地表示他们的惊讶：他们的队长大卫竟然和铁路公司总裁是有私交的朋友。大卫解释说："二十三年前，我和吉姆是同一天上班、同一天开始在这条铁路上工作的。"其中一个工人半开玩笑地问大卫："为什么你还得头顶烈日，在铁道上挥汗，而吉姆却成了总裁？"

大卫颇为惆怅地解释道："二十三年前，我是为了每小时一点七五美元来上班的，而大卫是为了这条铁路来上班的。"

作者感言："为了每小时一点七五美元来上班"，是大卫参加工作的动机和目的；"为了这条铁路来上班"，是吉姆参加工作的动机和目的。动机和目的不同，其结果迥异。为什么会这样呢？我们试做分析：

分析一：两个人的目标大小不同、难易程度不同。大卫的目标就是拿到薪水，目标很小，也很容易达到；而吉姆的目标是把这条铁路建设得更坚固、更安全、更便捷、更高速，目标很大，也很难达到。

分析二：两个人在工作中思考的内容不同。大卫思考的是拿到薪水，工作中按要求做就行了，无须多想；而吉姆在按要求工作的同时，还在思考怎样做得更好、更快、更有效，他思绪万千，想得纷繁复杂。

分析三：两个人工作的持续性不同。就一天工作来说，大卫工作一天，按小时拿到了薪水，目的达到了，工作已经结束，下了班就无须再想工作的事情；而吉姆工作一天，他的目的远没有实现，他还在思考着让这条铁路怎样更坚固、更安全、更便捷、更高速的问题，他的工作还在继续。

综上可见，低、小、近的目标很容易实现，不能激发人的潜能，会使人生成惰性，没有前进的动力，所以也很难有大成就、大作为；而高、大、远的目标则很难实现，它会激发人的潜能，给人动力，催人奋进，所以才有可能成就大事业、做出大贡献。也正因为如此，古往今来，长者们总是教导后人要立大志，志存高远，心怀天下。毛泽东十六岁离开韶山去"东山高小"求学时，向父亲表示"学不成名誓不还"；周恩来十二岁时就立志"为中华崛起而读书"，两个人从小就有大志，终成新中国开国元勋。

令我半途而废的，是我看不到目标

1952年7月4日清晨，加利福尼亚海岸笼罩在浓雾中。在海岸以西二十一英里的卡塔林纳岛上，一个三十四岁的女人涉水进入太平洋，开始向加州海岸游去，要是成功了，她就是世界上第一个游过这个海峡的女性，她叫费罗伦丝·柯德威克。在此之前，她是从英法两边海岸游过英吉利海峡的第一个女人。

那天早晨，气温较低，海水也很凉，同时，大雾笼罩，她连自己的护船都看不到。时间一个钟头一个钟头过去，千千万万人在收音机和广播前等待她的消息。在以往这类渡海游泳中，她的最大问题不是疲劳，而是刺骨的水温。十五个钟头之后，她被冰冷的海水冻得浑身发麻。她知道自己不能再游了，就叫人拉她上船。她的母亲和教练在另一条船上。他们告诉她海岸很近了，叫她不要放弃。但她朝加州海岸望去，除了浓雾什么也看不到，她坚持要上船。十几分钟之后，在她的一再要求下，人们把她拉上了船。而拉她上船的地点，离加州海岸只有半英里！人们不胜惋惜。

当别人告诉她这个事实后，从寒冷中慢慢复苏的她很沮丧，她告诉记者，真正令她半途而废的不是疲劳，也不是寒冷，而是因为在浓雾中看不到目标。她说："我什么也看不见，不知道还有多远，我认定我是无法达到目的了。"

柯德威克小姐一生中就只有这一次没有坚持到底。两个月之后，她成功地游过了同一个海峡。她不但是第一位游过卡塔林纳海峡的女性，而且比男子的记录还快了大约两个钟头。

作者感言：已经奋力游了十五个小时，已经游过了二十点五英里，只要再坚持最后零点五英里，柯德威克就可以取得成功，而导致她失败的根本原因，是浓雾中她看不到目标。

柯德威克小姐的失败给我们两点启示：

启示一：目标清晰很重要。柯德威克事后的解释绝不是为自己开脱，如果那天没有漫天大雾，柯德威克就会清晰地看到终点，她一旦看到终点，就绝对不会放弃。这是因为，清晰的目的地会让她做出如是思考：目的地已经很近了，大约只有零点五英里，胜利就在眼前，只要再坚持一下，我就成功了，否则，功亏一篑。况且，成千上万的人都在关注自己的横渡海峡，因最后的冲刺没有坚持而失败，会让众人耻笑，自己也无颜面对媒体和世人。想到这，她还会放弃吗？绝对不会！令人遗憾的是，她什么都看不见。也许有人会问："她根据自己游泳的时间和速度，难道不能推断出目的地就要到了吗？"这是岸上人的从容想法，作为一个横渡海峡的运动员，从下水那一刻起，她专注的是奋力前行，绝不会把一丝一毫注意力分散在"已经游了多少里程"的计算上，因为这会影响游速。分散注意力，是所有参赛运动员熟知的大忌，柯德威克不可能不知道这一点。在漫天大雾中，她根本无法根据自己游泳的时间和速度来推断还剩多少里程。

启示二：失去了目标，就丧失了信心和动力，成功就无望。"我什么也看不见，不知道还有多远，我认定我是无法达到目的了。"这个想法一旦浮现，便很快动摇了柯德威克的信心。当信心的天柱猝然折断，一切都訇然坍塌，她没有了一点儿力气，冰寒彻骨的海水也让她无法忍受，于是她选择了放弃。功亏一篑，令人惋惜不已。

柯德威克的教训告诉我们，不管做什么事情，不仅要有目标，而且目标要清晰可见，只有看见了目标，才能明确奋斗方向，明确了奋斗方向，就会生成奋斗动力。如果目标不清晰，就有可能因看不清目标而丧失目标，一旦丧失目标，人就失去了奋斗的信心和勇气，失败是注定的。

用最贵最好的纸练字

　　北大的一位学者曾谈及这样一段经历：他小时候练书法，父亲给他找来一堆废报纸，让他在废报纸上练习写字。练了很长时间，也没有多大长进。一天，父亲的一位书法家朋友前来做客，谈及儿子的书法，父亲怨气冲天，埋怨他不认真、不刻苦。书法家见他在废报纸上练字，就笑着对父亲说："如果你让孩子用最好最贵的纸来写，他可能会写得更好，进步得更快。"父亲接受了朋友的建议，买来了最好最贵的宣纸让他练字，果然，没过多久，他的字取得了很大进步。

　　谈及这段经历后，学者感慨地说："在废报纸上练字，十分轻松，也不怎么在意，提笔便写；可在最好最贵的纸上写字，就大不一样了，那么贵的一张纸，写坏了真是可惜，所以，事先总是认真读帖、细心揣摩，胸有成竹之后才肯落笔。我的一手好字是由'惜纸'而'逼'出来的。由此我悟出了一个人生道理：生命无草稿，我们应该珍惜每一天。"

　　作者感言：废报纸上练字的随意，源于废报纸没有价值，低成本甚至无成本，写废了也无所谓，因为它本身就是废物；宣纸上练字的认真，则源于宣纸很有价值，很贵重，写坏了很可惜。练字纸质地的优劣，引发了练字态度的认真或随意；练字态度的认真或随意，决定了练字的效果好坏。在贵重的纸上练字，态度就认真，进步就快，很快就练出一手好字。

　　这个学习书法的小故事启示我们，不管做什么事情，用什么质量的材料很重要。做事时用低质的劣等材料，做的时候就很容易马虎，结果也不会好；而用贵重的好材料，做的时候就会格外认真，效果自然会好。在一块普通的石头上雕刻图案，雕刻时会很随意，因为雕坏了还可以再换一块；而在一块价值连城的玉石上雕刻图案，则需要小心谨慎，精雕细刻，丝毫不敢马虎，因为一旦雕坏，损失惨重。身上穿着一套几十元的普通衣服，行卧起坐都很随便，甚至可以无所顾忌地坐在泥地上，站起来拍拍屁股即可，如果脱下来，随便一扔就行；可穿一套上万元甚至十几万、几十万元的衣服，就得格外小心珍惜，泥地是万万坐不得的，脱下来也不可乱放，必须马上挂起来，防止皱褶。由此可见，做事用优质材料的好处有二：一是有利于培养认真态度和精益求精精神，二是可以收获更好的结果。

我们说这则小故事，还有感于小故事里那位学者的感悟。

学者就是跟一般人不一样，一件小事也可以悟出大道理。学者把我们生活的每一天比况为一张张练字纸，而这一张张练字纸是"废报纸"还是"宣纸"，则取决于我们的态度。如果你看轻平常的日子，经常不经意地把每一天看作不值钱的"废报纸"，随便涂抹坏了也不心疼，马马虎虎地度过，总认为来日方长，平淡的"废报纸"还有很多，你就很难把事情做好，许许多多成功的机会就可能与你擦肩而过，一生很可能平庸。所以，学者告诫说："生命无草稿，我们应该珍惜每一天。"学者说得很对，我们生活的每一天都是真刀真枪的实战，生活不会给你提供打草稿的时间和空间，不管你是漫不经心还是全心全意，你写下的都不是"草稿"，它都会成为你人生无法更改的一张张答卷。这是因为，生命不可逆转，人生不可能从头再来，"逝者如斯夫"，过去了就永远过去了。

既然生命无草稿，那么就让我们把每一天看作是最贵最好的宣纸，认认真真地在上面写好每一个字。

主啊，让我和老婆的躯体换一天吧

一个男人，面对他的老婆，心里很不平衡，他觉得他一天在外边辛勤地工作而老婆却整天待在家里，他希望老婆能明白他每天是如何在外打拼的。于是他祈求上帝："主啊，我每天在外工作整整八小时，而我的老婆却仅仅是待在屋里。我要让她知道，我是怎么过的，求您让我和她的躯体调换一天吧。"无限智慧和万能的上帝满足了他的愿望。

第二天一早，他醒来，当然，是作为一个女人。她起床，为她的另一半准备早点，叫醒孩子，为他穿上校服，督促他吃早餐，装好他的午餐，然后把他送上校车。回到家，他挑出需要干洗的衣物，送到干洗店，回来的路上还顺便去了银行，然后去超市采购。到家后，放下东西，她开始打扫猫盒，然后给狗洗澡，一直忙活到中午。她感觉有些饿了，用暖瓶里的开水冲了一袋方便面，算是午餐。吃过饭，她匆忙地整理床铺，洗衣服，给地毯吸尘，除尘，清扫，擦洗厨房的地板。接着便急匆匆到学校去接孩子，回来的路上还同孩子争论了一番。进到屋里，她开始架起烫衣板，熨烫明天一家人要穿的衣服，并督促孩子做功课，她一边忙着，一边看会儿电视。

四点半的时候，他开始削土豆皮，清洗蔬菜，将米放进电饭煲里，准备晚餐。吃完晚饭，他开始洗碗、收拾厨房，接着给孩子洗脚，送他上床。

晚上九点，她已经筋疲力尽，然而，她的每日例行工作还没有结束。他爬上床，在那里，还有人期待着她，她必须配合，而且不能有任何抱怨。

第二天一早，他一醒来就跪在床边，向上帝祈求："主啊，我真不知道自己是怎么想的，我怎么会傻到嫉妒我老婆，抱怨她整天待在家里呢？求您了，哦，求求您，让我们换回来吧！"

无限智慧和万能的上帝说："我的孩子，我答应你，我想你已经吃到苦头了，我会很高兴让一切恢复原来的样子。不过，非常遗憾，你不得不再等上九个月，昨晚，你怀孕了。"

作者感言：这则十分荒诞的小故事告诉我们：作为另一半，女人和男人一样承担着家庭和社会责任，她们也整天奔忙着，不得空闲，男人不应该忽视她们的存在，而应理解她们，体谅她们，平等地对待她们。

这则荒诞小故事还揭示了一个社会生活中常见的现象，即不少人通常都认为自己每天很辛苦，而别人则很清闲；都羡慕别人的工作部门或岗位，而对自己的工作部门或岗位很不满意。人们为什么会产生这样的想法呢？原因有二：

原因一：每个人对自己的工作和要承担的责任都很熟悉，每天周而复始地做着同样的工作，天长日久就会产生职业倦怠，既感到劳累又厌烦，当他从表面上看到别的单位和别人的工作岗位时，由于对其没有全面了解并且也没有必要全面了解的原因，便简单认定别的单位比自己的单位好，别人的工作比自己的工作轻松，一如故事里的男人不了解老婆的工作而认为老婆轻松地待在家里一样。一位教师说："当机关公务员多好，办公桌前一坐，喝着茶水，打打电话，或者夹着公文包，坐着小车，下去转转，别人满招待，真风光。哪像我们，连睡觉都梦着学生教育和成绩的事。"一位公务员说："当一位教师真不错，一个星期就那么几节课，一年两个长长的带薪休假，哪像我们，宦海沉浮，官场险恶，不得不看着上司的脸色行事，一天到晚，战战兢兢，如履薄冰。"

原因二：当一个人在自己特定的工作岗位上工作时，他无暇去关注别人在做什么，别人的所作所为对他来说是一个"黑箱"。当他完成工作看到别人在休闲时，便容易误认为别人始终自由自在。一个人下班路过江边，看到一个垂钓者，坐在一块巨石上，吸着烟，望着水面，甚是悠闲，心想："人家多好啊，自由自在，雅兴怡然。"殊不知，那位垂钓者连续加了几个班，已累得筋疲力尽，想借垂钓放松一下。

由此看来，在我们没有全面了解别人工作的情况下，请不要轻易认定别人很轻松。其实，就绝大多数人而言，作为社会成员的每一个人，每天都承担着责任和履行着自己的角色义务，都是很辛苦的。你如果不信，不妨学学故事里的那位男士，和老婆对换角色体验一下。

冯仑心中的榜样

21世纪初，中国著名企业家、北京万通地产集团董事局主席冯仑的钱夹里，始终放着两个人的照片：一个是巴基斯坦解放运动领袖阿拉法特，一个是中央党校教授马鸿模。每当他打开钱夹，两个人的照片就映现在他眼前。当别人问及此事时，冯仑表示，这两个人是他心中的偶像，是激励他不懈奋斗的榜样。

说到阿拉法特，冯仑是这样袒露心迹的："阿拉法特是我做事的榜样。时间是一把最锋利的刻刀，能雕刻一切最坚硬的岩石。一个男人做事情最大的赌注就是时间，特别是当你把所有的时间都押在一个事情上。而阿拉法特是一个四十五年坚持一个目标，始终不懈为巴勒斯坦解放事业而奋斗但最终尚未成功的男人。用最有毅力的男人来激励自己是很快乐的事情，这样你就不会孤独。特别是在遭遇困难和挫折、身心疲惫不堪的时候，拿出他的照片看看，心里就会想：怕什么，前面还有四十多年没干成事但始终不罢手的大哥呢！"

阿拉法特一生充满传奇色彩，亲身经历过四次中东战争，毕生致力于争取恢复巴勒斯坦人民合法民族权利的正义事业，1989年，他当选巴勒斯坦国总统，是1994年诺贝尔和平奖获得者之一，2004年中毒身亡，享年七十五岁。令冯仑敬仰和学习的，是阿拉法特的目标始终如一和屡败屡战的锲而不舍精神。

说到马鸿模，冯仑则说，马鸿模是他的精神教父，是他在中央党校读硕士研究生时的导师，他管马鸿模叫干爹，称他是"一个有文化的土匪"。马鸿模在一定程度上塑造了冯仑的精神世界，在冯仑身上，随时都闪现着马鸿模的影子。

马鸿模生于1919年12月15日，回族、出身于一个大户人家，年轻时就读于武汉大学历史系。抗日战争时期，他积极参加学生运动并加入中国共产党。家里人见他很不安分，想把他送到国外读书。他拒绝出国留洋，而是积极组织武工队抗日。到1949年建国的时候，他已经是正师级的解放军高官。因为他有文化，建国后他被分配到中央党校，不再带兵。冯仑第一次在中央党校见到马鸿模的时候，老头留着光头，身着黑衣，抽着根很粗的雪茄，老头特意要看一看这个叫冯仑的人，因为当时冯仑年仅二十二岁，是中央党校历史上最年轻的学员。老头子见了冯仑，点了点头说："最小的那个原来就是你呀！"两个人后来成了忘年交，这个有着传奇般人生经历、在战火硝烟和血泊中出生入死的老武工队员，渐渐成为冯仑的精神教父，并对他产生了巨大影响。干爹强悍的人生和性格，牢牢扎根于冯仑的灵魂深处，使冯仑有了一股不同于常人的霸气，他说："我老了会很像干爹，我根本不会退休，就是要折腾。"

作者感言：冯仑，1959年出生在陕西西安，是"文革"后恢复高考的第二届大学生，1982年毕业于西北大学，1984年毕业于中央党校，获法学硕士学位。研究生毕业后先后到中宣部、体改委工作，三十岁时已经是正处级国家干部，仕途辉煌。但他却毅然放弃仕途前程，走出体制，下海经商，从1991年开始创建北京万通地产股份有限公司，到2010年，该公司已经是拥有七八十亿资产的中国著名大企业，冯仑本人2000年和2001年两次被评为中国房地产十大风云人物。冯仑事业的成功，是多种因素共同发挥作用的结果，但榜样的激励，是其中不可或缺的因素。

我们说冯仑崇拜阿拉法特和马鸿模的事，是想借此聊聊"榜样"的作用。

什么是榜样，榜样就是值得人学习效仿的人物，这些人物都是各行各业的出类拔萃者，都是在某一方面有所建树、独树一帜并为社会做出贡献的人，都是学习效仿者崇敬、仰慕、追求的对象。尧、舜、禹、商汤、周文王是中国古代贤明君主的榜样；姜尚、周公、管仲、乐毅、子产、诸葛亮，都是中国古代贤相的榜样；苏格拉底、柏拉图、孔子、老子、惠能、马克思，都是思想家的榜样；阿基米德、哥白尼、牛顿、爱因斯坦、爱迪生，都是科学家、发明家的榜样；哥伦布、麦哲伦、张骞、郑和、徐霞客，都是探险家的榜样；屈原、李白、杜甫、苏轼、但丁、歌德、普希金，都是诗人的榜样；岳飞、文天祥是爱国者的榜样；刺股的苏秦、悬梁的孙敬、囊萤的车胤、映雪的孙康、凿壁偷光的匡衡、闻鸡起舞的祖逖，都是苦学的榜样；白求恩、张思德、雷锋、伏契克、保尔·柯察金、都是共产党人的榜样；目前中国各行各业评选的全国最美乡村教师、最美乡村医生、全国各类十佳，以及每年央视主办的感动中国人物，都是当下国人做人做事的榜样。

人生离不开榜样。心理学研究表明，人类的大部分行为都是通过观察、学习、借鉴、模仿他人的行为反应来完成的，而榜样人物，恰恰是世人学习模仿的主要对象。就这一意义上说，人类的进步和文明，就是一代代人不断学榜样并不断超越榜样的过程。

就个体生命而言，许多人从读书开始，就有了朦胧的榜样意识，人们总是努力学习和模仿身边优秀的学生，想努力成为优秀学生那样的人。随着年龄增长、知识丰富和不断成熟，人们各自有了对未来的想法，想学习和模仿的对象也变得丰富起来，特别是完成学业开始工作以后，人们总是从生活、工作的需要出发，寻找各自的榜样。就大部分人来说，榜样的对象往往是与自己工作目标相一致、价值观趋同的上一层次人物，如自己的师傅、导师、上司以及本行业精英或社会上某一方面出类拔萃者。当然，大多数人并没有强烈的榜样意识，他们往往是在不知不觉中自然而然地以榜样为参照想事做事。而只有少数有大想法、想干一番大事业的人，才具有强烈的榜样意识。这些人志存高远，他们的榜样往往是先哲、志士、伟人或名家，他们以宗教的虔诚和怀着朝圣的敬畏心理，敬仰和追求自己的榜样，想努力成为榜样那样的人。诸葛亮在南阳隆中种地的时候，就以文能安邦的管仲和武能定国的乐毅为榜样，常自比管仲、乐毅，终佐刘备三分天下；1933年出生于天津的华益慰，从当医生那天起，就把白求恩作为自己的榜样，终成为医术高超、人格高尚的著名医学专家，2006年被评为感动中国十大人物之一；1960年出生于湖南资兴的袁亚湘，偶然读到《哥德巴赫猜想》，便立志以陈景润为榜样，发誓要成为陈景润那样的人，拿世界第一，他家境贫寒，白天务农，夜晚挑灯苦读，在"文革"后恢复高考之时，就以超出北大、清华很高的分数被湘潭大学录取，以后一路凯歌，1981年获"湖南省新长征突击手"称号，1982年获"全国三好学生"称号并被中科院录取为研究生，1996年名列"中国十大杰出青年科学家"之首。

榜样的力量是无穷的，这是因为，榜样具有如下特点：

特点一：榜样具有目标导向性。他是一个清晰的参照对象，指明了人奋斗的方向，即"做榜样那样的人"。

特点二：榜样具有示范性。他形象具体，真实可感，他是一个实实在在的生命存在，他的思想、他的经历、他的业绩，明明白白，容易学习、模仿。

特点三：榜样具有激励性。榜样的事迹是感人的，让人激动不已，他会给人以动力，使人不断增强信心和勇气。

榜样是一种向上的力量，是一面旗帜，如果你想干一番大事业，就应该有强烈的榜样意识，像冯仑那样，给自己树立一个榜样。

《半半诗》与《半半歌》

《半半诗》源自长沙岳麓山的一段民间传说。据说，古时候，在岳麓山的半山腰，有一个叫半云庵的小庵，是上山必须经过的地方，山上麓山寺的僧人下山买柴米油盐，挑担回寺，到此大约走完了一半路程，故常在此歇息。有一次，几个僧人下山归来，在庵前小憩。庵前凉风习习，周围古树参天，向南俯望，湘江逶迤，波光粼粼，一个烧火僧一时兴起，随口吟了一首小诗，诗曰：

> 半山半庵号半云，半亩半地半崎嵚。
>
> 半山茅块半山石，半壁晴天半壁阴。
>
> 半酒半诗堪避俗，半仙半佛好修心。
>
> 半间房舍半分云，半听松声半听琴。

全诗八句用了十八个"半"字，故名《半半诗》。小诗自然流畅、气韵贯通，有信手拈来之趣而无佶屈聱牙之弊，很快在寺内传开，方丈听了，大为赞叹，不再令其烧火，而授以佛经，日夜持诵，终成高僧。

后来，半云庵废弃，齐梁年间（480年——557年），在此建了一个供人休息的半山亭，清代改亭为观，取名"玄都观"。1916年，被孙中山尊称为"开国元勋"的民主革命活动家蒋翊武公葬于半山亭侧，小亭改为"蒋公亭"，1950年恢复始建名称"半山亭"，2011年1月，经湖南省人民政府批准，"半山亭"更名为"翊武亭"，沿用至今。

凡游岳麓山在"翊武亭"小憩的人，都能从导游口中听到上边这首口耳相传的小诗。

《半半歌》，是清代诗人李密庵所作。李密庵，生卒年不详，作品不丰，流传的仅有这首《半半歌》，诗曰：

> 看破浮生过半，半之受用无边。

半中岁月尽幽闲，半里乾坤宽展。

半郭半乡村舍，半山半水田园。

半耕半读半经廛，半士半民姻眷。

半雅半粗器具，半华半实庭轩。

衾裳半素半轻鲜，肴馔半丰半俭。

童仆半能半拙，妻儿半朴半贤。

心情半佛半神仙，姓字半藏半显。

一半还之天地，让将一半人间，

半思后代与沧田，半想阎罗怎见。

酒饮半酣正好，花开半吐偏妍。

帆张半扇免翻颠，马放半缰稳便。

半少却饶滋味，半多反厌纠缠。

百年苦乐半相参，会占便宜只半。

小诗剪辑了多种生活场景，形象生动，浅显易懂，耐人寻味。

作者感言：两首小诗启示我们，世界上的万事万物，都不是具足圆满的，都是两种相对性质或现象各自参半的"半半"状态，人生当然也不例外。我们之所以从艺海中淘来这两首脍炙人口的小诗，就是想借此说说"半半"人生。所谓"半半"人生，就是各自参半的人生。

我们知道，"半"字在通常情况下是中性的，做量词，表示事物的一半、一部分，是一种不全面、不完整、不圆满的残缺状态，但有时也有不怎么光彩的贬义，比如：事情没做完就中途停止叫"半途而废"，人际交往中不实在叫"半心半意"，行为鲁莽叫"半彪子"，性格过于张扬叫"半疯子"，对某种理论或技术略知一二叫"半瓶醋"等。这些都不是我们要关心的，我们关注的是"半半"，是人生的"半半"，而"半半"人生中，蕴含着三条重要的做人道理。

道理一："半半"人生是一种人生常态。人生在世，都努力追求圆满，都希望无忧无虑、事业成功、生活幸福，都想达到崇高、纯美的境界，但这只是希望和理想，是彼岸世界里的美好伊甸园，而此岸世界，即人生现实则是真假参半、善恶参半、忙闲参半、穷富参半、荤素参半、冷暖参半、得失参半、成败参半、喜忧参半、苦乐参半、对错参半，等等。这是因为，人始终是一个"未完成"的存在，人只要生存着，就始终处在自我完成的过程中，而人又永远不会最后完成，永远不会达到那样一个完美的理想境地，人生永远是现在进行时，人永远在路上。所以，人生是残缺的，是多种相对甚至相反因素并存的"半半"状态，认为人能做到尽真、尽善、尽美，没有一点儿瑕疵，只是天使的梦想。明白这一点很重要，因为这是人认识人生、理解人生、感悟人生和创造人生的基石。心里只要有了"半半人生状态"这个谱，在面对人生万象时，特别是在大悲大喜面前，人就容易保持一分冷静和清醒，就能随时调整心态，容易达至"得之不以为喜，失之不以为忧""宠辱不惊，看庭前花开花落；去留无意，望天上云卷云舒"的境界。

道理二："半半"人生是激发人改造现实的强大动力。"半半"人生还有一个非常重要的潜在价值，那就是，它的残缺状态引发了人对现实的强烈不满，激发了人改造现实、追求美满的强大动力。残缺是现实，但人并不甘于残缺也是现实，人在不断地改造现实，努力补足残缺。人知道，人无法达到圆满无缺，但人更知道，通过不懈的奋斗，人能一点点逼近圆满，让人生越来越美好，所以，人类从未安于"半半"的残缺现状，始终没有放弃对美满的追求。也正因为如此，人类经过数万年的艰苦奋斗，告别了茹毛饮血的荒蛮时代，也告别了黑暗的奴隶制、封建制时代，正一步步走向自由、平等、民主、文明的新时代。人类永远无法抵达圆满恰恰是人类永远不懈奋斗的动力。

道理三：坚持"半半"人生原则，是一种生存智慧。"半半"人生，不仅是一种生存状态，亦是一条人生原则。"半半"人生原则主张"中道"人生，它反对偏执和走极端，凡事主张"执两用中"。"酒喝半酣"，酒喝到一半，就是正好的时候，就赶快停下来，这样就可避免醉成一堆烂泥，既伤身体，又丢人现眼；"花开半吐"，花半开的时候，就是花最艳丽、最动人的时候，赶快观赏，一旦彻底开放，就接近凋落，便失去了光艳；"帆张半扇"，江海上行船，船帆半张，船儿稳稳行驶，就不会有翻船的危险；"马放半缰"，骑马的时候，半松马缰，让马儿不紧不慢地跑着，骑在马上就稳当，就不会有从马上摔下来的可能；"半少却饶滋味"，达不到一半的程度，事情做不到位，就感受不到"半"（中道）的好处、妙处；"半多反厌纠缠"，超过了一半的程度，事情做过了头，反倒被事情纠缠，惹来了麻烦。这就是"半半"中蕴含的人生道理，即"中道"。

"中道"人生原则是我们祖先在长期实践中总结出来的。先民们在长期生产、生活实践中发现，一切事物的运动和发展都是有规律的，只有遵循事物的客观规律而做到适当程度，才能达到最佳的预期效果。这个最适当程度就叫作"中"，如果能恰到好处地掌握住适度，就叫做"执中"；偏离了这个度，就是"失中"。由于用适中的方法办事能符合实际而收到最佳效果，所以"中"就含有合宜、正确之意；又因为用"执中"的方法处理事务能体现公平合理，所以"中"又含有中正、公正之意。当把"执中"的方法从实践经验升华为理论时，就叫作"中道"，也叫作"中庸""中和"。据史书上记载，远古三圣尧、舜、禹都把"允执厥中"（言行符合不偏不倚的中正之道）即"中道"作为世代相传的治国方法。孔子总结了先圣的经验，进一步提出"执两用中"。"执两"，就是把握住"不及"和"过"两端。"不及"是没有达到"中"，没做到位，其主要原因在于拘谨和保守；"过"是超过了"中"，做过了头，其主要原因在于放纵和激进。孔子强调"过犹不及"，做不到位不好，做过了头跟做不到位一样不好，所以，把握住两头，不走向极端，才能用好"中"。

　　关于什么是"中道"（"中庸""中和"）及"中道"的价值，《礼记·中庸》中有一段经典表述："喜怒哀乐之未发谓之中，发而皆中节谓之和；中也者，天下之大本也，和也者，天下之达道也。致中和，天地位焉，万物育焉。"意思说，控制住喜怒哀乐情绪，使之不发作，叫作"中"；喜怒哀乐情绪表现出来的时候，都符合节度，恰到好处，叫作"和"。如果能够做到"中"，是天下最大的根本；如果能够做到"和"，天下才能归于道，有所遵循。如果达到了"中和"境界，天地便各在其位了，万物便生长繁育了。

　　"半半"就是"中道"，它是两级之间的均衡，是不左不右、不上不下、不偏不倚的适中，是不走极端的恰到好处，是太极图里阴鱼阳鱼各占其半、你中有我、我中有你的对立统一，是事物的辩证法。明白了"半半"的人生道理，并坚守这一原则，就会"受用无边"。清代名臣曾国藩深谙"半半"，深知"左列钟铭右谤书，人间随处有乘除"，所以，当剿灭太平军、攻克天京城、朝野敬仰、名动天下时，他审时度势、急流勇退，主动裁撤湘军，数次推辞嘉奖，避免了"功高盖主"可能带来的祸患。而袁世凯就不谙"半半"，被权力冲昏了头脑，非要登基做皇帝，开历史倒车，儿子袁克文告诫他"遽怜高处多风雨，莫到琼楼最上层"，他就是不听，结果上演了一出"八十三天皇帝"的闹剧。

也许有人会说，"半半"现象是一种消极现象，是劝人不思进取，所谓"中道"，就是保持中游，不前不后、不好不坏，遇事不明不白，糊里糊涂。其实这是误解。理由如次：

理由一：当我们说"'半半'人生状态是人生常态"时，是在陈述一种客观事实，是告诉人们，人生的现实就是这样的：人有的时候明白，有的时候糊涂；有的时候事情做得很好，有的时候却把事情做得很糟；有的时候高兴，有的时候生气；有的时候吃荤，有的时候吃素，等等。事实就是这样的，我们只是把这个事实说出来。我们并没有告诉人们，人应该半清醒半糊涂、半干好事半干坏事、半正直半邪恶等，而这些，也是我们极力反对的。

理由二：当我们说"'半半'人生原则是一种生存智慧"时，旨在说明，"半半"原则是一种哲学上的"度"，是保持事物平衡状态的一种法则，是把事情做好并达到预期目的必须遵循的科学态度。列宁曾说的"真理只要向前一步，哪怕是一小步，就会成为谬误"的道理，就是"半半"，就是"过犹不及"，就是"中道"。如果把握了"半半"，人就会少一分盲从，多一分醒悟；少一分攀比，多一分努力；少一分计较，多一分包容；少一分患得患失，多一分豁达坦然。所以，"半半"绝无导人"不思进取"之意。

自《半半歌》问世以来，后人仿作的《半半诗》《半半歌》频频见于书报杂志和网上，但大都没有跳出原作的窠臼，只是换换表达对象和内容，并无新意，照葫芦画瓢，仿仿而已。

顺便说一句，"半半"现象在艺术中往往表现朦胧之美、含蓄之美、对称之美。"犹抱琵琶半遮面"，琵琶女的娇羞之态跃然纸上；"半江瑟瑟半江红"，夕阳残照下的一江春水，明暗相间，波光粼粼，幻妙无穷。明代诗人梅鼎祚有一首题为《水乡》的小诗："半水半烟著柳，半风半雨催花；半没半浮渔艇，半藏半见人家。"全诗四句二十四字，连用了八个"半"字，把一个烟雨朦胧、半隐半现的江南水乡描绘得惟妙惟肖。

必要的挣扎

有一个农夫，在山脚下的一片农田里劳作，他觉得有些累了，就走上田头，在路边的一块石头上坐下来，拿出烟袋，在烟口袋里挖出一烟袋锅旱烟，点着，吧嗒吧嗒地抽起来。无意间，他发现路边的山脚下有一只茧子在滚动。他走过去一瞧，那是一个蝴蝶茧，茧的一头已经破出了一个洞，蝴蝶的头已经钻了出来，身子还在茧子里。那蝴蝶奋力挣扎着，想把身子从茧子里拽出来，可它无论怎么努力，身子怎么也无法从小洞里拽出来。农夫见蝴蝶苦苦挣扎的样子，顿生怜悯之心，立即动手将那茧子撕破，帮助蝴蝶爬了出来。爬出来的蝴蝶在地上团团转，怎么拍打翅膀也飞不起来，扑腾了好一会儿，那蝴蝶趴在地上不动了，那农夫仔细一瞅，蝴蝶已经死了。

农夫很沮丧，他搞不明白，他在破茧的时候，根本没有伤着蝴蝶，蝴蝶出来的时候，全身也是好好的，怎么就飞不起来，怎么就死了呢？

这时，村里的教书先生正好从这条小路走过，见农夫忧郁的样子，便上前问其缘故。农夫指指那只死去的蝴蝶，说了原委。

教书先生听罢，对农夫说："你是好心办了坏事，是你害死了这只蝴蝶。"

农夫惊愕。教书先生接着说："蝴蝶在茧子里挣扎，是它成长必须经历的一段过程，是它生命的需要，它必须通过苦苦挣扎，来消耗掉蛹肚子里的大量体液，来增强自己的体力，来运动自己的翅膀，等它挣扎出来的时候，它的身体已经健硕，它的翅膀已经有力，破茧后可以轻松地飞起来。可你替它破了茧，它的身体还瘦弱无力，它的翅膀还没有力量，根本飞不起来，所以，它只能短命地死去。"

农夫懊悔不及。

作者感言：我们想借这则故事说两点想法：

想法一：人的成长过程亦如破茧化蝶，亦需要苦苦挣扎。挣扎就是历练，就是奋斗，它是增强体能、练就生存本领的过程，是生命成长不可或缺的重要环节。这个环节谁都不能代替，代替了，就失去了生存能力，就会像故事里的那只蝴蝶一样短命。人一生下来，不怕滚下床掉到地上学翻身是挣扎，不拒绝一次次歪倒学坐着是挣扎，不怕一次次跌倒学走路是挣扎，正是这些不间断的挣扎，让人学会了翻身，学会了坐着，学会了行走和奔跑；不怕耻笑牙牙学语是挣扎，不怕扎破嘴拿筷子学吃饭是挣扎，背着书包进学堂苦读十几年也是挣扎，正是这些挣扎，让人适应了社会，有了生存本领。而谁在这个过程中越卖力、越不怕吃尽苦头奋力挣扎，谁就会更健硕、更智慧、更有本领，他就会成为人精，成为佼佼者，他的人生就会精彩。你想成为一只美丽的能在花丛中自由飞翔的蝴蝶吗？那就奋力挣扎吧！

想法二：不要做故事里的农夫，好心办坏事。人需要善良，需要有怜悯心和关爱心，但得用的是地方、用的是时候。当他人处于困境需要帮助的时候，积极援手，哪怕牺牲自己的利益也在所不惜，是善良，是美德懿行；但涉及生命个体生存能力历练的许多事情，则不可轻易出手相助，因为你的相助会使生命体失去了历练机会，从而使其丧失了生存能力，你的帮助实质上是害了他，正如农夫。当然，我们无须怪罪和谴责农夫，因为他不懂这些，不懂者不怪。

其实，农夫的做法，在现代子女教育方面，屡见不鲜。纵观20世纪80年代以来的大陆中国，父母对子女的培养教育，有一个共同弱点，即"娇之太甚，养之太过"。本来应该孩子自己做的事情，父母都为之代劳，使其失去了许多生存能力，有的人上了大学，还不会叠被子、洗衣服。因此，许多教育家一再提醒天下父母，抱大的孩子很难成才，要让孩子经风雨，见世面，孩子只有在亲力亲为和克服困难过程中才能长大成人。

永远的伊文思小姐

　　1912年4月10日，"泰坦尼克"号从英国南安普顿出发，驶向美国纽约，开始了这艘"梦幻客轮"的处女航。4月14日晚11点40分，"泰坦尼克"号在大西洋撞上冰山，于4月15日凌晨2点20分沉没，一千五百二十三人葬身海底，其中就包括伊文思小姐，那年，她仅仅十九岁。

　　当时，客轮上只有二十艘救生艇，经过短暂的骚乱后，在史密斯船长的主持下，人们立刻决定，把逃生的优先权留给妇女和儿童。当最后一艘救生艇放下后，伊文思小姐获得了逃生的权力，她被安排上了救生艇。她刚刚坐定，就发现有两个儿童还留在客轮上，但救生艇已经没有位置了。她瞬间做出了惊人之举，她从座位上站起来，从容地走上客轮，对两个孩子说："坐我的位置吧！我没有结婚，也没有孩子。"

　　没有豪言壮语，没有片刻迟疑，她与其他一千五百二十二名同船者一起，微笑着面对死神的到来。浩瀚的大海把她的生命永远定格在十九岁的年轮上。

　　作者感言：她是女人，她有逃生的权利；她坐上了救生艇，已经获得了逃生权利。但她从容镇定，义无反顾地走回即将沉没的客轮，把生的希望留给了两个孩子。一个十九岁的花季少女，以凛然大义书写了她人生的壮丽，完成了生命由有限向无限、由短暂向永恒的超越——伊文思小姐没有死，她是一位容光焕发、神采奕奕的圣洁女神，永远活在世人的心里。她的义举，永远感召和激励着世人。

　　当生命被逼到断崖绝谷的最后时刻，最能展现人性的光辉。在"泰坦尼克"号蒙难过程中，除了伊文思小姐舍生义救两个孩子之外，还有许多感人的故事：船上的成年男人毅然担起了"伟丈夫"的神圣责任，以自己的牺牲彰显了人类对弱小者的同情心、怜悯心和关爱心；许多人忙得满头大汗，他们有的忙着放救生艇、有的扶着年老的女人和孩子们上救生艇、有的维持秩序，他们心中只有责任和担当，没有丝毫对死的恐惧；船上的管弦乐队，一直到船沉的最后一刻还在演奏，他们用音乐安抚着这些注定要在几十分钟后死去的人们……

在烂漫的花海中，难免会有几株有毒的葛藤。有两个成年男性，藏在女人的裙摆下混上了救生艇，从而得以苟且逃生。这两位男性，一个是四十一岁的日本人雅文细野，一个是二十五岁的土耳其人内尚·克雷科里恩。雅文细野回国后被免去了高级官职，日本报纸公开指责他损害了日本人民的尊严，当时欧洲媒体也做了大量报道，甚至还写进了欧洲国家的教科书，他直到死都受到了世人的道德谴责。

把伊文思小姐及蒙难者放到生命的天平上，象雅文细野一样的一切苟活者，立刻就失去了人生重量。

顺便说一句，在泰坦尼克号的蒙难者中，还有一位女性，她叫伊达·施特劳斯，她是玛西百货商店老板的妻子，她已经登上了三十八号救生船。就在船要放到水面的那一刻，她突然起身跳了出来，跑到丈夫身边说："我们俩已经共同生活了这么多年，你去哪儿，我也去哪儿。"随后，她平静地与丈夫坐在甲板的长椅上，微笑着迎接人生最后的时刻。

弘一法师与雪子姑娘

雪子，一个像她的名字一样纤尘不染，宁静、温良、谦恭的日本姑娘，像一片晶莹剔透的雪花，轻轻地飘落在一代才子李叔同的怀里；李叔同，中国20世纪初叶擅书法、通丹青、工诗词、达音律、精金石、善演艺的新文化运动的精英，他热情地接纳了雪子，拥吻了雪子，于是便演绎了一段菩提树下生离死别的爱情故事。

李叔同生于天津豪门富户，因是庶出，加上幼年失怙，曾过早体验了人生的残缺。稍长就读于上海南洋公学，受业于蔡元培，邃觅群科，钻研法学，后与黄炎培组织沪学会，宣讲进步思想。不久，蔡元培遭到通缉，黄炎培逃亡日本，李叔同济世强国梦化为泡影。1904年，他东渡日本，于东京学习油画，从事音乐、戏剧创作，与人合作创办《音乐杂志》，发起组织春柳社，演出话剧《茶花女》。

李叔同是雪子家的房客，同时雪子又是李叔同所雇佣的绘画模特，从阳春三月粉红迷离的樱花树下到寒风凛冽、白雪纷飞的冬夜小径，从油彩绚烂的画布到演绎悲情人生的《茶花女》，从最初的相识到相知，两个人很快坠入爱河，成了相濡以沫的伴侣。

1911年春回国时，雪子明知李在中国天津有发妻和子女，亦义无反顾，随李从樱花树下漂洋过海，来到中国。

李叔同回国后，主编《太平洋报》副刊，尽情施展才华。旋即，中国陷入北洋军阀统治的黑暗年代，报社停刊，李叔同到杭州浙江一师教书，由西装革履的翩翩公子，变为恂恂儒雅的教书先生。这期间，他教过音乐，创作了以《送别》为代表的一批优秀歌曲；教过美术，在美术课上大胆开设裸体写生，音乐家刘质平和画家丰子恺就是他当时的学生。

不久，李叔同对佛学产生浓厚兴趣，学校放假亦不回家，潜心读经。后朋友同事强行将其"押解"回家，雪子见了，上前拥吻他，他双手合十，断然拒绝，说："阿弥陀佛，我要打坐了。"

1918年8月，李叔同在杭州虎跑寺断食十七天后，身心灵化，告别好友、门生和妻子，剃度为僧，法号弘一，时年三十九岁。

遁入空门后，李叔同托朋友杨白民将雪子送回日本。雪子心成粉齑，她悲痛欲绝，在西湖岳王庙外的素食店告别时，雪子问："叔同，你看看我，才二十八岁，我们恩爱七年的感情难道还比不上佛吗？"李叔同面色淡然，纠正说："叫弘一。"余下无话。饭后，弘一大师即雇小舟，告辞回寺，始终不再回头。岸边雪子，撕心裂肺地大哭了一场。她不明白，佛门苍冷的青灯，能渡得了天下苍生，怎么就不能照见她一个弱女子的挚爱深情呢？

雪子走了，从此下落不明。没人知道，那些疼痛，那些心碎，陨落何方。而她挚爱的男人，却成了普天之下，尽人皆知的文化高峰。

作者感言：艳若桃花的娇妻挚爱和如日中天的锦绣前程，竟抵不过冷寂的青灯古佛？红尘里的常人的确无法理解。是什么让李叔同坚定不移地放弃绚丽的红尘生活，心甘情愿地归于平淡，奔向佛界那片空灵纯净的高地呢？纵观弘一法师的后半生，我们给出的回答是：信仰。是对佛教的信仰让李叔同义无反顾地告别了滚滚红尘，他出家后的实践就是有力证明：

李叔同出家后师从寂山法师，闭门修律，数年后写成《四分律比丘戒相表记》。后来又师从印光法师，印光法师"惜福"和"救世"的嘉言懿行，深刻影响了弘一以后的修行生涯。弘一法师的修行，可以用"三至"来概括：一是律己至严，恪守戒律，一丝不苟；二是治学至勤，凤夜匪懈，起早贪黑研读佛学并写出了多部佛教经典；三是操行至苦，他云游四方，总是光着脚穿着芒鞋，孑然一担，宗教人生，圣洁而悲壮。如果没有对佛教的坚定信仰、信念，是绝对做不到的。

是佛教信仰成就了李叔同的佛学事业，佛门弟子将弘一法师奉为律宗第十一代世祖。

弘一法师的向佛心性到底修持到什么境界？世俗人无从得知，世俗人也没有必要知道。不过，从他1942年10月13日圆寂时写下的四字遗言"悲欣交集"中，似乎也透露出他还存有某种不能割舍的世俗情怀，否则，一个修持到空灵境界的佛学大师，怎么还会在最后时刻发出被"悲欣"困扰的感叹呢？也许，雪子是弘一法师心灵深处永远"交集"的"悲欣"，那是他的隐私，是他灵魂深处无法抹去的痛。

李叔同一心向佛的故事，足证了信仰的强大力量。信仰是一种精神性存在，是人对自己所认同的价值对象的执着追求，它通过人所追求的目标体现出来。一个人，一旦执着于某种信仰，这信仰就处于支配地位，其他的一切都会变得无足轻重。"生命诚可贵，爱情价更高；但为自由故，二者皆可抛。"为了"自由"这个信仰，宝贵的生命可以抛弃，美好的爱情也可以抛弃。1840年鸦片战争至1949年新中国建立的一百多年间，无数优秀中华儿女，为中华民族"救亡图存、去弱图强"的信仰，抛头颅，洒鲜血，前赴后继，谱写了一曲曲悲壮的不朽圣歌。由此看来，坚定的信仰，很多时候，比爱情、亲情乃至生命更具有感召力、支撑力和推进力。古往中外，为了信仰毅然割舍爱情、亲情乃至生命的人，不可胜数，李叔同只是其中一人。不过，令世俗人深深惋惜的是，李叔同的割舍，实在是亏了雪子小姐。李叔同皈依佛门前的《送别》，一曲成谶，那是雪子心碎的低吟：

> 长亭外，古道边，芳草碧连天。晚风
> 拂柳笛声残，夕阳山外山。
> 天之涯，地之角，知交半零落。一壶
> 浊酒尽余欢，今宵别梦寒。

加 莱 义 民

英法百年战争（1337-1453）爆发后，法军节节败退。1347年8月，英王爱德华三世指挥大军在克雷西大败法军并乘胜追击，北上包围了港口城市加莱，断绝了进城的粮草。加莱人奋勇抗战，拼死守城，在坚持了十一个月后，弹尽粮绝，被迫乞降。因加莱人的抵抗给英军造成了不少损失，爱德华三世不想轻易放过加莱人，想好好羞辱他们一番。他提出："如果加莱市长让六名有声望的加莱市民身着衬衣，光头赤脚，颈套绳索，带着加莱城门的钥匙前来，并任由我们处死，其他人则可饶恕。"

加莱市长约翰·德维耶纳来到广场，敲响了集合的钟声，全城男女老少蜂拥而至。他向市民宣布了英国人提出的条件。听罢这种屈辱的条件，人们无不悲伤和绝望，就连市长也泣不成声。一阵沉默之后，全市最富有的市民尤斯塔斯·德·圣皮埃尔站起来说："先生们，如果我的牺牲能拯救我的同胞，我愿成为六人中的第一个。"尤斯塔斯话音刚落，人们全体起立，向他表示敬意。接着，富有而又受人尊敬的约翰·戴尔站起身说，他愿意成为第二个，此后，又有四人相继报名。

六人被带到爱德华三世面前，他们双腿下跪，双手高举，说道："英武无比的国王，在您面前的是六位加莱市民，我们都是富有而又受尊敬的人，给您带来了城门的钥匙。我们完全遵照您的意愿前来听候您的处置，是为了拯救饥寒交迫的全城市民。"

目睹此情此景，在场的所有男爵、骑士、护卫无不流下了同情的泪水。爱德华三世怒目而视，命令砍下六人的头。在场所有的人都乞求国王慈悲为怀，宽恕他们，可是国王根本不听。一位将军力谏说："仁慈的陛下，请息怒。陛下具有伟大而高尚心灵的美誉，不能因此事而受损，陛下也不要因此事让世人鄙视。如果陛下处死了这六位令人尊敬的人，全世界会说陛下残酷无情，因为他们是为了拯救全城人而自愿来听候仁慈的陛下发落的。"爱德华三世还是无动于衷。这时，身怀六甲的王后亲自下跪，泪流满面地哀求说："仁慈的陛下，我是冒着千难万险渡海来看陛下的，我以前从未求过陛下什么事，现在我恳求陛下，为了仁慈的圣母玛丽亚之子耶稣基督，为了陛下对我的爱，宽恕这六个人，以作为陛下送给我的礼物吧。"国王看着王后，沉默良久，然后说道："哦，亲爱的，朕真希望你在别处而不是在这里；既然你以这种方式求朕，朕怎么能拒绝；就把他们交给你吧，由你全权处置。"

王后把这六位市民带到她的下榻处，让人解开套在他们颈上的绳索，给他们换上新衣服，为他们做了一顿丰盛的晚餐。然后，给他们每人六个金币，由护卫送他们安全离开了营地。

六位义民英勇赴难的精神感动了整个加莱市，他们被市民奉为加莱的城市英雄。他们的故事也一代一代地被人们传颂。1884年，为了纪念这六位义民，加莱市市长邀请雕塑家罗丹制作一座忠魂碑。罗丹兴奋地接受了这一任务，创作了不朽的《加莱义民》群雕。如今，这组雕像仍矗立在加莱市的里席尔广场。

作者感言： 加莱六位义士从容赴难并得以生还的故事给我们三点启示：

启示一：舍生取义是普世美德。 所谓"舍生取义"，就是为了正义事业而宁可牺牲自己生命的行为。这一成语出自《孟子》。孟子说："生，我所欲也；义，亦我所欲也。二者不可得兼，舍生而取义者也。"这是中国古圣贤的道德宣言，也是中华民族的传统美德，更是全人类共同信奉和赞誉的道德信条。翻开人类历史，无论哪个民族，哪个国家，都能列出一长串或为他人，或为团队，或为民族，或为国家毅然牺牲自己的义士："我唯一遗憾的事情是，我只有一条生命献给祖国"的美国独立战争时期的战士黑尔·内森、撰写《绞刑架下的报告》的捷克共产主义战士伏契克、"人生自古谁无死，留取丹心照汗青"的文天祥、"砍头不要紧，只要主义真"的中国共产党人夏明翰等，都是这千万义士中的一员。他们都自愿拿自己的生命换取了他人的安全幸福或民族国家的安宁，他们是人类的楷模。

启示二：从容就义的精神尤为可贵。 "慷慨捐身易，从容就义难。"同样是为正义而献身，在战火纷飞的拼杀中倒下、抗洪中意外被洪水卷走、在突如其来的风险中把别人推到安全地带而自己身亡等，是慷慨捐身；明知前去赴死，冷静思索后，毅然前往，是从容就义。两者相较，后者更难做到。这是因为，前者有情境性、紧迫性、随机性、情绪性等特点，在紧急关头，人们来不及太多思考，毅然行动，其选择的难度较小；而后者，则是在深思熟虑之后，经过种种利弊分析做出的理性选择，能冷静地抛弃个人的一切以至于生命而维护他人、团队或民族国家的利益，需要更大的勇气和决心。所以，加莱六位义士的义举，更难能可贵，更值得学习和效法。

启示三：舍生取义行为具有强大的震撼力和感召力。六位义士舍生拯救全体市民的义举，不仅感动了加莱市民，也感动了敌人，敌人的将军和敌国的王后都站出来为他们请命。由此证明，正义的行为是具有道德力量的，它不仅能征服自己人，亦能征服敌人，这是因为，人都有人性，人心是相通的。

成千上万舍生取义的仁人志士已离我们远去，但他们的生命并没有终结，他们的义举，他们的精神已经超越了有限走向无限，世世代代活在人们的心中。

老农移石

　　一位老农的地里，多年横卧着一块大石头，它不仅碰断了老农好几把犁铧，而耕作起来也十分不方便。在又一次把犁铧碰断后，老农决定挖出它。老农找来撬棍伸进巨石低下，却惊奇地发现，巨石埋在地下的部分并没有想象的那么深、那么厚，他稍稍一使劲就把石头撬了起来，并翻动着很快移到地外。看着移到地外的巨石，老农脑海里闪过多年一次次被巨石困扰的情景，禁不住一脸苦笑。

　　作者感言：人间万象，有些事情，想来简单，一旦做起来却很难，甚至无法做到；可有些事情，看似无法做到，一旦做起来，却顺利做成，甚至轻而易举。老农移石便属于后者。老农为什么过高估计了那块巨石呢？原因有二：

　　原因一：惑于表象。有些事物从表面上看，非常庞大或千丝万缕，直观上让人感到，做好这件事非常困难，老农多年没有动那块横卧在地中央的石头，就是被其表面的庞大所慑住。在老农看来，这么大一块巨石，想把它起出来移到地外，是根本不可能的，干也是徒劳。

　　原因二：囿于常识。常识告诉人们，有些事物，凸显在表面的部分，往往是很小或很少的一部分，而深藏其内的未显和未知部分才是事物的主体，如漂在大海上的冰山，水下的部分远远大于可视部分，老农依据常识认为，如此庞大的一块石头，地下部分肯定更大，甚至可能是一块像小山一样的巨石，根本无法撼动。

　　这个小故事告诉我们，有许多事情，看上去无法做到，实际做起来并不那么困难，有的甚至可能轻松做成，所以，不要惑于现象和常识，不要被表面现象所吓退。不管看上去多么难做的事情，都要大胆去做，不做，怎么知道做不成？只有做了，才会知道是否能做成，况且，即使知道事情很难做成，仍大胆地、积极地去做，很可能在做的过程中，会找到破解困难的方法，成功不一定像想象的那么难。

老父卖肾助女追星

　　这是一个匪夷所思而令人心碎的真实故事：2007年3月25日深夜，一个来自甘肃省兰州市名叫杨勤冀的老人，从香港尖沙咀天星码头附近的一个通宵餐馆里走出来，他来到码头边，抬头望望满天闪烁的星斗，长叹一声，纵身跳进波涛汹涌的大海里。次日清晨6时许，他的尸体被打捞上来。杨勤冀，何许人也？他为什么来香港？他又为什么要跳海自杀？这还得从他的女儿说起。

　　杨勤冀是甘肃省兰州市的一名退休教师，2007年六十八岁，他的独生女儿叫杨丽娟。1994年的一天夜里，十七岁的杨丽娟梦见自己和香港歌星刘德华在一起，于是便成了刘德华的"粉丝"，到1995年，杨丽娟迷恋刘德华已失去理智，不上学、不工作、不交朋友。杨勤冀夫妇及亲朋好友软硬兼施，想方设法地劝导、阻止，均不奏效。万般无奈之下，杨勤冀夫妇决定满足女儿的心愿，同意女儿亲眼见一见刘德华。1997年，杨丽娟向父母要了九千九百元，到香港旅游，想见到刘德华，最终无望而返。2003年，为了满足女儿的心愿，杨勤冀卖掉房子，一家人每月花四百元租房住，支持杨丽娟去见刘德华，杨丽娟几次去找刘德华，都未成功，钱很快花光。2004年10月，刘德华到北京开演唱会，杨丽娟买了最贵的门票，仍未近距离接触到刘德华，陪往的母亲还摔伤了双脚。2005年10月，杨勤冀夫妇再次筹钱陪女儿到香港，在刘德华的住处守了两天两夜，仍没有见到刘德华。2006年3月，杨勤冀决定卖掉一只肾，为女儿筹钱赴港。2007年3月19日，杨丽娟在父母陪同下第三次来到香港，于3月25日见到了刘德华，并与之拍照留念。但杨丽娟并不以此为满足，还要求父母帮助她再见刘德华并和他聊聊天。杨勤冀也因此企图拦住刘德华的车，但未达到目的，心里很生气。当天晚上，他和妻子一起到尖沙咀天星码头旁的通宵餐馆进餐，杨太太因劳累伏桌而睡，杨留下近万言的遗书，出门跳海自杀。

作者感言：女"粉丝"苦追刘德华十三年，弄得倾家荡产，老父殒命，听来让人扼腕。而自20世纪90年代以来，大陆中国青少年的追星现象愈演愈烈，以致形成了"追星族"这一群体。这一群体上演了许多令人不可思议的闹剧，如：把"刘德华，我爱你"几个大字印在自己每件衣服的后背，整天背在背上；把所迷恋的影星、歌星或球星的照片贴满了自己的房间；明星的车从自己的身边驶过，溅到衣服上的泥也舍不得洗掉，反而珍藏起来，每天拿出来拥吻，等等。更有甚者，因追星而辍学、离家出走，甚至自杀。四川一名十三岁的女孩儿在连看八遍《流星花园》后，独自离家出走，下落不明；武汉女歌迷为思念谢霆锋而跳河寻死；十七岁的偏瘫歌迷周枫为周杰伦走遍六省，最后吞下三十粒安眠药……

纵观大陆中国20世纪末至21世纪初的"追星"现象，呈以下三个特点：

特点一："追星族"群体均是刚刚步入青春期的青少年。

特点二：所追对象均是演艺界、体育界走红的演员或运动员，根本没有科技界、学术界、政界的的科学家、专家和思想家、政治家。

特点三："粉丝"们所仰慕的均是明星们外在柔美或健美的体态以及表现出的动人气质，而非明星的创业精神和奋斗经历。

综上可见，对影视明星的过度迷恋，是青少年成长过程中的一种心理偏差现象，它从一个侧面透视了当代青少年积极信仰的缺失。

本来，对伟人、英模或明星崇敬是人生的正常现象，因为榜样的力量是无穷的。"学习雷锋好榜样"，一个普通的士兵，影响了中国几代人。翻开历史，不管哪个时代、哪个民族，都有过崇敬榜样的现象，也有许多人在榜样激励下干出了一番惊天动地的事业。给自己树立一个榜样，并努力成为那样的人，是人的正常心理，但问题在于，崇敬崇拜什么样的榜样和崇敬崇拜榜样什么？正确的想法和做法是：作为一个正在成长中的青少年，为了激励自己健康成长，应该把为人类做出贡献的思想家、科学家、哲学家、作家、英雄、劳模等作为自己的榜样对象，把他们的思想品质、奋斗精神、人格气质等作为崇敬崇拜的内容，并执着追求，即使是崇敬崇拜影星、球星、舞星、歌星等，也应景仰和学习其奋斗精神和技艺才能，而不是仅仅迷恋其外表，更不应将其作为偶像加以崇拜。

杨丽娟的追星行为，说到底是一种偶像崇拜行为。偶像崇拜是一个人对所景仰、崇敬或信仰对象顶礼膜拜的一种极端形式，是对其崇敬对象的过分偏执和迷狂，是我们每一个人都应该谨防的病态心理。

杨丽娟追星的悲剧不仅给每个青少年敲响了警钟，它也提醒天下父母要科学对待和积极引导子女树立正确的榜样观，防止其出现偶像崇拜的心理偏差，绝不能象杨勤冀夫妇那样一味顺着孩子的心思做。

亚瑟尔之死

　　亚瑟尔是20世纪90年代美国纽约市的一位年轻警官，他敬业、机智、勇敢，长得也英俊潇洒，他屡立战功，颇得上司赏识。在一次追捕中，他一人抓获了多名歹徒，在与匪首搏斗时，匪首扎瞎了他的左眼和打碎了他的右膝盖骨，他当时昏倒在地。

　　他光荣住进医院，人们送来了鲜花和赞辞。全国各大广播电视台和各大报纸纷纷报道了他的事迹，他成了美国人心目中的英雄。伤口刚刚痊愈，他就带着一只瞎眼和拖着一条残腿要求出院。记者前来采访他，问他靠什么力量战胜痛苦和为什么要求出院时，他只有一句话："我只知道，匪首还没有绳之以法，我要抓到他。"

　　他的请求得到了允许，他戴上墨镜，拖着残腿，又踏上了追捕罪犯的征程。他克服了连健康人都难以克服的重重困难，在一年后的一个雨夜，在异国的一个小镇上，他终于找到了使他致残的那个匪首。他再一次与之搏斗，并亲手把罪犯抓获。

　　亚瑟尔再一次赢得了鲜花、荣誉和奖赏。可是，一周以后，亚瑟尔在自己的寓所割腕自杀了。他在遗书中写道："罪犯终于抓到了，我心中的仇恨也消解了。站在镜子面前，我看到了我现在丑陋的样子，我无法面对现实。面对伤残，我从来也没有像现在这样恐惧过，我瞎了一只眼睛，瘸了一条腿，我还能做什么呢？尤其这丑陋的形象，实在让人难堪。我不知道怎样打发将来的日子，我无路可走。我感谢给我关怀和帮助的亲友同事，祝你们好运。我走了。"

　　作者感言：亚瑟尔无愧于一名优秀警官，他头脑清醒，有很强的自我意识和坚强的意志力，他知道自己要做什么和怎么做，他坚韧不拔，不达目的绝不罢休，他创造了自己有价值、有意义的人生。就这样一位清醒而坚强的人，怎么就猝然倒下了呢？

从他的遗言中，我们知道，他自杀的直接原因是他无法面对自己的残疾，他不知道自己瞎一只眼和拖着一条残腿还能做什么，他残疾的形象太丑陋了，他无法面对世人，所以，他无路可走。可我们别忘了，一年前，他就是这副模样，那时，他怎么没有想到自杀呢？那是因为，他还有心事，他要抓住伤害他的那个匪首，他要报仇，这是他心中的目标，也是他积极要求出院继续工作的动力。为了实现这个目标，他出院了，他继续战斗，终于在一年后抓住了匪首，实现了目标。

他伤残后一年的工作实践，有力证明了两点：

证明一：他不仅有能力继续工作，而且还能在工作中创造业绩。

证明二：世人并没有因他形象丑陋而歧视他，反而还高度赞誉他并送来了鲜花。

这两点他心知肚明，那他为什么还要自杀呢？原因还得从遗嘱中寻找。从遗嘱中不难看出，亚瑟尔自杀前，心中非常恐惧，眼前一片黑暗，脚下无路可走，伤残的负面影响被他无限放大，形成了一堵让他无法逾越的高墙，挡住了他的去路，他只能选择结束生命。这是一种极端的绝望情绪，这种情绪一旦生成，就会把人逼进死胡同，人的思维就会停止，精神就会崩溃，悲剧于是发生。让亚瑟尔生成绝望情绪的原因有二：

原因一：他无限放大了伤残的负面影响。在他的思想里，他瞎了一只眼，瘸了一条腿，将来什么也做不了，他只能靠社会救济过着可怜的生活，很可能还会衣衫褴褛和挨饿，更让他受不了的，是他伤残后的丑陋形象，人们会叫他"独眼龙"，叫他瘸子，会用讥讽嘲笑的眼神看着他，也许，淘气的孩子还会扔来石头，他将受尽屈辱，死，当然是最好的选择。

原因二：他没了愿望，没了追求，没了目标。他心中空空，没有明天的打算，他认定自己是个废人，什么也做不了，什么也不配拥有，爱情、事业、友谊等一切美好的东西都与他无缘，他活在空虚中，而空虚的活是一种煎熬。这是他选择自杀最根本的原因，这是因为，人是一个需要有理由才能活下去的社会动物，为爱情、为家庭、为亲人、为他人、为社会、为民族国家、为证明自己、为讨回公道、为到外边的世界看看，等等，等等，不管是为私还是为公，也不管是追求低俗还是高尚，只要有理由，人就有奔头，就有动力，就能支撑人活下去。而一旦没了活的理由，人就会陷入空虚，就没了希望和动力，绝望于是产生。

亚瑟尔的訇然倒下警示我们：

警示一：当意外遭遇困难、挫折甚至灾难时，万不可无限放大其负面影响，把自己推进死胡同，而应客观冷静分析境遇，坚信一定有出路，坚信"上帝关上了这扇门，一定会为你开出一扇窗"。当然，这扇窗需要人自己积极去寻找，需要人扼住命运的喉咙。

警示二：人不能没有希望和目标，即使是一个清醒而坚强的人，一旦失去了希望和目标，也会失去生命支撑、失去动力，也就没了奋斗的勇气和对明天的追求。

西西弗斯推石

　　"西西弗斯推石"是古希腊神话，据《荷马史诗》里说，西西弗斯是人间足智多谋又机巧的人，他是科林斯城的建造者和国王。当宙斯掳走河神伊索普斯的女儿伊琴娜的时候，河神曾到科林斯城寻找女儿。知道内情的西西弗斯对河神伊索普斯说，如果他答应以一条四季长流的河为科林斯城供水，他就告诉他女儿的消息。河神答应了，西西弗斯泄露了宙斯的秘密。宙斯大怒，派死神将西西弗斯押到地狱。但没有想到的是，西西弗斯设计绑架了死神，并扼住了死神的喉咙，致使人间长时间没有人死去。

　　西西弗斯在去地狱前，嘱咐妻子墨洛珀不要埋葬他的尸体。到了地狱后，西西弗斯告诉地狱王后帕尔塞福涅，一个没有被埋葬的人是没有资格待在地狱的，并请求给他三天假回到阳间处理自己的后事。没有想到是，西西弗斯一回到美丽的大地就再也不想回地狱了，他无视地狱王国的诏令和警告，仍自由自在地在大地上生活。这事惹恼了诸神，诸神派神将把西西弗斯抓回地狱，并责令他每天把一块巨大的山石从山脚下推向山顶，当巨石推到山顶时，因山峰陡峭和山石巨大，山石会马上从山顶滚落下来，回到山脚下，于是，西西弗斯只能从山顶走下来，走向山石，继续把这块巨大的山石向山顶推去。一天天、一月月、一年年，巨石推上去又滚下来，滚下来再推上去，周而复始，永无休止，这就是诸神惩治西西弗斯的做法。诸神认为，再也没有比进行这种无效无望的劳动更为严厉的惩罚了。

　　但故事并没有完，后人接着演绎，给出了一个让人释怀的结局：终于有一天，西西弗斯从劳苦、荒诞、孤独和绝望中发现了推石过程的新意义。他看到了巨石在他的推动下缓缓地向上滚动，而每一次滚动都美轮美奂，迸发出一种动感庞然的美妙，巨石滚动的声音仿佛是音乐，铿锵悦耳；推石的动作仿佛是舞蹈，优美动人。他不是在做无望无效的苦役，他是在创造艺术，是在展示自己神奇的伟力，推石的过程确证了他的存在和彰显了他的尊严，推石是他的宿命，是他的事业，是他的乐趣，是他的享受，他不再焦虑和痛苦，不再感到劳苦和疲惫，他满怀喜悦、激情盎然地专注于当下的一切，并沉醉在幸福中。奇妙的事情发生了，当西西弗斯把推石上山视为事业和生活享受时，诸神的魔咒突然解除了，推到山顶的巨石不再滚落下来，西西弗斯也从永无休止的苦役中重获自由。

作者感言： 在法国小说家、哲学家、戏剧家阿尔伯特·加缪看来，西西弗斯推石的神话是人类生活的隐喻，我们每天所做的事情其实与西西弗斯推石一样是无效无望和荒谬的，生命的终极意义，就是没有意义。但加缪并没有因此走向悲观，他认为，西西弗斯后来的态度就是人应该持有的态度，人必须认识到命运的荒诞并以轻蔑相待，没有希望并非绝望，人的唯一财富是生命，而生命既是必然要消逝的，又是可以尽量开发的，人不必苦苦追问生命的价值是什么，人生的意义是什么，重要的是应当怎样去承受生活，活在当下，人应该而且能够在这个世界上获得生存的勇气，甚至幸福，就像西西弗斯一样，明知自己永无休止的苦役是无效而荒诞的，但绝不向命运屈服，而是满怀激情地、执着地面对当下，推石不止。

我们说西西弗斯推石的故事以及加缪的看法，是想借此聊聊"生命是否有意义"这个话题。

生命有无意义？这是人类永恒的困惑和迷惘。生命从来就是不自明的，在中国，两千多年前，大诗人屈原彷徨在山泽，一连提出了一百七十三个与生命有关的问题叩问苍天；在南太平洋塔希提岛，19世纪末叶，孤独而苦闷的画家高更用了一个多月的时间，创作了他一生最大的一幅油画《我们从哪里来？我们是谁？我们到哪里去？》；在俄国，20世纪初叶，大作家托尔斯泰暮年时，一遍一遍地追问："我的生命意义何在？"。在柴可夫斯基的《悲怆交响曲》中，我们似乎触摸到了人类难以摆脱的绝望与悲伤；而在贝多芬《命运交响曲》中，我们又感受到了人类不屈于命运的拼搏与反抗……这个亘古难题耗尽了古今中外无数先哲的精力和才华，但至今还没有一个让全人类都认同的说法。其实，探究一个全人类都认同的说法是一种徒劳，它像西西弗斯推石一样不会有结果，这是因为，生命的样态是丰富多彩的，每个人对生命的理解各有不同，一万个人的心里，有一万个哈姆雷特。

生命真的像加缪说的，如西西弗斯推石一样无效而荒诞吗？真的像叔本华说的，"只有欲望是永恒的，人生没有意义"吗？这要看怎么理解。

在我看来，如果完全从个体生命的私人利益出发，即从绝对的"拔一毛而利天下吾不为"的自私自利出发，并从个体生命的起点和终点来思考，生命没有意义。所有的生命个体都是赤条条来（起点），赤条条去（终点），"纵有千年铁门槛，终须一个土馒头"，人一生奔忙的一切，最终都是"荒冢一堆草没了"，随着生命的结束都化为零。你积累了千万财富，你死了，这千万财富你还能享用吗？一点儿也不能！你活着的时候谋得了最高权力，你死了，你还能驾驭这最高权力吗？一点儿也不能！你活着的时候创造了最光辉的思想，启迪了人类，指导了人类前行，你死了，这最光辉的思想对你还有作用吗？一点儿也没有。所以，对一个绝对自私自利的人来说，从生命的起点和终点定位，生命无意义，一生空忙一场。我推想，加缪大概也是从这个视域定位人生而得出"人生就是荒谬""生命的终极意义，就是没有意义"这个结论的。

但是，人是社会的人，绝对自私自利的人是无法融于社会的，也无法生存下去。"人不能像孤岛一样独自生活"（美国俚语），而生命个体一旦融于社会成为"人"，就无可避免地要承担一定的责任义务并享有一定的权益，这样一来，个体生命就变得复杂了。在你承担责任义务从事劳动的时候，你的生命对自己、对他人、对社会就有了用处，这用处就是价值，这价值就是意义。你是农民，你种地收获的粮食，一部分满足了你自己生存的需要，你有饭吃，你能活下来，对你自身有价值，有意义；一部分通过交换换来了你需要的其他生存资料，并使别人有饭吃，对别人也有价值，有意义。你是工人，你打造工具、制造机器、修路架桥、制衣建屋或发电供水等，满足了他人生存和社会发展的需要，你对他人、社会有价值，有意义，而他人和社会同时对你的劳动给予回报，发给你薪酬，你获得了你自身生存所必需的东西，对你自身也有价值，有意义。你是教师、是思想家、艺术家或者是工程师、科学家、发明家什么的，你用你的智慧为他人更好生存和社会文明进步创造了宝贵的精神财富或物质财富，你对他人和社会有价值，有意义，同时他人和社会也相应地给了你诸多好处，让你生活得更好、更有尊严，对你自身也有价值，有意义。由此看来，生命是有价值、有意义的，这价值、意义就存在于生命的过程中，它是个体生命通过劳动，以不断满足自身生存及发展需要和不断满足他人、社会生存及发展需要的方式创造出来的，它的表现形式有时是精神的，如一种思想观念、一种理论、一种宗教、一部小说、一首诗、一幅画、一首乐曲等；有时是物质的，如各种粮食、各种蔬菜、各种衣物、各种交通工具、各种劳动工具等。

你会说："这劳作不是我情愿的呀！是不得已而为之，要想活下去，就得做。"问题就在这里，正如西西弗斯推石并非出于自愿一样，社会就是人生存的场，离开这个场人没法活，在这个场里活着，人就得做事，不管你情愿与否。这就是人的宿命，也是人类的宿命，谁也无法逃避，一如西西弗斯推石是他的宿命一样。

接下来的问题是，既然别无他路，唯一的选择就是做事，那么就有了一个对做事的态度问题。一般说来，面对无可回避的必须做的事，人有两种态度：一是被动的，不自觉的，不得不做，如西西弗斯是迫于众神的命令，现实中的许多人是为自己生存或生存得更好不得不做事；二是主动的，自觉的，满怀激情地去做，如虔诚的宗教信徒、有明确奋斗目标的思想家、科学家、政治家、慈善家，以及所有为他人和社会谋福祉而不懈奋斗着的人们，无疑也有为达到私人目的而不择手段的野心家、阴谋家、恶棍、恐怖分子等。第一种态度是无奈，第二种态度是自愿。态度不同，主观感受也不同，无奈态度下多产生压抑、烦躁、焦虑、苦闷、悲伤、绝望等感受，视生命是苦役、人生是苦旅；自愿态度下多产生振奋、宁静、畅达、愉悦、快乐、希望等感觉，视生命是幸事，人生是乐游。

看来，明智的选择是第二种态度。但抱着第二种态度做事，也有一个消极和积极的问题。人凡自觉做事，总是出于一定的动机，或为自己，或为他人，或为社会。在为己动机支配下所做的事情，有三种结果：一是有利于自己也有利于他人和社会，即我们通常说的"主观为自己，客观为别人"的情况；二是有利于自己而无害于他人和社会；三是有利于自己而有害于他人和社会，即我们通常说的损人利己、损公肥私。我们把自觉为他人、为社会做事和为己做事的前两种情况，视为有正价值的、有积极意义的做事；把为己而有害于他人或社会的做事，视为有负价值的、有消极意义的做事。积极意义的做事保证和促进了社会有序和谐发展，利己、利人、利社会；消极意义的做事干扰和破坏了社会的正常秩序，往往给他人和社会带来灾难，有时也会把自己推进灾难的境地。所以，我们倡导要自觉主动地去做好事、善事，努力体现做人的正价值。

最引起人类关注的一种现象是：个体生命在有生之年所做的事情，不管是有正价值的还是有负价值的，都没有随个体生命的结束而消逝，它还活在人间，还在社会上发挥着或积极或消极，或巨大或一般甚至微小，或长远或短暂的作用。前辈的生理基因还活在后辈的生命里，前辈创造的物质财富和精神财富，后辈还在享用，人类就是这样一代传一代地往前走着。孔子、柏拉图已经死了两千多年了，人类还在读他们的书，他们的许多思想还在启迪着人类的心智，净化着人类的灵魂，指引人类前行；李时珍死了，但他发现的草药还在医治着人类的疾病，不断为后人解除痛苦；爱迪生死了，但电灯还在黑夜里照亮后人；莱特兄弟死了，但飞机还在横空翱翔；荷马、但丁、歌德、莎士比亚、塞万提斯、格林、泰戈尔、普希金、贝多芬、毕加索、凡·高、屈原、李白、杜甫、曹雪芹、鲁迅、郭沫若等无数诗人、作家、画家、音乐家等都早已作古，但他们的作品还在感动和激励着后人，正所谓"《师表》不随诸葛去，屈原常伴《离骚》来"。这种现象使人认识到，由于人类社会的源远流长，生命原来是可以超越的，个体可以通过创造价值使生命从有限走向无限，从短暂走向永恒。也正因为如此，我国春秋时代鲁国大夫叔孙豹在讨论人怎样才能"死而不朽"的时候，提出"立德、立功、立言"三不朽。立德，就是树立高尚的道德；立功，就是为民为国建立功绩；立言，就是著书立说，提出能够启迪后人的真知灼见。叔孙豹的"三不朽"是生命超越的最高标准，有人据此认为，在我国历史上只有两个半人达到了这个标准，一个是孔子，一个是王阳明还有半个是曾国藩。其实，就是孔子、王阳明和曾国藩也未必真正达到了这个完美的标准，只能说他们三个人比一般普通人更接近这个标准罢了。历史是人类集体创造的，每一个生命个体都不同程度地在历史上留下痕迹，都存在不同程度的"不朽"，不管是"积德"还是"造孽"，否则，历史也不会走到今天。

综上，我们给出的结论是：人的生命是有价值、有意义的，生命的价值、意义是在生命过程中通过劳动创造出来的；生命的价值、意义只能在社会中产生，并通过推动个体生命和整个人类社会生存、发展体现出来；人在创造生命价值、意义过程中付出千辛万苦，但同时也享受了物质和精神的欢乐幸福；人的生命因有价值、有意义而实现了超越，由肉体生命的有限、短暂走向了精神生命的无限、永恒。

现在我们再来说说西西弗斯，他热爱生命，憎恨死亡，蔑视规则，敢于戏弄诸神；他清楚自己的命运，但坚定执着，绝不屈服。众神的惩罚是永恒的，巨石的沉重是不可抗拒的，西西弗斯还有别的选择吗？没有。当命运让他没有选择的时候，是向命运低头，屈服于命运乖戾的淫威，还是接受命运，适应命运，挑战命运？西西弗斯选择了后者，他的心里只有巨石和山顶，他的目标就是要把巨石推向山顶。他坦然面对众神的惩罚，没有绝望和气馁，当目标一次次被摧毁时，他的信念丝毫没有动摇，他迈着坚实的脚步走下山来，继续奋力推石。这种"没关系，大不了从头再来"的气概，令人折服和感动。特别是他从推石中发现新意义后，推石的行为由被动变为主动，由被迫变为自觉，由苦役变为乐行，一次次征服峰顶的拼搏，确证了他的存在及存在的意义，使他感受到了创造的乐趣和幸福，并在创造中充实了心灵，完成了自我救赎和对命运的征服。在这一点上，加缪说得没有错，当一个人用轻蔑的态度去看待命运时，他其实就已经征服了命运。

众神魔咒的失效，根源于西西弗斯推石不止和对推石态度的改变，它启示我们，在正视命运并挑战命运的同时，必须改变对命运的态度，尽管生活无处不苦，但若能改变对苦的看法，以苦为乐，视劳苦为美，为创造，为尊贵，踏踏实实走好当下的每一步，享受当下点点滴滴的美好，完全可能给心插上翅膀，自由飞翔。

顺便说一句，中国古代"吴刚伐桂"的神话，与西西弗斯推石的故事十分相似。故事出自《山海经》，故事说，吴刚的妻子与太阳神炎帝的孙子伯陵私通，吴刚一怒之下杀了伯陵，因此惹怒了炎帝。炎帝将吴刚发配到月亮上砍伐不死之树月桂。月桂随砍随愈，永远也砍不倒，吴刚也因此天天挥斧，砍树不止。

东方炎帝惩罚吴刚的方法与西方众神惩罚西西弗斯的方法如出一辙，所不同的是，一个是无休止地砍着砍了就长好而永远也砍不倒的桂树，一个是无休止地推着推到山顶又滚下而永远也无法推到山顶的巨石，两个人所做的都是无效苦役，且没有期限。看来，东方和西方的神灵都够狠，竟能想出如此折磨人的办法，让你活活受罪而没有终期。在数千年前，在相距万里并完全没有沟通的情况下，竟能产生如此同构的故事，足见人类具有相似的思想情感和思维模式，它也足以证明，不同人种、不同民族国家的人，相互沟通和相互融合是完全可能的。

"有妈一子单，无妈三子寒"与"芒卯后妻"

　　"有妈一子单，无妈三子寒"，是广大农村流传已久的的故事。故事说，很久很久以前，在一个上百户人家的村庄里，住着一户张姓人家，户主叫张福，是一个忠厚勤劳的农民。张福十八岁娶妻，一年后生了一个儿子。不幸的是，当儿子两岁的时候，妻子因病去世，小家立刻陷于窘迫之中。没有女人不成家，一年后，张福续娶了邻村的一位女子为妻。新妻看上去还算厚道，也能认真持家，对前妻留下的儿子也能善待，一家人过得还算和睦。光阴荏苒，一晃十年过去了，新妻又生下了两个儿子，但因连年歉收，日子过得越来越紧吧。张福起早贪黑地劳作，五口之家勉强可以糊口。

　　自从新妻子生了两个儿子后，张福偶尔也能感觉到妻子对养子有些冷淡，但没发现有什么太过分的地方，所以也只是暗示妻子要好好待养子。妻子还算明事理，张福在家的时候，看不出什么两样。冬天到了，三个儿子都穿上了母亲给做的新棉衣。一天早晨，天空飘着雪花，张福带三个儿子一起进城。走在山路上，大儿子瑟缩着身体，一个劲地说冷。张福很生气，训斥道："都穿着一样的棉衣，就你怕冷，快点儿走就暖和了！"

　　见父亲生气了，大儿子赶紧加快脚步，但由于走得过急，脚下一滑，便摔倒在雪地上。这一摔不要紧，棉袄被路边伸出的一棵树枝划出了一个大口子，白花花的棉花立刻从大口子里飞出来，和雪花混在一起飘飞。张福定神一看，一下子惊呆了，这哪里是棉花？而是白花花的芦花！他立刻拆开另外两个儿子的棉衣，里面是崭新的棉花。他明白了，转身对三个儿子说："走，咱们回家！"

　　回到家里，张福决意休了妻子，妻子自知有错，不敢辩驳，哭着收拾东西。大儿子见状，立刻拦住父亲，跪下哭着请求说："爹爹，千万不可休了妈妈呀，有妈一子单，无妈三子寒！为了两个弟弟，您千万不要休了妈妈呀！"

听了养子的话，后妈羞愧满面，她扑过去抱住养子，痛哭失声地说："孩子，妈妈对不起你，妈妈对不起你！"

听了大儿子的话，妻子又认了错，张福只好作罢。

从此，妻子一改前非，把养子视为己出，一家人日子过得和和美美。

"芒卯后妻"的故事，出自汉代刘向的《列女传》。故事说，战国时代，魏国孟阳氏的女儿，嫁给一个叫芒卯的人做后妻。芒卯的前妻留下了五个儿子，都不喜欢这个后妈，也不尊敬她，常常给她出难题，甚至恶语中伤她，让她痛苦不堪，但不管怎样，她还是百般地呵护着五个养子。后来，她自己又生下了三个孩子，但她丝毫没有慢待五个养子，在衣食起居各方面，五个养子都比自己亲生的孩子吃得好、穿得好、住得好，但这五个养子仍然不领她的情。

后来，前妻的第三个儿子触犯了魏国法令，要被处死，她悲痛万分，整天想着如何去营救，甚至茶饭不思，身体一天天消瘦。有人劝她说："人家都不喜欢你，你何必还操这份心呢？"她说："如果他是我的亲生儿子，即使是不尊敬爱戴我，我也要救他；如果因为他是我的养子而不去救他，那我还配做他的继母吗？他的父亲是因为他们没有了母亲，怕他们孤独无助，才让我作他们的继母。继母也是母亲，做母亲的不能爱儿子，是不慈；爱亲子而慢待养子，是不义；不慈不义，何以在世上为人！他们虽然不敬爱我，但我不能忘了大义！"于是，她亲自找到官府，为养子辩护。魏王知道了此事，为她的情义所感动，下令赦免了她养子的罪。

养子出狱那天，五个孩子齐刷刷地跪在她面前，向继母认错。她扶起五个养子，动情地说："孩子们，妈妈不会怪罪你们，哪有妈妈怪罪孩子的！只要你们好好的，有出息，妈妈就高兴。"自此，五个养子视她如亲娘。

作者感言：这是两个后妈的故事，前者后妈不慈善而养子仁义，养子的仁义促成了家庭和谐；后者是养子不仁义而后妈慈善，后妈的慈善促成了家庭和谐。这两个故事共同说明这样一个问题：在继父母与养子女之间，只要有一方善良正义，都有可能促成继父母与养子女之间的代际和谐。

关于继父母问题，特别是继母问题，几千年来，一直被社会诟病。现实生活中，确有不少继母虐待养子女，据历史记载，中国远古时代的三圣尧、舜、禹中，舜帝从小就倍受继母的虐待和迫害，平民百姓之中，坏后妈的事情常有耳闻。正因为如此，民间故事、童话故事里，继母的形象往往是狠毒凶恶的。记得20世纪四五十年代，中国广大农村流传着一首叫《小白菜》的民歌，歌曰："小白菜呀，地里黄呀。三两岁呀，没了娘呀。跟着爹爹还好过呀，就怕爹爹娶后娘呀。娶了后娘三年半呀，生个弟弟比我强呀。弟弟穿衣绫罗缎呀，我要穿衣粗布裳呀；弟弟吃面我喝汤呀，端起碗来泪汪汪呀。亲娘想我谁知道呀 我思亲娘在梦中呀，亲娘呀，亲娘呀。"歌儿凄婉悲凉，听了让人揪心。

现代社会，随着"爱情因素"在婚姻中地位的提升和个体自由度、主体性的增强，离婚率在不断攀升，重组家庭不断增多，继父母怎样善待养子女，是一个很重要的社会问题，应当引起重视。在我看来，在继父母和养子女之间，主导因素还是继父母，因为对方还是未成年的孩子，养育他们长大成人，是继父母的责任，义不容辞。所以，不断增强继父母的责任意识和提高他们的德行修养，是促成继父母与养子女之间代际和谐的关键。

当然，作为养子女，也应该理解和体谅继父母。后爹、后妈也很难当，特别是养子女犯了错误的时候，说浅了不管用，并要担待"不是自己生的就不会认真管教"的误解；说深了管用，但不仅怕养子女本身误会，也得担待"不是自己生的，所以下手就狠"的误解，深浅都会受到非议。对于养子女来说，随着年龄的增长，要不断淡化和消除"后爹、后娘都坏"的历史偏见，日常生活中多想着继父母对自己的好，不断拉近情感距离，这样才能与继父母搞好关系。

我们在本书的《学会宽容，人生的路就会越走越宽》和《来自继母的力量》两篇文章中，分别讲了美国第十六任总统阿布拉罕·林肯的继母萨勒和世界著名成功学、励志学大师拿破仑·希尔的继母玛莎关爱教育林肯和希尔的故事，萨勒和玛莎是继母的典范，每一个继父母都应该好好学学她们。

百岁老太成诗坛"新秀"

这是日本百岁老人柴田丰的故事。柴田丰，1911年6月26日生于日本栃木县，2013年1月20日病逝于东京郊区。她出生在一个小商人家庭，父亲做大米生意，但由于经营不善，在她十岁的时候，家道衰落。她读完初中便辍学，到一家饮食店打工，二十岁出嫁，但结婚后发现丈夫是个无赖，半年后离婚。三十四岁与饮食店厨师柴田曳吉结婚，开始有了温馨平和的婚姻生活。她与柴田曳吉生有一子，名叫健一。和大多数同龄的日本人一样，柴田丰经历了日本军国主义时代，东京大空袭时，她抱着吃奶的孩子逃生。战争结束，在日本经济复苏期，她熬过很多年艰难困苦的生活，留下了许多痛苦悲惨的记忆。1992年丈夫去世，她一个人生活在东京郊区

晚年生活中，她痴迷于日本传统舞蹈，并把舞蹈作为日常最重要的健身方式，但八十五岁后，因腰酸背痛而放弃。

2003年，她九十二岁，在儿子的鼓励下开始写诗，处女作发表在日本《产经新闻》上。2009年，她的首部诗集《别灰心》（又译作《人生别气馁》《永不气馁》）自费出版，2010年再版，诗集收录了她的四十二首诗作。

柴田丰的诗歌，精神乐观向上，人生态度积极，语言简洁晓畅且幽默诙谐，广受读者赞誉。正如《别灰心》的书名，柴田丰的诗作通过像"早晨一定会到来""我哼哟嗨哟也要站起来"这样浅显的语言，表达了一种不轻言放弃、对生活充满希望的人生态度。柴田丰的诗一行约十个字，篇幅一般都在十四行以内。日本著名诗人新川和江作为《早晨的诗》栏目的稿件评选者，对柴田丰的诗有着很高评价。他说柴田丰使用的诗歌语言极为通俗，有如手机短信一般简短易读，却又不失诗歌的优雅。《别灰心》的读者年龄跨度从十四岁直到一百岁，其中百分之九十为六七十岁的女性。日本媒体认为，眼下忧郁的情绪正弥漫整个日本。

柴田丰那些朗朗上口、催人奋进的"人生的救援歌",恰恰给日本人的心灵补充了能量。2011年,在她一百岁的时候,她又出版了第二本诗集《百岁》。

《别灰心》和《百岁》是日本21世纪初最畅销的两本诗集,到2013年底,《别灰心》总销量一百六十万册,《百岁》四十八万册。2010年,《别灰心》一举进入当年日本畅销书排行榜前十名,柴田丰也成了日本当时诗坛"新秀"。

柴田丰的诗作还经常在日本电台《深夜列车》栏目中播出。深夜里,坐在列车里疲惫的人们,听到了她的诗,立刻会感受到一种温暖。

作者感言:柴田丰不是思想深邃、立志高远的文化人,她写诗,没有"把诗作为火把照亮黑暗,把诗作为号角激励世人,把诗作为火炉温暖冰冷,把诗作为投枪射杀丑恶"这样的宏大抱负和责任担当;柴田丰也不是精通诗律、博学睿智的诗人,以写诗为职业,靠写诗养家糊口和谋取功名;柴田丰更不是一个天真烂漫的花季少女,用诗歌来表达自己对未来的美好憧憬。她就是一个只有初中文化的普普通通的退休女工,一个快走到生命终点的九十多岁的老太太,她写诗,就是为了找点儿事做,填补生活的无所事事和空虚无聊。也正是因为没有任何思想顾虑和种种禁忌,才使她率性而为,有感即发,直抒胸臆。所以,她的诗浅显易懂,晓畅明白,既没有文化人故作深奥的佶屈聱牙,也没有诗人有意文饰的扑朔迷离。这也正是她的诗叫人喜欢的重要原因之一。

柴田丰九十多岁开始写诗、百岁始有成就的故事,至少给我们三点启示:

启示一:老年人一定要保持良好心态,积极面对人生。人到老年,从工作岗位上退下来,告别了主流社会,没有了工作压力和社会责任,看来是可以清闲轻松地安度晚年了,这是人们的通常看法。但其实则不然,纵观当代大部分老年人的生活,特别是八十岁高龄以上老人的生活,我们可以毫不夸张地说,相对青年和壮年而言,老年是人生中最无奈、最漫长的一段时光。何以如此言说?理由是:老年面临两大苦难和五种精神困扰。

两大苦难是丧偶和疾病,就绝大多数老人来说,这两大苦难不可避免,区别只在于来的时间早晚和持续的时间长短。所有的老年人都希望老两口同时过世且无疾而终,但这只是良好的愿望而已,在正常情况下,实现的概率在十万分之一以上。

五大精神困扰:一是,因离开工作岗位,不能再为社会做事情,甚至后来都不能为亲人和家庭做任何事情而产生的无价值感；二是，因反应迟钝，做什么事情都笨手笨脚，甚至连最简单的事情都做不好而生成的无能力感；三是，因告别主流社会，人际交往范围大幅度萎缩，儿女们又忙于工作，有时甚至连一个说话的人都没有而导致的孤独感；四是，因生活起居靠别人来照顾，特别是久病卧床不起，吃喝拉撒全靠别人的时候，已经没有了做人的私密和体面而产生的无尊严感；五是，对不可避免的丧偶和疾病的恐惧感，特别是对那些能导致生活不能自理的脑血栓、心梗、小脑萎缩、帕金森综合征、老年痴呆等疾病，怀有深深的恐惧。

上述两大苦难和五种精神困扰，对绝大多数老年人来说，是注定要发生的，根本无法回避。既然无法回避，我们就需要面对。

我们每个人都必然要步入老年，直面老年，我们就应该像柴田丰老人那样，保持良好心态，积极面对人生。"不灰心"，或者说"永不气馁"，是柴田丰老人面对人生最后时刻的底色，也是她诗歌的基本格调。在记者采访她的时候，她说："到了我这个年龄，就连每天要起床都是件很累的事。可尽管如此，我还是'呀呼儿哟'地从床上爬起来，不论怎样孤单、寂寞，我也都在考虑：人生，不论到了什么时候，也还是要从当下开始的。不论是谁，都不必灰心和气馁。"也正因为如此，她始终保持乐观心态，每天都精心化妆，小镜子和口红随身带，衣服穿着也讲究搭配，她孤身一人，但生活过得有板有眼，毫不马虎。她在一首题为《秘密》的诗里写道："我陷入爱里，我也有梦想，我的心在云端飞翔。"这那里是九十多岁老太太的心态，俨然是少女情怀。

青少年喜欢畅想未来，中年人注重生活现实，老年人愿意回忆过去，这是人生的常态。可许多老年人在回忆过去的时候，往往陷入懊悔、烦恼或悲伤之中，而柴田丰则不然，她怀旧而很少伤感，忆昔而多念感恩，她说："通过写诗，使我明白的是：人生，并非只有心酸和悲伤。回想往事，我能活到今天，多亏家人、朋友、医生的关心，我要感恩所有帮助过我的人，我要把感激化作诗句，告诉他们：'谢谢，我真的很开心！'"

这就是柴田丰老太，她的人格魅力，她的阳光心态，她的真挚情感，她的纯净思绪，都通过她的诗歌表现出来，所以，她的诗给人以温暖，给人以勇气，给人以力量。

再啰唆一句，请不要小看阳光心态，它对老年人尤为重要，尽管它是主观的，是心灵的。但心灵永远是自己的殿堂，它既可以把天堂改造成地狱，也可以把地狱改造成天堂。打开同一扇窗子，有人看到头上神秘而浩瀚的星空，有人看到眼下窗前泥泞的秽土；看到星空的人，浮想联翩，心旷神怡；看到秽土的人，恶心欲吐，心烦意乱。

启示二：没事找事做，是促进晚年身心健康的最佳选择。在现实生活中，我们发现，从工作岗位退下来后还积极做事的老人，衰老的速度就慢，而什么事情都不做的老人，则衰老的特别快。这是因为，首先，做事会给人带来一定压力和紧张感，而一定压力和紧张感会促进生命运动，从而减缓了身体各种机能的老化；其次，做事会让人充实，人的生活充实了，就会避免空虚、寂寞、孤独和忧愁，没了空虚、寂寞、孤独和忧愁，心情就会愉悦，愉悦的心情能促进健康。所以，为了促进身心健康，老年人必须努力找事做。至于找什么事做，因人而异。在这方面，柴田丰也为我们做了榜样。她之所以活到一百零二岁，与她酷爱日本传统舞蹈和努力写诗有直接关系。

启示三：老年人也要看到自己的优势。老年人有许多长处，特别是八十岁以下身体尚健硕的老年人，还能做许多事情。老年人有丰富的生活阅历，成熟老练，做事考虑周全，只要尽其所能去做事，也会有所收获和有益于社会，说不定还会像柴田丰一样，创造辉煌的业绩。所以，老年人要人老心不老，要老有所想，老有所为，并坚信，在所想所为中一定会老有所获、老有所乐。

百 年 誓 约

　　1898年，法国罗讷河边的一个酒吧里，在酒吧老板和镇长的见证下，冈维茨镇上的磨坊主都伦老爹和两位外地来此谋生的兄弟签下了一份协议，协议的内容是：都伦老爹拿出一千法郎帮助盖诺两兄弟在皮埃尔拉特市开办面包工厂，而盖诺两兄弟要在工厂投产后每周向都伦老爹开办的冈维茨镇面包店免费供应五十磅的糕点，并以成本价不限量地供应各类糕点。

　　不管后人如何看待这份协议，总之，在当时所有人看来，都伦老爹是亏大了。一千法郎在那个时代可是一笔不小的数目，都伦老爹不过和那两个来历不明的英国人喝了两杯，就答应资助他们在皮埃尔拉特市开办工厂，这多少有些莽撞。但镇上所有的人都知道，在镇上开一家面包店是都伦老爹多年的梦想，所以，固执的都伦老爹这次是无论如何都不肯听别人的劝阻。

　　令双方当事人都没有想到的是，百年之后的今天，盖诺两兄弟面包公司已经成为法国南部最大的面包供应商之一，生产的面包、糕点多达数百种。而此时，盖诺公司依然遵守着当年所签订的协议，每周向都伦老爹后人所经营的冈维茨镇面包店免费供应五十磅各类糕点，并且按协议以成本价不限量地供应所有糕点。不得不佩服都伦老爹的先见之明，冈维茨镇面包店已经随着盖诺公司的发展在法国南部遍地开花，甚至靠着盖诺公司的帮助在里昂、马赛、尼斯等几个大城市站稳了脚跟，而这一切都是靠着那份没有写明期限的协议。

　　其实早在几十年前，都伦老爹的孙子就曾向盖诺公司提出废止那份协议，至少也稍微更改一下那份苛刻的令他自己都深感过意不去的协议。尽管公司经过几度转手，早已和盖诺两兄弟没了任何瓜葛，但当时的老板还是毫不犹豫地拒绝了对方的好意："说实话，那份协议的确给公司运转造成不小困扰，但是，没有什么比承诺更加神圣，在祖国被德国人占领的时候，我们都没有背叛过当初的诺言，现在就更加不可能了。"事实上，对于这种显失公平的合同，法国法律是允许当事人单方面毁约的，但盖诺公司的送货车依旧在每个送货日的清晨准时出现在都伦老爹后人的面包店门口。

2002年，美国的一个大财团有意并购盖诺面包公司。在谈判过程中，盖诺公司提出的条件就是新公司必须继续履行百年前的那份协议，为此盖诺公司甚至愿意在价格方面做出一部分让步。在了解了那份协议的始末之后，美国方面的负责人爽快地答应了这一要求，因为履行那份协议付出的代价与盖诺公司的百年信誉相比，实在是微不足道的。

作者感言："没有什么比承诺更加神圣"，这是盖诺公司虽几经易主仍金固不变的信条。在物欲滚滚，整个社会都在追求利益最大化的资本主义市场面前，在许许多多人迷失了自我、沦为财富奴仆的现代社会，在寸利必争、锱铢必较且不惜违背道义甚至灭绝人性的激烈商战中，能怀有一份对精神领地的敬畏和坚守，令人钦佩。

作为一个以盈利为目的的企业，坚守着一个实际上已经有损自身利益的不公平约定，一年两年还可以，十年八年就比较难，能经得起时间考验，坚守百余年而不变，实属不易。如果没有对誓约的虔诚与执着，是无法办到的。

就人的心理而言，人人都明白，守诺、诚信、说话算数、言必信、行必果，是人间正道，但在现实生活中，出于对自身权力、地位、金钱、名誉等的考虑，虚假承诺、不守契约与协议、言而无信、甚至坑蒙拐骗等现象屡见不鲜、司空见惯，已经成为现代社会的痼疾。守诺、诚信的严重缺失使世人对诺言和诚信的价值意义产生了怀疑，有人在问："承诺、诚信值多少钱？"

作为一种形而上的德行尺度，承诺、诚信的确没有零售价，在实际生活中，有时它一文不值，对于当面信誓旦旦地拍着胸脯保证而转过身就忘得一干二净的人来说，它就是零价值；有时它有负价值，不少坏人都打着"言必信、行必果"的旗号欺骗世人，它成了坏人偷运卑劣目的的障眼法；更多的时候，它千金难买，它是一个打不倒、砸不碎、压不扁的人类守护神，恪尽职守地维护着人类社会的有序运行，尽管十分沧桑。

话又说回来，守诺、诚信对人生十分重要，失信于人，往往会对自己不利。明初军事家、政治家刘基（字伯温）在《郁离子》一书中讲了这样一个故事：济阳有个商人过河时船沉了，他抓住一根大麻杆大声呼救。有个渔夫闻声而致。商人急忙喊："我是济阳最大的富翁，你若能救我，给你一百两金子"。待被救上岸后，商人却翻脸不认账。他只给了渔夫一两金子。渔夫责怪他不守信，出尔反尔。富翁说："你一个打鱼的，一天挣不了几文钱，突然得了一两金子还不满足吗？"渔夫只得怏怏而去。不料想，后来那富翁又一次过这条大河，在原地翻船了，他仍高声呼救，说谁救了他就给一百两黄金，正巧又被那个被骗的渔夫碰上了，有人欲救，渔夫告诉说："他就是那个说话不算数的人！"于是商人淹死了。这个故事说得有点儿极端，但它告诉人们，守诺、诚信是十分重要的。人不守信誉，就会失去别人对他的信任，一旦身处逆境，便没有人再愿意出手相救。

说到盖诺公司的百年昌盛，除了科学经营之外，与其信守协议的百年信誉不无关系，也许有很大关系，因为守诺诚信亦是商业的灵魂，是企业凝聚人心、吸引更多客户的磁力中心。由此看来，盖诺公司信守百年誓约，不仅是道义上的诚信与高尚，亦是经营上的理性和智慧。

你想得到更多人的帮助吗？守诺诚信吧！你想拥有更多的朋友吗？守诺诚信吧！你想拥有事业的辉煌吗？守诺诚信吧！

成功，从钻铁片开始

20世纪80年代，有一个农村青年，初中毕业后在家务农，后因公路拓宽，家里的耕地被征用，不得不到镇上的一个小纺织厂打工。他没有技术，文化水平又低，所以也没有什么大想法和长远打算，只是每天做一天工，赚一天钱。

纺织厂需要一种中间有个小孔的铁片，原先供货的人因利润太低不干了。厂长派他到库房里去清点剩余的铁片，看看还能维持多久。当他汇报清点结果时，厂长对他说："你想不想挣点儿外快？如果你能制作这种铁片，一个晚上可以赚二三十元。"

他觉得这活挺累，又赚不了多少钱，就推说没有钻机，干不了。厂长则说："没钻机不要紧，厂里有个旧的，让人修一修，借给你用。"

碍于情面，他答应了这件事。此后，他让老婆在家钻铁片，晚上下班后他接着干，一个月能赚一千多元辛苦钱。

过了两年，纺织厂设备更新，不需要铁片了。他准备归还钻机，但厂长说："拿回来也没什么用处，不要了，送给你了。"这台钻机就放在他的家里，他的老父亲嫌这铁家伙占地方，几次想把它当废铁卖了，他说："也没坏，先留着吧。"

一年后，他到一家空调厂去找一个朋友，在空调厂的办公室里，他听到两个人正在讨论一个铁质拉伸件的钻孔加工。他干了一年多的钻孔业务，对此很熟悉，他拿起桌上的一个拉伸件，看了看上面的几个钻孔，准确地报出了口径。

那两个人一愣，问："看来你是行家，师傅你是做五金的吗？"

他说："我做过这样的活，我家有钻机，这种钻孔不复杂，我肯定可以钻出来。"

两个人一听，笑了，说："那好，我们给你材料，你明天就制作一些样品过来。如果通得过，我们可以委托你加工。"

就这样，他偶然得到了空调厂拉伸件的钻孔业务，每月又可赚到两三千元。

一来二去，他结识了不少空调厂的人，后来空调厂与大厂合资，厂里的人就帮他争取了多项钻孔业务，他先后购置了多台钻机和机床，雇工生产，后来产品种类增多，他买下了村里的一块闲置地，一而再再而三地扩大规模，后来他成了老板，年收入近千万，他开上了奔驰，住上了城里的别墅。

作者感言：一个失去土地被迫到镇上打工的农民，做梦都没有想到自己能成为企业家。当初外出打工的时候，他没有高远志向和干一番大事业的雄心，只是从眼前利益出发，干活赚钱养家，走一步看一步。为纺织厂钻铁片，是第一个机会，这机会是别人送给他的，当初他还不情愿，但这个机会让他掌握了铁片钻孔技术，为后来揽下空调厂的活打下了基础；意外为空调厂的拉伸件钻孔，是第二次机会，他及时抓住了，于是走向成功。这位农民工成为企业家的经历给我们两点启示：

启示一：只要踏踏实实做好眼前的事情，一样可以走向成功。现实生活中，许多成功人士，当初的时候并没有什么宏大想法，一如故事里的农民企业家，但他们都有一个共同的品质，即"不好高骛远，认真做好今天的事情"。正因为不好高骛远，所以他们不浮躁、不焦灼；正因为他们能认真做好今天的事情，所以在做事过程中磨砺了人格，积累了经验，丰富了知识，掌握了技术，提高了能力，优化了人际关系，一步步成为某一行业的精英，或做了领导，或成了专家，或当了老板。人从小就立大志、有雄心固然很好，也很必要、很重要，但踏踏实实做好今天的事情更必要、更重要，两者如果能够完美结合，成功的概率会更高。

启示二：不要小看那些微不足道的小事，也许它就是一个千载难逢的机会。机会这东西，具有很大的不确定性，很难把握。我们在日常生活和工作中，要做许许多多的事情，我们无法确定哪件事情是有利于未来发展的机会，所以，我们唯一能够选择的，就是重视每一件事情，即使是最微不足道的小事，也不要轻易放弃，必须认真对待，把它做好，说不定它就是你走向成功的机会。似想，小故事里的这位企业家，倘若他因"活挺累，又赚不了多少钱"而断然放弃了钻铁片这项工作，大概他永远就是一个农民工。事情往往是这样：成功之后再回头的时候，你才发现，当初做过的一件小事或偶然认识的一个人，竟是你获得成功的重要机会。再说两个小案例：

案例一：有一位县教育局长，一次到一所中学去检查工作，会间休息的时候，他见校长的办公桌上放着一摞教师的工作总结，就随便抽了一份看。他一下子就被这份总结吸引住了，这是一份手写文稿，文面整洁规范，工整的钢笔小楷清秀中透着刚毅，总结写得朴朴实实，内容充实，条理清晰，没有虚话、套话、大话，行文如流水。询问校长，才知道是一位教历史的年轻人写的，人很上进，是一名班主任。时隔不久，局长点名把这位教师调到了教育局，先在局办公室当文书，后来被提升为科长、副局长，再后来被市委组织部看中，调到部里工作，三十多岁后被派往一个大县当了县长。一份工作总结，成就了一位县长。

案例二：《红楼梦》里，落魄秀才贾雨村造访甄老爷的时候，甄府的丫鬟娇杏，在掐花的时候从窗户看见了衣衫褴褛的他，出于好奇，不觉又一次回头看了贾雨村，这穷秀才便误认为丫鬟有意，回到寄居的葫芦庙里，便写了一首诗，诗曰："未卜三生愿，频添一段愁；闷来时敛额，行去几回头。自顾风前影，谁堪月下俦？蟾光如有意，先上玉人楼。"后来，贾雨村当了县令后，就把娇杏娶回来做妾，不久便扶正，成了"县长夫人"，书上说"偶因一回顾，便为人上人"。

一项给小铁片钻孔的外快、一份工作总结、行去的偶然一回头，是三件小事情，却改变了三个人的命运，真可谓，小事情，大机会，小事不小。机会就蕴藏在许许多多的小事中，认真对待小事，把每一件要做的事情都做得精美，你一样有机会和成功牵手。

成功并不像你想象的那么难

1965年，一位韩国学生到剑桥大学主修心理学。在喝下午茶的时候，他常到学校的咖啡厅或茶座听一些成功人士聊天。这些成功人士中，有诺贝尔奖获得者，有某一领域的学术权威，也有一些创造了经济神话的人。这些人幽默风趣，举重若轻，在闲聊中把自己的思想表达得淋漓尽致。听他们闲聊，无异也是一种学习，每一次都使这位韩国学生受益匪浅。久而久之，这位韩国学生发现，这些成功人士在谈及自己的成功时都非常轻松，在他们看来，自己的成功是非常自然和顺理成章的。作为心理学系的学生，他觉得有必要对成功人士的成功及其心态加以研究。

他走访了许许多多成功人士，详细了解了他们的创业经历和当时心态，经过四年潜心研究，他得出证明：大多数成功者的成功，并不像人们日常理解的那样艰辛，只要对某事业有兴趣且不迁移目标，长久地坚持做下去就会成功。成功与"三更灯光五更鸡""劳其筋骨，饿其体肤""头悬梁""锥刺股"之类的艰难困苦，虽然有联系，但并无必然联系，因为人一生的时间和智慧足够圆满做好一件事情。

1970年，他把研究成果写成《成功并不像你想象的那么难》一书，并作为毕业论文提交给现代经济心理学的创始人威尔·布雷登教授。布雷登教授读后大为惊喜，他认为这是一个新发现，这种现象，不仅在东方甚至在世界普遍存在，人们过分地夸大了成功的难度，以至于使许多人知难而退，失去了成功的机会。

后来，这本书在韩国经济起飞时发挥了积极作用，它给人们提供了一个新视觉，鼓舞许多人走向成功。这位韩国青年后来也事业有成，当上了韩国泛业汽车公司的总裁。

作者感言："大多数成功者的成功，并不像人们日常理解的那样艰辛"，是这位韩国青年四年潜心研究得出的结论，但这个结论是有前提条件的，即必须"对某事业有兴趣且不迁移目标，长久地坚持做下去就会成功"。这个前提条件揭示了事业成功必不可少的三个要件：

要件一：对某事业具有浓厚兴趣并热爱这项事业。兴趣是成功的桥梁，热爱是成功的动力，有了兴趣和热爱，才会生成奋斗的勇气和不懈的追求。

要件二：目标始终如一。不朝三暮四，不今天做这个，明天又去做那个，一生专注做好一件事。这一点很重要，这是因为，人的精力是十分有限的，一生能做好一件事情就很了不起了。这里需要提醒大家的是，我们这里说的"事情"，是指一项事业，并不是具象的一件件具体的事情。

要件三：持之以恒。坚持不懈地做下去，不浅尝辄止，不中道而返。任何一项事业，要想做到成功的地步，都必须做出长期努力，想一蹴而就是不可能的。这是因为，成功是一个过程，是一个由小到大、由少到多、由浅到深、由易到难、由低到高的慢慢积累的过程，这个过程需要时间，需要耐力。

有了以上三个条件，无须"三更灯火五更鸡"之类的超常意志，也无须超人的技巧和谋略，更无须非得经历一番磨难，只要矢志不渝、踏踏实实地朝着既定目标走就行了。等你走完了该走的路蓦然回首的时候，你就会发现，你的成功是十分自然和顺理成章的，并不像当初想象的那么艰难，也不像一些人说的那样艰苦卓绝。

事实上，有许多事情，并不是因为太难我们不能去做，而是因为我们不敢去做才显得太难。关键在于心态，同样的事情，你信心十足，知难而进，有些坎坷、有些曲折，一咬牙也就闯过去了，再难的路，走过了回头时都会感到"不过如此"。相反，未举步而心先怯三分，把困难放大了去想，小小的沟沟坎坎也会变成高山大川，你很难逾越。就此意义而言，心态决定命运，人都是被自己打败的。

大千世界，纷繁复杂；社会万象，无奇不有。现实生活中，确有"人无能力为之而强为之必败"的事情，也不乏"人有能力为之而当初望而却步"的事情。当初为什么望而却步？个中原因尽管很多，但有一点不可忽视，那就是：古今中外，人类始终极力渲染那些经历大震荡、大挫折甚至大苦难而成就的事业，这些事业无疑值得大力渲染，因为它们太有感召力，能激励人类冲破险阻，奋力前行。但它也误导了许多人，让一些人认为，非经历大震荡、大挫折甚至大苦难，很难成就一项事业，而这些大震荡、大挫折和大苦难是常人不愿为、不敢为的事情，所以选择退出。其实，世上大量事情的达成甚至做得辉煌，都是在平和的岁月里，依靠"日出而作，日入而息"的天复一天、月复一月、年复一年地耐着性子做下去，一点点实现的。所以，这位韩国青年的发现具有普遍的指导意义。

说到这位韩国青年，也很值得我们学习。一是，他很会学习，他懂得"处处留心皆学问"的道理，抓住了"听成功人士闲聊"的机会，不交学费就学到了许多知识；二是，他是一位有心人，能在成功人士的闲聊中发现问题，为自己确立了研究题目；三是，他很会做学问，他从调查研究入手，历时四年，在掌握了大量第一手资料的基础上，写出了一本专著。

成功将一把斧子卖给小布什总统

乔治·赫伯特是美国著名布鲁金斯推销学会的会员。该学会以培养世界上最杰出的推销员著称于世。它有一个传统，在每期学员毕业时，都设计一道最能体现推销员能力的实践题，让学生去完成。克林顿当政期间，他们出了这样一道题：请把一条三角裤推销给现任总统。八年间，有无数个学员为此绞尽脑汁，最后都无功而返。小布什就任总统后，学会就把题目改成：请将一把斧子推销给小布什总统。

这是一道极富挑战性的实践题，人们都认为，它会和克林顿当政时的那道题一样将毫无结果，因为小布什总统在工作和生活中根本用不着斧头，假如需要用，也用不着他亲自去购买，再退一步说，即使他亲自去购买，也不一定正赶上你去推销。

乔治·赫伯特则认为，这件事不是不可能的。他花了很长一段时间研究小布什的工作、生活和家庭情况，以及小布什的兴趣、爱好等等。他得知小布什在得克萨斯州有一座农场，他便前去考察了这座农场。他了解到，休假的时候，小布什常到农场来，有时也亲自做一点儿农活。于是，他给小布什总统写了一封信。信中说，他有幸考察了总统的农场，发现那里长了许多矢菊树，有的已经死掉了，需要清理出去。而现在市场上卖的斧头都小而轻，以总统现在的体质，用小而轻的斧头去砍那些枯树是很不适用的。他现在有一柄传统的老斧头，是他祖父留给他的，很适合砍伐枯死的矢菊树，他可以十五美元卖给总统。如果总统有兴趣的话，请按这封信所留的信箱，给予回复。

2001年5月20日，乔治·赫伯特收到了小布什总统的复信，并随信寄来十五美元。他成功地将一把斧头推销给了小布什总统。布鲁金斯学会得到消息后，把一只刻有"最伟大的推销员"的金靴子赠给了乔治·赫伯特。这是自1975年该学会的一名学员成功将一台微型录音机卖给尼克松总统后，第二位学员跨过了如此高的门槛。

布鲁金斯学会在表彰乔治·赫伯特时说：金靴子奖已设置了二十六年。二十六年间，布鲁金斯学会培养了数以万计的推销员，造就了数以百计的百万富翁，这只金靴子之所以没有授予他们，是因为该学会一直在寻找这么一个人：这个人从不因有人说某一目标不能实现而放弃，从不因某件事情难以办到而失去自信。

作者感言：乔治·赫伯特是一个敢于挑战极限的人，他自信向小布什推销一把斧子不是没有可能的，他想到了，他开始行动，他花很长时间研究小布什，他考察了小布什的农场并找到了机会，他成功了。

乔治·赫伯特的成功给我们如下启示：

启示一：有自信很重要。在布鲁金斯学会的网页上贴着这样一句格言："不是因为有些事情难以做到，我们才失去自信；而是因为我们失去自信，有些事情才显得难以做到。"这句格言告诉我们，当面临一件有难度甚至有高难度的事情时，我们敢不敢去做，首先取决于有没有自信心。乔治·赫伯特的成功，就源于他的自信，他认为，向小布什推销一把斧子，"这件事不是没有可能的"。正是靠了这份自信，他做了这件事，并把这件事做成了。

启示二：有想法很重要。想不到的事情，我们肯定不会去做，道理很简单，它不在我们的思想之内、视域之内，我们心里没有它，"做"就无从谈起。只有想到了，才会去做。乔治·赫伯特想到了，他决定去挑战"将一把斧子卖给小布什"这一难题，是这一想法促使他积极行动，并在考察调研中形成了突破难题的具体思路，找到了出路，达到了目的。由此可见，想法促使行动，思路决定出路，什么想法也没有，就什么事情也做不成。

启示三：有勇气很重要。无疑，"将一把斧子卖给小布什总统"，是一个极富挑战性的难题，这几乎是一件根本不可能做成的事情，敢于这样想并敢于这样做，不仅需要自信，更需要勇气。

启示四：不要轻言"不可能"。"生生之谓易"，宇宙中的万事万物都在运动和变化之中，根本不存在永恒的死结，一切皆有可能。所以，谁有坚定的自信心，谁敢于挑战极限，想常人之不敢想，为常人之不敢为，谁就有可能创造奇迹。美国莱特兄弟坚信人定胜鸟，敢于挑战长空，我们今天才坐上飞机横空万里；英国科学家贝尔德，坚信"图像也可以通过无线电远距离发射和接受"，敢于挑战无线神话，我们今天才看到了电视。

此地有十里桃花，君想游乎

这是唐朝天宝年间汪伦邀请大诗人李白的一段佳话。汪伦，安徽黟（音yī）县人，曾在安徽泾县当过县令，卸任后由于留恋桃花潭美景，特将家从黟县迁到泾县。此人生性豪爽，喜欢结交名士，经常仗义疏财，慷慨解囊，一掷千金而不惜。桃花潭，位于安徽泾县县城西南四十公里的太平湖畔，系青弋江流经翟村、万村间的一段水面，此处地势平坦，潭面宽阔。潭西岸悬崖石壁，树茂藤披，亭角阁台隐现其间，岸下水潭深幽。岸边有古代"谪仙楼""怀仙阁"等人文景观。潭东岸有唐代"踏歌古岸""中华第一祠"(翟氏宗祠)、清代"文昌阁"等人文景观。潭两岸至今有保存完好、古意盎然的水东、万村两条古街和一百四十多幢明清古名居。

故事说，天宝十四年，大诗人李白旅居南陵叔父李冰阳家。南陵与泾县交界，是近邻。汪伦久慕李白盛名，渴望一睹诗仙风采，忽得知李白来南陵的消息，惊喜万分。可泾县名不见经传，自己也只是一个退役的小小县令，与李白素不相识，贸然前去拜访，恐有诸多不便。怎么才能请到大诗人李白呢？他心生一计，立即给李白写了一封信，派人送去。信中说："此地有十里桃花，君想游乎？此处有万家酒店，君想饮乎？"李白既是一个"一生好入名山游"的玩家，又是一个"长安市上酒家眠"的酒徒，看了这两句话，立即接受了邀请。

李白来到泾县，汪伦盛情款待，搬出用桃花潭水酿成的美酒与李白畅饮。酒过三巡，汪伦笑着以实相告："这里根本没有什么十里桃花林，十里桃花，潭水名也，即十里桃花潭。此处也根本没有什么鳞次栉比的上万家酒店，万家酒店，是一个姓万的人开的酒店，万，店主姓也，万家，酒店名也。"

李白听后，开怀大笑，他深知汪伦用意，更被汪伦的一片盛情所打动。汪伦陪李白泛舟桃花潭上，适逢"春风桃李花开日，群山无处不飞红"，加之潭水深碧，清澈晶莹，翠峦倒映，令李白心怀畅达，流连忘返。汪伦留李白连住数日，每日以美酒相待，别时送名马八匹、官锦十端。李白在东园古渡口乘舟欲往万村，汪伦在古岸阁上设宴为李白饯行，并拍手踏脚，以歌相送。李白深感汪伦盛意，作《赠汪伦》一诗相赠。诗曰："李白乘舟将欲行，忽闻岸上踏歌声。桃花潭水深千尺，不及汪伦送我情。"

作者感言：汪伦邀请李白的故事，是中国文苑一段千古佳话。无疑，这是一个骗局，但这个骗局是美好的，汪伦行骗坦坦荡荡，李白被骗得高高兴兴，而就在这骗与被骗之中，汪李相识并结下了深厚友谊，有李白《赠汪伦》一诗为证。

我们讲这则优美的文人佳话，是想借此告诉大家，汪伦为我们怎样交朋友做出了表率，值得我们效法。

效法一：交朋友要目的纯正，感情真挚。汪伦是个下岗县令，赋闲在家，他邀请李白不是为了附庸风雅和攀高结贵；汪伦也不是文人，《全唐诗》共900卷，收录了2873人的作品，计49403首诗（依据日本学者平冈武夫编《唐代的诗人》和《唐代的诗篇》所统计的结果），其中没有一首是汪伦的，汪伦也没有一篇文章传世，他邀请李白不是为了借李白之名来推销自己的诗文。汪伦邀请李白，完全是出于对李白的敬慕，酷爱其诗，想见其人，很类似于今天"粉丝"之所为。也正因为如此，汪李之交，既无官场俗鄙的谄媚阿谀，又无文人之间酸溜溜的做作和多愁善感，有的，只是两个朋友之间的推心置腹、不拘礼俗和自由率性。

效法二：交朋友要了解朋友，投其所好。汪伦深知，李白性格豪爽，又酷爱游览名胜和嗜酒如命，于是，投其所好，轻松地将李白骗来。李白在泾县期间，汪伦更是顺其情性，游桃花潭，喝桃花酒，让李白乐而忘返，流连数日。临别的时候，汪伦不作儿女沾巾之态，而是在岸上踏地为拍，引吭高歌，完全与李白豪放不羁的个性吻合。我们无从知道汪伦当时唱的是什么歌和唱得怎样，也许浑厚而优雅，也许沙哑而俗土，但不管怎样，这是发自内心的至真至诚的放歌，它具有感人的穿透力，因此深深地震撼了李白的心灵，让李白情不自禁地吟出"桃花潭水深千尺，不及汪伦送我情"的千古感佩。

效法三：交朋友要慷慨大方。李白临别时，汪伦赠名马八匹、官锦十端，礼物可谓丰厚。这是没有任何企图和不求任何回报的馈赠，这是一份深情厚谊的表达，由此可见汪伦的大气。也许有人会说，汪伦是退役县令，也是当地的富户，家有闲钱，如果是平民百姓，就是想大气也大气不起来。这话只说对了一半，在这个世界上，有钱有势而自私吝啬的人到处都是，汪伦能这样做，也是难能可贵的。交汪伦这样的朋友，值!

顺便说一句，汪伦交李白这个朋友，赢大了，李白的一首《赠汪伦》，让汪伦名垂千古，否则，象汪伦这样的小人物，谁认识他是老几?

此刻即永远

　　这是美国著名戏剧作家阿瑟·米勒与美国20世纪最著名影星玛丽莲·梦露的一段爱情故事。

　　米勒和梦露是在1951年的一次晚会上邂逅，两个人一见钟情。当然，在此之前，因为两个人都是艺术界的名人，彼此情况也都有些了解，米勒欣赏梦露独特的幽默和天真无邪以及十分性感的外表，梦露则仰慕米勒的庄重和学识以及那种文化精英的气质。当时，米勒已经是两个孩子的父亲，妻子十分贤惠，而梦露则已与第一任丈夫詹姆士·多尔蒂离婚，正在独身。出于道德和责任，米勒抑制住了奔涌的欲望，直到1956年，汹涌的激情冲破了理智的堤岸，道德与责任的壁垒在美艳无双的性感女神面前轰然坍塌，他突然决定和共同生活了十五年的妻子离婚并宣布于本年7月13日将与玛丽莲·梦露结婚。而梦露这时正和她的第二任丈夫美国棒球明星迪马乔生活在一起。梦露是在听广播时从当天的新闻中听到了米勒要和她结婚的消息，她感到十分意外和荒唐，认为米勒是疯了。当这一消息得到证实后，梦露便立刻与迪马乔离婚，十四天后投进了米勒的怀抱。

　　他们如期举行了婚礼，米勒在送给梦露的钻戒上镌刻了"此刻即永远"几个字，以表示他们终生相爱；而梦露则在结婚照上满心欢喜地写下了"希望、希望、希望"。两个艺术界的名人戏剧性地走到一起，轰动了整个美国，曾一度被称为"美国最完美的身体与最聪明的大脑的结合"。

　　但是，闪电结婚后，他们只度过了一小段新婚宴尔的甜蜜时光，一年以后，由于两个人价值追求、性格情趣和生活习惯等的巨大差异，也由于新鲜感和激情的渐次消退，两个人不断发生矛盾。梦露无法忍受米勒自以为是的高傲，米勒对梦露变幻莫测的情绪和放纵不羁的生活更是反感，矛盾不断升级，1961年1月，泯灭的情爱和破碎的婚姻终于无法挽回，两个人宣布离婚。在与梦露共同生活的五年里，米勒筋疲力尽，没有创作出一部新戏。在事后谈及梦露时，米勒说："她光芒四射，又被黑暗包围，这种黑暗令我不知所措。"

离婚后，梦露回到了好莱坞，沉浸在浮华生活中，1962年，因过量服用安眠药撒手人寰。而米勒则很快与第三任妻子摄影师英格博格·莫拉什结婚，两个人情深意笃，平静地生活了四十年，2002年，莫拉什患淋巴癌去世。同年秋天，八十六岁高龄的米勒在朋友家的聚会上认识了三十四岁的画家艾格尼丝·巴利小姐，两个人相爱结婚，这对年龄相差五十二岁的老夫少妻，共同度过了一段田园诗一般美妙的"忘年之恋"，2005年，米勒病逝，享年八十九岁。

作者感言：米勒与梦露颇有戏剧性而短暂的婚恋，是对"此刻即永远"的一个讽刺。这段恋情给世人留下了太多思考，纽约与好莱坞、道德与情感、高雅与通俗、灵魂与肉体、悲剧与喜剧，每一个人都有自己的解读。不过，不管怎么说，对于在戏里戏外都崇尚道德、强调责任并被世人尊称为德高望重的戏剧家的米勒来说，不能不是一件憾事。就连米勒本人也多次通过剧本委婉地表露，他一辈子都沉浸在对第一任妻子的内疚中。

我们说米勒与梦露短暂婚恋的故事，是想借此说明，仅靠"性情感"建立起来的婚姻，是不牢固的。

在现实生活中，像米勒与梦露式的短暂婚恋并不少见，它一而再再而三地提醒人们，缺乏共同的思想基础和生活情趣，仅靠荷尔蒙的能量是不能维系婚恋长久的，因为生活中不仅仅是性。就现代家庭而言，一个比较稳固的婚姻是由情感、法律、财产和子女四个因素共同维系的，是人性自由与道义责任和谐律动的结果。而在这四大要素中，"情感"最具活性，它既是建构男女之间性和婚姻的动力，也是解构男女之间性和婚姻的祸首。明智的做法是：让滚滚的情欲激流在道义责任的理性堤岸内汹涌澎湃，奔腾向前，最好不要冲决大堤肆意奔涌，否则，暂时的情感慰藉可能会带来米勒似的四年无所作为且身心疲惫，以及一辈子的道义内疚，甚至更惨。

至于信誓旦旦的"此刻即永远"，是所有热恋男女的共同期盼。观光到黄山、华山等地，在极峰绝壁的护栏上，经常能看到大小不等的铁锁，那是热恋男女共同锁下的连心锁，解锁的钥匙已被扔进万丈深谷，以示今生今世两颗心已经锁在一起，无法分开，此乃"此刻即永远"或"白头偕老"的物化表征。当时的情境，令人感动，可日后又会怎样呢？在柴米油盐酱醋茶和喜怒哀乐爱恨怨的世俗生活中，可能有不少对铁锁的主人公已经分道扬镳了。

"食色，性也"，跟吃饭一样，性爱是人类的本性和生活的永恒主题，也是文学艺术永恒的题材，歌颂美好的爱情和追求完美的婚姻，是古今中外所有人的愿望。但遗憾的是，最完美的爱情婚姻往事是悲剧，牛郎与织女、梁山伯与祝英台、许仙与白蛇、董永与七仙女、唐明皇与杨贵妃、贾宝玉与林黛玉以及西方的罗密欧与朱丽叶等的传说和故事，无不是世人生活的曲折反映。

情感是爱情与婚姻的血脉，理智是爱情与婚姻的骨肉，没有血脉，骨肉就会枯竭；没有骨肉，血脉无以附丽，两者相依相存，滚烫的热血只有在坚实丰腴的骨肉中奔涌，才能培育出动人的爱情和美满的婚姻。

米勒和梦露的婚姻，是一个教训。

"劣画大展"与"失败产品陈列馆"

　　1974年，在美国纽约，著名的劣画收藏家诺曼·沃特曾举办过一次"劣画大展"，这次"劣画大展"，共展出了诺曼苦心收藏的二百多幅劣画。这些劣画，均有其特殊标准：一是名家的"失常之作"；二是购进价低于五美元。如有幅题名为《麻雀》的油画，麻雀看上去就像一只蝴蝶。为了这次展览，诺曼·沃特花费了五年心血，五年里，他收藏了上千幅劣画，并从中选出有借鉴价值的二百多幅予以展出。诺曼·沃特声称，他之所以举办"劣画大展"，目的是让年轻人在比较中学会鉴别，从而发现好画和名画的真正价值。"劣画大展"的广告发布后，广为流传，一时间，它成为人们茶余饭后的热门话题。人们争先恐后地前去参观，有的甚至从外地赶来。出人意料，画展非常成功。

　　有一个与"劣画大展"很相似的展览，就是"失败产品陈列馆"。美国有一家市场情报服务公司，其经理叫罗伯特。他酷爱收藏，共收集了七十五万件"失败产品"。后来，罗伯特用这些"失败产品"创办了一个"失败产品陈列馆"，这个陈列馆把许多企业和个人费尽心血研制的，又因种种原因而失败的产品展示出来。陈列馆开张后，参观的人络绎不绝，罗伯特取得了意想不到的成功。

　　作者感言：人们永远对新奇的东西感兴趣，好奇心成就了诺曼·沃特和罗伯特，使他们别出心裁的"劣画展"和"失败产品展"获得了空前成功。而观展的人也不仅仅是满足了好奇心，他们每个人肯定都或多或少从这些失败的作品或产品中受到启示。

　　人人都渴望成功而不希望失败，因为失败会给人带来损失，会造成沮丧、痛苦，甚至是灾难。然而人人又无法拒绝失败，因为人生的路是曲折坎坷的，做好任何一件事情，都不是一帆风顺的，谁都无法避免失败。因此，我们在渴望和看重成功的同时，更应该冷静面对失败，不能忽视它的存在，这是因为，失败也有它的价值，对人生有重要意义：

意义一：失败是奋斗过程的见证，它记录了人们付出的辛勤汗水，它告诉人们，任何成功都来之不易。

意义二：失败是成功的基石。我们在摔倒中学会走路，我们在错误中吸取了教训，失败让我们丰富了知识，增长了经验。一项发明创造，经历了数百次失败，但每次失败都是有价值、有意义的，因为它成功地证明，某种办法不可行，某条路走不通或某种材料不能用，失败推进了成功。古语说的"失败是成功之母""吃一堑，长一智""沉舟侧畔千帆过"等，讲的就是这个道理。

意义三：它是坚强者和懦弱者的试金石。现实生活中，面对失败，大致有三种人：一是怯懦者，他们无法承受失败，在挫折和困难面前放弃目标，甘愿认输，结果一事无成。二是意志动摇者，他们能正视最初的失败，能坚持奋斗一阵子，但在屡屡失败的时候，则不能坚持到底，中途屈服于挫折困难，结果半途而废。三是意志坚定者，他们正视失败，藐视失败，被打得遍体鳞伤也不气馁。失败磨砺了他们的意志，让他们坚强；失败给了他们战胜挫折困难的信心和勇气，他们从失败中吸取教训，总结经验，锲而不舍，屡败屡战，终于获得了成功。

面对我们必须遭遇的种种失败，让我们记住大发明家爱迪生的一句话："失败也是我所需要的，它和成功对我一样有价值。只有在我知道一切做不好的方法以后，我才知道做好一件工作的方法是什么。"

我们感谢诺曼·沃特和罗伯特，他们有意识的收藏和展出，强化了世人对失败的理解和体认，让人们更清醒地认识到失败的价值和意义，为世人正确对待失败、战胜失败，提供了有益启示。

"吃饭" "泡脚" 话读书

"吃饭"的故事说，一个幸福的三口之家，夫妻俩坐在餐桌旁吃饭，孩子却伏在窗台上，借着夕阳的余晖看书。几次催促，孩子都不理会，无奈，妻子叫丈夫去窗前把儿子强行拉来，丈夫去了，拽着儿子的耳朵将儿子与书分开，儿子悻悻地到桌边吃饭去了。妻子低头吃着饭，并时而往儿子的碗里夹菜，吃了半天，发现丈夫还没回来，抬头一看，丈夫正伏在窗台上专心地读着儿子刚才读的书。

"泡脚"的故事说，一位大学教授，吃过晚饭，就坐在椅子上读书，夫人端来泡脚水，督促他泡脚，他头也没抬地答应了，并本能地将椅子挪近洗脚盆。夫人出去忙着别的事情，过了好长时间，估计丈夫可能泡完了，进屋取水盆。可进屋一看，哭笑不得，教授双手捧书，目不斜视，椅子的前两条腿放在水盆里，而丈夫的两只脚却还在盆外。

作者感言：实际生活中，像"吃饭""泡脚"这样"忘我"读书的事情屡见不鲜。读书达到"忘我"境界的原因有二：

原因一：客观上书好，可读性强。如一部小说，人物鲜活，故事曲折，语言生动；一本理论著作，博大精深，观点独到，逻辑缜密；一首诗歌，意境深远，情景交融，音韵和谐；一篇散文，思想深刻，构思精巧，妙语连珠。

原因二：主观上专注，即阅读者的全身心投入，象那位教授。

二者当中，"专注"很重要，因为只有读者别无旁骛，专心读书，才能走入书的境界，从而理解和把握书中所表达的思想感情，进而产生共鸣。

我们说这两则小故事，是想借此聊聊"读书"这个话题。

读书是人重要的生存方式之一，读书可以丰富知识，可以润泽情感，可以涵养生命。特别是现代社会，科学技术突飞猛进，知识大爆炸，人要想生存和发展下去，必须读书。

读书是人的自觉行为，世人读书，概括说来，大抵有这样几种目的：

目的一：生存性读书。人活在世上，要学习前人创造的知识、技能，要通过读书追求一定的学历和掌握必备的知识能力，这种读书是人活下去和发展起来的需要，是人类文明得以承传的必要手段，它在一定程度上是人类的迫不得已。所以，人们把读书看成是苦差事，世上不乏读书苦的抱怨和劝人苦读书的故事。不过，这种读书也有欢乐，欢乐在其读书的结果。古时候通过苦读金榜题名，获得了"千钟粟""黄金屋""颜如玉"，今天通过苦读考入高等学府，相继获得学士、硕士、博士等学位，亦人生一大喜事、乐事。故清乾隆年间的大学士彭元瑞有"何物动人，二月杏花八月桂；有谁催我，三更灯火五更鸡"的劝人苦读联，民间歌谣"四大喜"中也有"洞房花烛夜，金榜题名时"的诱导。

目的二：研究性读书。为了适应某种工作和完成某项研究而读书。这种读书，在内容选择上具有明确的指向性，那位教授的读书，可能就属于这一类。这类读书，在别人看来是件苦事，但对于读书者本人，则是一件乐事，因为这往往是读书者的兴趣、爱好、追求之所在。孜孜以求于书海之中，借知识之雄风，放飞美好的梦想，一点点逼近自己的目标，从中获得的成就感及所带来的欢乐，非别人可知。

目的三：休闲性读书。青少年课余、成年人工作之余、老年人退休无事之时，为了丰富自己的闲暇生活而读书。第一个故事里的父子读书，就属于这一类。这类读书具有休闲性、审美性、灵活性、多样性等特点。其读书动机林林总总，如闲来无事乱翻书，消愁解闷只求书，雪夜闭门读禁书，求解人生唯读书，怡情悦性不离书等；其读书内容千差万别，如挑灯夜读《牡丹亭》，手捧《红楼》不放松，月下行吟李杜诗，溪畔晨诵《道德经》，等等。我这里特别要强调的是，古今中外，许许多多赋闲的知识分子，都把读书当成最大的乐趣。宋末元初诗人翁森的《四时读书乐》一诗，最能表达赋闲读书人的情致。

至于怎么读书，千差万别，各有各的读法，概括起来，大体有五：

方法一：精研式阅读与浏览式阅读相结合。所谓精研式阅读，就是字斟句酌、反复揣摩、全面把握、深刻理解的阅读，它追求的是精深，一般研究性读书和阅读经典都应如此；所谓浏览式阅读，就是观其大略、快速扫描、浅尝辄止的阅读，它追求的是广博，一般以丰富知识、拓宽眼界为目的。

方法二：不动笔墨不读书。好脑瓜不如赖笔头，读书时养成记笔记、列提纲、写眉批、做卡片、写札记等习惯，能大幅度提高阅读质量。

方法三：巧妙安排时间。"时间是海绵里的水，只要挤，总会有的。"这是鲁迅先生说的。一般说来，整块时间和上午精力充沛的时候，可研读深刻的理论性书籍，零散时间和下午劳累的时候，可读读文艺类作品，如小诗、散文、小说等。夜深人静好读书，没人干扰最好读书。

方法四：要把书读活。不读死书，不生搬硬套，不机械理解，尽信书不如无书。要活学活用，学以致用。古时有个笑话说，有位书生，听说村外的山坡上盛开着各种野花，便前去观赏。刚到山下，暴雨将至，别人都匆匆往家跑，他也跟着拔腿就跑。刚跑了几步，他突然想到，书上说："君子急不乱步。"于是，他立刻停下来，整正衣冠，迈着方步慢慢地往家走。别人见了，对他说："快跑吧，雨就要下来了。"他摆摆手，慢条斯理地回答："不可，不可，先贤有言，君子急不乱步。"人们都跑光了，荒野里就剩下他一个人。不一会儿，狂风暴雨夹着冰雹铺天盖地地扑来，他仍在风雨中迈着方步。长年累月在书斋中读书，身体本来就很孱弱，经冷雨一淋，凉风一吹，到家便得了重病，卧床数月不起，经多方调治，总算保住了性命。这是典型的拘泥于书本知识和孔孟之道。

方法五：学而不思则罔。读书要善于思考，在"思"中深刻理解，在"思"中提出疑问，在"思"中去伪存真，去粗求细。

需要提醒大家的是，随着信息技术的发展，网络正在改变着人类的生产、生活方式，"E"时代已经降临，人们不仅生活在真实的现实社会里，同时也不同程度地生活在虚拟的"赛博空间"中，人们坐在荧屏前的时间越来越多，阅读电子文本已经成了当代人的阅读常态。电子文本虽有方便快捷、信息海量、超越时空限制等优点，但其碎片化、原子化、庞杂化、浅表化、优劣好坏并存化等问题，严重影响阅读质量。因此，当代人需要处理好网络阅读与纸质文本阅读的关系，将"屏中风景"与"纸间灵韵"有机结合，取长补短，两者兼顾，这样，才有利于丰富阅读生活。就笔者感受，其纸质阅读时的身心高度参与及其所获得的心灵愉悦，是硬邦邦、冷冰冰的电子屏幕很难办到的。

令人忧虑的是，随着电视的普及，人们看电视的时间越来越多，严重影响了读书，有的人，一有空就坐下来看电视，一年不读一本书，因此有人说，现在是"读图时代"。电视具体形象、声情并茂给人带来的视觉盛宴，让人变得浮躁肤浅，因为它没了读书时的反复思索和悉心品味。因此，还是少看电视多读书为好。

人生离不开读书，特别是年轻人，正是"好（hǎo）读书"的时候，一定要养成"好（hào）读书"的习惯，多读书，多读好书。

自知其无知

古希腊大哲学家苏格拉底，有一个从小一起长大并相知很深的朋友，叫凯勒丰。凯勒丰十分敬佩苏格拉底的才华，也很想知道苏格拉底是不是天底下最聪明智慧的人，于是，他跑到德尔斐神庙，向神请教："神啊，请告诉我，这个世界上到底还有谁比苏格拉底更聪明？"

女祭司传下神谕：在这个世界上，没有谁比苏格拉底更智慧。

凯勒丰非常高兴地跑回去，把神谕告诉了苏格拉底。听了神谕，苏格拉底一脸茫然，他不敢相信神的话，他不认为自己是最聪明、最有智慧的人。他惴惴不安，决定到社会上考察一番，去寻找一位智慧声望超过自己的人，以反证神谕的不成立。

他首先去拜访当时很有声望的一位城邦首领，他与首领就很多方面进行讨论、争论，那首领高傲自负，时时处处以知识渊博自居，苏格拉底从首领的侃侃而谈中，看清了他自以为是其实很无知的真面孔。苏格拉底心想，这位政治家虽然不能真正理解善与美，交流中到处都是知识盲点，却自以为无所不知，而我则认识到自己的无知，看来，我还是比他聪明一点儿。一人不足为据，苏格拉底又在官场中拜访了许多政界人士，虽各有特点，但大同小异，许多官员都表现出很有学问、居官自负。

诗人是社会精英，他们应该很有智慧，于是，苏格拉底来到诗人中间，和一个个诗人交谈，结果他发现，诗人们吟诗作赋，大都出于天赋，但诗人们自以为能写几首诗便目空一切，他们并不知道，他们的许多诗作浅薄而酸涩。

苏格拉底并不满足这些，他继续求证。他走进作坊、工地，来到工匠之间，和工匠们探讨与他们相关的各种问题。令苏格拉底失望的是，工匠们竟然与诗人有同样的想法和心态，他们都因一技在手而自认为无所不能，而这种狂妄自大反而消弭了他们的智慧。

经过一番考察，苏格拉底悟出了神谕：神之所以说他最聪明、最智慧，并不是认定他是这个世界上最聪明、最智慧的人，而是因为他自己知道，自己是无知的。在神看来，能认识到自己是无知的人，才是这个世界上最聪明、最智慧的人。

作者感言：智慧聪明与无知愚昧是一组对立概念，表征了人类智能领域截然相反的两种现象，而苏格拉底在求解神谕过程中，将"自知其无知"确证为"最聪明智慧"，似乎有悖于思维逻辑和生活常理，一个连自己都知道自己是无知的人，怎么能是最聪明智慧的人呢？而这恰恰是苏格拉底最具智慧、最深刻的人生哲思。苏格拉底想借神谕和自己的考证，向世人提出如下告诫：

告诫一：面对浩瀚的未知世界，人类能够知道和把握的，仅仅是沧海一粟，而一个生命个体，知道和把握的更是微乎其微，所以，面对未知，人类基本是无知的，没有任何理由可以狂妄自傲。

告诫二：人只有认识到自己的无知，才能积极学习知识，探索知识，丰富知识。人对未知世界充满好奇，并天生具有探索未知的冲动，自知其无知，才能生成求知动力，主动探究，以求有知。而自以为什么都知道的人，往往自满而不求进取，实乃是最真正的无知。

告诫三：人类言行充满过失和谬误，只有认识到自己的无知而不自以为是，才能理性对待这些过失和谬误，从而积极改正错误，修正过失，消除谬误。

综上可知，"自知其无知"，是对自身的科学界定，是找准了自己安身立命的位子，是努力求知使之不断智慧的不竭动力，是有效调控自己、不断完善人格的前提。能如此确证自身的人，难道不是世界上最聪明的人吗？！

人世匆匆，自以为是的人大有人在。即使不自以为是的人，有几人能像苏格拉底那样虔诚地去求证自己的无知呢？

"认识你自己"，这句镂刻在特尔斐神庙上的名言，曾赋予苏格拉底一种深沉睿智的目光，而苏格拉底的证明则向我们开启了一扇智慧之门：许多时候，认识自己，或者认识真理，都是从认识自己的无知开始的。

苏格拉底是先哲，尚努力求证自己的无知，而我们这些常人，往往做出一点点成绩就沾沾自喜，自以为知，由此看来，我们与先哲的差距就在于缺少那么一份"自知其无知"的谦卑。

苏格拉底的求证过程还向世人证明：越是聪明智慧的人越谦卑，就像很丰满的稻穗总是低头垂向大地一样。

顺便说一句，苏格拉底本人没有写过什么著作，他的行为和思想学说，主要是通过他的学生柏拉图等人在其著作中的记载流传下来的。

伊能忠敬与子午线之梦

日本著名天文地理学家伊能忠敬，1745年生于日本千叶县九十九里町一个贫苦的农民家庭，九岁时父母先后去世，沦为孤儿，到一富户人家做家奴。他从小就想读书，常从主人家偷偷溜出来，跑到学堂窗下听老师讲课，也因此多次被校方驱打。十二岁时，因经常偷偷读书而耽误活计被主人赶走，流落他乡，靠讨饭和打短工谋生。十七岁到佐原伊能家做长工。伊能是一个寡妇，膝下仅有一女，她见伊能忠敬既忠厚老实又精明能干，就招他为上门女婿。一直到五十岁，伊能忠敬一直在佐原操持家业，也做过一段佐原的地方官，但他一直没有放弃读书的梦想。满五十岁时，他不听家人的劝阻和世人的讥笑，毅然将家业交给儿子，只身赴东京求学，改名勘解由。三十二岁的数学家高桥至，出于好奇，收伊能忠敬为徒，教他数学与天文。短短五年时间，他学完了当时大学数学和天文的全部课程。当时，日本还没有人能测出子午线一度在日本的长度。伊能忠敬在老师的指导下，从五十五岁，即1800年开始，到1817年，历时十七年，八次步行测量，两脚踏遍了日本列岛的山山水水，行程三万五千多公里，终于测出了日本子午线一度是二十八日里二十二町，并精确绘制了《大日本沿海舆地全图》，计二百一十四张。这是日本第一套最完整、最准确的地图。

伊能忠敬1818年逝世，享年七十三岁。现千叶县香取市佐原故居建有伊能忠敬纪念馆。2001年，日本拍摄了电影《伊能忠敬——子午线之梦》。

作者感言：凡大器晚成者，均有其过人之处。伊能忠敬过人者有二：

过人者一：五十岁始求学读书，非常人所为。18世纪，人类的平均寿命还比较短，"人生七十古来稀"，是全世界的常态。那个时代，人到了五十，就开始步入老年了，人的体力日渐衰老，精力日渐衰退，就大多数人来说，到了这个年龄，都在考虑人生退路，而求学读书，则是人生进路，系青少年所为。近老而求学读书，非大志者不能如此。

过人者二：目标明确而坚定。不顾亲人劝阻和世人讥讽毅然求学；不顾年老体弱，八次步行测量；历时十七年，六千二百多个日日夜夜；行程三万五千公里，踏遍日本山山水水，其间风霜雨雪、艰难困苦，自不待言。准确的子午线长度和二百一十四张地图，不仅仅是他智慧的结晶，更是他辛勤汗水的结晶。

记得蒲松龄有一副自勉名联："有志者，事竟成，破釜沉舟，百二秦关终属楚；苦心人，天不负，卧薪尝胆，三千越甲可吞吴。"上联讲项羽破秦称霸的故事，下联讲勾践灭吴复仇的故事。伊能忠敬是有志者，亦是苦心人。

有不少青少年朋友，因某种原因耽误了学业，当别人劝他珍惜美好年华、好好读书的时候，他们却说："我们已经晚了。"面对伊能忠敬，他们还敢说这样的话吗？只要心中有飞天的梦想，什么时候振翅都不晚。

"庄王'绝缨会'"与"曹操'烧信'"

"庄王'绝缨会'"的故事说，在春秋时代的楚国，有一天晚上，楚庄王得胜庆功，大宴群臣。席间，庄王命自己的爱妃许姬离座敬酒，嘉奖功臣。正当觥筹交错、宾主欢饮之时，忽然，一股穿堂风刮进大厅，吹灭了所有蜡烛。将军唐狡长期爱慕许姬美貌，黑暗中借酒强牵了美人衣袖，许姬玉手如风，一把扯下了唐狡的冠缨，绝袂而去。许姬快步走到庄王面前，附耳将这件事告诉了庄王，说："臣妾已将这个人头盔上的红缨扯下来了，大王只要点上蜡烛，就能抓到调戏臣妾的人。"庄王沉思片刻，赶紧对掌灯的人下令说："千万不要点亮蜡烛！今晚我把各位文臣武将请来，就是要和各位爱卿畅饮尽欢，请诸位将军都把自己头盔上的红缨拿下来，在黑暗中可以无拘无束，尽情饮酒欢歌，不绝缨的将军是不听命令、不乐意欢饮的了！"于是，在座的各位将军都遵命摘掉了自己的头缨，在黑暗中尽情欢饮。过了一会儿，蜡烛点起来，所有的将军都没有冠缨，已经无法确定是哪位将军强牵了许姬的衣袖。

宴会以后，许姬怪罪庄王，庄王不以为然地说："酒后狂态，人之常情，如果为这点儿事追查出来并治罪，就太没有胸怀了。因此也会伤了将士们的心，使群臣不欢而散，这不是我宴请群臣的本意。"

许多年以后，楚国和郑国交战，楚将唐狡骁勇无比，屡立战功，并在一次危难中救了庄王，庄王决定重赏唐狡，唐狡推辞说："臣就是当年绝缨会上强牵美人衣袖被美人扯下头缨的人，蒙大王不杀之恩，因此才奋勇杀敌，以死相报，岂敢再受重赏。"庄王深感唐狡知恩图报，有情有义，仍重赏了唐狡。

与楚庄王"绝缨会"有异曲同工的是七百多年之后的曹操"烧信"。

"曹操'烧信'"的故事说，公元200年10月，曹操以不足四万人的军队在官渡与袁绍十万大军展开决战，最后曹操取胜，从而奠定了曹操统一中国北方的基础，这就是历史上著名的以弱胜强的官渡之战。

战斗结束后，一位官员在清理战场时，从袁绍的营帐里发现了一大捆信。他打开一看，里边有许多信是曹营里的人写给袁绍的。于是，他兴冲冲地抱着这捆信向曹操报告："丞相，这捆信是我在袁绍的军帐里发现的，写信的人中，有不少是我们军营里的官员，他们暗地里写信给袁绍，讨好袁绍，吹捧袁绍，有的还表示脱离我军，投奔袁绍。"

曹操听后，连看也没看，就命令这位官员当着众人的面把这些信全部烧掉了。

在场的人全都愣住了，有位年长的谋士不解地问："丞相，您为什么连看也不看就烧了呢？看了，也好知道谁对您忠诚，谁对您有二心呀。"

曹操说："请你们想一想，当时袁绍的势力那么强大，连我都感到不能自保，何况大家呢？"

这件事传出去，那些与袁绍暗有来往的人都放了心。众人也觉得曹操心胸博大，体恤部下，能够容人，也都愿意在他的麾下效劳。从此，曹操的势力日益扩大，成了三国时代雄踞中原最有实力的一方。

作者感言：这两则历史轶事传递了这样一个重要信息：事业的成功离不开宽容与理解。楚庄王的宽容，不仅保护了一位忠于楚国的骁将，也温暖了将士们的心，使楚国增强了凝聚力，推助了楚国的强盛；曹操的宽容，不仅使写信人由担心变成了放心、安心，更笼络了世人之心，使曹军增强了吸引力，促进了曹操势力的扩大。

宽容不仅仅是政治上的权谋，更是一种品格与境界。能善待有过错的人或善待伤害过自己的人，是一个人宽宏大量、虚怀若谷的人格体现。宽容的人有人格魅力，受人尊重，多有朋友。其实，再宽泛一点儿思考，宽容不仅是善待他人，也是善待自己，如果容不得有过错的人，容不得与自己有过矛盾的人，不仅会终日耿耿于怀，给自己罗织诸多烦恼，有损身心健康，也不利于和谐的人际交往，会失去许多朋友。

宽容来源于理解，理解是宽容的前提。庄王理解喝酒的人，他知道，酒精能刺激神经兴奋，人喝了酒，情绪就容易激越，胆子就大，此所谓"酒壮英雄胆"，这是人性使然，所以庄王说"酒后狂态，人之常情"；曹操理解人规避风险的心理，他知道，人都是趋利避害的，面对东汉末年，天下大乱、群雄蜂起、你方唱罢我登场的动荡局面，许多人想为自己谋一条后路，也是人性使然，所以曹操说"连我都感到不能自保，何况大家呢"。充满人性的理解和体谅，形塑了楚庄王和曹操的宽容情怀。可见，只有理解别人、体谅别人，才能包容和接纳别人。正因为如此，人们高呼："理解万岁！"。

楚庄王"绝缨"与曹操"烧信"的故事，还给我们这样一个重要启示：有些事情，不知道比知道更好，理由有二：

理由一：有些事情，不知道比知道更有利于人际和谐。试想，楚庄王完全可以点亮灯揪出冠上无缨的唐狡，然后以宽容的心态饶恕唐狡，不予处罚，以此向众臣表明自己的大度胸怀；曹操也完全可以看完信并知道是谁写的后再烧掉，并宣布不予追究此事，以表示自己的理解和宽容。但两个人为什么都没有这样做呢？这是因为，他们二人都知道，他们一旦清楚了这一切，就会在他们的心中留下痕迹，而这些痕迹不仅不会被彻底遗忘，反而必定会成为影响他们对冠无缨者和写信者的信任和使用。道理很简单，你一旦知道了，就会在大脑中留下记忆，这个记忆就如影子一样永远挥之不去，在日后的交往中，当你与对方接触时，这个阴影就会不自觉地浮现出来，干扰你的思想情感，让你平添了几分戒备，从而会影响你对对方做出正确评价和使用，特别是你对对方产生不满意时，它会迅速强化这种不满情绪，从而导致友谊破裂。另外，就对方而言，当对方知晓你知道了他做了对不住你的事，也会在心里留下阴影，在日后的交往中，他也会格外小心，一旦你们之间有了什么矛盾，他也会不自觉地将这件事联系起来，从而加深了你们之间的裂痕。所以，"不知道"，对双方都有好处。楚庄王和曹操深谙此理，所以做了上述十分高明的选择。在日常生活中，别人背地里说了你的坏话，你知道了，心里不舒服，又耿耿于怀，不利于两个人交往，弄不好还会成仇；如果你不知道，一往如初，两个人还会和谐相处。

理由二：有些事情，不知道比知道更有利于自身安全。比如，一件保密的事情，如果你知道了，一旦泄密，你就是被怀疑对象，如果你不知道，就会平安无事。一个人的隐私，如果你知道了，一旦散布出去，人就怀疑是你干的，如果你不知道，就不会惹来麻烦。再比如，你无意中知道了你不该知道的事情，特别是重大事情，为了防止意外，你可能被严密监控，甚至被杀掉灭口。这样的事，社会上时有发生。

刘文典怒踢蒋介石

　　1928年，刘文典担任安徽大学校长。当时蒋介石刚掌握大权不久，多次表示要到安徽大学去视察，但刘拒绝其到校"训话"。后来，蒋虽如愿以偿，可在他视察时，校园到处冷冷清清，并没有领袖所希望的那种隆重而热烈的欢迎场面。对此刘文典的解释是："大学不是衙门，不需要向权贵献媚。"安徽大学闹学潮，蒋介石传令刘文典当面向他汇报。刘文典对蒋介石给教育部下达的通知里使用了"责令""责成"和"纵容学生闹事"等词十分不满，见蒋介石时，他戴礼帽着长衫，昂首阔步，如入无人之境，对蒋介石视而不见。蒋介石冲口问："你是刘文典么？"刘文典傲然道："字叔雅，文典只是父母长辈叫的，不是随便哪个人叫的。"蒋介石要刘文典交出在学潮中闹事的共产党员名单，并要严惩罢课学生。刘文典说："我只知道教书，不知道谁是共产党。你是总司令，就应该带好你的兵。我是大学校长，学校的事由我来管，不劳你费心。"

　　蒋介石见刘文典如此桀骜，拍案而起："刘文典，你看看自己像个什么东西？简直一个封建遗老！不把你这学阀撤掉，就对不起总理在天之灵！"

　　刘文典反唇相讥："蒋介石，你看看你是个什么东西？纯粹一个封建军阀！"

　　说到激烈处，两个人互相拍桌大骂，一个骂"你是旧学阀"，一个骂"你是新军阀"。蒋介石位高权重，岂能忍受别人痛骂，盛怒之下上去扇了刘文典两个耳光，而刘文典也不示弱，飞起一脚，狠狠地踢在蒋介石的肚子上，遂以"治学不严""刺杀领袖未遂"定罪，被关进大牢。

　　此事在全国学术界引起了极大震动，安庆的学生举行示威游行，要求"保障人权"和"释放刘文典"。后来，经国民党元老蔡元培等说情、力保，陈立夫又从中斡旋，蒋才以"即日离皖"为条件，释放了刘文典。刘文典虽然被迫离开了自己创立的安徽大学，但清华大学校长梅贻琦立即请他担任国文系主任，刘一直在名牌大学做教授。

后来，广州军阀陈济棠派人重金请刘文典到广州共事，一起反蒋，刘断然拒绝。他说："现在日寇侵华，国难深重，正是需要团结抗日的时候，蒋介石虽然不是个东西，但放眼全国，就他还能镇住各路军阀，保持团结，眼下也只有他能领导全国抗敌，刘某虽和蒋有过节，但在全民抗战的时候，刘某不能做对不起国家的事。"据说，蒋介石听说此事后，笑笑说："这个叔雅呀……"。

作者感言：高节卓不群，敢于同当时国家最高元首对骂并出脚相踢，足见其胆气、勇气、倔气、豪气和骨气。

中国知识分子素有不畏强暴、不媚世俗、重气节操守的光荣传统，刘文典可算是中国现代知识分子这方面的典型。据说，刘文典离开安徽后，次年曾去拜访他的老师章太炎并讲述了安徽大学事件的始末，章太炎十分欣赏刘文典的气节，抱病挥毫书写了一副对联赠之："养生未羡嵇中散，疾恶真推祢（音：mí）正平。"赠联巧妙借用了三国时代狂士祢衡（字正平）击鼓骂曹的典故，揭露了蒋的独裁专横，颂扬了刘不畏强暴、疾恶如仇的气节。

敢与元首对骂并出脚相踢，也只有刘文典能做出来，因为他是文化名人，有雄厚的学术资本和很高的社会声誉。刘文典是我国现代杰出的文史大师、校勘学大师和研究庄子的专家，曾先后历任北京大学教授、国立安徽大学校长、清华大学国文系主任、西南联大和云南大学教授。其所授课程，古今中外，无所不包；其名著《庄子补正》，连"大师中的大师"陈寅恪都叹为观止。在当时的文化精英中，刘文典是一个比较恃才自傲和狂狷的人物。他曾自傲地说："在中国真正懂得《庄子》的，只有两个人：一个是庄周，还有一个就是我刘文典。"

当然，刘文典并不是对谁都自傲，他对学问如渊似海、精通十四种语言的陈寅恪先生敬重有加，不敢有半点儿造次。他公开承认他的学问不及陈氏之万一，多次对学生说：自己对陈氏的人格、学问不是十分敬佩，是十二万分的敬佩。

我们说刘文典这段轶事和简要介绍他的业绩，是因为刘老是国人仰慕的大学者，其可圈、可点、可敬、可学者多多：

可敬可学一：勤奋治学。刘老一生勤奋刻苦，其治学严谨，笔耕不辍，著作等身，在国学诸多方面均有建树，特别是对《庄子》的研究，全面深刻，令人折服。

可敬可学二：诲人不倦。刘老终生执教，其教学引征繁富，深入浅出，析理深刻，妙趣横生；其学子满天下，其中不乏文化精英，新中国许多知名专家、学者、教授、作家、诗人，都是他的学生。这些有所成就的学子们，每每提及刘老，景仰之情，溢于言表。

可敬可学三：刚直不阿。刘老是当时文化精英中十分有个性的人，后人每每谈到民国知识分子的"风骨"，首推刘老，他不媚权贵，不阿世俗，头角峥嵘，桀骜不驯，颇有学人正气。

可敬可学四：深明大义。抗日战争爆发后，刘老没来得及与清华、北大等校同时撤离南下，滞留北平。期间，日本侵略者曾多次派人请他出来教学并在日伪政府做官，他都断然拒绝，表现了一个正直中国知识分子的民族气节。特别是断然拒绝陈济棠的重金邀请，义不反蒋，体现了他以国家利益为重而轻个人恩怨的博大胸怀。人在社会上生活，难免会与他人产生恩恩怨怨，但当个人恩怨与集体以至于民族、国家利益发生冲突时，能断然放弃个人恩怨而服从大局，也是一种境界，一种高贵品格。

齐庄公之死

在讲这个故事之前，我们得先做一点儿交代：中国春秋时代，齐国先后有两个庄公，第一个庄公姓姜名购，姜购公元前794年——前731年在位，他是齐成公姜脱的儿子，是齐国第十二任国王，他在位期间，致力于休养生息，齐国渐渐强大，为十六任的齐桓公称霸诸侯打下了坚实基础，庄公死后，他的儿子姜禄甫继位，号齐釐公。第二个庄公叫姜光，是齐灵公姜环的儿子，公元前553年——前548年在位，是齐国第二十五任国王，庄公死后，其异母弟姜杵臼继位，号齐景公。我们故事里说的庄公，就是后者。

姜光的母亲是鲁国人，他是灵公的长子，出生后被立为太子。后来，灵公续娶仲姬、戎姬，仲姬生子姜牙，因戎姬受宠，仲姬将姜牙托付给戎姬抚养。在戎姬的请求下，灵公废姜光改立姜牙为太子，并把姜光迁往齐国东部居住。在灵公病重时，齐国大夫崔杼将姜光接回国都，并杀死戎姬。灵公死，崔杼拥姜光即位，号齐庄公，崔杼执掌齐国大权。

崔杼，又称崔子、崔武子，二十几岁就得到齐惠公的赏识，拜为正卿，齐灵公时，曾率军征伐过多国，屡立战功。灵公死，他拥立姜光做了国君，成了齐国的权臣。崔杼的妻子棠姜，是一位倾城倾国的美人，她原来是大夫棠公的妻子，棠公死的时候，崔杼去吊唁，发现了棠姜，一见倾心。正巧，棠姜的弟弟东郭偃是崔杼的家臣，崔杼就让东郭偃从中联络，娶了棠姜。

一日，齐庄公到崔杼家拜访，见棠姜美艳，便动了心思。很快，他便于棠姜私通，并经常到崔杼家与棠姜幽会。更有甚者，有一次，他和棠姜幽会后，竟将崔杼的冠拿去送了人。侍从劝阻说："这样不好，要是崔武子知道了，事情就麻烦了。"庄公毫不理会，说："除了崔子，难道别人就不会有同样的冠吗？"崔杼由此更加痛恨庄公，并想找机会杀了他。

机会终于来了，公元前548年5月，莒国的国君到齐国朝见，崔杼推说有病，没有前去。崔杼断定，庄公一定会借探病之机来与棠姜幽会。果然，莒国国君到来的第二天，即5月17日，庄公到崔府看望崔杼，他只在崔杼的房间里坐了一会儿，就去与棠姜幽会。他追嬉着棠姜进了房间，棠姜从侧门出去，庄公抱着庭前的柱子高歌，根本没在意崔杼的存在。这时，房门关闭，伏兵四出，将庄公围住。庄公登上高台，请求免死，众人不从；又请求与崔杼订立契约，众人说："君王的下臣崔杼病得厉害，不能听取您的命令。这里靠近君王宫室，我们只领命巡视并搜捕淫乱的人，此外不知道有其他命令。"庄公想越墙逃走，被箭射伤大腿，掉了下来，然后被杀死。

庄公死后，崔杼立庄公异母弟杵臼为国君，号景公。掌管历史记录的太史在简策上记录说："夏五月乙亥，崔杼弑其君。"当时，中国正处于奴隶社会末期，虽然礼崩乐坏，但等级制度深入人心，臣弑君、子杀父，仍被视为十恶不赦的"乱臣贼子"，所以，崔杼命史官改写为"庄公暴病而死"，史官不从，崔杼便杀了他。当时的史官也是世袭制，哥哥死了，弟弟接着任史官。二任史官二弟仍直书"夏五月乙亥，崔杼弑其君"，崔杼又将他杀死；三任史官三弟仍照书不误，崔杼还要杀他，三任太史说："即使你杀了我，后任的史官还会这样写，因为尊重历史事实，照录事件本身，是史官的使命所在。"崔杼无奈，只好放了他。《左传》还记载说：一个叫南史的史官，听说崔杼将史官都杀死了，就带着笔墨竹简赶往齐国宫廷，半路上听说已经如实记录了，就返回了。

作者感言： 春秋时期，社会动荡，"弑君三十六，亡国五十二"，诸侯之间、诸侯内部君臣之间，甚至大夫与大夫之间，整天处于打打杀杀、争权夺利之中，分不清哪是正义的，哪是非正义的，所以，孟子说："春秋无义战。"崔杼杀死齐庄公，在当时来说，算不上什么新奇事件，但因崔杼杀了两名史官而传之后世。崔杼也因此背上了乱臣贼子的恶名。

后人说起这段史实，常常是为了褒扬史官的秉笔直书，南宋爱国名将文天祥在《正气歌》中就有"在齐太史简，在晋董狐笔"的诗句，高度赞扬了齐国太史冒死实录史实的精神。而我们提及这段史实，则想借此说说齐庄公的"做人"问题和崔杼错杀史官的事。

从史实中不难看出，齐庄公的为人很差劲，是一个没情没意、恩将仇报的家伙。崔杼是齐庄公的大恩人，是崔杼将他这位被废掉的太子从边城接回来，并保他坐上了国王的高位，没有崔杼，他可能早被他的异母弟姜牙杀了。面对恩人，不感恩图报也就罢了，竟肆无忌惮地向恩公的妻子下手，与之私通。更嚣张的是，庄公竟公然将崔杼的冠拿去送人。在当时，这可不是一件小事，那个时代，只有士大夫以上地位的人才能戴冠，平民和奴隶一般是布巾包头，或用布做一顶简单的帽子。由于古人束发，即把头发挽在头顶，所以，冠都高耸，故有"峨冠"之称。冠都是前高后低，都有冠缨为饰，尊贵威严。正因为冠是身份的象征，是人的尊严所在，所以，古人对冠十分看重，据《史记·仲尼弟子列传》载，孔子的高徒子路，在卫国做官时，国家发生内乱，他本来不在现场，但他认为，拿了国家的俸禄就不应当回避国家的灾难（"食其食者不避其难"），于是主动前去与叛乱者争斗。在打斗中，他的冠缨被砍掉，他说："君子死而冠不免！"在他从容结缨正冠的时候，被敌人砍死并剁成肉酱。

占了恩人的妻子，又将恩人的冠公然送人来侮辱恩人，这让我们想起农夫怀里那条苏醒过来的蛇和东郭先生从口袋里放出的那只狼。"子系中山狼，得志便猖狂"，用《红楼梦》里的这句判词来评判庄公的为人，是再恰当不过了。所以，庄公这个忘恩负义、狼心狗肺的家伙该杀，并死有余辜。

我们常说，"要学会感恩""要知恩图报""受人滴水之恩，当涌泉相报"，我们也常说，"能穿朋友衣，不占朋友妻""兔子不吃窝边草"，这都是人际交往的道德底线，不能突破。一旦突破，就会重蹈齐庄公的为人覆辙。

说到崔杼，他杀死齐庄公，是情理之中，在那个礼崩乐坏的动乱时代，也很正常。作为齐国的"四朝元老"和国家重臣，妻子被占，人格受辱，让他忍无可忍。敢于对一国之君下手，重组齐国政坛，表现了他的英雄气概和男人血性，无可非议。如果他忍气吞声、听之任之，甚至为了讨好国君，像许多弄臣那样，奴颜婢膝地将自己的妻子送给上司，完全不顾及自己的人格，倒是不可思议的。问题在于，他不应该杀死那两位史官。

让史官弄虚作假就是错误，杀了敢于照实记录的史官是错上加错，崔杼也为此付出了代价，担了数千年"乱臣贼子"的恶名。其实，弑君是事实，大丈夫敢作敢为，让史官直书好了。况且，杀的是该杀的昏君，后人自有定论，无须害怕。这一点，崔杼远远赶不上同时代的晋国大夫赵宣子赵盾。赵盾比崔杼大五六十岁，是晋国上卿，一生侍奉晋襄公、晋灵公、晋成公三朝。晋灵公荒淫无道，乱杀无辜，赵盾屡屡直言劝谏，灵公因此嫉恨赵盾，多次设计想杀死他。无奈，赵盾只好出逃，逃到半路上，听说堂弟赵穿杀死了灵公，便返回都城，主持朝政，迎立襄公的弟弟黑臀为君，是为晋成公。史官董狐在记录这段史实时写道："赵盾弑其君夷皋。"赵盾说："你搞错了，杀灵公夷皋的是赵穿，不是我。"董狐说："您身为正卿，逃亡不出国境，回来后又不讨伐叛贼，不是您杀了国君又是谁？"赵盾感叹曰："呜呼，'我之怀矣，自诒（音 yí）伊戚'，其我之谓矣！"意思说，啊，《诗》里说："我心里怀念祖国，反而给自己留下灾殃"，这大概说的就是我吧！赵盾并没有直接杀死灵公，董狐依据自己的推论认定赵盾弑君，尽管有些道理，但毕竟与史实不符，说赵盾弑君，是千古奇冤，就是这样，赵盾还是宽待了董狐，任他记录，此足见赵盾的博大胸怀。

在漫长的君主世袭制时代，君臣父子相残、兄弟手足相残的"豆萁相煎"，是官廷权力角逐的常态，其遵循的潜规则是胜王败寇，至于手段和过程是阴谋还是阳谋、是诡计还是智慧，都无关紧要，一旦得手，大权在握，总能找出一个合理的说法昭告天下，而世人和历史看重的，是掌权后的治世功业，就如备受世人和历史襄扬的唐太宗李世民，玄武门之变时杀死了长兄皇太子李建成和四弟齐王李元吉，并逼着父亲唐高祖李渊退位，自己登上了皇帝的宝座，当时及以后，谁还去管李建成和李元吉该杀不该杀。所以，古往今来，胜者因造反被历史诟病的很少。而造反的胜者崔杼之所以被历史诟病，根本原因就在于他想伪造历史和错杀了史官。

想伪造历史和错杀史官也的确是大错，后人每每读到这段历史，都对崔杼向秉笔直书的史官下手痛恨有加，崔杼也因此被钉在历史的耻辱柱上。看来，一失足成千古恨，人生稍有不慎，可能就会铸成大错，追悔莫及。

顺便说一句，当时的史官与后世大不相同，他们既记录历史，又充当秘书。他们兼有治史和治政的双重任务，协助君臣执行治国的法令条文、传宣王命、记功司过，是史官的具体职责，他们实际上是具有褒贬臧否大权的文职大臣。正因为如此，当时的权贵们都很看重史官的记录。

齐桓公好服紫

故事出自《韩非子》。故事说，齐桓公喜欢穿紫色的衣服，于是，齐国都城里的人都纷纷效仿，"一国尽紫服"。这样一来，紫色的布料、衣服价格暴涨，几批没染色的素布都抵不过一匹紫色布料，五件素服或其他颜色的服装也抵不上一件紫服。对此，齐桓公十分忧虑，叫来国相管仲问道："我喜欢穿紫色的衣服，都城里的人乃至全国的人都争着穿紫色的衣服，现在紫色的布料、衣服这样贵，该怎么办？"

管仲回答说："《诗经》里说，'不躬不亲，庶民不信'，意思说，不亲自去做，就不能取信于百姓。所以，大王要想纠正这种风气，何不从您自己做起，试着不穿紫服呢？同时，你还可以对周围的人说，你非常讨厌紫色衣服。"

齐桓公采纳了管仲的建议，率先不穿紫服。左右侍从或前来觐见的官员，凡穿紫服的，桓公都对他们说："离我稍远一点，我讨厌紫色服装的气味。"当天，侍卫近臣都没有穿紫服的了，第二天，都城里的人都不穿紫服了，第三天，几乎全齐国都不穿紫服了。紫色布料、衣服价格很快回落如初。

作者感言：桓公好紫服，"一国尽紫服"；桓公厌紫服，"境内莫衣紫"。齐国"紫服"之风的兴盛与衰落，与国君桓公的好恶息息相关。这是发生在两千多年前古代中国的旧事。但世上无新事，这种模仿"公众人物"服饰、言行的现象，古今中外屡屡上演，至今不衰。2015年，彭丽媛随丈夫国家主席习近平访问俄罗斯时穿的大衣、拎的手包，本来就是广州本地厂家生产的普通品牌，根本不是什么名牌，可一夜之间，人们争相购买，销售量大增；韩国第十八任总统朴槿惠在候选期间拎的一款来自韩国一家小企业的价格低廉的皮包，在韩国很快引起关注，供不应求。由此可见，公众人物对社会生活影响之大。

我们说"齐桓公好紫服"这则小故事，是想借此提两点建议：

建议一：建议"公众人物"担起自己的社会责任，注意自己的仪表言行，努力为社会良性循环和健康发展提供积极、向上、正义、美好、善良的仪态仪表和言行范式。所谓公众人物，就当下而言，就是指国家或者地方政府的政治领袖人物、社会各政党的领袖人物、著名的企业家、社会学家、科学家、知名学者、演艺界的明星大腕、媒体著名主持人等社会知名度很高的人士。这些人大都是社会精英，是世人争相模仿、学习的楷模。因此，作为公众人物，必须有两点清醒意识：

清醒意识一：自己的身份、地位、名望负有更多的社会责任，自己的一言一行，具有引领社会风气和舆论走向的重要作用。自己的嘉言懿行，会有助于良好社会风尚的形成；而自己的不良行为，则会酿成社会公害。在"上行下效""追星族日炽""粉丝遍地""上有所好，下必甚焉"的世俗社会中，公众人物牢记标杆作用，崇德向善、身体力行，自珍自重、守住清名，十分重要。

清醒意识二：自己的地位和知名度与自身的自由度是成反比的。权力越大、知名度越高、业绩越显赫，自身的衣着打扮、言行举止就越要谨慎，就越要遵循社会规范，不该穿戴的想穿戴也不能穿戴，不该去的场合想去也不能去，话不能随口乱说，言行举止不能无拘无束，凡是可能给社会带来不良影响的事情，坚决不能做。否则，就是有失公众人物的身份，就会受到社会谴责。一位平民，进迪厅里狂舞、狂饮并拿着麦克放声狂唱，没人理会，可如果是一个知名人士做了，问题可就大了，不仅沸沸扬扬地被舆论谴责，可能还会演绎出许多绯闻，让你无地自容。记得20世纪90年代初，西方某一小国总统，深感整日束缚在国事中，无一点自由，一日，心血来潮，起早偷偷起床，驾私家车去了郊外，畅游了一天，做了一天自由的平民。但这一天，因总统失踪，不仅国事停摆，而且全国戒严，查找总统下落。总统归来后，国会决定，总统必须在电视上向全国国民做出检讨并罚款二十万美元。这就是一个总统擅自做一天自由平民的代价。

建议二：建议世人在关注和学习公众人物的时候，要学习公众人物最本质、最有意义的东西，而不要简单模仿其表层的衣食住行。世界上各级各类公众人物，大都是当时当地的人精，大都有过不平凡的奋斗经历和骄人业绩。他们坚忍不拔的意志、锲而不舍的执着、舍生忘死的拼搏、心怀天下的担当、舍己为人的奉献、慷慨大度的胸怀、艰苦卓绝的经历、广博深厚的学养、机智敏锐的智慧、怜悯关爱的情愫等，才是世人要学习的、要仿效的。至于他们穿着什么衣服，戴着什么首饰，以及言谈举止的形态等，根本没有学习的价值和意义，无须效仿。学习和追求公众人物的做人品位，才是正道。

决 斗 情 敌

名著《洛丽塔》的作者俄裔美籍作家弗拉基米尔·纳博科夫，1940年旅居巴黎期间，曾有过一段婚外情。纳博科夫的妻子薇拉是德国著名出版商谢伊·斯洛尼姆的女儿，个性很强，一向对丈夫纳博科夫控制很严。1940年2月，在薇拉去德国柏林处理一件官司期间，一个名叫伊琳娜的法国女孩儿闯进了纳博科夫的视线，这位充满激情、语言幽默的金发女孩儿让纳博科夫着了迷，他不断地给伊琳娜写信，倾吐自己对她的爱慕，伊琳娜也倍感欣慰，两个人很快坠入情网，如胶似漆，难舍难分。

薇拉回来后，纳博科夫承认了自己的新恋情，薇拉伤心不已。薇拉找到伊琳娜，劝她退出，而伊琳娜则劝薇拉和纳博科夫离婚，两个人互不相让，无奈，两个人商定像骑士那样进行决斗。如果伊琳娜在较量中失败，她就不在纠缠纳博科夫；如果薇拉在较量中失败，她必须在一个月内与纳博科夫离婚。决斗的地点定在象征爱情的埃菲尔铁塔下。1940年6月12日，薇拉给纳博科夫留下一封信和自己签了字的离婚协议书，她告诉纳博科夫，如果晚上六点她还没有回来，就不要等她，他可以拿着离婚协议书办理离婚手续。

在埃菲尔铁塔下，薇拉和伊琳娜唇枪舌剑，薇拉谴责伊琳娜鸠占鹊巢，伊琳娜斥责薇拉让纳博科夫失去自由，两个人同时举起了手枪。就在这时，纳博科夫出现了，他站在两个人中间。

薇拉气极了，她瞄准纳博科夫，旋即向他开枪，伊琳娜一声尖叫。枪声过后，纳博科夫却完好无损，原来，薇拉的子弹不是真的，她不想杀死伊琳娜，更不会对丈夫下手，她只是想告诉纳博科夫，如果到了不可挽回的地步，她会成全他们。

伊琳娜被震撼了，她放下手枪，扑上去吻了纳博科夫之后，转身离去。

纳博科夫又回到了薇拉身边，而纳博科夫《洛丽塔》的出版以及在文学上的成功也得益于薇拉的努力，他们白头偕老。

作者感言：薇拉守住了爱情，她深沉而理智的爱打动了伊琳娜，让情敌自动选择了退出。这是理性的胜利，薇拉的故事告诉世人，当爱情受到威胁时，不被愤怒情绪冲昏头脑，不采取非理智的过激行为，是保护爱情的正确选择，否则，可能会酿成悲剧。

在人类告别漫长的蛮荒时代走向文明以来，爱情，是每一个人心中最具生长力的一颗情种，它的疯长肆无忌惮，爱情是天，爱情是地，爱情是整个宇宙，爱情涌来，波涛汹涌，势不可挡。为了呵护爱情，激奋的洪流往往会冲决理性堤岸，让人无所顾忌。正因为如此，世间才屡屡演出喋血的爱情悲剧，大到"一怒冲冠为红颜"的吴三桂引清军入关，导致李自成农民军失败；小到俄国诗人普希金采取骑士方式与情敌丹特士决斗，使"俄罗斯诗歌的太阳"陨落。

在人类的心灵世界里，思维思想与情绪情感不同，前者是思辨的、理性的、冷静的，而后者则是体验的、感性的、躁动的。作为情感之一种的爱情，亦缺乏恒定性，女性的"红杏出墙"和男子的"别枝惊鹊"时有发生，也正因为如此，生活中常有人遭遇情敌。倘若不幸在爱的过程中邂逅情敌，呵护爱情，守住爱情，情理之中，天经地义，但一定要像薇拉那样，在愤怒中保持冷静，千万不要做出不理智的过激行为。

我们之所以肯定薇拉，是因为她的理性选择不会导致悲剧。退一步说，即使薇拉没有夺回爱情，最终和纳博科夫分了手，也不等于薇拉从此再无爱情。从薇拉的出身和她帮助丈夫获得成功中我们知道，薇拉是一个有社会地位、有才能的人，这样的人，不乏爱情。说不定，和纳博科夫离婚后，薇拉会遇到一个比纳博科夫更优秀、更爱她的男士，两个人结了婚，其婚后生活比和纳博科夫在一起更幸福。当然，历史是不能假设的。

那喀索斯与水仙花

这是希腊神话中一个凄美的故事。故事说，那喀索斯是河神刻斐索斯与水泽女神利里俄珀的儿子，他刚生下来的时候，他的父母急于知道孩子的未来命运，就去请求神示，神启示说："不可使他认识自己。"可谁也不明白这句神示是什么意思。

光阴荏苒，日月如梭，转眼十八年过去了，那喀索斯成长为一个十分俊美的青年。他的父母牢记着那句神示，一直不让他看见自己的影子，所以那喀索斯并不知道自己长得是什么模样。他常常背着箭囊，手持弯弓，从早到晚在树林里打猎。树林中有许多神女在游玩，她们都很喜欢那喀索斯的美貌和风姿，都愿意与他亲近。其中有一个神女，名叫厄科，一见到他便立刻爱上了他，并紧紧地追随在他的左右。那喀索斯断然拒绝了厄科的爱，厄科十分忧伤，一个人躲进森山峡谷里，一天天地憔悴下去，最后变成了山谷里的回声。

那喀索斯不仅拒绝了厄科，而且对所有的神女都很冷淡，根本不理睬她们。神女们在屡遭拒绝之后，十分生气，发誓要惩罚这个狠心的美青年，她们共同祈祷说："但愿那喀索斯有朝一日爱上一个人，却永远也得不到她。"义愤报应女神涅墨西斯听到了这个祷告，决定满足众神女的心愿。她要让那喀索斯看到自己的影子，并爱上它。

有一天，那喀索斯又到林中打猎，他发现了一片清澈的湖水。这湖水还没有一个牧羊人发现过，所以不曾有一只山羊饮用过，不曾有一只野兽游玩过，也从没有一只鸟雀飞掠过。湖面上没有一根枯枝和一片败叶。湖的四周长满了绿茵茵的细草，高大的岩石遮蔽着太阳的光和热。那喀索斯觉得有些累，又热又渴，便来到湖边，低下身去准备喝几口清凉的水。突然他看见了自己水中的影子。这影子是那么美丽：一双明亮的慧眼，有如太阳神阿波罗那样的卷发，红润的双颊，象牙似的颈项，微微开启的不大不小的朱唇，妩媚的面容，真如出水芙蓉一般。

他想这一定是水中的神仙在向他窥视。他心中喜悦，竟然爱上了自己水中的倒影。他想伸手去拥抱水中的情人，当他的手一触到水面，那影子便悄然不见了。他用嘴去吻那朱唇，当他的嘴一接触水面，水面便化作一片漪涟。过了好一会儿，那水中的神仙才又重新出现。

他这样在湖边流连，频频望着湖中的影子，不觉得累，也不觉得饿。他站得远，水中的美人也站得远；他站得近，水中的美人也站得近。只要他一触摸水面想摸摸美人，美人便消失得无影无踪。他只能站在湖边，望着自己的影子，过了一天又一天。他不吃也不喝，痛苦异常。他面颊上的红润消退了，他的青春活力枯竭了。他轻轻地倒在地上，头枕着岸边的嫩草，永远地闭上了他那双被人赞赏，又被他自己深深爱着的眼睛。

神女们闻讯赶来悼念他。她们发自内心的深深悲痛感动了宙斯。几天后，在湖边的草丛中，在那喀索斯倒下的地方，长出一株株娇嫩的水仙花，它散发出淡淡的幽香。在扁扁的、细长的绿叶映衬下，在白色的花瓣中央装点着金黄色的花蕊。它斜生在岸旁，晶莹的湖水里清晰映出它的倩影。它就是那喀索斯的化身，是宙斯为了抚慰那些深情的神女们而创造出来的。

作者感言：俊美青年因酷恋自己的影子而化作玉立的水仙，由一种美好幻化为另一种美好，听来颇有梁祝化蝶的诗情画意，面对盛开的水仙花，我们由衷生出一种美轮美奂。在西方艺术中，那喀索斯是常见的艺术形象，诗人、画家等都能从中发现他的美及其意义。但是，近代已降，随着心理学发展为一门独立的科学，那喀索斯便成了心理疾病"自恋症"的专用术语，艺术的形象美荡然无存。

不过，认真想一想，那喀索斯的行为的确有些离谱，一是爱错了对象，放着厄科一类的神女不爱，却爱上了自己的影子；二是爱得虚幻，影子不是真实的存在，暗示着过分自恋的虚无和不当。我们说这个故事，就是想借此聊聊"自恋"这个话题。

说到"自恋"，也是人生的一种常态，每个人身上都不同程度地存在着自恋情结，即对自身长相、气质、经历经验、学识修养、能力特长等做出肯定性评价并自我欣赏爱恋。但问题在于，不可以像那喀索斯那样过分。

人对自己的认识和评价，概括起来有三种情况：

情况一：缺乏自我肯定。把自己看得一无是处，根本谈不上有自恋情结，其结果很容易导致自卑自弃。

情况二：能正确认识自己。肯定自己的长处和优点，并能发扬广大，有自恋情结而不过分，其结果会使人自信自立。

情况三：过分夸大自己的长处和优点。极端自我欣赏和自我爱恋，其结果会导致自傲自狂。

一、三种情况都是一种病态心理，严重了很容易导致偏执型人格。那喀索斯就是那种自傲自狂、自我陶醉的"自恋型偏执人格"。

自恋型偏执人格最突出的特点就是自我为中心，其表现为自我过分重视，夸大自己的优点和长处，听到批评意见就愤怒、羞愧和感到耻辱，对成功、权力、荣誉、爱情等有非分的幻想，自高自大，渴望别人对自己持久的关注与赞美，喜欢指使别人，缺乏同情心和有很强的嫉妒心。他们一听到别人的赞美之辞，就沾沾自喜，反之，则会暴跳如雷。他们对别人的才智十分嫉妒，有一种"我不好，也不让你好"的心理。在和别人相处时，很少能设身处地理解别人的情感和需要。由于缺乏同情心，所以人际关系很糟，容易产生孤独抑郁的心情，加之他们有不切实际的高目标，往往易在各方面遭受失败。

矫正"自恋型偏执人格"的主要做法有三：

做法一：克服和解除自我中心观。不要以自我为中心，放弃单一的自我标准，扩大生活兴趣，拓展心灵空间，走出孤芳自赏。

做法二：学会从别人的角度看问题。看看别人怎么说，虚心倾听和积极采纳别人的意见、建议。

做法三：增强同情心和爱心。学会怜悯、同情和关爱别人，在关怀他人的过程中找准自己的位子。

其实，那喀索斯因自恋其影憔悴而死的事实本身，就启示人们，过分自恋是一条走不通的死路，至于化而成水仙花，那是人们不愿意失去美好的愿望而已。

妈妈，那黑印可能是我试衣时弄上去的

　　这是一则生活小故事。故事说，一个周日下午，一位年轻母亲带着上小学五年级的女儿去超市购物。当她们路过一家童装店时，母女俩顺便走进去，看看有没有合适的衣服。

　　在柜台前，女儿被一条暗红色的裤脚上绣着碎花的喇叭裤吸引住了。老板眼尖手快，连忙取下来让女儿试。一试还特别合身，女儿便流露出喜欢的意思。母亲上前问价，老板说："最低价一百元，想要您就拿走，不要也没关系。"

　　老板的态度有些生硬，这位母亲很不高兴，便讨价说："这条裤子我女儿看中了，五十元，成，我就拿走，不成，也没关系。"

　　老板坐在椅上摇摇头，母女俩便离开了童装店。

　　女儿有些恋恋不舍，在去超市的路上，女儿问妈妈："妈妈，如果星期一成绩单发下来，我语文、数学各考九十八分以上，您就把那条裤子奖给我，好吗？"

　　"好的。不过，你能考这么高吗？"尽管女儿成绩一向不错，母亲还是有些怀疑。

　　"能的！妈妈，你放心好了。"女儿的话十分自信。

　　从超市返回的时候，女儿提醒妈妈："妈妈，明天就是周一，您可别忘了买裤子呀。"

　　母亲想，明天她一早就要上班，根本没有时间去商店，不如今天就去那童装店，少砍点儿价买下那条裤子。

　　母女俩又来到那家童装店，一进门，一位中年妇女站在柜台前，老板不在。母亲想，正是砍价的好机会，她指着那条喇叭裤对中年妇女说："这条裤子，我女儿已经试过了，您看要多少钱？"

那中年妇女告诉她要一百元，并把裤子递给她。她接过裤子，认真地检查起来。突然，她发现裤脚的喇叭口处有一条长约十厘米的黑印子，她心中暗喜，这正是砍价的理由。于是她说："这裤子被人弄脏了，不值这些钱。"

中年妇女拿过裤子，用手在黑印子上刮了刮，边刮边说："这裤子就这一条了，您说个价吧。"她正要开口，一旁的女儿突然插话了："妈妈，这黑印子可能是我试衣时弄上去的，我的皮鞋昨晚刚上了油的……"。

"哎呀，您的女儿真是不错呀。您瞧，这印子是刮得下来的，明显是刚弄上去的。"中年妇女改变了销售策略，表示不能降价。她知道没有讨价的必要了，拿出一百元买下了这条裤子。

出门后，母亲很是恼怒，若不是女儿的一句话，这裤子至少可以省下三十元。她大声叫住蹦蹦跳跳走在前面的女儿，她想狠狠地训斥女儿，她要告诉她，以后大人说话，小孩不要插嘴！

女儿回过头来，一脸灿烂："妈妈，有事吗？"

看到女儿天真烂漫的笑容，母亲的心为之一亮，多么纯真的孩子呀，这种诚实的好品质，不是三五十元钱能够衡量的。一股温暖从心底升起，她感觉今天的夕阳格外柔和，风格外清爽，她轻轻地抚摸着女儿的头，笑着说："没事，妈妈想问问你，今天晚饭想吃什么。"

作者感言：市场经济，追求利益最大化，买卖双方都想占便宜而不想吃亏，交易中讨价还价是常态，人人都不能免俗。女儿的一句实话把自己推到不利地位，让自己在交易中没占到便宜，还很可能吃了亏，母亲心中恼火也是可以理解的。这个时候，把这股火发出来，教训教训孩子，告诉孩子长点儿心眼，大概是绝大多数父母的选择。而这一选择，恰恰扼杀了孩子的善良本性，让孩子"长了"不诚实的"心眼"，客观上将孩子的心性引上歧途。故事里这位母亲的可贵之处，就在于她压住了这股火，呵护了孩子的真诚。我们有理由相信，从这样妈妈的手里，一定会培养出好孩子。

我们说这则小故事，是想给天下父母两点提醒：

提醒一：父母是孩子的第一任老师，其言传身教对孩子影响巨大，因此，引导孩子向善，呵护孩子的率真本性，比什么都重要。故事里的这位母亲，深谙此理，在孩子品行与利益计较的权衡中，理性地选择了前者。

提醒二：诚信是孩子成长为正直人、善良人的重要根基，特别在道德滑坡、诚信严重缺失的当代社会，呵护孩子的真诚，不仅对孩子健康成长十分重要，对净化社会风气、提升整个社会诚信度亦有重要意义。诚信是中华民族的优秀传统，也是最具有普遍性、永恒性的道德理性，它是维护人类社会人际和谐不可或缺的核心要素。《易经》在乾卦中引孔子的话说："君子进德修业。忠信，所以进德也；修辞立其诚，所以居业也。"意思说，君子要增进品德和治理事业。讲忠诚、讲信誉，为的是增进品德；把文化修养确立在诚实守信上，为的是建功立业。社会发展到今天，其大道要旨也无非是"进德"（做人）与"居业"（建功立业）两件事，因此，忠信和立诚是每个人都必须具备的道德素质。古人如此，今人亦如此；中国人如此，外国人亦如此；历史如此，现代如此，未来亦如此。如果每一位父母都能认识到这一点并身体力行地教育孩子，社会风气的根本好转就不是问题。

妈妈，我早知道我不是个省心的孩子

这是一位年轻妈妈的故事。故事说，有一位母亲，把儿子送进幼儿园后，第一次参加家长会，幼儿园老师说："你的儿子有多动症，在板凳上连三分钟都坐不了，你最好带他去医院看一看。"

回家的路上，儿子问："妈妈，老师说些什么？"

她鼻子一酸，差点儿流下泪来。因为全班三十位小朋友，唯有儿子表现最差；老师唯有对她的儿子不满并对她表现出不屑。但她忍住了这一切，她告诉儿子："孩子，老师表扬你了，说你原来在板凳上坐不了一分钟，现在能坐三分钟了。其他的妈妈都非常羡慕妈妈，因为全班只有你进步了。"

那天晚上，儿子破天荒地吃了一大碗米饭，并且没让她喂。

儿子上小学了，她去参加家长会。会上，老师对她说："全班五十名同学，这次数学考试，你儿子排第四十九名。我们怀疑他智力上有些障碍，您最好能带他去医院查一查。"

回家的路上，她流下了眼泪。然而，当她迈进家门，却满脸堆笑，对坐在桌前的儿子说："儿子，老师对你充满信心。老师说了，你并不是笨孩子，只要能细心些，你会超过你的同桌。这次你的同桌排在第二十一名。"

听了她的话，儿子暗淡的眼神一下子充满了光，沮丧的脸也一下子舒展开来。她甚至发现，儿子温顺得让她吃惊，好像长大了许多。第二天早上，儿子早早起床，吃了饭高兴上学去了，而且比平时早许多。

孩子上了初中，她照例去参加家长会。她坐在儿子的座位上，等着老师点她儿子的名字，因为每次家长会，她儿子的名字在差生的行列中总是被点到。然而，这次却出乎她的预料，直到结束，都没听到。她有些不习惯。临别，去问老师，老师告诉她："按你儿子现在的成绩，考重点高中有点儿危险。"

她怀着惊喜的心情走出校门，她发现儿子正在校门口等她。她走上前去，抱住儿子，轻抚着儿子的肩头，心中充满甜蜜。回家的路上，她告诉儿子："班主任对你非常满意，他说了，只要你努力，很有希望考上重点高中。"

儿子高中毕业了。在第一批次大学录取通知书下达的日子，学校打来电话，让她儿子到学校去一趟。她有一种预感，儿子可能被清华大学录取了，因为在报考的时候，她鼓励儿子报考清华。

儿子从学校回来。当把一封印有清华大学招生办公室的特快专递交到她手里时，儿子突然转身跑到自己房间，放声大哭起来。儿子一边哭一边说："妈妈，我早就知道我不是个省心的孩子，不是个聪明的孩子，是您……"

听着儿子的哭诉，她悲喜交加，十几年凝聚在心中的泪水按捺不住地喷涌出来，打湿了手中的信封。

作者感言：面对老师的"告状"，许多家长都会直面孩子，轻者规劝、抱怨、批评，重者谴责、训斥、打骂，其结果往往造成孩子与老师、与家长的对立，更不利于孩子毛病的克服和错误的改正。故事里的妈妈则卓尔不群，她没有把老师的批评和不满直接告诉孩子，也没有循着老师的思路去做，而是巧妙地将老师的批评转换成表扬，将孩子的弱点转换成激励孩子上进的起点，在没有隐瞒孩子弱点的前提下，化消极为积极，化批评为鼓励，维护了孩子的人格尊严，激发了孩子的上进心。一个多动而又智商平平的孩子，最终能考上清华大学，是这种肯定性、激励性教育结出的硕果。

这个小故事启示我们，作为父母或教师，在教育孩子或学生的过程中，不要一味抱怨、一味谴责，甚至简单粗暴地打骂，而要从孩子或学生存在的问题出发，寻找激励因素，帮助他确立目标，树立信心，用正能量鼓励他上进。故事里的妈妈，在儿子上小学时，为学业成绩全班排名第49（倒数第二）的儿子，确立了"超过排名第21的同桌"的目标；在儿子上中学时，为儿子确立了"只要你努力，很有希望考上重点高中"的目标。这是一种目标激励法。孩子心中有了目标，就有了奋斗的方向和动力。

当代社会，十分重视人权和凸显个性；当代教育，十分强调学生的主体性和倡导学生自主探究、自我学习和自我完善。在这样的大背景下，中国传统"棍棒之下出孝子、出人才"的教育观念早已失效，而"孩子都是夸大的"和"人多是在肯定和激励中成长才"的思想，则切中时用。再则，当代心理科学研究已经证明，人在被肯定和受到赞美时，情绪比常态下更振奋，思维更活跃敏捷，自信心更强。因此，不管是做父母还是做教师，都要善于发现孩子或学生的闪光点，从鼓励和积极引导入手，激励其上进。

牟 融 传 经

　　牟融，字子优，东汉末年人，先后做过县令、司隶校尉、大鸿胪、大司农、司空、太尉等官。他学识渊博，且精通佛经，门下有学子数百人。他在向学生们讲解佛经时，总是大量引用儒学经典如《诗经》《尚书》等中的词句来说明佛学道理。学生们责难他，问道："您说佛经内容丰富如汪洋大海，辞章华丽如锦绣繁花，道理深邃而启人心智，能引导人脱离苦海而达至常乐境界，可你在讲解佛教教义时，为什么不用佛经来说明问题，而总是引用与佛教不同的儒家道理来证明佛理呢？"

　　牟融答道："渴了的人，不一定非得挑来江河里的水才喝，只要身边有可以喝的水并伸手可以拿到，不管是从哪里打来的，都可以解渴，此所谓远水不能解近渴；饿了的人，不一定非要拿粮仓里的粮食做饭才吃，只要身边有了做熟的饭，都可以吃，不管这粮食是从哪里弄来的，此所谓远粮解不了眼前的饥饿。我知道你们有丰富的儒学知识和懂得儒家的道理，用你们熟悉的知识和道理来说明佛经，你们就能听得懂。如果我用你们根本不懂的佛经来说明佛理，就好像对瞎子谈赤、橙、绿、白、黑五色一样，对聋子演奏宫、商、角、徵、羽五音一样。我给你们说一个故事，古代有一位大音乐家叫公明仪，他对音乐有很高造诣，弹得一手好琴，优美的琴声常使人如临其境。有一天，风和日丽，他漫步郊野，见一头牛在一片葱绿的草地上低头吃草。这清静怡人的环境激起了音乐家为牛弹奏一曲的欲望。他来到牛跟前，首先弹奏了一曲高深的《清角之操》，尽管他弹得非常认真，琴声也十分优美，但牛依然像先前一样埋头吃草。不是牛听不到琴声，而是这曲调对牛来说根本不知道是什么。公明仪于是用琴模仿蚊虫和小牛犊的叫声，牛便抬起头，竖起耳朵，听着琴声并摆动着尾巴小步走。这就是我用儒家道理向你们讲解佛经的理由。"

学子们听了，心悦诚服。

作者感言：这个故事就是"对牛弹琴"成语的出处，见之于汉·牟融《理惑论》。作为学识渊博的师长，牟融深知，只有运用学生熟知的儒家理论来讲解学生一无所知的佛学道理，学生才能听得懂，才能顺利学习、理解、掌握佛学理论，如果就佛学讲佛学，学生根本听不懂，讲也等于白讲。

牟融传经的故事给我们如下启示：

启示一：已有知识很重要。现代认知心理学理论证明，人的知识系统是在已有知识的基础上不断丰富的，这种丰富不是贩运式传递和仓储式增加，而是吸纳性融汇和化合性生成。在知识丰富过程中，已有知识是理解、吸纳、生成新知识的前提条件，已有知识越丰厚，生成新知识的能力就越强，如果没有已有知识垫底，新知识就无法被吸纳和化合。所以，如果你是师长，就要像牟融那样，善于利用学生已有知识教授新知识；如果你是学子，就要懂得已有知识的重要性，学会温故而知新，习故而创新。

启示二：说话、行文要看对象。俗语有"看菜吃饭"，医家也强调"对症下药"，我们说话、写文章，也要看对象，在与别人交流时，一定要说别人听得懂的话。我们说话、行文的目的是为了交流和沟通思想，说的话别人听不懂，写的文章别人看不懂，即使非常有道理，非常深刻和有文采，也没有一点儿意义，亦如公明仪对牛弹《清角之操》。

启示三：世界上许多知识、理论都是相通的，特别是哲学、社会科学类知识理论，彼此之间能找到许多共同点，所以，可以相互解读和证明，此所谓"他山之石亦可以攻玉"。比如，儒学提倡"仁爱"，基督提倡"博爱"，佛教提倡"慈爱"，道家提倡"泛爱"，墨家提倡"兼爱"等，都有一个核心概念"爱"，都主张关爱社会、关爱他人，只是所爱内容及方式方法有别而已，所以，可以相互印证。牟融能用儒学解读佛经，就是如此。

投石击破水中天

这是流传的文人故事。故事说，北宋年间，著名词人秦少游与大文豪苏轼是好朋友，他常去拜访苏轼。苏轼有个妹妹叫苏轸，人称苏小妹，也是名冠京华的才女。中国古代，大户人家的女儿未出嫁前，三门不出四户，整天躲在闺房中，很少见人。少游多次出入苏家，也没见过苏小妹，不过，她从苏轼与妹妹开玩笑的诗中，知道苏小妹长得并不漂亮，苏轼描写妹妹长相的诗说："未出庭前三五步，额头已到画堂前；几回拭泪深难到，留却汪汪两道泉。"一想就是一个大额头、高颧骨的丑女人。一次，少游去拜访苏轼，苏轼不在，正巧在厅堂前与苏小妹相遇。少游大吃一惊，苏小妹眉清目秀、唇红齿白，亭亭玉立、楚楚动人，两个人一见钟情。少游次日便派人上门提亲，很快便喜结良缘。

洞房花烛之夜，苏小妹有心试试相公的才华，便命丫鬟将秦少游锁在门外，于是便上演了一幕"苏小妹三难新郎"的故事。苏小妹先后出了三副上联，让少游对下联，如有一联对不出，则不准入洞房。

苏小妹在洞房中念出第一个上联："东厢房，西厢房，旧房新人入洞房，终生伴郎。"秦少游脱口对道："南求学，北求学，小学大试授太学，方娶新娘。"

苏小妹心中暗喜，接着说出第二个上联："小妹虽小，小手小脚小嘴，小巧但不小气，你要小心。"秦少游见小妹在半开的窗前来回踱步，粉面含羞，充满期待，不由心动，灵感顿生，高声对道："少游年少，少家少室少妻，少见且又少有，愿娶少女。"

苏小妹关上窗户，丫鬟从门缝里递出一张纸条，上书："闭门推出窗前月，月明星稀，今夜断然不雨。"这上联写得很刁，虚实相间，态度也很坚决，"今夜断然不雨"中的"不雨"，既是写实，说明是大晴天，不会下雨；又是写虚，且一语双关，既有坚决不和你"云雨交欢"的意思，也含有坚决不和你"说话"（"雨"即"语"）的意思。

这下可难住了秦少游，他在洞房前的荷花池旁走来走去，就是想不出下联，眼看月上中天，已经过了二更，少游一筹莫展，苦苦无解。

苏轼深知妹妹的脾气，知道她肯定会难为少游，于是偷偷前来帮忙。苏轼从少游手中要过上联，借着月光看了看，沉思一会儿，弯下腰，捡起一块石头，朝池心扔去，然后扬长而去。

石头砰的一声落入水中，池面立刻失去平静，荡起层层波纹，映在水中的蓝天和月影立刻破碎。秦少游顿有所悟，立刻提笔写了下联，送进门里。

这下联是："投石击破水中天，天高气爽，明朝一定成霜。"少游的下联也虚实相间，特别是"明朝一定成霜"的"成霜"，既是写实，说明明天清晨一定会下霜；又是写虚，且一语双关，针锋相对，对得极其工稳，既表示坚决要和你"成双"（"霜"即"双"），又隐含非和你云雨一番不可。

少顷，洞房的门轻轻开启，少游欣然走进洞房。接下来，自然是巫山梦里，云雨交欢。

作者感言：这是一则优美的文人婚恋故事，情调高雅而浪漫，不亚于当今小布尔乔亚一族的婚恋情趣。

我们说这则优美的小故事，是想借此聊聊"灵感"这个话题。秦少游所对的后两副下联，均得益于顿生的灵感。

所谓"灵感"，就是在艺术创作和科技研发过程中，因某种诱因刺激瞬间产生具有突发性、创造性思维的一种心理现象，又称灵感思维。灵感是智慧的火花，是独辟蹊径的创新思路。鲁班因被有齿的草叶划破腿而发明了锯、瓦特见水烧开后蒸汽将壶盖顶起而发明了蒸汽机、阿基米德坐进浴盆后见水外溢而发现了浮力原理及王冠掺假的秘密、牛顿见苹果落地而发现万有引力定律等，都是灵感思维的硕果。在日常生活、工作中，我们常常会产生"灵机一动，计上心来""突发奇想，难题顿解""豁然开朗，心结冰释""茅塞顿开""急中生智"等现象，这些现象都与灵感思维有关。

灵感源于两个前提：

前提一：它源于平日的辛勤积累和长时间的专注思考。这是灵感产生的重要基础，是百分之九十九的汗水。秦少游灵感顿生而应对工稳，是其长期学习、积累和精于联语创作使然。俄国画家列宾说："灵感是对艰苦劳动的奖赏。"俄国大音乐家柴可夫斯基说："灵感是一位客人，它不爱拜访懒惰者。"在人类步入文明时代的几千年中，人坐进浴盆后水外溢现象、水烧开后壶盖被顶起现象、苹果落地现象，司空见惯，人们都熟视无睹，而只有阿基米德从中发现了浮力原理及皇冠掺假的秘密，瓦特从中发明了蒸汽机和牛顿从中发现了万有引力定律，何以如此？根本原因就在于他们的勤学和丰厚的知识积累，就在于他们对某事的专注和苦思，没有丰厚的知识积累，没有对某一问题的专注思考和苦苦求索，灵感就不可能产生。

前提二：它源于某一现象的诱导。诱导现象可能与人思考的问题有关，也可能是根本无关的其他现象，但它的偶然出现，猛然刺激了人的大脑中枢，瞬间，一种新的思路突然被接通，灵感于是产生。蒸汽顶起壶盖、池水外溢和苹果落地，就分别是瓦特、阿基米德和牛顿产生灵感的诱导现象；故事里，二对中含羞的苏小妹在半开窗前踱步、三对中苏轼投进池塘的石子，就分别是秦少游顿生灵感的诱导现象。诱导现象的启发是一种感性思维，它与借助概念、判断、推理所进行的专注思考即理性思维不同，它直接、具体、形象、生动，它突然迸发的活力猛然与理性思维的间接性、抽象性、深刻性和系统性发生碰撞，并撞击出智慧火花，激发理性思维推出结论。由此看来，灵感是感性与理性的统一，是直接性与间接性、具体性与抽象性、生动性与深刻性的有机融合，两者缺一不可。

灵感是人类最宝贵的思维资源，它是创新的核心和灵魂，没有灵感，创新就难以实现。当代世界伟大的科学家霍金说："推动科学前进的是个人的灵感。"美国创意顾问集团主席汤姆森说："灵感是最具决定性的创造力量。"那么，怎样不断开发出这一宝贵资源呢？最伟大的发明家爱迪生给出了最佳答案，他说："天才是百分之一的灵感，百分之九十九的汗水。"显然，灵感永远青睐勤奋者和有准备的头脑，该怎么做，就不用我再啰唆了吧？

顺便说一句，关于才华横溢的苏小妹，只是野史里传说的人物，真实历史上并无其人。史料记载，苏东坡的母亲程夫人共生育六个子女，男女各半。不过，她的长女、次女、长子都早亡，而三女比苏轼还大一岁，小名"八娘"。关于苏轼的姐姐八娘，在司马光为苏洵夫人所撰《苏主簿夫人墓志铭》中说："幼女有夫人之风，能属文，年十九，既嫁而卒。"八娘只活到十九岁，刚嫁人就死了，虽然能写诗作文，但没留下什么文字。在苏洵、苏轼、苏辙父子三人现存的书信及诗文中，也从未提及过苏小妹这个人。

才女苏小妹，最早见于南宋无名氏的《东坡问答录》，此书又名《东坡居士佛印禅师语录问答》，书中说："东坡之妹，少游之妻也。"明末清初作家冯梦龙在《醒世恒言》里，借此创作了《苏小妹三难新郎》的故事。其实，历史上，北宋婉约派一代词宗秦观，其妻姓徐，名文美，是曾任潭州宁台主簿徐成甫的女儿。

清代文人李玉的《眉山秀》里，浓墨重彩地描写了苏小妹的才华横溢、文思敏捷。近现代以来，一些影视作品更是将传说中的苏小妹塑造得富有传奇色彩，她成了聪慧女子的象征。

把别人对自己的帮助刻在岩石上

这是一则阿拉伯故事。故事说，很久以前，一支八人组成的探险队正在穿越世界最大的撒哈拉大沙漠，其中，罗伯特和比尔两位队员是从小一起长大的，两个人性格完全相反，罗伯特外向，脾气大，动不动就暴跳如雷；而比尔则内向，性情温柔，宽厚大度。两个人相处很好，一路上相互帮助，其他队员都很羡慕他们的友谊。一天，在穿越一片大戈壁的时候，因为一件事情，两个人发生了激烈争吵，盛怒之下，罗伯特狠狠地打了比尔一记耳光。比尔没有还手，咬紧牙关屈辱地靠坐在一块兀立的大岩石下，他慢慢地掏出腰刀，在眼前的沙地上写道："某年某月某日，在穿越撒哈拉大沙漠的途中，罗伯特当着众人的面无礼地打了我一记耳光，我受到了侮辱。"写完，他收好腰刀，像没事一样和大家一起前行。

走出沙漠，他们在淌过一条大河的时候，比尔的鞋子被河水冲走，罗伯特脱下自己的鞋子，硬逼着比尔穿上，自己打着赤脚。晚间休息的时候，比尔掏出腰刀，走到路边的山岩上刻道："某年某月某日，在涉过一条大河的时候，我的鞋子被水冲走，罗伯特让我穿上了他的鞋，他却打着赤脚。"月上中天，比尔终于刻完了这段话，满意地走回营地。别的队员不理解，问他："前几天罗伯特打你，你在沙地上草草地写了一句话就走了，今天他借给你鞋子穿了一会儿，你却花了这么大功夫，这到底为什么？"

比尔笑着回答："把别人对自己的伤害写在沙地上，让风吹来的流沙将它抚平；把别人对自己的帮助刻在岩石上，让它永不磨灭。"

作者感言：比尔的回答十分经典，这也是他能处好朋友的关键。尽快忘记别人对自己的伤害，牢牢记住别人对自己的帮助，其好处有三：

好处一：忘记了别人对自己的伤害，能增强幸福度。忘记了别人对自己的伤害，就是忘记了怨恨和烦恼，没了怨恨和烦恼的困扰，自然会有好心情，而好心情是人生幸福的重要指数。什么是幸福？有位西方哲人说："幸福就是身体无痛苦，心灵无困扰。"深入想想，在同事、朋友、邻里之间，牢记别人伤害自己的事情并长久不能释怀，往往是给自己罗织烦恼、痛苦。道理很简单，当你一想起这事时，你一定很烦恼、很痛苦、很生气，可就在你烦恼、痛苦、生气的时候，你生气的对方可能正在与朋友喝酒，并大呼小叫地喊着"喝！喝！喝！"，快乐无比。你烦恼、痛苦、生气与他无害，只是苦了你自己。就这个意义上说，忘却是福。

好处二：忘记了别人对自己的伤害，有助于人际和谐。别人对自己的伤害是人际交往中落在自己心头的一块石头，这样的石头积累多了，会增加与别人的隔膜，妨碍自己的人际关系。忘记了，就是搬掉了这块石头，为你广交天下朋友扫清了道路。

好处三：记住别人对自己的好处，会提高修养，增进友谊。牢牢记住别人对自己的帮助，会增进对别人的好感，也能感受到社会的关爱，有助于培植从善心向、感激心理和报答行为，不仅能促进、提高自身道德修养，也能增进人际和谐。

人生活在记忆里，也在不断忘却。在与人交往中，为了建立起良好的人际关系，为了能结交更多的朋友，哪些东西应该牢记，哪些东西应该忘却，比尔的话是金玉良言，当牢记之，践行之。

把你的爱心献给需要帮助的人吧

寒风瑟瑟，夜幕已经降临，布莱恩驾着小货车向家里疾驶。在昏暗中，他发现一位老妇人站在路边，不断挥手，面带愁容。看得出，她请求帮助，于是，布莱恩将车停在老妇人身边。

老妇人在这里已经站了一个多小时，没有人肯停下来帮帮她。可当她看见一个外貌寒酸、带着穷相的人微笑着向她走来时，她反而有些恐惧了，她害怕来者会加害于她。布莱恩看出了老人的心思，上前微笑着问："我看出您需要帮助，有什么需要我做的吗？"

"我的车胎爆了，对于我这个老太太来说，是一个不小的麻烦，我无能为力。"老妇人痛苦地说。

"不用着急，我马上就给您修好。"布莱恩去后备厢取出工具，看着老妇人冻得直哆嗦，便说："您还是到车里去等着吧，外面太冷，修好了我会叫您的。"

布莱恩爬到车下，找一个合适的地方架起千斤顶，不一会儿便换上了备用胎。由于天黑不得眼，他在换备胎时不仅弄脏了双手，还受了一点儿伤。

车修好了，老妇人摇下车窗玻璃，开始和布莱恩说话。她告诉布莱恩，她住在圣路易，是从这里路过的。她真不知道如何感谢他，她问他要多少钱，还说多点儿也没有问题。她感慨地对布莱恩说："我真的无法想象，如果没有你的帮助，在这样寒冷的暗夜里，我将无法对付！"

布莱恩听了老妇人的话，一边把老妇人的后备厢锁好，一边微笑着拒绝了。他告诉老妇人，他根本没想到要钱，这不是一份计时付费的工作，而是纯粹的给别人救急，在生活中，他经常接受别人给他类似的帮助，他也经常帮助别人。他对老妇人说："如果您非要给钱的话，就等您遇到需要帮助的人，把钱送给他好了。那样就算是付给我钱了。"

布莱恩看着老妇人启动汽车，把车开走了。然后，他上了自己的车，在夜幕中向家里驶去。尽管天气阴沉寒冷，手又受了伤，但他心里却很愉快。

老妇人开车走了几英里，发现路边有个小餐馆，她停下车，走进餐馆想吃点儿东西，到家还有一段路程，她需要吃饱了冲冲寒气。

那是一个很不起眼的小餐馆，里边只有三两个人在就餐，十分冷清。一位女服务员走过来，她用干毛巾为老妇人擦了擦潮湿的头发。她面带微笑，看得出，即使劳累了一整天，她还是那样甜美地微笑。老妇人注意到，女服务员怀孕至少七八个月了，她挺着大肚子，拖着笨重的身体，但对顾客照样和蔼周到，殷勤备至。老妇人心里明白，如果不是迫不得已，一个快临产的孕妇是不会出来做夜工的。

老妇人看着这位对陌生人十分热情的服务员，她想到了布莱恩。

老妇人吃过饭，掏出一张一百元的整钱，递给服务员。服务员告诉老人稍等，她到里边去给找零钱。可是，当服务员出来的时候，发现老妇人已经不见了。"她上哪儿去了呢？"女服务员在心里想。突然，她注意到餐巾纸上有几行字，下边还压着四张一百元的票子。当她读完餐巾纸上写下的留言时，眼泪涌出了她的眼眶。那上面这样写着："你并不欠我什么，我刚刚得到别人的恩惠，有人像我帮助你一样帮助过我。我知道你现在需要这笔钱，祝你生一个可爱的宝宝。如果你还想还我钱的话，就请这样做：把你的爱心献给需要帮助的人吧。"

那天晚上，女服务员下班回家后，情不自禁地想起老妇人所给的钱以及她写在餐巾纸上的话。"她怎么知道我和丈夫这个时候非常需要钱呢？"她想，"下个月孩子就要出生了，那时如果没有这些钱可如何是好呢？"她知道，丈夫也在为钱的事操心，他就睡在她的身边。她轻轻地吻了丈夫一下，小声说："现在一切都没有问题了，亲爱的布莱恩。"

作者感言：急人之难，全身心地帮助危难者而不求回报，是一种美德。这种美德源于人的同情心。

我们说这则小故事，就是想借此聊聊"同情"这个话题。

同情，同情，就是有同样的心情，同样的情感体验，它是人与人之间思想情感的共鸣。人之所以能够生成同情心，原因有二：

原因一：人是同类，遇到同样的外在刺激会做出同样的反应，产生相同的思想情感，即"人同此心，心同此理"，如被刀子刺伤，都会流血，有疼痛感；被烟呛会咳嗽，有憋闷感；被抚慰有舒适感、轻松感等。

原因二：人通过记忆和联想，把耳闻目睹的发生在别人身上的事情与自己的思想情感联系起来，从而产生共鸣，生成相同的感受，如我们看电影、电视，常常为恶行而愤怒，为悲剧而痛苦；为邪恶受到惩罚而高兴，为正义取得胜利而欢呼。

同情心是人与生俱来的善良天性，是孟子所说的"人皆有之"的"恻隐之心"。培根说："同情在一切内在的道德和尊严中为最高的美德。"罗素说："对人类苦难不可遏止的同情心，这纯洁但无比强烈的激情支配着我的一生。"美国教育家威廉·贝内特在他编写的著名儿童读物《美德书》里，第一单元就讲同情。对于同情，他如是说："如果说，勇气是当别人面对困难时与他站在一起，那么，同情就是当别人感到悲痛时与他站在一起，同情是一种认真对待别人悲痛现实——不仅是他的生活境况，还有他的内心世界、他的感情——的美德，它是一种与处于困境或不幸中的人结成伙伴，支持他，为他分忧的积极态度。"哲人们之所以如此看重同情心，是因为同情心是人类相互理解和交流的基础，是诸多美德的源泉，是社会伦理正当性、合理性的心理基石。人有了同情心，才会相互理解并达成共识，才会生成关爱心、支持心和帮助心，帮助和互助才能成为现实。

布莱恩的可贵之处就在于，他精心呵护了这种源于同情而生成的"急人之难、无私相助"的美德，他很需要钱，但在道义和金钱面前，他毅然选择了道义。布莱恩的义举促成了老妇人帮助女服务员的善行，这进一步说明道义行为具有强大的感染力和感召力，而故事出人意料的结尾，则告诉人们，做好事、善事往往有好报，助人即是助己。

朋友，好好地呵护和培育你的同情心吧，它会使你变得可亲可敬，会让你一步步走向崇高。

把快乐的钥匙握在手里和送给别人

一个年轻的习作者去拜访一位知名作家，作家正在报摊上买报纸。买完报纸后，作家礼貌地对报贩说了声谢谢，但报贩坐在报摊旁，冷若冰霜，一言不发，好像什么也没有听见。

"这家伙的态度太差了！"离开报摊后，习作者愤愤地说。

"犯不着生气，他每天都是这样的。"作家平和地说。

"那你还买他的报纸，并对他那么客气？"习作者仍愤愤。

作家笑着对年轻人说："他的报摊就在我每天经过的路边，很方便，而且我需要报纸。我总不至于为了和他怄气跑到远处买报纸吧？再说，我为什么要和他怄气，让他的态度改变我的行为和扰乱我平静的心情。恼怒于别人的缺点不足，是用别人的错误来惩罚自己，是一种不明智的选择。"作家停顿了一下，口气变得更加平和，"我对他客气，是想把美好和快乐送给别人。一个人，不仅要学会把快乐的钥匙握在自己手里，还要学会把快乐的钥匙送给人。"

习作者默然，一股由衷敬意从心头升起。

作者感言：不因报贩的冷漠态度而生气，仍保持平静的心态，是把快乐的钥匙握在自己手里；送给报贩一个"谢谢"，礼貌待人和尊重别人的劳动，是把快乐的钥匙送给别人，作家的豁达胸怀和宽厚和善由此可见。名作家之所以能成为名家，很重要在于人品高尚，因为文学首先是人学，"作诗常在作诗外，未学作诗先做人"。

学会把快乐的钥匙握在自己手里，不被别人的言行态度所左右，是有主体意识的集中表现，是一个人的自尊自信。而在现实生活中，我们常常缺乏这种主体意识：

一位女士常常抱怨："我活得很不快乐，因为先生常常出差不在家。"她把快乐的钥匙失落于先生，被先生所左右。

一位男士抱怨说："上司根本不赏识我，所以我情绪低落，每天都很郁闷。"他把快乐的钥匙失落于上司，被上司所左右。

一位妈妈抱怨说："我的孩子不听话，学习成绩很不理想，我天天为此焦虑和痛苦。"她把快乐的钥匙失落于孩子，被孩子所左右。

一位青年从文具店里走出来，满脸涨红，怒气冲冲："老板的态度真是恶劣，把我的肺子都气炸了！"他把快乐的钥匙失落于店老板，被店老板所左右。

本来属于握在自己手中的快乐钥匙，他们都失落于人手。"失落"与"送给"不同，"失落"是丢失丧失，是被动态，是主体自我的缺位；"送给"是主动的给予，是主动态，是主体自我的彰显。周末，一家三口准备去吃西餐，漂亮的少妇去排队，非常遗憾，她排的那队进度特别慢，因为付餐的是一名新来的服务生。眼看着比自己晚来的顾客，排进别的队伍，都先买了食物走了，少妇心中顿时火起，但一转念，丈夫和孩子正在楼上兴冲冲地等她，如果自己发了脾气，会少了全家的兴，于是忍住怨气和怒火，临别时还向手忙脚乱的服务生道了一声"谢谢"，服务生微笑答谢并表示感激，她的情绪立刻好转，等坐到餐桌前，她已经满脸笑容，一家人高兴的就餐。这位聪明的少妇既握住了属于自己的快乐钥匙，又把快乐的钥匙送给了别人，既创造了温馨和谐的人际环境，又获得了愉悦的心情。

学会握住属于自己的快乐钥匙，并适时将快乐的钥匙送给别人，是保持良好心态的明智，是和谐人际交往的艺术，更是一种人生境界。

把信送给加西亚

　　《把信送给加西亚》是美国著名出版家和作家阿尔伯特·哈伯德（1856-1915）于1899年在《菲士利人》杂志上发表的一篇短文。文章发表后，很快引起了全世界的强烈轰动，它被印成小册子在世界各地广为流传，全球销量超过8亿册，成为有史以来世界上最畅销的读物之一，列入全球最畅销图书排行榜第六名。据说，文章发表不久，纽约中央车站曾将该文印发150万份，免费分发给过往的旅客。日俄战争时期，每个俄国士兵都带着这篇文章，日军从俄军的俘虏身上发现了这篇文章，相信它是个法宝，遂译成日文，在日本天皇的诏令下，日本政府的每个公务员和军人，都拥有这篇短文。老布什就任美国总统时，曾把这本小册子放在自己的办公桌上，并在书的扉页上写着"你是一个送信者！"他解释说："我把它送给那些所有在本届政府成立之时共同奋斗的人们……我一直在寻找那些能把信送给加西亚的人，让他们成为我们当中的一员。"

　　"把信送给加西亚"的故事发生在1898年。1898年，当美西战争爆发后，美国必须立即跟西班牙的义军首领加西亚将军取得联系，可加西亚将军隐蔽在一个无人知晓的古巴丛林里，没有人知道他的确切地点，也无法收到任何邮件和电报。而美国又急需与加西亚合作。时任美国总统的麦金莱焦急万分。这时，有人报告总统说："有一名年轻的陆军中尉安德鲁·罗文能完成这个任务，有办法将信送给加西亚将军。"罗文被叫来，当罗文从上司手里接过总统写给加西亚的信后，并没有问加西亚在什么地方，也没有提出任何条件，他把信装进油布缝制的口袋里，封好，吊在胸前，搭乘一艘英国客轮到了边境，然后划小船驶入古巴海。四天后，趁着夜幕降临，他在古巴海岸登陆，消失在丛林中，三周后，他横穿危机四伏的古巴，步行潜入西班牙军队控制的领土，几经冒险，克服了常人不能克服的重重困难，最终将信交给了加西亚，然后，他又巧妙避开西班牙军队的封锁，带着加西亚的回信和三名熟悉古巴战情的起义军将领安全地返回华盛顿。使美国得以与加西亚将军合作，取得了战争的胜利。事后，为了表彰他所做的贡献，美国陆军部长为他颁发了奖章，并且高度称赞他说："我要把这个成绩看作是军事战争史上最具冒险性和最勇敢的事迹。"

作者感言：这是一个具有传奇色彩的真实故事，罗文以其对事业的绝对忠诚、高度的责任感和富有创造性的主动精神，完成了一件在常人看来根本不可能完成的任务。

罗文送信的传奇经历，至少给我们如下启示：

启示一：对事业的绝对忠诚是完成工作任务的先决条件。罗文是一个出色的军人，他忠于自己的祖国，热爱军旅生活，勤奋敬业，入伍几年便被提升为中尉。能被人推荐给总统去执行任务，足见其在美军中的知名度。作为一个军人，他懂得"不折不扣执行命令是军人天职"的道理，在接受指令时，他没有丝毫犹豫，他向上司表示，他知道自己的使命，一定会把信交给加西亚将军。

启示二：意志坚韧、勇敢顽强是完成任务不可或缺的要素。罗文只身驾小船漂洋过海，战胜了惊涛骇浪。当他爬上古巴海岸，钻进丛林后，昼夜穿行于语言不通、地理不熟且有敌军控制的古巴，面对重重困难和危险，他毫不退缩，一往无前，充分彰显了一个军人果敢而坚忍的意志品质。

启示三：聪明睿智、本领精湛是完成任务的关键。罗文十分睿智，他拿到信时，没有问加西亚将军在什么地方，因为他知道，总统、上司及所有的人都不知道，问也是白问；他也没提出任何条件，因为他清楚，在没有任何内线联系并且是异国他乡的敌占区，上司根本无法给他提供任何条件，条件只能靠自己去寻找和创造；他能横穿危机四伏的古巴，巧妙地通过敌人的重重封锁线，更能显示其机智多谋和具有极高的军人素质及精湛的军事本领，否则，他根本无法到达目的地，找到加西亚将军。

这就是罗文精神。在今天的和平年代，人类仍需要罗文精神，社会进步仍需要罗文精神，个体健康成长和事业成功更离不开罗文精神。罗文成功把信送给加西亚将军，是一个从业者具有最高执行力的表现，我们无论从事什么职业，罗文都是我们的榜样。当我们承担一项责任或接受一项任务的时候，我们是不是提了很多要求、讲了很多价钱、要了很多条件？当我们在履行责任和完成任务的过程中，是不是创造性地发挥了自己的聪明才智？当我们遭遇困难和挫折的时候，是不是知难而进、奋勇向前了？罗文，为我们提供了最好的形象参照。

把漂亮地板踩在自己脚下

一个很早就死了父亲的男孩儿，与母亲过着清贫的生活。读小学一年级的时候，暑假期间，他去同学的爷爷家玩。同学的爷爷是一位退伍军官，住在一座独院的两层小洋房内。小男孩儿被眼前的景象惊呆了，一直住在土屋子里的他，哪见过这样栽着花种着草的院子和被粉刷得漂漂亮亮的房子？特别是当同学的爷爷和蔼地叫他脱鞋进屋时，他扭捏了半天也不敢进去，因为那光滑的木质地板比他睡觉的床都不知道好过多少倍。进屋后，他坐在一把软椅上，挪都不敢挪一步，生怕把地板踩坏了似的。

回家的路上，他在想，怎么别人家脚踩的地方都远远胜过自己睡觉的地方呢？他感到委屈。回家后，他含着眼泪向母亲诉说。母亲听完后，为孩子擦干眼泪，平静地说："孩子，我们不必羡慕别人家漂亮的地板，再漂亮的地板也是被人踩的。只有踩在自家的泥土地上也不觉得低气，站得直，走得稳，好好地活着，活出个人样来，将来，任何漂亮的地板我们都有可能把它踩在脚下。"那男孩儿擦擦眼睛，似懂非懂地点了点头。

同学爷爷家的漂亮地板和母亲的话深深烙在那男孩儿的心上。随着年龄的增长和阅历的丰富，他越来越理解了母亲的话，他不再难受，不再自卑，下决心要像母亲说得那样，活出个人样来，将来把漂亮地板踩在自己脚下。

后来，男孩儿读中学了，他随母亲一起从乡下搬进了小镇。几年后，他又随母亲来到了上海。历经坎坷，勤奋努力，昔日的小男孩儿，终于长成了大人。他见过许许多多漂亮地板，也在许许多多漂亮地板上留下了昂首前行的脚印。这些脚印，记录了他辉煌的人生。这个男孩儿，就是后来著名的大翻译家——傅雷。

作者感言：强烈的生活反差让一颗幼小的心灵感受了人与人之间的差距；母

亲的教诲使他挺起了胸膛，走出了委顿和卑琐。凭着"贫寒并不低气"的自尊自信，为着将来有一天能"把漂亮地板踩在自己脚下"这一并不高远的目标，傅雷走出了自己的辉煌。

人在成长过程中，童年的记忆不断风化，绝大部分都消逝得无影无踪，但总有那么几件震撼心灵、左右生命的事情，铭刻在心，永志不忘。傅雷成名后，在许多场合谈到这段童年往事对自己的影响。

我们说傅雷的这段小轶事，是想借此聊聊"如何面对别人的优势、强势"这个话题。

"优势、强势"与"劣势、弱势"是两组相对的关系概念，它们是在比较中产生的，没有比较，无所谓优劣、强弱。抬头向上看，面对强于自己的富有者、权贵者、成功成名者，我们是劣势、弱势；低头向下看，面对差于自己的贫穷者、低贱者、失意落魄者，我们又是优势、强势。就个体而言，全世界绝大多数人，在比较中都处于"比上不足，比下有余"状态，所以，所谓优势劣势、强势弱势，都是相对而言的，人人都得面对。

面对别人的优势、强势，一般呈现出三种心态：

心态一：态度积极。持这种心态的人，自立自强，学优强、赶优强、超优强，永不服输。

心态二：态度消极。持这种心态的人，自轻自贱，怨天尤人，不思进取，甘于贫贱低下。

心态三：态度平和。持这种心态的人，不争不攀，传统农民"两亩地，一头牛，老婆孩子热炕头"的心理，就是这种态度的具体体现。

我们认同并积极倡导第一种心态，因为这是一种进取姿态，是求变求新求发展，如是，人才能有事功，才能生活得更好；如是，社会才能富强，才能日新月异。傅雷就是这种态度，他向别人述说自己这段童年往事，就是想告诉人们，贫困绝不是自卑的理由，面对远远优越于自己的种种社会现象，我们不能徒然艳羡，更不能在艳羡中自卑自弃，而应该自尊、自立、自强。面对优势、强势，我们每个人都应该像傅雷母亲说的那样，"不觉得低气，站得直，走得稳，好好地活着，活出个人样来"。

杏林春暖与悬壶济世

这是两个赞美医生医德高尚、医术高明的成语，它们分别来源于我国古代的名医故事。

"杏林春暖"说的是董奉的故事。董奉，字君异，福建闽侯县人，是三国时代名医，与张仲景、华佗并称"建安三神医"。据史料记载，董奉长期隐居在江西庐山南麓，他为民众治病，从不收钱，但他有一个要求：凡经他治好的重症病人，都要在他屋后的山坡上栽五棵杏树，轻症病人栽一棵杏树。多年过后，他治愈了无数病人，屋后山坡上的杏树也有十余万株，蔚然成林。每当杏子成熟的时候，他就贴出告示，让人们拿粮食来换杏子，并把换来的粮食全部用于救济穷苦百姓。百姓们为了褒奖这位医德高尚、医术高明的医生，称他为"董林杏仙"，并自发制作了一块"杏林春暖"的牌匾，挂在他家的大门上。自此，"杏林春暖"就成了德术双馨医生的赞语。

"悬壶济世"的故事出自《后汉书·方术列传》，故事说，东汉的时候，有一个叫费长房的人，一天，他在酒楼里喝闲酒，偶然抬头，看见街上有一个买药的老翁，药葫芦高高地悬挂在拐杖上，不断向行人兜售葫芦里的丸散膏丹。卖了一阵子，街上的人渐渐散去，老翁便一缩身悄悄地钻入了葫芦之中。

费长房看得真切，断定这位老翁一定是位仙人，于是便买了酒肉，恭恭敬敬地前去拜见老翁。老翁知其来意，收了酒肉后，就让他往葫芦里钻。他看看自己硕大的身体，又看看老翁手里拿的那个小葫芦，有些踌躇。老翁笑道："闭上眼睛，尽管钻便是。"他闭上眼睛，顿觉一阵清风吹过，身体飘然而起，竟顺利地钻了进去。等他睁开眼睛，但见芳林玉树满山、奇花异草遍野，一条清澈的小溪对面，有一座富丽堂皇的殿宇，雕梁画栋，香烟缭绕。老翁领他入得殿内，便开始叫他医病的方术。学了十天，老翁说："术已学成，你应该回去了。回去后，要多行善事，为世人好好医治疾病。"临行时，老翁送他一根竹杖，骑上如飞。他骑着竹杖，很快飞出仙山，回到家乡。

等他走进故里时，家人和邻里大惊失色。原来，他离开家乡已经十余年，家人都认为他死了。他说明原委，众人惊喜。从此，费长房门前挂了一个药葫芦，开始行医，他谨遵老仙翁的嘱咐，不论病人贫富贵贱、有钱没钱，他都热心接待，悉心治疗。他能医百病，去瘟疫，还能令人起死回生，备受人们爱戴和尊崇。后来，民间郎中为了纪念这位善良的传奇式名医，便在自己的诊所门口挂一个药葫芦，以示悬壶济世并作为行医的标志。

作者感言： 我们讲这两个名医的故事，无意于让现代的医生、诊所、医院和药厂像董奉和费长房那样，无偿为患者治病和提供药物，这不现实，也不近情理。因为医生、诊所、医院和药厂也需要生存和发展，而他们的生存发展对人类防病、治病和提高健康水平至关重要，要生存发展就离不开金钱，所以，治病交费，买药付钱，天经地义。我们只想借这两则小故事提醒所有从事医疗职业的人们，学习董奉和费长房以"治病救人"为第一要务的职业精神，增强医德修养。

毋庸讳言，现代社会，医德缺失是一个不争的事实，看病难、看病贵，已经成为社会的一个突出问题。个别医生对患者不负责任、不尊重、态度冷漠甚至嘲笑，医务人员收受红包甚至向患者及其亲属索要财物，大开回扣药和可有可无的药，滥做不必要的检查等现象，司空见惯。个别医疗单位和医生不顾患者死活甚至见死不救的现象也常在媒体曝出。

人来到这个世界上，说不定能从事什么职业。如果你当上了医生，应该怎样做呢？我们的建议是：学习和弘扬中华民族大医精诚、杏林春暖、悬壶济世的高尚医德，深刻体认医生职业的崇高性，不懈追求全心全意为人民身心健康服务、坚守职业精神的医德境界。在这里，我们需要说明的是，我们并不是要求从医者必须达到"高尚医德"的境界，而只是希望医生们能努力学习、追求这种境界，能努力学习、追求这种高境界，其医德就会不断提升。

我国历史上出现过大批医技精湛，医德高尚的名医，倍受人们的尊重。华佗毕生为民行医，关心民众疾苦，出诊不讲条件，不论是白天黑夜，还是酷暑严寒，随请随到，有时路上遇到病人，从不袖手旁观，想方设法进行治疗。唐代名医孙思邈在《千金要方》中说："若有疾厄来求救者，不得问其贵贱贫富，长幼妍媸，怨亲善友，华夷愚智，普同一等，皆如至亲至想。"这充分体现了他尊重病人的人格与权利，对待病人，不分民族、性别、职业、地位、穷富、美丑，都一视同仁的崇高医德。在现实生活中，白求恩、柯棣华、付连章、林巧稚、李月华、吕世才、赵雪芳、吴登云等无数优秀医生，也都是每个医生学习的榜样。

提高医德修养，很重要的一条就是要学会换位思考。古有"三折肱而为良医"之说，通常的理解是：多次折断胳膊，就能知道治疗断胳膊的方法，比喻阅历多、经验丰富才能成为内行。其实这句话还有另一层含义，即医生只有脱下白大褂，穿上病号服，成了患者，才能深刻体会到患者的所思所感，从而提高医德修养，成为好医生。柏拉图也有类似的说法，他曾认为，只有生过重病的医生才能成为好医生。为什么呢？这是因为，从白大褂到病号服，是一次身份、地位、心理、社会境遇、伦理角色的转换，而身份、地位、心理、社会境遇、伦理角色的不同，心境就会不同。在日常工作中，医生是疾病的诊断治疗者，面对的是治疗疾病的技术性生活，缺乏有内容的伦理生活，经常处于道德麻木和迷失之中，而只有医生成了病人，有了疾病的痛苦体验和相应诉求之后，伦理生活才会被唤醒，痛苦体验洗涤了医生的心灵，净化了医生的灵魂，使利他主义的职业信仰得到增强，失落的医德才会被重新找回。当然，我们并不是诅咒每个医生，更不希望每个医生都要得几场重病，恰恰相反，我们非常希望每个医生都健健康康，好有更多的精力为别人治病。我们只是渴望每一个医生都要有患者意识，学会推己及人、将心比心，经常从患者角度思考和定位问题，从而培养悲悯情怀，增强职业道德感和职业责任感，减少和消除医疗界的道德失血现象。

"杨震拒金"与"吴隐之卖狗嫁女"

　　"杨震拒金"说的是东汉名臣杨震的清廉故事。杨震是东汉安帝时期的名臣，他是弘农华阴人，五十岁以前在家乡办学三十年，为东汉培养了大批人才，五十岁以后出仕做官，先后出任过襄城令、荆州刺史、东莱太守等地方官，后入朝做过九卿之一的太仆、三公之一的司徒，后升为太尉，掌管朝中军事。

　　杨震在任荆州刺史时发现当地一个叫王密的人，才华出众，便向朝廷举荐王密为昌邑县令。后来他调任东莱太守，途经王密任县令的昌邑时，王密亲赴郊外迎接恩师。晚上，王密前去拜会杨震，俩人聊得非常高兴，不知不觉已是深夜。王密起身告辞时，突然从怀中掏出黄金，放在桌上，说道："恩师难得光临，我准备了一点儿小礼，以报栽培之恩。"杨震说："以前正因为我了解你的真才实学，所以才举你为'茂才'，希望你做一个廉洁奉公的好官。可你这样做，岂不是违背了我的初衷和我对你的厚望。你对我最好的回报是为国效力，而不是送给我个人什么东西。"可王密坚持说："三更半夜，不会有人知道的，请收下吧！"杨震立刻变得非常严肃，声色俱厉地说："你这是什么话，天知，地知，我知，你知！你怎么可以说，没有人知道呢？没有别人在，难道你我的良心就不在了吗？"王密顿时满脸通红，赶紧收起黄金，向老师道歉，并十分敬重地向老师施礼道别。

　　杨震为官，从不谋取私利，从不吃请受贿，也不因私事求人、请人、托人，不请客送礼。他的子孙们与平民百姓一样，蔬食步行，生活十分简朴。亲朋好友劝他为子孙后代置办些产业，杨震坚决不肯，他说："让后世人都称他们为'清白吏'子孙，这样的遗产，难道不丰厚吗？"

　　"吴隐之卖狗嫁女"的故事说，吴隐之是东晋人，他曾在东晋王朝中担任过中书侍郎、左卫将军、广州刺史等高官，也是中国历史上著名的清廉官员。在担任中书侍郎之前，他曾在谢石手下担任主簿，类似今天的办公室主任。谢石是东晋著名人物，是淝水之战的晋军总司令。做晋军总司令的办公室主任，自然是一个举足轻重的权威人物。谢石得知吴隐之要嫁女，就派了手下的人带着办喜事的物品前去帮忙。帮忙的人来到吴家，见吴家冷冷清清，毫无办喜事的气氛，只看见一个婢女牵着一只狗，正要出门，上前一问，才知道，这婢女是要到集市上卖狗，吴隐之要靠卖狗的钱来筹办女儿的婚事。众人见此，无不唏嘘，作为一个有权有势的主簿，竟寒酸到如此程度。

吴隐之并非有意作秀，他尽管有不菲的俸禄（工资），但他为人豪爽，乐善好施，经常接济亲戚乡里，并且清廉自持，从不利用权势谋私，所以家无余财，史书上说，他"弱冠而介立，有清操"；"虽居清显，禄赐皆班亲族，冬月无被，尝浣衣，乃被絮，勤苦同于贫庶"。

关于吴隐之，还有一个广为人知的故事，就是他掬饮贪泉水并赋诗一首。吴隐之做过广州刺史。广州面海环山，多有象牙、珍珠、海味和名贵药材出产。但因地处僻远，瘴疫流行，在东晋时代尚属蛮荒之地，所以很少有人愿意去那里做官。只有家里贫穷而又想发横财的人才愿意去。到广州做刺史，只要弄上一箱子珍珠宝物，够几辈子享用，所以，历届广州刺史，无一不贪，个个肥得流油。朝廷派吴隐之去广州做刺史，是想让他做个榜样，改变历届广州刺史贪污受贿、中饱私囊的弊端。

离广州二十里一个叫石门的地方，有一口泉叫"贪泉"，据说不管谁喝了这泉水，都会变得贪得无厌。吴隐之不信这个邪，到广州后，他对亲人说："不见可欲，使心不乱。越岭丧清，吾知之矣。"为了表明立志清廉，他特意来到贪泉，掬水而饮，并赋诗为志："古人云此水，一歃怀千金。试使夷齐饮，终当不易心"。意思说，人们都说喝了这泉水，就会贪财爱宝，假若让伯夷叔齐那样品行高洁的人喝了，我想终究不会改变那颗廉洁的本心。在广州任职期间，他果然不负朝廷所望，始终保持廉洁的操守，粗茶淡饭，衣物器具也十分简朴。调离广州时，他妻子偷偷带了一斤中药材沉香木，吴隐之发现了，十分生气，把它丢到水里去了。

作者感言：这是两个廉官的故事。在"三年清知府，十万雪花银"的封建时代，能做到如此清廉，难能可贵。特别是吴隐之，据史书记载，两晋时期，官风十分腐败，何曾父子日食万钱、石崇与王恺比阔斗富这类丑闻，都是发生在那个时代。就是吴隐之的顶头上司谢石，随着淝水之战的胜利，地位日显，声誉日隆，亦敛财无度，家里十分富有。当了多年军中最高统帅的办公室主任，凭着如此重要的地位和权力，只要稍稍动点儿心眼，也不至于穷到卖狗嫁女的地步。

清廉是重要的官德，历史上贪官无数，廉官也不少，但清廉如杨震、吴隐之者，的确不多。

人生之旅充满许多变数，说不上什么时候你就可能拥有某些权力，甚至做了高官，当其时，能以杨震、吴隐之为楷模，会有助于你走好为官之路。

就为官者本人来说，要想做到清廉为官，其实并不难，其做法有三：

做法一：要敬畏法度。敬畏是一种信服、遵从又怀有胆怯、害怕的心理状态。为官者对法度怀有几分敬畏，十分重要。《明史·杂俎》记载：明太祖朱元璋一天早朝时突然问大臣："天下何人最快活？"群臣一时回不过神来。过了一会儿，有人说功成名就的人最快活，有人说富甲天下的人最快活，有人说和心爱的女人相厮相守最快活……答案五花八门，莫衷一是。朱元璋听着这些回答，只是颔首捻须，不以为意。这时一个名叫万钢的大臣回答："畏法度者最快活！"朱元璋连连点头，称其见解"甚独"。细细想来，万钢的回答颇有见地。大凡畏惧法度者，必然遵纪守法，令行禁止，不会因自己做了什么违法乱纪的事而担惊受怕，自然吃得香、睡得稳，这样的生活岂不快活？《菜根谭》里说："嚼菜根淡中有味，守王法梦里无惊。"因受贿罪被判死缓的广东省湛江市原市委书记陈同庆，在其"忏悔"中曾这样陈述："每每听到警笛鸣叫，便会心惊肉跳，汗冷心颤，常常梦里惊醒。"这实乃贪官惟妙惟肖的内心写照。俗语说："没做亏心事，不怕鬼敲门。"荷兰哲学家斯宾诺莎说："快乐是美德本身。"为官者能对法度怀有几分敬畏，能以美德塑身，以法纪律己，始终恪守本分，必然会不贪不占。

做法二：要修养水性心。老子说："上善若水，水利万物而不争。"水具有"水性至柔贵不争，能和善让乐低平；润生万物心无我，变化融通入大乘"的优秀品质，涵养水性品质，人就会不争权、不夺利、不贪财爱物，不计较得失，这样为官，就能在行为上自持，就能做到清廉如水。

做法三：要力戒贪婪心。清人胡澹淹在《解人颐》中有一首《知不足》的打油诗，形象生动地刻画了人的贪婪心态："终日奔忙为了饥，才得饱食又思衣；

身穿绫罗和绸缎，堂前缺少美貌妻；娶下三妻和四妾，又怕无官受人欺；四品三品嫌官小，又想南面做皇帝；一朝登上金銮殿，却慕神仙下象棋；洞宾与他把棋下，又问哪有上天梯；若非此人大限到，上到九天还嫌低。"这就是欲壑难填的贪婪心，它是为官者的大敌。作为官员，只要不断扑灭时时燃起的贪婪之火，心向内求，求知足、求智慧、求平安、求和谐、求利人利社会，就能做到为官清廉。

吾心已许之矣

这是北宋人刘庭式的故事。刘庭式是齐州（今山东）人，进士出身，苏轼做密州（今山东诸城）长官时，刘庭式做通判，官职仅次于苏轼，但通判权力不小，往往是朝廷的耳目。据苏轼的《书刘庭式事》记载，刘庭式是一个既有学问又为人正直的君子，他出身农民家庭，当他还没有考上进士的时候，就和本乡的一个姑娘订了婚，不过没有正式下聘礼。等到他考取了功名，做了官，那位姑娘却因一场大病瞎了双眼。姑娘出身种地的贫苦人家，因此，不敢再提这桩婚事。但刘庭式却牢记在心，决定娶盲女为妻。有人劝他说："既然要娶，就娶她的妹妹吧，这也算不违背当初的约定，对得起人家。"

刘庭式十分严肃地说："吾心已许之矣。虽盲，岂可负吾初心哉？"意思说，我的心早已经答应她了，她虽然瞎了，我怎么能违背当初的心呢？于是，便迎娶盲女为妻。

婚后，夫妻恩爱有加，盲女为他生了好几个孩子，在刘庭式还在壮年的时候，盲妻病逝，刘庭式哀伤不已，经年不减。

有一次，苏轼劝他说："悲伤源于爱，爱源于美色。现今你的妻子已故，爱之情无从而生，悲伤又从何而来呢？还是放下的为好。"

庭式回答说："我只知道我失去了我心爱的结发妻子，因而悲痛。假如我是因她容貌俊美才爱恋她，又因爱恋她的美貌而生悲伤，那么，随着她的人老色衰，我对她的爱恋之情就会越来越少，她故去了，我就会把她忘掉，自然就不会悲痛了。可如果我是这样的人，那些大街上挥舞衣袖、搔首弄姿、以眼神来勾引男人、卖弄风流的女子，不都可以成为我的妻子了吗？"

苏轼听了，感佩不已。刘庭式再也没有续弦，以高寿而终。

作者感言：刘庭式义娶盲女的故事，在宋以后的历代史书上均有记载，故流传至今。

刘庭式的可贵之处有三：

可贵一：重诺。刘庭式与盲女的婚约，只是两家的口头约定，没有正式订婚仪式，没有纳彩礼，在北宋那个时代，是完全可以不算数的，可刘庭式一言既出，驷马难追，不改初衷，坚决履行承诺。

可贵二：重义。刘庭式考取进士成为朝廷官员，女方仍是贫穷农家女，两个人身份地位发生了重大变化，已经不是门当户对，再则，女方因病已双目失明，是残疾人，更拉大了两个人差距。在刘庭式坚持要娶的情况下，有人建议姐妹易嫁，这样也算对女方家够意思，但刘庭式不因自己做了官和女方瞎了眼睛，毅然娶之，表现了他看重道义的君子作风。

可贵三：重情。两个人婚后相亲相爱，壮年妻死，哀伤不已，终生未续娶，足见情有独钟。在那个时代，朝廷官员大都三妻四妾，妻子活着尚忙着娶小老婆，遑论妻死。能如刘庭式者，凤毛麟角。

看看现代社会，能如刘庭式者，仍然不多，可陈世美却大有人在。二十世纪七十年代，数千万城市知识青年"上山下乡"，到农村种地，许多人与农村姑娘恋爱结婚，有的都有了孩子，可"文革"结束返城后，许多人抛妻弃子，根本无道义可言。二十世纪八十年代有一首流行歌曲《村里有个姑娘叫小芳》，记录的就是这段历史，那位薄情的男知青，说了句"谢谢你给我的爱，今生今世我不忘怀；谢谢你给我的温柔，伴我度过那个年代"之后，便心安理得了，可"站在小河旁"的那位小芳姑娘，已经心碎。

刘庭式的故事，今天仍有意义，将来也还会有意义。

两 个 木 匠

从前，有一个大户人家，同时请了两个木匠做米柜，每人做两个。其中一个木匠，专拣好的木材用，两天工夫，就做好了，算了工钱走了。而另一个木匠，精打细算，不管木料有多短，他都想方设法用上，尽量不用完整的长木料。由于用短木料费时费劲，他用了两天半的时间才把两个米柜做好，他不仅为主人省了不少长木料，而质量还比前一位做得好。

算工钱的时候，主人说："你和前一位同行不一样，为我省了那么多长木料，活又做得精细，多耗费了你半天时间，我得多付给你一点儿工钱。"

木匠谢绝说："钱就不用多算了，我喜欢这样做活，这样做我心里很快乐，如果浪费了人家的木料又做得不好，我会觉得很对不起人家，心里会很难受。有你这句奖励的话，我就知足了。"

他只拿了同样的工钱，高兴地走了。

几年过去了，这后一个成了远近闻名的木匠，不少外乡人从很远来请他做活，给的工钱也高，而前一个木匠却门庭冷落，很少有人请他，渐渐断了生计，只好改行到一家油坊做了榨油工。

作者感言：尽量节省木料又把活做得精细，是做木匠的规矩、本分，守了这份规矩、本分，心里就很高兴，失了这份规矩、本分心里就很难受，这是对职业操守的自觉认同和刻意坚守，也正是因为有了这份坚守，使后一个木匠闻名乡里，手上的活源源不断。而前一个木匠，恰因少了这份操守，最后失去了工作。由此看来，能不能恪守职业操守，是事关能不能保住"饭碗"的大事。

所谓"职业操守"，就是从事某职业必须遵从的道德准则和行为规范，它既是从业人员履职过程中的行为要求，也是该职业对社会所负有的道德责任和义务。世上三百六十行，行行都有自己的职业道德和职业规范，能自觉遵守所从事行业的道德规范，是行业认可的基础，也是能在这个行业干下去的前提。所以，熟知行规，遵守行规，是每一个在岗人员必备的职业品质。否则，你随时都有可能被炒鱿鱼。特别是当代社会，就业岗位稀缺，待业、失业的成年人以千万计，能找到一份工作很不容易。一旦就业上岗，要做的第一件事就是学行规、知行规、守行规，如此，才能站住脚跟，保住饭碗，如果努力，还会有更大发展。

两个秀才与一支送葬队伍

有两个秀才，是同乡又是同学，还是同一个老夫子的学子。平日里，秀才甲静而少动，学习用功，成绩好于秀才乙，常得到老师和乡邻们的夸奖，而秀才乙有些贪玩，成绩平平。

两个人结伴进京赶考，在路过一个村子时，碰上了一支送葬队伍。秀才甲看着黑乎乎的棺材和哀伤的送葬队伍，心里立刻咯噔了一下，凉了半截，他想："这下完了，路上遇见这样不吉利的事情，是预示我赶考无望。"一路上他闷闷不乐，忧心忡忡，赶考的劲头去了大半。等进了考场，那黑乎乎的棺材和送葬队伍挥之不去，面对"策论"考题，他文思枯竭，大脑一片空白，越是着急，越什么也想不起来，考卷答得一塌糊涂，结果名落孙山。回到家里后，他向家人述说自己的运气不好，半路上遇见死人出殡，看见了棺材，所以没有考中。

秀才乙就走在秀才甲身后，他也看到那黑乎乎的棺材和哀伤的送葬队伍，开始心里也咯噔了一下，但很快转而为喜，他想："棺材、棺材，赶考路上遇见棺材，不就是预示我一举中的，既有'官'又有'财'吗！好兆头，好兆头！"一路上他高高兴兴，劲头十足。等进了考场，他心无旁骛，专心答卷，思如泉涌，一挥而就，结果金榜题名。回到家中，他也向家人述说了半路遇见死人出殡的事，但他十分高兴的说："多亏遇见了棺材，给了我好运气。"

作者感言：同一出殡现象，两个人做出了根本不同的解读，引发了不同结果。这个小故事给我们三点启示：

启示一：心理暗示很重要。所谓心理暗示，就是人在受到外界信息刺激时所产生的或积极或消极、或强烈或微弱的心理反应，这种反应往往影响人的思想行为。秀才甲消极的心理暗示，扰乱了他的心绪，磨损了他的信心和勇气，堵塞了他的思路，导致了考试失利；而秀才乙积极的心理暗示，给他增添了勇气和力量，疏通了文思，一举而获得成功。

启示二：凡事，要多从积极的方面着眼。世间万象，吉祥美好与凶险丑恶并存，而每一种现象，都存在"非唯一性"的多种理解，生活中一旦遇见诸如出殡之类不吉利的现象，多从积极的方面去解读，就容易平衡心理，保持良好的精神状态，从而产生积极的心理暗示。

启示三：要多一些理性和科学精神。生活中偶然遭遇的许多现象，诸如一出门不小心摔了一跤、没注意一只脚踩进泥水里、路上碰见出殡、半路上一群乌鸦从头上飞过、走在林荫道里身上掉了一滴鸟粪、清晨拉开窗户看见一只喜鹊落在屋前的树上、办公桌上趴着一只喜蛛、上班路上看见迎亲车队等，均纯属偶然，与你所从事的事业和要办的事情并无必然联系和因果关系，无须牵强附会，自找精神困扰。

两锭金元宝与快乐的消失

从前，有一个富商，生意做得很红火，财源滚滚。由于生意做得很大，他每日操心、算计，夜里常常睡不着觉，唉声叹气，烦恼多多。紧挨着他家住着一户穷苦人家，夫妻俩以做豆腐为生，虽说清贫辛苦，却有说有笑。富商对这对穷夫妻又羡慕又嫉妒。

一天夜里，富商的太太见丈夫烦躁的样子，感叹地说："唉！别看咱家有金有银，可我觉得咱们还不如隔壁卖豆腐的穷夫妻。他们虽说穷，可他们的快乐值千金呀！"

经太太一说，富商似有所悟，便说："那有什么！我叫他们明天就笑不出来。"言罢，他一抬手将两锭金元宝从墙头扔了过去。

次日清晨，那对穷夫妻发现了地上来历不明的两锭金元宝，心情大变。他们商量来，商量去，都说发财了，不想再磨豆腐了。那么，用这些钱干点儿什么呢？他们想干很多事情，但又担心一日暴富，会被左邻右舍疑为偷窃了钱财。如此这般，几天几夜，他们茶饭不思，寝席不宁，自此再也听不到他们的笑声了。

作者感言：这是一个广为流传的小故事，它想告诉人们这样一个道理：有些时候，金钱往往是夺去人欢乐的杀手。我们说这则小故事，就是想借此聊聊"金钱与快乐"这个话题。

关于金钱与快乐的关系，是一个似乎谁都明白又都说不清楚的问题。

没有钱肯定不会快乐，这一点毫无疑问。钱这东西，不是人们想要就要、不想要就不要的，在货币仍然是商品交换等价物的时代，钱是人活下去和有所发展的必需，这是因为，谁也不是餐风饮露、不食人间烟火的神仙，谁都需要衣食住行，没有钱就买不到生活必需品，在饥寒交迫之中，无从谈人生快乐。

那么，有了钱甚至有很多钱就一定快乐吗？这也未必，快乐与否，取决于怎样看待钱，取决于对钱持什么态度。钱是人类为了便于商品交换而创造的等价物，通过钱，人可以购买到生存和发展的必需品，它是人生存和发展的手段、工具，这是钱的本质。可问题在于，钱一旦被创造出来，就产生了巨大魔力，它可以购买生存和发展资源的这一功用，像一块巨大磁石，吸引着成千上万的人绝对无条件地信奉它、服从它、依赖它、崇拜它，它成了人们生活意义的源泉和动力，成了支配人们命运的神秘力量，成了人生的目的，人反倒成了自己创造物的奴隶、工具。这就是我们通常说的金钱拜物教。自货币产生以来，古今中外，数以亿计的人拜倒在金钱脚下，在追求金钱的过程中，无数人为之焦虑，为之痛苦，甚至痛不欲生，也因此上演了无以计数的悲剧，人生也因之失去了许多欢乐。

看来，金钱拜物教是夺去人生快乐的真正杀手。那么，怎样才能走出金钱拜物教这座围城呢？在我看来，关键是要树立"人是目的，金钱只是手段"这一意识。人活在世上，能健康成长和幸福生活才是目的，而金钱只不过是达到这一目的的手段、工具，两者位次不能颠倒，颠倒了，钱就会越位变成统治者，人就会被金钱所左右，就无幸福快乐可言。

要想牢固树立起"人是目的，金钱只是手段"意识，必须做如下努力：

努力一：淡化金钱意识。不断强化金钱的工具性地位，经常提醒自己，人活着绝不是为了挣钱，挣钱只是为了生活和生活得更好。所以，不要把钱看得太重，不要为了获得金钱而不择手段，更不应为获得金钱而罗织苦恼和触犯法律。

努力二：淡化生活方面的攀比意识。不要刻意追求奢靡的生活。要牢记，广厦千间，存身其尺，躺在几千万元别墅的一张床上睡觉，与躺在普通房间的一张床上睡觉，本质上没有差别。在吃饱穿暖的前提下，幸福不取决于有亿万钱财，不取决于有豪车华屋，也不取决于吃山珍海味和穿名品，而取决于心灵顺畅和愉悦的程度。而生活的事实是，许多刻意追求奢靡生活的人，生活恰恰不幸福，这是因为，他们无法满足的贪婪欲望，常常使他们沉浸在"得不到"的痛苦之中。

努力三：追求"乐生"的审美境界。所谓"乐生"，就是以"助人为乐、奉献为乐、有为社会为乐、自我价值实现为乐"为人生目标的思想境界。人在追求"乐生"境界过程中，会不断突破金钱、功利等困扰，会淡化金钱和功利意识，从而在不断追求事业成功和人格完善中实现自我超越，赢得无尽快乐。

你想活得快乐吗？那就看淡一点儿金钱和功利，牢牢记住以下两点：

牢记一：金钱可以给人带来快乐，但一心想拥有金钱并强烈想拥有更多的金钱，却往往让人不快乐、甚至很不快乐。因为人对金钱的欲望是没有止境的，钱多了，往往会变成钱的奴隶。

牢记二：金钱可以买到补品，但买不到健康；金钱可以买到楼房，但买不到温馨的家；金钱可以买到钟表，但买不到宝贵的时间；金钱可以买到床，但买不到充足的睡眠；金钱可以买到少女，但买不到纯真的爱情……生活中还有许许多多比金钱更宝贵的东西，那才是快乐的源泉。

再回到上边这则小故事，我们从那对穷夫妻因捡到金元宝而失去快乐中，还受到这样一点儿启示：钱的来路一定要正。靠自己劳动挣来的钱，从正常渠道获得的钱，比如投资的利润、父母的遗产、朋友的馈赠等，花起来才踏踏实实、心安理得。钱的来路不正，往往不敢花，花了也提心吊胆。从天上掉下来两锭金元宝，是福还是祸？是不是别人设下的陷阱？盲目拿出去花，别人会不会怀疑是偷的或抢的？夫妻俩的种种疑虑和担心是非常有道理的。如果是他们卖豆腐挣来的钱，他们早就大大方方地拿出去花了，可能还会有意向别人炫耀，以示自己富有。现实生活中，那些贪赃枉法的贪官，不少人有钱不敢花、不敢存进银行，就是证明。所以，君子爱财，一定要取之合理，一定要取之正道。

还有第十二块纱布

在一所大医院的手术室里，一位年轻的护士第一次担任责任护士。在手术接近尾声、就要缝合的时候，她提醒手术医生："大夫，您已经取出了第十一块纱布，但我们用了十二块纱布。"

医生看看护士，说："我已经都取出来了，现在可以缝合了。"

"不行，医生，我们用了十二块纱布，还有一块没有取出来。"护士十分肯定地说。

"我说过，我已经都取出来了，你没有听见吗？"医生很不高兴，严厉地说，"缝合。"

"你怎么会这样？肯定还有一块！"护士激烈地喊道，"你要为病人的生命负责！"说着，他拦住了医生拿针的手，并用恳请的目光望着医生，几近哀求。

外科医生脸上立刻绽出了笑容，慢慢地张开了紧握的左手，让护士看到了这第十二块纱布，"你是一个合格的责任护士。"他说道。

作者感言：手术台上，人命关天，稍不谨慎，就可能导致不堪设想的后果，所以，手术医生和护士责任重大，来不得半点儿疏忽。

这位护士的可贵之处体现在两个方面：

可贵一：她具有极强的责任意识。作为一名责任护士，准确记住手术过程中所用器械的数量，是职责所在。她深知自己的责任并对工作高度负责，牢牢记住了手术过程中用了十二块纱布，当她发现少了一块的时候，及时提醒了医生，忠实履行了自己的职责。

可贵二：她不慑于权威，敢于坚持真理。当医生断然否定了她的提醒，就要举手缝合的时候，她不慑于主刀医生的领导地位和权威，毅然坚持自己的正确意见，并大胆阻拦医生缝合，这一举动体现了她的正直和勇敢。

强烈的责任意识和正直、勇敢的精神品质，正是一个责任护士必须具备的医德素质，所以，主刀医生肯定了她是"一个合格的责任护士"。

这个小故事告诉我们，不管从事什么职业，强烈的责任心和正直、勇敢的精神品质永远是第一重要的，它是赢得信任和工作做出成绩的基石。

还好，只输了五美元

一对新婚夫妇外出度蜜月，他们来到赌城，出于好奇，新郎想进去赌一把，于是他走进赌场。

第一次下注，他随意将五美元的筹码押在了"17"这个数字上。那一局，轮盘赌台的小球落在了"17"上，他赢了一百七十五美元。第二局，他继续把筹码押在"17"上，好运继续，这一局他赢了六千一百二十五美元。接下来的每一局，他都把筹码押在"17"上，好运气似乎就一直这样跟随着他，五美元的筹码，竟赢来了两亿多美元，这样的回报已然算是奇迹了。

这两亿多美元能让小夫妻俩做任何事情，不管是拿去创业，还是用来消费，都会让他们顺利实现自己的想法。不过，这一刻，新郎的脑子里只有一个念头：今天我运气好，一定会赢得更多，两亿元会很快变成四亿元、八亿元、十六亿元，以至于更多。于是，他再一次把全部赢得的钱压在"17"上。这次并不幸运，小球停在了"18"上，他转瞬间输个精光。

新郎悻悻地走出赌场，回到了旅馆。妻子问他："你到哪里去了？"他说："去赌轮盘。"妻子又问："运气如何？"他叹了口气："还好，只输了五美元。"

作者感言：这也许是个杜撰的小故事，但在赌博、炒股或炒期货过程中，却是一种常态现象，几乎每一个参与其中的人都有过新郎的经历。

我们说这则小故事，是想借此聊聊"赌博"这种社会现象。

所谓赌博，就是遵循相应的游戏规则，以轻易获得利益为目的，以扑克、麻将、牌九、色子、轮盘等为工具，以输赢为路径，以输家向赢家支付相应金钱或实物为结果，通过"玩"的形式相互争夺财富的一种活动。这种活动品类繁多，花样万千，凡是以钱或实物做赌注，不管用何物做赌具，其性质都是赌博，比如，打台球，输一杆一百元；下象棋，输一局一百元等，都是赌博。凡不以钱或实物做赌注的，都是娱乐身心的游戏。

赌博现象由来已久，在远古时代，它最初是一种愉悦身心的游戏活动，随着私有制的产生，人们在玩这种游戏时，开始用金钱和财物作注，于是逐渐演变成快速聚敛财富的方式，并愈演愈烈。当然，时至今日，赌博仍含有娱乐性因素。据史料记载，中国的赌博始于夏末的"博戏"，它是夏桀时代的大臣乌曹发明的，至今已有近四千年的历史；在西方，在冰河时代的洞穴里，在古埃及皇帝的坟墓里，都有图画表现和赌具出土，足以证明这种游戏不晚于中国，可能还早于中国。

人们为什么会参与赌博并乐此不疲呢？其主要原因有二：

原因一：赌博可以以最便捷的方式获得财富，甚至是巨额财富，满足了人"一夜暴富"的贪欲心理。比如那位新郎，不需要付出任何辛勤劳作，只在轮盘上投入五美元，不到一分钟就获得一百七十五美元，接着赌下去，不大一会儿工夫，一百七十五美元竟增至两亿多美元。钱来得何等容易！何等迅速！如果他就此收手，夫妻俩一生会活得很潇洒，不管是做实业还是经商，都有足够的资金。遗憾的是，他没有收手。

原因二：赌博能给人强烈刺激，能让人处于极度兴奋状态。人在赌博时，精力高度集中，赢了的时候，精神振奋，想接着赌；输了的时候，情绪更是激越，赌欲更强，这样反复刺激，故逐渐成瘾。很多在网上玩过"斗地主"游戏的人都有这样的感受：当你赢了一局，赚得不菲积分后，你会变得激情澎湃、斗志昂扬，迫不及待地再来一局；而当你输掉一局，失去大把积分后，你更会近乎不顾一切地再开一局，因为这时你脑子里想的，就是一定要把输掉的积分捞回来。饭已经端上餐桌，家人多次催促，你仍不下线。瞧！一款小小的"斗地主"游戏，就刺激得你着了迷，更不用说真实的赌局了

凡是赌博上瘾并不肯罢手者，我们称之为赌徒。赌徒心理有三：

心理一：迅速暴富的贪欲心理。每一个赌徒都渴望通过赌博方式，在很短时间内、不花任何气力，就得到大把大把的金钱，由穷人立刻变成富翁。

心理二：输赢尤赌的不罢手心理。一旦参赌，输了想把输的赢回来，赢了还想继续赢，不管输赢，都不想罢手。多数情况下，都是输光了才无奈地退出赌

局，就像那位新郎，把赢来的两亿多元赌光了并赔上了五元本钱，才走出赌场。

心理三：存有会交好运的侥幸心理。每一个赌徒都相信，风水轮流转，好事不会总落在一个人头上，说不上什么时候，就会交上好运，一下子赢一笔大钱。

正是在上述三种心理驱动下，赌徒们越赌越上瘾，即使知道"久赌神仙输"，也绝不罢手，这次输光了，想尽办法弄钱，下次接着再赌；正道弄不到钱，就从邪道弄，越赌越疯狂，大多数赌徒的最后结局是：或赌得倾家荡产，或赌得人格全无，或赌得妻离子散，或赌得胆大妄为，或赌得毁了前程，或赌得命丧黄泉……总之，古今中外，靠赌博致富者盖寡，因此落魄者居多。所以，赌博有百害而无一利，不赌最好。记得有一位赌王临死时感慨地说："不赌即是赢。"

在现实生活中，多数成年人多多少少都有过赌博行为，也不同程度地存有赌徒心理，但绝大多数都属于玩玩的娱乐系列，是一种消遣。小区的老人们聚在一起，打打麻将或玩玩扑克，赌注一角钱；同事朋友休息日相约玩玩，赌注一元钱或赌个饭局，玩的时候，其运行模式和心理与赌徒们的豪赌没什么两样，但目的不同。前者是以娱乐为目的，搓麻将、打扑克只是手段，虽然赌注也是钱，但面值很小，之所以用小钱做赌注，是为了增加点儿刺激，避免玩的时候不认真；而后者即赌徒们的豪赌，则是以快速获得利益为目的，赌注额度大，甚至巨大，刺激性强，危害性也大，是应该杜绝的恶行。不过，即使是前者的玩玩，也不宜玩得太频，因为它从本质上说，也是赌博，只不过程度很轻，玩得频率太高，也容易上瘾，特别是中青年人，还有自己的事业，久玩也能丧志，容易耽误了事业前程。

来自继母的力量

　　拿破仑·希尔，1883年生于弗吉尼亚州怀斯县的偏远山区，早年家境贫穷。他十岁时母亲去世，父亲于一年后另娶了一位妻子，也就是希尔的继母玛莎。玛莎是一位受过良好教育的年轻寡妇，她的到来，是希尔一生中的幸事。

　　当时，希尔是村里公认的坏孩子，村里无论出了什么不好的事情，比如奶牛在牧场被人放走，谁家丢了什么东西等，人们首先会怀疑他，可不幸的是，往往每次都能从他身上找到证据。母亲死了之后，更没有人关心他，他在父亲、兄弟和邻居们眼里，形象更加恶劣。由于自己的顽劣和人们的偏见，造成大家对他像防贼似的横眉冷对，他本人也很自卑，认为自己这辈子就算完了，更加破罐子破摔。

　　当继母玛莎迈进家门时，父亲指着希尔对继母说："亲爱的，这就是我的儿子希尔，希望你注意这个全郡最坏的男孩儿，他可让我头疼死了，说不定在明天早晨以前，他就会拿石块扔向你，或者做出别的什么坏事，总之，他会让你防不胜防。"

　　出乎希尔意料的是，听完父亲介绍后，继母竟然微笑着走到他面前，两手放在他的肩上，说："这是最坏的孩子吗？完全不是！他应该是最优秀的才对！"继母略微停顿了一会儿，然后对父亲说："我觉得他恰恰是最聪明的一个，我们要做的事情是，如何把他聪明的、美好的地方更好地发挥出来。"

　　第一次被别人夸赞，希尔有点儿不相信这是真的，便怯怯地问："我真的是个聪明的孩子吗？"

　　"是的！"继母坚定地回答，并把他搂到了怀里，希尔顿时感受到了母亲的温暖，流下了眼泪。继母轻轻地帮他拭去泪水，"男子汉不哭，聪明的孩子应该用聪明的行动来体现！"

"那怎样才是聪明的行动呢？"希尔抬头问继母。

继母顿了顿，回答说："从今天起，我们就开始聪明的行动，好吗？"

当希尔学着大人的样子把自己收拾得利利索索去见继母时，继母反复打量着他，当即夸奖道："好一位英俊少年，怎么会是坏孩子呢？你就以这种崭新的形象，礼貌地和碰到的所有人打招呼，然后主动地去帮助别人，这就是聪明行动的第一步。"

按照继母的教导，希尔每天都把自己收拾得干干净净，路上遇见人就主动打招呼，并经常帮助别人。有一次，他冒着危险帮助莫扎西大叔拦住了一头就要冲上公路的奶牛，避免了一次交通事故。为此，莫扎西大叔还特地登门道谢。听完莫扎西大叔的述说，继母紧紧地抱住希尔，眼泪湿润了她的面颊。

一次偶然的机会，希尔偷听了父亲和继母的一次谈话：

"现在我可以肯定地说，这孩子肯定会变好的，说不定将来会有大出息。"这是继母的声音。

"就凭他以前故意放走别人家的奶牛，他还能变成去帮助别人吗？不可能！"父亲说得很坚定。

继母接着说："像他这样的孩子，如果教育得当，真的会成为有用的人才，如果任其所为，后果不堪设想！"

"你怎么知道的？"父亲问。

"我从他充满睿智和叛逆的眼神中捕捉到的！"

听到继母这样的话，希尔暗下决心，决不能让继母失望。

希尔正在一天天变好，正当继母要放下那颗悬着的心时，玛利亚大婶气呼呼地找上门来。原来，希尔把比他大两岁的玛利亚大婶的儿子打得口鼻流血。继母一个劲地道歉，也不许希尔辩解。父亲见他把别人家的孩子打成这样，怒从中来，拿起木棍就朝希尔打去。继母见状，用自己的身体护住了希尔，并好言劝走了玛利亚大婶。

事后，继母拉希尔坐下，让他说说事情的原委。原来，小伙伴取笑他是个没妈的野孩子，希尔说自己有妈，继母就是妈妈，但小伙伴就是不认账，而且还讥讽嘲笑他，他忍无可忍就动了手。

了解事情真相后，父亲认为希尔本性难移，绝不可能真正变好，但继母却不同意，她说："孩子为了捍卫亲情而敢于对一个比自己大两岁的人动手，难道你不能从中看出点儿什么吗？"继母虽然这样说，但她还是严厉地批评了希尔，并告诉他："聪明的孩子，有出息的孩子，不是用拳头而是用智慧来处理问题！"

继母从希尔打人举动中看出了亲情的力量，于是，更加关爱和呵护希尔，她开始帮助希尔制定学习计划，要求他每天必须完成计划指标。渐渐地，希尔爱上了读书，对各种知识产生了浓厚兴趣，几乎成了书迷。从此，他再也没有时间和精力去惹是生非了。

从希尔的爱好中，继母发现他很有"文气"，便在他十四岁的时候，为他购买了一部二手打字机。继母对希尔说："妈妈很希望，也相信你会成为一名作家！"

希尔当即回答："妈妈，我一定努力！"希尔知道，在当时，能获得一部打字机是多么不容易！他明白继母的良苦用心。自此，从他的卧室里，经常传出敲打键盘的声音。

当希尔发表了第一篇文章时，他高兴极了，跑着去向继母报喜。继母读完他的文章后，继续鼓励他说："这只是开始，距离成功还有很远的路要走，你要加倍努力。"

他记住了继母的话，下定了更大决心，他一定要让继母看到他是多么的了不起。

一年后，希尔成了当地有名的少年写手，二十岁的时候，他已经被人们称之为作家了。

二十年后，在美国，拿破仑·希尔的名字家喻户晓，他先后访问了包括福特、罗斯福、洛克菲勒、爱迪生等著名人士在内的五百多位成功者，创造性地建立了全新的成功学，他提出成功的二十八项黄金法则，帮助千千万万的普通人走上成功和致富的道路。截至2010年，他的著作《成功规律》《人人都能成功》《思考致富》等被译成二十六种文字，在三十四个国家和地区出版发行，畅销八千多万册，是所有追求成功者必读的教科书。人们尊敬地称他为"百万富翁的创造者"。

在谈及自己的成功时，拿破仑·希尔说："我最尊敬的人是我的继母，是她造就了我，改变了我的命运，是她深厚的爱和不可动摇的信心，激励我努力成为她相信我能成为的那种孩子。"

作者感言：希尔说得一点儿没错，是继母玛莎改变了他的命运，造就了他。这个小故事给我们两点启示：

启示一：继母并不难当，只要富有同情心和爱心，热忱对待养子女，是可以做好后娘的，希尔的继母就是天下所有后娘的表率。我们在本书《"有妈一子单，无妈三子寒"与"芒卯后妻"》一文中，具体讨论了怎样正确处理养父母与养子女之间的关系，可参阅之。

启示二：为人父母或师长，不能对子女或学生一味否定，而要善于发现他们身上的优点，并及时予以肯定，因为，积极的肯定性评价具有强大的导向和激励作用，它能给儿童以希望和自信，使之扬起理想的风帆。社会心理学研究发现，人们总是按"社会标定"来"整饰"自己的。一旦社会标定某个人是什么样子的，就像给他贴上了某种"标签"，在他的潜意识里就会朝着这个样子发展。拿破仑·希尔就是这样，当父亲和乡邻们给他贴上"坏孩子"的标签时，他就无所顾忌，破罐子破摔；当继母玛莎肯定他是"最优秀、最聪明"的孩子时，他就开始朝着好孩子的方向发展。所以，为人父母者或师长，如果想让自己的孩子或学生成为优秀的，不妨多给他们一些正面的鼓励和发自内心的赏识，特别是当他们犯了错误、遭遇挫折和屡屡失败时，一个信任的眼神，一句鼓励的话语，就如一颗火种，会重新点燃他们已经熄灭了的希望之灯，并会带给他们无穷力量和继续拼搏向上的勇气、信心。

但遗憾的是，我们常常听到学生这样的哀叹："当我考试成绩不佳或没有达到父母希望的名次时，招来的多是父母的抱怨、责骂，有时甚至是殴打。看着父母失望的目光，我真的好无助！"父母的做法，无疑是给受挫失意的心灵雪上加霜。每一位家长都应该明白，一个人成长的过程就像刚学走路的孩子，难免会有摔跤和哭鼻子的时候。当孩子学习走路的时候，每一位家长都抱定这样一种信念：孩子即使摔倒了一千次，坚信他会在一千零一次爬起来，迈出可贵的一步，父母所能做的，就是为他们加油！加油！那么，对于成长中的孩子，父母为什么不能像孩子当初学步那样为之加油呢？

《学习的革命》一书中，有几句很值得家长或老师深思的话，抄给大家："如果一个孩子生活在批评之中，他就学会了谴责；如果一个孩子生活在鼓励之中，他就学会了自信；如果一个孩子生活在承认之中，他就学会了要有一个目标。"

时间终于证明了这一点

2011年10月5日，瑞典皇家科学院宣布，以色列科学家达尼埃尔·谢赫特曼因发现"准晶体"而独享2011年诺贝尔化学奖以及一千万瑞典克朗（约一百四十六万美元）的奖金。

诺奖评委会解释说：1982年4月8日，谢赫特曼首次在电子显微镜下观察到一种"反常"现象，即铝锰合金的原子采用一种不重复、非周期性但对称有序的方式排列。而当时科学界普遍认为，晶体内的原子都以周期性不断重复的对称模式排列，这种重复结构是形成晶体所必需的，自然界中不可能存在具有谢赫特曼发现的那种原子排列方式的晶体。谢赫特曼的发现一经发表，便遭到了猛烈抨击，他本人也被他所在的研究团队开除。但他的发现彻底颠覆了具有二百多年历史的认知，是一个引人瞩目的重大发现，它促使科学家重新思考对固体物质结构的认知。随后，科学家们在实验室中制造出了越来越多的各种准晶体，并于2009年首次发现了纯天然准晶体。现在，准晶体已在很多应用领域"大展拳脚"，可用来制造不粘锅、发光二极管、热电转化设备等。

面对记者的采访，谢赫特曼说："当我告诉人们，我发现了准晶体时，所有的人都嘲笑我，我被开除了我所在的科学团队，同事们说我让他们蒙羞。但我并不在意，我知道我是对的，他们是错的，时间终于证明了这一点。"

的确，那时候，人们根本不接受这种晶体的存在。美国化学协会主席纳西·杰克逊接受美国《纽约时报》采访时表示：因为他们认为这违反了自然"规则"。包括著名化学家、两届诺贝尔奖得主莱纳斯·鲍林等一些化学界权威纷纷质疑谢赫特曼的发现。鲍林曾公开说："达尼埃尔·谢赫特曼在胡言乱语，根本没有什么准晶体，只有'准科学家'。"

1982年，谢赫特曼四十一岁，当时他在美国霍普金斯大学从事研究工作，因发现"准晶体"被开除，后回到以色列，在以色列工学院做材料学教授。被主流科学界放逐二十九年后，谢赫特曼终于"沉冤得雪"，并获得了科学界的认可和最热烈的拥抱。

作者感言：与古罗马女数学家希帕蒂亚为坚持数学理论、西班牙青年科学家塞尔维特为坚持自己提出的血液小循环说和意大利哲学家布鲁诺为捍卫哥白尼的日心说等先后被教会烧死相比，谢赫特曼还是很幸运的，他只不过为坚持自己的发现丢了工作和遭到了嘲笑，可二十九年后他毕竟赢得了世界级殊荣。

谢赫特曼发现"准晶体"先被嘲笑终获诺奖的经历给我们两点启示：

启示一：人类对有些创新成果的认同，是需要时间的。世界有不少真善美的东西，最初被发现、发明或被创造出来的时候，并不被认可，火车刚刚被制造出来时，有人骑着马和它比赛，并嘲笑它还没有马跑得快，而现在，高速列车每小时可达到四百公里以上；世界顶尖级艺术大师凡·高活着的时候，只卖出一张名叫《红色的葡萄园》的画，他的画作根本没有人问津，而现在，他的作品买到了数千万美元一幅的天价。之所以会出现这种现象，有主客观两方面原因：

客观原因：刚刚被发现、发明或被创造出来的新事物，有三大共同特性：一是，自身可能还很不完善，如刚刚造出的火车跑得很慢；二是，其功用价值还没有充分展现，如"准晶体"刚被发现时，人们根本不知道它有什么用处。三是，其数量很少，还没有形成规模。而新事物的自身完善、价值体现和形成规模，绝不是一蹴而就的，它需要时间，有的甚至需要很长时间。

主观原因：世人对刚刚产生的新事物，也有一个从一无所知到初步了解，再到全面而深刻理解的过程，这也需要时间。随着时间的推移，随着新事物价值功能的逐步展现，人们才逐步接受了新事物，认同了新事物。

但不管怎么说，真善美的东西迟早会被认可、认同，时间能证明它的存在和价值。

启示二：它提醒世人，对于一种新观点、一件新事物，特别是与既成理论和常识经验相悖的新观点、新事物，千万不宜轻率地做出否定，更不应该予以嘲讽、打击，切不可充当扼杀新事物的帮凶。正确的做法是：冷静观察，耐心等待，相信，时间会证明一切。

吴洪裕与《富春山居图》

吴洪裕，明末著名收藏家；《富春山居图》，元代大画家黄公望创作的一幅名画。吴洪裕在收藏《富春山居图》时，有过功劳，也犯下罪行。这事还得从头说起：

黄公望（1269——1354），江苏常熟人，元代著名画家、书法家，本姓陆，名坚，后过继给浙江永嘉黄氏为义子，因义父曾说过"黄公望子久矣"这句话，便名为黄公望，字子久，后自号为一峰、大痴道人、井西老人。

元至正七年（1347年），七十八岁的黄公望与师弟无用和尚（本名郑樗）来到富春山，此山面临富春江，江边有世所称仰的高士严子陵的钓台，他与师弟无用一同住在钓台附近的南楼之上。面对这里的江山人物之胜，引发了黄公望的画兴，遂开始创作纸本水墨画《富春山居图》，历时四年画成，画高一尺余，长约二丈。它以长卷的形式，描绘了富春江两岸初秋的秀丽景色，全图用墨淡雅，山水布局疏密得当，墨色浓淡干湿并用，极富变化，把浩渺连绵的江南山水表现得淋漓尽致，被誉为"中国传统山水画的巅峰之作"。

《富春山居图》完成后，黄公望把它送给了师弟无用和尚，《富春山居图》从此有了第一位藏主。明朝成化年间，这幅名作传到了著名画家、吴门画派"开山鼻祖"沈周手里。明朝万历年间，画作被大书画家董其昌收藏，董其昌晚年将《富春山居图》卖给了宜兴收藏家吴之矩。吴之矩传给其子吴洪裕。

吴洪裕将《富春山居图》视若珍宝，精心呵护，特意在家中建富春轩藏之，使传世名画得以很好保存数十年。但令人遗憾的是，吴洪裕临终之际，出于贪婪和独占的阴暗心理，他想仿唐太宗以《兰亭序》殉葬之例，嘱家人将此画投入火中，焚以为殉。万幸的是，其从子吴子文眼明手快，以另一卷画易之，将《富春山居图》从火中抢出。画虽然被救出，却在中间烧出几个连珠洞，断为一大一小两段。

从此，稀世国宝《富春山居图》一分为二。前段纵31.8厘米，横51.4厘米，画幅虽小，但画中正好有一山一水一丘一壑之景，被后人命名为"剩山图"；后段纵33厘米，横636.9厘米，画幅较长，但损坏严重，修补较多，被后人称为"无用师卷"。几百年来，两段画分别辗转流传，历经沧桑，1949年以后，"剩山图"藏于杭州博物馆，"无用师卷"藏于台湾"故宫博物院"。直到2011年6月1日，历时三百余年的劫难，传世名画终于合璧为一，在台湾展出。

作者感言：一幅名画，险些因吴洪裕的"挚爱"而付之一炬，吴洪裕也因此被世人永远谴责。

我们说吴洪裕因爱画而烧画的故事，是想借此聊聊"文物保护和收藏"这个话题，并提醒大家，无论在什么情况下，无论出于何种目的，都必须珍视文物，珍惜文物，呵护文物，万不可毁坏文物。

文物是人类历史发展过程中遗留下来的物资，它可能是一件器物，如一只鼎、一件玉器、一幅名画、一尊雕像、一粒珍珠、一个瓷瓶等；也可能是一处遗址，如一座古墓、一座古塔、一座古寺院、一片古城旧址等。文物是历史的见证，它具有极高的史学价值和审美价值，因此，古今中外，始终都十分重视文物保护和收藏。

文物保护和收藏的主体有二：

主体一：国家政府。国家政府保护和收藏文物，目的在于研究和见证历史，追寻人类足迹，保存历史记忆，借鉴历史经验，珍藏以往美好。

主体二：个人藏家。个人藏家主要是器物收藏，他们大抵出自两个目的：一是为了求财，古今名人字画、古玩、文物等，因其具有极高的审美价值和历史价值，并且稀缺，所以非常珍贵，少则几万元、几十万元，多则数百万元、数千万元一件，藏之手中，伺机出手，可以获得数倍利润，因此，古董商家对此趋之若鹜；二是出于兴趣爱好，由于钟爱某幅字画或某件古玩，不惜重金购入，终日把玩，爱不释手。吴洪裕属于后者，他对《富春山居图》钟爱有加，还专门建造了一座名为"富春轩"的房子珍藏，就是证明。

就出于兴趣的藏家而言，喜欢某件文物并想拥有它，本无可非议，但爱如吴洪裕，想让一幅稀世珍品为之殉葬，既极端自私又非常迂腐，其行为的确不可原谅。吴洪裕的行为警示世人，对于文物以及人世间一切美好的东西，我们有权利喜欢它、观赏它，也有责任保护它、珍藏它，但没有权利破坏它、毁灭它，因为它不仅仅属于某个个人，它是全人类的共同财富。

助人反被诬陷的故事三则

故事一：三个少年好心扶起被摔倒老太婆却被诬陷。故事发生在四川省达州市城区正南花园。2013年6月15日下午3时许，江先生九岁的儿子小华和两位同龄的小朋友在正南花园小区的居民楼下玩耍，忽然发现一位老婆婆在不远处摔倒，并听见老人朝他们喊："小娃儿，把我扶起来一下嘛！"三个孩子跑过去，小华最先跑到，伸手去扶老人的胳膊，老人却一把抓住小华的手死死不放，硬说是小华他们把她撞倒的，要求他们把她送医院治疗并负责全部医药费。

老太婆姓蒋，七十四岁。她当即被送进医院，经确诊为大腿根部粉碎性骨折。老太婆及儿子龚某坚决要求三个孩子的家长承担撞倒人的责任，并负责两万余元的医药费。三个孩子的家长自然不会答应，双方争执不下。在索要医疗费期间，龚某曾将自己的母亲背到江先生家，扔下就走，扬言不赔医药费老人就不走了，一直住在他家。弄得江先生苦不堪言。为了息事宁人，当地司法所出面调停，建议三个孩子家各出两千五百元作为补偿，其余都由蒋婆婆及儿子自行负担。三位家长不服，到当地派出所报了案。

达州公安局达川区分局立即着手调查此案。2013年11月22日，达川区分局公布了"三小孩扶起摔倒老太婆，反被诬陷索赔"案的调查结果：经了解当事人和三位目击者，蒋婆婆确系自己摔倒，并非由三个小孩撞倒。在事发点不远处开副食店的陈女士说："最开始是两个老太太一起并肩往前走，走到一半时，有个老太太慢慢地倒在地上，另一个老太太转眼就不见了，三个小孩是看见老婆婆倒地后才跑去的。"当天下午在事发点的王女士说："我当时还准备去扶她，看到三个孩子跑过去了，我就没去。后来小孩叫着让老太婆松手，我才过去。老太婆把那个小孩子的手腕紧紧抓着，小孩子的手上都勒起了红印，我使了好大劲才把她的手掰开。"达州市公安局达川区分局根据《治安管理处罚法》第四十九条之规定，决定对蒋老太婆给予行政拘留7日的处罚，但因违法人员蒋某已满七十周岁，依法决定不予执行；同时，对其子龚某给予行政拘留十日、并罚款五百元。

故事二：女士助人反被诬陷。故事发生在北京，2013年3月2日晚上，雷女士驾车经过天通苑五号线的十字路口时，看到一个老人摔倒在路边，地上还有散落的饭盒。经过询问，才知道该老人因喝酒过量，晕晕乎乎就倒在地上。雷女士当时觉得老人在这里躺着有危险，于是报了警，并在老人旁边守候。大约半小时警察才到，在警察来之前，善良的雷女士还一直站在老人身边，陪老人说话。谁知道警察一来，老人就告诉警察，是这位女士撞倒了自己。雷女士十分心寒，与之争辩。交警当场做了调查和测试，雷女士的停车处离老人倒地处还有两米多远，老人的身体无被撞痕迹，雷女士的车也无剐蹭痕迹，老人满口酒气。交警最后查实，不是雷女士撞倒了老人。但雷女士还是被带到了天通苑交警队，做了调查笔录，折腾了大半宿才回家。事后，雷女士觉得自己很委屈，在网上发了微博，寻找目击证人。雷女士表示："我本人是真的很想找到证人，能站出来进一步证明我的清白。"

故事三：救助同事反被告上法庭。故事发生在美国加州，2004年11月1日（万圣节）的晚上，一位叫亚历山德拉德的年轻女子驾车撞倒了路边的电线杆，车子冒出滚滚浓烟，很可能会发生爆炸或起火，而此时亚历山德拉德被卡在车里动弹不得。她的同事丽莎驾车正尾随其后，丽莎见状，赶忙下车前去营救，费了好大劲才把卡在车里的亚历山德拉德拉出来。丽莎事后说，当时车有爆炸和起火的可能，所以她才不顾一切将亚历山德拉德从车里拖出来。亚历山德拉德车祸后身体瘫痪，只能靠轮椅代步，而且经济收入极为有限。

2008年，亚历山德拉德把将她从车里拖出来的同事丽莎告上法庭，称丽莎拉她出车时用力过度，才导致她瘫痪，所以丽莎要为她的瘫痪负责任。加州地方法院不接受这一诉讼案，亚历山德拉德的律师就一直将案子打到了加州最高法院。2008年12月19日，加州最高法院以四比三通过裁决，亚历山德拉德控告丽莎的案子法院可以受理。

加州最高法院的这一裁决引起轩然大波，社会舆论哗然，民众一致认为，不能惩罚做好事的人，即使好心人在帮助他人时也会出错。与此同时，加州议会也做出反应，2009年6月25日加州议会通过了《好心人免责条例》。该法案于2009年8月6日生效，面对新法案，亚历山德拉德只能撤销对丽莎的控告。

作者感言：上述三个故事，都是好心人帮助他人反被诬陷的真实案例，用中国的成语表达，就是"以怨报德"或"恩将仇报"。这三个案例关涉到一个世人共同关注的问题：即在看到他人遇到困难和危险时，还要不要关心他人并在力所能及的范围内施以援手？有人据此认为，当代社会，世风日下，人心不古，为了避免给自己惹来麻烦、受到伤害甚至被告上法庭，面对别人遭遇困境或险境时，最明智的选择就是赶快避开。现实生活中也确实发生过这样的现象：少女当众被凌辱，只有看客而没有见义勇为者。

怎样看待以怨报德或恩将仇报现象？是不是因此可以确证社会道德彻底瓦解了，人类良知完全泯灭了？答案是否定的，这是因为，就社会整体而言，绝大多数人仍在遵循社会的基本伦理规范，怜悯心、仁爱心仍是人性的核心理念，热心助人、急人之难、见义勇为、舍己救人、努力帮助他人摆脱困境或险境，仍是绝大多数人选择的行为，仍是全世界任何族群和国家公认并积极倡导的普世美德，人类社会也因此仍在良性运转。我国二十世纪六十年代就积极倡导并至今不衰的雷锋精神、普世林立的慈善机构、成千上万热心为别人提供无偿服务的好心人，至今仍然是社会道德的主流。上文的三个案例，乃是社会的极少数个案，与美德行为相比，此类行为只是美德行为的万分之一甚至是十万分之一，发生的概率很低，人做了上百件好事，也很少遇到这样倒霉的事情。

以怨报德或恩将仇报现象尽管极少，但影响极坏，它毒化了社会风气，为滋生道德冷漠、见死不救现象提供了依据，也增加了助人行为的难度。正因为如此，它令人类深恶痛绝，古今中外，人人见而痛恨之，见而声讨之。

不过，上边三个小故事也提醒人们，在积极帮助他人解难脱险的时候，也要有防范意识，学会保护自己。正确的做法有五：

做法一：迅速报警，请求警方出面帮助。

做法二：尽可能在多人为之见证的情况下再施以援手，一旦让被救者反咬一口，也有人为之作证，证明自己的清白。

做法三：在警方不能及时到达，同时也没有其他人可以见证又必须马上营救的情况下，也要设法留下好心营救的证据，如事先用手机拍下能证明自己不是参与者的出事现场，如果被救者有意识尚能说话，用手机录下求救者向自己求救的对话等

做法四：在自己一个人根本无法营救，如果贸然营救很可能会给受害者造成

更大伤害的情况下，一定要设法找到其他人共同营救，万不可独自匆忙援手，弄不好，会好心办坏事，给受害者造成更大的伤害。

做法五：一旦做了善事反被诬陷，要及时报案，并积极配合警方澄清事实，千万不要采取私了的方式。

至于政府和社会，更要理直气壮地坚持正义，弘扬正气，不让好人受到伤害。如美国，就有一项专门用来保护好心人的法律，这条法律叫作《好撒玛利亚人法》。该法源自一个《圣经》故事，在《新约圣经·路加福音》中，耶稣基督讲了这样一则寓言：一个犹太人被强盗打劫，受了重伤，躺在路边。有祭司和利未人路过但不闻不问。唯有一个撒玛利亚人路过，他不顾教派隔阂，善意救了这个犹太人，还自己出钱把他送进旅店。后来，"好撒玛利亚人"成了基督教文化的一个著名成语，意为好心人、见义勇为者，类似于我国的"活雷锋"。《好撒玛利亚人法》规定，对于陌生人对受伤者进行紧急抢救中出现的失误，一般给予责任上的赦免，对于造成的伤害不需要负法律责任，目的在于使人做好事时没有后顾之忧，不用担心因过失造成受伤者伤害而遭到追究，从而鼓励旁观者、陌生人对受难者、遇险者施以帮助。美国联邦和各州的法律中都有相关的法律条款，有的叫《好撒玛利亚人法》，有的称《无偿施救者保护法》等。

对于恩将仇报行为，不仅要在道德舆论上造足声势，使之没有滋生的空间，同时也要对行为人追究法律责任。纵观做好事反被诬陷的种种案例，绝大多数都是行为人有意诬陷讹诈好人，本质上与"碰瓷"行为相同，可按敲诈勒索罪处理。

做好事被讹现象为什么会屡屡出现，一个最重要的原因是：大部分时候，讹人者根本没有违法风险，不用付出违法代价，相反，助人者则备受困扰，同时承受经济与精神双重压力。所以，法律要当好社会道德的保护神，对讹人者问责不能手软，如此，每一个做好事的人，才不会有后顾之忧，而那些企图讹人钱财者，也才会知难而退。

别忙着做出人生的结论

在南美洲一个叫巴里卡的偏远山村里，一个十九岁的青年男子因失恋而积郁成疾，身体虚弱不堪，连走路都很困难。

父亲见状，什么也没有说。有一天，父亲对儿子说："走吧，我带你出去散散心。"

他们坐上火车，来到了一个靠近沙漠的小镇。第二天，父亲在小镇的商店里买了一团红丝线，并捡了一块石头装进挎包。他们今天的日程是到沙漠里去。父亲搀扶着儿子艰难前行，两个小时后，他们来到沙漠深处，并看到了一点儿零星的绿色。父亲告诉儿子，这绿色是卷柏，是生长在沙漠里的一种植物。

他们在一个碗口大小的卷柏边坐下来，父亲掏出红线，一头系在带来的石头上，一头系在卷柏的根部，然后把一团红线全部放开。

父亲带着儿子回到旅馆，睡觉前父亲问："知道为什么带你去看一株野草吗？"

"你想告诉我，再艰难的地方也有生命。"儿子带着嘲笑的口吻说。父亲苦笑着说："孩子，别忙着做出人生的结论。"

一周后，他们又来到沙漠里，父亲说，去看看卷柏怎么样了。儿子发现，被系了红丝线的那棵卷柏，已经远远地离开了原来的地方，但活得很好。父亲走过去，捡起那块石头，将红线一圈圈地缠在石头上，到红线离卷柏还有一尺远地方便停下来，把石头又放到卷柏边上。

回到旅馆，又是要睡觉的时候，父亲告诉儿子，卷柏在水分不足的时候会把根拔出来，变成球状，随风滚到有水分的地方扎根。儿子问："爸爸，你是想告诉我水源无处不在吗？你想说，天涯何处无芳草，何必苦苦恋在一个地方呢？"父亲苦笑着说："孩子，别忙着做出人生的结论。"

天气热得厉害，小旅馆成了蒸笼，儿子开始惦记起那棵被拴住的卷柏：这样的天气，沙子都被烤得烫手，一个被拴住不能移动的小草，想来早已被烤干了。也许父亲想用卷柏的死，告诉他死守住一个信念是没有出路的。

又过了一周，他们第三次出现在沙漠里，儿子因急着看到卷柏，竟比父亲走得还快。他看到了那块石头、那根红线、那株卷柏。他俯下身，抚摸着那棵卷柏。他惊奇地发现，卷柏并没有死，在一尺远的范围内，它移到了最低处，还顽强地活着。

父亲说："一周来，它不止一次拔出自己的根，想去找水源，却发现被拴住走不了，但它没有就地等死，而是滚到最低处，并深深扎根才保住了命。"

"扎下深根……"儿子恍然大悟，还想说什么，父亲打断他说："孩子……"父亲刚说出两个字，儿子便抢着说："别忙着做出人生的结论。"

父亲笑了。

儿子扑向父亲，两个男人紧紧地拥抱在一起，在炙热的沙漠中，带着泪哈哈大笑起来。

作者感言：没有哲学大道理，也没有谆谆教导，父亲只是领着深陷情感困境的儿子去观看了大漠中卷柏的生存。当儿子从中悟出什么，心中死结涣然冰释的时候，父亲还是告诉他："别忙着做出人生的结论。"

的确，人生的结论不容易做出，个体生命的成长充满许多变数，很难预设出固定的套路和程序。人能做的，只能是随时就势，明势之情，顺势之趋，用势、造势而成，一如卷柏，不管在任何条件下，都能顽强生存。

卷柏是卷缩如拳状的多年生草本蕨类植物，身长一般五至十五厘米，枝丝生，扁而有分枝，绿色或棕黄色，向内卷曲，枝上密生鳞片状小叶。它极耐干旱并能死而复生，又名"九死还魂草""还阳草""不死草"。当天气特别干旱的时候，它的枝叶就像人的拳头一样卷起来，缩成一团，植物体变得枯萎焦干，仿佛已经死去。其实这是一种"假死"，一旦得到水分，它就拼命地吸水，蜷缩的枝叶又平展开来，充满生机。就这样，卷柏可以一次次死而复生。而南美洲生长在荒漠里的卷柏，还有一种迁徙本领，被称作"会走路的植物"。当水分不充足时，卷柏就会自己把根从土壤里拔出来，让整个身体缩卷成球状，由于体轻，只要稍有一点儿风，它就会随风滚动.一旦滚到水分充足的地方，圆球就会迅速地打开，根重新扎到土壤里，暂时安居下来。当水分又一次不足时，它会继续拔出根，去寻找新的水源。

故事里被红线拴住的那株卷柏，在限制很小的时候，保持了它的特性，滚到有水源的地方继续生存；当受到严格限制，被锁定在很小的生存空间内时，它也没有坐以待毙，而是一改常态，将根向大地深处扎去。这就是它不死的原因。

不管在干旱的荒漠还是在缺水的断崖石缝，都能落地生根；一旦有了水，就抓住机遇，拼命吸纳，蓬勃生长；不固守绝地，拔根蜷身，借风而动，不断追寻更好的生存环境；迫于困境，无法徙身，亦向大地深处扎根，顽强生长……这就是卷柏给我们的启示。

我已下决心还俗了，你反而来做和尚

从前，有一个农夫在田间劳动，觉得非常辛苦，尤其是在炎热的夏天，更是苦不堪言。他每天去田里劳动，都要经过一座寺院，看到一个和尚经常坐在门前的一株大树下，悠然地摇着芭蕉扇纳凉，他很羡慕这个和尚的舒服生活。一天他告诉妻子，他想到寺院里去做和尚。妻子弄懂他的心思后，并没有强烈反对，只说："出家做和尚是一件大事，去了就不会回来了，我们的地还是要种的，不然一家人靠什么生活。平时我在家织布、洗衣、做饭、带孩子，家务事较多。从明天开始，我早些起来料理家务，将孩子送到他姨家住一段，开始和你一起到田间劳动，一方面向你学些没有做过的农活，另外及早把当前重要的农活做完了，可以让你早些到寺院里去。"

从此，夫妻二人早上同出，晚上同归，为不耽误时间，中午妻子提早回家做了饭菜送到田头，在寺院前的树荫下两个人同吃。时间过得很快，田里的主要农活也干完了，择了吉日，妻子帮他把贴身穿的衣服洗洗补补，打个小包，亲自送他到寺院里。

当他们走进寺院，见那位常在树荫下纳凉的和尚正在收拾行李。他们向和尚说明来意。那和尚听了非常诧异，说："我看到你们俩口，早同出，晚同归，中午饭菜在田头同吃，家事，有商有量，讲话，有说有笑，恩恩爱爱。看到你们生活得这样幸福，羡慕得我已经下决心还俗了。我已经向住持辞行了，这不，我正在收拾行李，准备回家。"

和尚看看农夫，指着他笑着说："你真是傻透了，有这么好的妻子和家庭，怎么反来做和尚？"

农夫默然，满脸愧色，拉着妻子走出寺院。

作者感言：农夫的妻子贤惠聪明，善解人意。她帮助丈夫实现愿望所做的一切，已经为丈夫最终不能出家打下了坚实基础，即使没有"和尚还俗"的反证，农夫也不会在寺院中久待下去，因为做和尚的清苦很快就会让他想起世俗生活的温馨，去而复返是必然的。

　　农夫妻子帮助丈夫实现愿望的贤明行为，体现了人际交往中的"换位思考"。我们说这则小故事，就是想借此聊聊"换位思考"这个话题。

　　所谓"换位思考"，就是站在交往对象的立场上思考问题，它的实质是设身处地为对方着想，是关心人、理解人、体谅人的道德行为，是人际交往的黄金法则。孔子"己所不欲，勿施于人"的教谕和《圣经·马太福音》"你们愿意别人怎样待你，你们也要怎样待人"的忠告，都蕴含着"换位思考"的道理。

　　"换位思考"是社会生活中常见的现象：

　　有一位母亲，很喜欢带着五岁的女儿逛商店，可是女儿却总是不愿意去，母亲觉得很奇怪，商店里琳琅满目、五颜六色的东西那么多，小孩子为什么不喜欢呢？直到有一次，孩子的鞋带开了，母亲蹲下身子为孩子系鞋带，突然发现了一种从未见过的可怕景象：眼前晃动着的全是腿和胳膊。于是，她抱起孩子，快步走出商店。从此，即使是必须带孩子去商店的时候，她也是把孩子扛在肩上。这就是一位母亲的"换位思考"。

　　一次，一位老者走进商店，走在他前面的年轻女士为他推开了沉重的大门，一直等到他进去后才松手。老者向她道谢，女士说："我爸爸和您的年纪差不多，我只是希望他在这种时候，也有人为他开门。"这是一位富有孝心女子的"换位思考"。

　　一对夫妇坐车去游山，半路上因有事下了车。后来，这辆车没走多远，就遇到了山体滑坡，车上的乘客全部丧生。事故发生后，男人一脸沉重，非常痛苦。女人不解，问："咱们真幸运，提前下了车，保住了性命，高兴还来不及，你痛苦什么？"男人说："不，我真后悔提前下车。是由于咱们提前下车，车子停留，耽误了正常的行程。不然，汽车就不会在那个时刻恰巧经过滑坡的地点。"这是一位富有同情心男子的"换位思考"。

　　人因生存和发展需要，通过交往而集群，而形成社会，社会是一个利益共同体，没有一个人是孤岛。要想保持人与人之间的和谐交往，从而实现人们共同的利益需求，人们需要理解和体谅，需要包容和接纳，更需要关心和互助，而"换位思考"是实现理解和体谅、包容和接纳、关心和互助的前提。

人同此心，心同此理。学会将心比心，换位思考，你会和大家和谐相处。

我不能随便吃您的东西

20世纪20年代初的一个冬天，美国加州沃尔逊小镇上来了一群饥饿的流浪者。人们给流浪者送去饭食，他们个个狼吞虎咽，连一句感谢的话也来不及说。只有一个人例外，当镇长杰克逊大叔把饭食送到他面前时，这个骨瘦如柴、饥肠辘辘的年轻人问："先生，吃了您这么多东西，您有什么活需要我做吗？"杰克逊说："不，我没有什么活需要您来做。"这个年轻人的目光顿时灰暗了，他推开饭食说："那我不能随便吃您的东西。我不能不经过劳动便平白无故得到这些东西。"声音很轻，但说得十分肯定。杰克逊想了一会儿说："那好吧，小伙子，愿意为我捶捶背吗？"说着就蹲在地上。那年轻人走上前，十分认真地给杰克逊大叔捶背。锤了几分钟，杰克逊站起来说："好了，小伙子，你锤得棒极了。"说完将饭食递给那个年轻人。年轻人立刻狼吞虎咽地吃起来。吃完饭，杰克逊大叔微笑着对他说："小伙子，我的庄园里正需要人手，如果你能留下来，那我可太高兴了。"

那个年轻人留下来了，并很快成了杰克逊大叔庄园里的一把好手。过了两年，杰克逊大叔把女儿玛格珍妮许配给他，杰克逊大叔告诉女儿："别看他现在什么都没有，可他百分之百是个富翁，因为他有尊严！"

果然不出所料，二十多年后，那个年轻人有了一笔让整个美国都羡慕的财富。这个年轻人就是赫赫有名的美国石油大亨阿曼德·哈默。

作者感言： "我不能不经过劳动便平白无故得到这些东西"的抉择，体现了哈默的强烈自尊。身处困厄，面对别人的同情和施舍，仍保持强烈自尊，是自立性人格的突出特征。我们说这则小故事，就是想借此聊聊"自尊"这个话题。

什么是自尊？自尊就是自我尊重和自我爱护，就是自己看重自己，自己瞧得起自己，自己维护自己的人格尊严，不自轻、不自贱、不自卑，同时也希望他人、集体和社会对自己尊重和爱护，不容忍他者贬损自己。有自尊的人，既不向别人低三下四和卑躬屈膝，也不允许别人歧视和侮辱自己。

人总是不断通过自我审视、自我反思和自我评价来确证自己的，自尊是自我确证的甜果，是对自身价值的科学认定和充分肯定。一个人，有自尊十分重要：

重要一：自尊是自立、自强的基础。有自尊的人，认可自己、呵护自己、发展自己。

重要二：自尊是事业成功的基石。有自尊的人，对人生充满信心，努力奋斗，自强不息，事业往往成功。

重要三：自尊也是受人尊重尊敬的前提。自爱人爱之，自重人重之，自敬人敬之，自我作践自己，没人瞧得起你。

哈默是自尊的，他的"不白吃别人食物"的行为，维护了自己的人格尊严，不仅没被沃尔逊小镇的人看不起，反而赢得了杰克逊大叔的敬重，为自己后来事业成功开辟了道路。杰克逊大叔说的不错："别看他现在什么都没有，可他百分之百是个富翁，因为他有尊严！"老人家慧眼识珠，给自己的女儿找了一个最好的归宿。

顺便说一句，阿曼德·哈默是否有过流浪汉这段经历，值得商榷。阿曼德·哈默1898年5月21日出生于美国纽约曼哈顿区，十六岁上高中时就开始学做生意，并获得成功，上大学时便接手经营父亲濒临倒闭的古德制药厂，很快便成为百万富翁。这位亿万富翁一生极富传奇色彩，涉足多种行业，开过铅笔制造厂、酿酒厂、牧场，均取得辉煌成就，被世人称为"经营之神""万能商人"，他最突出的业绩在石油业，他的西方石油公司是主宰世界石油业的"石油七姐妹"之一。他也是最早与社会主义国家做生意的西方商人，被誉为"红色资本家""红顶商人""和平使者"，列宁、邓小平都曾亲自接见过他，列宁称他为"哈默同志"，邓小平说他是"勇敢的人"。他与苏联领导人赫鲁晓夫、勃列日涅夫有很深的交情，与美国总统艾森豪威尔、肯尼迪、尼克松等交往甚密。他不仅是一个成功的商人，而且还是一位著名的艺术品收藏家，1990年他在洛杉矶创建了阿曼德·哈默艺术博物馆，以收存他的大量珍藏。

哈默的辉煌成就绝非偶然，这位商界奇才的胸膛里燃烧的是一团永不熄灭的火焰，他一生从未停止过超越，他是一个自立自强、信念坚定、勇于冒险、不断开拓、独具商机慧眼的仁者、智者。不管这个故事是否真实，安在他身上，是这个故事的福气。

1990年12月10日，哈默在美国洛杉矶去世，享年九十二岁。

我比别人多了一点儿敲门的勇气

故事发生在英国伦敦。1813年初春的一天傍晚，一个年轻人轻轻地敲开了英国皇家学会会长汉弗里·戴维爵士的家门。他恭敬地向戴维爵士鞠了一躬，他告诉戴维爵士说，他出生在一个铁匠家庭，因为贫穷，他只读过小学，他现在是一名书籍装订工，他一直有一个步入科学殿堂的梦想，因此他读了许多书，又进皇家学院听了许多演讲，并把自己的读书笔记和演讲记录编辑成一本书。说着，他就把那本书拿给戴维看。他还告诉戴维爵士，当他得知戴维爵士要选一名科研助手的时候，他也报了名，但遭到拒绝，理由是，他没有受过良好教育，又是一名装订工，像他这样的人，想参加竞选，必须经过戴维爵士的同意。所以，他特来请求戴维爵士，同意他参加竞选，并恭敬呈上了事先写好的申请书。

戴维爵士非常欣赏这位青年的勇气和志向，但他没有立即给以答复，让他回去等待消息。

戴维爵士认真阅读了这位青年的读书笔记和那份热情洋溢的申请书，他被深深地打动了，立即提笔写了一张同意的纸条，派人送给了他。

经过严格而激烈的选拔考试，这位青年脱颖而出，出人意料地成了戴维爵士的助手，走进了皇家学院高贵而华美的大门。

这位青年，就是十九世纪被誉为"电学之父"的英国物理学家、化学家迈克尔·法拉第。

当法拉第成为著名科学家时，有人问他："您靠什么获得了成功？"法拉第回答："我只是比别人多了一点儿敲门的勇气。"

作者感言：一个社会底层的书籍装订工，一个没有受过正规教育的穷小子，敢于报名竞选著名科学家、皇家学院院长的助手，报名被拒绝后，更敢于敲开院长的家门，请求院长同意他竞选，这的确需要勇气。那么，法拉第哪来的这股勇气呢？

在我看来，法拉第的勇气来源有三：

来源一：法拉第的勇气来自进入科学殿堂的梦想。从法拉第的成长经历中我们得知，他虽然只读过小学，但在做书籍装订工的七年里，他阅读了大量书籍，特别是自然科学类书籍，从而培养了他的科学兴趣，并树立了将来一定要成为一名科学家的人生目标。想成为一名科学家，特别是著名科学家，就必须走进皇家学院，因为只有在大师云集和科研条件充分的皇家学院，才有可能实现这一人生目标，所以，进入皇家学院这所科学殿堂，成了法拉第最大梦想。院长戴维想选一名助手，自然是进入皇家学院、实现梦想的最好机会，法拉第岂能放过！正是这个梦想，给了法拉第报名竞选院长助手和敲开院长家门的勇气。

来源二：法拉第的勇气来自刻苦勤奋和雄厚的知识积累。皇家学院，当时大英帝国最高的学术殿堂；院长助理，一个所有从事科学研究的人都梦寐以求的职位。而能走进这个学术殿堂和谋得这个职位，绝不是一件容易的事情，凡是报名竞选的人，一定都是当时年轻知识分子中的佼佼者，一定具有雄厚的知识积累，否则，连想都不敢想。我们来看看法拉第的知识根底：法拉第的父亲詹姆士是个铁匠，于1780年代从英格兰的西北部来到伦敦。由于家境贫穷，法拉第只读完小学，十四岁的时候，为了生计，只好投奔到书本装订商及销售人乔治·雷伯的门下，先做学徒，后来做了一名书籍装订工。装订书籍，为他读书提供了方便条件，他白天装订什么书，下工后就读什么书，他的头脑里，已经被书籍预约满了，几乎天天读到深夜。而始终放在他身边的，是《悟性的提升》这本书，这是艾萨克·华兹写给当时许多失学却又想上进的年轻人的，书里的许多学习原则和建议，法拉第一直遵循不辍。与此同时，他还拜一名艺术家为师，利用休息日学习画画和写字，向都市哲学学会的同学学习写作和文法，以弥补他正统文学教育的不足。法拉第读书有一个做笔记的习惯，他认为做笔记是读书内容的消化和自己思路的汇整，是一个深化理解的过程。他读了许多自然科学方面的书，特别是由珍·玛西女士写的《化学闲聊》这本书，给了他许多启示，他曾自己筹钱做化学实验。1810年2月，皇家学会会员威廉·谭斯拿了一些科学报告到到雷伯的店里装订，他对法拉第出色的工作态度赞不绝口，特别是雷伯把他请到书店的一角，让他看法拉第做的大量读书笔记后，他认定法拉第是个人才，并给了法拉第一张进皇家学院听课的门票。在皇家学院里，他多次听了化学家戴维爵士的化学报告和哲学家约翰·塔特姆的哲学演讲，并做了三百八十六页的演讲记录。1831年，当他得知戴维爵士想选一名助手时，他报名参选，但因没有受过正规教育和身份低微被拒绝。他不甘心，将自己的读书笔记和听演讲的记录认真整理，用自己高超的装订技术，编辑了一本厚厚的书，书中精心加进了色彩和插图，非常漂亮，同时，他还写了一份给戴维爵士当助手的申请书。他就带着这两件东西，敲开了戴维爵士的家门。从上边的简述中我们看到了法拉第的勤奋和他的实力。如果没有雄厚的知识积累，他岂敢去敲戴维的家门？如果没有竞争实力，他岂能一路过关斩将，击败诸多受过正规教育的对手，夺取了戴维助手的位子？雄厚的知识积累，是他敢于敲门和参与竞争的底气。

来源三：法拉第的勇气来自他的自信心。所谓自信心，就是一个人相信自己有能力从事某项活动并能达到目的的一种思想意识，它是一种良性心理品质，是一种积极的正心态。具有自信心的人，面对一项活动的态度是：我能行，我胜任这项工作，我能把这件事情做好。法拉第坚信，凭着他的实力，他能够夺得戴维助手的位子，并能胜任这个位子。没有这个自信，他也不敢去敲戴维的家门。也许有人会说，如果我有实力，我也会有这份自信。其实不然，在日常生活和工作中，许多人的知识和能力并不差，但面对一项具有竞争性、创新性或有一定难度的工作时，他们往往却步，他们的心态是：我恐怕不行，我做不了这项工作，有那么多强手，我肯定竞争不过他们，所以，快退出吧。机会，就这样从他们身边溜走。

综上看来，法拉第比别人多的那"一点儿敲门的勇气"，来的并不容易。如果你也想象法拉第那样，敲开你想敲的那扇大门，就得有个目标，并在目标的激励下，勤奋刻苦，努力丰富知识和锻炼能力，当你有了实力的时候，还要树立一份自信。

我从十一楼跳下去

　　这是台湾著名漫画家朱德庸的一组幽默漫画：漫画由十二幅图组成，每幅图都有文字描述，内容是这样的：

　　一女子因为生活绝望，从十一楼跳了下去。在下坠的过程中，她经过每个楼层的窗户，她看见十楼往日的恩爱夫妻正在激烈地吵架，并相互殴打；九楼的那个坚强男子汉，不知为什么正在哭泣；八楼的美女发现自己心爱的丈夫与别的女人上了床；七楼的少女丹丹正在吃忧郁症药丸；六楼失业的阿信，正在看七月份找工作的报纸；五楼受人敬重的王老师正在偷穿老婆的内衣；四楼一个叫"尤斯"的女子正在和男友闹分手；三楼独居的老伯非常孤独，正在盼望有人来访；二楼的莉莉正在看着半年前就失踪老公的照片发愣。

　　这时，她才明白：在从十一楼跳下之前，她以为自己是世界上最倒霉的人，可看到他们之后，才觉得自己其实活得还不错。

　　她狠狠地摔在地上，刚才被她看过的人都把头伸出窗外看她。此时她想：他们看到我坠楼身亡之后，也许觉得自己过得还不错。

　　漫画最后，画家写了这样一句话："古人明训：活在当下，知足常乐。"

　　作者感言：我们介绍朱德庸的这幅漫画，就是想借此说明，"人生不如意者十之八九"，生活中的烦心事、痛心事，甚至伤心事，人人都有，只是内容、形式不同和程度深浅不同而已，因此，千万不要放大自己生活中的消极方面，放大了，就会引发绝望情绪，失去活下去的希望和动力。就像漫画中的那位跳楼者，等他从邻居们各自遭遇不幸的比较中认识到自己其实活得还不错的时候，已经悔之晚矣。

　　其实，漫画揭示的生活现实，前人早有提醒。托尔斯泰在《安娜·卡列尼娜》扉页的题记中写道："幸福的家庭总是相似的，不幸的家庭各有各得不幸。"这格言本身就隐含着"不幸"的普遍存在。中国古语、俗语中也有"百岁三万六千日，不在愁中即病中""家家都有难唱曲，人人都有难言苦""每个和尚都有一本难念的经"等说辞。这就是生活，残酷而现实，谁都不能规避，只能微笑面对。可遗憾的是，人们总是愿意放大自己生活中的消极方面，并总拿这些消极方面与他人的表面生活比较，在比较中导致心理失衡，总认为别人比自己活得好，常常抱怨生活的不公。而事实上，这是一个认识误区，导致这一误区的原因是：人与人之间具有时空距离，谁也不能完全走进别人的生活世界，了解的只是别人呈现出来的部分的表层生活，别人的苦衷你根本不知道，也许，他的苦衷比你严重得多。漫画中的那位跳楼者，是在下坠的窥视中明白了这个道理，但已无法挽回。所以，画家那句"活在当下，知足常乐"的题记，就是告诉我们，我们活得还不错，知足吧，高兴吧。

实现画家的忠告，其实并不难。漫画所揭示的，都是生活的阴暗面，这只是生活的一部分，人生不光是黑夜，还有白昼；不光有痛苦，还有欢乐。人生中有值得追求的事业、有甜蜜的爱情、有琴棋书画诗酒花、有成功的喜悦、有物欲与情感的满足、有期待和希望，努力放大生活中这些美好的东西，人就有了努力活下去的理由和不懈奋斗的勇气，跳楼永远不会和你搭界。

人要敞开胸怀看世界、看他人、看自己，别把自己推进人生的死胡同。这就是这组漫画要告诉人们的道理。

"我打算裹在大衣里"与"屁大的事不敢担当"

　　"我打算裹在大衣里"的故事，说的是林肯小时候的事。故事说：林肯的家住在农村，进城需要走二十几英里。他八九岁的时候，一次步行进城，出村刚走出一里多地，身后便过来一辆飞奔的马车。他站到路边，做出着急的样子，并频频挥手示意车停下来。赶车人拉住马缰绳，马车停下来，赶车人问："小家伙，你要做什么？"

　　"叔叔，麻烦您，能不能把我这件大衣捎到城里去？"林肯双手托着刚刚从身上脱下的大衣，恳切地问。

　　"当然可以！不过，把大衣交给谁呢？"

　　"当然是交给我了！"林肯很认真地回答。

　　"交给你？那么我要等很久？这不可能！"赶车人断然拒绝。

　　"叔叔，您先别急，这很简单，我打算裹在大衣里，您看这样行吗？"林肯幽默一笑，收缩身体，做出被大衣裹住的样子。

　　赶车人乐了，他被这个孩子的幽默折服，高兴地让林肯上了车。

　　"屁大的事不敢担当"的故事，讲的是一位大学党委书记的事。在一座省会城市里，有一所不大不小的大学。暑假即将结束，开学的前一天，召开中层领导会议，各系、各处室正副职领导数十人参加会议。按照惯例，先是各系、各处室主任讲新学期工作，接着是主管副校长讲，再后是校长讲，最后轮到党委书记。

　　党委书记看看大家，说："我想讲的，都让你们讲光了，我就说个笑话，算是新学期给大家的见面礼。"他干咳了一声，不紧不慢地说："一个总经理带着秘书坐电梯，楼很高，电梯里人很多，停停开开的一路上去。本来也没什么事，要命的是，总经理放了个屁，很响很臭的那种。周围人侧目，往总经理和秘书的角落里瞅。瞅就瞅吧，当没看见就是了，没想到年轻秘书耐功差，忍不住说：

'看什么看？又不是我放的！'这下大家看倒是不看了，但出了电梯，过了两天，这秘书就被开除了。后来总经理和朋友吃饭说起这事儿，大家都说，秘书是不好，但你开除他，也未免做过了。总经理一板一眼地答：'一个秘书，屁大的事情不敢担当，留着何用？'"

大家哄笑。书记挥挥手，示意散会。

新学期开始了，一切按部就班。以往，每天上班，书记、校长的门前总是人来人往，请示工作的各部门领导一个接一个。可新学期以来，书记、校长的门前冷清了许多，请示工作的人大为减少，各系各部门领导也不像以前那样，大事小事都去找书记、校长，每遇到需要决策的事情，他们首先就想起了书记的笑话，于是，个个敢于负责，勇于担当，学校的管理工作上了一个新台阶，推进了教育教学。

作者感言：这是两个幽默小故事。林肯的幽默，使他顺利地搭上了马车，免除了数十里奔波之苦；党委书记的幽默，增强了中层干部的责任意识，改进了学校的工作作风。

也许有人会问，林肯的幽默，得到了赶车人的赏识，同意他搭个便车，情理之中，而党委书记的笑话，恐怕没那么大威力？其实不然，大陆中国自改革开放后，实施了党政分开的领导体制双轨制，教育分两种情况：在中小学，实行校长负责制，党支部起保证监督作用，行政校长是一把手，支部书记是实际的二把手；在大学，实行的是党委领导下的校长负责制，党委书记是一把手，校长是实际的二把手。在大学里，校内的中层领导，由校党委任命。那党委书记的幽默，岂止是笑话，乃是通牒，如果不敢担当责任，党委书记认为你"屁大的事情不敢担当，留着何用"，你肯定被拿下。如此一个小幽默，比板着脸讲一大通应当尽职尽责的大道理更管用。

由此看来，幽默不可小觑，它不仅能博得听者一笑，有时还会有神奇功效。我们说这两个幽默故事，就是想借此聊聊"幽默"这个话题。

什么是幽默呢？《辞海》上的解释是："通过影射，讽喻，双关等修辞手法，在善意的微笑中，揭露生活中的讹谬和不通情理之处。"具体说，幽默是从善意出发，以各种修辞方式为手段，通过揭示生活中的谬误、差错以及相矛盾之处，说出有趣并蕴含积极意义的话，让人在笑声中受到某种启示和明白某种道理。幽默的特点有三：

特点一：幽默是善意的。它不是恶意的挖苦、嘲笑和讽刺，它不以侮辱别人的人格为目的，即使是揭示别人的错误，也是从善意出发的提醒和劝告，生活中有意贬损别人甚至攻击、侮辱别人来取笑的言辞，不是幽默。老舍先生说："幽默者的心是热的，他必须和颜悦色，心宽气朗地去揭示事物的可笑之处，宗旨在于善意地规劝或纠正。"

特点二：幽默是有趣的。幽默的话有趣，能引人发笑，但这笑不是挖苦讽刺的嘲笑，不是不怀好意的奸笑，不是无奈酸楚的苦笑，不是歇斯底里的狂笑，不是敞开胸怀的大笑，不是不置可否的傻笑，不是暗藏杀机的冷笑，也不是蔑视别人的讥笑，而是会心的微笑，轻松而舒朗。

特点三：幽默是有意义的。幽默中往往蕴含着做人处事的道理，给人某种启示，听者或读者在会心微笑中，受到了某种启迪，感悟了某种道理。

学会幽默大有好处：

好处一：它是感悟人生意义的强化剂。幽默可以形象地说明道理，让人容易理解又印象深刻。在一次酒会上，一名新闻记者问大文豪萧伯纳："萧伯纳先生，请问，乐观主义者和悲观主义者的区别在哪里？"萧伯纳摸摸胡子笑着回答："这很简单，假如餐桌上只有半瓶酒，看见这瓶酒的人，如果高兴地喊道：'太好了！还有一半！'这就是乐观主义者；如果对着这瓶酒叹息：'糟糕！怎么只剩下一半了！'这就是悲观主义者。"

好处二：它是化解矛盾的调和剂，能促进人际和谐。一次，一个百货公司举行大拍卖，购货的人又推又挤，有的人还怒气冲冲、骂骂咧咧，气氛十分紧张，一位女士在结账的时候，对收款的服务员愤愤地说："什么鬼地方，幸好我没打算在你们这儿找礼貌，在这儿根本找不到！"服务员一边为他找钱一边微笑着说："您可不可以让我看看您的样品？"那位女士愣了片刻，然后不好意思地笑了，连说："对不起！对不起！"，周围的人见此情景，也都意识到这样拥挤不好，气氛立刻缓和，大家都自觉地排起队来。

好处三：它是活跃和丰富人类生活的兴奋剂。幽默具有感染力和影响力，能够创造一种轻松自由的环境气氛，让生活充满阳光和欢乐，使人在微笑中感受了生活的美好并积极振奋。

好处四：它是广交天下朋友的黏合剂。大家都有这样的体会，和幽默风趣的人相处，会觉得非常轻松愉快，气氛融洽，枯燥的会议，因他而谈笑风生；朋友聚会，因他而红火热闹；面对严肃的上司，他出语诙谐，松弛了上司拉长的面孔；面对拘谨的下属，他妙语解颐，缓和了下属紧张的心情。因此，人们都喜欢和具有幽默感的人往来，所以，具有幽默感的人，交际广，朋友多。

好处五：它是增进身心健康的营养剂。幽默的笑是蒙娜丽莎式的微笑，它不仅深远、隽永和耐人寻味，更让人在微笑中冰释烦恼和苦闷，使人心情舒畅，而舒畅的心情，能促进人的新陈代谢，让人清气上升，浊气下降，对健康好处多多。所以，人们常说："笑一笑，十年少。"

幽默是人类特有的一种精神现象，是人类进步和文明的产物，它是一种文化、一种艺术、一种独特的审美情趣，它也是一种修养、一种积极乐观的人生态度。恩格斯说："幽默是具有智慧、教养和道德优越感的表现。"所以，学会幽默对人生大有益处。

怎样才能学会幽默，增强幽默感呢？

做法一：培养阳光心态。面对大千世界、百态人生，学会从积极的方面着眼，多看美好的东西、光明的东西、靓丽的东西，多从善意、美意、好意出发，这是因为，良好修养、乐观心态和澄明心境是幽默诞生的基础，是抓住生活亮点并迸发幽默灵感的前提。

做法二：不断丰富阅历和增长学识。一个人，只有见多识广、知识底蕴深厚广博，才能有丰富的语言资源，才能做到妙语横生，出口成趣。

做法三：培养观察力、洞察力、机敏力和发散思维能力。幽默是智慧的产物，是高智商活动，它需要有精微的观察力、深刻的洞察力和机智敏捷的多向思维能力，如是，才能不失时机地捕捉住幽默素材，并迅速创造出幽默。

做法四：尽可能多地了解一些表达幽默的方法。表达幽默的方法很多，常见的有双关法、对比法、倒置法、曲解法、夸张法、反语法、借题发挥法、含蓄委婉法、寓庄于谐法等。

附幽默故事两则：

故事一：一天，希特勒来到一所精神病院视察，他大声问病人："你们知道我是谁吗？"病人们都摇摇头。于是，希特勒大声宣布："我就是阿道夫·希特勒，你们的领袖！我的力量之大，可以与上帝相比！"病人们同情地望着他，其中一个拍拍希特勒的肩膀说："是啊，是啊，我们刚来的时候，也是你这个样子！"——这个幽默故事告诉我们，希特勒，这个战争狂人，就是一个精神失常的疯子。

故事二：一天，年迈的萧伯纳在街头散步，在过马路的时候，被一辆不遵守交通规则的自行车撞倒，虽然没有撞伤，但把萧伯纳吓了一跳。那人见撞倒的是大戏剧家萧伯纳，更是惶恐不安，他赶紧扶起戏剧家，并一个劲地道歉。萧伯纳拍拍身上的泥土，幽默地说："不，先生，您比我更不幸，如果您再加把劲，那就可以作为撞死萧伯纳的好汉而名垂青史了啦！"那人立刻被萧伯纳的宽容、大度所折服，道谢而去。——一句幽默的话，不仅体现了萧伯纳的善意、宽容和大度，也改变了当时紧张和尴尬的环境，使两个人的关系立刻变得融洽。

我永远和安锐一起上厕所，但我不会告诉别人

事有凑巧，互不相识的三个家庭，都到一家中档饭店里为自己的孩子过生日。于是，有人建议让三家聚到一起，共同祝贺三个孩子生日快乐。三个孩子高兴得跳起来，饭店老板也赶过来凑热闹，他要为三个孩子送上生日礼物。老板拿出三个礼品盒，里边装着各不相同的礼物。老板说："我提一个问题，谁回答得最好，就可以第一个挑选自己最喜欢的礼物。"

老板向三个孩子提出的问题是："你的理想是什么？"

一孩子说将来要当警察，另一个孩子说将来要当公安局长，而第三个孩子则说："我的理想是，永远和安锐一起上厕所，但永远不会告诉别人。"

前两个孩子说出自己的理想时，大家都面带笑容，拍手赞成。当第三个孩子说出自己的理想时，餐厅里一片哄笑，孩子的父母满脸涨红，十分尴尬。

但饭店老板十分冷静，他拍拍手，示意大家静下来。然后，他把这个孩子拉到身边，亲切地问："你能告诉大家安锐是谁吗？你为什么要永远和他一起上厕所？又为什么不说出去？"

孩子开始有些慌乱，在老板的鼓励下，他鼓起勇气说："安锐是我们班的一名同学，他有残疾，上厕所特别困难，每次都需要别人帮助。老师经常在课堂上表扬帮助安锐上厕所的同学，安锐总是低着头，十分痛苦。有一天，安锐对我说，他不想再读书了，他受不了。我跟他说，我永远和他一起上厕所，但我绝不会说出去，我不要老师的表扬。"

孩子的话音刚落，餐厅里便响起了一片热烈掌声，老板把孩子抱起来，高高举过头顶，激动地说："你是最棒的！你是天下最棒的孩子！"

作者感言：面对这颗幼小而纯美的心灵，我们这些被社会功利"污染"了的

成年人，有几个会不汗颜？

　　同情弱者，帮助老弱病残，是人类的美德，也是许许多多人或多或少都做过的事情，小的如随手将一枚硬币丢进路边残疾乞讨者的碗里，中的如为残弱者捐出几十元、几百元或衣物，大的如捐出数万、数十万、数百万甚至数千万支助残弱事业。但在这一善举过程中，每个人都怀着不同心思，毋庸置疑，大多数人是出于同情心、怜悯心和仁爱心，但也不乏借此投机者，如有的是为了赢得好名声并借此获取某些好处，有的是为了捞取政治资本，也有的是想借此发更大的财。但不管出于何种动机，有一点是我们共同忽视的，那就是：在我们救助残弱者的时候，往往忽略受助者的心理感受，有意或无意地伤害了他们应有的人格自尊。我们不否认故事里的那位教师是出于好心，他想通过表扬的方式鼓励更多人去关心安锐，但却无意中刺痛了安锐的心。所以，我们想用这个小故事告诉人们，在帮助残弱者的时候，要像故事里的第三个孩子那样，有意识地精心呵护受助者的人格尊严，让他们不受任何伤害地享受我们的爱，感受人间温暖。

　　在我们由衷敬佩第三个孩子纯美的心灵和提醒大家不要漠视受助者人格尊严的同时，我们还要把尊敬的目光投向饭店老板。面对孩子出人预料的回答和满餐厅的哄笑，老板处变不惊，他立刻意识到，孩子的另类回答中必有原因，因此，他从容稳定了局面，鼓励孩子说出了真相，从而化哄笑为掌声，化蔑视为敬佩，将生日宴会推向高潮。老板的冷静和机智，不仅说明他很理性、很智慧，也表明他很懂孩子的心理和很善解人意。这样一个理性智慧又善解人意的生意人，生意一定会做得不错，我们愿他的饭店越开越大。

　　由饭店老板我们又想到家长，在通常情况下，遭遇这种尴尬场面时，许多家长往往耐不住性子，轻者训斥，重者打骂孩子。其结果不仅于事无补，还很可能误解了孩子，伤害了孩子。所以，为人父母者，当学学饭店老板，每当孩子出现差错时，请保持一分冷静，等问明原委后，再根据实际情况施以引导教育，才是正道。

我死后，请烧毁我的全部书稿

  1924年6月3日，他躺在维也纳近郊基尔灵疗养院的病床上，望着窗外发呆。连日来不断咯血，呼吸越来越困难，他知道自己已经走到了生命的尽头。他闭上眼睛，人生经历一幕幕从他眼前掠过：1883年，他出生在捷克首府布拉格一个犹太商人家庭，他是家中长子，身下有三个妹妹，另外还有两个早夭的弟弟。父亲在艰苦创业中养成了粗暴而刚愎自用的性格，对他的管教"专横犹如暴君"，他一直崇拜和敬畏父亲，一生都活在父亲的阴影里，而母亲则性格内向，气质低郁，多愁善感。他自幼爱好文学、戏剧，十八岁进入布拉格大学，初习化学、文学，后迫于父亲的命令改学法律，获法学博士学位。中学时代，他酷爱法国自然主义文学，对斯宾诺莎、尼采、达尔文等产生了极大兴趣。读大学时，他十分崇拜丹麦哲学家克尔凯郭尔，读了不少他的著作，深受其影响。他也读过中国的《论语》《道德经》和《庄子》，他非常欣赏老庄的思想。在爱好文学的同学马克斯·布洛德的鼓舞和支持下，他开始文学创作，并与布拉格的作家来往，参加一些社交活动，并创作了他的首篇短篇小说《一场战斗纪实》，从此一发而不可收。获法学博士学位后，他到法院实习了一年，后在"通用保险公司"当见习助理。1908年，他又到"工伤事故保险公司"任职。1921年，患了多年的肺结核病加重，开始咯血，1922年6月辞职。养病期间，他除继续创作外，还游历了欧洲各地。

  想到爱情婚姻，他更是一阵阵苦楚，他身高一米八二，相貌英俊，特别是那双清澈明亮的眼睛，很能赢得少女的芳心，不少他很喜欢的女孩子都追求过他，他也曾先后三次订婚，但最终都解除了婚约，现在他四十一岁了，仍孤身一人。

  想想自己的人生经历，在常人眼里，似乎并不怎么波折，但他自己却不这么看。他觉得他活得太累了，社会的腐败、奥匈帝国的强暴专制、政治矛盾与民族矛盾的双重困扰、人民生活的贫穷困苦、经济的衰败以及家庭中父亲的专横，让他与这个世界越来越隔膜、疏远，以至于彻底隔绝。他始终感到压抑、忧郁、苦闷、孤独和痛苦，他觉得他生活在一个陌生的世界里，他敏感而怯懦，甚至恐惧，他害怕生活，害怕交往，甚至害怕结婚成家。工作之余，他把自己封闭在屋子里，焚膏继晷地拼命写作，以此来排遣他的孤独和忧郁。他对自己所做的一切都不满意，包括写作，他经常撕毁自己的书稿。有一天，他读到巴尔扎克刻在手杖上的"我能摧毁一切障碍"这句话，心灵受到了极大震撼，他觉得，他与巴尔扎克正好相反，应在自己的手杖上刻着"一切障碍都能摧毁我"。他实在是太无能、太无用了，他一生活得卑微、晦暗和支离破碎，他的整个人生，无疑是一次带病之旅，不管是肉体的还是精神的，都是如此……

正想着，门轻轻地响了一下，他知道，是他的挚友马克斯·布洛德来了，自他病重以来，马克斯·布洛德几乎天天来看他。正好，他还有事要嘱托马克斯·布洛德。

当马克斯·布洛德坐到他床头的时候，他轻轻地拉住布洛德的手，对他说："亲爱的马克斯·布洛德，我有一个非常重要的事情要嘱托你，你一定要办到！"

他见马克斯·布洛德肯定地点了头，便说："我不是燃烧着的荆棘，我也不是火焰。我只是跑进了自己的荆棘丛中而无法走出来的一个人，我走进了一条死胡同。我想通过写作把我自己救赎出来，但我没有做到。在我有生之年，我一直是一个死者，现在我真的要死了。一个人如果于人无补，就只好沉默。因此，我请求你，我的遗物里，凡属日记本、手稿、来往书信、各种草稿等等，请勿阅读，并一点儿不剩地全部焚毁。可现在，我病得连这点儿事也做不了了，我死后，就拜托你替我办吧。"

布洛德不能不答应，他怎么能忍心拒绝一个人临死前最后的请求呢？

他满意地闭上了眼睛，过了一会儿，他停止了呼吸，平静地走了。

他就是二十世纪初叶奥地利伟大的小说家弗兰兹·卡夫卡。

作者感言：卡夫卡走了，但他的朋友马克斯·布洛德出于对卡夫卡的崇敬和深厚友谊，不甘心卡夫卡的心血化为纸灰，违背了自己对卡夫卡的承诺，将卡夫卡的全部手稿认真整理，相继出版，于是，生前只发表很少作品而默默无闻的卡夫卡，死后则走上了历史前台，成为现代派文学的鼻祖，表现主义文学的先驱。卡夫卡用德语写作，他的文笔明净而想象奇诡，常采用寓言体，用变形荒诞的形象和象征、直觉的手法，表现了被充满敌意的社会重重包围而无力反抗的个体生命的孤独、苦闷与绝望，对社会的陌生感、孤独感和恐惧感，是他创作的永恒主题。他别开生面的写作手法，令20世纪各个写作流派纷纷追认其为先驱。

我们把卡夫卡的人生经历和他嘱托朋友烧毁书稿的事说给大家，是想借此聊聊"不自信"这个话题。

不自信就是对自己缺乏信心，他是自卑的心理基础。不自信的人，胆小怕事，畏首畏尾，犹豫不决，优柔寡断，不愿与人交往，喜欢独处，他认定自己什么也做不成，什么也做不好。在我看来，卡夫卡是20世纪最不自信的天才作家。他一生怯懦、自卑，他害怕生活，甚至都不敢结婚，他在给父亲的信里说："在我看来，结婚、建立一个家庭、生儿育女，在这个靠不住的世界上养活他们，甚至在可能的时候给他们一些指引，这是一个人所能达到的最高度。"言外之意，他达不到这个高度。"一切障碍都能摧毁我"，是他不自信最集中的体现，是一个完全被生活击败了的弱者的最无奈剖白。如果他的朋友布洛德遵从了这位不自信天才的遗嘱，烧掉了他的全部书稿，大概他将永远消失在历史的暗流中不为人知。似想，如果他对自己的文学创作充满自信，并积极推介和出版自己的作品，那么，他或许在自己的有生之年就可以看到自己在文学领域享有的盛誉，甚至可以想到自己作品对于后世文学的深远影响。遗憾的是，他没有这份自信。严重的不自信，不仅导致了他无法承受生命之轻，在精神上始终处于孤独、忧郁、苦闷和恐惧状态，而同时也摧毁了他的身体，使他早早死于肺结核。中国医学早就证明，长期忧郁的人容易患肺病，故有"郁伤肺"之说。看来，卡夫卡虽是文学的天才，但却是生活的弱者。

我们非常欣赏巴尔扎克"我能摧毁一切障碍"这句话，尽管谁也做不到"能摧毁一切障碍"，但这句话是一种挑战生活、挑战命运的强硬态度，是一种自信。而这种自信是人生不可或缺的东西，靠着这份自信，巴尔扎克疯狂地写作，经常每天工作十六个小时，二十年里写了九十四部小说。

曲折坎坷的人生之旅处处都是障碍，没有"我能摧毁一切障碍"的自信和挑战，就很有可能"被一切障碍摧毁"，沦为生活的弱者，如卡夫卡，一生都活在孤独和忧郁之中，幸福指数很少。我们应该从卡夫卡的人生悲剧中吸取教训。

也许有人会说，正是"一切障碍都能摧毁我"的不自信，成就了卡夫卡，因为，文如其人。如果没有怯懦自卑的性格和孤僻忧郁的气质，就很难敏感地体会到个性的消失和人性的异化，就很难产生难以排遣的孤独、痛苦感和无法克服的荒诞、恐惧感，其作品也就不会那么深刻感人。正是这种不自信的性格气质，使卡夫卡其人其书成了那个时代资本主义社会的精神写照。如果真是这样，那就是卡夫卡的宿命了，悲乎？喜乎？

我自横刀向天笑

这是戊戌变法志士谭嗣同的故事。谭嗣同，字复生，1865年生于北京。据说，谭嗣同五岁时得了一场重病，昏死三日，竟奇迹般苏醒过来，故名复生。谭嗣同是中国近代著名思想家、政治家，一生致力于维新变法，他认为，中国要想去弱图强，必须学习西方，改革封建制度，致力于发展民族工商业，他公开提出废科举、兴学校、开矿藏、修铁路、办工厂、改官制，是维新派中的最激进者，因此得到光绪皇帝的重用。

故事发生在1898年9月21日，慈禧太后临朝政变，软禁主张维新变法的光绪皇帝，下令捕杀康有为、梁启超、谭嗣同等维新人士，戊戌变法宣告失败。事先，谭嗣同已经得到消息，他也完全有时间、有机会出逃，大家也力劝他赶快逃走，但他毅然拒绝。他对劝他的人说："各国变法无不从流血而成，今日中国未闻有因变法而流血者，此国之所以不昌也。有之，请自嗣同始"。他坚定地说："不有死者，无以鼓士气"，意思说，没有为变法赴死者，就不能鼓舞士气。至于对康有为、梁启超等人的出逃，他非常赞同，他认为，"不有行者，无以图将来。"意思是：留得青山在，不怕没柴烧，没有人逃出去，变法就会后继无人，将来就没有希望了。他就是抱着这样的信念，坐等前来抓捕他的人。在狱中，他剑胆琴心，壮怀激烈，提笔在囚室的墙壁上写下了"望门投止思张俭，忍死须臾待杜根。我自横刀向天笑，去留肝胆两昆仑"的绝笔诗。全诗激昂慷慨，悲壮从容，充分展示了这位维新志士的自我牺牲精神和崇高人格。

1898年9月28日，谭嗣同在北京菜市口从容就义，临刑前大呼："有心讨贼，无力回天，得其所哉！得其所哉！"同时被杀害的还有林旭、杨瑞、刘光第、杨深秀和康广仁，史称"戊戌六君子"。

作者感言：趋利远害、避死求生是人之常情，而谭嗣同面对刀丛，知其必死而慨然赴之，是超乎"常情"的壮举，是有志之士坚持正义和捍卫真理的伟大抉择。

为真理和正义从容就义和慷慨赴死，是志士仁人"舍生取义"的高贵品质，是中华民族的优秀传统，也是全人类崇尚的道义精神。如谭嗣同者，是民族、国家的脊梁，是撑起人类生生不息的中流砥柱。

谭嗣同的人生经历，最可贵可学之处至少有三：

可贵可学一：执着的爱国情怀。面对积贫积弱的祖国，面对虎视眈眈的列强，谭嗣同义愤填膺，坚决反对与列强签订合约。为挽救民族危亡，他一生殚精竭虑。

可贵可学二：无所畏惧的牺牲精神。面临变法失败，他不气馁、不畏惧，慷慨赴死，谱写了一曲悲壮的人生赞歌。

可贵可学三：强烈的创新意识。他一生致力于维新变法，积极倡导用西方资产阶级的政治制度来改造中国的封建制度，积极主张通过发展民族工业来实现中华民族的强盛。他著书立说，奔走呼号，宣传维新思想；他努力培养维新人才，壮大了维新队伍；他公开与封建旧制度叫板，力主废科举、改官制、办学校、修铁路、建工厂，他的创新思想有力推动了维新变法。

在肯定和赞美谭嗣同爱国情怀、牺牲精神和创新意识的同时，笔者对他"坐着等死"的做法则不予认同。在笔者看来，其不怕死的精神可嘉，但其做法不可取。道理很简单，在敌我双方的交锋中，有效保存自己是消灭敌人的必要前提，连自己的命都没了，何谈消灭敌人！而不幸被敌人抓获，是被逼无奈的事情。无奈被敌人抓获的合理情境有三：一是被控制、被围困无法逃脱，二是因受伤不能走动或为守护某种必须守护的东西不能离开，三是为了掩护战友、保护民众或不牵连战友、民众而选择牺牲自己。而如谭嗣同，上述三种情境都不存在，他完全有条件逃往国外，但他没有逃走。他不逃的理由听起来很令人振奋，但实质上并没有太大作用，除了证明他不怕死的牺牲精神之外，没有其他意义，那些真正救国图强的爱国志士，绝不会因他逃出魔爪而丧失斗志，用自己的死去鼓舞士气，完全没有必要，反倒削弱了我方的力量，使维新派失去了一位干将。所以，在敌对斗争中，我们反对临阵脱逃的怯懦，更痛恨因贪生怕死而投降敌人的叛徒，但我们也不赞成完全可以保护自己而主动送死的做法，因为这是敌人的幸事，是我方力量的削弱，这样做是不明智的，不可取的。

我抢离出口最近的那幅画

贝尔纳是法国著名作家，一生创作了大量小说和剧本，在法国戏剧史上占有特别地位。有一次，法国一家报纸举行了一次有奖智力竞赛，其中有这样一个题目："如果法国最大的博物馆罗浮官失火了，情况只允许抢救出一幅画，你会抢哪一幅？"报纸接着公布了罗浮宫馆藏所有名画作品的名称，供参赛者选择。在规定时间内，该报收到了成千上万种答案，绝大多数答案都说要抢出他最喜欢或最贵重的那一幅，并写出了具体的作者及作品名称，结果均落选。只有作家贝尔纳的回答以最佳答案获得了该题的奖金。他的回答是："我抢离出口最近的那幅画。"

作者感言：卢浮宫里的画价值连城，而靠近出口的往往不是最珍贵的，因为人们习惯把最珍贵的东西放到最里边、最安全的地方；靠近出口的也未必是你最喜欢的，因为大千世界，每个人的欣赏取向、欣赏水平都不同，也许你最喜欢的那副名画偏偏挂在最里边的一个阴暗角落。在烈火熊熊只允许你抢出一幅画的前提下，你根本没有时间从容选择。如果你硬要冲进罗浮宫内去抢你最喜欢或最珍贵的那幅画，也许还没等你找到那幅画，你就被大火吞没，不仅抢不出任何一幅画，可能还会赔上自己的性命。而贝尔纳的做法无疑是最理智的，他在保全自己生命的前提下，如愿以偿地抢出了一幅名画。

贝尔纳的答案告诉我们这样一个道理：成功的最佳目标，不是最有价值的或我们最喜欢的，而是最有可能实现的那个。当多件事情同时摆在我们面前，我们只能做其中一件的时候，最明智的做法是选择我们能够完成的那件去做，我们根本做不到，再重要、再美好、再诱人，对我们都没有意义。某人的体力最多能扛动五十公斤，眼前有两袋粮食，只能选择其中的一袋扛走，一袋装着四十公斤的包谷，一袋装着一百公斤的大米，在不允许打开口袋倒出一些和只能肩扛的限定条件下，他只能选择扛走苞谷，因为他根本扛不动那袋大米。

做我们能做到的事情，根本够不着的东西，再好也不要伸手，伸手也是徒劳，甚至会带来麻烦，这就是这个小故事告诉我们的道理。

我 来 裁 决

　　这是一则古希腊神话。神话说，有一天，天庭上的众神失和了，世界处于灾难的边缘，谁来调解仲裁？血气方刚的易受仙女的勾引，老于世故的却不敢对权势直言，天上地下找遍了，也没有合适的人选。最后，宙斯身旁站起一位威严女神，她身穿白袍，头戴金冠，左手提着一杆秤，右手握着一把宝剑。她拿出一条手巾，蒙住了自己的眼睛，说："我来裁决！"众神一看，不得不点头同意，因为她既然蒙上了眼睛，就看不见纷争者的面貌身份，就不会受诱惑，也不必惧怕权势；因为她左手提着秤，证明她能够不偏不倚，能对是非做出公平的判决；因为她右手握着长剑，表示她能够对邪恶予以制裁。

　　在这位女神的裁决下，矛盾化解了，众神和好如初。

　　作者感言：这位危急关头挺身而出的女神，就是古希腊神话中主持正义和秩序的女神忒弥斯。在古希腊神话谱系中，忒弥斯是第一代天神乌拉诺斯和大地女神盖亚的女儿，是主神宙斯的第二位妻子，是十二泰坦巨神之一。所谓"十二泰坦巨神"，就是天神乌拉诺斯和地神盖亚所生的十二个子女，其中六男六女，"泰坦"，是巨大的、了不起的意思。

　　忒弥斯调节天庭失和的故事给我们如下启示：

　　启示一：人类需要司法，人类离不开司法。"司"是掌管，"司法"就是掌管法律，它是法律法规的执行过程，没有司法，人类制定的法律法规只是一堆无用的空文。人类通过司法，落实了法律法规，消解了矛盾，维护了秩序，保证了社会的正常运行。没有司法，人类社会将无法维系，正如没有忒弥斯的司法过程，天庭将因众神失失和而一片混乱，进而崩溃。

　　启示二：司法需要勇气。司法是惩治邪恶、维护公平正义的过程，其中充满艰难与风险，这需要司法部门以及司法人员必须像女神那样，敢于站出来一声断喝："我来裁决！"勇于司法，是司法得以实施的必要前提。

启示三：司法必须正义。司法拒斥不公正，拒斥偏袒，司法不受美色以及一切利益的诱惑，不惧怕权威，也不圆滑世故，它抗暴除恶，正义凛然。因此，司法女神忒弥斯是正义的象征。司法的正义性是其权威性的保证，只有正义的司法，才有权威，才有力度，才能有效实施。

从文艺复兴时代开始，在欧洲的一些城市里，不少法院的门前都矗立着忒弥斯的塑像：她身披白袍，头戴金冠，戴着眼罩，左手持天平，右手举长剑，身靠一支束棒，束棒上缠一条蛇，脚旁坐一只狗。在忒弥斯雕塑背后，写着古罗马的法谚："为实现正义，哪怕天崩地裂"。

正义女神造型的寓意是：白袍象征正义洁白无瑕；金冠代表法律的至高无上和尊贵；天平表示公平公正；利剑代表力量、权力和对邪恶的制裁；蒙上眼睛表示六亲不认、无欲无求、大公无私，表示不受直视对象的诱惑，裁决过程中能一视同仁，不会有任何歧视和偏袒；束棒是法律权威和刑法的标志，束棒上缠着的蛇表示法律对邪恶的制裁；狗表示友情和友好；雕塑背后的"为实现正义，哪怕天崩地裂"的古罗马法谚，则表示不畏艰险、执法如山的坚决态度。

我们讲正义女神调节天庭纠纷的故事和介绍她的塑像，是想借此说两点想法：

想法一：想借此告诉世人，我们应该认同司法，呵护司法，支持司法，因为司法是我们安全、和谐、幸福生活的保护神。

想法二：想借此强化司法部门以及司法人员的正义意识，使之托稳公正天平，高举正义长剑，敢于担当，忠实履职。

我现在很高兴，感谢生活

　　故事说，英国有一位绅士，家中被盗，夫人昂贵的钻石项链、钻戒、翡翠玉镯以及家里的金表、金币等所有贵重财物被洗劫一空，损失惨重。远方的一位朋友知道了这件事，立即写信去安慰他，劝他不要太在意，不要为此悲伤痛苦。

　　绅士看了朋友的来信，提笔便写了这样一封回信："亲爱的朋友：您好！收到您的信后，我很感动，谢谢您对我的关心。不过，请您放心，我现在很高兴，感谢生活。您一定会问，我为什么会很高兴呢？那么我告诉您：第一，盗贼仅仅偷走了我的东西，而没有伤害我和我家人的生命，我们都安然无恙，值得高兴；第二，盗贼只偷走了我部分财物，丢失的只是些挂在脖子上、套在手腕上或手指上以及用来炫耀富贵和身价的小东西，我的房子、家具、锅碗瓢盆和粮食还在，有这些就足以安然生活了，值得高兴；第三，最值得庆幸的，盗贼是他而不是我，我还是一个正直的好人，难道不值得高兴吗？"

　　朋友看了回信，开心地笑了。

　　作者感言：面对昂贵金银首饰的被洗劫，绅士通过三组对比，走出了精神困境：

　　比较一：与生命比较，丢失的金银首饰无足轻重，有自己和家人的生命在，金银首饰根算不了什么。

　　比较二：与生存必需品比较，丢的那些装饰品或炫耀品，在房屋和粮食这些生存必需品面前，只是小菜一碟。

　　比较三：与道德人格比较，在正直、有尊严的人心中，做一个正道直行的人，比生命更重要，自己不是邪恶的盗贼，实在是太重要了，那些丢失的金银财物只不过是眼前飘走的浮云罢了，而做盗贼的低下人格才是最可悲的。

比较的结果是三重一轻，丢掉的，只不过是无关要旨的轻者，于是释怀。这是一个正直人、理性人、智慧人面对惨重损失的态度和思路，是值得世人效法的。

在现实生活中，损失财富，是常见的现象，意外失落了钱包或物品、被盗、被骗、做生意亏本、办企业破产、地震、水火灾害等事情，在这个世界上每天都会发生。一般说来，遇到这样的事情，谁都会痛心、焦虑、忧愁、悔恨，甚至怨恨、痛恨，如果一点儿没有消极的情感反应，肯定是智力不健全的痴呆傻，但就多数人来说，这种痛苦心态不会持续很长时间，少则两三天，多则十天半月，就渐渐平了。可总有那么一部分人，过不了这个坎，长时间活在损失的阴影里，整天忧愁痛苦，茶饭不思，夜不能寐，有的人因此忧郁成疾，住进医院，弄得霜后落雪。更有甚者，就是一根筋，自寻短见，某某因炒股亏本而割腕，某某因企业破产而跳楼等，时有发生。

其实，对于财富资源，人应该有个正确态度。

正确态度一：人追求财富资源是出于生存、发展或享受需要。最基本的是生存需要，是为了活下去，只要损失的财富资源不影响人活下去，就不是绝路。而只要不是绝路，就有再获得财富的机会，大可不必想不开，大不了像爱迪生那样，一切从头再来。

正确态度二：人追求财富是为了活下去或活得更好，目的是为了人自身，说到底，人是目的，财富是手段；人是主子，财富是奴才。而遗憾的是，在人类告别蛮荒的原始时代后，人在追求财富过程中，往往忽视甚至忘记了自己的存在，把财富作为目的，自身却变成了手段，为了得到财富，不惜任何代价甚至豁出自己性命，人拜倒在财富脚下，变成了财富的奴才。这就是学界上说的"人的失落"和"人被物化"。当被物化失落自我的时候，人无快乐和幸福而言。古今中外，为财富亲人反目成仇，为财富失去道德人格，为财富贪赃枉法，为财富杀人放火，为财富铤而走险，为财富痛苦，为财富沮丧，为财富发疯者流，能有多少快乐和幸福指数？至于为财富丧命者，命都没了，财富还有何意义？所以，财富是身外之物，生带不来，死带不去，无论穷富，把财富看得淡一些，只有好处，没有坏处。

"我的蓝眼睛"与"其实我更怕冷"

　　"我的蓝眼睛"是苏联著名作家鲍利斯·安德烈耶维奇·拉夫列尼约夫在中篇小说《第四十一个》里写的故事。故事的主人公叫玛柳特卡,她是一位女红军战士,渔家孤儿出身,她有着芦苇一样修长的身材,棕红色的头发象花环一样漂亮,她喜欢幻想,爱写诗,渴望将来出版自己的诗集。她作战勇敢,是女神枪手,在战斗中她已经打死了四十个敌人。一天,政委叶秀可夫命令她带两个战士用船把一名俘获的白军中尉押送到司令部去。这个中尉是他们在大沙漠里的一次战斗中捕获的,当时她向他开了一枪,但由于走神,没有打中,于是抓了活的,并押着他走出沙漠。临行前,政委一再嘱咐:"这个中尉身上有秘密,一定要安全把他押到司令部,不能让他跑掉,也不能让他死了。"

　　黄昏时分,他们出发了,小船沿着平坦的海岸飞驶。风平浪静,水波涟涟。玛柳特卡望着逝去的海水,觉得海水蓝得美丽极了。偶然,当她的目光与中尉的蓝眼睛相遇时,不禁全身打了个寒噤,叫道:"我的妈呀!你的眼睛蓝得跟海水一样!"

　　刚刚入夜,狂风大作,乌云蔽天,暴风雨突然来了。一个巨浪把桅杆折断,两个战士也被卷进大海,玛柳特卡两手紧紧抓住船舷。中尉也吓得直画十字。海咆哮着,巨浪把小船抛掷着推向大海深处。黎明时分,小船被冲到一个远离海岸的小岛上。

　　玛柳特卡和中尉共同把小船系在岛边的一块石头上。望着茫茫大海,想着牺牲的战友,玛柳特卡放声痛哭,那中尉也冻得直打哆嗦。

　　他们在小岛上找到了一个破旧鱼仓,里面还有许多鱼,两个人又累又冷,一起用火药点着了火,用木板和肥鱼当柴烧,围着火堆烘烤衣服。天亮了,玛柳特卡发现小船被冲走,中尉也病倒了,脸颊烧得烫人,嘴里还喃喃地说着胡话。玛柳特卡悲痛地叫道："我的蓝眼珠的傻小子，你不能死，你死了，我怎么向政委交代！"

玛柳特卡悉心照料了几天几夜，中尉终于醒来了。中尉望着玛柳特卡憔悴的脸，感激地伸出纤细的手指，轻轻抚摸着她的肩头，说："谢谢你救了我，亲爱的姑娘！"

玛柳特卡推开中尉的手，说："我又不是野兽，能眼看着一个人死吗？"

他们无法离开，他们走遍小岛，终于发现了一所废弃的渔民小房，房里还有渔民留下的大米和白面，还有一张木板床。他们搬进了渔民小房，高兴地围着火炉说笑。中尉称玛柳特卡"礼拜五"，并给她讲起了鲁滨孙和礼拜五的故事。玛柳特卡入神地听着，希望中尉每天给她讲一个故事。中尉告诉她，战前他是大学生，研究语言学的，家里有很多书。

他们必须共同努力才能在这个四面环水的孤岛上活下去，所以，他们相依为命，相互关照，渐渐产生了感情。终于有一天，玛柳特卡看着中尉的蓝眼睛，情不自禁地吻了他，中尉也吻她的嘴唇，他们紧紧拥抱了……

中尉本应是玛柳特卡死亡簿上的第四十一名，可是他却成为玛柳特卡处女欢乐薄上的第一名。这天，玛柳特卡和中尉躺在沙滩上，中尉感慨地说，没想到人生最美满的日子是在这愁煞人的大海孤岛上度过的。他希望永远留在这里，远离战争、流血、仇恨。他还劝玛柳特卡跟他一起到高加索去，埋头读书。玛柳特卡激烈地反对他的观点，并且骂他是软体动物，是讨厌的小湿虫！两个人争论起来，玛柳特卡扬起手，给了他一记耳光

吵嘴过后，两个人都赌气不说话，可在这荒岛上能躲避到哪里去？他们终于和好。中尉向玛柳特卡道歉，希望把吵嘴的事全忘掉。他爱她，也恨她，他们各自对自己的信仰无限忠诚，使他们之间产生了不可逾越的鸿沟。玛柳特卡也为他们的分歧而难过，她哭着说："我为什么要爱上你呀？你把我害苦了！我的心都折腾出来了。"

终于有一天，海上出现了一只帆船，两个人欣喜若狂，紧紧拥抱。他们挥舞着手臂，高声喊叫着，玛柳特卡让中尉回屋去拿枪，发信号。中尉连放三枪，枪声响彻海面。当帆船驶近时，玛柳特卡忽然发现情况不对，她看见舵柄跟前的人，肩上闪着金光。中尉发狂似的大叫起来："我们的人！我们的人！乌拉！……先生们，快来呀，在这儿……"他把枪丢在沙滩上，跑入水中。

玛柳特卡惊叫了一声，抓起步枪，声嘶力竭地喊："站住！你这下流的白党，回来！"

中尉拼命地向帆船跑去，跌倒又爬起。

"站住！"玛柳特卡举枪瞄准。中尉仍在跑。"砰"的一声枪响，中尉中弹，他转身面对玛柳特卡，喃喃地叫了声"玛莎！"便倒在海水中。

玛柳特卡丢下手中的枪，朝中尉跑去。中尉躺在水里，玛柳特卡一下子跪到水里，拥抱他，把他的头紧紧搂在怀里，她哭了，并喊叫着："蓝眼睛……我的蓝眼睛……"一排巨浪涌来，两个人顷刻消失在大海中。

海在咆哮，在狂吼，波涛汹涌，大海在痛斥战争的残酷！大海在为这对恋人悲鸣！

"其实我更怕冷"的故事发生在英国。故事说，在一次旅途中，一位绅士与一位年轻女郎同时登上了一艘豪华客轮，并同时住进了头等舱中一个有两个床位的包厢。

绅士是一家银行的高级职员，女郎是一个跨国公司的会计，两个人通过简短的交流便算彼此认识。余下的时间，他们无事可做，便闲聊起来。他们海阔天空，想到那就聊到那，他们谈逸闻趣事，谈各地的风土人情，谈政客的权力角逐，谈商海的狡诈，也谈影视明星、好莱坞、诗歌和戏剧。他们很谈得来，彼此都为能在旅行中遇到这样一个伙伴感到惬意。

那天天色很好，海天一碧，微风习习。吃过晚饭，他们站在甲板上吹了一会儿海风，看着夕阳坠进波涛汹涌的大海，然后回包厢休息。

各自上床躺下后，女郎便抱怨身上发冷，绅士慷慨地把自己的被子拿过去，给女郎盖上。过了一会儿，女郎还不停地叫冷。

绅士关切地问："那怎么办呢？"

女郎悠悠地说："小的时候，都是母亲搂着我，用身体给我取暖。"

绅士从床上坐起来，神秘兮兮地说："这事说难，的确很难；但说容易，也很容易办到。"

"怎么讲？"女郎问。

"说难吗，"绅士解释说，"这事很难，根本做不到，我总不能跳下轮船，游出大海，去你的家乡把你的母亲找来。"绅士停顿了一下，看女郎有些沮丧，又接着说，"说容易，这事很容易，如果你不介意的话，我可以代替你母亲尽母爱的义务。"

女郎转忧为喜,揭开被子说:"那就麻烦你了,请吧。"

绅士钻进女郎的被窝。

原本寂寞的一夜旅程,变得欢快无比。

旭日从东方升起,客轮驶进了港口。当两个人上岸分手时,女郎向绅士挥挥手,说:"先生,谢谢你的体温!"

绅士也挥挥手:"不,小姐,我应该谢谢你,其实我更怕冷!"

作者感言:第一个故事,讲的是在杳无人迹的小岛上,两个阶级不同、信仰不同、文化修养不同、追求不同的青年男女的爱情悲剧;第二个故事,讲的是在一次旅途中,两个彼此并不相识,但身份相似、情趣相投的一对男女的一夜情。

我们说这两个一悲一喜的故事,是想说明,人类的两性关系,只有在没有功利和摆脱各种束缚的情况下,才能获得最纯美的、最诗意的展现,才是真正意义上的性爱、情爱。

第一个故事里的"孤岛"和第二个故事里的"包厢",象征着两对青年男女"脱掉"人类社会附加的所有属性和各种束缚的"一块净土",在这块净土上,没有财富、权力、地位、名誉、阶级、价值观、信仰、道德、法律等等的一切,有的,只是一对青年男女的灵与肉、性与爱,有的只是人性的美好。只有在这块净土上,人才能回归本然,实现男女两性关系的人性纯洁。同时,"孤岛"和"包厢"还象征着这块纯美净土的渺小和脆弱,它一旦遭遇庞大的社会,便立刻土崩瓦解,不复存在。特别是第一个故事,它告诉人们,战争是无情的,人性是美好的,但美好的人性,最终敌不过无情的战争,战争击毁了人性。由此也说明人类的两性关系,要想完全超越功利和摆脱各种束缚,在现阶段是完全不可能的。

性关系是动物的生理现象,但人类性关系的本质却是社会的,它往往通过婚姻方式固定下来,并充满利益计较。自人类诞生以来,人类大体经历了群婚、对偶婚、族外婚、一夫一妻制这样的婚姻历程。就现行的一夫一妻制而言,构成婚姻的要素大体有法律、情感、财产、子女四种,其中任何一种要素的缺失,都会使婚姻失衡甚至破裂,纯情爱的、不参与任何利益计较的纯美婚姻,实在是少而又少。毋庸讳言,一夫一妻制并不是最理想的两性关系制度,但它又是人类目前最好的两性关系制度，这是人类的理性选择。

没有任何利益计较，彻底超功利的纯美爱情婚姻，也许永远也不会实现，因为人类根本无法彻底摆脱利益要求，但随着社会文明进步，随着物质的不断丰富和人思想觉恒的不断提高，人类的爱情婚姻肯定会越来越趋近纯美。

我要一串露珠串成的项链

很古很古以前，有一个国王，虽然妻妾成群，但直到六十岁才生下一个女孩儿。因为是独苗，又是老年得女，国王把小公主视为掌上明珠，有求必应。由于过分娇宠，小公主十分任性。有一天，她又哭又闹，非让做国王的父亲给她买一串露珠串成的项链。国王告诉她这办不到，她就不吃不喝，五六岁小小年纪，竟叫号老爸，说要死给老爸看。

国王吓坏了，布告天下："如果谁能劝说好小公主，必有重赏"。好多人应招入宫，但都无功而返。转眼两天过去了，小公主饿得有气无力，但倔强的她仍坚持不吃不喝，王宫里乱作一团。

第三天清晨，来了一位老人，说他能够劝说好小公主。来人穿着粗布衣服，一看就是个农夫，国王将信将疑。

老人走进王宫，对小公主说："尊贵的小公主，我能满足你的愿望，但得请你和我一起到花园里去挑选露珠。"

小公主立刻高兴起来，在宫女的搀护下随老人走进王宫后面的花园。花园里花木葱茏，花瓣上、绿叶上、草叶上落满了大大小小、晶莹剔透的露珠。公主高兴极了，她指着眼前一片绿叶上的大露珠说："就要这颗。"

老人笑着说："好，就来这颗，请小公主把它取下来，我为你串上。"老人抖一抖手中事先备好的一根细绳，示意公主动手。

小公主高兴地去拿，怎么也拿不起来，最后，露珠滚到地上，立刻消失在泥土中。这样做了一次又一次，小公主一颗露珠也没有采下来。她望望老人，露出了一脸无奈。

老人俯下身，拍拍公主的小手说："尊贵的小公主，露珠是采不下来的。"他抖了抖手中的细绳，接着说，"我们做个假设，就算露珠能采下来，串到这个绳上，做成项链，等太阳升高的时候，阳光一晒，露珠就会不知不觉地消失，只剩下这个丑陋的绳子挂在脖子上，多难看呀。"

小公主听了老人的一席话，深深地点了点头说："我再也不要露珠项链了。"

消息传开，满宫欢庆，国王大喜，对老人说："你三言两语就把这个任性的孩子说服了，你的智慧比露珠还要晶莹！我一定要重赏你！"

作者感言：老人的做法告诉我们，当孩子提出不合理要求并任性固执的时候，说服孩子的最好办法就是让他亲自去完成自己的要求，让他在亲力亲为中亲眼见证自己要求的不可行性甚至荒诞性。

很多时候，在一个四五岁孩子的眼里，没有什么办不到的事情，特别是像小公主这样的孩子，生长在王宫里，又是独苗，历来有求必应，她不相信作为国王的父亲做不到。所以，不管谁来劝说，都无济于事。只有当她一次次摘取露珠失败后，她才真正意识到，大人说的不是假话，露珠真的无法串起来做成项链。当老人进一步开导，告诉她露珠被太阳一晒就会消失，挂在脖子上的，只能是一根丑陋的绳子时，她的想法涣然冰释，表示"我再也不要露珠项链了"。由此看来，亲力亲为很重要：

重要一：亲力亲为是用事实说话，事实最具说服力和征服力，在事实面前，人往往低下高贵的头。

重要二：亲力亲为是实践体验，身感心悟的东西往往深刻，不管是积极的"认同"还是消极的"否定"，都来得比较坚决。

重要三：亲力亲为是经历，经历是最具个性化的东西，是获得真知的重要途径，正所谓"纸上得来终觉浅，绝知此事要躬行"。

重要四：亲力亲为是生命的过程，生命的过程永远是鲜活生动的，正所谓"理论是灰色的，只有生命之树常青"。

所以，不管是用来启发别人还是用来丰富自己，亲力亲为都不可或缺。

随便说一句，当代社会，许多独生子女，都过着类似小公主的生活，由于"娇之太过，养之太甚"，不少孩子都染上了自我中心、独立性差、抗挫折能力差、精神孤独等毛病，自私、缺乏同情心、骄纵任性等现象十分普遍。所以，父母缩回呵护的双手，多为孩子创造一些亲力亲为的机会，让他们体验一下"事非经过不知难"，对他们成长大有好处。

"我要收你两倍的学费"与"问当嫁不当嫁"

    "我要收你两倍的学费",讲的是苏格拉底与一位学生的故事。古希腊哲学家苏格拉底终生从事教育工作,但他没有像其他智者(教师)那样创办自己的学校,也不到其他学校中去讲学,他的教育场所是广场、街道、庙宇、商店、作坊、运动场等,他的教育对象是一切人,不管是青年人还是老年人、穷人还是富人、农民还是手艺人,也不管是贵族还是平民,无论谁向他求教,他都热情施教,同时,他也不像其他智者那样收取学费,他施教分文不取,他是为城邦的利益而教人。他的教育内容十分广泛,有政治、伦理、战争、友谊、艺术等等;他教育的基本方法就是演讲和对话。有一天,有个年轻人前去拜见苏格拉底,他请苏格拉底教他演说。这个青年人一见到苏格拉底,就大谈演说的重要性,滔滔不绝,说了许许多多废话。苏格拉底耐心地听着,过了好长一段时间,那个年轻人才住口。

    苏格拉底很郑重地说:"我教学从来不收学费,但我得收你学费,而且还要两倍。"

        "为什么?"年轻人不解。

        "因为我除了教你如何讲话以外,还要教你如何不讲话。"

    "问当嫁不当嫁"的故事,说得是清末"御厨"黄敬临大师的一段轶事。黄敬临是清末和民国初年著名的美食家和烹调高手,是著名川菜"姑姑筵"开宗立派的宗师,他深受西太后赏识,赐以四品顶戴。他1873年生于四川双流县华阳镇的名门世家,自幼遍尝天下美食,后中秀才,享受员外郎待遇,他喜诗文,工书法,擅对联,辛亥革命后曾在四川荣县(今荥经县)做过一段知事(县长),故事就发生在他做县知事的时候。据说,该县有一个年轻的寡妇想改嫁,向县府递上一纸诉状:"夫亡妻少,翁壮叔大,瓜田李下,问当嫁不当嫁?"知事黄敬临每天审看案牍、诉状等，篇篇冗长，味同嚼蜡，见此诉状写得如此精要，为之动容，当即挥笔下判："嫁！嫁！嫁！"

作者感言：求学的年轻人，满口废话，让苏格拉底很不高兴，原本不收学费，生气后竟要收他两倍的学费；请求改嫁的寡妇，寥寥十七个字，陈述了"年轻守寡，身边又有壮年的公公和已经成年的小叔子"的现实，表达了"瓜田李下，有人说闲话"的苦衷，又提出了"改嫁"的要求，说得入情入理，十分凝练，感动了县令，县令二话没说，大笔一挥，"嫁！嫁！嫁！"。由此可见，废话连篇的无益和要言不烦的好处。

我们说这两则小故事，就是想借此聊聊"说废话"和"要言不烦"这两个话题。

提到说废话，《颜氏家训·勉学》中记载了一则"博士买驴"的笑话，笑话说：有个博士（古代官名），熟读四书五经，满肚子都是经文。他非常欣赏自己，做什么事都要咬文嚼字一番。有一天，博士家的一头驴死了，他想再买一头，他来到市场，看好了一头驴，双方讲好价后，博士要卖驴的写一份凭据。卖驴的表示自己不识字，请博士代写，博士马上答应。卖驴的当即借来笔墨纸砚，博士马上书写起来。他写得非常认真，过了好长时间，写了满满三张纸，才算写完。卖驴的请博士念给他听，博士干咳了一声，就摇头晃脑地念了起来，过路的人也都围上来听。过了好半天，博士才念完凭据。卖驴的听后，不理解地问他说："先生写了满满三张纸，怎么连个驴字也没有呀？其实，只要写上某年某月某日我卖给你一头驴子，收了你多少钱，也就完了，为什么唠唠叨叨地写这么多呢？"博士无言。在旁观看的人听了，都哄笑起来。这件事传开后，有人编了一句讽刺性的谚语："博士买驴，书卷三纸，未有驴字"。后来人们形容写文章或讲话不得要领，多是废话，就叫"博士买驴"，或叫"三纸无驴"。这则笑话告诉我们：说话行文，应该简洁明了，让人听之即明，读之即懂，尽量不要说废话。

说废话必然要多说话，话说多了，就难免有失，因此，古人有"病从口入，祸从口出"的训诫，俗语也有"一言折尽平生福"的提醒。所以，少说废话，甚至不说废话，只有好处，没有坏处。

有趣的是，在文学领域，还有专门用废话写成的诗，被称作"啰唆诗""废话诗"。冯梦龙《古今谭概》里，有这样一则故事：北宋雍熙年间，有位自称"诗伯"的人，作起诗来不求精炼，喜欢啰唆，同义词叠床架屋，空洞无物，贻笑千古，人们把他的诗叫作"啰唆诗"。"诗伯"有一首《宿山房即事》诗，诗曰："一个孤僧独自归，关门闭户掩柴扉。半夜三更子时分，杜鹃谢豹子规啼。"诗中的"一个""孤""独自"指同一个人，"关门""闭户""掩柴扉"指同一个动作，"半夜""三更""子时"指同一个时间，"杜鹃""谢豹""子规"指同一种鸟，这首诗仅表达了"孤僧半夜归，闭门子规啼"十个字的意思。尽管写得十分啰唆，但读起来倒挺有韵味。

当今时代，废话诗也有传人，2012年3月下旬，先锋派诗人乌青（真名郑功宇，1978年出生）在网上走红，就是缘于他的废话诗。现录三首如次：

《对白云的赞美》："天上的白云真白啊/真的，很白很白/非常白/非常非常十分白/极其白/贼白/简直白死了/啊——"

《一种梨》：我吃了一种梨/然后在超市里看到这种梨/我看见它就想说/这种梨很好吃/过了几天/超市里的这种梨打折了/我又看见它，我想说/这种梨很便宜

《怎么办》：我打电话，给张建华/接电话的是/他母亲/我问：张建华在吗/他母亲说，在，在大便/我说，在大便啊/他母亲说是的/我对张建华的母亲说/那怎么办呢？

据说，上面的几首诗，在微博上被转载数万次，吹捧者有之，批评者亦有之。本人才疏学浅又思想保守，把上面的几首，说成是废话诗，本人勉强认可，因为有"废话"在前边垫底；如果说成是好诗，并捧为开创新诗风的"娱乐体"，本人实在不敢苟同，若如是，梦呓中的胡言乱语或几声狗吠，都可称作好诗了。

废话的话题就此打住，下面说说要言不烦。要言不烦是指话说或行文精炼而恰到好处，特别是写文章，更强调惜墨如金，一字千金，请看下面几篇精要的短文：

短文一：当代诗人北岛有一首题为《生活》的诗，只有一个字：

"网"。

此一字，将人际间、生活中错综复杂、千丝万缕的关系形象地描绘出来。

短文二：美国某杂志曾登载过一篇题为《一支燃着的烟》的童话，全文是：

"一支冒着袅袅青烟的香烟，指着自己说：'我是最好的直观教具，证明抽

烟会缩短生命。'"

把"吸烟有害健康"的忠告说得形象生动。

短文三：伊丽莎白一世时期，英国某大学曾举行过一次短故事竞赛，要求故事要涉及宗教、皇室、性、神秘四个方面。一女生题为《女王自知》的故事夺冠：

"我的上帝，女王怀孕了，谁干的？"

伊丽莎白一世是一位终身未嫁的女王，女王读了这则故事，不仅没有怪罪那位女学生，反而还接见了她，并夸她聪明。

短文四：美国一家杂志悬奖文字简短、情节曲折的文章，结果题为《猎狮》一文获首奖。全文如下：

伊丽薇娜的弟弟佛来特伴着她的丈夫巴布尔去非洲打猎。不久，她在家里接到弟弟的电报："巴布尔猎狮身死——佛来特"。伊丽薇娜悲不自胜，回电给弟弟："运其尸回家。"三周后从非洲运回一个大包裹，里面是一具狮尸。她又赶发一个电报："狮收到。弟误，请寄巴布尔尸。"很快，又收到非洲回电："无误。巴布尔在狮腹内。"

短文以电报为线索，缀连出猎非洲、猎狮身死、运狮回家、尸在狮腹等情节，写得一波三折，摇曳多姿，而且情节戛然而止，令人回味无穷。

怎样少说废话和要言不烦呢？做法主要有三：

做法一：思想上重视，说话或行文时有意识地提醒自己，要尽量把话说得精要，可说可不说的话一定要省去。

做法二：先打好腹稿，想好了再说再写。

做法三：如果是行文，写好后再修改几遍，将多余的话删掉。

话说得干净利落和简洁明快的文风，自古受人青睐，刘禹锡的《陋室铭》和周敦颐的《爱莲说》都是行文精要的上品，堪为我们师法。

我要赶紧看看路的尽头有什么

有一只小老鼠在路上跑，它跑啊跑，跑啊跑，一刻也不肯停下来，小兔子见了，就问："小老鼠，你跑什么呀？停下来和我们一起玩吧？"

小老鼠说："不行呀，我得赶紧去看看路的尽头有什么。"

小老鼠继续跑啊跑，一只小乌龟看见了，就问："小老鼠，你跑什么呀？停下来和我们一起玩吧？"

小老鼠说："不行呀，我得赶紧去看看路的尽头有什么。"

小老鼠一直跑啊跑，小鸟、小虫、小蜜蜂、小蜻蜓等都叫它停下来，和他们一起玩，它都拒绝了，不肯停下来。它跑啊跑，跑着跑着，突然眼前一黑，头重重地撞到岩石上，它昏死过去。小老鼠懵懵懂懂地问："这里是哪儿啊？"

"这里是路的尽头。"一个粗厚的声音回答。

"这里为什么没有光、没有风景，只是漆黑一片？"小老鼠问。

"路的尽头就是生命的尽头。"

"我想回去，想看看一路的风景，想和小兔、小乌龟、小鸟、小虫、小蜜蜂、小蜻蜓他们一起玩。"小老鼠请求说。

"你已经回不去了，因为生命只有一次，不能重新再来。"

小老鼠很伤心，它恨自己为什么那么死心眼地一个劲儿往前赶，还没来得及看看一路的风景，没来得及和小朋友们一起玩玩。

作者感言：路的尽头"没有光、没有风景，只是漆黑一片"，这是一个隐喻，它想告诉人们，生命的尽头什么也没有。完全从个体生命自身需求和利益着眼，这个隐喻完全正确，人死了，两手空空，什么也带不走，有生之年所奋斗挣得的一切，对自身已经毫无价值，一切都随着生命的终结归于零。所以，匆匆忙忙去追求生命的终点没有意义。

我们说这个小故事的真正动意，是想说明，终点并不重要，重要的是生命的过程，要关注生命过程，关注当下，请不要错过一路风景。生命的要义在过程，人是在活着的时候创造了人生价值和构建了生命意义，也是在活的过程中感受和体验了人生的苦辣酸甜，并各自收获了不同内容、不同形式、不同程度的满足感、成就感和幸福感，当然也遭遇了不少挫折感、痛苦感和留下了不少遗憾。

关注过程和关注当下的具体表现就是珍视每一天，活好每一天，旅途中遇到小兔子、小乌龟、小鸟、小虫、小蜜蜂、小蜻蜓等好玩伴，那就停下来和他们玩玩，玩够了再走；沿途绿茵茵的草地、盛开的鲜花、清澈欢唱的小溪、浩瀚的大海、起伏连绵的群山，以及头上缓缓飘过的朵朵白云、夜空中神秘闪烁的星斗等好风景，一个也不放过，驻足观赏，看够了再走。如此，才不妄活一生。当然，这都是一种比喻，生命之旅不会像玩和观景一样惬意轻松，因为人还有责任需要担当，还需要付出艰辛的劳作，甚至还会遭受某种挫折、苦难的折磨。不过，如果立足当下，直面五味人生，我们会发现，不管是责任担当、辛勤劳作，还是挫折、苦难，都是人生的内容和意义所在，都是我们活下去的理由和根据，是我们的生命支撑，离开了这一切，我们的生命就会沦为虚浮，就会掉进迷茫、焦虑的深渊而不能自拔，这恰恰是人无法承受的生命之轻。所以，珍视每一天的根本要义就是做好每一天的事情，并以"在放歌中克难攻坚"的积极心态，笑对人生，如此，人生就会如歌。

关注过程和关注当下，还有一层意思，那就是：我们在做某一件事情的时候，要把精力和心劲都用在过程中，如此，才会收获成果。渠挖好了，水自然就会流过来，这是最简单的道理。可遗憾的是，在现实生活中，有些人过分重视结果而忽视过程，其结果又往往是没有什么结果。

我们都知道，生命活动是线性单向运行，只能一直向前，不能从头再来，错过了，就再也没有机会。所以，我们不要再犯小老鼠的错误。此身不在今生度，更向何生度此身？

我能做你的听众吗？就在每天早晨

有一位大学生，非常喜欢拉小提琴，而他做工程师的父亲和正在学音乐的妹妹都经常挖苦他，说他在音乐方面简直就是个白痴，他拉的小夜曲，就是锯床腿的声音。每每听到这些讽刺性的评价，他都感到沮丧和灰心，他终于决定放弃这个爱好。于是，一天早晨，他踏着晨露，走进楼区后面的那片小树林，他要在这里尽情地拉一个早晨，算是告别仪式。

林子里静极了，沙沙的足音，听起来像一曲幽幽的小令。他走到一棵树下站好，心剧烈地跳起来，他闭上眼睛，深深地呼吸了几口气，让心情平静下来。这是他一个人的仪式，他要全身心、隆重地完成自己的心愿，他庄重地用肩头托起小提琴，拉响了第一支曲子。一曲终了，一股懊恼涌起，他恨透了自己，他感觉到这锯床腿的声音破坏了这小树林的静谧和谐，一丝泪水从他的脸颊流下来。

"小伙子，很不错。"一个苍老而极富磁性的声音从身后传来。当他转过身时，吓了一跳，一位极瘦极瘦的老妇人静静地坐在一张木椅上，双眼平静地望着他。他的脸顿时热了起来，他想，一定是这难听的声音破坏了老人正独享的幽静。他抱歉地冲老人笑了笑，准备溜走。

"请等一下，"老人叫住他说，"是我打搅你了吗？小伙子。不过，我每天早晨都在这儿坐一会儿。"有一束阳光透过叶缝照在老人的满头银丝上，格外晶莹。

"我看得出，你是很专注、很用心的，从你的神情上，我猜出你很酷爱小提琴，你拉的一定很不错，只可惜我的耳朵聋了。如果不介意我在场的话，请继续吧。"

他心里暗暗庆幸，老人多亏是个聋子，否则，不一定会说出什么难听的话。他指了指自己的琴，苦楚地摇摇头，意思是说自己拉的不好。

"也许我会用心去感受这音乐。我能做你的听众吗？就在每天早晨。"

老人诗一样的语言深深地打动了他，这是他学拉琴以来第一个夸奖他的人，尽管她是一个可怜的聋子。他感激这位老人，不能拒绝她的请求。他又托起小提琴，专注地拉起来，面对他唯一的听众，一位耳聋的老妇人。

"真不错。我的心已经感受到了。谢谢你，小伙子。希望明天还能听到你的演奏，可以吗？"老人诚恳地请求。

他答应了老人，此后的很长一段时间，他都早早地来到小树林，面对一个耳聋的老妇人全力以赴地演奏，而老人常常比他去的还早。演奏的间歇，老人也偶尔做点点评。老人告诉他，她年轻的时候很喜欢音乐，也常去听音乐会，后来耳朵聋了，她就用心感受音乐，而用心感受的音乐，比用耳朵听到的音乐更曼妙。老人每天的话很少，只几句，但都充满诗性，给他启迪，最令他感动的是，老人竟有一次说他的琴声能给她带来快乐和幸福。

面对老人和听着老人的点评，他心里总是洋溢着一股莫名的兴奋和"一定要把琴拉好"的冲动。他不再在乎父亲和妹妹的评价，他也不再坐在椅子上慢悠悠地拉琴。白天一有空，他就跑到某一个空地里，挺直身体，摆好姿态，他要让自己拉琴的每一个动作都像音乐一样充满旋律美，他全神贯注地练琴，两臂累得又酸又痛，汗水湿透了衬衣，他也不肯休息。他心里只有一个念想儿：明天早晨，他要以更美的姿态和更好的琴声面对他唯一的听众，那位耳聋的老妇人。

终于有一天，当他在自己的房间里演奏《月光》奏鸣曲时，专修音乐的妹妹突然闯进来，大吃一惊地逼问他，到底受了哪位名师的指点。他告诉妹妹，是一位老太太，就住在这个小区的十二号楼，非常瘦，满头白发，不过——她是一个聋子。

"聋子？！"妹妹惊叫起来，"聋子？多么荒唐，简直是天方夜谭！她是我们音乐学院最有声望的教授，更重要的，她曾是国家乐团的首席小提琴手！而你竟说她是聋子！"

当知道真相的第二天清晨，他早早地来到小树林，等老人来了坐定后，他向老人深深地鞠了一躬，然后，他像往常一样，面对着这位老人，这位耳"聋"的音乐家，他唯一的听众，轻轻调好弦，静静拉起一支优美的曲子。他感觉他奏出了真正的音乐，那些美妙的音符从琴弦上缓缓流淌着，充满了整个林子，充满了整个心灵。

再后来，他成为一名出色的小提琴手，经常面对成百上千的观众演奏小提琴曲。

作者感言：读了这则小故事，我们可以得出这样一个结论：没有那位"耳聋"的老妇人——著名的音乐教授和小提琴演奏家，就没有这位优秀的小提琴手。或者说，是著名的音乐教授和小提琴演奏家的有意装聋和积极鼓励，成就了一名优秀小提琴手。那位"耳聋"的老妇人，不仅是著名的音乐家，更是一名卓越的教育家，她独特的教育艺术，集中体现在两个方面：

教育艺术一：她的装聋和隐瞒身份，为年轻人坚持练琴铺平了道路。如果她不装聋又亮出真实身份，就无法做出"你拉得一定很不错"的肯定性评价。道理很简单，一个著名的小提琴演奏家，无论如何也不能将"锯床腿"的声音效果说成"很不错"，因为她面对的不是一个懵懂的孩子，而是一个头脑清醒的大学生，言不由衷的虚假鼓励不仅不能奏效，很可能还会成为一种讥讽，反倒刺伤了他。再则，如果青年知道了她的真实身份，会产生强大的心理压力，一位初学者面对大师，会谨小慎微，缩手缩脚，主观能动性很难充分发挥。只有装聋和隐瞒身份，她的肯定性评价才能起到激励作用，鼓励这位年轻人坚持下去；才能使这位年轻人放开手脚，敞开心扉，无所顾忌地演奏。当然，老人已经从这位青年人拉小提琴的庄严态度和专注中，看出了他是一个可塑之才，于是才做出上述选择。

教育艺术二：她的心性指导，不断启迪和激励着年轻人。拉小提琴，无疑是手上功夫，但更是心上功夫。当掌握了基本的演奏技法之后，演奏技艺的提高，关键是心灵感悟。老人深谙此理，因此，每次点评，话虽然不多，但都充满诗性和具有启迪、激励作用，让这位年轻人听了之后，会产生一种莫名的兴奋和"一定要把琴拉好"的冲动。也正是这种"莫名的兴奋"，让年轻人在"练"的过程中，一点点领悟了旋律的曼妙，化进了音乐，提升了演奏水平。

由此我们有理由说，老人的装聋、隐瞒身份和心性指导，是教育艺术百花园中最艳丽的一朵奇葩。

小故事给我们三点启示：

启示一：老妇人的教育方法告诉我们，教育是一门艺术，它不仅需要鼓励，更需要讲究方式方法，得法了，才能奏效。

启示二：年轻人的成功告诉我们，兴趣是成功的桥梁，坚持是成功的关键，苦练是成功的根本，名师是成功的助力。

启示三：故事里爸爸和妹妹的做法提醒我们，在别人做某事做得不够好，甚至做得一塌糊涂的时候，请不要轻易讥讽别人，我们的轻易讥讽，可能会毁了一个天才。

秀才的梦

　　有一位秀才进京赶考，住在一个旅店里。考试前三天的夜里，他连续做了三个梦：第一个梦是他在高高的墙头上种白菜；第二个梦是他在雨天里行走，头上戴着斗笠并打着伞；第三个梦是跟心爱的未婚妻脱光了衣服，背靠着背躺在一个床上。清晨起来，他去找算命先生释梦。算命先生说："这不是好兆头，你想想，在高高的墙头上种白菜，那不是白种吗？雨天里，你已经打着伞，戴着斗笠不是多此一举吗？和未婚妻脱光衣服躺在一个床上，可背对背能做成好事吗？这三个梦都预示你这次赶考没有什么希望。"秀才听了，觉得有道理，于是心灰意冷，回到店里收拾行李，准备回家。

　　店主见他要走，感到很奇怪，问："马上就要考试了，你怎么要回家呢？"秀才如此这般说了原委，店主听后笑道："哟，这是个好兆头啊，你想想，高高的墙头上种白菜，不是高中吗？打着伞又戴着斗笠，不是有备无患吗？背对背和自己的未婚妻脱光衣服躺在一个床上，不是告诉你翻身的时候到了吗？这次你是一定会考中的。"

　　秀才一听，觉得店主的话更有道理，于是又住了下来，精神振奋地参加了考试，结果居然中了个探花。

　　作者感言：这是一个老掉牙的故事，许多人在许多场合，出于不同需要，都讲过这个故事，其版本也多种多样，但基本情节相同。这个小故事之所以久传不衰，是因为它至少给世人如下启示：

　　启示一：一个物象，往往可以做多种解读。人是追求意义的存在，因此，社会生活是一个意义世界，而意义世界是多元的、多解的，一种社会现象，可以蕴含两个甚至多个义项，可以做多种解释，有的解释甚至是完全相悖的。同样的三个梦境，算命先生和店主做出了完全相反的两种解读，其解读过程都是合乎理性的逻辑推论，因果关系清楚，无懈可击。由此看来，在丰富多彩的社会生活中，为某一社会现象立论，并寻找其合理性或不合理性的根据，并不是一件难事。也正因为如此，《左传·僖公十年》里有言："不有废也，君何以兴？欲加之罪，其无辞乎？"这就是成语"欲加之罪，何患无辞"的源头，推而论之，"欲立其事，何患无辞"亦成立。

启示二：对物象的解读，要多从积极意义着眼。算命先生的解读是否定性结论，是消极的，它使秀才心灰意冷，对人生起到了"促退"作用；而店主的解读则是肯定性结论，是积极的，它使秀才精神振奋，对人生具有"促进"意义。

启示三：选择积极心向很重要。消极心向如夜晚，到处黑暗，看不到前程，让人灰心丧气，秀才择此收拾行李，准备回家；积极心向如白昼，一片光明，让人看到前途和希望，给人以动力和勇气，秀才择此积极应考，竟中了探花。

顺便说一句，中国封建时代的科举制，起源于隋朝，以后各朝代在承袭过程中，各有不同做法，唐宋时代，读书人统称秀才，秀才可以直接参加国家举行的考试。到了明朝，科举制已经十分完善。明朝科举分为乡试、会试、殿试三个层级。乡试是地方考试，类似省级考试，三年举行一次，考中的称举人，排榜第一名叫解元；会试是国家组织的全国性考试，在乡试的第二年暮春举行，考生大都是举人，考中的称贡生，排榜第一名叫会元；殿试是由皇帝亲自主持的考试，在会试之后举行，考生一般是贡生，考中的称进士，榜上第一名叫状元，第二名叫榜眼，第三名叫探花。

故事里的人生

隋信才 ⊙ 著

下

时代文艺出版社

体面而尊严地离去

这是一个真实的故事，2013年，加拿大一位七十二岁的妇女，决定远离家乡和亲人，漂洋过海去死亡。她叫苏珊·格蕾菲斯，住在加拿大温尼伯。

2012年初，格蕾菲斯患上了一种罕见的大脑疾病——多系统萎缩症（简称MSA）。这种疾病让她每隔两小时，就得吞下成把的药丸，并且在深夜里还要忍受无休止的疼痛。刚刚被确诊为多系统萎缩症时，她睁大那双会说话的眼睛，上网寻找相关资讯。资讯结果是：这种疾病无法治愈也无法治疗，她至少将在轮椅上度过四年时间，多则十年，而且随着疾病的加重，疼痛将越来越厉害，她将忍受无尽的痛苦。

在轮椅上度过余生和忍受痛苦还不足以让一个女人选择安乐死。真正让她痛不欲生的是，她会失去做人的尊严。MSA将会一点儿一点儿地吞噬她的健康，因为平衡系统受到侵害，她不能骑自行车、打网球、开车以及请她的孙儿们来吃饭。因为刀割般的疼痛使她无法久坐，她也不能去听音乐会或看歌剧，她的衣食起居、吃喝拉撒以及洗浴等一切，都得依靠别人，她会消瘦的像个骷髅，丑陋无比，她将失去一切隐私和做人的所有尊严。而在这之前，她曾经是网球场上活力四射的"发动机"；是朋友圈中以亲切善良闻名的好伙伴；她勤劳爱干净，房间窗明几净，物品井井有条，而且每一天都要买一束花放在客厅里，清香四溢；她娇小美丽，爱打扮，喜欢穿艳丽的衣服，虽然七十多岁了，仍充满生机。

病后必将发生的一切与病前的生活形成了巨大反差，她无法面对未来。她不想让家人看着她一天天衰竭消瘦和痛苦的表情，也不想让他们因照顾自己而精疲力竭；她不愿意把她的存款都花在请护工照顾她；她更不愿意自己躺在病床上，充当装药工具并忍受巨大痛苦，不愿看到各种仪器插在她身上代替各器官工作。这种根本没有做人尊严的活着，让她下定决心选择安乐死，她决定在自己身体状态还可以旅行的时候结束自己的生命。

但加拿大的法律规定，人们有权选择自杀，但是协助他人自杀却是违法的。于是，格蕾菲斯决定飞往瑞士的苏黎世，在一个协助安乐死的诊所实施死亡。她悄悄预购了飞往苏黎世的机票，并与诊所签订了协议，确定了死亡时间并交付了费用。等这一切都办妥之后，在距离死亡时间还有十七天的时候，她向家人、朋友及邻居公布了自己的决定。

自然，她的决定遭到了家人的强烈反对，她的女儿、儿子、儿媳、孙子、外孙等都力劝她不要这样做。她坚信自己的选择是正确的，终于说服了家人，她说："未来对我来说太残酷了，我没有别的路可走，我不能痛苦而没有尊严地活着，这种生不如死的日子，对我来说比死可怕千万倍。你们可以天天守在我身边，但你们不能代替我遭受痛苦，如其天天看着我痛苦难耐，还不如让我安详地离去，你们支持我，才是对我最大的孝心。"

她还把自己的决定公之于世，她写信给议员们，告知了她的决定，并恳请重新考虑协助安乐死合法化的议题。她希望法律工作者和公众记住她的名字和她的故事——一个有爱心的母亲和祖母，一个好朋友和好公民，由于加拿大的法律不允许，她不得不漂洋过海，到异国他乡去寻求安乐死。

她将由儿媳陪着，前往苏黎世，在约定的诊所里，在医护人员的协助下，喝下一杯混有戊巴比妥钠的药液，她会在两分钟之内睡去，紧接着就是昏迷和呼吸系统麻痹，之后，死神就会把她带走。

在离开温尼伯的前一天，她和朋友告别，和邻居告别，并和网球球友们一起共进告别午餐，大家都泪流满面，但她却面带微笑。午餐后，她戴着粉红色的网球帽和公主头饰回到了家里。晚上，她和全家人吃了最后一顿饭，家人都忍着泪水，伤感地吃着比萨，她却微笑、和蔼地对小孙子说："记住这美好的时刻。"

第二天早晨六点，格蕾菲斯来到了达理查森国际机场，在被扶下车之前，她还小心地又涂了一遍口红，并微笑着说："不好意思，臭美是必需的。"

她的儿孙们以及前来送行的亲朋好友、邻居等立刻围拢上来。她面带微笑，和送行的人一一拥抱告别，她九岁的外孙把一个小小的折纸放在她的手里，她温柔地对外孙说："记住我们在一起的美好时光。"这样的告别，令人肝肠寸断，人们都泪流满面，而她，脸上却一直挂着微笑。

"她永远是那么乐观，总是看到好的一面。"她的朋友含泪说。在机场，为她送行的人们和支持她的朋友们见证了一个好女人和一段美好的人生。

她坐着轮椅被推过安检，在飞机的旋梯下，她转过瘦小、虚弱的身躯，轻轻地再次挥手告别，泪水慢慢地划过她的脸颊，但没有人看见。

作者感言：死是人生的终点，人永远无法战胜死亡，这是不可抗拒的自然规律，人人都知道这一点。但当死亡真正来临的时候，人往往充满恐惧，能像格雷菲斯那样坦然面对，实在是少之又少。

无疑，格雷菲斯的选择是理性的、科学的。人活在世上，尽管不可避免地要遭受许多痛苦，但人总有愉快、幸福和满足的时候，总有要为自己、为他人或为社会做点儿事情的冲动。也正是这些愉快、幸福和满足以及为自己、为他人或为社会做点儿事情的冲动，培育了人对生的眷恋和对死的恐惧。但当活着将只有痛苦而不会再有一丝一毫的愉快、幸福和满足，同时也不能做任何事情的时候，活着真的比死还难。特别是倍受病痛的折磨又完全失去了做人的尊严，是让人永远无法忍受和承担的生命之轻。在这个时候主动选择死，一举而三得：一是自身避免了病痛折磨，得到了彻底解脱；二是解放了家人，免除了亲人日夜护理的沉重负担；三是节约了金钱药物，避免了无为的浪费。这是对生命的善待，对自己的善待，也是对亲人和社会的善待。就这个意义上说，格雷菲斯的选择也是道德的、高尚的。

至于安乐死是否应该合法化，是一个复杂的社会问题。在物欲横流、金钱至上的当代世界，如果轻易使安乐死合法化，必将有无数尚有生存能力的老人被其不肖子孙推上黄泉路。

神说，人的灵魂是可以永生的，而永恒的幸福就在死后的天堂里。但愿有神、有天堂，但愿神的话是真的，如是，象格蕾菲斯这样美丽而善良的人，死后一定会升入天堂，并在天堂里享受永恒的幸福。

做之不止，乃成君子

战国末期，魏国国君魏安厘王问大夫孔斌："天下有没有无瑕的君子？"孔斌回答："没有。不过，如果退而求其次的话，齐国的鲁仲连勉强算一个。鲁仲连周游列国，不计个人功利，不收任何报酬地为人排难解纷，做了不少好事。"

魏安厘王摇头否定："鲁仲连恐怕也算不上，此人表里不一，他的行为举止都是强迫自己做出来的，并非出于本心，他做好事，都是做给别人看的，是为了赢得好名声。"

孔斌笑而答曰："作之不止，乃成君子。"意思说，这没什么好奇怪的，人都是强迫自己去做一些事情的，管他真心还是假意，就算是演戏给别人看，只要坚持不懈地演下去，久而久之就会弄假成真，成为真正的君子了。

魏安厘王点点头，表示赞许。

作者感言："作之不止，乃成君子"这句话，之所以成为经典，是因为它揭示了人德行养成的规律。一个人的道德品质是后天习得的，是在生活实践中一点点养成的。人懂事以后，所做的事情，并非完全处于自觉自愿，有许多事情，迫于环境和需要，不得不做，但一次次地做下去，做得久了，就渐渐地由不熟悉变为熟悉，由不感兴趣变为感兴趣，由不情愿变得情愿，由不习惯变为习惯，最终成为不知不觉的自觉行为。

为什么会这样呢？心理学告诉我们，这是因为某一动作行为经无数次重复后，渐渐置入人的潜意识并养成习惯所致。现代思维科学研究发现，人的意识有潜意识和显意识两种：显意识是人警醒状态下的知觉活动，它位于心理表层，是听得到、看得见，能感受到的意识，是我们所能认识控制的认知、情绪、意志等等，我们可以依据它来分析、判断、推理。而潜意识则是在显意识之下，位于心理深处的意识，它由各种各样的先天本能和后天长期积累起来并贮存在大脑中的知识经验所构成，它容量巨大，功能巨大，它不像显意识那样遵循正常的逻辑轨道，而是不断地、无规则的流动、跳跃、弥漫、渗透和交融，所以，人往往意识不到它，也无法控制它。著名精神分析心理学家西格蒙德·弗洛伊德曾把人的意识比作一座冰山，露出水面的是人的显意识，它只是冰山的一角，而埋在水面之下的大部分则是潜意识，它是冰山的主体。他进一步认为，人的言行举止，只有少部分是由显意识控制，其他大部分都是由潜意识所主宰，并且是主动运作，而行为主体却没有觉察到。比如，小的时候被火烧伤过，就会在潜意识里留下印象，以后一接近火，手就会不自觉地缩回来。而人很多的潜意识甚至是数千年来一代一代传承下来的，比如很多人聚在一起的时候会觉得很安全，独自一人经过漆黑的小胡同时会觉得害怕，等等。

学者们进一步研究证明，一个人的日常活动，90%是通过不断地重复某个动作，并在潜意识中转化为程序化的惯性后，不用思考便自动运作的，即习惯性运作。这种自动运作的力量，就是习惯的力量，这种习惯力量决定了人的性格和命运。一个人努力去做好事、善事，做得久了，就会在潜意识中化为程序化惯性，便自觉自愿地做起来，于是便成了善人、君子。

由此看来，想提高自身德行修养，想做好人、君子并不难，只要不断地做好事、做善事，就大有希望。

"作舍道旁，三年不成"
与"上帝一定会来救我的"

"作舍道旁，三年不成"的故事说，从前，有一个很没有主意的人在一条大路旁边盖房子。房子盖了大半，就要封顶上瓦了，一个过路的人看见了，停下来仔细端详了好一阵子，然后发议论说："这房子盖得不妥，如果是我，就不会这样建造。"

那个没有主意的人立即上前请教："依先生的意思应该怎么造？"

"你应该把门窗的方向全都朝东，这样，太阳一出来，阳光就射进你的卧室，这样就可以养成早起的习惯，岂不更好！"

"说得太对了！我立刻就改建。"没主意的人说干就干，立即叫人拆毁重造。

房屋第二次快要落成时，又有一个路人评论说："这房屋的朝向很不好，因为门前不远处有一条小河，河水虽然不大，但常年流淌，家里有点儿钱财，都会随水淌走，这个门窗朝向，会让主人辈辈受穷。"

没主意的人听了，觉得很有道理，于是决定拆了重建，让门窗朝正南。

当第三次重建就要完工时，又有一个自称会看风水的路人说："哎呀呀，这房门正对着远处大山的峭壁，堵住了前进的路，不好！不好！"

"那当如何？"没主意的人赶紧问。

"这房门应该朝向东南，那正好是两山之间，视野开阔。这样，主人才会前程无阻，事业风顺，家业兴旺。"

没主意的人立即表示："说的对，说得对！我立即改建。"

就这样，不断有路人提建议和出主意，而每一个提建议和出主意的人都有一套自己的说辞，没主意的人觉得他们说的都对，于是，他的房子拆了又砌，砌了又拆，转眼三年过去了，房子还没有盖好。

"上帝一定会来救我的"故事说，在美国加州某个小镇，下了一场非常大的雨，洪水开始淹没全镇，一位神父在教堂里祈祷，洪水已经淹没他跪着的膝盖了。一个救生员驾着舢板来到教堂，跟神父说："神父，赶快上来吧！不然洪水会把你淹死的！"神父说："不！我是上帝的儿子，我深信上帝会来救我的，你先去救别人好了。"

过了不久，洪水已经淹过神父的胸口了，神父只好勉强站在祭坛上。这时，又有一个警察开着快艇过来，跟神父说："神父，快上来，不然你真的会被淹死的！"神父说："不，我要守住我的教堂，我是上帝的儿子，我相信上帝不会不管我，你还是先去救人好了。"

又过了一会儿，洪水已经把整个教堂淹没了，神父只好紧紧抓住教堂顶端的十字架。一架直升机缓缓的飞过来，飞行员丢下绳梯之后大叫："神父，快上来，这是最后的机会了，我们可不愿意见到你被洪水淹死！"神父还是意志坚定地说："不，我要守住我的教堂！上帝不会抛弃他的儿子，一定会来救我的，你还是先去救别人好了。上帝会与我同在的！"

洪水滚滚而来，固执的神父终于被淹死了……神父上了天堂，见到上帝后很悲愤地问："主啊，我终生奉献自己，战战兢兢的侍奉您，为什么您不肯救我？！"

上帝说："我怎么不肯救你？第一次，我派了舢板来救你，你不要，我以为你担心舢板危险；第二次，我又派一只快艇去，你还是不要；第三次，我以国宾的礼仪待你，再派一架直升机来救你，结果你还是不愿意接受。所以，我以为你急着想回到我的身边来，可以好好陪我。"

作者感言：这两个小故事说出了人类生活中两个极端现象：一个是根本没有主见，随时根据别人的意见和建议改变原来的想法和做法，其结果是，房子盖了三年也没有盖起来，这是成语"作舍道旁，三年不成"的出处；另一个是顽固地坚持己见，多次拒绝别人的拯救，其结果是被洪水淹死。我们说这两则小故事，是想说明，"缺乏主见"或"固执己见"，都是不好的。

我们先说说缺乏主见。缺乏主见的表现有三：

表现一：在需要做出抉择时，瞻前顾后，犹豫不决，迟迟不能做出决定。

表现二：在做事过程中轻信他人意见，经常改变想法和做法，不断从头再来。

表现三：当没有把事情做好、没达到预期目标或出了问题时，往往外向归因。他会说："书上、报纸上、广播电视上或网上是这么说的，是同学、朋友或亲戚告诉我这样做的，别人都说这样做是对的，别人也都是这样做的，等等。"反正自己没有一点儿责任。

相应之下，缺乏主见的害处也有三：

害处一：因犹豫不决，迟迟不能做出抉择，错过了把事情做好的最佳时机，而机会一旦错过，就不会再来。

害处二：因不断改变想法做法，不断从头开始，既浪费了大量财力、物力、精力，又耽误了大量时间，做事往往半途而废。

害处三：因外向归因，往往不能从过错中吸取教训，不能做深刻的自我反思，不利于修正错误。

导致缺乏主见的原因是多方面的，也是因人而异的，概而言之，主要有以下几个方面：

原因一：对所要做出决断的事物或要去做的事情知之甚少甚至一无所知，不知道该怎么办，所以拿不出自己的意见。

原因二：生活阅历不丰富，经验不足，见得少，经历得少，所以主意也就少。

原因三：思维能力较差，缺乏分析力和判断力，遇事理不清头绪，分不清主次，不知道从何处着手，自然也就没有主见。

原因四：轻信他人，听别人说的都有道理，往往不假思索地采纳别人的意见和建议。

原因五：长期从事听命于别人的工作，很少做独立思考和自己决定事情，久而成习。

原因六：缺乏自信心，总是怀疑自己的见解不正确，不敢表达出来，怕说出来被人笑话或带来什么不良后果。

原因七：气质性格所致，古希腊著名医学家希波克拉底所说的"抑郁质性格"的人、中国性格色彩学专家乐嘉所说的"绿色性格"的人、普通心理学所说的"温顺型性格"的人，往往缺乏主见甚至没有主见。

克服缺乏主见甚至没有主见的毛病，做法也很多，略举如下：

做法一：努力丰富知识和增加阅历。一个知识广博、深厚和阅历丰富的人，往往会有自己的见解。

做法二：强化思维训练，努力提高自己分析问题、解决问题的能力。遇事不要被表面现象所迷惑，要本着"去粗取精、去伪存真、由此及彼、由表及里"的原则，对事物进行分析、判断和推理，从而透过现象，抓住事物本质，得出自己的结论。

做法三：努力培养独立性和增强自信心。遇事要有意识地提醒自己："我能行！我能拿出自己的见解！我能独立完成此事！"要学会用自己的眼睛去看，用自己的耳朵去听，用自己的大脑去思考。

做法四：对他人提出的意见和建议，既不全盘否定，也不照单全收，要做具体分析，取其有用，去其无用。我们必须清楚，别人提出的意见建议，不少是随便说说，不少是出于直觉，不少是出于习惯性思维和理念，很少有人对我们所要做的事情进行过全面了解和深入研究推敲，这些意见建议本身就存在缺陷。即使是十分关心这件事情的人，那也只是他个人的看法和意见，未必切合我们的实际。所以，虚心倾听别人的意见建议，经过分析研究后有选择地采纳其有用部分，才是对待他者见解的正确态度和做法。

做法五：努力克服性格弱点，遇事积极表达见解，做事增强坚持力，不轻易改变主意和做法。

做法六：主见来自于坚定正确的信仰和明确的奋斗目标。所以，树立正确的人生信仰和奋斗目标，是增强主见的根基。

做法七：要培养胆识和增强魄力。因为主见来自于不怕犯错误，敢于冒风险，来自于大胆实践和辛勤探索，要知道，人都是在不断克服缺点错误过程中走向成熟的，有主见的独立性格也是在不断试错过程中培养起来的。

下面说说固执己见。固执己见表现为顽固坚持自己的观点和做法，根本不听别人的忠告和劝阻。词语"倔强""执拗""认死理"，俗语"可一棵树上吊死""撞了南墙也不回头""一根筋""钻牛角尖""见了棺材也不落泪""油盐不进""一条道跑到黑"，成语"冥顽不化""刚愎自用""一意孤行""独断专行""自以为是"等，说的都是这种现象。固执己见的危害在于：在决定做某事或采取某种行动时，认定自己的观点是绝对正确的，不听取、不采纳他人的意见建议；同时，运行过程中，缺乏灵活和变通，不能根据时势和条件变化随时调整想法和做法，一意孤行到底，最终把事情搞砸，吞下失败的苦果。马谡固执己见，不采纳王平在当道下寨的建议，结果失了街亭，被诸葛亮砍了头；关羽固执己见，不听诸葛亮"北拒曹操，南和孙权"的建议，导致吴蜀联盟的破裂，结果失了荆州，败走麦城，被俘身亡。

导致固执己见的原因也是多方面的，但最关键的是过分自尊和自信。一个人，维护自己的人格尊严和有自信心，是很正常的，无可非议，但过分强调自尊和自信，就容易走向固执。固执的突出表现有三：

表现一：过分看重自己的面子，有很强的虚荣心，容不得别人剥了自己的面子，容不得别人说自己的不是。

表现二：自以为是，高傲自大，看不起别人，甚至根本不把别人放在眼里。

表现三：认定自己的观点是绝对正确的，别人的想法做法都不足取。正因为如此，固执的人才顽固坚持己见，根本听不进去别人的建议和劝告。

可悲的是，大多数固执的人对自己的"固执"往往处于"不自知"状态，他并没有意识到自己所坚持的观点或行为是错的、是不切实际的，是不可为的。所以，劝导固执的人改变固执，最要紧的是让他"知迷而悟"，只有他知道了自己的迷失，他才会醒悟，才会放弃己见。对自身而言，要防止固执，最要紧的是不高傲自大和不自以为是，特别是有了大成就或高地位之后，更不要"迷信"自己，更要学会放下身价，虚心听取别人的意见建议。俗话说："听人劝，吃饱饭。"自以为是、固执己见，只会使前面的路越走越窄，它不是成功之路，而是失败之途。

顺便说一句，当人们说到"固执"时，往往想到"执着"，因为"固执"和"执着"的内在含义基本相同，都表示对某一观念信仰的坚信不疑、至死不渝或对某一目标的追求坚持不懈，百折不挠，锲而不舍。在现代语境中，两者的区别主要在于："固执"一般用于贬义，表示对错误的观念或目标的坚持；"执着"则用于褒义，表示对正确观念和目标的坚持。在实际生活中，人们确定一个人的言行是"固执"还是"执着"，往往以其所坚持的结果为依据，即以成败论是非。所坚持的观点被实践证明正确了，所坚持的目标实现了，所做的事情成功了，人们都说这个人的坚持为执着，反之，则为固执。例如，荷兰画家凡·高，是19世纪人类最伟大的艺术家之一，是世界美术史上的巨人，但就是这样一位艺术巨匠，他的作品在他生前只卖出一幅，即1890年，比利时画家安娜·博赫以四百法郎的价格买下了凡·高的油画《红色的葡萄园》，其他作品均不被社会认可。尽管如此，凡·高仍坚持自己的艺术风格，绝不随世俗而改变自己，当时的人们，特别是美术界的人都说他很固执。可以说，凡·高的一生，充满世俗意义上的失败，他名利皆空、情爱亦无、贫病交加、受尽冷遇与摧残，后终因精神错乱和极度抑郁开枪自杀，年仅三十七岁。但他死了几十年后，其作品的艺术价值才被发现并很快得到社会高度认同。目前，他的许多作品都卖到了天价，比如《向日葵》《自画像》和《有乌鸦的麦田》等，都价值几千万美元。而今，人们却都说凡·高对自己艺术风格的坚持是执着。再例如，在中国，恐怕没几个人不知道马云、阿里巴巴和淘宝网了。可就是这个马云，在1995年辞去教师职业创办"中国黄页"时，他先后与他的家人、朋友计二十四人商量过此事，当时有二十三个人表示坚决反对，只有一个人说可以试试。马云坚持做了，二十三个人都说他有点儿固执。而正是马云的这种"固执"，才有了今天在中国家喻户晓的B2B网站阿里巴巴、C2C网站淘宝以及中国注册量最大的第三方支付平台支付宝。这个时候，所有的人，包括那二十三个人，都赞美马云是个执着的、敢想敢做的人。假如当初的"中国黄页"做失败了，并且一败涂地，当初持反对意见的那二十三位家人、朋友，今天可能更会义正词严地说："马云，你太固执了，这么多人都说不行，你却偏要去做！怎么样？搞砸了吧！"真是人嘴两层皮。

无疑，凡·高和马云都是最后的成功者，他们的坚持最终被定格为"执着"，可有史以来，成千上万为正义事业、为探索真理、为科学发明不懈奋斗而最终失败者，难道他们的坚持都是"固执"吗？显然不能这样认定。可见，以"成败"来判定一个人的言行是"固执"还是"执着"，有失偏颇。

那么，怎样判定才能接近事实呢？这的确是一个难题，谁也给不出一个放到谁身上都恰如其分的标准，在这里，我们的建议是：综合考虑，即不仅要看结果，更要看起点和过程；不仅要考虑动机、目标的正当性、正义性，还要考虑其渠道、方法的可行性、有效性；不仅要看行为主体的思维能力和理性程度，还要看其性格特征等。只有在综合各方面因素的基础上，才能做出接近科学的判定。

伯乐相马与毛遂自荐

"伯乐相马"是春秋时代的故事。据传说，天上管理马的神仙叫伯乐，所以，在人间，人们把精于鉴别马匹优劣的人称作伯乐。

在中国历史上，第一个被称作伯乐的人叫孙阳，他是春秋时代郜国（今山东省菏泽市成武县）人。在秦国富国强兵过程中，作为相马师，他曾为秦国立下汗马功劳，深得秦穆公信赖，被封为"伯乐将军"，人们因此叫他伯乐，孙阳的名字竟被忽略忘记。伯乐将毕生相马经验总结写成我国历史上第一部相马学著作——《伯乐相马经》。该书唐代以后失传。

由于伯乐是相马高手，所以，人们都请他相马。有一次，楚王请到伯乐，想委托他买一匹日行千里的骏马。伯乐向楚王说明，千里马很少有，找起来很不容易，需要到各地巡访，请楚王不必着急，他一定尽力把此事情办好。

伯乐跑了好几个诸侯国，连素以盛产名马闻名的燕赵一带，都仔细寻访，但始终没有发现中意的良马。一天，伯乐从齐国回来，在路上，看到一匹马拉着盐车，很吃力地在陡坡上行进。马累得呼呼喘气，每迈一步都十分艰难。伯乐向来对马亲近，不由走到近前察看。那马见伯乐走来，突然瞪大眼睛，昂头嘶鸣，声音浑厚宏阔。伯乐立即从马嘶中判断出，这是一匹难得的骏马。

伯乐对驾车的人说："这匹马在疆场上驰骋，任何马都比不过它，但用来拉车，它却不如普通的马。你还是把它卖给我吧。"

驾车人不认识伯乐，觉得这个人有些犯傻。他想，我这匹马太普通了，它吃得太多，却骨瘦如柴，拉车一点儿力气也没有。于是，他毫不犹豫地同意了。伯乐牵着马回到楚国，来到王宫，拍拍马的脖颈说："我给你找到了好主人。"那马好像明白伯乐的意思，猛刨前蹄，把地面震得咯咯作响，并引颈长嘶，声音洪亮，如大钟石磬，直上云霄。楚王听到马嘶，走出宫外。伯乐指着马说："大王，我把千里马给您带来了，请仔细察看。"

楚王一看，这马瘦得不成样子，每根肋骨都看得清清楚楚，便很不高兴地说："我相信你会看马，才请你买马，可你买的是什么马呀？这马连走路都很困难，能上战场吗？"

伯乐说："大王，这确实是一匹千里马，它拉了好长时间的车，又喂养不精心，所以看起来很瘦。只要精心喂养，不出半个月，一定会恢复体力。"

楚王听了，将信将疑，便命马夫尽心尽力把马喂好。果然，半月之后，马变得精壮神骏。楚王跨马扬鞭，但觉两耳生风，喘息的功夫，已跑出百里之外。后来千里马为楚王驰骋沙场，立下不少功劳，楚王对伯乐也更加敬重。

"毛遂自荐"是战国时代的故事。战国末年，强大的秦国不断通过战争兼并东方各国。公元前262年至前260年，秦国与赵国在长平展开激战，秦军大将白起大胜纸上谈兵的赵括，赵军大败，秦军坑杀赵军降卒四十万。长平之战后，白起率兵乘胜追击，包围了赵国都城邯郸。

大敌当前，赵国形势万分危急，赵王立刻派宰相平原君赵胜去楚国求兵解围。平原君家有门客三千多人，他决定从中挑选二十名文武全才的门客陪同。几经挑选，最后还缺一个人。

这时，一个叫毛遂的人走上前来，向平原君自荐说："听说先生将要到楚国去签订'合纵'盟约，想请门客二十人陪同，而且不到外面去找，现还少一人，希望先生就以毛遂凑足人数，速往楚国。"

平原君说："先生来到赵胜门下几年了？"

毛遂说："三年了。"

平原君说："贤能的人处在世界上，就好比锥子装在口袋里，它的尖锋立即就会从口袋里钻出来，现在，先生来到赵胜门下已三年，没有人称道你，赵胜也没听说你做出什么成绩，这是因为先生没有什么才能的缘故，所以先生不能一道前往，请留下吧！"

毛遂说："我不过今天才请求装进口袋里罢了。如果我早就处在口袋里，就会像锥子那样，不仅是锋芒会露出来，而且整个锥子都会露出来。"

平原君见毛遂对答机敏，可能有些才能，就同意让毛遂一道前往。

到了楚国，楚王只接见平原君一个人，两个人坐在殿上，从早晨谈到中午，仍然没有结果。毛遂见状，大步跨上台阶，闯进殿里，远远高声叫道："出兵的事，非利即害，非害即利，简单而又明白，为何议而不决？"

楚王非常恼火，问平原君："此人是谁？"

平原君答道："此人名叫毛遂，乃是我的门客！"

楚王喝道："赶紧退下！我和你主人说话，你来干吗？"

毛遂见楚王发怒，不但没有退下，反而上前几步，逼近楚王，手按宝剑说："大王敢斥责我毛遂，是因为楚国人多。现在，十步之内，大王无法依赖楚国人多势众了，大王的性命，就悬在我毛遂的手里。我的君侯在眼前，你斥责我是为什么？况且，毛遂我听说，汤以七十里的地方统一天下，文王以百里的土地使诸侯称臣，难道是由于他们士卒众多吗？其实是由于他们能够凭借他们的条件而奋发他们的威势。今天，楚国土地方圆五千里，持戟的士卒上百万，这是霸王的资业呀！以楚国的强大，天下不能抵挡。白起，不过是一个小子罢了，率领几万部众，发兵来和楚国交战，一战而拿下鄢、郢，二战而烧掉夷陵，三战而侮辱大王的祖先。这是百代的仇恨，连赵国都感到羞辱的事，而大王却不知道羞耻。'合纵'这件事也是为了楚国，并不只是为了赵国呀。"

楚王不语，静静听毛遂详尽分析出兵援赵有利楚国的道理，说得楚王心悦诚服。最终，楚王同意"合纵"，并与平原君歃血为盟。几天后，楚、魏等国联合出兵援赵，秦军撤退。

平原君回赵后，待毛遂为上宾。他很感叹地说："毛先生一到楚国，楚王就不敢再小看赵国了。"

没过几天，毛遂的名字在都城邯郸家喻户晓。

作者感言： 我们说这两个国人皆知的传统故事，是想借此表达这样一个想法：在科学技术突飞猛进又人才济济的当今时代，你要想一展自己的才华并有所作为，就不要等着伯乐前来"相"你，而应该像毛遂那样积极推销自己。

这是因为，等着伯乐来"相"，是一种被动态，持这种态度，无疑是自己放弃，等着被淘汰。理由如次：

当今社会，各级各类岗位，不管是技术方面的还是管理方面的，也不管是企事业单位的还是政府部门的，都是狼多肉少，供给远远大于需求，一个岗位，有多人甚至上百人竞争，现在的伯乐，诸如用人单位、职称、职务晋升管理部门等，用不着向当年伯乐那样遍访各国去寻找，他们只需坐在办公室里，调阅竞选者的个人资料并通过笔试、面试等考核形式，便可遴选出自己所需要的人才。你在那里等着，即使是周穆王八骏一类的好马，也不会有人问津，只能老死槽枥之间。

而毛遂自荐则是一种主动态，是主动推销自己和展示自己的进攻态势。这一态势有如下优势：

优势一：它先声夺人，首先抢占了展示自己的制高点。平原君家里养了三千多食客，也只有毛遂站出来自荐。他的自荐，不仅让平原君认识了他，也让其他三千食客认识了他。请不要小看这种认识，它是一个人在别人心目中有了位子的标志。在平原君家里混了三年饭吃，平原君也许连他的名字都不知道，来了几年了也不清楚，更没听说他有过什么作为，陪同出使的事自然不会想到他。而这一自荐行为，让毛遂立刻超越了三千食客，就如三千人都站在一块平地上，而毛遂突然跑出来，站到一个高岗上，远远高于众人，从而引起了平原君的关注和重视，为平原君同意他陪同出使打下了坚实基础。

优势二：它率先抓住了机会，为自己展示才华提供了可能。陪平原君出使，对每一个食客来说都是机会，机不可失，失不再来，谁先抓到它，谁就有了胜出的可能。毛遂很清楚这一点，所以才跑出来自荐。

优势三：它展示了自荐者的自信。敢于站出来说"我行""我一定行"，本身就是一种自信。自信是一个人坚信自己能做好某事的积极态度，有了这种态度，人才会产生力量和勇气，才敢站出来叫板。当平原君以"口袋里的锥子"为喻来证明毛遂没有什么才能时，毛遂坚定地认为自己就是锥子，只是没有被装进口袋里，如果一旦被装进口袋，不仅是锥子尖儿，连整个锥子都会冒出来。也正是这种自信，打动了平原君。当然，自信必须以具有才能为前提，否则就是自吹自擂。

毛遂自荐是一种现代意识，是现代人生存发展的必备品质。所以，你如果是千里马，就主动自荐去广袤的原野上拼命奔跑，不拼命奔跑，谁知道你跑得快慢？如果你有音乐天赋，想当歌唱家，就主动去央视"星光大道"栏目上喊几嗓子，不喊几嗓子，谁知道你是否字正腔圆和有声乐功底？

你开错了窗

　　清晨起来，小女孩儿打开了卧室的窗，她看见邻居老奶奶正在小树林里埋葬一只小狗。这条小狗好可爱，小女孩儿平时常和它嬉戏。看到小狗悲惨死去，小女孩儿不禁泪流满面，伤心不已。小女孩儿的外公看见了，拉着小女孩儿的手走进了另外一个房间，打开了另外一扇窗。从这个窗口望出去，是外公精心培育的玫瑰园，那里一片阳光灿烂、鸟语花香。小女孩儿的愁云为之一扫，心情顿时开朗起来。老人慈爱地摸着外孙女的头说："孩子，你开错了窗。"

　　作者感言：两个窗口，两幅截然不同的场景，激活了两种相反的情绪。这个小故事告诉我们，外在环境对人的情绪有重要影响，不同的环境刺激，会引发不同的情绪情感。面对又脏又臭的一潭死水，人心情压抑；漫步于草坪溪畔，人心情疏朗。西风瑟瑟，冷雨霏霏，点点滴滴近黄昏，凄苦之感顿生；暖风习习，春草青青，疏疏淡淡云飞，畅达情怀难禁。所以，生存空间的选择非常重要。

　　其实，人与环境的关系，并不像选择窗口那么简单，很多时候，在什么环境中生存，人只有相对的主动权。你生在中国还是外国？是生长在和平年代还是战乱时期？你生在城市还是农村？你的家庭富有还是贫穷？人没有主动选择的余地。就是将来长大了，迫于生存，很多人也是听凭社会的安排，并非都出于自愿。人重要的是能适应环境。

　　从外表上看，上边这个小故事是生存空间的转换，即从一个房间到另一个房间，从一个窗口到另一个窗口，是一种躲开、避开。但只要我们稍稍拓展一下思路，就会发现，这个小故事是要告诉人们：要学会在我们的生存环境中选择积极的生存视点。小女孩儿的生活环境不仅仅是老奶奶葬狗的小树林和外公的玫瑰园，可能还有宽敞的院落、门前的道路、林间的小溪，等等。如果打开不同方向的第三扇窗，或许会看到几位老人正在草坪上打太极拳，也或许会看到远处建筑工地干得热火朝天。在同一片蓝天下，有阳光也有阴霾，有鲜花也有野草，就看你把目光投向何处。

　　一位年轻的新婚女子随驻守边疆的军人丈夫住在一望无际的大戈壁上。每天打开窗户看到的都是漫无边际的乱石黄沙，枯燥乏味的日子让她想起了远在城市的亲人和原先舒适的生活，孤独和烦躁席卷了她整个身心，她甚至想到了逃离这个连鬼都不想来居住的地方。女子的父亲也曾是一名军人，现在是军事院校的一名教授，他给女儿写了一封信，信中讲了上边这个小故事，并给女儿提了一些建议。父亲的信改变了女子的态度，她换了一个视觉重新感知自己的生存环境，她看到了大漠的浩瀚宽广，看到了"长河落日""大漠孤烟"的壮观，看到了城里永远也看不到的宁静夜晚和澄澈夜空中的点点繁星，看到了边陲官兵的威武雄健和无私奉献，她的心中腾起了希望。她开始欣赏这些美好，书写这些美好，她的生活变得忙碌而充实，几年后，她出版了一本反映边陲军旅生活的散文集。

　　有的时候，我们没法选择自己的生存环境，但我们有权也有能力选择我们生存环境中美好的、积极的东西。这也是一种适应。

你打掉了一个"爱迪生"与奖励"四块糖"

　　这是著名教育家陶行知的两则故事。

　　"你打掉了一个'爱迪生'"的故事说，有一次，一位朋友的夫人来看陶行知，闲聊的时候，谈到孩子，她告诉陶行知，她的孩子太淘了，把一块新买的金表拆坏了，她非常生气，狠狠地揍了孩子一顿。陶行知听了，连连摇头说："哎呀，你打掉了一个'爱迪生'。"接着，他亲自来到朋友家里，把朋友的孩子叫过来，拿着那块拆坏的表，带他到修表店去修表。他们站在修表师傅身边，看着师傅把表拆开，把零件一个个浸在药水里，又看着师傅把一个个零件装起来，再给机器加上油，用了一个多小时，表修好了，修理费一元六角钱。陶行知将修好的表交给孩子的母亲，并语重心长地对她说："钟表店是学校，修表师傅是老师，一元六角钱是学费，在钟表店看一个多小时是上课，看师傅拆了装是学习。孩子自己在家拆了装，装了拆是大胆实践，说明孩子对此感兴趣又很有勇气，做父母的，应该保护这种兴趣和勇气，与其让孩子挨打，还不如付出一点儿学费，花一点儿功夫，培养孩子爱询问、爱动手的兴趣。这样'爱迪生'才不会被赶走和打跑。"

　　"奖励'四块糖'"是陶行知批评学生王友的故事。故事说，陶行知在育才学校当校长的时候，有一个叫王友的学生，是学校中颇有名气的"孩子王"，经常惹是生非，屡生事端。一天，陶行知看见王友用土块打一个同学，当即制止了他，并叫他放学后到校长室来。放学之后，陶行知从外面办事回来，远远地看见王友在校长室门前徘徊等候，于是，他赶紧把王友请进校长室。

　　进入校长室后，陶行知从口袋里掏出一块糖给他，带着歉意的语气说："这块糖是奖励给你的，因为你按时来了，而我却迟到了。"王友用疑惑的眼光看了看校长，迟疑地接过糖。这时，陶行知微笑地看了他一眼，想了一想，又掏出一块糖来递给他，说道："这块糖也是奖励给你的，是因为我不让你打同学，你立即住手了，说明你很听我的话，很尊重我。"这时，王友神态紧张，愈发不安起来。接着，陶行知就像变戏法似的又掏出一块糖来，语重心长地说："我已经调查过了，你用泥块打那位同学，是因为他不遵守游戏规则，欺负女生。你打他，说明你富有同情心、有正义感，应该奖励你啊！"没想到，陶行知话音刚落，王友竟"哇"的一声哭了起来，一边哭一边说道："陶校长，我错了，我错了，同学再不对，我也不应该打他。"陶行知听到这里，满意地笑了，随即又掏出第四块糖来递给他，高兴地说："为你能正确认识错误，再奖你一块。现在我的糖已经没有了，我们的谈话也该结束了。希望你以后改正错误，好好学习，把精力用在课业上"。

自此以后，王友同学果然认真学习，团结同学，遵守学校纪律，后来成了一名品学兼优的好学生。

作者感言：我们把这两则小故事送给天下所有的父母和教师。怎样对待犯错误的孩子和学生？陶行知老先生为我们树立了榜样。

擅自拆卸昂贵的金表，无疑是一种过错。可孩子拆表是出于好奇，是想知道表针为什么会自己走动，这是一种求知欲，是一种刨根问底的探索精神，而敢于拆大人的表，又是一种胆量，一种勇气。强烈的求知欲和无所畏惧的勇气，恰恰是成就一名科学家必备的精神素质。陶行知从拆表的过错中看到了孩子勇于求真探索的正当性，所以，他才说"打掉了一个'爱迪生'"。带孩子去修表，是实践教育，是让孩子明白，想了解一个事物，必须尊重科学。

王友拿泥块打同学无疑也是一种过错，可陶行知批评王友的过程却没有一句批评，他从"守时""听话""有正义感"和"主动认错"四个情节中，及时发掘出王友的长处，并通过肯定长处和奖励糖块的方式，促使王友自己认识并改正了错误。整个批评过程充满了师长对学子的关爱、尊重、期望和激励，一切都在宽松、友善、和谐的情境中顺理成章地展开，并水到渠成地达成目的。这是一种"甜批评"，是没有批评的批评，是批评的最高境界。

陶行知的教育方法启示我们，面对孩子或学生的过错，作为父母或教师，不要简单地就事论事，更不应该盲目训斥甚至打骂，而应以关爱和尊重的心态，拓宽思维，多维度思考和分析孩子或学生犯错的原因，努力寻找他们身上的闪光点，从过错中开发出积极因素，化消极为积极，促使孩子或学生自己认识和修正错误。

其实，即使最淘气的孩子或学生，身上都不同程度地存在优点和长处，只要努力去寻找，都能开发出激励他们健康成才的积极因素。许多父母和教师所缺少的，往往是那双寻找的眼睛。

你有"人证"吗

在一列奔驰的火车上，女列车员正在验票，当他查看一个瘦弱中年男子的车票时，发现是一张半价的儿童票，于是冷冷地问："你凭什么买儿童票？"

"我身上残疾，所以买了这种票，不信的话，您看看我受伤的脚。"中年人满脸堆笑，很温和地回答，同时，他赶紧拉开受伤的脚给女列车员看。

那中年男子左脚板只剩下一半，还缠着绷带，脚脖子还红肿着。女列车员瞟了一眼，不但不表示同情，反而满脸怒气地问："你有'残疾证'吗？请把'残疾证'拿出来给我看！"

中年男子赔笑解释说："我是农民工，在城里打工受的伤，当地不受理外籍户口者办理'残疾证'，而我又是替私人公司打工，出事后老板就跑掉了，我没有钱到医院治伤，只好买了一张残疾人票回家……"

这时列车长走过来，问明情况后说："我们的规定是，买残疾票，必须有'残疾证'，你拿不出'残疾证'，就得补票，你必须补足差额，我们是只认'证'不认人。"

中年人尽力从身上找钱，只找到了几个零钱，根本不够补票的，于是他局促不安地向车长请求："我因受伤失去了工作，这张票的费用还是工友们帮我凑的，买票时售票员看我这样，对我说，根据铁路部门的规定，残疾人可以享受儿童票价，所以卖给了我这张票。求你们宽容宽容我，行吗？"

"这不行！"列车长果断拒绝。

这时女列车员对车长说："既然他拿不出钱，就让他到车头去铲煤，用打工来补钱。"

许多乘客见此情景，开始围拢过来。这时，从对面的一个座位上站起一位老先生，看上去一个很有学养的文化人，他很和善地问列车长："请问，你是男人吗？"

"我当然是男人！"列车长理直气壮。

"你拿什么来证明你是男人呢？请把你的'男人证'拿出来，让我看一下。"声音仍然柔和。

"我活生生一个大男人站在这里，还需要证明吗？"车长气哼哼地反驳。

"我和你们一样，只认'证'，不认人，你拿不出'男人证'，你就不是男人。"老人的口气非常平和。

女列车员见状，赶忙替车长解围："我不是男人，你有事问我好了。"

"你是人吗？"老人的声音开始严厉。

"你怎么骂人？"女列车员扯着嗓子生气地质问。

"我没有骂人，这只是一句问话，你如果是人，请把你的'人证'拿出来证明！你如果是人，会让一个受伤的残疾人去铲煤吗？你如果是人……"

老人的话还没有说完，就被满车厢旅客的热烈掌声打断了。

列车长和那女列车员见势不妙，转身溜走。临走，那女列车员还扔下一句："真是不讲道理。"

作者感言：一个活生生的残疾人站在面前，难道还不能证明他是残疾人吗？我们不知道女列车员说的"道理"是什么？是铁路方面的规定？还是本次列车为了追求效益最大化而制定的补票规则？

如果是前者，女列车员和车长恰恰是自己"不讲道理"，因为铁路部门规定，残疾人乘车可以购买儿童票，享受半价。这是社会对弱者的同情和关爱，那个受伤的农民工理应享受这种优惠待遇，他尚未痊愈的脚伤和车站售票员卖给他的半价车票就是最有力的证明。

如果是后者，那是他们这次列车自己的"道理"，在补票费可以提留一部分作为奖金的通则下，为追求高奖金而不择手段，是他们"只认'证'不认人"这个"道理"的根据，显然，这是一个不讲道理的"道理"，是这次列车的霸王条款，是对乘客正当权益的侵犯。

老人的反击是有力的，他利用归谬法反证了"只认'证'不认人"的荒谬，保护了弱者，维护了正义。

至于那位女列车员和车长，不仅仅是不讲道理的问题，他们的灵魂也被现实的功利腐蚀了，他们不仅缺少"以事实为根据"的理性，更缺少"同情心、怜悯心"的人性，特别是那位女列车员，无视农民工尚未痊愈的脚伤，竟残忍地让他去铲煤，所以，于理于情他们都是应该受到谴责。

说到同情心、怜悯心，就是人的恻隐之心。孟子通过日常观察，得出结论说："恻隐之心，人皆有之"，说这是人的天性，人人都有。现代脑科学已经证明了孟子的说法：当看到弱者痛苦或好人受到欺凌时，人会立刻做出"感同身受"的反映，自己也会感到痛苦，同情心、怜悯心油然而生，这是一种移情现象，是人与生俱来的天性。但这种与生俱来的天性，在后天的人生旅途中，既可能得到强化，使人更富有同情心、怜悯心，进而产生关爱心；也可能被弱化，使人变得冷酷无情，甚至不惜讥讽、伤害他人。

导致恻隐之心弱化甚至丧失的原因多多，但最关键的因素是金钱、权力等功利对人的侵蚀。在市场经济追求利润最大化的利益驱动下，人被物化了，物性占据了人灵魂的中心，人性在物性的挤压下被边缘化，人在追求物欲的过程中变得失去理性和人性，有时甚至疯狂，那位车长和女列车员的行为就是证明。

我们说这个小故事，还意在褒奖那位老先生。面对弱者被欺凌，他挺身而出，针锋相对，其大义而凛然、柔和而刚毅的气势，让一切邪恶无容身之地，那女列车员和车长只能落荒而逃。我们要好好象那位老先生学习，当我们面临坏人、坏事，特别是遇到弱者、好人被欺凌的时候，应该像那位老先生一样，敢于站出来保护受害者，以伸张正义。如是，坏人、坏事才会没有市场；如是，社会的道德冷漠才会被消除；如是，良好的社会风气才会形成。

你有没有把碗晾干

一天早餐后，有一个弟子去见佛祖，请求指点。佛祖邀他进入内室，耐心地听那个弟子滔滔不绝地谈论自己存疑的各种问题，十几分钟过去了，他还不住口，佛祖举举手，示意他停下，那弟子才不情愿地停下嘴巴。

佛祖问："你吃过早餐吗？"

弟子点点头，表示已经吃过了。

"你洗了早餐的碗吗？"佛祖又问。

"洗过了。"弟子答道。

"你有没有把碗晾干？"佛祖再问。

"晾干了！晾干了！"弟子急切地回答，并接着问佛祖："佛祖，您现在可以给我解惑了吧？"

佛祖含笑道："你自己已经有了答案，你可以回去了。"

佛祖挥挥手，示意他出去，那弟子无奈地退了出去。

弟子出来后，反复揣摩佛祖的几句问话，想着想着，他心头一亮，他明白了，佛祖是提醒他关注当下，把今天的事情做好。

作者感言：吃没吃早餐？洗没洗碗？洗好的碗晾没晾干？都是眼下必须做的事情，谁都绕不过去。佛祖就是用眼前最现实的事情启示弟子：把今天要做的事情做好，就是不惑，就是开悟。这是佛教"关注当下、活在当下"的思想。佛教历来主张事来则迎，事去则忘，不执着于一切物相，即"不住一切相"。"事来则迎"就是关注当下、活在当下。

佛教的"关注当下、活在当下"，有许多专门说辞，这都与我们无关。我们说这则小故事，就是想借此提醒世人，人活在世上，要立足当下，关注当下，全身心做好今天的事情，理由如次：

理由一：当下是真实的存在。昨天已经过去，明天还没有到来，而只有今天是实实在在的，它就在我们眼前，就在我们手上，它无可回避，必须面对，就像小故事里的吃饭洗碗一样，你必须吃饭，否则就会饥肠辘辘，痛苦难耐；吃完饭后你必须将碗洗净晾干收好，否则下一次用的时候就会脏兮兮，不仅看了让人恶心，而且还会引发疾病。只有做好了今天要做的事情，解决了今天要解决的问题，你才活得踏实，活得顺畅，才不会惹来麻烦和导致焦虑、苦恼等。所以，最重要的是，既不要沉浸在昨天失败的痛苦或成功的喜悦之中，也不要专注明天的、远方模糊的东西，而要着手去做今天的、身边已然清楚了的事情。

理由二：当下是明天的基础，明天就蕴含在今天之中。谁都想做一番大事，可大事都是从当下的小事做起的，没有小事的积累便不会有大事的成功，古人云："合抱之木，生于毫末；九层之台，起于累土；千里之行，始于足下。"只有做好今天的一件件小事、琐碎事，默默地积累，才会有明天的厚积薄发。关注当下，正是走向未来。

理由三：只有关注当下，才能专心致志。总回望昨天的山脚，不管是甜蜜的回忆还是懊恼的追悔，都会耗去许多时间和精力；总放飞明日的天空，不管是美好的期盼还是凶险的担心，也同样会耗去许多时间和精力。而人的时间和精力是有限的，什么都去想、什么都去做，就什么也做不成、什么也做不好。所以，只有把昨天和明天"悬置"起来，关注当下，人才能把今天的事情做好。

理由四：关注当下，也是摆脱未来压力、增强信心勇气的需要。日本当代著名作家大江健三郎曾讲过这样一件家事：他有个智障的儿子，每天夜里经常突然起来，连衣服都不穿就往外跑，所以，他每天晚上都不能安稳地睡觉，儿子一有动静他就立即起来，安顿儿子，实在拗不过儿子时，还得陪着他出去。这样的日子大江坚持了四十多年，当他七十三岁回首往事时，颇多感慨地说："二十多岁时，如果我知道这种日子会成为永远，那将是不可想象的人生，我也许会没有勇气面对。可四十多年后的今天，回看过去的日子，我反倒不觉得悲苦。对儿子的照顾增添了我无穷的精力，从而让生活变得更有意义。"人生就是这样，很多时候，我们没能成功，不是因为我们不够努力或者能力有限，而是因为我们被自己与成功之间遥不可及的距离吓住了，从而放弃了前行的脚步。而关注当下，走一步看一步，恰恰能消除这种恐惧，反倒使成功成为可能。

理由五：关注当下，走一步看一步，是一种实事求的人生态度。这是因为，没有人能把自己未来的路看得一清二楚，明明白白，几乎每个人都是在不断的探索中，在顺畅与挫折、成功与失败、经验与教训中渐渐看清自己人生的方向和未来要走的路。一位参加过北伐、经历过二万五千里长征的老将军曾说过："当年，我参加北伐军的时候，就是想混口饭吃。家乡正闹饥荒，连树皮草根都吃光了，每天都有人饿死，横竖都是死，饿死了还不如去当兵，战死了，还是个饱死鬼。后来，国民党和共产党闹翻了，我跟了共产党，参加了红军。至于当将军，当时连想都没敢想过，能活下来，就不错了。每当打仗的时候，我只知道狭路相逢勇者胜的道理，所以拼命地冲杀，很勇敢，也负过十几次伤，就这么活过来了，今天竟然当上了将军。"

　　这里必须说明的是，我们强调关注当下，并不是否定理想、目标的重大价值和意义，而是劝人不要沉浸在明日的畅想中而耽误了今天的事情。人生需要理想和目标，因为它是人生的动力源和方向标，是人关注当下、活好今天的精神支撑，一个人，特别是年轻人，应该志存高远，有大理想、大目标，但理想、目标是要靠当下的实践、奋斗才能一点点实现的，关注当下，其本质就是在图将来。这就是今天与明天、理想与现实的关系。所以，要想创造有价值的人生，人就要从大处着眼，小处着手；就要胸怀天下，立足本职；就要面向未来，干好现在。眼下最要紧的，就是把下次吃饭要用的碗洗净、晾干并收藏好。

"你没有左臂"和"声音沙哑的女子"

这是两个出自日本的小故事。

"你没有左臂"的故事说，一个因车祸失去了左臂的小男孩儿，非常喜欢柔道。但因为少了一只胳膊，被多个柔道学习班拒绝。终于有一天，一个中年柔道师收留了他。

柔道师见这个孩子不仅刻苦，而且悟性很高，于是就根据孩子的伤残特点，精心设计了一套招式教他。孩子起早贪黑，寒暑不辍，一招一式都练得十分认真。转眼三年过去了，老师教给他的招式让他练得滚瓜烂熟。这年春天，这座城市要举行一次柔道比赛，老师鼓励他报名参赛。

通过一路拼杀，他脱颖而出，终于有机会参加争夺冠军的决赛。对手是一个比他大两岁的十四岁男孩儿，是上届比赛的冠军，体格健硕，实力雄厚。

比赛开始，对手见他长得瘦小又少一只胳膊，根本没把他放在眼里。但比着比着，对手尝到了他的厉害，他把老师教给他的招式运用得出神入化，特别是最后的几招，一举击败了对手，赢得了冠军。

在回来的路上，他不解地问教练："老师，论体力、论功夫，我都赶不上对手，上场前我还想，我肯定打不过他。可为什么战胜他了呢？"

教练微笑地告诉他："原因有二：一是，你把我教的这套招式练得炉火纯青，用起来得心应手，妙不可言；二是，对手想要对付你的最后几招，必须抓住你的左臂，但你没有左臂。所以，取胜了。"

"声音沙哑的女子"的故事说，一位日本女子自小声音沙哑，人们都因为她"丑陋难听的声音"而不愿意和她交流，她的朋友也很少，她常陷于孤独，为此，她十分苦恼。20世纪70年代，著名漫画家藤子不二雄（是藤本弘和安孙子素雄两位漫画家联合创作时使用的笔名）在拍摄卡通片《机器猫》时，想为故事的主人公"哆啦A梦"物色一个有特色的配音演员，但一直没有找到合适人选。在一次社团演出活动中，两位漫画家意外听到了这位女子的沙哑声音，惊喜万分。他们立刻请这位女子为《机器猫》的主人公配音。

女子果然不负所望，她沙哑但魅力无限的独特声音伴着卡通片像长了翅膀一样飞遍了世界各地，她成了家喻户晓的著名配音演员，她就是大山羡代。

作者感言：这两个小故事告诉我们，人的缺陷、短处是相对的，在特定条件下，缺陷、短处也可以转化为优势、长处。它给我们两点启示：

启示一：对他者来说，能把别人的短处变成长处并加以利用，是一种用人智慧。柔道师为弟子设计的最后几招，对手必须抓住弟子的左臂才能破解，而弟子没有左臂，其短处被柔道师变成了长处；漫画家让大山羡代为《机器猫》的主人公配音，其沙哑声音由短处变成了长处。清代康熙年间的诗人顾嗣协说："骏马能历险，犁田不如牛。坚车能载重，渡河不如舟。舍长以取短，智高难为谋。生材贵适用，慎勿多苛求。"一个人，特别是从事管理工作的人，不仅要学会取长舍短，"勿多苛求"，让骏马去奔驰历险，让黄牛去耕田犁地，更要学会用人之短，让"生材贵适用"，因为只有善于用人之短，才能更大范围地利用人才。在一个善于用短的管理者面前，人间无废人，世上无弃物。《经野内幕》里说：西侧邻居家里有五个儿子，一个忠厚朴实，一个聪明伶俐，一个是瞎子，一个是驼背，一个是跛足。邻人的父亲因人制宜。让忠厚朴实的去管家，让聪明伶俐的去经商，让瞎子给人算命占卜，让驼背的去搓绳，让跛足的去纺织，各安其位，一家安居乐业，衣食无忧。搓绳需哈腰，正常人搓绳哈腰久了会很累，而驼背者本身就哈着腰，短处变成了长处。据说，清朝有一位很会用人的将军叫唐时斋，他认为，在军营中，每个人如果使用得当都是可用之才，例如：聋子，可以安排在左右当侍者，这样就能够避免泄露重要军事机密；哑巴，可以派他传递密信，一旦被敌人抓住，除了搜去密信，也问不出更多的机密；瘸子，可以命令他去守护炮台，这样就能够使他坚守阵地，很难弃阵而逃；瞎子，由于听觉特别好，可以命令他伏在阵地前听敌军的动静，担负侦察任务。显然，唐时斋的观点有夸张之嫌，但它说明这样一个道理：倘若将人的短处用在最适合的地方，其短处就会变成长处。美国柯达公司聘用盲工的做法，就为唐时斋的观点提供了证明。伊士曼柯达公司，简称柯达公司，是世界著名的影像产品及相关服务的生产和供应商，总部位于美国纽约州罗切斯特市，是一家在纽约证券交易所挂牌的上市公司，业务遍布一百五十多个国家和地区，全球员工约八万人。柯达公司在制造感光材料时，需要有人在暗室工作。但视力正常的人一进入暗室，犹如司机驾驶着失控的车辆一样不知所措。针对这种情况，有一位经理突发奇想，建议说："盲人习惯于黑暗中生活，如果让盲人来干这种工作，定能提高工作效率。"于是柯达公司决策层下令：将暗室的工作人员全部换成盲人。在暗室里工作，盲人远远胜过正常人，工作效率大幅度提高，不仅给公司带来了丰厚利润，也在用人方面产生了光环效应，给公众留下了不拘一格用人的好印象，从而吸引了不少优秀人才为公司效力。

在现实生活中，过分较真并苛刻是人的短处，但让这样的人去做检查员，就能保证检查质量；缺乏灵活性并十分呆板也是人的短处，但让这样的人去考勤，就能提高出勤率。我们都知道，小石子用做垒墙是废物，但用来铺路却是好东西；锯下的木头是废材，但做楔子却非它莫属。所以，善于用短，才能做到人尽其才，物尽其用。

启事二：对自身来说，能正视自己的短处并善于将短处变成长处，是一种生存智慧。"金无足赤，人无完人"，谁都有不足之处，或生理的，或智力的，或其他方面的，残缺是人生常态。在中国传统社会里，瞎子弹唱、算命、说书，聋子哑巴修理锁头配钥匙，瘸子修鞋，是残疾人最惯常的职业。这种职业选择就有化短为长的因素。比如，盲人看不见物理世界是人生理的短处，但看不见物理世界却少了许多杂念，因为眼不见心不烦，这样更有利于集中精力，更有利于记忆力和听力的发展，而弹唱、算命、说书正需要很强的记忆力和听力。

你是小羊，就不要想着去吃头上根本够不着的树叶，而应该从小门洞钻出去，吃墙外野地里的青草；你是长颈鹿，硕大的身躯根本钻不过小门洞，就别想着从小门洞钻出去吃墙外野地里的青草，而应该伸长脖子吃送到嘴边的树叶。

京剧大师马连良曾说："人对长处和短处有三种不同态度：下下的办法是扬短避长，中等的办法是扬长避短，最高的境界是化短为长。"德国化学家诺贝尔化学奖获得者奥托·瓦拉赫，就是"化短为长"的典范。奥托·瓦拉赫读中学时，父母为他选择的是一条文学之路，不料一个学期下来，教师为他写下这样的评语："瓦拉赫很用功，但过分刻板拘泥。这样的人即使有着完美的品德，也绝不可能在文学上发挥出来。"此后，父母又让他改学油画。可瓦拉赫既不善于构图，又不会调色，对艺术的理解力也不强，成绩在班上是倒数第一，美术老师给出的评价难以令人接受："你是绘画艺术方面的不可造就之才。"面对如此"笨拙"的学生，父母和许多老师都认定他成才无望。但一位化学老师却看中了他。这位化学老师认为，瓦拉赫做事过分认真和死板的缺点，在化学实验中恰恰是优点，因为做化学实验需要一丝不苟。他建议瓦拉赫去学化学。瓦拉赫高兴地接受了化学老师的建议，在征得父母同意后改学化学。这下，瓦拉赫智慧的火花一下被点燃了，文学艺术方面"不可造就之才"的他，一下子变成了化学学科的"高才生"，最终成为世界著名化学家，首次研制出人工合成香料，在脂环族化合物的研究方面也做出了突出贡献，并于1910年获诺贝尔化学奖获。

再说一个案例：美国北卡罗来纳州有一名叫凯拉·蒙哥马利的女孩儿，十五岁时患了多发性硬化症，在行走过程中，这种病会阻止双腿向脑部传输神经信号，尤其是在体温上升的时候更严重，这为蒙哥马利高速奔跑提供了方便，这是因为，跑得越快，体温就会越升高，体温越高，双腿向脑部传输神经信号就越弱，微弱的神经信号让蒙哥马利感觉不到高速奔跑引起的疼痛，所以，她一直可以保持高速奔跑，而其他运动员则会因高速引起疼痛无法一直保持高速。于是，蒙哥马利主动要求参加学校的中长跑队，2013年她十八岁的时候，赢得了北卡罗来纳州三千二百米跑比赛的州冠军，并用十分三十二秒的成绩在全国排第二十一名。

顺便说一句，瓦拉赫化短为长的成才故事已经成为教育领域因材施教的经典案例，被称作"瓦拉赫效应"。它告诉所有的家长和老师，学生的智能发展是不均衡的，都有智慧的强点和弱点，只有找到学生的智慧强点，并使这一智慧强点充分发挥，人人都能成才，有的甚至能做出惊人的成就。

你顶多还能活十几天

　　故事出自清初刘献廷编撰的《广阳杂记》。故事说，明朝末年，在江苏高邮这个地方，有一个叫阮体庵的医生，医术高超，远近闻名，人称神医。有一次，有一个穷秀才，在乡试中考中了举人，一时喜极而狂，大笑不止，便去找阮体庵救治。阮了解病情后，心情十分沉重地对秀才说："你的病是治不好了，顶多还能活十几天，你赶快回家吧，不然连亲人都见不着了。"

　　秀才一听，顿时吓出一身冷汗，笑声戛然而止。狂笑病是好了，但他立刻又悲伤起来，抽抽泣泣的不断流泪。阮医生安慰了他一番，但无济于事。临走时，医生给秀才写了一张便条，上边是镇江一个诊所的地址，医生反复叮嘱他："你回家路过镇江时，务必拿着这张便条去找一个姓何的医生，他是我的师弟，也是当地的名医，或许他有办法救你的命。"

　　那秀才谢过医生，郁郁回到馆舍，立刻收拾行装，赶往镇江。

　　秀才离开诊所后，名医立刻派人骑快马去镇江，送给何医生一封信。信中说："那秀才因过度高兴而发狂，过度高兴导致了心窍开张，不能复合，这是用什么药也治不好的。所以，我用惊吓的办法，告诉他十天内必死无疑，使他的心窍骤然闭合。发狂病是好了，但心窍骤然闭合，导致他忧郁恐惧，郁郁寡欢。待到镇江时，你开导于他，便可消除郁惧。"

　　那秀才到了镇江，便拿着便条去见何医生。何医生详细地向秀才解说了他狂笑不止的原因并告诉了谜底，秀才顿时释怀，高高兴兴地回家报喜去了。

　　作者感言：这则小故事给我们如下启示：

　　启示一：心病还需心药医。阮体庵的确医术高明，他知道秀才因中举过度高兴而狂笑不止，是心病，只要将"过度高兴"的病因消除，狂笑就会停止。而消除"过度高兴"的最好办法，就是说一件令秀才最恐惧的事情，用"过度惊吓"替代"过度高兴"，所以，阮体庵告诉秀才，十几日内必死，快回去见家人。这一吓果然奏效，狂笑立刻停止。但秀才又因"过度惊吓"惧极而泣，变得忧郁悲伤。忧郁悲伤亦是心病，如果立即说出谜底，很可能会使"狂笑"的旧病复发，因为在极短时间内，导致"狂笑"的心理和生理机制还没有完成消失。所以，又有了"一张便条和快马送信"的后续医治。整个治病过程，与人的心性规律完全吻合，"心药"一到，"心病"即除。

现代社会，象秀才这样极度"狂喜""狂俱"的严重心理疾病并不多见，但压抑、忧郁、苦闷等不健康心理现象则大量存在。因此，这个小故事，对所有从事心理健康工作的人都有借鉴意义。阮医生的做法还告诉我们，不管做什么事情，都要从实际出发，都要有针对性，看菜吃饭，量体裁衣，对症下药。

启示二：人要学会控制情绪。人生在世，难免要遇到一些大喜、大悲的事情，当此时，不过分高兴或过分愤怒、悲伤，是十分重要的。这是因为，过度情绪有害健康。现代神经心理研究已经证明，因外界某种刺激骤然迸发的过度情绪，诸如极度高兴、极度恐惧或极度悲伤等，能造成内分泌和自主神经紊乱，导致心跳加快，血压升高，很容易诱发脑溢血、心脏病和精神性疾病，中老年人尤甚。社会上经常发生这样的现象：某人搓麻将时，因胡了一个大牌高兴地晕倒在麻将桌上；某人买彩票忽中大奖，因过度兴奋身亡；某老人因惊喜或惊吓突然倒地，被送进医院抢救。范进因中举发疯、诸葛亮骂死王朗、牛皋打死金兀术高兴而死，虽然都是小说家编的故事，但都源于生活，绝不是空穴来风。

中医理论说，过喜伤心、过怒伤肝、久忧伤肺、长思伤脾、惊恐伤肾，告诫人们要把喜、怒、忧、思、悲、恐、惊七种情绪控制在一定范围内，是很有道理的。这七种情绪是人体对外物刺激的不同反映，在正常情况下不会损害健康，但过激了，就会造成心、肝、脾、胃、肾等这些重要器官的功能失调，从而引发疾病。许多人都有过如下感受：暴怒之后，肝区隐隐作痛，所以有"气得你肝痛"的说法，说明暴怒对肝脏有影响；长期忧愁，就会长吁短叹，呼吸就不那么顺畅，对肺脏肯定不利；过分关注某一问题，百思不得其解，就会茶饭不思，失眠头痛，于脾胃肯定没有好处；骤遇险恶，突临危难，目击异物，或耳听巨响受了惊吓，当场往往目瞪口呆、手足无措，事后仍心有余悸，定会损害心脏。所以，调控自己的情绪，使之处于常态，会有益于健康。

调控情绪的方法很多，也因人而异，但共性的、最要紧的是养成一种恬淡心态，活得淡定。宁静方能致远，豁达才会释怀；私欲不苛求、不强求、不膨胀，就会得之不以为喜，失之不以为忧；每临大事有静气，才能遇事不乱、处变不惊。如是才能保持情绪常态，促使气血通畅，却病益寿。

"你凭什么来审问我"与"一束玫瑰"

　　"你凭什么来审问我"的故事发生在20世纪90年代初，故事说，一个叫林海的小伙子，和一个叫苏靖的女孩儿谈了三年恋爱，两个人恩爱有加，都说找到了自己的另一半。周围的朋友们都羡慕他俩，以他们为楷模，教育自己的另一半。

　　一天，两个人相约，下班后在一个咖啡屋见面。通常，都是小林先到，微笑着等待小苏。可这一次，小苏都到了二十多分钟，还不见小林的影子。那时，国家改革开放不久，大哥大才刚刚出现，还没有手机，绝大部分家庭连电话都没有，根本无法联系。无奈，小苏要了一杯咖啡，慢慢地喝着。又过了十几分钟，小林来了，脸色很难看，冷冷地坐下。

　　小苏本来等得有些不耐烦，见小林一脸冰冷，便厉声质问道："你干什么去了？一点儿不守时！"

　　小苏的话音刚落，小林便吼道："我干什么用不着你管！我是自由的，你凭什么来审问我？"

　　小苏惊呆了，她从未见过小林这么粗鲁，她连想都没想，端起咖啡朝小林身上泼去，然后转身就走。

　　小林怒目看着小苏跑出去，根本没去追赶，他三两下拂掉身上的咖啡，出门回了家。

　　事情前后不到一分钟，咖啡屋里的人都看傻了，一对热恋中的情人，怎么会这样？

　　小苏等待小林的道歉，可小林好几天也不露面。出于姑娘的尊严和面子，小苏既不给小林打电话，也不去单位找他。

　　其实，小林那天迟到，是因为路上遇到了两个地痞，硬说小林走路撞着他们了，把一块手表碰掉地上摔坏了，强拉着小林去修表，无奈，小林给了他们二十元钱才脱身。在当时，二十元钱也是一个不小的数目，他憋了一肚子火，本来想得到恋人的安慰，可一见面就遭到了姑娘没好气的质问，他顿时火气。回到家立刻后悔，可这时，单位领导派人来找他，让他连夜坐火车和几个同事去了上海，洽谈一项重要业务。出差十几天，业务繁忙，又不方便打长途电话，因此，小林想，等回去再找小苏解释吧。

小苏十几天接不到电话，也不见小林踪影，心里便打了鼓，怀疑小林变心了。心中正烦时，接到大学几个同学的约餐电话，她便欣然前往。那天，从酒店出来已经很晚，一位男同学送她回家，不巧被小林的一个同事看见了。小林回来后，那同事便把这件事告诉了他。

小林顿时怒火中烧，连女友的面都没见，立刻就给小苏写了一封绝交信。他毕竟是大学毕业，有知识、有涵养，信里只含蓄指出女友另谋新欢，更多是说自己脾气不好，两个人性格不合，为彼此的幸福考虑，只有分手。信寄出几天后，小林辞去现职，与几个朋友南下深圳淘金。

姑娘读了绝交信，更是气上加气，心想，你另有他图，却栽赃于我，这样的人怎能托付终身？姑娘痛哭一夜，下决心就此了断。

小林在深圳打拼了三年，看看没有什么前途，又回到家乡，在一家私企做高管。这时小苏已经结婚，两个人在一次酒会上邂逅，相互了解实情后，小林后悔不跌，喝得酩酊大醉，小苏也哭成了一个泪人。

"一束玫瑰"的故事说，在一所美术学院里，有一个叫姜涛的美术教师，三十多岁，英俊潇洒。他有一个温馨的家庭，妻子是中学老师，温柔贤惠。

故事发生的那年夏天，姜涛班里来了一位进修的女学生，她叫陈薇，二十三岁，是一位在职的幼儿教师。陈薇长得如花似玉，脸上总是挂着甜甜的微笑，像天使一样迷人。她酷爱艺术，对美术有一种天生悟性和执着追求，姜涛非常喜欢她。陈薇很少到校上课，经常请姜老师到她家去辅导。

自从陈薇成了姜涛的学生，姜涛下班后就很少陪妻子散步，一有空，他就往陈薇家里跑，妻子心中隐隐不是滋味，夫妻两个人的恩爱情感日渐疏淡。

姜涛到陈家为陈薇上课，陈薇总是给他泡一杯茉莉花茶，茶里飘荡着淡淡的茉莉花香。姜涛一边喝着茶一边指导陈薇画画。每次陈薇画累了，姜涛就陪她聊天，谈人生，谈理想，谈艺术，有时也聊一些开心的话题，逗得陈薇捧腹大笑。一天晚上，当姜涛要走时，陈薇突然羞涩地说："明天是情人节，你能送我一束玫瑰花吗？长这么大，我还没收到过男孩儿送的玫瑰花。"姜涛先是愣了一下，马上微笑着点点头同意了。自此，姜涛每次去陈家，都买上一束玫瑰。当然，这事他一直背着妻子，他觉得，这事妻子不知道最好，知道了，无论出于何种目的，无论怎么解释，都会在妻子心里留下不快。试想，自己的丈夫给别的女人送玫瑰，心里能好受吗？

事不凑巧，一天傍晚，妻子下班回家，见丈夫从一个花店出来，手中捧着一束玫瑰。她从不过问丈夫的事情，但丈夫买玫瑰，让她心里咯噔一下，因为从恋爱结婚到现在，丈夫从未给她买过玫瑰花。她偷偷尾随丈夫，见他进了自家对面的那个小区。她断定，丈夫又去见那个叫陈薇的学生了。她含泪跑回家，晚饭也没吃，丈夫回来了她也不理，和衣背对丈夫而卧。第二天早晨，丈夫说要带学生去黄山写生，她既不为丈夫准备行装，也不做早饭。姜涛知道妻子生气的原因，也没做解释，便匆匆上路了。

一个月后，姜涛出差回来的那个晚上，他对冷冰冰的妻子说："我带你去见个人吧。"

妻子心里明白，这是到了摊牌的时候了。事情既然到了这个地步，她倒想见见这个勾走丈夫魂的小妖精，看看她到底是个什么货色。于是爽快答应。

路上，姜涛路过花店时照例买了一束玫瑰。妻子看着那火红的玫瑰，心里在滴血，她真想冲上去将花撕得粉碎并转身离去，但做教师的稳重矜持和一心想见见陈薇的心理，让她忍住了这一切。姜涛按响了陈家的门铃，开门的是一位满头银发的老者，他是陈薇的爸爸。老人将姜涛夫妻让进房间后，十分哀伤地说："小薇五天前就走了，她走的时候很平静，脸上还挂着淡淡的微笑。她说她很感激姜老师，本来她得了那种病，医生说最多只能活两个月，可是因为美术和姜老师的关爱，她奇迹般地多活了十个月。"

姜涛脸上很平静，他默默地走进陈薇房间，将手里那束玫瑰插到了花瓶里，然后摘下眼镜，用手抹了抹眼角。

这时，妻子明白了：原来这是一个美丽的误会。她走到丈夫身旁，轻轻地挽住了他的胳膊，把头深深地埋进他的胸膛，看着那火红的玫瑰和陈薇甜甜微笑的照片，她的眼角突然滚出了几滴眼泪。

作者感言：第一个故事，误解酿成了恋爱悲剧，使一对热恋三年的情侣各奔东西；第二个故事，误解险些拆散一个美满家庭，使一对恩爱夫妻劳燕分飞。看来，误解是婚恋的杀手，不可不慎。其实，误解的害处绝非仅此，在日常生活和工作中，误解使亲情疏离、邻里仇雠、朋友反目、同事怨恨等现象，经常发生，有的甚至酿成流血事件，让人遗恨终生。因此，我们有必要借这两个小故事聊聊"误解"这个话题。

所谓误解，就是对认知或交往对象做出与其所思所言所为不一致的判断，它是生活中的常见现象，人常常被别人误解，也常常误解别人。这是因为，每一个人都是一个独立世界，人与人之间的了解都是十分有限的，人不可能百分之百地熟知认知对象或交往对象内在的所思所求所愿和外在的所言所为，人只能通过对象的所言所为做出自己的判断，而自己的判断正确与否，又于自身生活态度、价值观念、知识修养、生活经验以及对实情了解多少等密切相关。一般说来，大部分误解随着继续交往和时间推移都相继被化解了，只有少数误解会酿成祸患。

那么，怎样尽量避免造成误解呢？做法主要有四：

做法一：及时做出说明、做出解释很重要。为了尽可能少地被别人误解，最好的做法，就是及时将自己的想法坦诚地说出来，让对方知道。第一个故事里，如果小林及时说出迟到的原因或出差后及时打电话做出解释，误解就会涣然冰释，悲剧就不会发生；第二个故事里，如果姜涛及时将陈薇的病情和自己的帮助如实告之妻子，妻子就不会误解他另谋新欢，两个人的感情就不会出现裂痕，说不定妻子会积极支持他，努力延续陈薇的生命。

做法二：克服过激的消极情绪，保持冷静很重要。过激的消极情绪，如生气、怨恨、愤怒等，很容易激化矛盾和阻断思路，不利于误解的消除。第一个故事里，小苏的厉声质问和小林的一声断喝，激化了矛盾，前者问断了小林的解释，后者喝断了两个人的美好情缘；而第二个故事中的妻子，有效地克制了自己的愤怒，找回了自己失落的情感。看来，不管是亲人之间，还是邻里、朋友、同事之间，一旦产生误解，保持冷静，有话好好说很重要

做法三：休要匆忙，调查了解实情后再做结论很重要。好多误解，都是由草率做出结论所致。小林听了同事的报告，不做进一步调查核实，就认定小苏另有新欢；小苏收到信后，既不做解释，又认定小林另有他图而反栽赃自己。如果两个人见面，把事情说清楚，一天乌云就都散了，可两个人谁都没有这样做。第二个故事里的妻子则比较沉稳，丈夫晚上经常去给一个小女子上课，她能忍住心中

不快，丈夫给别人买玫瑰，亦能压住怒火，等了解了实情，真相大白，她转怨为爱。

做法四：信任是避免误解或被误解的基石。人与人交往，信任是基础，对对方不信任，就容易产所消极思维，就会猜忌对方，每遇事就愿意往坏的方面想，误解因此产生。严格地说，第一个故事里的小林小苏，缺乏彼此信任，爱情的基础是不牢固的。如果小林坚信小苏深爱自己，小苏出去和别的男子吃顿饭或别的男子送小苏回家，他就不会介意，更不会轻信同事的传言；如果小苏坚信小林深爱自己，她就不会怀疑小林另有他图，收到绝交信后，就会前去说明情况并问个究竟。事情恰恰相反，由于彼此的不信任，加深了误解，毁了爱情。

"你怎么还没放下"与"放下布袋，何其自在"

　　这是两个佛教故事。"你怎么还没放下"的故事说，一老一少两个和尚到山下去化缘，走到半道上，遇见了一条大河，河很宽，又没有桥，只能趟过去。两个和尚脱了鞋，挽起裤脚，正准备蹚河，突然走来一位漂亮的村姑，也急着要过河。时值初春季节，大河刚刚解冻，河面上还偶有冰块漂过，河水很凉，那村姑在河边踌躇了半天，于是上前对两个和尚说：

　　"师傅，我要到对面村子里去办一件急事，可河水太凉了，我正'有事'（来月经期间），确实没法过去，烦请师傅背我过去好吗？"

　　小和尚心想，男女有别，授受不亲，更何况是佛门中人，不可近女色，这事万万做不得，于是摆手示意不行。

　　老和尚见此，便说："女施主，让我来吧，我背你过河。"

　　河水很深，老和尚小心翼翼地背着村姑蹚过了大河。过了河，村姑谢过老和尚便匆匆离去，两个和尚也继续赶路。

　　一路上，小和尚心里很不自在，晚上回到寺院，小和尚实在忍不住了，便问老和尚："师父，您平日一再告诫我们，出家人要持戒，要不杀生，不邪淫，不偷盗，不妄想，不说谎。特别是万不可近女色，授受不亲，而您今天怎么背那个女人过河？"

　　老和尚看了看小和尚，笑着说："佛家以'慈悲为怀，普度众生'为要旨，急人之难，是慈悲心、菩萨心，理当为之。况且，过了河我就把她放下了，你怎么还没放下呢？"

　　"放下布袋，何其自在"的故事说，从前，有个和尚，破衣芒鞋，云游四方。他在化缘的时候，常常背着一个布袋，人称"布袋和尚"。人们见他化缘时总背着一个大大布袋，都以为有多个和尚享用，就多给他一些食物。其实，他就一个人，所以，布袋常处于满盈状态。后来，这和尚嫌一个布袋不够，就背了两个布袋去化缘。

有一天，他的两个大布袋都装满了。他将两个鼓鼓囊囊的大布袋拴在一起，一前一后搭在肩上，累得满头大汗。走到一段山路上，他坐下来歇息打盹。一阵凉风吹来，他迷迷糊糊听到有人对他说："前边布袋，后边布袋，放下布袋，何其自在。"他猛然惊醒，见林莽苍苍，那声音似乎就从丛林深处传来。细心一想：对呀，我前边一个布袋，后边一个布袋，这么多东西压在身上，累得直喘粗气，如果能够全部放下，不就轻松自在了吗？于是，他丢掉了两个布袋，幡然顿悟。

作者感言："放下"是一个古老话题，可古今中外，有谁真正"放下"了呢？如果说"把一切都放下"，肯定是一个伪命题，因为人生就是一个不断"拿起"和不断"放下"的辩证过程，没有一个个体生命能够"放下一切"而仍然活在这个世上，"放下"只是一个相对概念。范蠡帮助越王勾践打败了吴王夫差，功成身退，带着美女西施，西出姑苏，泛舟于五湖之上，以经商为业，终为巨富，放下的只是权力和功名，并没有放下美色和财富；陶渊明不为"五斗米折腰"，弃官归乡，"晨兴理荒秽，戴月荷锄归""采菊东篱下，悠然见南山"，放下的只是官场的束缚，并没有放下对田园生活的钟爱和对自由的追求；李叔同弃绝繁华，割舍妻儿和情人雪子，毅然出家，青灯伴佛眠，成为云水高僧，放下的只是世俗生活，并没有放下对真如境界的向往。因此，我们应该如是理解"放下"：

理解一："放下"是人生一种常态。这是因为，人的身体负荷和心理内存都是有限的，从身体方面说，你的体力只能担起一百斤重的东西，再有新东西加在你肩上，你就无法承担，如果新东西是你生存发展之必须，你只能放下一些旧东西才能再把新东西担起来；从精力方面说，有许多事情需要你思考和运作，但你的精力是有限的，在同一时间里，你不可能同时思考和做多种事情，因此，你只能选择一件你认为最重要或你最感兴趣的事情去思考和运作，将其他的事情放下。在人生之旅中，能适时"拿得起"又能适时"放得下"的人，就是明智的人。

理解二：该"放下"的，就应及时放下。我们应该"放下"什么呢？正如世上没有两片相同的树叶一样，每个人需要放下的东西千差万别，我们做不到一一具体说明，我们只能从生活实际出发，概括地提几点建议：

建议一：要不断放下过时的东西。旧事物、旧思想、旧观念、旧做法，已经成了生活的累赘，放下了，才能轻装上阵，才有精力面对新生活，迎接新挑战。

建议二：要不断放下负累的东西。人生的负累很多，有物质的，有精神的，它仿佛是无数个大小不等并装满东西的布袋，挂满了我们全身，让我们不堪重负，步履艰难，而这些大小布袋又都是我们自己在人生旅途中捡起来放在自己身上的。在形形色色的负累中，无边的贪欲和过分的功利心，是负累的罪魁，它宛如一条紧紧缠绕在世人身上的毒蛇，使生命不能自由舒展，人生的许多烦恼、忧虑、痛苦，以至于从古至今不断上演而且必将不断演下去的种种悲剧，大都源于此。人生有需，因需而生欲，因欲而促行，此人类生生不息之动力，因此，彻底割舍欲望和放下功利既不可能也非科学，"人生最高境界是无欲无求"是一句美丽的谎言。我们需要放下的，不是欲望和功利，而是"无边"的"贪欲"和"过分"的"功利"，是超出我们负载能力的那一部分贪婪。古今贤达把"放下"看作是一种境界、一种精神、一种大彻大悟的生存智慧，大都是从此着眼的。由此看来，第一个故事里的老和尚是一个能"背得起"村姑又能"放得下"村姑的智者。"背得起"体现了禅宗"事来则应，急人之难，慈悲为怀"的风范；"放得下"又体现了佛家"事去不留，春梦无痕，念念皆空"的心性。所以，背起来轻松，放下来亦轻松。

理解三：把"心"放下是关键。有个佛教故事说，佛陀在世的时候，有一个教徒来到佛面前，两手各拿了一只花瓶，献给佛并请教破除烦恼、获得幸福的方法。佛陀听后对他说："放下！"那人将左手的花瓶放到了地上。佛陀又说："放下！"那人又将右手的花瓶放到了地上。佛陀依然对他说："放下！"那人张开两手，不解地看着佛陀说："我现在已经两手空空了，再没有什么东西可以放下了，你让我放下什么呢？"佛见他这样，就笑了，说："我没让你放下手中的花瓶呀，我是让你放下那些想解除烦恼、拥有幸福的念头啊，当你不再为如何解除烦恼、拥有幸福和快乐而痛苦烦恼时，你就身在幸福和快乐之中了。这就是我教给你的方法。"佛陀的意思，是把"心"放下。想想佛陀的话，颇有道理。幸福和痛苦、快乐和烦恼，都是人心的一种感觉，当你执着于某一种东西而又得不到的时候，就会处在痛苦和烦恼之中，放下了这种执着心念，便会轻松快乐起来。按此推论，一心想修成罗汉、菩萨的念头，也是一种执着，也是一种没有把"心"放下的表现，是和佛陀的本意背道而驰的，这大概就是成千上万人学佛并想成佛而终不能成佛的死结。

"放下"是人生之常态，"放下"是生存发展之必须，把"心"放下是其关键，由此看来，"放下"并非消极，而是一种为未来发展攒足精力和腾出空间的积极选择。只有不断"放下"，才能不断"拿起"，才能使人生苟日新，日日新，又日新。

"放下"是一种生存智慧，是对生命的彻悟。世上万物，生生灭灭，生灭不息；人生之旅，得得失失，得失不息；生得谓之"拿起"，灭失谓之"放下"，只有"放得下"的人，才能"拿得起"。

"放下"是一种境界，一种大气。放下功名富贵的刻意计较，空旷的心灵才能装下清风明月；放下恩恩怨怨的情感挣扎，敞开的胸怀才能容纳万物万众；放下林林总总的偏执与成见，放开的眼界才能看到千山万壑；放下丛生不息的杂念与焦虑，宁静的心态才能感受鸟语花香。

"放下"需要勇气，因为"放下"是对拥有的割舍；"放下"是一种心境，放心了，才能轻松自在。

你将来是纽约州的州长

　　罗杰·罗尔斯是纽约州第五十三任州长，也是美国历史上纽约州第一位黑人州长。在就职招待会上，与会记者提出了一个共同问题：是什么把你推上州长宝座的？罗杰·罗尔斯说出了一个陌生的名字：皮尔·保罗。皮尔·保罗是罗杰·罗尔斯读小学时的校长。1961年，皮尔·保罗被聘为诺必塔小学的董事兼校长时，正值美国嬉皮士流行时代。他来到这所小学，发现这里的男孩子比"迷惘的一代"还要无所事事，他们不与老师合作、旷课、斗殴、砸教室的门窗和黑板等。学校做了许多教育工作都无明显效果。后来，他发现这些孩子都很迷信，于是，他在上课的时候多了一项内容：他告诉孩子们，他会看手相，能预测一个人的未来，不过，他只给昨天表现最好的一个孩子看手相。孩子们为了早一点儿让校长看上手相，争着好好表现，学校的风气一点点好起来。皮尔·保罗一个一个地给每个孩子看手相，凡是经过他看过手相的学生，他都对其未来给了好的预测，不是什么长，就是什么富翁、庄园主、议员等，而很多人后来的发展真被他言中了，不少人真的当上了什么长，成了富翁、议员。

　　那一天，皮尔·保罗点到了罗杰·罗尔斯。罗尔斯走到黑板前，皮尔·保罗托起他的小手说："我一看你修长的小拇指就知道，只要努力，你将来是纽约州的州长。"当时，罗尔斯大吃一惊，因为他长这么大，只有奶奶让他振奋过一次，说他可以当五吨重小货船的船长。说他能当纽约州的州长，实在出乎他的意料。他记住了这句话，并相信了这个预测。从那一天起，他就把纽约州州长当成一面旗帜，并为之不懈奋斗。他的衣服干净整洁了，他说话和行为文明了，他走路的腰板也挺直了。他开始刻苦读书，积极参加学校的各项活动，后来竟当上了班主席。他学会了理解和宽容，学会了给予和奉献，从中学到大学，从大学到工作，他都做得十分认真，十分出色。四十年后，他终于登上了纽约州州长的宝座。

作者感言："纽约州州长"是罗杰·罗尔斯的旗帜，是他人生的追求目标。为了这个目标，罗杰·罗尔斯开始改变自己，他从此讲究卫生，注重仪表，懂文明，讲礼貌，并努力学习和积极参加学校的各种活动，由此成了学生中的佼佼者，当上了班主席。以后的几十年，他循着这个目标，不懈奋斗，人格境界不断攀升，经历、知识不断丰富，工作能力不断增强，终于如愿以偿。

这个小故事给我们如下启示：

启示一：人活在世上，需要给自己树立个目标。这是因为，目标有四大作用：

作用一：目标是人生的方向标。有了目标，人生的航船就知道驶向何方，就知道该做什么，不该做什么。

作用二：目标是人生的动力源。有了目标，人就有了力量，就有了奋斗的勇气。

作用三：目标是人生的约束力。有了目标，人就会依据达成目标的条件，严格要求自己，不断修正错误，努力完善自我。

作用四：目标更是人生的支撑力。有了目标，人才能不畏困难，坚持不懈，奋斗到底，不达目的，绝不罢休。

启示二：人生目标要有一定高度，不能太低。目标太低了，就没有激发力，"当五吨重小货轮的船长"，是祖母为罗尔斯设定的目标，罗尔斯对此没有反应，没有激活他奋斗的心志。对于青少年来说，在确定自己的人生目标时，要有"独上高楼，望尽天涯路"的心向，要志存高远。

启示三：小故事还告诉老师和天下父母，在教育学生和培养子女的时候，最重要的是帮助学生和子女竖起一面引领人生的旗帜。

说到那位皮尔·保罗，的确是一位不错的校长和师长，他深谙孩子们的心理，巧妙给予积极的心理暗示，既帮助孩子们树起了人生旗帜，又改变了学校的风气。"而很多人后来的发展真被他言中了"，是他积极心理暗示的硕果。

"你遇到我，真是太幸运了"
和"你们将大祸临头了"

"你遇到我，真是太幸运了"的故事说，一天晚上，夜静悄悄，劳累了一天的人们很快进入梦乡。一只老鼠从洞里爬出来，大摇大摆地到房间里去寻找食物。真是冤家路窄，它刚走进房间，就被一只闲逛的猫碰上了。

猫慢慢地逼近，老鼠慢慢地后退，猫一直把老鼠逼到一个没有退路的墙角下。

这是一只年长的老鼠，它虽然吓得浑身发抖，但十分警惕，随时准备躲避猫的猛扑，它知道，只要猫一次扑空，它就有机会逃走，它已经这样逃过了多次劫难。不过，它还是哆哆嗦嗦地央求道："大慈大悲的猫大人，求求您了，求您不要吃了我，我家里还有七个孩子，他们都饿得快要死了，还等着我弄点儿食物救它们呢。求求您放过我吧，我和孩子们永远会记住您的大恩大德。"

猫看老鼠昂首相对，两眼圆瞪，四足已运好了逃跑的力气，想一下子捉住它是很难的，于是便停下来，身体半卧，故作漫不经心地说："你不用担心，我不会吃你的，我家主人信佛，我也信佛，我早已素食，根本不吃肉了。你今天遇到我，真是太幸运了。"

老鼠看猫慵懒的样子，根本没有马上扑过来的意思，便放松了警惕，垂下头十分感叹地说："啊，这是一个多么美好的夜晚！我是一只多么幸运的老鼠，竟遇到了您这只素食的猫！"

但就在这一瞬间，猫猛然扑向老鼠，用两只前爪牢牢按住老鼠的身体，锋利的牙齿深深咬进了老鼠的喉咙。

血从老鼠的脖子上流下来，奄奄一息的老鼠用最后的力气问猫："你不是说，你早已素食，根本不吃肉了吗？难道这是谎言吗？"

猫见老鼠已经没有反抗和逃跑的余力，便松开嘴，舔着唇边的血说："我是猫，我的使命就是捕捉老鼠，我不能亵渎我的职责。我没说不捉你呀？至于吃不吃你的肉，那就看我是否愿意，即使不吃你，我还可以把你叼回去，换点儿青菜。不过，我还可以告诉你，我说我信佛，那是逗你玩的，信佛是人类的事，与我们动物何干！"

老鼠懊悔地闭上了眼睛。

"你们将大祸临头了"的故事说，在一个池塘边的小树林里，住着一只鱼鹰，它一直生活得很舒适，因为池塘里的鱼虾很丰富，它可以随时填饱肚子。然而，随着年事渐高，体力衰退，这只鱼鹰老眼昏花，每次在池塘上觅食，都不得不降低高度，只能在水面上盘旋，可这样一来，鱼虾一发现它的身影，就立即潜到深水里，消失得无影无踪。因此，它捕获的猎物越来越少，经常忍受饥饿的煎熬。

"得想个办法把鱼虾从深水里引出来，否则就得饿死。"它这样想啊想，终于有了主意。

一天清晨，它站在池塘边的一块石头上，看见一只小虾在水面上玩耍，便大声说："小虾朋友，你过来一下。"这只小虾刚刚出世不久，没见过世面，也不认识鱼鹰，便毫不顾忌地游到池塘边问："大鸟朋友，你有什么事情吗？"

鱼鹰故作同情地说："小虾朋友，我刚刚得到一个消息，你们将大祸临头了！"

"什么大祸？"小虾有点儿惊愕。

"过几天，前边村子里的人决定把这个池塘的水抽干，填上土，在这里建一座工厂。我亲眼看见他们把水泵都准备好了。你们得想办法马上离开这里。"

"那可怎么办呢？"小虾着急起来，哀求道："大鸟朋友，您见识广，快帮帮我们吧。"

"办法吗，倒是有一个，不过，做不做你们自己看着办。"鱼鹰慢条斯理地说。

"快告诉我，什么办法？"小虾急不可耐。

"那我就告诉你们吧，"鱼鹰说，"你们从这个池塘的入水口往上游，游出一里多地，就能看到一条小河，这条小河常年流水，草籽、昆虫很丰富，那里才是你们的好居所，因为歹毒的人类从来不会打那里的主意。"

小虾感激万分，谢过鱼鹰，匆匆游进池塘的深水里。

小虾向大家通报了消息，池塘里一片惊慌。过了好一会儿，一条年长的大鱼说："请不要惊慌，小虾说的大鸟，就是鱼鹰，鱼鹰尽管是我们的敌人，但它的话并不是空穴来风，歹毒的人类迟早会对这个池塘下手，因为前几天我在池塘边散步的时候，听岸上两个人交谈说，南面什么地方正在围海造田，他们连大海都不放过，岂能放过这个池塘！所以，我们还是按鱼鹰说的路线，派几条鱼查看一下，如果一里多地之外真有一条小河，我们就搬到那里去住。"

说干就干，有几条鱼自告奋勇前去侦察。很快传回消息，一里多地之外真有一条小河，水虽然不深，但完全可以生活。

鱼虾们一批批地从池塘的入口处游向小河，几天工夫，池塘里的鱼虾都迁徙到小河里去了，它们分散在小河的很多地方，很快适应了这里的生活，它们已经完全忘记了它们是从哪里游到这里来的，它们只知道，应该感谢鱼鹰救了它们。

正在鱼虾们庆幸的时候，鱼鹰出现了，它从容地在小河里选择自己喜欢吃的食物，因为河水很浅，鱼虾不管游到那里，都逃不过它那双有些昏花的眼睛。

鱼虾们可就惨了，它们每天只能十分警惕地活着，一旦发现鱼鹰飞来，便尽力逃窜，但不管逃到哪里，只要鱼鹰想吃它们，它们就难逃厄运，因为没有深水能让它们藏身。

鱼鹰又可以无忧无虑地生活了。

作者感言：猫是老鼠的天敌，说猫不吃老鼠纯属天方夜谭，而老鼠偏偏相信了猫的话，放松了警惕，让猫抓住了机会，老鼠命丧黄泉；鱼鹰是鱼虾的天敌，鱼虾们没有对鱼鹰的话产生怀疑，而是按照鱼鹰的设计，由深水的池塘迁往浅水的小河，从而失去了藏身之地，成了鱼鹰随时享用的美餐。

老鼠临死前已经懊悔，但为时已晚；鱼虾们仍浑然不觉，活着的鱼虾们也许还在感谢鱼鹰的指点，鱼虾的命运更具悲剧色彩。

我们说这两则小故事，是想说明，请不要轻信敌人的话。这是因为，敌人与我们有着根本不同的利益诉求，我们与敌人的争斗，永远是零和博弈，敌人绝不会放弃自身利益为我们考虑，"黄鼠狼给小鸡拜年"，肯定不安好心！

故事生动有趣，道理简单明了，似乎人人都懂，可在人类生活中，轻信敌人或者竞争对手的承诺而被对方打败的，比比皆是。我国春秋战国时代的四百多年间，各诸侯国为了争夺领地，今天我打你，明天你打我，战事频仍，兵燹不断。这期间经常发生这样的现象：甲国国王将自己的女儿嫁给乙国国王或王子，并信誓旦旦地承诺和平友好，互不侵犯，可当乙国信以为真放松警惕时，岳父国或亲家国大兵突降，杀了女婿或亲家，夺了领地。兵家把这类先献上美女、财宝示好以麻痹对方，然后突然动兵的做法，作为军事谋略予以肯定，称之为"将欲取之，必先予之"或"欲擒故纵"。说到近现代，二战期间，日本与美国在1941年12月6日晚签订了《美日和平友好互不侵犯条约》，7日凌晨日本就偷袭了珍珠港。再说一个生活中的小例子：父女俩打羽毛球，打得十分激烈，分数总在一两分之间波动，到了最关键时刻，父亲打出一个球，接着便说了一句"你妈怎么来了"，女儿回头一看，根本没有妈妈的身影，可就在这时，球从头上飞过，女儿输了。女儿气得直跺脚，说父亲耍赖，父亲笑着说："你不要忘了，我们是对手，对手的话，能随便相信吗？"现代社会，在激烈的职场和市场竞争中，陷阱密布，一些对手或同行发出的"善意"情报或有意送来的"好处"，其中很可能充满了诱惑与危险，所以，不要轻信对手的"甜言蜜语"和"施以小惠"，否则，就会误入圈套。

希望的力量

有一个探险者在探险途中突然遭遇暴风雨，不幸被突如其来的山洪卷入了咆哮的大河中。他不会游泳，在浊浪翻滚的大河里，探险者如一片轻飘飘的树叶被抛来甩去，生命危在旦夕，他在苦苦挣扎，努力使自己漂浮起来。这个时候，他多么想抓住一样能够拯救生命的东西，哪怕是一块木板、一根木棍，甚至是一根芦苇也好，只要能让他漂浮就行，可湍急的洪流里，除了翻卷的泥沙，他什么也抓不到。他心里暗想，这下算完了，没有救了。再一转念，人生在世，总有一死，死就死吧。谁知，他这个念头一冒出来，便立刻犹如散了架子一般浑身乏力，四肢瘫软，再也没有一点儿挣扎的力量了，整个人都随着汹涌的波浪沉沦着。

就在探险者万念俱灰，最后一丝生的希望也即将被死神拿走的时候，他的头突然被滚动的石头碰了一下，骤然的疼痛使他突然清醒过来，刹那间，他突然想起，去年夏天和女友在这条河上旅游漂流时，曾在这条河的下游遇到一棵粗壮的老树，老树有一个粗大的枝杈，正好斜长着横贴在水面上，只要能抓住那个斜长着的树枝，他就能保住性命。一想到这里，他的心中顿时充满希望，一有希望，他浑身上下立刻来了劲，力气倍增，心也不慌了，僵硬的四肢也变得灵活了。

探险者心中默念着那棵救命的老树，鼓足勇气，睁大双眼，顺着水势，奋力保持身体的平衡和上浮。他在洪水中顽强地坚持着，拼命地搏斗着……历经艰险，他终于被冲到了老树跟前，并一把抓住了那枝横贴在水面上的树杈。谁知，那个树杈早已枯朽，当他拼命抱住那个树杈向岸边游动的时候，那个树杈因洪水的长期冲击和突然承担了他的重力，"咔嚓"一声折断了，他又被卷进了洪流中。他抱住那个折断的树杈，继续随水漂流，刚漂出不远，他就被河边经过的救援队发现，并被救上岸。

事后，那个探险者说："如果他早知道那棵树杈是枯朽的，不能救他的命，他也许根本就不能坚持游到那儿。"

作者感言：这个小故事给我们两点启示：

启示一：人不能绝望。人一旦绝望，就会心如死灰，就会失去奋斗的力量和战胜困难的勇气。"死就死吧"是一种无奈的绝望，这个念头一生出来，探险者便散了架子，四肢瘫软，不再挣扎，任凭洪水卷来抛去。如果滚动的石头没碰痛他而使他突然清醒，如果他没有想起那棵横贴在河面上的树枝，探险者的绝望会很快把他交给死神。

启示二：人要有希望。人有了希望，就有了动力。那个斜长着的树枝，给了探险者生的希望，这个希望的骤然萌生，让他浑身都有了力量，他的四肢不再僵硬，他开始奋力拼搏，是希望让探险者从死神的眼皮底下回到了人间。由此看来，希望就是力量，希望是无敌的，只要人心中还有希望，再大的困难、再大的挫折，人都有可能战胜。

绝望和希望是人情绪情感的两极。绝望是人对某种目标的实现或对某事物现象的出现完全失去信心，是一种负面的情绪反应，它通常是人在不同领域遭遇重大挫折，诸如离婚、唯一亲人死亡、众叛亲离、失业、破产、学业一落千丈、被欺凌、患有绝症等时产生的极端消极情绪。而希望则是人盼望、期望达到某种目标或出现某种现象的一种正面情绪反应，它是人活下去和怎么活的理由和根据，人一旦有了希望，就有了奔头，有了力量。希望是一个集群，人有大大小小多种希望，它推动人去做大大小小的各种事情，人也因此创造了大大小小的价值，体现了人生意义。

希望的丧失就是失望，失望的极端就是绝望，绝望就是认定没有一点儿出路。可人间万象是极其复杂且千变万化的，看似无路的绝望，往往蕴含着生机和希望。20世纪30年代，日本人打进中国，不少中国人绝望了，认为中国必亡，因此他们跪拜在日本人脚下，甘心当汉奸、做奴才，可大多数中国人硬是在绝望中看到希望，奋起拼搏，十四年抗战，用血和火打出了一条生路，赶走了日本侵略者，挽救了中华民族。本书《大苦难与大情怀》《笑对死神的"灰学之王"》等文，说的都是绝处求生的故事。其实，正如鲁迅所说，世间原本就没有路，走的人多了，便踩出了路。人生之旅，许多时候都是绝处逢生，看是没路了，但大胆走过去，便踩出了路。说到底，绝望是人的一种主观感觉，只要有一口气也拼力挣扎，只要有一点儿可能也不言放弃，绝望往往就转化为希望。所以，真正的绝望就是自己绝望了，只要自己不绝望，就有希望。

坐，请坐，请上座

宋代大文豪苏东坡平生喜欢访僧问禅。据说，有一次他脱掉官服，换上便衣到城郊一座寺院去游玩，并想拜会一下寺院的方丈。

方丈见前来拜会的是一位穿戴十分寻常的人，估计顶多是个穷私塾先生，便坐在自己的位子上没有动，冷冷地说了一声："坐。"并叫小和尚，"茶。"

苏东坡打过招呼后，没有立即坐下，而是专心地看着挂在墙上的一幅书法作品，并赞美这幅字写得淡定幽远，清新脱俗，与寺院的环境十分吻合。

方丈见这人谈吐不凡，想是有些来头，便起身对苏东坡客气地说："施主请坐。"并大声呼叫小和尚，"上茶！"

在两个人交谈中方丈得知来人是名满天下的大学士苏轼，一改刚才的冷漠态度，满脸堆笑，极尽恭维，连连说："大人请上座，请上座！"并连呼小和尚，"上好茶，上好茶！"

方丈知道苏东坡诗词书画冠绝天下，千金难求，于是便命小和尚备下笔墨，躬身施礼，恳求道："请大人为小寺留下墨宝，不胜感激，不胜感激。"

苏东坡爽快答应，提笔在宣纸上写下一联：

坐，请坐，请上座；

茶，上茶，上好茶。

书毕，离寺而去。

作者感言：短短的一幅联语，巧借方丈之言，把方丈以貌取人、趋炎附势的世俗心态描写得淋漓尽致，幽默中极具讽刺功力。

这是一个广为流传的文人轶事，知识分子尤为乐道。其出处说法不一，有的说是明代才子谢缙所为，也有的说是清代画家郑板桥所为，还有的说是清代学者阮元游平山堂时所为。故事流传到现在，后人不断演绎，还出现了新版本。新版本说，一个穷秀才到寺院去见老方丈，小和尚把秀才领进禅房，说明来意，方丈淡淡地说："坐，茶。"刚说了几句话，一个大财主也来见方丈，方丈热情地说："请坐，上茶。"过了一会儿，一位朝廷官员也来见方丈，方丈连忙起身说："请上坐，上好茶。"秀才感触万千，临走时赠给方丈一副对联："坐，请坐，请上坐；茶，上茶，上好茶。"

出自谁手和新旧版本，都不是我们要关心的，我们只想借这个小故事，聊聊人际交往中"看人下菜碟"现象。

"看人下菜碟"是一句北方方言，"下菜"是把做好的菜端到餐桌上，全句的表层意思是：根据就餐人的不同身份端上相应品级的菜，是高贵的人，就端上质量高的上等菜，是低贱的人，就端上质量差的劣等菜。但这句话在交流中的真正用处是它的引申义，人们用它来比喻不能一视同仁，待人因人而异，根据不同的人给予不同的待遇。正如那位方丈，见来访者是一个普通读书人，就态度冷漠，沏得只是一般的茶，待知道来者是大名人苏东坡时，态度骤变，热情有加并沏上好茶。

怎样对待"看人下菜碟"现象呢？在此给出两点建议：

建议一：我们首先认定它不是一种好现象，它不利于和谐的人际交往。特别是在同一情境下，它严重损害了弱势一方的人格尊严，体现了对贫弱者、地位低下者的蔑视、不尊重，甚至侮辱。如新版本中方丈的行为，就是对秀才的蔑视和不尊重。因此，我们都不要做方丈那样的人。在日常人际交往中，我们要学会尊重人和平等待人，特别是在多人相聚一起的时候，如在某种聚会上、餐桌上，绝不能势利眼，绝不能对不同身份的人采取不同态度。

建议二：这是一种世俗社会的常见现象，无须大惊小怪，无须生气，以平常心待之即可。在特定环境中，如果你是强势一方，有人冷落他人而故意讨好你时，你就善意地、委婉地暗示他不要这样；如果你是弱势一方，被人轻视，被人瞧不起时，轻者可以表现出不高兴，暗示他们收敛，也可以找个借口离去，重者可以愤然离开，不和他们计较，免得激化矛盾，破坏了既有的良好关系。

"冷酷"母爱成就了一个铁血男孩儿

他生在北京一个条件优越的家庭，母亲生他时四十岁。他从小爱哭，性格懦弱。他是家里的独子，但母亲对他却十分"冷酷"。

很小的时候，如果他哭泣，他母亲冷冷地数"1、2、3"，到"3"必须停下，他不知道"3"之后他妈妈会怎样惩罚他，因为他从来没敢在她数"3"后还敢继续哭泣，一次都没有。

四岁那年，他母亲有一次领他上街，他看到一个自己非常喜欢的玩具，就想让母亲给他买。母亲没有答应，他当即倒在地上耍赖，放声大哭，弄得自己一脸泪一脸灰。可他母亲扭头看了一下，竟扔下他扬长而去。母亲越走越远，他的哭声更加凄厉，他不信母亲真会扔下他不管。可无论他怎么扯着嗓子哭泣，母亲也没有停步。眼看母亲的身影就要消失了，他赶紧爬起来追上母亲。他母亲冷着脸不看他，也不理睬他。从此他明白，以要挟的方式对付母亲，无效。

他开始上学，妈妈一声令下："让儿子读私立学校，吃住都在学校。"母亲对父亲说："这孩子从小爱哭，性格懦弱。现在的独生子女，稍不留神，要么无法无天，成了谁也管不了的天王老子；要么男孩子变得女里女气，白顶一个男子汉的名。这样的孩子长大后是不会有什么出息的！"父亲言听计从，所以，他从小学到初中，都在私立学校读书，吃住在学校，每月只能回家四次，母亲一次也没有去学校看过他。

刚上初中那一年，有一次他被一个比他小一岁的男孩儿打哭了。回家后，母亲严肃地对他说："孩子，男孩子打打架才能长大，妈妈不觉得这是坏事儿。可输给比你还小的孩子，太让妈妈丢脸了。再打时，你得想办法赢他一次！"他从小胆子就小，就连跟别人吵嘴也不敢，妈妈这样说时，他一直在发抖。

他母亲退休后不在城里享福，拉着他父亲在北京郊区承包了一大块农田办农场。每年寒暑假，他母亲都让他下地干活，不准他待在北京城。酷暑里，他光着膀子在玉米地里挥汗如雨；寒冬中，他踏着厚厚的积雪在田里忙碌着。

他初中毕业，母亲告诉他，他不能继续读高中，必须到陕西的农村老家劳动一段时间。他母亲在家有绝对权威，谁也不敢违背。就这样，他被母亲"扔"到了陕西乡下，每天跟着老乡下地干活，吃着很差的伙食。老乡一定得到了他母亲的"授意"，他只要有一丁点儿做得不合适，便遭到怒吼或痛骂，让他饱受了"寄人篱下"之苦。

在陕西老乡家干了半年活后，他接到母亲一个电话："儿子，我和你爸爸商量好了，我们一致认为，将你放在狼群里比放在羊群里成长会更快更好。我们已经给你选好了学校，是美国费城的一所军校，学生按表现晋升军衔，可以升到团职甚至更高。你要是能当上团长那该多神气呀！"

母亲决定了的事不可更改，他只能乖乖服从。办好签证，父母没有送他，他独自从北京飞到美国。那年，他十五岁。

2006年3月23日，当地时间清晨五点三十分。美国费城翠谷军校宿舍，他在睡梦中被人揪住领子从上铺拽到了地上，一个愤怒的声音几乎震聋了他的耳朵："从你的床上滚下来，新兵！"双臂有可怕刺青的学生官揪住他的衣领高声叫喊："你只有四十秒的时间，赶紧穿好衣服去饭堂吃饭！如果迟到，拳头就会落在你的脸上！"他顾不得揉一下摔疼了的膝盖和手肘，穿好衣服直冲饭堂。还好，他只用三十六秒便坐在饭堂的座位上。

"现在我来教你吃饭！"学生官严厉地说。原来，军校学员的吃饭动作，比机器人还机械：屁股只能坐座位的三分之二，背部不能靠在椅子上，腰要挺直，吃饭时一只手拿叉子，一只手扶盘子，叉到食物后，伸直胳膊使大臂与小臂成九十度角，把食物放进嘴里后，双手放回身体两侧固定好，这才可以咀嚼食物，将食物嚼碎咽下后方可又另一块食物……第一餐，他没有吃饱。

更苛刻的是，吃完饭走出饭堂，无论是回宿舍还是闲逛，他都得像所有的新学员一样，踢着正步走路，像个滑稽的木偶人。七点整开始上正课，第一天练队列、齐步、正步、跑步、立正、稍息；横队列队、纵队列队……教官琼斯是来自美国海军陆战队最优秀的现役军官，苛刻而冷酷。练踢腿动作时，教官让他高抬腿，另一只脚呈"金鸡独立"状达十多分钟，仍不准他放下。汗水顺着他的脸颊流到脖子里，他可怜巴巴地盯着教官那双冷酷的蓝眼睛，乞求让他放下。二十分钟过去了，他因坚持不住歪倒在地上，教官漠然地看着他，喝道："站起来，继续！"

黄昏时分，一天的训练终于结束了，他像机器人一样吃完晚餐回到宿舍，脱光衣服后开始冲澡。半分钟后，学生官把他从浴室里拖出来顶在墙上，挥舞着拳头大声吼叫着说："你只有三十秒的洗澡时间，你超时了！"他头上和身上全是泡沫，但学生官不准他再进浴室，没办法，他只好用浴巾抹掉身上的泡沫。

夜里十一点多，同宿舍的人睡着了，他悄悄走进浴室先将身上残留的泡沫冲干净，再坐下来冲洗因踢正步已经溃烂出血、奇痛无比的右脚拇趾。泪水止不住地流了下来。

一天、两天、三天过去了，到了第四天晚上，他觉得他完全垮了，流着泪给远在北京的母亲写信："妈妈，这里的一切都比想象中可怕：学校完全实行军事化管理，老师都是现役军人，同学中有中东王子，有世界五百强企业创始人的第三代、第四代，也有其他学校管不了的调皮孩子，我是唯一的中国学生。这里不许外出，不许打电话，不许和别人说话。除上课外，我必须待在房间里背学生手册，或是擦皮鞋、擦铜衣扣。我觉得在这里每天都是浪费时间和生命……现在是我入学的第一个星期，学校说如果在两星期内改变主意可退回学费，希望您看到信后能尽快做出决定。儿子……"在号称"小西点"的费城军校读书的第一周，他天天晚上哭泣。

他天天盼母亲的回信，但始终没有母亲的回音，他绝望了！他心里明白，母亲不会答应他，他只能咬紧牙关面对。

学校的训练越来越苦。几天后练十英里长跑，背着沉重的背包，上山下山、草地泥地，跑到最后，他先吐胃液，后吐胆汁，几乎晕倒。

在最为艰难的时候，他母亲打来了越洋电话："孩子，男孩子要想成长为顶天立地的男人，必须经历一些身体和心理上的磨炼。你自小懦弱、娇惯，妈妈就是希望你能在严酷的环境里经受锻炼。孩子，妈妈相信你一定能行！"说完便挂断电话，容不得他说半句话。

母亲说他行，他不行也得行。新学员的训练要经过半年才能结束，他想，他是这所军校里唯一的中国人，他不能趴下。他要让所有人知道，中国人是硬骨头，他不能丢中国人的脸！此刻，他身处异国他乡，也只有在这个时候，他才真正明白"祖国"的含义。他要是倒下了，人家嘲笑的不仅是他个人，还有他的祖国！

一个月、两个月、三个月……他的体能上来了，意志力也坚强了。从小学到初中，母亲给他打下的底子发挥了作用，再练长跑时，他不吐了，并能跑在带队教官的前面；练射击，他精准的枪法让同班同学竖拇指。几乎所有的军事项目，他都名列前茅。他敢于和最强悍的学员进行"挑战极限"比赛：负重高速跑八百米，接着攀上十五米的垂直悬崖，然后在五分钟内将一只重型卡车轮胎翻动着（请注意，是翻动，而不是滚动）推到五十米开外，再在十五分钟内高速跑两千米！他做得很出色，就连那个总对他吼叫训斥的教官，也大声夸奖他说："好样的！"

因成绩和表现突出，他只用了三个月就结束了新学员训练，于当年6月参加军官训练，成为一等军士。美国人对能吃苦、素质良好的人永远充满敬意，格外器重，到当年11月时，他已成为上士军官。第二年2月他被提升为上尉，到第二年9月时，他已经成为步兵团总教官、军警队队长和国际部代表，属于正团级学生。

在军校，他没有停下成长的脚步。多年前，他母亲曾经对他说，男孩子打架，要么不打，要打就得赢；男孩子只有打打架才能成为男子汉！在军校，有一次和同学聚会时，他们一帮大男孩子闹着闹着，不知怎的，他把一个比他高出一头的白人男孩儿惹急了，继而两个人大打出手。同学们上来拉架，他吼道："别拉！大家围成圈观看，谁也不准拉架！"那天，大家真围成一个圈看他们俩打架。他一拳打在对手的右肋处，对手痛叫了一声，回手一个下勾拳击中了他的下巴骨。他打对手的右腮，让他牙齿松动并出血，对手攻击他的"下三路"，让他差点儿倒地……直到那一刻他才明白，两个男人赤手空拳的格斗，完全是力量、耐力、灵巧、应变和意志的较量，缺少任何一样都将归于失败。

打到后来，他和那个白人男孩儿都躺在地上，一个看一个。最终，他们同时把手伸给对方，并紧紧握住，从此成为好朋友。男孩子要有对抗精神，要有强烈的攻击欲望和能力！这是他母亲教给他的成长理念。他想："我这个中国男孩儿如果没有一点儿血性，怎么可能在美国军校这个'狼群'中升到正团级军官？"他打电话告诉母亲打架的事，母亲说："儿子，好样的！"

他在军校读书三年，他母亲来看过他两次。第一次是他刚上士官训练营，当他向母亲哭诉这里如何苦时，他母亲拉着他来到广场，面对那面因他的到来而升起的第一面中国国旗，他们久久凝视。他母亲没有说话，只紧紧搂搂他的肩头，然后掉头回了北京。第二次，是来学校参加他的毕业典礼。当他上台领取毕业证书时，台下一千多个他所领导的兄弟们发出震耳欲聋的欢呼。他母亲安静地坐在台下，微笑地看着他，什么话也没说。

2008年秋军校毕业后，他考入纽约曼哈顿大学商学院，攻读金融和国际关系专业。2010年，他创作了《美国军校的中国男孩儿》一书，记述了自己在美国费城翠谷军校的经历。在谈及写作动机时，他说："我这十五万字自传性文字，意在写给祖国迷茫的同龄人。"

他叫孔一诺，是孔子第七十七代孙，著名科学家钱伟长的曾外孙，1988年10月22日生于北京，父亲是北京市政府的一名干部。

作者感言：一个自小性格懦弱、爱哭的男孩儿，在母亲"冷酷"的呵护下，变成了铮铮的铁血男儿，孔一诺的成长经历至少给我们三点启示：

启示一：作为父母，要树立正确的育子观。当然，我们无意劝所有的父母都像孔母一样，把孩子送进"狼窝"去历练，况且，中国绝大多数家庭还没有孔家那样的条件。但孔母有意将儿子置于"苦其心志，劳其筋骨"的环境中磨砺，无疑为所有父母提供了一个教育子女的优秀范例。当今中国，父母溺爱孩子，是全国通病。中国的父母亲，把孩子捧在手里怕吓着，含在嘴里怕化了，百般呵护，无所不尽其极，父母包办了孩子的所有事情，以至于许多孩子生存能力极差，饭来张口，衣来伸手，自己什么都不会做，上了初中，还不会自己洗衣服、叠被子、收拾房间。不仅如此，由于过分娇惯，养成了自私、自以为是、不懂规矩、没有责任心、没有礼貌、缺乏同情心和爱心、好逸恶劳、任性等恶习，究其原因，均由父母"娇之太甚，养之太过"所致。到美国居住一段时间的人都承认，美国孩子的自理自立能力强于中国孩子，为什么呢？有专家调研分析后给出三点不同：

不同一：教育目的不同。中国父母想着为子女的幸福奠基，而美国父母想着为子女的生存能力奠基。

不同二：教育方法不同，中国的孩子是抱大的，父母包办一切；而美国的孩子是爬大的，孩子应做的事情，父母绝不代办。中国的孩子摔倒了，父母马上跑过去抱起来，美国的孩子摔倒了，只有自己爬起来。

不同三：情感投入不同。中国父母注重溺爱，百般呵护；而美国父母注重严爱，有时甚至近于冷酷。

为了孩子有更强的生存能力，中国父母应该学学美国父母，应该学学孔一诺的母亲。

启示二：严教即挚爱。每位父母都应该清醒意识到，把孩子放到艰苦的地方去磨砺并严格要求，也是一种爱，而且是更深层次的爱。这是因为，人生在世，谁都要遭遇不同程度的困难、挫折，甚至磨难，而克服这些困难、挫折，甚至磨难，需要坚强意志和百折不挠精神。而坚强意志和百折不挠精神不是自然生成的，它是在艰苦的生活实践中通过打拼磨砺出来的，所以，孟子说："天将降大任于斯人也，必先苦其心志，劳其筋骨，饿其体肤，空乏其身，行拂乱其所为，所以动心忍性，增益其所不能。"意思说，上天将要把重大使命降落到某人身上，一定要先使他的意志受到磨炼，使他的筋骨受到劳累，使他的身体忍饥挨饿，使他备受穷困之苦，做事总是不能顺利。这样来打磨他的心志，坚韧他的性情，增长他的才能。这就是我们常说的"宝剑锋从磨砺出，梅花香自苦寒来"。温室的花朵，不能抵御狂风暴雨；稚嫩的羔羊，熬不过三九严寒。只有熬过寒冬的人，才能体会春天的温暖；只有经历苦难的人，才能感受幸福的美好。孔一诺的成长就是证明。

中国有句古语说："慈母多败子，严家无格虏。"过于慈爱的母亲，往往会养育出败坏事业的坏孩子，而严格的家庭，连家奴都没有不守规矩的。所以，溺爱子女往往是毁了子女。

无疑，孔母的做法并非唯一，不仅许多父母做不到，其做法也未必都可取，但她教育子女的态度，却是天下父母都应该学习的。就大多数父母来说，严格要求子女并让他们接受艰苦磨炼，途径方法很多，最简单的，就是从自己家庭的实际出发，根据子女的特点，有意让孩子去做自己能做的事。而最重要的，是父母要树立起"严教"意识，并持之以恒地象孔母那样坚持严教。

启示三：作为子女，要深刻理解和正确对待父母的"严教"。孔一诺深知母亲的良苦用心，他知道，母亲是爱他的，母亲"冷酷"的做法，是在为他将来考虑，是一种更大、更长远、更深沉的爱。正是由于对母爱的深刻理解，让他一点点认同了"严教"，从被动接受变为主动适应，最终在军校创造了优异成绩。试想，如果他就是不配合，死磨硬泡，抗拒到底，农村也不去，军校也不去，孔母最终拿他也不会有办法，他的少年历史就不会精彩，他就会像许多有一定条件的富家子女一样，变得很平庸。

"这事与我没有任何关系"
与"一双臭袜子的姻缘"

　　"这事与我没有任何关系"的故事说，一天傍晚，有一只老鼠从洞里爬出来，想到外面去觅食。它刚从洞口探出头，就发现这家主人正在库房的墙角下安放鼠夹子。这是一个又大又新的鼠夹子，无论多大的老鼠踏上它，必定被夹死。这只老鼠心中暗喜，幸亏自己发现了，否则必死无疑，因为它爬出洞后，必须经过这个墙角。待主人离去，这只老鼠小心翼翼地绕过墙角，来到院子里。这时，它发现一只大公鸡正在院子里散步，它想，得把这件事告诉公鸡，如果公鸡不小心踏上了，腿必被夹断。于是它上前对公鸡说："公鸡大哥，库房墙角下安放着一个鼠夹子，你可要当心呀，踏上去会夹断你的腿。"

　　大公鸡鄙夷地看看老鼠，轻蔑地说："那是我家主人专门对付你的，这事与我没有任何关系。真是闲吃萝卜淡操心！"说完，继续悠悠地散步。

　　老鼠讨个没趣，低着头朝前走。当它路过猪圈的时候，看见猪正从敞着的圈门往圈里进，它想，得告诉猪一声，如果猪不小心踏上了，一定会夹伤脚趾。于是它上前对猪说："猪大哥，库房墙角下安放着一个鼠夹子，你可要当心呀，踏上去会夹伤你的脚趾。"

　　猪抬头瞅瞅老鼠，哼哼唧唧地说："这事与我没有任何关系，你自己小心点儿就行了。"说完，进圈躺在草铺上。

　　老鼠继续往前走，到了院门口的时候，看见老牛正卧在牛槽下倒嚼，它想，得告诉牛一声，如果牛不小心踏上了，会夹伤它的蹄了。于是，它上前对老牛说："牛大叔，库房墙角下安放着一个鼠夹子，你可要当心呀，踏上去会夹伤你的蹄子。"

这是一头老牛，已经无力拉车耕田，但主人不忍心杀了它吃肉，所以就这么养着。老牛耳朵有些背，没听清老鼠的话，老鼠又大声告诉了它一遍。听了老鼠的话，老牛笑了，它说："这事与我没有任何关系，再说，我一蹄子踏上去，再大的鼠夹子也被踩扁了，放心好了。不过，我还是要谢谢你的好意。"

第二天天刚蒙蒙亮，一条剧毒蛇从库房的墙角爬过，正好压翻了夹子的机关，夹子牢牢地夹在毒蛇的腰上，毒蛇无论怎么挣扎也挣不脱。

天大亮，这家主人前来查看鼠夹子，他根本没想到会夹住一条蛇，所以，毫无防备地俯下身查看。这毒蛇突然蹿起来，一口咬伤了他的手。他惨叫了一声，走了不几步就昏倒了。

家人和邻居听到叫声，赶忙跑过来，发现他被毒蛇咬伤后，及时将他送进县城的医院。经过一番紧张的抢救，他终于脱离了危险，但排除蛇毒还需要住院治疗。

住院期间，他身体非常虚弱，他妻子无奈将心爱的大公鸡杀了，炖了一锅鸡汤，为他滋补身体。邻居们也纷纷到医院来看望他，许多人还慷慨解囊，借钱给他付医药费。

半个月后，他康复出院。他是一个农民，收入很微薄，为了答谢亲戚、邻居的帮助，他拿不出钱请客，只好将自家那头还没有长大的猪杀了，招待乡邻，以表谢意。

住院治病借了邻居的钱，他不能拖欠人家，只好忍心将老牛卖给城里的屠宰厂，换了几百元钱，还清了债务。

老鼠目睹了前后发生的一切，长长地叹了一口气，决定离开这家，搬到别处去住。

"一双臭袜子的姻缘"，是发生在国际大都市上海的一则故事。故事说，20世纪90年代末期，上海某大学毕业生刘冬冬在上海一家公司谋得了一个供销员的职位。有一天，他跑了几十个部门去推销本公司的产品，但一无所获，心情十分沮丧地回到家中。

进了家门，脱掉鞋子，臭袜子的气味立刻扑鼻而来。他脱掉臭袜子，本想拿到洗手间去洗洗，可举起来一看，有一只后脚跟已经磨出了一个小洞，他连想都没想，随手将臭袜子从窗户扔了出去。

他家住在临街的二楼，那臭袜子正好落在一位过路的女子头上。那女子从头上抓下臭袜子，气愤地喊道："谁这么缺德，从窗户往外扔臭袜子？快给我出来！"

冬冬爬窗一瞅，是一位女子对着窗户大叫，他知道大事不好，赶忙下楼向女子道歉。

冬冬不敢正眼瞅那女子，一个劲地作揖点头，连声说："大姐，对不起；大姐，对不起。"

那女子见冬冬长得十分帅气，作揖点头的样子又非常滑稽，不觉怒气顿时消了一半，放低嗓门说："谁是你的大姐，本姑娘有那么老吗？"

冬冬抬起头，眼前顿时一亮，原来面前站着一位亭亭玉立、眉清目秀、浑身都透着清凉的少女。他觉得很对不起这位姑娘，一而再再而三地为自己的不良行为道歉。少女渐渐平息了怒气，冬冬趁机提出邀请："小妹妹，真是很对不起，如果您不介意，能给我一个赔罪的机会吗？我请您吃晚饭！"

"是不是想打本姑娘的主意？"少女单刀直入，但声音柔和而清脆。

"不敢，不敢，算是小小的补偿，是赎罪！是赎罪！"冬冬摊开两手，样子十分坦诚。

少女从头到脚把冬冬打量了一遍，稍稍迟疑了一会儿说："量你也没有这个胆量！那就给你一个面子，不过一定是大餐。"少女的语气坚定而自信。

"自然，自然。"冬冬喜出望外，立即带着那少女进了一家中档餐馆。餐厅里悠悠地飘着轻音乐，他们走进一个小包间，要了一瓶果酒和几样可口的菜，边喝边聊。

交谈中冬冬得知，他们原来是校友，少女叫林倩倩，和他在同一所大学毕业，他读的是工商管理，林倩倩读的是财经。毕业后，林倩倩在一家公司当会计，那公司正好在冬冬公司的对面。

两个人谈得十分融洽，分手时交换了手机号码，相约经常联系。

一回生，两回熟，两个人在频繁交往中，由相识而相熟，由相熟而相知，由相知而相爱。两年后，两个人步入了婚礼殿堂，冬冬也由一个推销员升任部门经理。

作者感言：第一个故事，与鼠夹子有直接关系的老鼠安然无恙，而与鼠夹子没有关系的大公鸡、猪和老牛却因此丧命；第二个故事，一双臭袜子与林倩倩原本没有任何瓜葛，可这双臭袜子却意外地落在了她的头上，她于是便和臭袜子产生了联系，并由此成就了一段美好姻缘。看来，一个人，不知什么时候，就会与原本与自己没有任何关系的事物或现象发生联系，并对自身产生影响。所以，我们想借这两则小故事提醒世人：人应该有点儿"关联意识"，即"事物都是相互联系的，随时都有可能与你我他发生关联"的意识。

辩证法告诉我们，世界上的万事万象都是有联系的，而且这种联系是客观的、多样的和普遍的，世界上没有任何一件事物是孤立存在的。比如，植物生长离不开阳光和水，而水的形成又离不开氢和氧，而氧的生成又离不开植物的生长。当然，这并不是说，世界上任何两个事物都是相互联系的。

任何事物都处在普遍联系中，不存在不与周围事物发生联系的事物，这一点是无条件的、绝对的，但某一事物是否与另一事物有联系，则是有条件的、相对的、具体的。古人云："风马牛不相及"，就是指此事物与彼事物之间毫不相干、没有任何联系的情况。两个事物之间，只有产生相互作用、相互影响的关系，才能说它们之间有联系。第一个故事里，鼠夹子原本与大公鸡、猪和老牛没有任何联系，但因鼠夹子夹住了一条毒蛇，而这条毒蛇又咬伤了大公鸡、猪和老牛的主人，当主人被送进医院治疗的时候，便与大公鸡、猪和老牛相继发生了关系。可见，"鼠夹子夹住毒蛇""毒蛇咬伤主人""主人住进医院治伤""治伤需要补养和金钱"，这四个情节便是鼠夹子与大公鸡、猪和老牛发生联系的具体条件。第二个故事里，刘冬冬的一双臭袜子原本与林倩倩没有任何联系，可冬冬从窗户向外扔臭袜子这一不文明行为，让臭袜子意外落在正路过窗下的林倩倩头上，于是两个人因此相识，并成就了这段美好姻缘，可见，"冬冬从窗户向外扔臭袜子""臭袜子意外落在林倩倩头上""冬冬出来道歉""冬冬请客赔罪"这四个情节，是林倩倩与臭袜子发生联系并成就她与刘冬冬二人美好姻缘的具体条件。

这两个小故事告诉我们，人活在世上，与这个世界有着千丝万缕的联系，所以，不可以轻言"这事与我没有任何关系"。特别是现代社会，随着政治、经济、文化以及生产、生活方式的日益国际化、全球化，整个世界变得越来越小，世界上发生的许多事情，与每一个生命的关系越来越密切。2007年底美国华尔街爆发的次贷危机，引发了全世界金融危机，成千上万的企业遭受重创，数千万人失去了工作，全球经济下滑，国际货币基金组织2010年的一份统计报告说，到

2009年底，这次金融危机在全世界造成的财富损失超过五十万亿美元，相当于全球一年的GDP总额。这是从大的方面说，从小的方面说，大街上奔跑的汽车，似乎与我们没有关系，但它排出的尾气正一点点蚕食着我们的生命；农民种地使用的化肥、农药似乎与我们没有关系，但这些化肥、农药都隐含在我们每天吃的粮食和蔬菜里，正不断损害着我们的健康；千里之外某城市林立的烟囱整天冒着浓浓的黑烟，这似乎与我们没有关系，但它造成的雾霾却经常袭来，让我们喘不过气来。所以，我们不能说汽车、化肥、农药、千里之外冒着黑烟的烟囱与我们没有任何关系。

既然我们不能轻言"这事与我没有任何关系"，既然说不上什么时候我们就会与某事物或某现象发生关联并对我们产生影响，那么，我们就需要不断增强"关心意识"和"担当意识"。

所谓"关心意识"，就是尽可能多地去关心这个世界上发生的事情。记得明代大学者、东林党领袖顾宪成在创办东林书院时，曾为书院题写了这样一副楹联："风声雨声读书声，声声入耳；家事国事天下事，事事关心。"我们每个人都要努力追求这种境界，关心天下的每一件事情，不管它是小的"家事"，还是大的"国事、天下事"。

所谓"担当意识"，就是在"关心意识"的基础上，积极动作，有所作为，努力消除不利于人类生活的坏事，大力弘扬有益于人类生活的好事。记得1919年毛泽东在《湘江评论》上发表过一篇题为《民众的大联合》的文章，其中有这样一段话："天下者，我们的天下；国家者，我们的国家；社会者，我们的社会；我们不说，谁说？我们不干，谁干？"我们每个人都要努力培养这种"以天下为己任"的意识，学会担当。

这是好心人应该得到的回报

1757年，印度在印英普拉西大战中失败，此后，印度逐步沦为英国的殖民地，直到1950年印度共和国宣布成立，印度才摆脱了英国的殖民统治。英国统治印度长达近两个世纪。

故事就发生在英国统治印度时期，这期间，居住在印度的英国人十分骄横傲慢。

有一天，一个英国军官骑着马在街头兜风。忽然，一个装得鼓鼓囊囊的钱包从他口袋里滑了出来，掉到马路上。过了一会儿，他发现钱包没有了，赶忙回头寻找。

一位好心的印度人捡到了钱包，他守在原地，正在着急地等待失主，他见那位英国军官焦急的样子，便上前问："老爷，您在找什么？"

英国军官回答说："我的钱包丢了，我正在寻找它。"

好心的印度人马上把钱包还给了他。可是，那个英国军官见印度人老实好欺，便想趁机敲他一笔。他打开钱包，数了数，然后威胁印度人说："我的钱包里装了七十枚金币，现在只剩下六十枚了，你快把拿去的十枚交出来，要不然我就对你不客气了。"

那个好心的印度人做梦都没有想到，这个英国佬会这样恩将仇报。他和英国佬争辩，可英国人蛮不讲理，最后闹到了警察局。警察记下了案情并立刻移交法院裁决。

一位印度法官接收了这个案子，他听完了双方的陈述，再打开钱包看了看之后，便明白了其中的原委。他想：如果这个印度人贪心，捡到钱包后就会立即离开，根本不可能等在那里，并把钱包还给失主；既然他不贪心并把钱包还给了失主，他就不可能又从中取出十枚金币。再说，这个钱包已经很满，不要说再装十枚，就是再装进两枚也很困难。一定是英国人仗势欺人。想到这里，他有了主意。

在法庭上，法官叫人拿来十枚金币，交给那位英国军官，说："请你把这十枚金币装进钱包。"

那英国军官费了全身力气，想把这十枚金币塞进钱包，可怎么也装不进去。

法官和陪审员们交换了一下意见，拿过钱包，宣判说："本庭认为，这个钱包根本不是这位英国军官的，因为军官的钱包比现在这个大得多，能装七十枚金币，而这只钱包只能装六十枚。在没有找到失主之前，这个钱包暂由法院保管，三天后找不到失主，钱包归捡者所有！"

英国军官当时傻了眼，但又无话可说，自认倒霉，灰溜溜地离开了法庭。

三天后，法院将钱包交给那个印度人，法官说："它属于你的，这是一个好心人应该得到的回报。"

作者感言：应该感谢这位正义而睿智的法官，否则，好心的印度人将蒙受不白之冤。

由此我们想到《伊索寓言》中"农夫和蛇"、《一千零一夜》中"渔夫和魔鬼"、《东田传》中"东郭先生和狼"三个故事。农夫可怜冻僵的蛇，把蛇揣在怀里，蛇苏醒后将救它的农夫咬死；渔夫把魔鬼从关押它的瓶子里放出来，魔鬼却要吃掉救它的渔夫，聪明的渔夫又设计将魔鬼关进了瓶子；东郭先生将狼装进口袋，使狼躲过了猎人，救了狼的命，狼却要吃掉东郭先生，藜杖老人设计又将狼装进了口袋。三个故事都告诫人们，对待像蛇、魔鬼、狼一样的恶人，绝不能施以同情、怜悯和关爱。那位恩将仇报的英国军官，就是蛇、魔鬼、中山狼一样的恶人，把钱包判给好心的印度人，是对恶人应有的惩罚，大快人心。

我们说这则小故事，是想借此聊聊这样一个话题：当看到别人处于困境甚至险境，同时又无法确证危难者是好人还是像蛇、魔鬼、狼一样的恶人时，我们应该怎么办？

在通常情况下，人们在施以同情、怜悯、关爱或见义勇为、急人之难的时候，并不知道被同情、被怜悯、被关爱者或被解救者是恶人，如果那个好心的印度人明知道英国军官是蛇、是狼，要讹诈他，他还那样做，那他就像农夫和东郭先生一样迂腐。事情难题还在于，同情、怜悯、关爱弱者或拯救陷于困境的蒙难人，是人性使然，是美德，而这个时候，施救者又没有时间也根本不可能对被救对象做一番调查并做出"'他是好人'或是'他是恶人'"的判定，况且，被救者恩将仇报的行为尚没有发生，而谁也说出根本没有发生的未来事情。当其时，绝大多数人的第一反应，就是尽快帮助危难者摆脱困境，不如此就觉得不配做人，甚至会一辈子良心不安，至于善行后是否能得到回报或遭到迫害，则很少考虑，甚至根本没工夫考虑。

对于被救对象来说，即使是恶人，其绝大部分人也不会像蛇、魔鬼、狼和那位英国军官那样立刻露出狰狞面孔，加害恩人，而是在日后的生活中，由于权力、金钱等利益因素的毒害和个人贪欲的恶性膨胀，使灵魂扭曲，丧失了人性，才做出加害恩人的事情，走上了恶人的不归路。

还有一种值得注意的情况，那就是，加害于自己的恩人，并非出于被救者的本意，而是由于误解。在善行过程被遮蔽或处于黑箱状态的时候，被救人误认为恩人就是把自己拖进困险境的人，从而威逼恩人做出相应的赔偿。某报载，有一老人被汽车撞倒昏迷，肇事者逃之夭夭，一位好心的司机看到了昏倒的老人，立刻送医院抢救，其老人醒来后误认为这个好心的司机就是肇事者，其家人也抓住这个好心的司机不放，要求支付医药费之外还必须赔偿二十万元，无论司机怎么解释，老人及家人就是不信，事情闹到公安局，后经多方调查并抓住了肇事者，好心的司机才洗清了不白之冤。老人及其家人的基本思路是：在世风日下、物欲横流的当代社会，雷锋精神早已成为遥远的童话，不是肇事者，绝不会积极相救，因为对于这类可能惹来麻烦的事情，世人避之唯恐不及。这是一个以"不善"为起点推出的结论。

从上述分析中不难看出，救人危难，面临许多风险。那么，我们应该怎么选择呢？给出的建议如下：

建议一：必须果断相助。因为你是人，你有人性，人性要求你不能见死不救、见难不帮。况且，世界上好人是绝对多数，以怨报德甚至恩将仇报的人是极少数，被误解的事情也是极少数，碰上的概率很低。即使万分之一的概率让你碰上了，其做法如下：一是，对于以怨报德的小人，要坚决揭露他，不能迁就，如果对自己构成伤害，要坚决诉诸法律，惩罚恶人；二是，对于被误解，要极力寻找证据，说明情况，相信事情会真相大白；三是，退一万步说，倘若最终受了委屈，就用一句唯心的话说，任命吧！岂能尽如人意，但求无愧我心，求得一辈子良心安宁。

建议二：在救助危难者时要尽量使善行过程明朗化。如及时打110或120报警，说明情况，呼叫过路人帮助等。如果就是在荒郊野外，找不到任何人帮助，也要留一分警醒，在积极施救的情况下，尽可能保留和记住自己是施救者的证据，以防误解。

建议三：就被救者来说，需要以"善意"为起点，思考问题，其基本思路是：是他帮助我或救了我的命，他是我的恩人。这样，就不会伤害自己的恩人。倘若是不慎伤害了恩人，一旦发现，不仅要诚心道歉，还要积极为恩人做一些心理和物质补偿，一来是安慰恩人和救赎自己的过失，二来是向世人证明自己不是以怨报德的小人。至于心存恶意的被救者，希望改过自新，知恩图报，须知，多行不义必自毙，那些忘恩负义、恩将仇报的人，多数都没有好下场。

建议四：对于社会舆论，要积极营造"善有善报，恶有恶报"的氛围。对于那些以怨报德的小人，要鄙视之、唾弃之，使之无立锥之地；对于善行者要张扬之、赞美之，使人趋之若鹜，积极效仿；对于见难不帮、见死不救的冷漠现象，要批评之，谴责之，使之没有市场。

建议五：对于法律，要高高托起天平和高悬正义之剑，对恩将仇报、加害恩人的恶人，要绳之以法，绝不姑息，就像印度法庭惩治那位白人军官那样，绝不留情；对于救人之难的好人，要嘉奖重赏，以推进社会的公平正义，营造和谐清明的社会风气，就像法庭将钱包判给捡钱的印度人那样。

我们在本书《助人反遭诬陷的故事三则》一文中，也说到怎样防止助人反被诬陷的问题，可参阅之。

"这就是地狱"与"我还是下地狱吧"

"这就是地狱"的故事说，有一个人劳累了一生，死了之后，他的灵魂在黄泉路上走着，他想，我劳作了一辈子，太辛苦了，这下总可以好好休息一下了，最好是吃饱了就睡，睡醒了就吃，什么都不干。走着走着，他来到了一个关口，守关的人为他做了登记，并问他有什么要求，他说："我太累了，就想去一个地方，什么都不干，整天休息。"关口内有很多条路，登记的人指着其中的一条说："你从这条路走，就到了你要去的地方。"他高兴地踏上了这条路，走了不远，就看到了一个漂亮的大房子，房前屋后种满了鲜花。他想，这大概就是天堂吧。他走上前去，有一个人为他打开了房门，并领他走进了房间，房间中有一个宽大而松软的床，所有的洗漱工具应有尽有。那人告诉他："这就是你的住处，一日三餐会有人按时给你送来，你尽管休息好了。"

等那人走后，他立刻跳上床，倒头便睡。到了吃饭的时候，有人按时送来了饭菜，而且还很可口。第一个星期，他高兴极了，因为没有任何人打扰他，也没有任何事情要他做，完全满足了他的要求，吃饱了就睡，睡醒了就吃。第二个星期，他感到很无聊，心里有些烦躁，因为吃饱睡足之后，没人跟他说话，没什么事可干，最大限度就是在房前屋后转转，看看花草，可天天如此，也叫人生腻。第三个星期，他实在忍不住了，躁动不安，跑去求守门人，让守门人给他找点儿事做，哪怕是又苦又累甚至很危险的事情也行。守门人告诉他，除了吃饭睡觉之外，这里没有任何事情可做。第四个星期，他实在是待不下去了，他吃不香，睡不着，有时还在房间里大喊大叫，不过，没人理他，守门人默默地守在大门外，从不跟他说话。他跑到大门口对着守门人吼道："早知天堂是这样，我还不如下地狱了！"

守门人背对着他，慢条斯理地回答说："你以为这是什么地方？这就是地狱！"

"我还是下地狱吧"的故事说，有一天，美国著名作家海明威在街上闲逛，一个术士跑上前来，对他说："先生，我会一种法术，能让你死去的亲人或朋友和你对话，而且很便宜的，一次一美元。"

海明威看那术士诡谲的样子，既好笑又好奇，便决定一试。他对术士说："我有一个表哥，两年前去世了，我想和他说几句话，能做到吗？"

那术士立即将拇指和食指扣成圈状表示完全可以，并高兴地把海明威领进了街边的一个小屋里，让海明威坐在一把椅子上，于是开始作法。

术士拿出一个类似水晶球的东西，摇晃着在海明威的头上转了几圈，一股玫瑰香水的味道缓缓飘来，海明威立刻有种微醉的感觉，但很惬意。接着，术士让海明威闭上眼睛，口中叨念着一些海明威根本听不懂的东西。过了好一会儿，那术士说："好了，你表哥的灵魂已经附到我的身上，有什么话你就说吧，但不要睁开眼睛。"

下面，是海明威与他表哥的一段对话：

海明威："表哥，你在哪里？过得好吗？"

表哥："我在天堂里，过得好极了。"

海明威："天堂里有什么？"

表哥："天堂里有宽敞、明亮的房子，有可口的饭菜，有绿茵茵的草地，有清新的空气和蔚蓝色的天空。"

海明威："天堂里有酒馆吗？"

表哥："没有，天堂里的人不喝酒。"

海明威："天堂里有烟吗？"

表哥："没有，天堂人不抽烟。"

海明威："天堂里有女人吗？"

表哥："天堂里有女人，但天堂里没有男女云雨交欢的事情，天堂人不结婚。"

海明威："天堂里有电影院、剧场和赌场吗？"

表哥："都没有，天堂里没有电影、没有戏剧，更没有赌场，天堂里的人不知道什么是赌博。"

海明威："那你们在天堂里干什么呢？"

表哥：什么都不干，吃饱了就坐在草地上看天。

海明威开始沉默，表哥的灵魂见表弟不再询问，便接着说：表弟呀，我告诉你一个好消息，这两年我和天堂里管事的人混得很熟，将来你有那一天，我让他给你在天堂里留个位子。这事就包在我身上了。

海明威："谢谢表哥的好意！不过，我还是下地狱吧。"

作者感言：我们说这两则杜撰的小故事，是想借此聊聊"无所事事"和"只从事一种单调活动"这两个话题。

两则小故事告诉人们，人必须有事做，人需要过丰富多彩的生活，无所事事，百无聊赖，或者只从事一种极其单调的活动，其实是很苦很苦的一种煎熬。

话题一：人不能过"无所事事"的生活。整天劳作的人们，不管是脑力的还是体力的，都渴望休息一下，养养精神或恢复恢复体力，但这只是劳作过程中的短暂间歇，是一种必要的生命调整，如果让他们永远休息，什么都不做，他们就会受不了，就会产生第一个故事里那个人的同样感觉。

人为什么必须有事做？为什么长久静静地待着，什么也不干，什么也不想就会压抑、烦闷、焦虑、痛苦、狂躁而无法忍受呢？这是因为，人的生命是自然生命和社会生命的有机统一体，自然生命靠衣食住来维系，只要吃饱、穿暖、有居所就能活着；社会生命则靠人在社会中与他人结成各种关系并在这些关系中从事各种活动和创造价值来维系。人只有在社会中从事各种活动，特别是从事劳动，创造价值，才能表征社会生命的存在，从事各种活动是社会生命活着的唯一表现形式和最有力的证明。社会生命是人的本质生命，是人之所以为人的标志，人一旦停止了一切社会活动，也就标志着他社会生命的停止，而人的社会生命一旦停止，即使自然生命还活着，也与动物没有任何区别。我们知道，人是有思想、有意识、有情感的生命体，他能够感知到"一切活动的停止就等于社会生命的停止，而社会生命的停止就等于自己沦为动物，像猪一样，只能吃饱了就睡，睡醒了就吃"，可在他感知到这一点的同时，他也清楚意识到，自己绝不会甘心沦为动物，于是，上述种种消极情绪作为对这一生命状态的被动反抗应运而生。这就是人在衣食住无忧的前提下不能忍受无所事事的深层原因。当然，绝大多数无所事事者处于百无聊赖的痛苦状态时，并没有做上述的理性追究，他们没有生成追究原因的意识，也完全没有必要去追求原因，他们只是从直觉出发，感觉到这种生活让他们受不了，正如第一个故事里的那个人，到第四周就受不了。

话题二：人不能过"极其单调"的日子。如果偶得清闲，坐在或躺在松软的草地上，看白云从蓝天上徐徐飘过，无疑是一件很惬意的事情，但一整天甚至日复一日地就坐在或躺在草地上看天，这种单调和无聊会让人受不了，无疑也是一种煎熬，所以，海明威宁可下地狱也绝不上天堂。

在衣食住无忧的前提下，人为什么无法忍受长久从事一种像坐着看天一类简单单调的活动呢？原因有三：

原因一：生活本身是纷繁复杂的，柴米油盐酱醋茶、苦辣酸甜咸、喜怒哀乐怨，体现了生活的丰富性，人需要过这种丰富的生活，无法忍受生活的单调。

原因二：人的思想是丰富的，人的欲望是无穷的，单调的活动根本无法满足人思想欲望的需要。

原因三：人需要过有意义的生活，人无法容忍生活的无意义，而单调的活动缺乏意义甚至没有意义。

从这两个小故事的解读中，我们是否还可以推导出这样的结论：从事各种社会活动并在活动中创造价值和意义，是人生的第一需要，它不仅为人自然生命的生存提供了必需的物资，也是人"诗意地生活在大地上"的标志。所以，积极做事，积极做有价值、有意义的事，积极感受做事过程中的艰难困苦和喜怒哀乐，是追求人生幸福的必然选择。

千万别"无所事事"和过"极其单调"的日子，因为那是人间地狱。

"这就是我给你们上的第一课"
与"老师，'万万'是什么意思？"

　　这是两个教育故事。

　　"这就是我给你们上的第一课"的故事说，在我国司法系列中，有一个专门对已满十四周岁未满十八周岁的少年犯罪者进行教育、挽救和改造的部门，这个部门叫少年犯管理所，简称少管所。对少年犯进行政治、道德、基本文化和生产技能教育，是少管所的重要职责，所以，少管所都设有教育机构和专职教师。

　　故事发生在一座中等城市的少管所里。这家少管所新来了一位语文老师。这位老师在给少年犯上第一节课的时候，心里有些惴惴不安。他想，这些犯了罪的孩子会怎么样？能不能安静地听他上课？如果他们不遵守课堂纪律应该怎么办？他一边想着心事一边走进教室向讲台走去，由于心不在焉，在迈上讲台的时候，脚下被什么东西绊了一下，突然摔倒了。这一跤摔得可不轻，头重重地磕在地上，眼镜飞到了讲台那边，教科书和教案也散落在地上。

　　教室里立刻爆发了一阵哄堂大笑，还有人敲着课桌蹦着高乐。

　　这时，这位老师变得非常冷静，他从容地爬起来，轻轻地拍去身上的尘土，捡起教科书、教案和眼镜，迈着稳健步伐站到讲桌前，静静地等待着孩子们安静下来。

　　望着老师严肃的脸色，孩子们不笑了。

　　这位老师环视了一下教室，他的目光飞快掠过每一个孩子的脸，然后郑重地说道："孩子们，刚才，是我给你们上的第一课，一个人可能会跌倒，但仍然可以爬起来，站起来！我相信你们都会的！"

　　教室里出奇地安静，接着是雷鸣般的掌声。

"老师，'万万'是什么意思？"，是著名特级教师于漪的故事。故事说，一次，于漪老师正在上一堂语文公开课，课题是《卧看牵牛织女星》。当于漪正讲到课文中"一千万万颗行星"时，一名同学站起来发问："老师，'万万'是什么意思？"惹得全班同学哄堂大笑。这位同学猛然醒悟过来，满脸通红，头耷拉下来，垂头丧气地坐下了。

于漪见状便问大家："大家都知道'万万'等于'亿'，那么这里为何不用'亿'而用'万万'呢？"

全体学生的注意力一下子被吸引过来，没有人再笑了，大家都认真地思考起来。

一名女生站起来答："大概'万万'比'亿'读起来更加顺口吧？"

于漪表扬了这位女生，接着问："大家还有没有不同意见？"众生沉默不语。

于是，于漪便顺着这位女生的答案总结说："这位同学说得不错，'万万'读起来比'亿'更上口，这是汉语的叠词叠韵现象，有些词，重叠起来，就会变得气韵生动，朗朗上口，如重重叠叠、红红绿绿，就比重叠、红绿更有气势。"她停顿了一下，接着又问："那么请大家想想，今天这一额外的课堂收获是怎么得来的呢？大家要感谢谁呢？"

同学们的目光一齐投向那位发问的同学，并一起鼓掌向他表示感谢。此时，那位同学抬起了头，有了自信，不再垂头丧气了。

作者感言：第一个故事，老师摔倒在讲台前，纯属意外，也十分尴尬，但这个意外又十分尴尬的小"事故"，被语文老师巧妙地开发成极具针对性的教育材料，收到了意想不到的育人效果。教室里的孩子们，都是在人生旅途上"摔倒"的人，重新爬起来，是他们的渴望。老师的訇然跌倒和爬起后的精彩点评，一下子扣动了孩子们的心扉，让他们看到了希望，增添了重新爬起来的勇气。雷鸣般的掌声就是证明。

第二个故事，发问的学生一时思维"短路"，闹出了笑话，打断了教学，但于漪老师却顺势导出汉语的叠词妙用，不仅丰富了教学内容，也为失误同学挽回了面子。"做了一辈子教师，但一辈子还在学做教师"（于漪语）的于漪老师，无愧于全国著名特级教师，凡是听过于漪老师课的人，无不佩服他驾驭课堂的能力。他们说：听于漪老师的课是在享受一种艺术。

我们想把这两个小故事送给每一个从事教育的人——幼儿园老师、中小学老师乃至大学教授。愿每个教师都像那位位语文老师和于漪老师一样，有过人的教学机智，随时随地都能启迪孩子们的心灵。

我们也想借此聊聊"教学机智"这个话题。

所谓"教学机智"，就是教师机敏灵活、恰到好处地处理教学过程中偶发事件以保证教学顺利进行的能力。对每位教师来说，这种能力不可或缺，原因有三：

原因一：就教师而言，课堂教学是一种极其复杂的劳动，尽管教师认真备课，做了精心准备，但仍不可避免会出现一些意想不到的失误。教师必须随机应变，及时处理这些失误，否则，课堂教学就无法顺利进行。比如，一位教师在讲授《北大荒的秋天》时，一时笔误，在板书时将"高粱"的"粱"误写成"梁"，一学生站起来指出了老师的错误。这是一节公开课，许多领导、老师都在后边听课，大家都为老师的失误捏了一把汗。可这位老师神情自若，面带微笑，坦诚地承认了自己的失误并表扬了那位同学看得仔细。接着，他问同学们："'高粱'的'粱'下面为什么是'米'字？"学生们七嘴八舌地回答："因为'高粱'是粮食的一种，所以用'米'。"他接着强调说："大家说得很对，'高粱'是粮食的一种，所以用'米'，而老师写错的那个'梁'，是'栋梁'，栋梁是房子最重的支撑点，古时没有水泥、钢筋，栋梁都是用粗大的木头做的，所以'梁'的下边是'木'字。同学们可要记住哟，不要再犯老师的错误。"一个教学失误就这样化解了，老师既没丢了自己的"面子"，又使教学收到了意想不到的效果。

原因二：就学生而言，每一个学生都是一个世界，教学过程中随时都可能发生意想不到的事情，有的学生突然违纪，扰乱了课堂；有的学生可能提出一些稀奇古怪的问题，教师无法给出科学结论。当此时，能随机应变地处理好这种偶发事件并巧妙破解难题，是保证教学秩序和提高教学效果的必须。

原因三：就教学环境而言，教室不是绝对封闭的，课堂教学随时都可能受到外界干扰，如窗外一阵震耳欲聋的爆竹声，走廊里突然有人在吵闹等，都会影响正常教学，教师必须及时做出处理。在一个小学三年级的课堂上，窗前的一个柳枝借着阳光将影子投在教室的墙上，看上去像一只振翅高飞的山鹰。一个同学至着头看墙，也有的同学跟着去看，学生的注意力开始分散，教师发现了，便停下讲课，指着墙上的树影对同学们说："同学们，大家往墙上看，那是什么？"

"是树影。"学生们一起回答。"这树影看上去像什么？""像海燕。""像雄鹰。""像海鸥。"……学生们争着说出自己的看法。老师总结说："大家说的都不错，它像一只振翅高飞的大鸟，说它像海燕、像雄鹰、像海鸥，都对，我们还可以说它像神话中的大鹏鸟。同学们只要好好学习，羽翼就会丰满，将来就会象大鹏一样高飞蓝天。是不是呀？""是！"同学们齐声回答。"好了，我们接着上课。"老师说。学生们都转过头，面向教师，认真听课了。一个分散学生注意力的现象，不仅被及时化解，并起到了激发学生努力学习的积极作用，老师的机智，一箭双雕。

教学机智是一种教育智慧，是一种化消极因素为积极因素的能力，它是教师在教学实践中逐步培养起来的，是一个教师爱心、责任心、学识水平、教学经验等的综合反映。因此，对学生慈母般的关爱、诲人不倦的工作态度、学而不厌的知识积累、反思提纯的教学经验、不懈的教学探索、敏捷灵活的思维能力等，都是生长教学机智的一方沃土。

沈屯子之忧

这是明代刘元卿《应谐录》里的故事。故事说，沈屯子和朋友到城里去听说书，说书人正在讲《杨家将》，当说到"杨文广征西，被困于柳州，内无粮草，外无救兵"的时候，正好散场。沈屯子满面忧愁，一直叹气。回到家中，始终念念不忘，不停地喃喃说："有啥法子给他解围呢？"终于愁出了病，茶饭不思。家人劝他别憋在家里瞎想，出去散散心。

他来到街上，见人扛着竹子入市，又忧虑起来："竹梢和竹根都很尖利，路人被戳了怎么办呢？"回家后时时念叨竹梢戳人之事，病情日益加重。

家人见状，认定是中了邪，急忙找来巫婆为之驱邪。那巫婆先是披头散发、呼天唤地地舞玄了一番，然后煞有介事地说："我在阴间翻阅了生死簿，得知你死了之后要变成女人，嫁个丈夫叫麻哈，是东方的回夷族人，奇丑无比。"他听了之后更加忧愁，竟病得卧床不起。亲友们纷纷跑来安慰他，要他宽心。他十分执拗地说："若要我把心放宽，必须给杨文广解围，叫扛竹子的人回家，让麻哈和我离婚，才有可能。"

作者感言：这个故事与"杞人忧天"的故事相近，《列子》里说，有个杞国人，每天都担心天会崩裂下来，地会塌陷下去，日月星辰会坠落下来，因此常常愁眉不展，心惊胆战，吃不下饭，睡不着觉。这沈屯子无疑是"杞人"的后世子孙，均属于"天下本无事，庸人自扰之"。

这是两个比较极端的故事，有意说得比较荒诞，是为了提醒人们不要做无谓的担忧，不要"自扰"。我们说这两则小故事，就是想借此聊聊"自扰"这个话题。

"自扰"就是自我困扰，自己为自己罗织忧愁、烦恼。在现实生活中，我们常人，也常常会有类似杞人和沈屯子"自扰"的现象。古诗里说，"人生不满百，常怀千岁忧""百岁三万六千日，不在病中即愁中"，而这些"忧""愁"，不少都是无谓的自扰。电视报道某处地震，就担心自己居住的地方可能也要发生地震，好几天吃不好饭，睡不好觉；路上看到两个熟人，他们正在说话，可自己到了他们跟前，两个人不说了，事后越想越犯疑，总担心他们在说自己什么；单位领导从自己身边走过，自己主动打招呼，可领导没有理会，好多天想不明白，担心自己在什么地方得罪了领导，或谁在背后打了自己的小报告；儿子明年就要高考，成绩不很稳定，天天放心不下，工作中经常走神；身体稍有不适，就疑心得了什么不治之症，而越想越像，多方检查已确诊没什么疾病，但总是不信，怀疑医院给诊断错了。凡此种种，都是"自扰"。

"自扰"现象千差万别，诱因也各不相同，但概而言之，导致"自扰"的根本原因有二：

原因一：客观上不确定性因素所致。人的生活世界云波诡谲，充满变数，说不上什么时候就会发生突然性变故，"天有不测风云，人有旦夕祸福"的偶然现象，是人类理性永远无法把握的。

原因二：主观上"过分关注"所致。凡"自扰"的内容，都是自扰者"过分"重视的，或强烈希望发生的好事，或强烈不希望发生的坏事，而多是后者，因此，不少人经常生活在对明天的担忧和恐惧之中。

"自扰"与"居安思危"不同。"自扰"是没有根据的望风扑影并由此生成的无谓担心，而"居安思危"是提醒人们在安全的时候、稳定的时候、顺利的时候、胜利的时候，不要被顺境冲昏头脑，要充分想到可能产生的潜在危机、危险，并研究对策加以避免。"居安思危"是人类在总结前人经验基础上的一种警觉。

"自扰"是人生无法彻底规避的"魔影"，谁也逃不过它的伤害，但不同的人，其受害的频率、程度和持续的时间大相径庭：深谙世事又充满自信的强者，受害最少，程度最轻，而能很快摆脱；常人虽经常遭遇"自扰"，但也能自查自省，较快走出困境；只有少数思想不够通达、心理不够健康的人，受害较深又久不释怀。所以，我们奉劝第三种人，要多读些书，丰富丰富思想；多找贤达智者谈谈，受些启迪；遇事多往好处想，少往坏处想，少些极端，少些过分；实在不行，就去看看心理医生，人总不能固执地一条道跑到黑。

明天太阳还会升起来，至少在我们有生之年不会变化，让我们张开双臂，尽情地享受那温暖灿烂的阳光吧！

宋湘与梅岭半山亭长联

奇峰叠秀、逶迤数百里的梅岭（又名大庾岭），素以"梅关古道"和"庾岭寒梅"闻名于世。梅关是粤赣交界的险关要塞，素有"岭南第一关"之称。"梅关古道"秦汉时即开通，到唐开元年间，朝廷派左拾遗张九龄拓宽驿道，将一条羊肠小道拓展为两丈宽、用青石铺垫的通衢大道。冬末春初之际，沿古道一路走来，不仅可以饱览娇艳独特的梅花景色，还可以尽情品读古往今来骚人墨客的诗赋碑刻，可谓"一路梅花一路诗"。

据说，清嘉庆十年，即公元1805年，清著名诗人宋湘从京都回广东（一说返京到翰林院就职），走到南粤雄关梅岭，在岭南驿站旁的一个凉亭歇息时，见南来北往，过客匆匆，油然而生万千感慨，即兴提笔写了下面一幅长联：

上联：今日之东，明日之西，青山叠叠，绿水悠悠，走不尽楚峡秦关，填不满深潭欲壑，力兮项羽，智兮曹操，乌江赤壁空烦恼。忙什么？请君静坐片刻，把寸心想后思前，得安闲处且安闲，莫教春秋佳日过。

下联：这条路来，那条路去，风尘仆仆，驿道迢迢，带不去白玉黄金，留不住朱颜皓齿，富若石崇，贵若杨素，绿珠红拂终成梦。悭怎的？劝汝解下数文，沽一壶猜三度四，遇畅饮时须畅饮，最难风雨故人来。

时过境迁，当年的南岭驿站及旁边的小凉亭已荡然无存。现今，在梅岭风景区的南坡，广东省南雄市旅游部门建的"半山亭"，即"来雁亭"至梅关关楼中段的那个小凉亭内，在一块仿汉白玉石上镂刻了上边那副长联。由于古亭不存，长联在流传过程中也就有了多种版本，如有的"青山叠叠"作"青山迭迭""把寸心想后思前"作"把寸心思前想后""悭怎的"作"恨怎的"，但不管怎样，基本内容是一致的。

宋湘，字焕襄，号芷湾，是清朝乾隆、嘉庆、道光年间杰出的诗人和书法家，当时被称为"岭南第一才子"。他于1756年生于广东嘉应州（今梅州市梅县）白渡镇象湖村，父亲宋步云是私塾教师。他自幼聪敏，二十三岁考中秀才；三十七岁在省城乡试中考取第一名举人——解元；四十四岁在京城会试，考中二甲第十一名进士，选翰林院庶吉士，此后从政为官，先后任惠州丰湖书院院长、四川省和贵州省乡试主考官、京城文渊阁校理、咸安宫总裁、国史馆总纂、文颖馆总纂、云南曲靖、广南、永昌、大理等地太守、湖北督粮道等职，七十一岁卒于武汉湖北观察署任上。事极巧合，其生卒时间同样是在农历十二月二十五日寅时。

宋湘为官清廉，体恤民间疾苦，所得薪俸多用于为民谋福祉，道光六年逝于督粮道任所时，家徒四壁，存银无几，惟诗文墨宝颇丰，为封建官僚中所鲜见。宋湘诗文、书法皆精，著有《红杏山房集》《不易斋集》《燕台清蹄集》《丰湖漫集》等诗文集。

作者感言：无愧"岭南第一才子"，出手即不同凡响，劝世长联明白晓畅，一气呵成，读来朗朗上口，意蕴悠长。长联劝告世人，最是岁月无情，"滚滚长江东逝水，浪花淘尽英雄"，千古兴亡，是非成败，都会悄无声息地被时间所冲淡，"古今多少事，都付笑谈中"。秦末"力拔山兮气盖世"的西楚霸王，汉末文韬武略、足智多谋的乱世枭雄曹操，富可敌国、奢华淫靡的西晋巨富石崇，权倾朝野、诗人、杰出军事家的隋朝重臣杨素，这些称雄一时的历史人物，转眼都化作历史云烟，"风流总被，雨打风吹去"。人总会衰老、死亡，谁也留不住朱颜黑发，谁也带不走碧玉黄金，这就是生命的铁律，谁也无法超越。所以，瞎忙活什么？"得安闲处且安闲"吧！还悭吝什么？"遇畅饮时须畅饮"吧！特别是千万别错过欣赏春花秋月的美好时光，也千万别错过风雨中故旧朋友相聚痛饮的机会。

乍一看，长联似乎很消极，似乎劝人不思进取，得过且过，但静下心细细品读，却会油然生出几分淡定、几分从容。

其实，长联道出了道家的"顺其自然"和佛家的"随遇而安"，劝人在"不争"和"放下"中保持一种平和心态。人生在世，欲壑难填，今天向东，明天向西，这条路来，那条路去，不是争权于朝，就是争利于市，在打拼过程中，成功与失败、身痛与心痛并存。如果能如长联所劝，适时进退，保持一种"得之不以为喜，失之不以为忧"的心态，则会平添几分人生幸福。

长联久传不衰，还有一个重要原因，那就是：长联凝重的历史沧桑感引发了世人共鸣。历史沧桑感是人类的一种普遍情感，人在回顾历史时，都会或多或少产生这种感觉。所谓历史沧桑感，就是人在回望历史时对历史沧海桑田的变化所产生的一种缅怀、惋叹的感觉。这种感觉博大而沉郁，幽深而绵长，是人生中永远也打捞不完的淡淡忧伤。人是现实的，也是历史的，人总是在回顾历史并在学习借鉴历史的过程中从现实走向未来，而人在回眸历史的时候，不管是对重大历史事件或杰出历史人物的追思，还是对个人生存经历的回忆，都会产生一种"逝者如斯夫，不舍昼夜"的无奈和"旧时王谢堂前燕，飞入寻常百姓家"的慨叹。这种无奈和慨叹深邃而苍凉，它厚重但绝不沉重，当它伴随着淡淡的忧伤浮上人心头的时候，不但不会产生撕心裂肺的痛，反而会促进人冷静和通达，让人从历史的盛衰兴亡中透视了人生并抚平了现实的创伤。这就是历史沧桑感带给人的益处，它能消解人在现实生活中产生的浮躁、焦虑、苦闷、彷徨、贪婪、狂妄等负面心态，使人趋向淡定和豁达。如长联，读者如果能从长联列举的四个历史人物及事件中，感悟到世态的沧桑变化，理解到生命的循环规律，就会淡化现实生活中产生的焦躁、苦恼、沮丧、愤懑等情绪，使心态趋于平衡。让我们看看读者的心路历程：英雄如项羽、曹操，富贵如石崇、杨素，转眼化作云烟，风光不再，而我们这些平常人，更算得了什么呢？何苦汲汲戚戚于此，最要紧的还是像长联所劝告的，活好当下，别错过欣赏美景和开怀畅饮的好时光。

古往今来，凭吊历史的诗词文赋，无不充满历史沧桑感，而其中初唐诗人陈子昂的《登幽州台歌》、唐代花间派词人韦庄的《台城》、唐代著名诗人刘禹锡的《乌衣巷》、北宋大文豪苏轼的《念奴娇·赤壁怀古》、南宋豪放派词人辛弃疾的《永遇乐·京口北固亭怀古》、明代文学家杨慎的《临江仙·滚滚长江东逝水》等名篇，几乎家喻户晓，人人读能成诵。特别是陈子昂的《登幽州台歌》，"前不见古人，后不见来者。念天地之悠悠，独怆然而涕下"，短短数语，实乃千古之浩叹。

说到宋湘，他是一个比较清廉的封建官吏，在位期间，体恤民间疾苦，为人民做了不少好事，治过水患，种过树，发展过纺织业，也算是为官一任，造福一方。尤其为世人称道的，是他的才华，其诗文、书法名耀四方，云南昆明大观楼名联"千秋怀抱三杯酒，万里云山一水楼"，就出自他之手。现广东梅县白渡镇象湖村的宋湘故居"京兆堂"，已经成为当地重要的游览景区之一。

君子之交淡如水

有一位落魄书生，居住在偏僻的小村子里，以私塾教师为业，生活十分贫寒。一日，书生收到朋友的一封信和一份请柬，邀他进城相聚。这位朋友是书生少年的同学，两家又是邻居，从小一起长大，感情深厚，后因书生家庭变故，便流落到这穷乡僻壤，与朋友中断联系数十年。朋友信中说，多年来他到处打听书生的下落，音信全无。他去年来此为官，近日从一乡绅口中得知书生流落在此，适逢他五十岁生日，故邀书生前去相聚，望万勿推脱。

书生欣然前往，但因家穷，无钱置备寿礼，便从屋后的山泉中灌一坛泉水带去。朋友知书生来，慌忙出门迎接。书生献上坛水说："恭贺艾寿，君子之交淡如。"朋友十分欣喜，双手接过坛子，说："知天命年，醉翁之意不在。"两个人携手入内，朋友将书生一一介绍给众宾客，并请书生上位就席，畅谈饮酒如初，无丝毫贱贫疏远之意。

后书生到朋友帐下做事，恪尽职守，殚精竭虑，朋友在书生的辅助下多有建树，两个人友谊也终其一生。

作者感言：为朋友祝寿，送上一坛水，并振振有词，其意说："你我之交，清澈如水，肝胆相照。"朋友心有灵犀，欣然作答，其意说："深情厚谊，心领神会，何必借助于酒。"两个人对话是用了修辞学的"藏字法"，分别藏起了"水"、"酒"二字，而这一"藏"却体现了两个人之间的"神交"。所谓"神交"，就是指志趣相投、相知很深的朋友之间高度的精神默契，这是一种超功利的精神交往，是挚友之间心与心的交流与契合。

这是一则文人趣话，意在说明，真正的朋友是超功利的。但在实际生活中，没有功利的朋友是十分罕见的，以此标准交朋友，你会没有朋友。人都吃五谷杂粮，都离不开柴米油盐酱醋茶，谁也不能免俗，所以，交朋友必然也脱离不了功利。一般说来，以功利为基础，本着相互尊重原则，平等互助，互通有无，相互帮助提携，并在频繁交往中加深友谊，是交朋友的常态，纵观古今中外朋友圈，都是如此，哪个离开了功利？

其实，交朋友并不难。首先，在交朋友时，要努力想着为朋友做点儿什么，千万别想着从朋友那里捞到什么好处，尤其不要希望朋友为你全心全意，无私奉献，你如果这么想，本身就不够朋友。其次，当朋友处于困境，遇到难处的时候，只要有能力，就要积极援手，不能袖手旁观看笑话，更不能趁火打劫或投井下石。如此，你会朋友多多。

小故事里的两位，堪为交友的典范。处于优势的官员，不歧视穷困的同学，而穷困者也绝无自卑与媚态，两个人平等相处，相互尊重。两个人交往，初看似无功利，实则处处与功利有联系，请上座、为之安排工作以及穷同学辅助官员多有建树，均是功利的体现。至于初见面时以水贺寿，可能是文人杜撰，未必真实，因为封建时代，以教书为业的知识分子绝非社会最底层，怎么也穷不到买不起两瓶酒。如果是真实的，那也是文化人的故弄风雅，以增添寿宴的情趣。

顺便说一句，小故事里的"艾寿""知天命年"，都表示五十岁。前者出自《礼记·曲礼上》："五十曰艾。"；后者出自《论语·为政》："吾十有五而志于学，三十而立，四十而不惑，五十而知天命，六十而耳顺，七十从心所欲而不逾矩。"

"张敞画眉"与"举案齐眉"

这是两个发生在我国两汉时期的真实的历史故事，有史书为证。

"张敞画眉"的故事出自《汉书·卷七十六·赵尹韩张两王传·张敞》。故事发生在西汉宣帝刘询做皇帝的时候，故事的主人公张敞，字子高，河东平阳(今山西临汾市)人。生年不详，卒于公元前48年。汉宣帝初，张敞出任山阳郡太守。当时，山阳郡有人口五十万，是西汉的大郡，它原是被废皇帝刘贺的封地，中央政令不行，盗贼蜂起。张敞在任数年，精心整肃吏治，以刑法惩戒恶徒，以教化劝导百姓，山阳郡大治。其后，张敞又出任水旱频仍、动荡不宁的胶东国国相，胶东国很快国泰民安。宣帝十分欣赏张敞的才能，将其调任京兆尹，即京城长安市最高行政长官，类似今天的北京市市长。京师之地，各种关系千丝万缕，动辄得咎，前几任都没干多久就被迫离开，京城日渐混乱。张敞到任，不惧权贵，雷厉风行，从整治社会治安和打击贵戚豪门横行霸道入手，几个月便把京城治理得井井有条，他在任期间，京师市政清明，政通人和。到了晚年，他因好友杨恽案受株连，被贬为庶人。但很快又被宣帝启用，先后出任冀州刺史、太原郡太守，终卒于太原郡太守任上。张敞一世为官，清正廉明，政绩斐然，虽也用过"以盗治盗"的手段，但总的来说，还堪称我国历史上的良吏贤臣，另外，此人性格开朗，没有架子，又不拘小节，活得非常洒脱，故事也因此产生。

故事发生在张敞做京兆尹期间。有一天，宣帝收到了一封上告信，告张敞私德不修，损害了国家重臣形象，有失国家体面。

《汉书·张敞传》中说："然敞无威仪，时罢朝会，过走马章台街，使御吏驱，自以便面拊马。又为妇画眉，长安中传张京兆眉怃。有司以奏敞，上问之，对曰："臣闻闺房之内，夫妇之私，有过于画眉者。"意思说，张敞退朝回家，有时还从妓院林立的章台街路过，他一点儿也没有威仪，让侍从和护卫驱赶着

490　故事里的人生

马，自己还把遮面的扇子拿在手里拍打着马。早晨起来，又为自己的夫人画眉，长安城中都传说，张京兆画眉的手艺很高。有司把这两件事上奏给宣帝，宣帝把张敞叫来责问，张敞对这两件事供认不讳。对画眉一事，张敞辩解说："臣闻闺房之内，夫妻之间，有比画眉更过分的事儿呢。"

宣帝是个明白人，又在民间待过，况且，张敞是一个治世能臣，他也舍不得毁了这个人才，这件事就不了了之了，张敞还继续做他的京兆尹。不过，史书里说，宣帝"爱其能，弗备责也。然终不得大位。"其"然终不得大位"一句，说明这件事对张敞的仕途还是有不良影响的。此后，"张敞画眉"便为成语，表示夫妻恩爱。

《举案齐眉》的故事出自《后汉书·逸民传·梁鸿传》。故事发生在东汉初年，故事的主人公孟光，是当时名士梁鸿的妻子。据史书记载，梁鸿，字伯鸾，扶风平陵（今陕西咸阳市西北）人，生卒年不详，因他父亲梁让曾在王莽专政时期作过城门校尉，故可推测他生于西汉末年，卒于东汉初年。梁鸿在当时的最高学府太学读过书，他好学不倦，博览群书，经书、诸子、诗赋无所不通。他淡泊名利，学业结束后，拒绝出仕做官，曾在长安郊区放过猪，做过雇工，其人品、学问很快为世人所知。为躲避征召入京做官，他悄悄回到家乡平陵种地，后又隐居霸陵（今西安市东北）山中种地，再后来又迁至吴地（今江苏无锡一带）做短工，终身不仕。据说他著书十余篇，但均遗失，现仅存《五噫歌》《适吴诗》和《思友诗》三首诗。

梁鸿的妻子孟光也是平陵人，史书记载，她出身富户人家，但长得又黑又肥又丑，而且力气极大，能把石臼轻易举起来。因为家有钱，不少人也前来求婚，但她就是不嫁，直到三十岁还没成婚。父母问她为什么，她说："我一定要嫁给像梁伯鸾一样贤德的人。"当时，平陵许多有钱有势的人家，都仰慕梁鸿的人品气节，也都想把女儿嫁给他，但梁鸿都一一婉拒。可得知孟光想嫁给他的时候，他同意了，并迎娶了孟光。孟光穿着新嫁妆结婚，可梁鸿一连七天不入洞房亲近妻子。孟光不解，跪着问梁鸿为什么不理她，梁鸿说："我希望自己的妻子是位能穿麻葛衣，并能与我一起隐居到深山老林中过艰苦生活的人，可你却穿着绫罗绸缎，又涂脂抹粉地打扮，这哪里是我理想中的妻子啊？"孟光立即脱掉绸缎，穿上布衣，梁鸿这才接纳了她，并高兴地说："此真梁鸿妻也，能奉我矣。"

后来，梁鸿因不与当朝合作并作《五噫歌》讽刺朝廷追求享乐而不顾民生疾苦，激怒了当时的东汉皇帝，朝廷逼他出仕为官，否则就治他的罪。梁鸿夫妇无奈逃隐到霸陵山中，夫妇以耕织为业，后又搬到吴地，住在一个名叫皋伯通大户人家的廊下小屋中，靠给人春米过活。《后汉书·逸民传·梁鸿传》说："遂至吴，依大家皋伯通，居庑下，为人赁春。每归，妻为具食，不敢于鸿前仰视，举案齐眉。"意思说，梁鸿每天收工回家，妻子孟光都为他准备好了饭菜。在端饭菜的时候，孟光从不敢抬头正视梁鸿，而是将盛食物的托盘举到与自己眼眉持平的高度（举案齐眉）。皋伯通见孟光如此守礼，猜想梁鸿定是一个隐居的高人，于是将梁家迁进家宅中居住，并以礼相待。此后，"举案齐眉"便表示夫妻间相敬如宾并成为世人效仿的楷模。

作者感言："张敞画眉"和"举案齐眉"都是表示夫妻感情融洽、相互恩爱、相敬如宾的成语，但读罢故事，我们立刻发现两者有巨大差别：前者"张敞画眉"，体现了男女平等，而后者"举案齐眉"，则体现了男尊女卑。让我们稍作解读：

张敞画眉：画眉，必须平等相对而坐，而且必须坐得很近；眉毛在眼睛之上，而眼睛历来被视为心灵的窗口，很早就有"眉目传情"之说。清晨起来，夫妻近距离相对而坐，四目对视，脉脉含情，丈夫轻轻为妻子涂黛描眉，那该是怎样的浪漫与温柔，此时此刻，谁都会产生"只羡鸳鸯不羡仙"的感觉。这里，没有身份的贵贱和地位的高下，有的，只是一个男人与一个女人之间的相互爱慕与倾心，这才是最融洽的夫妻关系。

举案齐眉：丈夫干活归来，妻子赶忙把做好的饭菜放在托盘里，等丈夫坐定，又赶忙双手托着托盘上前，托盘举得与自己的眉毛一样高，妻子连抬头看丈夫一眼都不敢，恭恭敬敬地将饭菜奉上。我们循着故事再往前倒推一步，孟光作为新嫁娘，穿上好衣服并打扮得漂亮一些，本来是人之常情，是好事，可这也引起了梁鸿的不满，七天不入洞房，直到孟光跪着问明原因并穿上布衣，梁鸿才高兴地接纳了妻子。这里，根本没有夫妻间的平等和亲密，有的，只是丈夫的高高在上和妻子的卑下服从。

今天看来，"张敞画眉"具有人性的正当性、合理性和合情性，当予以肯定和提倡；而"举案齐眉"，则是一种"病态"的夫妻关系，应当休矣！可在两汉社会，"举案齐眉"倍受推崇，而"张敞画眉"则遭到讥讽。这是因为，从汉代起，经西汉初年经学大师董仲舒等人的积极倡导和汉武帝的首肯，儒家思想已经成为当时社会乃至整个中国封建时代的正统思想，特别是董仲舒系统提出的天人感应、三纲五常等儒家理论，一直是中国两千多年封建社会的核心价值观。作为朝廷高官的张敞，无视男尊女卑、夫为妻纲、夫唱妇随这一封建纲常的存在，经常无所顾忌地为老婆画眉，无疑是对正统思想的公然蔑视和挑战，遭到非议甚至被竞争对手和嫉妒者作为罪状告到皇上那里，是很自然的现象。由此，我们不能不欣赏和赞美张敞的反叛，尽管这种反叛是情之所至而非理性自觉。而对恪守封建妇道，心甘情愿侍奉丈夫的孟光，我们只能借用鲁迅先生的一句名言来表明我们的态度，那就是："哀其不幸，怒其不争。"至于那位高士梁鸿，反对统治者追求享乐而不顾民生，并坚决一生不与统治者合作，确有可取之处，但在处理夫妻关系上，无疑是个封建纲常的卫道士，令人讨厌，如果他活在现代社会，大概连又黑又肥又丑的女人也娶不到，只能打一辈子光棍。

　　顺便说一句，在第一个故事中，张敞的罪状还有一条是"走马章台"，章台是当时京城长安一条非常繁华的街道，沿街赌场、妓院林立，类似于今天的红灯区。张敞对此也供认不讳，但他说："光天化日、大庭广众之下，有吏卒和侍卫前呼后拥，根本做不了什么过格的事儿，走走路而已。"现如今，"走马章台"也是成语，表示涉足风月场，淫靡享乐。我们在认同张敞为妻画眉的同时，也对其走马章台表示异议：作为朝廷高官，大摇大摆地在赌场、妓院林立的街上路过，的确不妥，即使没做什么过格的事，也会造成不良影响。就是在今天，如果某市长频频出现在洗浴中心、夜总会或歌厅迪厅，也会遭到非议，过分的还会受到党纪政纪处分。所以，作为有一定权力或有一定知名度的公众人物，其行为需要格外检点，不可无度地率性而行。

"纯白金盏花"与"每天种下一百粒橡树籽"

　　"纯白金盏花"的故事出自美国，并被编进了当代中国的小学语文课本。故事说，20世纪70年代，美国一家刊物刊登了这样一则广告：某园艺所重金悬赏寻求纯白色金盏花，其高额奖金让许多人趋之若鹜。

　　金盏花系菊科草本植物，春夏季开花，除了黄色的，就是棕色的，当时根本没有白色的。若想培植出白色的，并不是一件容易的事，连植物遗传学专家都望而却步。所以，许多人一阵热血沸腾之后，就把那则启事抛到了九霄云外。

　　时间悄然流逝，一晃二十年过去了，悬赏纯白色金盏花的事早已从人们的记忆中抹去，就连刊发启示的园艺所都把此事忘得一干二净。可是有一天，这家园艺所意外收到了一封热情洋溢的信和一百粒金盏花花种。信上说，她是一位七十多岁的老妇人，是一个爱花人，她用了二十年时间，培育出了纯白色金盏花，这一百粒种子就是纯白色金盏花花种。

　　所里所有人都将信将疑，为了不辜负这位老人的心意，他们决定将花种种在园艺所后面的实验田里。一年后，奇迹出现了，一大片纯白色的金盏花在实验田中盛开，它成了全实验田最靓丽的景观，引来无数人驻足。这花不是近乎白色，也不是类似白色，而是如银如雪的纯白色，它们在微风中摇曳生姿，让人惊喜得瞠目结舌。这消息不胫而走，成了当时美国的头号新闻。

　　当园艺所把好消息告诉这位老人，并不无遗憾地告诉她，原来的启示因时间久远已经作废，她无法得到那笔赏金时，老人十分平静地告诉园艺所，她原本就没在意那笔赏金，她只想证明，她能种出这种花。

　　原来，老人是一个地地道道的爱花人。二十年前，当她偶然看到那则启事后，便动了心，并决定亲自来培育这种花。但她的决定遭到了八个儿女的一致反对，理由很简单，当时她已经年近六十，又体弱多病，再则，她根本不懂植物遗传学，这件事连专家都不能完成，她一个体弱多病又绝对外行的老人想做这件事，无疑痴人说梦、异想天开。

但老人痴心不改，义无反顾，说做就做。第一年，她撒下了一些最普通的金盏花种，精心侍弄。金盏花开了以后，她从那些金色的、棕色的花中挑选了一朵颜色最淡的，任其自然枯萎，以取得最好的种子。次年，她把这些选好的种子种下去，再从这些花中挑选出颜色更淡的花，让其自然枯萎，取得了下一年的花种，如此年复一年，周而复始。这期间，老人的丈夫去世了，儿女都成人远去了，无论生活发生怎样变故，老人仍坚持一年一年地种下去。

有心人，天不负。二十年后，她终于培育出一朵如银如雪的纯白金盏花，并把这朵花的种子寄给了园艺所。

"每天种下一百粒橡树籽"的故事发生在英国。在英国，发行量最大的杂志《天空》，每期都在封面上刊登一位社会名流或风云人物的照片并附有简介。能登上《天空》的封面，是一个不小的殊荣。在2010年第7期《天空》的封面上，刊登着一位满脸皱纹、皮肤黝黑的乡下老人照片。

他是谁？他有什么资格登上《天空》的封面？

这位老人叫贾斯汀，一个地地道道的牧羊人。贾斯汀是伦敦西南部德文郡巴德里小镇的农民。十八岁那年，他的父亲——一位老牧羊人身患重病，于是把牧羊鞭交给了贾斯汀。十八岁的贾斯汀，就这样成为一名年轻的牧羊人。巴德里小镇的南面，是一片光秃秃的荒山，但野草丰美，每天贾斯汀都赶着羊群来这里放牧。羊散落在荒坡上吃草时，他什么事也没有。就这样转眼过了七八年，有一天他想，如其天天在荒坡上慵懒地百无聊赖，还不如每天在这里种点儿树，既有事做，又可以绿化荒山。他把自己的想法告诉了妻子，妻子反对说："你知道那是多大的一片荒山吗？至少有六千多亩！就凭你一个人每天种那么几棵树，恐怕几辈子也种不满那片荒山。"但贾斯汀却说："想那么多、那么远干吗？不就是为了每天有点儿事做吗？总比天天躺在草地上呆呆地望着天空强。"

家人觉得他说得有些道理，也不再阻止他，由他"犯傻"。从二十六岁开始，贾斯汀就一边牧羊，一边种橡树。每天出门前，他都数好一百粒橡树籽，放在随身的袋子里。到了山上，他先将羊群安顿好，然后将这些橡树籽一粒一粒地种下去，浇水、用羊粪施肥，贾斯汀每天都干得不亦乐乎。

时间就这样一天天、一月月、一年年地流逝着，贾斯汀看着前几年种下的种子出苗、长高、成林，心里很是高兴，这更让他乐此不疲，每天都坚持种下一百棵橡树籽。

三十多年过去了，贾斯汀记不得自己到底种下了多少粒种子，但他知道，自己规定的每天种一百粒的任务，他都完成了，一次也没有少。种树，已经成了他生命中唯一的嗜好和乐趣。

终于有一天，他把橡树籽种满了这六千多亩荒山。

2010年，英国国家森林学会的科学家们来到巴德里小镇，当他们看到这片橡树林时，无不为之感叹。后来一打听才知道，这是一位叫贾斯汀的老人用三十多年的时间完成的伟业。科学家们决定采访一下这位伟大的老人，但是，他已经去世。感动不已的科学家们，从他子女的手中拿到了一张他的照片，并连同他的事迹一同送到了英国的《天空》杂志。

作者感言：连植物学专家都感到束手无策的一个大难题，竟在一位对植物学、遗传学一无所知的老妇人手中得到了破解；一片郁郁葱葱的六千多亩橡树林，竟是一位普通的牧羊人每天种一百粒种子种出来的，这不能不说是人间的两大奇迹。

第一个奇迹，老妇人用了二十年的时间；第二个奇迹，牧羊人贾斯汀付出了三十多年的心血。

二十年，三十多年意味着什么？它意味着任何奇迹创造都需要一段漫长的时间，意味着任何事功都是粒米凑成箩、滴水汇成河的过程，也意味着积跬步方能致千里、垒寸土方能成高台，更意味着创造者能耐住寂寞、顶住压力、受挫不馁和几十年如一日的坚持。两位老人的实践有力证明：百折不挠、锲而不舍的忍耐力、坚持力是创造奇迹和做出辉煌事业必不可少的意志品质。

我们说这两则真实的故事，还想说明这样一个问题：走向成功，绝非单一模式，奇迹和辉煌事业的创造，未必都需要系统理论指导和高远目标激励。有些事功，在特定时空环境和相应条件下，凭人的经验积累和不懈实践，一样可以创造出来。

老妇人对植物学、遗传学几乎一无所知，如果她认定必须在科学理论的指导下才能培育出这种花，她就会罢手，因为掌握这些科学理论绝非易事，也许还没等她把这些理论学懂，她就离开了人世。但老人越过了这一认知屏障，生活经验告诉她，植物在种植过程中有退化现象，如果在金盏花种植过程中不断选因退化而褪色的花种种植，金盏花就有可能逐渐变成"银盏花"。她就是凭着这点儿生活常识，开始了自己的行动。而让她能够坚持的，是按照她想法种植的金盏花，一年比一年白。每一年微小的变化，都给她惊喜，都给她动力，推动她走向成功。

贾斯汀开始种橡树，目的就在于有点儿事做，就在于打发牧羊过程中的无所事事和百无聊赖。如果当初他就决定把这片荒坡都种满橡树，变成林海，他也许就会罢手，因为正如他妻子所说，就凭他一个牧羊人，想改造一个六千多亩的荒坡，几辈子也做不完。人在面对一项巨大事情和一个高远目标的时候，往往会因事情巨大无法完成和目标高远无法达到而选择放弃，这是因为，巨大、高远的表象将人吓住了，人认定做不到，这是人生常态。作为一个极为普通的牧羊人，贾斯汀也无例外。所以，他说："想那么多、那么远干吗？不就是为了每天有点儿事做吗？总比天天躺在草地上呆呆地望着天空强。"没有高远目标的激励，贾斯汀靠什么坚持下来了呢？靠他每天坚持种一百粒橡树籽的习惯，靠他看到前几年种下的种子出苗、长高、成林的欣喜，是养成的习惯和不断呈现的成就激励他走向成功。

当我们劝导青少年说："要好好读书学习，有了丰富知识和高深理论，才能更大程度地把握世界和人生。"这一点儿没有错，但正确的理论指导并不是唯一，它只是走向成功的一种形式；当我们又劝青少年说："思路决定出路，有大想法，立宏愿，志存高远，才能有大作为。"这也一点儿没有错，但高远的目标激励也不是唯一，它也只是走向成功的另一种形式；老妇人依据常识的反复种植而培育出纯白金盏花、贾斯汀坚持每天种下一百粒橡树籽的小目标运作而造出六千多亩橡树林，也是走向成功的一种形式，但也不是唯一。灰学的"非唯一性"原理告诉我们，任何单一的方法都有局限性，走向成功的路有多条。

不过，纵观人类走向成功的种种做法，贾斯汀的小目标运作是最常见的。都说"不想当将军的士兵不是好士兵"，但有几个将军在当兵的时候就立志当将军？对一个刚刚参军的人来说，尽管动机各有不同，但绝少有人是立志当将军才去当兵的。那些当上了将军的人们，当初，大都是当了班长之后才想当排长，当了排长之后才想当连长，当了连长之后才想当营长，直至当了少将之后还想当中将、上将、大将。人的志向大都是随着事业的攀升不断攀升的，人都是在努力追求能够够得着的目标，无法企及的高远目标对人很难产生激励作用。所以，像贾斯汀那样，完成每天的任务，做好每一天应做的事情，说不定你将来就会有大成就。

拉古纳渔村的捕鱼方式

在巴西，有一个叫拉古纳的小渔村，位于海湾边上。这个海湾，始终风平浪静。海滩边有一小部分是一米多深的浅水区，其他地方都是十米以上的深水区。因为有优越的自然条件，这里一直是各种海洋生物生活的天堂。而吸引无数游客的，是这个小渔村独特的捕鱼方式。

这个小村的渔民们从来不用出海打鱼，每天天还没有亮，村里就派一个人到海湾边观察，一旦发现成群的海豚向海湾游过来，就马上回村通知大家，村民们就立即拿起渔网，站到齐腰深的浅滩里，撒网捕鱼，而且网网不空，每次都能捕到很多鱼。海豚群每天出现十几次，有时甚至几十次，这个村里的渔民就十几次甚至几十次地到浅滩捕鱼，每天收入丰厚，因此，这个小渔村相当富足。

原来，在1847年，渔民们发现，海豚每天捕食的时候，都会成群结队地游到海湾和海洋交界的地方，然后一字排开往回游，在回游过程中，海豚把原在深海里生活的各种鱼赶进了海湾。为了捕食方便，海豚尽量把鱼往岸边驱赶，因为，只有把鱼赶往靠近岸边的地方，包围圈才能缩小，捕到食物的可能性才能更大。但令海豚想不到的是，被驱赶的鱼群为逃脱海豚的捕食，往往成群地游到岸边一米以下的浅水区，而海豚不敢到浅水区去捕食，因为一到了浅水区，海豚就很有可能被搁浅，不仅捕不到食物，很可能还害了自己。所以，海豚们只能在深水区与浅水区的交界处，眼看着成群的鱼游来游去。而这时，聪明的渔民们就赶快拿起网，到浅水区去捕鱼，而且网网丰厚，一天下来，远比到大海中去捕鱼收获得多，并且还避免了海上风暴的风险。在渔民们捕鱼的时候，大量漏网的鱼见浅水区并不安全，仓皇掉头逃回深水区，但它们万万没有想到，一逃回深水区，等在那里的海豚们便向它们扑来，它们又成了海豚口中的食物。

这真是上帝赐给这个小渔村最好的礼物，一百多年来，每当看到成群的海豚向海湾里驱赶鱼的时候，村民们便到浅滩去捕鱼。更令人惊奇的是，在一百多年的合作中，渔民与海豚的默契程度竟然越来越高！到后来，当海豚要把鱼赶过来时，渔民只要在岸边将渔网在水中轻轻地击打，海豚们就会知道渔民们的准确位置，从而把鱼尽量赶往渔民们所站立的地方。时间久了，渔民们只要一击水，海豚就会以自己的行动告诉他们，应该在什么时候在什么地方往什么方向撒网，甚至还能以自己在海面上跳跃的高度，来告诉渔民这次赶来的鱼有多少。而渔民们每次撒网，也都自觉留一些余地，把一部分鱼赶回深水区，以保证海豚能吃到食物。

作者感言：海豚为渔民赶来鱼，渔民守滩待鱼，漏网的鱼又成了海豚的美餐，在和谐互动中实现了各自目的。这是人与动物的完美合作。在人类生活中，人与动物相互配合各得其利的现象并不少见，但大都具有偶然性和短暂性，而其中绝大多数都是因为人类的过分贪欲而破坏了这种平衡。试想，当初，如果拉古纳村的渔民们撒网不留余地，让成群的海豚白忙乎一场，海豚还会向海湾的浅滩里赶鱼吗？再试想，如果渔民们狮子大开口，连海豚一起捕杀，海豚还会前来送死吗？看来，维护人与自然的和谐，人是第一因素。

我们说这则小故事，就是想奉劝人类，要担起维护人与自然平衡的责任。

不无遗憾的是，随着人类贪欲的恶性膨胀和近代以来工业文明及现代科技的迅猛发展，人类征服和改造自然的能力日益增强，对自然的过度开发和利用，导致了气候日趋变暖、资源日益枯竭、土地不断沙化、空气和水质严重污染、不少江河干涸，干旱和洪涝灾害频应，许多物种相继灭绝，人类与自然的和谐关系已经失去了平衡，这种失衡正在把人类自己拖进生存困境。

2005年，在我国南京召开的第四次国际寒武纪大会上，国内外著名学者一致认为，目前物种消失与地球历史上的生物灭绝事件有惊人的相似之处，但与以往五次不同的是，在这次生物灭绝过程中，人类充当了"总导演"的角色，绝大多数物种的灭绝，都是人类赶尽杀绝的结果。

据考古学家考证，地球曾经历了五次生物大灭绝：第一次发生在距今四点四亿年前的奥陶纪末期，导致大约百分之八十的物种消失；第二次发生在距今约三点六五亿年前的泥盆纪后期，海洋生物遭受了灭顶之灾；第三次发生在距今约二点五亿年的二叠纪末期，地球上百分之九十五的生物绝迹；第四次发生在距今两亿年前的三叠纪晚期，爬行类动物遭遇重创；第五次是最为人熟知的一次，发生在六千五百万年前，长期统治地球的恐龙灭绝了。

如果地球上真的发生了第六次生物大灭绝，人类肯定不能幸免，而毁灭地球生物及人类自身的，恰恰是人类自己。因此，克制自己的欲望，与自然保持一种和谐共处关系，终止对地球其他物种的灭绝性掠夺，保持自然生态的平衡，具有事关人类生存的重大意义。拉古纳村的捕鱼方式，为人类提供了最好的榜样。

幸福是什么

　　很久以前，在一个偏远的小山村里，有三个牧羊的孩子，他们彼此很要好，常常一起把羊群赶到很远的树林里去放牧。树林里有一口老喷泉，由于山体滑坡被堵塞，泉口上堆满了泥土和枯枝败叶。有一次，一个牧童说："来，咱们把这口喷泉的淤泥清理出来，再把泉口清理一下，好不好？"

　　"好！"两个同伴快乐地赞同。

　　第二天，他们带着镐头和铁锹，到树林里去清理那口喷泉。喷泉里的泥土和枯枝败叶实在太多，他们挥汗如雨，用了一天工夫，才把泉眼疏通了，又挖了一条小水沟，让泉水流进茂密的森林里，去浇灌花草树木。

　　又过了一天，他们把泉口用石头垒起来，又搬来一块大石板将泉口盖上，防止尘土败叶落进去，同时在四周铺上石板，以便过往的人喝水方便。三个小孩儿看着乳白色的泉水汩汩地从石缝里冒出来，又快乐又兴奋。孩子们正在拍手庆祝的时候，从树林里走来一位美丽的姑娘，她金黄色的头发一直垂到脚跟，头上还戴着一个银白色的花环。

　　"你们好，孩子们！"她说，"我可以喝你们泉里的水吗？"

　　"你喝吧！"孩子们说，"我们砌这口泉井就是为了让人喝的。"

　　姑娘弯下身来，就着井口，用手捧起一捧水，喝了三口。"为你们三个的健康，我喝了三口。"她微笑着说。停了一会儿，她又说："你们做了一件好事，我代表树林，代表在树林里居住的所有动物和在树林里生长的一切花草，感谢你们。祝你们幸福！再见！"她向孩子们挥挥手，向密林深处走去。

　　孩子们互相看了看，他们又快乐又激动。一个孩子喊着问那位渐走渐远的姑娘："你祝我们幸福。请你告诉我们，幸福是什么？"

　　"你们现在就分手，到各自愿意去的地方，会弄明白什么是幸福的。二十年以后，咱们再在这口小泉井旁相见，假如到那时候你们还不知道幸福是什么，我就告诉你们。"姑娘的声音柔柔地飘来，说完，突然就不见了，正像她突然来到一样。

孩子们都诧异地互相看着。一个孩子说："从明天起，咱们就按照姑娘的指点，分头到自己愿意去的地方，弄明白幸福究竟是什么吧，二十年后的今天，咱们一定要在这里相聚，我相信那位姑娘会来的。我往东走。"

"我往西走"另一个孩子说。

"我留在村子里等你们"，第三个孩子说，"也许在村子里，我就能弄明白幸福究竟是什么。"

第二天，他们都照着自己说的去做了。

花开了又落，树绿了又黄，转眼，二十年就过去了。到了约定的时间，他们又在小泉井旁相聚。三个人都长成了强健有力的青年。清凉的泉水仍旧静静地流着，小泉井旁的树苗已经长成了枝叶茂密的大树。小井周围有许多条小路，还看得清人走过的脚印，他们一定是到这里来喝水或者打水的。周围的沙地上还有小鸟的爪印，草地上还有鹿和兔子跑过的痕迹。三个青年快乐地看着这一切，没想到自己只做了这么小的一件事，却给他人和动植物带来这么大的好处！他们坐在原来的那块大石头上，期待着那位神奇的姑娘。可是她没有来。

"你们知道这二十年我都干什么了吗？"第一个青年说，"咱们分手以后，我就去了一个城市，在那里进了学校，学了很多东西，现在成了一个医生。"

"你弄明白幸福是什么了吗？"另外两个问他。

"弄明白了。幸福其实很简单，当我治好了一个个病人，看着他们恢复了健康，心里别说多幸福了。"

"我，"第二个青年说，"我走了很多地方，做过很多事。我在码头上当过搬运工，在店铺里当过伙计，在花圃里当过花匠，还做过许多别的事情。但不管做什么，我都勤勤恳恳，不管到了那里，别人都亲近我、夸奖我，也给了我优厚的报酬，我感到很满足、很幸福。"

"那么你呢？"两个外出的青年问留在村子里的那位。

"我耕地，地上长出麦子来。麦子养活了许多人。我的劳动，你们看，也没有白费。我也感到很幸福。"

突然间，那位姑娘又出现了。她没有变样，还是金黄色的头发，还戴着银白色的花环。她显得那么谦虚、美丽、善良。

"我很高兴，你们都依照我的话，又来和我见面了。"她说，"你们的话我全听到了。你们三个都明白了：幸福要靠劳动，要靠尽心尽力做事，要靠做出对人们有益的事情。"

"你是谁呀？"三个青年同声问道。

"我是智慧的女儿。"说完，姑娘又不见了。

作者感言：劳动是幸福，尽心尽力做事是幸福，做对人们有益的事也是幸福，这就是智慧女儿告诉三个青年并被三个青年花二十年时间找到的"幸福"答案。

这个小故事告诉我们的不仅仅是这些，三个青年寻找幸福的实践还启示我们，幸福不是遥远天际飘浮的白云，不是深山空谷绽开的幽兰，幸福就在我们身边，只有勤于寻找、勤于创造，你就能获得幸福。

我们说这个故事，是想借此聊聊"幸福"这个话题。

幸福是人人都希望得到并努力追求的美好东西。但什么是幸福？简而言之，幸福就是身体无痛苦、心灵无困扰和社会适应能力良好的精神状态，具体表现为满足感、舒适感、畅达感、愉悦感等。不难看出，幸福是由三个要件构成的：

要件一：身体无痛苦。满身都是病，痛苦不堪，天天跑医院，打针吃药，何谈幸福。

要件二：心灵无困扰。一大堆闹心事、烦心事、痛心事堵在心头，想高兴也高兴不起来。

要件三：社会适应能力良好。生活和工作到处都是难题，人际关系紧张，工作困境重重，肯定不会有好心情，也谈不上幸福。

三者缺一不可，都是充分必要条件，看来，想获得幸福，需要做多方面努力。

关于对幸福的解读，不同的人有不同的体验和不同的回答。纵观人类对幸福的种种看法，宏观上可以概括为两种观念：

观念一：神道主义幸福观。这种幸福观把人的幸福置于对上帝的皈依和对某种神秘信仰的不断追求和永恒向往之中。如远古人对图腾、祖先、鬼魂以及自身生殖崇拜所获得的依赖感和安全感等的幸福体验，虔诚的基督徒、佛教徒对耶稣、释迦牟尼顶礼膜拜所感受到的释然情怀，均属此类。

观念二：人道主义幸福观。这种幸福观认为人的幸福应该到人的生活世界中去寻找。由于对人本性的不同理解，这种幸福观还可以细化为以下四种类型：

类型一：以满足生理需要为目标的生理幸福观。这一观点认为，饿了吃饱时、冷了穿暖时、性需要得到满足时所产生的快乐体验等，就是人生幸福，吃大餐、穿名牌、住别墅、开宝马、拥美女就是最幸福。

类型二：以满足理智、情感需要为目标的心理幸福观。这种观点认为，观赏一幅优美的画、诵读一首深情的诗、聆听一曲动听的歌，悠闲地散步等获得的愉悦体验就是幸福，能自由自在地尽情地享受精神上的快乐，就是最幸福。

类型三：以满足社会性需要为目标的伦理幸福观。这种观点认为，人被群体接纳、受到尊重，有好名声、有高地位、有大功劳、有强自尊、有助人助社会为乐的情怀和成就体验，就是幸福。

类型四：以全面关照人的生理、心理和社会伦理体验，实现"主观生理心理体验"与"客观伦理规定"动态平衡和有机统一的科学人道主义幸福观。这种观点认为，幸福是人生理、心理和伦理三种幸福的辩证统一，是人性诸要素"平衡"和"优势"的统一，也是人性诸要素"质"和"量"的统一。生理、心理、伦理三种幸福各有特点，在人完整的幸福中发挥着无以替代的作用，人追求人性完善的过程即是幸福的过程，人生幸福的最高境界是人超越"小我""私我"，升华为"大我""公我"，实现了人生价值最大化，体现了自我实现时所产生的满足感、成就感和愉悦体验。如，饥寒的满足是幸福，孤独苦闷的消解是幸福，为他人、为集体、为国家牺牲个人利益所生成的成就感、荣誉感是幸福，为捍卫真理慨然赴死所产生的自豪感也是幸福。

智慧女儿和三位青年对幸福的看法、标准，基本属于科学人道主义幸福观。

幸福是人的一种主观感受，人生以追求幸福为目的。幸福的追求是一个过程，人在积极去寻找、去发现、去创造幸福的经历中，享受着幸福；幸福的追求也是一种能力，这种能力是在追求幸福的实践中生成的。

"拗相公"胡须上的虱子

　　"拗相公"何许人也？北宋熙宁年间的大宰相王安石是也。王安石生性倔强固执，人称"拗相公"。宋人彭乘所著《墨客挥犀》里记载着这样一则故事：有一天，神宗皇帝召王安石和同在相府为官的王禹玉到朝中议事。正在讨论国事的时候，一个虱子从王安石的领口爬出来，顺着脖子爬上了胡须，皇上看见了，忍不住小声笑了起来，王禹玉也捂着嘴窃笑，王安石不知何故，也不理会，照常议事。退朝后，在大殿门口，王安石问王禹玉："圣上为何而笑？"

　　王禹玉说："圣上看见一个虱子从你的衣领爬到胡子上了。"

　　王安石随即命令身后的侍从赶快把虱子除掉，王禹玉十分严肃地阻止说："不可！不可！"

　　王安石不解："为何不可？"

　　王禹玉慢条斯理地说："这虱子怎么可以轻易除去呢？应该献上一句颂扬的话，歌颂这虱子的功劳。"

　　"此话怎讲？"王安石问。

　　王禹玉很严肃地说："屡游相须，曾经御览！"意思是，屡次在丞相的胡须上游历，曾被皇上欣赏过！。

　　两个人大笑。

　　作者感言：彭乘说王安石身上有虱子，虱子多的竟从领口爬出来，爬到胡子上，并不是有意败坏王安石的声誉。王安石不讲卫生、邋遢肮脏，几乎和他作为中国古代著名政治家、思想家、学者、文学家、诗人、改革家一样出名，史书上多有记载。和他同时代的著名古文家苏洵曾这样描述他：穿着囚犯一样的衣服，吃牲口才会吃的食物，蓬头垢面，竟然还在那儿安之若素地大谈史书。作为政府高官、作为学者、政治家，他的邋遢肮脏前无古人，后无来者，说"空前绝后"一点儿也不过分。这位相爷邋遢肮脏到什么程度呢？如果现在你身边有这号人，你肯定不会对他产生好感，甚至会十分讨厌他。据史书上记载，王安石不讲卫生，经常几十天不洗脸，蓬头垢面，衣服长时间不换洗，油渍麻花，酸臭难闻。据说，由于长期不洗澡不洗脸，王安石脸上结了厚厚一层灰，家人见他脸色发黑，以为王安石生病了，请来了大夫。大夫一看说这哪儿是生病，把脸上的灰泥洗一下就好了。据宋人叶梦得所撰《石林燕语》载：王安石的好友吴冲卿和韩维对王的邋遢肮脏实在看不下眼，有时直面说他他也不在意，无奈，两个人每隔一个多月就请王安石一起到寺院谈诗书、政治，事后强约他去洗澡。在洗澡期间，他们让寺院的人把王安石的脏衣服拿走，换上一套干净衣服放在那里。王安石素来不讲究吃穿，饭食来了，捡靠近的吃饱了便完事，无论精粗；有衣服拿起就穿，不问好坏新旧。洗完澡，他捡起衣服穿上便是，也不注意是否被人换掉。此项活动被命名为"拆洗王介甫"。这样做了多次之后，王安石邋遢的恶习稍有好转。

我们之所以把王安石邋遢肮脏的恶习从尘封的故纸堆里拣出来，绝无贬斥王荆公的意思，只是想借此聊聊"个人卫生、仪容"这个话题。

有人说："我讲不讲卫生和衣服穿得干不干净，是我个人的事情，纯属私人问题，别人无权干预。"如果说这话的人是生活在一个不与任何人交往的完全封闭的生存环境里，他的话还算有道理。但遗憾的是，这样的人不存在，这是因为，人是社会的人，人是交往动物，离开了社会和人与人的交往，人无法生存。因此，人一旦融入社会并与人交往，个人卫生和衣着就产生了社会性，就不仅仅是个人问题，理由如次：

理由一：讲卫生和衣冠整洁是现代文明人的重要标志。现代社会，随着科技进步和物资丰富，人类的生活环境不断改善，人类也越来越清楚地认识到卫生也是一种文化，它对人类健康和美化生存环境十分重要，所以，讲究卫生，包括个人卫生，是全人类的共同要求，是现代文明人必须遵守的行为规范。

理由二：讲卫生和衣冠整洁体现了对他人和生存环境的尊重。在一般情况下，人对外物的刺激会产生积极和消极两种感觉，扑鼻的花香、清澈的小溪让人心怀畅达，惬意舒服；而腐臭的垃圾、肮脏的东西却让人压抑，让人感到不舒服，甚至会产生恶心呕吐。你脏兮兮、满身酸臭气地站在人前，给别人带来压抑和不舒服而全然不顾，说明你对他人缺乏应有的尊重，也是一种不道德的表现。另外，你邋遢肮脏的形象也污染了清新美好的环境，是对人类生存环境的漠视。

理由三：讲卫生和衣冠整洁是自尊的体现。每个人都有自己做人的尊严，人自重自尊才能被别人尊重。不修边幅，邋邋遢遢，脏脏兮兮，是一种作践自己和毁坏自身形象的做法，是一种不自尊、不自爱的表现。

理由四：讲卫生和衣冠整洁是仪容仪表的静态表现，它折射出一个人的涵养和精神气质，是人事业成功不可或缺的因素。人的外在形象是一张最生动的名片，别人第一眼见到你留下的印象往往是最深刻的。比如找工作，你干干净净、衣冠整洁、文质彬彬去见老板，就容易被接纳；反之，你邋邋遢遢，脏脏兮兮地走进老总的办公室，被断然拒绝的概率就非常高，因为老总一定会想，连自己都收拾不干净的人，怎么能干好工作！再比如你做政府官员，特别是像王安石这样的高官，外出办事是代表单位甚至民族、国家，外在形象的好坏，直接涉及单位甚至民族、国家的形象和尊严，焉能不慎。

我们再来说说王安石，他不讲卫生，绝不是故意那样以表示自己特立独行，而是他太看轻个人卫生问题，无暇顾及。他一生嗜书如命，下朝回家，他就一头扎进书房不出来。他在扬州做太守幕府时，经常彻夜读书，天快亮了才在椅子上打个盹。等睡醒时，不洗脸、不梳发就跑去上班。太守韩琦一看他那副样子，以为他彻夜纵情声色，就劝导他趁着年轻多用功读点儿书。在现代社会中，有一种与王安石完全不同的人，他们故意作秀，不讲卫生，穿得脏兮兮的，记得在一家晚报上，曾登载这样一则顺口溜："远看像个逃难的，近看像个要饭的，仔细一瞅，原来是美术学院的。"在美术界，确有极少数这样的人，故意打扮的与众不同，穿得破破烂烂，肮肮脏脏，以昭示个性。美术界为什么会出现这种现象？缘起何因、何时？无从可考。推想，也许有一位大师级的画家，痴心于作画，无暇顾及个人卫生，穿得破破烂烂，肮肮脏脏，学画的后生们不知学其内里功夫而效仿其外表，遂成流弊。其实，古今中外，美术界的大师级人物，个个都是很看重自身仪容仪表的，就中国现当代而言，象刘海粟、齐白石、徐悲鸿、张大千、黄宾虹、潘天寿、傅抱石、李可染、李苦禅、黄胄、范曾等人，哪个不衣冠楚楚。后生学画，学习和体悟大师的高深艺术造诣才是正道。

范雎与须贾

这是一个真实的历史故事。故事说，战国时期，魏国有个叫范雎的人，早年家境贫寒，虽有为魏国建功立业之志和治国理政之才，但因出身卑微，无法得见魏王，只好投奔到中大夫须贾门下当了门客。一次，他随主人须贾出使齐国，在朝堂之上，齐襄王盛气凌人，对须贾十分轻慢，谴责魏国反复无常，并说先王之死与魏国有关，须贾十分被动，嗫嗫嚅嚅地无言以对。范雎见势，挺身而出，他针锋相对，义正词严地反驳了齐襄王对魏国的谴责，既维护了魏国尊严，又为主人挽回了面子。齐襄王不仅没有生气，还十分赏识范雎的辩才，立即待为上宾，并派人劝其留在齐国，被范雎拒绝。临别之际，齐王私下赠送范雎黄金十斤和牛、酒等物品，也均被范雎婉言谢绝。

范雎在朝堂之上的大义凛然和被齐国待为上宾，让作为正使的须贾十分嫉妒，并心生仇恨。回国后，须贾不仅没有为范雎请功和赞扬他拒收礼物的高风亮节，反而向相国魏齐诬告他私受贿赂，出卖情报。魏齐大怒，命人把范雎抓起来，严刑拷打，直打得范雎肋骨折断，血肉模糊。范雎唯恐性命不保，屏息僵卧，佯装死去，魏齐于是命人用苇席裹了，弃于茅厕之中，并派一吏卒看守。当天晚上，范雎对吏卒说："你就说我死了，让魏齐将我扔掉，倘若不死，后有重谢。"当时魏齐正大宴宾客，酒兴正浓，得到禀报，便命人将范雎扔到城外的荒野中，范雎因此逃脱。后经好友郑安平帮助，藏匿民间，化名张禄。

公元前271年，秦昭王派使臣王稽出访魏国。当时的秦国，经孝公、惠王、武王等几代国君的不懈努力，已经十分强盛。为招募天下贤才，秦国有一条"荐贤者与之同赏"的政策，所以，当王稽从郑安平口中得知范雎还活着的时候，便决意带范雎赴秦。临行前的深夜，范雎拜见了王稽，王稽秘密将其带回秦国，推荐给秦昭王，被秦昭王拜为客卿。后来，范雎以远交近攻、伐魏收韩之策说服了秦昭王，并于公元前266年帮助昭王废掉了擅权的宣太后，驱逐了太后母弟相国穰侯魏冉，加强了中央集权，于是被任命为国相。

范雎出任秦国承相的第二年，魏王得知秦将伐魏，于是派中大夫须贾赴秦议和。须贾匆匆启程，直奔咸阳，下榻馆驿。

范雎得知前来议和的是须贾，便脱去相服，穿上破烂的衣服，潜出府门，来到馆驿，徐步而入，谒见须贾。须贾一见来人，大惊，说道："范先生你还活着，我以为你早被魏相打死了，你怎么来到了秦国？"范雎答道："当年被弃尸荒郊，幸得苏醒，为一过客所救，亡命于秦，给一个大户人家做活，聊以为生。现今日子过得饥寒交迫。"时置隆冬，须贾见范雎衣薄而破，冻得直打哆嗦，不觉动了哀怜之心，留范雎坐下饮酒进餐，并送给他一件丝袍穿上。交谈中，须贾叹道："当今秦国承相张禄，权倾朝野，我欲拜见他，可是无人引见，现正为此事发愁。"范雎说自己的主人与张禄承相关系甚好，自己也常出入相府，可以为其引见，并答应为须贾驱车带路，须贾非常高兴。

来到相府门前，范雎对须贾说："大夫在此稍候，容我先去通报一下。"

须贾下车，站在门外，等候多时不见范雎出来，便去问守门的侍卫，侍卫说："什么范雎？我不认识他。刚进去穿布衣披着丝袍的就是我们的宰相，他叫张禄。"

当须贾得知范雎就是张禄时，吓得魂不附体，忙让侍卫报告："魏国罪人须贾在外领死！"

须贾进得相府，见范雎威风凛凛，坐于堂上，忙跪伏不起，连称有罪。范雎历数须贾嫉贤妒能、诬害贤良之后，厉声说道："你今至此，本该断头沥血，以酬前恨，但考虑你还念旧情，尚有恻隐之心，见我落魄还赠以饭食丝袍，且留你一条性命。"须贾叩头称谢，匍匐而出。

范雎入见昭王，将往事一一禀报，并说魏国惧秦，遣使求和。秦王大喜，依范雎之言，准魏求和，须贾之事，任其处理发落。

几天以后，范雎在丞相府大宴诸侯之使，宾客济济一堂，觥筹交错，很是热闹，唯独将须贾安排在阶下，并派两个黥徒夹之以坐，席上只备些炒熟的料豆，两黥徒手捧喂之，如同喂马一般。众宾客甚以为怪，范雎便将旧事诉说一遍，然后对须贾厉声喝道："秦王虽然许和，但魏齐之仇不可不报，留你一条蚁命归告魏王，速将魏齐人头送来。否则，我将率兵屠戮大梁，那时悔之晚矣。"须贾早吓得魂不附体，诺诺连声而出，回国复命。

范雎与须贾的这段恩怨往事，被后人编成京剧《赠绨袍》和四川木偶剧《跪门吃草》。

作者感言：不难看出，须贾是一个嫉能妒贤的小人。

我们从故纸堆里翻出这段历史，就是想借此聊聊"嫉妒"这个话题。

在人类历史上，因嫉妒而迫害贤良的事比比皆是。《圣经》里说，该隐和亚伯都是亚当和夏娃的儿子，该隐是哥哥，亚伯是弟弟，该隐种地，亚伯牧羊，他们都拿自己的产品供奉上帝耶和华，上帝十分欣赏亚伯的贡品，这让该隐非常嫉妒和仇恨，于是，该隐在田野里杀死了弟弟亚伯。这虽是神话，但它源于人类的真实生活，是人世间嫉妒现象的典型概括。

在中国历史上，最为人熟知的案例是庞涓迫害孙膑和吕雉残害戚夫人的故事。庞涓迫害孙膑的故事发生在战国魏惠王时期，比须贾迫害范雎早七八十年。魏国将军庞涓，与孙膑是同学，他们同时跟鬼谷子学习兵法。庞涓嫉恨孙膑的才能高过自己，便设计将其从齐国骗到魏国，又设计陷害孙膑，借法令将其处以膑刑（取出膝盖骨使其瘫痪的刑罚），孙膑也因此得名。庞涓嫉妒和迫害孙膑的目的，就是想把孙膑埋没起来，让世上再无与他竞争的对手。吕雉残害戚夫人的故事发生在西汉初年。戚夫人是汉高祖刘邦的宠妃，是西汉初年擅长歌舞的名姬，她多才多艺，会鼓琴、歌唱，精于舞蹈。刘邦在世时，她曾红极一时，深得汉高祖宠爱，刘邦也因此冷落了发妻吕雉，这让吕雉十分嫉恨，由此埋下了祸根。刘邦死后，吕雉的儿子刘盈即位，即汉惠帝，吕雉便成了太后。吕后掌权后做的第一件事，就是对势单力薄的戚夫人母子下手，她先毒死了戚夫人的儿子赵王刘如意，然后斩断戚夫人四肢，挖去眼睛，熏聋耳朵，又迫使戚夫人喝下哑药，丢入厕中，叫作人彘，即人猪，其手段十分残忍。当然，吕后迫害戚夫人，还有权力争夺的因素，但嫉恨是主要原因，因为刘邦死后，对吕后和汉惠帝来说，戚夫人及赵王刘如意已经构不成威胁。

社会发展到今天，因嫉妒而害人、杀人的事也屡见不鲜，说一个震惊全球的卢刚杀人事件：1991年11月下午3时许，在美国爱荷华大学凡·艾伦物理系大楼，年仅二十八岁的青年博士、中国公派留美学生卢刚，开枪杀死了四名导师、一名副校长和一名叫山林华的中国同学，然后自杀。卢刚之所以开枪杀人，根源就在于嫉妒。卢刚是北京大学物理系高才生，是独生子，一帆风顺，1985年北大毕业后，通过美籍华裔物理学家李政道在大陆主持的考试，进入了爱荷华大学攻读物理学博士，1991年5月获得博士学位，毕业后不愿回国工作，但几个月找不到工作。卢刚所枪杀的中国同学山林华，毕业于中国科技大学，1987年也通过李政道在大陆主持的考试，进入爱荷华大学攻读物理学博士，1990年12月获得博士学位。毕业后，成果丰硕的山林华被系里留下来继续做博士后研究，并按照调研员的职位领取薪水。山比卢小一岁，也比卢晚两年来到爱荷华大学，拿到学位却比卢早半年。读博期间，山在爱荷华大学人际关系很好，知名度很高，是前任中国学生联谊会会长，而卢性情孤僻而自私，很少有人与他交往，连中国学生联谊会也没加入。毕业前，卢的研究工作一直不太顺利，博士论文口试没能当场通过，相反，山不仅提前毕业获得博士学位，而且博士论文还得了奖。毕业后，山有一份颇有前途而安定的工作，卢连工作也没有找到。在比较中，卢的心态严重失衡，他不能容忍山比他强，他嫉恨山的优越，并迁怒于几位导师和学校。既然他得不到，那么就谁也别想得到，于是，他精心筹划了这起杀人案，并顺利达到目的。

嫉妒怎么会让人如此丧心病狂？看来，我们不能小视嫉妒这种丑恶的社会现象，我们需要研究它，了解它，避免它并努力消除它。

那么，什么是嫉妒呢？笔者不是心理学家，很难给出一个科学而明确的定义，就一般人理解，所谓嫉妒，就是在与他人比较过程中，发现别人在才能、地位、名誉、境遇等方面优越于自己，而自己又不甘心于别人的这种优越，从而产生的一种由羞愧、愤怒、怨恨等组成的复合的情绪状态。它是一种很普遍的社会心理现象，它多发生在地位相差无几、彼此了解、在同一个部门共事、生活在同一生存环境、在利害关系上有某种联系的人之间，特别是直接的竞争对手之间。至于远离自己生活环境并与自己毫不相干的某运动员获得奥运冠军、某科学家获得诺奖，人们只有羡慕的份儿，而根本没有嫉妒。蒙哥马利元帅嫉妒过巴顿将军的战功，但是绝对不嫉妒拿破仑的军事天才；印度也许会嫉妒和它接近的发展中大国，但它不可能嫉妒遥不可及的头号强国美国。

嫉妒是有层次的。我们根据嫉妒表现的强度和宣泄方式，可以把它分为嫉羡、嫉怨、嫉害三个层次。

嫉羡层次：嫉羡是最普遍的也是最轻微的嫉妒现象，世界上的每一个人，都不同程度地存在这种心理。嫉美在通常情况下深深埋藏在人的潜意识中，是嫉妒和美慕交融的混合状态，当看到同事、同学、朋友或与自己条件相差无几的人在某些方面优越于自己时，便"别有一番滋味在心头"的酸溜溜的体验，既美慕又隐隐约约感觉到不舒服、不服气，有时也表现出轻微的不满和发现被嫉美对象出现某些不利现象时的幸灾乐祸。据某报载：南方一所重点小学三年级某班，一数学成绩尖子没来上课，同学们非常奇怪，因为她从来不缺课。老师解释说："她的爷爷去世了，她在为爷爷送葬。"不料，老师话音未落，班上一片欢呼声："噢——，她爷爷可死了，这回我们可以超过她了！""她爷爷是数学教授，所以她才老得第一，这回她没靠山了！"望着一张张兴奋的小脸，老师惊愕无语。这是一群天真无邪的孩子，他们毫不顾忌地把内心的嫉美想法表达出来。如果是成年人，绝不会如此，他们会将这种想法深深地埋在心底，表面上还会表现出十分沉痛，很可能还会对其家属说一些"节哀顺变"之类的安慰话。成年人是不是很虚伪呢？不能这么理解，把这种不良的心理状态隐藏起来，有助于人际和谐，这正是一个人成熟的表现。一般说来，嫉美心理的激活作用很微弱，一般不会产生什么严重后果，但由于它普遍存在于每个人的心中，所以，也应当引起我们的重视，我们要努力克服这种不良心理在潜意识中滋生蔓延，更要严格防范它从潜意识中冒出来。

嫉怨层次：嫉怨是在嫉美基础上发展起来并表现出来的带有轻度怨恨和攻击性的嫉妒现象，它通常表现为对被嫉妒者的挑剔、指责、非难并散布一些对其不利的言论。我们常常会看到这样的现象：某一个人一旦出名或取得某项成果，各种非议甚至诽谤、污蔑接踵而来，他的不足之处被放大甚至完全走样，他不时遭到冷嘲热讽甚至被人冷淡疏远。你不是"梨花一枝春带雨"的艳压群芳吗？那么我们就说你"秽乱春宫"，非常淫荡；你不是聪明睿智、才华横溢吗？那么我就极力寻找你做过的错事来证明你的愚蠢；你不是在某些方面很突出吗？那么我就专找你的短处宣扬。"众女嫉余之蛾眉兮，谣诼谓余以善淫"，这就是屈原的切身感受。嫉妒者这样做的目的，就是想损毁被嫉妒者的名誉，给被嫉妒者的生活、工作、人际交往等制造麻烦和阻力，使其不能顺畅发展并感到压力和痛苦，而嫉妒者正是在被嫉妒者的压力和痛苦中谋得了自身的心理平衡。

嫉害层次：嫉害是嫉妒的最高层次，它由嫉怨发展而来，化嫉怨为仇恨并千方百计地迫害被嫉妒者。嫉害多发生在竞争对手之间，上文说的须贾诬陷范雎、该隐杀死亚伯、庞涓膑脚孙子、吕后人彘戚夫人、卢刚枪杀山林华，就是最典型的嫉害现象。在现实生活中，嫉害行为在权力角逐和爱情较量中表现得尤为突出。1997年4月16日，福建省环保局副局长杨锦生为牟取正局长之职，花三万元雇用黑社会势力，用浓硫酸将环保局局长杨明奕烧成重伤；2007年，河南省上蔡县土管局一名姓孙的中层干部，为阻止他人与自己竞争县土管局副局长的职位，唆使好友黎某捏造竞争对手行贿的消息，并在另一犯罪嫌疑人贾某的帮助下在互联网上发布。至于在恋爱过程中，为争夺某一男友或女友，造谣、诬陷"情敌"或对"情敌"大打出手的事，在生活中屡见不鲜。

人为什么会产生嫉妒？根源在哪里？导致嫉妒的因素是多方面的，也因时因事因人而异，但概而言之，其产生的主要根源有三：

根源一：思想根源，源自人的自私心。私心是万恶之源，人如果没有自私自利心，就不会产生嫉妒。而就绝大多数人而言，在通常情况下，自私心只能有效控制，是根本无法彻底消除的，所以，只要自私的思想存在一天，嫉妒这种丑恶现象就会随之存在。

根源二：社会根源，源自社会的绝对平均主义。绝对平均主义是一种消极的社会平衡理论，它是一种要求社会每个成员都享有均等的社会财富以及地位、名誉等，不管这个成员品行优劣、能力大小、勤劳懒惰、贡献多少，均如此，其目的在于消灭一切差别。本来，差别是客观存在，"物之不齐，物之情也"，它是世上万事万物发展变化的动力，也是必然结果。如果取消了社会的所有差别，社会就失去了发展动力，社会就会倒退。试想，干多干少一个样、干好干坏一个样、干不干一个样，谁还愿意干呢？！但绝对平均主义由来已久，在古今中外深有影响，一旦某一个人的观念中绝对平均主义占了上风，他就容不得别人冒尖和优越于自己，"我没有的，你也别想拥有；我不优越的，你也别想优越"，于是，嫉妒应运而生。

根源三：人性根源，源自人的自然本性。人是自然动物性和人文社会性共存的存在物，哲学家说："人一半是魔鬼，一半是天使。"人的动物性的许多"恶"的东西，深藏在人的潜意识中，是人的阴暗心理。唯我独能的"猴王心理"、唯我独霸的"项王心理"、唯我独尊、独荣的"玉帝心理"，都是人阴暗心理的因素。这些心理因素一旦成为显意识，表现出来，就容不得比自己优越的人，嫉妒于是而生。

嫉妒，是生命的毒瘤，它害己害人。

嫉妒首先是害己。嫉妒是人的心理失衡状态，现代医学研究证明，人产生嫉妒心理时，会刺激下丘脑边缘的"痛苦"中枢，从而引发焦虑、抑郁、烦躁、怨恨、愤怒等消极体验，进而诱发头痛、失眠、血压升高、郁闷心悸、恶心呕吐、食欲减退等躯体症状。可见，嫉妒心会损害人自身的心理健康和身体健康。更重要的是，人一旦有了强烈的嫉妒心，就会产生偏见，看不见光明和美好；就会扭曲性格，变得猥琐、心胸狭隘和情绪阴郁；就会毒化语言，公开造谣和说谎从不会脸红；就会错乱行为，热衷于搞阴谋诡计和中伤他人，甚至胆大妄为，铤而走险，迫害比自己优越的人，从而违纪违法，毁了自己的人生。下面再说一个因嫉妒而以命相赌的故事。

"妒妇津"的故事：山东省临清市的一条河上，有个渡口叫"妒妇津"，这个渡口的名字，就与一位"因嫉妒而以命相赌"的女子有关。据晚唐人段成式在《酉阳杂俎》上记载：相传，晋朝时，有个叫刘伯玉的秀才，其妻段氏嫉妒心非常强。这刘秀才特别钟爱曹植的《洛神赋》，并根据赋中的描写，绘制了一张洛神图，挂在墙上。一日，秀才面对洛神图，摇头晃脑地诵读《洛神赋》。读罢，十分感慨地自语道："如果能娶到这样美丽的女子做妻子，我这一生就没有任何遗憾了！"不巧，这话正好被妻子段氏听见，段氏大怒说："你为什么那么倾心洛神？难道我就没有她漂亮吗？我跳河淹死，也能变成水神，肯定比洛神还漂亮！"她说到做到，当晚便到渡口跳河自尽了。当人们得知她跳河的原因后，便将这个渡口改名为"妒妇津"。据说，凡女子来此津渡河时，都不敢打扮得漂漂亮亮，否则就会风浪大作。段氏的嫉妒心也的确太强了，为变成水神并渴望比洛神更漂亮，竟投河自杀。

小故事是民间传说，不是历史真实，但它十分形象地提醒世人，嫉妒心对嫉妒者本人是十分有害的。

嫉妒其次是害人。嫉妒突出的问题是压抑人才甚至是迫害人才。这一点上边说得很多，在此不再啰唆。

那么，怎样避免和消除嫉妒呢？对嫉妒者而言，做法有三：

做法一：克服自私心理，少一些贪欲，不断强化与人为善，惠人惠己的人生理念。

做法二：保持阳光心态，努力克服唯我独能的"猴王心理"、唯我独霸的

"项王心理"和唯我独尊的"玉帝心理"，容得下比自己更优越的人，学会为胜过自己的人喝彩。

做法三：采取正确、正当的方式方法积极参与竞争，通过学习和努力提高自己来缩短与竞争者的差距，努力做到"见贤思齐"，绝不做"见贤相害"的事

做法四：淡化功利意识，努力追求宠辱不惊，去留无意，淡泊明志、宁静致远的人生境界。

对于被嫉妒者而言，最要紧的是"无意苦争春，一任群芳妒"，不花心思与百花争艳斗宠，不被别人的嫉妒言行所干扰，让人说去吧，走自己的路。当然，以积极心态努力消除矛盾，理智并采取正确、正当手段维护自身的合法权益，击破一切谎言和有效规避被迫害的风险，也是完全必要的。我们可以以善意和博大的胸怀善待所有想加害我们的人，但我们绝不迁就他们，更不放纵他们，每个人都必须为自己的行为后果承担责任。对于嫉恨人类丰收而有意趁黑夜到麦地里种稗子的魔鬼，我们决不能手软。

卧　　倒

　　故事发生在20世纪90年代的德国。在一个中等城市的火车站，一个扳道工正走向自己的岗位，去为一列即将进站的火车扳动道岔。当时，还没有电脑控制的电动道岔，每次扳道岔，扳道工都要走到两条铁轨的连接处，用手柄扳动。

　　这时，在铁轨的另一头，还有一列火车从相反方向驶过这个车站，假如他不及时扳动道岔，两列火车必定相撞。

　　当这个扳道工握住道岔手柄时，无意中回头看了一眼。这一看让他心惊肉跳，他发现自己四岁的儿子正在要接通的铁轨上玩耍，而那列驶过车站的火车就要行驶在这条铁轨上。

　　扳动道岔，儿子就没命了；不扳动道岔，两列火车就要相撞。是抢救儿子，还是扳动道岔避免一场灾难？给他选择的时间只有一两秒钟，那一刻，他威严地朝儿子高声喊道："卧倒！"同时，闭上眼睛，按下了道岔手柄。

　　一眨眼工夫，进站的火车驶入了预定轨道。那一边，火车也呼啸而过。

　　车上的旅客丝毫不知道，他们的生命曾经千钧一发，他们也丝毫不知道，一个小生命卧倒在铁轨的枕木间——火车轰鸣着驶过，孩子毫发未伤。

　　火车过后，当扳道工看见儿子从枕木空隙中站起来并微笑向他招手的时候，他飞奔过去，抱起儿子失声痛哭。

　　一位记者刚好路过这里，职业敏感让他抓住了这个机会，把瞬间发生的一切摄录下来。

　　不久，德国一家电视台出高薪征集"十秒钟惊险镜头"活动。许多新闻工作者为此趋之若鹜，征集活动一时成为人们关注的焦点。

　　在诸多参赛作品中，这个名叫"卧倒"的镜头以绝对的优势夺得了冠军。

　　获奖作品在电视播出的那天晚上，大部分人都坐在电视机前观看了这组镜头。最初是等待、好奇或者议论纷纷，十秒钟后，每一双眼睛里都是泪水。

可以毫不夸张地说，德国在那十秒钟后足足肃静了十分钟。

人们猜测，那个扳道工一定是一位非常优秀的员工。可实际上，他就是一个普普通通的扳道工，自工作以来，没有什么突出业绩，他的唯一优点就是按时上班，按时扳道岔，从来也没有迟到早退过，工作上也没出过任何差错。他的家就在车站附近，那一天，他妻子专心做家务，儿子趁妈妈不注意跑出家门，进了车站。

儿子长得健硕又十分顽皮，经常不听话，很多时候，他让儿子向西，儿子偏偏向东，只有每天晚上和儿子做打仗游戏时，他发出的命令才绝对好使，他让儿子卧倒，儿子立刻就爬到地上。也就是这个绝对好使的命令，救了儿子的命。

作者感言：我相信，每个读了这则小故事的人，都会受到心灵震撼。这位扳道工令人感佩的瞬间选择，体现了人类最可贵的两种精神：

可贵精神一：无私大爱精神。是顾及儿子的生命还是顾及众多人的生命，是避免自家灾难还是避免众多家庭灾难？扳道工毅然舍弃了亲情，果断选择了后者。这一选择是理性的、道德的、无私的，体现了一种舍己的大爱情怀。我们说这一选择是理性的、道德的，是因为在这一瞬间，是利弊得失、祸患大小的理性判断和社会道义发挥了决定性作用，促使他战胜了一己之私，做出了痛苦选择。我们说这一选择是无私的、痛苦的，是因为这是私利的割舍，是父子亲情的斩断，是父亲撕心裂肺的痛。我们说这种选择是大爱情怀，是因为这是一种超越自私小爱的普世之爱、博大之爱，是能促进人类和谐的高尚之爱，是人人都应该习得而拥有的情怀。

可贵精神二：恪尽职守精神。扳道工不顾及儿子的生命，毅然扳动道岔，是恪守职业道德的表现，是一种难能可贵的职业精神。按时扳动道岔，保证列车顺利通行，是扳道工的职责所在。在长期工作中，这种职责已经内化为这位扳道工的精神品质，他按时上下班，按时扳动道岔，从来没出过差错，就是这种精神品质的体现。正是这种习以为常的精神品质，在儿子出现在铁轨上的一刹那，以最强烈的方式凸显出来，并彰显了他的高尚人格。由此看来，认真履职并养成习惯，十分重要。

懵懂的儿子遵命卧倒，还给我们这样一点儿启示：孩子，还是听话的好。俗话说，"不听老人言，吃亏在眼前"，作为子女，要认真对待父母的教诲。孩子是父母的心头肉，每个父母都希望孩子学好，都会教导孩子好好做人，认真做事。做一个听话的好孩子，永远没有坏处。"听父母的话，并牢记在心，然后出色地去完成"，这一句平平淡淡的忠告，是人类世世代代总结出来的不平淡的经验。

说一句唯心的话，举头三尺有神灵，人在做，天在看，孩子毫发无损，是神灵佑之，人做善事，老天也呵护他。看来，人还是多做善事为好。

"到悬崖上去放飞吧"与"放飞了的秃鹰"

　　"到悬崖上去放飞吧"的故事说，一位男子在森林的旧鸟巢中捡到了一枚鸟蛋，将其带回家，放在孵蛋的母鸡身下。不久，一只小鸟同小鸡一起破壳而出。小鸟和小鸡一同在母鸡的呵护下成长，渐渐地变成了一只小雏鹰。看着小雏鹰一天天长大，女人说："鹰长大了会吃鸡的，把它放飞吧。"于是，男人便开始了一次次放飞，而且屡屡失败。每一次脱手，鹰就掉到地上，然后，再慢慢地爬上男人的脚背，依依不肯离去。男人心软，只好一次次将鹰带回家。

　　鹰渐渐长大，羽翼舒展，喙长而尖锐，女人的担心更切。正值男人无奈之际，村里的一位老者告诉男人："到悬崖上去放飞吧。"男人抱着鹰登上悬崖，闭上双眼，将鹰抛了出去。鹰如石头一般下坠，就在即将坠地的那一刻，鹰却突然用力煽动了那被迫打开的翅膀，翩然地飞了起来。飞起的鹰飞回崖顶，在男人的头上盘旋了几周，然后毅然地飞向蓝天深处。

　　"放飞了的秃鹰"的故事说，在1996年"世界爱鸟日"这一天，芬兰维多利亚国家公园应上万名爱鸟者的要求，放飞了一只在笼子里关了四年的秃鹰。事过三天，当那些爱鸟者们还在为自己的善举津津乐道时，一位游客在距公园不远的一片小树林里发现了这只秃鹰的尸体。解剖发现，秃鹰死于饥饿。

　　作者感言：飞翔是鹰生存的第一本能，而出生、成长在安全、舒适、足食的鸡群里，鹰不知道自己会飞翔，也没有想到飞翔，因为它不需要飞翔；当从悬崖上被抛下，生命被逼到死亡的入口，出于求生的需要，它本能地挣扎着，煽动起被迫打开的翅膀，竟意外发现自己能够飞翔。

　　秃鹰是一种十分凶悍的鸟，它甚至可以与美洲豹争食。如此凶悍的鸟，被放飞后为什么会饿死呢？这是因为，四年的笼中生活，它全靠人类喂养，渴了有水

<<< 519

喝，饿了有肉吃。在远离自然生存状态的情况下，它不需要奋飞，不需要拼搏争食，渐渐的，它猎捕动物的能力弱化了，丧失了。所以，当它离开饮食无忧的笼中生活后，就没有能力捕获猎物了，甚至不知道怎样捕获猎物了，只能被饿死。

这两则小故事给我们如下启示：

启示一：鹰的不会飞翔和放飞的秃鹰被饿死告诉我们，安逸、舒适、衣食无忧的生活，往往会滋长生命的惰性，磨损生命的意志和消解生命的潜能。所以，先哲们便有"生于忧患，死于安乐""忧劳可以兴国，逸豫可以亡身"的训诫。

启示二：鹰的临危振翅说明，有的时候，当生命被逼到断崖绝谷的最后时刻，出于求生本能，生命体会无所顾忌地拼起一搏，而正是这一搏，生命体的潜能、勇气和智慧才会全部释放出来，生命的激流也由此浪花飞溅，美丽壮观。

启示三：放飞的秃鹰被饿死向我们昭示，在动物界，也包括人类，其许多生理机能以及后天习得的许多能力，基本遵循"用进废退"规律，即经常使用它，这些机能或能力就不断增强；闲置它、废弃它，这些机能或能力就会不断退化，长期不使用它，它就会自然消失，秃鹰被饿死是生存能力退化使然。它提醒我们，生存能力都是在生存实践中历练出来的，必须经常使用它，使用的频率越高，其生存能力就越强，就越有可能创造业绩；反之，长期不使用它，它就会退化，人就会一点点丧失生存能力，别说创造工作业绩，可能连吃饭都会成问题。

卓别林面对持枪的强盗

这是20世纪世界著名喜剧大师、现代电影的奠基人查尔斯·斯宾塞·卓别林年轻时经历的一件事。那时卓别林才二十几岁，刚到美国，也刚刚步入电影界，还没有成名，但他雄心勃勃，想在刚刚兴起的电影界干一番事业，因此，不管扮演什么角色，他都十分认真。

一天夜里，他从朋友那里借了一笔钱回家。回家有两条路，一条是大路，沿路是闹市区，路两旁到处是咖啡馆、酒楼、商铺，客人熙熙攘攘，每天直到后半夜才能清静下来，但路程很远；另一条是小路，是行人用脚板踩出来的一条细细的羊肠小道，它只有大路的一半路程，但要穿过一片小树林。20世纪初的美国纽约，治安也很糟糕，晚上常有盗贼和劫匪出没，所以，天一黑，小路就没人走了。卓别林来到岔道口，稍稍迟疑了一下，他意识到了小路可能有危险，但贪走便道和侥幸心理立刻占了上风，他几乎是毫不犹豫地踏上了小路。那天月光很好，林间小道清晰可见，卓别林放心大胆地钻进了小树林。刚走了不远，一个彪形大汉突然闯出来，拦住了他的去路。

"把身上的钱和财物交出来，否则就打死你！"大汉举起手枪，对着卓别林的脑门说。

卓别林先是一惊，但马上冷静下来。他发现劫匪只有一个人，个头虽然很大，但看上去胖而且有些笨。他装作浑身发抖，战战兢兢地说："我是有点儿钱，可全是老板的，帮个小忙吧，在我帽子上打两枪，我回去好交待。"说着，他摘下帽子，递给劫匪。

劫匪没有说话，把帽子接过来，"砰砰"地打了两枪，然后丢给卓别林。

卓别林马上又央求道："再朝我衣襟和裤脚多开几枪，这样老板才能信以为真，否则，我非被老板打死不可。"

劫匪有些不耐烦，骂道："你这个胆小鬼，真是麻烦！"说着，就朝卓别林撑起的衣襟开了几枪，当他压低枪口，扣动扳机，准备再在卓别林裤脚上打几个洞时，枪却不响了。

卓别林一看，知道子弹没了，于是转身飞也似地往回跑。等劫匪回过神来，卓别林已经跑出小树林，很快上了大道，消失在熙熙攘攘的人群中。

作者感言： 故事也许是杜撰的，但无关紧要，因为我们只想借此说事。我们不能不佩服卓别林的冷静和机智：面对突然闯出的劫匪和黑洞洞的枪口，反抗或立即逃跑不仅无济于事，还很可能死在劫匪的枪口下。冷静下来的卓别林立刻意识到，在劫匪还没有抓住自己的时候，最大的威胁是手枪，如果手枪里没了子弹，他就有机会逃跑，于是，他睿智地想出了消耗子弹的办法。这个办法的高明之处有二：一是它麻痹了劫匪，看着卓别林哆哆嗦嗦的样子，劫匪认定卓别林是个胆小鬼，没有能力反抗或逃跑，于是便放松了警惕；二是它消耗了手枪里的子弹，为卓别林逃跑创造了条件。

我们说这则小故事，是想借此说两点想法：

想法一： 当突然遇到危险时，保持冷静很重要。这是因为，只有冷静，情绪才能平和，情绪平和了，大脑才能正常工作，大脑正常工作了，思路才能畅通，才能生成智慧，想出对策。

想法二： 不要贪走便道。安全永远是第一位的，外出走路的时候，必须在安全的前提下才可以选择走便道，不可怀有侥幸心理。贪走便道是人外出走路最常见的现象。我们说的便道，就是指近便的道路，它有距离目的地路程短、节省行走时间和节省体力的优点。一般说来，便道都是与目的地相对取直的小道，它多是行人为了缩短行程在田间或山林间用脚板踩出来的。与大道相比，小道有路况差、僻静、多危险的弱点，有的山间小道，要走过丛林、攀援悬崖或穿过深洞。因走便道摔伤，或遭遇野兽伤害，或被强盗洗劫的现象屡见不鲜。所以，如果是夜晚，或只身带着大量财物，或者身体状况不佳，都不要走便道。卓别林在岔路口处，已经意识到了便道可能有危险，但他的侥幸心理太重，他当时的心路是："遇到劫匪是万一的事，不会那么巧，偏偏让我碰上，没事。"正是这种想法，让他踏上了小路，可偏偏就这么巧，让他遇上了。多亏他镇静而睿智，否则，身上的钱必定被劫走。

虎 溪 三 笑

　　这是中国传统文化中儒、释、道三家以"和"相通的故事。故事说，东晋时代，当时的高僧慧远大师在江西庐山东林寺修持，由于大师对佛教大乘般若思想深有心得，且精通六经和老庄之学，深得僧俗两界敬重，来访和参拜者络绎不绝，常常是宾朋满座。但慧远有一个规矩，送客从不过东林寺前边的小溪。有一天，当时著名的诗人、儒学大师陶渊明和当时著名的道士陆修静同时前去拜访慧远，三人彻日长谈，依依不舍。临别时，慧远起身相送，三人边走边谈，一路谈笑风生，不知不觉竟破了惯例，走过了寺前的小溪，溪旁有一只老虎，见到这种情景便欢叫起来，慧远方知过了小溪，三人大笑而别。此后，东林寺前边的小溪被称作"虎溪"，后人于此建"三笑亭"。

　　作者感言："虎溪三笑"这个浪漫故事，其实是一个讹传的谎言。故事里的三个人物，慧远生于334年，卒于416年，陶渊明生于365年，卒于427年，陆修静生于406年，卒于477年，慧远圆寂的时候，陆修静才十岁，尚在浙江吴兴的家中。"虎溪三笑"之说始于唐代，到宋代，画家李龙眠首次绘制《三笑图》，当时天台宗山外一派的名僧智圆大师为之作图赞，从此成为脍炙人口的美谈。

　　不过，这个以讹传讹的故事能流传到今天，自有它存在的理由：它表达了儒、释、道三家都希望能够相互尊重、相互贯通、相互包容的和谐共处的强烈愿望，也体现了中华民族的"和谐"精神。我们说这则小故事，就是想借此聊聊儒、释、道三家各自的"和谐"思想。

　　"和谐"精神是中华民族优秀传统文化的精华。"和谐"就是异质的两个或多个事物相通相融、和平共处、共同发展，就是一种"和而不同"的互补的平衡状态。中国传统文化中，儒、释、道三家都蕴含着丰富的"和谐"思想，只是强调的重点不同。

儒家的"和谐"思想较为丰富，它包含"中和"思想，所谓"中和"，就是"增之一分则太长，减之一分则太短；著粉则太白，施朱则太赤"的恰到好处，是事物运动变化的适度状态。关于"中和"思想，四书之一的《中庸》作了经典表述："喜怒哀乐之未发，谓之中；发而皆中节，谓之和。中也者，天下之大本也；和也者，天下之达道也。致中和，天地位焉，万物育焉。"意思说，心里有喜怒哀乐却不表现出来，被称作中；表现出来却能够有所节制，被称作和。中，是稳定天下之本；和，是为人处世之道。实现了中和，天地各安其位，万物自然发育。"中和"思想强调做事要讲究一个"度"，不及不可，过犹不及，要"执两用中"。儒家的"和谐"，重在现世生活的和谐，它虽然也讲"天人合一"的人与自然的和谐，但重点强调自我与他人、个人与群体的和谐。孔子说："礼之用，和为贵，先王之道斯为美。"孟子说："天时不如地利，地利不如人和。"为实现人际关系和谐，儒家倡导"己欲立而立人，己欲达而达人"和"己所不欲，勿施于人"的"忠恕"之道，强调克己内省，温良恭敬。

道家与儒家不同，它从主体与客体关系、外物与自我关系出发，十分强调人与自然的和谐，老子说："万物负阴而抱阳，冲气以为和。"意思说，世界上的万事万物都有阴、阳两个方面，阴、阳两个方面性质相反，但又相辅相成，阴阳二气相互依存、相互联系、相互交换、相互融通，于是达成事物的平衡、和谐状态。庄子说："天地与我并生，而万物与我为一。"意思说，天地与我一起生长，万物与我浑然同为一体。为实现人与自然和谐，道家倡导"道法自然"，"无为而无不为"的"无为而治"；倡导不被外物所左右、所束缚；倡导涤除玄览，返璞归真。以此求得外在肉身的安静与内在心灵的清静。

释家从理性与欲望的关系、肉身与心灵的关系出发，十分强调人自身内部的和谐，特别是心性的和谐。这是因为，佛教乃心性之学，佛教的本体世界就是一个"心"字，"不立文字"，立的是"心"；"教外别传"，传的是"心"，"见性成佛"，成的是"心"。所以，佛教强调"直指人心"，强调内在精神的自在、清明与空灵，努力追求"空""净"的精神境界。

儒家的入世建功与精进利生、道家的超世逍遥与谦下养生和释家的出世常乐与圣净无生，千余年来共同生长于华夏大地，既相互冲撞又相容相通，既保持独立又借鉴学习。三家共存于中国传统社会，本身就是一个"和谐"的证明。让佛学大师慧远和尚、儒学大师五柳先生和道教大师简寂观主三人欢聚一堂，笑语忘溪，是三家和谐相处的形象说明。

当代社会，科学技术突飞猛进，社会生活日新月异，经济全球化、资源共享化、信息网络化、文化多元化、生存方式多样化，已是大势所趋。不同肤色、不同语言、不同生活习惯、不同信仰的人共同生活在一起，不同的思想理论、不同的主张主义、不同的宗教，共存于这个世界，我们天天都会面对许多异己的现象。这个时代最需要的就是相互理解、相互接纳、相互包容、相互尊重的"和而不同"的和谐共处，只有这样，我们生存的这个社会才能实现在多元中统一，在关联中协调，在运行中有序，在发展中均衡，在分化中整合，这个世界才会一天比一天更美好。

为了人世间的和谐，让"虎溪三笑"这个以讹传讹的美谈永远传下去吧！

国王的画像

从前，有一位残暴的国王，在一次战事中被刺瞎了左眼和被砍掉了左脚。到了晚年，他想画一幅自己的画像，留给后人瞻仰，于是便责令国内最著名的一位画师为他画像。画师将国王画得很逼真：国王正襟危坐，双手放在膝盖上，面向前方，似若有所思，但国王的瞎眼和残脚无法回避，只能据实画上。国王看了，非常生气，说："这不是有意让我出丑吗？我这么一幅残缺象，怎么留给后人看？"画师因丑化国王被下狱。

第二位责令到来的画师，有了前车之鉴，不敢据实作画，他把国王的瞎眼和断脚都补齐了。画面上，国王双目炯炯有神，巍然挺立，十分高大伟岸。国王看了，更是生气，质问说："这是我吗？你这分明是在讽刺我，这要是让朝臣和后人看了，还不耻笑我故意美化自己？"画师因讽刺国王罪，罚打一百军棍，并责令充军戍边。

有了前两位画师的教训，京城的画师们纷纷外逃，避之唯恐不及。有一位从乡下来京城谋生的年轻画师，却自告奋勇，主动进宫要为国王画像。

年轻画师拜见了国王，他认真观察了国王的一举一动并聆听了国王的要求后，便退到后厅作画。第二天，他向国王呈上了自己的画作。画面上，国王身穿铠甲，身体侧立略前倾，右腿挺直，左腿跪在一块岩石上，双手用力将一张弓拉成"满月"，左眼紧闭，右眼正在专注地瞄准。国王看后十分高兴，赏赐给年轻画师一百两黄金，并下令安排画师在朝中做事。

*作者感言：*第一位画师追求具象写实，画得越逼真，国王的残疾就暴露得越充分，客观上确实起到了示丑作用；第二位画师追求完美无缺，画得越理想就离真实的国王越远，客观上确实构成了讽刺。两个人的画作都违背了画像人的初

衷，即人们画像留影，是想存一个念想，珍藏一份美好的记忆，谁都希望自己的画像既酷似自己，又不向世人展示自己的残缺丑相。而年轻画师的作品，恰到好处地满足了国王的愿望。作品在"真"的基础上，恰到好处地遮蔽了国王的残缺。因为左腿跪在岩石上，左脚根本看不见，观众无从知道左脚是伤残还是完好；人射箭瞄准时，总是闭上左眼，以便集中目力，瞎眼正好派上了用场。国王身上的两处伤残就这样被十分巧妙地掩盖了。整个画面，国王是一位正在拉弓射箭的威武壮士，根本看不出是一位残疾人。

小故事给我们三点启示：

启示一：不管做什么事情，都要学会扬长避短。那位年轻画师的画像，就有效避开了国王的短处。

启示二：在为别人做事时，不管是为个人还是为团队、为国家，都要充分了解对方，从对方的实际需要出发，按对方要求行事，以满足对方的愿望和利益为最高目的，否则，不仅劳而无功，还可能会惹来麻烦甚至祸患。中国有句俗语说："办事不由东（东家），累死也无功。"顺着老板、上司的心思或团队、国家的指令做，满足其要求，才会有事功。

启示三：有些事情，要想做好，不仅仅是技术问题，更需要智慧。前两位画师，其绘画水平未必比年轻画师差，特别是第一位，其绘画功底和技巧可能远远高于那位刚出道的年轻人，否则，就不会成为国内最著名的画师，但两位的失败，都是在构思、创意上出了问题，而构思和创意都源于智慧。

顺便说一句，国王对前两位画师的处理，是那个时代司空见惯的事情。在中国漫长的封建时代和欧洲中世纪黑暗的君主时代，无人权、法制可言，国王、皇帝就是法律，他想杀谁就杀谁，随便找个理由就行。中国清朝雍正年间，有个叫徐俊的翰林官，在奏章里误把"陛下"的"陛"字写成"狴"(音bì，传说中的一种怪兽，古时常将其形象画在牢门上）字，雍正帝见了，马上把徐骏革职。后来再派人一查，在徐骏的诗集里有"清风不识字，何事乱翻书"两句，说这是诽谤大清朝没有文化，于是被处死。

易牙、竖刁和开方

易牙、竖刁和开方是我国春秋时代的三个人物，是当时春秋五霸之一齐桓公身边的近臣。

易牙最初是齐桓公的厨子，有一次饭间，齐桓公半开玩笑地对易牙说："天下的山珍海味我都吃尽了，可就是不知道人肉是什么滋味。"说者无心，听者有意，易牙立即回家将自己三岁的儿子杀死，做成美食，献给齐桓公食用。齐桓公吃了易牙用儿子肉做成的菜肴，感到其肉鲜嫩无比，问这是什么肉，易牙含泪告诉桓公："这是臣儿子的肉，献给大王尝鲜。"桓公深为感动，便开始启用易牙，在宫廷中做官。

竖刁还叫竖刀，也是不离齐桓公左右的近臣。他常出入后宫，经常和齐桓公的妃嫔们打交道。为了表示他对齐桓公的忠诚和消除齐桓公担心他与后宫有染的疑虑，他亲自割掉了自己的生殖器。齐桓公也因此对竖刁大加欣赏。

开方本来是卫国的长公子，在卫国与齐国建立外交关系时，他作为人质来到齐国。到了齐国后，他主动放弃卫国储君的地位，决心留在齐国侍奉齐桓公。在侍奉齐桓公的十五年里，他一次也没有回过卫国，就连卫国人前来报丧，告诉他的父亲死了，他也不回去奔丧，以此得到了齐桓公的信任。

三人的所作所为，没有逃过千古名相管仲的眼睛。管仲病危时，齐桓公守在身边，他提醒桓公说："万万不可以宠信易牙、竖刁、开方三人，否则，将给齐国带来祸患。"

齐桓公问其原委，管仲说："爱自身胜于爱别人，爱子女胜于爱别人，爱父母胜于爱别人，这是人之常情，而三人为了讨好您，易牙烹子、竖刁自阉、开方父死不奔丧且舍弃千乘之国的太子之位，均不近人情。"

齐桓公最初接受了管仲的建议，将三人逐出宫廷，但三年后又都重新启用，并委以重任。仅过了一年，桓公生病，易牙、竖刁和开方赶走太子，作乱宫中，并不给桓公饭菜，任其困厄哀号。桓公追悔莫及，痛哭蒙面而死，以表示无颜再见管仲。宫中内乱，无人顾及桓公之死。七十六天之后，尸臭熏天，蛆虫爬满了寝宫，桓公才得以下葬。可怜雄踞天下的一代霸主，含恨九泉。经过这场内乱，齐国的霸业不复存在。

作者感言：一般说来，在正常情况下，人有常行常情，如果做出违背常行常情的行为，其行为动机和人品就值得怀疑。易牙烹子、竖刁自阉、开方离国弃父，行为有悖人性人情，其有意取悦桓公的谄媚之态昭然，只是桓公身在其中，又被眼前的好处所蔽，飘飘然轻信了三人，最终引来祸患。

象易牙、竖刁、开方之类心怀叵测的小人，都是"中山狼"似的人物，向上攀附时奴颜婢膝、巧言令色、阿谀逢迎，不择手段，而一旦得势，便恩将仇报，十分猖狂。

在数千年中华文明史中，与管仲齐名的贤相诸葛亮曾在《出师表》中提醒蜀国后主刘禅："亲贤臣，远小人，此先汉所以兴隆也；亲小人，远贤臣，此后汉所以倾颓也。"管仲、诸葛亮的提醒言犹在耳，但在历史和现实生活中，易牙、竖刁、开方之流的小人不仅没有绝迹，反而屡屡得手，愈演愈烈。隋朝的皇帝杨广、唐重臣安禄山、民国初年的陈宦，就是历史出了名的这类阴险小人。

杨广没做皇帝之前，是父母眼中最孝顺的儿子，大臣眼中最优秀的青年，下人眼中最贤德的皇子。隋文帝杨坚不喜欢奢侈，杨广就一身布衣，规规矩矩，还故意把乐器弄得破破烂烂后撒上一层灰。母后独孤氏不喜欢丈夫和妃嫔亲热，杨广就做出一份不近女色的样子，大有坐怀不乱的节操。他有事没事就上宫里给父母磕头，父母有点儿小病，一日三次探望，深得杨坚和独孤氏的喜欢。等到杨坚废了杨勇立杨广为太子，杨广原形毕露，他不顾父亲年老多病，公然占有父亲的妃子，并于杨素合谋准备篡位登基。杨坚得知，悔恨交加，忙传旨召回杨勇，无奈诏书已经走不出宫殿，一气之下吐血身亡。至于杨广做了皇帝，奢侈荒淫，更是为世人所知。

安禄山在反叛之前，很会讨好唐玄宗。据载，安禄山大腹便便，腹垂过膝，有一次，唐玄宗开玩笑问他肚里装着什么，他说："更无余物，正有赤心耳！"意思说，没别的，只有一颗赤诚的忠心。为讨好唐明皇和杨贵妃，拜小他十八岁的杨玉环为母。据野史说，为了证实他是杨玉环的儿子，他竟拖着肥胖的身体，从杨玉环的胯下钻过去。为了让皇帝开心，他还拖着大肚子在皇帝面前跳起舞来。等到重权在握，媚态化为凶态，举兵谋反。

民国初年，陈宦对袁世凯阿谀奉承，媚态百出，因此深得袁世凯信任，一而再、再而三地得到提拔重用，袁世凯并把自己收养的义女许配给他。等到袁世凯派他去镇守四川，他伏地九叩首，膝行而前，当众吻袁世凯的鞋子，大呼："大总统如不明岁登基，陈宦死都不回来！"事后，在座看到此丑行的曹汝霖忍不住说："陈宦居然在大庭广众中如此露骨，实在是官僚所不为也。"章太炎得知后说："谄佞之人，事出常情，大事既去，必生反噬。"果不出章太炎所料，陈宦就任四川将军不久，便宣布独立，通电让袁世凯即日退位。袁世凯接到陈宦电报，当场气晕，醒来后，两颊红如炭火，双眼噙泪，半天说不出话。

易牙、竖刁、开方、杨广、安禄山、陈宦等，只是几个历史上有名的阴险小人，翻开历史，历朝历代，见诸史册与未见诸史册的各级各类小人，更是不可胜数。就是在当今社会，这类小人也随处可见。有的为了找靠山，主动给上司当干儿子或干女儿；有的为了提拔，极力为上司谋好处、找美女，甚至将自己的妻子或女儿送给领导做情妇；有的为了成为领导的亲信，从中捞到好处，积极帮助上司消除异己，甚至不惜充当凶手；更有甚者，诱引上司做苟且甚至违法之事，暗中录像，然后玩上司于股掌之中……

人格低下、品行卑劣如易牙、竖刁者流，其表现形式千差万别，概括起来，主要有"依附权势，觊觎权位""阿谀逢迎，摇尾邀宠""好大喜功，长于作秀""势利取人，见风使舵""挑拨离间，暗算伤人""贪得无厌，堂皇谋利""嫉妒心强，疑心重重""不守信诺，反复无常""得志猖狂，忘恩负义"等特征。

毋庸置疑，这个世界上好人还是绝大多数，小人不是社会的主流，但我们不可以低估小人的能量，很多时候，小人可以把一个生存环境搞得不得安宁，假如让小人掌握了大权，很可能会导致社会动乱，史鉴在前，不可不慎。

有一种值得注意的现象是，在社会生活中，有许多普通人甚至不少有一定名望的人身上，或多或少也沾染了一些小人习气，在特定环境下也有过不怎么光彩的小人行为，但总体来说，他们还不失为好人或者名人，由此可见小人特征的流弊。因此，对于每一个想做好人并努力追求正义的人来说，面对小人现象，应采取的做法有三：

做法一：努力追求高尚的道德境界，严于律己，力避沾染上小人习气。

做法二：要擦亮眼睛，提高警惕，谨防被小人利用和中伤，特别是掌握一定权力的领导者，更要堤防小人的阿谀攀附，避免重蹈齐桓公、隋文帝和唐明皇的覆辙。

做法三：要坚持正义，勇于揭穿小人的伎俩，不让其得逞。

本书《子产被欺骗与孟子的解读》一文，专门讨论了小人问题，可参阅之。

和尚还在，我哪里去了

有一个傻解差押着一个犯罪的和尚到上一级官府去，临行前恐怕忘了东西，就细加盘查，还自编了一个顺口溜："包裹、雨伞、枷锁，文书、和尚和我。"途中走一步背一遍，恐怕忘记了。

走了不远的一段路，和尚就完全了解解差了，知道他很呆傻。晚上住店的时候，和尚一个劲地夸解差能干，人又好，并一杯杯地劝酒，把解差灌得酩酊大醉。和尚见解差喝得不省人事，便拿了钥匙，开了枷锁，然后把枷锁戴在解差的脖子上，并把解差的头剃光，之后潜逃。

第二天清晨，解差酒醒，开始盘查东西。他看了看床铺边，自语道："包裹、雨伞，有"，一抬手碰到了枷锁，笑笑说："枷锁也有。"又翻了翻文书，说"有"。忽然惊呼道："不好了，和尚不见了！"

过了一会儿，他摸着自己的光头，猛然醒悟，自语说："好在和尚还在，只是，我哪里去了呢？"

作者感言：这是一则荒诞笑话，再差劲的衙门也不会用这样呆傻的解差，更不会让他独自执行押解罪犯的任务。

我们说这则小笑话，是想借傻解差那句"我哪里去了呢"这句话，聊聊人的"自我迷失"问题。

所谓"自我迷失"，不是说人看不到自身，找不到自己，如那位傻解差，摸着自己的光头问自己哪了，它是一句学界用语，专指人缺乏自我认知和自知之明，"自我迷失"就是不能正确认识和评价自我。

古今中外，人类很看重自我认知和自知之明。老子说："知人者智，自知者明。"意思说，能了解、认识别人的人是智慧的，能了解、认识自己的人是聪明的。中国古训亦有"人贵有自知之明"，古希腊德尔斐神庙上也赫然写着一句神谕："人啊，认识你自己！"，这都是提醒人们不要迷失自己，要有自知之明。

说"人贵有自知之明"，有如下含义：

含义一：人很难正确认识自己，能自知之明，是很可贵的。人为什么很难认识自己和缺乏自知之明呢？原因就在于：人永远无法直接透视自身，人只能以折射的方式，通过反思来认识自己，正如眼睛只能借助镜子一类的外物才能看清自己一样。而这种反思过程及其结果与人自身的生活环境、生存经历、理想信仰、价值标准、知识理论水平、思想道德素养、思维能力、心智模式等有着密切关系，在反思过程中，自我已经被上述各种因素一一过滤、筛选，反思后的自我，已经是被增删、改造后失去本真的自我了，已经走样了。日常生活中，有的人妄自尊大，目中无人；有的人自轻自贱，妄自菲薄；有的人故步自封，不思进取；有的人说多做少，崇尚空谈；有的人志大才疏，好高骛远；有的人不懂装懂，故弄玄虚；有的人利令智昏，忘乎所以等，都是自我反观后没有正确认识和评价自我的表现，都是自我迷失和缺乏自知之明。由此看来，能正确认识和评价自我的"自知之明"，难能可贵。

在现实生活中，"我哪里去了呢"的深度自我迷失，也是常见的：为财物权力不择手段、敲诈勒索、贪污受贿被绳之以法或送上断头台的贪官和冒死贩毒的毒枭等，都是"钱还在"而不知道"我哪里去了呢"的自我迷失者，遗憾的是，他们还赶不上那位傻解差，傻解差尚知道自己的迷失，而上述那些人，被物化了、自我迷失了，却不自知。

含义二："自知之明"很重要，很金贵，人有了自知之明，才能完善自我，才能有事功。孔子自知不足，于是"不耻下问"，终成为圣哲；邹忌诚知不如徐公美，并借以劝齐王纳谏，于是就有了"战胜于朝廷"的齐国；刘备自知无谋事之才而三顾茅庐，诚请孔明出任军师，于是有了东汉末年三分天下有其一；陶潜自知"性本爱丘山"，于是有了"戴月荷锄归"的适然；刘邦自知筹集粮草、安抚百姓不如萧何，运筹帷幄，决胜千里之外不如张良，指挥千军万马、克敌制胜不如韩信，故收揽人心，网络人才，知人善任，终于战胜项羽，一统天下；苏格拉底"自知其无知"，在街头巷尾不断与人交流、争论、探讨，终成为西方哲学的奠基人；爱因斯坦自知没有治国之才，毅然拒绝出任以色列第二任总统，全身心致力于科学研究，终创立了震惊世界的相对论。

大千世界，茫茫人海，一生完全迷失自我的人是不存在的；而一生完全自知之明、全方位准确认识和把握自己人的也是不存在的。恰当的选择是：时时告诫自己不要迷失自我，要不懈追求"自知之明"，努力使自己的人生有更多的时候处在"自知之明"状态。其具体做法有二：

做法一：加强自我修养。少些私欲，多些奉献；少些狭隘，多些大度；少些自傲，多些谦逊；少些自卑，多些自信；少些空话，多些实干；少些保守，多些创新；少些慵懒，多些勤勉；如此等等。

做法二：坚持自我反省。自我反省就是通过自我意识来自我检查，它是自我认知、自我评价、自我调控和自我教育的过程。人只有坚持自省，才能不断查找自身的缺点、错误，并努力改正之。坚持自省是克服自我迷失的重要手段。

和孩子们一起跳舞的中年男人

　　这是发生在北京某西餐厅里的一则真实故事：20世纪90年代初期，当西餐刚刚走近寻常百姓家的时候，吃西餐的大都是孩子，西餐厅里，都是孩子们要这要那，买下来之后，都是大人看着孩子吃。一天，两个母子模样的的人走进餐厅，母亲七八十岁，瘦高个，很精神，耳朵上带着助听器，儿子是个发了福的中年人，头上有星星点点的白发，有些老相。

　　老人很挑剔，选食物和饮料费了很多周折，但儿子总是十分温和的按老人的要求买了一大堆食物。选座位的时候，更是难为儿子，靠里边，她嫌太闷；靠中间，她嫌孩子太多、太吵；靠门口，她又嫌有风。儿子端着餐具在餐厅里走来走去，费了好大的劲才找到一个老人满意的地方。老人的胃口极好，大口地嚼起来，比孩子们吃得还香。

　　餐厅的门开了，两个年轻的服务员领着一群孩子走了进来，每个孩子手里都拿着一条鲜艳的红围巾，这些孩子刚刚在门前跳完舞，围巾是餐厅奖励给孩子们的。老人看见红围巾就跟儿子要，中年人走过去，想买一条围巾，但服务员告诉中年人，这围巾只奖给在门前跳舞的孩子，不赠送，也不卖给成年人。老人看儿子没有拿到围巾，便来了火，将助听器摔在地上，西餐也不吃了，非要围巾不可。这时，新一拨孩子正整队要到门前跳舞，中年男人灵机一动，告诉母亲等一下，他去跳舞，为老人挣一条围巾。他对服务员说："我的母亲在这里，我也是孩子，也让我跳舞吧。"服务员被感动了，立刻答应了他。舞曲响起来，那是一个儿童舞曲，中年人排在队伍的最后，学着孩子们认真地跳起来。

　　在三月的阳光下，在一群烂漫的孩子中间，一个臃肿的中年人，艰难地和孩子们旋转着，跳跃着，他身体僵硬，手忙脚乱，忽左忽右，滑稽地晃着脑袋，但他十分卖力，每一个动作都十分认真，而越认真越不协调，像个十足的小丑。尽管如此，在场的人没有一点儿笑声。人们看见，那位领舞的漂亮服务员，转身时眼里含着泪花。

一曲终了，满头大汗的中年男人领到了一条红围巾，他急忙跑进餐厅，为母亲戴上。在场所有的人都站起，无论孩子、成年人，还是老年人，都报以热烈的掌声。

中年人揽着微笑的母亲，不断地向人们点头致谢，走出餐厅。

作者感言： 孝顺父母是中华民族的传统美德，也是现代家庭美德的核心内容。我们常常在广播、电视、报纸和网络上看到子女虐待老人的事情，也常常听到人们议论某某不孝顺父母，每每都非常生气，也深感现今社会道德滑坡。

人到老年，身体日益衰弱，生存能力逐渐减退，神经老化，各种功能逐渐丧失，精神缺位。他们不仅疾病缠身，生活上需要照顾，而且精神上也会出现许多不合情理的现象，需要儿女们体谅、迁就。这位中年男子之所以得到大家的敬重，就在于他尽到了一个儿子应尽的责任，高扬了"孝顺"美德。我们说这则故事，就是想借此聊聊"孝顺"这个话题。

我们今天说的"孝顺"，不是中国封建时代所倡导的"唯父母之命是从"的孝顺，而是指在父母丧失劳动能力之后，作为子女，要在生活上尽力赡养，在精神上尽力抚慰，从而使父母安度晚年。

所谓"尽力"，就是尽最大努力，并不要求我们去做我们根本办不到的事情，古时有副对联说："百善孝为先，论心不论迹，论迹贫家无孝子；万恶淫为首，论迹不论心，论心天下无完人。"这上联说的就是孝顺的"尽力"道理，只要有这份孝心，又尽力去做，这就够了。

何为"孝"？中国的汉字很有意思，从"孝"的字形上就能看出"孝"的意义。"孝"是一个会意字，上边是"老"字头，造字时省去下面的部分，表示老人、长辈；下面是"子"，表示小孩儿、儿子、晚辈；晚辈把长辈顶在头上或背在背上，表示晚辈敬重长辈并处处关照。

孝顺的关键在"顺"，即尽量顺着老人的心思，使其心情愉悦。那位中年男子就做到了这一点。为了让母亲高兴，不怕被别人取笑去和孩子们跳舞，为母亲挣一条围巾，这对一个根本不会跳舞的中年人来说，的确不是一件轻松的事情，但他做了，做得令人敬重。

赡养和善待老人，是每一个人应尽的义务，他是人类得以延续的重要环节。"吾无父母无以至今日，父母无吾无以度终年"，对谁都是这个理儿。

我们建议，在父母生活不能完全自理和精神有所缺失的时候，希望天下子女永远遵循以下三条原则：

原则一：父母永远没有错，即使吐到饭桌上，拉到床上；即使没任何缘由地乱喊乱骂、乱打乱摔。

原则二：父母即使错了，按第一条办。

原则三：如果你认定父母错了，父母最大的错误就是在你出生后他们没有立即死去，以至于今天拖累了你，但他们那时死了，谁来把你养大成人呢？

命由我做，福自己求

明朝万历年间，有一个叫袁黄的人，字庆远，号学海，后改为了凡。这位袁黄先生，聪颖敏悟，博学多才，万历十四年（公元1586年）中进士，是明朝的思想家和当时浙江嘉兴一带三大文化名人之一，对儒学、道学、佛学、农业、民生、水利、医学、音乐、几何、数术、教育、军事、历法等均有研究，著述颇丰。

他童年丧父，母亲劝他学医，说从医既可以挣钱养家又可以治病救人，如果医术精湛，成为名医，还能够名声远播，传之后世。母亲告诉他，这是他父亲的遗愿。

但有一天，他在一个寺院里碰到一位老人，相貌非凡，一脸长须，飘然有仙风道骨。老人姓孔，自称得了宋代邵康节真传，能掐会算。老人为他算命，说他不是医道上人，不应放弃追求功名，老人告诉他，他做童生时，县考为第十四名，府（当时一个府管七八个县）考为第七十一名，提学考（相当于现在的省考）为第九名，并告诉他哪一年能当上廪生（明清时代因成绩优异由国家补助学费的学生），哪一年能当上贡生（明清时代因成绩优异被派到国子监即国家办的学府学习并免学费、有俸禄的学生），出贡后会当一个县令，县令在位三年半，五十三岁时的8月14日寿终正寝，命里注定不能登科第，注定无子嗣。

母亲接受了孔先生建议，让他继续读书，追求功名。在此后读书求学过程中，他每次考试的名次和孔先生推算的完全相符，就连领得的补助也丝毫不差。到了而立之年，他做了贡生，此时，他完全相信了孔先生的话，认定一个人的人生机遇、吉凶祸福、贫富贵贱都有定命，都有时节因缘，不能强求。于是他不思进取，不再努力，变得无欲无求，贡生的第一年，他在京师，很多时候，他只是静静地坐着，不说话，不读书，也不想事。第二年，按定制他到南京国子监深造。一到南京，他便到栖霞寺拜访了当时的高僧云谷禅师。

两个人简短交流后，他与禅师相向而坐，三天三夜，他不闭眼、不睡觉、不想事，只是静静地坐着。云谷禅师不解，问道："大凡一个人，所以不能成为圣人，只因有妄念在心中缠来绕去；而你静坐三天，我不曾见你起妄念，是何缘故？"

他告诉禅师："我的命早被孔先生算定了，何时生，何时死，何时得意，何时失意，都有定数，没有办法改变。就是想有什么心愿，做什么努力，也是白想、白费力；所以不如不想、不做，因此心无妄念。"

禅师听后笑道："我原以为你是个颇有志向的豪杰之士，哪里知道，你只不过是个庸庸碌碌的凡夫俗子。"

他不明其义，拜问其详。禅师道："人是不可能达到无心境界的，所以难免被定数所束缚。人是有定数的，但这定数只对那些循着定数而行的庸庸碌碌的凡夫俗子有作用。大善的人，数就拘不了他；大恶的人，数也是拘不了他。你二十年来被他算定，不曾转动一毫，岂不是庸庸碌碌的凡夫俗子吗？"

"那么，定数是可以改变的吗？"他问。

"当然"，禅师道，"诗书里说的'命由我作，福自己求'，就是告诉我们，命是我们自己所造作的，幸福也是我们自己求得的，这是很正确的教导。我们佛教的经典里也说，求功名就得功名，求富贵就得富贵，求男女就得男女。求长寿就得长寿。要知道，我说的都不是妄语，妄语是释迦佛的大戒，诸佛和菩萨是不会拿虚妄的假话来欺骗人的。"

他还是有些不信，他对禅师说，在他读到孟子"求则得之"这句话时，并不认为一切都可以由我求得，道德和仁义是可以努力去求取的，那功名富贵怎么能求得来呢？

禅师告诉他，孟子说的没错，只是他的理解有误。从佛教角度说，一切福田都离不开自己的心，从心出发，努力涵养德行，也会在实际生活中取得功效的。要知道，求不求在于自己，如果专诚去求，不但能得到道德和仁义，还可以得到功名和富贵。内外双得，那才算是有益的求。

接着，禅师问他："你是怎样理解那孔先生为你算定的命里注定不能登科第和注定无子嗣呢？"

他静静地思考了好一会儿，答道："我认定孔先生算得很准，这都是我不应得到的，这是因为，首先，科第中人大抵都是有福相的。我生来福薄，又不能积功累德以培植增福。我耐不住厌烦，不能容纳别人，有时还喜欢显示自己的才智，盛气凌人；我做事率意而行，说话也不深思熟虑。这样的作风都是薄福之相，怎么配得上得科第功名呢？其次，污秽的土地里，容易滋长生物；而清澈的泉水里，往往没有鱼儿。而我却有好洁之癖，这是不应有子嗣之一。和气能生长万物，可我却很容易发怒，这是我不应有子嗣之二。温和仁爱是生生不息的根本，残忍是不繁育的种因，我过于爱惜自己，不能舍己以救人，这是我不应有子嗣之三。多言耗气，而我喜欢发议论，信口开河，这是我不应有子嗣之四。酒大伤身、伤神，而我喜欢喝酒，这是我不应有子嗣之五。我生活无规律，经常通宵长坐，不知道保养元气，这是我不应有子嗣之六。其他的过错恶习还有很多，我就不一一列举了，你说，我怎么能配得上登科第、有子嗣呢？"

听了他的自我检讨，禅师正色对他说："现在你既然知道自己过去的缺点，就应该把不合登科第，不合有子嗣的毛病，尽都改掉。一定要积德！一定要宽恕人家！一定要和爱！一定要涵养精神！从前种种，譬如昨日死，以后种种，譬如今日生。这就是义理再生的根本啊。商朝的贤君太甲说过：'天作孽犹可违，自作孽不可活'。孔先生算你不登科第，不生子嗣，乃是自己前世所做的业报，这是天作之孽，是可以违反它、改造它的。你只要尽力去做好事，积德行善，就是为自己造福，哪里会得不到享受呢？《易经》为君子考虑，教人趋吉避凶，如果说天命有定律，平安吉祥如何可以谋求？凶险灾难如何可以避开？《易经》开章第一义便说：'积善之家，必有余庆；积不善之家，必有余殃'。你相信这些道理吗？"

禅师的一番开导，醍醐灌顶，让他茅塞顿开。他发誓从此发奋，努力追求功名和积极行善积德。为了坚定信念，他将自己的别号"学海"改为"了凡"，意思是从此已却庸庸碌碌的凡夫俗气。

临别，禅师送了他一本《功过格》，让他将每日所做之事，按其善恶增减记数，以增强自律。

自此以后，了凡先生像换了一个人，蓬勃向上，积极进取；力行善事，积功积德。在以后的人生之旅中，他做了许许多多善事，他中了举人，考上了进士，当了县令，后来又到朝廷做了主管全国军事的高官（兵部职方司主事），同时著书立说，有著述二十二部，一百九十八卷，其内容涉及经史、政治、军事、教育、农业、水利、历法等多个领域，而且儿孙满堂，活到七十四岁。据他的后世子孙说，在他做兵部职方司主事时，还替皇帝代理了十九天朝政，那是因为皇帝犯了错误，给自己下了"罪己诏"，关了自己十九天禁闭，下旨让他代理朝政。

了凡先生最有名的著述是《了凡四训》，该书写于1602年，是他为教导自己的儿子而撰写的，故初名为《训子文》，后人为启迪世人，结合书中内容，将书名改为《命自我立》，后又依据其章节改为《了凡四训》。在书中，他以亲身经历，讲述了改变命运的过程，他告诉自己的子孙，知命安命的消极是无益的，而自强不息地改造命运，才是安身立命的根本。

《了凡四训》篇幅不长，仅一万一千六百余字，全书通过"立命之学""改过之法""积善之方""谦德之效"四章，论证了人的命运非由天定、人完全可以改造自己命运的道理。通篇兼容儒释道三家思想，内涵丰富，寓理深刻，平实而不浮华，客观而不迷信，数百年历久不衰，至今仍是脍炙人口、滋育身心的杰作。

作者感言：了凡先生的前三十年，听信了术士孔先生的话，做了命运的奴才，他听凭命运摆布，不思进取，心中无希望，读书无动力，了然一种混吃等死的生存状态；经云谷禅师开导后，他幡然醒悟，做了命运的主人，开始与命运抗争。他刻苦攻读，努力追求功名，不仅登了科第，还做了高官；他立德修身，做官敬业清廉，为百姓和国家做了大量好事，据史书记载，他做宝坻知县时，被誉为"宝坻自金代建县八百多年来最受人称道的好县令"；他行善积德，不仅自身做了许许多多善事，还是当时江南善举活动的倡导者，他将劝善惩恶的诸多事例刊刻成善书，教化民众；他不仅儿孙满堂，家族兴旺，而且还是那个时代的高寿老人。古代生存条件和医疗条件都很差，人的寿命相对较短，故有"人生七十古来稀"之说，了凡先生活了七十四岁，属于高寿。他的中举、登科第、做高官、有子嗣和高寿，都远远超越了那位孔术士给他掐算的命运定数。

我们说了凡先生的故事，是想借此说两点想法：

想法一：不要去问卜算命，江湖术士的话不可信。原因有二：一是江湖术士运用术数预测出来的东西，缺乏科学依据，不是有必然性；二是，其预测的结果，无论好坏、吉凶，都会对人产生消极影响，不利于人积极进取。

想法二：命运是掌握在自己手里的，命运是可以改造、创造的，人要做命运的主人，不做命运的奴才。

何为"命运"？定义五花八门，古今中外，无论是学问界、宗教界的各家各派，还是社会世俗界各阶层、各色人等，各执其说，莫衷一是。在我看来，所谓命运，就是一个人的生存境遇和他努力改变境遇的过程。它由"命"和"运"两部分构成。

我们先说说"命"，它是人无法选择和抗拒的具有偶然性和不确定性的客观境遇，是个体先天或后天拥有的资源，如家庭出身、民族国家、历史时代、社会制度等，你生在富贵之家还是贫贱之家、是男是女、生在兵燹乱世还是太平治世、生在穷国还是富国、生在穷乡僻壤还是繁华闹市、出生时是健康还是残疾等，都纯属偶然，你没有选择的余地，也不是冥冥之中所谓的"上帝"事先圈定的，它是你父母精子和卵子偶然结合的果实。再如，人生旅途中的许多际遇，也具有不确定性和偶然性，如你完成了学业后到何处就职、从事何种行业、你单位领导怎样？等等，都具有不确定性，都不是你说了算的事情。我们姑且把这些称作天定的"命"。

下面说说"运"，它是个体后天人生之旅中随时空转换对自身把握的过程，它主要包括对已有资源的利用、时空转换过程中机遇的把握、人生目标的选择和努力程度等要素。人一旦出生，生活在人世间，就必然与自然、与他人、与群体和社会发生千丝万缕的联系，这是人无可回避的必然性规律。怎样对待和把握你生存的环境和所遭遇的一切，不同的态度和所采取的不同行为，会导致不同的结果。如，同样是生在闹市的富贵之家，一个不学无术，吃喝嫖赌，尽情挥霍，不久便穷困潦倒；一个勤俭持家，努力创业，则很快富甲天下。同样生在穷乡僻壤的贫贱之家，一个志向高远，发奋努力，锲而不舍，终有所成就，或尊贵，或富有，或成名，或成家；一个不思改变，怨天尤人，浑浑噩噩，颓废萎靡，终穷老乡里。同样适逢日本侵略中国，有人爱国抗日，成长为抗日名将，人人爱戴；有人卖国当汉奸，被人唾骂。同样在一个群体中生活、工作，有人与大家和谐相处，其乐融融；有人则人见人烦，谁都不愿和他交往。所以者何，主观选择和自身努力异也。我们姑且把这些称作人为的"运"。

这就是命运，它是客观带有不确定性的生存境遇与主观积极改造生存境遇的过程。"把命运掌握在自己手里"，就是凸显人为努力的一种积极命运观，就是先秦荀子"制天命而用之"的"与天争职"，就是唐柳宗元"变祸为福，易曲成直，宁关天命，在我人力"的"人力胜命"，就是明末清初王夫之的"造命"，就是上文云谷禅师的"命由我做，福自己求"。了凡先生三十岁觉醒后深谙此理，毅然奋起，顺势而动，造势而行，终使"运"气飙升，创造了辉煌命运。

人生有命，贵在"运"转。适应世人的心理需要，商人制造了转运珠，说戴上此珠，便会转来好运。转运珠广销天下，质地优劣不同，价格贵贱不等，贵者数千元一枚。其实，真正的转运珠人人都有，那便是：不囿于宿命，拼搏奋进，积善成德。

命运之船又把你送回两年前

夏日傍晚，余晖朗照，"余霞散成绮，澄江静如练"，一位花白胡子的老艄公划着一艘小船顺江而下。忽然，他发现不远处一位女子正向江心走去，水已经没过了她的肩头，她开始在水中挣扎。老人赶快划过去，从江心将这位女子救起。这是一位漂亮的女子，看上去二十五六岁，身材修长，面色娇羞，因喝了不少江水，气喘吁吁。等她吐完了江水，回过神来，便还要往江里跳。老人拦住她，问道："你年纪轻轻，为何要寻短见？"

"我结婚不到两年，丈夫就遗弃了我，接着孩子又病死了，您说我活着还有什么意思？"女子哭诉。

"那么，两年以前你是怎么过日子的？"

"那时我大学刚毕业，又有很好的工作，领导信任我，同事喜欢我，我自由自在，无忧无虑。"

"现在，领导还信任你吗？同事还喜欢你吗？"老人问。

"那是当然"，女子很自信地说，"我工作认真，为人又好，他们自然还信任和喜欢我。"女子的神情开始平和。

"那时你有丈夫和孩子吗？"老人接着追问。

"那时我根本没结婚，哪来的丈夫和孩子。"

老人笑了，说道："孩子，你想想，你只不过是被命运之船送回到两年前，现在，你又可以无忧无虑、自由自在了。不是吗？"

听了老人的话，女子有些震撼，她定了定神，揉揉眼睛，静静地想了想，然后跪下给老人磕了三个头，说："谢谢您，老人家！您不仅救了我的命，还让我懂得了应该怎么活下去。"女子有些激动，"想想刚才的事，我有多愚蠢，我不会再寻短见了。"

这时，船已经划到岸边。老人见女子已经回心转意，便微笑着说："孩子，请上岸吧。"

女子走下船，深深地给老人鞠了一个躬，转身向城里走去。

作者感言：这位老艄公是一位智者，他以对话方式，挪动了女子的思维起点，并通过回忆女子美好的过去，解开了女子心中的死结。他不仅挽救了女子的肉体生命，也拯救了女子的灵魂，使女子看到了生的曙光。

有的时候，人在极度悲伤、极度愤怒的时候，理性往往被边缘化，处于抑制状态，很难做出理智选择。被丈夫遗弃，唯一的孩子又死去，对一个弱女子来说，是致命一击。这一击，使她大脑一片空白，眼前一片黑暗，她感到无路可走，所以选择投河自杀，因为死是最好的解脱。而老人则把她的思维起点由当下移到两年前，使她想起了未婚时的无忧无虑和自由自在，特别是老人富有哲思的点拨，让她醍醐灌顶，豁然开朗，看到了活下去的出路：是呀，没了丈夫和孩子，不又是两年前的生存状态吗？既然悲剧无法挽回，大不了从头再来！

老人的做法是一种视点转换，是换一个角度思考问题。"横看成岭侧成峰，远近高低各不同"，立足点不同，视点不同，其"看"的结果就大相径庭。就那位女子而言，纠结当下，苦不堪言；回望过去，出路顿生。

人生在世，谁都希望一帆风顺，但万一遭遇挫折困难，就应该向老艄公指导的那样，换一个思维起点。换一个思维起点，你就不会被官场失败、商场失手、情场失意而打倒；换一个思维起点，你就能挣脱羁绊，看到出路，坚信人生没有过不去的坎。

当然，从表面上看，命运之船确实把女子送回了两年前，但实质上，女子已不是两年前的淑女，她经历了婚姻失败和丧子之痛，品尝了生活的苦辣酸甜，感受了现实的严酷，这是她刻骨铭心的痛。但愿时间会抚平她心灵的伤痕！但愿未来紧张而充实的工作、生活会永远封存她这段痛苦记忆！我们有理由相信，经历了一回死亡，从绝境重新走向人生的女子，将会变得更坚强，这是因为，苦难也是一本教科书。

爸爸，您能给我十美元吗？

在美国纽约，一个中年男子，为了生计，起早贪黑地工作。有一天，他很晚了才回家，一天的辛苦劳累让他有些心烦意乱。刚走到家门口，他发现五岁的儿子正靠在门边等他。

儿子见他回来了，高兴地跑过去，很认真地问："爸爸，你的工作能挣多少钱？"

他有些生气："这与你有什么关系呢？"

"爸爸，说吧，我只是想知道。"

"一小时二十美金。"他没好气地答道。

"那么，爸爸，你能给我十美元吗？"

这下，他更生气了，他想不到儿子问他挣多少钱竟是为了要钱。他高声喝道："你别指望我会给你钱去买那些无聊的东西，你现在给我回房间睡觉！"

儿子轻轻地回到房中，带上了门。

他坐了一会儿，心情渐渐平静下来，气也消了大半。他有些后悔，刚才对儿子太粗暴了。也许儿子真有什么用得着的东西要买呢？他推开儿子的房门，轻轻地问："儿子，你睡了吗？"

孩子回答说："我还没睡呢。"

他打开灯，坐到儿子床边，"爸爸刚才太累了，不该那样对你发脾气。这有十美元，你拿去吧！"他掏出了十美元。

儿子兴奋地直坐起来，从枕头下拿出了一张皱巴巴的十美元。见此，他又生气了，他想："儿子有钱怎么还想要？这么小就贪得无厌！"

儿子仔细地抹平那十美元，抬起头对他说："以前不够，可现在够了。我有二十美元了，我能买你一个小时吗？明天你能不能早点儿回来，我想和你一起吃晚饭！"

他的眼睛湿润了，一把把儿子搂在怀里。

作者感言：读完了这则故事，也许你的眼睛也会湿润。多么可爱的孩子呀！多么单纯而真挚的愿望啊！

"我想和你一起吃晚饭！"这是一个多么简单的请求啊？作为父亲，你做到了吗？也许你会说："我每天起早贪黑的劳作，不都是为了他吗？陪不陪他吃顿饭，有那么重要吗？"

我们的回答是肯定的：非常重要！对于成年人来说，陪不陪他吃顿饭，甚至许多天不见面，都无关紧要，但对于孩子来说则不然，这是父爱的需求，如果得不到满足，会很痛苦；这也是积极情感的培育，如果孩子长期受到冷落，不利于孩子健康人格的生成。

请每一位父亲记住：父爱是山，它能撑起孩子那片心灵的天空，能为孩子提供安全感、满足感和幸福感。孩子的成长离不开父爱。

请早一点儿回家，陪孩子做点儿游戏，给孩子做顿饭，向他的碗里夹夹菜，听他讲讲一天的快乐，讲讲学校里的烦恼；晚上，给他讲讲故事，让他向你撒撒娇。

请多抽一点儿时间，教孩子慢慢用汤匙舀汤、用筷子夹菜，教孩子穿衣服、绑鞋带、系扣子，教孩子洗脸、梳头，教孩子擤鼻涕、擦屁股。

请耐住性子，认真回答孩子提出的稀奇古怪问题；耐心陪孩子唱唱歌、写写字、背背诗；严肃告诉孩子哪些该做，哪些不该做；悉心指导孩子改正错误和过失，并教孩子学会负责和担当。

请为孩子做出表率：不在孩子面前说脏话、粗话，不在孩子面前做任何不得体的事情，做错了事情要主动认错并道歉。

父爱，就在上述的点点滴滴之中，你做到了吗？

爸爸的忠告

　　20世纪80年代末，一个海归博士，在上海一家大型国企就职，他敬业勤奋，几年工夫，便成了业内知名人士。他不仅创造了多项研究成果，推动了事业发展，更以老实忠厚、谦虚和善、豁达大度和乐于助人被世人赞誉。当媒体记者采访他的时候，他告诉记者，他的成功成才，得益于他有一个好父亲。他父亲是一名医生，在家乡那个偏远小县的县医院里工作了一辈子，医术虽算不上高超精湛，却是家乡一带口碑最好的医生。他小的时候，与父亲交流很少，父亲经常加班加点，也经常到乡下行医，但父亲的勤勤恳恳和对病人的关爱，对他影响很大。最震撼心灵并引导他前行的，是他考上大学的时候，父亲给他写的那封信。这封信他始终带在身边，时不时拿出来读读，至今已经熟能成诵，一字不落的背下来。不过，他还是拿出了那封信，让记者自己看。

　　记者打开那封信纸有些泛黄的信，全文如下：

　　亲爱的孩子：

　　　　父亲很高兴你考上了大学，当你就要离开父母独立面对生活的时候，有些话，我还是要和你说说。

　　　　记得你小的时候，有一天放学回来，哭哭啼啼告诉我，说一个同学又和你闹别扭了，你说事情本来不怨你的，是同学做得太过分。我听后笑了，摸着你的头告诉你，依着爸爸的经验，一个人要赢得另一个人很容易，那就是要学着吃亏。孩子，请记住，这个世界上没有人喜欢占便宜的人，谁也不愿意和总想占便宜的人交朋友，但所有人都喜欢吃亏的人。你想着吃亏的时候，你就会赢得别人；那个懂得以更大的吃亏方式来回报你的人，是你赢得的朋友。

　　　　记得还有一次，爸爸让你出去买醋，本来给你一个硬币就够了，爸爸多给了你几个。爸爸发现，你在出门的时候，把多余的几枚硬币悄悄放在写字台的角上。那一刻，爸爸装作没看见，但你不知道，爸爸的内心是多么高兴。孩子，人生的许多东西是多余的，比如钱，比如欲望，比如名声。更多的时候，得到你该要的该有的就够了，就像那次买醋，拿走一个硬币，剩下的，在你心里淡淡地抹掉。爸爸想告诉你的是，因为你的舍弃，你豁然开阔的眼界里，将会发现人生中更多更美的风景。

爸爸在乡下支医的那一年，咱们家的日子过得很窘迫。爸爸没有钱给你买玩具，你找来许多塑料袋，在一个塑料袋里盛满水，用针扎破了，然后你看着细细的水流向另一个袋子，然后再换另一个袋子，你玩得很快乐。或许，很小的时候，你就学会了在简单的生活中寻找快乐。不错的，孩子，生活中有些东西并不容易改变，容易改变的，是人的心情。孩子，即使你一生中什么也没有抓住，但抓住了快乐，就依旧是天底下最富有的人。

在你上中学的时候，一天我因到乡下救治一个病人回来很晚，第二天清晨，你半开玩笑地说我是个大傻瓜。当时我很认真地告诉你，人一生的每一次付出，就像在深山空谷中高喊，你不必期望有谁能听到你的喊声，那绵长悠远的回音，就是生活对你最好的回报。这话说得有点儿玄奥，你当时恐怕不会理解，今天再说给你，希望你好好想想。

人长大了，总要走入婚姻，婚姻就像一个精美的高脚玻璃杯。你拿着这个精美的杯子跳上跳下，如果不小心，杯子就会掉到地上摔得粉碎，杯子一旦碎了，就永远不能再复原了。更重要的是，如果你很大意，它还会划破你的手指，让一些伤痛永远留在心里。孩子，当你选择婚姻的时候，千万不要被它外在的光怪陆离所迷惑，你要审慎地去遴选和把握。再后来，你对待它的态度就非常重要了，一个靓丽结实的杯子，是呵护出来的，你用爱去细细擦拭，它就会释放出永久的光泽。

爸爸再给你说一件家事，那是新中国成立以前的事情。你爷爷有一个朋友是做大买卖的。有一年他把二十几个村庄的账收起来，全兑换成银圆，装了半袋子，放在咱家里保管。他告诉你爷爷，他要到别的地方办一件事情，过几天就来取。可他走了以后，好多年没有一点儿消息。爸爸上学的时候，你爷爷的肺病已经很厉害了，家里一贫如洗。好几次，你奶奶提到那袋银圆的事情，想挪用一下，缓一缓家里的紧张情况。你爷爷一瞪眼，说："人家凭什么把这么多的钱放在咱这里？说明咱的人比他的钱值钱！"你爷爷去世的第二年，那个人回来了，他是被一帮劫匪弄到了国外，后来逃脱，又做生意，发了财，衣锦还乡。当你奶奶把那袋纹丝不动的银圆交给他的时候，他抱着钱袋跑到你爷爷的坟上痛哭一场。他想重谢咱家，你奶奶自然不会要他一分钱。后来，那人用这笔钱为家乡修了一座石拱桥，就是现在城南那座钢筋水泥大桥的前身，你小的时候还在那座石拱桥上玩过。孩子，你爷爷临死的时候，还是一个穷人。但他是一个响当当的穷人。爸爸把这件事讲给你听，是希望你明白，一个穷人应该以怎样的风骨，在这个世界上站立。

记者的眼前模糊了，一个伟岸的乡村医生从泛黄的信笺上浮现出来，并朝着他微笑。

作者感言：这是一封家书，在家书中，父亲告诉儿子：学会吃亏就能处好人际关系，赢得朋友；学会舍弃和不过分贪欲，就能发现更多人生中美丽的风景；学会调适情感，就能抓住快乐，而抓住快乐就是天底下最富有的人；学会付出而不要刻意追求结果，那付出所留下的"绵长悠久的回音"，就是你付出留下的痕迹，它足以证明人生的价值和意义；严肃对待和精心呵护爱情婚姻，爱情婚姻就会释放出永久的光泽；学会诚信，遵守承诺，就会成为响当当有风骨的人。这就是这位做医生的父亲对儿子的忠告，其情之切切，言之谆谆，令人感佩。

我们说这则小故事，是想借此聊聊"家书"这个话题。

在本书《命由我做，福自己求》一文中，我们提到《了凡四训》，《了凡四训》就是一本家书。以书信教导子女，是知识分子惯用的一种方式，传统称之为《家书》。我国清末民初的学术大师、维新派斗士梁启超，写过近两千封家书，他通过家书表达情意，传递知识，和子女们平等讨论人生理想、国家大事、生活情趣、事业追求，使九个子女个个成才，其中，建筑专家梁思成、考古专家梁思永、火箭专家梁思礼三兄弟是国家科学院院士，大师级科学家。

家书是书信的一种。书信是文字产生以来人类最古老、最普遍并一直延续至今的一种沟通方式，中国古代对书信的称谓很多，有书、简、贴、札、笺、牍、表、函等，家书则是有直接血缘关系的家人之间的书信往来。

由于是至亲之间的思想交流和情感表达，因此，家书具有内容的私密性、情感的真挚性、语言的亲切性等特点，其感染力极强，很容易引起共鸣，故西方人称之为"最温柔的艺术"。家书除传递亲情外，还蕴含着丰富的文化内涵，我国历史上流传下来的许多家书，在表达浓浓亲情的字里行间，到处都充溢着美好的人际关系、高尚的生活准则、优良的行为操守、向上的进取心态和执着的事业追求，是启迪和教育后人不可多得的文化瑰宝。上文的这封家书，就充满了正能量，恳切的教诲中不仅表达了慈父之情，亦为儿子的成长指明了方向。

我国流传下来许多家书，著名的有诸葛亮的《诫子书》、嵇康的《家诫》、朱熹的《与长儿书》、曾国藩的《曾国藩家书》、梁启超的《梁启超家书》、林觉民的《与妻书》、鲁迅的《两地书》、左权的《给母亲的信》、傅雷的《傅雷家书》等。这些家书蕴含着丰富的思想资源，高扬了中华民族的优秀传统，是启迪心智、弘扬民族精神的好教材。

流传下来的家书，以父辈写给子辈的居多，故许多家书与家训相通，如周公旦的《诫伯禽书》、司马谈的《命子迁》、诸葛亮的《诫子书》、袁黄的《了凡四训》等，既可以看成父辈写给子辈的家书，亦可以看作家训。

在没有电报、电话、手机、互联网之前，特别是在没有汽车、火车、飞机、轮船等机械交通工具的古代社会，家书是远在异乡的游子与亲人沟通的最重要方式，因此，古人十分看重家书。

盲人与导盲犬

一天，一个盲人带着他的导盲犬过街时，一辆大卡车失去控制，直冲过来，盲人和导盲犬一起惨死在车轮底下。主人和狗的灵魂同时离开了肉身，一起来到天堂门前。

一个天使拦住他俩，为难地说："对不起，今天，天堂只剩下一个名额，你们两个中必须有一个去地狱。"

主人一听，连忙问："我的狗又不知道什么是天堂，什么是地狱，能不能让我来决定谁去天堂呢？"

天使鄙视地看了这个主人一眼，皱起了眉头，她想了想，说："很抱歉，先生，每一个灵魂都是平等的，你们要通过比赛决定由谁上天堂。"

主人失望地问："哦，什么比赛呢？"

天使说："这个比赛很简单，就是赛跑，从这里跑到天堂的大门，谁先到达目的地，谁就可以上天堂。不过，你也别担心，因为你的肉身已经不存在，所以不再是瞎子，而且灵魂的速度跟肉体无关，越单纯善良的灵魂速度越快。"

主人想了想，同意了。

天使让主人和狗准备好，就宣布赛跑开始。她满心以为主人为了进天堂，会拼命往前奔，谁知道主人一点儿也不忙，慢吞吞地往前走着。更令天使吃惊的是，那条导盲犬也没有奔跑，它配合着主人的步调在旁边慢慢跟着，一步都不肯离开主人。天使恍然大悟：原来，多年来这条导盲犬已经养成了习惯，永远跟着主人行动，在主人的前方引导和守护着他。可恶的主人，正是利用了这一点，才胸有成竹，稳操胜券，他只要在天堂门口叫他的狗停下就可以了。

天使看着这条忠心耿耿的狗，心里很难过，她大声对狗说："你已经为主人献出了生命，现在，你的主人不再是瞎子，你也不用领着他走路了，你快跑进天堂吧！"

可是，无论是主人还是他的狗，都像根本没有听到天使的话，仍然慢吞吞地往前走，好像在街上悠闲地散步。

果然，离终点还有几步的时候，主人发出一声口令，狗听话地坐下了，天使用鄙视的眼神看着主人。

这时，主人笑了，他扭过头对天使说："我终于把我的狗送到天堂了，我最担心的就是它根本不想上天堂，只想跟我在一起……所以我才想帮它决定，请你照顾好它。"

天使愣住了。

主人留恋地看着自己的狗，又说："能够用比赛的方式决定真是太好了，只要我再让它往前走几步，它就可以上天堂了。不过它陪伴了我那么多年，这是我第一次可以用自己的眼睛看着它，所以我忍不住慢慢地走，只想多看它一会儿。如果可以的话，我真希望永远看着它走下去。不过天堂到了，那才是它该去的地方，请你照顾好它。"说完这些话，主人向狗发出了前进的命令，就在狗到达终点的一刹那，主人像一片羽毛似的飘向地狱。他的狗见了，急忙掉转头，追着主人狂奔。满心懊悔的天使张开翅膀追过去，想要抓住导盲犬的灵魂，不过那是世界上最纯洁善良的灵魂，速度远比天堂所有的天使都快。

导盲犬又跟主人在一起了，即使是在地狱，导盲犬也永远守护着它的主人。

天使久久地站在那里，喃喃说道："我一开始就错了，这两个灵魂是一体的，他们不能分开……"

作者感言： 小故事盛赞了人间的美好情意。由两个善良纯洁的灵魂凝结成的深厚情意，是不可战胜的，无论是光明天堂的引诱，还是黑暗地狱的威慑，都不能让这种神圣的情感瓦解。相比之下，现实生活中有些人为一己私利斩断亲情、毁灭爱情、葬送友情的做法，就显得十分渺小和卑微。

我们说这则小故事，是想借天使的判断失误，聊聊"人性善恶"和"天使误判的启示"这两个话题，

话题一：人性善恶问题。 天使说的没错，她"一开始就错了"，她的失误源于思维的起点，源于她戴着"人性恶"的"有色眼镜"来思考和判断问题。"人都是自私的、人都是损人利己的，人性本恶"的观念，先在地存在于天使的思想

中，并左右着天使对主人的分析和判断。所以，当盲人的灵魂提出要由他来决定谁去天堂的时候，天使立即做出否定，并投以鄙视的目光。天使的心路过程是这样的：人都是自私自利的，人性本恶，盲人是人，其本性必恶，如果允许他来决定谁进天堂，他一定会从利己的一面做出决定，让狗下地狱。随后，天使一直戴着这个"有色眼镜"观察和评判着盲人和狗的比赛过程。是"人性恶"这一观念导致天使判断完全错误。

人性善恶问题，是一个很难说清楚的话题，古往今来众说纷纭，莫衷一是，不管是性善论、性恶论抑或人性无善恶论，都有足够的立论依据，谁也说服不了谁。不过，就世界的大范围来讲，肇始于宗教神学的西方文化，比较强调人性本恶，人生下来就是有罪的，所以，西方在部落以及民族国家的治理中，很重视规约和制度法律建设，以防人的恶性泛滥而导致社会失序；而东方文化，由于受中国儒学的深远影响，比较强调人性本善，所以，在部族以及民族国家的治理上，很强调人自身的德行修养和社会人伦，格物、致知、诚意、正心、修身是东方人安身立命的起点，内省和慎独是东方人德行修养的重要手段。

就中国而言，几千年来，尽管封建时代的主流文化强调性善论，《三字经》开篇就说："人之初，性本善。"但也不是一个声音，也存在着人性无善恶论、人性善和人性恶三种说法。战国时代的告子、孟子和荀子，分别是这三种观点的典型代表。告子认为，人性是人的自然生理属性，生而具有，"生之为性，食色，性也"，人性的内容就是"食色"，无所谓善恶，人性如水，"决诸东方则东流，决诸西方则西流"；孟子认为，人性本善，人生下来就具有"恻隐之心""善恶之心""恭敬之心"和"是非之心"这四种善端，这四种善端与生俱来，如人有四肢一样，而人之不善，是由于后天不努力培养和扩充"善端"所造成的；荀子则认为，人性本恶，人"饥而欲食，寒而欲暖，劳而欲息，好利而恶害"，人天生具有"好利""疾恶""好声色"等种种情欲，这种情欲驱使下的"恶"是天然生成的，贤与不肖均如此，不过，"恶"是后天可以改造的，圣人就是后天改造的结果。

就本人看来，人之初，本无性善与性恶，善恶是社会价值标准，对于初生的婴儿来说，只是个零。人性的善恶，都是在人从婴儿长成大人的"成人"过程中，在生存环境、生产生活方式的影响下，通过自身的主动选择造成的。

话题二：天使误判的启示：天使的判断失误启示我们：既有的思想成见和以

往的生活经验，往往会干扰我们对事物做出科学分析和正确判断。因此，我们在评判社会事物、社会现象的时候，要尽量避免带着成见和凭借以往的经验来看待事物。有效的做法是：将既有的思想观念和生活经验"悬置"起来，不带偏见地"回到事物本身"，就事物的自身呈现来判断事物的是非曲直。

当然，这是很有难度的一件事情，因为人是一个有思想的存在，既有的思想意识、道德标准、生活经验、好恶情趣等观念性存在，会自觉不自觉地左右人的认识，不是说"悬置"就可以轻易"悬置"起来的东西。因此，人要想尽可能多地不带偏见地站在客观公正的立场上看待和评判事物，不犯天使的错误，就需要不断强化"悬置"意识，事先提醒自己摘掉"有色眼镜"，每遇事不要忙着做出结论。只有这样，才有助于回到现象本身，从而得出科学的认识和正确的结论。

"盲道上的爱"与"暴走妈妈"

"盲道上的爱"的故事说，一位母亲，得知二十岁的女儿得了眼病，并且很快就要失明，她决定取下自己的双眼为女儿换上，并得到了医院的同意。这一切，她都是背着女儿和丈夫做的。手术前，她用了一个多月的时间，闭着眼睛走盲路，并非常顺利地外出和回家。临近手术的前几天，女儿的眼睛奇迹般地好了，出院的时候，医生将她的"秘密决定"告诉了丈夫和女儿。

女儿出院后的一天晚上，一家三口外出散步，在回来的路上，她让女儿用围巾将自己的眼睛蒙上，并在前头为丈夫和女儿带路。她顺利的走到了家门口，当他摘下围巾，回头看看跟在身后的丈夫和女儿，两个人已经哭成了泪人。

"暴走妈妈"讲得是陈玉蓉的故事。陈玉蓉是武汉市郊区一个普通的农村妇女，2009年，她五十五岁。2009年初，三十一岁的儿子诊断有先天性肝病，必须进行肝脏移植方可保住性命。陈玉蓉拒绝做杂工的丈夫捐献，理由是丈夫需要挣钱养家；但她的肝脏被确诊为重度脂肪肝，亦不能捐献。2009年3月的一个夜晚，她决定暴走减肥，支持她的是一个没有太多根据的信念：暴走可以治愈她的重度脂肪肝。每天天不亮和每天晚上，从长江江堤两公里处的路标开始，她象上了发条一样，笔直有力地快速暴走，每天走十公里。七个月后，她瘦了十六斤，并且医生宣布，她的确成功了，那个妨碍她救儿子的可恶疾病——重度脂肪肝已不复存在。2009年11月，她顺利地将肝脏移植给儿子。

作者感言：这就是母爱，人间最圣洁、最崇高、最无私的爱。母爱具有三大突出特点：

特点一：它最具自然性。母爱源于对子代的呵护，它不需要理由，它是母亲的本能，是女性与生俱来的潜意识，是生命遗传，无须习得。认真梳理一下人类理性意义上的各种"爱"，母爱是最具自然性的，地球上所有的雌性动物都有呵护子雏的天性，无一例外，这是物种得以繁衍的最重要因素。

特点二：它最无私、最恒久。母亲对子女的爱，无欲无求，不图任何回报，它恒久不变并伴随母亲的生命始终。就是子女长大了，不管子女对自己好坏，哪怕是虐待自己，母亲也不改初衷，一往情深地爱着自己的孩子。

特点三：它能焕发出强大动力。母爱往往是无数处于贫病交加、深陷生存困境女性活下去、坚持下去、奋斗下去的理由和动力。为了孩子，她们能吃任何苦、遭任何罪、受任何委屈，而自始至终无怨无悔；为了孩子，她们敢想常人之不敢想，敢为常人之不敢为，敢闯常人之不敢闯之境地；为了孩子，她们充满无穷无尽的希望，有使不完的劲头，有冲天的勇气，特别是在子代生命受到威胁的时候，它会像火山喷发一样瞬间爆发出无穷力量，会像海啸一样排上倒海，势不可挡。为了女儿，母亲在短短的一个月内，学会了顺利走盲道；为了儿子，母亲每天暴走十公里，竟奇迹般地治愈了重度脂肪肝，就是这种力量使然。再说一个小案例：

一位农村妇女，丈夫到外地打工，家里的地都由她自己耕种。一天，她背着不满周岁的孩子下地干活。她家的地在离村庄很远的山脚下，干活的时候，她把孩子放在地头。快到中午的时候，有一只饿狼从树林中走出来，直奔她的孩子。她抬头擦汗的时候，发现了那只狼。她操起锄头冲过去，跟狼搏斗起来。狼很瘦，但很凶猛，看来也是很长时间没有吃到食物了。狼扑过来咬她，她也用锄头狠狠地打狼，她和狼厮打在一起。他们厮打了很久，她多处被狼咬伤，狼也遍体鳞伤。后来，她的锄头打断了，她用最后的一点儿力气将狼推打出五六尺远，便一头栽倒在地，再也爬不起来了。她想，这下完了，如果狼再扑上来，她就只能被狼咬死了，她已经决定放弃，两手一松，躺在地上。不远处，满身是血的狼也在那里喘息。

"哇、哇……"孩子的哭声把她和狼同时惊醒。她看见狼摇摇晃晃地站起来，瞅了她一眼，然后转身向地头的孩子扑去。

"孩子！"她惊叫了一声，呼地从地上站起来，闪电般冲过去，用两手死死地掐住了狼的脖子。

等她醒过来的时候，她的两手还紧紧地掐着狼的脖子，狼已经在她的怀里死去，孩子安然无恙。

闻讯赶来的乡亲们都赞美她勇敢，她苦笑地摸着孩子的头说："是孩子救了我们娘俩的命。"

这位母亲说的一点儿也不错，如果没有孩子的哭声，如果狼不向孩子扑去而是向她扑来，她和孩子都将被狼吃掉。是母爱使她忽然迸发了无穷力量，掐死了恶狼。我们再往前推想，如果她不带着孩子去锄地，如果饿狼当初不是向孩子奔去而是向她奔来，作为一个弱女子，合乎情理的选择是逃避，其后果可想而知。是母亲无微不至呵护孩子的神圣责任和深厚情感，使她敢于直面饿狼，勇敢地冲上去与狼搏斗，并最终取得了胜利。

人都是在母爱的呵护下长大成人，让我们铭记这母爱、珍视这母爱、努力回报这母爱吧！

学会宽容，人生的路就会越走越宽

美国第十六任总统阿布拉罕·林肯出生在一个贫苦的家庭，八岁时母亲不幸因病去世。一年后，父亲与一位寡妇结婚，继母慈祥勤劳，对待前妻的子女如同己出。林肯也敬爱后母，一家人生活得和睦幸福。

由于家境贫穷，林肯受教育的程度不高，为了维持家计，十二岁的时候，林肯就辍学做工，他当过俄亥俄河上的摆渡工、种植园的工人、店员和伐木工。在做伐木工时，每次，他都在自己伐倒的木头上写上"A"字，这是他名字开头的字母。但是有一天，他发现自己砍伐的木头被人改写成了"H"，这显然是有人盗用了自己的劳动成果。

林肯生气极了，回家对继母说："一定是那个叫亨得尔的家伙干的，我一定不能轻饶了他，我得想办法让他加倍赔偿我！"继母看着林肯生气的样子，摸摸他的头，温和地说："孩子，你先别急，听我给你讲个故事，好吗？"

继母拉林肯在自己的身边坐下，然后讲起来：

很久以前，有一个人叫斑卜，住在一片大森林里，以打猎为生。他经常在密林中安装捕兽套子，由于他安装的地方是野兽经常出没的路线，几乎每天都有收获。有一天他又去收套子，却发现套子上只有动物脱落的毛，动物已经被别人取走了。斑卜很生气，于是他就在纸上画了一张很生气的脸，放在套子上。第二天他又去收套子，发现套子上有一片大树叶，树叶上画着一个圈，圈子里有房子，房子旁边还有一只狂吠的狗。斑卜看了这幅画，明白那人在告诉他家的住地。茫茫林海，他上哪里去找？不过，他有必要和这个人见面说理，于是他就画了一个正午的太阳，还有两个人站在捕兽套边。第三天中午他又来到了这里，看到有一个浑身插满了野鸡毛的印第安人在那里等他。他们彼此语言不通，只能通过打手势来对话。印第安人用手势告诉斑卜这里是我们的地盘，你不可以在这里装套子。斑卜也打手势说：这是我装的套子，你不能拿走我的猎物。两个人的模样都很古怪，相互看得直乐。斑卜想，与其多个敌人，还不如多一个朋友，于是他就大方地将捕兽套送给那个印第安人了。

后来有一天，斑卜打猎时遇到了狼群追赶，被迫跳下了悬崖。等到他醒来的时候，发现自己躺在印第安人的帐篷里，伤口上还有印第安人给他上的药。原来，是那个印第安人救了他，把他背回了部落。从此，他就成了印第安人的好朋友，和他们生活在一起，共同打猎。

继母讲完了故事，微笑着对林肯说："你说斑卜做得对吗？"

"他做得很好，这样就少了敌人，多了朋友。"

"对呀，孩子，你要学会宽容别人，这样才能使自己的路越走越宽广。要不然，你在社会上就会到处树敌，很难成功的。"

"我知道了，母亲。"林肯很懂事地点点头，打消了报复亨得尔的想法。后来，他还和亨得尔成了朋友。

作者感言：宽容可以增加朋友，可以减少仇人，可以平衡心态，宽容也隐含着善意的回报，学会宽容，人生的路就会越走越宽广。林肯的继母如是教导林肯，林肯也谨记继母的教诲，并终身受益。

本书在《寒山与拾得的一段对话》一文中，重点讨论了"宽容忍让"这个话题，并强调宽容是一种胸怀，一种美德，也是一种精神境界，故在此不再啰唆。我们说上边这则故事，是想借此说说林肯的继母。

林肯的继母叫萨勒·布什，她的第一任丈夫因病去世后，她带着三个孩子改嫁给林肯的父亲。当她走下马车，第一眼见到林肯时，小林肯面黄肌瘦，浑身脏兮兮，鹿皮裤子上还有好几个大口子。她毫不犹豫地将小林肯抱在怀里，亲切地说："你好啊，阿贝·林肯！我想，咱们会成为好朋友的。"

当天晚上，她烧水为林肯和他的姐姐洗了一个热水澡。当小林肯上床时，他惊奇地发现，自己和姐姐原来睡的玉蜀黍梗的床垫子和枕头都不见了，身下竟然是软软的、暖暖的鸭绒垫子，枕头也换上了鸭绒枕头。小林肯又黄又瘦的小脸终于出现了笑容。

生活中有那么多不可思议，萨勒从小和林肯的父亲汤姆斯·林肯一起长大，十四年前，汤姆斯曾向她求过婚，但她却嫁给了丹尼尔·约翰斯顿，住进了肯塔基州伊丽莎白城，后来汤姆斯娶了南希·翰克斯，两家各过各的日子。可十几年之后，两个人再度相遇，当得知各自失去配偶后，终于结合在一起。在这个新组合的小家里，共有八口人：汤姆斯的两个孩子，萨勒的三个孩子，还有汤姆斯前妻的一个侄儿。一家八口人就挤在仅有十八平方米见方的小木屋里。

从城里回到偏僻的农村，面对这又脏又乱的小木屋和缺东少西的穷家，萨勒没有忧伤和焦虑，她乐观、勤奋，起早贪黑地干活，三个星期过后，小家彻底变了样，小木屋有了名副其实的门窗，墙壁刷得雪白，孩子们都穿上了补得整整齐齐、洗得干干净净的衣服，林肯的床头上还放了一个小镜子，萨勒还特为汤姆斯的两个孩子和汤姆斯前妻的侄儿买了新衣服，林肯穿上了新的鹿皮裤子和一双新鹿皮鞋。这是林肯生母去世后第一次感受到母亲的慈爱和家的温暖。

一天，萨勒正准备做玉米饼，她发现小林肯正用严肃的目光瞧着她，"我一辈子都不会忘记我最喜欢吃的东西就是玉米饼"，小林肯脱口说出，转身就往外跑。萨勒怜爱地望着林肯的背影，大声说："我的小阿贝，别急，你很快就会吃到可口的玉米饼。"自生母去世后，林肯几乎没有吃过一顿像样的饭，并经常饿着肚子。继母进家后，尽管没有大鱼大肉，油水也不多，但饭菜烹调的非常可口，林肯每顿都吃得饱饱的，身体一天天健壮起来，脸上也常挂着笑容。他的话一天天多起来，甚至也爱笑了。

萨勒不识字，但他积极支持林肯读书。林肯小学毕业后，因家里太穷，不得不辍学干活，但他从来没有放弃读书。每天晨曦微露，林肯就捧起了书本；傍晚收工回家，他又接着学习。如果白天去草场放牧，他就趁着马群吃草或休憩的功夫，抓紧时间看书。多少次因读书耽误了干活，父亲谴责林肯时，萨勒总是站在林肯一边，护着他。当林肯过生日的时候，萨勒背着汤姆斯给林肯买了一本《英语缀字课本》，作为生日礼物，林肯捧着这本盼望已久的书，热泪盈眶。1823年初冬，萨勒说服了汤姆斯，让十四岁的林肯回学校读书，半工半读。这一举措决定了林肯后来的命运。

萨勒时刻不忘教育孩子们做诚实善良的人。当林肯烦恼的时候，她就好言宽慰他；当林肯为自己的缺点和过失苦恼时，她就告诉林肯："阿贝，你要坚强，坚强得足以认识你自己的缺点"；当林肯胆小恐惧的时候，她就对林肯说："阿贝，你要勇敢，勇敢得足以面对恐惧"；当林肯遇到困难和挫折时，她就对林肯说："阿贝，你要堂堂正正，在遇到挫折时能够昂首而绝不卑躬屈膝；当林肯有了成绩高兴的时候，她就提醒林肯说："阿贝，你要能面对掌声，在成功和胜利时要保持谦逊而不趾高气扬"。当林肯受欺负生气时，她告诉林肯说："阿贝，你要学会宽容，这样，人生的路就会越走越宽"。据说，在林肯做总统的时候，他办公室的墙上挂着这样一幅条幅："宽容比批评更能改变人。"而这种宽容的精神，正是源自继母萨勒的教导。

萨勒非常希望林肯有出息，能干一番事业。每当听说林肯有了成绩，就高兴得不得了。一次，她听说林肯将要在附近的一个小城进行竞选讲演，他很想念儿子，但又怕打扰他，所以，她就悄悄地进了城。那天，马路两旁人山人海，萨勒挤在人群中，生怕被林肯看见，他只想偷偷看看她的阿贝。林肯坐在一辆漂亮的四轮马车上，在仪仗队簇拥下走了过来，他将头上的黑礼帽摘下来，不时地向左右颔首致意。这时，他发现了挤在人群中的继母萨勒，他立刻命令马车停下来。他走下马车，分开人群，径直来到萨勒面前，并热情拥抱和亲吻了他的继母。妈妈的爱使他动情，使他的演说更有激情，更富有感染力，广大选民都认为："美国总统就应该是这样的。"

萨勒一生很少流泪，但当她得知林肯当选为美国总统时，她忍不住地哭了。1861年冬天，林肯在去华盛顿任职之前，冒着风雪，特地回乡下老家看望了继母，与继母道别。

当别人问及林肯成功的秘诀时，林肯说："我的一切，都源于我天使般的母亲。"有人问，你指的是哪一个母亲？"两个。"他肯定地回答。但人们都知道，他的生母在他刚懂事时就去世了，教育他成长的，主要是继母。林肯也深知这一点，他一生都深深感激继母萨勒。

这就是林肯的继母，他是天下所有继母的榜样。由此我们想到《白雪公主》《灰姑娘》《三个小矮人》等一类童话故事和寓言，那里的继母，个个阴险毒辣狠，对丈夫前妻留下的子女百般虐待，迫害有加。而"继母个个是大灰狼"的观念，已经深入人心，在许多人心中已经形成了定势，它先入为主地进入了重组家庭中继母与养子女的关系中，妨碍了重组家庭的代际关系和谐。所以，读读林肯继母的故事，有助于改变世人对继母的传统认识。不能否认，世间确有不少继母对养子女不好，但绝不是全部，也不是大多数，我们不能"一竿子打翻一船人"，许多继母对养子女还是尽职尽责的，后妈也很难当，也有许多苦衷。

顺便说一句，世界著名的成功学、励志学大师拿破仑·希尔，就是在继母玛莎的培养教育下走向成功的，我们在本书《来自继母的力量》一文中，讲了玛莎的故事。愿天下那些对养子女不好的继母，好好学学萨勒和玛莎。

"祈祷时可以吸烟吗"
与"两个释梦师的不同结局"

　　"祈祷时可以吸烟吗"的故事说，有两个基督徒，先后去问牧师在祈祷时能否吸烟。第一个教徒上前问道："牧师，祈祷的时候可以吸烟吗？"牧师生气地答道："不可以，最可怕的是祈祷时不能专心致志。"过来一会儿，另一个教徒上前问牧师："您好，牧师，请教一下，在吸烟的时候可以祈祷吗？"牧师稍作沉思，然后愉快地回答："当然可以！最可贵的是你在吸烟的时候都没有忘记做祈祷，足见你对主的虔诚。"

　　"两个释梦师的不同结局"的故事说，从前，有一位国王，做了一个可怕的梦，梦见自己的牙齿一个个掉光。第二天清晨，他忧心忡忡地叫来释梦师，并向他述说了梦境。这位释梦师一脸担忧地听完了梦，战战兢兢地说道："陛下，这个梦的确是一个不祥的征兆，正像您一个个掉光的牙齿一样，您将一个接一个地失去您所有的亲人。"听了这样的解释，国王大怒，将这位释梦师痛打了一顿，并投进牢房。然后，国王又叫人招来第二个释梦师。第二个释梦师听完了国王的讲述，面带笑容，高兴地对国王说："陛下，恭喜您，这个梦向您透露了这样一个消息：您会比您所有的亲人都长寿。"国王听了解释非常高兴，并重赏了这位释梦师。

　　当第二位释梦师刚刚走出宫门的时候，宫廷侍卫十分不解地问道："先生，您说的和您哪位可怜的同行说的没有什么两样，为什么落到他头上的是惩罚，而落到您头上的是奖赏呢？"第二位释梦师微笑地回答说："我们两个人对梦的解释的确很相似，但生活中有时不在于你说什么，而在于你怎么说。"

作者感言：语言是表达思想的最重要工具，而同一思想的表达，却有多种语言形式，而不同的语言表达形式，其传递的信息、给听者的感受和导致的结果是大相径庭的。

就两个小故事而言，前后两者的表达，正如第二个释梦师所言，只是"相似"，而非"相同"。其区别有三：

区别一：切进话题的角度不同。前者切进话题的思维取向是消极的，而后者则是积极的。第一个问"祈祷时可以吸烟吗"的教徒和第一个释梦师，是从消极方面、从令人感到不愉快甚至令人悲伤的角度切进话题，叫人听了心里不痛快，是属于"不会说话"的一类，遭到拒绝和挨板子，真是活该。而第二个问者和第二个释梦师，则是从积极方面切进话题，他们充分考虑了对方感受并检索了令对方乐于接受的褒义概念，巧妙地表达了自己的思想，听起来舒服，又易于被人接受。

区别二：两者强调的重点不同。第一个问者所问的"祈祷时可不可以吸烟"，其重点落在"吸烟"上，而在庄严肃穆的祈祷时，当然是不可以的了；第二个问者所问的"吸烟时可不可以祈祷"，其重点落在"祈祷"上，在吸烟的时候，还没有忘记上帝的存在，想着祈祷，自然是值得赞赏的。第一个释梦师解读的重点放在"国王亲人的死亡"上，听了自然叫人心烦；第二个释梦师解读的重点落在"国王的高寿"上，听者自然高兴。

区别三：两者表达的内涵并非完全重合。"祈祷的时候可以吸烟吗"，表达的基本情境是祈祷，展示的是一种肃穆场景；而"吸烟的时候可以祈祷吗"表达的基本情境是吸烟，展示的是一种休闲宽松场景。"国王比他的亲人都长寿"，并不等同于"国王将一个接一个地失去您所有的亲人"，也并不等于国王一定死在所有亲人之后，而"国王将一个接一个地失去您所有的亲人"则隐含了"国王的亲人都将先于国王而死"的判断。

两个小故事告诉我们，人要学会说话。所谓"会说话"，就是所说的话，既能准确表达思想、有效传递信息，又听起来舒服，易于被人接受。

说话是一门艺术，话说得好，既有助于表达思想，又能促进人际和谐。会说话方法多多，就一般人际交谈来说，要而言之有八：

方法一：尊重对方，态度和蔼诚恳，面带微笑。

方法二：语气平和，语调舒缓流畅，侃侃道来。

方法三：从积极角度切进话题，不说令人晦气的话，不说讽刺人、伤害人的话。好话一句三冬暖，恶语伤人六月寒。

方法四：看对象，看环境，比如在父辈、师长面前，在开会等严肃场合，就不能说玩笑话。

方法五：用语准确、精当，不拗口，易理解。

方法六：思路清晰，有条有理。

方法七：少说废话，不说虚浮的话，不说大话。

方法八：注意修辞，幽默风趣，动听感人。

总之，招法是死的，人是活的，能做到在适当对象、适当场合说适当的话，就是会说话。

屈居第二与默默无闻毫无区别

一位教授走进课堂，问："世界第一高峰是哪座？"这简直是一个小儿科问题，大学生们相互瞅瞅，怀疑教授在取笑他们，便漫不经心地回答："珠穆朗玛峰。"

教授接着问："那么，世界第二座高峰是哪座？"

这下大家傻了眼，都摇头说不知道，不少学生还嚷嚷着说："中小学老师没讲过，好像书上也没写过。"也有的说："好像地理老师说过，但记不清了。"

教授再问："第一个进入太空的人是谁？"

同学们你瞅瞅我，我瞅瞅你，谁也不回答，不是他们忘记了苏联宇航员加加林，而是他们知道，教授马上就会问下一个问题，即第二个进入太空的人是谁？而他们，没有一个人知道。

教授见大家都不作声，转身在黑板上写下这样一行字：屈居第二与默默无闻毫无区别。

接着，教授给同学们讲述了他的一项实验结论。十年前，教授曾让他的学生毫无秩序地走进一个宽敞的大教室并自由选择座位，每次，他都记下每个学生所坐的座位。反复多次之后，他发现，有些人总愿意坐在前几排，有些人总愿意坐在中间，还有些人总愿意坐在最后排。十年后，教授跟踪调查了这些人的发展情况，结果发现：坐在前排的学生，事业成功的比例最高，坐在中间的次之，坐在最后的，成功比例最低。

作者感言：教授的两次发问，意在说明，只有"木秀于林""行高于众"的出类拔萃者，才能在历史长河中留下痕迹，永远活在人们的记忆里；教授研究成果的展示，则想证明，勇于坐在前排，敢于亮出自己的人，才有可能成为"木秀于林""行高于众"的出类拔萃者。前者是给学生提出一个奋斗目标，后者是告诉学生实现目标应具有的心态和做法。

我们说这则小故事，并不是要求每一个人一定要站在排头，永远第一，这是不可能的。因为在一个群体中，不管是几个人、几十人、上百人，甚至上千人，第一只能有一个。把目标锁定在第一上，对99％的绝大多数来说，是可望而不可即的，也是不切实际的。而不切实际的目标是没有激励作用的。我们只想借这则小故事说明，不管从事什么职业，不管生活在什么样的群体中，都要有一个力争上游、争取第一的积极心态，都要敢于坐在前排、走在前头或干在前边。理由有二：

理由一：力争上游、争取第一的积极心态，是人生的黄金定律，它是一种乐观、向上、进取的心理机制。有了这种心态，就会微笑面对生活，过好每一天；就会产生克服困难、战胜挫折的勇气和力量，避免消沉和绝望；就会增强自信，追求卓越，力避平庸；就会激活思维，变得敏锐机智，有利于抓住各种机遇；就会宽待、善待别人，有助于人际和谐；就会告别抱怨与烦恼，有益于健康长寿。

理由二：坐在前排、走在前头或干在前边，是处于优势位子，处于优势位子，离成功就近。你只有坐在最显眼的地方，你才容易入人眼，被人看见，你做的事情才会给人留下印象。假如你总坐在一个阴暗的角落里，人们很难看清你，你长得再漂亮，又有什么用处呢？所以，大胆坐在前排，努力展示自己很重要。

屈辱的力量

　　1973年4月3日，一名男子站在纽约街头，拿着约有两块砖头大小的一个无线电话与人通话，引得过路人纷纷驻足注目。这个人就是这个无线电话的发明者马丁·库珀。当时，他正在与贝尔实验室的首席工程师、无线电界的资深专家乔治通话。他告诉乔治说："乔治先生，我现在正在用一部便捷式无线电话跟您通话。"电话的那一边，乔治立马惊呆了，他怎么也不敢相信，当年被自己瞧不起而拒之门外的那个年轻人，竟早于自己发明了无线电话——手机。

　　现在，手机已经成为人们日常生活中不可缺少的通信工具，而马丁·库珀也被人们尊称为"手机之父"。

　　马丁·库珀生于1928年，从小就喜欢无线电，并非常崇拜贝尔实验室的无线电专家乔治。二十六岁大学毕业时，他一心想进贝尔实验室，想跟乔治学习。他小心翼翼地敲开了乔治办公室的门。当时，乔治正在研究无线电，抬头看了他一眼，问他叫什么名字，来做什么？他非常恭敬地对乔治说："尊敬的乔治先生，我叫马丁·库珀，我非常崇拜您，我想成为您公司的一员，如果能留在您身边工作，当您的助手，那就更好了，当然，我不求待遇……"

　　马丁·库珀的话还没有说完，就被乔治粗暴地打断了："你不要再说了，告诉我你什么时候毕业，干了多少年无线电！"

　　"我大学刚刚毕业，从没干过无线电，只是喜欢。"马丁·库珀如实相告。

　　"年轻人，你太幼稚了！我怎么会接受你这个无知的家伙！请你马上出去，别耽误我的时间！"乔治烦躁而粗暴。

　　"尊敬的乔治先生，我知道您正在研究无线电话，也许我能够帮上您的忙。"

　　乔治对马丁·库珀知道自己的研究项目有些意外，但他丝毫没有引起重视，仍然向外驱赶马丁·库珀："走吧，走吧！你这个不知天高地厚的年轻人，赶快走开，我不希望再见到你！"

乔治的粗暴态度和断然拒绝，让马丁·库珀受到了莫大屈辱，他暗暗发誓："我一定要研究出无线电话！"不久，他进入摩托罗拉公司，最初研究汽车无线电话，由于他常常做出一些反传统的设计和独出心裁，并且屡屡失败，他的上司很不满意，自己也常常感到沮丧。但他一想到自己的屈辱，便又鼓起信心，坚持研究。十年磨一剑，经过十多年的苦苦探索，他终于研制出了世界第一部无线电话，并用这部电话和乔治通了话。多年后，摩托罗拉公司推出了第一批便携式手机，重七百九十四克，长在三十三厘米。由于它笨重厚实，美国人称之为"鞋机"，我国人则习惯称之为"大哥大"。

手机面世后，有记者采访马丁·库帕时问："如果当时您被乔治收留，您肯定会协助乔治完成手机的研制，而这一功劳也肯定会是乔治的，是不是？"

马丁·库帕回答说："不，如果当时乔治收留了我，我成了乔治的助手，我们也许永远也研制不出现在的手机来。正因为他拒绝了我，掐断了我想向他学习的念头，所以我才重新开辟出一条研制手机的道路，并且成功了。那条道路的名字就叫屈辱，我将乔治对我的羞辱化为前进的动力。没有这种动力，即使与乔治联手，也不一定能获得成功。"

作者感言：马丁·库珀说得不错，如果他顺利地进了贝尔实验室并当上了乔治的助手，也许到现在也研制不出手机，原因主要有二：

原因一：他作为助手，只能按乔治的思路去做，很难独辟蹊径，即使有了新想法，也很可能刚冒出来就被乔治扼杀。

原因二：他缺乏动力，不会像受辱后那样百折不挠、锲而不舍。人在顺境的时候，动力往往不足，遇到难处，特别是看上去是死结的难处，人们往往选择放弃。而当被激愤的时候，出于强烈自尊的需要，人往往无所顾忌，拼死一搏，而这一搏，恰恰打开了那个死结，顿时柳暗花明。

我们说这则故事，是想借此聊聊"面对屈辱"这个话题。就个体而言，面对屈辱，有五种态度：

态度一：心甘情愿，不以为耻，反以为荣。此系奴才者流，对上司或强者的羞辱，不迁不怒，有的甚至满心欢喜，认定是上司或强者拿自己不当外人。

态度二：麻木不仁。此系阿Q者流，被别人打了，心里想，就算儿子打老子了，于是怒气全消。

态度三：自暴自弃，甘认倒霉。讳于屈辱而掩非藏短，萎靡不振，颓废自弃。此类人多有自卑心理，且人生目标不明确。

态度四：怒而报复，不计后果。如2004年云南大学四年级学生马加爵，与同学打牌时，因别人说他偷牌而受辱，一怒之下，杀死四人，走上了人生的不归路。

态度五：激而奋起，化屈辱为力量。越王勾践战败被俘，忍辱负重，为吴王夫差驾车养马、打扫房间，受尽屈辱，归国后卧薪尝胆，终以三千越甲吞吴；韩信被迫从一屠夫胯下钻过而受辱，立志要成为一名强者，后辅佐刘邦建立大汉王朝，成为一代名将；司马迁因李凌案牵连而受宫刑之辱，忍而著就千古名著《史记》；牛顿因讲不出风车旋转的道理而被同学取笑受辱，于是发奋读书，刻苦钻研，终于成为伟大的物理学家、数学家和哲学家；洛克菲勒在读小学时，因衣着寒碜被摄像师清出班级合影队伍而受辱，发誓要成为一名富人，终成为全世界最成功的石油资本家。

其实，化屈辱为力量是一种反作用力。心理学研究证明，人有三种精神能源：一是创造的驱动力，二是爱情的驱动力，三是受压迫和歧视的反作用驱动力。而这种反作用力，往往来得迅速、深刻并持久不衰，它让受辱者体验到在顺境中根本无法体会到的许多东西，它像一支鞭子，鞭策着受辱者义无反顾，愤然向前。

由此看来，屈辱，既可能成为泯灭一个人理想之火的冰水，也可能成为推动生命之舟奋力向前的激流，关键在受辱者本人。

人生活在世界上，要与各种各样的人交往，难免会受到歧视和屈辱。其实，许多人都有过被歧视、被羞辱的经历，只是情节不同和在每个人心中产生的震撼力不同而已。像勾践的"为奴之辱"、韩信的"胯下之辱"和司马迁的"宫刑之辱"，是属于情节非常严重并且强烈震撼受辱者的屈辱现象，而像马丁·库帕的"求职被拒之辱"、牛顿的"风车之辱"则属于情节一般的、很常见的屈辱现象，但两者在受辱者身上发挥了同等效应，由此可见，受辱情节轻重并不是关键，关键是受辱者对受辱现象的态度和重视程度。许多人在读书的时候，都受过老师的批评和同学的取笑，有不少人也受过"你是一个连猪都赶不上的笨蛋""你这辈子要是能有出息，我头朝下从这个城市走出去""看你那熊样，跟社会上的小流氓没什么区别"之类的羞辱，但许多人事后就淡忘了，只有少数人一蹶不振或激而奋起。

值得注意的现象是，牛顿的"风车之辱"和马加爵的"偷牌之辱"，两个平常的羞辱现象都深深震撼了受辱者，但由于激奋后所选择的方向不同，产生了两个截然相反的社会效果。因此，当意外受到羞辱并强烈震撼了心灵需要奋起时，明智的做法是选择既利己，又利人、利族群、利国家、利社会的积极奋斗方向。

赵襄王学御

御，就是驾车。战国时期，赵国的国君赵襄王向当时善于驾驶马车的高手王子期学习驾车技术。当时，马车不仅是日常的交通工具，而且是最重要的战争武器，能够熟练驾驶战车，是取胜的重要条件。襄王学了很短时间（俄而），就要求跟王子期比赛。比赛时，他多次与王子期对换车马，而每次都落在王子期的后边，于是，他很不高兴地对王子期说："你教我驾车的技术，肯定是留了一手，没有完全交给我，不然，同样一匹马驾着同样一辆车，在你的手里就跑得飞快，而到我的手里怎么就变慢了呢？你肯定有什么绝招没告诉我。"

王子期回答说："大王，我已经把驾车的技术毫无保留地全教给您了，只是您使用的不恰当。"

"那就请你详细说说，我怎么使用不恰当了？"赵襄王有些不高兴。

王子期说："凡御之所贵，马体安于车，人心调于马，而后可以追速致远。"意思说，凡驾车，最重要的有两条：一是马套上辕，要跟车辆配合稳妥；二是人驾车的时候，注意力要放在驱赶马奔跑上，人的指挥与马的奔跑要协调一致，只有这样，才能加快速度，跑得又快又远。王子期稍稍停顿了一下，接着说，"今君后则欲逮臣，先则恐逮于臣。夫诱道争远，非先则后也。而先后心皆在于臣，尚何以调于马？此君之所以后也。"意思说，而大王则不然，您驾车的时候，如果跑在我的后边，您一心只想着追上我；如果跑在我的前边，又一心想着怕我追上您。其实，驾驭马车长途竞争，不是跑在前面，就是落在后面，但大王不管在前在后，都把注意力全集中在我的身上，哪里还能顾得上与马匹的奔跑协调一致！这就是您落后的原因。

赵襄王点头叹服。

作者感言：这是韩非子在《喻老》篇里讲的故事，从这个故事里，我们只少能得到两点启示：

启示一：不管学什么或做什么，都不要轻视，都不能操之过急和急功近利。刚刚学习驾车，就要求和老师比赛，明显有些急躁，这里也隐含着"驾车没什么难的，我已经学会了"的意思，在襄王看来，他已经懂得了驾车的基本要领，也懂得了怎样能使马车跑得飞快的要领，驾车的技术他已经掌握了，所以才要求和老师比赛。但他并没有意识到，那只是理论上的，而在实践上，他还远没有掌握这门技术，他太看轻这门技术了。事实上，不管什么本领和技术，都是在实践过程中练出来的，是熟能生巧的过程，这需要时间，有的甚至需要长时期的反复操作才能达到。卖油翁从铜钱中间的小孔向葫芦里注油，油注入葫芦里而钱币口却未沾上一点儿油，是常年倒油的结果。庖丁解牛，刀在牛的骨节筋络间游刃有余，其动作像舞蹈，其声音如音乐，用了十九年的解牛刀仍锋利无比，好像刚刚从磨刀石上磨过一样，是天天、月月、年年杀牛的结果。中国著名外科专家，被誉为"中国外科之父"的裘法祖院士，素以刀法精准见长，1985年，他已经七十多岁，有一次给学生上示范课，他将一张薄薄的两层面巾纸放在手术台上，然后用手术刀轻轻从中间切过去，第一层面巾纸被彻底切开，无一丝连接，而第二层面巾纸不仅没有被划破，连痕迹都没有，这是他几十年在手术台上不停手术的结果。2010年，南充消防中队的代理排长刘洋，将一根铁丝固定在灯泡上，铁丝与灯泡无一点儿间隙，他拿起切割机，仅用几秒钟时间，就将灯泡上的铁丝切断而灯泡完好无损，这是他多年千百万次苦练的结果。20世纪50年代，长春第一汽车制造厂有一名高级锻工，将一块表蒙子稍稍隆起的手表放到可以一下子砸扁厚厚钢板的电动锻锤砧座上，他按动开关，锤头飞速向砧座砸去，他立即抬手切断电源，锤头骤然停下，正好落在表蒙子上，表蒙子完好无损，但却紧紧地卡在锤头和砧座之间，无法拿下来，这是他几十年天天用锻锤锻钢材练出的绝活。

其实，许多本领或技能的要领非常简单，很容易懂得。比如学骑自行车，要领有五：一是身体与自行车保持平衡；二是眼、手、脚要协调一致；三是转弯时前轮稍稍向转弯方向驱动；四是车子要倾倒时，将前轮稍稍向倾倒方向倾斜，车身即可回到平衡状态；五是停止或下坡时要拉动手闸或踩住脚闸。背会这五条，只需要一两分钟，可背会了，就等于学会骑车了吗？答案自明。骑自行车是最简单的技能，而有些复杂的技能，没有两三年甚至十几年的工夫，很难达到炉火纯青的程度。所以，要想把一种本领真正学到手，并做到得心应手、出神入化，万不可向襄王那样急于求成，更不要轻视。

启示二：不管学什么或做什么，都要集中精力，不要被其他次要因素干扰了所追求的目标。王子期告诉襄王，他分心了，他没有把注意力全集中在"人的指挥与马奔跑的协调一致"上，而是把一部分注意力转移到"担心被别人追上或追不上别人"上，这就是他马车落后的原因。

为什么"分心"即注意力不集中就很难把事情做好呢？这是因为，人的精力是有限的，在同一时空条件下，人只能想或做一件事情，即把注意力集中在一件事上，不可能同时想或做两件甚至多件事情，此所谓"一心不可二用"，更不可"多用"。一旦分心，二用了，正在想或做的事情就立刻被弱化，甚至被边缘化，而事情一旦被弱化、被边缘化，就不可能做到深刻理解和全面把握。有研究证明，一个正常人，在正常条件下，高度集中注意力读一篇五百字的文章，读九至十一遍就能达到背诵的程度，而注意力不集中时，竟需要读一百遍左右才能记住，如果注意力涣散，心不在焉，读一百五十遍还记不住。由此可见集中注意力的重要。

人为什么会"分心"呢？这是一个很复杂的心理现象，想说得全面、透彻很不容易，不过，我们可以避开那些生涩的心理学概念和费解的文句，从常人可以感知和理解的层面说说这个问题。简单说，导致人的"分心"，原因有三：

原因一：由客观外物引发。人活在这个万花筒般的世界上，每天除了睡觉之外，随时随地都会和各种各样的人、事物或现象遭遇，其中的任何一种，都有可能通过刺激人的眼、耳、鼻、舌、身这些感觉器官，引起人的注意，而一旦引起注意，它就会进入人的思想意识，从而分解了人正在思考或做事情的注意力，"分心"于是产生。比如，你正在思考一个新项目的策划书或正在专心读一份文件，突然，窗外警笛长鸣，你立刻想到，今天是"九一八"，是国耻日，你可能还想到了柳条湖、北大营和张学良奉蒋介石的命令撤出东北，也许还联想到抗战第一枪的江桥之战和马占三等，过了好一会儿，你的心思才又回到正做的事情上。

原因二：由主观记忆引发。凡是通过眼、耳、鼻、舌、身这些感觉器官进入心灵的东西，都或多或少，或深或浅地在大脑里留下了痕迹，这就是记忆。记忆这东西，在通常情况下处于休眠状态，可是，人的大脑时刻都在运动，在大脑运动过程中，大脑中拥有的一百四十多亿个神经细胞或叫神经元，都在不同程度地活动，每一个神经细胞都有可能随时唤醒某一个正在沉睡的记忆，而这个记忆一旦被唤醒，就立刻跑上前台，分解了人正在思考或做事情的注意力，"分心"于是产生。比如，你正在机床前专心车一个零件，忽然想起了昨晚看的电视节目，并为其中的某一个情节高兴或生气，心思立刻从车零件转移到电视节目上，手头的活被放慢甚至停下来，说不定还会把零件车坏甚至发生事故。

原因三：由主观需要、欲望等引发。人有各种各样和不同层次的需要和欲望，这些需要和欲望随时都可能涌向思维前沿，主导了人的意识，分解了人正在思考或做事情的注意力，"分心"于是产生。比如，故事里的赵襄王，在与老师比赛的时候，求胜的欲望十分强烈，正是这种强烈欲望分解了他驾车的注意力，使之不能全神贯注地驾车，最终导致屡屡落后。再比如，大学毕业，谋得一份工作是你当前最迫切的需要，终于有了一个机会，某大公司看了你的求职材料后非常满意，决定让你参加面试。由于"太需要这份工作"和"渴望通过面试"的想法十分强烈，面试时，你非常紧张并时刻关注主考官的情态变化，因此分解了你充分表现自己才华的注意力，结果被淘汰。

那么，在做事情的时候，我们怎样才能避免分心，做到集中注意力呢？这就需要意识和意志的参与，其主要做法有二：

做法一：要有警觉意识。要认识到分心是妨碍我们学好或做好某件事的天敌，是我们走向事业成功的绊脚石，以此提醒自己不要分心，这叫事先设防。有了这个防线，就能挡住许多内外分心因素的侵入。比如，找一个清净的环境、事先将可能引起分心的东西从身边清除、打电话通知可能来访的同事朋友不要来打扰、事先充分休息养足精神、锁定目标并拟定完成期限等。

做法二：要增强意志力，学会抗干扰。历史上有许多科学家、思想家、政治家、文学家、军事家等，都有过故意到嘈杂的环境里读书或做某事的经历，以此来训练自己的专心能力，在内外分心因素奔袭来的时候，他们都能借助意志力将其拦截并驱逐，始终保持注意力的高度集中。

顺便说一句，"注意"这种心理活动十分重要，它是客观事物进入人心灵的一扇门，只有它指向与集中某一事物时，某一事物才能进入我们的思想领域。比如，我们走在大街上，穿梭的车辆、过往的行人，以及各种嘈杂的声音，我们都视而不见，听而不闻，这是因为，我们的注意之门对它们是关闭的，我们的思想意识没有指向和聚焦到它们身上。突然，"嘭"的一声巨响，我们立刻朝发出响声的方向看去，原来是一辆汽车撞到了路边的一棵树上，一个车灯被撞碎。这是听觉受了刺激后开启了注意之门，视觉接着跟进，发现了撞到树上的汽车，于是，"汽车撞到树上"这件事进入了我们的思想，引起了我们的关注。

草原上的"敖包"

"十五的月亮，升上了天空呦，为什么旁边没有云彩，我等待着美丽的姑娘呀，你为什么还不到来哟嗬……"这首久唱不衰国人皆知的经典蒙古族爱情民歌，红遍大江南北，其题目叫《敖包相会》。

何谓"敖包"？敖包是蒙古语，意即"堆子"，也译成"脑包""鄂博"，意为人工堆成的"石头堆""土堆"或"木块堆"。在茫茫无际的草原上，不时会看到用大小石块累积起来的巨大石堆，上插有柳枝，此谓神树，神树上飘着五颜六色的神幡。巨大的石堆矗立在草原上，鲜艳的神幡如手臂般召唤着远方的牧人，这就是敖包。

最初，敖包是道路和地界的标志，起指路、辨别方向和行政区划分的作用。在人烟稀少的茫茫草原上，人是很容易迷失方向的，因为草原上除了草还是草，没有大树，又因为牧民们逐水草而居，草原上也没有村落，聪明的蒙古先民，就建起一个一个敖包，用它来充当地标。这正如用灯塔在海上充当航标一样，敖包就是蒙古民族在茫茫草原上建成的"灯塔"，它是蒙古草原上的一种重要的公共基础设施。

后来，随着萨满教信仰的兴起，敖包渐渐演变成神物，成为山神、路神等的象征，人们每年农历五月十三日祭祀敖包，祈求丰收和家人幸福平安。即使在寻常的旅途中，人们路经敖包都要下马膜拜，并随手捡一些石块添上。清人祁韵士诗云："告虔祝庇雪和风，石畔施舍庙祀同。塞远天空望无际，行人膜拜过残丛。"

祭敖包的时间，为什么选择在农历五月十三日呢？这是因为，蒙古族历来崇尚数字"13"，认为这个数字既是成功的起点，又是万事大吉的象征。"10"是一个整数，有整合之意，"3"是一个全数，即代表着天、地、人的统一体，象征着完美无缺的苍天之力。同时，每年农历五月，绿草遍野，燕子北归，气候不冷不热，正是聚会的好时节。农历五月十三日这一天，牧民从四面八方云集于敖包下，用松柏、红柳、五彩花卉将敖包装饰起来，在敖包前摆设奶食品、"阿木苏"、糕点等供品，正面桌上摆放全羊。祭奠仪式由深孚众望的长者主持，主持人亲自向敖包焚香、敬酒、献哈达、唱祭歌，并请喇嘛念太平经。此时，漫山遍野前来祭祀的人们跪伏于地，三拜九叩，默祷"山神保佑风调雨顺，五畜兴旺，无灾无病，万事吉利"。 祭奠仪式完毕，主持人将供品分送大家享用。接着进行赛马、摔跤、射箭、唱歌等多种具有民族特色的文体娱乐活动，并开怀畅饮，尽兴狂欢。其间，老年人要取出圣水给畜群洒注；青年男女往往借此溜出，登山游玩，相互追逐，谈情说爱，约定终身。《敖包相会》中所唱的，就是青年男女在敖包前约会的情景。

蒙古草原上无数的敖包是如何建起来的呢？我们通常会这样想：这大概像修长城、挖大运河一样，是蒙古族统治者征集劳役建起来的。其实不然，所有的敖包都是千百年来，蒙古族人自发建成的。蒙古民族有一种民间信仰：如果你看到了石头(在草原上石头是很稀少的)，就是看到了你的"福气"，如果你拿着石头绕着别的石头走一圈，然后把它与别的石头放在一起，你就是在积福，是在为自己增添福气。人人都希望自己的福气越多越好，所以当一个人看到一块石头时就会捡起来，等看到别的石头时就把它们放在一起。这种信仰代代相传，草原上的石头堆(即敖包)就越来越多，每个敖包也越垒越高。就在一代又一代人为各自积福的过程中，一个服务于所有人的导航系统在广袤的蒙古草原上建成了。

作者感言：我们向大家介绍什么是敖包、敖包的功用、蒙古族人祭祀敖包的习俗和敖包的建造过程，是想借此聊聊"民俗"这个话题。

什么是民俗？民俗就是一个民族或一个社会群体在长期生产、生活实践中逐渐形成并世代相传的相对稳定的文化现象，它体现在人们生产、生活的方方面面，具体表现为风尚、习俗、习惯等。民俗是生活文化，是群体共同创造并共同遵循的生存方式，它深深植根于人的心理并通过人的言行表现出来；它靠耳濡目染、言传身教的途径在人际与代际之间承传；它是一个族群或一个地域的人区别于他族群、他地域人的重要标志之一。

民俗具有民族性，每个民族都具有自己的一套习俗；民俗具有地域性，不同的地区有不同的习俗；民俗具有承传性，代代相传，相沿成习；民俗具有丰富性，它种类繁多，内容丰富，体现在人们生产、生活的方方面面。

民俗让这个世界变得丰富多彩：不同部族、不同地区有不同的节日、不同的饮食习惯、不同的着装、不同的禁忌，等等，我们可以列出上百种不同。正是这异彩纷呈的种种不同，展示了生活世界的美好。

民俗具有多种功能和作用，我们仅以"敖包建造"和"祭祀敖包"为例，说说民俗最突出的两点作用：

作用一：民俗具有强大的推动力。敖包的建造就是民俗推动的硕果。从发生学角度思考，第一个向人们说出"见到石头就是遇到福气，把石头聚集起来就是积福"的人，是敖包建造的创始人，他的这一说法具有里程碑意义。这是因为，这一说法迎合了人求幸福、求吉利心理，调动了人们将草原上稀少的石头聚集成堆的积极性，使敖包的建造成为可能；同时，人们在践行这一说法过程中，不断强化了这一说法，并相沿成习，逐渐衍化成民间信仰。而一旦成为民间信仰，就具有了强大的社会推动力，使世世代代的蒙古族人信奉它、尊崇它、践行它，于是，一座座具有"灯塔"作用的敖包，就在这一民俗的推动下，在广袤的大草原上矗立起来。如此浩大的工程却轻而易举地实现了。

作用二：民俗具有强大的凝聚力。祭祀敖包的习俗增强了蒙古族人民的凝聚力。敖包演变成神物，祭祀敖包成了草原人对现实生活赞美和对未来幸福祈盼的独特表达方式。祭祀敖包是一种盛会，是一种节日狂欢，牧民们云集于敖包前，焚香敬酒，祈求平安吉祥、五畜兴旺，它起到了抚慰灵魂、沟通情感、凝聚人心、肯定现实、开拓未来的积极作用。

由此看来，不管哪个民族国家或地区，历史承传下来的民俗，诸如传统节日、传统习俗和祭祀活动等，都是宝贵的文化财富，都应当精心呵护和发扬光大，这是因为，对历史记忆的强化往往是现实发展的巨大力量。

顺便说一句，当代社会，人的生存空间和交际领域不断扩大，工作和生活在异国他乡或去世界各地旅游观光已成生活常态，因此，到了一个新的部族或地区，及时了解和遵循其民俗，你会很快被接纳，否则，会带来麻烦，严重的甚至会丧命。这不是耸人听闻，有事实为证：20世纪50年代初，西藏刚和平解放时，第一批进藏的一个解放军战士，因不知道藏民禁忌吃鱼，从河里抓了一条鱼吃，结果被当地的藏民杀死。由此看来，每到一个新地方，问俗、尊俗很重要。

茶杯在上，茶壶在下

据传，清末至民国年间，浙江湖州法华寺有一个叫释园法师的住持，是一位精通书画的高僧。

有一天，一个十分失望的年轻人千里迢迢来到法华寺，对释园法师说："我一心一意想学绘画，但至今没有找到一个能令我满意的老师，听说您是丹青高手，请收我为徒行吗？"

释园笑笑问："你走南闯北，难道就没遇上能教你的老师吗？"

年轻人长叹一声说："许多人都是徒有虚名啊，我见过他们的画作，有的画技甚至还不如我呢！"

释园听了，淡淡一笑说："老僧只略懂丹青，但颇爱收集一些名家精品，既然施主的画技不比那些名家逊色，就烦请施主为老僧留下一幅墨宝，好吗？"说着，便吩咐一个小和尚拿了笔墨砚和一沓宣纸。

释园说："老僧最大的嗜好，就是爱饮茶品茗，尤其喜爱那些造型流畅的古朴茶具。施主可否为老僧画一个茶杯和一个茶壶？"

年轻人听了，说："这还不容易？"于是调了一砚浓墨，铺开宣纸，不一会儿，就画出一个倾斜的茶壶和一个造型典雅的茶杯。那水壶的壶嘴正徐徐吐出一脉茶水，向茶杯中注去。

年轻人问法师："这幅画您满意吗？"

释园看了看这幅画，觉得这个年轻人有些功底，但由于缺乏名师指点，拙败之处甚多，于是想点化他一下。说："你画得确实不错，只是茶壶和茶杯的位置放得不对，应该是茶杯在上，茶壶在下呀。"

年轻人听了，笑道："大师您开什么玩笑，哪有茶壶往杯中注水时，茶杯在茶壶上边的时候？"

释园听了，又微微一笑说："原来你懂得这个道理啊！你渴望自己的杯子里能注入那些丹青高手的香茗，但你总把自己的杯子举得比茶壶还高，香茗怎么能注进去呢？"

年轻人恍然大悟，跪请大师指教。

释园向年轻人推荐了当时有名的几位画家，并致书介绍。年轻人拜谢而去。

后来，这位年轻人虚心向名师学习，也成了著名的画家。

作者感言：释园法师用茶壶和茶杯的位置高低，形象地告诫年轻人不要高傲，人一旦高傲了，就无法吸纳别人的智慧和经验。把自己定在高位，自然就把别人的位置降低，你站在高处俯瞰别人，就很难看到别人的长处和优点，也就无法学到别人的长处和优点，这和茶杯高于茶壶、壶中的茶水就无法注进茶杯是一个道理。

我们说这则小故事，就是想借此聊聊"高傲"这个话题。

高傲是一种自以为是、自以为了不起的不良心态和行为表现，是一种过高评价自己和过低评价别人的心理机制。高傲的人，会习惯地对不符合自己思路和胃口的事物，进行不假思索地否定；会习惯地看不起他人，并以自己苛刻的标准判定他人，只要不合心意，必受他的歧视或蔑视。故事里的年轻人走南闯北找不到老师，原因就在于此。

高傲是人事业成功和生活幸福的大敌，原因如次：

原因一：高傲是一种自满。俗话说"器满则溢，器虚则容"，容器满了，再也装不进东西了；人自我满足了，也就不思进取了，也就不会再学习新知识、接受新经验、开拓新境界了，因此也不会进步了。

原因二：高傲是一种自我闭锁。高傲者高高在上，经常雄踞轻视人、拒绝人的上位态势，听不到也不愿意听别人的意见建议，从而把自己封闭起来。

原因三：高傲者是孤独的。在人际交往中，彼此尊重、平等相待是第一要义，谁也不愿意和自以为是，根本不尊重别人、看不起别人的高傲者交往，更不愿意和他共事和做朋友。

时时提防高傲这个"魔鬼"闯进我们的心灵吧，它会妨碍我们走好人生路。

"南瓜的承受力"与"无鳔的鲨鱼"

"南瓜的承受力"是一个真实的科学实验。在美国麻省工学院,生物学专家们做了这样一个实验:他们用多个铁圈将一个小南瓜整个箍住,以观察当南瓜逐渐长大时,对铁圈产生的压力有多大。最初,专家们估计,南瓜最大能够承受大约五百磅压力。

在实验的第一个月,南瓜承受了五百磅压力;实验的第二个月,南瓜承受了一行五百磅压力;当南瓜承受到两千磅压力时,研究人员不得不对铁圈加固,否则,南瓜将把铁圈撑开。最终,当整个南瓜承受了超过五千磅的压力后,瓜皮才产生破裂。

专家们切开这个南瓜,发现它已经无法食用,因为它体内充满了坚韧牢固的层层纤维,可想而知,这些坚韧牢固的层层纤维是南瓜试图突破包围它的铁圈而生成的。为了吸收充足的养分,以便突破限制它成长的铁圈,它的根部大面积地向不同方向伸展,最后,这棵南瓜的根须几乎独自控制了整个花园的土壤与资源。它的所有根须连接起来,长达八万英尺。

"无鳔的鲨鱼"是一则寓言。故事说,上帝在创世纪的时候,第五天,发现水中没有生物,说:"水中要有各种水生物。"于是就造出了各种鱼在水中畅游。上帝所造的鱼种类多样,大小各异。为了让它们具有生存本领,上帝把它们的身体做成流线型,而且十分光滑,这样游动起来可以大大减少水的阻力。上帝使每种鱼都拥有短而有力的鳍,使鱼在大海中自由自在地游动。等上帝把这些鱼放到大海中的时候,忽然想起一个问题:鱼的身体比重大于水,这样,鱼一旦停下来,它就会向海底沉下去,沉到一定深度,就会被水的压力压死。于是,上帝赶紧召回这些鱼,又给它们一个法宝,那就是鱼鳔。鱼鳔是一个可以自己控制的气囊,鱼可以用增大或缩小气囊的办法,来调节沉浮。这样,鱼在海里就轻松多了，有了气囊，它不但可以随意沉浮，还可以停在某地休息。鱼鳔对鱼来讲，实在是太有用了。

出乎上帝意料的是，鲨鱼没有应诏前来安装鱼鳔。鲨鱼是个调皮的家伙，它一入海，便消失得无影无踪，根本没有接到上帝的指令，上帝费了好大的劲儿也没有找到它。上帝想，这也许是天意吧。既然找不到鲨鱼，那么只好由它去吧。

这对鲨鱼来说实在是太不公平了，它会由于缺少鳔而很快沦为海洋中的弱者，最后被淘汰。为此，上帝感到很悲伤。

亿万年之后，有一天，上帝无事可做，忽然想到他放到海中的那些鱼，他想看看鱼儿们现在到底怎么样了？他尤其想知道，没有鱼鳔的鲨鱼是否还存在。当上帝将海里的鱼家族都找来的时候，他已经分不清哪些是当初的大鱼小鱼，白鱼黑鱼了。因为，经过亿万年的变化，所有的鱼都变了模样，连当初的影子都找不到了。面对千姿百态，大大小小的鱼，上帝问："谁是当初的鲨鱼？"这时，一群威猛强壮，神气飞扬的鱼游上前来，它们就是海中的霸王——鲨鱼。

上帝十分惊讶，心想，这怎么可能呢？当初，只有鲨鱼没有鱼鳔，它要比别的鱼种承担更多的压力和风险，可现在看来，鲨鱼无疑是鱼类中的佼佼者。这到底是怎么回事呢？鲨鱼告诉上帝："因为我们没有鱼鳔，我们就一刻也不能停止游动，否则我们就会沉入海底，被海水压得粉身碎骨，所以，亿万年来，我们从未停止过游动，在游动中，我们的身体不断强健，英勇无比。"

作者感言：一个小小的南瓜，在成长过程中竟能承受超过五千磅的压力；为防止沉入海底被压得粉身碎骨而不得不永远游动的鲨鱼，在永远游动中竟历练进化成海中霸王。小南瓜为突破压力的顽强生长和鲨鱼为避免被压得粉身碎骨的永远游动，令人感佩不已。

我们说"被箍南瓜"和"无鳔鲨鱼"的抗争故事，是想说明，这是生物界一条具有普遍性的生存法则：在巨大的压力面前，为了生存，每个生命都会激发出最大潜能，动植物都是如此，压力就是潜力，压力就是动力。

而人更是如此。人是生命世界的精魂，是万物的灵长，人在压力面前所呈现出来的精彩，是亿万种生物无法企及的。高位截瘫的当代保尔张海迪，无臂口足书画家刘京生，无臂书法家"丽江三杰"和志刚，在无声世界里演绎精彩人生的美丽女孩儿姜馨田，以及世界上成千上万残疾人在生命之旅中表现出来的惊人毅力和做出的卓越成就，就是最好的佐证。纵观人类历史，从远古到现在，人类始终在压力中前行，人类就是在不断克服种种生存压力的过程中，创造了现代文明。

就个体生命而言，压力是生命的伴生物。人要想活下去就得做事，做事必然有困难，困难就造成压力，所以，人人都有压力，这是无可逃避的宿命。所不同的是，由于每个人的生活境况、追求目标等的不同，压力的程度也就不同。一般说来，生活、事业有高追求的人，压力就大；生活处于困境并急需改变或事业刚刚起步的时候，压力就大；人到老年，含饴弄孙的时候，压力就小；不思进取，得过且过的人，压力就小。

人都希望轻轻松松，谁都不愿面对压力。但稍作理性分析，人们便会发现，如果没有压力，人就会变得慵懒而无所事事，社会因此会倒退甚至瓦解，每个个体也就无法生存下去了。由此看来，人生须臾离不开压力。有了压力，人才能克服与生俱来的惰性，积极奋起；有了压力，人才能激发自身的潜能，创造出解除压力的办法。就这个意义上讲，压力不是人生的冤家，而是人生的密友；不是事业成功的绊脚石，而是事业成功的铺路石；不是生活幸福的克星，而是生活幸福的福音。

由此便产生了怎样对待压力的问题。当今社会，高度科技化和激烈的竞争，使当代人必须面对学习压力、就业压力、工作压力、家庭压力、经济压力和精神压力等多种生存压力的挑战。正视压力，正确对待压力，学会调适压力，变压力为动力，是当代人必须具备的生存能力。

实现压力向动力转化，关键在树立自立自强决心，增强自律自制能力，完善自尊自信品格和磨砺坚韧不拔意志。和那只小小的南瓜相比，人有无限的潜能，有什么压力不能克服呢？只要像小南瓜一样，不惮于拼命挣脱"铁圈"束缚，什么样的人间奇迹都可能创造出来。

微笑着迎接压力吧，成功都是逼出来的，风雨过后才能见彩虹。

"南柯梦""黄粱梦"与"庄生梦蝶"

这是中国广为流传的三个梦故事。

"南柯梦"的故事出自唐代李公佐的笔记小说《南柯太守传》，故事说，有一个叫淳于棼的人，平时喜欢喝酒。他家的院中有一棵根深叶茂的大槐树，盛夏之夜，月明星稀，晚风习习，树影婆娑，是一个纳凉的好地方。

淳于棼过生日那天，亲朋好友都来祝寿，他一时高兴，多喝了几杯酒。黄昏，亲友们都散了，淳于棼带着几分醉意在大槐树下歇凉，不知不觉睡着了，便开始做梦。梦中，淳于棼被两个使臣邀去，进入一个树洞。洞内晴天丽日，别有世界，号称大槐国。正赶上京城举行选拔官员考试，他也报名。考了三场，文章写得十分顺手。等到公布考试结果时，他名列第一名。紧接着皇帝进行面试。皇帝见淳于棼长得很帅，又很有才气，非常喜爱，就亲笔点为头名状元，并把公主嫁给他为妻。状元郎成了驸马爷，一时京城传为美谈。

婚后，夫妻感情十分美满。不久，淳于棼被皇帝派往南柯郡任太守。淳于棼勤政爱民，南柯郡民富郡安，当地百姓大为称赞。三十年过去了，淳于棼的政绩已是全国有名，他自己也有了五男二女七个孩子，生活非常得意。

有一年，擅萝国派兵侵犯大槐国，大槐国的将军们奉命迎敌，不料几次都被敌兵打得大败。败报传到京城，皇帝震惊，急忙召集文武官员商议对策。面对强敌，大臣们一个个吓得面如土色，你看我，我看你，都束手无策。

后来，有人向皇帝推荐淳于棼。皇帝立刻下令，调淳于棼统率全军迎敌。淳于棼接到命令，立即统兵出征。可出师不利，屡战屡败，紧接着公主又不幸病逝，从此失去了皇帝宠信，无奈辞职回乡。他坐车出了洞穴，见家乡山川依旧，想到一世功名顷刻瓦解，不觉喟然长叹一声，从梦中惊醒。他按梦境寻找大槐国，原来就是大槐树下的一个蚂蚁洞，一群蚂蚁正居住在那里。

"黄粱梦"的故事出自唐代传奇《枕中记》。故事说，唐开元年间，有一个叫卢生的人，郁郁不得志。开元七年，他骑着一匹黑马，穿着粗布短衫进京赶考，结果名落孙山，垂头丧气，闷闷不乐地骑马回乡。一天，途经邯郸，在客店里遇见了一位姓吕的老翁，两个人攀谈起来，卢生自叹时运不济，虽有建功立业之志并娴熟礼、乐、射、御、书、数六艺，但至今功名不就。说着说着，卢生便有些困意，打起了哈欠。吕翁见此，便拿出一个瓷做的小枕头说："我这里有一个小枕头，你枕着睡一觉吧。"当其时，店主正在淘黄米下锅，准备蒸一锅黄米饭。

　　这是一个两头有孔的小瓷枕，卢生侧着头枕上去，迷迷糊糊觉着那枕孔越来越大，明亮有光，便走了进去，原来另有洞天。走着走着，不觉回到了家乡。几个月后，他娶了清河望族崔氏的女子做妻子，这女子天生丽质，聪明贤惠，卢生的资产也日益丰厚。卢生非常高兴，于是衣服装束和车马，日渐鲜亮隆重。第二年进京赶考，金榜题名，中了进士，被朝廷派到渭南当县尉，不久迁升做监察御史。三年过后，出任地方长官，先后在陕西、汴州等地做州牧，任职期间，兴修水利、筑路架桥，造福当地百姓，后奉命到京城当京兆尹（京城的最高长官）。当时，神武皇帝（唐玄宗）正在用武力对付戎狄，扩大疆土，卢生又受命任河西节度使，率兵破敌。卢生出师大捷，击败戎虏，斩杀敌人万余，拓疆九百里，并建筑三座大城，把守要塞。边疆百姓安居乐业，刻碑记录他的功德。

　　因功劳卓著，不久受到封爵授勋，封赏的礼仪非常盛大，官职升为吏部侍郎，后迁升为户部尚书并兼任御史大夫，一时间名望清高而尊重，大家都安然服帖。再后来受到当时宰相的嫉妒，被流言中伤，贬为端州刺史，三年后平反回京，不久做了宰相，封为燕国公。他有五个儿子，个个都中了进士，做了高官，膝下有孙子十几个，真是儿孙满堂，享尽了荣华富贵。到八十岁时，生病久治不愈，终于死亡，断气时卢生一惊而醒，转身坐起，左右一看，一切如故，吕翁仍坐在身边，店主蒸得一锅黄米饭还没有熟。卢生定定神，方知是梦。吕翁笑笑说："人生辉煌，如此而已。"卢生惆怅良久，对吕翁说："困窘与通达、屈辱与恩宠、得到与丧失、死亡与生命的道理，我全懂了，谢谢先生教诲。"

　　"庄生梦蝶"的故事出自《庄子·齐物论》。庄子在《齐物论》这篇文章里写道："昔者庄周梦为蝴蝶，栩栩然蝴蝶也，自喻适志与，不知周也。俄然觉，则蘧蘧然周也。不知周之梦为蝴蝶与，蝴蝶之梦为周与？"意思说，有一天，他做了一个梦，梦见自己突然生出了两只翅膀，变成了一只翩然起舞的蝴蝶。这只蝴蝶在绿树花丛中快乐地飞来飞去，悠然自得，此时的庄子不知道自己是庄子了。不一会儿梦醒了，庄子发现自己僵卧在床上。他躺在床上想：是我庄周做梦变成蝴蝶了呢，还是蝴蝶做梦变成我庄周了呢？

作者感言：前两个故事都浓缩为成语，即"南柯一梦"和"黄粱美梦"，比喻虚幻的事情，只是一场空欢喜。

但其实，这两个故事蕴含着古人对人生的哲学沉思：得失如梦、荣辱如梦、穷达如梦，说到底就是人生如梦，到头来都是一场空。现邯郸市北二十公里处"黄粱梦亭"的对联如实说出了"黄粱梦"、"南柯梦"的真正用意：

睡至二三更时，凡功名都成幻境；

想到一百年后，无少长俱为古人。

古往今来，"人生如梦"的感慨随处可见，"对酒当歌，人生几何"的浩叹，"五花马，千金裘，呼儿将出换美酒"的洒脱，"一壶浊酒喜相逢，古今多少事，都付笑谈中"的畅达，"本来无一物，何处惹尘埃"的通透，以及"千古是非无处问，夕阳西下水东流"的无奈，无不与"人生如梦"的感慨有关，因此，面对"乱石穿空，惊涛拍岸"的古战场赤壁，苏轼放声吟出"人生如梦，一樽还酹江月"。

人为什么会产生"人生如梦"的想法呢？这是因为，"人的生命是短暂的而人却苦苦地追求永恒"和"人的欲望是无穷的而世界上能满足人欲望的资源却是十分有限的"这两组永远无法消解的矛盾，时时困扰着人类，让人常常生出人生虚无的感觉。人生如白驹过隙，转瞬即逝，短暂的人生很快就过去，死是任何人都无法回避的。人活着的时候，有无穷无尽的需要，生出无穷无尽的欲望，其中也包括活得越长久越好的渴望，人为欲望的实现苦苦追求，其中充满了肉体的劳苦和精神的折磨，也常常因欲望的无法实现而挣扎在无尽的焦虑、苦闷、烦躁、忧愁、甚至绝望的苦海之中，直到最后一刻来临时还不肯罢手。而人死了，一切都化为零，一生苦苦争来的金钱、权利、地位、功名、爱情，以及喜、怒、哀、乐、怨等一切一切，都归于寂灭，化为虚无。这是不争的事实。正因为如此，创造了辉煌业绩，威震当时欧亚非三大洲的罗马共和国军事统帅凯撒大帝，在遇刺身亡的最后时刻，嘱咐侍从："把我的尸体装进棺椁后，一定要让我的双手伸出棺外。"他想告诉世人，他什么也没有带走。

这样说来，人生真的有如一场梦，没有意义吗？其实不然，这要看怎么理解。

就个体生命而言，如果从生命的两极和完全利己自私的角度思考人生，人生没有意义。生死是人生的两极，人生的两极有一个十分奇特的现象：所有的人出生时都紧握两手来到这个世界，而死亡时都张开两手离开这个世界；所有人都在自己的哭声中（出生时的第一声啼哭）来到这个世界，而都在别人的哭声中（亲朋好友的哭声）离开这个世界。这个奇特的现象是否是一个谶纬？是否为人生的经历和结果做了这样的预示：生时紧握两手想什么都抓到，死时却张开两手什么也没有抓到，预示一生空忙；生时自哭而来，死时人哭而去，哭乃是痛苦的外在表现，预示人生从头到尾都得遭罪、痛苦。冷静想想，"百岁三万六千日，不在愁中即病中"，人生不如意者十之八九，人确实是痛苦地白忙活了一场，最终"落了片白茫茫大地真干净"。

但人生的事实是：在这个世界上，"拔一毛而利天下吾不为"的绝对自私自利的人是不存在的，这是因为，人是类存在物，离开了这个类，即人类社会这个共同体，单个的人根本无法生存，人一旦成为人类的一员，就无可避免地要为这个类做一些事情，生命于是便产生了价值和意义。让我们试做分析：个体的人必须也只有通过类共同体即社会来确证自己的存在，类共同体是个体生命赖以生存和发展的唯一空间，并从中获得作为人的本质，成其为人。个体在类共同体中，必然与其他个体、群体以至于所属民族国家，形成各种各样的生产、生活、人际交往等关系，也必然要从事生产、生活和人际交往等各种活动，人生的价值和意义也就在这些关系和活动中应运而生。农民通过耕作，生产粮食，解人饥饿体现了人的价值；工人通过制造各种各样的生产生活用具，满足社会生存和发展需要体现了人的价值；教师通过教人知识、承传文化、培养人才体现了人的价值；医生通过疗人疾病，解除患者的痛苦体现了人的价值；国家公务员通过从事管理工作，维护了社会的和谐有序，保证社会良性运行体现了人的价值；科学家、科技人员通过发现、发明和创造，不断改善人类生存环境，推进社会进步体现了人的价值……也就是在这个类共同体中，一个个个体生命通过各种各样的关系和活动，实现了自身的代际延续和推进了社会的文明进步，也正是在这种代际延续和社会进步中，人实现了从短暂向永恒、从有限向无限的生命超越。我们的身上仍活着已逝先人的基因和流淌着他们的血，我们无时不在享用着先人创造的文化成果，这就是人留下的生命痕迹，这就是短暂生命走向永恒的标志。有人会说，留下生命痕迹，走向永恒的是名人，对于千千万万普通百姓来说，根本没有留下什么，一千年以前的一个农民，他留下什么了呢？谁还能记得他呢？其实不然，那个农民通过自己的子孙后代，通过自己播种收获的粮食，养活了自己和更多的人，也留下了生命痕迹，实现了生命的超越，他与名人的不同，仅仅是在量和程度上有所区别。事实上，每一个个体生命都不同程度地留下了生命痕迹，都在一定意义上实现了永生，人类能够代代相传，成为地球的主宰，是全人类古往今来所有人共同努力的结果，如果把人类历史比作一条大河，那么，每一个生命都是一个水分子，是千万亿个水分子汇集成奔腾不息的河水，滔滔汩汩，从远古流到现在，从现在流向未来。由此可见，类共同体使个体生命获得了价值和意义，生命的价值和意义是在社会大背景下，在生命的过程中通过个体生命的生产生活而生成的，人生有价值，人生有意义，人可以超越有限走向永恒，人生不是梦幻和虚无，这也是不争的事实。

话又说回来，世上绝大多数人不可能也没有必要象上文表述那样去深入思考人生，他们都从现实生活中自觉不自觉地习得了生存的价值和意义，找准了自己的生命坐标。也正因为如此，世上绝大多数人都抱着积极的生活态度，努力劳作和满怀希望地生活着。但劳作和生活成败参半、喜忧参半，每每事业或生活受挫，甚至遭到沉重打击时，人就会产生"人生如梦"的感叹。这就是"人生如梦"得以生产的原因。

"人生如梦"的感慨可以引发两个结果：

结果一：引向虚无主义，让人悲观，感到生活无意义，没有生存动力，严重者会醉生梦死，甚至轻生。

结果二：使人达观，能缓解人的精神压力，这就要说到第三个梦"庄生梦蝶"。

庄周是否真的做了这个梦，不得而知，他只是想用这个故事提出自己的哲学观点：人不可能确切的区分真实与虚幻，是我庄周做梦变成蝴蝶了呢，还是蝴蝶做梦变成我庄周了呢？我无法确定。这是因为，万事万物虽然有差别，庄周就是庄周，蝴蝶就是蝴蝶，但万事万物又都是不断向对立面转化的，是相对的，庄周可以变成蝴蝶（梦里），蝴蝶也可以化为庄周（现实），所以，物我是交合变化的，是统一的、浑然一体的，是没有本质区别的，"齐物我、一生死"，万物齐一，生死合一，因此，人应当追求一种"天地与我并生，万物与我为一"的主观精神境界，从而实现人生的安时处顺，逍遥自得。

不难看出，"梦蝶"是基于"人生如梦"有感而发的，庄子深知人生如"朝菌不知晦朔，惠蛄不知春秋"一样短暂，而世事无常，人生充满依赖和束缚，用庄周自己的话说就是充满"有待"，充满痛苦，他对人生的真实性产生了怀疑，认定"人生似幻化，终当归虚无"，于是便有了"梦蝶"的自我迷失。但可贵的是，庄子没有走向悲观主义，他以悲剧情怀透视了人生，却以幽默情怀超脱了人生，他通过对世俗功利、权力、是非以及建功立业等传统理想的一概否定，努力追求精神世界的独立和满足，追求自由自在的主体精神，形成了一种达观的人生态度。

达观是一种心境，是一种精神气质，是把一切都看透了的放手状态，是"宠辱不惊，观庭前花开花落；去留无意，望天上云卷云舒"的人生境界。当然，说到底，这也是一种"改变不了现实就只能改变心态"的无奈选择，是不追求现实抗争而追求心灵超越的生命态势。不过，现实生活中，有许多事情是不能改变的，与其"知其不可"而强"为之"地去自找苦吃，自找没趣，甚至碰得头破血流，自找惨败，还不如选择退出，"吃不到葡萄就说葡萄酸"也无不可，因为这是一种心灵自慰，也是一种自我保护。特别是在利益计较和权力角逐过程中，持一种"得之不以为喜，失之不以为忧""尽人事，听天命"的达观心态，十分重要。

庄子是道家学派的代表人物，他继承和发展了老子的道家思想，后人把他与老子并列，称作"老庄"。庄子主张返璞归真，清静无为，他鄙视功名富贵，楚威王请他去做宰相他都断然拒绝，他曾做过漆园吏，生活十分清苦，但他"知天乐命""安时处顺"，追求精神自由和人格独立，一生活得逍遥、自在、悠游。妻死鼓盆而歌，去楚国途中枕骷髅而睡，无不反映出对苦乐与生死的彻悟。其文章汪洋恣肆，洒脱浪漫，意象雄浑飞越，想象奇特丰富，情致滋润旷达，给人以超凡脱俗与崇高美妙的感受。

人活得如庄周，值！

"南洋老太"与"一株玫瑰"

　　南洋是20世纪中叶以前广东、福建等地对新加坡、马来西亚等国的统称。当时广东、福建等地的许多人，南渡重洋到新加坡、马来西亚等国讨生存，故称"南洋"。"南洋老太"的故事说，南洋有位老太太，有两个儿子，一个靠卖雨鞋、雨伞为生，一个靠染布为生。两个儿子都十分勤奋，生意做得很好，日子也过得很宽裕，但老太太整天心神不宁，忧心忡忡。晴天，她担心大儿子的雨鞋、雨伞卖不出去；雨天，她又担心二儿子染好了的布不能及时晒干，无法出手。一天，来了一位老先生，对老太太说："老姐姐，你应该天天高兴呀，晴天，你小儿子染的布很快晒干，能及时出手赚到钱；雨天，你大儿子雨鞋、雨伞的生意很好做，也能赚到钱，你天天都有钱花，这不是很高兴的事吗？"老太太听了，觉得很有道理，从此便高兴起来。

　　"一株玫瑰"的故事说，公园里，有一株盛开的玫瑰。一天，公园里同时来了两个人，而且都带着自己的女儿。甲站在玫瑰前微笑，女儿问："爸爸，您为什么这么高兴？"甲说："姑娘，你看，这玫瑰开得多艳啊！"乙站在玫瑰前叹息，女儿问："爸爸，您为什么不高兴？"乙说："女儿，你看，怎么那么多刺呀！"

　　其实，甲和乙看到的是同一株玫瑰。

　　作者感言："横看成岭侧成峰，远近高低各不同"，同一现象或事物，立足点、视点不同，其审视的结果就大不相同。南洋老太最初的想法和乙首先看到玫瑰的刺儿，是一种着眼于坏事、缺陷、丑陋的消极思维取向，这种思维取向带来的往往是压抑、低沉、昏暗、沉重、忧郁、苦闷、不安、焦虑、恐惧等不良心理反应；而老先生的指点和甲首先看到花儿，则是一种着眼于好事、圆满、美好的积极思维取向，这种思维取向带来的往往是振奋、高兴、明亮、轻松、愉悦、快乐、安定、踏实、祥和等良好心理感应。

世界是不完美的，人间万象，美好的事物与丑陋的现象并存，花儿与刺儿并存，看到美好和花儿就高兴，看到丑陋和刺儿就闹心。我们在生活和工作中是立足于"看花儿"还是"看刺儿"，就不用我这个鲁钝的人多嘴了。

枯树上的鹊巢

　　一片荒无人烟的大漠中有一棵枯死的老树，老树的枝头有一个十分简陋的鹊巢，里边住着一只因经常挨饿而瘦骨嶙峋的喜鹊。这只喜鹊最初在这棵树上筑巢时，树还没有枯死，周围还有许多草木，一片绿色，还可以觅到许多食物。可是，随着雨水减少、风沙增多，老树慢慢枯死，周围的草木相继死去，绿色也渐渐消失，昆虫几近灭绝，日子过得越来越难，但喜鹊并没有想到离开。它舍不得它辛苦筑起的这个"家"，尽管这个"家"十分简陋，四处透风，到了秋冬，夜里常常会被冻醒，可毕竟还能遮遮风雨，挡挡烈日，总比流落他乡，一无所有强得多。它常常怀着这样的恐惧：一旦它没了这个家，它将怎么活下去呢？

　　灾难终于不期而至，一天拂晓，一场飓风横扫大漠，枯树被连根拔起，枝杈被飓风折断卷走，只剩下一个光秃秃的树干横卧在地上，鹊巢早不复存在。万幸的是，这只喜鹊半夜被饿醒，天还没亮，就不得不飞出去觅食，因此幸免于难。

　　这只失去家园的喜鹊哀鸣着，围着树干盘旋了好一阵子，最终恋恋不舍地离开，振起双翅，向陌生的远方飞去。

　　它飞呀飞，只用了一天的工夫，它就飞出了大漠，当夕阳西下的时候，它的眼前呈现出一片绿洲。绿洲上小河潺潺，绿树成荫，无边的森林里，有琳琅满目的昆虫和各种各样的草籽、果实。那些昆虫，有的趴在地上、草茎上或树叶上，有的还在空中飞舞；那些草籽、果实有的金黄，有的鲜红，五光十色。这简直是世界上最丰盛的大餐！它尽情地享受着美味佳肴。尤其令它振奋的，是森林中有黄雀、云雀、山鸡、杜鹃、百灵鸟、鹌鹑以及它叫不上名字的各种鸟儿，他们无拘无束地飞翔和歌唱，特别是那些喜鹊兄弟姐妹们，成群结队，叽叽喳喳，见它飞进森林，都聚过了欢迎它。

　　第二天，它开始在密林中的一棵大树上建筑新家。柔软的草叶、干细的树枝遍地都是，它从容地选择最好的材料垒巢，只两三天工夫，新巢就建好了。它躺在又大、又圆、又宽敞、又密实、又温暖的新巢里，心里美滋滋的。

忽然，它想到了无边大漠，想到了那棵枯树，想到了因没有材料修补而四处透风的老巢，也想到了那忍饥挨饿的日日夜夜……一股悔恨像乌云压上心头，让它有些窒息。

它蓦然觉得，它应该感谢那场令人诅咒的飓风。

作者感言：如果那棵枯树不被吹倒，鹊巢还在，这只喜鹊会离开大漠去寻找新的生活吗？答案只有一个：不会。原因有四：

原因一：这只喜鹊压根就没有想过离开，连想都没有想过，自然不会付诸行动，因为思想决定行为。

原因二：除了大漠，喜鹊并不知道还有另外的世界，在没有任何比较的前提下，它不会产生离开的想法，因为在它的视域和观念里，世界都是如此，飞到那里都是这样。

原因三：这里毕竟还有它辛苦筑起的巢，还有遮风挡雨的地方，一旦离开，它将无处栖身，所以，它怕失去这个家，并因此常怀恐惧。

原因四：它熟悉这里的一切，它跟这棵枯树和这片大漠有了感情，它还恋着这个地方，舍不得离开。

请不要嘲笑这只喜鹊的愚昧无知和保守，在人类生活中，这种现象无处不在。有的时候，我们只要稍稍改变一下生存环境或调整一下生存方式，我们的生活就会有很大改观，可我们连想都没有想过。倘若有人这样想并做了，我们又往往不屑甚至非议、嘲讽和横加阻拦。中国人安于现状的心态尤甚，只要能活下去，即使是只能勉强活下去，也不愿意离开故土和既定的生活方式。说一个极端的事情，记得20世纪90年代中期，甘肃省政府决定，由政府出资，将大漠边缘的几个缺水严重、几乎无法生存的村庄迁到内地去。政府为村民在内地盖好了房子，为他们划拨了耕种的土地，可许多村民就是不走，特别是一些老年人，说死也不愿离开那个生他养他的地方，弄得负责搬迁的工作人员哭笑不得。新居处与这个常年风沙和干旱的老村庄相比，简直就是天堂，可就是天堂，他们也不去，宁可死在地狱里。无奈，只好强迁，当他们被强行拉上汽车的时候，个个号啕大哭，如丧考妣。

这个小故事给我们三点启示：

启示一：人要有思变意识。人不能安于现状，特别是在贫弱的时候，万不可像喜鹊那样，不思改变。面对贫弱，人得有穷则思富、弱则思强的想法，有了这种想法，才能去行动，才有富强的可能。

启示二：人要有开放意识。人不能囿于成见，不能死守在一个小环境里，要敢于走出去，看看外边的世界。广阔的世界和丰富的社会生活，会让人在比较中看到自身生存环境的不足，从而会生成改变环境的想法。

启示三：坏事，有时也可以变成好事。"祸兮福之所倚"，有的时候，生活的重大变故，很可能正是改变命运、走向幸福的契机，当生命被推到生与死的关口时，往往会迸发出耀眼的火花。没了任何牵挂和顾虑的奋起一搏，也许就能打出一片更宽阔、更美好的天地。这大概就是这只喜鹊要感谢那场飓风的原因吧。

勃朗宁与巴莱特的传奇爱情

这是一个真实的爱情故事，让我们从头说起。1806年3月6日，一个女婴出生在英国一个富裕的贵族家庭，她从小好学并显示出超群的文学天才，她没有受过正式教育，凭自学精通古希腊文，她八岁开始写诗，十三岁发表了一部咏叹希腊马拉松战役的四卷史诗；她在英国南部乡间长大，有着幸福快乐的童年；她天性活泼，酷爱大自然，喜欢策马在绿野上驰骋。然而，不幸悄然降临，十五岁那年，她从马背上跌下来，摔伤了脊椎，从此瘫痪在床。

屋漏又逢连夜雨，破船偏遇打头风，不久母亲去世，接着，陪她在乡下养病的弟弟爱德华又溺水而死。她回到了伦敦的温波尔街，和家人住在一起。伦敦阴寒潮湿的气候让她的疾病越来越严重，夏天的时候，她坐在椅子里，难得让人抱着下一两次楼，见见天日；到了冬天，她蛰居在床上，像一头冬眠的睡鼠，一点儿也不能动弹。她绝望、羞愧、内疚、委顿、自闭，拒绝别人探访、很少说话，她只能靠写诗来支撑自己，如果没有诗，她大概早就不在人世了。她在诗里这样描写自己："我一环又一环计数着我周身沉沉的铁链。"她就这样承受着人生的苦难和辛酸，坚韧地活着，把悲哀和希望都写进了诗里，她相继出版了《被缚的普罗米修斯》和诗集《天使们》，并经常在伦敦的文学杂志上发表诗作。她就是英国女诗人伊丽莎白·巴莱特。

天意怜幽草，上帝也有怜悯之心，在瘫痪了二十多年后，丘比特的神矢悄无声息地射向这位瘦小孱弱的女诗人。

1844年，她的两卷本诗集出版，一个刚刚步入诗坛比她小六岁的罗伯特·勃朗宁读到她的诗后，产生了强烈共鸣，心灵受到极大震撼，汹涌的热情驱使罗伯特·勃朗宁提笔给巴莱特写了这样一封信："亲爱的巴莱特小姐，你那些诗篇真叫我喜爱极了……我已经说过，我爱极了你的诗篇——而我也同时爱着你！……"

读着勃朗宁的信，她心潮起伏，热泪盈眶。三十八年来，第一次有男人向她示爱。哪个女子不怀春？诗人对爱的渴望，要比常人强烈千万倍，但她是上帝的弃儿，二十三年来一直被黑暗囚禁着，疾病扼杀了她的爱，她不敢有一丝希望，她想，没有一个男人会娶一个瘫女人做妻子。况且，她已是一个三十八岁的"老女人"，青春不在。

她毕竟是一个庄重有教养的成熟女人，理性告诉她，他们的结合是不可能的，她安抚了澎湃的心情，写信婉言拒绝了他。她在信中说："请不要再说那些'不知轻重'的话，心灵的共鸣是值得珍惜的——对我来说，尤其值得珍惜……，有了它就足够了……"。

罗伯特·勃朗宁不是一时冲动，他与巴莱特表兄是密友，对巴莱特的情况了解得一清二楚，他是真的爱上了这个比他大六岁的瘫女人。接到女诗人的回信后，他立刻写信，为自己的"冒失"道歉。他的信不断地向女诗人涌来，带着年轻男人特有的热情和莽撞；她也一封接一封地给他回信，带着女诗人特有的兴奋和激动。他们谈文学和艺术，谈生命和爱情，他们也谈死亡……。他们有相似的情怀，他们有共同的想法，在短短的几个月里，他们互通了几百封信，天天都在写，他们的心已经无法分开。

1844年暮春时节，在罗伯特·勃朗宁软磨硬泡甚至用死来威胁的时候，巴莱特终于答应和他见面。巴莱特不是不想见面，见到勃朗宁是她生命的最高渴望，但她惧怕，她怕赤裸裸的相对，她怕他从她的生命中离开……

当勃朗宁捧着一束鲜花走进她的房间，她缩在沙发深处，因为情怯，瑟瑟发抖。柔弱、白净、娴雅而羞怯的情态，使勃朗宁感觉她象一个摇篮里的婴儿，一种强烈的呵护欲如潮水瞬间涌遍全身，勃朗宁俯下身，深情地吻了她白皙的小手……

三天后，勃朗宁向她求婚，她拒绝了。但勃朗宁的求婚是一颗火种，点燃了她早已死寂的爱欲之火，这火在胸中燃烧、升腾，给她的生命注入了新的活力和生机。她开始学着翻身、不断地捶打和活动双腿、忍住剧痛在床上爬或扶着床站立。她一次次摔倒，汗水无数次湿透了她的衣裳，有好几次因剧痛昏厥过去，她微笑着、抗争着、拼搏着，她不甘心命运的安排，她要从黑暗无底的深渊中爬出来……

时间悄悄地流淌着，她的身体也在苦练中日复一日地康复，终于，奇迹发生了！一年后的一天，她慢慢地扶着楼梯走下来，忽地一下，客厅里的人都惊呆了！她！伊丽莎白！会走了！伊丽莎白满意地看着大家，调皮地笑道："看你们这副样子！就仿佛我不是从楼梯上走下来，而是从窗户里走下来似的！"

勃朗宁哭了，他哭着跑上去，轻轻用双手扶住她，就像扶住一个瓷娃娃，生怕不小心摔碎。他明白为了他的爱，她付出了多少心血。

当勃朗宁向她第三次求婚的时候，她答应了，但遭到了她父亲的强烈反对。她没有顾忌这些，1846年9月12日，四十岁的伊丽莎白和三十四岁的勃朗宁悄悄地举行了婚礼。一周后，她带着忠心的女仆和爱犬，以及一年八个月的情书，随夫婿渡过英吉利海峡，畅游欧洲，最终定居在意大利佛罗伦萨。三年后，四十三岁的勃朗宁夫人生下了儿子贝尼尼。

勃朗宁夫妇在一起生活了十五年，十五年柔情蜜意，琴瑟和鸣，道不尽夫妻恩爱。1861年6月29日晚上，他们在院子里坐着聊天，她和他谈心说笑，用最温存的话表示她的爱情，后来她感到有些倦意，就偎依在勃朗宁的胸前睡去了。睡了几分钟，她的头忽然垂了下来。他以为她是一时的昏晕，但是她去了，勃朗宁夫人躺在她最爱的人的怀里离开了人间。

从最温存的幸福一下子跌进最惨痛的哀伤，用任何言辞都无法形容勃朗宁这个不到五十岁男人的痛楚。他独自带大了他们的孩子贝尼尼。在以后的二十多年里，有很多女人喜欢过他，他都拒绝了，他说："我可以娶你，但你得不到我的爱，因为我早在二十年前就已经把我全部的爱埋葬在佛罗伦萨了。"

勃朗宁夫人死后第三十七年，即1898年，两卷本一百多万字的《勃朗宁——巴莱特书信集》出版。这些书信出版后令世人震惊，每一位读者都深深被他们真挚细腻的情感所感动，该书被世人称为举世无双的纪实性"情书文学"。

作者感言：王子的吻使白雪公主死而复生，苏醒的白雪公主投进了王子的怀抱，于是，王子和白雪公主永远快乐地生活在一起，这是美丽的童话。而勃朗宁和巴莱特的爱情却是人间真实的故事，他们的故事，是英国文学史乃至整个世界文学史最美的爱情佳话。在我们艳羡他们真挚美好爱情的同时，更惊叹爱情的神奇魔力，是爱情给了巴莱特战胜病魔的力量、勇气、坚韧和执着，是爱情让一个瘫痪了二十三年的孱弱女子走下楼梯，走进了鲜花盛开的绿野，走进了阳光灿烂的生活里。爱情为什么会有这样神奇的力量呢？原因有三：

原因一：爱情是人类情感世界里最具爆发力和震撼力的能量。爱情一旦莅临，如裂岸的洪水，波涛汹涌；如喷发的火山，热烈升腾。特别是爱情的高潮期，两个男女灵与肉融为一体，激情澎湃，翻江倒海，爱得死去活来，爱得天昏地暗，爱得如痴如狂，爱得不顾一切，时间因此而凝固，万事万物因此而变得毫无价值甚至化为虚无，充塞天地间的，只有他们的爱！正是在这种爆发力和震撼力的推动下，人间才不断上演着凄美的爱情故事。

原因二：爱情是人类情感世界里最具稳定性和坚持力的能量。人类的情绪情感是变化不拘的，是最活跃的心理因素。早晨出门的时候心情挺好，刚出门偶遇某事，心情立刻郁闷甚至暴怒，可一顿饭工夫，又阴雨转晴，笑逐颜开。在喜、怒、哀、乐、怨、恨、爱等诸多情绪情感中，爱的情感相对比较恒久。而人类的爱是一个极为丰富的宝库，有长辈对晚辈的爱，有晚辈对长辈的爱，有同事朋友之间的爱，有对工作事业的爱，有对大自然的爱，有对某种信仰或观念的爱，林林总总，不可胜数。但在各种各样的爱中，男女之间的爱情相对来说是最具稳定性、最有坚持力的，特别是那些不曾被社会功利污染的纯洁爱情，天长地久，绵绵无期。古今中外盛传的如牛郎与织女、梁山伯与祝英台、焦仲卿与刘兰芝、司马相如与卓文君、李隆基与杨玉环、陆游与唐婉、许仙与白蛇、董永与七仙女、贾宝玉与林黛玉、柳梦梅与杜丽娘、鲁迅与许广平、张学良与赵一荻、帕里斯与海伦、罗密欧与朱丽叶等或神话、或文学典型、或真人实事的爱情故事，无不彰显了爱情的至死不渝和永恒。

原因三：爱情是人类永恒的话题。自人类诞生以来，一个男人和一个女人的故事永远讲不完。从远古到现在，从神话、童话到真实的生活，爱情以及性，是各类艺术永恒的题材，是人们劳作之余言说最多、久听不腻的内容。

威灵顿·波特的"古怪"遗嘱

19世纪40年代，威灵顿·波特出生在美国密歇根州的一个贫民家庭，年轻时曾当过铁匠、伐木工，后来经商。由于他勤奋并善于经营，经过多年打拼，他有了自己的伐木公司、铁矿公司和运输船队，并涉足政界，先后担任过密歇根州萨吉诺市市长和密歇根州的参议员，到了20世纪初叶，他已经成为美国的一个亿万富翁。

威灵顿共有六个子女和七个孙辈，随着自己的渐渐衰老，他感到自己管理这份庞大家业越来越力不从心，于是想从儿孙中物色一个接班人。但是，由于家庭富有，子孙们个个贪图享乐，胸无大志，没有一个能撑得起这份事业。威灵顿想，如果将这份家业留给他们，这些不争气的儿孙用不了多久，就会把这份家业折腾得精光。

于是，威灵顿将所有的资产变现，共计一亿一千万多美元。他将这笔巨款全部交给律师事务所保管，并立下了一份"古怪"的遗嘱，遗嘱规定："自己死后，给每个儿孙各留下一万美元，作为他们的生活费和创业基金，交给律师事务所的一亿一千万美元，全部存入银行，直到他在世时出生的最后一名孙子或孙女去世满二十一年后，他的后人才可以继承他的全部遗产。"

1919年3月2日，威灵顿因病辞世，当律师宣读了老人的遗嘱后，儿孙们全都傻了眼。为了生存，失去了依靠的儿孙们不得不改变以往慵懒和无所事事的行为，各自挑起了人生重担，艰苦奋斗，努力创业，并均有了很好的成就。一晃数十年过去了，威灵顿的曾孙辈们一个个出生了，他们长大成人，很快又有了后代。

1989年11月21日，威灵顿在世时最后出生的孙女玛丽翁·兰德西尔病逝。2010年11月21日，玛丽翁·兰德西尔病逝满二十一年，根据遗嘱，威灵顿的曾孙辈后代可以继承他的遗产。2010年12月，律师事务所将遗产继承事宜通知了拥有继承权的威灵顿曾孙辈的十五位子女，并告诉他们，原来的一亿一千万美元，经过九十多年，所产生的利息已经远远超过了本金，达到了五亿多美元。

令人想不到的是，威灵顿十五个曾孙辈子女，有九个是亿万富翁，其他六个虽然没有那么多财富，但有的是医生，有的是科学家，有的是律师，都有不错的成就和过着富裕的生活。2011年5月的一天，十五位继承人相聚，商量遗产分配问题。他们认为，祖爷爷如果当年分了这份遗产，这笔巨大财富说不定早就被挥霍掉了。从这个意义上说，祖爷爷留给他们的是一笔宝贵的精神财富，这笔财富让他们终身受益。所以，他们决定，将这五亿多美元以威灵顿的名义设立一个基金，专门用来帮助社会上自主创业的年轻人，让威灵顿的创业精神和他教育子女的思想世代传下去。

作者感言："给子女留下一笔丰厚的遗产，让他们衣食无忧"，这是天下父母的共同心愿，而威灵顿的这个心愿，表达的无疑很另类，他把遗产的继承权留给了相隔两代的曾孙辈，让他的儿孙们断了获得这笔财富的念想儿。看来似乎很无情，但这"无情"中蕴含了老人的良苦用心。

老人的选择是出于无奈，但非常睿智，他以逼迫的方式促成了儿孙们的改过自新和自立自强，从而使他的儿孙以及曾孙们继承了他的创业精神，个个有所作为。就这个意义上讲，他留给儿孙们的是一笔无法估量的精神遗产。

我们说威灵顿百年遗嘱的故事，是想借此聊聊与遗产有关的两个话题：

话题一：为人父母，都想给子女留下点儿什么，但留下什么最重要？威灵顿的做法告诉我们：给子女们留下创业精神最重要，留下生存能力最重要。不管留下多少金钱，哪怕是上亿元，想挥霍，很快就会挥霍掉。古今中外，许许多多富家的纨绔子弟，不修德行，不务正业，父辈去世后，没有几年，将家业败得精光，最终落得穷困潦倒，就是证明。而子女们德行好、有技艺、肯奋斗，即使父辈没留下一分钱，也不会妨碍他们很好地生活和创业发展，因为他们有生存能力，可以凭自己的双手和智慧挣到钱，甚至是大钱。这一点，清末名吏、世界级缉毒英雄林则徐想得最明白，也做得很好。当有人劝林则徐为子女积攒点儿财富的时候，林则徐微笑着说："子孙若如我，留钱做什么？贤而多财，则损其志。子孙不如我，留钱做什么？愚而多财，益增其过。"2007年，时任美国七十四任财政部部长的亨利·鲍尔森把自己家庭中百分之九十九的财富捐给了一个环保基金。当别人问他为什么不把这些财富留给自己的孩子时，他说："我非常爱我自己的孩子，正因为我非常爱他们，所以不能把钱留给他们。"鲍尔森的想法、做法与林则徐异曲同工。

怎样给子女留下生存能力？唯一的途径就是重视家教，致力于子女的德行培养和智性开发，使其能安身立命。《战国策》里说："父母之爱子，则为之计长远。"培养子女的"生存能力"，就是"计长远"，因此，古语有"授之以鱼不如授之以渔""留钱不如留贤""造财不如造才""留下千垛干柴，不如留下一把斧头"等说教，这都是告诉做父母的，教给子孙正正派派的做人道理和老老实实的谋生本领，是父辈最好的馈赠。宋代理学家朱熹留下《朱子家训》、北宋廉官包拯留下《诫廉家训》、明学者朱伯庐留下《朱子治家格言》、晚清重臣曾国藩留下《曾国藩家书》、著名翻译家傅雷留下《傅雷家书》，他们都教育自己的后代修身向善，成长成才，也都成就了他们子孙的美好德行和辉煌事业。先贤榜样在前，我们当努力效仿之。

话题二：为人子女，应该怎样对待父辈留下的遗产？一般说来，父辈留下一定数量甚至丰厚的财产，对子辈来说是一件好事，这是因为，它可以解除子辈衣食住行的生活之忧并能为子辈事业发展奠定物质基础，但事实并非尽如人愿。纵观生活现实，面对父辈留下的遗产，其子辈的表现主要有如下三种差异：

差异一：态度不同。有的子辈并不看重父辈的遗产，有没有遗产、遗产多少，对他们都不十分重要，他们觉得，人生靠自己，有遗产更好，没遗产也不妨碍自己奋斗发展，只要自己努力，照样可以挣到更多的金钱；而有的子辈则不同，他们很看重并十分依赖父辈的遗产，他们为父辈没有留下遗产甚至很少遗产而抱怨，他们觉得，他们只有靠父辈的遗产才能很好地生活和发展，否则没有出头之日。

差异二：分配结果不同。有的子辈个个通情达理，在分配父辈遗产时，重视血缘亲情，相互谦让，彼此关照，遗产得到合理、和谐分配，皆大欢喜，对这些子辈来说，父辈的遗产是福祉；而有的子辈则不同，他们个个注重私利，都想为自己多分一点儿，他们不顾兄弟姊妹亲情，反目成仇，甚至大打出手，造成血案，对这些子辈来说，父辈的遗产是祸患。

差异三：使用走向不同。有的子辈能够正确使用父辈留下的遗产，或用来改善生活、发展事业，或投入公益事业，造福他人和社会；而有的子辈则不同，他们拿到遗产后，无度挥霍，吃喝玩乐，甚至嫖娼吸毒、走私贩毒。

上述三种差异，在现实生活中都有大量个案，无须赘述。自然，我们肯定并倡导所有的子女都奉行每项差异中的前者。中国传统农业社会有句俗语说："好男不贪坟头土，好女不恋嫁妆衣。"是好男儿，是好女子，就无须过分看重父辈的遗产，创造人生辉煌的关键是靠自己的不懈奋斗。

耐心地等待你们开放

一个由家族小作坊一点点做大的公司，随着企业发展，面临着管理混乱、人浮于事等诸多问题，换了几任经理，都毫无起色，董事会一直很头疼。不久，公司聘来了一位总经理，据说此人曾是一家跨国公司的高管，很懂现代企业管理，关心公司命运的人都很高兴。这位总经理文质彬彬，温文尔雅，逢人便笑，非常随和，上任不到一个月，上上下下都混得很熟。特别是哪些往日不怎么干事而很能整事的人，主动和他接近，他也不反感，有的甚至交往频繁，打得火热。一两个月过去了，公司没有什么起色，也看不出这位总经理要做什么。人们的心渐渐凉了，认为这个总经理没什么能力，是个你好我好大家都好的"老好人"，就连一些董事，也开始抱怨，有的董事甚至建议召开董事会，罢免这位总经理。

半年过去了，就在大多数关心公司命运的员工绝望的时候，他要求召开董事会，通过他的改革方案。董事会上，他慷慨陈词，历数公司存在的种种问题，并一一提出了解决办法。他的方案触及了一些董事的利益，遭到了一些董事的反对。他一反常态，声色俱厉，痛斥只顾私利而损害公司整体利益的行为，据理力争，力排众议，使改革方案终于通过。

几天工夫，公司管理机构发生了重大变化，不干事而能整事的人、平庸无所作为的人、一门心思为个人捞好处的人，都被解除领导职务，有的甚至被开除。而那些有事业心、有品行、有能力的人，都得到了提拔和重用。动手之快，下手之恨，决断之准，令人侧目。

又是半年过去了，公司转亏为盈，步入了良性发展轨道，并成了上市的跨国公司。在年终的聚餐会上，酒过三巡，总经理对在座的各位管理人员说："各位同事、各位朋友，请原谅我初来时的不作为，我给大家讲个故事，大家就明白我的心思了。"

他说："我有一个朋友，买了一栋带大院的房子，他一搬进去，就将院子全面整顿，院子里的所有草木一律铲除，重新栽上了自己买的花草。一日，故主来访，十分惊讶地问：'哎呀，那株最名贵的牡丹哪去了？'原来，他竟将一株名贵的牡丹当成杂草一并除掉了。后来，他换了房子，新房也有一个大院，长满了杂草。他吸取了以前的教训，并不急着整理院落。冬天以为是杂树的植物，春天却开满了繁花；春天以为是野草的，夏天却花团锦簇；就连半年多没有一点儿姿色的几株小树，秋天竟缀满了红叶，甚是可人。直到暮秋时节，他全部认清了哪些是无用的植物并彻底铲除。"

总经理稍稍停顿了一下，举起酒杯说："我敬各位一杯，我们公司就是个大花园，各位就是这个花园里的名花珍树。名花珍树不可能一年四季时时开花结果，我只能耐心地等待你们开放。"

宴会上一片掌声。

作者感言：故事里的总经理，深谙企业管理，更是识人用人的高手。他不像有些官员和经理，一上任就急三火四地整顿治理，弄得单位鸡飞狗跳。他不急不躁，耐着性子在工作中观察了解，用了半年时间，找到了企业"用人不当，管理混乱"的症结。于是，他一反往日的温文尔雅，力排众议，果断出手，对公司的管理机构进行了彻底改革，实现了管理层的大换血，为企业振兴注入了生机。

尤其令人敬佩的，是他的识人用人之道。那句"耐心地等待你们开放"的形象比喻，道出了识人的一条道理：对人的认识是需要时间的。

我们说这则小故事，就是想借那句形象的比喻，说说认识人为什么需要时间。

人是世界上最复杂的高级动物，人只能通过他者的外在表现来认识和评价他者，他者有一个表现过程，认识者也有一个观察了解他者的过程，这个过程绝不是一两天或一两周内就能办得到的事情，它需要较长的一段时间，原因有三：

原因一：人的"言行不一"为识人增加了难度。就一般意义上说，尽管一个人的外在表现和他的内在思想是基本一致的，但在生命的具体流程中，内在思想与外在言行的不一致性，甚至完全相反，是人类社会常见的现象。金玉其外，败絮其中；言行不一，口是心非，甚至口蜜腹剑的人，到处都有。出于某种目的或需要，有意奉迎自己讨厌的人，甚至把自己的真实想法隐藏起来，与信仰不同、观念不同、情趣不同的人亲切交往，也并不少见。这就为我们识人增加了难度。

原因二：生命的动态性、变易性是通过时间来认证的。生命是一个变化的过程，一个人，在不同时期、不同环境下，由于外在环境影响和内在心理变化，其思想行为会呈现不同状态，过去很庸俗的人，由于环境的改变和自身的努力，可能会变得很高尚。魏晋时期的周处，年轻时是个地痞无赖，与当地的山中猛虎和水中蛟龙并称为"三害"，后悔过自新，成为将军。

原因三：生命的舒展需要时间。生命是一个逐步展开的过程，一个人人格和能力的生成、生长、发展、变化及其表现，是一个渐进的流程，它需要较长的时间，而人们对他的认识只能是同步的，甚至是滞后的，需要更长时间。

所以，在很短时间内，仅凭一两句话或一两件事，很难对一个人做出全面认识和科学评价。因此，要想识人，得需要耐住性子。就像故事里的那位总经理，用了半年时间，才基本看清了哪些是应该铲除的杂草，那些是应该培植的鲜花。

在识人方面，白居易《放言五首》中的第三首诗，说得也十分中肯。诗曰："赠君一法别狐疑，不用钻龟与祝蓍。试玉要烧三日满，辨材须待七年期。周公恐惧流言日，王莽谦恭未篡时。向使当初身便死，一生真伪复谁知。"意思说，关于辨别一个人忠奸好坏和事物的真伪，我送给你一个好办法，这个办法不需要用龟甲、蓍草来占卜，它是不是美玉，用火烧三天就知道了；它是不是有用的栋梁材，它成长到七年后就看出来了。想一想当年周公旦害怕流言的日子，想一想王莽未篡位之前的毕恭毕敬，如果他们两个人当初都死去了，周公的忠诚和王莽的野心有谁会知道呢？小诗告诉我们这样一个道理：对人、对事要想得到全面认识，是要经过时间考验的，是需要从其整个历史去衡量、去判断的，而不能只根据一时一事的现象下结论，否则就会把周公当成篡权者，把王莽当成谦恭的君子。

"贴在墙上的咖啡"与"待用快餐"

　　"贴在墙上的咖啡"的故事，是一位从美国归来的国人写的一篇小文章，2013年在网上热传了一阵。国人在文章中说，他在美国洛杉矶附近威尼斯海滩一家有名的咖啡厅与朋友喝咖啡时，看见这样一种现象：当他正在品着咖啡与朋友闲聊的时候，咖啡厅里又进来了一个人。这个人在他们旁边的一个桌子前坐下，并对服务生说："两杯咖啡，一杯贴墙上。"这种点咖啡的方式令国人感到新奇，于是注意观察。他看见，服务生只给那人端来一杯咖啡，但那人却付了两杯的钱。当那人走后，服务生就将一张写有"一杯咖啡"的小纸条贴在了对面的墙上。这时他发现，那面墙上已经整齐地贴了不少这样的小纸条。不一会儿，又进来了两个人，点了三杯咖啡，两杯放在桌子上，一杯贴墙上。他们喝了两杯，付了三杯的钱，然后离开了。

　　又过了几天，国人再次光顾这个咖啡厅，当他正在享受咖啡的时候，有一个衣着与这家咖啡店的档次和氛围都极不协调的人走了进来，一看就是个穷人。那穷人坐下后，看看那面墙说："墙上的一杯咖啡。"服务生听到呼唤，以惯有的姿态恭敬地给那位穷人端上了一杯咖啡。那穷人喝完咖啡没结账就走了，只见服务生从墙上揭下一张"一杯咖啡"的纸条，扔进了纸篓。

　　一询问才知道，这是当地一些常来喝咖啡的富人实施的一种善举。咖啡是一种美好饮品，但有些人因贫穷没有能力享受这种美好。为了让穷人也能享受到咖啡，那些常来喝咖啡的富人们，每次来喝咖啡的时候，都有意多卖上一杯，贴在墙上，让那些想喝咖啡的穷人来享用。

　　"待用快餐"的故事，是陕西省公安厅副厅长陈里发起的一项微公益活动。2013年4月12日晚11时，陕西省公安厅副厅长陈里，在新浪发了这样一条微博：他呼吁国内快餐店为贫困残疾人、老年人，提供一些"待餐盒饭"，这样既符合中国国情，也能给弱势群体一定尊严。他希望公益人士、爱心市民、大学生等都来献一份爱心，希望在一些正规的餐饮场所，如果跟前有贫困者的话，爱心人士可以顺手多买一份"待餐食品"，并由饭店经营者以适当形式交给贫困人员享用。

2013年4月13日，西安经营一家快餐店的台湾人高文麒首先响应，他一大早就在自己的快餐店门前打出了"本店免费提供待用快餐，请入店点餐"的告示牌，并亲自认购了五份套餐，提供给有需要的人。他成了实施"待用快餐"活动的第一人。此后三天，这家快餐店就有了五十多份"待用快餐"，其中有多份被需要的人取走。紧接着，陕西西安、宝鸡、富平，河南郑州、南阳、洛阳、鹤壁，江苏苏州、南京、扬州、徐州、滨海，浙江慈溪，甘肃兰州，青海省，贵州遵义，重庆，辽宁大连，哈尔滨，福建福州，广东珠海，云南昆明，湖北武汉，河北衡水、廊坊等全国六十多家爱心餐厅加入了这项微公益活动。

"待用快餐"像一缕春风，至今吹拂在辽阔的中国大地上。

作者感言： "贴在墙上的咖啡"和"待用快餐"这类微公益活动，起源于第二次世界大战后的意大利。二战后，在意大利南部城市那不勒斯市，一些咖啡馆首先推出"待用咖啡"，这些咖啡都是先前喝咖啡的人付完钱"寄存"在这里的，是专门供给因囊中羞涩的穷人享用的。喜爱喝咖啡又没有钱的穷人走进咖啡店，先问一下是否有"待用咖啡"，如果有，他就可以坐下来喝上一杯热热的咖啡。这项善举很快在欧洲和北美传开，相继传遍全世界，并花样翻新，如"待用矿泉水""待用雨伞""待用衣服"等。

给这类善举冠名为"微公益行为"，实在是再恰当不过了。说它是"微公益"，是因为这种善举对行善者来说是一个轻易可以做到的小善举，是一个简单的行为、一次不贵的付出，不会造成任何经济压力。它是在不会给行善者增加任何负担的情况下随手做出的公益，只要你有一份善心，即使不富裕也能做得到。

但我们千万不要小看了这种微公益，它绝不仅仅是给买不起咖啡的人提供一杯咖啡，给饥饿的人提供一碗饭，它是在传播同情、传播关爱、传播人与人之间的信任、传播人性的美好。它有助于促进人际和谐和营造"助人为乐"的良好社会风气。

最令人欣慰和值得提倡的是，这种不是当面"给予"的"待用"做法，维护了受助者的人格，让受助者有尊严地获得帮助，体现了对人的尊重。

在捐赠扶困过程中，捐赠者与受助者处于不同地位，前者是做善事，是义举，会受到社会赞许，在人前很风光，因此腰板儿也挺得直，底气也足，话也说得响亮，始终处于物质优势和精神强势状态；而受助者则相反，他是被怜悯、被同情的对象，是受人恩惠者，他需要看着人家的脸色行事，不得不躬身低首，笑脸逢迎，底气也不足，还得说一些千恩万谢努力报答之类的话，始终处于物质劣势和精神弱势状态。如果捐赠过程两者同时在场，后者就必然处于卑下尴尬境地，人格尊严受到贬损，他自身也会感到没面子，生出自卑感和屈辱感。人，无论贫富贵贱，都是有人格、有尊严的，这一点人人都是平等的。同时，谁也不愿意贬损甚至失去自己的人格和尊严，正因为如此，许多人宁可受穷，宁可在困境中苦苦挣扎，也不愿低三下四地接受捐助。我国历史上许多铮铮铁骨的先贤之所以不吃嗟来之食和不为五斗米折腰，都是出于对自己人格和尊严的看重。

由此我们想到了那些轰轰烈烈的捐赠仪式，想到了那些捐赠者的风光亮相，想到了那些强势者对弱势者人格的漠视，更想到了无数受助者的难堪尴尬和自尊的丧失。这样的仪式可以休矣！如果真心想帮助别人，无须大张旗鼓地张扬作秀，有无数种办法让受助者有尊严地获得帮助。

愿"贴在墙上的咖啡"和"待用快餐"之类维护受助者尊严的公益活动像勃勃生机的春草一样，更行更远还生。

卸除六百公斤推进燃料，火箭就能命中目标

20世纪60年代初期，中国的原子弹、氢弹和航天事业刚刚起步，在一次火箭发射试验中，火箭的射程不够，没有达到预期目标，专家们都在考虑，怎样再给火箭肚子里多添一些推进剂，可无奈的是，火箭的燃料贮箱有限，无法再往里添加。

正在大家绞尽脑汁也想不出一点儿办法的时候，一位高个子的年轻人提出了一个令人发笑的建议，他说：“火箭发射时推进剂温度高，密度就要变小，发动机的节流特性就要发生变化。我经过计算，要是从火箭体内卸除六百公斤燃料，这枚火箭就能增加射程，命中目标。”

在场的所有专家立即做出了否定，认为这简直是天方夜谭，本来火箭的射程就不够，再往外卸除燃料，火箭的推力就会更小，不仅达不到预期目标，肯定比现有的射程更短。有的人甚至讥笑说：“你太年轻，头脑太简单，这是异想天开。”

年轻人心里不服，他直接找到钱学森，向钱老汇报了他的想法。当时，钱学森并不熟悉这位年轻人。因为这位年轻人是清华毕业后又到苏联留学，刚刚来这里工作。钱老听完意见后，眼睛一亮，高兴地喊道：“马上把火箭的总设计师请来！”

钱老指着年轻人对总设计师说：“这个年轻人的意见对，就按他的办。”果然，火箭卸除一些燃料后射程变远了，连发三发，发发命中目标。

这位年轻人就是我国著名的火箭专家王永志，当时，他从苏联留学归来不久，是刚刚参加火箭研究的新人。

作者感言：常理，燃料越多，其能量就越大，推动力就越强，火箭的射程就

越远；反之，燃料越少，其能量就越小，推动力也就越弱，火箭的射程就越短。为了增加火箭的射程，科学家们想方设法往燃料贮箱中加燃料，就是这种顺向的思维方式。而王永志则采取减少燃料的方式，增加了火箭的射程，破解了火箭因射程不够不能命中目标的难题，这是一种反惯常逻辑的逆向思维方式。

我们说王永志这则小故事，是想借此和大家聊聊"逆向思维"这个话题。

逆向思维也叫求异思维，它是对司空见惯的似乎已成定论的事物或观点反过来思考的一种思维方式。"反其道而思之"，让思维朝着相反的方向发展，往往能够产生新思想，创造新形象，会收到意想不到的效果。有人落水，常规的思维模式是"救人离水"，而司马光面对紧急险情，运用了逆向思维，果断地用石头把缸砸破，"让水离人"，救了小伙伴的性命；一个时装店不小心将一高档呢裙烧了一个小洞，常规的思路是将其修补好，这样呢裙肯定得降价销售，可经理采取逆向思维方式，在小洞周边又挖了许多小洞，并稍加装饰，命名为"凤尾裙"，反而卖了高价，并创造了一种畅销品牌。据资料记载，抗战时期，有一个八路军小战士，运用逆向思维成功地闯过了敌人的关卡，把重要情报送到了目的地。事情是这样的：在十四年抗日战争时期，有一次，敌人把一个村庄包围了，不让村里的任何人出去，派了一个伪军在村子通向外界的唯一通道——一个小桥上把守。正巧村里有一个重要情报要报告给在村外的八路军领导人，在敌人看守如此严密的情况下，怎样才能把情报顺利送出去呢？村里的一个小八路，勇敢地担当起这个任务，这个小八路在黄昏时趁着夜色的掩护，悄悄地来到了小桥旁边的芦苇地，躲藏了起来，他认真地观察小桥上发生的一切，他注意到守关卡的敌人打起了瞌睡，凡是有村外的人来，他总是头也不抬就说："回去，回去，村里不让进！"如此几次，小八路心里有了主意，于是小八路钻出了芦苇地，悄悄接近并上了小桥，就在敌人抬头发话之前他突然转身向村里的方向走去，并且故意把脚步声弄得挺大，敌人听到后，还是头也不抬地说："回去，回去，村里不让进！"结果小八路顺利过了关卡，把情报安全送了出去，为部队打胜仗立了一大功。

在创造发明的路上，更需要逆向思维，逆向思维可以创造出许多意想不到的人间奇迹。洗衣机的脱水缸，它的转轴是软的，用手轻轻一推，脱水缸就东倒西歪。可是脱水缸在高速旋转时，却非常平稳，脱水效果很好。当初设计时，为了解决脱水缸的颤抖和由此产生的噪声问题，工程技术人员想了许多办法，先加粗转轴，无效，后加硬转轴，仍然无效。最后，他们采取逆向思维，弃粗就细，弃硬就软，用软轴代替了硬轴，成功地解决了颤抖和噪声两大问题。这是一个由逆向思维而诞生的创造发明的典型例子。

生活、工作和科学创造都离不开逆向思维，凡事都反过来想一想，大有好处。

说到王永志的建议被采用，以及他后来成长为中国载人航天工程总设计师，还离不开钱学森这位伯乐。是钱学森建议第二代战略导弹研制由年轻的第二代科学家来完成，并建议由王永志任总设计师。"世有伯乐，然后有千里马"，有了钱学森，然后才有了王永志。提携后辈，选择良才，钱老功不可没。

种花与竞选太子

商周时期，中国处于奴隶制时代，其政治体制是分封制，整个国家是由许多小邦国即诸侯国组成的，各邦国的国王均是世袭制。有一个邦国的国王年事已高，决定在自己十几个王子中选一个继承人，但各位王子都很出色，一时难以确定立谁为太子。一天，他把十几个儿子召集在一起，发给他们每人一个花盆和十粒花种，并告诉他们，只能用发给他们的花种，三个月后，谁能培育出最美丽的花，谁就被确定为太子。

王子们受命而去，个个都攒足了劲，都下决心培育出最美丽的花，争得太子之位。

转眼三个月过去了，到了献花的那天，除了第六王子端着一个空无一物的花盆外，其余的王子都向父王献上了一盆美丽的鲜花。

老国王走到六儿子面前，问道："孩子，你为什么端着空盆来见父王？"

老六跪拜答道："父王，我播下了您发给我的种子，但一棵苗也没有出。"

老国王拍拍六儿子的肩头，说："站起来吧，你被确定为太子。"接着，他对其他王子说："孩子们，其实，我发给你们的花种是煮熟的，它们根本不能发芽。管理一个国家，诚实守信是很最重要的。"

作者感言：老六的胜出在于诚信，而诚信恰恰是人格的至境，是人安身立命的根。我们说这则小故事，就是想借此聊聊"诚信"这个话题。

所谓诚信，就是忠实于事物的本来面目，说实话，守信用，不讲假话，不弄虚作假，不歪曲和篡改事实，不隐瞒自己的真实想法，光明磊落。没出苗就是没出苗，遵守规则，绝不为谋得太子之位更换种子，欺骗父王。

诚信是每个人安身立命的根本。孔子说："人而无信，不知其可也。"，意思说，人没有诚信，那怎么可以。人诚实守信，就能得到别人的帮助支持，有了帮助支持，事业才能有成绩；人诚实守信，才能得到别人的信任，有了信任，才能被任用甚至被重用，才会有施展才华的机会；人诚实守信，才能广交天下朋友，有了朋友，才能推动你成功。

诚信是社会任何组织获得成功的基本保证。不管是企业、事业单位、人民团体，抑或机关学校，都必须讲究诚信，否则，事业就做不好。是企业，不讲诚信，就没人愿意卖你原料，也没人愿意买你产品，只能走向倒闭；是商家，不讲诚信，就没人和你做交易。

诚信更是治理好国家的法宝。政府取信于人民，人民才能支持政府，政府的政令才能畅通无阻，国家才能大治。老国王正是出于这一考虑，才确立了六王子为太子。

诚实是全人类的普世道德，《圣经》里说："诚信比财富更有价值。" 西方谚语亦有"诚实是最好的政策"之说法。诚信更是中华民族的传统美德，有史以来，中华民族就是一个崇尚诚信的文明国家，从《易·乾》"修辞立其诚"，到现今的"以诚实守信为荣"，诚信的长河，波涛汹涌，不舍昼夜，孕育着华夏民族生生不息，繁荣昌盛。

在"以物的依赖性为基础"的当今社会，人被物役，物欲横流，见利忘义的"不诚"现象屡见不鲜。拯"诚信"于失落，弥"假伪"之邪风，是当今精神文明建设之要务，凡有志于中华民族之勃兴者，当共勉之。

修也知道你，你却不知修（羞）

北宋时期，有一个酸秀才，原本没什么才学，但自是天资聪颖，文如锦绣，诗如莲花，常炫耀乡里。一日，他决定去拜访当时的大文豪欧阳修，走到半路，见一老叟正在散步，便上前与之搭话。谈话中得知老叟也是一个读书人，秀才想表现一下自己的才华，提议和老叟对诗，老叟默允。

两个人正前方有一株枯死的老树，一根粗高的树干上分出两个干枯的树杈，没有一丝生气。秀才见了，随口吟道："路边一枯树，两个大丫杈。"

老叟随即对曰："春来苔是叶，冬至雪作花。"

秀才听了，觉得老叟有些才气，但心里很不服气。不觉来到河边，正好看见不远处一个人拿着棍子向河里驱赶一群鹅。秀才搔首想了一会儿，吟道："远看一群鹅，一棒打下河。"

老叟对道："白翼浮清水，红掌踏绿波。"

秀才见老叟确有些文化，于是想和老叟交个朋友。秀才说："你我都是诗人，不如我们交个朋友，一起去拜访大文豪欧阳修，你看如何？"

老叟答应了。那秀才于是便向老叟说起欧阳修，话里话外表示自己认识欧阳修，并多次与欧阳修讨论诗文，欧阳修对他非常欣赏。

两个人来到渡口边，踏上了摆渡的小船。秀才诗兴大发，拉着老叟的手吟道："诗人同登舟，去访欧阳修。"

老叟对曰："修已知道你，你却不知修（羞）。"

原来，这老叟就是欧阳修。

作者感言：这是一个流传甚广的文学故事，有多种版本。故事的真假无关紧要，但用意十分明确，即讽刺那些自以为是又脸皮很厚、不知羞耻的人。读读秀才吟出的那几句所谓的诗，就知道他肚子里到底有多少墨水，而就这么一个十分浅薄的书生，却自称为"诗人"，并炫耀自己曾与大文豪欧阳修共同讨论过诗文，以抬高自己的身价。他万万没有想到，牛皮吹大了，竟吹到欧阳修面前，丢尽了脸面。

我们说这个比较极端的文人小故事，是想借此聊聊"自以为是"这个话题。

"自以为是"就是总认为自己是对的，自己很了不起，高傲自大。"自以为是"严重的人，根本听不进别人的意见、建议，往往独断专行。

"自以为是"源于自我认知偏差，是自我认知过程中夸大了自己长处，过高评价了自己。故事里的酸秀才就是自认为自己很有才华，是个诗人。

"自以为是"的害处多多：有的人自以为是，看自己是一朵花，看别人是豆腐渣，趾高气扬，藐视别人，导致人际关系紧张；有的学生自以为是，骄傲自满，失去了勤奋动力，学业成绩江河日下；有的干部自以为是，固执己见，做了不少错误决策，给事业造成了损失；有的公司老总自以为是，一意孤行，导致企业倒闭；有的父母自以为是，不顾孩子的实际，逼着子女学这学那，使不少儿童失去了童年幸福；有的少女自以为是，在婚恋上过高估计自己的相貌、修养、学识、能力以及社会地位等，结果到四十岁还没有结婚，成了"剩女"；如此等等，生活中到处都可以看到因自以为是而造成的恶果。

我们尤其要提醒那些做大事、担当大任的人，要谨防自以为是，否则就容易酿成大的祸患。关羽因自以为是失掉荆州，败走麦城；马谡因自以为是失了街亭，导致整个战争的失败；美国五星上将麦克阿瑟在朝鲜战场上自以为是，认为战争会很快胜利，许诺让参战官兵回美国过当年的圣诞，结果战争打了三年，并以美国失败告终，他的许诺成为笑柄。这都是前人用鲜血留下的教训，担大任者应当记取之。

在实际生活中，人们很容易犯"自以为是"的毛病。克服这个毛病，一要经常反思自己，坚持自查自省，特别要告诫自己，在自我评价时，一定要放低身价，提高标准，低调评判自己，多看过失，少看长处。二要虚心听取别人的意见、建议，特别那些批评性意见，一定要认真对待，有则改之，无则加勉。

急中生智故事两则

故事一：有一位画家，在一座高层建筑物顶壁，画一幅巨画。当他画完之后，站在高高的平台上，欣赏着自己的杰作。由于这幅画太大了，他不得不后退观赏。

当他不知不觉，一步一步地向后退时，仍目不转睛地欣赏着自己的画作，嘴角漾起了满意的笑容。但此时他已经退到了平台的边缘。只要再退一步，他就会从数十米高的楼顶掉下去。

也就在这时，画家见站在巨画旁的助手霍地冲向巨画，拿起笔在画上乱画。画家大怒，立即跑上前来阻止，他发现，助手面色苍白并用颤抖的手指着平台边缘，说不出半句话来。

画家这才恍然大悟，流着泪水，将助手抱进怀中。

故事二：《伊索寓言》中有一则故事说，一头驴在草原上吃草，一只狼借着草丛的掩护悄悄地向它逼近，等驴发现时，狼已经只有不到十步远了，驴想逃，已经来不及了。驴静了静，计上心来，一瘸一拐地向狼走去。

狼先是略吃一惊，它想，从未见过如此胆大的驴，见到我不是撒腿狂奔，反而走上前来送死，这一定有缘由，也许它有什么绝招来对付我，不可妄动。于是，狼便故作怜悯地问驴："驴先生，您的腿怎么瘸了？"

驴说："那是前天过篱笆的时候，扎进一个长而坚硬的荆棘，无法拔出来，这会儿都快化脓了。"驴又艰难地向前迈一步，接着说，"狼先生，您最好先帮我把脚上的刺拔下来，然后再吃我，免得吃的时候被刺卡住。"

狼一听，觉得很有道理，况且，驴就在眼前，它想跑也跑不了，于是便放心地凑近驴举起的那条腿，低头去查看驴的蹄子。

说时迟那时快，驴用尽生平最大的力气，奋力向后一踢，把狼的半口牙齿都踢掉了。同时，驴趁狼嚎叫捂嘴的时候，撒开四蹄逃之天天。

狼捂着流血的嘴巴喃喃自语道："咳，我本是屠夫，干吗要充当兽医呢？"

作者感言：第一个故事里，在画家精力高度集中、处于痴迷状态的时候，助手的呼喊警告或其他提示性动作，都十分可能使画家不自觉地继续后退，其后果不堪设想。在这千钧一发之际，助手立刻意识到，只有利用画家的兴奋中心，把他的注意力吸引过来，才能阻止这场灾难发生，于是他冲向巨画。第二个故事里，驴清楚，它奔跑的速度远不及狼，狼就在眼前，逃脱是没有希望的，唯一的办法就是在狼还没下口咬自己之前，稳住狼，寻机猛击狼一下，方可借机逃生。而自己唯一自卫的武器就是用蹄子踢，于是便想出了上边说的那个主意。

面临突如其来的危险或在某种紧急情况下，人往往呈现两种状态：

状态一：情急之下思维突然短路，大脑一片空白，不知所措，或坐以待毙，或盲目行动。如2009年上海某大学学生宿舍起火，四名女生情急之下慌忙从六楼阳台跳下，当场死亡。

状态二：临危不惧，处变不惊，保持冷静和头脑清醒，情急之中瞬间生出智慧，化险为夷。助手急中生智救了画家的命，驴临危生智救了自己的命，就是这一精神状态的表现。

其实，临急生智与临急无措一样，也是生活中常见的现象。司马光砸缸救玩伴，是历史上临急生智的典型案例。再说一个现实案例：一小学生跟父母要了二十元钱去买溜溜球，走到半路，被三个手持刀的小混混围住，让他把兜里的钱拿出来，小学生见十几步之外有一对携手散步的情侣，张口便喊道："爸爸、妈妈，他们要我的钱！"那几个小混混一看不妙，撒腿就跑得没影了。小学生也掉头跑回家，父母问他买的溜溜球呢，他说："还溜溜球呢？命都快没了！"

我们知道，人临急无措的根源在于不冷静、不镇定，而临急生智则恰好相反，其根源就在于冷静镇定。所以，每当遭遇应急情况时，保持冷静镇定是化"临急无措"为"临急生智"的关键。当其时，首要的做法是：立即提示自己："别慌！别怕！别急！一定要镇定！好好想想，一定会有办法的！"这种提示很重要，因为它是一种有意识的观念强化，能促使人很快调整情绪，情绪一旦冷静下来，就有生出智慧的可能。正如那驴子，"静了静"，办法来了。

将牙膏管的出口扩大一毫米

美国有一家生产牙膏的公司，产品优良，包装精美，深受广大消费者喜爱，最初几年，营业额蒸蒸日上，令董事部雀跃万分。企业经营十年后，便出现停滞，连续三年，营业额日趋下降。

董事部对三年来的业绩十分不满，便召开经理级高层会议，商讨对策。

会议中，一位年轻经理站起来，对总裁说："我手中有张纸条，纸条上有一条建议。若您要采用我的建议，必须奖励我十万美元。"

总裁听了很生气，说："我每个月都支付您薪水，另有分红和奖励。现在叫你开会讨论，你竟另外要求十万美元。太过分了吧？！"

"总裁先生，请别误会。若我的建议行不通，您可以将它丢弃，一美分也不必付。"年轻的经理解释说。

"好吧。"总裁答应了，接过那张纸条，打开一看，满面笑容，立即签了一张十万美元的支票给那位年轻的经理。

那张纸条上只写了一句话：将现有牙膏管的开口扩大一毫米。

几天后，总裁下令更换包装，采用了新的牙膏管。粗心的员工和成千上万的消费者并没有在意这一改变，因为新型牙膏管与旧牙膏管容量一样，造型也并不奇特。可这一年与前三年相比，公司的营业额猛增了百分之三十。

作者感言：这位年轻经理的智慧在于：他转换了增产增效的思路。在通常情况下，一提到增产增效，人们都从企业生产入手，思考的是工艺的更新、原料的节省、管理水平的增强、产品质量的提高、产品种类和数量的增加、营销渠道的拓宽等问题，而这位年轻经理则超越惯常思维，他从消费入手，思考的是让消费者在不知不觉中增加消费，消费量增大了，产品的需求量就会相应增大，于是，效益滚滚而来。试想，每天早晨，每个消费者多挤出一毫米牙膏，成千上万的消费者每天能多挤出多少牙膏？对每个消费者来说，一毫米牙膏实在是微不足道的，谁也不会在意，而它却给牙膏企业带来了巨大利润，也让这位年轻经理得到了十万美元的奖金。这就是智慧创造的财富。

这个小故事至少给我们两点启示：

启示一：事业成功离不开智慧。智慧是思想的火花，思想是思维的结果，如果我们把思维的出口扩大一毫米，让思想更开放一些，思路更开阔一些，我们就会迸发出更多的智慧火花，那些新想法、新创意、新知识、新事物就会不断向我们涌来，我们的事业会因此获得更大成功，我们的生活会因此得到更大改善。

启示二：小事不小，细节很重要。一支牙膏管的出口仅扩大了一毫米，实在是小之不能再小的小改变，让人觉察不到；每次多挤出一毫米牙膏，消费者也感觉不到损失。可集中起来，每天成万支甚至上百万支牙膏都多挤出一毫米，可就不是一个小数目了。由此我们想到了温州的纽扣市场，一个纽扣的利润不到一厘钱，可全国各地都到温州去买纽扣，成吨成吨地纽扣被批发到各地，经销商们每天都大把大把地赚钱。再比如我们每天做事，也都是一件小事接着一件小事地做着，天长日久，渐渐就成就了功业。再推而广之，我们勤于做每一件微小的善事，诸如公共汽车上主动给老弱病残让个坐、主动捡起地上的一张废纸、在乞讨人的盒子里投进一元钱、同事或邻里有难处援手帮助等，这些小善事做得久了，就渐渐变成了一个道德高尚的人。所以，小事、细节成就事业，成就人格，做好眼下每一件细小的事情，非常重要。

"将火车引向岔道"与"不将大胖子推上铁轨"

　　"将火车引向岔道"的故事说，一列火车在轨道上疾驰，当司机抬头瞭望时，突然发现前方的铁轨上有五个人在干活，他们根本没感觉到火车的到来，他按下警笛，警笛发生故障，没有响声；他又赶忙拉闸刹车，车闸失灵，火车仍然在飞奔。这时，他发现前边不远的铁轨处有一个分岔，完全有时间把火车开上岔道，于是他立刻给轨道切换控制室打了电话。坐在轨道切换控制器前的切换员接到报告后，从荧屏上发现岔道上也有一个工人在干活，这个工人也一点儿没感觉到火车的到来。怎么办？让火车停下来是办不到了，让火车直驶过去，还是让它驶上岔道？他必须在二者之间做出选择。时间容不得他多想，他无奈地按下了切换器的开关，然后痛苦地闭上了眼睛。五个人得救了，但一个人死在车轮下。

　　"不将大胖子推上铁轨"的故事说，火车失控向前疾驶，警笛不响，刹车失灵，前方没有岔道，火车飞驰着向在铁轨上干活的五个人撞去，而这五个人浑然不觉。此时，一个过路人正站在五个人与火车之间的铁道旁，他身边还站着一个陌生人，高大奇胖。这个过路人十分聪明，他立刻意识到，只要他把那个高大奇胖的人推倒在铁轨上，他硕大的身躯就能形成阻力，让火车停下，五个人就可以得救，但大胖子会命丧黄泉。推倒大胖子并不是什么难事，他只要稍用一点儿劲儿就能办到，但他没有这样做，眼睁着火车呼啸而过，五个人都倒在血泊中。

　　作者感言：请不要扼腕叹息，这不是生活真实。这是根据美国哈佛大学政治哲学教授迈克尔·桑德尔提出的"火车困境"这一道德难题而假设的两个故事。

　　第一个故事背后的道德依据是：做法是否正确，行为是否符合道德，取决我们选择这种行为的结果。牺牲一个人，可以拯救五个人，结果是合算的，是道德的。我们把这种选择称作道德的"结果主义"，即以行为结果为依据，来判断行为是否道德。

第二个故事背后的道德根据是：什么是正确行为，与其结果无关，只与行为本身或行为过程有关。我们不能为拯救多数人的生命而杀害少数人，过路人之所以不能对胖子下手，因为胖子是无辜的。我们把这种选择称作道德的"过程主义"，即以行为过程是否正义、正确为依据，来判断行为是否道德。

这两个故事的确含有道德难题，无论怎么选择，都包含不道德成分，依据结果主义，路人不把大胖子推倒在铁轨上，就不够道德，因为他完全可以通过牺牲少数人的生命而保全多数人的生命，但他没有这样做；依据过程主义，轨道切换员的做法就不够道德，他不应该为救多数人的性命而杀害少数人，因为少数人也是无辜的，不应受到迫害。那么，故事中两个人的做法是否具有正当性？是非到底如果判定？

我们的回答是：上述两个人的做法都是正当的，都具有正义性，都是道德的。理由是：两个人所处的境遇不同，因此必须采取不同的抉择。

第一个故事中的轨道切换员，是完全处于被动态，他不是杀人行为的直接主体，他没有权力决定杀谁不杀谁，他唯一能够选择的，就是救五人，还是救一人。在这种情况下，选择救多数人是理性和道德的，专家曾搞过同样的测试，被试的绝大多数人都做了与轨道切换员一样的选择，这足以说明，大多数人的道德判断是相同的。

第二个故事里的路人，是决定是否杀死大胖子的直接行为主体，大胖子的生死，就操持在他的手里。把大胖子推倒铁轨上，他就是直接杀害无辜，而杀害无辜是不道德的，甚至是违背法律的，为救五人而杀害一人，不能成为杀人行为的正当理由。

所以，到底以"结果主义"为依据，还是以"过程主义"为依据，要视具体情况而定。

社会生活具有复杂性和多变性，有时候我们就有可能面临道德选择的两难境地，当其时，我们的正确做法是：从实际出发，具体情况做具体分析，不能机械地恪守某一种准则。"实事求是，一切从实际出发，具体情况做具体分析"，是马克思主义活的的灵魂，也是我们做出正确道德选择的指导思想。

恩施大峡谷上的惊心动魄

2012年4月22下午，在湖北省恩施大峡谷的著名景点"一炷香"的两座峭立峻峰之间，拴着一根宽仅二点五厘米、厚零点三厘米的软绳，专业术语名为"扁带"。软绳下面，是一百六十多米深的幽谷，谷底布满了奇形怪状的山石。午后的斜阳，柔柔地照在峻峰上，把影子投向幽暗的谷底，令人不寒而栗。风轻轻地吹着，软绳在风中微微地晃动。再过一会儿，美国著名冒险家、全球冒险第一人迪恩·波特就要挑战极限，徒手无保护走过这根高悬在两峰之间的软绳。

观景台上，数十家电视台记者和上百名游客，关掉手机，屏住呼吸，静静而紧张地等待着这惊心动魄的一刻。

山峰顶上，穿着橙黄色服装的迪恩·波特拿出手机，给他的母亲和最好的朋友打了电话，告诉他们，他还活着，就要走了。然后，他关掉手机，打开音乐，迈上了软绳，此刻是：下午三时四十二分。

"啊！他开始走了！"观景台上，不知是谁轻轻地惊叫了一声，尽管声音非常小，绝不会惊扰迪恩·波特，但观景台上的人都听到了。立刻有人低声制止："嘘，莫出声！"现场寂静无声，一百多双眼睛紧张地盯着高空中那个小小的橙黄色身影，时间静止了，空气凝固了，人们清楚地看到迪恩·波特张着两手在软绳上晃动。走到大约二十米处，迪恩·波特的身体开始倾斜，一度出现单脚站立、身体不停摇晃的惊险场面，观众通过挂在迪恩·波特腰上的收音麦克，可以清晰地听到急促的喘息声。所有人的心都提到了嗓子眼，许多人紧紧地捂住嘴，生怕叫出声来。在离终点三米多远的时候，迪恩·波特表现出惊人的稳定，快步走向终点。就在他双脚踏上另一峰端的那刻，他张开双臂，发出了一声撼天动地的呼喊，随即便跪倒在地，抱着软绳的一端喜极而泣，收音麦克里不断传来他的啜泣声。两秒钟后，人们才从呆望中回过神来，掌声、欢呼声、尖叫声长时间响彻大峡谷。

迪恩·波特徒手无保护走过四十一米长的高空软绳，是一场惊艳世界的壮举，他刷新了此前由他创下的徒手无保护走过三十米高空软绳的世界纪录。过了几分钟，迪恩·波特的情绪稳定下来，他英雄般地顺着拉绳滑下，一群等在那里的土家族女孩儿冲上去，热情地拥抱了这位挑战极限的勇士。接着，恩施市政府相关负责人现场宣布，将迪恩·波特挑战的两座无名孤峰命名为"迪恩·波特双子峰"。

稍事休息之后，迪恩·波特开始了下一项极限运动——翼装滑翔飞行。迪恩·波特戴上头盔，穿上从美国空运过来、价值超过二十万美金的专业翼装飞行服，从绝壁上跃下。他像一只巨大的蝙蝠，垂直降下一段后滑翔飞行，准确无误到达选定地点，安全着陆。

作者感言：迪恩·波特1972年生于美国新罕布什尔州，是世界知名的攀岩家、登山家和极限跳伞家。他的冒险经历始于二十岁，在过去二十年里，他一直不懈地向人类的极限发起挑战，他在没有任何保护的情况下，徒手爬上过海拔两千多米的岩壁；在海拔七百多米的两峰之间走过钢丝，在世界许多地方留下了他勇于挑战的身影。

我们说迪恩·波特的故事，是想借此聊聊"冒险"这个话题。

当国人得知迪恩·波特要来中国走高空软绳时，有人在网上说："美国的那个疯子要来了。"说迪恩·波特是"疯子"，是指他是吃饱了撑的，冒得哪份险呢？这就涉及到怎样看待冒险问题。

我们说到冒险时，往往是指明明知道具有危及生命的危险而毅然去做某种活动或事情。人类的冒险行为多种多样，异彩纷呈，可以从不同视域做多重分析。从冒险的动机出发，冒险大体有三种类型：

类型一：为寻求刺激而冒险，这种冒险没有什么实际意义，如人与牛角斗、出游时有意站在高高的悬崖边上走动等。

类型二：挑战人类极限的冒险，如登山、潜水、走大漠、走高空软绳、高速赛车等，这种冒险意在尝试和探索人自身到底能有多大潜能，它对人生理能力和心理能力的开发利用具有积极意义。

类型三：为探索未知领域而从事的冒险活动。这种冒险统称为探险，即明知有危险而主动到从来没有人去过或很少有人去过的艰险地方去考察、探究自然界情况的活动。这类冒险具有十分重要的价值和意义，它是人类告别落后和愚昧，一步步走向文明和更高文明不可或缺的行为。

其实，生命本身就是一场冒险，历史就是人类生命的历险。人从茂密的森林走向原野，是冒险，这种冒险使人类从野蛮走向文明；许多部族从一块大陆迁徙到另一块大陆，是冒险，这种冒险成就了人类多姿多彩的文化；神农尝百草是冒险，神农的冒险使炎黄的先祖有了赖以生存的粮食蔬菜，并学会了种植五谷；李时珍尝百草也是冒险，李时珍的冒险为人类医治疾病提供了良药；第一个吃狼桃（西红柿）、第一个吃螃蟹的人是冒险，这冒险为人类提供了美味佳肴；郑和、麦哲伦、哥伦布远涉重洋是冒险，这种冒险为人类生存和发展拓宽了空间，并促进了世界文化交流和人类大融合；探险家余存顺独闯青藏高原"无人区"和九渡黄河、长沙人陈玮驾私人飞机环游全球、无数中国"驴友"徒步穿越"生命禁区"大漠罗布泊完成了余存顺未竟的事业、一批批登山运动员登上世界屋脊珠穆朗玛峰，这都是冒险，这些冒险证明了人自身有无限开发的潜能和征服自然的能力；世界多位宇航员乘坐飞行器探索太空、瑞士深海探险家雅克·皮卡尔与美国海军中尉沃尔什乘坐"蒂里雅斯特"深水探测器潜入一万零九百一十六米深的马里亚纳海沟底部，也是冒险，这种冒险让人类初知了地表以外的秘密，扩宽了人类视野。由此我们是否可以说，没有冒险和冒险精神，人类就没有今天的文明成果。

看来，人类离不开冒险和冒险精神，今天亦然。这是因为，个体成长和社会进步需要创新，因为没有创新就没有未来，而创新就是涉足未知领域，涉足未知领域就会充满风险，因此，敢于创新就是敢于冒险。广而言之，我们追求科技进步也是一种冒险，因为科学技术本身就是对未知领域的探索和推进，带有极大的风险性，我们每天都在冒着危险去推进社会进步。

我们以上从宏观角度来述说冒险和冒险精神的价值，是想告诉大家，冒险是人类永恒的一种精神，培养并具有冒险精神，对一个人乃至一个民族国家具有积极意义。

但是，我们并不提倡无谓的冒险，那些仅以寻求感性刺激为目的冒险活动，对人生和事业无补，一旦失手，不仅会遗恨终生，也会成为人们茶余饭后的笑料和谈资。人是感性、理性和悟性融为一体的精神性存在，其感性最为活跃，富于变化和充满激情，也最容易离谱，它常常需要追求"真"的理性和追求"善"的悟性的干预和匡正，否则，人就会变成疯子。放弃那些为了追求感性刺激的冒险想法和做法，尽可能少地去观看和欣赏仅以感官刺激为目的的冒险表演，尽可能少地去玩那些冒险游戏，对人的身心健康都是有益的。

"送她去舞蹈学校吧"和"从智障到天才指挥家"

　　"送她去舞蹈学校吧"，说的是英国舞蹈家吉莉安·莱尼的故事。当朋友问吉莉安·莱尼当初为什么学习舞蹈的时候，她讲了这样一段经历：

　　当年，她在学校的表现几乎令人绝望，她注意力不集中，总是坐立不安，即使强制她坐在课桌前，她也不停地摆弄各种东西和东张西望。学校告知她父母说："吉莉安·莱尼有多动症，需要马上治疗。"

　　妈妈带她去看专治多动症的医生。吉莉安被领到椅子上坐了下来，医生告诉她坐着不要动，她耐住性子坐了十几分钟。这段时间，医生向妈妈了解吉莉安上学时出现的问题和下学在家的情况。接着，医生走到吉莉安身边，对她说："吉莉安，你妈妈和我讲了你的所有事情，现在我要和她私下里谈谈，你要安静在这儿等着，好吗？"

　　医生临出门的时候，拧开了桌上的录音机，录音机里播放着轻音乐。等医生和母亲一离开房间，她就迫不及待地从椅子上站了起来，和着音乐移动着脚步，晃动着身体，她觉得无比畅快。

　　医生和母亲在外面观察了十几分钟，医生对她母亲说："莱尼夫人，吉莉安并没有生病，她是个舞蹈家。送她去舞蹈学校吧。"

　　妈妈接受了医生的建议，送她去了舞蹈学校。她对朋友说，她第一次去舞蹈学校的感觉太美妙了，她和妈妈走进房间，看见里面满是和她一样的人，他们都是坐不住的人，只有在身体行动时大脑才能思考。后来，她考上了皇家芭蕾舞学校，接着成了一名独舞演员并在皇家芭蕾舞团表现出众，她为无数观众带来了美的愉悦。她说，她永远感谢当年的那位医生，换了别人，或许会给她开几瓶药，教导她要平静下来。

　　"从智障到天才指挥家"，说的是中国智障音乐指挥家舟舟的故事。舟舟，原名胡一舟，1978年4月1日生于武汉市，这一天正是愚人节。父亲胡厚培是武汉交响乐团低音提琴手，给儿子取名胡一舟，希望这小生命像一条小船，平平安安地访问人世的港湾。然而一个月后，他被告知儿子是医学上被认为不可逆转的中、重先天性愚型患者，即我们通常说的"痴呆""傻子"。舟舟的父母非常痛苦，对先天智障的孩子十分失望，但他们没有放弃，而是怀着极大爱心，尽力开发孩子的潜能。他们开始教儿子数数，认字，还亲手制作卡片，买来智力玩具。但无论用什么方法教，舟舟都学不会。直到他成名之后，还不能从一数到十。

舟舟两岁的时候，父亲每天去交响乐团上班都带着他，他静静地坐在排练厅里看父亲和叔叔阿姨们排练。他熟悉排练厅里的一切，当排练的音乐响起时，他静静坐在一边，看着父亲，看着指挥，听着音乐，内心感到无比喜悦。

舟舟渐渐喜欢模仿乐队指挥的动作，他父亲也发现他有兴趣，非常高兴，也尽可能带他到排练厅，而且演出时也带上他，让他多接触音乐。时间一晃过去三年，长期的耳濡目染，舟舟竟可以模仿音乐指挥，指挥一场完整的演出。尽管如此，大家并没有注意到他，只当是一个弱智儿童在玩耍。

在一次排练休息时，有人逗舟舟说："舟舟，想不想当指挥？"舟舟响亮地回答："想！"，接着，他爬上指挥台，举起了指挥棒。乐手们觉得很好玩，大家都拿起乐器捧场。舟舟喜欢听《卡门》曲，就选了这首，他拿起指挥棒，郑重其事地敲了敲谱台："预备，开始！"，顿时音乐响起来。他指挥的动作和指挥家的动作一样，甚至指挥家用左手推眼镜架看谱的动作，他都惟妙惟肖地模仿出来。演奏完毕，他还认真地鞠了一躬，这是只有正式演出时才有的动作，惹得在场人大笑不止。舟舟的父亲也笑了，笑过之后，他忽然发现自己的智障儿子有音乐天分，从此就特别注意在这方面培养他。

人世间有许多必然的事情，往往通过偶然的机会表现出来。1997年，湖北省电视台纪录片编导张以庆，一次偶然的机会，发现了武汉交响乐大厅外的舟舟，并对他无师自通的指挥才能产生了好奇和关注。在长达十个月的跟踪采访拍摄后，他创作了一部长达六十分钟的电视纪录片《舟舟的世界》。

智障的舟舟在纪录片中表现得实实在在，真实地反映了他的成长过程和对音乐的热爱，同时，纪录片充满了浓厚的人性关怀，深切感人。当年，这部纪录片获得了国内纪录片最高学术奖中的唯一大奖，还有最佳导演奖，此后又接踵获得了一大串奖项。如今，这部纪录片已传播到欧洲、美洲及中国台湾和香港，舟舟也成了世界名人。

1999年1月22日，在北京保利剧场，舟舟和赫赫有名的中央芭蕾舞剧院交响乐团有了历史性第一次合作演出，他穿上了第一件燕尾服，临演出前，他突然问身边的工作人员："会有人给我献花吗？"大家全被逗笑了。第一首乐曲演奏结束，观众无比兴奋，掌声久久不停。舟舟向观众做出一个手势，表示让大家安静。当《拉德斯基进行曲》演奏完时，全场达到高潮，雷鸣般的掌声经久不息。

2000年5月19日晚，北京人民大会堂隆重举行"爱心大使之夜——中国特奥慈善晚会"，舟舟与美国加州州长、超级影星、健美运动员施瓦辛格手牵手走进会场。舟舟指挥中国歌剧院交响乐团义演，刘德华搂着舟舟深情地唱了一曲《你是我的一片希望》。

这个晚会也是"特殊奥林匹克运动中国世纪行"募捐的特殊晚会，舟舟的人生和他的表演让施瓦辛格十分感动，他当场捐款十五万美元，并把舟舟介绍到美国。不久，舟舟走进了美国卡内基音乐厅，走进了美国国家剧院，他的名字和人生走向世界，正鼓舞和激励着许许多多的人。

一个智障儿童，成长为天才的音乐指挥。

作者感言：1983年，美国哈佛大学教育研究院的心理学家霍华德·加德纳教授，通过多年对神童、对脑损伤病人、对有特殊技能而心智不全者、对正常儿童、对正常成人、对不同领域的专家以及各种不同文化中个体的潜心研究，出版了《智力结构》一书，首次提出了多元智能理论。他研究证明，人的智能结构是多元的，主要有语言智能、逻辑数学智能、空间智能、肢体运动智能、音乐智能、人际智能、内省智能、自然探索智能等多种类型，而且人与人的智能是有差别的。可我们的教育一直强调学生的语言和逻辑数学智能，忽视其他智能的开发和培养，有时甚至会把其他智能的突出表现视为病态。

加德纳在谈到肢体运动智能时，做了这样的表述：善于运用整个身体来表达想法和感觉，以及具有运用双手灵巧地生产或改造事物的能力。这类人很难长时间坐着不动，喜欢动手建造东西，喜欢户外活动，与人谈话时常用手势或其他肢体语言，他们学习时常用身体感觉来思考。他们能够较好地控制自己的身体，对事件能够做出恰当的身体反应，以及善于利用身体语言来表达自己的思想。运动员、舞蹈家、外科医生、手艺人都有这种智能优势。

在舞蹈家吉莉安·莱尼还是孩童的时候，加德纳的多元智能理论还没有问世。正如加德纳所言，吉莉安·莱尼的肢体运动智能优势被老师认为是患了"多动症"疾病。如果不是那位医生，吉莉安·莱尼恐怕一事无成，说不定还会被当成病人不断地被治疗。而舟舟由一个连十个数都数不到的痴呆儿童，成长为一名出色的音乐指挥家，更有力地证明了加德纳多元智能理论的科学性。舟舟其他方面的智能都很差，唯有音乐智能十分突出。

吉利安·莱尼和舟舟的成长经历给我们如下启示：

启示一：人的智能结构和天赋是不一样的，人要善于发现自己的智能优势，并依据这一优势，选择自己的事业方向。你的语言智能有优势，听说读写能力强，善于用语言描述事物和表达思想，就努力去追求记者、作家、演说家、编辑、播音员、节目主持人、导演、教师、律师等职业；你的逻辑数学智能有优势，长于逻辑思维，就努力去追求思想研究、哲学研究、科学研究等类型的职业；你的空间智能有优势，对色彩、线条、形状、形式、空间以及它们之间的关系敏感性很高，同时，感受、辨别、记忆、改变物体空间关系并借此表达思想情感的能力较强，就努力去追求画家、建筑师、雕塑家等职业；你的音乐智能有优势，能敏感地感知音调、旋律、节奏和音色等，就努力去追求作曲家、指挥家、歌唱家、乐师、音乐评论家等职业；你的人际智能有优势，有较强的组织能力、协调能力、分析和解决问题能力、交往和密切人际关系能力等，就努力去追求管理类职业，去做公务员、做高管、做公关业务员等。

启示二：为人父母或教师，在培养子女和教育学生的时候，要因人而异，因材施教。吉利安·莱尼能成为舞蹈家，与母亲送她去舞蹈学校，支持她学舞蹈有密切关系；而舟舟能成为天才的音乐指挥，更与父亲的悉心培养分不开。非常遗憾的是，现今的中国父母，出于子女成龙成凤的渴望，不从孩子的智能实际出发，孩子爱体育却逼着学钢琴，孩子爱文学确逼着参加数学补习班，孩子爱音乐却逼着学物理，把不少孩子弄得痛苦不堪。特别是现代教育，在培养和评价学生的时候，往往只以语言智能和逻辑数学智能为标准，扼杀了许多学生的天赋，妨碍了他们健康成长。

启示三：有利环境是智能优势充分开发的温床。舟舟能从一个中、重先天性愚型患者成长为天才的音乐指挥，于他从两岁开始就随着父亲天天到交响乐排练厅看叔叔阿姨们排练有直接关系。一首首名曲，成千上万遍地在耳畔回响；指挥家优美的动作，成千上万遍地吸引着他的眼球，这种长时间的刺激，唤醒了舟舟大脑中具有优势的音乐智能，使许多名曲和指挥家的每一个动作，都牢牢地打印在心中，融为自己的无意识，一旦需要，就会像清澈的小溪一样哗哗流淌。没有排练大厅的音乐环境和父亲天天带他去观看演出，舟舟的音乐智能优势根本无法开发出来，也许现在仍是一个不能自理的傻子。

"扁鹊三兄弟"与"两个郡守"

"扁鹊三兄弟"的故事出自《鹖冠子》，故事说，有一天，魏文王问扁鹊："听说你有兄弟三人，都精通医术，谁的医术最好呢？"

扁鹊回答："大哥的医术最好，二哥次之，我最差。"

魏文王不解，说："请说得详细一点儿。"

扁鹊说："大哥治病，是在病情发作之前，那时候病人自己还不觉得有病，但大哥就下药铲除了病根，这使大哥的医术难以被人认可，所以没有名气，只是在我们家中被推崇备至。我二哥治病，是在病初起之时，症状尚不十分明显，病人只觉得有点儿不舒服，二哥就能药到病除，使乡里人都认为二哥只是治小病很灵。我治病，都是在病情十分严重之时，病人痛苦万分，家属心急如焚。此时，他们看到我在经脉上穿刺，用针放血，或在患处敷以毒药以毒攻毒，或动大手术直指病灶，使重病人病情得到缓解或很快治愈，所以我名闻天下。"

魏文王听了，另有所悟。

"两个郡守"的故事说，一条大河两岸，分设东西两个郡，河东的郡比较小，只统辖四个县，郡守是七品官级；河西的郡比较大，统辖七个县，郡守是六品官级。两个人同时到任。河东郡守在任三年，没什么政绩，但人缘挺好，他与地方豪绅富贾打得火热，也常往京城里跑，与朝廷里的许多官员都是朋友。而河西郡守到任后，立即深入民间，踏查全郡，了解民情，并做出了"高筑河堤、修渠灌田"的决策。他向地主、富商摊派钱粮，向广大民众摊派劳役，向社会募集资金，辛辛苦苦干了三年，全郡沿河大堤高筑并修了许多灌渠。但也因此得罪了许多豪绅商贾，不少民众也因服劳役而心有不满。

朝廷考察政绩，河东郡守好话连连，朝野赞誉，而河西郡守则有不少弹劾奏折。皇帝大笔一挥，将河西郡守降为七品，调往河东任职，将河东郡守升为六品，调往河西任职。正是这一年夏天，数日暴雨，发生了几十年不遇的大洪水，河西大堤挡住了洪水，河渠疏导了洪水，百姓安居，良田无恙，粮食获得丰收，而河东则一片泽国，不少房屋被冲毁，人和牲畜也有死伤，粮食几近绝收，郡守到处筹粮救灾。朝廷降旨，西郡郡守抗洪有功，升为五品，调往京城任职，而东郡郡守，救灾不利，降为八品，派到一个偏远小县做县令。

作者感言：扁鹊大哥，善治未病，防疾病于未然，故不被世人所知；西郡郡守，筑堤修渠，防洪水于未然，因而遭贬降职。看来，防患于未然和未雨绸缪不仅很难有事功，还很可能带来祸患。

我们说这两则小故事，就是想借此聊聊"防患未然"这个话题。

古往今来，谁都知道防患于未然和未雨绸缪很重要，但奇怪的是，叫得很响却做得很差，而致力于此者又往往掉进扁鹊大哥和西郡郡守的困局。个中原因尽管很多，但最关键的有两点：

原因一：人们普遍对"防患未然"不重视。所谓"未然"，就是没有成为现实的事情，"防患未然"就是预防可能发生的祸患。人们关注的是当下，是摸得着、看得见并与自身利益密切相关的事情，至于还没有发生的，甚至可能根本不会发生的祸患，大多数人都不会放在心上。道理很简单，未然是未来的事情，未来的事情能不能发生，如果是祸患，能造成多大危害，谁也说不清楚，谁也不敢给出定论，把心思花在这上面，纯属浪费精力。一个哪也不痛不痒的健康人，绝不会天天想着将来可能得什么病，并想着现在就去预防，这样的人，也根本不会去找扁鹊大哥看病，因为他根本就没有病（未病）。扁鹊大哥遭到冷遇，是正常。倘若扁大哥的"诊所"门庭若市，健康的人们都去找他调理，去治疗"未病"，这个社会反倒不正常了。

原因二：防患未然需要支付无偿代价，人们普遍对此不情愿，甚至有抵触、对抗情绪。防患未然不是说说就了事的事情，它是有损现实利益的事情，而所付出的代价又是无偿的，见不到利益的，所以，谁都不情愿做。本来就没有病，扁大哥说你需要吃点儿保健药预防，只需五十元钱，绝大多数人肯定不买账，因为为未来可能得的病或可能不得的病花钱，是不值得的，再少也不愿意。可得了心梗，需要做心脏支架，花十万元也在所不惜，因为这是现实的保命需要，利益就摆在面前。筑大堤、修河渠，需要人力、物力、财力，这些都要分担在全郡每个人的头上，凭自愿，肯定做不成。强制地主老财和富商出钱出粮，他们有怨气，甚至抵抗，因为拿出去的钱粮没有回报；强制无钱的穷人出劳力，他们也不情愿，因为出劳力就会耽误自家的活计。西郡郡守遭人怨恨，有人告他的恶状，是预料之中的事情。当代人都知道环保很重要，可森林还在被砍伐，植被还在被破坏，禁止他，他就不高兴，因为断了他的财路；排放污水、污气的企业，三令五申它停产，它就是不停，因为停产就意味着没利润甚至赔本。

破解上述两个关键问题的出路有三：

出路一：培养人的未来意识，使之计长远。历史的车轮滚滚向前，人类的未来还十分漫长，只要我们生存的这个地球还存在，人类将一直生存下去，几亿年，几十亿年，甚至数百亿年，都是有可能的。就个体生命而言，人人也都有未来，孩童们的未来是长成大人，青壮年的未来是结婚生子建立美满家庭和事业发展，老年人的未来是子孙后代和薪火相传。子孙后代身上有前辈的基因和血管里流着父辈的血，这是过世老人活着的证明和他们生命的延续，为子孙计，就是为未来计。人有了未来意识，就会计长远，能计长远，就会生成和固化"防患未然"意识。

出路二：培养人的风险意识，使之心存忧患。人类世世代代积累了许多生存经验，也掌握了许多规避风险的途径和办法，如筑库蓄水以防干旱，筑堤修渠以防洪水等。在继承和发扬这些"防患未然"经验的同时，还要致力于人的风险意识培养，特别是当代和未来社会，随着科学技术的突飞猛进和社会生活的日新月异，人类生存将充满许多变数，风险随时可能发生。有了风险意识，就会心存忧患，心存忧患，就会生成和固化"防患未然"意识。

出路三：国家政府和社会要积极提倡、鼓励、支持和保护"防患未然"行为和实施者，不仅要确保"西郡郡守"的悲剧不再发生，还要给他加官晋爵，以便让更多人效法。

顺便说一句，人类社会的生存和发展，永远需要扁鹊大哥、二哥和扁鹊，三者都不可或缺。就个体生理而言，扁大哥的保健教育和善治"无病之病"的调理，对人健康和益寿延年十分重要；人都吃五谷杂粮，得病不可避免，有了小病，赶快去找扁二哥，千万别掉以轻心，犯了蔡桓公的错误；如果有了大病，就快去找扁老三，进大医院找高手治疗。就社会管理而言，人类社会治世和乱世并存。不管是治世还是乱世，提醒人类该走哪条路或不该走哪条路的如扁大哥的思想者，永远非常重要，柏拉图、孔子，永远是引导人类前行的灯塔；处于和平治世，随时消解社会矛盾、保证社会有序和谐发展的如扁二哥的治世能臣，是社会的脊梁，不可缺少；倘若适逢乱世，挽狂澜于既倒、撑大厦之将倾如扁老三的英雄更不可少，否则，人类将会在乱世中毁灭。这大概就是魏文王的"另有所悟"。

退休前造的最后一座房子

一位老木匠，在一个公司里兢兢业业干了一辈子，到了六十多岁，他打算退休。他去拜见老板说："我已经老了，我要回家与妻子儿女享受天伦之乐。"

老板舍不得他走，再三挽留，但老木匠决心已定，老板只好答应。不过，老板请求说："我想求你帮个忙，在你离开前，能否为我再造一座房子？"

老木匠欣然答应。在盖房过程中，老木匠格外用心。他想，这是我最后一次为老板工作，我一定要做得更好，给徒弟和同事们做个榜样，也为自己留个好名声。他精打细算，严格用料，每道工序都干得很认真，都追求最高水准。房子盖好了，在为老板节省不少木料的情况下，房子盖得又牢固又漂亮。他看着盖好的房子，满意的地笑了。

他去向老板辞行时，老板把这座房子的钥匙交到他手上。"这座房子是你的。"老板说，"我原本是想为朋友建造这座房子，但发现你干到最后仍做得这么认真，很令我感动。所以，我想把这座房子作为礼物送给你，以表示我对你做人做事的钦佩。"

作者感言： 毛泽东主席曾说过："一个人做点儿好事并不难，难得是一辈子做好事，不做坏事。"我们仿造毛主席这句话说："一个人，做好一天的工作，甚至做好一年、十年的工作并不能，难的是一辈子都做好自己的工作，哪怕是退休前最后一天的工作。"故事里的老木匠做到了，他一辈子一丝不苟地坚守自己的职业操守，直到造好自己退休前的最后一座房子。

做好最后一天的工作，或者说做好退休前最后一个阶段的工作，为什么很难呢？这是因为，人们开始工作的时候，往往很用心、很谨慎、很有热情，也很卖力，因为未来的路很长，做不好事情会影响自己的事业发展，对自己不利。但到了临近退休的最后阶段，一切都有了定数，工作的好与坏，都不会对自己产生太大影响，因此，思想很容易松懈下来。思想一旦松懈，工作就很难做好，甚至还可能把工作搞砸。

让我们给上边的小故事换一个结尾：在盖房子的过程中，大家看得出来，老木匠不那么用心了，用料也不那么严格，做出的活也没有了往日的水准。对此，老板也看在眼里，但没有说什么。房子盖好后，老板把房钥匙交到老木匠手上。"这座房子是你的。"老板说，"这是你退休时我送给你的礼物。"老木匠愣住了，同样，他的后悔和羞愧大家也看出来了，他一生盖了那么多好房子，而最后却给自己盖了一座粗制滥造的房子。也许，这个结尾最接近生活的真实。

退休前思想松懈、放弃对自己的严格要求，不仅会做不好工作，还可能导致很坏的后果。当今社会，不少勤奋、清廉一辈子的干部，在临近六十岁退休之际违法违纪，甚至被判刑，身陷囹圄，晚节不保，就是思想松懈、放弃要求的结果。媒体称此为"五十九岁现象"或"捞一把现象"。

也正因为人在工作的最后阶段思想容易松懈，所以，社会才不断提醒人们："编筐窝篓，全在收口""要站好最后一班岗""善始善终""千万不要虎头蛇尾"，等等。请记住并努力践行这些忠告，否则，也许最后会给自己"盖了一座粗制滥造的房子"。

让我们用老子的一句话结束本文，老子说："民之从事，常于几成而败之。慎终如始，则无败事。"意思说，人们做事情时，常常在将要成功的时候失败，如果像慎重地对待开始一样对待结束，就不会有失败的事情了。

骆驼王子

古时候，有一位王子非常不幸，生下来不久就驼了。举国名医都无法治愈王子的驼背，王子悲痛欲绝，国人私下里称他"骆驼王子"。

花开花落，寒去暑来，面对父王的无奈，臣民的鄙夷，王子渐渐从悲痛中清醒，他决心坚强起来，他坚信，总有一天，他能挺起胸膛做人，让父母以他为荣，因他而快乐。

王子七岁生日前夕，他恳求父王说："今年我可以主动向您要一份生日礼物吗？"

"完全可以，我的孩子，你要什么我都愿意满足你。"国王毫不犹豫地回答。

"父王，我想要一尊我自己的全身雕像，这尊雕像的样子要完全像我，只有两点需要改进：一是背要特别的挺直，二要比我高大英俊。"

国王答应了。铜质雕像很快完成了，它矗立在王宫的后花园中。这尊雕像一如王子要求：高大英俊，如亭亭玉树，迎风而立。从此，每天上学前和放学后，王子都来到雕像前，久久地注视。看着雕像那么挺拔，那么英姿勃发，他在心里默念着："这就是我，我的背很直，我长得高大英俊。"于是，他便努力地把背挺了又挺，即使剧痛也不停止，直到筋疲力尽。春夏秋冬，风霜雨雪，王子天天在雕像前注视、默念、挺背，一天也没有间断过。时光在注视、默念和挺背中悄然流逝，王子的背也在注视、默念和挺背中一点点伸直。

十年过去了，王子的背在不知不觉中挺了起来，他长得比雕像更伟岸，更富有活力。他的自信心和坚持力折服了王族和举国臣民。当他十七岁生日时，被确立为太子。

作者感言：王子的十七年，是尊卑荣辱与共、艰难困苦备尝的十七年，他靠矢志不渝的自信和锲而不舍的苦练，实现了从"骆驼王子"到"伟岸少年"华丽转身。

　　三千六百个日夜在雕像前的注视、默念和挺背，不仅仅是体能的锻炼和体型的改变，更重要的是对健美的渴求和心志的磨砺。"这就是我，我的背很直，我长得高大英俊"，是他梦绕魂牵的渴望，是他顶礼膜拜的偶像，是他心灵中美丽的女神和万能的上帝。这是苦练的硕果，这是"自信"的伟力，这也是"精神"创造的奇迹。现代生理学研究证明，人体各器官的性状和功能，具有用进废退的规律，积极的锻炼会促进性状的改变和功能的增强。新兴的灰学理论中有一个"迭代理论"，它证明：千万次重复同一坏的或好的因素，事物的整体就会趋向变坏或变好。由此看来，王子的成功也蕴含着科学依据。

　　不管怎么说，王子是我们的榜样，他的圆梦之旅告诉我们：谁的自信力最强，谁的信念、信仰最坚定美好，谁最有坚持力，谁的生命爆发力就可能最大，谁的生命之光就可能迸发的最绚丽。

"桥上两车对峙"与"后退原来是向前"

　　"桥上两车对峙"是一个很久以前的故事，那个时候世界上还没有火车、汽车这类现代玩意儿，最好的交通工具就是马车。在一条大河上，架着一座木桥，由于河面很宽，所以桥身很长，但桥面很窄，只能容一辆马车通过。有一天中午，桥的两端同时各有一辆马车驶上木桥，走到桥中间，两车相对，谁也过不去，唯一的出路就是必须有一辆车退回到桥下，让开道路。可两位驾车人谁都不想退，便争执起来。两个人越争越生气，越生气就越不让步，就这样一直耗到日头偏西，两个人谁也没有退回去的迹象。这时，桥上走来一位老者，见此情景，便上去劝说，可两个人谁也不服，都说对方应该退回去。老者是个热心人，便说："这样耗着总不是办法，你们抓阄来决定谁退回去吧。"两个人同意了。老者让两个人背过身去，他捡了一粒小石子攥在一个手心里，然后再让两个人转过身来，对他们说："我的两手中，有一只手里握着一粒小石子，选中没有石子的后退。"两个人各选了一个，结果有一方无奈地退到桥下，桥面畅通，老者微笑离去。

　　"后退原来是向前"是一首禅诗里的句子，它出自五代后梁高僧契此之手。契此，姓氏及生卒年不详，有的说他俗姓张，明州奉化人，自称契此，又号长汀子。他身体肥胖，大腹便便，语出不定，随处寝卧，常挎着一个布袋化缘，化缘来的东西都装在布袋里，没人见他从布袋里往外倒东西，可布袋始终是空的，人称布袋和尚。契此突出的特点是笑口常开，或捧腹大笑，或抿嘴微笑，笑始终挂在脸上，世传为弥勒佛。据说，一年春天，正值水稻插秧的大忙季节，许多人家都请帮工，布袋和尚也被请去帮忙。他乐乐呵呵，漫不经心，却插得又好又快。有四个小伙子不服，要和他进行一对一的比赛，他说："不用一对一，你们四个人插两亩，我一个人插两亩，看谁先插完。"四人说："我们年轻力壮，又是种地的好手，你一个游手好闲的和尚，还敢出此狂言，一对一你都没有胜算，快别吹牛了。"布袋和尚捧腹大笑说："试试看。"

比赛开始，四个小伙子咬紧牙关，腰也不直，一刻也不休息，拼命地干，快到中午的时候，四个小伙子才插了一半，抬头一看，布袋和尚坐在身后的田埂上，跷着二郎腿，手里正摆弄着他那双又破又臭的草鞋，他那二亩地，早已齐齐整整地插满了秧苗。但听他乐乐呵呵地唱道：

> 手把青秧插满田，
>
> 低头便见水中天。
>
> 六根清净方成稻（道），
>
> 后退原来是向前。
>
> 四个小伙子目瞪口呆。

这首小诗形象地描绘了农民插秧的劳动过程：种水稻首先要育苗，稻苗长到两三寸高的时候，拔下来，再栽到稻田里，栽稻苗的过程叫插秧。农民插秧的时候，手里握着满把的稻苗，低头弯腰，倒退着身子，一步步顺次把秧苗插到稻田里。弯腰低头，能看见倒映在水中的青天和自己；一步步后退，一直退到田边，整个稻田就插满了秧苗，原来，倒退其实是前进。

作者感言：两个谁也不肯后退的车夫，两败俱伤，在桥上空耗了一个下午的时间，耽误了各自的行程。在旁观者看来，这是一件根本不该发生的事情，即使当初上桥时谁也没有在意，等上了桥才发现对面有车，离桥头近的一方就应该自觉退到桥下，让开道路，这是常理。即使是都没发现对方同时从两端上桥，到了桥中间，两个人也应该和气商量，问题很容易解决。

可在现实生活中，这类明知较劲儿既不利人也不利己而仍然较劲儿的现象却屡见不鲜，有的竟因此导致重大祸患。我们经常能听到这样的事情：因为一件微不足道的小事，诸如因不小心相互碰撞了一下、交谈中偶尔说了句不得体的话、排队谁先谁后、取东西谁先拿谁后拿等芝麻大的小事情而发生矛盾，大打出手，甚至导致命案。为什么会导致这样的恶果呢？究其原因，就是当事人谁也不肯低一下头，谁也不肯退后一步。他们共同的心理是：我凭什么要低头、退步，低头、退步的应该是你；我要是低头、退步了，那就太窝囊、太没有骨气、太没有尊严、太没有面子了，所以，坚决不能低头、退步，我不能吃亏，我不能受欺负。说到底，这是一种自我中心的自私思想在作祟。当其时，如果有一方稍稍理性一点儿，问题就会迎刃而解，但人在情绪激愤的时候，很容易走进思维死胡同，导致理性缺位。这类事情，当事人事后往往后悔，但悔之晚矣。

以上说的，都是生活中一提示就明白的小事，在人生之旅中，有许多大事也与此同理，所以，自古以来，先人们就提醒说："忍一时风平浪静，退一步海阔天空""临事让人一步，自有余地；临财放宽一分，自有余味"。而契此和尚的"低头便见水中天"和"后退原来是向前"，则一语点破机关，让人醍醐灌顶。原来，低头退步也是人生向前的一种姿态，而且是必不可少的姿态。人活在世上，谁都低过头，退过步，区别仅在于低头退步的次数多少、程度深浅和正当与否。由此看来，适时恰当地低头退步，是一种理性、一种智慧和一种胸怀。

低头、退步首先是一种理性。它是低头、退步者经过利弊得失权衡之后做出的理性选择。"人在屋檐下，不得不低头"，低头尽管很无奈，但理性告诉低头者，没有今天的低头，就没有升堂入室的将来，以今天低头的小小示弱，来换取辉煌远大的将来，值得。面对一群恶少的羞辱，是低头俯身从一个屠夫的胯下钻过去甘受羞辱，还是逞一时之勇与之争斗最终被打伤甚至被打死？"留得青山在，不怕没柴烧"的理性让韩信选择了前者；山体滑坡阻断了前方的道路，理性告诉司机，必须调转车头退回去走别的路，后退实际上是"转进"。

低头退步也是一种智慧。它是低头退步者睿智的表现。越王勾践向吴王夫差低头退步，受尽屈辱，赢得了保存越国领地和休养生息的机会，最终打败了吴国，杀死了夫差，一雪国耻，这种低头退步是一种政治智慧；解放战争初期，为避开国民党军队的强势锋芒，中共中央撤出了延安，并采取了"让开大路，占领两厢"的策略，从而保存了实力，扩大了影响，为解放战争最终胜利打下了坚实基础，这种退步是一种军事智慧；散打比赛，聪明的拳师往往后退一步并总是后出手，以便发现对手的破绽，伺机进攻，这种退步是一种竞技智慧；握紧的拳头，缩回来再打出去才有爆发力，缩回来是为了积蓄力量。

低头退步更是一种胸怀。它表现了低头退步者宽厚、忍让、包容和大度。法国文学大师雨果说："世界上最宽阔的是海洋，比海洋更宽阔的是天空，比天空更宽阔的是人的胸怀。"在日常生活和工作中，我们经常会卷入利益计较和各种矛盾之中，在这个时候，我们能主动低下头、退一步，不仅会化解矛盾，增进和谐，也有助于自己养成"比天空更广阔"的品格。

不过，话又说回来，低头退步是有原则的，人在世上活着，该低头退步的时候不低头退步，是缺乏理性、不明智和没有胸怀的表现，但不该低头退步的时候，绝不能低头退步，低头退步了，则是一种怯懦、猥琐，甚至是卑劣。在坚持真理和捍卫正义的时候，人永远不能低下高贵的头和后退半步，面对教会的淫威，布鲁诺勇敢捍卫日心说，罗马鲜花广场的熊熊大火，永远燃烧在世人心里，激励人们前行；面对来势汹汹的侵略者，汪精卫跪倒在日本侵略者脚下，成了中华民族的千古罪人。

砸了魏征的墓碑和死后与马周为伴

魏征与马周都是唐太宗李世民的重臣，两个人都为唐贞观年间的繁荣做出了巨大贡献，但两个人死后，唐太宗对待二人的态度却截然不同。

魏征是历史上有名的直谏之臣，魏征的敢于直谏与唐太宗的善于纳谏，已成历史佳话。魏征临死时，唐太宗亲自去家里吊唁，并深有感慨地说："夫以铜为镜，可以正衣冠；以古为镜，可以知兴替；以人为镜，可以明得失。朕常保此三镜，以防己过。今魏徵殂逝，遂亡一镜矣！"但令人万万没有想到的是，没过几天，唐太宗竟亲自砸了魏征的墓碑，并下令取消了女儿衡山公主与魏征长子魏叔玉的婚约。生前如胶似漆，死时悲痛不已，并把魏征当作镜子，可没几天竟亲砸墓碑，还不顾皇家脸面公然毁了婚约，令人匪夷所思！

马周虽远不及魏征名声响亮，但也是贞观年间具有传奇色彩的人物。他原是武将常何的门客。贞观三年，唐太宗下令，不管文臣武将，当朝大臣都必须写一篇有关朝廷政令得失的文章，并提出具体建议。这可难坏了武夫出身的常何，马周得知此事，代为写了一篇，洋洋洒洒向朝廷提出了二十多条建议，且文辞极其优美。常何次日战战兢兢地将文章呈上，结果拔得头彩，深得太宗赏识。但太宗明白，常何绝写不出这样的文章，仔细盘问，常何如实禀告，是门客马周所写，并向太宗介绍了马周的详细情况。太宗一听常何府中有这样的奇才，便派人请马周觐见。

可没想到的是，派去的人灰溜溜地回来了，告诉太宗说，马周听说皇帝请他，他根本不出来，他们连马周的面都没见到。太宗一听，二话没说，又派人去请，结果还是没有请来。太宗又第三次派官员驾宫中最高贵的四彩马车去请，过了半个时辰，仍不见马周来，太宗便到宫门外去迎候，并第四次派四彩马车去催请，马周这才整装来到宫中。太宗见马周衣着简朴但气质非凡，与之谈起当时局势和为政之道，马周侃侃而谈，贯通古今，令太宗折服，叹相见恨晚。于是太宗安排马周到掌管机要的门下省任职，没到一年就晋升为监察御史，负责监察百官、巡视郡县、纠正刑狱、肃整朝仪等要务，后又擢拔为中书令（初唐相当于宰相）。而马周尽职尽责，在"节俭治国，力戒奢侈""百姓苦乐是国之兴衰之标准"，以及重视基层政权建设等方面，给李世民提了不少意见和建议，为贞观社会繁荣做出了贡献。

魏征死后六年，马周因积劳成疾，英年早逝，年仅四十八岁，唐太宗为马周举行了国葬，并下令将马周葬在自己的昭陵边，死后也要马周陪着自己，使马周极尽殊荣。

魏征和马周都是国家的重臣和功臣，两个人死后，太宗对他们的态度却截然相反，对魏征痛恨至极，亲自砸了他的墓碑；对马周关爱备至，死后也要与之为伴。

这是为什么呢？让我们看看两个人临终前所做的事情，就会明白其中的原委。

魏征临终前，把多年来给李世民提的意见和建议，认认真真地整理了一遍，写成厚厚的一大摞，郑重地交给史官褚遂良，嘱以入史，以备参考。褚遂良一看，好家伙，条理清晰，内容翔实，这哪里像一个要死的人做出的事情？如某年某月某日，魏征提了某条意见，皇上不愿意，魏征强制皇上采纳；又如某年某月某日，皇帝想放松放松，被魏征声色俱厉地批评一顿，皇帝终于醒悟，不敢再玩物丧志，等等，等等。试想，李世民看了这些材料，不生气才怪呢！

再看马周临死前，让家人把他多年来给皇帝的奏折都找出来，堆在一起，他拖着病体，颤颤巍巍地划了一根火柴，亲眼看着全部烧光。家人问他为什么这么做，他说："史上不少名臣，如春秋时代的管仲、晏婴等人，都让史官把自己辅政时数落君王过错的事记下了，有意显得自己伟大，想青史留名，这事我马周不能做。"试想，李世民得知此事后，焉能不深深感激马周？！

作者感言：了解了魏征与马周临死前的所作所为，我们就明白唐太宗为什么爱马周而恨魏征了。

作为辅臣，在位期间尽职尽责，无可非议，而临死前把批评君王的事情都记录下来，想传之于世，确有贬损别人而抬高自己想青史留名之嫌。活着的时候给你提意见，批评你的错误和揭露你的丑事，死了之后还要把你的错误和丑事公之于众，死活都不放过你，这事放在谁身上都会生气，所以，唐太宗的做法可以理解，魏征的墓碑被砸是咎由自取，活该！

人生在世，谁都有过犯浑的时候，谁都难免产生过错误想法和做过错事，不管是高官还是平民都是如此，当时当事，能及时指出来，避免错误，是件好事，也是情理之中。但时过境迁，仍牢牢记着别人的陈年过错并极力张扬，实际上是对别人人格的不尊重，这样做不仅与时事无补，反而会损害和谐的人际关系，是人际交往中的大忌。而如果借贬损别人来有意抬高自己，则更是大错而特错，魏征的做法当引以为戒。

唐太宗喜爱马周，我们为什么也赞赏马周呢？因为马周的做法不仅表现了做人的厚道和宽容，也体现了不贬人扬己和沽名钓誉的高风亮节。人一生的功过是非、损益得失，其有生之年的作为早已定性，史有定论，无须苛求。和马周这样的人一起共事，不用提防被算计，平添了几分安全感，何乐而不为？！

逐兽者乐而无罚，救火者苦而无赏

这是《韩非子·外储说上》里写的一段故事。故事说，春秋时代，鲁国人打猎的时候，为了把野兽逼出来，经常放火烧山泽。一次，正赶上刮北风，火借风势，越烧越旺，大火急剧向南蔓延，眼看就要烧到国都故城（今曲阜）了。鲁哀公非常着急，亲自前去督阵，组织人救火。但百姓根本不听哀公的号令，都跑去追逐野兽了。情急之下，鲁哀公向孔子请教。

孔子说："夫逐兽乐而无罚，救火者苦而无赏，此火之所以不救也。"意思说，趁火逐猎野兽的人，快乐有得而不受惩罚；前去救火的人，辛苦多险而没有奖赏。这就是大家都不去救火的原因。

哀公认为孔子说得很有道理，问现在应该怎么办。

孔子说："事情紧急，来不及行赏，再说，奖赏所有参与救火的人，国家一下子也拿不出那么多钱财，眼下，只能使用刑法。"

于是，哀公下令："凡是不去积极救火的人，比照降敌之罪处理；只去逐猎野兽的人，处以坐牢之罪。"

政令还没有遍及全国，大火已经被扑灭了。

作者感言： 借助大火来追杀野兽，可以轻松得手，既收获猎物又不受惩罚，何乐而不为；逆风扑救山火，辛苦劳累，充满风险，且没有一点儿奖赏，何必自讨苦吃。人都是趋利避害的，大家都不去救火而乐于逐猎野兽，正是这种心态的反映。

孔子将大家都不去救火的原因归咎为无赏无罚，无疑是切中要害；情急之下，孔子建议以惩罚为手段，无疑也是好办法，立即奏效。

我们说这则小故事，就是想借此聊聊"赏罚"这个话题。

小故事告诉我们，在社会治理中，不管是管理一个小部门还是管理一个大国家，必须有赏有罚。无赏无罚，干与不干一个样，干多干少一个样，干好干坏一个样，必然导致"左右无人，尽逐兽而火不救"的无人干局面。

古今中外大量有效管理的史实充分证明，赏罚是实现科学管理、达成管理目标的重要手段。所谓赏，就是权力、财富、地位、名誉、自由等利益的给予，它是一种激励机制，具有鼓励、引导、固化正义行为的积极作用；所谓罚，就是权力、财富、地位、名誉、自由等利益甚至生命的剥夺，它是一种约束机制，具有警示、诫勉、遏制邪恶行为的威慑作用。齐桓公任用射杀自己的仇人管仲为相、刘邦破格拜韩信为大将、齐威王赏即墨大夫和烹阿城大夫而整肃吏治、诸葛亮挥泪斩马谡等，都是中国历史上有效利用赏罚手段的经典案例。

作为一种管理手段，赏罚具有直接、简单、见效快等特点，因此，赏罚管理随处可见。有效利用赏罚，必须遵循以下原则：

原则一：赏罚要分明。赏有功，罚有过。诸葛亮说："赏以兴功，罚以禁奸"。《汉书》："赏及无功，无以劝善；罚及无罪，无以惩恶。"李世民说："赏当其劳，无功者自退；罚当其罪，为恶者咸惧。"总之，只有赏罚分明，赏才能起到激励作用，罚才能起到威慑作用。

原则二：赏罚要公平。赏罚要一视同仁，无论贵贱，无论亲疏。有功者，虽卑贱亦必赏，虽仇怨亦必赏；有罪者，虽权贵亦必罚，虽亲友亦必罚。

原则三：赏罚要及时。古人云："赏不逾时，罚不后事。过时而赏，与无赏同；后事而罚，与不罚同。"意思是说，赏罚不能错过时机，错过了时机，赏罚就起不到应有作用。

原则四：赏罚要重点突出。赏罚不能撒芝麻盐，不能平均分配，要赏，人人都有份；要罚，人人都挨板子。这样的赏罚起不到鼓励和惩戒作用。现实许多单位，在赏的方面基本是大锅饭，年终总结表彰，技术能手、道德楷模、巾帼标兵、先进工会、特殊贡献、精神文明等各种奖项林林总总，人人有份，皆大欢喜。奖赏的感召力荡然无存。

原则五：赏罚要言而有信。商鞅立木，说赏必赏；马谡立军令状，说杀必杀。说句笑话，打仗时，当官的喊："弟兄们，拿下那个山头每人赏20块大洋！"，如果真拿下那个山头，当官的就得说话算数，每人发20块大洋，否则，下次再没人卖命了。

总之，如果奖赏一个人而天下人都能深受鼓舞，那就一定去奖赏他；如果惩罚一个人而天下人都能引以为戒，那就一定去惩罚他。此乃赏罚之要诀也。

笑对死神的"灰学之王"

1987年12月，时任浙江省黄岩市市委书记的孙万鹏在一年一度的例行体检中，被发现患有肝癌，并且是晚期，医生告知最多能活一年。

请不要小看这位小小的县级市市委书记，他可是当年浙江政坛上的一颗新星。1983年，四十三岁的孙万鹏就任浙江省农业厅厅长，是当时全国最年轻的农业厅厅长、浙江省最年轻的正厅级干部，中组部已将其列为省部级后备干部。后备不久，农业部就想调任他做副部长，被浙江省回绝：这个干部我们自己要用，做主管农业的副省长！1985年9月，孙万鹏主动向省委"要官"，申请到一个县里当县委书记，亲自搞一个农村改革试点。省委批准了他的申请，任命他为黄岩市委书记。1986年，在孙万鹏的大力推动下，黄岩发出了全国第一个发展股份制经济的文件，奠定了黄岩经济发展的基础；设立了全省第一个教师接待日，为教师排忧解难；建起全国第一个县级机场……他的作为在浙江反响强烈，被各大媒体争相报道。人们称他是浙江的李向南（太原电视台1986年拍摄的十二集电视剧《新星》的主人公，中原古陵县县委书记，他果断而有魄力，一上任就大胆进行政府改革，严肃处理了一批昏庸官吏，上任一个月就被古陵人民称为"李青天"。在他的带领下，古陵县发生了天翻地覆的变化。），是清正廉洁的爱民书记。

无情的癌症，就要击落这颗刚刚升起的政坛新星。孙万鹏清楚，他的病是家族遗传，1985年，父母双双患癌症去世，1986年，妹妹又因癌症撒手人寰，而他在肝胆相连处出现的肿瘤，位置与妹妹的几乎相同。

面对严酷的现实，他分轻重缓急处理了黄岩的许多工作，并在病床上写下了三万余字的《致黄岩敬爱的广大干部群众》公开信。这是一封饱蘸深情的"政坛遗书"，读之令人感动、令人垂泪、令人振奋、令人坚强。

在处理完工作和送走前来探望的领导、同事和亲朋好友后，躺在孤寂的病床上，孙万鹏心有不甘，他扪心自问：在生命的最后岁月，我还能做什么？于是他想到了在大学读书时酷爱的灰色理论。

什么是灰色理论？按照国际惯例，在系统论和控制论中，以颜色显示信息度：信息确定（已知）的为白色，不确定（未知）的为黑色，部分确定、部分不确定的为灰色。所谓灰色理论，就是以信息不完全的灰色系统为研究对象的，运用特定的方法描述信息不完全的系统并进行预测、决策、控制的一种崭新的系统理论。1982年，他曾研读过华中理工大学博士生导师邓聚龙教授撰写的《灰色系统的控制问题》一文，该文在国际上引起巨大反响。细读邓教授的论文，孙万鹏发现，这个新理论首次用数学语言揭示了灰色系统理论内部的逻辑关系，但它仍属于自然科学领域。他认为，哲学是所有学科中的贵族，如果从哲学的高度观照灰色系统，灰学才能成为一个新学科而达到完善的境界。不过，他当时无法放弃繁重的行政工作去研究灰学。现在，疾病为他提供了时间，他想：何不借机研究灰学，以偿夙愿。

目标一旦选定，孙万鹏的心情豁然开朗，他驱散了沮丧、彷徨和困惑的阴霾，跳出了生离死别的悲切，开始了他最后一段的人生冲刺。但令孙万鹏万万没有想到的是，这竟是他生命之旅另一个辉煌的起点。

踏上探索灰学的征程，孙万鹏全身心投入，忘记了自己是一个生命垂危的重症病人。他拒绝手术，出院回家，让妻子买来一条灯笼裤、一盒清凉油和一斤干辣椒。炎热的夏日，他穿着灯笼裤写作，困了就擦点儿清凉油，疲惫不堪的时候就嚼干辣椒提神。在谈及嚼干辣椒时，孙万鹏回忆说："嚼干辣椒的时候，嘴里好像着了火，辣得合不上嘴，一股股灼热直冲脑门儿，引发浑身燥热，眼泪鼻涕直流，强忍着咽下去，五脏六腑顷刻燃烧起来，全身大汗，可非常奇怪，大汗之后，疲惫全消，身心舒坦。"他的研究陷入不分白天黑夜的"灰色"，只要感觉好受一点儿，能撑得住，他就坐起来读书写作。从1990年1月到7月，短短半年时间，他就写出了第一部灰学专著《表现学》，全书二十四万字，邓聚龙教授将其称之为"灰色系统理论研究的新里程碑"。

坚冰已经打破，忘我精神和深思熟虑让孙万鹏思如泉涌，有时连草稿都不用打。很快，他的第二部专著《灰色价值学》脱稿。两书出版后，引起轰动，《人民日报》、中央电视台、美国洛杉矶双语电台等国内外四十多家媒体报道了他的事迹，邓聚龙教授说；"这是放了一颗文化原子弹"。专家们一致认为，这两部专著的出版，标志着灰学作为一门新兴的学科诞生了。孙万鹏当作"遗书"写就的这两部专著，竟成了灰学这门学科的出生证。

江出三峡，河出潼关，孙万鹏一发而不可收，自1990年至1998年，他相继出版了10余部灰学专著，成了享誉全球的灰学专家。

至于他的病，更是一个奇迹。在一本本专著面世的过程中，孙万鹏的身体也一天天好起来，1995年他去医院检查，癌肿瘤竟奇迹般地消失了。这真是一个奇迹，医生无法解释，科学也无法解释。而孙万鹏则解释说：是灰学和温馨的家庭环境让他告别了死神。

灰学的"迭代"理论告诉孙万鹏，千万次重复同一好的或坏的因素，事物整体也会相应地向好的或坏的方向变化。既然如此，就让快乐的蝴蝶不断煽动美丽的翅膀，无休止地"迭代"好心情和好信息，他微笑着迎接每一天太阳的升起，愉悦的心情和良好的精神状态让他的免疫力不断增强。当1989年病情恶化医生决定为他做手术时，也是灰学"任何单一的方法都有局限性"的"非唯一性"原理帮助了他，放弃了手术，采取了灰学中的综防学，将中医、西医、气功、食疗综合运用到自己的治疗中，最终得以康复。

孙万鹏创立了灰学，灰学也救了孙万鹏，是灰学让孙万鹏完成了一次灵与肉的双重"凤凰涅槃"，他不仅告别了死神，获得了重生，同时也让他由一位政治家变成了一位灰学专家。1996年10月15日，时任中宣部副部长的刘云山在北京召开的孙万鹏灰学理论及文集座谈会上，对孙万鹏说："你不生病，也可能与我们一样做个副部长，但是，在我国，省长、部长多得很，灰学创始人可只有你一个。"

这里需要提及的是，孙万鹏的康复及在灰学方面的成就，与妻子吴文的悉心照顾和全力支持有重要关系。出院后，家庭里没有任何干扰健康的因素，既没有医院里病人痛苦的呻吟，也没有病情恶化信息的相互传递，为孙万鹏保持良好心态创造了条件。孙万鹏是个清廉干部，家中根本没有积蓄，妻子吴文省吃俭用，甚至四处借钱为他买药和坚持食疗，凡对癌症有疗效的食品，坚持每天给他吃，如每天吃五至十克西洋参、吃西红柿、喝绞股蓝泡的茶等。就是在这个温馨的家庭病床上，灰学综防学理论中的中西医、气功、食疗并用的综合防治法发挥了奇效。

作者感言：孙万鹏的生命奇迹和灰学方面的辉煌成就，又一次验证了精神在生命中的伟力，如果没有笑对死神的乐观心态和对灰学的执着追求，孙万鹏恐怕和他的父母及妹妹一样，早就踏上了人生的不归路。灰学探索中的忘记昼夜、忘记自我、忘记疾病、忘记生死，以及"迭代"理论和"非唯一性"原理的启迪，让孙万鹏实现了一次精神跃升，给综防学原理的综合性治疗及嚼干辣椒后的浑身通透，提供了不竭动力。没有前者的精神支撑，后者的物理治疗也很难奏效。

我们说孙万鹏在战胜疾病过程中创造学术辉煌的故事，是想借此说明，面对疾病，保持良好心态十分重要。

良好的精神状态对治疗疾病的积极作用，早就为世人所知，有一个大家耳熟能详的故事说，甲乙两个人因咳嗽到同一个医院去检查，甲患有肺癌，乙只是伤风咳嗽，医生在写病志时张冠李戴，乙被告知患了癌症。乙从此精神恍惚，萎靡不振，陷于绝望，茶饭不思，不久真得了癌症；而甲得知自己只是伤风咳嗽，毫不在意，终日欢欢乐乐，工作生活一切照旧，癌症竟神奇地不治而愈了。这个故事是否真实并不重要，重要的是它提醒人们，乐观向上的心态对健康非常重要。

现代人都很注重养生，养生学也一再告诉人们，健康的首要因素是好心情，其次才是注意饮食、坚持锻炼和适时就医。

好心情为什么会有助于疾病的治疗和健康的恢复呢？这是因为，好心情是一种积极情绪。现代中医学和现代心理学都证明，积极情绪能激活身体各方面机能，推促其最大化发挥作用，从而使气血畅通。人的气血一旦畅通无阻，不利于健康的各种因素就容易被排出体外，战胜疾病的能力就会增强。我们都有过下面这样的体会：心情愉悦的时候，肺功能就好，气喘得顺畅，胃口也好，吃饭也香；而生气烦躁的时候，就感到胸闷，喘气也困难，饭也不想吃。前者有利健康而后者不利健康是显而易见的。所以，保持阳光心态很重要。

这里需要提醒的是，当我们强调良好心态对疾病治疗十分重要的时候，千万不要放大良好心态的作用，它绝不是万能的。疾病是物理的，绝不是说它有就有，说它没有就没有的事情，良好的精神状态，在疾病治疗过程中只起推促作用，它绝不能代替治疗，积极的治疗永远是战胜疾病的根本，所以，有了疾病，积极就医是第一要务。

人都吃五谷杂粮，经常会受到疾病的困扰，面对疾病，特别是重大疾病，孙万鹏就是我们最好的榜样。

徐悲鸿与"画界二石"

　　徐悲鸿是中国现当代美术大师，是中国现代美术奠基人；"画界二石"即齐白石和傅抱石，两个人也是中国现当代美术大师，而两个人脱颖而出和闻名于世，均得益于徐悲鸿的举荐。徐悲鸿发现与推举二石的故事，是中国美术界的佳话。

　　先说徐悲鸿发现和推举齐白石的故事：事情发生在1928年，时任北平大学艺术学院院长的徐悲鸿应邀去参观在北平举办的一个国画展。宽敞的大厅里，一幅幅装裱精致的国画作品令人眼花缭乱，其中许多画作墨守成规、毫无新意，让徐悲鸿有些厌倦。正当他无精打采浏览的时候，他的眼前一亮，一幅挂在角落里的作品立刻引起了他的注意。他仔细端详画面上的那几只虾，只见它们个个体若透明，摇须晃尾，栩栩如生，逼真生动，落款的署名是齐白石。这位曾经观赏过世界许多艺术珍品，而且自己本人就是杰出艺术家的画坛巨星，立刻被这幅作品所打动。站在身旁的友人见徐悲鸿专注地看着这幅画，便轻描淡写地说："徐先生，这个叫齐白石的作者是个六十多岁的老头，听说他以前是个木匠，从没上过什么正规的艺术院校，完全是靠自己瞎摸索，现在在北平靠画画、卖画谋生。尽管画得不怎么样，但作品还很抢手，卖得不错。"

　　徐悲鸿立刻纠正说："不，不是画得不怎么样，而是非常出色，这是一幅艺术珍品，我要亲自去拜见这位叫齐白石的老先生。"

　　陪同的几位友人都不以为然，认定徐悲鸿是看走了眼。

　　几天后，徐悲鸿专程造访齐宅，与齐白石促膝长谈，并看了他的许多作品。当即，徐便邀请齐白石出任艺术学院教授。

　　齐白石婉言辞谢："承蒙徐院长看重，只是老朽年逾花甲，耳欠聪，目欠明，恕难应命，但深表谢意。"

从齐宅回来后，徐悲鸿兴奋地对大家说："齐白石真是一个难得的人才，我绝不能让他老死槽枥！我一定要聘他到艺术学院任教。"

徐悲鸿再次造访时，天正下着雨，齐白石见徐悲鸿顶风冒雨而来，深为感动，道出了自己"恕难应命"的真实原因，他说："老朽木工出身，并未进过高等学堂，从未登台讲过课，肯定会引来教师非议，如遇顽皮学生捣蛋，连课恐怕都上不成。"

齐白石说的是心里话，并非过谦。他出身贫寒，只读过几年私塾，十五岁跟人学木工，给人做家具，由于他勤奋刻苦，二十几岁就做得一手好家具，并以在家具上雕花的手艺闻名于当地。从二十六岁起，劳作之余，他开始学习诗文书画，四十岁后才完全放弃木工职业，专门从事书画。至于登台讲课，教授学生，他只在1926年应林风眠之请，在北平国立艺术专科学校教过一小段课，很不适应，也没积累下什么经验。面对这一陌生领域，他的担忧是十分正常的。

徐悲鸿并不甘心，他告诉齐白石，他会帮助他成为一名优秀的大学教授。当徐悲鸿第三次去聘请的时候，齐白石无法抑制内心的感动，终于点头，决定去试一试。

开学那天，徐悲鸿亲自乘着马车把齐白石接到学校，满怀敬意地向全校师生介绍了齐白石的高超美术造诣。他言出行随，积极为齐白石从事教学保驾护航，他考虑到齐白石年事已高，便给予多方照顾：入冬以后天气寒冷，他给齐白石的讲台边生个火炉；刮风下雨，他经常派车接来送往，可谓无微不至。

齐白石也不负所望，他呕心沥血，潜心教学，为中国培养了一大批画家，其中著名的有李苦禅、李可染、王雪涛、王铸九、许麟庐、陈大羽、李立、娄师白、张德文、王漱石等。就连戏剧大师梅兰芳、评剧名家新凤霞也跟齐白石学过画。

北平大学艺术学院也为齐白石一展才华提供了平台，使齐白石名扬天下。当然，齐白石也不会忘记徐悲鸿对自己的识拔之恩，他曾绘《月下寻归图》，赠予徐悲鸿，题画诗曰："草庐三顾不容辞，何况雕虫老画师。海上清风明月满，杖藤扶梦访徐熙。"

下面说说徐悲鸿发现和举荐傅抱石的故事。事情发生在1931年夏天，时任南京中央大学教授的徐悲鸿带学生到庐山写生，归途来到南昌。徐一到南昌，报纸、广播电台纷纷报道，许多艺术家和美术爱好者慕名前去拜访，让徐应接不暇。

一天上午，一位近三十岁的男子来拜访徐悲鸿，这男子身穿一件旧长衫，腋下夹了一个小包袱，他神情拘谨，见到徐悲鸿便深深地鞠了一躬。徐请他坐下，他没有坐，而是默默地打开了那个小包袱，拿出几块图章和几张画，请徐悲鸿指教。

徐悲鸿认真看了那些图章的拓片，发现刻得很好，细看边款的署名却是"赵之谦"，心中有些纳闷，因为赵之谦是清朝的艺术家，早已不在人世了。男子看出了徐悲鸿的疑惑，忙喃喃解释说："这些图章是我仿赵之谦的，为了生活，我只好仿赵之谦的图章卖钱。"徐悲鸿说："你完全不必模仿赵之谦。你自己刻得很好嘛！"

徐悲鸿又看了那男子带来的几幅画，画的都是山水，张幅不大，却气势恢宏。一打开那些画，徐悲鸿觉得有一股灵气扑面而来，他久久凝视那几幅画，沉醉其中。他有些感动，问："你现在在做什么？"

"在一所小学里替别人代课。"男子怯生生地回答。

"你进过美术学校吗？"

"没有，都是靠自学的，开始学篆刻，后来学画。"

徐悲鸿请男子坐下，又问了些学画方面的事情，并要男子再拿一些作品来看看。因为白天来访的人太多，徐悲鸿让男子晚上来，最好在十点钟以后。男子点点头。临走时，徐悲鸿请男子留下名字，男子说他叫傅抱石。

回到家里，傅抱石让妻子把自己的作品都找出来，说是大画家要看。他在众多作品中挑出自己最得意的几张，卷在一起，包在包袱里。晚饭后，傅抱石来徐悲鸿的住处，徐悲鸿不在，但他留下话，十点钟准时回来见这个名叫傅抱石的人。十点钟，徐悲鸿准时回来，他留下了傅抱石的画和地址，叫他先回去。

第二天，天下着雨。傅抱石在家里坐立不安，他想立刻就知道大画家徐悲鸿对他作品的看法，在他心里，徐悲鸿的看法至关重要，因为这关系到他的事业选择，关系到他还能不能在绘画这条路上走下去。在焦急的等待中，追求艺术的经历象电影一样飞快从眼前掠过：他出身贫寒，十一岁就到一家瓷器店当学徒，后来又跟一个修伞匠学修伞，挑着担子，走街串巷，吃尽了苦头。他酷爱书法和篆刻，从十岁开始就苦练，一本赵之谦《二金蝶印谱》成了他最初的范本和教科书，他模仿赵之谦刻出的印章真伪难辨，连教他刻字的师傅也为之赞叹不已。

十七岁，他以优异成绩免试入省立第一师范读书，这期间，由于他治印不辍，人们给他起了一个"印痴"的外号，他成了南昌城里的名人。读书治印之余，他又研习绘画，他深受石涛"我用我法"的启示，尤其欣赏石涛"搜尽奇峰打草稿"的思想。凭着自己的爱好和刻苦，他的篆刻，一直练到可以在一块米粒大小的象牙上，刻出整篇的《兰亭序》；他的山水画，也大有长进，他决心把自己的未来交付给水墨丹青，他更渴望得到大师的指点。今年，他已经二十九岁了，"三十而立"，他已经到了给自己安身立命的时候了……

"您知道傅抱石的家吗？"巷口的问路声打断了傅抱石的思绪，他急忙从窗口望出去，风雨里他看见了撑着雨伞的徐悲鸿。他忍不住惊喜地叫了起来："大师来了！"说着，他冲出屋子，把冒雨来访的徐悲鸿请了进来。

屋子很窄小，傅抱石请徐悲鸿坐在床边上，自己恭恭敬敬地站在大师面前，不知道说什么好。

徐悲鸿微笑着说："你的画我都看了，顶顶好！顶顶好！"

傅抱石还是不知道该说什么才好。

徐悲鸿又说："你应该去留学，去深造，你的前途不可限量。"

傅抱石觉得自己是在做梦，他何尝不想留学深造？但他没有钱，篆刻、卖画和教书的收入，勉强够养家糊口。

徐悲鸿看出了傅抱石的难处，接着说："经费困难，我给你想办法。总会有办法的。你愿意到法国去吗？"

傅抱石慌乱而惊喜地频频点头，感激的泪水夺眶而出，妻子罗时惠也躬身作揖，感激不已。

为了傅抱石留学的经费，徐悲鸿去找了当时的江西省主席熊式辉。徐悲鸿对熊式辉说："南昌出了个傅抱石，是你们江西的荣誉。你们应该拿出一笔钱，让他深造。"然后，徐悲鸿拿出一张画来，说："我的这张画留下来，就算你们买了我一张画吧。"熊式辉只好同意出一笔钱，但这笔钱不够去法国留学，傅抱石只好于1933年改去日本，入东京帝国美术学院，师从美术史家金原省吾。1934年，傅抱石在东京举办了个人画展，1935年学成回国，在中央大学艺术系任教，最终成为中国现当代著名的山水画大师，其山水画意境深邃、章法新颖、蓊郁淋漓、气势磅礴；其人物画，线条劲健，深得传神之妙。

1945年9月17日，徐悲鸿五十寿辰时，傅抱石精心绘制了一幅《仰高山图》，为恩师祝寿。

新中国成立后，傅抱石先后任南京师范学院教授、江苏国画院院长、中国美术家协会副主席、美协江苏分会主席等职。

作者感言：我们讲徐悲鸿发现和推举齐白石、傅抱石的故事，是想借此说说"伯乐与千里马"这个话题。

伯乐与千里马，两者并存于世，孰轻孰重，各有说辞。韩愈在《马说》里说："世有伯乐，然后有千里马。千里马常有，而伯乐不常有。故虽有名马，祇辱于奴隶人之手，骈死于槽枥之间，不以千里称也。"他突出了伯乐的重要性，认为没有伯乐的识马、选马，即使是千里马，也只能辱没在仆役的手里并和普通的马一样死在马厩里，永无出头之日。这就是韩愈心中的伯乐情结，它成了中国一代代读书人和有志于干一番大事业者的共识，它也成了许多庸碌之辈说自己"怀才不遇"而为自己开脱的借口。

其实，伯乐与千里马，是一种相互依存、互为表里的关系，千里马即人才是这一关系存在的基础和前提，正因为有了千里马、有了人才的存在，才催生了识别千里马、识拔人才的伯乐。如果没有前者，后者也就因没有存在的价值而自然不存在。就此而言，在这一关系中，千里马、人才是第一性的，是根本。上文的故事中，正是因为有了齐白石、傅抱石这样的人才，才为徐悲鸿识拔人才提供了可能。据此，我们说，韩愈的观点不足为训。就从韩愈本人来说，他个人的成长经历、他的学问成就和最后出任朝中高官，并不是借助伯乐的层层识拔，而关键靠自己的奋斗和天赋。如循韩愈之说，他本人也只能老死槽枥之间。

那么，伯乐是不是没有什么价值呢？不是的。在伯乐和千里马、人才这一关系中，伯乐发挥着助力和推手作用。有了徐悲鸿的赏识和推举，加速了齐白石、傅抱石事业的成功，特别是傅抱石，没有徐悲鸿为之筹措学费，他可能无法去日本留学，如果没有留学经历和广泛研习世界美术，他也许不会在美术界创造如此高的成就。当然，这是一种假设，我们知道历史是不能假设的，我们之所以这样假设，是想告诉人们，我们不可轻视伯乐的作用，为了让更多的人才脱颖而出，社会需要伯乐，伯乐很重要。

我们说伯乐是人才的助力和推手，是因为伯乐只是人才脱颖而出的一条渠道，而非唯一渠道。人才的成长并彰显于世，还有个人奋斗、环境孕育、机遇降临、时势造就等多种途径。古今中外走向成功的各级各类人才，只有一少部分是靠伯乐举荐的，而绝大部分则是通过其他途径步入了历史前台。

不管怎么说，要想成为人才并彰显于世，个人奋斗是第一重要的。在徐悲鸿识拔和举荐二石之前，两个人通过个人努力，已经在美术界有了名气，齐白石已经成为知名画家，傅抱石也小有名气，即使没有徐悲鸿的举荐，两个人也很难被历史埋没。徐悲鸿的作用，只是奋力地推了他们一把，使他们飞得更高、更远。

当然，我们不能轻视徐悲鸿的伯乐行为，在"文人相轻"和"同行是冤家"陋习十分严重的当时中国，能如徐悲鸿慧眼识珠、无私而积极擢拔人才，确实难能可贵，理应受到褒奖、尊重和仰慕，更值得具有"伯乐资历"的人和部门积极学习和效法。

"狼来了"与"烽火戏诸侯"

"狼来了"，是中国妇孺皆知的经典故事。故事说，很久以前，有一个孩子在山上放羊。有一天，他觉得很无聊，望着山脚下的村庄和不远处在农田里干活的人们，他突发奇想：要是我喊"狼来了"，村里和那些干活的人听到了，一定会跑来救我，那该有多好玩。于是，他放开喉咙，大声喊道："狼来了！狼来了！……"村里和种地的人听到呼救声，放下手中的活计，拿起锹镐斧头，纷纷跑上山来。当他们气喘吁吁地跑到孩子面前，见那孩子正在哈哈大笑，一问才知道，是孩子有意作弄大人，骗他们到山上来的。大人们很生气，批评了那孩子，然后离开了。

过了几天，那孩子觉得上次的事情很好玩，又一次高喊狼来了，有些人将信将疑，但还是急急忙忙跑上山来打狼，又一次被孩子作弄了。

终于有一天，狼真的来了。放羊的孩子惊慌失措，拼命地呼喊："狼来了！狼来了！……"大人们听到了呼救声，但有了前两次的教训，都以为又是那孩子在说谎，就依旧干着农活，没有一个人前去营救，结果，那孩子和羊都被狼吃掉了。

"烽火戏诸侯"的故事，是中国历史上的一个真实事件。据史书记载，西周末年，周幽王姬宫涅骄奢淫逸，自从得到褒国进献的美女褒姒后，将其封为宠妃，整天沉溺于佳丽之中，朝政荒废。褒姒天生丽质，但生性不笑，面对宫中玉宇琼楼，锦衣玉食，她毫无悦色。美艳无比的宠妃整日愁眉不展，成了幽王心中的一大憾事。为博得褒姒一笑，幽王让大臣们想了许多办法，但始终无效。一日，幽王出游骊山，随行的宠臣虢石父看见了高山上的烽火台，便心生一计，他对幽王说："如果点燃报警的烽火，各路诸侯必以为京城出现了敌情，一定会带兵前来保护大王，看到诸侯兵马纷纷涌来，褒姒一定会笑，不妨一试。"幽王立即采纳了虢石父的建议，命令点燃烽火。

烽火是中国古代敌寇来犯时的紧急报警信号，烽火台都建在临近最高的山峰上，每隔数里一个，白天点燃掺有狼粪的干柴，浓烟就会直上云霄，称为狼烟；晚间点燃加有硫黄和硝石的干柴，火光通明。一旦有敌人来犯，第一个发现的哨兵立即点燃台上的烽火，下一个烽火台看见了，也立即点燃，以此相继传递紧急信息。当幽王下令点燃烽火后，一时间狼烟四起，火光冲天，诸侯们都以为镐京（今西安市长安区）有戎狄来犯，纷纷带兵前来保护京城。各诸侯来到京城后，看见幽王和褒姒正在饮酒作乐，一派歌舞升平，根本没有敌军的影子。细问才知道，是幽王为王妃一笑而点烽火聚众。诸侯们知道被戏弄了，但王命如山，无可奈何，只能暗怀抱怨而回。褒姒见千军万马招之即来，挥之即去，甚是热闹，禁不住开怀而笑。周幽王大喜，立即赏虢石父千金。根据《史记》记载，周幽王见此法有效，并多次点燃烽火，最初诸侯仍招之即来，但后来就不信了，也不再来了。

公元前771年，周幽王废黜王后申氏和太子宜臼，册封褒姒为后，褒姒生的儿子伯服为太子，并下令废去王后的父亲申侯的爵位，并准备出兵攻伐他。申侯得到这个消息，先发制人，联合缯侯及西北夷族戎狄之兵，进攻镐京。周幽王得到消息，惊慌失措，急令点燃烽火。诸侯见到烽火后，还以为是幽王为褒姒取乐，根本没有理会。结果，镐京陷落，幽王被杀，西周近三百年的历史宣告结束。《诗经·小雅》在记录这段历史时说："赫赫宗周，褒姒灭之。"后人还把"幽王烽火戏诸侯，褒姒一笑失天下"搬上舞台，以警示后来者引以为戒。

作者感言：孩子撒谎，失去了生命；国王撒谎，身死国灭，足见撒谎害处之大。也正因为如此，中国的父母，当孩子一懂事的时候，就给孩子讲"狼来了"的故事，教育孩子不要撒谎。

我们说这两则小故事，就是想借此聊聊"撒谎"这个话题。

撒谎是撒谎人出于某种目的有意传递与事实真相不一致的虚假信息的一种欺骗性表达方式。在狼根本没来的情况下，孩子出于取乐、好玩儿的目的，以呼喊的听觉方式，传递了"狼来了"的虚假信息，欺骗了山下的人们；在没有敌军来犯的情况下，周幽王出于让宠妃褒姒高兴一笑的目的，以烽火的视觉方式，传递了"有敌来犯"的虚假信息，欺骗了各路诸侯。

撒谎是人类社会的伴生物，人类有史以来，只要有人群的地方，就有撒谎的现象，古今中外莫不如此。出于不同的动机目的，撒谎的形式多种多样，但就其性质而言，大体可以分为三种类型：

类型一：给社会生活和人生带来负面作用的消极撒谎。"狼来了""烽火戏诸侯"、取悦权贵的媚言、栽赃陷害的谗言、无中生有的谣言、花言巧语的佞言、自吹自擂的狂言等都属于这一类。这类消极撒谎是社会的公害，是人人都反对的。古希腊大哲学家亚里士多德曾幽默地说过："说到撒谎的好处嘛，就是下次你再说真话，也没有人相信你了。"十六世纪欧洲宗教改革家马丁·路德也曾批评说："与拦路杀人犯相比，撒谎者坏得多，危害也大得多，因为撒谎者和谬误传播者打着上帝箴言的旗号欺骗人们，引诱灵魂堕落，使灵魂毁灭"。德国诗人海涅则提醒人们说："生命不可能从谎言中开出灿烂的鲜花。"所以，我们要力戒这类撒谎。

类型二：给社会生活和人生带来正面作用的积极撒谎，亦称为"善意的谎言"。比如，一位老人体检时查出患有癌症，其子女和亲友的第一反应就是遮蔽事实真相，撒谎说没有什么大病，以避免对老人造成精神压力；一位小伙子请女同事帮忙，假扮是自己的未婚妻，来到病入膏肓的老母面前，满足了老人临终前的最大心愿；月光下，小伙子指着天上的月亮对热恋中的女友说："只要你喜欢，我可以把月亮摘下来给你。"等等，都是充满善意的说谎。再说两则案例：

案例一：欣月童话。朱欣月是九台卢家小学的学生，活泼、懂事、成绩名列前茅，既是班长，也是班级升旗手。她家境清贫，父母无固定工作。2005年10月23日，朱欣月在舞蹈彩排时突然摔倒在操场上，经医生诊断证实患上髓母细胞瘤，而这种脑部恶性肿瘤成功治愈的机会甚低。病情日趋严重，欣月后来因为肿瘤压迫而导致双目失明，她最大的愿望是想去北京天安门看看升旗仪式，但她家住吉林九台，病体无法承受旅途劳累，于是，在吉林《城市晚报》记者的安排下，两千多名互不相识的志愿者组织了一次集体撒谎活动，从乘火车到改乘旅游公车，从报站到服务员端茶倒水，甚至到旅客的交谈都是有意安排的，最后他们来到长春公关学校的操场上，举行了一次虚构的天安门升旗礼。在军乐队伴奏的国歌声中，双目失明的欣月真以为到了渴望已久的天安门广场，当人们看到她举起无力的小手向国旗的方向敬礼时，在场的人无不垂泪。此事后被改编拍摄成电影《欣月童话》。

案例二：望梅止渴。南宋刘义庆《世说新语·假谲》中说，东汉末年的一个夏天，曹操率领部队去讨伐张绣，那一天骄阳似火，热得人透不过气来，士兵们在崎岖的山路上行走，个个汗流浃背，衣服都湿透了，到了中午时分，行军的速度慢了下来，在得知近处根本无水的情况下，为了提高行军速度，曹操指着前方对士兵说："将士们，我知道前面有一大片梅林，那里的梅子又大又好吃，我们快点儿赶路，绕过这个山丘就到梅林了！"士兵们一听，精神大振，不由得加快了步伐，从而为战斗的胜利赢得了时间。

类型三：无所谓善恶好坏的中性撒谎。这类撒谎多出现在同事、朋友、同学、战友相聚和劳动之余的休息时间，其目的是为了取乐，撒个小谎，博得大家一笑，愉悦身心。愚人节那天，许多人上当受骗，事后并不生气，不仅不会产生恶果，反而更拉近了撒谎者与被骗者之间的情感距离。二十世纪八十年代以后由东北地方戏"二人转"中插科打诨改造而成的现代小品，充满了"忽悠"类的谎言，它往往以幽默、反讽、戏仿、调侃等方式表现出来，常常逗得观众捧腹大笑。2010年春晚郭冬临和牛莉的小品《一句话的事》，竟拿撒谎说事，在欢快的笑声中，人们感受到了具有真诚、信任和阳光心态的重要。

就一般意义上说，我们说人要诚实，不要撒谎，指的就是第一类。这类撒谎有用，也有效，但有限，因为谎言总有被揭穿的时候，即使不被揭穿，其维护谎言也需要付出很大的身心成本，甚至经济成本，谎言越大，其成本就越高。轻者失去信任，贬损人格，不利于人际交往、不利于生活和工作；重者可能会失去做人尊严、损害身心健康和造成经济损失，甚至丧失生命。特别要提醒的是，作为企事业领导，作为公职人员，更应力戒撒谎，这是因为，企事业领导和公职人员担负着更大的社会责任。企业制假造假、公职人员欺上瞒下，不仅会造成社会信誉度下降，不利于社会和谐进步，甚至可能导致企业倒闭、社会动乱，造成灾难性后果。

这里需要说明的是，孟子曾说过："大人者，言不必信，行不必果，唯义所在。"意思说，通达的人说话不一定句句守信，做事不一定非有结果不可，只要合乎道义就行。合乎道义，就是适宜于天时地利，适宜于现实环境，适宜于人情伦理，这种随时间环境变化而随时调整决策言行以保证把事情做得更合于人情道义的做法，是一种实事求是、与时俱进的圆融变通行为，跟以欺骗为目的撒谎是性质完全不同的两回事。

　　为人处世，还是不要撒谎的好。

鸵鸟和雄鹰

一个鸵鸟和一只雄鹰同时生活在一个草原上，因各自的生活方式不同，素无来往。有一天，鸽子给它们捎来口信说，有敌人来犯，并要和它们在草原前方的沙原上决战。

鸵鸟和雄鹰都来到草原前方的沙原上，不一会儿，迎面不知是什么动物，吼叫着向它们扑来。雄鹰振起双翅，箭一般地扑向敌人，而鸵鸟则吓得把头埋进了沙子。过了好一会儿，雄鹰击败了来敌，飞回来的时候，发现鸵鸟的头还埋在沙子里，便大声告诉它："伸出头吧，敌人已被赶走。"

鸵鸟把头从沙子里抬起来，说："好险啊！多亏我把头埋了起来，否则岂不是大祸临头！"

雄鹰鄙夷地看了鸵鸟一眼，张开翅膀飞走了。

日子平安地过着。一天傍晚，鸵鸟和雄鹰都在沙原上散步，当夜幕从遥远的天际缓缓铺下来的时候，突然有几只胡狼从暗处飞奔而出，直扑向雄鹰和鸵鸟。雄鹰展翅飞上了蓝天，而鸵鸟则像上次一样，惊慌中赶忙把头埋进了沙子，结果被胡狼吃掉了。

作者感言：面对危险，雄鹰采取的策略是积极进攻或及时离开，而鸵鸟则采取自欺的方式，把头埋进沙子，自认为自己看不见，危险就不存在了，结果丧生。

我们说这则小故事，是想借此聊聊"鸵鸟心态"这个话题。

鸵鸟是生活在非洲草原和沙漠地带的一种体形巨大、不会飞但奔跑很快的鸟，也是世界上最大的鸟，高可达三米，颈长，头小，脖子长裸，嘴扁平，翼短小，不能飞，腿长，脚有力，善于行走和奔跑，奔跑时速可达四十五公里。以鸵鸟奔跑的速度，当发现天敌胡狼时，及时跑开，完全可以逃生。鸵鸟遇到危险时所采取的行为，被心理学家称作"鸵鸟效应"或"鸵鸟心态"，用以指称遇到压力和风险时，不采取积极态度而以自欺方式坐以待毙的社会现象。

"鸵鸟心态"是一种逃避现实心理，也是一种不敢面对问题或困难的懦弱行为。蔡桓公不听神医偏鹊的反复劝告，回避自己有病的现实，就是"鸵鸟心态"。难道否认自己有病，病就不存在了吗？倘若如此，蔡桓公怎么会病入膏肓而死？在现实生活中，逃避责任、遇事推诿、困难面前做缩头乌龟、眼不见为净、天塌下来有高个顶着、办事拖延等想法和行为，就是"鸵鸟心态"的具体表现。2015年11月，在中央电视台记者采访贵阳市保障房闲置问题时，时任贵阳市住建局局长竟然否认自己是局长。当时在局长任上是客观事实，难道你不承认自己是局长，自己真的就不是局长了吗？保障房闲置问题是客观事实，难道否认自己是局长，这个问题就存在了吗？这是政府官员中最典型的"鸵鸟效应"案例。

其实，人们每天都在承受来自工作和生活中的各种压力，问题和困难是不以人意志为转移的客观存在，你逃避了并不等于它就不存在了。躲了初一，躲不了十五，迟早需要面对。而许多问题和困难，刚出现时解决并不难，正像蔡桓公刚得肌肤纹理之间的小病时，吃点儿药、发发汗就好了，可拖下去，小问题就很可能变成大难题，小困难就可能铸成大死结，结果更不好收拾。所以，我们每个人都需要克服"鸵鸟心态"。

克服"鸵鸟心态"的最有效做法是：以雄鹰姿态主动迎击，勇于担当责任，面对问题、困难，要有誓死一搏的勇气，即使结果可能不尽人意也要放手一搏。如是，才有可能化解矛盾，走出困境。

顺便说一句，现代生物学考察证明，鸵鸟在遇到危险时会将头埋在沙子中的说法，其实是人类的一种误解。鸵鸟生活在炎热的沙漠地带，那里阳光照射强烈，从地面上升的热空气，同低空的冷空气相交，因散射会出现一层闪闪发光的薄雾，这层薄雾紧贴在地面上。平时，鸵鸟总是伸长脖子透过薄雾去查看，而一旦受惊或发现敌情，它就干脆将潜望镜似的脖子平贴在地面，身体蜷曲一团，以自己暗褐色的羽毛伪装成石头或灌木丛，加上薄雾的掩护，就很难被敌人发现。这就是人们误认为鸵鸟遇险将头钻进沙子里的缘由。另外，鸵鸟将头和脖子贴近地面，还有两个作用，一是可听到远处的声音，有利于及早避开危险；二是可以放松颈部的肌肉，更好地消除疲劳。事实上，并没有人真正看到过鸵鸟将头埋进沙子里去的情景。

高贵的拒绝

在宗教圣地耶路撒冷，有一个名叫"芬克斯"的西餐酒吧，老板是一名德国犹太人，叫罗斯恰尔斯，他1948年从一个英国人手中买下了这个餐馆，经营至今。餐馆的面积仅三十多平方米，只能放下五张餐桌，但由于特色鲜明和经营长久，很受各国政要和名流青睐。更因为罗斯恰尔斯曾两次拒绝过美国国务卿基辛格博士就餐，名噪全球，进入21世纪，该餐馆连续多年被美《美国新闻》杂志选入世界最佳酒吧前十五名之一。

事情经过是这样的：20世纪70年代的一天，基辛格因公来到耶路撒冷，他早就听说"芬克斯"很有特色，想一餐为快，于是，他亲自打电话给"芬克斯"酒吧，接电话的正好是罗斯恰尔斯。基辛格告诉老板，他是美国国务卿基辛格，想前去就餐。老板十分高兴，表示热烈欢迎。但基辛格接着说，他有十个随从一并前去，届时请餐馆拒绝其他客人进店就餐。罗斯恰尔斯听了基辛格的要求，深感意外，便回答说："您能光临本店，我深感荣幸，但因为您的到来就让我拒绝其他客人，我万万做不到，大家都是支撑我生意的客人，我为什么要拒绝他们呢？就因为您是国务卿吗？您不觉得这个理由太荒唐了吗？"说完，他客气地说了声"再见"，就轻轻地放下了电话。

第二天傍晚，基辛格再次给罗斯恰尔斯打了电话，首先对昨天的事情表示歉意，然后说明天他还想带三个随从前去就餐，预定一桌饭菜，而且不必拒绝其他客人就餐。

罗斯恰尔斯很客气地又拒绝了基辛格，他说："很对不起，明天是安息日，也是本店的休息日，我不能因为您破了几十年的惯例。星期六是一个神圣的日子，如果在星期六营业，是对神的亵渎。"基辛格什么也没有说，默默地放下了电话。

这件事被记者以《基辛格与芬克斯》为题，在美国的多家报纸上热炒，外国媒体也纷纷转载、转播，一时轰动全球。

作者感言：罗斯恰尔斯的拒绝之所以引起全球轰动，是因为这一拒绝挑战了唯钱唯权的世俗社会。罗斯恰尔斯的可贵之处有二：

可贵之处一：在物欲横流、世人奉金钱和巴结权贵为圭臬的当今社会，罗斯恰尔斯不奉迎讨好权贵，不唯金钱是是，坚守了小店的经营原则，也坚守了自己的独立人格。

可贵之处二：在罗斯恰尔斯的心灵天平上，所有的客人都是平等的，他不能容忍权贵剥夺别人就餐的权利，所以，他认为基辛格拒绝其他客人进店就餐的想法是"荒唐的"。

罗斯恰尔斯的拒绝是高贵的拒绝，因为他拒绝的是强权，拒绝的是媚俗；罗斯恰尔斯的拒绝也是高贵的坚守，因为他坚守了每一个客人的平等尊严，坚守了一个正直商人的独立人格。

海格力斯与仇恨袋

古希腊神话中有一位英雄叫海格力斯（又译作"赫拉克勒斯"），是天王宙斯和阿尔克墨涅的儿子。他力大无穷，神勇无比，在神话中完成了十二项伟绩，并参加了阿尔果斯远征，帮助伊阿宋觅取了金羊毛和解救了盗神火以给人间的普罗米修斯。有一天，他走在坎坷不平的山路上，突然觉得有什么东西碍脚，低头一看，脚前有一个像袋子似的小东西。海格力斯抬脚踩了它一下，谁知那东西不仅没被踩破，反而膨胀起来，海格力斯用力踩了几下，那东西便加倍扩大着，很快高过了他的膝盖，让他无法踩到。海格力斯恼羞成怒，从路边折断一棵碗口粗的树干，操起来狠狠地砸它，可那东西越砸越大，竟然胀大到把路堵死了。

正在这时，山中走出一位老人，对海格力斯说："年轻人，快别动它，忘了它吧，离开它，远去吧！它叫仇恨袋，你不犯它，他便小如当初，你侵犯它，它就会膨胀起来，挡住你的路，与你敌对到底！"

听了老人的话，海格力斯停下来，随着老人后退，站得远远的。不一会儿，那袋子便一点点收缩，很快小得像一个核桃。

作者感言： 古希腊睿智的先民们用这个形象的小故事告诉世人，仇恨这东西，你越是记住它、强化它、激化它，它就会膨胀、放大，妨碍你的生活，甚至挡住你前进的路。而忘记它、远离它，它就会一点点小化、弱化、淡化，不会给你的生活带来麻烦。中国俗语"冤冤相报何时了""冤仇宜解不宜结"，说的也是这个道理。

在日常生活中，在同事、同学、战友、邻里、朋友，甚至亲人之间，我们常常会受到别人有意或无意的伤害，也常常有意或无意地伤害过别人，从而生成矛盾，形成怨恨，甚至仇恨。这些人民内部的怨恨或仇恨，既是和谐人际交往的天敌，也是个人生活幸福、事业成功的障碍。人类历史上个人与个人、家族与家族以至于村落与村落之间由此酿成的爱恨情仇，不胜枚举，罗密欧与朱丽叶的爱情悲剧，就是家族仇恨的牺牲品。上边的那则小故事，也是远古祖先经历了部族与部族长期厮杀后带血的忠告。

人在交往中由于利益诉求不同和思想、情感、行为方面的差异，会产生摩擦和误会，从而生成矛盾，形成不同程度的怨恨，这是人类生活中常有的现象，但绝大部分都能春风化雨，烟消云散，只有很小一部分发展为仇恨。而这仇恨，又往往是矛盾双方缺乏宽容和谅解、不依不饶、不断强化导致的恶果。所谓的"深仇大恨"，许多原初都不是什么大事，有的甚至源于微不足道的生活末节。只是双方互不相让，推波助澜，积怨日益加深，最终绕成死结，弄得两败俱伤。

仇恨害己害人。说仇恨害己，是指它会造成仇恨者的心灵痛苦。每每念及别人对不住自己的坏事，心情就会处在怨恨、责怪、愤怒、压抑的自我折磨之中，如果长期不能释怀，不仅会损害自己的心理和身体健康，很可能还会导致疯狂的报复，酿成更严重的恶果。这实际上是用别人的错误在惩罚自己。

说仇恨害人，是指它会造成对被仇恨者的伤害。你对我不仁，我对你不义，以眼还眼，以牙还牙，是仇恨不断激化的通常方式，仇恨双方心理上水火不容，行为上处处设障，说人坏话，损人荣誉，坏人事业。报复本身就是以伤害为目的。

消除仇恨的重要方式就是上边这个小故事告诉我们的：远离它、淡化它、忘记它。

忘记仇恨，是一种境界，是一种宽容大度的襟怀。你宽恕了别人，你忘记了别人对你的伤害，你的怨恨、责怪、愤怒就没有了，心理就平衡了。同时，你也会以宁静平和的心态待人。你的不念旧恶，以礼相待，也会产生积极影响，改变对方的态度，从而矛盾得到化解，双方握手言和，重归于好。所以，人们常说"退一步海阔天空"。

学会宽容，忘记仇恨吧！这样，你就会少一分障碍，多一分成功。

宰我论守孝与郑板桥改诗

"宰我论守孝"的故事出自《论语》。宰我，字子我，亦称宰予，春秋末鲁国人，是孔子的高徒之一，他思想活跃，好学深思，善于质疑问题，是孔子弟子中唯一一个敢于对老师观点提出异议的人。孔子极力主张周朝礼制的"三年之丧"，即父母死后，子女要服丧守孝三年，宰我对此提出异议，《论语·阳货》篇做如是记载：

宰我问："三年之丧，期已久矣。君子三年不为礼，礼必坏；三年不为乐，乐必崩。旧谷既没，新谷既升，钻燧改火，期可已矣。"

子曰："食夫稻，衣夫锦，于女安乎？"

曰："安。"

"女安则为之！夫君子之居丧，食旨不甘，闻乐不乐，居处不安，故不为也。今女安，则为之！"

宰我出。子曰："予之不仁也！子生三年，然后免于父母之怀。夫三年之丧，天下之通丧也。予也有三年之爱于其父母乎！"

为便于理解，粗略译成现代汉语：

宰我问道："三年的居丧守孝，未免太久了吧。君子三年不参加礼仪活动，礼一定会生疏；三年不练习音乐，音乐一定会忘记。陈粮已经吃完，新的粮食已经收获，钻燧取火的打火木已经轮了一圈了，一年也就可以了。"

孔子问："吃好吃的大米饭，穿锦绣的好衣服，你安心吗？"

宰我回答说："安心。"

"你安心，就这么做好了。君子守孝时，吃饭没味道，听音乐不快乐，起卧不安心，所以才不做。如今你安心，那就去做吧。"

宰我走出去，孔子说："宰我真没有仁爱呀，子女生下三年后才脱离父母亲的怀抱，这个三年的丧制，是大家都遵行的一般规则，宰我难道没有得到父母亲三年的呵护吗？"

"郑板桥改诗"是广为流传的一则名人轶事，真实与否无可考。郑板桥即郑燮，清代著名诗人、画家，"扬州八怪"之一，"板桥"是他的号。故事说，郑板桥从小天资聪颖，才思敏捷，他读私塾时，一日陪老师一起出去踏青。他们来到郊外，踏上了一座小桥，走到桥中间，忽然发现桥下的河水里有一具少女的尸体。惊讶之余，老师即兴吟诗一首：

> 二八女多娇，因风落小桥。
>
> 三魂随浪转，七魄泛波涛。

板桥听了老师的诗，立刻提出疑问："请问老师，您怎么知道这女子十六岁呢？又怎么知道她是让风吹落桥下致死的呢？三魂什么样子？七魄又什么样子？您怎么会看见它们随浪旋转、泛于波涛呢？"

老先生一时语塞，但立即转窘迫为喜悦，高兴地反问："那么，在你看来，这首诗应该怎么改呢？"

郑板桥想了想，改道：

> 谁家女多娇，何故落小桥？
>
> 青丝随浪转，粉面泛波涛。

先生听了郑板桥的改诗，非常高兴，摸着他的头说："你小小年纪，善于思考，这诗改得好！好好学，你将来一定会有大出息。"

作者感言：我们说这两则小故事，是想借此讨论两个问题：

问题一：作为学子、晚辈，怎样对待师长和专家学者等长辈、权威人士的意见、言论、观点或理论？

就一般意义讲，师长和专家学者与弟子和普通人相比，前者肯定比后者知识丰富、阅历深广，其意见、言论、观点或理论可能具有更大的科学性和真理性，但是，这并不等于师长和专家学者说出的话句句都是真理，做出的事件件都是正确的。原因有二：

原因一：人无完人，谁的智能都是有限的，谁也做不到所思、所说、所做的一切都符合事物的规律性，都准确无误，师长和专家学者亦无例外。

原因二：宇宙是无限的、知识是无限的，人类所了解和掌握的那点儿知识，只是无限中十分有限的一点点，如沧海之一粟，谁也做不到完全了解和把握宇宙的全部，师长和专家学者亦然。

既然师长和专家学者都有可能说错话、做错事，我们就有理由怀疑和提出不同意见。所以，宰我对孔子"三年之丧"的观点提出异议和郑板桥对老师诗的修改，就有其正当性、合理性。而事实又证明，宰我和郑板桥的所说所改又都是正确的。宰我说守孝三年时间太长，有一年就足够了，说得有理有据，让孔子无法反驳，只能退一步说"你觉得安心就去做吧"；经郑板桥修改后的诗，更具有形象性，更贴近事实，所以先生非常高兴。

无疑，宰我提出的异议和郑板桥的改诗都是随机的，都是就事论事，并无有意批评老师和否定老师的想法，而两千多年前古希腊著名哲学家亚里士多德对恩师柏拉图的否定则是有意识的、理性的。亚里士多德十七岁就拜柏拉图为师，持续了二十年，他始终热爱和崇敬柏拉图，视他为良师益友。亚里士多德这样赞美柏拉图："在众人之中，他是唯一的，这样的人啊，如今已无处寻觅！"然而，随着学识的丰富和研究的深入，他发现老师的哲学观点有严重问题，师生二人在学术上产生了激烈争论。两个人的分歧是：柏拉图倡导"理念论"，认为具体事物只是理念的"基本"和"影子"，具体的个别事物是不真实的，只有它们的理念是真实的；而亚里士多德则力主"实体论"，认为具体的个别的东西才是真实的，在我们日常看到的实体以外，还要假定比实体还真实的"理念"，是毫无用处的，一般的、抽象的、概念性的东西不能脱离个别的、具体的东西而存在。

亚里士多德坚信自己的论点是正确的，毫不留情地批评了自己恩师的错误观点。这在当时当地掀起了轩然大波，有人指责亚里士多德是背叛自己恩师的忘恩负义之徒，而亚里士多德则坚定回击说："吾爱吾师，吾更爱真理"。历史已经证明，亚里士多德的观点是从唯心主义向朴素唯物主义的迈进，尽管这种迈进还很不彻底，但难能可贵。

"吾爱吾师，吾更爱真理"，这句载入史册流传两千余年的名言，就是我们对待师长，对待专家学者和一切权威理论的正确态度和做法，亚里士多德、宰我、郑板桥榜样在前。

问题二：作为师长、长辈，怎样看待学子、晚辈提出的异议或批评？

面对自己学生或晚辈提出的异议或批评，作为师长，作为长辈，应采取什么态度？孔子对宰我提出的异议显然是不满意的，宰我走后，还背后说宰我"没有仁爱"；而郑板桥的老师则对郑板桥改过的诗做出了肯定，并给予鼓励。我们认同后者的做法，理由有三：

理由一："弟子不必不如师，师不必贤于弟子，闻道有先后，术业有专攻，如此而已。"这是韩愈《师说》中说的，事实上也是如此，学生不一定非要比老师差，老师也不一定非要比学生强，老师只不过年长先学了一步，再说，由于生活阅历、智能水平和兴趣爱好和所钻研的学科不同，师生各有专长，超越老师的学生比比皆是。

理由二：学生能够和敢于提出异议或批评，说明学生勤于思考并有勇气挑战权威，这是学生最可宝贵的精神品质，也是一个人能够成才的必备素质之一，作为师长、长辈，理应鼓励学生、后生这样做。

理由三：青出于蓝而胜于蓝，长江后浪推前浪，这是历史发展的必然趋势，人类就是在后人不断超越前人、学生不断超越师长的过程中，创造了今天的文明。作为师长、长辈，弟子超越自己，正是自己教有所成的标志，理应由衷高兴。这一点，复旦大学中文系美学家蒋孔阳教授就做得很优秀。1980年，他出版了权威性专著《德国古典美学》，书出版后备受好评，但他的一位学生却发表文章提出了四点批评意见。正在日本讲学的蒋孔阳先生读到这些意见后，立即给这位学生写信，明确表示："你的文章对我的肯定超过我做到的，对我的批评则太客气了，你所批评的几点还是有道理的，我以后有机会一定加以修改。"

做学生，应不畏权威，敢于超越，如宰我、郑板桥、亚里士多德；做师长应雍容大度，闻过则喜，如郑板桥的老师、蒋孔阳教授。

顺便说一句，孔子和柏拉图不买宰我和亚里士多德的帐，倒不是孔子和柏拉图有师道尊严，怕丢了自己的面子，知错不认，而是他们认为自己根本就没有错。我们知道，孔子和柏拉图是世界文化圣哲，毫不夸张地说，两千多年前，世界同时升起两轮太阳，一轮是东方的孔子，他的思想光辉始终照耀着整个东方哲学乃至东方文化；另一轮是柏拉图，他的思想光辉始终照耀着整个西方哲学乃至整个西方文化。两个人的思想至今仍在东西方世界发挥着重要作用。两位圣哲岂能因弟子的反对轻易改变自己的观点！

"请为我捡起掉在地上的钱"与"晏子使楚"

　　"请为我捡起掉在地上的钱"的故事说，20世纪30年代，一位挪威男青年漂洋来到法国，他要报考著名的巴黎音乐学院。考试的时候，尽管他竭力将自己的水平发挥到最佳状态，但还是没能被主考官看中。

　　他身无分文，已经一天没有吃东西了。走出考场，他来到离学院不远处一条繁华的街上，勒紧裤带，在一棵大榕树下拉起了手中的琴。他一曲接一曲地拉着，优美的琴声吸引了无数人驻足聆听。饥饿难耐的他最终无奈捧起了自己的琴盒，听众纷纷掏钱放入琴盒。

　　一个傲慢的绅士走上前，鄙夷地将钱扔在男青年脚下。男青年看了一眼绅士，弯下腰捡起地上的钱递给绅士说："先生，您的钱掉到地上了。"

　　绅士接过钱，重新扔到男青年脚下，十分轻蔑地说："这钱已经是你的了，你捡起来吧。"

　　男青年再次看了看绅士，深深地向他鞠个躬说："先生，谢谢您的资助！刚才您的钱掉到地上，我弯腰为你捡起，现在，我的钱掉到地上了，麻烦您弯腰为我捡起来！"男青年平和的语气中透出犀利和坚毅。

　　绅士被男青年出人意料的举动震撼了，在众目睽睽之下，绅士最终弯腰捡起地上的钱，放入琴盒，然后灰溜溜地走了。

　　围观者中有一双眼睛一直默默地关注着这位男青年，这个人就是巴黎音乐学院的主考官。他将男青年带回学院，最终录取了他。

　　这位男青年叫比尔·撒丁，后来成为挪威很有名气的音乐家，他的代表作是《挺起你的胸膛》。

　　"晏子使楚"是写进中学课本里的故事，大家耳熟能详。故事的背景是中国春秋时代，那是中国奴隶社会走向没落的时期，分封制的诸侯国纷起争雄，周王朝只是一个摆设。当时，齐楚都是大国，但楚国比齐国强大。晏子名晏婴，是齐国的上大夫、相国，以思维敏捷、善于雄辩称著于世。一次，他奉命去楚国访问，楚王恃强气傲，想借机羞辱齐国。

楚王知晏子身材矮小，便在城门旁开一小门，准备迎接晏子。晏子来到城下，守门的侍卫打开小门，请晏子进城。晏子明白楚王的意思，便站在小门前，对侍卫说："请禀报楚王，问他这是什么地方，如果我访问的是狗国，我就从这个狗洞（小门）爬进去，如果楚国不是狗国，还得请我从大门进城。"侍卫急忙传话给内宫，楚王一听，无奈，传令立刻打开城门，请晏子入。

晏子拜见楚王，双方落座。楚王看看晏子矮小的身材，故作不解之状，问："难道齐国没人了吗？"晏子起身回答："大王何出此言？我国首都临淄住满了人，举手蔽日，挥汗成雨，街上的行人肩膀擦着肩膀，脚尖碰着脚跟。大王怎么说齐国没有人呢？"楚王说："既然有那么多人，为什么打发你这么矮小的人来呢？"晏子装着很为难的样子说："实禀大王，敝国有个规矩：访问上等的国家，就派上等人去；访问中等的国家，就派中等人去；访问下等的国家，就派下等人去，我最不中用，所以就派到这儿来了。"说完，故意笑笑。楚王只好赔笑。

楚王宴请晏子，酒喝得正高兴，两个小官吏绑着一个人来见楚王。楚王问："绑着的人是干什么的？"小官吏回答说："是齐国人，犯了盗窃罪。"楚王看了一眼晏子，问："齐国人本来就善于偷盗吗？"晏子马上站起身，离席回答说："大王，我听说过这样的事情，橘子生长在淮河以南还是橘子，而生长在淮河以北就变成了枳，只有叶子的形状很相似，但果实的味道完全不同。这是什么原因呢？是水土不同啊。老百姓生活在齐国不偷盗，到了楚国就偷盗，难道是楚国的水土使老百姓这样吗？"

楚王感到十分尴尬，自我解嘲地笑着说："圣人是不可以戏弄的，我是自讨没趣了。"于是厚待晏子。

作者感言：我们说这两则小故事，是想借此聊聊"尊严"这个话题。

故事一里，比尔·撒丁让绅士捡起的，是比尔·撒丁的人格尊严；故事二里，晏子所维护的，是齐国国家的尊严。尊严，就是尊贵庄严，就是主体所持有的应当受到尊重的身份和地位。这里的身份和地位，不是社会分层的等级和政治上的权位，而是一个人、一个群体、一个民族乃至一个国家本身所具有的不可被剥夺的地位。这种地位，作为个体表现为人格，作为民族国家表现为国格。

非正义甚至邪恶逞凶，是社会常有的现象，因此，坚守和维护尊严，就显得非常重要。古往今来，世人都把尊严视为至高无上的精神瑰宝，看得比生命还重要。孟子说："生亦我所欲，所欲有甚于生者，故不为苟得也。死亦我所恶，所恶有甚于死者，故患有所不辟也。"意思说，生命是宝贵的，是我所渴望的，但有比生命更宝贵、更渴望的，因此不能放弃更宝贵、更渴望的而苟活；死亡是我所厌恶的，也是我极力回避的，但有比死亡更可厌恶、更应回避的，因此不能害怕和拒绝死亡。那么，这个比生"更宝贵、更渴望"的东西是什么呢？就是"义"；这个比死"更可厌恶、更应回避"的东西是什么呢？就是"不义"。"义"就是人格尊严，只有坚守和维护人格尊严，人才能做到"居天下之广居，立天下之正位，行天下之大道"（孟子语），才能"富贵不能淫，威武不能屈，贫贱不能移"（孟子语），才能"不可夺志"和"可杀不可辱"，才能有宁可饿死不吃嗟来之食的"风骨"。

尊严是一个人的傲骨，是一种价值，一种责任，没有财富，可以用双手和智慧创造，但如果没有尊严，那就什么也没有了。让我们像比尔·撒丁一样，捡起我们的尊严，挺起我们的胸膛，像爱护眼睛一样呵护我们的尊严吧！尊严是一个国家立于世界民族之林的旗帜，是国家如峻峰威严耸立的标志，维护国家的尊严，是每个国民的神圣义务，学像晏子，让祖国的尊严凛然不可侵犯吧！

被苍蝇击倒的世界冠军

1965年9月7日，世界台球冠军争夺赛在美国纽约举行。路易斯·福克斯的得分一路遥遥领先，只要再得几分便可稳拿冠军了。就在这个时候，他发现一只苍蝇落在主球上，他挥手将苍蝇赶走了。可是，当他俯身击球的时候，那只苍蝇又飞回到主球上，他在观众的笑声中再一次起身驱赶苍蝇。这只讨厌的苍蝇破坏了他的情绪，而且更糟糕的是，苍蝇好像有意跟他作对，他一回到球台，苍蝇就又飞回到主球上，引得周围的观众哈哈大笑。路易斯·福克斯的情绪恶劣到了极点，终于失去理智，愤怒地用球杆击打苍蝇。球杆碰到了主球，裁判判他击球，他因此失去了一轮机会。路易斯·福克斯方寸大乱，连连失手，而他的对手约翰·迪瑞则愈战愈勇，赶上并超过了他，最后夺得了冠军。

第二天早上，人们在河里发现了路易斯·福克斯的尸体，他投河自杀了。

作者感言： 稳操胜券的金牌因一只飞落的苍蝇擦肩而过，所向无敌的世界冠军竟被一只小小的苍蝇击倒，这是人生之大不幸。福克斯的悲剧给我们两点启示：

启示一：千万不要被无关紧要的小事干扰了大目标。一只微不足道的苍蝇吸引了福克斯的注意，导致了目标的失落。其实，那只飞落的苍蝇根本不妨碍目标的实现，福克斯只要专心地击球，当主球飞速奔向既定目标的时候，苍蝇还站得住吗？击你的球，不用管它，悲剧就不会发生。

在日常生活中，因无关紧要的小事情导致注意力迁移而失去目标的现象屡见不鲜。比如，你正在河边洗衣服，这时，一条小鱼游过来，你丢下衣服，专心致志地去捉这条小鱼，捉了一气没捉到，回来一看，衣服被河水冲走了。再比如，你正在做一件有益的事，并取得了明显成效，这时却听到了一些闲言碎语，你心里憋气，便一门心思去对付闲言碎语，把正事给耽误了，甚至不干正事了。这就是注意力迁移，目标失落。所以，我们应记住路易斯·福克斯的教训，集中注意力，专注目标，别理那苍蝇。

启示二：及时调整产生的不良情绪很重要。是不良情绪导致了福克斯理性的丧失。如果福克斯没有愤怒，他就不会用球杆击打苍蝇，也就不会失去一次机会；即使失去了一次机会，如果能及时调整情绪，平静心态，夺冠亦有把握。可他乱了方寸，完全被情绪左右。而人在情绪化的状态下，很难做出恰当选择，所以，他连连失手。日常生活中，一失足成千古恨的许多事情，都是一时冲动、一时愤怒的结果。由此看来，福克斯不是被苍蝇击倒的，而是被自己击倒的。有位哲人说："人都是被自己打败的。"这话不无道理。

更令人深深惋惜的是，极端消极情绪堵塞了福克斯的人生进路，让他命丧黄泉。其实，一次失手，并不代表从此无望，就凭福克斯的实力，调整好情绪，坚持刻苦训练，下次比赛，夺冠的概率还是很高的。"留得青山在，不怕没柴烧"，福克斯怎么就想不开了呢？福克斯的悲剧告诫我们：人一旦产生了消极的不良情绪，一定要及时调整，力避发展到极端消极程度，一旦达到极端消极程度，人的思维就会走进死胡同，就很难迈过这个"坎"。请记住：人生很难事事如意，当失意、失败、遭受某种损失、遭遇某种挫折困难甚至灾难时，要及时调整悲观失望情绪，要理性地提醒自己：别上火，别气馁，天下没有绝人之路，大不了从头再来！如是想，就不会掉进绝望的陷阱。

积 叶 成 书

　　这是元末明初著名文学家、史学家陶宗仪的故事。陶宗仪，字九成，号南村，黄岩（今浙江）人，自幼好学，博览群书，才华出众。他无意出仕为官，放弃科举，亦谢绝浙东道宣慰使都元帅泰不华、南台御史丑闾、太尉张士诚等人的荐举，在家一边种地，一边教书，一边钻研学问。每次下地干活，他都带着笔墨，累了，坐在树荫下休息时，就摘几片大大的树叶，把自己当天的所见所闻所感记下来。回到家中，将写满字的树叶装进坛子，天天如此。十几年过去了，等他专心设账教书的时候，写满字的树叶已经装了几十坛。他一边教书，一边将树叶上的文字详加整理，分类抄录，编成了流传至今的三十卷名著《辍耕录》。因号为"南村"，故亦称《南村辍耕录》。

　　除《辍耕录》外，陶宗仪还著有四卷《南村诗集》、一卷《国风尊经》、一卷《沧浪棹歌》、九卷《书史会要》、两卷《四书备遗》等多部著作。

　　作者感言："不积跬步，无以至千里；不积小流，无以成江海。"荀子《劝学篇》里的这句话，凡读过书的人都耳熟能详；"滴水凑成河，粒米凑成箩。"民间的这句俗语，目不识丁的老农亦明白这个理儿。但明白道理是一回事，做不做则是另一回事。大千世界，芸芸众生，懂得"积少成多""积土成山"道理的人比比皆是，但身体力行者不多。所以，陶宗仪之举令人感佩，《辍耕录》问世亦非易事。

　　陶宗仪积叶成书的经历，给我们三点启示：

　　启示一：要做个有心人。所谓有心人，就是有想法、有打算、有目标，想干一番事业的人。陶宗仪就是一个立志做学问的有心人，他放弃仕途，潜心于学问，即使种地、教书的时候，也没有放下钻研学问。

启示二：要做个细心人。所谓细心人，就是心细，能做小事、细事的人。如陶宗仪，留心每一件小事，并及时写在树叶上。细节成就事业，细节决定人生。

启示三：要做个恒心人。所谓恒心人，就是有恒心，锲而不舍，不达目的绝不罢休的人。古往今来，虑始者实繁，浅尝辄止者居多，而克终者盖寡，能克终者即有恒心者，如陶宗仪者流。

放开一点儿思路，做点儿联想，其实，"做人"也和干事业、做学问同理，也须做个有心人、细心人和恒心人。立志成就高尚人格，如积叶成书一样积极做好事、行善事，积小善而成大德，善善相累，神明自得，圣心备矣。所以，莫因善小而不为。

黄公之女为何难嫁

中国古时候，大户人家的女孩儿，结婚前很少与外界交往，即所谓"紧锁深闺""三门不出四户"，世人很难看到真相，往往是"躲在深闺人未识"。古书《尹文子·上篇》里说，战国时，齐国有个大户人家，主人叫黄公，其为人谦卑。他有两个女儿，都长得如花似玉、国色天香。但他从不夸女儿漂亮，常常谦虚地对别人说他的女儿长得丑，丑极了。这样一来，他的女儿便一下子丑名远扬。又过了几年，他的女儿到了出嫁的年龄，却没有一个人上门提亲。黄公派人到全国各地去征婚，也没有一个来应聘的。这时，黄公才着急了，便降格以求。恰巧，卫国有个名字叫"时"的男子，我们姑且称他作"卫时"，已到中年，还没有找到老婆，心想，丑的也娶一个吧，便冒失地把黄家的大女儿娶了回来。回家一看，哪儿丑呢？简直是仙女下凡啊！那卫时便欣喜若狂，四处宣扬说："我娶了个非常漂亮的老婆哩！我岳父大人太过谦虚了，他是故意丑化自己的女儿啊！姐姐都这么漂亮，其妹必美"。卫时这一宣扬不打紧，惹得许多未婚青年男子都到黄家送聘礼来了。娶得妹妹的男子，入洞房时揭开盖头一看，妹妹果然也很美丽。于是有人叹息道："谦虚本不错，但过谦也不好啊！"

作者感言：世间任何事情都讲究一个适度，做不到位和做过了头都不好，孔子有言："不及不可，过犹不及。"列宁说："真理再前进一步就是谬误。"黄公就是谦虚过了头，耽误了女儿的婚事。

谦虚是一种美德，过谦或谦卑则适得其反，特别是大力倡导"以人为本、张扬个性、展现自我"的当代社会，过谦、谦卑往往会妨碍人的事业发展。理由如次：

理由一：过谦、谦卑直接表达的是"我不会""我不能""我不好""我做不到"等否定性信息，而这些信息很容易被社会认可，并作为"不准入"的依据，从而失去许多发挥自己聪明才智的机会。

理由二：过谦、谦卑的人往往缺乏表现欲，做什么事情都习惯于溜边，常常因处于边缘被淡化，不容易引起别人的重视。

理由三：过谦、谦卑的人往往缺乏自信心，竞争意识差，而"缺乏自信"则是事业成功的天敌。

理由四：过谦、谦卑的人，其外在表现往往与实际的才能业绩不符，容易给人一种虚伪的错觉，所以，世人常说的"过分的谦虚就是虚伪"，不无道理。

真正的谦虚是在实事求是基础上的虚心，是不高傲自大，是不自以为是和盛气凌人。被人们称颂为"力学之父"，发现了万有引力定律和数学二项式定理、确定了冷却定律和创立了微积分学的牛顿，在别人赞美他的时候，他却非常谦逊地说："如果说我看得比笛卡尔要远一点儿，那是因为我站在巨人肩上的缘故。"这是真正的谦虚，牛顿既肯定了自己"比笛卡尔看得要远一点儿"的成就，又不贪天功为己有，说出了自己是在学习先贤基础上才取得了成功的道理，听来让人肃然起敬。

我们要学会谦虚，因为"谦虚使人进步，骄傲使人落后""满招损，谦受益"；我们更要避免过谦和谦卑，因为它会使我们错过成功的机遇和丧失奋斗的信心。

萧伯纳永远的内疚

20世纪30年代，英国著名戏剧家、诺贝尔文学奖获得者萧伯纳，受苏联作家协会邀请，到苏联去度假。有一天，他在莫斯科的街头散步，碰到了一个非常可爱的小女孩儿，他童心萌发，竟和这位小女孩儿玩了起来，并玩了很久。分手的时候，他对小女孩儿说："回去告诉你的妈妈，你今天和萧伯纳一起玩了。"小女孩儿看了看萧伯纳，她不知道萧伯纳是干什么的，于是很认真地学着萧伯纳的口气说："回去告诉你的妈妈，今天你和苏联女孩儿安妮娜一起玩了。"萧伯纳很吃惊，立刻意识到自己的高傲，并向小女孩儿道歉。

回国后，萧伯纳在许多场合提到这件事，他说："一个人无论有多么大的成就，都不能高傲和盛气凌人，而应该永远谦虚。这件事，是我永远的内疚。"

作者感言："你今天和萧伯纳一起玩了"，从文面上看，这句话只是陈述了一个事实，似乎看不出萧伯纳的高傲和盛气凌人，但文面背后有一个隐含判断："你女儿能和世界著名作家、诺贝尔文学奖得主萧伯纳在一起玩儿，是你女儿的荣幸。"正是小女孩儿天真无邪的仿语提醒了萧伯纳，使他意识到自己潜意识中的自负和高傲。

不放过自己潜意识中的自负和高傲，是一种慎独，是严于律己的最高境界。我们说这则小故事，就是想借此说说什么是慎独。

所谓慎独，就是一个人在独处的时候，在没有任何人在场的情况下，仍能凭着高度自觉，从心灵深处小心谨慎地调控自己的言行，使自己严格按一定道德规范思考和行动，不去做任何有违道德规范、做人原则的事情。慎独语出《礼记·大学》："所谓诚其意者，毋自欺也。如恶恶臭，如好好色，此之谓自谦，故君子必慎其独也。"意思说，所谓使自己的意念诚实，就是说不要自我欺骗，要像憎恶腐臭的气味一样，要像爱好美好的容貌一样，让自己不亏心，这就是自我谦逊，因此，君子必须能够谨慎地独自面对自己的内心。慎独是一种向内的自我反思、自我约束，是中国儒学一直倡导的道德修养方法，也是中华民族的传统美德，它不仅仅是一种自我修养手段，更是一种道德修养境界，凡是勤于慎独的人，都是自律性强，努力追求高尚情操和心胸坦荡的君子。曾国藩就曾告诫他的子孙们说："慎独则心安。"

萧伯纳是英国人，生长在远离中国的欧洲，但作为世界级文学巨擘，想必对中国儒学一定有所了解，也许深谙慎独之道。萧伯纳的慎独说明，慎独作为一种道德修养手段，具有普世意义，它不仅对中国人修为道德有意义，对外国人修为道德也有意义。

萧伯纳主动向小女孩儿道歉，并事后多次对自己的过失表示内疚，不仅体现了他严于律己的慎独精神，也彰显了他谦虚、平等待人的品格。

在日常生活、工作和人际交往中，严于律己、谦虚、平等待人非常重要，它是被人接纳和自身不断进步的重要道德因素。严于律己会使人少犯错误，少走弯路；谦虚会让人常常看到自身不足，从而会努力上进；平等待人是尊重别人，从而也会赢得别人尊重。萧伯纳做人的榜样在前。

梦想的力量

　　这是一个非洲妇女苦学成才的故事，她的名字叫特莱艾，1965年出生在非洲南部津巴布韦共和国一个小村落里，她只读了小学一年级，就被父亲勒令停学。在帮助父亲做农活之余，她经常从哥哥的书包里翻出书来读，有一次，她伏在家门前的一块石头上写下了自己的四个梦想——出国留学、读完学士、硕士、博士，并按照非洲人的习俗，将写着梦想的纸条放进瓦罐，埋在了这块大石头旁。

　　十一岁那年，父亲逼着她嫁了人。一晃十九年过去了，她三十岁的时候，已经是五个孩子的母亲，而丈夫患了艾滋病并经常殴打她。这一年，一个国际援助组织的志愿者团路过她居住的村庄，在与志愿者交谈中，特莱艾向领队乔·拉克女士道出了自己的四个梦想，并得到了乔·拉克女士的赞许。乔·拉克女士鼓励她说："只要你有梦想，并且努力，你就能实现。"

　　特莱艾开始为国际援助组织工作，并攒下工资攻读函授课程，从小学一直补习到高中。1998年，经过三年苦读，在国际援助组织的帮助下，她收到了美国俄克拉荷马州立大学的录取通知书。出国留学，对于一个有五个孩子和一个病丈夫的非洲妇女来说，是异常艰难的。她卖掉了所有家当，在许多邻居的帮助下，凑了四千美元，带着五个孩子和一个病丈夫，一家七口到美国留学。

　　梦想是美好的，但现实是残酷的。她一边读书，一边做好几份工作，全家人挤在一个窄小、冰冷的房车里，她经常到垃圾桶里捡人们扔掉的食物，全家人处在饥寒交迫之中，同时，她还常受病丈夫的毒打，她骨瘦如柴，但她仍然坚持读书。她的善良和才智打动了人们，当俄克拉荷马州立大学因她交不起学费要开除她时，一位学校官员出面干预并发动全校师生向她伸出了援助之手。这位官员回忆说："我看到她身上有一股巨大的能量。"

　　慈善组织定期为她家送来食品，一位善良的沃尔玛超市员工，总是用心地将刚刚过期的水果装好，定点放在超市门口留给特莱艾。就这样，她实现了两个梦想——留学美国和读完学士学位。

她没有停下来，在继续追逐着另外两个梦想。当她在美国西密执安州立大学攻读硕士的时候，因家庭暴力被驱逐出境的丈夫已经到了生命的最后时刻，她经过多方努力，将丈夫接回美国。她每天要读书、要打工、要抚养五个孩子，还要伺候躺在床上的丈夫。她硕士毕业的时候，她的丈夫也过世了。

为了最后的一个梦想，她更加执着和勤奋。2009年12月，四十四岁的她在美国西密执安州立大学获得了哲学博士学位，四个梦想全部实现。同年，她被国际援助组织聘为项目评估专家，同时也收获了自己的爱情——与俄克拉荷马州立大学的一位病理学家马克·特伦恩特结为夫妻。

2009年，她成了美国媒体的聚焦人物，在美国最著名的日间谈话节目《奥普拉秀》上，她向世人讲述了自己的故事。

作者感言：作为有五个孩子和一个病丈夫的非洲妇女，在一贫如洗和只有小学一年级文化的情况下，靠着梦想支撑，克服了常人无法克服的重重困难，历时十四年，完成了她的圆梦之旅，谱写了一曲凄苦而壮丽的人生赞歌。

特莱艾的追梦至少给我们两点启示：

启示一：它告诉我们，事业成功离不开梦想。有梦想才能引发澎湃的激情，有澎湃的激情才能生成强大的动力，有强大的动力才能促使执着的行动，有执着的行动才能获得成功，从而改变命运。这就是强者的人生轨迹。

启示二：它告诉我们，锲而不舍的意志品质是成功的关键。十四年追梦过程中，一贫如洗、五个需要抚养教育的孩子、有病的丈夫、经常受病丈夫的毒打、窄小冰冷的房车、捡垃圾桶里别人扔掉的食品充饥、一边读书并要做几份工作、累得骨瘦如柴，其中任何一种状况都足以让人选择放弃，道理很简单，连活都要活不下去了，还奢望什么梦想？但特莱艾就是特莱艾，她毅然扛起这一切苦难，和着血水、汗水、泪水，昂首蹒跚前行。是永不放弃的执着坚韧，让特莱艾这个羸弱的女子实现了梦想。

靠梦想实现超越，摆脱平庸；靠坚韧领略生命的美和奋斗的意义；靠激情感动自己，感召别人。特莱艾有梦想、有坚韧、有激情，所以，她感动了美国、感动了非洲、也感动了所有世人。

第一千根琴弦

    从前，有一老一少两个瞎子，两个人是师徒关系，靠弹三弦琴卖艺为生。两个人相依相伴，形同父子。一年秋天，老瞎子病入膏肓，他自知将不久于人世，便把徒弟叫到跟前，摸着身边嫩柳般孱弱的小瞎子，回想起十几年的风雨人生，百感交集。良久，他让徒弟从行囊中取出一个用封条密封的小匣子，用很微弱的声音缓缓地说："孩子，我们瞎子都希望见到光明，在我还年轻的时候，去一个寺院抽签，一位高僧给了我这个小匣子，他告诉我，这里面放着一个能使瞎子见到光明的秘方，但高僧嘱咐我，必须弹断一千根琴弦后，才能打开这个匣子，否则，这个秘方将没有效用。很遗憾，我辛辛苦苦只弹断了八百多根琴弦，是没有希望见到光明了。今天，我把它交给你，从今天起，你要勤奋弹琴，等你弹断第一千根琴弦后，打开这个匣子，你就能见到光明的世界了。切记，一定要弹断一千根琴弦后再打开，不然，你的一切努力都白费了。"说完，老瞎子缓缓咽下最后一口气。小瞎子含泪掩埋了师傅，带上小匣子和三弦琴，又踏上了卖艺之路。

    花开花落，寒去暑来，小瞎子牢记师傅的嘱托，脚踏四方路，不停地为人弹唱。他下定决心，一定要弹断一千根琴弦，一定要看看他生活的这个世界什么样。时光在琴弦上悄然流逝，技艺在弹奏中缓缓提升，当小瞎子步入中年的时候，他已经成为远近闻名的三弦演奏家。他赢得了声誉、地位，有了金钱和家室，养育了儿女。但他仍然不停地为人演奏，琴弦在他手上一根根被弹断，他的演奏已经达到了"声振林木，响遏行云"的艺术境界。当昔日的小瞎子已经两鬓如霜、胡须如瀑的时候，他终于弹断了第一千根琴弦。他连忙叫来儿女，让他们从棚顶上拿出自己珍藏了几十年的小匣子。他颤抖着双手轻轻揭去了小匣子上的封条，开启了这几十年为之奋斗的梦想。匣子打开了，他伸手一摸，里边什么也没有。他初始愕然，但马上明白了师傅的良苦用心，他抱着小匣子跪倒在地，放声痛哭，失声喊道："师傅，我看见这个世界啦！我看见这个世界啦！"

　　作者感言：这是老盲人精心策划的美丽骗局，这个美丽骗局激励小盲人创造了自己有价值的人生。

　　故事里的老盲人是一位高人，是一位智者。作为盲人，他深知一个盲人最渴望的是什么，他为小盲人点燃了希望之火；作为师傅，他深知应该教给徒弟什么，他为徒弟指出了一条走向成功的路。老盲人是天下所有师傅的楷模，他自知将不久于人世，为了激励徒弟奋进，事先设计了这个骗局。老盲人的做法启示世人：作为师傅，作为教师，帮助徒弟、学生树立起一个奋斗目标并激发他们不懈奋斗，比教给具体的知识和技能更重要。

　　故事里的小盲人是一个勇者，是一个强者。他虔诚、执着，目标始终如一，那一根根弹断的琴弦，是他锲而不舍的寻梦之旅，每一根琴弦，都凝结了他辛勤汗水，有时甚至是苦水、血水和泪水。当真相大白，几十年的梦想也只能是梦想的时候，他忽然明白了师傅的用意，他的跪拜和哭喊是解读了师傅良苦用心后的感恩表达。他跪着哭喊出的"师傅，我看见这个世界啦"，并非虚妄，他是在琴声和优美的旋律中看到了这个世界、理解了这个世界，他也是在琴声和优美的旋律中创造了属于他自己的艺术世界。

　　小盲人的成功告诉我们，确立一个积极的人生目标并不懈为之奋斗，十分重要，理由有二：

　　理由一：目标是人生的方向标和动力源，人有了目标，就有了奋斗的方向，就会产生不竭的动力。

　　理由二：不懈奋斗是实现目标的充分必要条件，只有"不弹断一千根琴弦绝不罢休"的锲而不舍，其演奏才能达到"声振林木，响遏行云"的艺术境界。

"第六颗子弹"与"第十六家出版社"

"第六颗子弹"的故事说，20世纪初叶，在中国新疆罗布泊，两个英国探险者迷失在茫茫的大戈壁滩上，他们因多日缺水，嘴唇裂出了一道道血口，如果再这样坚持下去，两个人只能被活活渴死。一个年龄大一点儿的探险者从同伴身上摘下空空的水壶，郑重地说："我去找水，你在这里等我。"接着，他从行囊中掏出一支手枪，递给同伴并告诉他："这里有六颗子弹，每隔一小时你就放一枪，这样，当我找到水之后就不会迷失方向，就可以循着枪声找到你。千万记住，好吗？"看着同伴点了点头，他才信心十足地走了。

时间在一分一秒地流逝，夜幕渐渐降临，年轻一点儿的探险者焦急地等待着找水的同伴。当枪膛里只剩下一颗子弹的时候，他绝望了，他想："同伴一定是被风沙埋没了，或者走得太远，听不到枪声迷失了，也有可能他找到水后抛下我一个人走了。"他盯着夜光表焦灼地数着分分秒秒。饥渴和恐惧伴随着绝望如潮水般涌上心头，他仿佛嗅到了死亡的味道，感到死神正面目狰狞地向他逼过来。他举起枪，顶住了自己的脑袋，扣动了扳机。

就在他的身体轰然倒下的时候，同伴带着满满两大壶水赶到了他的身边。

"第十六家出版社"说的是法国作家儒勒·凡尔纳的故事。1905年3月24日，现代科幻小说的奠基人，被誉为"科学幻想小说鼻祖"的法国作家儒勒·凡尔纳在法国北部城市亚眠逝世，享年七十七岁。这位文学巨擘在科幻小说上的成功，得益于他的妻子。

儒勒·凡尔纳1828年出生在法国西部海港城市南特，少年时酷爱探险，曾偷上远洋商船被父亲抓获，受严惩并拘禁。大学初读法律，后改文学创作。1850年二十二岁时，他创作了剧本《断了的麦秆》，该剧在大仲马历史剧院上演并获得成功。受此激励，他开始创作科幻小说《气球上的五星期》。小说脱稿后，在两三年时间里，他先后跑了十五家出版社，书稿都被退回。当第十五家出版社退回书稿时，他绝望了，他觉得文学创作太难了，他没有这方面的天才。盛怒之下，他抱起书稿，走到火炉旁，吼道："文学，见鬼去吧！"随手把书稿抛进火炉。

正在擦地板的妻子眼疾手快，跑过去从火炉中把书稿抢了出来。妻子将书稿整理好，放回写字台上，动情地对凡尔纳说："亲爱的，这是你多年的心血呀，它让你熬过了多少个不眠之夜呀，你怎么能一气之下毁掉它呢？我知道你是一个文学天才，只是别人还没有认识你。别灰心，再寄出去试试吧。"

他接受了妻子的劝导，把书稿第十六次寄出。第十六家出版社是出版家埃塞勒创办的，埃塞勒读过书稿后非常高兴，立即投入印刷，1863年，《气球上的五星期》出版发行，很快获得巨大成功。随后，凡尔纳相继写了六十多部科幻小说，其中像《地心游记》《从地球到月球》《海底两万里》《八十天环游地球》等十几部，是享誉全球的科幻经典之作。

值得一提的是，凡尔纳很多幻想似乎都建筑在科学基础上，其中很多幻想诸如电视、潜艇、水下呼吸器等都已成为现实。20世纪许多科学家的科学发明，都不同程度地受过他作品的启示。

作者感言：年轻一点儿的探险者缺了那么一点点坚持，绝望终成绝望；凡尔纳听了妻子的劝告，坚持了那么一点点，却获得了巨大成功。两者的区别仅在于是否做到了"最后的一点儿坚持"。

成功往往就在"最后的一点儿坚持"之中，谁做到了，谁就赢了。孔子说："譬如为山，未成一篑，止，吾止也。"意思说，好比用土堆山，只差一筐土就堆成了，如果停下来．那是我自己停下来的。孔子提醒世人，不要在事情将要成功的时候停下来，那样会前功尽弃，只要再坚持一下，堆上一筐土，山就造成了。

为什么"成功往往在最后的坚持一点之中"呢？这是因为，事物的发展变化有一个从量变到质变的过程，长久的坚持，是一个量的积累，量积累到一定程度就会产生质的飞跃，而质的飞跃往往就在最后坚持的那个当口上。就用孔子举的例子说，我们要堆一个三十米高的土堆，我们运来了上千筐土，已经堆到二十九点九九米，只差一筐土就堆到三十米了，这一筐土就是从"量"向"质"飞跃的关键，堆上了就成功，不堆上就前功尽弃。两军交锋，都打得筋疲力尽，弹尽粮绝，谁能再坚持一下，谁就能取得胜利。

那么，为什么许多人又往往坚持不到最后呢？尽管原因各不相同且十分复杂，但还是可以概括出两种类型，即不得不放弃的"正当放弃"与本不应放弃而放弃的"不正当放弃"。

类型一：正当放弃。继续坚持的条件已经丧失，不得不放弃。这有两种原因：

原因一：有自然生命不可抗拒的因素。身体已根本不具备实现目标的条件或再坚持就会导致死亡的时候，在不是"生命"与"道义"二者不可兼得必取其一的情况下，采取放弃，是一种理性选择。如从事绘画多年，忽然因病双目失明，放弃绘画，是明智的；又如，攀登珠峰，已接近登顶，忽然因高山缺氧引发心脏病，及时退下来，是生存需要。

原因二：有外在客观条件改变的因素。初始阶段条件具备，中途环境发生变化，丧失了实现目标的条件，无法继续坚持，只能放弃。如你打算建一幢别墅，并买了一块依山傍水的土地，正准备动工，适逢金融危机，你的企业陷于困境，为拯救企业，你只能放弃建一幢别墅的计划，卖掉土地，把所有资金投入企业发展。

以上两种因素往往是不可抗拒的，均属于正当放弃，这不是我们讨论的重点。

类型二：非正当放弃。本来能够坚持并应该坚持而没有坚持。这一现象的具体表现虽因人而异，千差万别，但概括起来，主要有四种：

表现一：对既定目标的实现产生了怀疑，丧失了信心。第一个故事里，如果年轻一点儿的探险者坚信同伴一定会回来，悲剧就不会发生；第二个故事里，如果凡尔纳坚信自己的科幻小说一定会有出版商看中，一定会产生积极的社会影响，他就不会将书稿抛进火炉。

表现二：缺乏坚强意志，忍受不了艰难困苦。战争年代的许多叛徒均属此类。

表现三：抵抗不住诸如金钱、权力、美色等其他功利性因素的诱惑或耐不住事业追求过程中的孤独寂寞等，中途目标迁移，半途而废。

表现四：自信力和独立性不强，或慑于权威，或囿于传统，或迫于舆论，或过分关注别人的意见等而改变初衷。这正应了美国加州大学经济学家伊惺·韦奇说的那句话："即使你已有了主见，但如果有十个朋友的看法和你相反，你就很难不动摇。"

我们知道，丧失信心、缺乏意志、抗不住诱惑和独立性不强等，都属于意志品质问题，据此，我们可以说，应该坚持而没有坚持的根本原因，就是缺乏良好的意志品质。由此看来，坚定的目的性、独立性、坚韧性、果断性和自制力等良好意志品质是非常重要的，它是人能坚持到最后并收获成功的关键因素。世界著名麦当劳连锁店的创办人雷·克洛克就非常明白这个道理，他的座右铭是：坚持到底。

做人，就该诚实，对吗？

　　她叫冰冰，是小学四年级的学生。在一次语文考试中，她满怀信心地认为自己能进班级前三名。可卷子发到手中一看，她只考了88分，心里凉了半截。她仔细检查试卷，发现那道十分的题她是能做出来的，可不知怎么当时就那么粗心，竟做错了。强烈的虚荣心驱使她拿起橡皮，趁着同桌、邻桌的同学不注意，擦去了错误答案，写上了正确答案。之后，她有些紧张地拿着试卷，到讲台前去找老师加分。

　　"老师，您瞧，这道题我做对了，你为什么扣我十分？"她说。

　　老师接过卷子，认真地看了一会儿，又抬头瞅了瞅冰冰和同学们，用手指了指卷面上橡皮擦过的痕迹说："哦，是我判错了，有错就改吗。做人，就该诚实，对吗？"老师给冰冰加了十分。

　　分数加完了，老师把试卷递给冰冰，冰冰回到座位上。

　　分数是加上了，冰冰是全班的第二名，但语文老师不紧不慢、柔中有刚的话语却始终撞击着冰冰幼小的心灵，老师的手指和表情告诉她，老师发现了她的作假，但老师没有当着全班同学的面揭穿她。"做人，就该诚实，对吗"那句话，就是一种暗示。

　　两三天的思想煎熬让冰冰寝食不安，她为自己的作假感到羞愧，她终于鼓足勇气走进老师办公室，向老师认错。

　　看着满面羞红和胆怯的冰冰，老师微笑着说："知错改了就好，做人，就该诚实，对吧！"

　　冰冰点点头，也笑了。

　　作者感言：我们讲这则小故事，是想借此说四点想法：

想法一：批评人、教育人要讲究艺术，要维护受批评者、受教育者的人格尊严，对正在成长中的青少年更应如此。试想，如果语文老师当着同学们的面揭穿了冰冰，冰冰立刻就会被同学们鄙视、冷落，甚至会遭到讥笑、讽刺和挖苦，而这一切绝不会"浮云过天不留痕"的瞬间消逝，这件事会长时间地留在师生们的印象中，也会成为冰冰挥之不去的心灵阴影。一个十一二岁的孩子，能承受这样沉重的打击吗？往日朝气蓬勃、天真活泼的小姑娘恐怕不复存在，取而代之的则是一个低着头溜边走路的胆怯畏缩的孤独女孩儿。说不定，这件事还会毁了冰冰一生。老师给冰冰留了面子，面子就是尊严，就是人格。人有了面子，就能挺起腰板做人，没了面子，就会无地自容，没脸见人。在日常生活和工作中，我们也会经常品评人或批评人、教育人，当此时，这位老师的做法就是我们的榜样。

想法二：暗示性批评有时更具有感召力。这位老师以"无错却认错"的方式，"掩护"了学生的错误，维护了学生尊严，但他没有无视和迁就学生的错误，他的手指、表情和"做人，就该诚实"的忠告，就是一种批评。这种批评是暗示的、委婉的、隐性的，是批评者与被批评者心与心的交流，它让冰冰两三天寝食难安，终于触使她鼓起勇气，承认了错误。由此看来，有的时候，隐性批评比显性批评更具有震撼力、感召力，更容易使犯错者认识错误、改正错误。

想法三：这位老师的做法体现了师爱的高境界，值得学习和效法。没有爱就没有教育，这是每位教师都熟知的，但老师对学生的爱，不仅仅是生活上的呵护和学业上的关心，而最突出的表现是老师对学生人格的尊重和维护，最高的境界是在尊重和维护学生人格过程中不留任何痕迹，即大爱无痕。这一点，这位老师做到了。

想法四："做人，就该诚实"这句忠告，既是对冰冰"作假"的具体批评，也是对冰冰"做人"的期盼，更是对所有人的提醒。所以，我们每一个人都应该记住并努力践行这一忠告。这是因为，诚实，是正直美善人格的重要品质之一，也是中国几千年来一直倡导的伦理价值。中国最古老的经典《周易·乾·文言》中说："修辞立其诚，所以居业也。"这是孔子对乾卦第三爻爻辞的解释，意思说，检点言行，确立诚实的精神品质，所以才能建功立业。诚实是人安身立命的根本，老老实实做人，永远是做人的第一要义。

顺便说一句，五百多年前，心学圣哲王阳明也曾以"立诚"忠告过他的学子。事情发生在明正德十年，即公元1515年，王阳明的学子林典卿要返回故里时，去向老师辞行，请教说："元叙（典卿的字）听闻夫子讲学，受益匪浅，现在要离开了，大胆向夫子再请教通天地古今的为学道理，以为终身教言。"

阳明先生郑重曰："立诚。"

典卿不解，追问道："为学难道只是如此吗？天地如此广大，星辰如此瑰丽，日月如此明亮，四时不断运行，这些自然现象不可穷尽；人事如此丰富，草木如此繁盛，禽兽各自群居，中国与夷狄的文化各自不同，这些世间的变化都无法穷尽。古时学者花费一生智虑，消耗全部精神，不舍昼夜，穷尽年岁，尚且无法理顺智慧的头绪，就像梳整蚕丝与牛尾，不论如何辛苦，都没有穷究智慧的根本奥义。现在夫子却说'立诚'，光只是立诚，就能穷尽这全部智慧吗？"

阳明先生从容答曰："立诚就能穷尽全部智慧！诚，就是最实在的理。诚，就是星辰如此瑰丽、日月如此明亮、四时不断运行以及不可穷尽事物生成变化的根本原因。就人来说，或是繁衍生息，或是群居共事，或是文化融合，以及不可穷尽的人事变化等，也都是诚的结果。因此，如果在诚意之外，再去求解各领域的细枝末节，即使殚精竭虑，不舍昼夜与年岁，消耗全部精神，强去梳整蚕丝与牛尾，自然无法获得任何智慧。诚意，只是专一而已，你无法在诚意外再增加什么。再增加什么，就是析离为二，只要有二，就是伪饰，因此我们不可在诚意之外再增加什么。这就是'至诚无息'。"

在王阳明看来，"诚"是"心之本体"，人只有"立诚"，才能正心立命，才能"致良知"。所谓"致良知"，就是通过"知行合一"的实践方式，将美善的道德意识推及到人所能达至的一切领域。所以，"诚"的最高境界（至诚），就是万事万物生生不息的蓬勃状态（无息）。

深推究，细品味，阳明先生说的是至理。作为生命个体，总是内在先有"诚意"，外在才会有"信誉"，在诚信人格品质的建构中，"诚"是先在的精神本体。倘若人人都能"立诚"，天下太平祥和、生机勃勃矣！

"够用就是最好"与"为什么不买大的呢"

"够用就是最好"的故事说，超市里在举行特价活动，所有的鱼，不论大小，不论重量，都是以条来卖，而且每条鱼的价格都是一样的。有一位女士来买鱼，她在一大堆鱼里选了一条中小的，放进篮子。

旁人见了，不解地问："别人都希望选一条大一点儿的鱼，你为什么挑了一条中小的呢？"

女士不慌不忙得说："因为我家人口少，太大的鱼一顿吃不了，剩鱼又失去了新鲜味道；再则，我家的锅只有这么宽，太大的鱼装不下，所以，够用就是最好。"

女士说完，款款地离开了超市。

"为什么不买大的呢"的故事说，在许多商店里，同一厂家、同一品牌的鞋，临近几个鞋号的价格都是一样的。有一位老太太，许多年来到商店买鞋，都挑大号的拿，所以，她很少穿过合脚的鞋，常常穿着大鞋子走来走去。有人不解地问："你怎么总是穿不合脚的鞋呢？"她理直气壮地回答："大小鞋都是一样的价格，为什么不买大的呢！"

作者感言：这是两个最平常的生活细节，但它彰显了两种不同生活态度。那位女士不过分贪求，持一种够用就好的态度，做得十分理性、明智；而那位老太太却一味"贪大"，给生活带来了不便却不自知，显得有些迂腐。

一个人，在个人生活领域，保持"够用就好"的张力，是很重要的。这是因为，"够用就好"是事物的平衡态，体现了"适度原则"，它是人快乐幸福的根基。什么是适度？适度就是把事物现象控制在一定的相对合理的范围内，就是既做到位又不过分的恰到好处。"增一分则太长，减一分则太短，著粉则太白，施朱则太赤"，是美的适度；"活泼而不张狂，沉稳而不沉默"，是性格的适度；"有梦想而不好高骛远"，是理想的适度；"密而有间，疏而不离"，是人际交往的适度；"得之不以为喜，失之不以为忧"，是得失关系把握的适度；"有干不完的工作，停一停，放松一下"，是劳逸结合的适度；"永远挣不够的钱，永远争不完的权，想一想，都是身外之外，收收手"，是功利追求的适度；"岂能尽如人意，但求无愧我心；尽人事，听天命，顺其自然；学会放下，放下压力，放下消极，放下抱怨，放下狭隘，与昨天挥别，与今天拥吻，与明天握手"，是对人生把握的适度。由此看来，"够用就好"的适度，是一种自我约束能力，是一种严谨的生活态度，更是一种生活境界。

相反，老太太的"贪大"，则是我们需要克服的观念。这是因为，"贪大"是欲望的膨胀，是过分的贪欲，是把事情做过了头，事情做过了头，就会适得其反，人在峰顶，抬脚便是下坡；身在谷底，举足便是登高。弦绷得过紧，就会折断。"贪大"往往是人痛苦甚至灾难的源泉。老太太贪大鞋，只不过带来了生活麻烦，穿着不跟脚的大鞋，走起路来不顺畅而已。而现实生活中，有的人贪大酒，逢酒必醉，结果损害了健康。更有甚者，有些人贪大财、贪大权，往往因不择手段而走向反面，不仅辱没了道德人格，还越过法律底线，锒铛入狱。至于"贪大"带来的痛苦，更是司空见惯。人生痛苦往往来自"非常想得到"却"偏偏得不到"，而现实社会中，主客观许多条件根本无法满足"贪大"的需要，其结果是越"贪大"，越"非常想得到"，却偏偏被推到"得不到"的境地，痛苦于是生成。

你想少有痛苦吗？你想获得更多快乐幸福吗？那就千万不要"贪大"，而努力去追求"够用就好"。

清风两袖朝天去

这是明代廉臣于谦的故事。故事说，于谦在朝为官时，宦官王振因得到明英宗朱祁镇的宠信，自比周公，权倾朝野，专横跋扈。文武百官都畏惧王振的权势，纷纷献金求媚。每逢朝会期间，觐见王振者最少也要献纳白银百两，否则，所请示的事情一定不办，弄不好，还会受到王振的整治。有王振带头，当时，官员贪赃枉法的不正之风，愈演愈烈。

可于谦则不买王振的账，他居官清正廉洁，从不馈赠巴结权要和拉拢私交。于谦当时官做兵部右侍郎都御史，巡抚山西、河南，他每次进京奏事，不带任何送人的钱财礼品，也从不有意攀求权贵。就是去觐见王振，也是空着两手，有事说事，办完就走，王振很不满意。有人劝于谦说："你虽然不献金宝，但带一点儿地方特产，如蘑菇、线香、手帕等，便中做点儿人情，也无不可，免得王振等高官找你的毛病。"

于谦听罢，微笑着举起双袖，使劲甩了甩，风趣地说："我进京只带两袖清风。"说完，便提笔做《入京诗》一首以示众人，诗曰：

手帕蘑菇与线香，本资民用反为殃。

清风两袖朝天去，免得闾阎话短长。

诗的意思说，绢帕、蘑菇、线香这些东西本是供人民享用的，可是因为贪官污吏的搜刮，它们反而给人民带来了灾难。所以我什么也不带，只带两袖清风进京去朝见皇帝，免除老百姓对我说三道四。

顺便说一句，封建时代，官服的袖子都很宽大，这大袖子不仅可以遮面擦汗，而且像"万宝囊"一样，是可以装很多东西的，如手帕、钱两、银票、书信等，官员们上朝或拜访客人，往往将随身带的钱物藏在袖子里。所以，于谦才甩甩袖子，以示他的袖子里什么也没有。

此诗一出，远近传诵，成为一时佳话。从此，"两袖清风"这一成语便流传开来，沿用至今。

作者感言：于谦，字廷益，号节庵，浙江杭州府钱塘县（今杭州市）人，明代政治家、军事家、民族英雄，与岳飞、张煌言并称"西湖三杰"。永乐十九年（1421年），于谦考取进士，先后做过江西、河南、山西等地方官，官至兵部尚书，总督军务，天顺元年（1457年）受诬陷被杀，成化元年（1465年）平反，谥号忠肃。于谦一生政绩突出，为官清廉，被杀抄家时，除生活必需品外，家无余财。

东汉名臣杨震拒金、东晋名臣吴隐之卖狗嫁女，都是中国历史上不贪婪、不受贿、为官清廉的典范，而上边这个小故事，则侧重说的是于谦不行贿。我们说这则小故事，就是想借此聊聊"行贿与受贿两者之间的关系"这个话题。

行贿与受贿，是官场腐败的两个方面，两者相互依存，缺一不可。一方面，没有行贿的，受贿就无从谈起；没有受贿的，行贿就不能成行，腐败就是在行贿和受贿的互动中实现的。另一方面，行贿是破财，特别是官场行贿，往往都不是小数目，紧靠薪水是很难办到的，因此得想法敛财，敛财的主要手段就是以权谋私，收受贿赂，于是，行贿受贿就在相互制约中恶性循环，变本加厉。2009年，北方某县一位县长刚上任不久便因受贿下狱，在坦白中，谈及受贿原因时，他说："为了当这个县长，我花掉了50多万元，我需要把这些钱收回来，再则，为了进一步升迁，我还需要向上送更大一笔钱，所以就急着受贿甚至索贿。"当代有官场民谣说："生命在于运动，提升在于行动：不跑不送，听天由命；光跑不送，原地不动；又跑又送，提拔重用。"由此看来，反腐就得双管齐下，行贿受贿同样治罪。

就官场腐败而言，行贿基本上是下级送给上级，地方官送给京官，其目的尽管千差万别，但无非是求自保、求额外利益、求升迁等几个方面，其中，求升迁即买官最为严重，自权力诞生以来，买官卖官现象屡禁不止，愈演愈烈。

纵观历代清官廉吏，既不行贿，也不受贿。不行贿，是因为他们只想通过正道直行和工作业绩谋求自己应得的利益和权力；不受贿，是因为他们不贪婪，没有非分之想，不齿于以权谋私。杨震、吴隐之、于谦、包拯等，就是中国历史上这样的清官。

据史书记载，于谦拒不行贿，也吃了苦头。正统十一年（1446年），王振见于谦一毛不拔，心怀不满，于是指使党羽李锡弹劾于谦，说于谦因长期得不到提拔对英宗不满，英宗大怒，将其下狱并判处死刑。河南、山西的官吏、百姓上千人到京城上书，为之澄清事实并请求留任，周王、晋王等藩王也纷纷上言。在事实和重大压力面前，王振编了一个理由，说还有另外一个于谦，因同姓同名抓错了，于是放了于谦，官复原职。

一提到于谦，人们都会想起他的小诗《石灰吟》："千锤万凿出深山，烈火焚烧若等闲。粉身碎骨浑不怕，要留清白在人间。"愿天下所有的官员都"清风两袖朝天去"和"要留清白在人间"，这样，社会政治就会清明。

寂寞守寒窗，寡家安容客寓

　　"寂寞守寒窗"的故事说，一位秀才进京赶考，一日，走至荒郊野外，直到傍晚也没有遇到一个村庄，太阳落进西山，夜幕渐渐降临，远山一片深黛色。秀才正在着急，忽见不远处有一户人家，烟囱里正冒着炊烟。秀才赶忙走过去敲门，请求留宿。

　　开门的是一位二十刚出头的女子，孤身一人住在野外的小房子里。她问明秀才来意，便笑着说："你是读书人，我出一副上联，你对得上，便可在我家住一夜，如果对不上，就请继续赶路吧。"

　　秀才看看那女子，就是一个手不离农活和家务的村姑，即使读过书，也不会有什么学问，出不了什么难题，于是便满口答应。

　　女子道："寂寞守寒窗，寡家安容客寓"。

　　这上联十一个字，每个字都是"宝盖头"，而且说明了自己是一个寡妇，一人独居，你一个白面书生，实在不便。书生想了半天，实在对不出，便悻悻地背起行囊，继续赶路。

　　出门时，那女子对秀才说："书生不用着急，转过眼前的这个山脚，再走一袋烟功夫，就有一个十几户人家的小村子，那里的人都是忠厚的农户人家，他们会热情留你过夜的。"

　　作者感言：据说，这副上联至今没人对出工整的下联，堪称古今难对。其难对的节点在形式上。根据对对子的规则，这副上联十一个字都是"宝盖头"，最工整的下联，其对应十一个字的字形结构，也应是上下结构的合体字，最好下部结构完全一致，如都是"皿""心""水"等做字底，而能找出与上联意义相近、相关或相对并能与之构成一个完整意境的十一个合体字词，实在是太难了。

我们说这则难对故事，是想借此聊聊"对联"这个话题。

我们之所以聊这个话题，是因为对联是我们生活中要经常面对的现象，了解对联知识并能够解读和书写对联，好处多多：一能增加生活情趣，二能丰富知识学养，三能陶冶情感情操，四能锻炼思维敏捷能力，五能增强语言表达能力。

对联也叫对子，它是中国汉语言独特的文学体裁，是艺术大花园中的一朵奇葩，它应用广泛，春节过年要贴对子，结婚、祝寿要贴对子，开业、活动庆典要贴对子，许多建筑物的大门上、景区的亭榭楼台上要贴对子，凭吊逝者、古人、古迹，往往也要写副对联呈上。由于对联短小精悍、言简意赅、意境深邃、意味深长，其中多有格言警句，故为书法所钟爱，对联书法作品，遍及全国，随处可见。

对联起源于唐以后的五代十国，距今已有一千多年历史。依据北宋人黄修复所著《益州名画录》记载，第一副对联是五代十国后蜀末代皇帝孟昶所作。当时，过年有挂桃符的习俗，所谓"桃符"，就是在桃木做成的长条木板上，画上降服妖魔的神仙，挂在门上以避邪。北宋建隆三年（公元963年）过春节，孟昶命学士辛寅逊在桃符上题词，辛写完后拿给孟昶看，孟昶很不满意，便自己在桃符上写道："新年纳余庆，佳节号长春"。这便是中国的第一副对联，故对联初名叫"桃符"，因桃符都在过春节时挂出，到明代时改称春联，又因这一联语形式短小精悍、灵活方便，易于表达各种思想情感，故被广泛应用，平时应用时便被称作对联、联语或对子。

对联的表达形式源于古代律诗的对仗，律诗的对仗又是从汉语言的对偶句和骈体文衍化而来。律诗起源于隋代，成熟于唐代。由此看来，说对联产生于五代十国是靠谱的。

对联由上下两句构成，上句叫上联，也叫出句；下句叫下联，也叫对句。从上下联所表达的内容和意义关系着眼，对联可分为正对、反对和流水对三种。所谓正对，就是上下两联意义相似或相关，如"松竹梅岁寒三友，桃李杏春风一家"；所谓反对，就是上下两联意义相反，如"破千年旧俗，立一代新风"；所谓流水对，就是上下联是一个意义整体，两者之间具有因果、连贯、递进、条件、假设等关系，独立起来意义就不全面，如雁门关联："莫愁前路无知己，西出阳关多故人"，又如"每临大事有静气，不信今时无古贤"。

写对联的基本要求是：上下联字数相等、词性相同、结构相似、音韵平仄相间、内容相似、相关、相连或相反。所谓词性相同，就是名词对名词，动词对动词、形容词对形容词、数量词对数量词、虚词对虚词；所谓结构相似，就是主谓结构对主谓结构，动宾结构对动宾结构，依次类推；所谓音韵平仄相间，就是上下句的平声字（汉字的阴平声和阳平声）和仄声字（汉字的上声和去声）交替使用，以此实现音韵变化和谐，一般说来，上句的最后一个字多为仄声，下句的最后一个字多为平声。

根据规则，对联在形式上可分为严式和宽式两种，严式要求恪守规则，字数、词性、结构、音韵等必须符合规则；而宽式只要求字数相同、词性和结构相似就可以了，对音韵的平仄基本不做要求。在创作对联时，用严式还是用宽式，要根据内容来确定，总的原则是：文不害义，形式是为内容服务的，不能为了追求形式而妨碍意义的表达。

对联的字数没有规定，根据内容需要，可多可少，少则上下联各三字、五字、七字、九字，多则十几字，甚至几十字。中国历史上最长的对联是清代名士孙髯翁为昆明大观楼所题写的楹联，总计180字。通用的对联，以五字、七字、九字、十一字为多。

对联堪称"诗中之诗"，从宋代开始，学写对联便成了中国语文教学的重要内容，古代蒙学专门开设了"对课"。对课就是专门学习写对子的课，对课一般以"属对"的方式进行，所谓"属对"，就是老师出上句，学生对下句，字数由少到多，内容由简到繁。自宋代至清末，对课一直是蒙学的必修课，所有读书人都会对对子，中国历史上许多文化名人张口即对，都得益于小时候的对课教育。古代学习创作对联最主要的蒙学教材是《笠翁对韵》。《笠翁对韵》是明末清初著名戏曲家李渔所作，全书分卷一和卷二，按韵分编，包罗天文、地理、花木、鸟兽、人物、器物等的虚实应对。字数从单字对起，依次为双字对，三字对、五字对、七字对、九字对、十一字对。全书内容丰富，文辞优美，声韵和谐，朗朗上口，反复诵读，能得到很好的语音、词汇、修辞训练。

上边说过，学会欣赏和创作对联好处多多，其最突出的好处有二：

好处一：它有助于训练发散思维，能增强想象力和提高思维敏捷力。一副上联，可以从多角度应对，对出多个下联。古时上对课时，老师给出上联，每个学生都能根据自己的理解，对出各自的下联。经常有意识地欣赏对联和学习对对子，既能点燃激情，激活灵性，提高感知事物的敏感度和思维的灵活性、快捷性，又能逐渐养成多纬度思考和多角度分析的发散思维习惯。

好处二：它有助于提高语言表达能力。对联短小精悍，意蕴深刻，富含典故、警句、格言和各种修辞，如蒲松龄的自勉联"有志者、事竟成，破釜沉舟，百二秦关终属楚；苦心人、天不负，卧薪尝胆，三千越甲可吞吴"中，就运用了楚王项羽灭秦和越王勾践灭吴的典故；"鸦叫鹊鸣，并立枝头谈风雨；燕来雁往，相逢路上话春秋""春绘一江画，风织万里丝"两联中，就分别运用了拟人修辞；"春花香四海，冬雪素八方"中的"香"和"素"就是形容词使动用法。欣赏和创作对联，就是学习语言、丰富知识、增加学养的过程，长此以往，就会提升语言表达能力和文学创作能力。

随遇、随缘、随安、随喜

很久很久以前，在一座寺院里，住着一老一少两个和尚。

有一天，老和尚给小和尚一些花种，让他种在寺院的院子里。小和尚拿着花种往外走，不小心被门槛绊了一下，摔倒在地，手里的花种全散落在门前的地上。老和尚在屋里看见了，不动声色地随口说道："随遇。"

小和尚见花种洒了，连忙转身回到屋里，拿起笤帚，想把花种扫起来。可刚拿起笤帚出门，一股强风从门前吹过，将散在地上的花种吹得满院都是。老和尚见了，动也没动，又随口说道："随缘。"

小和尚急了，挽起袖子，决定把整个院子扫一遍，把花种收起来。可刚扫了几下，乌云便席卷而来，立刻下起了倾盆大雨。小和尚赶忙跑回屋里，沮丧地向师傅报告："师傅，我不小心洒了花种。可您都看见了，我刚想去收拾，天就刮风下雨，花种是收不回来了，您处罚我吧。"老和尚微微一笑，轻声说道："随安。"然后挥挥手，示意小和尚下去吧。

光阴如梭，转眼到了第二年春天。当春草勃生，百花盛开的时候，一天清晨，小和尚一出门，见院子里和寺院周围都开满了各种各样的鲜花，寺院仿佛就坐落在花海丛中。他乐得手舞足蹈，蹦蹦跳跳地跑进屋里，拉着师傅出来看。老和尚气定神闲，似见不见地轻声说道："随喜。"

从师傅的话里，小和尚忽然悟到了一种禅意。

作者感言：随遇，就是意外遭遇，是意想不到而又无法事先预防的事情突然发生，此系人生中的偶然，小和尚被门槛绊倒并洒了花种，就是随遇；随缘就是随事态而动，就是遵循事物运动变化规律积极应对，小和尚见花种洒了，赶忙拿起笤帚去扫，就是随缘；随安，就是随时保持安心，特别是无法改变现实时，必须调整心态，以保持稳定情绪，老和尚示意小和尚，既然洒了的花种因下雨无法收回，那就算了，用不着着急上火、也无须沮丧，就是随安；随喜，就是遇到好事、美事、乐事，就及时享受美好，但不可得意忘形，老和尚面对寺院周围盛开的鲜花，心中虽然很高兴，但不像小和尚那样欣喜若狂，而是气定神闲、似见不见，就是随喜。随遇、随缘、随安、随喜，具体诠释了佛教"随遇而安"的人生态度。

随遇、随缘、随安、随喜的核心是"随遇而安"，我们说这则小故事，就是想借此聊聊"随遇而安"这个话题。

说到随遇而安，人们往往理解为得过且过、因循苟且，消极怠惰，不思进取。其实，这是世人对随遇而安的肤浅理解。在佛学教义里，随遇而安是一个具有积极意义的概念，它是识势之态、明势之理、顺势而趋和因势利导的一种积极态度，是使人不论在顺境或逆境、成功或失败、得意或失意的情况下都能始终保持情绪稳定和心灵平和的一种做法。它告诉人们，凡事不能刻意强求，在现实根本无法改变的情况下，必须改变自己，调整心态和做法，特别是在遭遇逆境、挫折和失败的时候，不要痛苦忧伤和悲观气馁，更不要怨天尤人和气急败坏，而要气定神闲地冷静思索，认清和把握形势，因势利导，顺势而动，尽自己的智慧和力量，从容不迫地从不如意中开发出新的生机，如此才能求得心态平衡，努力达至"安"的境界。"安"的境界，就是泰然处之的境界，就是既然遭遇了就冷静面对并顺应事态变化而适时采取行动的态度，就是"既来之，则安之"。它不是不作为，不是消极地任环境和形势摆布，不是麻木地任人宰割，而是识时务的积极面对，是深知不可为而主动不为并另有所为的明智选择。它是一种超脱、从容而博大的淡定情怀。

人生需要"随遇而安"。这是因为，人生在世，必须面对三方面内容：一是开门生活七件事：柴、米、油、盐、酱、醋、茶，这是事关吃喝拉撒、衣食住行的事情，一件也不能少，而事事都得用心；二是出门工作三件事：处人、干事、挣钱，这是人生的核心内容，是人一生奔忙之所在，是创造人生价值和意义的过程；三是休闲养生三件事：休息睡觉养身心、游玩娱乐补身心、读书锻炼强身心，这是人生最惬意的部分，也是人留恋生命之所在。而上述这三个方面人生内容，并非一切顺畅，特别是前两个方面，充满了无奈。古人有"人生不如意事十之八九"之说，虽然有些夸张，但说出了一个基本事实。人生际遇中，有许多事情是个人力量无法左右的，而诡谲多变的生存环境，更常有意想不到的不如意的事情发生，因此，人必须寻找一种解脱困厄、平衡心态的办法，以抚平生存打拼过程中带来的种种创伤，这个办法就是努力使自己达至"随遇而安"。

但令人遗憾的是，人往往很难做到随遇而安，这是因为，人有太多的欲望并固执地一点儿也不肯放弃，特别是在当今这个物欲横流的快餐式社会里，许多人都行色匆匆，放不下那份情感，放不下那份钱财，放不下那份权力，放不下那份名誉，更放不下那份灯红酒绿和纸醉金迷的享乐，有时明明知道此物不属于自己仍刻意强求，结果适得其反，随遇而"不安"了。轻者痛苦悲伤，重者萎靡轻生，更有甚者，铤而走险，恣意妄为，贪赃枉法，掉进了深渊。所以，人必须学会放弃，有所求有所不求，有所为有所不为，如此才能趋近"随遇而安"。

"蛋清蛋黄"与"表链发梳"

     "蛋清与蛋黄"讲的是一对盲人夫妇的故事。故事发生在短缺经济时代，那个时候，能维持温饱都是很难的事情，对大多数人来说，只有在逢年过节的时候，才能吃到大米白面和肉蛋。一对盲人夫妻，二十几岁结婚，两个人风雨同舟，恩恩爱爱，直到垂暮之年。当丈夫弥留之际，他握着老伴的手深情地说："有一个秘密，我不能不告诉你，自结婚以来，每当吃鸡蛋的时候，我们俩一直是分吃一个鸡蛋，你吃清儿，我吃黄儿。其实，我是最想吃清儿的，因为你愿意吃清儿，我一直都没有说。"老伴听罢，泪飞如雨，失声痛哭地说："天哪，全反了！其实我是最不愿意吃清儿的，我知道你喜欢吃黄儿，所以就瞒着你说我喜欢吃清儿。"

     "表链发梳"是美国著名作家欧·亨利的短篇小说《麦琪的礼物》里说的故事。故事说，在每周只有八美元租金的极其简陋的一间公寓里，住着吉姆和德拉这对小夫妻。吉姆的薪水每周只有二十美元，妻子德拉精打细算操持家务，还是入不敷出，日子过得十分贫穷。但这对小夫妻各有一件令人自豪的东西：丈夫吉姆有一块金表，那是他祖父传给父亲，父亲又传给他的一件传家宝；妻子德拉有一头直垂到膝间的褐色秀发，那秀发从她的肩头泼洒下来，微波起伏，闪耀光芒，宛如一帘褐色的瀑布。几个月前，德拉就在努力攒钱，想在圣诞节那天给丈夫吉姆买一件让他惊喜的礼物。圣诞节的前一天，她仅攒了一元八角七分钱，而这一元八角七分钱，还是她几个月来从杂货店老板、菜贩子和肉店老板那儿死皮白脸硬赖的，想到这些她脸上都有些发烧。她反复把这点钱数了三遍，实在是太少了，根本买不到一件像样的礼物，她禁不住倒在破旧的小睡椅上痛哭起来。等她擦干眼泪从小睡椅上站起来，突然从墙壁挂着的小镜子上看到了自己的一头秀发，她灵机一动，有了主意。她很快跑到街上，卖掉了自己的秀发，并走遍全城，终于在一家商店里花了二十一美元为吉姆买了一条镂刻着花纹的朴素的白金表链，她匆匆赶回家，兜里只剩下八角七分钱。她高兴极了，白金表链与金表十分匹配，从此，她的吉姆无论在任何场合，都可以毫无愧色地看时间了。

就在德拉卖秀发和购买白金表链的同时，吉姆也正在为给妻子买一件什么圣诞礼物发愁。明天就是圣诞节，公司提前下班，吉姆匆匆走出了公司大门。天气很冷，他穿着一件很不保暖的旧大衣，连手套都没有，他身体消瘦，二十二岁就担起了家庭重担。他兜里没钱，但他无论如何也要给爱妻买一件可心的圣诞礼物。最后，他毅然卖掉了祖传的金表，为妻子德拉买了一套插在头上的梳子。这是一套纯玳瑁制成的美妙发梳，边上还镶着珠宝，颜色正好与妻子的褐色长发相匹配。这是一整套，头上用的、两鬓用的、后面用的，样样俱全，当然，价格也十分昂贵，用掉了他卖金表的所有钱。但他十分高兴，因为他知道，妻子德拉曾在百老汇的橱窗里见过这套梳子，妻子虽然什么也没有说，但从她的眼睛里，他看出了妻子对这套梳子羡慕的要死。他非常小心地将发梳包好，欣喜地向家里赶去。

晚上七点钟，吉姆回到了家里。当这对贫寒夫妻分别亮出互赠的圣诞礼物时，两个人都惊呆了，接着是如注的眼泪和长时间的紧紧拥抱。

作者感言：这是两个非常纯美的爱情故事，它回答了人类婚姻中最重要的一个问题，即"爱情是什么"。

现代社会，构成婚姻的要素主要有四：一是情感与性，即爱情；二是法律，需要登记结婚，得到法律认可；三是子女；四是财产。而这四大要素中，爱情是核心要素，如果没有爱情，婚姻就意味着死亡。那么，到底什么是爱情？有人说，这问题太复杂，歌手刘欢在《糊涂的爱》那首歌里唱道："这就是爱，说也说不清楚；这就是爱，糊里又糊涂。"其实，这都是人为制造的复杂和糊涂，爱情其实很简单，就是一对男女强烈的相互依恋、亲近、关爱和甘愿为对方付出的情感表现。

自己最想吃清儿，但因妻子愿意吃清儿，就说自己喜欢吃黄儿；看到丈夫愿意吃黄儿，自己虽然也很想吃黄儿，但为了丈夫，却说自己喜欢吃清儿。这个倒错了一辈子的生活小细节，就是一对盲人夫妇的真挚爱情。

卖掉自己心爱的秀发，为丈夫祖传的金表买一只表链；卖掉自己祖传的金表，为妻子的一头秀发买一套纯玳瑁制成的梳子。一对贫穷夫妻最珍贵的圣诞礼物都变成了最无用的东西，但他们却得到了比人世间任何实物都珍贵的东西——爱情。

从这两个故事中不难看出，爱情的核心是给予和奉献，没有给予和奉献，就没有爱情。但这种给予和奉献是以三个前提条件为基础的：

条件一：彼此相互吸引、爱慕和希望永远在一起。

条件二：彼此的给予和奉献都是心甘情愿的，在给予和奉献过程中，给予者获得的不是受损的痛苦，而是因对方欢乐而欢乐的积极的情感体验，给予和奉献后，他或她获得了心灵的愉悦和情感的满足。

条件三：彼此的双向活动，是你敬我一尺，我敬你一丈的过程。在实际生活中，这种互动不像故事里说的那样对等，其表达方式千差万别，但两个人都是尽力去做到，一旦有一方不再努力，甚至根本不想为对方做点儿什么，就意味着爱情出现了裂痕。

这三个条件就是爱情的阳光、土壤和水，都不可或缺，只有三者的长存和有机融合，才会使爱情这朵人类奇葩永不凋谢。

上面我们说过，爱情是现代婚姻的核心要素，男女因相爱而结婚，但结婚并不意味着爱情的永恒，现实生活中，因爱情的消失而离婚或出于子女、财产等因素不得不维持夫妻关系的死亡婚姻，司空见惯，这是婚姻的大悲剧，也是爱情的大悲剧。呵护爱情，盲人夫妇和吉姆、德拉为我们做了最好榜样。

顺便说一句，呵护爱情和保持婚姻稳定，并不是一件简单的事情，它需要理性的介入。有一位社会学家在谈到婚姻悲剧产生的原因时，曾说过这样一句话："你和他或她的优点谈恋爱，却和他或她的缺点生活在一起。"现实婚姻真是如此，恋爱的时候，关注的都是对方的优点，可一旦结婚，在耳鬓厮磨和柴米油盐酱醋茶的日常生活纠葛中，对方的缺点就会凸显，而彼此也很容易关注对方的缺点并不断强化，于是矛盾产生，爱情开始磨损。所以，理性告诉我们，爱情不仅仅是给予和奉献，它还需要尊重、理解、包容对方，还需要常常自责和勇于改正自身的缺点，更需要责任担当、坦诚和情感专一。

绳锯木断，水滴石穿

南宋罗大经所著《鹤林玉露》里说，北宋名臣张乖崖在崇阳担任县令时，曾做过这样一件事：一天，一个管仓库的小官吏从仓库出来时，顺手将一枚铜币揣进自己的兜里，被张乖崖发现了。经盘查，库吏承认，钱是从仓库里偷出来的。于是，张乖崖下令重打五十棍。库吏不服，非常生气地抗拒说："就这么一个铜钱吗？有什么了不起，凭什么打我五十大棍！就算你能打我五十大棍，难道还敢杀了我不成！"库吏的不服和叫板，让张乖崖非常生气，他联想到时风之坏和官吏们的骄横，决定借此整顿一下官府的坏风气。于是，提笔批道："一日一钱，千日千钱；绳锯木断，水滴石穿。斩立决。"批完后，提剑下堂，亲自杀了这个库吏。

作者感言：据理而论，因偷一个铜币而处以极刑，实属量刑过当，这在今天的法治社会里，张乖崖有滥用刑法、借故杀人之嫌，也是一种违法行为。但那是一千多年前中国的封建时代，是人治天下，权大于法，张乖崖的行为得到了当朝的肯定。至于被百姓传为佳话，主要是因为平日这些官吏横行乡里，百姓深受其害，杀了这样的恶吏，自然深得人心。这个小故事给我们两点启示：

启示一：莫以恶小而为之。偷一个铜钱是小恶，但倘若天天为之，养成恶习，就会成为大恶。"一日一钱，千日千钱；绳锯木断，水滴石穿。"张乖崖说的不无道理。

启示二：人犯了错误，就要老实认错。那官吏被杀，与其不承认错误和蛮横态度有关。随便拿国库的银子还认为算不了什么大事，面对自己的长官还十分骄横，可知这个小官吏不是一个奉公守法的好东西。张乖崖拿他说事，以正时风，是情理之中。

至于张乘崖，是北宋太宗、真宗两朝的名臣，名叫张咏，山东鄄城人，谥号忠定，亦称张忠定。"乘崖"之名，是张咏在自己的画像上给自己起的名字，并解释说："乘则违众，崖不利物，乘崖之名，聊以表德。"从此，人们就称他张乘崖，其文集也被名为《张乘崖文集》。

博恩·思希的反思

　　博恩·思希是当代著名人脉学家，他提出了著名的1:25人脉定律，即你如果认识一个人，那么通过这个人，你就有可能再认识二十五人。这套理论曾被西方商业界广泛应用，他们在营销过程中，推进了微笑服务，让服务员不要得罪任何一名顾客，因为在每一位顾客背后，都潜藏着二十五个客户。后来，这一理论被引入成功学领域，并备受青睐。你想活得惬意吗？那就拓展你的人脉吧，人脉是你寂寞无助时的花园；你想有所成就吗？那就拓展你的人脉吧，人脉是你事业腾飞的双翼；你想发财吗？那就拓展你的人脉吧，人脉是你财源滚滚的喷泉。有的人干脆打出了这样一个公式：成功=20%的知识能力+80%的人脉。

　　2004年7月，博恩·思希到中国做访问学者，朋友送他一本《中国历代帝王传》。读后他发现，中国古代帝王的死法有十六种，依次是臣杀，兄弟互杀，宦官杀，子杀，叔杀，父杀，外公杀，岳父杀，兵杀，俘杀，自杀，病杀，母杀，妻杀，祖母杀，寿终。在这十六种死法中，有一半以上是被自己身边的人害死的。回国后，他又查阅了大量西方国家的史料，发现欧洲国家的帝王在死亡的形式上，也与中国帝王相类似。比如欧洲历史上最著名的罗马皇帝恺撒，就是被他自认为最可靠的亲信刺死的。就此他对自己提出的"1:25人脉定律"产生了怀疑，反思后的结论是：人脉学存在"二律背反"。但这个与"1:25人脉定律"相悖的命题是什么，博恩·思希并没有说明。

　　后来，有人进一步研究发现，无论你的人脉有多广，你一生所面对的，说到底就是你身边那几个人。相互琢磨和提防的，迫切需要处理和对付的，也就是你身边的那几个人。当然，能真正给你爱和你真正能爱的，也是那几个人。不少人认为，这一新的结论，就是博恩·思希没有说出来的那个与"1:25人脉定律"相悖的命题。

作者感言：仔细想想，循着博恩·思希反思的思路得出的"无论你的人脉有多广，你一生所面对的，说到底就是你身边那几个人"的新结论，并不与"1:25人脉定律"相悖。1:25的多数与那几个人的少数，并不构成非此即彼的对立性矛盾，我们无法通过肯定"与少数人交往"，推出否定"与多数人交往"的结论，反之亦然。其实，两者之间只是多数与少数、一般性与重要性之间的差别。说新结论就是博恩·思希没有说出来的那个人脉学存在的"二律背反"，并不成立。

我们说博恩·思希的人脉定律，说他的反思以及有人得出的新结论，是想说明，对于每一个人来说，广交天下朋友与交好身边的几个朋友，都不可或缺，都很重要，两者不可偏废，理由如次：

理由一：1:25人脉定律告诉我们，多认识一个人就比少认识一个人强，多交一个朋友就比少交一个朋友好。你到一个陌生的地方去办事，有一个认识人，有一个朋友替你牵线搭桥，跑前跑后，你会减少许多麻烦，事情也容易顺畅办妥。所以，人们常说，"出门靠朋友""朋友多了路好走""朋友就是财富""朋友是天，朋友是地，有了朋友可以顶天立地；朋友是风，朋友是雨，有了朋友可以呼风唤雨"。特别是中国，是一个重人情、重关系的伦理性社会，熟人、朋友的价值不可低估。

理由二：人们循着博恩·思希反思的思路得出的新结论，既符合实际，也十分重要。它提醒人们，在人际交往中，更应该高度重视和珍惜你周围的亲人、朋友和同事，他们是你人际交往中最重要的成员，和他们处好关系，结成深厚友谊，对你幸福生活和干好事业，益处多多。如果和他们闹翻了，麻烦可就大了。博恩·思希在研读《中国历代帝王传》时，发现了"中国封建帝王有一半以上是被自己身边人害死的"，这一发现，振聋发聩，令人警醒，它充分说明处好身边人的重要。

斯芬克斯之谜

　　这是一则希腊神话。故事说，古希腊，在忒拜国城外，出现了一个怪物：斯芬克斯。她有美女的头，狮子的身子，并长着两个翅膀。她蹲在忒拜城必经路口的一个悬崖上，向过路人提出一些隐迷，其中最难的一个是："有一种生物，早晨用四只脚走路，中午用两只脚走路，晚上用三只脚走路。在众多生物中，它是唯一用不同数目的脚走路的生物，脚最多的时候，正是速度和力量最小的时候。"如果过路人不能说出正确的谜底，她就将过路人吃掉；如果说出了正确的谜底，她就跳崖自杀。她成了忒拜国的大患。忒拜国王派了许多智者去解这个谜，都先后被斯芬克斯吃掉。无奈，忒拜国王偷偷出走，并留下承诺说："我愧对国人，没有资格再做这个国王，在离开王位之前，我宣布最后一道命令：谁治服了斯芬克斯，解救了忒拜国，谁就是忒拜国的国王，并可以娶王后为妻。"

　　从遥远的异国他乡来了一位聪明、潇洒、英武、正直的青年，他叫俄狄浦斯，他猜出了斯芬克斯那个最难的迷，他说："那是人呀，人小的时候，只会爬，所以用四只脚走路；人长大了，直立行走，用两只脚走路；到了老年，力所不能支，增加了一个拐棍儿，就用三只脚走路。人小的时候是早晨，成年的时候是中午，到了老年是晚上。人小的时候，速度和力量最小。"斯芬克斯惨叫了一声，从悬崖上跳下来摔死了。按照老国王出走前的旨意，国民们拥戴俄狄浦斯做了忒拜国的国王，并娶正处中年且风韵无限的王后为妻。

　　作者感言：斯芬克斯提出的，是一个"什么是人"的问题，俄狄浦斯的回答，大概是人类最早对自身的认识。这一认识从生物性方面对人做出了界定，把人与其他动物区分开来，尽管十分肤浅，但在当时，也是十分了不起的了。

　　我们说这则希腊神话，是想借此聊聊"什么是人"或"人是什么"这个话题。

"什么是人"或"人是什么",是一个人类一直高度关注的终极问题,人类从一开始就想弄清楚,人类自身到底是什么以及在这个世界上的位置。自古以来,许许多多先哲毕其一生之才智来解答这个问题,也因此有了许许多多结论。

苏格拉底说:"人是对理性问题能够给予理性回答的存在物",意思说,人是理性动物。

柏拉图说:"人是无毛两足动物",禽类两足,但身上有羽毛;大象身上无毛,但四足,这仍然是俄狄浦斯生物性的解读。

黑格尔说:"人之异于动物,就因为他有思维。",也就是说,人是能够思维的动物,是有思想的动物。

近代以来,还有"人是有语言的动物""人是能从事劳动并能制造工具和使用工具的动物""人是一个感性的实体,是感性的类存在物""人是自然的本我存在、人是超越万物的灵长"等说法。

上述种种说法,都从不同侧面揭示了人的特点,也都起到了把人从动物界划分出来的作用,但都没有说到人之所以为人的本质问题。只有马克思一语中的,他说:"人的本质并不是单个人所固有的抽象物。在其现实性上,它是一切社会关系的总和。"

"人是一切社会关系的总和",道出了人的本质,说明了人是社会动物,是类存在,根据有六:

根据一:社会造就了人。人是社会的产物,离开了人类社会,人就不成其为人,历史上发现的多个狼孩就是证明。狼孩是从小被狼攫取并由狼抚育起来的人类幼童。到20世纪50年代末,人类共发现了二十多个被狼或熊、豹抚养的幼童。狼孩刚被发现时,生活习性与狼一样:用四肢行走;白天睡觉,晚上出来活动,怕火、光和水;只知道饿了找吃的,吃饱了就睡;不吃素食,只要吃肉,而且不用手拿,放在地上用牙齿撕开吃;不会讲话,每到午夜后像狼似地引颈长嚎。1920年在印度发现的狼孩卡玛拉,被发现时大约六七岁,经过七年多的教育,才掌握四五个词,勉强学会几句话,她死时估计十六岁左右,但其智力只相当三四岁的孩子。

"狼孩"的事实证明,人不是孤立的,而是高度社会化了的人,脱离了人类社会环境,脱离了人类由各种关系结成的人类生活,就形成不了人所固有的特点。而人脑又是物质世界长期发展的产物，它本身不会自动产生意识，它的原材料来自客观外界，来自人的社会实践。所以，这种社会环境倘若从小丧失了，人类特有的习性、智力和才能就发展不起来，一如"狼孩"刚被发现时那样：有嘴不会说话，有脑不会思维，人和野兽的区别荡然无存。

这里需要说明的是，"狼孩"毕竟是人生下的孩子，他本身保留了人类千世万代遗传下来的基因，因此，当"狼孩"回到了人类社会后，必然会逐渐恢复人类特有的习性。印度狼孩卡玛拉尽管似乎成了野兽般的生物，但她死时已接近于人了。而人类所豢养的狗以及其他牲畜，从没有学会直立行走，更没有学会说话。

另外，人类考古学已经证明，人类诞生于社会的结成并靠社会性劳动维系生存和发展，第一群类人猿经过共同协商第一次集体狩猎的行为，具有发生学的里程碑意义，它是类人猿向猿人转变的开始，标志着人类的诞生。也正因为人类社会的结成，使没有雄鹰的翅膀、没有虎豹的凶猛、没有熊象的力气、没有鹿马的快腿、没有狐兔的敏捷的人类，超越了适者生存、优胜劣汰的自然法则，成了今天地球上的主宰。而成千上万种生物，则只能被动地循着物竞天择的自然法则而相继灭亡，连巨大的恐龙族都不能幸免。

根据二：社会是人赖以生存的环境，人离开了社会，就无法生存。我们都知道，人的生命由两部分构成，一是物理生命（肉体生命），它靠饿了需要进食，渴了需要喝水，困了需要睡觉、寒冷了需要御寒来维系，这一点与其他动物没有区别；二是社会生命，它靠个体与社会其他成员结成各种关系，并在这种关系中从事社会性劳动、发挥自己的作用来维系。而社会生命的实践过程，即社会性劳动，恰恰是创造物资财富的过程，是为物理生命提供生存资源的过程。没有社会生命的运行，人的物理生命就因失去资源而无法生存。

根据三：社会形塑了人。人都是在特定的社会环境中生活、工作的，其生存、发展也必然受到所处社会环境的重要影响，在很大程度上，环境决定命运。生长在农民之家，从小就认识犁锄等各种农具并会做农活；生长在武术之家，从小就认识刀枪棍棒等武器并多数会习武。在一个文明和谐并蓬勃向上的群体中生活和工作，人就会变得文明礼貌并积极进取；整天和粗俗下流并吃喝嫖赌的人混在一起，久而久之，也会变得粗俗下流并吃喝嫖赌。美国当代杰出的宗教哲学家约翰·希克说："如果一个人生活在埃及、巴基斯坦或印度尼西亚的穆斯林家庭，那么他很可能成为一名穆斯林；如果一个人生活在西藏或日本的佛教徒家庭，那么他很可能成为一名佛教徒。"正因为如此，前人早有"蓬生麻中，不扶而直；白沙在涅，与之俱黑""橘生淮南则为橘，生于淮北则为枳""近朱者赤，近墨者黑"等的提示和忠告；也正因为如此，古代孟母怕影响儿子健康成长三迁其居，当代许多家长都不惜一切代价，把孩子送到重点校、名校读书。

社会对人的形塑是润物无声、潜移默化的，它像空气一样弥散在人的生存空间里，无处不在，无时不有，人在不知不觉中就被它"化"进去了。所以有"习以为常""见怪不怪""入兰芝之室久而不闻其香，进鲍鱼之肆久而不闻其臭"等的经验总结。

根据四：社会确证了人存在的价值和意义。什么是价值？简单地说，就是有用性，有用的东西就有价值，没用的东西就没价值。价值是在关系中被确定的，某一事物对某一对象是有用处的，这一事物对这一对象来说，就是有价值。粮食可以充饥，可以维持人的生命，所以，粮食对人就有价值；甜润的歌声能愉悦人的精神，美丽的景色让人赏心悦目，所以，歌声和美景对人就有价值。人从来没有到过的深山空谷，一片兰花开得无论多么娇艳，它对人来说没有任何价值，因为它尚未与人构成欣赏与被欣赏关系，美也是人类社会赋予的，是一种文化，脱离了社会，也就无所谓美。

什么是人生价值？简单说，就是人活得有没有用处。人活得有用处，就是有价值，有价值才有意义，有价值有意义的人生才值得经历，否则，人活得就没什么意思。而人生的价值和意义，只能在社会中生成并由社会来确证。这是因为，人来到这个世界上，必然地与其他社会成员结成各种各样关系，并必然地在各种各样关系中承担相应角色和从事相应的劳作，而这一劳作过程所创造的一切财富，无论是物质的还是精神的，对生命个体和人类整体都具有维持生存和推进发展的积极作用。这一积极作用就是人生的有用性，这个有用性就是人生价值，它说明人活着对自己、对他人、对社会都有用处，都有意义。由此证明，人生价值和意义是人在社会中从事劳作而创造的，它在社会中产生并由社会来确认，离开了人类社会，人无所谓价值和意义。一个人，他的社会角色是农民，他种出的粮食养活了自己，他对自己有价值，他卖掉的粮食养活了别人，有益于社会，他对别人、对社会有价值，他种出的粮食越多，他的价值就越大。就这个意义上说，每一个社会成员，只要他从事社会性劳作，他就能创造财富，他就有价值。当然，由于人承担的社会角色不同，责任大小不同，贡献多少不同，人的价值也是有大小轻重之分的。

根据五：社会使人超越了个体生命的短暂而走向永恒。人的个体生命是有限的、短暂的，古代有"人生七十古来稀"的诗句，说明古代人活到七十岁都是很少的。当代社会，尽管生存条件改善了，医疗水平提高了，但活到八九十岁也算高寿了，活过百岁的人很少。而人类社会则是无限的、漫长的，据考古学考证，人类的历史距今已有三百万年，而今后的历史，可能还有几十亿年甚至上百亿年。人的个体生命只不过是人类历史长河中溅起的一滴浪花，稍纵即逝，只是短暂的一瞬。不过，社会现象并不这么简单，人的个体生命没有了，只是物理生命的消失，而他的社会生命，即生命留下的痕迹和创造的价值却仍然活在社会中。莱特兄弟死了，但他们发明的飞机仍遨游长空，神话想象的日行万里，变成了今天的现实；爱迪生死了，但他发明的电灯照亮了全世界的黑夜，夜如白昼，不再是梦想；孔子、老子、苏格拉底、柏拉图两千多年前就作古了，但他们的思想言论仍然在引导人类前行。正所谓"师表不随诸葛去，屈原常伴离骚来"，诸葛亮死了，但他的《出师表》还在；当人们吟诵《离骚》的时候，三闾大夫屈原就浮现在我们面前。这就是生命的不朽和永恒。就一般意义上说，在这个世界上走一遭的每一个人，都不同程度地超越了肉体生命的短暂，实现了生命的永恒，都不同程度地在这个世界上留下了生命的痕迹。也正因为如此，人类才有了今天的文明和发展。

根据六：社会是人幸福的源泉。幸福是人宁静、安详、舒适、顺畅、满足、平和、惬意、温馨、愉悦、快乐、高兴等积极情感体验，这些幸福感均来源于社会，离开社会，人找不到幸福。社会为人提供了生存资源，人吃饱了，穿暖了，住的安稳了，就感到幸福；社会为人提供了医疗保健，人减少了疾病的折磨，身体无痛苦，就感到幸福；社会设定了许多规约，既保证了社会有序运行，又有效控制了人的情绪欲望，人可以放心地在世上生活并少了许多因过分贪欲而得不到的失望，就感到幸福；社会为人提供了浓浓的亲情、甜蜜的爱情、真挚的友情，人在爱与被爱中感到幸福；社会为人提供了美味佳肴，人喝着美酒，吃着山珍海味，就感到幸福；社会创造了文学艺术，人阅读名著、吟咏好诗、聆听悦耳的乐曲、观赏美丽的画作，就感到幸福；社会将自然人文化了，赋予了它们意义，鲜花的艳丽、高山的伟岸、江河的汹涌澎湃、湖泊的宁静、雪峰的高洁、草原的辽阔、宇宙的浩瀚、星空的神秘，人身临其境，无不感到幸福。我们还可以列出许多给人带来幸福的事物现象，也正是因为社会中有诸多幸福可以享用，人才深深地依恋着这个社会，即使重病缠身，非常痛苦也不愿意离开人世。

当然，社会也给人带来了许多痛苦和不幸，人也有烦躁、压抑、焦虑、苦闷、痛苦、忧愁、愤怒、悲伤，甚至痛不欲生的时候，不过，这只是人生的一小部分，人更多的时候，都生活在希望的追求和幸福中。再说，事物都有两面性，痛苦不幸的存在，从反面认证了快乐幸福的价值和意义。痛苦不幸与快乐幸福是人生的正反两面，两者相互依存，相互认证，没有痛苦不幸，也就没有快乐幸福，人都是在战胜和摆脱痛苦不幸中感受到了快乐幸福。

综上六点，我们可以毫不夸张地说，"人是一切社会关系的总和"的观点，科学揭示了人的本质特征，是迄今为止关于"什么是人"或"人是什么"的最佳答案。

当然，就大多数常人来说，无须也没有必要从哲学上去追问"什么是人"的终极问题。在日常生活中，"什么是人"的问题基本转化为"怎么做人"的现实问题。常人一般以社会伦理和道德人格来判定"怎么做人"，而且每个人都有自己的解读方式。当我们听到"这不是人做的事""他简直不是人""他还叫人吗？"等谴责性评价时，我们就知道，表达者的心目中早已经有了一个既定的"做人"尺度。而这尺度的内容是极其丰富的，绝不是"两足无毛动物""思维的动物""理性的动物""感性存在物""能制造工具并利用工具从事劳动的动物""有思维、有语言的动物"之类的抽象性判断所能涵盖的。而我们每个人在人生之旅中所要理解和把握的，也正是那些蕴含丰富内容的作为人应具有的标准，绝不是哲人得出的高深结论。

永远别忘了我们自己是人，并循着做人的准则思考问题和说话办事，这是一种做人的自觉。

朝前走七步，然后再往后退七步

从前，有一个富翁，深感自己没有智慧，他想，何不到城里去买点儿智慧？于是，他带上钱，跑到城里，遍访学者，想从他们那里买到智慧。他自然处处碰壁，学者们都告诉他，智慧是买不到的。他十分沮丧，只得踏上回家的路。

半路上，他遇到了一位哲人，他向哲人求教，哲人告诉他："你倘若遇到困难时，暂且不要急着处理，可以先朝前走七步，然后再往后退七步，这样进退三次，智慧就来了。"

"拥有智慧就这么简单吗？"富翁满腹疑惑。哲人微笑着点点头。

他正想付钱给那哲人，而哲人却转身飘然而去。

这一天，富翁很晚才回到家里，他推开房门，昏暗中忽然发现，居然有一个人与他的妻子睡在一起。他十分震怒，拔出腰刀就要冲进内室，想立刻杀死这个偷他妻子的家伙。

正在这时，他突然想起哲人的话，心想，不妨按哲人的说法试试，看看这智慧管不管用。

于是，他就照着哲人的说法，朝前走七步，再往后退七步，做完三次之后，他居然冷静了许多，心想，必须看清是谁再动手也不迟。他轻轻推开内室的门，点亮了灯，这时他才发现，与他妻子同眠的，竟是他的母亲。

作者感言：我们想借这则小故事，说两点想法：

想法一：遇事，须三思而后行。小故事形象告诉世人，当遇到事情，特别是令人生气、愤怒的事情时，应设法迅速平复过激情绪，三思而后行。其实，即使在正常情况下，凡事三思而后行，也是十分必要的。理由如次：

理由一：它有利于人矫正错误判断。人凭最初感知做出的第一判断，有时候是不正确的误判，依据误判行事，就会犯错误。人的最初感知是第一印象，第一印象往往是匆忙的、表层的、不全面的，所以很容易出错。就如故事里的富翁，当他看见自己的妻子和别人睡在一起时，瞬间形成的第一判断是妻子正在和别的男人偷情。而"朝前走七步，然后再往后退七步"的三思过程，为他全面、深入了解情况，矫正第一判断的错误提供了足够时间，从而避免了祸患。

理由二：它有利于平息过激情绪。通常情况下，人的最初感知所产生的情绪都是比较强烈的，特别是消极感知所产生的负情绪，有时来势凶猛，令人失去理智。所以，人在狂喜或暴怒的时候，往往会盲目采取行动，做出错事，甚至酿成终身遗憾的大祸。而三思的过程，可以缓解和淡化激越情绪，能帮助人冷静下来，从而避免盲动。富翁就是在三次"朝前走七步，然后再往后退七步"的过程中，缓冲了情绪，恢复了理性，做出了"必须看清是谁再动手也不迟"的正确决定。

想法二：借此说说什么是智慧，以及智慧与知识的关系。小故事告诉我们，智慧不是现成的东西，不是靠金钱能够买到的。当然，智慧也不是那位哲人说的"朝前走七步，然后再往后退七步"那么简单，哲人告诉富翁的，只不过是一种遇事需要冷静和不要匆忙的"三思"办法，它只是智慧的产物。

那么，什么是智慧呢？简言之，智慧就是对事物、现象、问题等能迅速、灵活、正确做出理解并及时解决的能力，它是一个人感知、记忆、理解、联想、分析、判断、推理以及知识底蕴、经历经验、观念信仰、品行人格等多种要素共同在行为过程中发挥作用而形成的一种综合能力，它推促人产生正确理解事物、现象和解决种种问题、困难等的办法、措施，但它绝不是办法、措施本身，它是形而上的观念性存在，是在实践中靠体会和感悟生成的，它是动态的却没有具体形态，无形、无色、无味，就仿佛是一只"看不见的手"，我们能感觉到它在牵引着我们，我们却看不见它。

智慧的生成离不开知识，知识是构成智慧最重要的材料，所有的智慧，都是在知识的基础上生成的，智慧是知识转化的结果。知识转化为智慧是通过实践完成的，知识是在运用过程中，即实践中转化为能力即智慧的，而知识也只有转化为智慧，才是有用的知识，否则，它只是存放在脑子里的一堆死东西，没有任何价值。我们把知识在实践中转化为智慧的过程叫"转识成智"，"转识成智"的关键环节是实践。由此看来，想生成大智慧，就必须博学之并努力实践之。

有一点我们必须清楚，尽管智慧生成离不开知识，但它绝不是知识本身，它只是知识的运用。两者的区别至少有五：

区别一：知识针对各种事物、现象，它条分缕析地告诉我们事物、现象是什么、从哪里来、有什么特性和功能、有什么价值等重要的东西，而智慧则教导我们在恰当的时候采取恰当的行为。

区别二：知识可以靠传授学习，通过记忆获得，而智慧只能在实践中靠体会和感悟生成。

区别三：知识是有限的，无论知识多么丰富，但在无限面前仍然是微不足道的，而智慧则是一种动态的创造过程，它不被有限所困，它永远生机勃勃地面对无限，走向无限。

区别四：知识是当下的、现实的，它提供的是现成的答案，而智慧是超越的、是指向未来的，它是对现成事物、现象的回望和追思，它关注未知世界，引领人正确地行动。

区别五：知识是可以考证的，可以证明，也可以证伪，而智慧则是一种反思，它只能不停地追问。

正因为如此，古希腊哲学家毕达哥拉斯把研究人生学问的哲学定名为"爱智之学"，即哲学是研究和追求人生智慧的学问。

逼 鸡 吃 米

1938年的一天，武汉大学邀请几位学者前来演讲，其中有陶行知先生，演讲的主题是"如何实施有效教育"。这一天，武汉大学的大礼堂里，座无虚席，连过道上都挤满了人。来听讲的，除了武大的师生外，还有附近学校的师生和各界人士。在座的大多数人，都是冲着陶先生来的。陶先生是著名教育家，又十分擅长演讲，所以，大家都想一睹他的风采，并听他说些什么。

演讲开始，先是几位学者轮番上台，陶先生是压轴的最后一位。

在热烈的掌声中，陶先生提着一个皮包不慌不忙地走上讲台。他戴着眼镜，穿着西服，给大家深深鞠躬后，环视了一下会场，然后缓缓地拉开皮包。大礼堂顷刻静下来，大家屏息凝神，都望着他，等他开口说话。有的人还打开笔记本，准备把陶先生讲的话都记下来。

令大家意想不到的是，陶先生从皮包里拎出一只活蹦乱跳的大公鸡。公鸡在讲台上喔喔地叫着，听众个个目瞪口呆，不知道陶先生的葫芦里到底卖的是什么药。接着，陶先生从皮包里抓出一把米，放到讲台上，然后摁着公鸡的头，逼鸡吃米。那公鸡紧闭着嘴，就是不吃。陶先生又扒开鸡的嘴往里塞，公鸡极力反抗，挣扎着还是不吃，忙活了半天，一粒米也没喂进去。

陶先生松开手，把鸡放到讲台前的地上，然后抓了一把米扔在地上，退后几步，静静地看着公鸡。公鸡抬起头，抖了抖翅膀，伸头四处张望了一下，看看没有什么动静，便从容地走上前去，专心地叼食地上的米粒。

这时，陶先生开口了："诸位，你们都看到了吧，你逼鸡吃米，或者把米硬塞到它的嘴里，它就是不肯吃。但是，如果你换一种方式，让它自由自在，它就会主动去吃米了。"他扫视了一下全场，然后加重语气说："我认为，教育就跟喂鸡一样。先生强迫学生去学习，把知识硬灌输给他们，他们是不情愿的，即使硬逼着他们去背、去记，也是食而不化，过不了多久，他还会把知识还给先生。但是，如果创造宽松的、自由自主的学习环境，学生就会主动去学习，那样，效果一定会好得多！"

全场立刻响起雷鸣般的掌声。

接下来，陶先生用几组真实案例，生动形象、深入浅出地讲解了如何创造宽松的教育环境和如何引导学生自主学习。其演讲深邃深刻的理论穿透力、丝丝入扣的逻辑推动力和幽默风趣的语言感召力，深深地吸引着、打动着每一位听众。短短半个小时的演说，经常被热烈的掌声打断。

作者感言：我们在本书《你打掉了一个"爱迪生"与奖励"四块糖"》一文中，领略了陶先生的批评艺术，并借此说了怎样对待犯错误孩子的道理。上边这个小故事，则让我们看到了陶先生的演讲才能：用逼鸡吃米引入话题，真实、自然、妥帖，一开场便吸引了人的眼球，牢牢地抓住了听众，为后边的演说创造了气氛和开通了道路。

我们无意讨论陶先生的演讲艺术，只想循着陶先生的教育观点，说点儿感想。

在现实生活中，父母逼迫孩子学习、教师逼迫学生学习，是常见的现象，有些家长和教师认为，如果不强制逼迫，孩子或学生就不会自觉学习，更不会努力学习。原因有三：

原因一：孩子贪玩，必须严格限制孩子玩耍，不强制逼迫他们学习，他们就会迷恋于玩耍。

原因二：孩子或学生，特别是小学生，还没有责任意识，认识不到学习对人生的必要性、重要性，所以，没有自觉学习的愿望和要求，只能靠强制逼迫。

原因三：学习是一件苦差事，而孩子都是趋乐避苦的，没有哪个孩子愿意吃苦，不强制逼迫，他们都会去找乐而放弃学习。

说得振振有词，听来似乎也有些道理，其实并不尽然，理由如次：

理由一：孩子贪玩是正常现象，但玩的本身也是学习。孩子们玩过家家，就是在学习家庭生活；孩子们玩打仗，有敌我双方，有正义邪恶，玩的过程，就是学习以善惩恶的过程。更重要的是，孩子在玩中发挥了特长，开发了智能，所以，不要轻视孩子们的玩。记得有位教育家说："玩是孩子们的天性，孩子们，玩吧！"当然，作为父母或教师，对孩子或学生的玩耍适当控制，也是必要的，但千万不要把玩耍与学习对立起来，而要积极引导，有度、有效调控，并学会将知识传授、能力培养和智能开发与孩子们的玩有机结合起来，让孩子们在玩中学、做中学，从而把孩子的兴趣"引导"到学习上，而不是"逼迫"到学习上。

理由二：孩子的确没有形成责任意识，但这并不等于孩子没有学习的需要和愿望。面对未知，所有人都抱有新奇，都有想探个究竟的冲动，孩子们更是如此。读书学习是孩子的未知领域，他们很想知道读书学习到底是怎么回事，但他们受不了大人的强迫，这正如大公鸡有吃米的需要和愿望，但如果逼着它吃，它就是不吃一样。这也是人的一种天性，叫逆反。大人逼的越紧，孩子的反抗就越激烈，所以，靠"逼"不能成学。

理由三：把学习简单理解为一件苦差事，值得商榷。其实，学习是人生需要，人因需要而生欲望，因欲望而采取行动。因欲而动的事情是出于情愿，人对情愿的事情并不感到痛苦，学习从本质上说并不是一件苦事。但遗憾的是，成人为孩子们框定的学习模式，是按照大人的心愿设计的，许多方面有违于孩子的成长规律，让孩子无法接受，所以感到"苦"。作为父母或教师，如果能尊重孩子的特性，遵循其成长规律，采取孩子乐于接受的方式方法，适时引发需求，激发兴趣，完全可以变"苦学"为"乐学"，使学习成为一种乐事。

理由四："逼迫"往往造成孩子与父母、学生与教师之间的情感淡化和关系疏离，严重的甚至成仇成恨，这更不利于孩子教育。每一个家长和教师都知道，深厚的父子情、师生情能促进孩子爱其父、爱其师、听其言、信其道。

我们希望每一个家长和教师，都认真思考一下陶行知"逼鸡吃米"的道理，并从中悟出教育孩子和学生的好办法。

凿壁偷光与划粥断齑

"凿壁偷光"说的是西汉著名经学家匡衡少年读书的事。匡衡出身一个贫苦的农户家庭，小时候，家里很穷，买不起灯油和蜡烛。与匡家共用一堵墙的邻居，是一个比较富足的人家，每晚都用蜡烛照明。于是，小匡衡就在与邻居共用的墙壁上凿了一个洞，借洞里透出的光读书学习。这就是"凿壁偷光"的故事。十几岁后，匡衡主动去为当地的大户陈不识打工，却不要报酬，陈不识不解，问他为什么不要报酬，他说："只希望读遍主人家的所有藏书。"陈不识感叹不已，便无偿将书借给匡衡阅读。由于勤奋刻苦，匡衡终于成为西汉元帝时代著名的大学问家。

"划粥断齑"是宋代范仲淹少年读书的故事。范仲淹出身贫寒，早年丧父，母亲带着他改嫁，但继父家亦很贫穷。母亲谢氏，身世坎坷，吃尽千辛万苦，饱尝过多心酸，因此，把太多的希望都寄托在儿子身上，她以孟母自励，悉心教子。为了让范仲淹专心读书，母亲和继父在离家数里之外的醴泉寺借了一个旧僧舍，让他在那里安心读书。范仲淹深知家境窘迫，所以，每次回家，他都拒绝带更多的粮食。为了节省，他自己备了小锅小灶，每天夜晚，量好米，添好水，在小灶里点燃自己拾的木柴，煮米粥。一边读书，一边续柴煮粥。一锅米粥煮好了，时间也已过了子夜，他便和衣睡去。第二天清早起来，锅里的米粥凉透了，已经凝固成一个圆形整体。他拿出小刀，在凝固的粥块上面划一个十字，完整的一锅粥分成了四块。他每日两餐，早晨吃两块，傍晚吃两块，这便是"划粥"。用什么菜蔬佐餐呢？菜蔬就在寺院周围的大山之中。他从树林中采回野韭菜、野葱、野蒜、野山芹、苋菜、苦菜、荠荠菜、蒲公英等，切成碎末，放一点儿盐，就是下饭的菜，这就是"断齑"。长大成人后，随着范仲淹在北宋历史舞台上光辉业绩的展现，"划粥断齑"便成了范仲淹少年时代刻苦读书的专用成语。

作者感言：中国不乏苦读成才的故事：战国苏秦，曾游说秦国不被重用，回家备受冷落，妻子不下织机，嫂子不给做饭，他日以继夜钻研兵书，读到深夜，每逢困极欲睡时，便用锥子刺自己的大腿，使自己清醒后再读，后终成军事纵横家，挂七国相印，这就是"锥刺股"的故事；东汉孙敬，读书至深夜，为防止打瞌睡，用绳子一头系住头发(当时男人都留长发)，一头系在屋梁上，如打瞌睡低头，绳子就把他拉醒，后成为东汉著名政治家，这就是"头悬梁"的故事；晋代车胤，夜读无油灯，捉来许多萤火虫装在纱袋里，靠萤火虫发出的光亮读书，这就是"囊萤"读书的故事；晋代孙康，冬夜，在月光下借大雪的反光读书，这就是"映雪"读书的故事；汉代朱买臣家贫，一边砍柴，一边读书，挑柴往回走的时候，将书打开，挂在前面的柴捆上，边走边看，终有所成，汉武帝时为中大夫，这就是"挂薪"读书的故事；隋代李密，为人放牛，骑在牛背上读《汉书》，其他书挂在牛角上，这就是"挂角"读书的故事；汉朝路温舒无书，把借来的《尚书》抄在自己用蒲草编的席子上，研读不辍，这就是"抄席"读书的故事；西汉公孙弘家贫无书，削竹片抄录《春秋》等书，刻苦诵读，学有所成，汉武帝时官至丞相，封平津侯，是西汉第一位丞相被封侯者，这是"削竹抄书"的故事。此类故事，还能说出很多。

人生需要读书，不读书无法获得生存和发展所必需的知识、能力；人生也需要苦读，因为世界上没有免费的午餐，任何知识、能力的习得，都要付出辛劳。特别是正在步入学习化社会的当今时代，终身学习已经成为人生之必须，不读书学习，将无法在这个世界上生存发展。我们说上边一大堆苦读故事，就是希望大家以古贤达为榜样，坚持勤学苦读。

尤其是青少年时期，精力充沛，记忆力强，接受新事物快，是读书的黄金时代，"黑发不知勤学苦，白首方悔读书迟"。因此，每一个青少年都应该珍惜美好的青春年华，"好花堪折直须折，莫待无花空折枝"，趁着少壮年华，学古人那样，发奋苦读。一个人，只有"三更灯火五更鸡"地努力学习，才能掌握更多走好人生路所必备的知识、能力。

最大的麦穗

一天，有三位弟子问苏格拉底："老师，人生是什么？"

苏格拉底并没有直接回答，他把三位弟子带到一块麦地边。那正是成熟的季节，地里满是沉甸甸的麦穗。苏格拉底指着麦田说："你们从麦地的这一边向对面走，只许朝前走，不许后退，一直走到麦地的尽头。你们的任务是，摘取一个你见到的最大的麦穗，而且只能选择一次。看谁能摘到最大的，我在麦地的尽头等你们。"

弟子们听懂了老师的要求，纷纷走进麦田。

地里到处都是大麦穗，哪一个才是最大的呢？三个弟子在穿越麦田过程中，都认真细致地挑选着自己认为最大的麦穗。他们一边朝前走一边专心地挑选着，不知不觉就来到了麦田的另一端。

"你们已经走到尽头了。"当苏格拉底苍老的、如同洪钟般的声音响起时，三个弟子才发现他们已经走到了田头。

"你们摘到自己见到的最大麦穗了吗？"苏格拉底笑着问。

三个人你看看我，我看看你，都没有回答。

苏格拉底见状，又问："怎么啦，难道你们对自己的选择不满意？"

"老师，让我们再选择一次吧，"三个弟子同时请求。

第一个弟子说，"我刚走进麦田时，就发现了一个很大的麦穗，但我想，后边肯定还有更大的，就这样一次次放弃，等我听到您的声音时，才发现我已经走到了麦田的尽头，所以，我一个麦穗也没有摘到。回想一下，我第一次看到的那个就是最大的，让我重新选择一次吧，我会把我第一次见到的那只麦穗摘给您看。"

第二个弟子说："我和他一样的是，走进麦田，看看这只，感觉到不够大；

看看那只，也感觉不够大，总认为最大的麦穗还在前边。我和他不同的是，等您告诉我们到了田头的时候，我匆忙摘下了一只根本算不上大的麦穗。"

第三个弟子接着说："我和他俩恰好相反。我走进麦田不久，就摘下一个我认为最大的麦穗，可是，后来我又发现了更大的。但已经失去了再选择的机会，所以，我很后悔。"他把摘下的麦穗送给苏格拉底看。

苏格拉底对弟子们说："这块麦地里肯定有一穗是最大的，但你们未必能碰见它；即使碰见了，也未必能做出准确的判断，因为你们不可能把麦田里的麦穗全部放到一起比较，再则，你们只能向前走，只有一次选择的机会，所以，在离开麦地前，最要紧的是摘下一只麦穗，只有握在手里的那只麦穗，就是最大的一穗。"苏格拉底顿了一下，接着说，"孩子们，这就是人生，人生就是一次无法重复的选择。"

作者感言：时光不会倒流，人生只是单行线。每个人的一生都是这样一块不能走回头路、只能做一次选择的麦田。事业的成功、爱情的甜蜜、生活的幸福，不正是我们所期冀的最大的麦穗吗？可是最大的麦穗在哪里呢？在前面，在后面或是在中间？也许我们错过的正是最大的麦穗，也许眼前的正是最大的麦穗，也许最大的麦穗正在前面等着我们。面对充满变数、充满不确定性的人生之旅，也许我们永远也摘不到最大的麦穗。但是，握在我们手里的那只麦穗，却是实实在在的，对于我们来说，它就是最大的麦穗。这就是苏格拉底要告诉三个学子的人生道理。

这个小故事至少给我们如下启示：

启示一：在人生旅途中，最要紧的是好好把握住今天。这是因为，昨天已经过去，即错过的麦穗不能再回头摘取；明天还没有到来，它是在前面等着的麦穗，只是一个可能性存在；而只有今天是实实在在的，它是在我们眼前晃动的麦穗，是真实的存在，摘下它、享用它是最现实、最重要的。

启示二：人生选择没有最好，只有较好和更好，因此，必须适时做出选择，切不可不选择。人生之旅是一个不断选择亦不断放弃的过程，选择的同时就意味着放弃，人只能选择一条路走，选择其一就意味着放弃其他，因为人生没有回头路，人无法退回昨天。所以，舍得，舍得，有"舍"才有"得"。第一个弟子总期冀前面有更大的麦穗，迟迟不能做出选择，最后落得两手空空；第二个弟子虽然也期冀前面有更大的，但最后还是仓促做出选择，摘得一只，避免了两手空空；第三个弟子一进麦田就被一个较大的麦穗吸引，过早地做出选择，失去了充分选择的余地。三个弟子都不同程度地留下了遗憾。第一个弟子失之没有选择，第二个弟子失之选择太迟，第三个弟子失之选择太早。没有选择实不足取，人必须有选择，必须抓住一个麦穗，否则，空走一生；选择太早或太迟都不好，最好走在地中间就从容果断地选一个握在手里。

　　总之，面对无法回头的人生，我们只能做三件事：一是郑重选择，争取少留遗憾；二是如果遗憾了，就理智面对，在以后的路上努力补救；三是假若根本无法补救，就勇敢接受，不要后悔，继续朝前走。

最优秀、最聪明的学生

1968年的一天，美国著名社会心理学家罗森塔尔博士，带着他的研究团队来到了加州的一所小学。专家们花了两天时间，对全校师生进行了语言能力、推理能力以及反应速度等多项测试，他们声言，他们在测试每个人的智力水平。

测试结束后，专家们把写有十几名学生名字的一份名单交给该校校长，并把这十几名孩子的班主任请来，专家对各位班任说："根据我们的测试结果，名单上的这些学生，是全校智商最高、最优秀、最聪明的学生，你们要好好地培养他们。不过，你们对待这些孩子，要像平常一样，不要让孩子或孩子的家长知道他们的智力情况。"班主任们都答应了。

专家走后，被叮嘱的班主任们自觉不自觉地对名单上的孩子加以关注，他们发现了这些孩子身上的许多优点，而这些优点原本就有，可专家到来之前他们根本没有发现。他们对这些孩子的教育发生了微妙变化，孩子身上的优点不断被开发出来，个个变得积极向上，学习刻苦，而班任也更乐于亲近他们，教导他们。

一年之后，罗森塔尔又带着专家们来到学校，他们发现，名单上的学生个个都是所在班级的佼佼者。

这时，专家们告知：测试只是一个骗局，那些测试没有科学依据和任何参考价值，专家们也根本没有看测试结果，他们只是在学生的花名册上随便点出了那十几名学生的名字，谎称他们是最优秀、最聪明的学生。目的想看看，在积极暗示情况下，学生发展变化的情况。一年的实验证明，积极暗示具有促进人健康发展的正效应。

后来，心理学界将罗森塔尔实验的结果称为"罗森塔尔效应"。

作者感言：原本就是普通的学生，其优秀程度和智商与全校学生没什么两样，但专家给了肯定性评价并寄以希望后，却发生了深刻变化，取得了令人欣喜的预期成果。罗森塔尔的实验告诉我们，积极的心理暗示具有激励作用，能促进人健康发展。

积极的心理暗示是一种肯定性评价，它传递的是鼓励和赞美。实验中，被叮嘱的班主任都确信，名单上的孩子是最优秀、最聪明的学生，这是因为，罗森塔尔是著名心理学家，他们的测试结果具有权威性。班主任对专家认定的确信，让他们重新审视了这些学生，并自觉不自觉地投入了更多的教育热情。在教育过程中，他们有意无意地向这些学生传递了"你很聪明""你很优秀""你能行""你一定会做得很好"等肯定性信息。这些信息对学生具有很强的激励作用，学生在老师的欣赏、赞美和鼓励下，会努力上进，勤奋学习。而学生的成长进步又进一步强化了教师对专家测试结论的坚信，教师会对这些学生更加关注。由此，师生的情感进一步拉近，教与学的关系更加和谐，师生的两个积极性都得到了充分发挥，并彼此影响，互促共进，推动这些学生一步步迈入优秀行列。

罗森塔尔效应告诉我们：作为父母或教师，适时对子女或学生施以积极心理暗示，有助于他们成长成才；作为管理者、领导者，适时对被管理者和属下施以积极心理暗示，有助于他们出色完成工作，推进事业发展。

顺便说一句，罗森塔尔效应亦被称作"皮格马利翁效应"，它源自一则希腊神话。神话说，希腊有一个塞浦路斯国，国王皮格马利翁是一位有名的雕塑家。他精心地用象牙雕塑了一位美丽可爱的少女。他深深爱上了这个"少女"，并给他取名叫盖拉蒂。他还给盖拉蒂穿上美丽的长袍，并长时间拥抱它、亲吻它，他真诚地期望自己的爱能被"少女"接受。但少女依然是一尊雕像，冷冰冰矗立在眼前。皮格马利翁感到很绝望，他不愿意再受这种单相思的煎熬，于是，他就带着丰盛的祭品来到爱神阿弗洛狄特的神殿向她求助，他祈求女神能赐给他一位如盖拉蒂一样优雅、美丽的妻子。

神殿里香烟缭绕，女神端坐在神位上，对他的长跪和苦苦请求没有任何反应，皮格马利翁十分失望，无奈起身回家。殊不知，女神早已被他的真诚所打动，决定帮他。

皮格马利翁走进家门，像往常一样，他径直走到雕像前，久久地凝视着雕像，并上前拥抱她，亲吻她。奇迹发生了，他感觉雕像的身体渐渐变得柔软、温暖，他发现，雕像脸颊上慢慢呈现出血色，眼睛也开始释放光芒，嘴唇在缓缓张开，接受着他的亲吻。皮格马利翁含着热泪疯狂地拥吻着雕像，并一声声地呼唤着盖拉蒂的名字。盖拉蒂真的活了，她变成了一个亭亭玉立的少女，她用充满爱意的眼神看着皮格马利翁，浑身散发出温柔的香气，她轻轻扑进皮格马利翁的怀里，并喃喃说着甜蜜的情话。

皮格马利翁被这一切惊呆了，他紧紧地抱着盖拉蒂，一句话也说不出来。他由衷地感谢女神，感谢女神让雕塑成了他的妻子。

长时间地关注、拥抱、亲吻，让皮格马利翁把体温、爱意、生命一点点传导给雕塑盖拉蒂，使盖拉蒂渐渐获得了鲜活的生命，这与罗森塔尔的实验异曲同工。

最重要的是学会尊重每一个人

　　这是发生在美国纽约曼哈顿的一个真实故事。一天，一位四十来岁的中年女人领着一个男孩儿走进美国著名企业"巨象集团"总部大厦楼下的花园，在一条长椅上坐下来。她不停地跟男孩儿说着什么，看样子十分生气。不远处，有一位头发花白的老人正在修剪灌木。

　　突然，中年女人从随身挎包里揪出一团白花花的卫生纸，一甩手将它抛到老人刚刚剪过的灌木上。老人诧异地转过头，朝中年女人看了一眼，中年女人也满不在乎地看了一眼老人。老人什么话也没有说，走过去捡起那团纸，扔进一旁装垃圾的筐里。

　　过了一会儿，中年女人又揪出一团纸扔了过去，老人再次过去将纸团捡起扔到垃圾筐里，然后回到原处继续修剪灌木。可是，老人刚拿起剪刀，第三团卫生纸又落在了他眼前的灌木上……就这样，老人一连捡了那中年女人扔过来的六七团纸，但他始终没有露出不满和厌烦的神色。

　　"你看见了吧！"中年女人指了指修剪灌木的老人对男孩儿大声说，"我希望你明白，你如果现在不好好上学，将来就跟他一样没有出息，只能做修剪灌木和捡起别人扔下纸团这样卑微低贱的工作！没人会瞧得起你！"

　　老人放下剪刀走过来，对中年女人说："夫人，这里是集团的私家花园，按规定只有集团员工才能进来。"

　　"那当然，我是'巨象集团'所属一家公司的部门经理，就在这座大厦里工作！"中年女人高傲地说着，同时掏出一张证件朝老人晃了晃。

　　"我能借你的手机用一下吗？"老人沉吟了一下问。

　　中年女人极不情愿地把手机递给老人，同时又不失时机地开导儿子："你看，这些穷人这么大年纪了，连手机也买不起，你今后一定要努力呀！"

老人打完电话后把手机还给中年女人，并说了一声"谢谢"，就又去剪灌木了。不一会儿，一名男士匆匆从大厦里走出来，恭恭敬敬地站到了老人面前。老人对来人说："我现在提议，免去这位女士在'巨象集团'的职务！"

"是，我立即去办。"来人应声回答。

老人吩咐完后，径直走到小男孩儿跟前，用手轻轻抚了抚男孩儿的头，意味深长地说："孩子，我希望你明白，在这个世界上，最重要的是要学会尊重别人。"说完，老人撇下三个人缓缓而去。

中年女人被眼前骤然发生的事情惊呆了。他认识那个男士，他是巨象集团主管任免各级员工的一个高级职员。

"你……你怎么会对这个老园工这么尊敬呢？"她大惑不解地问。

"你说什么？老园工？他是集团总裁詹姆斯先生！"

中年女人一下子瘫坐在长椅上。

作者感言：在中年妇女眼里，老园丁是打扫卫生、收拾花草树木的低贱人，她有意扔出一团团纸让老人去捡，是用贬低和侮辱别人的方式来告诉儿子，不能做低贱的人，做低贱的人没人瞧得起。他的教育，不仅误导了孩子，也把自己推进了被免职的境地。究其原因，就在于她缺乏对别人的尊重。

其实，在现实生活中，许多父母在教育子女时都犯过这位女士类似的错误，只是对象并不明确，情节并不严重和程度比较轻罢了。我们常常能听到父亲或母亲在教训子女时说："你不好好读书，就不会有出息，你将来就会像农民一样脸朝黄土背朝天，披星戴月出大力又挣不着钱；就会像建筑工地上的农民工一样，起早贪黑地搬砖头、运水泥，一身臭汗，住着四面透风而又肮脏的工棚，让人瞧不起；就会像扫大街的……就会像蹬人力车送货的……"，等等，等等，话里话外，透露出对体力劳动者和社会底层人的轻蔑和不尊重，同时也把这种轻蔑和不尊重传导给子女。每一个做父母的，都应该好好反思一下，我们有没有过这样的想法和行为。

有一点我们必须清楚，在这个世界上，每一个人都有自己的人格尊严，不管他是贫穷的还是富有的，也不管他是高官还是平民；每一个人都希望受到别人尊重和维护自己的人格自尊，不管他是睿智的还是愚笨的，也不管他是健康的还是病残的。人类在漫长的生产生活实践中，逐渐达成了一种心灵默契，找到了受人尊敬和维护自尊的方式，即对等的互相尊重方式：只有尊重别人，才能被别人尊重；只有维护别人的尊严，别人才能维护你的尊严。这就是和谐人际交往的不二法则。所以，"在这个世界上，最重要的是要学会尊重别人"，老人的话语重心长，发人深省。

"最美司机"与"良心油条哥"

　　"最美司机"说的是吴斌的故事。2012年5月29日中午，杭州长运客运二公司司机吴斌驾驶从无锡开往杭州的大客车，行驶在沪宜高速公路时，一块数公斤重的铁片击碎正以每小时九十公里速度行驶的大巴车的挡风玻璃，直接刺入他的腹部。吴斌在肝脏破裂、多根肋骨折断的情况下，忍着剧痛，用一分十六秒的标准停车动作，完成了靠边停车、拉手刹、打开双闪灯等保障安全动作，让行驶在高速路上的大巴车稳稳停靠在路边，然后打开车门，并挣扎着站起来，疏导乘客安全离开，保全了车上二十四名乘客的性命。当全部乘客下车后，吴斌当即昏倒，随后被送进医院。6月1日凌晨，吴斌经抢救无效去世，年仅四十八岁。据勘察事故现场的交警介绍，大客车刹车拖印是笔直的，这对一个突然被击破肝脏的司机来说，需要极大的意志力。吴斌的敬业精神和英雄事迹感动了世人，6月4日，数万杭州市民伫立街头，为这位"平民英雄"送葬，三千多名社会各界人士自发参加了吴斌的追悼会，杭州市长邵占维致悼词，他说："一分十六秒，吴斌用生命诠释了责任，吴斌的事迹震撼杭城，感动中国。他是最美司机，最美杭州人。"

　　"良心油条哥"说的是刘洪安的故事。刘洪安，男，生于1980年，他从保定市财贸学校大专毕业后，辗转做过多种工作，后来便自谋职业卖起了早点，设了一个"刘家豆腐脑"摊位。最初，为了省油，他把炸油条的油底留在第二天再使用。后来，小刘通过媒体了解到，食用油反复加温会产生大量有害物质，会对人体造成很大危害。于是，从2011年初开始，他便使用一级大豆色拉油炸油条，油条炸完后，为避免因二次加热产生有害物质，他将锅里剩余的四五斤油和油渣一起倒掉，这样，每天会损失二三十元，这对一个仅靠卖油条和豆腐脑为业的小摊位来说，是一个不小的损失。但刘洪安说："以前不知道豆油二次加热对身体有害，现在知道了，还这样做，就是坑害顾客，昧着良心赚钱。这事我不能做，我要卖'良心油条'。"由于刘洪安卖起了良心油条，他的生意火爆，人们都昵称他"良心油条哥"。

　　作者感言：吴斌身上那种震撼人心的美德是什么呢？它无疑是道德，但绝不是简简单单的道德，而是一种职业素养，是当下最稀缺的职业精神。一个司机，在面临险境时，用自己的生命诠释了他一以贯之并内化于道德血液中的职业操守。而良心油条哥刘洪安炸油条坚决不用"复炸油"，虽然没有吴斌"伟大一分钟"那样壮烈和震撼人心，但同样体现了这种职业坚守，同样闪烁着职业精神的光辉。

　　我们说这两则小故事，就是想借此聊聊"职业精神"这个话题。

　　什么是职业精神？所谓职业精神，就是具有职业特点的品格与操守，它具体表现为一个人对自己所从事职业的忠诚、执着和对职业道德规范的自觉遵守。每一个人成年后都要从事一定的职业，而每一个职业都有一套内在的伦理要求和道德规范。如果每一个从业人员都能认识到本职工作的社会意义，树立起献身本职工作的信念，恪守着本职工作的道德规范，从而生成职业理想、职业良心、职业自豪感和职业责任感，即具有强烈的职业精神，那么，这个社会一定会变得非常温馨、和谐和美好。但令人遗憾的是，在现今社会中，由于功利的驱使和对利益最大化的刻意追求，这种职业精神变得非常稀缺。建筑商图省钱偷工减料，建出豆腐渣工程；面粉商为增白面粉，争夺市场，在面粉中参滑石粉；医生为多拿处方提层，有意给病人多开药、开贵药；面点老板为争夺顾客，在面粉中加进有害健康的染料，制作有色馒头；为药厂提供药用胶囊的企业，用破旧皮鞋做原料；饭店餐馆用廉价的地沟油炒菜；政府官员吃拿卡要、贪污受贿和公然寻租；以及假药、假奶粉、假酒等等，都是职业道德的失范现象，从而导致整个社会道德滑坡，诚信缺失。也正因为如此，象吴斌、刘洪安这样恪守司机道德和商业道德的行为就显得异常珍贵和高尚，对吴斌和刘洪安的高度褒奖，反衬出整个社会职业精神的失落与缺失，同时也表达了人们想找回和重塑这种精神的强烈渴望。

　　当我们崇敬和学习吴斌、刘洪安，尊称他们为"最美司机""最美油条哥"的时候，自然会联想到欧阳海勇栏惊马、大学生张华跳进粪坑救老农、"最美教师"张丽莉车轮下勇救学生、武警战士周春光勇抓歹徒等感人事迹，相比之下，前者远不如后者惊心动魄和具有震撼力。但平心静气想一想，"见义勇为""路见不平一声吼"的后者，只是社会的偶然现象，并非生活常态，它发生的概率只有万分甚至几十万分、几百万分之一，当其时，能如欧阳海、张华、张丽莉、周春光，实属难能可贵，理应受到崇敬和赞誉。如果我们把这种偶然性的道德行为称之为"路人的道德"或"陌生人道德"，并把它再次与职业道德比较，我们会发现，找回和重塑职业道德更为重要，这是因为，职业道德最具有普遍性和广泛性，它是每一个人的从业要求，它涉及人类生活的方方面面，与每一个人的生存发展息息相关，它是净化社会风气、提高社会精神文明的基础工程和核心内容。

当我们期待有更多的像吴斌、刘洪安一样的好人出现的时候，我们是否应该扪心自问："我们自己是否恪守了职业道德？坚守了职业精神？"如果还没有，那就从头做起，学着爱自己的职业，学着遵守本职业的规范要求；如果做得还不够，那就再加一把劲，让敬业和职业规范融进血液，深入骨髓，形成习惯。因为自有养成习惯才能化为自觉。

噢，是这样子呀

20世纪90年代初期，中国的改革开放初见成效，各地忙着修寺庙，利用佛事拉动当地经济，是当时的一大景观。一个依山傍水的小镇，在镇北的山脚下，也修建了一个小寺，小寺里只有一个修持的和尚。这个和尚四十多岁，一表人才，据说是北京佛学院毕业的，在许多大寺院都待过，后来图这里清静才来到此寺。小寺后面是茂密的树林，前面有一条小河，平日很少有人进香，只有初一十五，才有零星善男信女前来拜佛。和尚每天除了诵经、打坐之外，便在寺后种粮种菜，自给自足，从不出去化缘。

由于这位和尚正当年，长得潇洒，又有学问，于是便成了小镇上女人们茶余饭后打趣的材料，如果哪个女友无精打采，她们便取笑说："今天怎么这么不精神，是不是昨晚上偷和尚累了？"看到哪个打扮得漂亮，便说："怎么收拾的这么利落，要去找和尚吗？"看到谁精神十足，便说："你怎么这么兴奋，昨晚让和尚打强心剂了吧？"女人们之所以拿和尚做笑料，是因为拿他做笑料没有风险，如果说某个女友和情人怎么怎么，容易触及人的隐私，弄不好还会产生矛盾。当然，这一切和尚并不知道，因为没人跟他说。

这一年，镇上有个少女有了身孕，少女怕事情败露丢人现眼，既不去医院又千方百计隐瞒，等肚子大了，已无法流产。父母逼问少女，孩子的父亲是谁，少女不愿说出实情，被逼无奈，谎称是小寺和尚的。等孩子生出来，少女的父母抱着孩子去了小寺。

少女的父母怒斥了和尚一顿，然后把孩子交给了他。和尚一脸平静，只淡淡地说了声，"喔，是这样子呀。"便默默地接过了孩子。

从此，和尚便忙碌起来，昼夜不得闲。他也不避讳世人，大大方方地抱着孩子去镇上买奶粉，买孩子的玩具，去医院给孩子看病。小寺不再宁静，夜里，孩子哇哇的哭声和爽朗的笑声，以及和尚哼着摇篮曲的歌声，常常悠悠地从小寺飘进镇里。

小镇里炸开了锅，说什么的都有，和尚被人指指点点，有人甚至当面辱骂他，说他是个"骚秃驴"，辱没佛门。和尚既不生气，也不辩解，照样诵经、打坐、种地和细心照顾孩子，一脸平静。

一年后，少女受不住内心煎熬，承认孩子的父亲是城里的一个高中同学，与和尚没有一点儿瓜葛。

少女和家人惭愧来到小寺，见孩子长得白白胖胖，而和尚却憔悴了许多。

少女和家人说明来意，和尚一脸平静，只说了声"喔，是这样子呀"，便把孩子还给了少女。

小镇的人知道了真相，又是一片哗然。有人问和尚："你被冤枉得名声扫地，怎么不辩解？为什么还替她养孩子？"

和尚仍一脸平静，淡淡说："出家人四大皆空，缘起缘落，随遇随安；淡云清风，顺其自然。其功名利禄、恩怨情仇、得失毁誉、理解误解，均与佛门无关。能解少女之困，能育一小生命，这是慈悲为怀。"

作者感言：被人栽赃诬陷，不反抗，不拒绝，默默承受，一脸平静；被人耻笑辱骂，不辩解，不生气，听之任之，一脸平静；精心抚养孩子，辛苦劳累，不焦虑，不烦躁，无怨无悔，一脸平静；养了一年的白胖的孩子被抱走，不痛苦、不伤心，恬然淡定，一脸平静。修佛到了这个地步，算得上大德高僧了。

走出佛界，从做人修为的视域着眼，我们可以用三句话来概括这位高僧的人格特色：

人格特色一：大智无痕。高僧把人生看得很透彻。"缘起缘落，随遇随安，淡云清风，顺其自然"的感悟，是大智慧，是无相般若，是一种超越贵贱、贫富、得失、荣辱、苦乐、爱恨、毁誉等人间万象的精神性存在，是实相之上的道，是充盈高僧之身却视之无形、听之无声、嗅之无味、触之无觉的一股精气神，它无迹无痕又无法言说，但却能真真切切地感知到它的存在。它是高僧人格高境界的灵魂支撑。高僧得失审之于己、毁誉听之于人、苦乐安之于势的"一脸平静"，均源于此。

人格特色二：大容无忍。高僧襟怀博大，容万物而能化之，无忍耐、忍受之煎熬。"忍"是人有意识地强制性地自我克制。"忍"是会意字，字形是心上一把刀，造字本身就隐含着"刀尖顶在胸口，不得不退一步"的无奈。"忍"对忍者来说，是不得已而为之，是压抑的、煎熬的、痛苦的。一个人，特别是做大事的人，能忍、善忍，是避免祸患和成就事业必不可少的优良品质。而对高僧来说，无所谓忍，也无须忍，因为栽赃陷害、指责侮辱以及种种辛劳等，落到高僧身上，就如一两个雨点落进大海，立刻与海水融为一体，化而为无、为空、为零，根本无疏离、对抗而言，何谈克制忍耐。正如"肩上无负物，何须担当""心中无垒块，何来焦虑"一样，高僧根本无忍耐之痛苦，所以始终一脸平静。无忍是"忍"的最高境界，而无忍，必须以"能接纳万象并融而为一"为前提，"能接纳万象并融而为一"，则又是雅量容宇的最高境界，所以，大容无忍。高僧做到了。

人格特色三：大善无疆。中国传统文化中，儒释两家都积极导人向善，释家以"佛心"为旗帜，佛心是大善，大善无边界，普度天下众生，无论贤与不肖，无论男女老少；儒家以"仁"为圭臬，仁是至善，至善无终结，任劳任怨，以德报怨，唯义是是，矢志不渝。高僧为少女解困的以德报怨、为抚养幼儿的辛辛苦苦和面对世人指责侮辱的理解默纳等，充分体现了大善无疆、至善无终的高境界。

司马迁在《史记·孔子世家》中赞美孔子时说："《诗》有之：'高山仰止，景行行止'，虽不能至，然心向往之。"意思说，孔子的大德境界就如巍巍的高山，我们无法攀登到极顶；就如宽阔的大道，我们无法走到尽头。尽管我们无法达到孔子的精神境界，但我们可以心向往之。借此，我们可以说：我们无法达到高僧"大智无痕、大容无忍、大善无疆"的境界，无法做到无论何种情境下都"一脸平静"，但我们可以心向往之，努力追求。

等还完了欠债再自杀

冈萨雷斯是墨西哥莫雷利亚的一位市民，在一家工厂上班，妻子在一家商店上班。他们有一个非常可爱的儿子，虽然并不富有，但日子过得很温馨。然而，儿子五岁那年，得了恶性脑瘤，花了很多钱，最终还是走了。

眼睁睁看着儿子去了另一个世界，夫妻俩痛不欲生。妻子渐渐地有些精神恍惚了，经常在夜里起来往外跑，叫着去找儿子。后来，妻子精神彻底崩溃了，整天哭笑无常。终于有一天，她又一次独自跑出去，冈萨雷斯到处找也找不到。第二天，才在一个水塘里发现了她，早已溺水身亡了。接二连三的打击，让冈萨雷斯万念俱灰，他觉得活下去已经没有什么意义了，便打算用自杀来结束自己的痛苦，于是，他买了足够的安眠药，准备服下去一死了之。

就在这时，他突然想到，在妻儿患病期间，他曾向亲朋好友借了一些钱，现在还没有还上。如果自己死了，亲朋好友的钱不就再也还不上了吗？这样死去，实在对不起那些帮助过自己的人。想到这里，他改变了主意，准备先把钱还上，然后再自杀。

第二天，他就回工厂上班了，同时利用节假日到市场做些小生意，所赚下的钱，除了必要的生活支出外，剩余的陆续还给亲朋好友。

一年以后，他还清了所有借债。但此时，失去亲人那种撕心裂肺的痛已经淡化，而且从做生意中，他重新找到了生活的乐趣，自杀的念头已不复存在。他辞了职，专心做起生意，从小到大，后来成了家财百万的老板。

谈起当初的想法，他说："如果不是那些欠债，如果不是想到死了对不起亲朋好友，我早就不在人世了，是还债支撑我走到今天。"

作者感言：冈萨雷斯能活下来并成就了事业，原因有三：

原因一：是做人的良心救了他的命。良心是仁义心、怜悯心、同情心、恭敬心、是非心、羞恶心等的综合表现，是人对正义道德规范认同的一种心理状态，是人活着的时候能安心或死的时候能瞑目的一股心气。冈萨雷斯在自杀前，想到了别人对自己的帮助和关爱，并想到了不还上这些债，会对不起帮助过自己的人，这就是良心的表现。正是这种良心，让他放弃了自杀念头，藏起了安眠药。

原因二：是还债的目标让他找回了生活的意义。还债是冈萨雷斯的生活目标，这一目标不仅救了他的命，也给了他生活的动力。为了还债，他不仅工作，还兼做小生意，在起早贪黑的忙碌中，他找回了生活的乐趣，体会到了人生的美好，树立了生活的信心。

原因三：是时间稀释和消解了他的痛苦。痛苦是人因困难、祸患、不幸而引起的一种压抑、不愉快、难过的感受，是一种消极心理情绪。人在极度痛苦时，理性往往短路，即我们通常说的"想不开"。面对妻儿双亡，冈萨雷斯万念俱灰，在极度痛苦中，他想到了自杀。可情绪、情感这东西，特别是极度的情绪、情感，如极度快乐或极度痛苦，来时迅猛强烈，让人不能自已，但随着时间的推移、事件的远去，这些极端情绪就会逐渐平和，感觉也就不那么强烈了，时间一久，生活和工作的诸多事情渐渐占满了身心，昔日的感觉日趋边缘化和被淡化，再也无力左右人的行为了。一年以后，冈萨雷斯的痛苦渐渐被时间抚平，自杀的念头自然消逝。

由此看来，良心是人生的第一要义，是人活下去的理由和生命支撑；目标是人生的动力，人有了目标，就有了方向感，就产生了活下去的力量；时间是化解人生痛苦的良药，时间会告诉你，人生没有趟不过去的河，过了河，踏上彼岸，阳光明媚，鸟语花香。

奥兰治河两岸的羚羊

奥兰治河是非洲的第五条大河，它流经一段广袤的非洲草原，河两岸的草原上生活着同一种羚羊。令人感到奇怪的是，河东岸的羚羊群比河西岸的羚羊群繁殖力强，规模大，也长得健壮，其奔跑速度也快。一位动物学家测试，河东岸的羚羊群奔跑的速度，每分钟比河西的快十三米。这些差别让这位动物学家百思不得其解，因为两岸的羚羊属类相同，生存条件相同，生活在同样的气候条件和地理条件下，吃的是同样的一种叫莺萝的牧草。

为了找到原因，有一年，这位动物学家在动物保护协会的帮助下，在东西两岸各捉了十只羚羊，并分别把它们送往对岸。一年后，送到西岸的十只羊繁殖到十四只，而送到东岸的十只仅剩下三只，那七只全被狼吃掉了。

动物学家明白了，东岸的羚羊之所以强健，是因为在它们的生存环境里有狼群，而西岸的羚羊之所以弱小，是因为它们缺少天敌。

作者感言：按常理，有天敌存在的动物，很难繁衍壮大，因为它们时刻面临着被天敌吃掉的危险，而没有天敌的动物，则应该顺利地繁衍壮大。可动物界的客观现实恰恰相反，有天敌的动物在不断繁衍壮大，而没有天敌的动物反倒繁殖缓慢和弱小，甚至许多没有天敌的动物已经灭绝。为什么会是这样呢？

原来，世上万事万物都是相生相克、相辅相成的，有天敌的动物，敌对双方在激烈碰撞和殊死争斗中保持了一种生存警觉和增强了适应各种环境的生存能力，从而得以繁衍壮大，而没有天敌的动物，只是被动地适应，惰性不断增强，许多生理机能也因"用进废退"不断弱化、退化，一旦条件变化，失去了特定的生存环境，就会委顿并逐渐消亡。这是动物界的一大法则，也是自然界的一条普遍规律。

其实，进一步想想，你也许会发现，人生也是如此。真正使你成功让你坚持到底的，真正激励你让你昂首阔步的，真正惊醒你使你头脑清醒的，真正历练你让你不断提高能力的，不是顺境和优裕，不是鲜花和美酒，不是亲人和朋友，而是困难和挫折、磨难和痛苦、打击和排斥，甚至是绝症和死神。

古今中外，许多有所建树、有所作为，最终成就一番大事业的人，无不把困难、挫折甚至敌人等这些重大压力，当成动力，从反面激励自己奋起。周文王在被关押中撰写了《周易》；孔子在周游列国的困厄中编撰了《春秋》；屈原在流放中写出《离骚》；左丘在双目失明的情况下完成《国语》；孙伯灵被庞涓取去膝盖骨变成瘫子后创作兵书《孙膑兵法》；吕不韦被发配到偏远的蜀地，才组织人编撰了《吕氏春秋》。这是在困境压力下奋起的铁证。商汤、周武之所以能取得天下，是因为有夏桀、商纣的时时威胁；勾践之所以能坚持"卧薪尝胆"，是因为有吴王夫差的步步相逼。这是在强敌压力下奋起的铁证。

没有天敌的动物往往最先灭绝，这是自然界中的悖论；没有困难、没有挫折，以至于没有对手，一个人很难有所成就，甚至大成就，这是人生的悖论。就这个意义上讲，我们应该感谢困难、挫折、坏事、坏人，甚至敌人，因为他们的存在，激活了我们的生命，增强了我们的生存能力，使我们原本沉寂的生活激起了奔腾的浪花。也正因为如此，有人说：

感谢那些伤害你的人吧，因为他磨炼了你的心志；

感谢那些欺骗你的人吧，因为他增加了你的智慧；

感谢那些中伤你的人吧，因为他砥砺了你的人格；

感谢那些鞭打你的人吧，因为他激发了你的斗志；

感谢那些遗弃你的人吧，因为他让你学会了独立；

感谢那些绊倒你的人吧，因为他强化了你的双腿；

感谢那些斥责你的人吧，因为他提醒了你的缺点。

感谢所有对你不利的人吧，因为他们让你坚强，让你有了蓬勃的生命。

肯定坏事、坏人和天敌存在的价值和意义，是一种逆向思维，也是一种辩证思维。但话又说回来，在实际生活中，上边需要感谢的那些人，越少越好，没有最好。这是因为，他们给人带来了麻烦、烦恼、痛苦，甚至是生命危险，他们使人的生活失去了安全、和谐、快乐和美好，这是人人避之而唯恐不及的，说"感谢"，只是一种无奈表达，只是应对残酷现实的一种积极态度。况且，舍此，人类照样有许多令人警醒、激人奋进的路径，强烈的好奇、高远的目标、改变现实的渴望等，同样可以激活生命力，催人奋起。

奥林匹克历史上最伟大的一幕

　　1968年10月20日下午，在墨西哥城举办的第十九届奥运会上，马拉松项目的比赛正在进行。这是一场有四十四个国家超过七十名运动员参加的奥运会马拉松比赛，坦桑尼亚选手约翰·斯蒂芬·阿赫瓦里是其中的一员。在这个行列里，还有曾经蝉联过奥运会马拉松金牌的埃塞俄比亚选手阿贝贝、后来获得本次比赛冠军的沃尔德和肯尼亚名将纳夫塔利。墨西哥首都墨西哥城海拔两千两百五十九米，空气含氧量比平原低百分之三十。这是奥运史上参赛运动员首次面对高原气候的考验。比赛一开始，大家都跑得很正常，但到了十一公里以后，超过两千两百米的海拔让许多运动员感到了高原的威力，本来就有伤的曾蝉联该项冠军的埃塞俄比亚选手阿贝贝第一个退出了比赛。

　　到了十八公里的时候，一直在低海拔高度训练和比赛的阿赫瓦里也开始难受了，他觉得头晕，他也看到有些运动员因缺氧和眩晕而退出比赛。阿赫瓦里感到肚子痛，而且一阵一阵地抽筋，运动医学上叫痉挛。缺氧导致他失去了方向感，除了要尽力向前跑以外，他还要尽力保持身体的平衡。就这样又跑了一公里多，他终于坚持不住摔倒了，结果膝盖因此严重受伤，肩部脱臼。当时，急救人员赶忙用担架把他抬到路边，摔伤的地方流了很多血，他们为他包扎了伤口，并要把他抬上救护车。他断然拒绝，他说："我一定要坚持跑到终点。"

　　特殊的气候条件让马拉松比赛变得很平淡，观众们也没对马拉松投注过多热情。晚上七点多钟，当天的颁奖仪式已经结束，场地内其他项目都已完成，组委会开始通知沿途服务站撤离，就连通向体育场内环形跑道的大门都已经关起来，不少观众已经开始退场，正在这个时候，传来一个让所有人吃惊的消息：有一个受伤的马拉松选手还在跑！这位选手就是阿赫瓦里。

　　人们激动了，观众们重新回到阿兹特克体育场，等待阿赫瓦里到达终点。灯光重新为他亮起，现场数万观众集体肃立，当阿赫瓦里缠着绷带、拖着流血的伤腿一瘸一拐地最后一个跨过终点线，颓然倒下时，数万人的会场一片寂静，接着是经久不息、雷鸣般的掌声。虽然此时枪响已经超过了四个小时，天色也渐渐暗淡下来，但人们仍然向这位勇士表达了他们最崇高的敬意。

当阿赫瓦里跨过终点线时，激动的工作人员忘了计算他的成绩，只知道他是第五十七名——共有五十七人完成比赛，十八人中途退出。

当人们问他："你明明知道你是最后一名，为什么还要带伤忍痛坚持跑到终点呢？"他用虚弱的声音回答："我的祖国把我从七千英里外送到这里，不是让我开始比赛，而是要我完成比赛。"

阿赫瓦里的回答成为了奥运史上最响亮的名言，这一幕后来被人们奉为"奥林匹克历史上最伟大的一幕"。

作者感言：约翰·斯蒂芬·阿赫瓦里生长在坦桑尼亚孟布罗地区一个贫穷的山村里，在十三个兄弟姊妹中他排行第六。因为家里穷，离学校又远，他从小就习惯赤脚跑着上学。1968年，他已经三十岁，他是刚刚独立的坦桑尼亚首次参加奥运会的三名运动员之一。强烈的爱国情怀和高度的使命感激励他战胜了常人无法克服的困难，完成了一个伟大壮举，为祖国和自己赢得了荣誉和骄傲。

我们说阿赫瓦里的故事，就是想借此聊聊"爱国主义"这个话题。

爱国主义是个体或集体对所属国家所持有的积极态度和钟爱信念。人与所属国家是一种天然的血缘关系，国家给了他特定的种族遗传、生活方式、社会关系、价值观念、文化修养等。作为个体，国家和民族的个性已经融入他的血液和人格中，国家的兴衰、名誉、利益与他的生存发展息息相关。所以，爱国，是人的一种天然情感。在社会文明还没有达到更高水平，整个世界还没有实现"大同"，在国家还没有消亡之前的未来漫长历史时期内，爱国主义始终具有积极的社会意义，它是每一个国民义不容辞的神圣职责和义务，每一个国民都应该爱自己的祖国。

概而言之，一个爱国者的具体表现有三：

表现一：对祖国历史及其成就具有民族自豪感。

表现二：对祖国生存方式、思维方式、价值观念、生活习俗等具有民族认同感。

表现三：对维护祖国尊严、保卫祖国安全、建设和发展祖国具有民族责任感。

阿赫瓦里的壮举就是维护国家尊严的爱国表现。2007年，北京奥运会节目摄制组曾赴坦桑尼亚采访过年近七旬的阿赫瓦里。他居住的村庄至今没有通电，离他最近的一部电话和电视也要有两公里的路程。作为老年人和学生的业余教练，他没有太多的收入，但他活得很充实，他说："我最自豪的是我没有给祖国丢脸。"他说得很谦虚，他不仅没有给祖国丢脸，而是给祖国争了光。他没有获得奖牌，但他为祖国争得了比奖牌更高贵的荣誉，尽管他是那届马拉松赛的最后一名。

说到爱国，有些出国定居的人提出异议。他们说："科学没有国界，事业没有国界，在哪个国家从事科学和干事业都能造福人类。"在日益全球化的今天，这话听起来很国际主义，似无可非议。但社会生活是复杂的，国与国之间的发展及其相互关系，处处牵涉到各自国家及其国民的利益，有些时候，国与国之间的利益诉求会发生矛盾，甚至是很激烈的矛盾，特别是在霸权主义和以强凌弱现象严重存在的当今时代，更是如此。在这种情况下，你为其他国家所创造的科学成果或所干出的事业成就，很可能会大大损害你自己祖国的利益，甚至可能危及祖国安全和威胁同胞的生命财产。所以，尽管科学、事业无国界，但科学家和干事业的人是有祖国的。当你为他国做出的事情损害了你祖国的利益，甚至危及了同胞的性命，难道你一点儿也不愧疚吗？

再重申一遍，爱祖国，努力为祖国做出贡献，是每个国民义不容辞的责任和义务。在国家还没有消亡之前，谁都必须如此。

舜与瞽叟和象

舜是华夏上古时代即中国父系氏族社会后期的部落联盟首领，是传说中的五帝（黄帝、颛顼、帝喾、尧、舜）之一，也是世世代代中国人民心目中的贤明君主和圣人；瞽叟是舜的父亲，是个盲人；象是舜的异母弟弟。据传说，舜很小的时候，生母就去世了，瞽叟娶了后妻，后妻又生了一个儿子叫象。瞽叟心术不正，继母刁蛮专横，弟弟象桀骜不驯，三人沆瀣一气，一心想置舜死地而后快。舜生活在"父顽、母嚚、弟傲"的环境中，受尽了屈辱，但舜始终孝敬父亲和继母，关爱弟弟。

舜长到二十岁的时候，因忠厚和孝顺感天动地，名传乡里，舜在厉山耕种，大象替他耕地，鸟代他锄草。在舜的带动下，厉山这地方形成了礼让风气，许多人都到此定居，人口很快发展起来。当时部落联盟的首领尧得知舜的忠厚和孝顺，很是欣赏，把自己的两个女儿娥皇和女英嫁给了舜，并赏给舜牛羊和财产。瞽叟和象非常嫉妒，一心想害死舜。

一天，瞽叟让舜去修理粮仓，等舜爬上仓顶后，瞽叟和象撤掉梯子，将粮仓点燃，想烧死舜。当时，狂风大作，火势凶猛，舜身边正好有两个斗笠，他抓住两个斗笠的带，风将两个斗笠高高吹起，将舜带出火场，幸免于难。

后来，瞽叟又让舜去疏通水井，等舜下到井底时，瞽叟和象就奋力从井口往井里填土，企图把舜活活埋死在井底。舜在妻子的帮助下逃脱。瞽叟和象把井填平后，认为阴谋已经得逞，便想瓜分舜的财产。象想霸占舜的两个妻子和舜的琴，把牛羊和仓廪分给父母。象高高兴兴地来到舜的家，一走进房门，见舜正坐在屋子里弹琴，他大吃一惊，然后便扭捏地说："我很想念哥哥，特前来探望。"舜毫无怨色，笑笑说："你真是我的好弟弟。"舜没有当着瞽叟和象的面把事情说破，比以前更加谨慎地孝敬父母和友善弟弟。

在舜的感召下，瞽叟、继母和象，终于悔过，改过自新。

尧后来把帝位禅让给舜，称为舜帝。舜在位三十九年。舜不仅人格高尚和孝顺，而且才干卓越，他在位期间，兴利除弊，天下安定，民风淳朴礼让，人民安居乐业。舜一生勤勉，南巡时死于苍梧之野。舜在做帝王期间，也不计前嫌，年年都去看望父母，象改过后，舜还封象为侯。

作者感言：据传说，舜生于姚地（今河南濮阳），故姓姚，名重华，做帝王后国号"有虞"，亦称虞舜。舜是中国"二十四孝故事"中褒扬的第一个孝感天地的大孝子，无论父亲、继母和弟弟怎样加害于他，他都不改初衷。

我们说这个老掉牙的故事，就是想借此聊聊"舜的孝行"在今天有多少借鉴意义，以及我们应该怎样看待"孝"的问题。

落在继母手下，父亲又很凶顽，小的时候，不能自立，受虐待只能忍气吞声，系无奈之举，可以理解。但长大成人、娶妻自立门户之后，父亲和弟弟一再加害，仍听之任之，实乃是一种愚孝，不足效法。所谓愚孝，就是父母叫子死，子就去死；父母叫子做恶事，子就听命去做恶事；父母做恶事，子既不制止也不举报，听之任之；或为满足父母之需要，子自己去做有违人伦道德之事等。简言之，不惜有违做人的基本原则而无条件地听命于父母或满足父母需要的行为，即为愚孝。《二十四孝图》中，郭巨为节省粮食给老母吃而埋子的故事，就是最典型的有违人伦的愚孝。

不过，舜是不是真的那样愚孝，事实未必如此。《韩诗外传》里记载了这样一则小故事，故事说，孔子的学生曾参是著名的孝子。一天，曾参跟父亲一起到田里锄草，不小心误伤了禾苗，他的父亲曾晳就拿着棍子打他。曾参没有逃走，站着挨打，结果被打休克了，过一会儿才渐渐苏醒过来。曾参刚醒过来，就问父亲："您受伤了没有？"鲁国人都赞扬曾参是个孝子。孔子知道了这件事后，告诉守门的弟子："曾参来，不要让他进门！"曾参自以为没有做错什么，就托别人去问孔子，为什么不让他进门。孔子说："你难道没有听说过舜的事吗？舜做儿子时，父亲用小棍打他，他就站着不动；父亲用大棒打他，他就逃走。父亲要他干活时，他总在父亲身边；父亲想杀他时，无论如何也找不到他。现在曾参在父亲盛怒的时候，也不逃走，任父亲用大棒打，这就不是王者的人民。使王者的人民被杀害，难道还不是罪过吗？！"

舜的时代还没有文字，他的事迹只是一代代口耳相传下来，在几千年的流传过程中，后人的附会肯定在所难免。看来，孔子的说法比较接近实际，舜对父亲和弟弟的加害，肯定是有所防范，并相应有所制止，甚至反击以自保，否则，他怎么能够活下来并继承了尧的帝位？至于他最后原谅了父亲和弟弟，是人之常情，父亲和弟弟毕竟是有血缘关系的至亲，总不能捕而杀之，况且，瞽叟和象后来肯定有所悔过自新，否则，舜不可能封象为侯。后人为了彰显舜的宽厚仁德和以德报怨的高尚品格，在流传中自觉不自觉地夸大了瞽叟和象的恶行，借此突出舜的孝、忍让和宽厚。

下面，说说怎样看待"孝"的问题。

中国是一个十分崇尚伦理的礼仪之邦，孝敬父母是中华民族的传统美德之一。中国的孝文化源远流长，据考证，殷商时代的甲骨文中就有"孝"字，是一个会意字，其字形是一个小孩扶着一个长着长长胡须的老人，会意为侍奉父母。许慎《说文解字》说："孝，善事父母者。从老省，从子，子承老也。"意思说，孝是善于侍奉父母的人，是由"老"和"子"两字会意而成，上部的"耂"是"老"字的省略，子在下承奉父母。中国历朝历代都十分重视孝道，许多先哲也不乏这方面的论述，在封建时代极力推崇的儒家十三经中，《孝经》占了一席之地，产生于元代的《二十四孝图》，在民间影响巨大，挂在现代国人口头上的一句话是"百善孝为先，不敬父母的人不可交"，如此等等，足见"孝"的观念深入人心。

其实，孝根本没有那么复杂，养育子女和赡养父母，本来就是人类薪火相传必不可少的两个环节，缺一不可。尽孝道，善事父母，是儿女的责任担当，无可推卸。问题在于，在现实生活中，有些人不能尽子女之责，导致人类代际延续环节的松动，不少老人受到虐待，甚至老无所养。社会越是提倡孝道，就越说明在孝道这件事上出了问题。

怎样尽孝？中国古时候有一副对联说得很确切："百善孝为先，论心不论迹，论迹贫家无孝子；万恶淫为首，论迹不论心，论心天下无完人。"这上联说的就是怎么尽孝，关键就是一个"心"字。这个"心"，就是"有心"、"关心"、"爱心"，就是把赡养父母的事放在心上。有了这个"心"，具体的事情就都好办了。

当下，不孝的现象仍时有发生，网上经常能看到八九十岁老人被子女遗弃而饿死、冻死的现象，说一个案例以警示天下所有子女：

2014年12月26日的央视"今日说法"栏目，以《母亲的呼救》为题，报道了重庆市万州区北林村八十五岁老太太解昌英被活活冻死在四个儿子家门前的事件。老人生育四男三女，大儿子李秀猛、二儿子李秀全、三儿子李秀丰、四儿子李秀武。为了给大儿子结婚，老两口把一处三楼楼房腾给他，老两口住进一间土坯房，后因老伴去世、土坯方倒塌，老太太只好到四个儿子家轮住，每个儿子一个月。2014年1月2日，她在四儿子家住一个月期满，该轮到大儿子家，四儿子抱着被褥将老太太送到大儿子家，不巧大儿子家没有人，房门上锁，四儿子将母亲和被褥扔下就走了，让老太太自己在老大门口等着。老太太一直等到深夜，大儿子一家人都没回来，老太太又冻又饿，随后大声呼叫住在同一个院子里的二儿子、三儿子、四儿子。老人唤着他们的小名，凄惨地叫着，求儿子们救救她。三个儿子及儿媳都清楚听见了老人的呼救，甚至还恨老人吵得让他们睡不着觉，可他们紧锁房门，没有一个儿子出来救老人。

村民及时报警，待警察赶到，老人已死，法医对死者做了尸检，老人因摔倒致伤和冻饿休克死亡。万州区法院在北林村召开现场审判会，四个儿子全部到场，还有众多乡亲参加旁听。四个儿子互相指责，都说自己没有错，都是大哥没有把母亲接到家中才造成母亲死亡。最后法院判处大儿子有期徒刑两年，其他三个儿子判处有期徒刑一年六个月。

关于三个女儿，都住在城里，也都挺孝顺，但四个儿子不让三个女儿养老人，说这样会被村里人笑话。有个女儿把母亲接去，但四个儿子很快又强行将母亲接回来。

老人生育七个子女，按说，理应颐养天年，享受天伦之乐，没想到竟被活活冻死、饿死，真是人间一大悲剧。四个儿子，靠父母抚养成人、娶妻生子，何况大儿子住的楼房还是父母的房产，其他三个儿子成家、建房，都有父母的大量血汗。难道他们不懂得饮水思源吗？他们为什么无视养育之恩？为什么对母亲的呼救冷若冰霜？冷酷如此，让人百思不得其解。羊羔尚知跪乳，乌鸦尚知反哺，难道他们连鸟兽都不如吗？四个儿子肥头大耳，一副人模狗样，他们对母亲的死，没掉一滴眼泪，可对法院的判决却不服，听说还要上诉，真是不知廉耻到了极点。难道他们就不怕他们的子孙会继承他们的不孝基因而上行下效吗？我们拭目以待。

"就地卧倒"与"一块假银圆"

　　"就地卧倒"的故事，发生在20世纪第二次世界大战期间的"诺曼底登陆"战役中。在一场阵地争夺战中，盟军的一个上尉忽然发现一架敌机向阵地俯冲下来。他是一位老兵，常识告诉他，发现敌机俯冲时要毫不犹豫地就地卧倒。当上尉刚要就地卧倒的时候，他突然发现，离他三四米远处有一个小战士仍站在那儿，犯傻似地望着天空。他高喊一声"就地卧倒！"随即一个鱼跃，飞扑过去，将小战士紧紧压在身下。此时一声巨响，飞溅起来的泥土纷纷落在他们身上。飞机呼啸而过，上尉抖掉身上的泥土，拉起小战士，见他完好无损，开心地笑了。可当他回头的时候，顿时惊呆了：他看见，他刚才所处的那个位置，被炸出了一个一米多深的大坑。

　　"一块假银圆"的故事，发生在1946年的"解放战争"中。故事说，一个解放军连长扮成老百姓，独自去侦察敌情，半路上碰见一个女子在江心挣扎，他奋不顾身地跳进江里，游到江心，把那位女子救了上来。女子被救上岸后，不但没有感激之情，反而还要往江里跳。在他的一再追问下，那女子伤心欲绝地道出实情：原来，她的丈夫遭人陷害锒铛入狱，家中留下年迈多病的婆婆和两个嗷嗷待哺的孩子。可怜家里贫穷，只好将仅有的衣物典当了一块银圆，想用它来治疗婆婆的陈年老病。那知屋漏偏逢连夜雨，奸诈的商人给了她一块假银圆。她去找商人讨要，不但没有讨回银圆，反而还备受奚落，被赶了出来。想来走投无路，便投江自杀，就此以求了断。

　　这连长也是苦出身，对女子深表同情。他出来执行任务前，团部给了他一块银圆，让他在路上用。他连想都没想，就将那块银圆送给了女子，并劝她要为孩子和婆婆想，万不可再寻短见。

　　在送给女子银圆的同时，他忽然意识到，那块假银圆如果流落出去，可能还会害人，于是，他对女子说："把那块假银圆给我吧，算是留个纪念。"

女子把假银圆交给他，千恩万谢地离去。

他随意将那块假银圆揣进左侧的上衣兜里，然后就去执行任务了。

好多天过去了，由于战事频繁，假银圆的事早让他忘得一干二净。在一次激烈的战斗中，弹飞如雨，一粒子弹朝他的胸前射来，正好打在放假银圆的部位，那块假银圆被打得凹陷下去，但没有被穿透。他感到左胸前被重重地撞了一下，下意识地一摸，正好摸到了那块被打凹陷的假银圆，他恍然大悟，是这块假银圆救了他的命，不然，子弹正好穿进他的心脏。

新中国成立了，当年的那位连长已经当上了师长，但他一直珍藏着那块救命的假银圆。

作者感言：第一个故事，舍己救别人，意外地救了自己，这无疑是一个偶然，用最通俗的话说，赶巧了。但我们却从这种偶然中，看到了一种必然：如果上尉首先考虑的是自己，作为一个老兵，他会毫不犹豫地选择就地卧倒，因为经验告诉他，这是规避空袭风险的最佳方式，如是做，他将被炸得粉身碎骨。但在这最危险的时刻，他想到的不是自己，而是站在敌机眼皮底下的小战士，于是他飞扑过去，把小战士压在身下，如此，他不仅保护了小战士，也救了自己的命。所以，我们可以说，是舍己为人的美好心灵救了上尉的命，而舍己为人的美好心灵，可绝不是偶然的，它是一个人长期涵养道德的必然结果。似想，一个遇事首先为自己打算，甚至不惜牺牲他人利益而满足自己的自私自利的人，在最危险的关头，能首先想到别人吗？能不顾自己的生命为别人考虑吗？我们可以断然地说，肯定不能！这样的人，一事当前，首先为自己打算，特别是在生死对决的关口上，他的第一反应肯定是保护自己。再似想，就大多数人来说，在突然遭遇危险的一瞬间，都会不自觉地选择当时最有可能摆脱危险的行为，这是出于本能，正如司机在车与外物相撞时会不自觉地转动方向盘，不让外物直面自己一样。能在最危险的关头首先想到他人，说明他心里有他人，而且他人还处于重于自己的位子。也只有心里有他人，平日里关心爱护他人的人，才能在关键时刻忘记自己，闪现出救人的念头。

第二个故事，一块揣在左上衣兜的假银圆挡住了子弹，救了那位解放军连长的命，这也是一个偶然，但主动要下这块假银圆以防止它继续害人，却是偶然中隐含着必然：如果这位连长缺乏怜爱心、善良心，他就不会冒死跳到江里救人，也不会毫不犹豫地将唯一的一块银圆送给那位女子，更不会关心假银圆继续流传的害处，自然也不会要下这块假银圆。而怜爱心、善良心的养成，却不是偶然的，它也是一个人长期涵养道德的必然结果。

我们想借这两则小故事说两点想法：

想法一：涵养高尚的道德很重要。一个人，只有不懈地培养自己的怜悯心、关爱心和仁义心，才能使自己的人格不断高尚，有了不断高尚的人格品质，才能自觉主动地去做舍己为人的善事，如故事里的盟军上尉和那位解放军连长。而自觉主动做善事的过程，又进一步历练了人格，如此往复，人就会变得越来越高尚。

想法二：人多做好事、善事，就是给自己积德、积福。人遍洒爱心，广种美德，说不上什么时候，就会得到意外回报，甚至可能会挽救自己的生命，改写自己的命运。

"羡慕别人"与"珍惜自己"

　　"羡慕别人"的故事说，蜗居在树枝上的蜗牛看见一只银白色的野兔飞奔而过，心生羡慕：做一只兔子多幸福啊，有四只飞快的腿，可以走遍天下，饱览风光；一只蹲在树下的野兔看见一只老虎从山梁上走过，心生羡慕：做一只老虎多好啊，是兽中之王，谁也不敢惹；一只在崖下上趴着的老虎，看着蓝天上盘旋着的山鹰，心生羡慕：做一只山鹰多幸福啊，可以高飞蓝天，自由自在；一只在空中搜索的山鹰，看见树枝上的蜗牛安详地酣睡，心生羡慕：做一只蜗牛多好啊，用不着辛苦地到处觅食，睡在硬壳里，不怕风雨，不吃不喝，仍活得白白胖胖。

　　"珍惜自己"的故事说，一位先天残疾人心生抱怨，他到天堂去找上帝，问："为什么不给我一个健全的身体？"上帝没有回答，微笑着说："我给你介绍一位朋友，你去见见他吧，他会告诉你的。"按照上帝的指点，残疾人见到了一位三十多岁的壮年人，那人告诉残疾人，他刚刚死去，来到天堂，正在等待上帝安排去处，他说："朋友，珍惜吧，至少你还活着，还能享受人间的快乐。"一位老者，在官场辛辛苦苦奋斗了几十年，职位始终很低，失意而退，他心生抱怨，去见上帝，问："为什么不让我官运亨通？"上帝让他回到人间，去找那位残疾人，残疾人对官场失意的老者说："朋友，珍惜吧，至少你还健康！"一位年轻人去找上帝，抱怨上帝没让人重视他，他说："我认真工作了几年，同事不看重我，上司也不重用我，为什么？"上帝把官场失意的老者介绍给他，官场失意的老者告诉他："孩子，珍惜吧，至少你还年轻！"

　　作者感言：我们说这两则小故事，是想说明：人都生活在羡慕别人和被别人羡慕的环境里。这是因为，人各有各的生存优势和劣势，所以，人要珍惜自己的存在，要看到自己的长处，珍惜生命，增强自信，不可沉浸在抱怨中。

羡慕他者而不满于自身现状，是人生常态，它既可生成催人奋进的动力，也能滋生让人气馁的自卑。

　　说它能生成动力，是因为人会因不满于现状而生成改变现状的欲望动机，欲望动机促成了改变自然和社会的行动，行动的结果改善了人的生存现状，推进了社会进步；人在改造自然和社会的同时，也改造了自身，提高了文明程度。人羡慕鹰排长空，苦于自身不能腾飞而发明了飞机；人羡慕鱼游沧海，苦于自身不能远涉重洋而发明了轮船；人羡慕猎豹的速度，苦于自身行走缓慢而发明了火车、汽车……人因不满而生欲，因欲而促行，因行而满欲；旧欲满而新欲生，新欲生而又促新行……如此循环往复以至无穷。所以，人类不应该也不可能满足于现状，这是人类生存和发展的天性，是宿命。对于每一个生命个体，面对自身的种种不足，多数人也是采取了这种积极态度。

　　说它能生成自卑，是指人一旦不能正确对待自身的不足，徒然羡慕他者而自怨自艾或怨天尤人，则会失去自信心和人生勇气。俗话说，"人生不如意者十之八九"，人会经常面对挫折、困难甚至危险、灾难，如不能积极面对，不想方设法战胜挫折困难，努力改变现状，则会悲观失望，怨天尤人，不仅不能走出生存困境，亦会陷进痛苦的精神深渊。所以，第二个小故事中的"上帝"忠告"抱怨者"："珍惜吧！""珍惜"就是珍惜现实，"珍惜"的具体体现就是从现实出发努力奋斗，和命运抗争。人只有直面严酷的现实，以苦为乐，以苦为荣，化悲痛为力量，变灾难为财富，才能战胜自卑，不断改善外在生活和走出内在精神困境。

　　印度著名诗人、文学家、社会活动家、哲学家泰戈尔曾说："我曾错过阳光，但我不哭泣。因为那样，我将错过星星和月亮。"所以，我们无论是沐浴在温暖的阳光下，还是身处寒冷的暗夜中；无论是漫步在绿茵茵的草坪上，还是跋涉在黄沙漫漫的大漠中，我们都应该深信自己头上顶着一片蓝天。只有这样，我们才能真正拥有一个快乐的人生。

曾子杀人与三人成虎

这是两个老掉牙的传统故事，国人皆知，后一个已衍化为成语，比喻即使是谎言，说的人多了，也会被人们当成事实。

"曾子杀人"是《战国策》上记录的一段故事。曾子姓曾名参，字子舆，十六岁师从孔子，他勤奋好学，深得孔子真传。他一生积极推行儒学，在修齐治平的政治观、省身慎独的修养观和以孝为本的孝道观等方面，继承和发展了孔子思想。曾子是孔子的孙子孔伋（字子思）的老师，孔伋又是孟子的老师，因此，曾参是上承孔子之道，下启思孟学派的重要思想家。曾子性情沉静，举止稳重，为人谨慎，待人谦恭，以孝著称。据说，齐国聘他去做官，他因在家孝敬父母，辞而不就。他曾提出"慎终追远"（慎重地办理父母的丧事，虔诚地追念祖先）和"民德归厚"（要注重人民的道德修养）的主张，提出了"吾日三省吾身"的修养方法。

故事说，有一次，曾子告别老母，离开家乡，到费国去办事。不久，费国有个和曾子同姓同名的人杀了人。有人听到这个消息，立刻就去告诉曾母说："听说你的儿子在费国杀死人了。"这时，曾母正在织布，听了这个消息，头也不抬地回答说："我的儿子是决不会杀人的！"她照样安心地坐着织布。过了一会儿，又有人来说"曾子杀人了！"曾母仍不睬，还是织她的布。过了不久又跑来一个人，同样说："曾子杀人了！"听了第三个人的报告，曾母害怕了，立即丢下手中的梭子，急急忙忙地跳墙逃跑了。

"三人成虎"的故事，出自《韩非子·内储说上》。战国期间，各诸侯国在相互征伐中也有相互合作。为了表示合作的诚意，国与国之间通常将太子交给对方作人质。故事说，魏惠王执政时期，魏国与赵国修好，魏国的大臣庞恭陪魏国太子到邯郸做人质，临行前，庞恭对魏惠王说："要是现在有个人来告诉您，热闹的街市上跑来一只老虎，您相信吗？"

"不信！"魏王立刻回答。

"如果有第二个人跑来告诉您，说热闹的街市上出现了一只老虎，您相信吗？"庞恭又问。

魏王沉思了一下说："我可能会怀疑。"

"那么，又有第三个人跑来，告诉您热闹的街市上出现了一只老虎，您还会不信吗？"庞恭接着问。

魏王想了一会儿，回答说："我会相信的。"

于是，庞恭对魏惠王说："热闹的街市上不会有老虎，这是很明显的事情，可经过三个人来说，好像真的有老虎了。街市离王宫近在咫尺，而赵国的国都邯郸离魏国的国都大梁却十分遥远，议论臣下的人又不止三个，希望大王明察才好。"

魏王说："这一点我自己明白，放心去好了。"

于是，庞恭辞别魏王，陪太子去了邯郸。庞恭走后，果然有人接二连三地在魏王面前说庞恭的坏话，起初魏王并不相信，但说的人多了，魏王也就信了。等庞恭陪太子从赵国回来后，魏王就再也没有召见他。

作者感言：知子莫如母，曾母认定"我的儿子是决不会杀人的"，是出于对儿子性情温良、行为忠孝的深信不疑。然而，如此坚不可摧的信任壁垒，在一而再再而三的坏消息面前，竟訇然坍塌了，当第三个人告诉她儿子杀了人的时候，她也不得不弃织越墙而逃，以避免官府的追杀。曾母为什么要越墙而逃呢？这需要做一点说明：春秋战国时代，各诸侯国普遍实施"连坐法"，即一人犯罪，其父母妻儿及伯叔兄弟姑姨等亲人连带受刑，中国封建时代，严重的曾有"满门抄斩，户灭九族"之做法。

能陪太子到赵国做人质的大臣，肯定是魏王信任的忠臣，特别是庞恭临走前又给魏王提了醒，想来不会有什么问题，可等到庞恭完成任务回到魏国后，魏王再也没有召见他，也没有给他什么官职，足见魏王已经不信任他了。

我们说这两则老掉牙的故事，是想借此聊聊"流言"这个话题。

什么是流言？所谓流言，就是人们之间相互传播的有关社会各种各样问题的并缺乏根据和来源的不确切信息。流言具有很大的杀伤力，即使是谎言，传的人多了，也会被别人相信；即使是铁打的事实，众口一词说不，也会被扭曲。此足见流言之可畏。流言具有如下特点：

特点一：它的内容往往是针对现实社会上存在的各种各样问题，特别是人们关注的焦点问题。

特点二：它的传播形式一般是口头的、非正式的、非官方的。

特点三：它的来源往往是不确切的、是缺乏事实根据的。

特点四：它在传播过程中因不断被添枝加叶和渲染而往往被放大和走样，变成谎言甚至谣言。

特点五：它往往给社会带来消极影响，轻者伤害了某个人、某些人，重者可能会造成社会混乱。

请看下面几个案例：

案例一：1768年，清乾隆三十三年，一种名为"叫魂"的妖术恐惧在华夏大地上盘桓。这一妖术恐惧从大清帝国最富庶的江南发端，沿着运河和长江北上西行，迅速席卷了大半个中国。流言的起因是：丝绸之乡德清慈相寺几个贫穷潦倒的和尚因为嫉妒附近一座观音殿的香火旺盛，造谣说有石匠在观音殿附近"作法埋祟"，进香者若去该寺非但难得庇佑，反会遭到毒害。流言不胫而走，四个月后，流言已经铺天盖地，通过传播中的取舍再造，流言已经完全走样，流言说：世上出现了一些术士妖人，他们能够通过人的发辫，衣物甚至叫名字来盗取一个人的灵魂，使之为术士妖人服务，而灵魂被盗者会立即生重病致死。在传播过程中，每一个参与流言传播的人均不约而同地将流言中不合理的枝节部分削减，增加了自己的细节，把事件发生的时间、地点、受害人等，说得真真切切，活灵活现。就这样，一个个精美而恐怖的故事被不断打造出来，在社会上快速而广泛地传播。

山东巡抚富尼汉抢先一步，首先发动了对叫魂妖术的围剿，他抓了两个剪人头发的乞丐，并报告给乾隆皇帝。从春天到秋天的大半年时间里，整个帝国都被这妖术恐惧动员起来。小民百姓忙着寻找对抗妖术、自我保护的方法，各级官员穷于追缉流窜各地频频作案的"妖人"，而身居庙堂的乾隆皇帝则寝食不安，力图弄清叫魂恐惧背后的凶险阴谋，并不断发出谕旨指挥全国的清剿。折腾到年底，在许多流民、乞丐和平民百姓付出了无辜性命和许多官员丢掉了乌纱帽后，案情真相终于大白，所谓的叫魂恐惧只是一场庸人自扰的丑恶闹剧：没有一个妖人被抓获，因为他们本来就是子虚乌有；没有一件妖案能坐实，有的只是自扰扰人、造谣诬陷和屈打成招。沮丧失望之余，乾隆皇帝只得下旨"收兵"，停止清剿。

案例二：1935年3月8日，中国早期电影界杰出的代表人物、一代影星阮玲玉慑于流言而自杀，鲁迅先生因此奋笔写下了著名的《论人言可畏》一文，痛斥"强者"对"弱者"的迫害。

案例三：2011年3月11日13时46分，日本仙台湾一百三十公里处发生九级地震，造成海啸，导致福岛核电站发生爆炸，出现核泄漏，污染了海水。3月16日至3月17两天里，"食用碘盐可以防止核辐射"和"海水污染，以后不能再晒盐了"的流言四起，很快传遍全中国，导致了全国性抢购食盐风潮。

由此可见流言的危害。

导致流言迅速而广泛传播的心理机制有三：

心理机制一：好奇心理。对新奇事物充满好奇是人与生俱来的天性，特别是对高官、企业家、明星等社会成功人士的私生活、绯闻、丑行等，世人充满了浓厚的兴趣和好奇心，常常是街头巷尾、茶余饭后的谈资。

心理机制二：避害防灾的恐惧心理。趋利避害、求安防灾是人之常情，世人对危及人生命的重大事故充满恐惧，特别是在地震、瘟疫和社会动乱期间，事关人生命财产安全方面的流言最容易被轻信并得以迅速而广泛传播。

心理机制三：从众心理。大家都这么说，看来这事不会假，无风不起浪吗，于是轻信，并不自觉参与传播。

正是上述三种心理机制的作用，流言得以快速而广泛流传，特别是现代社会，由于信息网络技术和通信技术的迅猛发展，人们通过手机短信、微信和互联网可以迅速把流言传到社会的每一个角落。

消除流言的最好方式就是用事实说话，用科学真理说话。流言毕竟是流言，在事实和科学真理面前不堪一击。面对2011年3月16日至3月17因流言而造成的全国性抢购食盐风潮，中国政府采取果断措施，以科学真理击破了谎言，用足量食盐供应了市场，风潮很快平息。风潮平息之后，许多国人扪心自问："我们是怎么了？"在笔者看来，它暴露了国人的信仰真空和安全知识的匮乏。再比如，"曾子杀人"的事，曾母当时是相信了，但等曾子从费国办事归来，曾母还会相信吗？一场虚惊之后，曾母还会安然地坐在织机前织她的布。

流言是社会的一个痼疾，很难彻底消除，只要人类社会存在，不同层次、不同范围、不同性质的流言就会存在。对于个人来说，要想不受流言的困扰，不信流言，不参与流言的传播，关键在于丰富自己的知识和提高判断是非的能力。苟子说："流丸止于瓯臾，流言止于智者。"意思说，流动的弹丸在瓦器中会停止，流言传到智者那里就会平息。因为智者知识丰富，见多识广，具有判断是非对错的能力，不会轻信流言。试想，1768年的"叫魂"事件，如果广大平民百姓不愚昧无知、不相信灵魂可以脱离肉体而独立存在，能造成大半个中国的妖术恐怖吗？

　　假如你自己不幸被流言中伤，更需冷静面对，最好的办法就是用令人信服的正言善行来证明自己的清白，千万不要像阮玲玉那样想不开。宋朝诗人黄庭坚在《劝交代张和父酒》一诗中早有忠告："三人成虎事多有，众口铄金君自宽。"

寒山与拾得的一段对话

　　寒山与拾得，是两位佛学大师，皆为唐代贞观年间人，两个人佛法高妙，更兼诗才横溢，是中国佛教史上著名的两个诗僧。两个人都是唐代天台山国清寺的和尚，行迹怪诞，言语非常。两个人也有相同的命运，都是孤儿出身，姓什么，何年何月何日出生在何地，均无可考。拾得刚出世便被父母遗弃，抛弃在荒郊，幸亏天台山国清寺的高僧丰干和尚化缘经过，慈悲为怀，将其带至寺中抚养，并起名"拾得"，后来在国清寺受戒为僧，被派至厨房干杂活。寒山，又名贫子，从小孤苦伶仃，乞讨为生，长大后栖身天台山始丰县西的寒岩幽窟中，人称寒山子。由于身居寒岩，饮食无着落，所以常到国清寺，向厨房中洗碗筷的拾得要饭吃。也许是命运相同的缘故，两个人相见如故，情同手足，住持丰干和尚见两个人如此要好，便收寒山入寺，和拾得一起当厨僧。自此后，两个人朝夕相处，更加亲密无间。寒山和拾得在佛学、文学上的造诣都很深，两个人常在一起吟诗作对，后人曾将他们的诗汇编成《寒山子集》三卷。唐代贞观年间，两个人离开天台山国清寺，到苏州妙利普明塔院任住持，此院遂更名为寒山寺。由于寒山和拾得都是高僧，又由于张籍《枫桥夜泊》诗中"姑苏城外寒山寺，夜半钟声到客船"的名句，寒山寺名扬天下。

　　寒山与拾得两个人有一段对话，流传至今：

　　寒山问："世间有人谤我、欺我、辱我、笑我、轻我、贱我、恶我、骗我，该如何处之乎？"

　　拾得答："只需忍他、让他、由他、避他、耐他、敬他、不要理他，再待几年，你且看他。"

　　作者感言：这段对话之所以流传至今，脍炙人口，就在于它没有蕴含什么佛学玄机，一点儿也不深奥费解，它明明白白，清清楚楚，就是劝导人在交往中要学会忍让。我们抄录两个人的这段对话，就是想借此聊聊"忍让"这个话题。

忍让这一思想，起源于人际交往中的矛盾化解。人是社会动物，是在相互交往中共生共存的群居动物，脱离社会的单个人根本无法生存。而人生活在一起，彼此相处，哪怕个个心地善良（况且这是不可能的），也无可避免地会发生磕碰和摩擦，譬如朋友间的误会、同事间的纠葛、邻里间的纷争、夫妻间的争吵、陌生人间的意外摩擦等等，矛盾无处不在。化解这些矛盾，是实现人与人之间的"和平共处"和保证社会有序运行的前提，而忍让，就是化解这些人际矛盾的重要手段。所以，古今中外，人类历来都把"忍让"作为重要的人格修养和美德，积极倡导，而中国尤甚。

注重和推崇忍让，是中华民族数千年文明史的最大特色之一，儒家历来倡导的"恕道"，其核心就是宽厚忍让。据《旧唐书》载，唐高宗时期，郓州有个叫张公艺的人，九代同居，竟和和睦睦，相安无事，唐高宗甚是好奇，问其缘由，张公艺取出一张纸，一口气写下了一百个忍字。唐高宗十分赞誉，便把他家的大厅赐号"百忍堂"。这是一个家庭因能相互忍让而和睦的典型案例，纵观人类历史，大到国家与国家、民族与民族，小到群体与群体、个人与个人，凡是能和平共处、和睦相处的，均有忍让的功劳。

说忍让是一种美德，主要体现在两个方面：

美德一：为了人际和谐，忍让者甘愿自己吃亏、受苦而不与人计较是非和利益得失，体现了忍让者识大体、顾大局的自我牺牲精神。

美德二：出于"和平共处"目的，忍让者承认和认同差异，容纳人，善待人，宽厚大度，体现了一种海纳百川的博大胸怀。

正因为如此，忍让者历来受到褒扬，可爱、可敬、可学。

以忍让来化解矛盾维护人际和谐的做法，没有定制，它因人、因事、因时而异，可以是蔺相如对廉颇的主动回避，也可以是华盛顿对威廉·佩恩的握手言和，还可以是苏格拉底和乌戴特将军的幽默：

苏格拉底的幽默：据说，苏格拉底的妻子性情暴躁，而苏格拉底又有点儿惧内，所以，他妻子经常当着众人的面羞辱他。有一次，苏格拉底正在和几个学员讨论学术问题，他的妻子突然闯进来，破口大骂苏格拉底，当时，屋角正放着一盆水，苏妻拿起这盆水，径直泼向苏格拉底，苏格拉底立即变成了一只落汤鸡。

学员们都非常尴尬恐慌，而苏格拉底抹去脸上的水，微笑地说："我早就知道，滚滚的雷声之后，肯定是倾盆大雨。"一句幽默的忍让，把妻子逗乐了，也把学员们逗乐了。

乌戴特将军的幽默：据外国一家《军报》载，在一次庆功会上，一位士兵不小心将一碗菜汤洒在原民主德国空军将领乌戴特将军的秃头上，那位士兵吓呆了，在场的人也都很紧张，可乌戴特将军先用手抹去头上的菜汤，然后微笑着拍拍那位士兵的肩头说："年轻人，你以为用这种方法就能治好我的秃头吗？"气氛一下子缓和了，接着是笑声和掌声，人们由衷敬重将军的宽宏大度，并为他热烈鼓掌。

让我们再回到寒拾对话，说到谤我、欺我者的结局，拾得给出的结论是"再待几年，你且看他"。这个结论十分含糊，可以做多种解读。再待几年，谤我欺我者也许依然狂妄嚣张，甚至变本加厉地谤我欺我；也许因其种种恶行被社会疏离、唾弃，丧魂落魄，甚至被绳之以法；也许被我的忍让宽容所感化，改过自新，变成了一个受人尊敬的人。拾得这老和尚的确睿智，他知道谁也说不出根本没有发生的未来事情，所以只下一个含糊结论，但我们不难揣摩出他的根本用意。拾得是一位高僧，佛教"善有善报、恶有恶报"的"因果轮回"和"慈悲为怀，普度众生"的"悲悯慈爱"，自然融进血液，根深蒂固，他的真正用意是：时间会证明一切，行恶作孽迟早要遭到报应或被人感化而自新，即我们上边说的后两个"也许"。实际生活也真是如此，绝大多数行恶作孽的人，或遭惩罚，或改过自新，只有极少数例外。

因别人忍让宽容被感化者，大有人在。当代演员、慈善家、商人、春天传媒董事长、中国红十字基金会、嫣然天使基金会主任李亚鹏，曾经历过这样一件事：

李亚鹏一次外出，按照惯例，他在飞机快降落时开始向乘客散发传单，因为这时大家都已经睡醒了，不会打扰他们的休息。当他客气地把一张传单送到一个男子手中时，出人意料的一幕发生了：那个男子竟然当着所有人的面，看也不看，啪的一声把传单扔到地上，然后转过头，望着窗外，一副不屑一顾的样子。李亚鹏怔住了，虽说在以往宣传中也遇到过冷嘲热讽，但当众受到这样的羞辱，他还是第一次。他怒火中烧，很想上去跟那人理论一番，但他终于忍住了。他深深吸了一口气，努力平复了一下情绪，俯身捡起宣传单。这时，宣传单上一行熟悉的字映入了他的眼帘："如果您有一颗慈善的心，如果您还没找到实施途径，请加入我们嫣然天使基金，让我们一起把爱传出去。"那是他亲自撰写的。李亚鹏想，可能人家现在心情不好，不喜欢被打扰，自己做的是慈善事业，难道就不能大度点儿吗？于是，他微笑着对那个男子说："对不起，打扰您了。"说完，照例向他微微鞠了一躬，然后继续礼貌地派发传单。这下轮那个男子怔住了，他看了一眼李亚鹏，在众目睽睽中垂下了头。一个月以后的一天，李亚鹏正在外地办事，基金会办公室忽然给他打来电话，说收到一笔十万元的捐款，可是没有署名，汇款单上只写了"对不起"三个字，让人莫名其妙。李亚鹏微笑地放下电话，他知道这钱是那位乘客捐的。

李亚鹏以忍让宽容的温情，暖化了一颗"冷漠"的心。

我们上面说的，是"忍"在人际交往中促进和谐的作用，但"忍"绝不这么简单，它还拥有丰富的内涵。"忍"这种现象，体现在人生的方方面面。人世间有许许多多我们看不惯但又无法改变的事情，我们需要忍，不忍就是自寻烦恼、自讨苦吃；我们有无穷无尽的欲望，有许多欲望根本无法实现甚至过分，我们需要忍，不忍就会纵欲，纵欲的结局往往是有害社会和毁了自己；我们有许许多多情绪情感需要表达释放，但有些情绪情感十分消极甚至非常过激，我们需要忍，不忍则导致情感战胜理智，人在情绪激越的时候会做出很多不得体甚至十分有害的事情；我们都吃五谷杂粮，都会生出这样或那样的疾病，有时甚至是很严重的疾病，我们会感到非常痛苦，需要忍，不忍则更不利于身体的康复；人生的路坎坎坷坷、曲曲折折，我们在生活和工作中会遭遇许许多多困难和挫折，有的困难和挫折大得简直要把我们压垮，我们需要忍，不忍就失去了坚持力和意志力，就没了战胜困难和挫折的希望；人都有生老病死，我们会看着老一辈亲人、朋友一个个逝去，我们会抓心挠肝地痛苦，我们需要忍，不忍则无法消解精神压力和苦楚；我们在人生之旅中会有许多顺境，也会有大大小小的许多成功，有的甚至让我们欣喜若狂，我们需要忍，不忍则会得意忘形，高傲自大，甚至会走向怠惰；世界上有许许多多美好的东西，我们都想拥有，但理性告诉我们，有些美好的东西不属于我们，我们没有享受它的权利，我们需要忍，不忍则会妄为，甚至会贪赃枉法，淫靡堕落，坠进深渊……由此可见，"忍"就是这样一种内在自控力，它引导人"想"而有"度"，"行"而有"度"，这是"忍"最大的价值和意义。所以，古人有"忍一忍风平浪静""成功不由别处得，善忍人生多太平"的衷告。明代大画家唐寅，也曾作《百忍歌》，既劝自己，也劝世人，歌曰："百忍歌，百忍歌，人生不忍将奈何？我今与汝歌百忍，汝当拍手笑呵呵！朝也忍，暮也忍；耻也忍，辱也忍；苦也忍，痛也忍；饥也忍，寒也忍；欺也忍，怒也忍；是也忍，非也忍；方寸之间当自省。道人何处未归来，痴云隔断须弥顶。脚尖踢出一字关，万里西风吹月影；天风冷冷山月白，分明照破无为镜。心花散，性地稳，得到此时梦初醒。君不见如来割身痛也忍，孔子绝粮饥也忍；韩信跨下辱也忍，闵子单衣寒也忍；师德唾面羞也忍，刘宽污衣怒也忍；不疑诬金欺也忍，张公九世百般忍；好也忍，歹也忍，都向心头自思忖。囹圄吞却栗棘蓬，恁时方识真根本？"

"忍"还是一种生存策略，孔子说："小不忍则乱大谋"，小事情不能忍耐，就会坏了大事情。

当然，善忍并不是一件很容易的事情，它需要培养克制力。且看这个"忍"字，它是"六书"中的会意字，是心上插着一把刀。一把刀插在心上，示意是痛苦的，而如此之痛苦亦能忍住，昭示"忍"的难能可贵，所以，"忍"的态度和行为，是自我忍受痛苦而就道义的美德。养成这种美德，需要自我克制，需要不断战胜"本我"而走向"自我""超我"。

禅师的两个徒弟

有一位禅师，在督促弟子们修业用功方面，有一个不成文的规矩：每逢弟子们在静坐时打盹儿，或在诵经时走神儿，他不是用禅杖敲击他们的脑袋，而是把他们赶到禅房外面罚站，即使三伏酷暑和三九严寒，也不例外。深冬的一天，外面下着鹅毛大雪，禅师发现一个叫慧心的沙弥，静坐修禅时睡着了。禅师将慧心轰出禅房外，让他在雪地里罚站。慧心知道自己错了，感到很内疚，直挺挺地站在禅房外的雪地里，动都不动，一站就是一个多时辰。多亏禅师及时出来，叫人把快要冻僵了的慧心搀进禅房，慧心的双脚险些被冻坏。

另一年的冬季，在一个风雪肆虐的傍晚，一个叫慧启的沙弥，在修业时偷懒耍滑，被禅师逮住，并把他轰到禅房外的雪地里罚站。雪花飘飘，北风刺骨，慧启见师傅回了禅房，便马上在风雪中练起师傅教给他的罗汉拳。他细心揣摩，运足力气，练得非常认真。转眼一个多时辰过去了，等禅师出来叫他时，见他气喘吁吁，练得正起劲，飘着的雪花和脚下的积雪，让他挥舞踢打得的纷纷扬扬，而那套罗汉拳，也打得虎虎生风，一招一式无不到位。禅师笑了，立刻解除处罚，把他叫进了禅房。

多年过去了，慧心在寺院里做了令人尊敬的厨僧，而慧启，在老禅师圆寂后，将衣钵传给了他，做了寺院的住持。

作者感言：同是在风雪里罚站，慧心就是一个心眼，老老实实地在风雪中站着受冻，而慧启则把处罚转变成另一种课业，练起了罗汉拳，不仅没有受冻，还提高了拳技。

慧心最后只是一个做饭的和尚，说明学佛过程中没有太大长进，考察其原因，与他思想僵化、墨守成规不无关系。因为佛教是心灵的学问，学佛需要变通和心领神会。

慧启化罚站为练拳，是对师傅惩罚的改造，是一种变通，更是一种创新，也正是这种变通意识和创新精神，使他由一个小沙弥成长为住持。

生活与工作跟学佛同理，它拒绝僵化、保守和墨守成规，它需要灵性思维，需要不断开拓和创新，只有不断给生活和工作注入新思想、新内容、新路径、新方法的人，才能享受丰富多彩的生活和创造出一流的工作业绩。

屡战屡败与屡败屡战

清朝咸丰元年，即1851年，洪秀全在广西桂平金田村举行起义，义军以"太平"为号，后建立"太平天国"。太平军很快占领了江南大片土地，1853年攻下江宁（今南京）并定都于此，称天京。清政府在讨伐太平军过程中，曾国藩所创建的湘军是主力。曾国藩1854年帅湘军出征，最初几年，出师不利，湘军连连惨败。在向皇上禀报战况时，幕僚草拟了奏章，交给曾国藩审定。奏章在陈述战事经过后，总结处写了这样一句话："臣屡战屡败。"

曾国藩读罢奏章，总觉得不妥，沉思良久，提笔将"臣屡战屡败"改为"臣屡败屡战"。

咸丰皇帝看了奏章后，对曾国藩大家赞赏，充分肯定了湘军，并给了多方鼓励和支持，以保证湘军继续战斗下去。

曾国藩果不负朝廷所望，带领湘军不懈战斗，终于在1864年7月，湘军攻破天京，灭了太平天国。

作者感言：我们无意从政治上去讨论曾国藩剿灭太平军的是非对错，只是想借曾国藩改奏章一事，聊一聊说话、写文章时的语序问题。

"屡战屡败"与"屡败屡战"，看似简单的语序调整，其语义却大有差别。两者虽都说出了战败的事实，但在对待战败的态度上则大相径庭："屡战屡败"在陈述了一个接个败仗的同时，字里行间传达了战败者的痛苦、无奈与无望，表达了甘认失败、垂头丧气的颓废态度；而"屡败屡战"在陈述了屡屡战败的同时，则表达了战败者并没有灰心，没有气馁，仍在继续战斗，体现了战败者绝不认输、不取得胜利绝不罢休的执着与不屈。由此看来，说话、写文章时，语序也很重要，不可忽视。

所谓语序，就是词语在语言结构中的排列顺序，它包括词序和句序两个方面，"屡战屡败"与"屡败屡战"就是词序排列的变化。语序是汉语一种重要的语法手段，不同的语序可以表现不同的语法关系，变换语序，常常会引起语言结构变化、语义变化和修辞效果变化。"小琴说小丽长得漂亮"与"小丽说小琴长得漂亮"，两者施受关系不同，意义也不同，前者说话的主体是小琴，说的是小丽长得漂亮；而后者说话的主体是小丽，则说的是小琴长得漂亮。

1949年云南解放前夕，蒋介石密令特务头子沈醉派大批军统特务来到昆明，妄图以所谓"铁的手腕"来稳住大西南。特务们残酷迫害进步学生，并逮捕了九十多名爱国民主人士。正在准备起义的原国民党云南省主席卢汉将军急忙发电报给蒋介石，陈述利害，为这批民主人士说情。蒋的回电是："情有可原，罪无可恕。"卢汉看了电文后，知道蒋介石仍执意坚持杀人，十分焦急，便把电文拿给协助他筹划起义的李根源先生看，想谋得一个万全之策。李根源看了电文，沉思了一会儿，便提笔将电文改为"罪无可恕，情有可原。"在昆明的军统头目读了修改后的电文，以为蒋介石是"恩威并举"，只是想震慑一下敢于出头的民主人士，于是就把那九十多名爱国民主人士释放了。后来蒋介石得知此事，火冒三丈，他怀疑是机要秘书记错了自己口授的电文，却又不敢排除自己有搞错语序的可能性。于是，只好骂几声"娘希匹"完事。一场惨祸终因李先生的机智而得以幸免。

"情有可原，罪无可恕"与"罪无可恕，情有可原"，句序一变，语意大变，前者的语意重点落在"不可饶恕"上，可得出"当杀"的结论；后者的语意重点则落在"可以原谅"上，可推出"可放"的结论。

再如，"人生如戏"与"戏如人生"、"事半功倍"与"事倍功半"等，都是不可随便调换的。

语言是人类最重要的交流工具，正确选择词语和恰当安排语序，对准确而充分表达思想情感十分重要，因此，我们在说话行文时，一定要重视语序的运用。

再回到曾国藩修改的奏章，人在学习、工作和生活中，难免会遇到挫折和失败，特别是做一项较大的事业，可能会屡屡遭遇失败，这个时候，最需要曾国藩的"屡败屡战"精神。道理很简单，打败了，就此罢手，就是败定了；但只要战斗，就有胜利的可能和希望，不懈地中原问鼎，将来鼎落谁手还未可知。

下面再说一则语序调整的小故事：

小处不可随便：从前，北京城里有位书法家，从来不给人题字、写条幅。他的家是一个小四合院，一日，他发现自家院墙转角处常有人小便，便随手写了一张"不可随处小便"的条子，贴在转角处的墙上。第二天，这条子突然不见了。又过了几天，书画市场上出现他的一个条幅"小处不可随便"，其标价很高。原来，一位有心人揭了他的条子，调整了语序，认真装裱，这张提示性的便条便成了劝人向善的艺术珍品。

墓碑上的征婚启事

故事发生在英国，1834年，三十八岁的牧师约翰·克劳斯得了食道癌，生命即将走到尽头。在一个微风习习的黄昏，他对心爱的妻子玛丽亚说："亲爱的，我曾经承诺要陪你白头到老，请原谅，我无法兑现诺言了，我现在最大的心愿，就是在我告别人世前，帮你找一个善良的男人，让他替我完成爱你的使命。"玛丽亚紧紧握住丈夫的手说："我也向你承诺过，今生今世只爱你一个人，我宁愿一个人孤独，也不能背叛我的诺言。"

"不，"约翰·克劳斯动情地说，"如果我撇下你一个人在这个世界上孤苦伶仃，我会很愧疚的。只有你在这个世界上幸福的生活，我在另一个世界里才会开心。请记住，我们说过，爱，就是为了要让对方更幸福，这才是我们要共同信守的诺言。"他们激烈地争辩着，谁也说服不了谁。

当死神临近时，约翰·克劳斯更为妻子的幸福着急，他印制了大量传单，传单上写着："我，约翰·克劳斯，将不得不向我深深留恋的世界说再见，我知道对于我的妻子来说，这是不公平的，我说过我要陪她白头到老。但可恶的癌症不能让我完成这个爱的使命了，我希望有一位善良并懂得爱的男人来替我完成这个使命，因为我的妻子——三十六岁的玛丽亚，是一位善良、美丽的护士，是一个值得爱的女人。她的住址是：亚马雷斯镇教堂街九号。"

他不顾妻子的反对，撑着羸弱的身体，站在大街上，亲自把传单送到每一个过路人的手上。

然而，他并没有如愿，当他奄奄一息的时候，仍没有一个男人应招。弥留之际，他反复叮嘱妻子："一定要把传单的内容刻在墓碑上，生前我找不到代替我的人，死后我一定继续找。"

约翰·克劳斯走了，他的妻子按照他的遗愿将上边那段文字刻在了他的墓碑上。

一年后，玛丽亚嫁给了一位教师，因为前夫约翰·克劳斯使她对"爱情"有了更深的理解：爱情不仅仅是活着的时候两个人耳鬓厮磨，相濡以沫，更是在对方走了之后，自己仍能快乐幸福地活着，她知道，只有自己找到幸福的归宿，约翰·克劳斯才能在另一个世界里安心。

约翰·克劳斯的心愿实现了，但玛丽亚没有抹去墓碑上的"征婚启事"，并每到约翰·克劳斯的祭日，她都带着新任丈夫到墓前祭奠。

一百多年过去了，那块"征婚启事"的墓碑仍伫立在约翰·克劳斯的墓前，凡是见过那块墓碑的人，都对约翰·克劳斯充满敬意。

作者感言：爱情是专一的，爱情具有排他性，爱情是自私的，这是人类步入文明以来自然形成的一条不成文的法则。因"爱情"或"性爱"而导致的抱怨、仇恨，甚至血腥的厮杀，从远古到现在，从中国到世界，从来就没有停止过，而且还将继续下去。

那么，这一"法则"是否是人类爱情的死结，永远也无法打开呢？约翰·克劳斯"墓碑上的征婚启事"和玛丽亚的再婚做了最好回答：随着人类文明的进步，随着人们对性爱、爱情以及婚姻的理性思考，这个"死结"将不断松动，总有一天会彻底解开。现今，中国封建时代女子的"从一而终"，不再被认为是美德；因失去了情感基础而离婚，不再被认为是不道德；人们在谈婚论嫁时，不再看重对方是否有过性爱生活；许多国家都以极其宽容的态度对待婚外性行为等，都是这一死结松动的证明。

约翰·克劳斯的可敬之处就在于他超越了"自私"和"排他性"的传统，从"给予"和"利他性"的更高层面，诠释了爱情的价值和意义。

爱情啊，是美好的，爱情啊，也是闹心的，愿世界上有更多的人像约翰·克劳斯一样理解和把握爱情。

感恩节的礼物

许多年前一个感恩节的早晨，有一对拖着五口之家的年轻夫妇迟迟不愿起床，他们不知道如何以感恩节的心面对三个孩子，因为他们实在是太穷了，感恩节的"大餐"想都别想，能有一点儿简单的食物吃饱就不错了。

当地的慈善团体早早就发过通告，凡是事先登记的穷人，都能在感恩节这一天分得一只火鸡及烹烤的佐料，可是他们没这么做，因为他们夫妇太年轻了，不想让人瞧不起。

贫贱夫妻百事哀，刚刚起床，两个人为一件微不足道的小事争吵起来。那位年龄最大的男孩儿木然地站在门边，默默地掉着眼泪，他只觉得自己是那么的无奈和无助。然而命运就在此刻改变了。沉重的敲门声在耳边响起，男孩儿前去开门，一个高大男人赫然出现在眼前，他穿着一身皱巴巴的衣服，满脸的笑容。这个男人手提着一个大篮子，里头装满了感恩节大餐必不可少的食物：两只火鸡、塞在里面的配料、厚饼、甜薯及各式罐头等。

全家人都愣住了，这是怎么回事？

那个提着篮子的男人开口说："先生、夫人，孩子们，一位知道你们需要这些食物的人让我送来的，他希望你们知道，这个世界上还有人关怀和爱你们。"夫妇开始极力推辞，不肯接受这份礼物，可那人却说："别推辞了，我也只不过是替人跑腿的。"他把篮子挂在小男孩儿的胳膊肘上，转身离去，身后飘来一句"感恩节快乐！"

就从那一刻起，小男孩儿燃起了生命的希望。虽然只是那么小小的一个关怀，却让他领悟到了人生的价值和意义，他坚信，在这个世界上，随时都有人在关怀着他们，也许他们彼此是陌生的。在他内心深处，油然升起一股感恩之情，他发誓，日后也要以同样方式去帮助其他有需要的人。

光阴荏苒，十几年后，那个当年的小男孩儿长成一位健壮的青年，他有能力兑现自己的承诺了。尽管他的收入还很微薄，但到了感恩节这一天，他还是买了不少食物，不是为了自己过节，而是要送给两户极为需要的家庭。

　　他穿着一条老旧的牛仔裤和一件T恤，假装是个送货员。当他到达第一户破旧的住所时，开门的是位拉丁妇女，她带着提防的眼神望着他。她有六个孩子，数天前丈夫抛下他们离世而去，目前正面临断炊之苦。

　　他开口说道："女士，您不必疑虑和担心，我是来送货的。"随后他从车子里拿出装满了食物的袋子及盒子，里头有两只火鸡、配料、厚饼、甜薯及各式的罐头。见此，那个女人当场傻了眼，而孩子们却爆出了高兴的欢呼声。

　　这位年轻妈妈拉起他的手臂，没命地亲吻着，同时操着生硬的英语激动地喊着："你一定是上帝派来的！你一定是上帝派来的！"

　　他有些不好意思，腼腆地说："噢，不，我只是个送货的，是一位朋友要我送来这些东西的。"随后，他交给这位妇女一张字条，上头写着："我是你们的一位朋友，愿你一家都能过个快乐的感恩节，也希望你们知道有人在默默爱着你们。今后你们若是有能力，就请用同样的方式，去帮助每一个需要帮助的人。"

　　他把一袋袋食物搬进屋子，当他离去时，那种人与人之间的亲密感和相助之情，让他不觉热泪盈眶。回头看看那个家庭的每张笑脸，一股温润的暖流溢满身心，他感到无比的欣慰和幸福。此后，他经常这样无名、无声地帮助需要帮助的人，他的人生竟是一个圆满的轮回，年少时的悲惨时光原是上帝的祝福，指引他一生以帮助他人来丰富自己的人生。

　　这个年轻人后来成为美国最成功的心理励志专家、他就是全球著名潜能成功学权威安东尼·罗宾。罗宾先后出版过三本卓有影响的、轰动全美的潜能成功学畅销书《激发心灵潜能》《唤醒心中的巨人》和《一分钟巨人》。这三本书告诉人们，如何养成自己良好的生活习惯，如何拉近亲朋同事间的良好关系，如何树立正确的人生价值观，如何控制自己的情绪，如何解决内心的冲突和矛盾等。罗宾的著作，从一个新角度，指导人们从自身潜力着眼，开采自我金矿，从自己心灵、观念和日常行为中寻求成功的途径。

　　作者感言：陌生人感恩节送来的一份礼物，开启了安东尼·罗宾的心灵，使他立志一生要努力去帮助需要帮助的人。他成年后所做的一切助人行为，都源于一种感恩和报答。他牢记陌生人对自己及家人的帮助，并以同样的方式回报他人和社会。

我们说罗宾的故事，就是想借此聊聊"感恩图报"这个话题。

什么是感恩图报？感恩图报是人得到帮助后，心存对帮助者感激并设法予以报答的一种心态和行为，它是人与人或人与社会形成亲和力和凝聚力不可或缺的黏合剂，是人与人之间爱与被爱、关心与被关心、帮助与被帮助的综合体现。人是社会的人，是关系动物，一个人来到社会上，必然与他人结成某种关系，必然直接或间接地得到他人的帮助，同时，也必然直接或间接地帮助他人。人类就是在这种互为对象的互助关系中生存和发展着。而感恩图报，则是被助者一方做出的积极反应，是互助关系得以维系的必要条件。正如《诗经》里所说："投之以木瓜，报之以琼瑶，匪报也，永以为好也。"你给我一个木瓜果，我给你一块美玉，不是简单的回报，而是为了"永以为好"，即永远维系这种美好关系。

所以，我们要学会心怀感恩：我们要感恩农民，因为有了农民的辛勤耕作，我们才有饭吃；我们要感恩工人，因为有了工人织的布，我们才有衣服穿，有了工人造的汽车、火车、飞机，我们才能日行千里，有了工人造的广播、电视、电脑，我们才能不出门而知天下事；我们要感恩父母，因为父母把我们养大成人；我们要感恩老师，因为老师教给了我们知识、培养了我们能力、教会了我们做人；我们也要感恩第一个吃"狼桃"的人，因为他让我们吃上了甜美的西红柿；我们更要感恩第一个尝毒果而身亡的人，因为他用生命告诉我们，不要再吃这种果实。总之，我们要学会感恩一切有助于我们生存和发展的人或事，而感恩最好的形式就是努力去帮助每一个需要帮助的人。

感恩图报也是中华民族的传统美德。几千年来，"受人滴水之恩，当涌泉相报"，已经成为国人世世代代感恩图报的不二准则，成千上万的被救助者，都懂得感恩，都伺机成倍甚至成十倍、百倍地感谢恩人，报答恩人，社会也因此生出诸如"结草""衔环"之类的报恩故事。"结草"故事出自《左传·宣公十五年》，故事说，晋国大夫魏武子临终时，嘱咐他的儿子魏颗，他死后将他的宠妾殉葬。魏颗没有按父亲的遗命行事，不仅没让父亲的宠妾陪葬，而且还同意她改嫁了。后来魏颗与秦将杜回作战败逃，一位老人用草结成环状将杜回的马绊倒，救了魏颗的命。原来，这位老人就是改嫁之妾的父亲。"衔环"的故事出自《续齐谐记》，故事说，杨震父亲杨宝九岁时，在华阴山北，见一黄雀被老鹰所伤，坠落在树下，为蝼蚁所困。杨宝怜之，就将它带回家，放在巾箱中，给它喂饲黄花，百日之后的一天，黄雀羽毛丰满，伤愈飞走。当夜，来了一位黄衣童子，自称是西天王母娘娘的使者，向杨宝拜谢，说他仁德慈爱，救人拯难，很是感激搭救之恩，并赠予杨宝四枚白玉环，以保佑他的子孙位列三公，为政清廉，处世行事像这玉环一样洁白无瑕。后其子扬震官至太尉，并以清廉称著，史有"杨震拒金"之佳话。故事充满神话色彩，也未必真实，但这都不重要，重要的是，故事是生活的折射，是现实无数报恩现象的概括性、升华性表达，它在教导人们，要懂得感恩，要学会报答，同时，它也告诉人们，人要行善，多做善事，会有好报。

学会感恩图报吧！学会感恩图报，我们有难处的时候就会得到帮助；学会感恩图报，我们就会有更多的朋友；人人都学会感恩图报，这个社会就会变得更祥和，更美好。

顺便说一句，感恩节是美国人民独创的一个古老节日，也是美国人合家欢聚的节日。美国的感恩节，定在每年11月的第四个星期四。

感谢上帝，这下我们又可以重新开始了

　　1914年12月，大发明家托马斯·爱迪生的实验室在一场大火中化为灰烬，损失超过二百万美元。当时的二百万美元，可不是一个小数目，相当于现在的数千万美元。那天晚上，爱迪生刚刚入睡，急促的呼叫声把他惊醒，他急忙走到窗前，拉开窗帘，看到实验室变成了一片火海，他明白没有扑救的余地了。实验室里堆满了各种实验材料，多数都是易燃品，沾火即着。一阵风吹过，风助火势，实验材料熊熊燃烧，火光冲天。这时，爱迪生的儿子查理斯正在院子里来回奔跑，组织人去救火。爱迪生叫住儿子和准备去救火的人，很平静地对儿子说："查理斯，快去把你母亲叫来，让她看看这冲天的大火，恐怕她这辈子再也看不到这样壮观的场面了。"爱迪生平静地站在那里，看不出一点儿惊慌和悲伤，仿佛是一名游客，专注地观赏着这蔚为壮观的冲天烈焰。那天晚上，爱迪生几十年的心血和许多研究成果付之一炬。

　　第二天早晨，爱迪生站在废墟上对大家说："灾难自有它的价值，瞧，我们以前的所有谬误和过失都被大火烧得一干二净。感谢上帝，这下我们又可以重新开始了。"

　　作者感言： 爱迪生面对灾难的平静心态展示了一位伟大发明家卓越的抗挫折能力，这一卓越能力凸显了爱迪生的两种精神品格：

　　精神品格一： 面对大火，他理性而达观。他清醒地意识到，成堆的、易燃的实验材料，一旦着火，根本无法扑救，损失亦无可弥补，着急、上火、悲伤、痛苦，只能是旧伤痕上又添新伤痕，不仅会导致沉重的心理压力，很可能还会损害健康，于事根本无补。在无法改变现实的情况下，最好的办法就是改变心态，于是，他一变受害者为观光者，开始欣赏这有点儿悲壮的熊熊烈火。由受害者向观光者的角色转变，是化灾祸为福祉，是化痛苦为快乐，更是化腐朽为神奇，这是理性精神的伟大胜利。

精神品格二：面对灾难，他睿智而超凡。第二天，他站在废墟上，轻轻地推开了惨重损失，独辟蹊径地对灾难做了积极评价：大火烧掉的是谬误和过失，烧掉的是陈旧和落后，烧掉的是"弃之可惜，食之无味"如鸡肋的一切，烧掉的也是一切束缚和顾及。一场大火烧得他轻轻松松，他终于可以在大火为他烧出的基地上重新建造他理想的大厦了，所以，他感谢上帝。如是解读灾难，如此放下惨重损失而轻装上阵，不仅仅是一种海纳百川的博大，也不仅仅是一种积极思维走向和价值述求，而是最睿智、最具独创性和最富穿透力的深邃哲思。爱迪生，不仅是伟大的发明家、科学家，更是伟大的思想家、哲学家！

爱迪生对灾难的另类解读，给我们理解困难、挫折、灾难等开出了一条新思路。在通常情况下，我们说困难、挫折、灾难也有积极意义，是指它会历练人，让人变得坚强，而几乎没有人从它会卸掉人的包袱，为人解脱羁绊着眼。爱迪生的解读丰富了灾难的价值和意义，他告诉我们，灾难不仅能磨砺人，使人坚强坚韧，还有为人消除过失、解除束缚，让人轻装上阵的功效。

路遥与马力

古时候，在一个不大不小的城镇里，相邻住着路、马两家，路家经商，马家以教书为业，两家处得很好。两家各有一个儿子，路家的叫路遥，马家的叫马力。两个人是同龄，个头一般高，长相又很相似，不细瞅，还以为是孪生兄弟。两个人脾气相似，兴趣相投，从小就在一起玩耍，一起读书，形影不离。

后来，马力的父亲因病去世，家里断了收入，日子过得十分艰难。到了谈婚论嫁的年龄，马力从小定的娃娃亲找上门来，要求按婚约迎娶。女方的父亲是马先生的同学，住在百里以外的一个小城里，是一个有点儿小钱而又十分贪婪的小地主，为人很苛刻。他索要的彩礼和要求迎娶的条件很高，是很大一笔钱，马家根本无法承担，但那个时代，退婚也不是一件容易的事情，马家急得团团转。无奈之下，马力只好向路遥求援。

路遥当时已经当家做主，由于初涉商海，生意做得并不景气，如果借给马力这么大一笔钱，会给自己的生意带来很大损失，可面对马力的难处，他二话没说，立刻答应全力相助，并留马力共饮。酒过三巡，路遥一时兴起，对马力说：“这笔钱我送给你了，不过，你得按当地山民婚姻资助习俗，让我获得初夜权。”这个小城当时是一个多民族聚集地，特别是城周边的广大山区，许多山民文化习俗落后，不少穷人为了能娶上媳妇，出让初夜权已是习以为常。但对于马力来说，这是不能容忍的，他立即怒斥路遥乘人之危，起身就走。

路遥拦住马力，劝说道：“这件事当然要精心设计，秘密进行，只有你知我知，绝不会丢了你的面子。你想，你们订的是娃娃亲，又相距很远，你媳妇根本不认识咱俩，咱俩长得又非常相像，只一夜，她根本不会发现。再说，这么大一笔钱，你教一辈子书都还不上，除了我，你还能到哪里去弄这么大一笔钱呢？你家就你一根独苗，难道你甘心打一辈子光棍，让马家断了香火吗？”

人穷志短，马力思前想后，无奈答应了此事，并与路遥认真谋划了细节。

新婚之夜，路遥偷偷溜进了洞房，替换了马力。次日天刚蒙蒙亮，路遥便悄悄走出洞房，神不知鬼不觉地离开了。

第二天晚上，马力十分懊恼地走进新房，一想到昨天晚上路遥与妻子共寝的事，他心里就堵得慌，于是，他连看都不看妻子一眼，上床蒙头便睡。

半夜，妻子实在耐不住了，便推醒马力抱怨说："夫君，你昨晚一进洞房便坐到案前读书，话也不说，我无奈自己揭了盖头，见你背对着我，半蒙着脸，只管专心读书，连看都不看我一眼，我只好自己睡下。我自然翻来覆去睡不着，有意弄些动静，你理也不理，天还没亮，你就起身出去了。今晚你一进屋便蒙头大睡，根本没有理我的意思，这是为何？难倒我做了什么对不起你的事吗？"

马力一下子明白了，路遥根本没有碰过自己的妻子，只是和他开了一个大玩笑。他转忧为喜，顺理成章地将妻子揽进怀里。

马力自然不会向妻子说明原委，他深深感激路遥对自己的真心帮助，但对路遥开的玩笑，心里也不痛快。以后的日子，路遥忙着做生意，马力也忙着教书并发奋苦读，两个人交往日渐疏远。多年后，马力一举考中进士，在京城做了大官。

再说路遥这个人，根本不是经商的材料，他性情豪爽，讲究义气，仗义疏财，但疏于心计，不会经营，常被奸商欺骗和官员盘剥，经过多年折腾，亏尽了老本，竟落到家徒四壁、一贫如洗的地步。眼看日子就过不下去了，他想起了曾经资助过的朋友马力。于是，他告别妻儿，去京城找马力帮忙。

马力见到路遥，非常高兴，热情款待。路遥说明来意，可马力却说："不急，不急！喝酒，喝酒！"一连数日，马力天天好酒好菜地招待路遥，路遥一提到借钱的事，马力就用话岔开，根本没有帮助他的意思。从富有到贫穷，从朋友盈门到门厅冷落，路遥深感世态炎凉，心中暗骂马力也是一个忘恩负义的世俗小人。

数日之后，路遥见借钱无望，便告辞还乡。马力并不挽留，给他备了一点儿银两，路遥看看，也仅够回家的路费。

路遥回家心切，日夜兼程，不几日便赶到家里。还没走进家门，他就听见家里哭声一片。他赶忙推开大门，见院子正中放着一口大棺材，妻子儿女正在棺材前跪着痛哭，许多邻居正在院子里忙活。众人见了路遥，惊慌失措，纷纷躲闪，妻儿们也吓得缩成一团。他听见有人喊："诈尸了！诈尸了！"

一场惊慌之后，他才知道，就在昨天晚上，马力派人送来了这口封好的棺材，送棺材的人稍话说："路遥到京城后，生了重病，医治无效而死！马大人劝嫂夫人节哀顺变。"

路遥听罢，简直气疯了，他立刻找来大斧，三两下就将棺材劈开。棺材一开，众人大惊，一棺材全是金银财物，这些金银足够路遥重振家业。金银上面，放着一块细绢，上有小诗一首，诗曰：

路遥老兄你莫恼，

老弟常思新婚报；

我妻空守洞房夜，

尊嫂棺前哭一遭。

路遥立即意识到，马力对他新婚之夜开的玩笑还耿耿于怀，顿生悔意。这时，院门大开，马力在一帮人簇拥下便装赶来。马力上前躬身施礼道："大哥，都是小弟的错。大哥走后，小弟觉得这事做得不妥，匆匆赶来，还是晚了一步，害得嫂嫂和孩子们痛苦了一夜，实在对不住，是小弟小心眼了，请大哥责罚！"

路遥还礼说："大哥我有错在先，大哥我有错在先。"

两个人携手落座，互致歉意，并誓约诚心相处，坚决不再开类似的玩笑。两个人和好如初。

作者感言： 无疑，这是根据"路遥知马力，日久见人心"这一成语编撰的故事。成语最早见于宋·陈元靓《事林广记》卷九："路遥知马力，日久见人心。"意思是：路途遥远才能知道马的脚力好赖，日子长了才能看出人心的好坏。故事有好几个版本，情节也各有不同，我们之所以选了这一版本并加以改造，是想借此说三点想法：

想法一： 烈火炼真金，危难见真情。人到了危难的时候，才能真正看出谁是真朋友。"穷在闹市无人问，富在深山有远亲""富贵家高朋满座，贫贱门可罗雀""有酒有肉皆朋友，遭遇危难求无门"，是世俗常态。人为什么会这样？说到底，是人性自私的弱点使然。人人都是趋利避害的，结交权贵富有者，有利于改善生存境遇，而与贫贱穷困者交往，则会带来不少麻烦，弄不好还会把自己拖进困境。所以，当人遭遇困境时，原先的朋友、熟人出于自保，都疏远了，甚至都躲着走，就没有什么好奇怪的了，只要不乘人之危或落井下石，就没有必要去怪罪人家。路遥和马力，是经得起危难考验的好朋友，对方有了难处，都能慷慨解囊。

想法二：日久见人心。路遥和马力，是经得起时间考验的真朋友，几十年沧桑变化，路遥从富有到落魄，马力从贫贱到富贵，历史风雨的磨蚀和身份的巨大转换并没有淡化两个人刻骨铭心的真正友情。

想法三：开玩笑要有度，不可以太过。能穿朋友衣，不占朋友妻，是交朋友的底线。路遥无意占朋友妻，只想跟朋友开个玩笑，但路遥忘记了，当时他是处于优势地位，这个玩笑客观上起到了"戏耍穷朋友"的消极作用，损害了马力的人格尊严，所以，马力心存想法是可以理解的。至于马力，也的确如他自己所承认，有点儿太小心眼，特别是那首小诗，明显道出了他的报复心理，犯了和路遥一样的错误。好在两个人都意识到这个玩笑开得太大，险些伤害了他们的友情。

在日常生活中，因玩笑开得太过与同事、朋友反目，甚至大打出手的现象经常发生。2015年7月，乌鲁木齐市高新区人民法院以故意伤害罪判处被告人夏山有期徒刑八个月。原来，夏山在2014年11月30日下午5点多，在乌市河北东路碰到同来打工并是好朋友的葛林，因开玩笑，两个人发生口角，夏山将葛林殴打致伤，既伤了两个人的感情又触犯了法律。

我们都知道，开玩笑是通过风趣幽默、诙谐调侃的语言或行为逗别人乐的过程，它是人际交往的润滑剂，玩笑开得恰当得体、幽默风趣，会给周围的人带来欢愉。但玩笑开出格，就会导致朋友反目，甚至闹出流血人命事件。所以，开玩笑要有分寸，把握开玩笑的"度"很重要。那么，怎样才能把握这个"度"呢？其主要做法如下：

做法一：开玩笑首先要做到四忌：一要忌揭短，切不可拿对方的生理缺陷、生活污点、曾有过失等当笑料，这样会严重伤害对方自尊心；二要忌揭隐私，每个人都有或多或少不可为外人道的隐私，切不可拿对方的隐私当笑料，这样会把对方推进尴尬窘迫境地，对方会认为你做人不地道；三要忌讥讽，以讽刺挖苦的言语当笑料，会严重贬损对方，让人无法接受；四要忌搞恶作剧，切不可设局将对方推到不幸境地并借此幸灾乐祸，路遥和马力两个人开的玩笑就属于这一类。

做法二：态度要友善。与人为善，是开玩笑的基本原则。开玩笑的过程，是感情相互交流传递的过程，是善意的表达。如果借着开玩笑对别人冷嘲热讽，发泄内心的厌恶、不满等情绪，甚至拿取笑他人寻开心，则失去了开玩笑的原初意义。非善意的玩笑不是玩笑，是对别人的不尊重或伤害，他不仅不能拉近感情，反而会伤害感情，失去朋友。

做法三：内容要健康，形式要文雅。开玩笑是幽默艺术，它是人运用诙谐有趣的语言或巧妙动作进行思想和感情交流的过程，这就要求笑话必须纯洁、文雅。笑料的内容与形式取决于开玩笑者的思想情趣与文化修养。内容健康、格调高雅的玩笑，不仅给对方以启迪和精神享受，也是对自己美好形象的有力塑造。如果开玩笑尽是一些污言秽语或低俗动作，不仅污染了交往环境，也是对对方的不尊重，甚至是侮辱。同时也说明自己情趣低俗，人格层次低下。

做法四：开玩笑要分场合。并不是所有场合都可以开玩笑，一般来说，一是在庄严、严肃的场合，如开会、参加某种仪式等，不宜开玩笑；二是在静谧、严禁喧闹的场所，如阅览室、展览馆等地，就不宜开玩笑；三是工作期间，特别是带有风险性的工作期间，不宜开玩笑，因为玩笑会分散精力，不仅影响工作，可能还会造成事故。

做法五：开玩笑要分对象。玩笑都是在年龄相仿、身份相近的同事、同学、战友、朋友、驴友等熟人之间进行的，一般说来，以下几种人之间不宜开玩笑：一是不同辈分之间不宜开玩笑，长辈对晚辈开玩笑，有失自重；晚辈对长辈开玩笑，有失礼貌。二是上下级之间不宜开玩笑，上级对下级开玩笑，或因下级过于拘谨而给下级造成压力，或因下级过于亲熟而妨碍政令执行；下级对上级开玩笑，既有失对领导的尊重，又容易造成误解，不利于上下级之间的和谐。三是不熟悉的人之间不宜开玩笑，初次相识，彼此并不了解，开玩笑既有失自重又容易造成误解。

做法六：开玩笑要看时候。一般说来，在休闲的时候，在酒桌上，同事、同学、战友、朋友之间，可以开开玩笑，调节一下气氛，营造一些和谐。如果同事、朋友摊上什么大事、难事，正焦急万分或愁眉不展，且不可开玩笑。这个时候开玩笑，是一种缺乏同情心和关爱心的表现。

"嗨，船什么时候开？"与"老师，对不起！"

"嗨，船什么时候开？"的故事说，有一个三十多岁的壮年汉子，来到一个渡口，想坐船到对岸去。他坐上渡船，摆渡的是一位看上去有六十多岁的老汉，他等了一会儿，见船还没有开，便对着老船工高声问道："嗨，船什么时候开？"老船工知道是问自己，但装作没听见，仍拿着篙目视远方。他又问："嗨，船什么时候开？"老船工仍不理会。他又接着喊了两次，老船工生气了，一篙将他打下水去，那人在水里喊道："嗨，你怎么给我打下水了？"，老船工又拿篙打了他一下，那人叫道："嗨，你怎么打人？"。老船工又举起篙，说："我打的就是你这个'嗨'！"同船人大笑。

"老师，对不起！"的故事发生在北大图书馆。一位大一的学生到图书馆来借书，见负责借书的是一位四十多岁的女馆员，他想，肯定是没有什么学问的人，根本上不了讲台，只能在这里为师生借借书，这样的人，不配称她"老师"。那称她什么好呢？想来想去，他决定叫她"师傅"。于是，他举着借书卡对女馆员说："师傅，我想借这本书。"那位女馆员抬头看了看这位学生，笑着问："这位同学，我什么时候收过你这样一个徒弟呢？"这位大一学生很机敏，立刻从女馆员的问话中意识到自己轻慢了别人，马上道歉说："老师，对不起！"其实，这位女馆员是北大哲学系的一位教授，是应馆长的邀请前来帮忙的。

作者感言：这是两个关于与人打招呼的故事，它告诉人们，在与人打招呼的时候，需要有称谓，而且要恰当。第一个故事里，那男子打招呼没有称谓，体现了对别人的不尊重，所以被老人打进水里。面对撑船的老人，在打招呼时，当如是说："老伯，船什么时候开？"或"大叔，船什么时候开？"。第二个故事，那位学生打招呼虽然有称谓，但用得不恰当，如果是在企业车间里，面对工人，可称"师傅"，而在学校里，则应称"老师"。称谓用得不恰当，也表现出对别人的不尊重。好在那位同学十分聪明，立即改口道歉。

我们每天都要和别人打交道，见面就需要有称呼，这个称呼就叫称谓，它是人们依据血缘、婚姻、身份、职业、社会地位等关系在人际交往中建立起来的名称。称谓看似简单，但大有学问，恰当地使用称谓，是社交活动中的一种基本礼貌。它不仅体现了对他人的尊重，也表明说话人有教养、懂礼仪，讲文明。

人际交往，礼貌当先；与人交谈，称谓当先。

称谓要体现尊重、亲切，途中问路，见一老人，先亲切地喊一声"大伯"，后边的事就好办；如果生硬地叫一声"老头"，恐怕不仅问不着路，可能还会遭遇被老船工一篙打进水里似的尴尬。

称谓还要看场合，分对象，同是姓李的老人，是看门的更夫，同辈的可以叫"老李""老李头"，晚辈的可以叫"李大爷""李大叔"；是机关、企事业单位的人，有职位的可以称职位，如"李部长""李局长""李经理""李主任"等，有职称的可以称职称，如"李教授""李工程师"（可简称"李工"）等，没职位的可称"老李"（同辈），也可以根据职业特点称"李老师""李大夫""李法官""李律师""李会计"等；如果是艺术家、学问家，可以称"李老"；如果是上司或有较高身份人的父亲，可以称"李老爷子"。

用好称谓是你与人和谐交往的第一步，不可不慎。

解　释

公猴和母猴坐在同一个树枝上看落日后的晚霞。母猴问："当太阳落到地平线的时候，是什么使天空改变了颜色？"

"有些事情是无须解释的，如果我们试着解释我们看到的所有事情，我们就无法生活。"公猴说，"不要多想，安静地欣赏这美丽的晚霞吧！"

母猴很生气地说："你不懂逻辑，原始而没有智慧，只会懵懂地享受生活，真是蠢笨！"

这时，有一只蜈蚣从树下路过。

公猴叫道："蜈蚣先生，你身上那么多条腿，它们是怎么协调向前迈进的？可以解释一下吗？"

蜈蚣说："对不起，我从来没想过这个问题。"

"麻烦你解释一下吧，我妻子想知道答案。"

蜈蚣看了看自己的那些腿，指着其中的一条说："我先移动这条腿，不不，我先向这个方向摆动身子，不不，也不对，我好像先抬起另外一条腿……"

蜈蚣花了十多分钟时间，也没说清楚它到底是怎么协调移动自己那些腿的。它讲得越多，猴子越听不明白，后来，它着急赶路，干脆不说了。可是，当它抬腿要走的时候，竟不知道先抬哪条腿，怎么走路了。蜈蚣痛苦地叫道："天哪，为了向你们解释我走路的原理，现在我竟然不会走路了！"

公猴对母猴说："现在你看到了吧，想尽力解释看见的每一件事情，就是这样的结果。我们还是静静地欣赏晚霞吧！"

作者感言："人是理性动物，人应该过理性的生活"，这一观念没有错，这是从总体上把握人生的基本要求。但这并不是说，人必须时时处处都得理性，我们说这则小故事，就是想说明，人生活在这个世界上，无须事事都得诉诸理性，无须非得弄明白每件事的内中机理，这不可能，也没有必要。理由有二：

理由一：有些事情，是理性无能为力的，一旦诉诸理性，人反倒无所适从。就如故事里的蜈蚣，它根本无法说出自己走路时，多条腿是怎么协调运动的，这是因为，这一生存本能是在长期行走实践中，靠体验自然形成的，而不是通过逻辑思维后，设计出程序并分步实施的。人也是这样，我们每天不知道有多少次举步行走，每次举步，是先抬左脚还是先抬右脚，是大步还是小步，是疾走还是慢走，都由当时的情形而定，都是随机的，根本无法事先设计好。倘若是走路前先想想是先抬左脚或右脚，人反倒像蜈蚣一样不会走路了。人类许多感性行为都是如此，它拒绝理性介入，因为理性一旦介入，事情就会导致复杂化，反倒不好办了。当你啃骨头的时候，难道还用计算牙齿需要投入多大力度才能啃下骨头上的那块肉吗？难道还用考虑是什么给牙齿提供了动力吗？难道还用追寻这动力是怎么产生的吗？如是，不仅很难得出科学结论，大概一天也啃不下骨头上的那块肉。

理由二：有些事情，理性一旦介入，其价值和意义就会消解。就如欣赏落日余晖，如果非要弄清楚日落之后太阳的余晖是怎样染红天空的，哪还有心情去欣赏如火的晚霞？因为这种理性分析消解了人的情感，改变了人的思维走向，将物我合一的审美情境彻底肢解，红艳艳的晚霞被干巴巴的概念和判断所取代，审美不复存在。所以，当我们吟诵一首隽永的小诗、聆听一首动人心魄的名曲或观赏一幅意境深邃的画作时，千万不要去想诗人是怎么写出这首诗、音乐家是怎么做出这支曲子、画家是怎么画出这幅画的，只要专注地欣赏就够了，如是，才能享受到艺术的美。

请记住公猴的提醒："不要多想，安静地欣赏这美丽的晚霞吧！"

满　了　吗?

有一位小和尚在无德禅师那里学佛，学了三年，他觉得自己完全掌握了佛教知识，已经开悟了，无须再学了。于是，他去向无德禅师辞行。

他说：“师傅，在您的教导下，我已经懂得了佛理，我现在可以去云游四方了，今天特意来向您辞行。”

无德禅师什么也没有说，从身边取出一个陶钵递给小和尚，叫他去河边装一钵鸡蛋大小的鹅卵石来。

小和尚很快装了一钵鹅卵石来，恭敬地递给禅师。

“满了吗?”禅师问。

“满了!”他果断地回答。

禅师从蒲团后边取出一小袋沙子，伸手抓了一把，放到陶钵里，并轻轻敲打钵壁，沙子很快沉了下去。一把、两把、三把，沙子终于填满了所有石子的缝隙，装了满满一钵。禅师问：“满了吗?”

“满了。”他说。

禅师又从身后拿出一小袋白灰，抓了一把放到装满沙子的钵里，白灰并没有溢出来。禅师问：“满了吗?”

小和尚想了想，迟迟疑疑地说：“满了。”

无德禅师又舀了一盅水倒进钵里，水也没有溢出来。禅师又问：“满了吗?”

小和尚什么也没有说，他谢过师傅，又回到禅房学习去了。后来，这位小和尚终有所成，做了一个大寺院的住持。

作者感言：这是一则劝学小故事，情节很简明，但寓意很深刻。一个陶钵里装满了鹅卵石，还可以装进沙子；装满了沙子，还可以装进白灰；装满了白灰，还可以装进水……无德禅师以此形象地告诉弟子，学习如钵中装物，一旦认为满了，就不会再装了，因为在你的意识中已经认定再也装不进去了，可实际上，装满鹅卵石的钵还可以装进其他东西。只要认为还不满，就会产生继续装下去的想法和行为，你知识的"钵"里，就会不断有新东西装进去。

所以，学海无涯，学无止境，人要谦虚，不要满足。满足是什么？"满"就是够了，装不进去了；"足"就是充足了，不用再装了。"满足"就是装不进去了，也不用再装了。学习到了满足的份上，也就不想再学了。可人的大脑不是陶钵，它有无限空间，它永远也不会装满，因此，人只有不断学习，不断往大脑中装新东西，知识才会日益丰富，能力才会日益增强。

无德禅师往陶钵里装东西的过程，还给我们这样一点儿启示：做事的顺序很重要。钵里首先装满了大的鹅卵石，然后才有可能以次装进沙子、白灰和水，如果倒过来，先装满水，就什么也装不进去了。人生如钵，要想使人生这个大钵装进更多东西，就得先装大事、先做重要的事。什么是人生的大事、重要的事呢？在我看来，那就是信仰、梦想和事业，人只有先确定了这些大目标，先把它们装进人生的"钵"里，先干好事业，然后才能装进其他东西，如是，人生才会变得丰富丰满。至于具体做某件事，更要分清主次，先主要后次要，先做好主体部分，然后补充细节。

嘘——，千万别出声

这是一篇小小说，摘自2010年《意林》杂志第五期，全文如下：

"迈克，快瞧，有人行窃！"汤姆森警士指着右边的一幢公寓楼说。

迈克警官只瞟了一眼，就敏捷地捂上了汤姆森的嘴巴。"嘘——千万别出声！"迈克低声说，然后把汤姆森拉到墙角。

这里是泰格拉尔区，因为环境优雅，有不少富人定居于此，因此也成为窃贼的天堂。最近该区加强了警力，迈克警官与刚刚就职不久的汤姆森警士正在执行夜间巡逻任务。

右边一幢楼的六楼窗外，有一个人影像壁虎一样贴在墙上，正在从一个窗口向另一个窗口移动。现在是夜间十一点零九分，可以断定这不是清洁墙壁的蜘蛛人，而是一个准备入室偷窃的盗贼。

"迈克，我们应该采取行动！"年轻的汤姆森按捺不住激动。自从调入该区以来，他一直在等待大显身手的机会。另外，他心仪已久的姑娘塔依莎说了，只要他立功受奖，就嫁给他。

"是的，但不是现在。"老练的迈克总是与他意见相左。

"可现在是最佳时机！只要我们一声断喝，他就得乖乖就擒。你瞧，他现在正进退两难呢！"汤姆森不愿放弃这个机会。

"正因如此，我们此时不便出击。"迈克仰视着那个一寸一寸移动的黑影，一只手死死地抓着汤姆森的胳膊，防止他盲动。

迈克的冷静让汤姆森摸不着头脑，这可是立功的大好机会！难道迈克希望我打一辈子光棍吗？

迈克直视着汤姆森的眼睛说："兄弟，你知道，这座楼的窗台沿只有三十厘米宽。如此寂静的夜晚，只要你大喝一声，受惊的窃贼就完全有可能失足坠楼，除非上帝伸手拉他一把，否则，必死无疑。"

"可是，我的警官，他在实施犯罪！难道我们没有义务去制止？即使他摔死了，不过是一名罪犯，这是咎由自取！"汤姆森越发激动起来。

"不"，迈克坚定地说，"汤姆森警士，事情未搞清楚之前，还不能称他为罪犯。当然，我的意思是，哪怕他正在行窃，只要对他人的生命尚未构成威胁，他的生命也应得到尊重。也许，他所犯的罪行，不足以用命相抵。但若因我们的过失导致他丧命，那就是我们渎职！"

"那我们就眼睁睁看着他作案，潜逃，然后逍遥法外？"汤姆森问。

"当然不。按他现在的移动速度，大约还需六分钟才能挪到要进的那扇窗子。我数了六楼的所有窗口，可以肯定那扇窗是608住户。我们到达这户人家只需三分钟。所以我很庆幸可以用两分钟给你讲个故事，然后我们赶到608门口潜伏一分钟，他破窗的同时，我们破门而入，擒个正着。"迈克开始慢条斯理地讲起了他的故事：

"小时候我住在乡下，我们家附近有一片果园，里面长满了高大的香梨树。一到秋天香梨成熟的时候，那诱人的香味飘荡在原野上，总是勾引我和哥哥的馋虫。有一次，趁园子的主人克里特大叔不备，我和哥哥悄悄溜进去，准备美餐一顿。哥哥爬到高高的树上摘梨，我在树下放哨。可是我只顾仰视树上的哥哥，却没发现克里特大叔已经悄无声息地来到树下。此时哥哥正攀着一根不算粗的树杈，探身去够一只大梨。我还没来得及反应，只听如雷的一声断喝：'下来，可恶的小家伙！'这猝不及防的惊吓使得哥哥失足滑落，从此，他一生都得与轮椅为伴……"说到这里，迈克声音有些哽咽。

迈克说完，不等汤姆森发表感慨，扫了一眼夜光表，转身就走。汤姆森若有所思地在后面跟着。他们迅速地闪进公寓，直上六楼。

608那扇防盗门看上去真是固若金汤，怎么破门？汤姆森疑惑地看着迈克。

镇定自若的迈克从兜里摸出一把钥匙，在汤姆森眼前晃了晃，低声说："记得吗？昨天抓住的那个窃贼，居然搞出这么灵敏的万能钥匙，它可是屡试不爽啊！"

门被顺利打开，汤姆森和迈克飞快冲进房间。他们看见，一个小伙子正在开着药瓶，并朝他们大声喊："快拿水来！"

原来，六零八住着一位孤独的老人，今夜他心脏病突发，挣扎着按响了通往对门的求助铃，却再也无力去开房门，颓然倒在床前。对门住着一个叫西蒙的小伙子，是位自由撰稿人，喜欢夜间码字。听到老人的呼救铃声，西蒙立即奔向对门，却被无情的铁门挡在外面。敲了一阵门，里面毫无回应。西蒙意识到事情严重，刻不容缓，他一面打了报警和急救电话，一面决定冒险从窗沿爬过去。他知道老人必须马上服药，否则有生命危险。当迈克和汤姆森冲进去的时候，西蒙还以为是接警的警察赶到了。

服药后，老人很快苏醒过来，救护车也随即赶到。送老人上了救护车后，汤姆森紧紧握住迈克的手，张口想说点儿什么。

"嘘，——千万别出声！"迈克拍拍他的肩头微笑着说。

作者感言：老人得救了，应该说，西蒙也得救了，其实，得救的还有汤姆森。老人得救，得益于西蒙舍己救人、不怕坠楼粉身的勇敢；西蒙得救，是迈克善良的人性情怀、丰富的生活经验、理性的判断和突出的业务能力使然；而汤姆森的得救，则是心灵的救赎，是外在功利的挤压而失落的人性回归。对于汤姆森来说，这是一堂感人至深的人性教育课，西蒙为救人的舍生忘死和警官迈克的善良、理性、沉稳、练达，给他开启了一扇体味人性美好的心灵之门。当他紧紧握住迈克的手想说什么的时候，迈克微笑地制止了他："嘘，——千万别出声！"。其实，无须再说，事情本身给予的心灵震撼就已经足够了，无论怎样诚挚而深刻的表达，这时都显得很肤浅。

故事里的迈克警官尤其令人敬重：

敬重一：他充满人性关怀，正直而善良。当发现六楼有"窃贼"从一个窗口向另一个窗口移动的时候，他的第一反应不是抓贼，而是为"窃贼"的安全担心，小时候的生活经验告诉他，他们只要喊一声，"窃贼"就会掉下来摔得粉身碎骨。他不能让哥哥的悲剧在这里加倍重演，"窃贼"的生命也是应该受到尊重和保护的。所以，他制止了汤姆森。

敬重二：他业务精湛，沉稳而睿智。在突发事件面前，在紧要关头，他能够冷静做出正确分析和判断，并积极采取相应行动。他对喊一声会导致的危险、对上楼时间的准确计算和从兜里掏出有备的万能钥匙，都说明他谙熟警察业务，是一位老练的警官。

这个小故事给我们如下提醒：

提醒一：不管做什么事情，即使是抓坏人，也要人性化，也要循道德，守法律，绝不能胡来，绝不能做过激的事情，否则，就会把事情办砸，甚至酿成祸患。

提醒二：每遇事，在事情还没有弄清楚之前，不可以轻易下结论和盲目采取行动。如果没有迈克的制止，汤姆森的行为不仅会害死一个见义勇为的义士，同时也害死了患病的老人。

提醒三：人不能太急功近利，急功近利很容易遮蔽人性和丧失理性。为了急于立功受奖而赢得爱情，让汤姆森忘记了人性关怀和一个警察应遵守的职业操守，竟不惜以"窃贼"的生命为代价而要贸然行动。

管 鲍 之 交

"管鲍"是指春秋时期齐国的两位政治家管仲和鲍叔牙，"之交"是指他们两个人之间的深厚交情。后人常用"管鲍之交"来形容好朋友之间牢不可破的友谊。

管仲早年丧父，以替人养马维持生计，生活十分拮据。与鲍叔牙结识后，鲍叔牙为改变管仲的生活困境，就拉他合伙做生意。鲍叔牙投入的钱多，管仲投入的钱少，可挣了钱，还没入账的时候，管仲就拿去还自己的欠债；到了分红的时候，管仲总是给自己多分一些。鲍叔牙的下人看了生气，便对鲍叔牙说："管仲出资少，还'分财多自与'，是个十分贪财的小人。"鲍叔牙替管仲辩解说："管仲并非贪财之人，他之所以多分财物给自己，是因为他家境贫苦，又要赡养老母，也是没有办法的事情。"

后来，管仲和鲍叔牙又一起参军。一次，齐国和邻国开战，双方军队展开了一场大厮杀。冲锋的时候，管仲总是在队伍的后面，而且跑得很慢；而退兵的时候，管仲却跑在前面，并且跑得飞快，大家都耻笑管仲。这时候，鲍叔牙又站出来替管仲辩解说："管仲不是胆小怕死，他是管家的独子，他死了，老母无人赡养。"这话传到了管仲那里，管仲感慨万分，说："生我者父母也，知我者鲍叔牙也。"

管仲和鲍叔牙后来都在齐襄公手下任职。襄公有两个弟弟，一个是公子纠，由召忽和管仲辅佐，一个是公子小白，由鲍叔牙辅佐。

齐襄公是一个荒淫残暴的君主，政治上昏庸暴虐并多所征伐，生活上纸醉金迷并与同父异母妹妹文姜通奸，民不堪其苦，怨声载道。两位弟弟预感到大祸将临头，便避走国外。当时，公子纠在召忽、管仲的辅佐下避走鲁国，而公子小白则在鲍叔牙的辅佐下避祸莒国。不久，齐国发生暴乱，大臣公孙无知杀死襄公，自己篡位。因名不正，言不顺，又为众大臣合力诛杀，齐国一时无主。因小白和纠都拥有王位继承权，谁先赶回齐国，谁就可以坐上国王的宝座。因此，两个人听到消息后都急忙动身回齐国。管仲为让公子纠登上王位，带鲁国的军队在半路上设伏劫杀公子小白，并亲自向小白射了一箭。谁知这一箭正好射在小白领口的挂钩上，小白就势倒地装死，骗过了管仲。先行回到了齐国，当上了国王，是为齐桓公。公子纠不服，借鲁军以征讨。

齐桓公即位后，发兵迎击鲁军，在干时（今桓台）大战，鲁军败走。鲍叔牙给鲁侯写了一封信，信中说："公子纠是齐君的兄弟，不忍杀他，请鲁国自己杀他。公子纠的老师召忽、管仲是仇人，请鲁国把他们送来，我们会把他们剁成肉泥。如不从命，将要出兵讨伐鲁国。"鲁国害怕了，杀了公子纠，召忽自杀，管仲被囚禁送回齐国。桓公要杀管仲，鲍叔牙劝说："臣幸运地跟从了大王，大王现在成为国君。如果大王只想治理齐国，那么有我叔牙和高傒就够了。如果大王想成就天下霸业，成为诸侯之首，非管仲不能当此大任。"当其时，天下打乱，周王朝名存实亡，诸侯国各自割据一方，相互争夺地盘，谁都想称霸诸侯，做天下的统领。况且，齐是当时的大国，桓公自然不会放弃这个机会，所以，他接受了鲍叔牙的建议，把管仲从监狱中放出来，请进王宫，与之谈论霸王之术。听了管仲对天下大势的分析，桓公大喜过望，任命管仲为大夫，委以政事。

在争夺王位过程中，鲍叔牙功推第一，于是，齐桓公决定让鲍叔牙出任宰相。鲍叔牙力辞不就，并极力推荐管仲为相。鲍叔牙说："治理国家，我不如管仲。管仲宽厚仁慈，忠实诚信，运政施策，多所创建，且会用兵。大王要想成就霸业，就只能请管仲为相。"

齐桓公一听说让管仲为相，一百个不同意，说："管仲差点儿把我射死，我不杀他就算不错了，怎能任他为相？"鲍叔牙马上说："我听说贤明的君主是不记前仇的。更何况当时管仲是为公子纠效命。一个人能忠心为主人办事，也一定能忠心为大王效力。大王如果想称霸天下，没有管仲就不能成功。"齐桓公终于被鲍叔牙说服，请管仲为相，而鲍叔牙辅之。在管仲和鲍叔牙的合力治理下，齐国成为当时诸侯国中最强大的国家，齐桓公"九合诸侯，一匡天下"，成为春秋五霸之首。

到了晚年，管仲病重，齐桓公询问接任宰相的人选，并提议让鲍叔牙为相，管仲不同意。管仲说："鲍叔牙忠于君王，唯国事第一，也有治国的才能，这一点儿没人可比，但他为人耿直，疾恶如仇，眼睛里容不得沙子，他做宰相不合适。"桓公不解，说："鲍叔牙是你的恩人，是他救了你的命，又是他推荐你做宰相，你们两个人又是最好的朋友，你怎么能不举荐他呢？"管仲说："大王，我们现在研究的是谁适合为相，谁能更好地治理国家，而不是讨论我对鲍叔牙的感激和我们之间的友好关系。"齐桓公最终接受了管仲的建议，任用隰朋为相。有人把管仲的话告诉了鲍叔牙，鲍叔牙很高兴地说："知我者，管仲也。"

作者感言：管鲍友谊是我国千古传颂的佳话，这个故事为我们怎样交朋友，提供了两条重要启示：

启示一：在交友过程中，处于强势一方的积极主动是实现友谊的关键。读罢这个故事，我们不难看出，管鲍友谊的主导方面在鲍叔牙，鲍叔牙对管仲的了解、理解、关心、信任以及他对齐国的忠诚是两个人能结下深情厚谊的关键。鲍叔牙的主动积极，体现了交友的惯常做法。这是因为，在一般情况下，在朋友交往中，积极的、主动的、起主导作用的，往往是强势一方，他与对方相比，在能力、地位、身份、权力、财富、威信或声望等方面，往往处于优势。只有强势者积极主动去交朋友，交朋友的行为才能变成现实。道理很简单，如果弱势一方积极主动地去接近强势一方，既有失自尊又有巴结之嫌，不仅自我感觉不好，给别人的第一感觉也不好，在交友实践中，弱势一方如果主动去结交对方，往往不被人理解和接纳，有时甚至会受到鄙视。在管鲍交往中，鲍叔牙一直处于强势，即使管仲当了宰相，鲍的强势地位也没有削弱，所以，鲍的主动是很正常的。鲍的主动提示我们，在地位、身份、财富等非对等的朋友交往中，如果是强势一方，就应主动积极一些，这样才能交到朋友。

启示二："志同道合"是成为挚友的核心因素。人生在世，离不开利益需求，利益需求是一切人际交往的基础和前提，朋友交往也不例外。但是，在朋友交往中，利益需求的互助并不遵循市场经济的等价交换原则，而是遵循"你敬我一尺，我敬你一丈""投之以木瓜，报之以琼瑶"的非对等原则，能凝结友谊的关键因素是"永以为好"的情感和"志同道合"的追求。在管鲍交往中，鲍叔牙处处关心、爱护、保护、提携管仲，而管仲几乎没为鲍叔牙做什么，唯有一次可以报答的机会，本应该顺水推舟地同意齐桓公提出让鲍做宰相，但出于国家兴旺的考虑，竟被他拒绝了。在常人看来，管仲有点儿不够意思，知恩而不报，就连齐桓公都不理解，而这一点恰恰是管鲍友谊牢不可破的"节点"，即两个人都有"把齐国的事业"放在第一位的共同志向。由此可知，构成朋友的诸多因素中，共同的理想追求是核心因素，一般情况下，"挚友"肯定是"志友"，世人所熟知的"将相和"（廉颇和蔺相如之间的友谊）就是如此。

增田达志治沙

　　1997年，一位三十一岁的日本汉子飘洋过海，来到中国，在距离呼和浩特市七十多公里的白二爷沙坝地区，承包了一万亩沙漠，开始了他的治沙之旅。他就是日本公益人士增田达志。

　　增田达志，1966年生于日本神户，毕业于日本大阪大学心理学专业，毕业后放弃了本专业，立志治理沙漠。他在日本有一个幸福的家庭，有美丽的妻子和一对双胞胎儿子，衣食无忧。

　　治沙工作非常艰苦，增田治理的沙漠是白二爷沙坝最边缘的地带，往返路程近四十里。每天早晨六点，他和助手乔二徒步去沙漠，中午为了节省时间不回家，一直干到天黑。沙漠里干燥炎热，没有遮阴避风的地方，早晨带的饭菜得深深埋在沙子里，否则就要馊掉。晚上回来，没有自来水，增田自己担水做饭，吃白水煮面条充饥。到了栽树种草的繁忙季节，他需要雇佣很多人。每年，也有大批日本治沙协力队员来这里义务治沙，他们当中有七八十岁的老人，也有大学生，甚至是中小学生。

　　在治沙过程中，无论做什么都得自己掏腰包，买麦秸、买树苗、雇用工人、买工具、买雨具、买水、买电、租房子……所有治沙的经费全部自理。冬天，增田匆匆返回日本，教学、写书，做治理沙漠的课题研究，挣到第二年的治沙经费，春天一到，他又匆匆赶回来，一直干到大雪封地。自1997年至2010年，增田为治沙已经自费投入五百多万元人民币。而他个人的生活，则近似于一个苦行僧。看上去，他是一个地道的中国农民，他抽着中国最廉价的香烟，说着生硬的中国当地土话，自己种菜，自己烧火做饭，经常吃面条拌酱。

　　当有人问他为什么要到中国治沙时，他淡淡地回答："因为日本没有沙漠。"

到2010年，他承包的一万亩沙漠已经有七千多亩披上了绿装，据说，2011年，他又来到内蒙古西部的达拉特旗，与人合作承包了两万亩沙丘。他说，他在中国的治沙事业不会停止，他要一直干到七八十岁，死了，就埋在他治沙的地方。

作者感言：世界上有一批这样的人，他们的存在给人以信心和力量，让人感受到人存在的价值和意义，增田达志就是其中之一。

在"天下熙熙皆为利来，天下攘攘皆为利往"的现实生活中，在汲汲于功名富贵的名利客看来，增田的行为是不可思议的，用当下流行的话说，是典型的"傻帽"，是脑袋被门框挤了以后导致的"痴呆傻"后遗症。

"论至德者不和于俗"，增田治理自然生态为全球人谋福祉的高尚行为和自我牺牲精神，不合于世俗，不被那些一心谋功利的世俗人理解是很正常的，因为，人对人生价值和意义的理解各有不同，"道不同不相为谋"。

让沙漠变成绿洲，是增田的梦，为了这个梦，他抛妻别子来到异国他乡；为了这个梦，他在荒漠中吃尽了千辛万苦。然而，也正是因为有了这个梦，他激情澎湃并坚定执着，活得热烈而精彩，充实而愉悦。这是梦想与追求的力量，更是义举和和善行的力量。看来，以义举和善行为目标的梦想与追求，既是人生不竭动力的源泉，也是人生充实、幸福的源泉。

增田达志在中国治沙还给我们两点启示：

启示一：义举和善行具有普世价值。一个人，不管是在本乡本国，还是在异国他乡，做有益于他人和社会的义事、善事，都具有正价值和积极意义，都应该受到肯定和赞扬，也一定会受到肯定和赞扬。

启示二：治理恶化的生态环境，是全人类共同的责任。由于人类的过度开发，人类的生存环境日益恶化。保护和改善生态环境，以确保人类可持续发展，是全人类每一个人的责任和义务，同时，无论在何处治沙、治旱、治污染，都具有全人类意义，因为任何一处的环境改善，都具有蝴蝶效应，都有助于全球生态环境的改善。

增田还在继续着他的圆梦之旅，也许，百年之后，增田会默默地倒下，但他用心血和汗水灌溉出来的每一株小草、每一棵绿树、每一片绿洲，都是他生命的延续，生活在这片绿洲里的后人们，永远会记着他的名字，增田达志是长生不老的。

德 兰 修 女

　　德兰修女，又名德蕾莎修女、特里萨修女，1910年8月27日生于奥斯曼帝国科索沃省的斯科普里，阿尔巴尼亚裔人，是世界著名的天主教慈善家。她十二岁加入一个天主教的儿童慈善会，十五岁时，她和姐姐决定到印度去接受传教士训练工作，十八岁，她进了爱尔兰罗雷托修会，并在都柏林及印度大吉岭接受传教士训练，三学期后，她正式到了印度的加尔各答，在圣玛莉罗雷托修会中学担任教职，主要教地理。1931年，她正式成为修女，1937年5月决定成为终身修女，并依据法国19世纪最著名的修女"圣女德莉莎"的名字和精神，改名为德蕾莎修女。1940年代初期，她在圣玛莉罗雷托修会中学担任校长一职。当时印度贫富差距巨大，校内一片安宁，但校外却满街都是无助的麻风病患者、乞丐、流浪孩童。

　　1947年，东巴基斯坦脱离印度独立，加尔各答涌入了数以万计的难民，大多数都是怕被回教徒迫害的印度教徒。当时，霍乱、麻风病在街头巷尾爆发，于是，加尔各答的街头，学校的高墙外越来越像地狱，德兰修女看在眼里，疼在心上，在不断向总教主以及梵蒂冈请求下，1948年，教皇庇护十二世终于给德兰修女以自由修女身份行善的许可。并拨给她一个社区和居住所让她去帮助需要帮助的穷人。她马上去接受医疗训练，并寻找帮手。

　　1950年10月，她与其他十二位修女，成立了印度仁爱传教修女会，又称"爱德修女会""博济会"，并将教会的修女服改为印度妇女传统的莎丽，以白布镶上朴素的蓝边，成为爱德修女会修女的制服。修女会制订的教规是：凡教会成员都要立下贫穷、贞洁和服从的誓约。德兰修女解释说："要爱穷人，了解穷人，我们自己也必须是穷人。"这个慈善机构所有的药品都是捐赠的，并无偿提供给贫病交加的穷人。到1997年德兰修女逝世，这个机构已成为国际化慈善机构，有四千多名修女管理着一百一十五个国家的五百四十三个收容所、孤儿院和艾滋病救治中心，有十万多名义工为之工作。

20世纪40年代，加尔各答是印度贫穷人口聚集的城市，贫民窟里，传染病者、弃婴、孤儿、无助的老年人到处都是，其景象惨不忍睹。德兰修女每天都奔走在贫民窟中，她到处募集慈善资金，兴办贫民学校、建立弃婴孤儿收养所。

1952年，德兰修女在一座印度庙的旁边建起了"临终管护院"，以让那些可怜的人在弥留之际能享受一下人间的温暖。这一举动惹恼了寺庙的和尚，他们聚集在收容所外，扬言要杀死德兰修女。德兰修女用身体挡住大门，厉声说："你们就来杀死我吧，请让这些垂死的病人平静地死去吧！"说完，她双手合十，双眼紧闭。她无所畏惧的精神震慑了闹事者，和尚们终于没趣地走了。至80年代末，大约有三万名身患不治之症又无家可归的穷人在临终管护院里度过了他们最后的日子。当记者问到挽救这些患有不治之症的人是否值得时，德兰修女甚至根本不能理解这个问题的意思，因为这与她的人生观格格不入。

在孤儿教养所里，她亲自给孤儿喂饭、洗澡。在临终管护院里，她为每一个濒死者擦屎擦尿，有一位老人临死前说："我一生活得像条狗，而现在死的像个人，谢谢您了。"

德兰修女的事业得到了政府的支持，1962年印度航空公司遵照甘地的指示，免费向她提供各条航线的机票，铁路亦如此。尽管德兰修女声誉鹊起，但她总是对记者说，她的成绩是微不足道的。她喜欢说："为一个目的去工作就是幸福。"

1969年，在加尔各答郊外一个叫第达加的地方，爱德修女会创办了第一所治疗麻风病的康复中心。20世纪中叶前后，麻风病在印度十分猖獗，据当时估计，全印度大约有五百万麻风病患者，仅加尔各答就有八万之多。麻风病是剧传染性疾病，整个社会对麻风病充满恐惧，病人被家人遗弃，流落街头或躲藏荒郊野外，或被困在山洞里，他们身体溃烂，浑身恶臭，人们避之唯恐不及，而德兰修女却将一个个病人收到麻风病救治中心，并亲自用手抚摸每一位麻风病人的身体和手，以此来表示对每位病人的关怀。她亲切地对大家说："请振作起来，天主绝对没有抛弃你们，让我们大家一起努力吧。"那些溃烂掉手指头的妇女，失去了双腿的老人，烂掉了耳朵的小孩……顿时感到一股暖流通过全身，增添了战胜病痛的信心。

1982年11月，正当黎巴嫩战火纷飞之际，德兰修女乘机抵达贝鲁特，协助被击毁的依拉斯美亚医院救出了三十七名弱智及伤残儿童。1985年，她带领二十八名修女前往受灾的埃塞俄比亚，夜以继日地帮助医务人员料理病人。1985年下半年，艾滋病像野火一样在欧美蔓延，人们陷入恐怖之中。德兰修女前往纽约，宣传艾滋病的危害及防治措施，并协助医护人员护理病人。

1985年1月，应中国天主教爱国委员会邀请，德兰修女访问了中国。当时正是滴水成冰的寒冬季节，这位闻名世界的女性却只穿了一身白衣，外套一件深蓝色的破旧毛衣，脚穿一双半旧的凉鞋。朴素的装束使在场的中国人深受感动，中国天主教爱国委员会主席宗怀德主教立刻派人购买了御寒衣，分送给德兰和她的助手。在访问期间，宗怀德主教告诉德兰修女，中国的慈善事业都由政府民政部门负责。德兰修女满意地说："中国给我的印象很好。"

1979年，德兰修女获得诺贝尔和平奖，1997年9月5日逝世，享年八十七岁。她生前掌管着四亿多美元的财产，但她去世时，全部个人财产就是一张耶稣受难像、一双凉鞋和三件旧衣服。

2009年10月4日，诺贝尔基金会评选"1979年和平奖得主德兰修女"为诺贝尔奖百余年历史上最受尊崇的三位获奖者之一。其他两位是：1964年和平奖得主马丁·路德·金，1921年物理学奖得主爱因斯坦。

作者感言：中华人民共和国开国主席毛泽东曾说过："一个人做点儿好事并不难，难得是一辈子做好事，不做坏事。"德兰修女就是这样一位"一辈子做好事，不做坏事"的人，她把一切都献给了穷人、病人、孤儿、孤独者、无家可归者和垂死临终者，她从十二岁起，直到八十七岁去世，从来没为自己想过，而只是为受苦受难的人们活着，她是这个世界上迄今为止最无私奉献的人。尤其令人崇敬的是，她一生的善行，完全出于一种高度自觉，她播撒的仁爱、所行的善业和她思想上的真知灼见，不仅体现了基督教博大的悲悯情怀，而且远远超越了宗教和种族，成为光耀全世界的道德圣光。

更令人惊奇的是，德兰修女长期近距离甚至零距离地与麻风病人、霍乱病人接触，却没有染上任何传染性疾病。是什么使无孔不入的病毒望而却步？是主的庇护？抑或是强大的道德力量使然？我想，一定是感天地、泣鬼神的执着的基督教仁爱精神使德兰修女生成了无敌的疾病抗原。由此我们想到中国唐代著名高僧唐玄奘，他独步五万里去印度"取经"（学佛），在翻越海拔六千九百九十五米的腾格里山峰时，当时高昌王鞠文泰派去护行的二十多名壮汉都在高寒缺氧的途中相继死去，而玄奘却只身安然无恙地翻过终年冰雪封山的帕米尔高原，最终到达了天竺，入烂陀寺学习佛学经典。是什么使玄奘顺利走过大漠和雪域高原？一定是感天地、泣鬼神的对佛学执着追求的精神使然。德兰修女和玄奘法师都有虔诚的宗教信仰、无私博大而泛爱众的慈爱情怀和对目标义无反顾的追求，正是这种赤诚的精神使他们的身心焕发出不可抗拒的勃勃生机。德兰修女，基督教最伟大的圣徒！玄奘法师，佛教最伟大的圣徒！

德兰修女不是哲学家，但她留下许多朴素而富有哲思的箴言，现择其一二，敬录于次：

箴言一：人们可能会不讲道理、没有逻辑和自我为中心，但不管怎样，你还是要原谅他们。——这就是德兰修女的胸襟，海一样博大而能悦纳一切，天一样广阔而能宽容一切。

箴言二：即使你是友善的，人们可能还是会说你自私和动机不良，但不管怎样，你还是要友善。——这就是德兰修女秉持的人际交往原则，无论别人怎么评说她、怎样对待她，她都毫不动摇地对别人和善、友好。

箴言三：当你功成名就，你会有一些虚假的朋友和一些真实的敌人，但不管怎样，你还是要取得成功。——这就是德兰修女对目标的执着，无论是虚假的欺骗还是敌意的阻挠，都挡不住她迈向成功的步伐。

箴言四：即使你是诚实和率直的，可能还会有人欺骗你，但不管怎样，你还是要诚实和率直。——这就是德兰修女的诚信观，即使被骗，也不会改变她恪守的诚信率真。

箴言五：你多年来营造的东西，有人在一夜之间把它摧毁，但不管怎样，你还是要去营造。——这就是德兰修女的事业观，面对失败、面对别人的摧毁，她从不放弃，一直锲而不舍地营造，直到生命的最后一刻。

箴言六：如果你找到了平静和幸福，有些人可能会嫉妒你，但不管怎样，你还是要快乐。——这就是德兰修女的幸福观，永远保持平和的心态和愉悦、快乐的情怀。

箴言七：你今天做的善事，人们往往明天就会忘记，但不管怎样，你还是要做善事。——这就是德兰修女的行善观，行善是她的生活方式，行善是他的事业追求，行善是她的心灵皈依，至于人们是否记住或忘记她的善行，对她没有任何关系。

箴言八：即使把你最好的东西给了这个世界，也许这些东西永远都不够，但不管怎样，你还是要把你最好的东西给这个世界。——这就是德兰修女的人生观，她永远把最美好的东西送给这个世界。

让我们反复诵读并牢记这些箴言吧，它会给我们力量，会引导我们步入高尚的人生境界。

顺便说一句，德兰修女逝世后，被安葬在她所创建的印度加尔各答仁爱传教修女会，墓碑上镌刻着她给世人的教诲："因为我爱你们，你们也要爱彼此。"每年9月5日，都有数百名爱德修女会成员从世界各地赶到加尔各答，为会祖祭祀。

藏书与改联教子

故事发生在一千多年前的北宋中期，在眉州眉山城里（今四川眉山），住着一户姓苏的书香人家，户主叫苏洵，字明允，号老泉，人称苏老泉。苏老泉青少年时代不好读书，天天游山玩水，游历了不少地方。据他第一次上欧阳内翰书说："洵少年不学，生二十五岁始知读书。"而史书上记载，他二十七岁才开始发奋。中国古代蒙学教材《三字经》里说："苏老泉，二十七，始发愤，读书籍。"尽管起步较晚，但由于苏老泉特别刻苦，终成为中国历史上著名的文学家。他有两个儿子，一个叫苏轼，一个叫苏辙，小时都很顽皮，不认真读书，老泉最初动之以情，晓之以理，均不奏效。老泉不动声色，一日，老泉拿了一本能让孩子感兴趣的书，有意躲在儿子玩耍时能看见的角落里认真读起来，读完了，就将书藏起来。两个孩子感到很奇怪，父亲为什么躲在角落里读书？读完了为什么又将书藏起来？一定是很有趣的书！出于好奇，两个孩子就将父亲藏起来的书找出来读，一读，果然很有趣，一口气将书读完。就这样一而再，再而三，转眼一年过去了，两个孩子偷读了父亲读过并藏起来的多本书，并养成了读书的好习惯，整日手不释卷。老泉看在眼里，喜在心上。

两个孩子到了十五六岁，都十分长进，特别是苏轼，才思敏捷，学识渊博，人见人夸，都说他是青年才俊。在一片赞扬声中，苏轼有些飘飘然。一天，他在自己书房门上贴了这样一副对联："识遍天下字，读尽人间书。"字里行间，自负之态昭然。

苏洵看了儿子书房的门对，心里很不是滋味，真想一把撕下来，但转念一想，这不是办法，于是提笔在原来对联上下联的上方各加了两个字，对联变成"发愤识遍天下字，立志读尽人间书"，一副自负联立即变成了励志联。

苏轼看了父亲改过的对联，心生惭愧，自此更加勤勉，终成一代文豪。

作者感言：清代康熙年间曾任两江总督、刑部尚书、户部尚书、吏部尚书兼文华殿大学士的名臣张鹏翮坐镇四川时，为三苏祠题了这样一副楹联："一门父子三词客，千古文章四大家。"高度赞扬了苏洵、苏轼、苏辙父子三人在中国文学史上的辉煌成就。关于"四家"，有两种说法：一是指韩愈、柳宗元、欧阳修、苏家三父子，即苏洵、苏轼、苏辙父子三人；二是指当时北宋著名散文家欧阳修、苏洵、苏轼、苏辙四人。

在唐宋文章八大家里，苏家占了三个席位，堪称文坛奇观，其中，苏轼的成就和名望最高。

苏洵是否"藏书""改联"，史书上没有记载，关于苏轼门上"识遍天下字，请尽人间书"的楹联故事，有多种版本，但这无关紧要。我们把这两件事安在苏洵头上，只想借此告诉天下父母，苏轼、苏辙成长成才，与苏洵教子有方关系密切，故事给我们如下启示：

启示一：循律而动，因势利导。苏洵教育子女，不是简单的说教，更不是斥责和棍棒，而是充分利用儿童的好奇心，从培养兴趣入手，致力于子女读书习惯的养成。孔子说："知之者不如好之者，好之者不如乐之者。"兴趣是成功的桥梁，是学习动机中最活跃、最具生命力的因素，没有兴趣的地方，就没有智慧和灵感。为了培养两个儿子的读书兴趣并使之养成习惯，苏洵欲擒故纵，采取了"偷读"和"藏书"的方式，引导孩子养成了读书习惯。而习惯决定命运，良好读书习惯的养成，为苏轼、苏辙形塑良好人格和在文学上的高深造诣插上了腾飞的翅膀。

启示二：适时点拨，启发自省。谁都喜欢听好话，面对赞美，谁心里都美滋滋的，这是人性使然，没有什么可指责的。问题在于，赞美声听多了，人就容易骄傲自大。当苏洵看见苏轼书房的楹联，发现儿子在赞扬声中开始自傲的时候，既没有粗暴地将楹联撕下，也没有当面去批评苏轼，而是通过"改联"方式，点到为止，给儿子提个醒，让儿子自觉去修正错误。这种启发自省的做法，既尊重了儿子的人格，保护了苏轼的自尊心，又达到了教育目的。

启示三：以身示教，环境熏陶。据历史记载，苏洵自二十七岁开始发奋读书，终日兀然端坐，手不释卷，可谓"焚膏油以继晷，恒兀兀以穷年"。其父治学的痴迷与入境，是无言之教，在润物无声中感染了子女，发挥了榜样示范作用。

顺便说一句苏轼的对联，话说得的确太大，学海无涯，谁能"识遍天下字，读尽人间书"？人生有限，学无止境，人万不可自满自负，特别是当代社会，人类知识正以几何级数快速增长，人即使从早到晚一刻不停地读书，也只能知其万一。况且，知识陈旧率日益加快，知识更新的周期越来越短，人若不终身学习，就无法跟上时代潮流。

藏獒的优生模式

喜欢养狗的人都知道，藏獒十分凶悍，常言道，"一只藏獒能打败一群狼"。一位姓王的老板，很喜欢玩狗，他托人买了一只怀了孕的母藏獒，精心饲养。不久，母狗下了六只小狗，个个都十分可爱。可当小狗能够走动的时候，它们便相互撕咬起来，王老板开始以为是它们相互嬉戏，没有在意，可很快发现，弱一点儿的小狗被咬得遍体鳞伤，母狗看着它们撕咬，动都不动。没法，王老板只好把它们分养起来，一只小狗一个狗屋，可奇怪的是，所有的狗，包括母狗，都开始绝食，无论给什么食物，想什么办法，没有一只狗进食。小狗一天天消瘦，无奈，王老板只好把它们重新集中到一起饲养。到了一起，它们又恢复相互撕咬。没办法，王老板只好起早贪黑地在狗屋前看守，发现它们撕咬就及时将它们分开。但人总有离开的时候，所以，在撕咬中不断有小狗被咬死，没多久，只剩下了一只小狗。这只小狗非常强悍，咬死了它所有的兄弟，并安安稳稳地随着老狗长大。

后来，王老板走访了一位养狗专家，才明白了个中道理。专家告诉他，藏獒一胎都会生几只，但最后只能有一只活下来。小狗一生下来就相互争斗撕咬，争斗撕咬的目的是证明自己的强大，如果生下来就比较羸弱，也就没有活下来的机会，在兄弟群体中最后活下来的那只，肯定是最强壮的一个。这就是藏獒这一物种为什么最强悍、最凶猛的原因。

作者感言：这是一种血腥的优育方式，而藏獒就是靠了这种无情的血腥，保持了这一物种的强悍凶猛并绵延至今。人们无从知道，这一物种为什么最初采取了如此血腥方式培养下一代，但是，在物竞天择、适者生存、强者生存的自然法则中，藏獒就是靠了这种育子方式使这一物种代代延续。而这期间，在优胜劣汰过程中，已有数万物种灭绝了，就连恐龙这样的庞然大物，都没有逃脱绝种的命运。看来，这也许是藏獒祖先的明智选择，尽管这种选择有些残酷。

人类不会采取这种非人性的残忍方式培育下一代，但藏獒的优育方式和王老板养狗的经历给我们如下启示：

启示一：险恶艰难的生存环境和殊死拼搏的抗争，是练就孔武强壮体魄和刚毅勇猛意志的必由之路。军人、武术师、运动员等都不乏这方面体验。军方训练特种兵和有些体育项目所采用的"魔鬼训练法"，就是这种方式。

启示二：人类虽然不会采取这种血腥方式培育后代，但这种优生模式也有可取之处，它启示我们，在培育下一代的时候，在保证安全的前提下，有意识地创设一些艰苦环境，让孩子们到其中去历练，对其成长成才大有好处。

启示三：一种物种形成的生存模式是很难改变的。王老板不忍心小狗们的相互撕咬，善意将小狗分养，却遭到小狗包括母狗在内的绝食抗争。由此看来，强行改变某一物种的生存模式，无异于对该物种的扼杀。所以，我们做事情要遵循客观事物的内在规律性，正所谓"天行有常，顺之则昌，逆之则亡"，认识规律、遵循规律，才能把握事物，把事情做好。

"蘸着墨汁吃馒头"与"我原来已经吃过了"

"蘸着墨汁吃馒头"是中国书圣王羲之的故事。故事说，王羲之年轻的时候，练字十分刻苦，有一天，他在书房习字，中午了，家人几次催促他去吃饭，他连动都没有动。无奈，家人将饭端进书房，放在他的案头。王羲之有一个馒头蘸蒜泥的饮食习惯，家里每次吃馒头，都给他备一盘蒜泥。那天，那盘蒜泥正好放在砚台旁边，王羲之拿起一个馒头，眼睛盯着宣纸，心里正揣摩着一个字怎么下笔，根本没有看蒜泥在哪里，伸手蘸了一下就放到嘴里，一个馒头快吃完了，他竟没有尝出自己吃的是墨汁，家人见他满嘴都是墨汁，惊呼："你怎么吃起墨汁了！"这时他才发现自己错将墨汁当蒜泥蘸着吃了。

"原来已经吃过了"是世界著名科学家牛顿的故事。据说，有一次，牛顿请朋友到家做客，饭菜已经备好，他起身到厨房去拿酒，忽然对月球轨道的运算有了新思路，于是赶忙跑进实验室，把请客的事忘到九霄云外。朋友见他一去不返，知道他又钻进了实验室，无奈只好自己进餐，吃掉了盘子里的一只鸡，将吃剩的骨头吐在餐桌上。吃完饭，朋友离去。过了几个小时，牛顿终于计算完了，回到餐桌，见满桌的鸡骨头，恍然大悟地自语："我以为我还没有吃饭呢，原来已经吃过了！但怎么还有点儿饿呢？"

作者感言：王羲之之所以能创造中国书法艺术的巅峰，至今让人高山仰止；牛顿之所以能发现万有引力定律和三大运动规律，奠定了现代工程学的基础，成为人类历史上最伟大的科学家之一，与他们各自痴迷于自己的事业有直接关系。

什么是"痴迷"？痴迷是人对某个人或某种事物极度迷恋并达到不能自拔的迷狂状态。痴迷者由于过度关注痴迷对象，往往忽视甚至忘记了自身的存在以及周围的环境，王羲之为研习书法，竟口不辨味，吃墨而不自知；牛顿进行月球轨道运算，不仅冷落了朋友，竟不知饥饿，没吃饭而误认为吃过了，就是这种迷狂状态的具体表现。

痴迷是排除一切杂念和干扰的全身心关注，是对所迷恋对象的执着追求，这正是科学发明和艺术创造最需要的一种精神品质，因为所有的科学发明和艺术创造，都是前无古人的拓荒性工程，不绝对集中精力，拼力以求，是无法达到目的的。古希腊思想家、科学家泰勒斯，一次一心一意观察天象时，不知不觉掉到水坑里；古希腊数学家、物理学家、哲学家阿基米德，当罗马军队闯进他的家时，他正在地上埋头画一个几何图形，一个士兵将他的图踩坏，他大声斥责说："请不要弄坏我的图！"，那士兵拔出短剑把他刺死；牛顿煮鸡蛋时将手表放到锅里去煮，捞出来无奈地苦笑；俄国著名生理学家、心理学家巴甫洛夫在去会见未婚妻爱玛时，一直想着试验的事情，他一见爱玛，就抓住爱玛的手，爱玛以为巴甫洛夫要吻她，正在幸福地等待，可巴甫洛夫却为她把起脉，并说："你的心跳正常，身体健康"，爱玛非常生气，对他说："你心里只有实验，那你就回去吧"，巴甫洛夫非常高兴，转身就跑回了实验室；中国当代数学家陈景润一心想着破解"哥德巴赫猜想"之谜，走路撞到树上还问"谁撞我"；中国北宋初年著名的隐逸诗人林浦，痴迷于山水梅鹤，以梅为妻，以鹤为子，给世人留下了"疏影横斜水清浅，暗香浮动月黄昏"的千古佳句和文坛佳话；中国清代画家、书法家、诗人郑板桥"咬定几本有用书，忘却饮食"；法国著名作家巴尔扎克在创作《高老头》期间，有几天神情沮丧，闷闷不乐，家人询问，他说："高老头死了"；德国著名作曲家、钢琴家、指挥家贝多芬一次去一家餐厅吃饭，刚坐下便想起来一个曲子，于是便把餐桌当作钢琴弹起来，他十指在餐桌上跳动，并侧耳谛听每一个音符，一曲终了，他高兴地抬起头，对服务员说"结账"，服务员告诉他，他还没说要吃什么呢等等，都是科学家、艺术家痴迷忘我的证明。也正是凭着这种对事业的痴迷忘我精神，无数思想家、科学家、哲学家、艺术家创造了辉煌的业绩，为人类文明做出了巨大贡献。

巴尔扎克说："痴迷于某个事业的人，会取得令自己惊讶的成就。"蒲松龄说："书痴者文必工，技痴者艺必良。"痴迷成就天才，痴迷于某种事业吧，成功正微笑着在前面等着你。

矍铄的老仆与多病的财主

在《列子·周穆王》中有这样一则故事，故事说，在周朝的时候，有一个姓尹的大财主，称霸乡里，待下人也十分苛刻。家中有一老仆，在他的威逼下，终日劳作，累得筋疲力尽。由于白天太累，老仆晚上睡得特别香，而且每晚都做梦。在每晚的梦中，老人成了高贵无比的国王，他发号施令，总揽一国之政；他妻妾成群，儿孙满堂；他到处游览，尽情享受，无比快乐。鸡鸣日出，老人一觉醒来，又开始辛勤的劳作。由于晚间睡得熟、睡得香，心情又好，尽管白天很累，但身体很健康，精神矍铄。别人见老仆每天如此辛劳，便常来安慰他，而老仆则说："人活一百年，白天和晚上各占一半，我白天为奴仆，劳累确实很劳累，但晚上我是一国之君，无比快乐。我还有什么感到抱怨的呢！"

而他的主人尹财主却恰恰相反，因发财心切，不择手段，一天绞尽脑汁，也累得心神俱疲，晚上则辗转反侧，久不入睡，等到昏昏睡着，又夜夜做噩梦。在梦中，他或者遭了劫匪，家财尽失，自己被打得头破血流；或者遭了水火之祸，家中被大水冲得一干二净或被大火烧得片瓦不留，自己也险些在水火中送了性命；或者变成了一个穷光蛋，只好给人当仆役，不仅要干所有的脏活、累活，还经常挨打挨骂，受尽屈辱。梦中醒来，常吓出一身冷汗，白天头昏脑涨，噩梦时时萦绕心头，整天心惊肉跳，生怕噩梦应验，变为现实，因此面黄肌瘦，浑身疼痛，整日求医问病，药壶不离左右。

作者感言：老仆因做好梦而坦然，辛劳而健硕；财主因做噩梦而恐惧，富有而多病，虚幻的梦竟有如此效用。其实，梦看起来是虚幻的，但与现实却有着千丝万缕的联系。

我们说这则小故事，就是想借此聊聊"做梦"这个话题。

现代科学已经证明，梦是人体一种正常的生理和心理现象，是人在浅睡眠状态下一部分脑细胞仍在活动的结果。从人身心健康角度着眼，做梦是有益的，它是调节心理平衡的一种方式。人不睡觉的时候，大脑左半球的神经活动占优势，而睡眠做梦的时候，大脑右半球的神经活动占优势，在机体二十四小时昼夜活动中，醒与梦交替出现，可以实现神经调节和精神活动的动态平衡，有益于神经系统健康。生理学家告诉人们，每夜做一定数量的梦是必需的，否则会引起心理上的不良反应，如紧张、焦虑、易怒、记忆障碍，甚至会出现幻觉和定向障碍等症状。做梦，不仅对脑功能的恢复有益，有助于脑中枢神经系统的发育；还可以为大脑神经提供一种经常性有益刺激，使中枢神经系统调整到一种准备状态，以防止大脑神经在夜间停止活动而丧失功能，并使大脑里的信息得到重新清理。人如果长期无梦睡眠，倒值得警惕了。当然，若长期噩梦连连，也常是身体虚弱或患有某些疾病的预兆，应当引起注意。

关于梦的成因，有各种各样的说法，但不管怎么说，梦境及所负载的信息与做梦者的思想意识、理想信念、情绪情感、生存环境、生活阅历、兴趣爱好、健康状况、人际关系以及当时的睡眠条件、睡态等不无关系。整天萦绕在心头的事情，就很容易入梦，此所谓"日有所思，夜有所梦"；身体不舒服和心情不好的时候，就容易做噩梦。财主为发财不择手段，称霸乡里，苛待下人，做了许多坑害别人的事情，自然心存戒备，恐人报复，且爱财如命，唯恐散失，这些不良信息存于大脑，再加上肉体的病痛困扰，焉能不在梦中有所反应，常做噩梦是自然的。而老仆则不然，虽一天劳累，但心无旁虑和恐惧，坦然入睡，做好梦也是理所当然。看来，加强德行修养，多做好事善事，不过分贪欲，心境平和，不仅白天活得踏实，晚上也能睡得安稳。

怎样看待梦境，是每个人都必然面对的问题。无疑，梦呈现出来的世界，是一个"虚拟世界"，是一种虚浮的幻象，它与实实在在的"客观世界"相比，具有非真实的虚幻性、杂乱无章的非逻辑性，是人无意识的产物。但它也是一种客观存在，是每一个人每天晚上睡眠时都会发生的事情。梦一旦发生，就成了人醒来后的第一个回忆，人都有这一习惯，一醒来，第一反应就是想到睡觉时做了什么梦。这样一来，梦境所呈现出来的情境、情节就会对人产生或多或少，或积极或消极的心理暗示，从而影响人的情绪情感、身心健康，甚至影响人的思想行为。老仆睡觉时做好梦，醒来一想，心情舒畅，吃饭也香，干活也有劲，身心和谐，自然有助健康，所以精神矍铄。而主人尹财主总是做噩梦，醒来一想，胆战心惊，加之梦境挥之难去，心情压抑，食不甘味，久而久之，自然有损健康，所以药壶不离左右。

说到梦境对人思想行为的影响，史书也有记载。据《晋书·陶侃传》说，陶渊明的曾祖父陶侃，是东晋的重臣，曾都督八州，一度重兵在握，完全可以取东晋皇帝而代之，陶侃潜意识里也有这个想法，但一想到他曾经做过的一个梦，就克制住自己，打消了篡位的念头。在这个梦里，陶侃生出八个翅膀，飞到天上。他看见天上有九道门，他飞过了八道门，到了第九道门，守门的人不让他进去，用棍子将他打倒在地，他左侧的翅膀被折断。等到梦中醒来，他的左胳膊还在疼痛。折翼之梦的暗示效应让陶侃自抑而止，避免了东晋的一场内乱。如此说来，噩梦并非一无是处，它也有警示作用。

因做梦，特别是因做噩梦而耿耿于怀、放心不下者大有人在，有的人甚至千方百计与现实生活勾连，平添了许多烦恼。认真想想，均属庸人自扰。请记住，梦境终究是杂乱无章的无意识组合，不能为现实生活、工作提供任何依据，没有真实的价值和意义，其暗示作用也是十分有限的，因此，梦做过了，就是做过了，不必挂在心上，做过即忘才是科学态度和最佳选择。

顺便说一句，世上流传这样一个说法，说梦有预示性，是做梦者将要发生什么福祸的预兆。这个说法目前尚找不到科学依据，世上不断流传出的某某某做了什么梦，几天后就应验了，大都是事后的附会，即不能证明，也难以证伪。前边已经说过，做梦是人生常态，是人的无意识活动，具有幻觉、妄想、认知异常、情绪强化、记忆缺失等特征，常显现为不确切性、不连续性、不协调性和碎片性等特点，很难说有什么先兆性。传说南朝江淹夜梦神人送五彩神笔，醒后思如泉涌；唐李白少时夜梦所用之笔头上生花，长大后天才赡逸，实近于荒诞。